DIE ERZÄHLUNGEN AUS DEN TAUSENDUNDEIN NÄCHTEN

Vollständige deutsche Ausgabe
in sechs Bänden
Zum ersten Mal nach dem
arabischen Urtext der Calcuttaer
Ausgabe aus dem Jahre 1839
übertragen von Enno Littmann

DRITTER BAND

Insel Verlag

Kassettenmotiv: © Henry Wilson, London

Insel Verlag Frankfurt am Main und Leipzig 2004
© Insel-Verlag Wiesbaden 1953
Alle Rechte vorbehalten, insbesondere das
des öffentlichen Vortrags sowie der Übertragung
durch Rundfunk und Fernsehen, auch einzelner Teile.
Kein Teil des Werkes darf in irgendeiner Form
(durch Fotografie, Mikrofilm oder andere Verfahren)
ohne schriftliche Genehmigung des Verlages reproduziert
oder unter Verwendung elektronischer Systeme verarbeitet,
vervielfältigt oder verbreitet werden.
Druck: Ebner & Spiegel, Ulm
Printed in Germany
Erste Auflage dieser Ausgabe 2004
ISBN 3-458-17214-9

1 2 3 4 5 6 – 09 08 07 06 05 04

WAS SCHEHREZÂD

DEM KÖNIG SCHEHRIJÂR IN DER

ZWEIHUNDERTUNDEINUNDSIEBENZIGSTEN

BIS

FÜNFHUNDERTUNDDRITTEN

NACHT ERZÄHLTE

Da bemerkte Schehrezâd, daß der Morgen begann, und sie hielt in der verstatteten Rede an. Doch als die *Zweihundertundeinundsiebenzigste Nacht*[1] anbrach, erzählte sie

DIE GESCHICHTE VON DEM PRINZEN AHMED UND DER FEE PERÎ BANÛ[2]

In alten Zeiten und längst entschwundenen Vergangenheiten lebte einmal ein Sultan von Indien Der hatte drei Söhne; der älteste hieß Prinz Husain, der zweite Prinz 'Alî, der dritte Prinz Ahmed. Er hatte auch eine Nichte, des Namens Prinzessin Nûr en-Nahâr[3], die Tochter seines jüngeren Bruders, der früh gestorben war und sein einziges Kind unter der Obhut des Onkels hinterlassen hatte. Der König widmete sich ihrer Erziehung mit großer Sorgfalt, und er verwandte alle Mühe darauf, daß sie im Lesen und Schreiben, im Nähen und Sticken, im Singen und im kunstvollen Spielen der Instrumente, die Lust und Freude schaffen, unterrichtet wurde. Diese Prinzessin übertraf auch an Schönheit und Lieblichkeit und an Verstand und Weisheit bei weitem alle Mädchen ihrer Zeit in allen Landen. Sie wuchs mit den Prinzen, ihren Vettern, in lauterer

---

1. In der Kalkuttaer Ausgabe beginnt die 271. Nacht in der Mitte der folgenden Geschichte von Hâtim et-Tâï. Da aber in der ersten Insel-Ausgabe hier die Geschichte von Prinz Ahmed und der Fee Perî Banû eingefügt war, habe ich die Übergangsformel hierher gesetzt. – 2. Der morgenländische Urtext dieser Erzählung ist noch nicht wiedergefunden. Sie wurde zuerst von Galland in französischer Sprache veröffentlicht. Dieser Text erhielt durch eine Übersetzung in die Hindustani-Sprache ein morgenländisches Gewand. Der Hindustani-Text wurde von Blumhardt ins Englische übersetzt und von Burton herausgegeben. Nach Burtons Ausgabe ist hier übertragen worden, doch ohne Einteilung in einzelne Nächte. Perî heißt im Persischen ‚Fee, Dämon(in)'; Banû ‚Herrin' ist ein Titel vornehmer Frauen. – 3. Das Licht des Tages.

Freude auf; sie aßen gemeinsam und spielten miteinander und schliefen zusammen. Der König hatte in seinem Sinne beschlossen, wenn sie das Alter der Mannbarkeit erreicht hätte, so wolle er sie einem der benachbarten Fürsten vermählen; aber als sie zur Jungfrau herangereift war, bemerkte ihr Oheim, daß die drei Prinzen, seine Söhne, alle von tiefer Liebe zu ihr ergriffen waren, und daß ein jeder von ihnen sehnlichst wünschte, ihr Herz und ihre Hand zu gewinnen. Darum war der König tief innerlich betrübt, und er sprach bei sich selber: ‚Wenn ich die Herrin Nûr en-Nahâr einem ihrer Vettern vermähle, werden die andern beiden mißvergnügt sein und wider meinen Entscheid murren; doch mein Herz kann es nicht ertragen, sie traurig und enttäuscht zu sehen. Würde ich sie aber einem Fremden zur Frau geben, so käme über alle drei Prinzen, meine eigenen Söhne, tiefer Gram und schweres Herzeleid; ja, wer weiß, ob sie sich nicht selbst das Leben nehmen oder fortziehen und sich in ein fernes, fremdes Land begeben? Die Sache ist schwierig und birgt Gefahren; so geziemt es sich denn für mich, ihren Vater, derart zu handeln, daß, wenn einer von ihnen sie zur Gemahlin erhält, die andern beiden darüber nicht grollen.'

Lange Zeit überlegte der Sultan die Sache in seinem Herzen; und schließlich ersann er einen Plan. Er ließ die drei Prinzen zu sich kommen und redete mit ihnen, indem er sprach: ‚Liebe Söhne, ihr seid mir alle gleich lieb und wert, einer wie der andere; ich kann darum weder einem von euch den Vorzug geben und ihn mit der Prinzessin Nûr en-Nahâr vermählen, noch auch steht es in meiner Macht, sie allen dreien zur Frau zu geben. Aber ich habe einen Plan erdacht, durch den sie einem von euch zuteil werden soll, ohne daß seine Brüder sich gekränkt zu fühlen brauchen oder Grund zum Neide haben;

möge dann eure gegenseitige Liebe und Zuneigung unvermindert bleiben, und keiner soll je eifersüchtig auf das Glück des andern sein! Kurz, mein Plan ist dieser: Gehet hin und ziehet in ferne Länder, indem ihr euch voneinander trennt; dann bringt mir das wunderbarste und seltsamste Ding von allem, was ihr auf euren Reisen seht; und wer mit dem seltensten Kleinod heimkehrt, der soll der Gemahl der Prinzessin Nûr en-Nahâr werden! Stimmet nun diesem Vorschlage zu; und was ihr nur immer an Geld für die Reise und für den Erwerb seltener und einzigartiger Dinge gebrauchet, das nehmet aus dem königlichen Schatze, so viel, wie ihr wünschet!' Die drei Prinzen, die stets ihrem Vater gehorsam waren, fügten sich einstimmig diesem Vorschlage; ein jeder war zufrieden und hegte die Zuversicht, daß er dem König die wundersamste Gabe bringen und so die Prinzessin zur Gemahlin gewinnen würde. Da befahl der Sultan, man solle einem jeden so viel Geld geben, wie er gebrauchte, ohne Beschränkung und ohne Berechnung; und dann sprach er zu ihnen: ‚Rüstet euch für die Reise ohne Zögern und Zaudern und ziehet dahin unter dem Schutze Allahs!'

Alsbald machten die drei Prinzen sich für Reise und Fahrt bereit. Sie verkleideten sich, indem sie die Gewandung von reisenden Kaufleuten anlegten, kauften alles ein, was sie nötig hatten, bestiegen Rosse von reinstem Blut und ritten, ein jeder von seinem Gefolge umgeben, mitsammen zum Palaste hinaus. Mehrere Tagereisen weit zogen sie auf derselben Straße dahin, bis sie eine Stätte erreichten, wo sich der Weg nach drei Richtungen hin teilte; dort kehrten sie in einem Chân ein und verzehrten ihr Nachtmahl. Dann verabredeten und vereinbarten sie, daß sie von jetzt ab, nachdem sie bis dorthin gemeinsam gereist waren, bei Tagesanbruch getrennte Wege wählen wollten; ein jeder von ihnen sollte seine eigene Straße ziehen, und alle drei sollten verschiedene Länder in der Ferne aufsuchen. Dabei kamen sie überein, nur ein Jahr lang zu reisen und dann, wenn sie noch im Lande der Lebenden weilten, alle drei wieder bei derselben Herberge zusammenzutreffen und gemeinsam zu ihrem Vater, dem Könige, heimzukehren. Ferner bestimmten sie, daß der erste, der zu dem Chân zurückkäme, bis zur Ankunft des nächsten warten sollte, und daß dann die beiden dort verweilen sollten, bis der dritte käme. Nachdem nun dies alles bündig verabredet war, begaben sie sich zur Ruhe; und als der Morgen graute, umarmten sie einander und sagten sich Lebewohl. Darauf bestiegen sie ihre Rosse und ritten von dannen, ein jeder in seiner Richtung.

Nun hatte Prinz Husain, der älteste Bruder, oftmals von den Wundern des Landes von Bischangarh[1] erzählen hören, und er hatte es schon seit langer Zeit einmal besuchen wollen; darum wählte er den Weg, der dorthin führte, schloß sich einer Karawane an, deren Ziel jenes Land war, und zog mit ihr zu Wasser und zu Lande durch viele Gebiete, wüste Wildnisse und steinige Steppen, dichte Dschungeln und fruchtbare Landstriche, mit Feldern und Weilern, mit Gärten und Städten. Nachdem er drei Monate lang unterwegs gewesen war, erreichte er endlich Bischangarh, ein Land, das so ausgedehnt war und dessen Macht so weit reichte, daß es von vielen Fürsten beherrscht ward. Er kehrte in einer Karawanserei ein, die für Kaufleute aus den fernsten Ländern eigens erbaut war; und von den Leuten, die dort weilten, hörte er, daß die Hauptstadt einen großen Basar besaß, in dem man alle Arten von Seltsamkeiten und wunderbaren Dingen kaufte und verkaufte.

1. Nach Burton entstellt aus Bidschnagar = Widschâjanagara: ‚Siegesstadt‘, einer früher berühmten Hauptstadt im südlichen Indien.

Am nächsten Tage also begab Prinz Husain sich zu dem Basar, und wie er ihn erblickte, blieb er stehen und staunte über seine Länge und Breite. Denn er teilte sich in viele Straßen, die alle von Gewölben überdacht und durch Oberlichtfenster erleuchtet waren, und die Läden auf beiden Seiten waren von fester Bauart, alle nach demselben Muster und fast von gleicher Größe; und vor einem jeden war ein Schirmsegel ausgespannt, das den Sonnenglanz abhielt und kühlen Schatten spendete. In diesen Läden waren verschiedenerlei Arten von Waren in Reihen aufgespeichert. Da waren Ballen indischer Gaze, Leinenstoffe von feinstem Gewebe, einfarbig weiß oder gefärbt oder mit lebenswahren Mustern verziert, aus denen Tiere, Bäume und Blumen so deutlich hervortraten, daß man sie für wirkliche Tiere, Büsche und Gärten hätte halten können. Da waren ferner Seidenstoffe, Brokate und die feinsten Satins aus Persien und Ägypten in unerschöpflicher Fülle; und in den Porzellanläden standen gläserne Gefäße von jeglicher Art. Hier und da waren auch Läden, in denen Wandteppiche und Tausende von Fußteppichen zum Verkaufe auslagen.

Prinz Husain schritt von Laden zu Laden dahin und war voll Staunen darüber, daß er so wunderbare Dinge sah, von denen er sich nie hatte träumen lassen. Schließlich kam er zur Goldschmiedegasse, und dort erblickte er Edelsteine und Juwelen, goldene und silberne Gefäße, übersät mit Diamanten, Rubinen, Smaragden, Perlen und noch anderen kostbaren Steinen, die alle so hell glänzten und blitzten, daß die Läden von ihrem wundersamen Scheine erleuchtet waren. Da sagte er sich: ‚Wenn in einer einzigen Straße solche Schätze und so seltene Juwelen zu finden sind, so weiß niemand als allein Allah der Allmächtige, wieviel Reichtum in dieser ganzen Stadt geborgen sein mag!' Nicht weniger staunte er, als er sah, wie die

Frauen der Brahmanen im Übermaße ihres Reichtums mit den schönsten Edelsteinen geziert und von Kopf bis zu Fuß mit den reichsten Gewändern geschmückt waren; sogar ihre Diener und Dienerinnen trugen goldene Halsbänder und Armbänder und Spangen, die mit kostbaren Steinen besetzt waren. In der einen Basarstraße standen der Länge nach Scharen von Blumenverkäufern; denn alles Volk, hoch und niedrig, trug Kränze und Blumenschmuck. Einige hielten Sträuße in den Händen, andere wanden sich Kränze um ihre Häupter, wieder andere trugen lang herabhängende Blumengewinde und Girlanden um den Hals. Die ganze Straße sah aus wie eine einzige große Blumenterrasse; selbst die Kaufleute setzten Sträuße in jeden Laden und Verkaufsstand, und die ganze Luft war von schwülem Blütenduft erfüllt.

Wie Prinz Husain so hin und her schlenderte, ward er schließlich müde, und er hätte sich gern irgendwo niedergesetzt, um etwas auszuruhen. Da bemerkte einer der Kaufleute, daß er müde aussah, und er bat ihn freundlich und höflich, er möchte sich in seinem Laden niedersetzen. Der Fremdling sprach die Grußformel und setzte sich; gleich darauf sah er einen Makler des Weges kommen, der einen Teppich, vier Ellen im Geviert, zum Verkaufe feilbot, indem er ausrief: ‚Ein Teppich zu verkaufen! Wer zahlt mir seinen Preis? Das sind dreißigtausend Goldstücke!' Da war der Prinz höchlichst erstaunt über den Preis; er winkte den Händler heran, und nachdem er dessen Ware genau besichtigt hatte, sprach er: ‚Ein Teppich wie dieser wird um wenige Silbermünzen verkauft! Was für eine besondere Eigenschaft hat er denn, daß du die Summe von dreißigtausend Goldstücken dafür verlangst?' Der Makler glaubte, Husain sei ein Kaufmann, der vor kurzem in Bischangarh angekommen sei, und gab ihm zur Antwort: ‚Werter Herr, glaubst du, ich setze den Preis dieses Teppichs zu hoch an? Mein Herr hat mir befohlen, ihn nicht für weniger als vierzigtausend Zechinen zu verkaufen!' Da fuhr der Prinz fort: ,Er muß doch irgendeine wunderbare Eigenschaft besitzen; sonst würdest du nicht eine so ungeheure Summe verlangen!' ,Es ist wahr, werter Herr,' erwiderte der Makler, ,seine Eigenschaften sind einzigartig und wundersam. Wer auf diesem Teppich sitzt und in Gedanken den Wunsch ausspricht, in die Höhe gehoben und an anderer Stätte niedergesetzt zu werden, der wird im Augenblicke dorthin getragen, mag die Stätte in der Nähe sein oder auch viele Tagereisen entfernt und schwer zu erreichen.' Als der Prinz diese Worte vernahm, sprach er bei sich selber: ,Ich kann meinem Vater, dem Sultan, nichts als Gabe heimbringen, das so wunderbar seltsam wie dieser Teppich wäre, nichts auch, das ihm größeres Vergnügen und Entzücken bereiten würde. Allah der Erhabene sei gepriesen, das Ziel meiner Fahrt ist erreicht, und hierdurch werde ich, so Gott will, meinen Wunsch erfüllt sehen! Wenn irgend etwas, so wird dieser Teppich ihm ein ewiger Quell der Freude sein.' So wandte sich denn der Prinz, in der Absicht, den fliegenden Teppich zu kaufen, an den Makler und sprach zu ihm: ,Wenn er wirklich solche Kräfte hat, wie du sie beschreibst, dann ist der Preis, den du für ihn verlangst, in der Tat nicht zu hoch, und ich bin bereit, dir die verlangte Summe zu zahlen.' Jener gab ihm zur Antwort: ,Wenn du meine Worte bezweifelst, so bitte ich dich, stelle sie auf die Probe und behebe dadurch deinen Verdacht! Setze dich auf dies Geviert von gewirktem Stoffe, und es wird uns auf deinen bloßen Wunsch und Willen hin nach der Karawanserei tragen, in der du wohnst; auf diese Weise wirst du dich vergewissern, daß meine Worte wahr sind; und erst wenn du dich von ihrer

Wahrheit überzeugt hast, brauchst du mir den Preis meiner Ware zu zahlen, an jenem Orte und zu jener Zeit, nicht eher!' Darauf breitete der Mann den Teppich hinter dem Laden auf den Boden und ließ den Prinz darauf Platz nehmen, während er sich selbst neben ihn setzte. Dann plötzlich, auf den bloßen Willen und Wunsch des Prinzen Husain hin, wurden die beiden zum Chân getragen, als ob sie sich auf dem Throne Salomos befänden.

So freute sich denn der älteste von den drei Brüdern gar sehr in dem Gedanken, daß er ein solch seltenes Kleinod, dessengleichen nirgends in allen Landen, auch nicht bei den Königen, gefunden werden konnte, nunmehr gewonnen hatte; Herz und Seele frohlockten in ihm, weil er nach Bischangarh gekommen war und dort solch ein Wunderding getroffen hatte. Er zahlte daher die vierzigtausend Zechinen als Preis für den Teppich und schenkte obendrein dem Makler noch zwanzigtausend als Zugabe. Und immerfort sagte er sich, der König werde ihn, sobald er den Teppich sähe, mit der Prinzessin Nûr en-Nahâr vermählen; denn das wäre doch ganz und gar unmöglich, daß einer von seinen Brüdern, wenn sie auch die ganze Welt nach allen Richtungen durchsuchten, ein Kleinod finden könnten, das sich mit diesem vergleichen ließe. Es verlangte ihn, sich sofort auf den Teppich zu setzen und in sein Land zu fliegen, oder doch wenigstens seine Brüder in der Herberge zu erwarten, bei der sie sich getrennt hatten mit dem feierlich beschworenen Versprechen, nach einem Jahre sich wieder zu treffen. Doch alsbald kam ihm der Gedanke, daß ihm die Zeit, die er dort würde warten müssen, zu lang werden könnte, und er fürchtete sehr, er möchte in Versuchung geraten, einen übereilten Schritt zu tun. Deshalb beschloß er, in dem Lande zu bleiben, dessen König und Einwohner er schon seit so langer Zeit sehnsüchtig hatte kennen lernen wollen, und er faßte den Plan, die Zeit damit zu verbringen, daß er sich das Land ansah und Lustfahrten in die benachbarten Länder machte.

So verweilte denn Prinz Husain einige Monate in Bischangarh. Nun hatte der König jenes Landes die Gewohnheit, einmal in jeder Woche einen Gerichtstag abzuhalten, um Streitigkeiten anzuhören und Rechtsfälle zu schlichten, die fremde Kaufleute betrafen; auf diese Weise sah der Prinz den König des öfteren, aber er erzählte nie einem Menschen etwas von seinem Erlebnis. Doch da er ein schönes Antlitz und einen anmutigen Gang hatte, höflich in seiner Rede war, dazu beherzt und stark, verständig, vorsichtig und voll Geist, so wurde er vom Volke in höheren Ehren gehalten als der Sultan, von den Kaufleuten, seinen Genossen, ganz zu schweigen; und mit der Zeit wurde er bei Hofe beliebt, und er erfuhr aus des Herrschers eigenem Munde alles, was sein Reich und seine Macht und seine Größe betraf. Auch besuchte der Prinz die berühmtesten Pagoden jenes Landes. Die erste, die er sah, war aus Kupfer und Messing von allerfeinster Arbeit; die innere Zelle maß drei Ellen im Geviert und barg in ihrer Mitte ein goldenes Bild, das an Größe und Gestalt einem Mann von wunderbarer Schönheit glich; und so kunstvoll war die Arbeit, daß sein Gesicht die Augen, zwei große Rubinen von ungeheurem Werte, auf jeden Beschauer zu heften schien, mochte er stehen, wo er wollte. Ferner sah der Prinz einen Götzentempel, der nicht weniger wunderbar und selten war als der erste; der war inmitten eines Dorfes erbaut, auf einer ebenen Fläche, die etwa einen halben Morgen lang und breit war, und auf der liebliche Rosen, Jasmin, Basilienkraut und mancherlei andere süß duftende Pflanzen blühten, deren Wohlgerüche die ganze Luft dort erfüllten. Rings um den Tempelhof aber lief eine Mauer, drei Fuß hoch, so daß sich kein Tier hinein verirren konnte; und in der Mitte befand sich eine Terrasse, fast in Manneshöhe, ganz aus weißem Marmor und welligem Alabaster erbaut; in ihr war jede einzelne Platte so fein behauen und so genau eingefügt, daß der ganze Flur, obgleich er eine große Fläche bedeckte, aussah, als ob er nur aus einem einzigen Steine bestände. In der Mitte der Terrasse stand der heilige Kuppelbau, der sich etwa fünfzig Ellen hoch emporhob und auf viele Meilen hin sichtbar war; er war dreißig Ellen lang und zwanzig breit, und die roten Marmorsteine in der Mauerverkleidung waren blank poliert wie ein Spiegel, so daß ein jedes Ding sich darin naturgetreu widerspiegelte. Die Kuppel war kunstvoll gemeißelt und auf der Außenseite prächtig verziert; drinnen waren nach Rang und Würden Reihen und Reihen von Götzenbildern aufgestellt. Hierher, zu diesem Allerheiligsten, strömten von früh bis spät Tausende von Brahmanen, Männer und Frauen, zum täglichen Gottesdienste herbei. Die fanden Spiele und Lustbarkeiten dort ebensowohl wie Riten und Zeremonien; die einen schmausten, andere tanzten, die einen sangen, andere spielten Instrumente der Freude und Fröhlichkeit, und so fanden an mancherlei Orten Spiele und Gelage und unschuldige Lustbarkeiten statt. Hierher strömten auch zu jeder Jahreszeit Scharen von Pilgern aus fernen Ländern, um ihre Gelübde zu erfüllen und ihre Gebete zu verrichten; alle brachten Gaben an Gold und Silbermünzen und seltene und kostbare Geschenke, die sie in Gegenwart der königlichen Beamten opferten.

Ferner sah Prinz Husain ein Fest, das nur einmal im Jahre in der Stadt Bischangarh gefeiert wurde. Da kamen alle Lehnspächter, große und kleine, zusammen und zogen um die Pagoden herum, vor allem aber um eine, die alle anderen an

Größe und Pracht übertraf. Große und gelehrte Pandits[1], die in den Schâstras[2] bewandert waren, machten Reisen von vier und fünf Monaten und begrüßten einander bei diesem Feste; aus allen Gegenden Indiens pilgerte das Volk in solchen Mengen dorthin, daß Prinz Husain über diesen Anblick erstaunt war; und weil sich solche Volksmassen bei den Tempeln zusammendrängten, konnte er nicht einmal sehen, in welcher Weise die Götter verehrt wurden.

Auf der einen Seite der benachbarten Ebene, die sich weit und breit erstreckte, stand ein neu errichteter Bau von gewaltiger Größe und hoher Pracht, neun Stockwerke hoch, der auf einem Unterbau aus vierzig Pfeilern ruhte; dort versammelte der König einmal in jeder Woche seine Wesire, um allen Fremden im Lande Recht zu sprechen. Das Innere des Palastes war reich verziert und mit kostbarer Einrichtung ausgestattet; auf der Außenseite waren die Wandflächen bemalt mit Darstellungen von heimischen Landschaften und Szenerien aus fernen Gegenden, vor allem auch von allerlei vierfüßigen Tieren, Vögeln und Insekten, sogar auch von Mücken und Fliegen, die mit solchem Kunstsinn und mit so geschickter Hand abgebildet waren, daß sie wirklich lebendig schienen und daß das Landvolk und die Bauern, wenn sie von ferne die Bilder von Löwen, Tigern und anderen reißenden Tieren sahen, mit Furcht und Schrecken erfüllt wurden. Auf den anderen Seiten der Ebene befanden sich Pavillons, gleichfalls aus Holz, für den Gebrauch des Volkes hergerichtet; die waren im Innern und auf den Außenseiten schön ausgestattet und bemalt wie jener erste Bau, doch so kunstvoll gebaut, daß man sie mit allem Volke darin umdrehen und nach jeder Stelle, wohin man nur wollte, fortbewegen konnte. So schaffte man diese

1. Gelehrte. – 2. Lehrbücher, heilige Schriften.

gewaltigen Bauten mit Hilfe von Maschinen hin und her, und das Volk darin konnte nacheinander verschiedenen Lustbarkeiten und Spielen zuschauen. Ferner waren auf jeder Seite des Vierecks Elefanten in Reihen, wohl tausend an der Zahl; deren Rüssel und Ohren und Hinterseiten waren mit Zinnober bemalt und mit allerlei gefälligen Zeichnungen geschmückt; ihre Schabracken waren aus Goldbrokat, die Sänften auf ihren Rücken waren mit Silber bestickt. Sie trugen Bänkelsänger, die mancherlei Instrumente spielten, während Spaßmacher die Menge mit ihren Scherzen belustigten und Schauspieler ihre unterhaltsamsten Rollen spielten. Von all den Sehenswürdigkeiten aber, die der Prinz erblickte, gefiel ihm die Elefantenschau am meisten, und die erfüllte ihn mit der größten Verwunderung. Ein mächtiges Tier, das hin und her gefahren werden konnte, wohin die Wärter nur wollten, da seine Füße auf einem Gestelle ruhten, das auf Rollen lief, hielt in seinem Rüssel eine Flöte, auf der es so schön spielte, daß alles Volk mit Freuden Beifall rief. Da war auch noch ein kleineres Tier, das auf der einen Seite eines Balkens stand; dieser Balken lag quer über einem acht Ellen hohen Holzblock und war mit Angeln daran befestigt, und auf dem anderen Ende lag ein eisernes Gewicht, das ebenso schwer war wie der Elefant. Der drückte dann so lange auf den Balken, bis sein Ende den Boden berührte, und dann hob ihn das Gewicht am anderen Ende wieder hoch. So schwang der Balken wie eine Schaukel auf und nieder, und wenn er sich bewegte, so wiegte der Elefant sich hin und her, im gleichen Takte wie die Musik der spielenden Kapellen, wobei er laut trompetete. Das Volk konnte sich um diesen Elefanten, während er sich auf dem Balken wiegte, von Ort zu Ort herumfahren lassen. Solche Vorführungen von gelehrigen Elefanten geschahen meist in Gegenwart des Königs.

Prinz Husain verbrachte fast ein Jahr damit, sich die Sehenswürdigkeiten auf den Märkten und bei den Festen von Bischangarh anzuschauen. Als dann aber die Zeit der Verabredung mit seinen Brüdern kam, breitete er seinen Teppich im Hofe hinter dem Chân, in dem er wohnte, auf die Erde, schaffte sein Gefolge, die Rosse und alles, was er mitgebracht hatte, hinauf, setzte sich und sprach in Gedanken den Wunsch aus, er wolle nach der Karawanserei versetzt werden, in der die drei Brüder sich zu treffen verabredet hatten. Kaum hatte er den Gedanken gefaßt, da erhob sich schon im selben Augenblicke der Teppich hoch in die Luft, sauste dahin durch den Raum und trug alle zu der bestimmten Stätte; und dort blieb der Prinz, immer noch im Gewande eines Kaufmanns, um seine Brüder zu erwarten.

Vernimm nun, o glücklicher König, was Prinz 'Alî, der ältere von den beiden Brüdern des Prinzen Husain, erlebte! Der hatte sich am dritten Tage nach seiner Trennung von den beiden anderen auch einer Karawane angeschlossen und war gen Persien gereist. Als er nach einem Marsche von vier Monaten in Schiras, der Hauptstadt des Landes Iran, angekommen war, kehrte er mit seinen Reisegefährten, die ihm fast wie Freunde geworden waren, in einem Chân ein; und er bezog dort seine Wohnung mit ihnen, indem er als Juwelier galt. Am nächsten Tage gingen die Händler fort, um Waren zu kaufen und ihre eigenen Güter zu verkaufen; Prinz 'Alî jedoch, der nichts mitgebracht hatte, was er verkaufen konnte, sondern nur die Sachen, die er für sich brauchte, legte alsbald sein Reisekleid ab und begab sich mit einem Gefährten von der Karawane zu dem Hauptbasar, der als Bazistân, oder Tuchmarkt, bekannt war. 'Alî wanderte umher auf jenem Markte, der aus Ziegelsteinen erbaut war und an dem alle Läden gewölbte Dächer hatten, die auf schönen Säulen ruhten; und er wunderte sich sehr, wie er die prächtigen Lagerhäuser sah, in denen alle Arten von unendlich wertvollen Waren zum Verkaufe auslagen. Erstaunt fragte er sich, wie reich die ganze Stadt sein müsse, wenn eine einzige Marktstraße schon dergleichen Schätze barg. Während nun die Makler einhergingen und ihre Waren zum Verkaufe ausriefen, sah er unter ihnen einen, der ein etwa ellenlanges Elfenbeinrohr in der Hand hielt, das er zum Preise von dreißigtausend Zechinen zum Verkaufe ausbot. Als Prinz 'Alî diesen Preis hörte, dachte er bei sich: ‚Der Bursche da ist sicher ein Narr, daß er einen solchen Preis für ein so armseliges Ding verlangt!' Dann fragte er einen der Ladenbesitzer, mit dem er bekannt geworden war, indem er sprach: ‚Mein Freund, ist der Mann dort ein Irrsinniger, daß er die Summe von dreißigtausend Zechinen für diese kleine Elfenbeinröhre verlangt? Doch nur ein Dummkopf würde ihm einen so hohen Preis zahlen und für das Ding einen solchen Schatz Goldes verschwenden!' ‚Werter Herr,' erwiderte der Ladenbesitzer, ‚dieser Makler ist klüger und verständiger als alle die anderen seines Standes, und durch ihn habe ich Waren im Werte von Tausenden von Zechinen verkaufen lassen. Bis gestern war er noch bei klarem Verstande; aber ich weiß nicht, in welcher Verfassung er sich heute befindet und ob er seinen Verstand verloren hat oder nicht. Doch das weiß ich sicher, wenn er dreißigtausend für ein Elfenbeinrohr verlangt, dann ist es so viel wert oder noch mehr. Immerhin, wir werden es ja mit eigenen Augen sehen. Setz dich hier nieder und warte im Laden, bis er bei uns vorbeikommt!' Da setzte Prinz 'Alî sich nieder auf den Platz, den jener ihm anbot, und alsbald sah man auch den Makler des Weges kommen. Nun rief der Besitzer des Ladens ihn heran und sprach zu ihm: ‚Mann, deine kleine Röhre da muß eine seltsame Kraft besitzen; alle Leute hören mit Staunen, daß du einen so hohen Preis dafür verlangst; ja, mein Freund hier glaubt sogar, du seiest von Sinnen.' Der Makler, ein verständiger Mann, zeigte keinerlei Ärger über diese Worte, sondern antwortete in höflicher Rede: ‚Hoher Herr, ich zweifle gar nicht daran, daß du mich für einen Irren halten mußt, da ich einen so hohen Preis verlange und einem so geringen Gegenstand so hohen Wert beilege; aber wenn ich dir seine Eigenschaften und Kräfte gezeigt haben werde, so wirst du gern bereit sein, ihn für den Preis zu erwerben. Nicht nur du allein, sondern alle Leute, die mich meinen Ruf haben ausrufen hören, lachen und nennen mich einen Narren.' Mit diesen Worten zeigte der Makler dem Prinzen 'Alî das Fernrohr und reichte es ihm, indem er hinzufügte: ‚Schau dir dies Elfenbein gut an: ich will dir seine Eigenschaften erklären! Du siehst, daß es an beiden Enden mit einem Stück Glas versehen ist; wenn du nun das eine Ende davon an dein Auge legst, so kannst du alles sehen, was du nur wünschest, und es wird nah bei dir erscheinen, mag es auch viele hundert Meilen von dir entfernt sein.' Der Prinz gab zur Antwort: ‚Das geht über alles Verständnis hinaus; ich kann es auch noch nicht für wahr halten, bis ich es erprobt und mich davon überzeugt habe, daß es sich so verhält, wie du sagst.' Darauf legte der Makler das kleine Rohr in Prinz 'Alîs Hand, und indem er ihm zeigte, wie er es handhaben müsse, sprach er: ‚Was du nur immer wahrzunehmen wünschest, wird sich dir zeigen, wenn du durch dies Elfenbein schaust.' Prinz 'Alî wünschte stillschweigend seinen Vater zu sehen, und sowie er das Rohr dicht vor sein Auge hielt, sah er ihn frisch und froh auf seinem Throne sitzen, wie er dem Volke seines Landes Recht sprach. Dann verlangte er sehnsüchtig sein Herzlieb, die Prinzessin Nûr en-Nahâr, zu sehen; und sofort sah er auch sie, wie sie gesund und munter auf ihrem Ruhelager saß, plauderte und lachte, während eine Schar von Dienerinnen ihrer Befehle gewärtig umherstand. Der Prinz war über die Maßen erstaunt, wie er dies seltsame und wunderbare Schauspiel sah, und er sprach bei sich selber: ‚Wenn ich auch die ganze Welt zehn Jahre lang oder noch länger in all ihren Ecken und Winkeln durchsuche, werde ich doch nie ein so selten und kostbar Ding wie dies Elfenbeinrohr finden.' Darauf sagte er zu dem Makler: ‚Die Eigenschaften deines Rohres sind, wie ich sehe, wirklich von der Art, die du beschrieben hast, und ich will dir sehr gern dreißigtausend Zechinen als Preis dafür bezahlen.' ‚Hoher Herr,' erwiderte der Makler, ‚mein Gebieter hat einen Eid geschworen, daß er sich nicht für weniger als vierzigtausend Goldstücke davon trennen will.' Der Prinz nun, der einsah, daß der Makler ein gerechter und ehrlicher Mann war, wog ihm die vierzigtausend Zechinen ab und wurde so der Besitzer des Fernrohres, selig in dem Gedanken, daß es seinen Vater voll erfreuen und ihm die Hand der Prinzessin Nûr en-Nahâr gewinnen würde. So zog denn 'Alî mit frohem Sinne durch Schiras und weiter auf mancherlei Straßen Persiens dahin; und schließlich, als das Jahr fast vorüber war, schloß er sich einer Karawane an und erreichte auf seiner Rückreise nach Indien gesund und wohlbehalten die verabredete Karawanserei, in der Prinz Husain schon vor ihm eingetroffen war. Dort warteten die beiden, bis ihr dritter Bruder wohlbehalten zurückkehrte.

Dies, o König Schehrijâr, ist die Geschichte der beiden Brüder; und nun bitte ich dich, neige dein Ohr und höre auf das, was dem jüngsten von ihnen, dem Prinzen Ahmed, widerfuhr; denn sein Erlebnis war das merkwürdigste und seltsamste von allen. Als er sich von seinen Brüdern getrennt hatte, wählte er den Weg, der nach Samarkand führte; und wie er dort nach einer langen Reise eintraf, kehrte er, ebenso wie seine Brüder, in einem Chân ein. Am nächsten Tage ging er fort, um sich den Markt anzuschauen, den das Volk dort Bazistân nennt, und er sah, daß er schön angelegt war; die Läden waren kunstvoll gebaut und mit seltenen Stoffen, wertvollen Gütern und kostbaren Waren gefüllt. Wie er nun so hin und her schritt, traf er auf einen Makler, der einen Zauberapfel feilbot mit dem Rufe: ‚Wer kauft diese Frucht? Sie ist fünfunddreißigtausend Goldstücke wert!' Da sprach Prinz Ahmed zu dem Manne: ‚Bitte, laß mich doch einmal die Frucht sehen, die du in der Hand hast, und erklärte mir, welche geheime Kraft sie besitzt, daß du einen so hohen Preis für sie verlangst!' Der Makler lächelte, reichte ihm den Apfel und sprach: ‚Wundere dich nicht hierüber, mein guter Herr! Fürwahr, ich bin gewiß, wenn ich dir seine Eigenschaft erklärt habe, und wenn du siehst, welch eine Wohltat für die Menschheit sie ist, so wirst du meinen Preis nicht für übertrieben halten; nein, du wirst vielmehr gern einen Schatz Goldes dafür hingeben, falls du den besitzest.' Dann fuhr er fort: ‚Jetzt höre mich an, mein Gebieter, ich will dir erzählen, welche Kraft in diesem kunstvollen Apfel verborgen liegt! Wenn irgendein Mensch an einer Krankheit leidet, mag sie auch noch so schwer sein, ja noch mehr, wenn er schon dem Tode nahe ist, und wenn er dann nur an diesem Apfel riecht, so wird er sich alsbald erholen, er wird gesund und geheilt von jeglicher Krankheit, die ihn plagte, sei es Pest oder Brustseuche, Fieber oder irgendein anderes bösartiges Leiden, gleich als ob er niemals krank gewesen wäre; seine Kraft wird ihm sofort zurückkehren, und nachdem er einmal an dieser Frucht gerochen hat, wird er aller

Krankheit und alles Leidens frei und ledig sein, solange die Lebensgeister in ihm weilen.' Doch Prinz Ahmed entgegnete: ‚Wie kann ich sicher sein, daß deine Worte wahr sind? Wenn die Sache sich so verhält, wie du sagst, dann will ich dir mit der größten Freude die Summe geben, die du verlangst!' ‚Mein Gebieter,' erwiderte der Makler, ‚alle Menschen, die hier in der Gegend von Samarkand wohnen, wissen recht wohl, daß früher in dieser Stadt ein weiser Mann wohnte, der eine wundersame Geschicklichkeit besaß, und der nach vielen Jahren mühsamer Arbeit diesen Apfel hergestellt hat, durch Mischung von unendlich vielen Arzneien aus Kräutern und Mineralien. All sein Gut, das sehr beträchtlich war, gab er dafür aus, und nachdem er den Apfel hergestellt hatte, machte er Tausende von kranken Menschen wieder gesund, indem er sie nur an dieser Frucht riechen ließ. Doch ach, sein Leben fand ein plötzliches Ende, und der Tod überraschte ihn unversehens, ehe er sich selbst durch den wunderbaren Duft retten konnte; und da er keinen Reichtum gesammelt, sondern nur eine trauernde Witwe, eine große Schar kleiner Kinder und viele Angehörige hinterlassen hat, so konnte seine Witwe sich nicht anders helfen als dadurch, daß sie sich von diesem Wunderkleinod trennte, um Mittel für den Unterhalt der Ihrigen zu gewinnen.'
Während der Verkäufer dem Prinzen diesen seinen Bericht erstattete, sammelte sich eine große Schar von Bürgern um sie; und einer aus der Menge, der dem Makler wohlbekannt war, trat hervor und sprach: ‚Einer meiner Freunde liegt sterbenskrank zu Hause; die Ärzte und Männer der Heilkunde verzweifeln alle an seinem Leben; darum flehe ich dich an, laß ihn an dieser Frucht riechen, damit er am Leben bleibt!' Wie Prinz Ahmed diese Worte vernahm, wandte er sich dem Verkäufer zu und sprach: ‚Mein Freund, wenn dieser Kranke, von dem

du da hörst, durch den Geruch des Apfels wieder zu Kräften kommt, will ich ihn dir sofort abkaufen zum Preise von vierzigtausend Zechinen.' Der Mann hatte Vollmacht, ihn für den Betrag von fünfunddreißigtausend Goldstücken zu verkaufen; und da er nun mit einer Maklergebühr von fünftausend zufrieden war, sagte er: ‚Es ist gut, mein Herr! Jetzt magst du die Kräfte dieses Apfels erproben und dich selbst davon überzeugen; Hunderte von Kranken habe ich mit seiner Hilfe gesund gemacht.' Somit begleitete der Prinz die Leute zum Hause des Kranken und fand ihn in den letzten Atemzügen auf seinem Bette liegen; kaum hatte jedoch der Sterbende an der Frucht gerochen, da erholte er sich sofort und erhob sich, vollkommen geheilt, gesund und munter. Darauf erwarb Ahmed den Wunderapfel von dem Makler und zahlte ihm die vierzigtausend Zechinen aus. Nachdem er so das Ziel seiner Reise erreicht hatte, dachte er alsbald daran, sich einer Karawane, die nach Indien zog, anzuschließen und zu seines Vaters Heimstatt zurückzukehren; doch inzwischen beschloß er, sich mit den Sehenswürdigkeiten und Wunderdingen Samarkands die Zeit zu vertreiben. Eine besondere Freude war es ihm, auf die herrliche Ebene, die da Soghd heißt und die eine von den Wundern der Welt ist, hinauszuschauen; dies Gelände war auf allen Seiten eine Augenweide, in smaragdgrünem, lichtem Kleide, mit kristallenen Bächen wie das Paradiesesland; die Gärten brachten alle Arten von Blumen und Früchten hervor, und die Städte und Paläste erfreuten das Auge der Fremden. Nach einer Weile schloß sich dann Prinz Ahmed einer Karawane von Kaufleuten an, die gen Indien zog; und als seine lange und mühsame Reise zu Ende war, erreichte er schließlich die Karawanserei, wo seine beiden Brüder Husain und 'Alî ungeduldig auf sein Kommen warteten. Da wurden die drei Brüder von herzlicher Freude erfüllt, als sie wieder vereint waren, und sie umarmten einander; und sie dankten Allah, der sie nach so langer und banger Trennung nunmehr gesund und munter, frisch und froh heimgeführt hatte.

Nun wandte Prinz Husain, als der Älteste, sich zu den anderen und sprach: ‚Jetzt geziemt es uns, daß ein jeder berichte, wie es ihm ergangen ist, und zu wissen tue, was für ein selten Ding er mitgebracht hat und welche Kräfte es besitzt. Ich, als der Erstgeborene, will auch zuerst meine Erlebnisse berichten. Ich bringe aus Bischangarh einen Teppich mit, der zwar nur unansehnlich ist, der aber solch wunderbare Kräfte besitzt, daß jemand, der auf ihm sitzt und dann im Geiste den Wunsch ausspricht, ein Land oder eine Stadt zu besuchen, sogleich dorthin versetzt wird, ohne Beschwer und unversehrt, mag die Reise bis dort auch sonst Monate oder gar Jahre lang dauern. Ich habe vierzigtausend Goldstücke dafür bezahlt; und nachdem ich dann alle Wunderdinge im Lande Bischangarh angeschaut hatte, setzte ich mich auf mein erworbenes Kleinod und wünschte mich nach dieser Stätte. Sofort befand ich mich hier, wie ich es mir wünschte, und jetzt habe ich in dieser Karawanserei drei Monate auf euer Kommen gewartet. Der fliegende Teppich ist hier bei mir; wer will, mag ihn versuchen!'

Nachdem der älteste Prinz seine Geschichte zu Ende erzählt hatte, sprach als nächster Prinz 'Alî, und er hub an: ‚Lieber Bruder, dieser Teppich, den du mitgebracht hast, ist wunderseltsam, und er besitzt ganz außergewöhnliche Kräfte; und nach dem, was du berichtest, hat noch nie jemand in aller Welt etwas gesehen, das ihm zu vergleichen wäre.' Dann aber zog er das Fernrohr hervor und fuhr fort: ‚Seht hier, auch ich habe für vierzigtausend Zechinen etwas gekauft, dessen Kräfte ich euch jetzt zeigen werde! Seht ihr dies Elfenbeinrohr? Mit seiner Hilfe kann man Dinge schauen, die dem Blicke verborgen und viele Meilen weit entfernt sind. Es ist wahrlich ein ganz wundersames Ding und wert, daß ihr es prüft; ihr beide mögt es erproben, wenn ihr wollt. Legt nur ein Auge an das kleinere Glas und sprecht in Gedanken den Wunsch aus, irgend etwas, das euer Herz zu sehen begehrt, zu schauen; und ob es nun in der Nähe oder viele hundert Meilen weit entfernt ist, dies Elfenbein wird es deutlich und ganz nah vor euer Auge rücken.' Bei diesen Worten nahm Prinz Husain das Rohr von Prinz 'Alî entgegen, und indem er sein Auge an das eine Ende legte, wie ihm gesagt war, wünschte er in seinem Herzen Prinzessin Nûr en-Nahâr zu erblicken; seine beiden Brüder aber beobachteten ihn, um zu sehen, was er sagen würde. Doch plötzlich bemerkten sie, wie sein Angesicht sich verfärbte und gleich einer welken Blume zusammensank, und wie ihm in seiner Erregung und Seelenpein ein Tränenstrom aus den Augen rann; und ehe noch seine Brüder sich von ihrem Erstaunen erholt hatten und ihn nach der Ursache dieses seltsamen Verhaltens fragen konnten, rief er laut: ,Wehe! Wehe! Wir haben Mühe und Beschwer ertragen, und wir sind so weit in die Ferne gezogen, da wir hofften, die Prinzessin Nûr en-Nahâr zu gewinnen. Doch es war alles vergebens: ich sah sie todkrank auf ihrem Lager liegen, gleich als ob sie zum letzten Male atmen wolle, und rings um sie standen ihre Frauen, die alle in tiefster Trauer weinten und klagten. Ach, meine Brüder, wenn ihr sie noch ein letztes Mal sehen wollt, so werfet einen Blick des Abschiedes durch das Glas, bevor sie nicht mehr ist!' Da ergriff Prinz 'Alî das Fernrohr und schaute hindurch und erblickte die Prinzessin in dem Zustande, den sein Bruder Husain geschildert hatte; der gab es alsbald an Prinz Ahmed weiter, und auch er sah hindurch und überzeugte sich,

daß die Herrin Nûr en-Nahâr im Begriffe war, den Geist aufzugeben. So sprach er denn zu seinen älteren Brüdern: ‚Wir alle drei leiden die gleiche Liebesqual um die Prinzessin, und ein jeder von uns hat den herzlichsten Wunsch, sie zu gewinnen. Ihr Leben schwindet jetzt dahin, aber ich kann sie retten und wieder gesunden lassen, wenn wir sofort ohne Zaudern und Zögern zu ihr eilen.' Mit diesen Worten nahm er den Wunderapfel aus seiner Tasche, zeigte ihn den Brüdern und rief: ‚Dieser hier ist nicht weniger wertvoll denn der fliegende Teppich und das Fernrohr! Ich habe ihn für vierzigtausend Goldstücke in Samarkand gekauft und nun haben wir die beste Gelegenheit, seine Kräfte zu erproben. Man sagte mir, daß ein Kranker, wenn er diesen Apfel an die Nase hält, sofort wieder geheilt und gesund wird, mag er auch dem Tode nahe sein; ich habe ihn selbst erprobt, und jetzt werdet ihr selbst seine Wunderheilkraft sehen, wenn ich ihn gegen das Leiden Nûr en-Nahârs anwende. Nur laßt uns bei ihr sein, ehe sie stirbt!'
‚Das ist ein leichtes Ding,' rief Prinz Husain, ‚mein Teppich wird uns im Augenblick an das Lager unserer Herzliebsten tragen. Setzt euch sofort mit mir auf ihn nieder, denn er hat Raum genug für uns drei; wir werden unverzüglich dorthin getragen werden, unsere Diener aber mögen uns folgen!' Da setzten die drei Prinzen sich auf den fliegenden Teppich, jeder sprach in Gedanken den Wunsch aus, bei dem Lager der Prinzessin Nûr en-Nahâr zu sein, und im Augenblick befanden sie sich in ihrem Gemache. Die Sklavinnen und Eunuchen, die sie pflegten, waren über diesen Anblick erschrocken und staunten, wie diese fremden Männer in das Zimmer hatten kommen können; und gerade, als die Eunuchen schon mit dem Schwerte in der Hand über sie herfallen wollten, erkannten sie die Prinzen und wichen zurück, noch immer über deren Ein-

dringen verwundert. Die Brüder aber standen sofort von dem fliegenden Teppich auf, und Prinz Ahmed trat vor und legte den Wunderapfel an die Nase der Herrin, die bewußtlos auf ihrem Lager dahingestreckt lag; doch sobald der Duft ihr ins Hirn drang, verließ die Krankheit sie, und sie war vollkommen geheilt. Sie öffnete ihre Augen weit, richtete sich in den Kissen empor und blickte ringsumher, zumal auf die Prinzen, die vor ihr standen; denn sie fühlte, daß sie frisch und froh geworden war, als ob sie gerade aus dem erquickendsten Schlafe erwache. Alsbald stand sie von ihrem Lager auf und befahl ihren Kammerfrauen, sie anzukleiden; und während sie das taten, erzählten sie, wie die drei Prinzen, die Söhne ihres Oheims, plötzlich erschienen seien, und wie Prinz Ahmed ihr etwas zu riechen gegeben hätte, durch das sie von ihrer Krankheit geheilt sei. Nachdem sie dann auch noch die Waschung nach der Genesung vollzogen hatte, kehrte sie zurück und zeigte ihre herzliche Freude über das Wiedersehen mit den Prinzen, und sie dankte ihnen, besonders dem Prinzen Ahmed, da er ihr doch Leben und Gesundheit wiedergegeben hatte. Auch die Prinzen waren hocherfreut, wie sie sahen, daß Prinzessin Nûr en-Nahâr so rasch von ihrer tödlichen Krankheit genesen war; aber bald nahmen sie wieder Abschied von ihr und gingen fort, um ihren Vater zu begrüßen.

Inzwischen hatten die Eunuchen das ganze Begebnis dem Sultan berichtet, und als nun die Prinzen zu ihm kamen, erhob er sich, umarmte sie zärtlich und küßte sie auf die Stirn, glückselig, daß er sie wiedersah und von ihnen die Genesung der Prinzessin erfuhr, die ihm so teuer war, als ob sie seine eigene Tochter wäre. Darauf holten die drei Brüder die Wunderdinge herbei, die ein jeder von seiner Reise mitgebracht hatte. Zuerst zeigte Prinz Husain den fliegenden Teppich, der sie im

Augenblick aus weiter Ferne heimgetragen hatte, und sprach: ‚Nach seinem Aussehen hat dieser Teppich keinerlei Wert, aber sintemalen er eine so wundersame Kraft besitzt, deucht mich: es ist unmöglich, in der ganzen Welt etwas zu finden, das ihm an Seltenheit gleichkäme.' Darauf bot Prinz 'Alî dem König sein Fernrohr dar, indem er sprach: ‚Der Spiegel des Dschamschêd[1] ist gar nichts wert gegen dies Rohr, durch das alle Dinge vom Osten zum Westen und vom Norden zum Süden dem Blicke des Menschen klar erkennbar werden.' Zuletzt nahm Prinz Ahmed den Wunderapfel hervor, der in so seltsamer Weise das teure Leben Nûr en-Nahârs gerettet hatte, und er sagte: ‚Mit Hilfe dieser Frucht werden alle Krankheiten und schweren Leiden sofort geheilt.' Und ein jeder überreichte sein Kleinod dem Sultan mit den Worten: ‚Gebieter, geruhe diese Gaben, die wir gebracht haben, wohl zu prüfen, und entscheide dann, welche von ihnen die wertvollste und wunderbarste ist; darauf soll, nach deinem Versprechen, der unter uns, den deine Wahl trifft, sich mit der Prinzessin Nûr en-Nahâr vermählen!' Nachdem der König mit Bedacht ihre Ansprüche angehört und auch erkannt hatte, wie eine jede Gabe zu der Genesung seiner Nichte beigetragen hatte, versank er eine Weile tief in das Meer der Gedanken; dann gab er zur Antwort: ‚Erkennte ich das höchste Verdienst dem Prinzen Ahmed zu, dessen Wunderapfel die Prinzessin geheilt hat, so würde ich doch ungerecht gegen die andern beiden handeln. Mag immerhin sein Kleinod sie aus tödlicher Krankheit dem Leben und der Gesundheit zurückgegeben haben, so sagt mir doch: wie hätte er von ihrer Krankheit etwas erfahren ohne die Kraft des Fernrohres des Prinzen 'Alî? Und ebenso auch wäre

1. Ein mythischer König der alten Perser, um den sich ein Sagenkranz gebildet hat wie um Salomo.

ohne den fliegenden Teppich des Prinzen Husain, der euch drei in einem Augenblicke hierher brachte, der Zauberapfel nutzlos gewesen. Deshalb lautet mein Entscheid dahin, daß alle drei gleichen Anteil hatten und daher das gleiche Verdienst an ihrer Genesung beanspruchen können; denn es wäre unmöglich gewesen, sie zu heilen, wenn irgendeins von den drei Wunderdingen gefehlt hätte; ferner sind ja auch alle drei gleich selten und wunderbar, ohne daß eines das andere überträfe, und ich kann nicht mit dem geringsten Recht einem vor den anderen Vorzug oder Vorrang zuerkennen. Ich versprach die Herrin Nûr en-Nahâr mit dem zu vermählen, der die allergrößte Seltenheit bringen würde; aber so sonderbar es ist, es bleibt darum nicht minder wahr, daß sie alle in der einen wesentlichen Eigenschaft einander gleich sind. Die Schwierigkeit besteht noch immer, und die Frage ist noch nicht gelöst; dennoch möchte ich gern die Sache noch vor Tagesschluß entschieden sehen, und zwar so, daß keinem unrecht geschieht. So muß ich mich denn unbedingt für einen Plan entscheiden, durch den ich einen von euch zum Sieger erklären und ihm die Hand der Prinzessin Nûr en-Nahâr gemäß meinem verpfändeten Worte verleihen kann, damit ich mich so von aller Verantwortung befreie. Ich habe also folgendes beschlossen: ein jeder von euch soll sein Roß besteigen und sich mit Pfeil und Bogen versehen; dann reitet hin zum Turnierfelde, und ich werde euch mit den Staatsministern, den Großen des Reiches und den Vornehmen des Landes folgen. Dann sollt ihr, einer nach dem andern, in meiner Gegenwart mit all eurer Kraft und Macht einen Pfeil abschießen; und der unter euch, dessen Pfeil am weitesten fliegt, wird von mir als der Würdigste erklärt werden, die Prinzessin Nûr en-Nahâr zur Frau zu gewinnen.' Die drei Prinzen nun, die dem Entscheid ihres

Vaters nicht widersprechen noch auch seine Weisheit und Gerechtigkeit anzweifeln konnten, bestiegen ihre Renner und eilten mit Pfeil und Bogen geradeswegs zur bestimmten Stätte. Auch der König traf dort mit seinen Wesiren und den Würdenträgern seines Reiches ein, nachdem er die Kleinode im königlichen Schatzhause geborgen hatte. Sobald alles bereit war, versuchte der älteste Sohn und Erbe, Prinz Husain, seine Stärke und Geschicklichkeit, und er schoß einen Pfeil weit über die flache Ebene hin. Nach ihm griff Prinz 'Alî zu seinem Bogen, entsandte einen Pfeil in der gleichen Richtung und schoß ihn über den ersten hinaus. Zuletzt kam Prinz Ahmed an die Reihe. Auch er zielte in die gleiche Richtung; aber es war also vom Schicksal bestimmt, daß die Ritter und Höflinge, obgleich sie ihre Rosse vorwärts jagten, um zu sehen, wo sein Pfeil zu Boden fallen würde, doch keine Spur von ihm entdeckten, und keiner von ihnen wußte, ob der Pfeil in die Tiefen der Erde gesunken oder bis zu den Enden des Himmelsraumes emporgeflogen war. Ja, es waren ihrer, die in böser Absicht der Meinung waren, Prinz Ahmed hätte gar keinen Schuß getan und sein Pfeil hätte die Sehne überhaupt nicht verlassen. Schließlich gab der König den Befehl, man solle nicht mehr danach suchen, er sprach sich für Prinz 'Alî aus und entschied, daß der sich mit der Prinzessin Nûr en-Nahâr vermählen solle, da sein Pfeil ja den des Prinzen Husain hinter sich gelassen hatte. So wurden denn die Feierlichkeiten und Zeremonien der Hochzeit nach Gesetz und Sitte des Landes mit großer Pracht und vielem Prunk vollzogen. Prinz Husain aber wollte bei dem Hochzeitsfeste nicht zugegen sein, da er enttäuscht und von Eifersucht erfüllt war; denn er war der Herrin Nûr en-Nahâr mit einer viel heißeren Liebe zugetan als seine beiden Brüder. Darum legte er seine fürstlichen Kleider ab und zog im Gewande eines Fakirs von dannen, um als Einsiedler zu leben. Auch Prinz Ahmed war von Eifersucht verzehrt und weigerte sich, am Vermählungsfeste teilzunehmen; aber er zog sich nicht wie Prinz Husain in die Einsamkeit zurück, sondern er verbrachte alle seine Tage auf der Suche nach dem Pfeile, um festzustellen, wo er niedergefallen sei.

Nun traf es sich, daß er eines Morgens, als er wieder, allein wie gewöhnlich, auf die Suche auszog und von dem Platze ausging, an dem die Pfeile abgeschossen waren, die beiden Stellen erreichte, an denen die Pfeile der Prinzen Husain und 'Alî gefunden waren. Dann ging er weiter, immer geradeaus, und warf seine Blicke nach allen Seiten über Hügel und Tal, nach rechts und nach links. Wie er so überall suchte, sah er plötzlich, nachdem er schon etwa drei Parasangen weit gegangen war, den Pfeil flach auf einem Felsen liegen. Darüber war er sehr erstaunt; denn er wunderte sich, wie der Pfeil so weit hatte fliegen können, noch mehr aber, als er hinaufging und erkannte, daß der Pfeil nicht im Boden stak, sondern offenbar abgeprallt und flach auf eine Steinplatte gefallen war. Da sprach er bei sich selber: ‚Mit dieser Sache hat es sicherlich eine geheimnisvolle Bewandtnis! Wie könnte jemand sonst einen Pfeil so weit schießen und ihn dann in einer so seltsamen Weise daliegen sehen?' Darauf bahnte er sich einen Weg zwischen den spitzen Klippen und den großen Blöcken und kam alsbald zu einer Höhle im Boden, die in einen unterirdischen Gang auslief; wie er einige Schritte darin vorgedrungen war, erblickte er eine eiserne Tür. Die stieß er mit Leichtigkeit auf, da sie nicht verriegelt war, und nachdem er mit dem Pfeile in der Hand eingetreten war, kam er auf einen abfallenden Weg, auf dem er hinabstieg. Aber während er gefürchtet hatte, alles ganz dunkel zu finden, entdeckte er in einiger Entfernung, wo die Höhle sich erweiterte, einen großen Raum, der auf allen Seiten durch Lampen und Leuchter erhellt war. Wie er dann noch etwa fünfzig Ellen weitergegangen war, fiel sein Blick auf einen mächtigen und schönen Palast. Und alsbald trat aus dessen Innerem heraus in die Säulenhalle eine liebliche Maid, schön und voll Liebreiz, eine Feengestalt in fürstlichen Gewändern und über und über mit den kostbarsten Juwelen geschmückt. Sie schritt langsam und majestätisch dahin, und doch anmutig und bezaubernd, umgeben von ihren Dienerinnen wie der volle Mond von den Sternen. Als Prinz Ahmed dies Bild der Schönheit sah, eilte er sich, ihr den Friedensgruß darzubringen, und sie erwiderte den Gruß; dann trat sie heran und hieß ihn huldvoll willkommen, indem sie mit lieblicher Stimme sprach: ‚Herzlich willkommen, Prinz Ahmed! Ich bin erfreut, dich zu sehen. Wie ergeht es deiner Hoheit, und weshalb bist du so lange mir ferngeblieben?' Der Königssohn staunte sehr, als er hörte, daß sie ihn bei Namen nannte; denn er wußte nicht, wer sie war, da sie einander nie zuvor gesehen hatten. Wie hatte sie also seinen Titel und seinen Rang erfahren können? Darauf küßte er den Boden vor ihr und sprach zu ihr: ‚Hohe Herrin, ich bin dir zu herzlichem Danke verpflichtet, daß du so gütig warst, mich an dieser seltsamen Stätte mit so freundlichen Worten willkommen zu heißen, hier, wo ich, ein einsamer Fremdling, nur mit Zögern und Zaudern einzutreten wage. Doch es ist mir ein ganz rätselhafter Gedanke, wie du den Namen deines Sklaven hast erfahren können!' Lächelnd erwiderte sie: ‚Mein Gebieter, tritt herzu und laß uns dort in jenem Lustschlosse geruhsam sitzen! Dort will ich dir deine Frage beantworten.' Nun gingen sie dorthin, indem Prinz Ahmed ihren Fußspuren folgte; und als er eintrat, sah er voll Staunen auf das gewölbte Dach, das von herrlicher Arbeit war, mit Gold und Lapislazuli, mit Gemälden und Verzierungen so schön geschmückt, daß es in der ganzen Welt nicht seinesgleichen hatte. Als die Herrin seine Verwunderung bemerkte, sprach sie zu dem Prinzen: ‚Dies Haus ist nichts im Vergleich zu all meinen anderen, die ich jetzt aus freiem Willen dir zu eigen gebe; wenn du die siehst, dann wirst du mit Recht erstaunt sein.' Darauf setzte sich jenes feenhafte Wesen auf eine erhöhte Estrade und bat den Prinzen Ahmed unter vielen Zeichen ihrer Zuneigung, sich an ihrer Seite niederzusetzen. Dann fuhr sie fort: ‚Ob du mich gleich nicht kennst, so kenne ich dich doch gut, wie du mit Verwunderung sehen wirst, wenn ich dir meine ganze Geschichte erzähle. Aber zuerst geziemt es sich, daß ich dir sage, wer ich bin. Du hast wohl in der Heiligen Schrift gelesen, daß diese Welt nicht nur eine Wohnstätte von Menschen ist, sondern auch von einem Geschlechte, das man die Geisterwesen nennt, die an Gestalt den Sterblichen ganz ähnlich sind. Ich bin die einzige Tochter eines Geisterfürsten von vornehmster Abkunft, und mein Name ist Perî Banû. Drum sei nicht überrascht, wenn du mich sagen hörst, wer du bist und wer dein Vater, der König, ist, und wer Nûr en-Nahâr, die Tochter deines Oheims, ist. Ich habe volle Kenntnis von allem, was dich, deinen Stamm und deine Sippe angeht; du bist einer von drei Brüdern, die alle drei von Liebe zur Prinzessin Nûr en-Nahâr berückt waren und einander den Besitz ihrer Hand streitig machten. Ferner hielt es dein Vater für das beste, euch alle weit fort in fremde Länder zu schicken, und du zogst nach dem fernen Samarkand, von wo du einen Zauberapfel heimbrachtest, der mit seltener und geheimnisvoller Kunst gefertigt ist und für den du vierzigtausend Zechinen bezahlt hast; mit seiner Hilfe heiltest du deine Herzliebste von einer schweren Krankheit. Prinz Husain aber, dein ältester

Bruder, kaufte für denselben Preis einen fliegenden Teppich in Bischangarh, und Prinz 'Alî brachte ein Fernrohr heim aus der Stadt Schiras. Dies möge dir genügen, um dir zu zeigen, daß nichts von allem, was dich betrifft, mir verborgen ist. Doch nun sage mir die volle Wahrheit, wen bewunderst du mehr ob Schönheit und Anmut, mich oder die Herrin Nûr en-Nahâr, die Gemahlin deines Bruders? Mein Herz sehnt sich nach dir mit heißem Verlangen und wünscht, daß wir uns vermählen und die Freuden des Lebens und Wonnen der Liebe genießen. Drum sag an, bist auch du gewillt, dich mir zu vermählen, oder verzehrt dich stärkere Sehnsucht nach der Tochter deines Oheims? In der Fülle meiner Liebe stand ich unsichtbar an deiner Seite während des Bogenwettkampfes auf dem Turnierfelde, und als du deinen Pfeil abschossest, wußte ich, daß er weit hinter dem des Prinzen 'Alî[1] zurückbleiben würde. Deshalb griff ich ihn auf, ehe er den Boden berührte, und trug ihn aus dem Bereich der Augen davon; und indem ich ihn auf die eiserne Tür treffen ließ, bewirkte ich, daß er abprallte und flach auf den Felsen fiel, auf dem du ihn fandest. Und seit jenem Tage habe ich immer dagesessen und auf dich geharrt, da ich wohl wußte, daß du nach ihm suchen würdest, bis du ihn fändest, und so war ich sicher, daß ich dich hierher zu mir führen würde.' Also sprach die schöne Maid Perî Banû, indem sie mit dem Blicke sehnender Liebe zu Prinz Ahmed aufschaute; dann aber senkte sie die Stirn in züchtiger Scham und wandte ihren Blick ab.

Als Prinz Ahmed diese Worte aus dem Munde der Perî Banû vernahm, war er hocherfreut, und er sprach bei sich selber: ‚Es steht nicht mehr in meiner Macht, die Prinzessin Nûr en-

1. So nach Burton, der hier Galland und den Hindustani-Text verbessert.

Nahâr zu gewinnen; und Perî Banû übertrifft sie noch an Liebreiz des Antlitzes und Schönheit der Gestalt und Anmut des Ganges.' Kurz, er war so entzückt und hingerissen, daß er die Liebe zu seiner Base ganz vergaß; und da er ja erkannte, daß das Herz seiner neuen Zauberin sich ihm zuneigte, sprach er: ‚Hohe Herrin, du Schönste der Schönen, ich begehre nichts, als dir zu dienen und deinem Gebot zu gehorchen, solange ich lebe. Doch ich bin von menschlicher Geburt, und du bist von übermenschlicher Herkunft. Deine Freunde und Anverwandten, dein Stamm und deine Sippe werden es dir vielleicht verargen, wenn du dich zu einem solchen Bunde mit mir verbindest.' Sie aber gab zur Antwort: ‚Ich habe volle Freiheit von meinen Eltern, mich zu vermählen, wem ich will und wem ich meine Liebe schenke. Du sagst, du wollest mein Diener sein, doch nein, du sollst mein Herr und Gebieter sein; denn ich bin dein, und mein Leben und all mein Gut gehört dir, ich will auf ewig deine Magd sein. Willige ein, ich bitte dich, mich zur Gemahlin zu nehmen; mein Herz sagt mir, daß du mir meine Bitte nicht versagen wirst!' Und weiter fügte Perî Banû hinzu: ‚Ich habe dir bereits gesagt, daß ich hierüber mit vollster Willensfreiheit entscheiden kann. Zudem ist es bei uns Geistervolk Sitte und uralter Brauch, daß wir Mädchen, wenn wir das mannbare Alter und die Jahre des Verstandes erreichen, nach dem Gebote des Herzens uns vermählen dürfen, eine jede mit dem Manne, der ihr am meisten gefällt und von dem sie glaubt, er werde ihr Leben am glücklichsten machen. So leben denn Mann und Frau ihr ganzes Leben lang in Eintracht und Glück. Wenn aber eine Jungfrau von ihren Eltern nach deren Wahl, nicht nach ihrer eignen, vermählt wird, und sie so an einen Gefährten gekettet wird, der nicht der rechte für sie ist, weil er eine häßliche Gestalt oder ein häßliches Wesen hat und ihre Zuneigung nicht zu gewinnen vermag, dann werden die beiden wohl gar ihr ganzes Leben lang miteinander streiten; und Not ohne Ende wird für sie aus einer solchen unglücklichen Verbindung entstehen. Wir sind auch nicht durch das andere Gesetz gebunden, das die sittsamen Jungfrauen aus Adams Geschlecht bindet; denn wir tun offen unsere Neigung dem Manne kund, den wir lieben, und wir brauchen nicht zu warten und zu schmachten, bis wir umworben und gewonnen werden.' Als Prinz Ahmed diese Antwort vernahm, ward er von herzlicher Freude erfüllt, und er beugte sich nieder, um den Saum ihres Gewandes zu küssen; doch sie hinderte ihn und reichte ihm ihre Hand, nicht ihr Gewand. Der Prinz ergriff die Hand voll Entzücken, und nach der Landessitte küßte er sie und legte sie auf seine Brust und auf seine Augen. Darauf sprach die Fee mit einem bezaubernden Lächeln: ‚Mit meiner Hand fest in der deinen, so gelobe du mir Treue, wie ich dir feierlich verspreche: ich will unwandelbar treu sein allezeit, will mich nie des Wortbruches schuldig machen noch der Unbeständigkeit!' Und der Prinz gab ihr zur Antwort: ‚Holdseligstes Wesen, Geliebte meiner Seele, glaubst du, daß ich jemals zum Verräter an meinem eigenen Herzen werden könnte, ich, der ich dich bis zur Raserei liebe und dir Leib und Seele darbringe, dir, die du meines Herzens königliche Herrscherin bist? Ganz weihe ich mich dir: tu du mit mir, was du willst!' Dann sagte Perî Banû zu Prinz Ahmed: ‚Du bist mein Gemahl, und ich bin dein Weib. Dies feierliche Versprechen, das wir beide einander geben, steht an Stelle einer Eheurkunde. Wir brauchen keinen Kadi; denn bei uns sind alle andern Förmlichkeiten und Zeremonien überflüssig und nutzlos. Bald will ich dir das Gemach zeigen, in dem wir unsere Hochzeitsnacht feiern wollen, und ich glaube, du wirst es bewundern und gestehen, daß es in der ganzen Welt der Menschen keines gibt, das ihm gleich wäre.' Sogleich breiteten ihre Mägde den Tisch aus und trugen Speisen von mancherlei Art auf, dazu die köstlichsten Weine in Karaffen und in goldenen Bechern, die mit Juwelen besetzt waren. So setzten sich denn die beiden nieder zum Mahle und aßen und tranken, bis sie gesättigt waren. Darauf nahm Perî Banû den Prinzen Ahmed bei der Hand und führte ihn zu ihrem Gemache, in dem sie schlief; doch er blieb auf der Schwelle stehen, überwältigt von der Pracht, die er dort sah, und der Fülle von Juwelen und Edelsteinen, die seine Augen blendeten; und als er schließlich wieder zu sich kam, rief er: ‚Mich dünkt, im ganzen Weltall gibt es keinen so prächtigen Raum, der mit solch kostbarem Gerät und solchem Edelsteinschmuck übersät ist.' Da hub Perî Banû an: ‚Wenn du schon diesen Palast so voll Bewunderung preisest, was wirst du erst sagen beim Anblick der Schlösser und Burgen meines Vaters, des Geisterkönigs? Und wenn du meinen Garten siehst, so wirst du wohl auch von Staunen und Entzücken erfüllt werden; doch jetzt ist es zu spät, dich dorthin zu führen, denn die Nacht ist nahe.' Dann geleitete sie den Prinzen Ahmed in ein anderes Gemach, wo das Nachtmahl gerüstet war; und der Glanz dieses Saales stand dem der anderen in nichts nach, ja, er war sogar noch herrlicher und blendender. Hunderte von Wachskerzen in Leuchtern aus feinstem Bernstein und reinstem Kristall, die auf allen Seiten aufgereiht waren, ergossen Ströme von Licht überallhin, während goldene Blumengefäße und Schalen von feinster Arbeit und unermeßlichem Werte, von lieblichen Formen und wunderbarer Kunst die Nischen und die Wände schmückten. Keine menschliche Zunge vermöchte je die Pracht dieses Gemaches zu beschreiben; darin waren auch Scharen jungfräulicher Peris, von lieblicher Gestalt und holdem Angesicht, in die auserlesensten Gewänder gekleidet, die Instrumente der Freude und Fröhlichkeit spielten und Lieder der Liebe zu herzbetörenden Weisen sangen.

Die beiden nun, der junge Gatte und seine Gattin, setzten sich nieder zum Mahle; doch immer und immer wieder hielten sie inne, um zu tändeln und sich verschämtem Liebesspiel und keuschen Liebkosungen hinzugeben. Perî Banû reichte dem Prinzen Ahmed die erlesensten Bissen mit eigener Hand und ließ ihn von jeder Schüssel und jedem Naschwerk kosten, indem sie ihm deren Namen nannte und ihm erzählte, wie sie zubereitet waren. Aber wie sollte ich, o glücklicher König Schehrijâr, imstande sein, dir jene Geisterspeisen zu beschreiben oder den köstlichen Geschmack der Gerichte, wie sie kein Sterblicher je gekostet oder gesehen hat, mit gebührenden Worten des Preises schildern? Als nun die beiden ihr Nachtmahl beendet hatten, tranken sie die köstlichsten Weine und erquickten sich an Süßigkeiten, trockenen Früchten und einer Zukost von mancherlei Leckerbissen. Dann, als sie genug gegessen und getrunken hatten, begaben sie sich in ein anderes Gemach, in dem sich eine prächtige erhöhte Estrade befand, bedeckt mit goldgewirkten Polstern und mit Kissen, die aus Stickperlen und altpersischen Geweben gearbeitet waren; dort setzten sie sich Seite an Seite nieder, um zu plaudern und sich der Heiterkeit hinzugeben. Dann trat eine Schar von Geisterwesen und Feen herein, die vor ihnen mit wunderbarer Anmut und Kunst tanzten und sangen; dies schöne Schauspiel erfreute Perî Banû und den Prinzen Ahmed, und sie schauten und hörten dem Spiel und dem Reigen mit immer neuem Entzücken zu. Schließlich erhob sich das neuvermählte Paar und zog sich, müde der Festlichkeiten, in ein anderes Gemach zurück; dort fanden sie das Geisterlager, das von den Sklaven gebreitet war. Dessen Rahmen war aus Gold und mit Edelsteinen besetzt, während die Decken und Kissen aus Satin und Zindeltaft mit den seltensten Blumenstickereien bestanden. Hier stellten sich die Gäste, die bei der Hochzeitsfeier zugegen waren, und die Sklavinnen des Palastes in zwei Reihen auf und jubelten dem jungen Paare zu, als es hineinging; dann baten sie, fortgehen zu dürfen, schritten alle von dannen und überließen die beiden ihren Hochzeitsfreuden. So wurden das Vermählungsfest und die hochzeitlichen Lustbarkeiten Tag für Tag gefeiert, mit immer neuen Speisen und Spielen, neuen Tänzen und Weisen; und hätte Prinz Ahmed auch tausend Jahre lang unter dem Geschlecht der Sterblichen gelebt, er hätte doch nie solche Festlichkeiten gesehen, solche Weisen gehört, solches Liebesglück genossen.

Sechs Monate flossen ihm so im Feenlande dahin, neben Perî Banû, der er in so zärtlicher Liebe zugetan war, daß er es auch nicht einen Augenblick ertragen konnte, sie nicht zu sehen; ja, wenn er sie einmal nicht schaute, so ward er unruhig und rastlos. Und in gleicher Weise war Perî Banû ganz von Liebe zu ihm erfüllt, und sie suchte ihrem Gemahl zu jeder Zeit immer mehr und mehr durch neue Künste der Tändelei und Erfindungen der Lust zu gefallen, bis seine Leidenschaft für sie so verzehrend ward, daß der Gedanke an Haus und Heim, an Sippe und Stamm seinem Sinn entschwand und aus seiner Seele entfloh. Doch nach einer Weile erwachte sein Gedächtnis aus dem Schlummer, und bisweilen ertappte er sich dabei, wie er sich danach sehnte, seinen Vater wiederzusehen, ob er gleich wohl wußte, daß es ihm unmöglich war, zu erfahren, wie es dem Fernen erging, wenn er nicht selbst auszog, ihn zu besuchen. So sprach er denn eines Tages zu Perî Banû: ‚Wenn es dein Wille ist, so bitte ich dich, befiehl mir, dich auf wenige

Tage zu verlassen, damit ich meinen Vater sehe, der sicherlich über mein langes Fernbleiben betrübt ist und all die Qualen der Trennung von seinem Sohne leidet!' Wie Perî Banû diese Worte vernahm, erschrak sie heftig; denn sie dachte in ihrem Herzen, dies sei nur eine Ausrede, durch die er ihr entrinnen und entfliehen wolle, nachdem Genuß und Besitz seinen Sinn ihrer Liebe überdrüssig gemacht hätte. Drum gab sie ihm zur Antwort: ‚Hast du dein Gelübde und dein gegebenes Wort vergessen, daß du mich jetzt zu verlassen wünschest? Haben Liebe und Verlangen aufgehört, dein Herz zu erregen, während doch mein ganzes Innere allzeit von Freuden erbebt, wie es immer getan hat, wenn es nur an dich denkt?' ‚O du Geliebte meiner Seele,' erwiderte der Prinz, ‚du meines Herzens königliche Herrscherin, was sind das für Zweifel, die deinen Sinn heimsuchen? Weshalb solche bangen Besorgnisse und traurigen Worte? Ich weiß recht wohl, daß deine Liebe und deine Neigung zu mir der Art sind, wie du sagst; und wenn ich diese Wahrheit nicht anerkennte oder mich undankbar zeigte oder dich nicht mit einer ebenso warmen und tiefen, zarten und echten Liebe ansähe wie du mich, so wäre ich in der Tat undankbar und der schwärzeste Verräter. Es sei ferne von mir, daß ich mich von dir zu trennen wünschte; niemals ist mir der Gedanke in den Sinn gekommen, dich zu verlassen, und nicht wieder zurückzukehren! Aber mein Vater ist jetzt ein alter Mann, er ist hochbetagt, und sein Herz ist betrübt ob der langen Trennung von seinem jüngsten Sohne. Wenn du mir gestatten willst, so würde ich gern hingehen, um ihn zu besuchen, und dann mit aller Eile in deine Arme heimkehren; und doch, ich möchte hierin nichts gegen deinen Willen tun. Meine herzliche Liebe zu dir ist derart, daß ich gern zu allen Stunden des Tages und der Nacht an deiner Seite weilen und dich niemals auch nur einen Augenblick verlassen möchte.' Perî Banû schöpfte ein wenig Trost aus diesen Worten; und an seinen Blicken, seinen Worten und seinen Gebärden erkannte sie sicher, daß Prinz Ahmed ihr wirklich mit herzlicher Liebe zugetan war, und daß sein Herz, wie seine Zunge, ihr treu wie Gold war. Darauf gewährte sie ihm Urlaub und gestattete ihm, fortzugehen und seinen Vater zu besuchen; doch zugleich schärfte sie ihm dringend ein, nicht zu lange bei seiner Sippe und seinem Stamm zu verweilen.

Jetzt vernimm, o glücklicher König, was dem Sultan von Indien widerfuhr und wie es ihm erging, nachdem Prinz 'Alî sich mit der Prinzessin Nûr en-Nahâr vermählt hatte! Als er den Prinzen Husain und den Prinzen Ahmed viele Tage lang schon nicht mehr gesehen hatte, ward er sehr traurig und schweren Herzens, und eines Morgens nach der Staatsversammlung fragte er seine Wesire und Minister, was mit jenen geschehen sei und wo sie wären. Darauf erwiderten ihm seine Minister mit den Worten: ‚Hoher Herr, Schatten Allahs auf Erden, dein ältester Sohn, die Frucht deines Leibes und der Erbe deines Reiches, Prinz Husain, hat in seiner Enttäuschung und Eifersucht und tiefen Trauer seine königlichen Gewänder abgelegt, um ein Einsiedler zu werden, der als Mann Gottes auf alles Verlangen und Hangen der Welt verzichtet. Prinz Ahmed, dein dritter Sohn, hat auch in tiefem Groll die Stadt verlassen; doch von ihm weiß niemand etwas, wohin er geflohen ist oder was ihm widerfahren sein mag.' Der König ward schwer bekümmert und gebot ihnen, ohne Zaudern und Zögern zu schreiben und sogleich Firmane und Befehle an alle Statthalter und Verwalter der Provinzen zu senden, mit der eindringlichen Vorschrift, sie sollten unverzüglich nach Prinz Ahmed suchen und ihn zu seinem Vater heimsenden, sobald er gefunden wäre. Aber obwohl die Befehle genau ausgeführt wurden und alle, die da suchten, die größte Sorgfalt aufwandten, so fand doch niemand eine Spur von ihm. Darauf ward das Herz des Sultans noch betrübter, und er hieß seinen Großwesir nach dem Flüchtling suchen; und der Minister erwiderte: ‚Zu Befehl und zu Diensten! Dein Diener hat schon in allen Gegenden auf das sorgfältigste suchen lassen, aber nicht die geringste Spur von ihm ist bisher zutage getreten; und dies quält mich um so mehr, als er mir so lieb wie mein eigener Sohn war.' Nun bemerkten der Wesir und die Großen, daß der König von Schmerzen überwältigt war, daß seine Augen voll Tränen standen und das Herz ihm schwer war ob des Verlustes des Prinzen Ahmed; darauf dachte der Großwesir an eine Hexe, die wegen ihrer schwarzen Kunst berühmt war, die selbst die Sterne vom Himmel herunterzaubern konnte und die in der Hauptstadt eine bekannte Person war. Er ging also zum Sultan, sprach hoch von ihrem Geschick in der Erkenntnis der geheimen Dinge und fügte hinzu: ‚Möge der König, ich bitte untertänigst, nach dieser Zauberin senden und sie über seinen verlorenen Sohn befragen!' ‚Dein Rat ist gut,' erwiderte der Sultan, ‚man soll sie hierher bringen, vielleicht wird sie mir Kunde von dem Prinzen und seinem Ergehen geben können.' Da holte man die Zauberin und führte sie zum Sultan; der sprach zu ihr: ‚Gute Frau, ich tue dir zu wissen, daß seit der Vermählung des Prinzen 'Alî mit der Herrin Nûr en-Nahâr mein jüngster Sohn, der Prinz Ahmed, der sich in seiner Liebe zu ihr enttäuscht sah, unseren Augen entschwunden ist und daß niemand etwas von ihm weiß. Gebrauche du nun sogleich deine Zauberkunst und sag mir nur dies eine: ist er noch am Leben oder ist er tot? Wenn er lebt, so möchte ich auch wissen, wo er ist und wie es ihm ergeht; und ferner frage ich noch: steht es im Buche meines Schicksals geschrieben, daß ich ihn je wiedersehen werde?' Hierauf antwortete die Hexe: ‚O größter König unserer Zeit und mächtigster Herrscher aller Zeiten, es ist mir nicht möglich, alle diese Fragen sogleich zu beantworten, da sie zur Wissenschaft von den verborgenen Dingen gehören; aber wenn deine Hoheit geruhen will, mir einen Tag Frist zu gewähren, so will ich meine Zauberbücher befragen und dich morgen durch eine ausreichende Antwort zufriedenstellen.' Der Sultan war damit einverstanden und fügte noch hinzu: ‚Wenn du mir eine genaue und vollständige Antwort geben kannst und meinem Herzen nach all diesen Sorgen die Ruhe wiederbringst, so sollst du eine sehr hohe Belohnung haben, und ich werde dich mit den höchsten Ehren auszeichnen.' Am nächsten Morgen bat die Zauberin, begleitet vom Großwesir, um Erlaubnis, vor dem König erscheinen zu dürfen; und nachdem sie ihr gewährt war, trat sie vor und sprach: ‚Ich habe mit Hilfe meiner geheimen Kunst eifrig nachgeforscht, und ich habe sicher erkundet, daß Prinz Ahmed noch im Lande der Lebenden weilt. Drum sei um seinetwillen nicht unruhig in deinem Herzen! Aber jetzt kann ich außer diesem noch nichts anderes über ihn erfahren, ich kann auch noch nicht sicher sagen, wo er ist und wie man ihn finden kann.' Durch diese Worte fand der Sultan Trost, und in seiner Brust keimte die Hoffnung, daß er seinen Sohn noch wiedersehen würde, ehe er sterben müßte.

Kehren wir nun zu Prinz Ahmed zurück! Als Perî Banû einsah, daß er gewillt war, seinen Vater zu besuchen, und als sie überzeugt war, daß seine Liebe zu ihr fest und treu blieb wie zuvor, da sann sie nach und entschied, daß es ihr übel anstehen würde, wenn sie ihm zu solchem Zwecke Urlaub und Freiheit versagte; dann dachte sie wiederum in ihrem Geiste darüber nach, und manche Stunde lang kämpfte sie mit sich selber, bis sie schließlich eines schönen Tages sich zu ihrem Gatten mit den Worten wandte: ‚Obgleich mein Herz sich nicht darein finden kann, daß ich mich auch nur einen Augenblick von dir trenne oder ein kleines Weilchen dich aus den Augen verliere, so will ich doch deinem Wunsche nicht länger hinderlich sein, da du mich so oft gebeten und dich so besorgt gezeigt hast, deinen Vater zu sehen. Aber diese meine Gunst hängt von einer Bedingung ab; sonst werde ich dir deine Bitte nie gewähren noch dir die Erlaubnis dazu geben. Schwöre mir den feierlichsten Eid, daß du mit aller erdenklichen Eile hierher zurückkehren willst, und daß du mir nicht durch langes Fernsein schmerzliche Sehnsucht und banges Warten auf deine sichere Heimkehr verursachen wirst!' Prinz Ahmed nun, hocherfreut über die Erfüllung seines Wunsches, dankte ihr und sprach: ‚Mein Herzlieb, hab keinerlei Furcht um mich und sei versichert, daß ich in aller Eile zu dir zurückkommen werde, sobald ich meinen Vater gesehen habe; das Leben hat keinen Wert für mich, wenn ich fern von dir bin! Obgleich ich also einige wenige Tage von dir getrennt bleiben muß, so wird mein Herz doch immer deiner, nur deiner gedenken.' Diese Worte des Prinzen Ahmed erfreuten das Herz der Perî Banû und verscheuchten die zagenden Zweifel und die bange Besorgnis, die sie in ihren Träumen bei Nacht und ihren Gedanken bei Tage verfolgt hatten. Dann sprach sie zu ihrem Gatten, beruhigt durch sein Gelöbnis: ‚So geh denn hin, wie dein Herz begehrt, und besuche deinen Vater; doch ehe du von dannen ziehst, will ich dir eine Mahnung mit auf den Weg geben, und hüte du dich, meinen Rat und meine Weisung je zu vergessen! Sage niemandem ein einziges Wort von dieser deiner Heirat, noch auch von den seltsamen Dingen, die du ge-

sehen hast, oder den Wundern, die du geschaut hast; halte sie vor allem vor deinem Vater und deinen Brüdern, vor deiner Sippe und deinem Stamme sorgfältig verborgen! Nur dies eine sollst du deinem Vater, auf daß seine Seele Ruhe finde, berichten, daß du heiter und glücklich bist; auch daß du nur auf eine Weile in deine Heimat zurückgekehrt bist, um ihn zu sehen und dich von seinem Wohlergehen zu überzeugen.'
Darauf gab sie ihren Leuten Befehl und hieß sie alles für die Reise unverzüglich rüsten; und wie nun alles bereit war, bestimmte sie zwanzig Ritter, die von Kopf bis zu Fuß bewaffnet und vollgerüstet waren, zur Begleitung für ihren Gemahl; und ihm selber gab sie ein Roß von vollkommenem Bau und Wuchs, schnell wie der blendende Blitz oder die stürmende Windsbraut, dessen Geschirr und Decken mit kostbarem Metall und edlen Steinen besetzt waren. Dann fiel sie ihm um den Hals, und sie umarmten einander in herzlichster Liebe; und als die beiden einander Lebewohl sagten, wiederholte Prinz Ahmed, um ihren Sinn zu beruhigen, seine Beteuerungen und schwor ihr von neuem seinen feierlichen Eid. Dann bestieg er sein Roß, und begleitet von seinem Gefolge, lauter Rittern aus dem Geisterstamme, zog er mit großer Prachtentfaltung dahin und erreichte in eiligem Ritte bald die Hauptstadt seines Vaters. Dort ward er mit so lautem Jubel empfangen, wie man ihn noch nie zuvor im Lande vernommen hatte. Die Minister und Staatsbeamten, die Bürger und die Lehnsleute, sie waren alle aufs höchste erfreut, daß sie ihn wiedersahen; das Volk ließ ab von der Arbeit, folgte dem Reiterzuge unter Segensrufen und tiefen Verbeugungen, und indem es sich von allen Seiten um ihn drängte, geleitete es ihn bis zu den Toren des Palastes. Als der Prinz die Schwelle erreichte, stieg er ab, trat in die Regierungshalle und fiel seinem Vater zu Füßen und

küßte sie im Übermaße kindlicher Liebe. Der Sultan, der fast von Sinnen war vor Freuden über den unerwarteten Anblick des Prinzen Ahmed, sprang von seinem Throne auf, fiel seinem Sohne um den Hals, mit Freudentränen im Auge, küßte seine Stirn und sprach: ‚Mein lieber Sohn, du bist in deiner Verzweiflung über den Verlust der Herrin Nûr en-Nahâr plötzlich aus deinem Hause geflohen, und trotz allem Suchen konnten wir keine Spur, kein Zeichen von dir entdecken, so emsig wir auch nach dir forschten; ich aber war ganz verstört durch dein Verschwinden und geriet in diese Verfassung, in der du mich siehst. Wo bist du nur diese lange Zeit hindurch gewesen, und wie hast du während all dieser Tage gelebt?' ‚Es ist wahr, mein Herr und König,' antwortete Prinz Ahmed, ‚ich ward niedergeschlagen und tiefbetrübt, als ich sah, daß Prinz 'Alî die Hand meiner Base gewann; aber das ist nicht der alleinige Grund meines Fernseins. Du erinnerst dich wohl, wie damals, als wir drei Brüder auf dein Geheiß in jene Ebene zum Bogenkampfe ritten, mein Pfeil, obwohl die Fläche weit und eben war, dennoch den Blicken entschwand und wie niemand die Stätte finden konnte, an der er niedergefallen war. So geschah es denn, daß ich eines Tages in schwerer Betrübnis allein und ohne Geleit auszog, um den Boden dort ringsum zu erforschen und zu versuchen, ob ich meinen Pfeil nicht doch noch finden könnte. Als ich dann die Stelle erreichte, an der die Pfeile meiner Brüder, der Prinzen Husain und 'Alî, aufgelesen worden, suchte ich nach allen Richtungen hin, rechts und links, vorwärts und rückwärts; denn ich glaubte, daß auch meiner dort zutage treten müsse. Doch all meine Mühe war vergeblich: ich fand weder den Pfeil noch sonst etwas. So schritt ich denn weiter, hartnäckig auf der Suche, und ich zog noch eine lange Strecke dahin. Schließlich wollte ich in Verzweiflung das Suchen aufgeben; denn ich wußte recht wohl, daß mein Bogen nicht so weit hatte schießen können. In der Tat, es wäre keinem Schützen möglich gewesen, Pfeil oder Bolzen in solche Ferne zu entsenden. Dennoch erblickte ich ihn plötzlich, wie er flach auf einem Felsen lag, etwa vier Parasangen weit von jener Stelle.' Der Sultan war über seine Worte höchlichst erstaunt; doch der Prinz fuhr sogleich fort: ‚Als ich den Pfeil auflas, mein Gebieter, und ihn genau betrachtete, erkannte ich, daß es wirklich derselbe war, den ich abgeschossen hatte; ich wunderte mich in meinem Sinne, daß er so weit hatte fliegen können, und ich zweifelte nicht, daß es mit ihm eine geheimnisvolle Bewandtnis haben müsse. Während ich so meinen Gedanken nachhing, kam ich zu der Stätte, an der ich seit jenem Tage in reiner Freude und Glückseligkeit gelebt habe. Mehr als dies darf ich dir von meiner Geschichte nicht erzählen; ich bin nur gekommen, um dein Herz über mich zu beruhigen, und jetzt bitte ich dich, geruhe mir deine allerhöchste Erlaubnis zu gewähren, daß ich alsbald zu meinem Hause der Freuden zurückkehre. Von Zeit zu Zeit werde ich nicht versäumen, dich zu besuchen und mich nach deinem Wohlergehen mit aller kindlichen Liebe zu erkundigen.' ‚Lieber Sohn,' erwiderte der König, ‚dein Anblick hat meine Augen erfreut, und jetzt bin ich beruhigt. Nicht ungern gebe ich dir Erlaubnis fortzugehen, da du ja an einer so nahen Stätte glücklich bist; doch solltest du irgendeinmal länger ausbleiben, sag an, wie werde ich dann von deinem Wohlsein und Ergehen Nachricht erhalten können?' Darauf gab Prinz Ahmed zur Antwort: ‚Mein Herr und König, das, nach dem du mich fragst, ist ein Teil meines Geheimnisses, und dies muß tief in meiner Brust verborgen bleiben; wie ich schon zuvor gesagt habe, ich darf es dir nicht enthüllen, noch darf ich irgend etwas sagen, das zu seiner Entdeckung führen könnte. Doch sei unbesorgt in deinem Herzen; denn ich werde gar manches Mal vor dir erscheinen, ja vielleicht könnte ich dir sogar lästig fallen durch mein allzuhäufiges Kommen!' ,Lieber Sohn,' hub der König wieder an, ,ich will nicht in dein Geheimnis eindringen, wenn du es vor mir verbergen willst; aber einen Wunsch habe ich an dich, der ist, daß ich stets von Zeit zu Zeit mich von deinem dauernden Wohlergehen und Glück überzeugen kann. Du hast volle Freiheit, heimzueilen; aber vergiß nie, wenigstens einmal im Monat zu kommen und mich zu besuchen, wie du es jetzt getan hast, damit nicht dein Ausbleiben mir Angst und Not, Sorgen und Schmerzen bereite!' Nun blieb Prinz Ahmed noch volle drei Tage bei seinem Vater; aber der Gedanke an die Herrin Perî Banû schwand nicht für einen einzigen Augenblick aus seinem Herzen. Und am vierten Tage stieg er zu Roß und zog mit derselben Prachtentfaltung zurück, wie er gekommen war.

Als Perî Banû den Prinzen Ahmed heimkehren sah, war sie aufs höchste erfreut, und es schien ihr, als ob sie beide dreihundert Jahre lang getrennt gewesen wären; denn also ist die Liebe: Augenblicke der Trennung erscheinen ihr so lang und endlos wie Jahre. Der Prinz entschuldigte sich sehr wegen seines kurzen Fernseins, und seine Worte entzückten Perî Banû um so mehr. Und beide, Liebender und Geliebte, verbrachten die Tage in vollkommenem Glück und hatten ihre Freude aneinander. So ging ein Monat dahin, und Prinz Ahmed erwähnte nie den Namen seines Vaters, noch sprach er je den Wunsch aus, ihn seinem Versprechen gemäß zu besuchen. Da die Herrin Perî Banû diese Verwandlung bemerkte, sprach sie eines Tages zu ihm: ,Du hast mir doch einst gesagt, du wolltest jedesmal zu Anfang des Monats fortziehen und zu deines Vaters Hof reisen, um zu erfahren, wie es ihm gehe; warum denkst du denn nicht daran, das zu tun, da du doch weißt, daß er traurig sein und ängstlich auf dich harren wird?' ‚Es ist, wie du sagst,' erwiderte Prinz Ahmed, ‚aber ich warte auf dein Geheiß und deine Erlaubnis, und darum habe ich es unterlassen, von der Reise mit dir zu sprechen.' Darauf gab sie zur Antwort: ‚Laß dein Gehen und Kommen nicht davon abhängig sein, daß ich es dir freistelle, fortzureisen! Zu Anfang eines jeden Monats, sobald er wiederkehrt, reite von dannen, von jetzt ab brauchst du mich nie mehr um Erlaubnis zu bitten. Bleib drei volle Tage bei deinem Vater und komm dann stets am vierten zu mir zurück!' So machte Prinz Ahmed sich denn am nächsten Tage frühmorgens auf und ritt wie zuvor mit großem Gepränge und Prunk dahin, begab sich zu dem Palaste seines Vaters, des Sultans, und machte ihm seine Aufwartung. In gleicher Weise fuhr er fort, jeden Monat auszureiten, doch stets mit einem größeren und glänzenderen Gefolge von Reitern als zuvor, und auch er selbst war immer prächtiger beritten und ausgerüstet. Jedesmal, wenn der Neumond am westlichen Himmel erschien, nahm er zärtlichen Abschied von seiner Gemahlin und stattete dem König einen Besuch ab; drei Tage lang blieb er bei ihm, und am vierten kehrte er zurück, um bei Perî Banû zu weilen. Doch da jedesmal, wenn er kam, sein Geleit größer und prächtiger war als das Mal zuvor, so ward schließlich einer von den Wesiren, ein Günstling und Tischgenosse des Königs, von Staunen und Neid erfüllt, weil er den Prinzen Ahmed mit solchem Reichtum und Prunk im Palaste erscheinen sah. Da sprach er bei sich selbst: ‚Niemand vermag zu sagen, woher dieser Prinz kommt und auf welche Art er sich solch ein prächtiges Gefolge verschafft hat!' Und dann begann er in seinem boshaften Neid, dem König trügerische Worte einzuflüstern, indem er sprach: ‚Hoher Herr und allmächtiger Gebieter, es steht dir nicht gut an, daß du auf das Tun des Prinzen Ahmed so wenig achtgibst. Siehst du nicht, wie sein Gefolge sich von Tag zu Tage an Zahl und Macht vermehrt? Wie, wenn er sich gegen dich verschwüre und dich ins Gefängnis würfe, um dir die Zügel der Herrschaft zu entreißen? Du weißt doch recht wohl, daß du den Zorn der Prinzen Husain und Ahmed herausgefordert hast, als du den Prinzen 'Alî mit der Herrin Nûr en-Nahâr vermähltest! Damals hat der eine von ihnen in seiner Verbitterung auf die Pracht und die Nichtigkeiten dieser Welt verzichtet und ist ein Fakir geworden, während der andere, gerade dieser Prinz Ahmed, in deiner Gegenwart mit so maßloser Macht und Majestät auftritt. Ohne Zweifel sinnen die beiden auf Rache; und wenn sie dich in ihre Gewalt bekommen haben, so werden sie alle beide Verrat an dir üben. Drum rate ich dir, hüte dich, und wiederum sage ich, hüte dich, ergreife die Gelegenheit beim Schopfe, ehe es zu spät ist! Denn die Weisen haben gesagt:

Mit einem Stücke Ton kannst du die Quelle dämmen!
Doch wird sie, wenn sie schwillt, ein Heer von dannen schwemmen!'

Also sprach der boshafte Wesir; und alsbald fuhr er fort: ‚Du weißt auch, daß Prinz Ahmed, wenn er seinen Besuch von drei Tagen bei dir beendet, dich nie um Erlaubnis bittet, nie dir Lebewohl sagt, nie auch von einem einzigen der Seinen Abschied nimmt. Solches Gebaren ist der Beginn der Empörung, und es beweist, daß er im Herzen Groll hegt. Doch es ist an dir, in deiner Weisheit zu entscheiden!' Diese Worte drangen dem arglosen Sultan tief ins Herz und ließen dort eine Saat des ärgsten Argwohns reifen. Bald dachte er bei sich: ‚Wer weiß um die Gedanken und die Absichten des Prinzen Ahmed, ob sie mir freundlich oder feindlich sind? Vielleicht sinnt er doch auf Rache. Darum geziemt es mir, über ihn nachzuforschen und zu erfahren, wo er wohnt und auf welche Art er sich solche Macht und Pracht verschafft hat'. Von diesem Gedanken des Argwohns erfüllt, sandte er eines Tages heimlich, ohne Wissen des Großwesirs, der dem Prinzen Ahmed immerdar freundlich gesinnt war, nach der Hexe, und nachdem er sie durch eine geheime Tür in sein eigenes Gemach eingelassen hatte, forschte er sie aus, indem er sprach: ‚Du hast früher durch deine Zauberkunst in Erfahrung gebracht, daß Prinz Ahmed noch am Leben ist, und hast mir so Nachricht über ihn gegeben. Ich bin dir für diesen guten Dienst verpflichtet, und jetzt wünsche ich von dir, daß du weiter nach ihm forschest und mein Herz, das sehr in Sorgen ist, beruhigst. Obgleich mein Sohn noch lebt und mir in jedem Monat einen Besuch abstattet, so weiß ich doch gar nichts von dem Orte, an dem er weilt und von dem er kommt, wenn er mich aufsucht; denn das hält er vor seinem Vater streng verborgen. Mache du dich sofort insgeheim auf den Weg, ohne daß irgend jemand es weiß, weder meine Wesire noch meine Statthalter, noch auch einer von meinen Höflingen und Dienern, forsche eifrig nach und bringe mir in aller Eile Kunde von der Stätte, an der er lebt! Augenblicklich weilt er bei mir zu seinem gewohnten Besuche; am vierten Tage wird er sein Gefolge berufen und sein Roß besteigen, ohne mir oder einem der Wesire und Würdenträger Lebewohl oder ein Wort von seiner Abreise zu sagen; dann reitet er eine kurze Strecke von hier fort und verschwindet plötzlich. Geh du ihm ohne Zaudern und Zögern auf dem Wege vorauf und lege dich in irgendeinem geeigneten Versteck dicht an der Straße auf die Lauer, um von dort aus zu beobachten, wohin er geht. Darauf bringe mir schleunigst Nachricht!'

Die Zauberin verließ nun den König, und als sie die vier Parasangen zurückgelegt hatte, verbarg sie sich in einem Versteck zwischen den Felsen dicht bei der Stätte, an der Prinz Ahmed seinen Pfeil gefunden hatte, und wartete dort auf sein Kommen. Früh am Morgen, wie er es gewohnt war, machte der Prinz sich auf den Weg, ohne seinem Vater Lebewohl zu sagen oder sich von einem der Minister zu verabschieden. Wie er in die Nähe kam, erblickte die Zauberin ihn und das Gefolge, das vor ihm und auf seiner Seite ritt; und sie sah, wie sie alle in einen Hohlweg ritten, der sich in viele Nebenpfade gabelte; doch die Klippen und Blöcke am Wege waren so steil und gefährlich, daß kaum ein Fußgänger mit Sicherheit dort gehen konnte. Als die Zauberin das sah, dachte sie, daß der Pfad sicher zu einer Höhle führe oder vielleicht zu einem unterirdischen Gange oder einer Stätte von Geistern und Feen unter der Erde; da plötzlich war der Prinz mit seinem ganzen Gefolge ihren Blicken entschwunden. Nun kroch sie aus ihrem Verstecke hervor und ging weit und breit umher und suchte so sorgfältig, wie sie nur konnte, aber sie fand den unterirdischen Gang nicht; denn sie konnte die eiserne Tür, die Prinz Ahmed geschaut hatte, nicht erkennen, da kein Wesen von menschlichem Fleisch und Blut sie sehen konnte, sondern nur der, dem sie von der Fee Perî Banû sichtbar gemacht worden war; außerdem war sie stets allen spähenden Augen des Geschlechts der Frauen verborgen. Nun sprach die Zauberin bei sich selber: ‚All diese Mühen und Plagen hab ich vergeblich ertragen; ja, wahrlich, ich habe das, was ich suchte, nicht gefunden.' So ging sie denn schnurstracks zum Sultan zurück und berichtete ihm alles, was ihr begegnet war: wie sie mitten zwischen den Klippen und Blöcken auf der Lauer gelegen und wie sie den Prinzen und sein Gefolge gesehen hatte, die auf einem der gefährlichsten Wege ritten und, nachdem sie in einen Hohlweg eingebogen waren, plötzlich im Nu ihren Blicken entschwanden. Und sie schloß mit den Worten: ‚Obgleich ich mir die allergrößte Mühe gab, den Ort, an dem der Prinz weilt, zu finden, so wollte es mir doch ganz und gar nicht gelingen. So bitte ich denn, deine Hoheit möge mir eine Frist gewähren, auf daß ich weiterforschen und dies Geheimnis enthüllen kann, das nicht lange verborgen bleiben soll, wenn ich mit Geschick und Umsicht verfahre.' Der Sultan antwortete ihr: ‚Es sei, wie du wünschest; ich gewähre dir Muße, um nachzuforschen, und nach einer Weile will ich hier auf deine Rückkehr warten!' Darauf gab der König jener Hexe einen großen Diamanten von hohem Werte, indem er sprach: ‚Nimm diesen Stein als Lohn für deine Mühe und Beschwer und als Angeld auf künftige Gnadenbeweise! Du sollst, wenn du mit der Nachricht zu mir kommst, daß du das Geheimnis erforscht und aufgedeckt hast, eine Gabe von noch viel höherem Wert erhalten, ja, ich werde dein Herz mit frohester Freude erfüllen und dir die höchsten Ehren erweisen.'

Nun wartete die Zauberin wieder auf das Kommen des Prinzen; denn sie wußte wohl, daß er beim Aufgang jedes Neumondes in seine Heimat ritt, um seinen Vater zu besuchen, und daß er drei Tage lang bei ihm bleiben würde, wie die Herrin Perî Banû es ihm erlaubt und eingeschärft hatte. Als dann der Mond zugenommen und wieder abgenommen hatte, begab die Hexe sich einen Tag, bevor der Prinz seine Wohnstätte für den monatlichen Besuch verließ, in die Felsen und setzte sich neben der Stelle nieder, an der er nach ihrer Berechnung herauskommen mußte; und früh am nächsten Morgen ritten er und sein Gefolge, viele Ritter zu Roß, deren jeder seinen Fußknappen bei sich hatte, in immer größerer Zahl, stolz zum eisernen Tor hinaus und kamen dicht bei der Stelle vorbei, an der sie auf ihn lauerte. Die Zauberin kauerte in ihren zerfetzten Lumpen am Boden; und als der Prinz dort einen Klumpen erblickte, meinte er, ein Felsstück wäre von der Berghöhe auf den Weg heruntergefallen. Doch als er ganz nahe herankam, begann sie zu weinen und zu wimmern mit lautem Lärmen, als ob Schmerzen und Sorgen sie quälten, und sie flehte unter immer heftigeren Tränen und Klagen unaufhörlich um seine Hilfe und seinen Schutz. Wie der Prinz ihren grimmen Schmerz sah, hatte er Mitleid mit ihr; er hielt sein Roß an und fragte sie, was sie von ihm begehre und was der Grund ihres Weinens und Schreiens sei. Da fing die arglistige Alte nur noch mehr an zu schreien, und der Prinz ward noch mehr zum Mitleid gerührt, als er ihre Tränen sah und ihre schwachen, gebrochenen Worte vernahm. Sobald die Zauberin bemerkte, daß der Prinz Erbarmen mit ihr hatte und ihr gern eine Gnade erweisen wollte, stieß sie einen tiefen Seufzer aus, und in kläglichen Tönen, unter Gestöhn und Geächze, richtete sie diese erlogenen Worte an ihn, indem sie sich an den Saum seines Gewandes klammerte und von Zeit zu Zeit innehielt, als ob sie sich vor Schmerzen zusammenkrampfe: ‚Hoher Herr, du Herr aller Herrlichkeit, wie ich von meinem Hause in jener Stadt dort nach dem und dem Orte ging, um einen Auftrag auszurichten, siehe, da wurde ich plötzlich, gerade als ich bis hierher gekommen war, von einem heftigen Fieberanfall ergriffen, ich begann zu zittern und zu beben, so daß ich alle Kraft verlor und hilflos zu Boden sank, so wie du mich nun siehst; und auch jetzt habe ich keine Kraft in Händen und Füßen, um von der Erde aufzustehen und nach Hause zurückzukehren.' ‚Ach, du gute Frau,' erwiderte der Prinz, ‚hier ist kein Haus in der Nähe, in das du gehen könntest, um rechte Pflege und Fürsorge zu finden. Doch ich weiß einen Ort, an den ich dich, wenn du es wünschest, bringen kann, und wo du, so Gott will, durch freundliche Pflege bald von deinem Leid genesen wirst. Folge mir nun, so gut du es vermagst!' Mit lautem Ächzen und Krächzen gab ihm die Hexe zur Antwort: ‚Ich bin so schwach in allen Gliedern, ich bin so hilflos, daß ich mich nur mit Hilfe einer freundlichen Hand vom Boden erheben und bewegen kann.' Darauf befahl der Prinz einem der Ritter, die schwache und kranke Alte aufzuheben und auf sein Roß zu setzen; der Reitersmann erfüllte den Befehl seines Herrn sofort und setzte sie rittlings hinter ihm auf sein Pferd. Dann ritt Prinz Ahmed mit ihr zurück, kam durch das eiserne Tor, brachte sie in sein Gemach und sandte nach Perî Banû. Sofort eilte seine Gemahlin herbei und fragte ihn in großer Erregung: ‚Steht alles wohl? Weshalb bist du zurückgekommen? Was wünschest du, daß du nach mir gesandt hast?' Prinz Ahmed erzählte ihr von der kranken und hilflosen Alten, indem er sprach: ‚Kaum hatte ich mich auf den Weg gemacht, da erblickte ich diese alte Frau, die dicht am Wege lag, in Schmerzen und schwerer Not. Mein Herz hatte Mitleid mit ihr, als ich sie so daliegen sah, und trieb mich, sie hierher zu bringen, da ich sie doch nicht in den Felsen dem Tode überlassen konnte. Nun bitte ich dich, nimm sie in deiner Güte auf und gib ihr Arzneien, auf daß sie bald von ihrer Krankheit genese! Wenn du ein so gutes Werk tust, werde ich dir immerdar zu Danke verpflichtet sein.' Da blickte Perî Banû die Alte an und befahl zweien ihrer Sklavinnen, sie in ein anderes Gemach zu tragen und sie mit zärtlichster Fürsorge und eifrigstem Bemühen zu pflegen. Die Mägde führten den Befehl aus und brachten die Zauberin in das genannte Gemach. Darauf hub Perî Banû an und sprach zu Prinz Ahmed: ‚Mein

Gebieter, ich freue mich zu sehen, daß du so mitleidig und freundlich gegen diese alte Frau bist, und ich will mich gern ihrer annehmen, so wie du es mir aufgetragen hast; doch mein Herz bangt, und ich fürchte sehr, daß deine Güte ein Unheil zur Folge haben wird. Diese Frau ist nicht so krank, wie sie sich stellt, nein, sie übt Betrug an dir, und mir ahnt, daß irgendein Feind oder Neider gegen dich und mich Arges im Schilde führt. Indessen, mach dich jetzt in Frieden auf den Weg!' Der Prinz, dem die Worte seiner Gemahlin gar nicht zu Herzen gingen, erwiderte ihr: ‚Meine Gebieterin, Allah der Allmächtige schütze dich vor allem Schaden! Wenn du mir hilfst und mich hütest, so fürchte ich kein Unheil; ich weiß von keinem Feinde, der nach meinem Verderben trachten könnte; denn ich hege keinen Groll gegen irgendein lebendes Wesen, und ich befürchte nichts Arges, weder von den Menschen noch von den Geistern.' Darauf verabschiedete Prinz Ahmed sich wiederum von Perî Banû und begab sich mit seinem Gefolge zum Palaste seines Vaters, der infolge der Bosheit seines arglistigen Ministers dem Kommen seines Sohnes mit bangem Herzen entgegensah; doch nichtsdestoweniger hieß er ihn mit vielen äußeren Zeichen von Liebe und Neigung willkommen.

Inzwischen trugen die beiden Feenmägde, denen Perî Banû die Pflege der Zauberin anvertraut hatte, die Kranke in ein großes und prächtig eingerichtetes Gemach und legten sie dort auf ein Bett, das ein Polster aus Satin und eine Decke aus Brokat hatte. Dann setzte sich eine von ihnen neben sie, während die andere eiligst in einem Becher aus Porzellan eine Essenz holte, die gegen jedes hitzige Fieber ein sicheres Heilmittel war. Darauf richteten sie die Alte empor, ließen sie auf dem Lager sitzen und sprachen: ‚Trink diesen Trank! Es ist das Wasser vom Löwenquell, und jeder Kranke, der es kostet, wird alsbald von seinem Leiden geheilt, es mag sein, was es will!' Die Zauberin nahm den Becher mit großer Mühe hin, und nachdem sie den Inhalt getrunken hatte, legte sie sich aufs Bett nieder; die Mägde breiteten die Decke über sie hin und sprachen: ‚Jetzt ruhe eine Weile, und bald wirst du die Heilkraft dieser Arznei verspüren!' Dann gingen sie fort, um sie etwa eine Stunde lang dem Schlafe zu überlassen. Die Hexe aber, die sich ja nur deshalb krank gestellt hatte, weil sie erfahren wollte, wo Prinz Ahmed lebte, und dies dem Sultan kundtun wollte, war nun sicher, daß sie ihr Ziel erreicht hatte, und so erhob sie sich bald wieder, rief die Mägde und sprach zu ihnen: ‚Der Trank von dieser Arznei hat mir meine ganze Gesundheit und Kraft wiedergegeben; jetzt fühle ich mich wieder frisch und froh, und alle meine Glieder sind von neuem Leben und neuer Kraft erfüllt. Drum meldet es sogleich eurer Herrin, auf daß ich den Saum ihres Kleides küssen und ihr für ihre Güte gegen mich danken kann; dann will ich von dannen gehen und mich wieder nach Hause begeben!' Da nahmen die beiden Mägde die Zauberin mit sich und zeigten ihr, während sie dahingingen, die verschiedenen Gemächer, von denen eines noch immer prächtiger und fürstlicher als das andere war. Schließlich kamen sie in die große Halle, den herrlichsten Saal von allen, der ganz mit dem kostbarsten und seltensten Gerät ausgestattet war. Dort saß Perî Banû auf einem Throne, der mit Diamanten und Rubinen, Smaragden, Perlen und anderen edlen Steinen von seltener Größe und Klarheit verziert war, und rings um sie standen Feen von lieblichstem Wuchs und Antlitz, die in die prächtigsten Gewänder gekleidet waren und mit gekreuzten Armen ihrer Befehle harrten. Die Zauberin war über die Maßen erstaunt, als sie die Pracht der Gemächer und ihrer Geräte sah, vor allem aber, als sie die Herrin Perî Banû auf dem Edelsteinthrone sitzen sah; und sie vermochte vor Verwirrung und Ehrfurcht kein Wort zu sprechen, sondern sie verneigte sich tief und legte ihr Haupt auf die Füße der Perî Banû. Da sprach die Prinzessin mit sanften Worten, um die Alte zu ermutigen: ‚Gute Frau, es freut mich sehr, dich als Gast hier in meinem Palaste zu sehen; doch noch mehr bin ich darüber erfreut, daß ich höre, du seiest von deiner Krankheit ganz genesen. Nun erquicke deinen Geist, indem du hier überall lustwandelst; meine Dienerinnen werden dich begleiten und dir zeigen, was für dich sehenswert ist!' Da verneigte die Hexe sich wiederum tief, küßte den Teppich unter den Füßen der Perî Banû und verabschiedete sich von der Prinzessin in schöngefügter Rede und unter Bezeugung tiefster Dankbarkeit für die empfangenen Wohltaten. Dann führten die Mägde sie im Palaste umher und zeigten ihr alle die Gemächer, die ihren Blick so blendeten und bezauberten, daß sie keine Worte finden konnte, um sie genugsam zu preisen. Darauf ging sie ihrer Wege, und die Feen begleiteten sie bis jenseits des eisernen Tores, durch das Prinz Ahmed sie hereingeführt hatte, und verließen sie, indem sie ihr Lebewohl sagten und alles Gute wünschten; die verworfene Alte aber schlug den Weg nach Hause ein. Doch sie war kaum eine kurze Strecke gegangen, da kam es ihr in den Sinn, noch einmal nach der eisernen Tür zu blicken, um sie leichter wiederfinden zu können; so kehrte sie um, aber siehe da, der Eingang war verschwunden und war unsichtbar für sie wie für jede andere Frau. Und nachdem sie überall gesucht hatte und hin und her gegangen war, ohne ein Zeichen oder eine Spur von Palast und Portal gefunden zu haben, begab sie sich voll Verzweiflung zur Stadt und schlich dort eine einsame Gasse entlang; dann trat sie nach ihrer Gewohnheit durch die Geheimpforte in den Palast. Als sie wohlbehalten drinnen war, ließ sie sofort dem Sultan durch einen Eunuchen Meldung bringen, und der befahl, daß sie zu ihm geführt werden solle. Sie nahte ihm mit trüber Miene, und wie er daraus entnahm, daß es ihr nicht gelungen war, ihr Ziel zu erreichen, fragte er: ‚Was gibt es? Hast du deinen Plan ausgeführt oder ist er fehlgeschlagen?‘ Da erwiderte die Zauberin, die ja nur ein Geschöpf des boshaften Wesirs war: ‚O König der Könige, alles habe ich genau erforscht, gerade so wie du es mir befohlen hast, und ich will dir sogleich alles erzählen, was mir begegnet ist. Die Spuren der Sorge und die Kennzeichen des Kummers, die du auf meinem Gesichte wahrnimmst, haben einen anderen Grund, und der geht deine Wohlfahrt nahe an.‘ Dann fuhr sie fort und erzählte ihr Erlebnis mit diesen Worten: ‚Als ich die Felsen erreicht hatte, setzte ich mich nieder und stellte mich krank; wie dann Prinz Ahmed des Weges kam und mich klagen hörte und meinen elenden Zustand sah, hatte er Mitleid mit mir. Und nachdem wir einige Worte gewechselt hatten, nahm er mich mit sich durch einen unterirdischen Gang und durch ein eisernes Tor zu einem prächtigen Palast; dort übergab er mich einer Fee, Perî Banû geheißen, von unvergleichlicher Schönheit und Anmut, dergleichen eines Menschen Auge noch nie gesehen hat. Prinz Ahmed trug ihr auf, mich auf einige Tage als Gast zu behalten und mir eine Arznei zu geben, die mich ganz heilen würde, und ihm zu Gefallen bestimmte sie sofort zwei Mägde zu meiner Pflege. Bald war ich dessen sicher, daß die beiden als Mann und Weib unlöslich miteinander verbunden sind. Ich stellte mich völlig ermüdet und ermattet und tat so, als hätte ich nicht einmal die Kraft, zu gehen oder auch nur zu stehen; darauf stützten die beiden Mädchen mich auf beiden Seiten, und so wurde ich in ein Gemach geführt, in dem sie mir etwas zu trinken gaben und mich auf ein Lager betteten, damit ich ruhen und schlafen könnte. Nun dachte ich bei mir selbst: Fürwahr, ich habe das Ziel erreicht, um dessentwillen ich mich krank gestellt habe. Und da ich überzeugt war, daß es keinen Nutzen mehr hatte, mich noch länger zu verstellen, so erhob ich mich nach einer kurzen Weile und sagte zu den Dienerinnen, der Trank, den sie mir gereicht, hätte das Fieber vertrieben und meinen Gliedern die Gesundheit, meinem Leibe das Leben zurückgegeben. Da führten sie mich zu der Herrin Perî Banû, die sich sehr erfreut zeigte, daß sie mich frisch und froh wiedersah, und ihren Mägden gebot, mich überall im Palaste umherzuführen und mir jedes Gemach in seiner Schönheit und Pracht zu zeigen; darauf bat ich, fortgehen zu dürfen, um meines Weges zu wandern, und hier stehe ich nun, deines Willens gewärtig.' Als sie so dem König alles berichtet hatte, was ihr begegnet war, hub sie wieder an: ‚Es mag sein, daß du, nachdem du von der Macht und Pracht, dem Reichtum und dem Glanze der Herrin Perî Banû gehört hast, dich freuest und bei dir selber sprichst: Es ist gut, daß Prinz Ahmed mit dieser Fee vermählt ist und daß er so viel Reichtum und Macht gewonnen hat! Aber den Augen dieser deiner Sklavin erscheinen die Dinge doch in einem ganz anderen Lichte. Es ist nicht gut, also wage ich zu behaupten, daß dein Sohn solche Gewalt und solche Schätze sein eigen nennt; denn wer weiß, ob er nicht mit Hilfe von Perî Banû Zwiespalt und Zwietracht im Reiche hervorrufen wird? Hüte dich vor den Listen und der Tücke der Frauen! Der Prinz ist von der Liebe zu ihr betört, und vielleicht wird er auf ihren Antrieb ganz anders als recht an dir handeln; dann könnte er die Hand auf deine Schätze legen, deine Untertanen verleiten und sich zum Herrn deines Königreiches machen. Und wenn er auch aus freien Stücken nichts tun mag, als was Ehrfurcht und Ehrerbietung gegenüber seinem Vater und seinen Ahnen ihm gebieten, so könnten doch die Reize seiner Prinzessin allmählich immer stärker auf ihn einwirken und ihn schließlich zum Aufrührer machen, ja zu etwas noch Schlimmerem, was ich nicht sagen mag. Jetzt wirst du einsehen, daß die Sache sehr ernst ist; drum sei nicht unvorsichtig, sondern überlege sie sorgsam!' Darauf schickte die Zauberin sich an, ihres Weges zu wandern; aber der König hub an und sprach: ‚Ich bin dir für zweierlei verpflichtet. Erstlich hast du viel Mühe und Beschwer auf dich genommen und sogar um meinetwillen dein Leben aufs Spiel gesetzt, um die Wahrheit über meinen Sohn, den Prinzen Ahmed, in Erfahrung zu bringen. Und zweitens bin ich dir dankbar, daß du mir einen so trefflichen Rat und eine so kluge Mahnung gegeben hast.' Nach diesen Worten entließ er sie mit den höchsten Ehren; aber kaum hatte sie den Palast verlassen, so berief er in heftiger Unruhe seinen zweiten Wesir, jenen boshaften Minister, der ihn zuerst gegen Prinz Ahmed aufgereizt hatte, und als er mit seinen Freunden vor dem König erschien, legte der ihnen die ganze Sache vor und fragte sie, indem er sprach: ‚Was ratet ihr? Was soll ich tun, um mich und mein Reich gegen die Listen dieser Fee zu schützen?' Einer von den Ratgebern erwiderte: ‚Das ist eine leichte Sache; und das Mittel ist einfach und nah zur Hand. Gib den Befehl, daß Prinz Ahmed, der jetzt in der Stadt weilt, wenn nicht gar hier im Palaste, als Gefangener festgehalten werde! Laß ihn jedoch nicht hinrichten, sonst könnte sein Tod einen Aufruhr hervorrufen; aber auf jeden Fall nimm ihn fest, und wenn er sich widersetzen sollte, so lege ihn in Eisen!' Dieser grausige Rat gefiel dem boshaften Minister, und alle seine

Gönner und Günstlinge billigten ihn von Herzen. Doch der Sultan schwieg und gab keine Antwort. Am nächsten Morgen aber sandte er aus und ließ die Zauberin kommen, und mit ihr überlegte er, ob er den Prinzen Ahmed ins Gefängnis werfen solle oder nicht. Da sagte sie: ‚O König der Könige, dieser Rat ist ganz gegen gesunden Sinn und Verstand. Wenn du Prinz Ahmed ins Gefängnis werfen willst, so mußt du das gleiche mit all seinen Rittern und ihren Knappen tun; doch da sie Geister und dämonische Wesen sind, so weiß niemand, wie sie sich rächen würden! Keine Kerkerzellen noch Tore von Stahl können sie bannen, sie werden sofort entweichen und der Fee von solcher Gewalttat berichten. Sie aber wird von grimmem Zorn entbrennen, wenn sie hört, daß ihr Gemahl wie ein gewöhnlicher Verbrecher in gemeiner Haft gehalten wird, und das alles nicht um eines Verschuldens oder Vergehens willen, sondern durch eine hinterhältige Gefangennahme, und sie wird sicher die ärgste Rache über dein Haupt bringen und uns einen Schaden antun, den wir nicht abzuwehren vermögen. Wenn du mir vertrauen willst, so werde ich dir raten, wie du handeln sollst, so daß du gewinnst, was du wünschest, ohne daß ein Unheil dir oder deinem Reiche naht. Du weißt gar wohl, daß Geister und Feen die Kraft haben, in ganz kurzer Zeit wunderbare und erstaunliche Dinge zu tun, die ein Sterblicher nicht nach langen Jahren mühsamer Arbeit zustande bringen kann. Nun also, wenn du auf die Jagd ziehst oder zu irgendeinem Streifzuge, so brauchst du ein Prunkzelt für dich selbst und viele Zelte für dein Gefolge, deine Diener und Krieger; und um ein solches Lager herzurichten und fortzuschaffen wird viel Zeit und Geld unnütz vergeudet. Ich rate dir also, o König der Könige, stelle den Prinzen Ahmed auf folgende Probe: befiehl ihm, dir ein Königszelt zu bringen, so breit und so lang, daß es deinen ganzen Hof, all deine Krieger, den Lagertroß und auch die Lasttiere aufnehmen und bedecken kann; und dennoch soll es so leicht sein, daß ein einziger Mann es in der hohlen Hand halten und überallhin tragen kann, wohin er nur will!' Darauf schwieg sie eine Weile; aber dann redete sie den König wieder an: ‚Sobald Prinz Ahmed sich dieser Aufgabe entledigt hat, verlange du von ihm etwas noch Größeres und Wunderbareres! Das will ich dir kundtun, und er wird schwere Mühe haben, es auszuführen. Auf diese Weise wirst du dein Schatzhaus mit seltenen und wunderbaren Dingen, den Werken der Geister, anfüllen, und dies wird so lange dauern, bis dein Sohn schließlich am Ende seiner Kraft ist und deine Befehle nicht mehr ausführen kann. Dann wird er, gedemütigt und beschämt, nicht mehr wagen, in deine Hauptstadt zu kommen noch vor dich zu treten; und du wirst dann frei von Furcht vor Schaden durch seine Hand sein, du brauchst ihn nicht ins Gefängnis zu werfen oder, was noch schlimmer wäre, töten zu lassen.' Als der Sultan diese weisen Worte vernommen hatte, teilte er den Plan der Hexe seinen Ratgebern mit und fragte sie, wie sie darüber dächten. Doch sie schwiegen still und erwiderten kein Wort der Zustimmung oder Mißbilligung; er selbst aber war ganz damit einverstanden und sagte nichts weiter. Am nächsten Tage kam Prinz Ahmed, um den König zu besuchen; der hieß ihn mit überströmender Zärtlichkeit willkommen, drückte ihn an seinen Busen und küßte ihn auf Stirn und Augen. Eine lange Weile saßen sie beisammen und plauderten über mancherlei Dinge, bis schließlich der Sultan eine Gelegenheit fand und also zu sprechen begann: ‚Mein teurer Sohn, mein Ahmed, viele Tage lang trug ich Trauer im Herzen und Sorgen in der Seele, weil ich von dir getrennt war, und als du dann zurückkehrtest, erfüllte mich große Freude bei deinem Anblick; und obgleich du mich von dem Orte, da du lebst, nichts wissen ließest noch jetzt wissen lässest, habe ich es doch nicht über mich gebracht, dich zu fragen oder dein Geheimnis zu ergründen, weil es nicht nach deinem Sinne war, mir von deiner Wohnstätte zu erzählen. Aber jetzt habe ich vernommen, daß du mit einer mächtigen Dämonin von unvergleichlicher Schönheit vermählt bist; und diese Nachricht hat mir die allergrößte Freude bereitet. Ich wünsche nun nicht irgend etwas von dir über deine Feengemahlin zu erfahren, wenn du es mir nicht aus eigenem freien Willen mitteilen willst; doch sage mir, sollte ich irgendwann einmal etwas von dir erbitten, kannst du es dann von ihr erreichen? Hält sie dich so lieb und wert, daß sie dir nichts versagt, was du von ihr erbittest?' ‚Mein Gebieter,‘ erwiderte der Prinz, ‚was verlangst du von mir? Meine Gemahlin ist ihrem Gatten mit Herz und Seele ergeben; so bitte ich dich, laß mich wissen, was du von ihr und mir begehrst!' Darauf gab der Sultan zur Antwort: ‚Du weißt, daß ich oftmals zur Jagd ausziehe oder zu Kampf und Krieg; dann habe ich Zelte und Pavillons und Zeltschuppen nötig, und große Herden und Scharen von Kamelen, Mauleseln und anderen Lasttieren müssen das Lager von einem Orte zum anderen schaffen. Darum möchte ich, daß du mir ein Zelt brächtest, so leicht, daß ein einziger Mann es in seiner hohlen Hand tragen kann, und doch auch groß genug, daß es meinen Hof, mein ganzes Heer und Lager, den Troß und die Packtiere aufzunehmen vermag. Wenn du die Herrin um dies Geschenk bitten würdest, so weiß ich recht wohl, daß sie es dir geben kann; und du würdest mir dann viel Mühe abnehmen, die ich sonst auf das Fortschaffen der Zelte verwenden muß, und mir manch unnützen Verlust von Menschen und Vieh ersparen.'

‚Lieber Vater und Sultan,' entgegnete der Prinz, ‚mach dir keine sorgenvollen Gedanken! Ich will alsbald deinen Wunsch meiner Gemahlin, der Herrin Perî Banû, kundtun; und wenn ich auch nicht weiß, ob Feen die Macht besitzen, ein solches Zelt zu schaffen, wie du es beschreibst, und ob sie, wenn die Feen wirklich solche Macht haben, mir ihre Hilfe leihen wird oder nicht, so will ich doch, trotzdem ich dir ein solches Geschenk nicht versprechen kann, alles, was nur immer im Bereiche meiner Kräfte liegt, mit Freuden für dich tun.' Darauf sprach der König zu Prinz Ahmed: ‚Sollte es dir etwa nicht gelingen, und solltest du mir die gewünschte Gabe nicht bringen, mein Sohn, so möchte ich dein Antlitz niemals wiedersehen. Dann wärest du fürwahr ein trauriger Gatte, wenn deine Gemahlin dir ein so geringfügig Ding abschlagen würde und nicht vielmehr alles, was du ihr aufträgst, eilends täte; denn dadurch gäbe sie dir zu verstehen, daß du in ihren Augen nur wenig Wert und Bedeutung besäßest und daß Liebe zu dir bei ihr so gut wie gar nicht vorhanden wäre. Doch nun, mein Sohn, geh hin und bitte sie sofort um das Zelt! Gibt sie es dir, so wisse, sie liebt dich, und du bist ihr das liebste Wesen in der Welt. Mir ist auch berichtet worden, daß sie dich von ganzem Herzen und von ganzer Seele liebt und daß sie dir niemals irgend etwas, um das du bittest, verweigern würde, wäre es auch ihr eigener Augapfel.'

Prinz Ahmed pflegte ja sonst immer drei Tage in jedem Monate bei seinem Vater, dem Sultan, zu verweilen; aber diesmal blieb er nur zwei Tage und sagte schon am dritten Tage seinem Vater Lebewohl. Als er in seinen Palast einzog, konnte es nicht ausbleiben, daß Perî Banû bemerkte, wie er innerlich betrübt war und niedergeschlagen aussah; darum fragte sie ihn: ‚Steht alles gut mit dir? Warum bist du nicht morgen, sondern schon heute von deinem Vater, dem König, gekommen, und warum trägst du eine so traurige Miene zur Schau?' Er aber küßte sie auf die Stirn, umarmte sie zärtlich und erzählte ihr dann alles von Anfang bis zu Ende. Da gab sie ihm zur Antwort: ‚Ich will dein Herz bald beruhigen; denn ich möchte dich nicht noch einen Augenblick länger betrübt sehen. Dennoch, mein Lieb, durch diese Bitte deines Vaters, des Sultans, weiß ich sicher, daß sein Ende nahe ist; er wird bald aus dieser Welt zur Barmherzigkeit Allahs des Erhabenen eingehen. Irgendein Feind hat dies angezettelt, und schweres Ungemach droht dir; und die Folge davon ist, daß dein Vater, der von dem kommenden Unheil nichts ahnt, eifrig seinen eigenen Untergang betreibt.' Erschrocken und ängstlich erwiderte der Prinz seiner Gemahlin: ‚Preis sei Allah dem Erhabenen! Der König, mein allerhöchster Herr, ist bei bester Gesundheit, und an ihm ist kein Zeichen von Unwohlsein oder Altersschwäche zu sehen; noch heute früh verließ ich ihn, wie er frisch und froh war, ja wahrlich, ich habe ihn nie bei besserem Befinden gesehen. Seltsam, fürwahr, daß du wissen solltest, was ihm bevorsteht, ehe ich dir irgend etwas über ihn berichtet habe, und zumal, daß du ahnst, wie er von unserer Vermählung und unserer Stätte erfahren hat!' ‚Mein Prinz,' erwiderte Perî Banû, ‚du weißt, was ich dir sagte, als ich die alte Frau sah, die du hierher brachtest, da sie an hitzigem Fieber litte. Jenes Weib ist eine Hexe aus Satans Brut; die hat deinem Vater alles hinterbracht, was er über diese unsere Wohnstätte zu wissen wünschte. Obgleich ich deutlich sah, daß sie weder siech noch schwach war, sondern sich nur fieberkrank stellte, gab ich ihr eine Arznei zu trinken, die Leiden von jeglicher Art heilt, und sie gab fälschlich vor, daß sie durch deren Wirkung wieder zu Gesundheit und Kraft gekommen sei. Als sie dann zu mir kam, um Abschied von mir zu nehmen, sandte ich zwei meiner Mägde mit ihr und befahl ihnen, ihr jedes Gemach im Palaste mit seiner Einrichtung und seinem Schmuck zu zeigen, auf daß sie besser erkenne, wie es mit dir und mit mir steht. All das tat ich nur um deinetwillen; denn du hattest mir aufgetragen, der alten Frau Mitleid zu erweisen, und ich war froh, als ich sie gesund und munter und frischen Mutes davongehen sah. Außer ihr allein hat kein menschliches Wesen jemals irgend etwas von dieser Stätte zu erfahren oder gar hierher zu kommen vermocht.' Als Prinz Ahmed diese Worte vernommen hatte, dankte er ihr von Herzen und sprach: ‚O sonnengleiches Antlitz der Schönheit, ich möchte dich doch um die Gnade bitten, den Wunsch meines Vaters zu erfüllen; er verlangt ein Königszelt so groß, daß es ihn und sein groß Volk, seinen Troß und seine Packtiere aufnehmen kann; und trotzdem soll es in der hohlen Hand getragen werden können. Ob solch ein Wunderding existiert, weiß ich nicht; aber ich möchte doch alles tun, um es zu beschaffen, und es ihm getreulich bringen.' Da rief sie: ‚Was beunruhigst du dich wegen einer solchen Kleinigkeit? Ich will sofort danach senden und es dir geben.' Darauf ließ sie eine ihrer Mägde kommen, die ihre Schatzmeisterin war, und sprach: ‚Nûr Dschehân[1], geh sogleich hin und bringe mir einen Zeltbau von der und der Art!' Die Magd ging eilends hin und kam ebenso rasch mit dem Zelte zurück; das legte sie dem Prinzen Ahmed in die flache Hand. Als er es aber in der Hand hielt, dachte er bei sich: ‚Was ist dies, das Perî Banû mir da gibt? Sie macht sich wohl einen Scherz mit mir!' Seine Gemahlin aber, die ihm die Gedanken vom Gesicht ablas, begann laut zu lachen und rief: ‚Was ist

1. So nach indischer Aussprache; im Persischen bedeutet *nûr-i dschehân* ‚Licht der Welt'.

denn das, mein geliebter Prinz? Glaubst du wirklich, ich treibe Scherz und Spott mit dir?' Dann fuhr sie, zur Schatzmeisterin Nûr Dschehân gewendet, fort: ‚Nimm jetzt das Zelt dort aus der Hand des Prinzen Ahmed und stelle es im Felde auf, damit er sieht, wie gewaltig groß es ist, und schaut, ob es von der Art ist, wie sein Vater, der Sultan, es wünscht.' Die Magd nahm das Zelt und schlug es fern vom Palaste auf; und doch reichte es vom äußersten Ende der Ebene bis an den Palast heran, und es war so unendlich groß, daß es, wie Prinz Ahmed sah, Raum genug für den ganzen Hofhalt des Königs hatte; ja, hätten sich auch zwei ganze Heere mit allem Lagertroß und Saumvieh darunter aufgestellt, so hätte eines das andere durchaus nicht beengt oder bedrängt. Da bat er Perî Banû um Verzeihung, indem er sprach: ‚Ich wußte nicht, daß es ein so unendlich großer und wunderbarer Zeltbau war; und darum zweifelte ich, als ich es zuerst sah.' Alsbald brach die Schatzmeisterin das Zelt wieder ab und gab es dem Prinzen wieder in die Hand. Der stieg ohne Zögern und Zaudern zu Roß, ritt, von seinem Gefolge begleitet, zum König zurück und überreichte ihm das Zelt, nachdem er ihm gehuldigt und die schuldige Reverenz dargebracht hatte. Auch der Sultan meinte, als er das Geschenk zuerst sah, es sei nur ein kleines Ding; aber als es aufgeschlagen war, staunte er gewaltig beim Anblick seiner Größe; denn es hätte seine Hauptstadt mit allen Vororten überdecken können. Er war jedoch nicht ganz zufrieden, da das Zelt ihm nun zu groß erschien; aber sein Sohn versicherte ihm, daß es sich jederzeit dem anpassen würde, was es bergen solle. Darauf dankte er dem Prinzen, daß er ihm ein so seltenes Geschenk gebracht hatte, und sprach: ‚Lieber Sohn, tu deiner Gemahlin kund, daß ich ihr sehr verpflichtet bin, und sprich ihr meinen herzlichen Dank für diese ihre gütige Gabe aus. Jetzt weiß ich in der Tat sicher, daß sie dich von ganzem Herzen und von ganzer Seele liebt, und all meine Zweifel und Befürchtungen sind nunmehr vertrieben.' Dann befahl der König, man solle das Zelt zusammenlegen und sorgfältig im königlichen Schatzhause aufbewahren.

Es ist seltsam, aber wahr, daß im Herzen des Sultans, als er dies seltene Geschenk von dem Prinzen erhalten hatte, Furcht und Zweifel, Neid und Eifersucht auf seinen Sohn, die von der Hexe und dem boshaften Wesir und seinen anderen üblen Beratern in ihm erregt waren, nur noch größer und lebhafter wurden als zuvor. Denn jetzt war er gewiß, daß die Dämonin über alle Maßen ihrem Gatten hold war und daß sie ihm, dem König, trotz seinem großen Reichtum und seiner Macht an gewaltigen Taten überlegen wäre, wenn sie ihrem Gatten helfen wollte. Daher ward er von banger Furcht erfüllt, sie könnte etwa danach trachten, ihn zu töten, und an seiner Statt den Prinzen auf den Thron setzen. So ließ er denn die Hexe kommen, die ihn schon früher beraten hatte und auf deren List und Tücke er sich jetzt am meisten verließ. Als er ihr berichtete, welchen Erfolg ihr Rat gehabt hatte, besann sie sich eine Weile; dann hob sie ihr Haupt und sprach: ‚König der Könige, du bist ohne Grund besorgt; du brauchst dem Prinzen Ahmed nur zu befehlen, dir Wasser aus dem Löwenquell zu bringen. Er muß notgedrungen um seiner Ehre willen deinen Wunsch erfüllen; und wenn er es nicht vermag, so wird er vor lauter Scham nicht wagen, sein Antlitz wieder bei Hofe zu zeigen. Du kannst keinen besseren Plan anwenden als diesen; drum sorge dafür und säume nicht, ihn auszuführen!' Am nächsten Tage gegen Abend, als der König in voller Staatsversammlung, umgeben von seinen Wesiren und Ministern, dasaß, trat Prinz Ahmed vor, brachte die schuldige Huldigung dar und setzte sich an seine Seite auf einen niedrigeren Sitz. Darauf redete der König ihn nach seiner Gewohnheit mit hoher Gunstbezeigung an und sprach zu ihm: ‚Es ist mir eine sehr große Freude, daß du mir jenes Zelt gebracht hast, um das ich dich bat; denn in meinem Schatzhause gibt es wahrlich nichts, das so selten und wundersam wäre. Doch fehlt mir noch eines, und wenn du mir das bringst, so werde ich mich über alle Maßen freuen. Ich habe gehört, daß die Fee, deine Gemahlin, beständig ein Wasser gebraucht, das aus dem Löwenquelle fließt und von dem ein Trunk jegliches Fieber und alle anderen tödlichen Krankheiten heilt. Ich weiß, daß du ängstlich um meine Gesundheit besorgt bist; so wirst du mich auch gern dadurch erfreuen, daß du mir etwas von jenem Wasser bringst, damit ich davon trinke, wenn es nötig ist. Ich weiß auch, daß du meine Liebe und Neigung zu dir wert hältst und daß du dich darum nicht weigern wirst, meine Bitte zu erfüllen.' Als Prinz Ahmed dies Verlangen hörte, war er sehr überrascht, daß sein Vater schon so bald eine neue Bitte aussprach. Er schwieg eine Weile, indem er bei sich dachte: ‚Ich habe es ja irgendwie zuwege gebracht, daß ich das Zelt von der Herrin Perî Banû erhielt; doch Gott allein weiß, was sie nun tun wird, und ob diese neue Bitte ihren Zorn erregen wird oder nicht. Aber wie es auch sei, ich weiß, daß sie mir nie eine Gnade versagen wird, um die ich sie bitte.' Nach langem Zögern also erwiderte Prinz Ahmed: ‚Hoher Herr und König, ich habe keine Macht, in dieser Sache irgend etwas zu tun, denn sie steht einzig bei meiner Gattin, der Prinzessin; doch ich will sie bitten, mir das Wasser zu geben, und wenn sie geruht, es mir zu gewähren, so will ich es dir alsbald bringen. Freilich kann ich dir eine solche Gabe nicht mit aller Sicherheit versprechen: ich will gern in allem und jedem, das dir von Nutzen sein kann, mein möglichstes tun; aber wenn ich dies Wasser von ihr erbitte, so ist das ein gewichtigeres Werk als die Bitte um das Zelt.'

Am nächsten Tage nahm der Prinz Abschied und kehrte zu Perî Banû zurück; und nachdem er sie zärtlich umarmt und begrüßt hatte, sprach er: ‚Meine Gebieterin, du Licht meiner Augen, mein Vater, der Sultan, läßt dir seinen herzlichen Dank sagen für die Erfüllung seines Wunsches, die Übersendung des Zeltes; doch jetzt erkühnt er sich noch einmal, und deiner Güte und Gnade gewiß, erbittet er von dir, du möchtest ihm ein wenig Wasser vom Löwenquell gewähren. Ich aber möchte dir sagen: wenn es dir nicht gefällt, dies Wasser zu geben, so laß die Sache ganz vergessen sein; denn mein einziger und alleiniger Wunsch ist es, alles zu tun, was du wünschest.' Perî Banû erwiderte darauf: ‚Mich deucht, dein Vater, der Sultan, will mich sowohl wie dich auf die Probe stellen, indem er derartige Gaben verlangt, die ihm die Zauberin vorgeschlagen hat!' Dann fuhr sie fort: ‚Ich will aber dennoch auch dies Geschenk gewähren, da der Sultan sein Herz daran gehängt hat; und weder dir noch mir soll daraus ein Leid erwachsen, obwohl dies ein Wagnis von großer Gefährlichkeit ist, das von arger Tücke und Bosheit erdacht wurde. Achte du nun genau auf meine Worte, vergiß keines von ihnen, sonst bist du ganz sicher des Todes! In der Halle jenes Schlosses, das auf dem Berge dort emporragt, ist ein Springbrunnen, verteidigt von vier wilden, reißenden Löwen; die bewachen und behüten den Weg, der zu ihm führt; sie wechseln ab, zwei stehen stets auf Wache, während die anderen beiden schlafen, und so ist kein lebendes Wesen jemals imstande, an ihnen vorüberzukommen. Doch ich will dir einen Weg kundtun, wie du gewinnen kannst, was du wünschest, ohne daß dir von den grimmigen Tieren ein Leid oder Schaden geschieht.' Mit diesen

Worten zog sie ein Knäuel Garn aus einem Elfenbeinkästchen hervor und machte mit Hilfe einer von den Nadeln, mit denen sie gearbeitet hatte, einen Ball daraus. Diesen gab sie ihrem Gemahl in die Hand, indem sie sprach: ‚Erstlich, gib sorgfältig acht, daß du diesen Ball bei dir behältst; ich will dir alsbald seinen Zweck erklären! Zweitens, wähle dir zwei sehr schnelle Rosse aus, eins, um selbst darauf zu reiten, und ein anderes, um darauf den Leib eines frisch geschlachteten Schafes zu laden, das in vier Teile zerlegt ist! Drittens, nimm mit dir eine Phiole, die ich dir geben will; sie soll das Wasser enthalten, das du, so Gott will, heimbringen wirst! Sobald der Morgen dämmert, erhebe dich mit dem Tageslicht und reite auf deinem erwählten Rosse hinaus, indem du das andere am Zügel neben dir herführst. Wenn du das eiserne Tor erreichst, das zum Schloßhofe führt, so wirf, nahe dem Tore, diesen Ball vor dich hin auf den Boden. Er wird alsbald aus eigener Kraft zu rollen beginnen, und zwar auf das Schloßtor zu; folge du ihm durch den offenen Eingang hindurch, bis er zu rollen aufhört. In dem Augenblicke wirst du die vier Löwen sehen; die beiden, die wach und auf der Hut sind, werden die anderen zwei, die da ruhen und schlafen, aufwecken. Alle vier werden ihre Rachen aufsperren und brüllen und röhren, grausig anzuhören, als ob sie über dich herfallen und dich in Stücke reißen wollten. Du aber fürchte dich nicht, erschrick nicht, sondern reite kühn vorwärts, doch wirf die vier Teile des Schafes vom Leitpferde auf den Boden, für jeden Löwen ein Stück! Hüte dich, vom Pferde zu steigen; bohre ihm vielmehr die Steigbügel[1] in die Flanken und reite schnurstracks so schnell wie möglich auf das Becken zu, in dem sich das Wasser ansammelt! Dort steig

1. Der orientalische Steigbügel hat unten eine leicht gewölbte Fläche mit scharfen Kanten, die als Sporen verwendet werden.

ab und fülle die Phiole, während die Löwen sich mit ihrem Fraße befassen! Zuletzt kehre eilends wieder um; die Tiere werden dich nicht am Vorbeireiten hindern!' Am nächsten Tage, als der Morgen graute, tat Prinz Ahmed alles, was Perî Banû ihm befohlen hatte, und ritt zum Schlosse dahin. Nachdem er dann das eiserne Tor hinter sich gelassen, den Hof durchquert hatte und die Tür zur Halle aufgesprungen war, ritt er dort hinein, warf die vier Viertel des Schafes den Löwen vor, jedem ein Stück, und erreichte rasch den Quell. Er füllte seine Phiole mit Wasser aus dem Becken und eilte in aller Hast zurück. Doch als er eine kurze Strecke weit geritten war, wandte er sich um und sah, wie zwei von den Wächterlöwen ihm folgten; aber er fürchtete sich nicht, sondern zog sein Schwert aus der Scheide, um sich zur Verteidigung zu rüsten. Als der eine von den beiden sah, wie er seinen Säbel zur Verteidigung zog, ging er ein wenig vom Wege abseits, blieb stehen und schaute ihn an, nickte mit dem Kopfe und wedelte mit dem Schweife, als wollte er den Prinzen bitten, seinen Degen wieder einzustecken, und ihm versichern, daß er in Frieden reiten könnte, ohne Gefahr zu befürchten. Darauf sprang der andere Löwe ihm voraus und hielt sich dicht vor ihm; und beide liefen vor ihm her, immer weiter, bis sie die Stadt, ja sogar das Tor des Palastes erreichten. Die andern beiden Löwen aber bildeten den Nachtrab, bis Prinz Ahmed in das Tor des Palastes einritt; und als sie das gesehen hatten, kehrten alle vier auf demselben Wege zurück, auf dem sie gekommen waren. Doch wie das Volk der Stadt solch ein wunderbares Schauspiel erblickte, flohen alle in grimmem Grausen, obgleich die Zaubertiere keinem Lebewesen ein Leid antaten. Da nun einige berittene Mannen ihren Fürsten allein und ohne Gefolge reiten sahen, eilten sie zu ihm und halfen ihm absitzen.

Der Sultan saß gerade in seinem Staatssaale und sprach mit seinen Wesiren und Ministern, als sein Sohn vor ihm erschien. Der Prinz begrüßte ihn, flehte Segen auf sein Haupt herab und betete, wie es sich geziemte, für lange Dauer seines Lebens, Glückes und Reichtums, und dann setzte er die Phiole mit dem Wasser vom Löwenquell vor seine Füße hin, indem er sprach: ,Sieh, ich habe dir die Gabe gebracht, um die du mich batest! Dies Wasser ist sehr selten und schwer zu erlangen; und in deinem ganzen Schatzhause ist nichts so kostbar und wertvoll wie dies. Wenn du je von einer Krankheit befallen werden solltest – Allah der Erhabene verhüte, daß solches dir vom Schicksale bestimmt wäre! –, so trink einen Trunk davon, und du wirst sogleich von jeglichem Leiden, was es auch sei, geheilt werden!' Als Prinz Ahmed seine Worte beendet hatte, umarmte der Sultan ihn mit aller Liebe und Herzlichkeit, Huld und Auszeichnung und küßte ihn auf die Stirn; dann ließ er ihn zu seiner Rechten sitzen und sprach zu ihm: ,Lieber Sohn, ich bin dir über alle Maßen verpflichtet; denn du hast dein Leben aufs Spiel gesetzt und mir dies Wasser unter großer Mühsal und Gefahr von einer so schaurigen Stätte gebracht.' Die Hexe hatte nämlich schon vorher von dem Löwenquell erzählt und von den Todesgefahren, die dort lauerten, so daß er wohl wußte, wie tapfer seines Sohnes verwegene Tat war; und alsbald fügte er hinzu: ,Sag an, mein Sohn, wie konntest du dich dorthin wagen? Wie bist du den Löwen entronnen, so daß du unversehrt und unverletzt das Wasser heimgebracht hast?' ,Bei deiner Huld, o Herr und Sultan,' erwiderte der Prinz, ,ich bin vor allem deshalb sicher von jener Stätte heimgekehrt, weil ich gemäß dem Gebote meiner Gattin, der Herrin Perî Banû, gehandelt habe, und ich habe das Wasser vom Löwenquell nur, weil ich ihr gehorchte, bringen können.'

Dann berichtete er seinem Vater alles, was ihm auf seinem Wege und Rückwege widerfahren war.

Der Sultan aber ward, als er die allüberwindende Tapferkeit und Kühnheit seines Sohnes erkannte, nur noch mehr von Furcht befangen, und die boshafte Tücke und der eifersüchtige Neid, die sein Herz erfüllten, wurden noch zehnmal stärker als zuvor. Doch indem er seine wahren Empfindungen verbarg, entließ er den Prinzen Ahmed, begab sich in sein eigenes Gemach und ließ sofort die Hexe zu sich kommen; und als die vor ihn trat, erzählte er ihr, daß der Prinz ihn besucht und ihm das Wasser aus dem Löwenquell gebracht habe. Sie hatte bereits etwas davon gehört, weil die Ankunft der Löwen solchen Aufruhr in der Stadt verursacht hatte; aber sobald sie den ganzen Bericht vernommen hatte, erstaunte sie gewaltig, und nachdem sie ihren neuen Plan dem Sultan ins Ohr geflüstert hatte, sprach sie triumphierend: ‚O König der Könige, diesmal wirst du dem Prinzen einen Auftrag erteilen, der ihm, wie mich deucht, Mühe machen wird, ja, es wird ihm schwerfallen, auch nur etwas davon auszuführen.‘ ‚Du hast wohlgesprochen,‘ erwiderte der Herrscher, ‚ich will fürwahr nunmehr diesen Plan versuchen, den du für mich ersonnen hast.‘ Am nächsten Tage also, wie Prinz Ahmed vor seinem Vater erschien, sprach der König zu ihm: ‚Mein teurer Sohn, es ist mir eine sehr große Freude, deine Mannhaftigkeit und Tapferkeit und die kindliche Liebe, die dich erfüllt, zu sehen; diese Eigenschaften hast du bewiesen, indem du für mich die beiden seltenen Dinge, um die ich dich bat, herbeischafftest. Jetzt habe ich noch eine Bitte an dich, und das ist die letzte; wenn es dir gelingt, meinen Wunsch zu erfüllen, so will ich wahrlich an meinem geliebten Sohne Wohlgefallen haben und ihm mein lebelang danken.‘ Da fragte Prinz Ahmed: ‚Was ist das für ein Geschenk, das du begehrst? Ich will für mein Teil dein Gebot erfüllen, soweit es in meinen Kräften liegt.' Nun gab der König dem Prinzen zur Antwort: ‚Ich möchte, daß du mir einen Mann bringst, der an Wuchs nicht mehr als drei Fuß mißt, aber einen Bart von zwanzig Ellen Länge hat; der soll auf seiner Schulter einen kurzen stählernen Stab, zweihundertundsechzig Pfund schwer, tragen, den er mit Leichtigkeit hebt und, ohne die Stirne kraus zu ziehen, um seinen Kopf wirbelt, so wie die Menschen sonst hölzerne Keulen schwingen.' So bat der Sultan, irregeführt nach dem Spruche des Schicksals und ohne auf Gut und Böse zu achten, gerade um das, was ihm selbst den sicheren Tod bringen sollte. Und auch Prinz Ahmed, der aus reiner Liebe zu seinem Vater ihm blind gehorchte, war bereit, ihm alles, was er verlangte, zu bringen; denn er wußte nicht, was im verborgenen Ratschlusse des Geschicks für ihn bestimmt war. So sprach er denn: ‚Mein Vater und Sultan, ich glaube zwar, es wird schwer sein, in der ganzen Welt einen solchen Menschen zu finden, wie du ihn verlangst; doch ich will mein Bestes tun, um deinen Befehl auszuführen.' Darauf zog der Prinz sich zurück und kehrte wie gewöhnlich zu seinem Palaste heim, wo er Perî Banû in Liebe und Freude begrüßte; doch sein Antlitz war betrübt, und das Herz war ihm schwer, da er an den letzten Befehl des Königs dachte. Als die Prinzessin bemerkte, wie er so nachdenklich aussah, fragte sie ihn, indem sie sprach: ‚Mein teurer Gebieter, was für Kunde bringst du mir heute?' Darauf gab er zur Antwort: ‚Der Sultan verlangt bei jedem Besuche etwas Neues von mir, und er fällt mir mit seinen Bitten zur Last; heute will er mich auf die Probe stellen, und in der Hoffnung, mich zuschanden zu machen, fordert er etwas, das ich vergeblich in der ganzen Welt suchen würde.' Darauf erzählte er ihr alles, was der König zu ihm gesagt hatte. Als aber Perî Banû diese Worte vernommen hatte, sprach sie zu dem Prinzen: ‚Mach dir darüber keinerlei Sorge! Du hast es unter großer Gefahr gewagt, für deinen Vater Wasser aus dem Löwenquell zu holen, und es ist dir gelungen, deine Absicht auszuführen. Diese neue Aufgabe nun ist durchaus nicht schwerer oder gefährlicher, als jene es war; nein, sie ist vielmehr leichter, da der Mann, den du beschreibst, mein leiblicher Bruder Schabbar[1] ist. Obwohl wir beide die gleichen Eltern haben, so hat es doch Allah dem Erhabenen gefallen, uns in verschiedenen Gestalten zu bilden und ihn seiner Schwester so unähnlich zu machen, wie es in sterblicher Form nur geschehen kann. Überdies ist er tapfer und tatendurstig, und immer sucht er etwas zu unternehmen und auszuführen, durch das er mir dienen kann; und was er nur immer beginnt, das führt er mit großer Freude aus. Er hat eine solche Gestalt und Form, wie der Sultan, dein Vater, sie beschrieben hat, und er gebraucht als einzige Waffe nur die Keule aus Stahl. Sieh, ich will jetzt sogleich nach ihm senden, aber erschrick nicht, wenn du ihn schaust!' Prinz Ahmed gab zur Antwort: ‚Wenn er in Wahrheit dein Bruder ist, was tut es dann, wie er aussieht? Ich werde mich so freuen, ihn zu sehen, wie wenn man einen werten Freund oder lieben Verwandten willkommen heißt. Warum sollte ich mich fürchten, ihn anzuschauen?' Wie Perî Banû diese Worte hörte, sandte sie eine ihrer Dienerinnen fort, die ihr dann aus ihrem geheimen Schatze eine goldene Räucher-

---

1. Schabbar ist sonst ein künstlich gebildeter mystischer Name für einen Glaubenshelden des Islams, Hasan, den Sohn des Kalifen 'Alî. Der Name eignet sich also wohl für ein dämonisches Wesen, wenngleich die Bedeutung ‚der Schöne' wenig zu der Schilderung dieses Schabbar paßt.

pfanne brachte; darauf befahl sie, ein Feuer in ihr anzuzünden, und nachdem sie ein Kästchen aus Edelmetall, das mit Juwelen besetzt war, eine Gabe ihrer Sippe, hatte kommen lassen, nahm sie etwas Weihrauch daraus hervor und warf es in die Flammen. Alsbald entstand ein dichter Rauch, der hoch in die Luft stieg und sich im ganzen Palaste verbreitete; wenige Augenblicke danach hielt Perî Banû mit ihren Beschwörungen inne und rief: ‚Sieh da, mein Bruder Schabbar kommt! Kannst du seine Gestalt erkennen?' Der Prinz schaute hin und erblickte ein Männlein von Zwerggestalt, das nur drei Fuß hoch war, mit einem Höcker auf der Brust und einem Buckel auf dem Rücken; doch trotzdem trug er eine stolze Miene und ein hoheitsvolles Aussehen zur Schau. Auf seiner rechten Schulter lag eine Keule aus Stahl, die zweihundertundsechzig Pfund wog. Sein Bart war dicht und zwanzig Ellen lang, aber so kunstvoll geflochten, daß er den Boden nicht berührte; auch trug er einen langen gedrehten Schnauzbart, der sich bis zu seinen Ohren hinaufkräuselte, und sein ganzes Gesicht war mit langen Haaren bedeckt. Seine Augen sahen ähnlich wie Schweinsaugen aus; sein Kopf, auf dem er einen kronenartigen Haarwulst trug, war ungeheuer groß und hob sich gewaltig gegen den winzigen Leib ab.

Prinz Ahmed saß ruhig neben seiner Gemahlin, der Fee, und fühlte keine Furcht, als die Gestalt herannahte; Schabbar trat alsbald herzu und fragte Perî Banû mit einem Blicke auf den Prinzen, indem er sprach: ‚Wer ist der Sterbliche, der dir zur Seite sitzt?' ‚Lieber Bruder,' erwiderte sie, ‚dies ist mein geliebter Gatte, Prinz Ahmed, der Sohn des Sultans von Indien. Ich sandte dir damals keine Einladung zur Hochzeit, weil du mit einem großen Feldzug beschäftigt warst; jetzt aber bist du, durch die Gnade Allahs des Erhabenen, siegreich und im

Triumph über deine Feinde heimgekehrt, und darum habe ich dich zu mir gebeten in einer Sache, die mich nahe angeht.' Als Schabbar diese Worte vernahm, blickte er huldvoll auf Prinz Ahmed und sprach: ‚Meine geliebte Schwester, kann ich ihm irgendeinen Dienst erweisen?' Da antwortete sie: ‚Der Sultan, sein Vater, hat den glühenden Wunsch, dich zu sehen, und ich bitte dich, geh bald hin zu ihm und nimm den Prinzen als Führer mit dir.' Er sagte nur: ‚Ich bin in diesem Augenblicke bereit, mich aufzumachen.' Doch sie entgegnete: ‚Noch nicht, mein Bruder! Du bist von der Reise müde, drum verschieb deinen Besuch beim König bis morgen; heute abend will ich dir zuvor noch alles berichten, was den Prinzen Ahmed betrifft!' Als es Abend geworden war, tat Perî Banû ihrem Bruder alles über den König und seine bösen Ratgeber kund; vor allem aber hob sie die Übeltaten der alten Vettel, der Hexe, hervor: wie sie den Plan ersonnen hätte, dem Prinzen Ahmed ein Leids zu tun und heimtückisch seine Besuche in der Stadt und bei Hofe zu verhindern, und wie sie solchen Einfluß über den Sultan gewonnen hätte, daß er seinen Willen ganz dem ihren füge und immer nur tue, was sie ihm befehle.

Am nächsten Morgen früh brachen Schabbar, der Dämon, und Prinz Ahmed gemeinsam auf, um den Sultan zu besuchen. Und als sie das Stadttor erreicht hatten, wurden alle Einwohner, vornehm und gering, von Entsetzen über die grausige Gestalt des Zwerges ergriffen; sie flohen voller Schrecken nach allen Seiten, rannten in Läden und Häuser, verriegelten die Türen und schlossen die Fenster und verbargen sich dort. Ja, ihre Flucht geschah in solch wilder Eile, daß viele Füße ihre Schuhe und Sandalen beim Laufen verloren, und daß manch ein Kopf den losen Turban zur Erde fallen ließ. Und als nun die beiden durch Straßen und über Plätze und Märkte, die so verlassen waren wie die Wüste von Samâwa[1], weiter zogen bis zum Palaste, gaben alle Torwächter beim Anblick Schabbars Fersengeld und stoben auseinander, so daß niemand da war, ihnen den Eintritt zu verwehren. Sie gingen geradeswegs zur Regierungshalle, wo der Sultan Staatsversammlung hielt; und sie fanden in seiner Umgebung eine Schar von Ministern und Räten, großen und kleinen, die alle nach Rang und Würden dastanden. Und auch die machten sich, sobald sie Schabbar erblickten, eiligst auf die Flucht im grimmen Grausen und versteckten sich; sogar die Leibwachen hatten ihre Posten verlassen, und keiner dachte daran, ob die beiden durchgelassen oder angehalten werden sollten. Doch der Herrscher saß noch regungslos auf seinem Throne, als Schabbar mit stolzer Miene und königlicher Würde zu ihm trat und rief: ‚O König, du hast den Wunsch ausgesprochen, mich zu sehen. Sieh da, hier bin ich! Sag an jetzt, was willst du von mir?‘ Der König gab ihm keine Antwort, sondern hielt sich nur die Hände vor die Augen, um die grause Gestalt nicht zu sehen, und er wandte sein Haupt ab und wäre in seinem Schrecken gern davongelaufen. Über dies unhöfliche Benehmen des Sultans ward Schabbar wild vor Wut, und er grollte in übermäßigem Grimm, als er bedachte, daß er sich die Mühe gemacht hatte, auf den Wunsch eines solchen Feiglings zu kommen, der jetzt, als er ihn sah, am liebsten fortlaufen wollte. Und so hob der Dämon, ohne einen Augenblick zu zögern, seine stählerne Keule, schwang sie zweimal durch die Luft und traf, ehe Prinz Ahmed den Thron erreichen oder irgendwie dazwischentreten konnte, den Sultan so gewaltig auf den Kopf, daß sein Schädel zerschlagen und das Hirn über den Boden hingespritzt

1. Die Wüste von Samâwa liegt westlich vom unteren Euphrat, zwischen Mesopotamien, Syrien und Arabien.

ward. Nachdem Schabbar diesem Widersacher den Garaus gemacht hatte, wandte er sich wild wider den Großwesir, der zur Rechten des Sultans stand, und er hätte ihn auf der Stelle erschlagen, wenn der Prinz nicht um sein Leben gebeten und gerufen hätte: ‚Töte ihn nicht! Er ist mein Freund, er hat niemals ein böses Wort wider mich gesagt. Das haben nur die anderen, seine Genossen, getan.' Wie Schabbar dies hörte, fiel er in seiner Wut über die Minister und bösen Berater, alle jene, die gegen Prinz Ahmed Arges im Sinne gehabt hatten, zu beiden Seiten her und erschlug sie samt und sonders und ließ keinen entkommen außer denen, die schon vorher geflohen waren und sich versteckt hatten. Dann ging der Zwerg aus der Halle des Gerichtes auf den Hof und sprach zu dem Wesir, dem der Prinz das Leben gerettet hatte: ‚Höre du, hier gibt es eine Hexe, die meinem Bruder, dem Gatten meiner Schwester, feindlich gesinnt ist. Schau, daß du sie alsbald herbeischaffest; desgleichen auch den Schurken, der das Herz seines Vaters mit bösem Haß und eifersüchtigem Neid gegen ihn erfüllt hat, auf daß ich ihnen ihre Missetaten in vollem Maße vergelten kann!' Der Großwesir brachte sie alle herbei, zuerst die Zauberin und dann den boshaften Minister, mit seiner Schar von Gönnern und Günstlingen; da schlug Schabbar sie alle, einen nach dem andern, mit seiner stählernen Keule nieder und tötete sie ohne Erbarmen, wobei er der Hexe zurief: ‚Dies ist das Ende all deiner Ränke beim König, dies ist die Frucht deiner List und Tücke; daraus kannst du lernen, dich nicht krank zu stellen!' In seiner blinden Leidenschaft hätte er beinahe alle Einwohner der Stadt erschlagen; doch Prinz Ahmed hielt ihn zurück und beruhigte ihn mit sanften und milden Worten. Darauf kleidete Schabbar seinen Schwager in das königliche Gewand, setzte ihn auf den Thron und rief ihn zum

Sultan von Indien aus. Und alles Volk, hoch und niedrig, war hoch erfreut über diese Kunde; denn Prinz Ahmed war bei allen beliebt. Sie eilten herbei, um den Treueid zu leisten und Geschenke und Huldigungsgaben darzubringen, und sie riefen mit lautem Jubel: ‚Lang lebe König Ahmed!' Nachdem all dies geschehen war, sandte Schabbar nach seiner Schwester Perî Banû und machte sie zur Königin mit dem Namen Schahr Banû.[1] Nach einer Weile aber nahm er Abschied von ihr und König Ahmed und kehrte in seine Heimat zurück.

Danach berief König Ahmed seinen Bruder Prinz 'Alî und Nûr en-Nahâr, machte ihn zum Statthalter einer großen Stadt, die nahe bei der Hauptstadt war, und sandte ihn mit großem Prunk und großer Pracht dorthin. Auch ordnete er einen hohen Beamten ab, um dem Prinzen Husain seine Aufwartung zu machen und ihm alles zu berichten; und er ließ ihm sagen: ‚Ich möchte dich zum Herrscher über jegliche Stadt oder Statthalterschaft machen, die dein Herz begehrt; und wenn du einwilligst, so werde ich dir die Briefe der Bestellung senden.' Der Prinz aber war in seinem Derwischleben völlig zufrieden und ganz glücklich, und darum fragte er nichts nach Macht und Herrschaft und weltlichem Tand; so sandte er denn den Boten mit seiner Huldigung und seinem herzlichen Danke zurück, indem er bat, man möge ihn seinem Leben in der Einsamkeit und seinem Verzicht auf die Dinge der Welt überlassen.«

* * *

Als nun Schehrezâd ihre Geschichte zu Ende erzählt hatte, sprach König Schehrijâr zu ihr: »Diese deine Geschichte, die wunderbar und seltsam war, hat mir viel Freude bereitet; drum bitte ich dich, erzähle weiter, bis die letzten Stunden dieser

[1]. Landesherrin.

Nacht vergangen sind!« Da gab sie zur Antwort:[1] »Von den Männern der Großmut gibt es sehr viele Erzählungen, und zu diesen gehört

DIE GESCHICHTE VON HÂTIM ET-TÂÏ

Man erzählt, daß Hâtim et-Tâï[2] nach seinem Tode auf dem Gipfel eines Berges begraben wurde; und man stellte bei seinem Grabe zwei Wassertröge aus Stein auf, dazu auch steinerne Bilder von Mädchen mit aufgelösten Haaren. Am Fuße jenes Berges aber floß ein Bach; und wenn die reisigen Leute dort lagerten, so hörten sie ein lautes Klagen die ganze Nacht hindurch, vom Abend bis zum Morgen; doch in der Frühe fanden sie niemanden als die Mädchen, die aus Stein gebildet waren. Einmal lagerte Dhu el-Kurâ', der König von Himjar, in jenem Tale, als er seinen Stamm verlassen hatte, und er verbrachte jene Nacht an dem Orte. Da war er nahe bei jener Grabstätte, und er hörte auch das Klagen. Wie er nun fragte: ‚Was ist das für ein Klageruf, der von diesem Berge heruntcrschallt?' antwortete man ihm: ‚Dort ist das Grab des Hâtim et-Tâï, und bei ihm stehen zwei Wassertröge aus Stein und steinerne Bilder von Mädchen mit aufgelösten Haaren; und alle, die in diesem Tale lagern, hören bei Nacht stets dies Klagen und Rufen.' Da rief Dhu el-Kurâ' scherzend dem Hâtim et-Tâï zu: ‚O Hâtim, wir sind heute abend bei dir zu Gaste, und wir verschmachten vor Hunger!' Dann kam der Schlaf über ihn, aber bald wachte er erschrocken wieder auf und rief:

1. Hier beginnt wieder die Übersetzung nach der Kalkuttaer Ausgabe, Band 2, Seite 125. – 2. Hâtim et-Tâï, das ist ‚der vom Stamme Taiji', der kurz vor Mohammed lebte, ist wegen seiner Freigebigkeit berühmt und sprichwörtlich geworden.

‚Ihr Araber, zu Hilfe! Seht nach meiner Reitkamelin!' Als sie zu ihm kamen, fanden sie die Kamelin, wie sie sich am Boden wälzte; da schlachteten sie das Tier, brieten sein Fleisch und aßen es. Dann fragten sie den König, was geschehen sei, und er antwortete: ‚Ich schloß meine Augen; da sah ich plötzlich im Schlafe, wie Hâtim et-Tâï mit einem Schwerte in der Hand auf mich zutrat und sprach: ‚Du bist als Gast zu mir gekommen; aber ich habe nichts hier.' Und er traf meine Kamelin mit dem Schwerte, und wenn ihr nicht herbeigeeilt wäret und sie geschlachtet hättet, so wäre sie verendet.' Wie es aber Morgen ward, bestieg Dhu el-Kurâ' die Reitkamelin eines seiner Gefährten und ließ den hinter sich aufsitzen. Gegen Mittag erblickten sie einen Reiter auf einer Kamelin, der ein anderes Reittier am Halfter führte. Da fragten sie ihn: ‚Wer bist du?' Er gab zur Antwort: ‚Ich bin 'Adî, der Sohn von Hâtim et-Tâï!' Und er fuhr fort: ‚Wo ist Dhu el-Kurâ', der Häuptling der Himjaren?' Als man ihm erwiderte: ‚Da ist er!' sprach er zu dem Fürsten: ‚Nimm diese hier als Reitkamelin zum Ersatz für deine eigene; denn mein Vater hat deine Stute für dich geschlachtet!' Da fragte Dhu el-Kurâ': ‚Wer hat dir das gesagt?' Und der Fremdling entgegnete: ‚Mein Vater ist mir in der vorigen Nacht im Traume erschienen, während ich schlief; und er sprach zu mir: ‚'Adî, höre, Dhu el-Kurâ', der König von Himjar, lud sich bei mir zu Gaste ein, und da schlachtete ich für ihn seine eigene Kamelin. Bring du ihm also eine andere Stute, auf der er reiten kann; denn ich hatte nichts bei mir!' Da nahm Dhu el-Kurâ' sie entgegen, verwundert über die Freigebigkeit des Hâtim et-Tâï im Leben und im Tode.

Zu den Erzählungen über die Männer der Großmut gehört auch

DIE GESCHICHTE VON MA'N IBN ZÂIDA

Von Ma'n ibn Zâida[1] wird berichtet, daß er eines Tages zu Jagd und Hatz ausritt; da dürstete ihn, aber er fand bei seinen Dienern kein Wasser. Während er so litt, kamen ihm plötzlich drei Mädchen entgegen, deren jede einen Wasserschlauch trug. – –«

Da bemerkte Schehrezâd, daß der Morgen begann, und sie hielt in der verstatteten Rede an. Doch als die *Zweihundertundzweiundsiebenzigste* Nacht anbrach, fuhr sie also fort: »Es ist mir berichtet worden, o glücklicher König, daß ihm drei Mädchen mit Wasserschläuchen entgegenkamen; die bat er um einen Trunk, und sie gaben ihm zu trinken. Dann verlangte er von seinen Dienern etwas, das er den Mädchen geben könnte; aber er fand bei ihnen kein Geld. Nun gab er einer jeden von den dreien aus seinem Köcher zehn Pfeile, deren Spitzen aus Gold waren. Da sagte eine zur anderen: ,Du da, so etwas kann nur Ma'n ibn Zâida tun! Darum soll eine jede von uns einige Verse zu seinem Lobe sprechen.' Und die erste begann:

> *Er krönet die Pfeile mit Spitzen von Golde*
> *Und sendet dem Feinde, was Großmut gewährt;*
> *Verwundete finden durch ihn ihre Heilung,*
> *Ein Leichentuch, wer in die Grube fährt.*

Darauf sprach die zweite:

> *Er ist ein Krieger, der mit offnen Händen gibt,*
> *Der gegen Freund und Feind die gleiche Güte übt;*
> *Die Spitzen seiner Pfeile sind mit Gold geschmückt,*
> *Auf daß ihn auch der Kampf dem Wohltun nicht entrückt.*

Zuletzt sprach die dritte:

> *In seiner Güte schießt er auf die Feinde Pfeile*
> *Mit reichem Schmuck der goldnen Spitzen rein und hart,*
> *Auf daß davon der Wunde seine Heilung zahle,*
> *Und für sein Totenlaken, wer getötet ward.*

1. Siehe Band II, Seite 450, Anmerkung 1.

Ferner wird erzählt

DIE GESCHICHTE VON MA'N IBN ZÂÏDA UND DEM BEDUINEN

Einst zog Ma'n ibn Zâïda mit seinen Genossen auf die Jagd; da trafen sie auf ein Rudel Gazellen. Sie trennten sich bei der Verfolgung des Wildes, und Ma'n blieb allein, während er hinter einem Tiere herjagte. Als er es erlegt hatte, stieg er ab und schlachtete es, und da erblickte er einen Mann, der auf einem Esel aus der Wüste auf ihn zukam. Er bestieg sein Roß wieder, ritt jenem entgegen, grüßte ihn und fragte ihn: ‚Woher kommst du?' Der Fremde gab zur Antwort: ‚Aus dem Lande der Kudâ'a, wo zwei Jahre lang Dürre geherrscht hat; aber in diesem Jahre war es fruchtbar, und da legte ich mir ein Gurkenfeld an. Das trug vor der Zeit Frucht, und nun habe ich die Gurken, die ich für die besten hielt, gepflückt und bin auf dem Wege zum Emir Ma'n ibn Zâïda; der ist wegen seiner Freigebigkeit bekannt, und seine Wohltaten werden weit und breit genannt.' Da fragte Ma'n: ‚Wieviel hoffst du von ihm zu erhalten?' Der Beduine erwiderte: ‚Tausend Dinare!' Weiter fragte der Emir: ‚Wenn er dir aber sagt, das sei zuviel?' ‚Dann verlange ich fünfhundert Dinare.' ‚Wenn er dann wieder sagt, zu teuer?' ‚Dreihundert Dinare!' ‚Und wenn er dann noch sagt, zu teuer?' ‚Zweihundert Dinare!' ‚Wenn er nochmals sagt, zu teuer?' ‚Hundert Dinare!' ‚Und wenn er wieder sagt, zu teuer?' ‚Fünfzig Dinare!' ‚Und wenn er auch dann noch sagt, zu teuer?' ‚Dreißig Dinare!' ‚Und wenn ihm sogar das zu viel ist?' Da sagte der Beduine: ‚Dann lasse ich die Füße meines Esels in seinen Harem treten und kehre enttäuscht, mit leeren Händen zu meinem Volke heim.' Lachend trieb Ma'n darauf sein Roß weiter, bis er seine Schar wieder erreichte und mit ihr zu seinem Schlosse heimkehrte. Dort sprach er zu seinem Kammerherrn: ‚Wenn ein Kerl mit Gurken, der auf einem Esel reitet, zu dir kommt, so führe ihn zu mir herein.'

Nach einer Weile kam jener Mann, und der Kammerherr ließ ihn ein. Als er zum Emir Ma'n eintrat, bemerkte er nicht, daß der es war, dem er in der Wüste begegnet war; denn Ma'n saß da, in majestätischer Würde, umgeben von vielen Eunuchen und Dienern, auf seinem Staatssessel inmitten seiner Herrscherherrlichkeit, während sein Gefolge zur Rechten und zur Linken und vor ihm stand. Als der Beduine den Gruß gesprochen hatte, fragte der Emir ihn: ‚Was ist's, das dich hierherführt, Bruder Araber?' Er gab zur Antwort: ‚Ich habe meine Hoffnung auf den Emir gesetzt und ihm Gurken vor der Zeit gebracht!' Als Ma'n fragte: ‚Wieviel erwartest du von uns?' erwiderte der Beduine: ‚Tausend Dinare!' Der Emir aber sagte: ‚Das ist zu viel.' Jener darauf: ‚Dann fünfhundert Dinare!' ‚Zu viel.' ‚Dreihundert Dinare!' ‚Zu viel.' ‚Zweihundert Dinare!' ‚Zu viel.' ‚Hundert Dinare!' ‚Zu viel.' ‚Fünfzig Dinare!' ‚Zu viel.' ‚Dreißig Dinare!' Als Ma'n auch dann wieder sagte: ‚Zu viel', rief der Beduine: ‚Bei Allah, jener Mann, der mir in der Wüste begegnet ist, hat mir Unglück gebracht. Ich werde doch nicht unter dreißig Dinare heruntergehen!' Da lachte Ma'n und schwieg still; und so erkannte der Araber, daß er jener Mann war, den er in der Wüste getroffen hatte, und er sprach zu ihm: ‚Hoher Herr, wenn du mir nicht die dreißig Dinare gibst, du weißt, da ist der Esel an die Tür gebunden, und da sitzt Ma'n!'[1] Ma'n aber lachte, bis er auf den Rücken

---

[1]. Die Worte beziehen sich auf seine frühere Äußerung, er wolle seinen Esel in Ma'ns Harem treten lassen. Dem Ganzen liegt ein obszöner Witz zugrunde, der nach der Kalkuttaer und der Kairoer Ausgabe verschieden ausgelegt werden kann.

fiel; dann rief er seinen Verwalter und sprach zu ihm: ‚Gib ihm tausend Dinare und fünfhundert und dreihundert und zweihundert und hundert und fünfzig und dreißig, und laß den Esel angebunden, wo er ist!' Da erhielt der erstaunte Beduine zweitausendeinhundertundachtzig Dinare – Allah hab alle die großmütigen Männer selig!

Ferner wurde auch berichtet, o glücklicher König,

DIE GESCHICHTE
VON DER STADT LEBTA

Einst war im Lande der Romäer[1] eine Königsstadt, die Lebta[2] genannt wurde; und in ihr war eine Burg, die immer verschlossen gehalten wurde. Jedesmal, wenn ein König starb und ein anderer romäischer König ihm auf dem Throne folgte, so legte er ein neues, festes Schloß davor, bis vierundzwanzig Schlösser vor dem Tore lagen, von jedem König ein Schloß. Nach dieser Zeit aber bemächtigte sich der Herrschaft ein Mann, der nicht aus dem Königshause stammte; der wollte jene Schlösser öffnen, um zu sehen, was in der Burg wäre. Die Großen des Reiches suchten ihn daran zu hindern, sie rieten ihm davon ab und hielten ihn zurück, aber dennoch weigerte er sich und sprach: ‚Diese Burg muß geöffnet werden.' Nun boten sie ihm alles, was sie an Geld und an kostbaren Schätzen besaßen, damit er die Burg nicht öffne; aber er ließ sich von seinem Vorhaben nicht abbringen. – –«

---

1. Das sind die Byzantiner oder Oströmer. – 2. Nach der Kalkuttaer Ausgabe Labtait oder Lebtît, nach der Kairoer Ausgabe Lebta. Vielleicht ist das eine Verwechslung mit Sebta, heute Ceuta, in Marokko; diese Festung gehörte beim Vordringen der Araber nach Spanien noch zum oströmischen Reiche.

Da bemerkte Schehrezâd, daß der Morgen begann, und sie hielt in der verstatteten Rede an. Doch als die *Zweihundertunddreiundsiebenzigste Nacht* anbrach, fuhr sie also fort: »Es ist mir berichtet worden, o glücklicher König, daß die Großen des Reiches jenem König alles boten, was sie an Geld und Schätzen besaßen, damit er die Burg nicht öffne; aber er ließ sich von seinem Vorhaben nicht abbringen, sondern er riß die Schlösser herunter, öffnete das Tor und fand in der Burg Bildnisse von Arabern: die waren beritten auf Rossen und Kamelen, trugen Turbanbinden, die lang herabhingen, waren mit Schwertern gegürtet und hielten die langen Lanzen in der Hand. Auch fand er dort ein Schriftstück; das nahm er und las es, und er sah, daß in ihm geschrieben stand: ‚Wenn dies Tor geöffnet wird, so wird eine Araberschar dies Land erobern, die so aussieht wie in diesem Bildnisse; drum hütet euch, und noch einmal hütet euch, das Tor zu öffnen!' Nun lag jene Stadt in Andalusien[1], und in eben jenem Jahre, unter dem Kalifen el-Walîd ibn 'Abd el-Malik aus dem Stamme der Omaijaden, fiel sie in die Hände des Târik ibn Zijâd.[2] Der bereitete jenem König einen schmählichen Untergang, plünderte sein Land, nahm die Frauen und Kinder dort gefangen und machte große Beute an Geld und Gut. Denn er fand dort unermeßliche Schätze, mehr als hundertundsiebenzig Kronen aus Per-

---

1. Unter Andalusien, das seinen Namen den Vandalen verdankt, verstanden die Araber das Westgotenreich von Spanien, später die ganze Pyrenäische Halbinsel. — 2. Der Kalif el-Walîd regierte 705 bis 715; der arabische Feldherr Târik, nach dem Gibraltar benannt ist, setzte im Jahre 711 nach Spanien über und besiegte den Westgotenkönig Roderich. Der byzantinische Befehlshaber von Ceuta hatte bereits vorher den Arabern die Tore der Stadt geöffnet. Der Usurpator Roderich war wohl im Jahre 710 auf den Thron gekommen. An diese Dinge bewahrt obige Erzählung eine dunkle Erinnerung.

len, Hyazinthen und anderen Edelsteinen. Auch fand er dort einen Saal, in dem Reitersleute mit Speeren werfen konnten, und der voll war von goldenen und silbernen Geräten, wie sie keine Schilderung beschreiben kann. Ferner fand er den Speisetisch des Gottespropheten Salomo, des Sohnes Davids – über beiden sei Heil! –, der, wie erzählt wird, aus grünem Smaragd ist und noch jetzt in der Stadt Rom vorhanden sein soll; auf ihm standen Gefäße aus Gold und Schüsseln aus Chrysolith. Und ebenso fand er ein Buch der Psalmen, das in griechischer Schrift auf goldene Blätter geschrieben und mit Edelsteinen besetzt war; ferner ein Buch mit einer Beschreibung der nützlichen Eigenschaften von Steinen und Pflanzen und Mineralien und der Talismane und der alchimistischen Wissenschaft von Gold und Silber; dazu ein Buch, in dem die Kunst, Hyazinthe und andere Edelsteine in Formen zu schmelzen, und die Bereitung von Giften und Gegengiften beschrieben war; endlich auch eine Karte von der Erde, den Meeren, den Ländern, Städten und Dörfern. Ferner fand er einen großen Saal voll von Elixier, von dem ein Dirhem tausend Dirhem Silber in reines Gold verwandeln kann; dazu einen großen, runden, wunderbaren Spiegel aus gemischten Metallen, der für Salomo, den Sohn Davids – über beiden sei Heil! – gemacht worden war, und in dem jeder beim Hineinschauen die sieben Klimate der Welt mit eigenen Augen sehen konnte; und schließlich fand er noch einen Saal, in dem so viele Karfunkelsteine waren, daß niemand sie beschreiben und keine Kamelslast sie umfassen konnte. Alle diese Dinge sandte er an el-Walîd ibn 'Abd el-Malik. Und die Araber breiteten sich in den Städten Andalusiens aus, das eines der herrlichsten Länder ist. Dies ist der Schluß der Geschichte von der Stadt Lebta.

Und ferner wird erzählt

DIE GESCHICHTE VON HISCHÂM IBN 'ABD EL-MALIK UND DEM JUNGEN BEDUINEN

Eines Tages war Hischâm ibn 'Abd el-Malik ibn Marwân[1] auf der Jagd, und da erblickte er eine Gazelle; die verfolgte er mit seinen Hunden. Während er hinter ihr herritt, sah er einen jungen Beduinen, der Kleinvieh weidete; zu dem sprach er: ‚Heda, Bursche, los auf die Gazelle da, sie entwischt mir sonst!‘ Da hob der Jüngling seinen Kopf zu ihm empor und sprach: ‚O du, der du nicht weißt, was der Vornehme beanspruchen kann, du schaust mich mit Geringschätzung an; du wirfst mir verächtliche Worte ins Gesicht, du redest, wie ein tyrannischer Herrscher spricht, und du handelst an mir wie ein Eseltier!‘ Hischâm fragte darauf: ‚Du da, kennst du mich nicht?‘ Doch der Jüngling fuhr fort: ‚Deine schlechte Erziehung sagt mir, wer du bist; wie konntest du, ohne den Gruß zu sagen, deine Worte an mich zu richten wagen?‘ ‚Du da,‘ rief der Kalif, ‚ich bin Hischâm ibn 'Abd el-Malik!‘ Aber der Beduine entgegnete: ‚Allah lasse deine Stätte nicht nahe sein und schirme nie die Wege dein! Wie viel kannst du schwätzen, wie wenig schätzen!‘ Kaum aber hatte er seine Worte beendet, da umringten den Kalifen seine Mannen von allen Seiten, und ein jeder von ihnen sprach: ‚Friede sei mit dir, o Beherrscher der Gläubigen!‘ Doch Hischâm rief: ‚Kürzt euer Wort und packt mir den Burschen dort!‘ Sie ergriffen ihn; aber der Jüngling war, als er alle die Kammerherren, Wesire und Großen des Reiches erblickte, gar nicht betroffen und kümmerte sich nicht um sie, sondern senkte sein Kinn auf die Brust und blickte dorthin, wohin seine Füße traten, bis er zu Hischâm

[1]. Der zehnte omaijadische Kalif; er regierte von 724 bis 743.

geführt wurde und vor ihm stand; da senkte er sein Haupt zu Boden und schwieg immerfort, er grüßte nicht und sprach kein Wort. Nun fuhr einer der Diener ihn an: ‚Du Hund von einem Araber, warum begrüßest du den Beherrscher der Gläubigen nicht?' Zornig wandte er sich nach dem Diener um und rief: ‚Du Packsattel eines Esels, der Weg war so lang, und die Stufen waren so steil, daß der Schweiß mir aus den Poren drang!' Da ward Hischâm noch heftiger ergrimmt und rief: ‚Du Bursche, jetzt erlebst du einen Tag, an dem ist dein letztes Stündlein gekommen, da ist deine Hoffnung fortgeschwommen, da wird dein Leben dir genommen!' Aber der Beduine erwiderte: ‚Bei Allah, Hischâm, wenn meine Lebenszeit noch länger dauert und der Tod noch nicht auf mich lauert, so erwachsen aus deinen Reden mir weder viel noch wenig Schäden!' Nun fiel der Kammerherr ein: ‚Geziemt es deiner Stellung, du gemeinster der Araber, daß du mit dem Beherrscher der Gläubigen Wort um Wort wechselst?' Rasch entgegnete jener darauf: ‚Der Schlag soll dich fassen, Weh und Verwaistheit sollen dich nie verlassen! Hast du nicht gehört, was Allah der Erhabene gesagt hat: Eines Tages wird jede Seele kommen und für sich selbst Rechenschaft ablegen müssen?'[1] Da aber loderte Hischâms Zorn hell auf, und er rief: ‚Henker, her zu mir mit dem Kopfe dieses Burschen! Er hat schon zuviel Worte gemacht, ohne daß der Schrecken ihm nahegebracht!' Der Henker packte den Jüngling, ließ ihn auf dem Blutleder niederknieen, zückte das Schwert über seinem Haupte und sprach: ‚O Beherrscher der Gläubigen, da ist dein Sklave, der sich so erdreistet hat und sich nun seinem Grabe naht! Soll ich ihm den Kopf abschlagen und keine Schuld an seinem Blute tragen?' ‚Ja!' erwiderte der Kalif. Dann fragte der Henker

1. Koran, Sure 16, Vers 112.

zum zweiten Male, und der Kalif bejahte die Frage. Doch als er zum dritten Male fragte, wußte der Jüngling, daß der Henker ihn nun töten würde, wenn der Kalif das Zeichen gäbe; und da begann er zu lachen und machte den Mund so weit auf, daß seine Backenzähne zu sehen waren. Hischâm ward immer noch zorniger und rief: ‚Bursche, ich glaube, du bist von Sinnen! Siehst du nicht, daß du jetzt aus der Welt scheiden mußt? Wie kannst du da noch lachen, um dich selbst zu verspotten?' Jener gab zur Antwort: ‚O Beherrscher der Gläubigen, gilt für mich ein späteres Lebensziel, so droht mir keine Fährnis, weder wenig noch viel. Mir fielen gerade einige Verse ein; die höre noch an – mein Tod entgeht dir ja doch nicht.' Hischâm sprach: ‚Sprich sie, doch mach's kurz!' Da sprach der Beduine diese Verse:

> *Ich hörte, daß ein Falke einmal einen Sperling*
> *Erjagte, den das Schicksal ihm entgegentrug.*
> *Da klagte nun der Sperling in des Falken Fängen,*
> *Als jener froh mit ihm aufstieg in raschem Flug:*
> *‚An mir ist nicht so viel, was deinesgleichen sättigt;*
> *Und ißt du mich, bin ich doch nur ein elend Ding.'*
> *In seinem Stolz geschmeichelt lächelte der Falke*
> *Und ließ den Spatzen los, den Freiheit nun umfing.*

Da lächelte auch Hischâm und rief: ‚Bei meiner Verwandtschaft mit dem Propheten Allahs – Er segne ihn und gebe ihm Heil! –, hätte er von Anfang an so gesprochen, so hätte ich ihm, ausgenommen das Kalifat, alles gegeben, um das er mich gebeten hätte. Du Diener, stopf ihm den Mund mit Edelsteinen, gib ihm ein fürstliches Geschenk!' Da überreichte ihm der Diener eine große Gabe; der Beduine nahm sie hin und ging seiner Wege.

Zu den unterhaltenden Erzählungen gehört auch

DIE GESCHICHTE
VON IBRAHÎM IBN EL-MAHDÎ

Wisse, Ibrahîm ibn el-Mahdî, der Bruder des Kalifen Harûn er-Raschîd, wollte, als das Kalifat auf el-Mmaûn, den Sohn seines Bruders Harûn er-Raschîd, überging, diesem nicht huldigen, sondern er begab sich nach er-Raij[1], wo er sich zum Gegenkalifen machte; dort residierte er ein Jahr, elf Monate und zwölf Tage. Der Sohn seines Bruders aber, el-Mamûn, erwartete, daß er sich wieder unterwerfen und sich in die Zahl seiner Getreuen einreihen werde. Doch schließlich gab er diese Hoffnung auf, zog mit Kriegern zu Roß und zu Fuß gegen ihn aus und drang in er-Raij ein, um ihn zu ergreifen. Als Ibrahîm davon hörte, sah er keinen anderen Ausweg, als sich nach Baghdad zu begeben und sich dort in seiner Todesangst zu verstecken. Da setzte el-Mamûn eine Belohnung von hunderttausend Dinaren aus für den, der ihn verraten würde.

Von seinen Erlebnissen erzählte Ibrahîm folgendermaßen: ‚Als ich von dieser Belohnung hörte, fürchtete ich für mein Leben.'--«

Da bemerkte Schehrezâd, daß der Morgen begann, und sie hielt in der verstatteten Rede an. Doch als die *Zweihundertundvierundsiebzigste Nacht* anbrach, fuhr sie also fort: »Es ist mir berichtet worden, o glücklicher König, daß Ibrahîm also von seinem Erlebnisse erzählte: ‚Als ich von dieser Belohnung hörte, fürchtete ich für mein Leben und wußte nicht, was ich tun sollte. Verkleidet zog ich um die Mittagszeit von Hause fort, ohne zu ahnen, wohin ich mich wenden sollte. Wie ich dann aber in eine Sackgasse kam, sagte ich mir: ‚Wahrlich,

[1]. In Nordpersien, nahe dem heutigen Teheran.

wir sind Allahs Geschöpfe, und zu Ihm kehren wir zurück! Ich habe mich selbst dem Verderben ausgesetzt; denn wenn ich jetzt umkehre, werde ich Verdacht erregen.' Während ich so in meinen Gedanken dahinging, sah ich am oberen Ende der Straße einen Schwarzen vor der Tür seines Hauses stehen. Ich trat auf ihn zu und redete ihn an: ‚Hast du wohl eine Stätte, an der ich eine Stunde verweilen kann?' Er antwortete: ‚Jawohl!' und öffnete die Haustür; da trat ich denn in einen sauberen Raum, der mit Decken und Teppichen und Lederkissen ausgestattet war. Nachdem er mich aber eingelassen hatte, verriegelte er die Tür vor mir und ging davon. Nun vermutete ich schon, er könnte von dem Preise, der auf mich gesetzt war, gehört haben, und sprach bei mir selber: ‚Der da ist sicher fortgegangen, um mich zu verraten!' So saß ich da wie auf Kohlen, einem Topfe über dem Feuer gleich, und dachte über mein Schicksal nach. Aber während ich in dieser Verfassung war, kehrte mein Wirt plötzlich mit einem Lastträger zurück, der mit allen möglichen Dingen beladen war, Brot und Fleisch, neuen Kochtöpfen und ihrem Zubehör, einem neuen Krug und neuen Bechern. Er nahm dem Träger die Sachen ab, und darauf wandte er sich mir zu und redete mich an: ‚Ich will mein Leben für dich dahingeben! Ich bin ein Bader, der das Blut schröpft, und ich weiß, daß du dich vor mir ekelst, weil ich von einem solchen Gewerbe lebe. Da hast du zu deiner Verfügung diese Dinge, die noch von keiner Hand berührt sind; tu, was dir beliebt!' Nun hatte ich großen Hunger, und so kochte ich mir einen Topf voll, soviel wie ich mich nicht erinnere je gegessen zu haben; und als ich meinen Hunger gestillt hatte, sprach er zu mir: ‚Hoher Herr, Allah lasse mich mein Leben für dich dahingeben! Trinkst du Wein? Der erfreut doch die Seele und vertreibt die Sorgen!' ‚Ich habe keine

Abneigung dagegen', erwiderte ich, da ich mich gern mit dem Bader unterhalten wollte. Darauf brachte er mir neue Gläser, die noch keine Hand berührt hatte, und einen Krug gewürzten Weines und sprach zu mir: ,Kläre ihn dir, wie du wünschest!' Da klärte ich mir einen ganz köstlichen Trank, und er brachte mir einen neuen Becher, Früchte und Blumen in neuen irdenen Gefäßen. Zuletzt fragte er mich: ,Willst du mir erlauben, daß ich mich abseits niedersetze und von meinem eigenen Weine trinke, in meiner Freude an dir und auf dein Wohl?' ,Tu es!', antwortete ich. So tranken wir denn beide, ich und er, bis ich fühlte, wie der Wein in uns zu wirken begann. Nun ging der Bader in eine Kammer seines Hauses und holte eine Laute aus geglättetem Holze. Dann redete er mich wieder an: ,Hoher Herr, es steht mir nicht an, dich zu bitten, du möchtest singen; doch vielleicht hat meine Ehrfurcht vor dir ein Recht auf deine erhabene Huld. Wenn du es also für richtig hältst, deinen Diener zu ehren, so steht die hohe Entscheidung bei dir.' Da ich nicht mehr glaubte, daß er mich kenne, so sprach ich zu ihm: ,Woher weißt du, daß ich gut singen kann?' Er gab zur Antwort: ,Preis sei Allah! Unser Herr ist dafür doch allzu gut bekannt! Du bist doch Herr Ibrahîm ibn el-Mahdî, unser früherer Kalif, du, auf den el-Mamûn einen Preis gesetzt hat, hunderttausend Dinare für den, der dich verrät. Aber bei mir bist du in Sicherheit.' Als er solche Worte sprach, stieg er hoch in meiner Achtung, und ich war überzeugt, daß er von edler Art war. Darum erfüllte ich ihm seinen Wunsch, nahm die Laute zur Hand, stimmte sie und sang ein Lied, indem ich der Trennung von meinen Kindern und von den Meinen gedachte. So hub ich denn an:

> *Er, der dem Joseph einst die Seinen wiederschenkte*
> *Und ihn in Kerkers Banden zu Ehren hat gebracht,*

Er kann auch uns erhören und wiederum vereinen;
Denn Allah ist der Herr der Welt in Seiner Macht.

Da kam eine gewaltige Freude über den Bader, und er war in der frohesten Stimmung. – Es heißt ja auch, daß die Nachbarn Ibrahîms, wenn sie nur hörten, wie er rief: ,He, Knabe, sattle die Mauleselin!' schon durch den Klang dieser Worte in Entzücken gerieten. – Wie also nun der Bader in froher Stimmung war und die Freude ihn ganz hinriß, da sprach er zu mir: ,Hoher Herr, erlaubst du mir, das zu singen, was mir in den Sinn gekommen ist, obgleich ich nicht zu den Leuten dieser Kunst gehöre?' Ich antwortete ihm: ,Tu es! Das zeugt von deinem feinen und höflichen Wesen.' Da nahm er die Laute und sang:

Ich klagte meinem Lieb, wie lang die Nacht mir währet;
Sie sprach zu mir: ,Wie kurz ist doch bei mir die Nacht!'
So ist's, weil ihre Augen der Schlummer bald bedecket;
Doch meine Lider werden vom Schlaf nicht zugemacht.
Und wenn das Dunkel naht, so feindlich dem, der liebet,
Dann traure ich; doch sie frohlocket, ist es nah.
Ach, litte sie das gleiche, was ich zu leiden habe,
Sie läge, gleich wie ich, auf ihrem Lager da!

Darauf sprach ich zu ihm: ,Bei Allah, das hast du sehr gut gemacht, mein trefflicher Kumpan; du hast von mir den Schmerz der Trauer abgetan. Laß mir noch mehr solche Liedchen erklingen!' Nun hub er wieder an zu singen:

Wer seine Ehre stets von Flecken rein bewahret,
Den kleidet jeder Rock, den er sich anlegt, gut.
Sie höhnten uns, daß wir gering an Zahl nur wären;
Ich sprach: Gar selten ist das Volk von Edelmut.
Was schadet's uns, daß wir nur wenig sind, die Nachbarn
Gar viel? Der Nachbar ist zumeist ein niedrer Knecht.
Wir sind es, die den Tod für keine Schande halten,

> *Wie ʾĀmir es getan und auch Salûls Geschlecht.*[1]
> *Denn uns heißt das Geschick dem Tod ins Auge blicken;*
> *Doch sie jagt ihre Art vom Tode ängstlich fort.*
> *Wir strafen, wenn's uns paßt, der Menschen Worte Lügen;*
> *Sie rütteln, wenn wir reden, nie an unsrem Wort.*

Als ich dies Lied von ihm vernahm, war ich aufs höchste erstaunt und aufs beste gelaunt; dann schlief ich ein und wachte nicht eher wieder auf, als bis es bereits Abend geworden war. Da wusch ich mein Gesicht, und meine Gedanken kehrten zu dem Bader zurück, der so trefflich war und eine so feine Bildung besaß. Ich weckte ihn, nahm einen Beutel mit allerlei Dinaren, den ich bei mir trug, und warf ihn ihm zu mit den Worten: ‚Ich empfehle dich dem Schutze Allahs; denn sieh, ich gehe jetzt von dir, und ich bitte dich, das Geld, das in diesem Beutel ist, für deine Bedürfnisse auszugeben. Du sollst noch viel mehr von mir zum Geschenk erhalten, wenn ich erst sicher vor Gefahr bin.' Er aber gab mir den Beutel zurück und sprach: ‚Hoher Herr, arme Teufel wie wir haben keinen Wert vor dir. Aber wie kann ich vor meiner Selbstachtung bestehen, wenn ich eine Bezahlung dafür annehme, daß mir das Schicksal deine Nähe und deine Gegenwart in meinem Hause gewährt hat? Wenn du diese Worte wiederum an mich richtest und wenn du mir den Beutel noch einmal zuwirfst, so werde ich mir das Leben nehmen.' Nun steckte ich den Beutel, den ich schon gar nicht mehr tragen mochte, in meinen Ärmel.' – –«

Da bemerkte Schehrezâd, daß der Morgen begann, und sie hielt in der verstatteten Rede an. Doch als die *Zweihundertundfünfundsiebenzigste Nacht* anbrach, fuhr sie also fort: »Es ist mir berichtet worden, o glücklicher König, daß Ibrahîm ibn el-Mahdî des weiteren erzählte: ‚Nun steckte ich den Beutel, den

1. ʾĀmir und Salûl waren zwei miteinander verwandte altarabische Stämme.

ich schon gar nicht mehr tragen mochte, in meinen Ärmel und wandte mich zum Gehen; doch als ich an die Haustür kam, sprach er zu mir: ‚Hoher Herr, dies Haus ist ein sichereres Versteck für dich als irgendein anderes, und es ist mir keine Last, für deinen Unterhalt zu sorgen; drum bleibe bei mir, bis Allah dich von Gefahr befreit!' Da wandte ich mich zu ihm zurück und sprach: ‚Unter der Bedingung, daß du das Geld dafür aus diesem Beutel nimmst.' Er gab sich vor mir den Anschein, als willige er in diese Bedingung ein; und so blieb ich noch ein paar Tage in derselben Weise behaglich bei ihm, während er aber nichts von dem Gelde im Beutel ausgab. Da mochte ich denn doch nicht länger auf seine Kosten bleiben, und ich schämte mich, ihm zur Last zu fallen; deshalb verließ ich ihn und machte mich wieder auf. Ich hüllte mich in Frauenkleider, zog gelbe Stiefelchen an, warf mir einen Schleier über und ging aus seinem Hause fort. Doch als ich auf der Straße war, beschlich mich gewaltige Furcht; und als ich die Brücke überschreiten wollte, kam ich an eine Stelle, die mit Wasser gesprengt war. Da sah mich plötzlich ein Soldat, der früher in meinen Diensten gestanden hatte; als er mich erkannte, rief er laut: ‚Dies ist der, den el-Mamûn sucht!' Schon wollte er Hand an mich legen, aber da mir das Leben lieb war, stieß ich ihn und sein Roß zurück und warf sie beide auf den schlüpfrigen Boden nieder; so ward er zum warnenden Beispiel für die, so sich warnen lassen. Das Volk eilte auf ihn zu; ich aber eilte mit aller Macht davon, bis ich die Brücke hinter mir hatte. Da bog ich in eine Seitenstraße ein, und als ich eine Haustür offen und eine Frau auf dem Hausflur stehen sah, rief ich: ‚Meine Herrin, erbarme dich meiner, verhüte, daß mein Blut vergossen wird! Ich bin ein Mann in Not.' Sie sprach: ‚Sei herzlich willkommen, tritt ein!' Dann führte sie mich in ein Obergemach, breitete mir ein Ruhelager aus und brachte mir Speisen mit den Worten: ‚Deine Angst weiche von dir! Keine Seele weiß etwas von dir.' Während sie noch so redete, ward plötzlich laut an die Tür geklopft. Sie ging hin und öffnete, doch siehe da, es war mein Freund, den ich bei der Brücke umgestoßen hatte! Der Kopf war ihm verbunden, sein Blut rann auf seine Kleider, und er hatte kein Roß mehr. Sie fragte ihn: ‚Mann, was ist dir widerfahren?' Da gab er ihr zur Antwort: ‚Ich hatte den Kerl gepackt, aber er ist mir entwischt' – und er erzählte ihr die ganze Geschichte. Alsbald holte sie Zunder, legte den in ein Stück Zeug und verband ihm damit den Kopf; dann bereitete sie ihm ein Lager, und er legte sich krank nieder. Danach kam sie wieder zu mir herauf und sprach zu mir: ‚Mich deucht, du bist der, um den es sich handelt!' ‚Der bin ich!' antwortete ich; doch sie sprach: ‚Fürchte dich nicht!' und war nun doppelt freundlich zu mir. Nachdem ich aber drei Tage lang bei ihr geblieben war, sprach sie: ‚Ich bin in Sorge um dich wegen dieses Mannes; er könnte dich entdecken und dich dem ausliefern, was du befürchtest; drum rette dich durch die Flucht!' Ich bat sie, mir noch bis zum Abend Zeit zu lassen, und sie erwiderte: ‚Das kann ohne Gefahr geschehen.' Als es aber dunkel geworden war, legte ich wieder Frauenkleider an und ging fort. Ich begab mich zu dem Hause einer Freigelassenen, die unsere Sklavin gewesen war; und sobald sie mich erblickte, weinte sie, heuchelte Schmerz und pries Allah den Erhabenen für meine Errettung. Dann ging sie fort, als ob sie zum Markte eilen wolle, um für den Gastfreund zu sorgen; und ich glaubte, alles sei gut. Aber plötzlich sah ich Ibrahîm el-Mausilî[1] mit seinen Dienern und Kriegern kommen, und

1. Ibrahîm, ein Perser, der längere Zeit in Mausil (Mosul) gelebt hatte, war ein geschätzter Dichter am Kalifenhofe zu Baghdad, namentlich

allen voran eine Frau; ich sah genauer hin, und da sah ich, daß die Freigelassene, die Herrin des Hauses, in dem ich war, sie führte. Und sie schritt ihnen immer voran, bis sie mich ihnen ausgeliefert hatte; da sah ich dem Tode ins Angesicht. Man führte mich in den Frauenkleidern, die ich noch an mir trug, vor el-Mamûn, und der berief einen allgemeinen Staatsrat und ließ mich vor sich führen. Wie ich vor ihm stand, begrüßte ich ihn als Kalifen; er aber rief: ‚Allah gebe dir weder Frieden noch langes Leben!' Darauf sagte ich: ‚Nach deinem Wohlgefallen, o Beherrscher der Gläubigen! Der Vollstrecker der Rache kann Strafe oder Verzeihung austeilen; doch die Verzeihung ist der Gottesfurcht näher, und Allah hat deine Vergebung größer als jede andere gemacht, wie er auch meine Schuld größer als jede andere Schuld gemacht hat. Wenn du mich strafst, so ist's dein Recht; wenn du mir vergibst, so geschieht's durch deine Güte.' Dann sprach ich diese Verse:

> *Meine Schuld vor dir ist wahrlich groß;*
> *Aber du bist größer als die Schuld.*
> *Also nimm dein Recht dir, oder nicht,*
> *Und verzeihe mir in deiner Huld!*
> *Und war ich auch nicht in meinem Tun*
> *Edelmütig – so sei du es nun!*

Wie el-Mamûn sein Haupt zu mir emporhob, sprach ich rasch noch diese beiden Verse:

> *Ich habe eine schwere Schuld begangen;*
> *Du aber bist ein Mann zur Huld bereit.*
> *Wenn du mir nun verzeihst, so ist es Milde;*
> *Wenn du mich strafst, so ist's Gerechtigkeit.*

Da senkte el-Mamûn sein Haupt und sprach:

zur Zeit des Harûn er-Raschîd; aber als el-Mamûn zur Regierung kam, war dieser Ibrahîm bereits tot.

> *Wenn mich einmal ein Freund zum Zorne reizen will*
> *Und mich an meinem Speichel ersticken läßt im Groll,*
> *So tilg ich seine Schuld, gewähre ihm Verzeihung*
> *Aus Furcht, daß ich nun ohne Freunde leben soll.*

Als ich diese Worte von ihm vernahm, witterte ich den Hauch der Gnade in seinem Wesen. Er aber wandte sich zu seinem Sohne el-'Abbâs und zu seinem Bruder Abu Ishâk und allen obersten Würdenträgern, die zugegen waren, und sprach zu ihnen: ‚Wie urteilt ihr in seiner Sache?' Alle rieten ihm, mich hinrichten zu lassen; nur waren sie sich über die Art meines Todes nicht einig. Schließlich sprach el-Mamûn zu Ahmed ibn Châlid: ‚Was meinst du, Ahmed?' ‚O Beherrscher der Gläubigen,' antwortete er, ‚wenn du ihn hinrichten lässest, so finden wir wohl deinesgleichen, der einen Mann wie ihn zu Tode gebracht hat; wenn du ihm aber verzeihst, so finden wir nie deinesgleichen, der einem Manne wie ihm vergeben hätte.' – –«

Da bemerkte Schehrezâd, daß der Morgen begann, und sie hielt in der verstatteten Rede an. Doch als die *Zweihundertundsechsundsiebenzigste Nacht* anbrach, fuhr sie also fort: »Es ist mir berichtet worden, o glücklicher König, daß Ibrahîm ibn el-Mahdî des weiteren erzählte: ‚Als der Beherrscher der Gläubigen, el-Mamûn, die Worte des Ahmed ibn Châlid vernommen hatte, senkte er wieder sein Haupt und sprach den Vers:

> *Mein eigner Stamm erschlug, Umaima, meinen Bruder;*
> *Drum, schieß ich auf den Stamm, trifft mich mein eigner Pfeil.*

Und ferner sprach er die Dichterworte:

> *Verzeihe deinem Bruder, wenn durch ihn*
> *Das Rechte mit dem Falschen sich verflicht;*
> *Und handle immer an ihm gleich, mag er*
> *Die Güte anerkennen oder nicht.*

Und halte dich von allem Tadel fern,
Ob's ihn zum Bösen oder Guten drängt.
Siehst du denn nicht, wie alles, was man liebt,
Und was man hasset, eng zusammenhängt?
Die Süßigkeit des langen Lebens wird
Getrübet, wenn das graue Haar sich zeigt;
Die Blüte sprießet an dem Zweige schon,
Wenn ihn die Last der reifen Früchte neigt.
Wen gibt es hier, der Böses nie getan?
Und wer hat Gutes immer nur zum Ziel?
Wenn du die Söhne dieser Welt erkennst,
Dann siehst du, wie fast jeder einmal fiel!

Als ich diese Verse aus seinem Munde vernommen hatte, da hob ich den Schleier von meinem Haupte, rief mit lauter Stimme: ‚Allah ist der Größte!' und sprach: ‚Mir hat, bei Allah, der Beherrscher der Gläubigen verziehen!' Darauf sagte er: ‚Dir soll kein Leid widerfahren, mein Oheim.' Ich aber fuhr fort: ‚O Beherrscher der Gläubigen, meine Schuld ist zu groß, als daß ich bei ihr von Entschuldigung sprechen könnte, und deine Gnade ist zu groß, als daß ich für sie mit Worten danken könnte.' So hub ich denn an zu singen und ließ diese Verse erklingen:

Der edle Eigenschaften erschuf, Er legte sie
In Adams Lenden für den siebenten Imâm.[1]
Der Menschen Herzen sind von Ehrfurcht vor dir voll;
Du schirmst bescheidnen Herzens sie alle wundersam.
Hab ich, von den Verführern verleitet, mich empört,
So war's, weil mein Begehr nach deiner Gnade stand.
So wie du mir vergabst, ward keinem Menschen je
Verziehn, obgleich ich vor dir keine Fürsprach fand.

1. Der siebente Imâm, das heißt: Prophet, ist nach der Lehre einer islamischen Sekte, auf die hier angespielt wird, der Träger der vollkommensten Offenbarung. Hier soll Imâm aber auch in der Bedeutung ‚Kalif' auf Mamûn gedeutet werden, der von den Abbasidenkalifen der siebente war.

> *Des Flughuhns kleine Küchlein kennt dein erbarmend Herz*
> *Und auch der sehnsuchtsvollen, betrübten Mutter Schmerz.*

Da sprach el-Mamûn: ‚Ich sage nach dem Vorbilde unseres Herrn Joseph – über ihm wie über unserem Propheten sei Segen und Heil! –: ‚Kein Tadel treffe euch heute! Allah vergibt euch; und er ist der barmherzigste Erbarmer.'[1] Ich habe dir verziehen, ich gebe dir dein Hab und Gut und deine Ländereien zurück, mein Oheim, und kein Leid soll dir widerfahren!' Nun sandte ich fromme Gebete für ihn empor und trug noch diese Verse vor:

> *Ohn daß du sein begehrtest, gabst du mir mein Gut;*
> *Doch eh du mir mein Gut gabst, schontest du mein Blut.*
> *Gäb ich auch Blut und Gut um deiner Huld Gewinn,*
> *Ja, gäb ich selbst die Schuhe von meinen Füßen hin,*
> *Wär's nur die Lehensschuld, die ich dir dann entricht;*
> *Hättst du sie nicht geliehen, träf dich der Tadel nicht.*
> *Verleugne ich das Gute, das du zu tun geruht,*
> *So wär der Schmach ich näher als du dem Edelmut.*

Darauf erwies el-Mamûn mir Ehre und Gunst, und dann sagte er noch zu mir: ‚Lieber Oheim, Abu Ishâk und el-'Abbâs haben mir geraten, dich hinrichten zu lassen!' Ich gab ihm zur Antwort: ‚Beide haben dir recht geraten, o Beherrscher der Gläubigen. Du aber hast so gehandelt, wie es deinem Wesen entspricht, und du hast das, was ich befürchtete, durch das abgewehrt, was ich erhoffte!' ‚Mein Oheim,' erwiderte el-Mamûn, ‚du hast meinen Groll durch deine bescheidene Entschuldigung getilgt, und ich habe dir verziehen, ohne daß ich dich die Bitterkeit der Verpflichtung gegen Fürsprecher kosten ließ.' Darauf warf er sich eine lange Weile im Gebet nieder; und als er sein Haupt wieder erhob, fragte er mich: ‚Mein Oheim, weißt du, weshalb ich mich niedergeworfen habe?'

1. Koran, Sure 12, Vers 92.

Ich antwortete: ,Vielleicht hast du es getan, um Allah dafür zu danken, daß er dir den Sieg über deinen Widersacher verliehen hat.' Doch er sagte: ,Das hatte ich nicht im Sinne, nein, ich wollte Allah danken, daß er mir eingegeben hat, dir zu verzeihen, und daß er meinen Sinn milde gegen dich gestimmt hat. Nun erzähle mir deine Geschichte!' Da berichtete ich ihm, wie es um mich stand, alles was mir widerfahren war, sowohl von dem Bader wie von dem Krieger und seiner Frau und auch von meiner Freigelassenen, die mich verraten hatte. Da befahl el-Mamûn zunächst die Freigelassene zu holen, die in ihrem Hause darauf wartete, daß ihr die Belohnung gesandt würde. Als sie nun vor ihn trat, fragte er sie: ,Was hat dich zu dem veranlaßt, was du deinem Herrn angetan hast?' ,Die Geldgier', erwiderte sie. Weiter fragte der Kalif: ,Hast du ein Kind oder einen Gatten?' Als sie das verneinte, befahl er ihr hundert Peitschenhiebe zu geben und sie auf Lebenszeit einzukerkern. Dann schickte er nach dem Krieger und dessen Frau sowie nach dem Bader. Wie nun alle drei vor ihm standen, fragte er den Krieger nach dem Grunde, der ihn zu seinem Tun veranlaßt habe. Auch er gab zur Antwort: ,Die Geldgier.' Da sprach el-Mamûn: ,Dir steht es an, ein Schröpfer zu werden', und er übergab ihn einem Manne, der ihn in den Laden des Baders bringen sollte, damit er dort das Schröpfhandwerk erlerne. Die Frau des Kriegers aber ehrte er, und er ließ sie im Palaste wohnen; denn er sprach: ,Dies ist eine kluge Frau, die wichtigen Dingen gewachsen ist.' Zuletzt aber sprach er zu dem Bader: ,Du hast solch edlen Sinn bewiesen, daß dir eine außergewöhnliche Ehrung gebührt.' Und er befahl, ihm das Haus des Kriegers mit allem, was darinnen war, zu übergeben; ferner verlieh er ihm ein Ehrengewand und dazu noch einen jährlichen Sold von fünfzehntausend Dinaren.'

Und man erzählt auch

DIE GESCHICHTE VON 'ABDALLÂH IBN ABI KILÂBA UND DER SÄULENSTADT IRAM

'Abdallâh ibn Abi Kilâba zog einmal aus, um Kamele zu suchen, die ihm fortgelaufen waren. Und während er in den Wüsten der Länder von Jemen und des Landes von Saba umherwanderte, da stieß er plötzlich auf eine große Stadt, die rings von einer mächtigen Festung umgeben war; und um diese Festung herum ragten Burgen hoch in die Luft empor. Als er näher kam, ging er auf sie zu, in dem Glauben, daß Leute in ihr wohnten, die er nach seinen Kamelen fragen könnte. Doch wie er sie erreichte, sah er, daß sie verlassen war und daß sich keine lebende Seele in ihr befand. ‚Nun stieg ich‘, so erzählte er selber, ‚von meiner Kamelin ab‘ – –«

Da bemerkte Schehrezâd, daß der Morgen begann, und sie hielt in der verstatteten Rede an. Doch als die *Zweihundertundsiebenundsiebzigste Nacht* anbrach, fuhr sie also fort: »Es ist mir berichtet worden, o glücklicher König, daß 'Abdallâh ibn Abi Kilâba erzählte: ‚Nun stieg ich von meiner Kamelin ab und legte ihr die Fußfessel an. Dann faßte ich mir ein Herz und ging in die Stadt hinein. Zuerst kam ich zu der Festung; in ihr entdeckte ich zwei gewaltige Tore, so breit und so hoch, wie sie in der ganzen Welt noch nicht gesehen worden sind, und beide waren mit allerlei Edelsteinen und Hyazinthen ausgelegt, weißen und roten, gelben und grünen. Als ich solches zu sehen bekam, da war ich aufs höchste erstaunt, und das Ganze erschien mir sehr wunderbar. Dann trat ich zagend und bangen Herzens in die Burg ein; da sah ich, daß sie lang und breit war und an Ausdehnung der Stadt Medina gleichkam. In ihr standen hochragende Schlösser, deren jedes einen Söller hatte, und alle waren aus Gold und Silber erbaut und mit vielfarbigen Edelsteinen ausgelegt, Hyazinthen, Chrysolithen und Perlen. Die Türflügel jener Schlösser glichen an Schönheit denen der Festung; und ihre Fußböden waren übersät mit großen Perlen und Kugeln aus Moschus, Ambra und Safran. Als ich dann in das Innere der Stadt gelangte und kein menschliches Lebewesen fand, wäre ich beinahe vom Schlag gerührt und vor Schrecken gestorben. Doch ich schaute von den hohen Söllern der Schlösser hinab, und da sah ich die Bäche, die da drunten im Laufe sich wanden, und die Straßen, in denen die fruchtbeladenen Bäume und die hochragenden Palmen standen. Alles war so gebaut, daß immer ein goldener Ziegel mit einem silbernen abwechselte. Da sprach ich bei mir selber: ‚Dies ist sicherlich das Paradies, das uns im Jenseits verheißen ist!' Ich nahm noch von den Edelsteinen aus dem Kies und von dem Moschus aus dem Staube dort so viel mit, wie ich tragen konnte, kehrte dann in meine Heimat zurück und erzählte den Leuten davon.

Diese Kunde kam auch dem Mu'âwija ibn Abi Sufjân zu Ohren, der damals Kalif im Hidschâz war. Und er schrieb alsbald an seinen Statthalter in San'â, der Hauptstadt von Jemen, er solle jenen Mann zu sich kommen lassen und ihn nach dem wahren Sachverhalte fragen. Da ließ der Statthalter mich kommen und erkundigte sich nach allem, was ich erlebt hatte und was mir begegnet war. Ich berichtete ihm, was ich gesehen hatte, und er sandte mich darauf zu Mu'âwija. Auch ihm berichtete ich mein Erlebnis, aber er wollte es nicht glauben. Nun zeigte ich ihm etwas von jenen Perlen und Kugeln aus Ambra, Moschus und Safran; in ihnen war noch etwas Wohlgeruch, aber die Perlen waren verblichen und hatten ihren Glanz verloren.' – –«

Da bemerkte Schehrezâd, daß der Morgen begann, und sie hielt in der verstatteten Rede an. Doch als die *Zweihundertundachtundsiebenzigste Nacht* anbrach, fuhr sie also fort: »Es ist mir berichtet worden, o glücklicher König, daß 'Abdallâh ibn Abi Kilâba sagte: ‚Aber die Perlen waren verblichen und hatten ihren Glanz verloren.'

Als Mu'âwija ibn Abi Sufjân bei dem Sohne des Abu Kilâba die Perlen und die Kugeln aus Moschus und Ambra sah, staunte er darüber, und er schickte zu Ka'b el-Ahbâr.[1] Wie dieser nun bei ihm war, sprach er zu ihm: ‚Ka'b el-Ahbâr, ich habe dich rufen lassen, um die Wahrheit in einer Angelegenheit festzustellen, und ich hoffe, daß du die richtige Kunde darüber hast.' Jener fragte: ‚Was ist das, o Beherrscher der Gläubigen?' Mu'âwija fuhr fort: ‚Weißt du etwas davon, daß es eine Stadt gibt, die aus Gold und Silber erbaut ist, deren Säulen aus Chrysolith und Hyazinth gemacht sind und deren Kies aus Perlen und Kugeln von Moschus, Ambra und Safran besteht?' Er gab zur Antwort: ‚Jawohl, o Beherrscher der Gläubigen, das ist Iram die Säulenstadt, die in allen Landen nicht ihresgleichen hat.[2] Sie ist erbaut von Schaddâd, dem Sohne von 'Âd dem Älteren.' Da hub Mu'âwija wieder an: ‚So erzähle uns denn etwas von ihrer Geschichte!' Und Ka'b el-Ahbâr erzählte: ‚'Âd der Ältere hatte zwei Söhne, Schadîd und Schaddâd. Und als ihr Vater gestorben war, herrschten nun an seiner Statt Schadîd und dessen Bruder Schaddâd gemeinsam über das Land, und es gab damals keinen unter den Königen der Erde, der ihnen nicht botmäßig gewesen wäre. Aber dann starb Schadîd ibn 'Âd, und so herrschte sein Bruder Schaddâd nach ihm allein über die Lande. Der liebte es in den alten Büchern zu lesen,

1. Auf ihn werden im Islam manche phantastische Überlieferungen zurückgeführt. – 2. Koran, Sure 89, Vers 6 und 7.

und als er dabei einmal auf eine Beschreibung des Jenseits traf, in der das Paradies mit all seinen Schlössern und Söllern, Bäumen und Früchten und anderen Herrlichkeiten geschildert wurde, verlangte es ihn danach, sich schon in dieser Welt etwas Ähnliches in der geschilderten Art zu erbauen. Er hatte unter seiner Herrschaft hunderttausend Fürsten, und jeder Fürst gebot über hunderttausend Machthaber, und jedem Machthaber standen hunderttausend Krieger zur Verfügung; die alle berief er zu sich und sprach zu ihnen: ‚Ich entnehme den alten Büchern und den Chroniken eine Beschreibung des Paradieses, das sich im Jenseits befindet; und ich wünsche, mir seinesgleichen schon in dieser Welt zu erbauen. Ziehet also nach der schönsten und weitesten Flur der Erde und baut mir dort eine Stadt aus Gold und Silber, streut Chrysolithe, Hyazinthen und Perlen als Kies hin und stützet die Gewölbe jener Stadt mit Säulen aus Chrysolith, füllet sie mit Schlössern, baut Söller auf den Schlössern, pflanzet zu ihren Füßen auf den Straßen und Wegen alle Arten von Bäumen mit vielerlei roten Früchten und lasset unter ihnen Bäche in Kanälen aus Gold und Silber fließen!' Da erwiderten alle aus einem Munde: ‚Wie können wir das ausführen, was du uns da beschreibst? Wie können wir die Chrysolithe, Hyazinthen und Perlen beschaffen, von denen du sprichst?' Doch er rief: ‚Wißt ihr denn nicht, daß die Könige der Welt mir untertan und botmäßig sind und daß niemand in ihr meinem Befehle zu widersprechen wagt?' ‚Jawohl, das wissen wir', gaben sie zur Antwort. Da fuhr er fort: ‚So ziehet aus zu den Stätten, an denen Chrysolithe, Hyazinthen, Perlen, Gold und Silber gefunden werden, beutet sie aus, bringet alles aus der ganzen Welt zusammen, was in ihnen verborgen ist, laßt keine Mühe ungetan! Und ferner nehmet alles, was an Schätzen dieser Art in den Händen der Menschen ist, für mich mit; vergesset und versäumet nichts, hütet euch, meinem Gebote zuwiderzuhandeln!' Dann schrieb er jedem König in allen Weltteilen einen Brief und befahl ihm, alles, was an Schätzen dieser Art in den Händen der Menschen war, zu sammeln und sich zu den Minen zu begeben und aus ihnen hervorzuholen, was sich dort an kostbaren Steinen befand, sei es auch aus den Tiefen der Meere. Jene sammelten nun zwanzig Jahre lang; die Zahl der Könige aber, die damals auf Erden herrschten, betrug dreihundertundsechzig. Darauf berief Schaddâd die Baumeister und Künstler, Werkmeister und Arbeiter aus allen Landen und Gegenden; die zerstreuten sich über die Wüsten und Steppen, Fluren und Gefilde, bis sie zu einem unbewohnten Gebiete kamen, in dem sich eine weite, freie Fläche befand, ohne Hügel und Berge, mit sprudelnden Quellen und rieselnden Bächen. Da sprachen sie: ,So sieht das Land aus, das der König uns suchen ließ und aufzufinden befahl!' Dann machten sie sich ans Werk, um die Stadt zu erbauen, wie König Schaddâd, der Herrscher aller Welt weit und breit, ihnen Befehl gegeben hatte. Sie faßten die Bäche dort in Kanäle ein und legten die Fundamente in der Art, wie ihnen geboten war. Und die Könige aller Länder sandten die Juwelen und Edelsteine, Perlen große und kleine, dazu Barren von Gold und Silber auf Kamelen, die durch die Steppen und Wüsten eilten, und auf großen Schiffen, so die Meere zerteilten. Nun gelangte zu den Werkleuten eine solche Menge von Schätzen, daß niemand sie beschreiben noch berechnen noch bemessen konnte. Sie arbeiteten an jenem Werke dreihundert Jahre lang, und als sie es beendet hatten, gingen sie zum König und berichteten ihm darüber. Da sprach er zu ihnen: ,Gehet hin und bauet um die Stadt eine hochragende, uneinnehmbare Festung, und um die Festung herum errichtet tausend Türme, einen jeden auf tausend Säulen, so daß in ihm ein Wesir wohnen könnte!' Sofort gingen sie wieder dorthin und führten den Befehl aus, in weiteren zwanzig Jahren. Dann traten sie vor Schaddâd und berichteten ihm, daß sein Wille geschehen wäre. Nun befahl er seinen Wesiren, ihrer tausend an der Zahl, sowie seinen höchsten Würdenträgern und allen den Kriegern und Mannen, auf die er Vertrauen setzte: ,Seid des Aufbruchs gewärtig und macht euch reisefertig nach Iram der Säulenstadt, im Gefolge des Königs der Welt Schaddâd ibn 'Âd!' Ferner gebot er, wem er wollte von seinen Frauen und den Sklavinnen und Eunuchen seines Harems, sie sollten sich für die Fahrt rüsten. Und nachdem sie zwanzig Jahre mit den Vorbereitungen beschäftigt gewesen waren, brach Schaddâd mit seiner Heerschar auf. – –«

Da bemerkte Schehrezâd, daß der Morgen begann, und sie hielt in der verstatteten Rede an. Doch als die *Zweihundertundneunundsiebzigste Nacht* anbrach, fuhr sie also fort: »Es ist mir berichtet worden, o glücklicher König, daß Schaddâd ibn 'Âd mit seiner Heerschar aufbrach; froh darüber, daß er sein Ziel erreicht hatte, zog er dahin, bis ihn nur noch eine Tagereise von der Säulenstadt Iram trennte. Da aber sandte Allah auf ihn und auf alle die ungläubigen Ketzer, die bei ihm waren, eine Gottesstrafe vom Himmel seiner Allmacht herab, und die vernichtete sie alle mit gewaltigem Getöse. Weder Schaddâd noch irgendeiner von denen, die bei ihm waren, erreichte die Stadt, niemand sah sie. Auch verwischte Allah die Spuren der Straße, die zu ihr führte; sie aber steht da, wie sie ist, an ihrer Stätte bis zum Tage der Auferstehung und zur Stunde des Gerichts.'

Über diesen Bericht des Ka'b el-Ahbâr war Mu'âwija sehr erstaunt, und er fragte: ,Ist je ein Sterblicher zu jener Stadt gelangt?' ,Jawohl,' erwiderte Ka'b, ,einer von den Gefährten Mohammeds – über ihm sei Segen und Heil! – sicherlich und ohne Zweifel genau so wie dieser Mann, der dort sitzt.'

Ferner hat esch-Scha'bî nach den Berichten von himjarischen Gelehrten aus Jemen folgendes berichtet: Als Schaddâd und sein Gefolge durch die Gottesstrafe vernichtet waren, ward sein Sohn Schaddâd der Jüngere König an seiner Statt. Den hatte sein Vater Schaddâd der Ältere als seinen Statthalter im Lande Hadramaut und Saba zurückgelassen, als er selber mit seinem Gefolge nach der Säulenstadt Iram zog. Wie ihn nun die Kunde erreichte, daß sein Vater auf dem Wege umgekommen sei, ehe er die Stadt Iram erreicht habe, gab er Befehl, die Leiche seines Vaters aus jener Wüste nach Hadramaut zu bringen; dann befahl er, für ihn eine Gruft in einer Höhle zu graben. Nachdem man diese Gruft ausgemeißelt hatte, legte er die Leiche auf ein goldenes Thronlager nieder und bedeckte sie mit siebenzig Tüchern, die aus Gold gewebt und mit Edelsteinen besetzt waren. Und zu Häupten seines Vaters stellte er eine goldene Tafel auf, darin diese Verse eingegraben waren:

Sei gewarnt, du, den die lange
Lebenszeit betöret hat!
Ich, Schaddâd, von 'Âd entsprossen,
War der Herr der festen Stadt;
War der Herr der Kraft und Allmacht,
Voll von wildem Heldenmut.
Untertan war alle Welt mir,
Fürchtend meines Zornes Glut,
Ost und West hielt durch der Herrschaft
Festen Zwang ich in der Hand.
Auf den rechten Weg dann wies uns
Der Prophet, zum Heil gesandt.
Doch wir trutzten ihm und riefen:
Gibt's denn keine Zuflucht mehr?

*Da kam über uns ein Unheil
Aus der Ferne weit daher.
Wie die Schwaden bei dem Mähen
Sanken wir zu Boden tot.
Und nun harren wir im Staube
Auf den Tag, der uns bedroht.*

Endlich berichtete eth-Tha'âlibi: Es begab sich einmal, daß zwei Männer in diese Höhle eindrangen; da fanden sie an ihrem oberen Ende Stufen, stiegen auf ihnen hinunter und entdeckten eine Gruft, die ungefähr hundert Ellen lang, vierzig Ellen breit und hundert Ellen hoch war. Dort, mitten in jener Grabkammer, stand ein goldenes Thronlager; auf dem ruhte ein Mann von riesiger Leibesgröße, der das Lager in der Länge und Breite ganz ausfüllte. Er war mit Schmucksachen bedeckt und mit Kleidern, die aus goldenen und silbernen Fäden gewirkt waren. Zu seinen Häupten stand eine goldene Tafel mit einer Inschrift. Die beiden Männer nahmen jene Tafel mit und trugen auch, so viel sie vermochten, von den goldenen und silbernen Barren und den anderen Schätzen mit sich davon.

Ferner wird erzählt

DIE GESCHICHTE VON ISHÂK EL-MAUSILI

Es erzählte Ishâk el-Mausili:[1] ,Eines Abends ging ich von el-Mamûn fort, um mich nach Hause zu begeben. Da drängte es mich, Wasser zu lassen, und ich bog in eine Seitengasse ein. Dort verrichtete ich mein Bedürfnis im Stehen, denn ich fürchtete, es könne mir etwas zustoßen, wenn ich mich an einer Mauer hinhockte. Nun entdeckte ich plötzlich etwas, das aus

---

[1] ,Isaak von Mosul' war der Sohn des Ibrahîm el-Mausili; er war als Dichter und Lautenspieler bekannt und stand am Hofe von Harûn er-Raschîd und el-Mamûn in hohem Ansehen.

einem jener Häuser herunterhing. Ich betastete es, um zu erfahren, was es sei, und da erkannte ich, daß es ein großer Korb war, der vier Henkel hatte und mit Brokat gefüttert war. Nun sprach ich bei mir selber: ‚Das muß einen besonderen Grund haben', und ich wußte nicht recht, was ich tun sollte. Aber die Trunkenheit verleitete mich dazu, daß ich mich hineinsetzte; und plötzlich zogen mich die Leute des Hauses hinauf, da sie meinten, ich sei der, den sie erwarteten. Sie zogen den Korb bis auf die Mauer hinauf, und da erblickte ich vier Sklavinnen, die mir zuriefen: ‚Komm herunter und sei herzlich willkommen!' Dann ging eine von ihnen vor mir her mit einer Wachskerze und führte mich in ein Haus mit so schön ausgestatteten Räumen, wie ich sie nur im Palaste des Kalifen gesehen hatte. Ich setzte mich nieder, und ehe ich mich dessen versah, wurden plötzlich von der einen Seite des Raumes die Vorhänge weggezogen und Mädchen schritten einher, die Wachskerzen und Räucherfäßchen aus sumatranischem Aloeholz trugen; unter ihnen war eine Maid, die dem aufgehenden Vollmonde glich. Da erhob ich mich, und sie sprach: ‚Willkommen dem Gaste!' Dann bat sie mich, ich möchte mich wieder setzen, und fragte mich, wie ich hergekommen sei. Ich gab ihr zur Antwort: ‚Ich kehrte von einem meiner Freunde zurück, und da ich mich in der Zeit versehen hatte, kam mich unterwegs ein Bedürfnis an. So bog ich in diese Gasse ab und fand einen Korb, der herniederhing. Die Weinlaune verleitete mich dazu, daß ich mich in den Korb hineinsetzte, und da wurde er mit mir in dies Haus hinaufgezogen. Dies ist meine Geschichte.' ‚Dir geschieht kein Leid,' erwiderte sie, ‚und ich hoffe, du wirst den Ausgang deines Erlebnisses noch preisen.' Dann fragte sie mich: ‚Was für einen Beruf hast du?' Ich antwortete ihr: ‚Ich bin ein Kaufmann im Basar von Baghdad.' Und weiter fragte sie: ‚Kannst du vielleicht Verse vortragen?' Ich erwiderte: ‚Ein klein wenig kann ich vortragen.' Darauf sagte sie: ‚So laß es uns hören, und trag uns etwas vor!' Doch ich sprach: ‚Wer als Gast kommt, ist befangen. Aber du magst beginnen.' ‚Du hast recht', erwiderte sie und trug einige schöne Verse von alten und neuen Dichtern vor, und zwar aus ihren vortrefflichsten Dichtungen. Wie ich ihr zuhörte, wußte ich nicht, was ich mehr bewundern sollte, ihre Schönheit und Lieblichkeit oder ihren anmutigen Vortrag. Dann fragte sie: ‚Ist deine Befangenheit nun geschwunden?' ‚Ja, bei Gott!' gab ich zur Antwort. Da bat sie mich: ‚Wenn es dir recht ist, so trag uns etwas vor von dem, was du kennst!' Also trug ich ihr eine ganze Anzahl von Versen der alten Dichter vor. Alles fand sie sehr schön, und sie sprach: ‚Bei Allah, ich glaube, unter dem Handelsvolk findet man seinesgleichen nicht wieder.' Darauf befahl sie, die Speisen zu bringen.' – –«

Nun sprach Dinazâd zu ihrer Schwester Schehrezâd: »Wie köstlich ist doch deine Erzählung und wie entzückend, wie lieblich und wie berückend!« Aber die Schwester erwiderte: »Was ist all dies gegen das, was ich euch in der kommenden Nacht erzählen könnte, wenn der König mich am Leben zu lassen geruht!«

Da bemerkte Schehrezâd, daß der Morgen begann, und sie hielt in der verstatteten Rede an. Doch als die *Zweihundertundachtzigste Nacht* anbrach, sprach sie: »O glücklicher König, was ist alles bisher Erzählte gegen das, was ich euch heute nacht erzählen könnte, wenn der König mich am Leben zu lassen geruht!« Der König erwiderte ihr: »Beende deine Erzählung!« »Ich höre und gehorche!« sagte sie, und dann fuhr sie fort: »Es ist mir berichtet worden, o glücklicher König, daß Ishâk el-Mausili des weiteren erzählte: ‚Darauf befahl die Maid, die

Speisen zu bringen; und als die gebracht waren, begann sie zu essen und mir zu reichen. Dabei war der Saal voll von allerlei duftenden Blumen und seltenen Früchten, wie man sie sonst nur bei Königen findet. Dann ließ sie Wein kommen, trank einen Becher und reichte mir einen zweiten mit den Worten: ‚Jetzt ist es an der Zeit, sich zu unterhalten und Geschichten zu erzählen.' So begann ich denn zu erzählen, indem ich bald anfing: ‚Es ist mir berichtet worden, daß es also geschah', und bald: ‚Es war einmal ein Mann, der also erzählte', bis ich ihr eine Reihe von schönen Geschichten erzählt hatte. Darüber freute sie sich, und sie rief aus: ‚Es ist doch wunderbar, daß ein Kaufmann solche Geschichten kennt, die man vor Königen erzählen sollte!' Ich sagte darauf: ‚Ich hatte einen Nachbarn, der Königen vorzutragen pflegte und ihr Tischgenoß war. Und wenn er Muße hatte, so besuchte ich sein Haus; da erzählte er manchmal Geschichten, die ich dann zu hören bekam.' Und wiederum rief sie: ‚Bei meinem Leben, du hast ein gutes Gedächtnis!' Darauf unterhielten wir uns von neuem; jedesmal, wenn ich schwieg, begann sie zu sprechen, und so verbrachten wir den größten Teil der Nacht, während das glimmende Aloeholz duftete. Dabei genoß ich solche Freude, daß el-Mamûn, wenn er davon geahnt hätte, von brennendem Verlangen nach ihr erfüllt gewesen wäre. Nun hub die Maid an: ‚Du bist gewiß einer der angenehmsten Männer und vortrefflichsten Unterhalter, weil du eine so vollkommene feine Bildung besitzest; dir fehlt nur noch eins.' ‚Was ist denn das?' fragte ich. Sie antwortete: ‚Könntest du nur auch noch Lieder zur Laute singen!' Da sagte ich: ‚Einst liebte ich diese Kunst leidenschaftlich; aber als ich die Freude daran verlor, gab ich sie auf, wiewohl mein Herz noch für sie glüht. Und gerade jetzt bei unserem Zusammensein möchte ich etwas Schönes durch sie erleben, damit das Vergnügen dieser Nacht vollkommen werde.' Sie erwiderte: ‚Mich dünkt, du deutest den Wunsch an, daß man die Laute bringe!' Ich sagte: ‚Die Entscheidung steht bei dir; du kannst mir die Güte erweisen, und dir gebührt der Dank dafür.' Da rief sie nach der Laute, und als sie gebracht war, sang sie mit einer Stimme, so schön, wie ich es noch nie gehört hatte; voll Liebreiz war ihre Art, ihr Anschlag so gut, kurz, ihr Vortrag war von höchster Vollkommenheit. Dann fragte sie: ‚Weißt du, von wem diese Weise ist? Und weißt du, wer das Lied gedichtet hat?' Als ich es verneinte, fuhr sie fort: ‚Das Lied ist von dem und dem, die Weise aber ist von Ishâk.' Nun fragte ich: ‚Hat denn Ishâk – mein Leben für dich! – solche Begabung?' Sie aber rief: ‚Bravo, bravo, Ishâk! Der ist unvergleichlich in dieser Kunst!' Darauf sagte ich: ‚Preis sei Allah, der diesem Mann gab, was er keinem anderen verliehen hat!' Doch sie fuhr fort: ‚Wie wäre es erst, wenn du diese Weise von ihm selber hörtest!' Und so blieben wir beieinander, bis die Morgendämmerung anbrach. Da kam eine Alte, die ihre Amme zu sein schien, und sprach: ‚Die Zeit ist gekommen!' Wie ich das hörte, erhob ich mich sofort. Die Maid sagte noch: ‚Behalt bei dir, was zwischen uns vorgefallen ist; denn solche Zusammenkünfte sind vertraulich!' – –«

Da bemerkte Schehrezâd, daß der Morgen begann, und sie hielt in der verstatteten Rede an. Doch als die *Zweihundertundeinundachtzigste Nacht* anbrach, fuhr sie also fort: »Es ist mir berichtet worden, daß Ishâk des weiteren erzählte: ‚Die Maid sagte noch: ‚Behalt bei dir, was zwischen uns vorgefallen ist; denn solche Zusammenkünfte sind vertraulich!' Ich erwiderte ihr: ‚Mein Leben geb ich für dich hin! Solcher Mahnung bedurfte es für mich nicht.' Dann nahm ich Abschied von ihr, und sie gab einer Sklavin den Auftrag, mich bis zur Haustür zu geleiten. Die schloß mir auf, und ich ging fort und begab mich nach meinem Hause. Dort sprach ich das Frühgebet und legte mich nieder.

Bald darauf kam ein Bote von el-Mamûn zu mir; da ging ich zum Kalifen und verbrachte den Tag bei ihm. Als es Abend ward, gedachte ich meines gestrigen Erlebnisses; das war doch etwas, das nur ein Dummkopf sich hätte entgehen lassen. So ging ich denn hin und kam wieder zu dem Korbe, setzte mich hinein und wurde wiederum dorthin emporgezogen, wo ich am Abend zuvor gewesen war. Da sprach die Maid zu mir: ‚Fürwahr, du bist eifrig!' Ich erwiderte: ‚Ich dachte schon, ich wäre nachlässig gewesen!' Dann begannen wir uns wieder wie in der vergangenen Nacht zu unterhalten, wir plauderten miteinander, trugen Lieder vor und erzählten uns merkwürdige Begebenheiten, bis der Morgen anbrach. Darauf begab ich mich wieder nach Hause, sprach das Frühgebet und legte mich nieder. Bald kam wieder der Bote von el-Mamûn zu mir; ich begab mich zum Kalifen und blieb den Tag über bei ihm. Als es Abend ward, sagte der Beherrscher der Gläubigen zu mir: ‚Ich bitte dich dringend, bleib hier sitzen, bis ich eine Sache, derentwegen ich fortgehen muß, erledigt habe und wieder zurückkehre.' Als der Kalif gegangen und mir aus den Augen geschwunden war, da stürmten verführerische Gedanken auf mich ein; ich dachte nur an die früheren Freuden und machte mir nichts aus dem, was mir vom Kalifen widerfahren könnte. So sprang ich denn auf, wandte dem Palaste den Rücken und lief dahin, bis ich wieder zu dem Korbe kam. Ich setzte mich hinein und wurde zu einem Wohnraum emporgezogen. Die Maid sprach: ‚Du bist wohl unser treuer Freund?', ‚Ja, bei Gott!' gab ich zur Antwort. Da hub sie wieder an: ‚Hast du unser

Haus zu deiner Wohnstätte gemacht?' Ich entgegnete. ‚Ja, das habe ich getan; ich gebe mein Leben für dich hin! Das Gastrecht dauert drei Tage; wenn ich dann noch einmal wiederkomme, so dürft ihr mein Blut vergießen.' Dann verbrachten wir die Nacht wie zuvor. Als aber die Zeit des Scheidens herannahte, dachte ich daran, daß el-Mamûn mich sicher zur Rechenschaft ziehen und sich nur mit einem genauen Bericht zufrieden geben würde; darum sagte ich zu ihr: ‚Ich sehe, du gehörst zu denen, die am Gesang ihre Freude haben. Nun habe ich einen Vetter, der ist schöner als ich von Angesicht, er genießt ein höheres Ansehen und hat feinere Bildung, und er kennt von allen Geschöpfen Allahs des Erhabenen den Ishâk am besten.' Sie aber erwiderte: ‚Bist du denn ein Schmarotzer und ein zudringlicher Mann?' Da sagte ich zu ihr: ‚Du hast die Entscheidung darüber!' Sie sprach darauf: ‚Wenn dein Vetter wirklich derart ist, wie du ihn schilderst, so bin ich nicht abgeneigt, seine Bekanntschaft zu machen.' Wie es dann Zeit war, erhob ich mich und begab mich in mein Haus; kaum aber war ich dort angekommen, so fielen die Abgesandten el-Mamûns über mich her und schleppten mich mit roher Gewalt fort.' – –«

Da bemerkte Schehrezâd, daß der Morgen begann, und sie hielt in der verstatteten Rede an. Doch als die *Zweihundertundzweiundachtzigste Nacht* anbrach, fuhr sie also fort: »Es ist mir berichtet worden, o glücklicher König, daß Ishâk el-Mausili des weiteren erzählte: ‚Kaum war ich bei meinem Hause angekommen, so fielen die Abgesandten el-Mamûns über mich her und schleppten mich mit roher Gewalt fort und brachten mich vor ihn. Ich sah ihn, wie er, zornig über mich, auf einem Thron saß. Da fuhr er mich an: ‚Du da, Ishâk, bedeutet dies, daß du mir den Gehorsam verweigerst?' Ich gab zur Antwort:

‚Nein, bei Allah, o Beherrscher der Gläubigen!' Er fuhr fort: ‚Was ist's mit dir? Erzähle mir wahrheitsgemäß den Hergang!' Ich erwiderte: ‚Das will ich tun, doch nur insgeheim.' Da gab er den Dienern, die vor ihm standen, einen Wink, und sie zogen sich zurück. Ich aber berichtete ihm alles und fügte hinzu: ‚Ich versprach ihr, dich mitzubringen.' ‚Daran hast du gut getan!' erwiderte er. Dann verbrachten wir den Tag in unserer gewohnten fröhlichen Stimmung; doch el-Mamûn war der Maid schon von Herzen zugetan, und wir konnten kaum die Zeit abwarten. Als wir uns auf den Weg machten, mahnte ich ihn zur Vorsicht und sprach: ‚Gib acht, daß du mich in ihrer Gegenwart nicht bei meinem Namen nennst! Ich gelte eben nur als dein Begleiter.' Das wurde also verabredet. Dann schritten wir weiter dahin, bis wir zu der Stelle kamen, wo sonst der Korb hing. Aber nun fanden wir zwei Körbe, setzten uns hinein und wurden zu der gewohnten Stätte emporgezogen. Da trat die Maid uns entgegen und begrüßte uns. Sobald el-Mamûn sie erblickte, war er von ihrer Schönheit und Anmut ganz bezaubert; sie aber begann alsbald, ihm Erzählungen vorzutragen und Verse aufzusagen. Dann ließ sie den Wein bringen, und wir tranken, während sie ihm, erfreut durch seine Gegenwart, besondere Aufmerksamkeit erwies, und ebenso er, ganz entzückt von ihr, sich nur ihr widmete. Darauf griff sie zur Laute und sang eine Weise. Und als sie das getan hatte, fragte sie mich: ‚Ist dein Vetter denn auch ein Kaufmann?' wobei sie auf el-Mamûn wies. Als ich das bejahte, fuhr sie fort: ‚Ja wirklich, ihr seid einander auch ähnlich!' Als aber el-Mamûn drei Maß getrunken hatte, kam Fröhlichkeit und Weinseligkeit über ihn, und er rief: ‚He, Ishâk!' Ich antwortete: ‚Zu Diensten, o Beherrscher der Gläubigen!' Er befahl: ‚Sing die und die Weise!' Sowie die Maid vernahm, daß er der Kalif war, ging sie zu einem anderen Raum und trat dort ein. Und als ich mein Lied beendet hatte, sprach el-Mamûn zu mir: ‚Schau nach, wer der Besitzer des Hauses ist!' Da gab eine Alte eiligst zur Antwort: ‚Es gehört el-Hasan ibn Sahl.'[1] ‚Er soll zu mir kommen!' rief der Kalif. Die Alte ging fort, und nach einer kurzen Weile erschien el-Hasan. Nun fragte el-Mamûn ihn: ‚Hast du eine Tochter?' ‚Jawohl,' erwiderte jener, ‚sie heißt Chadîdscha.' ‚Ist sie vermählt?' forschte der Kalif weiter. Jener antwortete: ‚Nein, bei Gott!' ‚So erbitte ich sie von dir zur Gemahlin', sagte der Kalif darauf. ‚Sie ist deine Sklavin und steht zu deinem Befehle, o Beherrscher der Gläubigen', gab Hasan zur Antwort. Da sagte der Kalif: ‚Ich vermähle mich mit ihr gegen eine Hochzeitsgabe von dreißigtausend Dinaren, die dir noch heute früh ausgezahlt werden sollen. Wenn du das Geld empfangen hast, so bring uns deine Tochter heute abend.' ‚Ich höre und gehorche!' erwiderte Hasan.

Darauf gingen wir beide fort. Der Kalif aber sprach zu mir: ‚Ishâk, erzähle diese Geschichte niemandem!' Und ich habe sie bis zum Tode el-Mamûns für mich behalten. Kein Mensch hat jemals so viel Glück auf einmal erlebt, wie ich es in jenen vier Tagen genossen habe, als ich tagsüber mit el-Mamûn und des Nachts mit Chadîdscha zusammensein durfte. Bei Allah, ich habe nie einen Mann gleich el-Mamûn gesehen und nie eine Frau gleich Chadîdscha kennen gelernt, ja nicht einmal eine, die ihr an Klugheit, Verstand und feiner Rede auch nur nahegekommen wäre. Doch Allah weiß es am besten.'

1. Hasan ibn Sahl war der Bruder des Wesirs Fadl ibn Sahl; beide spielten eine wichtige Rolle zur Zeit des Kalifen el-Mamûn. Dieser heiratete die Tochter des Hasan; aber die Verlobung ist in anderer Weise vor sich gegangen, als hier im Märchen erzählt wird.

Ferner wird erzählt

DIE GESCHICHTE VON DEM SCHLACHTHAUSREINIGER UND DER VORNEHMEN DAME

Es geschah einmal zur Wallfahrtszeit, als das Volk den Umzug um die Kaaba ausführte und der Platz ringsum dicht gedrängt voller Menschen war, da ergriff ein Mann den Vorhang, der um das heilige Haus hing, und schrie aus seines Herzens Grund: ‚Ich flehe dich an, o Allah, laß sie wieder ihrem Gatten zürnen, damit ich mich mit ihr vereinigen kann!' Das hörten einige von den Pilgern, und die packten ihn und brachten ihn vor den Emir des Pilgerzugs, nachdem sie ihn zuvor satt Prügel zu kosten gegeben hatten. Dann sprachen sie: ‚O Emir, wir fanden diesen Burschen am heiligen Orte, wie er das und das sagte.' Der Emir befahl, er solle gehängt werden; aber der Mann rief: ‚O Emir, beim Gesandten Allahs – Er segne ihn und gebe ihm Heil! –, höre zuerst, was ich zu berichten und zu erzählen habe; dann tu mit mir, was du willst!' Da gebot der Emir: ‚Erzähle!'

‚Wisse denn, o Emir,' so sprach der Mann, ‚ich bin ein Abortreiniger, und ich arbeite in den Schafschlächtereien, ich schaffe das Blut und den Unrat zu den Misthaufen. Eines Tages traf es sich, als ich mit meinem beladenen Esel dahinzog, daß ich die Leute weglaufen sah und einer von ihnen mir zurief: ‚Bieg in die Gasse dort ein, damit man dich nicht totschlägt!' Ich fragte: ‚Was gibt's denn, daß die Leute davonlaufen?' Da antwortete mir ein Eunuch: ‚Die Frau eines vornehmen Mannes kommt dort, und die Eunuchen treiben das Volk vor ihr aus dem Wege; sie schlagen alle Leute, ohne Rücksicht auf irgendeinen zu nehmen!' Ich bog also mit dem Esel in eine Seitengasse ein.' – –«

Da bemerkte Schehrezâd, daß der Morgen begann, und sie hielt in der verstatteten Rede an. Doch als die *Zweihundertunddreiundachtzigste Nacht* anbrach, fuhr sie also fort: »Es ist mir berichtet worden, o glücklicher König, daß der Mann weiter erzählte: ,Ich bog also mit dem Esel in eine Seitengasse ein und blieb stehen, um abzuwarten, bis die Menge sich zerstreute. Da sah ich die Eunuchen mit Stöcken in den Händen kommen, und bei ihnen waren etwa dreißig Sklavinnen, unter denen eine Dame einherschritt; die war einem Weidenzweig oder einer durstigen Gazelle gleich und an Schönheit, Anmut und Liebreiz vollkommen; und alle wetteiferten, ihr zu dienen. Als sie zu dem Eingang der Gasse kam, in der ich stand, wandte sie sich nach rechts und nach links. Dann rief sie einen Eunuchen, und der trat an sie heran. Nachdem sie ihm etwas ins Ohr geflüstert hatte, kam der Eunuch plötzlich auf mich zu und packte mich an; da stoben die Zuschauer auseinander. Nun kam noch ein anderer Eunuch; der nahm meinen Esel und ging mit ihm fort. Darauf band der erste Eunuch mich mit einem Stricke und schleppte mich hinter sich her, ohne daß ich ahnte, um was es sich handelte. Das Volk aber lief hinter uns her und rief: ,Das ist nicht von Allah erlaubt! Was hat dieser arme Abortreiniger getan, daß er mit Stricken gebunden wird?' Und sie redeten auf die Eunuchen ein: ,Habt Erbarmen mit ihm! Allah möge sich eurer erbarmen! Laßt ihn doch los!' Nun sprach ich bei mir selber: ,Die Eunuchen haben mich nur deshalb festgenommen, weil ihre Herrin den Duft des Unrats gerochen und sich davor geekelt hat; vielleicht ist sie auch schwanger, oder ihr ist sonst etwas passiert. Doch es gibt keine Macht und es gibt keine Majestät außer bei Allah dem Erhabenen und Allmächtigen!' Und so ging ich denn hinter ihnen her, bis sie zum Tor eines großen Hauses gelangten. Dort traten sie ein, ich hinter ihnen, und dann schritten sie weiter hinein mit mir, bis ich zu einer weiten Halle kam, die so schön war, daß ich sie gar nicht beschreiben kann, und die mit herrlichem Gerät ausgestattet war. Dann kamen auch die Frauen in jene Halle herein, während ich gebunden bei dem Eunuchen stand und mir sagte: ‚Jetzt wird man mich sicher in diesem Hause so lange foltern, bis ich sterbe, ohne daß jemand etwas von meinem Tode erfährt.' Doch bald führte man mich in einen lieblichen Baderaum neben der Halle; und wie ich mich dort befand, kamen plötzlich drei Sklavinnen herein, setzten sich um mich herum und sprachen zu mir: ‚Zieh deine Lumpen aus!' Da streifte ich mir meine Lappen vom Leibe; und nun begann eine von ihnen mir Füße und Beine zu reiben, eine andere wusch mir den Kopf, und die dritte knetete mir den Leib. Als sie damit fertig waren, legten sie mir ein Bündel Kleider hin und sprachen zu mir: ‚Zieh dich an!' Ich rief: ‚Bei Allah, ich weiß nicht, wie ich sie anziehen soll!' Da traten sie zu mir und zogen mich an, indem sie sich über mich lustig machten. Schließlich brachten sie auch noch Fläschchen voll Rosenöl und besprengten mich damit. Danach ging ich mit ihnen in eine Halle, die war auch so schön und so reich geschmückt und ausgestattet, daß ich sie, bei Allah, nicht beschreiben kann. Wie ich in diese Halle eingetreten war, fand ich dort eine auf einem Lager aus Bambusrohr sitzen'– –«

Da bemerkte Schehrezâd, daß der Morgen begann, und sie hielt in der verstatteten Rede an. Doch als die *Zweihundertundvierundachtzigste Nacht* anbrach, fuhr sie also fort: »Es ist mir berichtet worden, o glücklicher König, daß der Mann weiter erzählte: ‚Wie ich in diese Halle eingetreten war, fand ich dort eine auf einem Lager aus Bambusrohr sitzen, dessen Füße aus

Elfenbein waren; und vor ihr stand eine Schar von Sklavinnen. Als sie mich erblickte, erhob sie sich vor mir und rief mich heran. So ging ich denn zu ihr, und sie befahl mir, mich zu setzen. Ich setzte mich neben sie, und dann gab sie den Sklavinnen Befehl, Speisen zu bringen; die brachten mir darauf kostbare Speisen von jeglicher Art, und ich weiß gar nicht, wie sie hießen, ich habe auch in meinem Leben derlei nicht kennen gelernt. Von denen aß ich, soviel wie ich konnte; und nachdem die Schüsseln abgetragen und die Hände gewaschen waren, befahl sie, Früchte zu bringen. Sofort wurden die vor sie gebracht, und sie lud mich ein zu essen. Ich tat es, und als wir mit der Mahlzeit fertig waren, gebot sie einigen Dienerinnen, die Weinflaschen zu bringen; da brachten sie Weine von mancherlei Art. Darauf zündeten sie auch noch allerlei Weihrauch in den Räucherschalen an, und eine Sklavin, die so schön war wie der Mond, schenkte uns ein beim Klange von Saitenspiel. Nun wurden wir beide trunken, ich und die Herrin, die bei mir saß; ich glaubte aber bei alledem, daß ich schliefe und träumte. Zuletzt befahl sie einigen Sklavinnen, uns an einer anderen Stätte ein Lager auszubreiten. Als die an der Stelle, die sie ihnen angewiesen, das Bett bereitet hatten, erhob sie sich und führte mich an der Hand zu jenem Lager. Dort legte sie sich nieder, und ich ruhte bei ihr bis zum Morgen; und sooft ich sie an meine Brust drückte, sog ich den Duft des Moschus und der anderen Wohlgerüche ein, und ich glaubte nicht anders, als daß ich im Paradiese wäre, oder daß ich schliefe und träumte. Als es Morgen ward, fragte sie mich, wo ich wohnte, und ich antwortete: ‚Da und da.‘ Darauf hieß sie mich gehen und gab mir ein Tuch, das aus Gold und Silber gewirkt war und in dem etwas gebunden war; sie fügte noch hinzu: ‚Dafür geh ins Bad!‘ Darüber freute ich mich, aber ich sprach bei mir selbst: ‚Wenn nur fünf Heller darin sind, so habe ich dafür heute mein Mittagessen.' Dann verließ ich sie, aber mir war, als verließe ich das Paradies. Und ich kam wieder zu dem Stall, in dem ich wohnte; dort öffnete ich das Tuch, und ich fand in ihm fünfzig Goldstücke. Nachdem ich die vergraben und mir für zwei Heller Brot und Zukost gekauft hatte, setzte ich mich an die Tür und verzehrte mein Mittagessen. Dann dachte ich über mein Schicksal nach und blieb bis zur Zeit des Nachmittagsgebetes sitzen; da kam plötzlich eine Sklavin und sprach zu mir: ‚Meine Herrin verlangt nach dir.' Sogleich begab ich mich mit ihr zu der Tür jenes Hauses, und nachdem sie für mich um Einlaß gebeten hatte, trat ich ein und küßte den Boden vor der Herrin. Sie aber befahl mir, mich zu setzen, und ließ Speise und Trank bringen wie zuvor. Darauf ruhte ich wieder bei ihr, wie ich es in der Nacht vorher getan hatte. Am nächsten Morgen reichte sie mir ein zweites Tuch, in dem wiederum fünfzig Goldstücke waren. Ich nahm sie, ging fort, und als ich zu Hause ankam, vergrub ich sie. In dieser Weise verbrachte ich eine Zeit von acht Tagen: ich ging zu ihr um die Zeit des Nachmittagsgebets und verließ sie wieder mit Tagesanbruch. Als ich aber in der achten Nacht bei ihr ruhte, stürzte plötzlich eine Sklavin herein und sprach zu mir: ‚Rasch, geh hinauf in die Kammer dort!' Da eilte ich in jene Kammer hinauf und entdeckte, daß sie nach der Straße zu lag. Und wie ich dort saß, erscholl plötzlich ein lauter Lärm und ein Getrappel von Pferden auf der Straße. Ich sah zum Fenster hinaus, das sich über der Haustür befand, und erblickte einen jungen Mann zu Roß, gleich dem Monde, der in der Nacht seiner Fülle aufgeht; eine Schar von Mamluken und Kriegern zu Fuß begleitete ihn. Er ritt auf die Tür zu, saß ab, trat in die Halle ein und sah die Herrin auf dem Lager sitzen. Zuerst küßte er den Boden vor ihr, dann trat er auf sie zu und küßte ihr die Hände; aber sie sprach kein Wort zu ihm. Doch er entschuldigte sich immerfort demütig vor ihr, bis er sie wieder versöhnt hatte; dann ruhte er die Nacht über bei ihr.' – –«

Da bemerkte Schehrezâd, daß der Morgen begann, und sie hielt in der verstatteten Rede an. Doch als die *Zweihundertundfünfundachtzigste Nacht* anbrach, fuhr sie also fort: »Es ist mir berichtet worden, o glücklicher König, daß der Mann weiter erzählte: ‚Als nun ihr Gatte die junge Herrin versöhnt hatte, ruhte er bei ihr die Nacht über. Am nächsten Morgen aber kamen die Krieger zu ihm, und er ritt mit ihnen von Hause fort. Da kam sie zu mir herauf und sprach zu mir: ‚Hast du jenen Mann gesehen?' Als ich es bejahte, fuhr sie fort: ‚Er ist mein Gatte; doch ich will dir erzählen, was mir mit ihm begegnet ist. Es begab sich eines Tages, daß wir miteinander in unserem Hofgarten saßen; da stand er plötzlich von meiner Seite auf und blieb eine lange Weile von mir fern. Schließlich wurde ich es müde, auf ihn zu warten, und da ich mir sagte, daß er wohl im Aborte sei, so begab ich mich zu dem stillen Örtchen, fand ihn aber nicht dort. Darauf ging ich in die Küche, und als ich dort eine Sklavin sah, fragte ich sie nach ihm. Die zeigte ihn mir, wie er bei einer von den Küchenmägden lag. Nun schwor ich einen feierlichen Eid, ich wolle mit dem schmutzigsten und ekelhaftesten Manne Ehebruch treiben. Und an dem Tage, an dem der Eunuch dich festnahm, war ich schon vier Tage lang in der Stadt umhergezogen auf der Suche nach einem solchen Kerl; doch ich fand niemanden, der schmutziger und ekelhafter gewesen wäre als du. Darum ließ ich dich holen, und nun ist geschehen, was uns von Allah vorherbestimmt war. Ich aber bin meines Eides ledig.' Dann fügte sie noch hinzu: ‚Wenn mein Gatte sich noch einmal der

Magd naht und bei ihr liegt, so will ich dir wiederum gewähren, was du bei mir genossen hast.' Als diese Worte von ihr in meine Ohren klangen, während ihre Blicke in mein Herz wie Pfeile drangen, da rannen meine Tränen, ja, meine Augenhöhlen wurden vom Weinen wund, und ich sprach die Worte aus des Dichters Mund:

> *Gewähre mir zehn Küsse auf deine linke Hand,*
> *Der noch mehr Ehre als der rechten Hand gebührt!*
> *Denn deine Linke hat ja noch vor kurzer Zeit,*
> *Als du dich säubertest, an dein Gesäß gerührt.*

Darauf befahl sie mir, von ihr fortzugehen. Im ganzen habe ich von ihr vierhundert Goldstücke erhalten, und von denen bestreite ich meine Ausgaben. Nun bin ich hierher gekommen, um Allah, den Gepriesenen und Erhabenen, zu bitten, daß ihr Gatte noch einmal wieder der Küchenmagd nahe, auf daß ich mein früheres Glück wieder genieße.'

Als der Emir des Pilgerzuges die Geschichte jenes Mannes vernommen hatte, ließ er ihn frei und sprach zu den Umstehenden: ‚Um Allahs willen, betet für ihn; denn er ist entschuldbar!'

Ferner wird erzählt

DIE GESCHICHTE VON HARÛN ER-RASCHÎD UND DEM FALSCHEN KALIFEN

Eines Nachts wurde der Kalif Harûn er-Raschîd von großer Unruhe geplagt; da ließ er seinen Wesir Dscha'far, den Barmekiden, kommen und sprach zu ihm: ‚Meine Brust ist beklommen, und ich habe den Wunsch, mich heute nacht in den Straßen von Baghdad umzuschauen und dem Treiben der Menschen zuzusehen; doch dazu müssen wir uns als Kaufleute verkleiden, damit uns niemand erkennt.' ‚Ich höre und gehorche!' gab der Wesir zur Antwort. Zur selbigen Stunde erhoben sie sich, legten die prächtigen Staatsgewänder, die sie trugen, ab und zogen Kaufmannskleider an. Es waren ihrer drei, der Kalif und Dscha'far und Masrûr, der Schwertträger; und sie gingen von Ort zu Ort, bis sie zum Tigris kamen. Dort sahen sie einen alten Mann in einem Boote sitzen; an den traten sie heran, grüßten ihn und sprachen: ,Alterchen, wir bitten dich um die Güte und den Gefallen, daß du uns mit diesem deinem Boote zu einer Lustfahrt hinausruderst; nimm diesen Dinar als deinen Lohn!' – –«

Da bemerkte Schehrezâd, daß der Morgen begann, und sie hielt in der verstatteten Rede an. Doch als die *Zweihundertundsechsundachtzigste Nacht* anbrach, fuhr sie also fort: »Es ist mir berichtet worden, o glücklicher König, daß damals, als sie zu dem Alten sprachen: ,Wir bitten dich, daß du uns mit deinem Boote zu einer Lustfahrt hinausruderst; nimm diesen Dinar!', jener ihnen antwortete: ,Wer kann denn noch eine Lustfahrt machen, wo der Kalif Harûn er-Raschîd jede Nacht in einer kleinen Schaluppe den Tigris hinunterfährt und ein Ausrufer bei ihm ist, der da verkündet: ,Ihr Leute allesamt, groß und klein, gering und fein, Männer und Jünglein! Einem jeden, der jetzt ein Schiff besteigt und auf dem Tigris fährt, dem schlage ich den Kopf ab, oder ich hänge ihn am Maste seines Fahrzeuges auf!' Ihr könntet ihm gerade jetzt begegnet sein; denn sein Boot kommt dort an.' Da sprachen der Kalif und Dscha'far: ,Alter, da nimm diese beiden Dinare und fahre uns unter einen von den Bögen dort, bis das Boot des Kalifen vorüber ist!' ,Gebt das Gold her!' sagte der Alte, ,wir wollen auf Allah den Erhabenen vertrauen.' Nachdem er die Goldstücke erhalten hatte, ruderte er mit ihnen eine Weile dahin; plötzlich aber kam das Schiff mitten im Tigris dahergefahren, von

Kerzen und Leuchten erhellt. Da sprach der Alte: ‚Habe ich euch nicht gesagt, daß der Kalif jede Nacht hier fährt?' Dann fuhr er fort: ‚O schützende Macht, lüfte nicht den Schleier der Nacht! So fuhr er mit ihnen unter einen Bogen und legte ein schwarzes Tuch über sie; nun schauten sie unter dem Tuche hervor und erblickten vorn im Boot einen Mann, der in der Hand eine Leuchte aus rotem Golde hielt, und die speiste er mit sumatranischer Aloe. Jener Mann trug einen Ärmelmantel aus rotem Atlas; über seiner einen Schulter lag ein Band aus gelber Seide, das mit Silber bestickt war, um seinen Kopf trug er einen Turban aus feinem Musselin, und über seiner anderen Schulter hing ein grünseidener Beutel, voll von sumatranischem Aloeholz, mit dem er das Feuer in der Leuchte statt mit Reisig speiste. Und ferner sahen sie einen anderen Mann am Ende des Bootes, der ebenso gekleidet war und eine ebensolche Leuchte in der Hand hielt. In der Mitte des Bootes aber erblickten sie zweihundert Mamluken, die rechts und links in Reihen standen, zu seiten eines Thrones aus rotem Golde, der dort aufgestellt war und auf dem ein Jüngling schön wie der Mond saß, gekleidet in ein schwarzes Gewand, das mit gelbem Golde bestickt war. Vor ihm stand ein Mann, der sah aus, als ob er der Wesir Dscha'far wäre, und hinter ihm ein Eunuch, der sah aus, als ob er Masrûr wäre, und der trug ein gezücktes Schwert in der Hand; schließlich sahen sie auch noch zwanzig Zechgenossen. Als der Kalif all das erblickte, sprach er: ‚Dscha'far!' Und der erwiderte: ‚Zu deinen Diensten, o Beherrscher der Gläubigen!' Der Kalif sagte weiter: ‚Vielleicht ist dies einer meiner Söhne, entweder el-Mamûn oder el-Amîn.' Darauf betrachtete er den Jüngling genauer, wie der dort auf dem Throne saß; und er sah, daß jener vollkommen war an Schönheit und Lieblichkeit und des Wuchses Ebenmäßigkeit. Nachdem er ihn betrachtet hatte, wandte er sich wiederum an den Wesir und sprach: ‚Wesir!' ‚Zu deinen Diensten!' erwiderte der ihm. Dann fuhr der Herrscher fort: ‚Bei Allah, jenem, der dort sitzt, fehlt nichts am Aussehen des Kalifen, und der Mann, der vor ihm steht, sieht aus wie du, Dcha'far, und der Eunuch hinter ihm sieht aus wie Masrûr; jene Zechgenossen aber gleichen meiner Tafelrunde. Über das alles bin ich ganz verwirrt.' – –«

Da bemerkte Schehrezâd, daß der Morgen begann, und sie hielt in der verstatteten Rede an. Doch als die *Zweihundertundsiebenundachtzigste Nacht* anbrach, fuhr sie also fort: »Es ist mir berichtet worden, o glücklicher König, daß der Kalif, als er das alles sah, ganz verwirrt wurde und sagte: ‚Bei Allah, ich bin über diesen Anblick erstaunt!' Dscha'far gab ihm zur Antwort: ‚Auch ich, bei Allah, o Beherrscher der Gläubigen!' Darauf zog das Boot weiter, bis es ihren Blicken entschwand. Nun fuhr auch der Alte mit seinem Boote hinaus, indem er sprach: ‚Preis sei Allah für unsere Rettung, da niemand unserer gewahr geworden ist!' Da fragte der Kalif: ‚Alterchen, sag, fährt der Kalif jede Nacht den Tigris hinunter?' ‚Jawohl, mein Herr,' antwortete der Fährmann, ‚das tut er schon seit einem ganzen Jahre.' Und der Kalif sagte darauf: ‚Alterchen, wir bitten dich, sei so gut, warte hier auf uns auch in der kommenden Nacht; wir wollen dir fünf Golddinare geben. Wir sind nämlich Fremde, und wir wollen uns vergnügen; unsere Wohnung ist im Quartier el-Chandak.' ‚Herzlich gern!' erwiderte der Alte; und dann begaben sich der Kalif und Dscha'far und Masrûr von dem Fährmann zu dem Schlosse. Dort legten sie ihre Kaufmannskleider ab, zogen ihre Staatsgewänder an, und ein jeder setzte sich auf seinen Platz. Dann traten die Emire und Wesire, die Kammerherren und die Statthalter ein, und die Regierungshalle füllte sich mit viel Volk. Als aber der Tag sich neigte und die vielerlei Menschen sich wieder zerstreuten und ein jeder seines Weges gegangen war, sprach der Kalif Harûn er-Raschîd: ‚Dscha'far, auf, laß uns gehen, um uns den zweiten Kalifen anzuschauen!' Da lachten Dscha'far und Masrûr, und alle drei legten wieder ihre Kaufmannskleider an und gingen in der heitersten Stimmung dahin, nachdem sie durch die geheime Pforte hinausgetreten waren. Als sie zum Ufer des Tigris kamen, fanden sie den alten Bootsmann, wie er dasaß und auf sie wartete. Sie stiegen zu ihm in das Boot, und kaum hatten sie eine kleine Weile bei ihm gesessen, da kam auch schon das Boot des falschen Kalifen ihnen entgegen. Sie richteten ihre Blicke dorthin, und da entdeckten sie wiederum zweihundert Mamluken in dem Fahrzeug, doch andere als in der vergangenen Nacht; und die Fackelträger riefen ihren Ruf wie gewöhnlich. Nun hub der Kalif an: ‚O Wesir, wenn ich hiervon gehört hätte, so hätte ich es nicht geglaubt; aber ich habe es doch mit eigenen Augen gesehen!' Dann sprach er zu dem Führer des Bootes, in dem sie waren: ‚Da, Alterchen, nimm diese zehn Dinare und rudere uns an ihrer Seite entlang; sie sind ja im Licht, wir aber im Dunkel, und so können wir uns an ihrem Anblicke ergötzen, während sie uns nicht sehen können.' Der Alte nahm die zehn Dinare und fuhr mit seinem Boote an der Seite der anderen dahin, so daß er im Schatten ihres Fahrzeugs war. – –«

Da bemerkte Schehrezâd, daß der Morgen begann, und sie hielt in der verstatteten Rede an. Doch als die *Zweihundertundachtundachtzigste Nacht* anbrach, fuhr sie also fort: ‚Es ist mir berichtet worden, o glücklicher König, daß der Kalif Harûn er-Raschîd zu dem Alten sprach: ‚Da, nimm diese zehn Dinare und rudere uns an ihrer Seite entlang!' ‚Ich höre und gehorche!' gab jener zur Antwort, nahm die Dinare und ruderte mit ihnen dahin; so fuhren sie immer im Schatten des Fahrzeuges entlang, bis sie zu den Gärten am anderen Ufer kamen. Dort sahen sie einen umfriedeten Platz; bei dem legte das Fahrzeug an, und da standen auf einmal Diener mit einer gesattelten und gezäumten Mauleselin. Der falsche Kalif ging an Land, bestieg das Maultier und ritt fort, begleitet von seinen Tischgenossen, während die Träger der Leuchten riefen und das übrige Gefolge mit seinen Pflichten für den falschen Kalifen beschäftigt war. Da gingen auch Harûn er-Raschid und Dscha'far und Masrûr an Land, und nachdem sie durch die Mamluken hindurchgeeilt waren, schritten sie ihnen voraus. Doch die Blicke der Leuchtenträger fielen auf sie, und wie die Männer plötzlich drei Gestalten erblickten, die sich ihrer Kleidung nach wie Kaufleute ausnahmen und aus fremden Landen kamen, wurden sie unwillig, gaben ihnen einen Wink und führten sie vor den falschen Kalifen. Als der sie sah, sprach er zu ihnen: ‚Wie seid ihr hierhergekommen? Was hat euch um diese Zeit hierhergebracht?' Sie antworteten: ‚Unser Gebieter, wir sind Männer vom Kaufmannsstande und kommen aus fremdem Lande. Heute sind wir eingetroffen, und da gingen wir am Abend aus, um einen Spaziergang zu machen. Plötzlich kamt ihr uns entgegen; da eilten diese Leute herbei, ergriffen uns und führten uns vor dich. Das ist unsere Geschichte!' Der falsche Kalif sagte darauf: ‚Euch soll kein Leid widerfahren, da ihr fremdes Volk seid. Wäret ihr von Baghdad, so würde ich euch die Köpfe abschlagen lassen!' Dann wandte er sich an seinen Wesir mit den Worten: ‚Nimm die da mit dir; sie sind heute nacht unsere Gäste!' ‚Ich höre und gehorche, o Gebieter!' erwiderte der Wesir. Dann gingen sie mit ihm dahin, bis sie zu einem hohen, herrlichen Schlosse gelangten, einem Bau auf festem Fundament, wie ihn kein Sultan sein eigen nennt, der sich vom Erdenstaube erhob, bis er sich mit dem Saume der Wolken verwob. Das Tor war aus indischem Tiekholz gemacht, eingelegt mit Gold von leuchtender Pracht; wer dort eintrat, gelangte in eine große Halle, darinnen ein Brunnen sprang, um den sich eine Estrade schlang; auf ihr lagen Teppiche und Polster, Kissen und Pfühle aus Brokat in bunten Mengen, und einen langen Vorhang sah man dort hängen. All diese Pracht verwirrte den Verstand, so daß keine Zunge Worte für sie fand. Und über der Tür standen diese beiden Verse geschrieben:

> *Sei mir gegrüßt, o Schloß! Dich hat die Zeit*
> *Geschmückt mit ihrer Schönheit Ehrenkleid.*
> *Du bist von seltnen Wunderdingen voll –*
> *Die Feder zagt, die dich beschreiben soll.*

Darauf trat der falsche Kalif ein, von seinem Gefolge begleitet, und ging weiter, bis er sich auf einen goldenen Thron niederließ, der mit Edelsteinen besetzt war und auf dem ein Teppich aus gelber Seide lag; auch die Tischgenossen setzten sich nieder, und der Träger des Schwertes der Rache trat vor ihn hin. Dann wurden die Tische gebreitet, und man aß. Nachdem die Schüsseln abgetragen und die Hände gewaschen waren, wurde das Weingerät gebracht; Flaschen und Becher wurden aufgereiht. Nun kreiste der Trunk, bis er an den Kalifen Harûn er-Raschîd kam. Der aber weigerte sich zu trinken, und da sprach der falsche Kalif zu Dscha'far: ‚Was ist deinem Freunde, daß er nicht trinkt?' Der gab ihm zur Antwort: ‚Mein Gebieter, er hat seit langer Zeit nicht mehr dergleichen getrunken.' Da fuhr der falsche Kalif fort: ‚Ich habe auch noch ein anderes Getränk, das deinem Freunde zusagen wird, einen Wein, der aus Äpfeln bereitet ist.' Alsbald ließ er den bringen, und dann trat er, der falsche Kalif, vor Harûn er-Raschîd hin und sprach zu ihm: ‚Jedesmal, wenn die Runde an dich kommt, dann trink von diesem Wein!' So blieben sie beieinander in Fröhlichkeit und widmeten sich den Bechern der Seligkeit, bis der Wein ihnen zu Kopfe stieg und ihrer Sinne Herr ward. – –«

Da bemerkte Schehrezâd, daß der Morgen begann, und sie hielt in der verstatteten Rede an. Doch als die *Zweihundertundneunundachtzigste Nacht* anbrach, fuhr sie also fort: »Es ist mir berichtet worden, o glücklicher König, daß der falsche Kalif und seine Tischgenossen immer weiter tranken, bis der Wein ihnen zu Kopfe stieg und ihrer Sinne Herr ward. Da flüsterte der Kalif Harûn er-Raschîd seinem Minister zu: ‚Dscha'far, wir haben keine solchen Geräte wie die da. Wüßte ich doch nur, was es mit diesem jungen Manne für eine Bewandtnis hat!' Aber während sie so heimlich miteinander sprachen, fiel der Blick des jungen Mannes auf sie, und da er sah, daß der Wesir dem Kalifen etwas zuraunte, sagte er: ‚Flüstern ist unhöflich!' Doch der Wesir antwortete: ‚Das sollte keine Unhöflichkeit sein; mein Freund sagte mir nur: ‚Ich bin doch schon in den meisten Ländern gereist, und ich habe in der Tafelrunde der größten Könige gespeist, auch habe ich mit Rittern verkehrt, aber ich habe noch nie etwas Schöneres erlebt als diese vollkommene Feier, noch auch eine fröhlichere Nacht als diese verbracht; doch das Volk von Baghdad sagt: Wein ohne Klang der Saiten pflegt Kopfschmerzen zu bereiten.' Als der falsche Kalif diese Worte hörte, lächelte er fröhlich, und er schlug mit einem Stabe, den er in der Hand hielt, an eine runde Scheibe. Da öffnete sich plötzlich eine Tür, und aus ihr trat ein Eunuch hervor, der trug einen Stuhl aus Elfenbein, eingelegt mit Gold von feurigem Schein; und ihm folgte eine Maid, strahlend von Schönheit und Lieblichkeit, von Anmut und

Vollkommenheit. Der Eunuch stellte den Stuhl hin, die Maid setzte sich darauf nieder; sie glich dem leuchtenden Sonnenball im himmelblauen Weltenall, und sie trug eine Laute in der Hand, ein Meisterwerk aus indischem Land. Die legte sie auf ihren Schoß und beugte sich darüber, wie sich eine Mutter über ihr Kind beugt, und sang ein Lied zu ihr, nachdem sie vierundzwanzig verschiedene Weisen gespielt hatte, die alle Sinne bezauberten. Und indem sie nun zu ihrer ersten Weise zurückkehrte, hub sie an also zu singen und ließ dies Lied erklingen:

> *Der Liebe Zunge spricht zu dir in meinem Innern;*
> *Sie bringt von mir die Kunde, daß ich so lieb dich hab.*
> *Mein Zeuge ist die Glut in dem gequälten Herzen,*
> *Mein wundes Aug, das mir der Strom der Tränen gab.*
> *Ich wußte nichts von Liebe, eh ich dich lieb gewann;*
> *Doch Gottes Ratschluß tritt an alle Welt heran.*

Als der falsche Kalif dies Lied aus dem Munde der Sängerin vernahm, schrie er laut auf und zerriß das Gewand, das er trug, bis zum Saume hinab; da wurde der Vorhang über ihn herabgelassen, und man brachte ihm ein neues Kleid, das noch schöner war als das erste. Nachdem er das angelegt hatte, setzte er sich wieder wie zuvor. Und wie dann der Becher zu ihm kam, schlug er wieder mit dem Stabe auf die runde Scheibe; da tat sich eine Tür auf, und aus ihr trat ein Eunuch hervor, der einen goldenen Stuhl trug; ihm folgte eine Maid, die noch schöner war als die erste, und sie setzte sich auf jenen Stuhl. Sie hielt eine Laute in der Hand, bei deren Anblick der Neider im Herzen Höllenqualen empfand, und sie sang zu ihr diese beiden Verse:

> *Wie kann ich mich denn fügen, mit Sehnsuchtsglut im Herzen,*
> *Wenn stets aus meinen Augen die Tränensintflut fließt?*
> *Bei Gott, mich freut nicht mehr ein Leben voller Wonnen!*
> *Wie kann ein Herz sich freuen, das meinen Gram umschließt?*

Kaum hatte der junge Mann dies Lied vernommen, da stieß er wieder einen gellenden Schrei aus und zerriß sich sein Gewand wiederum bis zum Saume hinab. Der Vorhang ward über ihn hinabgelassen, und man brachte ihm ein anderes Kleid. Er legte es an, setzte sich aufrecht hin und war, wie er zuvor gewesen war, indem er fröhlich plauderte. Doch als der Becher zu ihm kam, schlug er an die runde Scheibe. Da trat ein Eunuch hervor, und ihm folgte eine Maid, die wiederum schöner war als die letzte. Sie setzte sich auf den Stuhl, den der Eunuch gebracht hatte, und sang zu der Laute, die sie in der Hand hielt, diese Verse:

> *Hör auf, mich zu meiden! Laß ab von der Härte!*
> *Denn, bei deinem Leben, mein Herz läßt dich nicht.*
> *Erbarm dich des Armen, Vergrämten, Betrübten,*
> *Dem glühende Liebe das Herze zerbricht!*
> *An ihm zehrt die Krankheit gewaltiger Sehnsucht;*
> *Er bittet die Gottheit, daß er dir gefällt.*
> *O Mond, deine Stätte ist in meinem Herzen.*
> *Wer anders als du ist mir lieb in der Welt?*

Als der junge Mann diese Verse hörte, schrie er von neuem laut auf und zerriß das Gewand, das er trug. Da ließ man den Vorhang über ihn herab und brachte ihm neue Kleider. Darauf war er wieder wie vorher mit seinen Zechgenossen zusammen, und die Becher kreisten. Doch als der Becher wieder zu ihm kam, schlug er noch einmal an die runde Scheibe. Die Tür tat sich auf, und ein Diener trat aus ihr hervor mit einem Stuhle, und ihm folgte eine Maid. Nachdem er ihr den Stuhl hingestellt hatte, setzte sie sich darauf, nahm die Laute, stimmte sie und sang zu ihr diese Verse:

> *Wann endlich wird die Trennung und Entfremdung enden?*
> *Wann kehrt die Freude, die ich einst genoß, zurück?*
> *Noch gestern waren wir vereint an gleicher Stätte*
> *Und achteten der Neider nicht in unsrem Glück!*

Die Zeit verriet uns, ja, sie riß uns voneinander,
Nachdem sie unsre Stätte zur Wüstenei gemacht.
Willst du von mir, o Tadler, daß ich vergessen solle?
Mein Herze gibt, ich seh's, auf Tadler niemals acht!
So laß den Tadel doch, laß mich in meinem Leide;
Mein sehnend Herz wird nie vom Glück der Liebe leer.
Gebieter mein, der du die Schwüre brachst und tauschtest,
Glaub nicht, mein Herze kenne dich, seit du gingst, nicht mehr!

Als der falsche Kalif den Gesang der Maid hörte, stieß er wieder einen lauten Schrei aus, zerriß sein Gewand – –«

Da bemerkte Schehrezâd, daß der Morgen begann, und sie hielt in der verstatteten Rede an. Doch als die *Zweihundertundneunzigste Nacht* anbrach, fuhr sie also fort: »Es ist mir berichtet worden, o glücklicher König, daß der falsche Kalif, als er das Lied der Maid hörte, wieder einen lauten Schrei ausstieß, sein Gewand zerriß und ohnmächtig zu Boden sank. Nun wollte man wie gewöhnlich den Vorhang über ihn herablassen; aber die Schnüre versagten, und da Harûn er-Raschîd gerade einen Blick dorthin warf, sah er auf dem Leibe des jungen Mannes die Spuren von Geißelhieben. Nachdem der Kalif genau hingeschaut und sich überzeugt hatte, sprach er: ‚Dscha'far, bei Allah, er ist ein Jüngling, schön und zart, aber doch ein Räuber von gemeiner Art!' ‚Woher weißt du das, o Beherrscher der Gläubigen?' fragte Dscha'far; da antwortete der Kalif: ‚Hast du nicht die Spuren der Peitschen auf seinem Leibe gesehen?' Als man dann endlich den Vorhang über ihn herabgelassen hatte, brachte man ihm ein neues Gewand. Er legte es an und setzte sich wie zuvor bei seinen Zechgenossen nieder. Und nun sah er, wie der Kalif und Dscha'far miteinander flüsterten; da fragte er die beiden: ‚Was gibt es, ihr Herren?' Dscha'far gab ihm zur Antwort: ‚O unser Gebieter, es ist alles gut! Aber du weißt doch, dieser mein Freund ist ein Mann vom Kaufmannsstande, und er reiste durch alle Städte und Lande, und mit Königen und Vornehmen verknüpften ihn Freundschaftsbande, und er sagte mir jetzt: ‚Das ist wahrlich eine große Verschwendung, was heute nacht bei unserem Herrn, dem Kalifen, geschehen; und ich habe das, was er tat, in allen Ländern noch nie gesehen. Denn er hat derartige Gewänder zerrissen, von denen ein jedes Tausende von Dinaren wert ist – das ist fürwahr ein Übermaß der Verschwendung!' Da rief der falsche Kalif: ‚Du da, das Geld ist mein Geld, und der Stoff ist mein Stoff. Außerdem ist das eine der Arten, wie ich meine Diener und mein Gefolge beschenke; denn jedes Gewand, das ich zerreiße, wird einem meiner Tischgenossen, die zugegen sind, zuteil, und mit jedem Gewande verleihe ich ihnen noch fünfhundert Dinare.' ‚Was du tust, ist wohlgetan, o Gebieter', entgegnete der Wesir Dscha'far, und dann sprach er diese beiden Verse:

> *Die Tugenden erbauten in deiner Hand ein Haus;*
> *Du schüttest deinen Reichtum auf alle Menschen aus.*
> *Und wenn die Großmut je ihr Tor verschlossen fände,*
> *So wären für sein Schloß ein Schlüssel deine Hände.*

Als der junge Mann diese Verse aus dem Munde des Wesirs Dscha'far vernahm, verlieh er ihm tausend Dinare und ein Ehrengewand. Nun machten die Becher ihre Runden, und der Wein begann den Zechern zu munden; da sagte er-Raschîd: ‚Dscha'far, frage ihn nach den Narben auf seinem Leibe, damit wir sehen, was für eine Antwort er uns gibt!' Der Wesir antwortete: ‚Übereile dich nicht, o Gebieter, mäßige dich, denn Geduld geziemt uns besser!' Aber der Kalif sagte: ‚Bei meinem Haupte und bei dem Grabe meines Ahnen el-'Abbâs, fragst du ihn nicht, so lösche ich dein Lebenslicht!' Da wandte der junge Mann sich dem Wesir zu mit den Worten: ‚Was hast du wieder mit deinem Freunde zu flüstern? Sag mir, was ist das mit euch?' ‚Es ist alles gut', erwiderte der Wesir; aber der junge Mann fuhr fort: ‚Ich beschwöre dich bei Allah, sage mir, wie es um euch steht, und verbirg mir nichts von dem, was euch angeht!' ‚Mein Gebieter,' gab jener darauf zur Antwort, ‚der da hat die Narben und Spuren von Geißelhieben und Peitschenschlägen an dir erblickt, und er ist darüber aufs höchste erstaunt, und er sagte: ‚Wie ist es möglich, daß der Kalif geschlagen wird?' Nun will er wissen, was der Grund ist.' Wie der junge Mann das hörte, lächelte er und sprach: ‚Wisset, seltsam ist, was ich berichte, und wunderbar ist meine Geschichte. Würde man sie mit Nadeln in die Augenwinkel schreiben, so würde sie allen, die sich lehren lassen, ein lehrreiches Beispiel bleiben.' Dann stiegen Seufzer aus seiner Brust empor, und er trug diese Verse vor:

> *Seltsam ist, was ich berichte, mehr als alle Wunder gar.*
> *Und ich schwöre bei der Liebe, daß die Welt mir enge war.*
> *Wenn ihr wollt, daß ihr mich höret, nun, so lauschet auf mein Wort,*
> *Und es schweige allerorten stille die Versammlung dort!*
> *Merket wohl auf meine Rede, denn in ihr ist tiefer Sinn;*
> *Wißt, daß meine Worte wahr sind und daß ich kein Lügner bin.*
> *Ach, ich bin ein Opfer worden durch der Liebe Glut und Macht;*
> *Und der Jungfrau allerschönste war's, die mich in Not gebracht.*
> *Ihre schwarzen Augen gleichen einem Schwert aus Inderland,*
> *Und vom Bogen ihrer Brauen hat sie Pfeile ausgesandt.*
> *Doch mir sagt des Herzens Stimme, unter euch ist der Imâm,*
> *Der Kalif, den wir verehren, der aus edlem Hause kam.*
> *Und der zweite unter euch dort, Dscha'far ist der Mann genannt;*
> *Er ist sein Wesir und ist als Herr und Herrensohn bekannt.*
> *Euer dritter ist Masrûr, er, der das Schwert der Rache führt. –*
> *Wenn nun diese Rede wahr ist und von Irrtum unberührt,*
> *So hab ich mein Ziel gewonnen und die Hoffnung ward zur Tat,*
> *Und die Freude ist dem Herzen jetzt von überall genaht.*

Als sie solche Worte aus seinem Munde hörten, schwor Dscha'far einen zweideutigen Eid, daß sie nicht die Genannten seien; da lächelte der junge Mann und sprach: ‚Wisset, hohe Herren, ich bin nicht der Beherrscher der Gläubigen, sondern ich habe mir diesen Namen nur beigelegt, um mein Ziel bei den Leuten der Stadt zu erreichen. Ich heiße vielmehr Mohammed 'Alî, der Sohn des Goldschmieds 'Alî. Mein Vater gehörte zu den vornehmen Leuten; und als er starb, hinterließ er mir ein großes Vermögen an Gold und Silber, Perlen und Korallen, Rubinen und Chrysolithen und anderen Juwelen, ferner Landgüter, Bäder, Äcker, Gärten, Läden und Öfen, Sklaven, Sklavinnen und Diener. Nun traf es sich eines Tages, als ich in meinem Laden saß, umgeben von meinen Eunuchen und Dienern, daß eine junge Dame auf einer Mauleselin dahergeritten kam, begleitet von drei mondengleichen Mädchen. Als sie bei meinem Laden ankam, stieg sie ab, setzte sich neben mich und sprach: ‚Bist du Mohammed, der Juwelier?' Ich antwortete ihr: ‚Jawohl, der bin ich, dein Mamluk und dein Sklave!' Dann fragte sie weiter: ‚Hast du ein Juwelenhalsband, das für mich paßt?' Ich erwiderte: ‚Hohe Herrin, alles was ich habe, will ich dir zeigen und dir vorlegen. Und wenn dir etwas davon gefällt, so ist es für mich, deinen Knecht, ein Glück; wenn dir aber nichts gefällt, so ist es mein Unglück!' Ich hatte wohl hundert Edelsteinhalsbänder, und ich legte ihr alle vor; aber ihr gefiel nichts davon, sondern sie sprach: ‚Ich wünsche eins, das schöner ist als alle, die ich gesehen habe.' Ich hatte aber noch ein kleines Halsband, das mein Vater einst für hunderttausend Dinare gekauft hatte und dessengleichen sich nicht im Besitze eines der großen Sultane befand. So sprach ich denn zu ihr: ‚Hohe Herrin, ich habe noch ein Halsband aus Edelsteinen und Juwelen; ein solches nennt niemand sein, weder groß noch klein.' Darauf sagte sie: ,Zeige es mir!' Nachdem ich es ihr gezeigt hatte, rief sie: ,Dies ist das, was ich suche; das ist's, was ich mir mein Leben lang gewünscht habe!' Dann fuhr sie fort: ,Wie hoch ist sein Preis?' Ich gab ihr zur Antwort: ,Es hat meinen Vater hunderttausend Dinare gekostet.' Da sagte sie: ,Dann sollst du fünftausend Dinare mehr haben.' Doch ich erwiderte: ,Hohe Herrin, das Halsband und sein Besitzer stehen dir zu Befehl; ich kann nicht widersprechen.' Mit den Worten: ,Der Verdienst muß sein, und du verpflichtest mich obendrein!' erhob sie sich dann sogleich und bestieg eiligst ihr Maultier. Und zuletzt sagte sie noch zu mir: ,Lieber Herr, in Allahs Namen, sei so gut, mich zu begleiten, damit du den Preis in Empfang nehmen kannst! Denn dieser Tag mit dir ist für uns weiß wie Milch.' Da schloß ich den Laden und ging mit ihr unter ihrem Schutze, bis wir zu ihrem Hause gelangten. Dort sah ich, daß es ein Haus war, an dem die Zeichen des Wohlstandes leuchteten; seine Tür war mit Gold und Silber und Lasursteinen geschmückt, und auf ihm standen diese beiden Verse geschrieben:

> *O Haus, die Trauer kehre niemals bei dir ein,*
> *Und möge deinem Herrn das Glück nie untreu sein!*
> *Ein herrlich Haus sei du allzeit für jeden Gast,*
> *Wird auch dem Gaste sonst die Stätte oft zur Last!*

Die junge Dame stieg ab, trat in das Haus ein und hieß mich auf der Bank am Tore sitzen, bis der Geldwechsler käme. So blieb ich denn eine Weile an der Haustür sitzen. Da kam plötzlich ein Mädchen zu mir heraus und sprach zu mir: ,Mein Gebieter, tritt in die Vorhalle ein; denn an der Tür zu sitzen ist deiner unwürdig.' Ich trat nun in die Vorhalle ein und setzte mich dort auf die Bank; doch wie ich so dasaß, kam wieder ein Mädchen zu mir heraus und sprach zu mir: ,Mein Gebieter, meine Herrin läßt dir sagen, du möchtest eintreten und dich an die Tür des Saales setzen, damit du dort dein Geld in Empfang nehmest.' Ich stand also auf und ging weiter ins Haus hinein. Aber kaum hatte ich einen Augenblick gesessen, als ich plötzlich einen goldenen Stuhl vor mir sah, über dem oben ein seidener Vorhang schwebte. Jener Vorhang wurde nun gerade hochgezogen und unter ihm erschien, auf dem Stuhle sitzend, jene Dame, die von mir das Halsband gekauft hatte; ihr Antlitz erstrahlte wie die runde Mondscheibe, und sie trug die Juwelenkette um ihren Hals. Und wie ich die Dame dort in ihrer überwältigenden Schönheit und Anmut sah, ward mir der Verstand geraubt, und meine Sinne waren wie betäubt. Als sie mich erblickte, erhob sie sich von dem Stuhle, eilte mir entgegen und sprach zu mir: ,O du mein Augenlicht, ist denn jeder Schöne so erbarmungslos gegen seine Geliebte wie du?' Ich erwiderte: ,Hohe Herrin, alle Schönheit ward dir zuerteilt und doch ist sie nur ein Teil von dem, was in dir weilt!' ,O Juwelier,' fuhr sie fort, ,wisse, ich liebe dich, und ich kann es noch gar nicht fassen, daß ich dich wirklich zu mir gebracht habe!' Darauf neigte sie sich zu mir, und ich küßte sie; und sie küßte mich und zog mich an sich und riß mich an ihre Brust.' – –«

Da bemerkte Schehrezâd, daß der Morgen begann, und sie hielt in der verstatteten Rede an. Doch als die *Zweihundertundeinundneunzigste Nacht* anbrach, fuhr sie also fort: »Es ist mir berichtet worden, o glücklicher König, daß der Juwelier weiter erzählte: ,Darauf neigte sie sich mir zu und küßte mich und zog mich an sich und riß mich an ihre Brust. Nun erkannte sie an meinem Zustande, daß es mich nach der Liebesgemeinschaft mit ihr verlangte. Doch sie sprach zu mir: ,Mein Gebieter, willst du mir in unerlaubter Weise nahen? Bei Allah, der soll nicht leben, der eine solche Sünde begeht und dessen Sinn nach unsauberen Reden steht! Ich bin ein jungfräuliches Mädchen, dem noch niemand genaht ist, und ich bin in der Stadt nicht unbekannt. Weißt du, wer ich bin?' ‚Nein, bei Allah, hohe Herrin!' antwortete ich. Dann fuhr sie fort: ‚Ich bin die Herrin Dunja, die Tochter des Barmekiden Jahja ibn Châlid, und mein Bruder ist Dscha'far, der Wesir des Kalifen.' Als ich dies Wort aus ihrem Munde vernahm, wich ich von ihr zurück, und ich sprach: ‚Hohe Herrin, es ist nicht meine Schuld, wenn ich so stürmisch zu dir war. Du selbst hast in mir den Wunsch erweckt, mich dir zu nahen, indem du mir Einlaß bei dir gewährtest.' Da sagte sie: ‚Sei ohne Furcht! Du wirst sicher dein Ziel erreichen auf dem Wege, der Allah wohlgefällig ist. Wisse, ich bin meine eigene Herrin, und der Kadi waltet über meinen Ehevertrag. Ja, es ist mein Wunsch, nimm du mich zum Weibe dein, und du sollst mir ein Gatte sein!' Dann berief sie den Kadi und die Zeugen zu sich und rüstete alles emsiglich; als sie kamen, sprach sie zu ihnen: ‚Mohammed 'Alî ibn 'Alî, der Juwelier, begehrt mich zur Gemahlin, und er hat mir dies Halsband als Morgengabe dargebracht; ich nehme an und willige ein.' Darauf schrieben sie die Urkunde über unsere Ehe, und ich ward ihr Gemahl. Dann rief sie nach dem Gerät für den Wein, und die Becher kreisten im trauten Verein und im schönsten Zusammensein. Und als der Wein uns die Wangen rötete, befahl sie einer Sklavin, einer Lautenschlägerin, ein Lied vorzusingen; die nahm die Laute zur Hand, hub an zu singen und ließ dies Lied erklingen:

> *Er kam: ein Reh, ein Zweig, ein Mond erschien dem Auge.*
> *Verwünscht ein Herz, das nicht bei Nacht an ihn nur denkt,*
> *Den Schönen! Durch sein Antlitz wollt' Gott die Qualen heilen;*

> *Da ward das arme Herze von neuer Qual getränkt.*
> *Ich täusche meine Tadler, wenn sie von ihm erzählen.*
> *Ich stelle mich, als ob ich von ihm nicht hören will.*
> *Ich lausche auf, wenn sie von einem andren sprechen;*
> *Und dennoch – ich vergehe, gedenk ich seiner still!*
> *Er ist Prophet der Anmut; an ihm ist alles Wunder*
> *Der Schönheit; doch das größte Kleinod ist sein Gesicht.*
> *Das Mal auf seiner Wange ruft wie Bilâl[1] zum Beten;*
> *Vom Glanze seiner Stirn schaut es das Frührotlicht.*
> *Die Tadler wollen töricht, daß ich vergessen soll.*
> *Ich will kein Ketzer werden, seit ich des Glaubens voll.*

So erfreute uns die Sklavin durch Saitenklang und durch die zarten Weisen, die sie sang. Und dann sangen alle Sklavinnen, eine nach der anderen, und trugen Verse vor, bis ihrer zehn an die Reihe gekommen waren. Schließlich griff auch die Herrin Dunja zur Laute, hub an zu singen und ließ dies Lied erklingen:

> *Ich schwör bei deines zarten Leibes stolzem Gange:*
> *In mir ist durch dein Scheiden des Feuers Glut entfacht.*
> *Hab Mitleid mit dem Herzen, das heiße Liebe quälet,*
> *O du, ein Mond der Fülle im Dunkel schwarzer Nacht!*
> *Gewähr mir deine Gunst; denn sieh, ich singe immer*
> *Von deiner Schönheit nur, bei heller Becher Licht*
> *Und zwischen Rosen, deren bunte Farben leuchten*
> *Und deren Schönheit sich um Myrtenkränze flicht.*

Doch als sie ihr Lied beendet hatte, nahm ich die Laute aus ihren Händen, ließ ein eigenartiges Vorspiel erklingen und hub an diese Verse zu singen:

> *Preis sei dem Herrn, der alle Schönheit dir verliehen,*
> *So daß auch ich nun einer deiner Knechte bin!*
> *O du, die mit dem Blicke die Menschen alle fesselt,*
> *Erfleh, daß ich dem Pfeile, mit dem du triffst, entrinn!*
> *Zwei Gegensätze, Wasser und lodernd helles Feuer,*
> *Sind wunderbar vereinigt auf den Wangen dein.*

1. Der erste Gebetsrufer des Islams.

Du bist in meinem Herzen die Hölle und der Himmel;
Wie bitter und wie süß bist du dem Herzen mein!

Als sie dies Lied aus meinem Munde vernommen hatte, war sie hocherfreut. Dann entließ sie die Sklavinnen, und wir begaben uns in einen Raum, an Schönheit wunderbar, in dem uns ein herrliches Lager bereitet war; sie begann ihre Gewänder abzulegen, und ich durfte mit ihr der Heimlichkeit der Liebenden pflegen. Da fand ich die Maid an Ehren reich, einer undurchbohrten Perle und einem ungebrochenen Füllen gleich. Und ich hatte meine Freude an ihr, ja, nie in meinem Leben habe ich eine schönere Nacht als jene verbracht.' – –«

Da bemerkte Schehrezâd, daß der Morgen begann, und sie hielt in der verstatteten Rede an. Doch als die *Zweihundertundzweiundneunzigste Nacht* anbrach, fuhr sie also fort: »Es ist mir berichtet worden, o glücklicher König, daß Mohammed ibn 'Alî, der Juwelier, weiter erzählte: ‚Als ich zu der Herrin Dunja, der Tochter des Barmekiden Jahja ibn Châlid, einging, fand ich die Maid an Ehren reich, einer undurchbohrten Perle und einem ungebrochenen Füllen gleich, und da sprach ich diese beiden Verse:

Mein Arm umschloß ihren Hals wie der Ring die Ringeltaube;
Und meine Hand erhob den Schleier vor ihrem Gesicht.
Dies war das höchste Glück; und wir umarmten einander
Ohn Unterlaß und sehnten uns nach dem Ende nicht.

Dann blieb ich einen ganzen Monat bei ihr, während dessen ich Laden und Sippe und Heim ganz im Stiche ließ. Da sprach sie eines Tages zu mir: ‚Mein Augenlicht, mein Gebieter Mohammed, ich habe beschlossen, heute ins Badehaus zu gehen. Bleib du auf diesem Lager hier und rühr dich nicht von deiner Stätte, bis ich zu dir zurückkehre!' Und sie bat mich, ihr das zu beschwören. ‚Ich höre und gehorche!' erwiderte ich. So nahm sie mir denn den Eid ab, daß ich mich nicht von meinem Platze rühren wolle; dann ging sie mit ihren Sklavinnen ins Badehaus. Doch bei Allah, meine Brüder, sie konnte noch nicht das Ende der Straße erreicht haben, da tat sich schon die Tür auf, und eine Alte trat herein mit den Worten: ‚Mein Herr Mohammed, die Herrin Zubaida läßt dich rufen; denn sie hat von deiner Bildung, deinem feinen Wesen und deiner Sangeskunst gehört.' Darauf gab ich ihr zur Antwort: ‚Bei Allah, ich werde nicht von meinem Platze aufstehen, bis die Herrin Dunja wiederkommt.' ‚Lieber Herr,' fuhr die Alte fort, ‚mach die Herrin Zubaida nicht böse, so daß sie deine Feindin wird! Nein, erhebe dich, folge ihrem Rufe und kehre dann zu deinem Platze zurück!' Da erhob ich mich sofort und machte mich auf den Weg zu ihr, während die Alte vor mir her ging, bis sie mich zu der Herrin Zubaida geführt hatte. Als ich dann vor der Herrin stand, fragte sie mich: ‚Mein Augenlicht, bist du der Herzliebste der Herrin Dunja?' ‚Ich bin es, dein Mamluk und dein Knecht', antwortete ich. Dann fuhr sie fort: ‚Der hat wahr gesprochen, der von dir gesagt hat, du besäßest Schönheit und Lieblichkeit, feine Bildung und Vollkommenheit; ja, du übertriffst jedes lobende Wort, das man dir weiht. Doch nun singe mir vor, auf daß ich dich höre!' ‚Ich höre und gehorche!' gab ich zur Antwort. Darauf ließ sie mir eine Laute bringen, und ich sang zu ihrem Klange diese Verse:

> *Des Liebenden Herz verzehrt sich in Sehnsucht nach der Geliebten,*
> *Und durch die bitteren Leiden schwindet sein Leib dahin.*
> *Sind die Kamele gehalftert, so weilt bei den reisigen Scharen*
> *Immer der Liebende auch, ist die Geliebte darin.*
> *Ich stelle in Allahs Hut einen Mond bei eueren Zelten;*
> *Ihn liebt mein Herz, wenn er auch ferne den Augen blieb.*
> *Bald ist sie gut, bald zornig; wie süß ist ihr Getändel!*
> *Ja, alles, was mein Lieb mir tut, das ist auch lieb.*

Als ich das Lied zu Ende gesungen hatte, sprach sie zu mir: ‚Allah erhalte deinen Leib gesund und deine Stimme lieblich! Du bist wahrlich vollendet in Schönheit und feiner Bildung und im Gesang. Doch jetzt mache dich auf und geh an deinen Platz, ehe die Herrin Dunja zurückkehrt; denn wenn sie dich nicht findet, so wird sie dir zürnen!' Da küßte ich den Boden vor ihr und ging fort, von der Alten geführt, bis ich wieder zu der Tür kam, durch die ich hinausgegangen war. Doch als ich hineingetreten und zu dem Ruhelager gekommen war, sah ich, daß die Herrin Dunja schon aus dem Bade zurückgekehrt war und nun auf dem Lager schlief. Ich setzte mich zu ihren Füßen hin und knetete sie ihr; da schlug sie die Augen auf, doch als sie mich erblickte, zog sie ihre Füße an sich und gab mir dann einen Tritt, so daß ich vom Lager herunterfiel, und dabei rief sie: ‚Du Treuloser, du hast deinen Eid gebrochen und bist meineidig geworden. Du hattest mir versprochen, du wolltest dich nicht von deinem Platze rühren; aber du hast dein Versprechen nicht gehalten und bist zu der Herrin Zubaida gegangen. Bei Allah, fürchtete ich nicht das Gerede, so risse ich ihr Schloß über ihrem Haupte nieder!' Darauf befahl sie ihrem Sklaven: ‚Sawâb, auf, schlag diesem treulosen Verräter den Kopf ab! Wir brauchen ihn nicht mehr.' Der Sklave trat zu mir, riß einen Streifen vom Saume seines Gewandes, verband mir die Augen damit und wollte mir den Kopf abschlagen.' – –«

Da bemerkte Schehrezâd, daß der Morgen begann, und sie hielt in der verstatteten Rede an. Doch als die *Zweihundertunddreiundneunzigste Nacht* anbrach, fuhr sie also fort: »Es ist mir berichtet worden, o glücklicher König, daß Mohammed, der Juwelier, weiter erzählte: ‚Der Sklave trat zu mir, riß einen Streifen vom Saume seines Gewandes, verband mir die Augen damit und wollte mir den Kopf abschlagen. Aber da kamen ihre Sklavinnen zu ihr, groß und klein, und sprachen zu ihr: ‚O Herrin, dies ist nicht der erste, der gefehlt hat! Er kannte deine Sinnesart nicht, und er hat doch kein Vergehen auf sich geladen, das den Tod verdient.' Nun sagte sie: ‚Bei Allah, ich muß ihn brandmarken.' Darauf gab sie Befehl, man solle mich peitschen; und die Sklaven schlugen mich auf die Rippen. Was ihr gesehen habt, das sind die Spuren jener Peitschenhiebe. Dann gab sie Befehl, man solle mich hinausschaffen; und die Sklaven schleppten mich hinaus bis zu einer Stelle weit vom Schlosse, und dort warfen sie mich nieder. Ich erhob mich mühsam und ging ganz langsam weiter, bis ich zu meinem Hause gelangte. Dann ließ ich einen Wundarzt kommen und zeigte ihm, wie ich geschlagen war; der Mann behandelte mich mit freundlicher Sorgfalt und tat sein Bestes, um mich zu heilen. Nachdem ich aber genesen und ins Bad gegangen war und nun mein schmerzhaftes Leiden vergangen war, begab ich mich zu meinem Laden, nahm alles, was darinnen war, und verkaufte es. Mit dem ganzen Erlös erwarb ich zunächst vierhundert Mamluken, wie sie noch kein König je zusammengebracht hat, und zweihundert von ihnen mußten jeden Tag mit mir ausreiten. Ferner ließ ich mir jenes Boot bauen, auf das ich fünfhundert Goldstücke verwendet habe, und ich nannte mich fortan den Kalifen und gab einem jeden von den Dienern, die ich hatte, je ein Amt von den Würdenträgern des Kalifen und kleidete ihn in seine Amtstracht. Dann ließ ich verkünden: ‚Allen, die sich zu einer Lustfahrt auf den Tigris wagen, laß ich sofort den Kopf abschlagen!' So habe ich nun schon ein ganzes Jahr getan; aber von ihr habe ich noch nie wieder eine Kunde vernommen, noch bin ich auf eine Spur von ihr gekommen.' Dann begann er zu weinen und in Tränen auszubrechen, und er hub an diese Verse zu sprechen:

> *Bei Gott, in all der Zeit kann ich sie nicht vergessen;*
> *Ich nahe mich auch keinem, der sie nicht nahe bringt.*
> *Es ist, als sei sie nach des Vollmonds Bild erschaffen,*
> *Daß ihrem Herrn und Schöpfer Lob und Preis erklingt.*
> *Sie raubte mir den Schlaf, sie brachte Qual und Leid;*
> *Mein Herze staunt verwirrt ob ihrer Wesenheit.'* –

Als Harûn er-Raschîd die Geschichte des jungen Mannes vernommen, und als ihm dessen glühende Leidenschaft und sehnsuchtsvolle Liebe zum Bewußtsein gekommen, da senkte sich tiefer Gram auf ihn, und Erstaunen verwirrte ihn, und er sprach: ‚Preis sei Allah, der für jedes Ding eine Ursache geschaffen hat!' Darauf baten sie den jungen Mann um Erlaubnis fortzugehen; er gewährte sie ihnen, und er-Raschîd begann darüber nachzudenken, ihm sein Recht zu verschaffen und ihn aufs reichlichste zu beschenken. Sie verließen ihn und gingen hinaus auf dem Wege zu des Kalifen fürstlichem Haus. Nachdem sie sich dort niedergesetzt, die Kleider, die sie trugen, abgelegt und ihre Staatsgewänder angelegt hatten, und als dann Masrûr, der Träger des Schwertes der Rache, wieder vor ihnen stand, da sprach der Kalif zu Dscha'far: ‚Wesir, laß den jungen Mann zu mir kommen!' – –«

Da bemerkte Schehrezâd, daß der Morgen begann, und sie hielt in der verstatteten Rede an. Doch als die *Zweihundertundvierundneunzigste Nacht* anbrach, fuhr sie also fort: »Es ist mir berichtet worden, o glücklicher König, daß der Kalif zum Wesir sprach: ‚Laß den jungen Mann zu mir kommen, bei dem wir in der vergangenen Nacht gewesen sind!' ‚Ich höre und gehorche!' erwiderte Dscha'far und ging alsbald zu ihm hin, sprach den Gruß und sagte dann: ‚Folge dem Rufe des

Beherrschers der Gläubigen, des Kalifen Harûn er-Raschîd!'
Jener ging mit ihm zum Palast, von Angst wegen dieses Befehles erfaßt, und als er zum Kalifen eingetreten war, küßte er den Boden vor ihm und flehte zu Allah, er möge ihm lange Dauer der Macht und viel Glück bescheren und ihm die Erfüllung aller Wünsche gewähren; er betete für Erhaltung der Gnaden und für den Untergang von Unheil und Schaden, indem er seine Worte aufs beste fügte und mit den Worten schloß: ‚Heil dir, der du der Beherrscher der Gläubigen bist, und dessen Schutze das Volk des Glaubens anvertraut ist!'
Dann sprach er noch diese beiden Verse:

Dein Tor sei allezeit ein heil'ger Wallfahrtsort,
Und seine Erde schmücke die Stirnen immerfort;
Dann wird der Ruf erschallen in einem jeden Land:
Dies ist die Stätte, du bist Abraham genannt.[1]

Da lächelte der Kalif ihm zu, gab ihm den Gruß zurück und schaute auf ihn mit huldvollem Blick; dann rief er ihn näher zu sich heran und wies ihm einen Platz zu seinen Füßen an, und nun sprach er zu ihm: ‚Mohammed 'Alî, ich wünsche, daß du mir erzählest, was dir heute nacht widerfahren ist; denn das ist wunderbar und seltsam gar.' Der junge Mann erwiderte: ‚Verzeih, o Beherrscher der Gläubigen, gewähre mir das Tuch der Sicherheit, damit meine Furcht sich lege und mein Herz sich beruhige!' Als der Kalif darauf sagte: ‚Ich gewähre dir Sicherheit vor Furcht und Leid', erzählte der junge Mann alles, was ihm begegnet war, von Anfang bis zu Ende. Und da der Kalif ja wußte, daß jener Jüngling ein Liebender war, der fern von seiner Geliebten weilen mußte, so fragte er ihn: ‚Willst

---

1. Der Wallfahrtsort ist die Kaaba in Mekka; bei ihr befindet sich die ‚Stätte Abrahams', ein kleiner Bau über dem Stein, auf dem Abraham gestanden haben soll, als er die Kaaba erbaute.

du, daß ich sie dir wiedergebe?' ‚Das wäre eine hohe Huld vom Beherrscher der Gläubigen', antwortete der Jüngling und sprach diese beiden Verse:

> *Die Finger küsse ihm, die keine Finger sind,*
> *Vielmehr die Schlüssel sind für unser täglich Brot!*
> *Für seine Gnaden danke, die keine Gnaden sind,*
> *Vielmehr ein Halsband sind für ihn, dem er sie bot!*

Da wandte der Kalif sich zum Wesir und sprach zu ihm: ‚Dscha'far, bring mir deine Schwester, die Herrin Dunja, die Tochter des Wesirs Jahja ibn Châlid!' ‚Ich höre und gehorche, o Beherrscher der Gläubigen!' antwortete der Minister und führte seine Schwester sofort herbei. Als sie dann vor den Kalifen trat, sprach er zu ihr: ‚Weißt du, wer der da ist?' ‚O Beherrscher der Gläubigen,' erwiderte sie, ‚wie können die Frauen Kunde von den Männern haben?' Da lächelte der Kalif und fuhr fort: ‚Dunja, das ist ja dein Lieb, Mohammed 'Alî, der Sohn des Juweliers! Wir haben alles erfahren, wir haben die Geschichte von Anfang bis zu Ende gehört, wir haben ihren äußeren Verlauf und ihren inneren Sinn kennen gelernt. Jetzt ist die Sache nicht mehr verborgen, obgleich sie geheim gehalten wurde.' Da gab sie zur Antwort: ‚O Beherrscher der Gläubigen, also hat es im Schicksalsbuche geschrieben gestanden. Ich flehe zu Allah dem Allmächtigen um Vergebung für das, was ich getan habe, und ich bitte dich, du wollest mir zu verzeihen geruhen.' Nun lächelte der Kalif Harûn er-Raschîd, ließ den Kadi und die Zeugen kommen und erneuerte die Urkunde der Ehe zwischen ihr und ihrem Gemahl Mohammed 'Alî, dem Sohne des Juweliers; das geschah ihnen beiden zu Glück und Freude, den Neidern aber zu bitterem Leide. Und er machte den Juwelier auch zu einem seiner Tischgenossen. So lebten sie immerdar in Glückseligkeit, in Wonne und in

Fröhlichkeit, bis Der zu ihnen kam, der die Freuden schweigen heißt und der die Freundesbande zerreißt.

Ferner wird erzählt

DIE GESCHICHTE VON 'ALÎ DEM PERSER

Eines Nachts konnte der Kalif Harûn er-Raschîd keine Ruhe finden; da ließ er seinen Wesir kommen, und als der vor ihm stand, sprach er zu ihm: ‚Dscha'far, ich bin heute nacht von großer Unruhe geplagt, und meine Brust ist mir beklommen. Darum wünsche ich von dir etwas, das mein Herz erfreut und meine Brust von der Beklemmung befreit.' ‚O Beherrscher der Gläubigen,' gab Dscha'far zur Antwort, ‚ich habe einen Freund, der heißt 'Alî der Perser, der weiß Geschichten und lustige Erzählungen, die den Geist in das Reich der Freude tragen und aus dem Herzen die Sorge verjagen.' Da sprach der Kalif: ‚Hol ihn mir her!' ‚Ich höre und gehorche!' erwiderte Dscha'far und verließ den Kalifen, um den Perser zu suchen. Er sandte nach ihm, und als der zu ihm kam, sagte er zu ihm: ‚Folge dem Rufe des Beherrschers der Gläubigen!' ‚Ich höre und gehorche!' antwortete der Perser. – –«

Da bemerkte Schehrezâd, daß der Morgen begann, und sie hielt in der verstatteten Rede an. Doch als die *Zweihundertundfünfundneunzigste Nacht* anbrach, fuhr sie also fort: »Es ist mir berichtet worden, o glücklicher König, daß der Perser antwortete: ‚Ich höre und gehorche!' Dann begab er sich mit dem Wesir zum Kalifen, und als er vor dem Herrscher stand, gab er ihm ein Zeichen, daß er sich setzen solle. Da setzte er sich nieder, und nun sprach der Kalif zu ihm: ‚'Alî, mir ist heute nacht die Brust beklommen. Und da ich von dir gehört habe, daß du Geschichten und Erzählungen kennst, so möchte ich von dir etwas hören, was meine Sorgen verscheucht und meinen Sinn erheitert.' ‚O Beherrscher der Gläubigen,' fragte der Perser, ‚soll ich dir etwas erzählen, das ich mit meinem Auge gesehen habe, oder etwas, das ich mit meinem Ohre gehört habe?' ‚Wenn du etwas erlebt hast, so erzähle es!' sprach der Kalif. Da sagte der Perser: ‚Ich höre und gehorche!' und erzählte:

‚Vernimm, o Beherrscher der Gläubigen, ich reiste einmal in einem der Jahre von dieser meiner Heimatstadt, der Stadt Baghdad, fort; und ich hatte einen Burschen bei mir, der einen hübschen Reisesack trug. Wir kamen unterwegs in eine Stadt, und während ich dort verkaufte und einkaufte, fiel plötzlich ein Kerl über mich her, ein gewalttätiger und frecher Kurde, und nahm mir den Sack weg. Dabei schrie er: ‚Dies ist mein Sack, und alles, was darin ist, gehört mir!' Ich aber rief: ‚Ihr muslimischen Mannen, rettet mich aus der Hand des gemeinsten aller Tyrannen!' Aber die Leute sprachen allesamt: ‚Geht zum Kadi, ihr beiden; bei seinem Spruche müßt ihr euch bescheiden!' Also gingen wir zum Kadi hin; und ich war schon mit seinem Spruche zufrieden in meinem Sinn. Als wir uns dann bei ihm befanden und vor ihm standen, sprach der Kadi: ‚Weswegen kommt ihr, und was für einen Streitfall habt ihr?' Ich antwortete: ‚Wir sind im Streit; wir rufen deine Gerichtsbarkeit an und fügen uns deinem Spruche dann.' Als der Kadi weiter fragte: ‚Wer von euch beiden ist der Kläger?' trat der Kurde vor und sprach: ‚Allah stärke unsern Herrn, den Kadi! Dieser Sack da ist mein Sack, und alles, was in ihm ist, gehört mir! Ich hatte ihn verloren, und da fand ich ihn bei diesem Kerl wieder.' Nun fragte der Kadi: ‚Wann hast du ihn verloren?' Der Kurde antwortete: ‚Erst gestern, und ich habe die Nacht wegen seines Verlustes ohne Schlaf verbracht!' Da fuhr der Kadi fort: ‚Wenn du ihn wiedererkennst, so beschreib mir, was darin ist!' Und der Kurde hub an: ‚In diesem meinem Sacke sind silberne Schminkstifte zwei, und Augenschminke ist auch dabei; ein Tuch für die Hände weiterhin, zwei goldene Becher und einen Leuchter barg ich darin; er enthält ferner der Zelte zwei, der Schüsseln zwei, der Löffel zwei, ein Kissen und lederner Decken zwei, der Kannen zwei, eine Schale und der Becken zwei, einen Kessel und der Krüge zwei, einen Schöpflöffel, eine Sacknadel und der Vorratsbeutel zwei, eine Katze und der Hündinnen zwei, ein Speisenapf und der Sitzpolster zwei, eine Jacke und der Pelzmäntel zwei, eine Kuh und der Kälber zwei, eine Ziege und zwei Zicklein, ein Mutterschaf und zwei Lämmlein, von grünen Prunkzelten zwei, einen Kamelhengst und der Kamelinnen zwei, eine Büffelkuh und der Stiere zwei, eine Löwin und der Löwen zwei, eine Bärin und der Füchse zwei, einen Thronsessel und der Ruhelager zwei, ein Schloß und der Säle zwei, eine Säulenhalle und der Wohnzimmer zwei, eine Küche mit der Türen zwei, und eine Kurdenschar, die mir bezeugen kann, daß dieser Sack mir gehört.' Darauf sprach der Kadi zu mir: ‚Was sagst du dazu, du Bursche da?' Ich trat vor, o Beherrscher der Gläubigen, und ganz verwirrt durch die Worte des Kurden, erwiderte ich: ‚Allah gebe unserm Herrn, dem Kadi, hohes Ansehen! In diesem meinem Sacke ist nur ein zerfallenes Häuslein und ein anderes ohne Türlein, ein Stall für die Hündlein und dazu eine Schule für die Kindlein, auch Jünglinge, die sich am Würfelspiel erquicken, ferner Zelte samt den Stricken, die Städte Basra und Baghdad und das Schloß von Schaddâd ibn 'Âd[1], ein Schmiedeofen und Stöcke, ein Fischernetz und Pflöcke, Knaben und Mägdelein und – tausend Lumpe oben-

1. Vgl. Band I, Seite 78, Anmerkung, und Band III, Seiten 110 bis 115.

drein, die bezeugen, daß der Sack mir gehört.' Als der Kurde diese Worte aus meinem Munde vernahm, hub er an zu weinen und zu schluchzen und sprach: ,Ach, unser Herr und Kadi, dieser mein Sack ist bekannt, und sein Inhalt wird überall genannt. In diesem meinem Sacke da sind Burgen und Schlösser, Kraniche und Leuen, sowie Männer, die sich am Schach und Brettchenspiel erfreuen; in diesem meinem Sacke da sind eine Stute und der Füllen zwei, ein Hengst und der Vollblutrosse zwei, und noch zwei lange Lanzen dabei; er enthält auch einen Löwen und der Hasen zwei, eine Stadt und der Dörfer zwei, eine Dirne und schlauer Kuppler zwei, einen Kinäden und der Lustknaben zwei, einen Blinden und schwachsichtiger Leute zwei, einen Lahmen und der Krüppel zwei, einen Presbyter und der Diakonen zwei, einen Patriarchen und der Mönche zwei, einen Kadi und zwei Zeugen dabei, die bezeugen, daß der Sack mir gehört.' Darauf sprach der Kadi zu mir: ,Was sagst du nun, 'Alî?' Ich war von Wut erfüllt, o Beherrscher der Gläubigen, und ich trat an ihn heran und sprach: ,Allah stärke unsern Herrn, den Kadi!' – –«

Da bemerkte Schehrezâd, daß der Morgen begann, und sie hielt in der verstatteten Rede an. Doch als die *Zweihundertundsechsundneunzigste Nacht* anbrach, fuhr sie also fort: »Es ist mir berichtet worden, o glücklicher König, daß der Perser weiter erzählte: ,Ich war von Wut erfüllt, o Beherrscher der Gläubigen, und ich trat an ihn heran und sprach: ,Allah stärke unsern Herrn, den Kadi! In diesem meinem Sacke befinden sich ein Panzer und Schwerter und Kammern, mit Waffen angefüllt, sowie tausend Widder, im Stoßen wild; ferner Schafe in ihren Ställen, und tausend Hunde, die laut bellen; Gärten, Weinberge, Blumen und Kräuter von Duft so zart, Feigen und Äpfelbäume gepaart; Bildwerke und Malerein, Flaschen und

Becher im Verein; schöne Sklavinnen, Sängerinnen und Hochzeitsfeste, lärmende und schreiende Gäste; weite, ausgedehnte Lande, Glücksritter und eine Räuberbande, das sind Männer mit Schwertern und Spießen, die auch mit Pfeilen und Bogen schießen; liebe Freunde und traute Gesellen, Strafgefangene und Genossen, die sich zum Umtrunk einstellen; eine Mandoline, Flöten, Fahnen und Standarten, Knaben, Mädchen und Bräute, die auf ihre Entschleierung warten; Sklavinnen als Sängerinnen, und zwar fünf Abessinierinnen, drei Inderinnen, vier Mädchen aus Medina und zwanzig Griechinnen, fünfzig Türkinnen, siebenzig Perserinnen, achtzig Kurdinnen und neunzig Georgierinnen; Tigris und Euphrat zumal, ein Fischernetz, Feuerstein und Feuerstahl, Iram die Säulenstadt, Lustknaben und Kuppler, tausend an der Zahl; Moscheen, Bäder, Rennplätze und Ställe, ein Baumeister und ein Schreinergeselle; Holz und ein Nagel dabei, ein schwarzer Sklave mit einer Schalmei; ein Hauptmann, ein Stallmeister, Städte und Metropolen gar, hunderttausend Dinare, Kufa und el-Anbâr; zwanzig Kisten, von Stoffen voll bis zum Rand, zwanzig Magazine mit Proviant; Gaza, Askalon und das Land von Damiette bis Asuân, der Palast des Perserkönigs Anuscharwân, das Reich des Sulaimân und das Gebiet vom Wadi Nu'mân bis zum Lande Chorasân, Balch und Ispahân, ja, alle Reiche von Indien bis zum Sudân. Ferner sind darin – möge Allah ein langes Leben unserm Herrn Kadi geben! – Unterkleider und Turbantuche und tausend scharfe Messer, um den Bart des Kadis abzuschneiden, sollte er meinen Groll nicht fürchten und nicht entscheiden, daß der Sack mir gehört!' Als der Kadi all diese Worte vernommen hatte, ward er durch sie ganz verwirrt, und er sprach: ‚Ich sehe, ihr seid nichts anderes als zwei gemeine Kunden oder zwei von den Manichäerhunden, ihr treibt euer Spiel mit dem Kadi und den Herren vom Gericht, und ihr fürchtet euch vor der Strafe nicht. Denn etwas Absonderliches ist das, was ihr da sagt, hat nie eine Zunge zu erzählen gewagt, noch ist dergleichen je einem zu Ohren gekommen, und niemand hat solche Worte je in den Mund genommen. Bei Allah, von China bis zum Baume der Umm Ghailân, vom Perserlande bis zum Sudân und vom Wadi Nu'mân bis zum Lande Chorasân hat man nie gehört, was ihr da sagt, noch je geglaubt, was ihr zu behaupten wagt. Ist denn dieser Sack ein Meer, das keinen Boden zu haben scheint, oder der Auferstehungstag, der die Frommen und die Bösen vereint?' Darauf gab der Kadi Befehl, den Sack zu öffnen; ich öffnete ihn, und siehe da, man fand, daß sein Inhalt aus Brot, Zitronen, Käse und Oliven bestand. Dann warf ich den Sack dem Kurden vor die Füße und ging meiner Wege.'

Als der Kalif diese Geschichte von dem Perser 'Alî gehört hatte, fiel er vor Lachen auf den Rücken und machte ihm ein schönes Geschenk.

Ferner wird erzählt

DIE GESCHICHTE VON HARÛN ER-RASCHÎD, DER SKLAVIN UND DEM KADI ABU JÛSUF

Eines Nachts war Dscha'far, der Barmekide, zusammen mit er-Raschîd beim Zechen. Da sagte der Kalif: ‚Dscha'far, es ist mir berichtet worden, daß du die Sklavin namens Soundso gekauft hast. Nach der steht schon lange mein Sinn; denn sie ist an Schönheit vollkommen, und mein Herz ist von der Liebe zu ihr eingenommen. Also verkauf sie mir!' Aber jener gab zur Antwort: ‚Ich verkaufe sie nicht, o Beherrscher der Gläubigen.' ‚Dann schenk sie mir!' fuhr der Kalif fort. Darauf

Dscha'far: ‚Ich verschenke sie auch nicht.' Nun schwor er-Raschîd: ‚Ich will dreimal von Zubaida geschieden sein, wenn du sie mir nicht verkaufst oder schenkst!' Doch auch Dscha'far schwor: ‚Ich will dreimal von meinem Weibe geschieden sein, wenn ich sie dir verkaufe oder schenke!' Als sie darauf aus ihrem Rausche wieder zu klarem Verstande kamen, erkannten sie beide, daß sie in eine schlimme Lage geraten waren, und sie konnten aus ihr keinen Ausweg finden. Da sagte er-Raschîd: ‚In solcher Not kann nur Abu Jûsuf helfen.' Drum sandten sie nach ihm; es war aber um die Mitternacht, und als der Bote ankam, sprang der Kadi erschrocken auf, indem er sich sagte: ‚Man ließe mich nicht um diese Zeit kommen, wenn es sich nicht um einen schwierigen Fall handelte, der den Islam betrifft.' Dann ging er eilends hinaus und bestieg seine Mauleselin; dabei sagte er zu seinem Burschen: ‚Nimm den Futtersack für das Maultier mit; es hat sich vielleicht noch nicht satt gefressen! Und wenn wir im Kalifenpalaste sind, so leg ihm den Sack wieder um den Hals, damit es den Rest seines Futters auffressen kann, bis ich wieder herauskomme, das heißt, wenn es wirklich heute nacht noch nicht all sein Futter gefressen hat.' ‚Ich höre und gehorche!' erwiderte der Bursche. Als nun der Kadi zu er-Raschîd eintrat, erhob dieser sich vor ihm und ließ ihn neben sich auf seinem Lager sitzen, wo er sonst nie einem anderen zu sitzen erlaubte; dann sprach er zu ihm: ‚Wir haben dich nur deshalb um diese Zeit kommen lassen, weil es sich um eine wichtige Sache handelt. Sie liegt so und so; und wir können keinen Ausweg finden.' ‚O Beherrscher der Gläubigen,' erwiderte der Kadi, ‚die Sache ist so einfach, wie sie nur sein kann.' Dann fuhr er fort: ‚Dscha'far, verkauf dem Beherrscher der Gläubigen ihre eine Hälfte und schenk ihm die andere Hälfte; dann seid ihr beide eures Eides ledig!' Darüber war der Kalif erfreut, und die beiden handelten nach dem Rate des Abu Jûsuf. Dann rief er-Raschîd: ,Bringt mir die Sklavin sofort hierher!' – –«

Da bemerkte Schehrezâd, daß der Morgen begann, und sie hielt in der verstatteten Rede an. Doch als die *Zweihundertundsiebenundneunzigste Nacht* anbrach, fuhr sie also fort: »Es ist mir berichtet worden, o glücklicher König, daß der Kalif Harûn er-Raschîd rief: ,Bringt mir die Sklavin sofort hierher! Denn ich sehne mich leidenschaftlich nach ihr.' Als man sie gebracht hatte, sprach er zu dem Kadi Abu Jûsuf: ,Ich möchte sogleich bei ihr ruhen; ich kann es nicht ertragen, mich ihrer zu enthalten, bis die gesetzliche Frist[1] verstrichen ist. Was ist da zu tun?' Abu Jûsuf gab zur Antwort: ,Bringt mir einen von den Mamluken des Beherrschers der Gläubigen, die noch nie freigelassen sind!' Man brachte einen solchen Mamluken. Dann sagte Abu Jûsuf: ,Gestatte mir, sie mit ihm zu vermählen! Darauf soll er sich von ihr scheiden, ehe er zu ihr eingegangen ist, und dann wird es erlaubt sein, sofort bei ihr zu ruhen, ohne die Frist abzuwarten.' Diese Antwort gefiel dem Kalifen noch besser als die erste; und nachdem der Mamluk herbeigebracht war, sagte der Herrscher zu dem Kadi: ,Ich gestatte dir, den Ehebund zu schließen.' Nun sprach der Kadi die Formel der Eheschließung aus, und der Mamluk willigte ein. Alsdann sagte der Kadi zu ihm: ,Scheide dich von ihr; dann erhältst du hundert Dinare!' Aber der Mamluk erwiderte: ,Das tue ich nicht.' Da bot der Kadi ihm immer mehr, während der Sklave sich weigerte, bis er ihm schließlich tausend Dinare zu geben versprach. Nun fragte der Mann den Kadi:

---

1. Wer eine Sklavin erwirbt, muß, ehe er ihr beiwohnt, eine gewisse Frist verstreichen lassen, bis sich herausstellt, ob sie von ihrem früheren Herrn schwanger ist.

‚Steht die Ehescheidung in meiner Hand oder in deiner oder in der des Beherrschers der Gläubigen?' Als der Kadi antwortete: ‚In deiner Hand!' rief der Mamluk: ‚Bei Allah, ich tu es nie und nimmer!' Darüber wurde der Kalif sehr zornig, und er fragte: ‚Was ist zu tun, Abu Jûsuf?' ‚O Beherrscher der Gläubigen,' sprach der Kadi Abu Jûsuf, ‚mach dir keine Sorge; die Sache ist leicht. Gib diesen Mamluken der Sklavin zum Eigentum!' Also sprach der Kalif: ‚Ich gebe ihn ihr zum Eigentum.' Darauf der Kadi zu der Sklavin: ‚Sprich: Ich nehme an!' Sie sprach: ‚Ich nehme an!' und dann fuhr der Kadi fort: ‚Ich spreche die Scheidung aus über die beiden dort; denn er ist ihr Besitz geworden, und also ist die Ehe ungültig!'[1] Da sprang der Beherrscher der Gläubigen auf und rief: ‚Nur ein Mann wie du soll zu meiner Zeit Kadi sein!' Und er ließ Schüsseln voll Gold kommen, leerte sie vor Abu Jûsuf und fragte ihn: ‚Hast du etwas bei dir, in das du das Gold hineintun kannst?' Der Kadi erinnerte sich an den Futtersack des Maultieres und ließ ihn bringen; nachdem der ihm mit Gold angefüllt war, nahm er ihn und ging nach Hause. Am nächsten Morgen sprach er zu seinen Freunden: ‚Es gibt keinen leichteren und kürzeren Weg zum Glauben und zu den Gütern dieser Welt als den Weg der Wissenschaft; denn diese große Menge Goldes habe ich allein für die Beantwortung von zwei oder drei Fragen erhalten.«

* * *

Du aber, wohlgebildeter Leser, betrachte nachdenklich diese anmutige Geschichte; denn sie enthält treffliche Lehren, wie das feine Benehmen des Wesirs gegen er-Raschîd, die Weisheit des Kalifen und die noch größere Weisheit des Kadis – Allah der Erhabene erbarme sich aller ihrer Seelen!

1. Im Islam schließt das Eigentumsrecht die Ehe aus.

Ferner wird erzählt

DIE GESCHICHTE VON CHÂLID IBN 'ABDALLÂH UND DEM LIEBHABER, DER SICH ALS DIEB AUSGAB

Als Châlid ibn 'Abdallâh el-Kasri[1] Emir von Basra war, kam einmal eine Schar von Menschen zu ihm, die einen jungen Mann mit sich schleppte; der war von wunderbarer Lieblichkeit, offensichtlicher Vornehmheit und außerordentlicher Verständigkeit, und er hatte eine schöne Gestalt, sein Gewand duftete, und er trug Ruhe und Würde zur Schau. Die Leute führten ihn vor Châlid, und der fragte sie, was es mit ihm sei. Da riefen sie: ‚Der hier ist ein Dieb; wir haben ihn gestern in unserem Hause ertappt.' Als Châlid ihn anblickte und an seinem schönen und feinen Ansehen Gefallen hatte, sprach er: ‚Lasset ihn los!' Darauf trat er an den jungen Mann heran und fragte ihn, was für eine Bewandtnis es mit ihm habe. Jener antwortete: ‚Die Leute haben recht mit dem, was sie sagen; die Sache verhält sich so, wie sie behaupten.' Weiter fragte Châlid ihn: ‚Was hat dich zu einer solchen Tat veranlaßt, dich, der du von so feinem Aussehen und so schöner Gestalt bist?' Er gab zur Antwort: ‚Mich trieben die Gier nach irdischem Gut und der Ratschluß Allahs, des Gepriesenen und Erhabenen.' Da sagte Châlid: ‚Deine Mutter soll dich verlieren! Waren denn dein schönes Gesicht und deines Verstandes Licht und deiner Erziehung Vollkommenheit nicht einmal dazu bereit, dich vom Diebstahl abzuhalten?' Der junge Mann entgegnete: ‚Sprich nicht davon, o Emir, sondern wende dich zu dem, was Allah der Erhabene befohlen hat! Das ist es, was meiner Hände

---

1. Im Texte el-Kuschairi fehlerhaft für el-Kasrî; er war ein berühmter Statthalter des unteren Zweistromlandes während der Jahre 724–738.

Tun verdient hat, und Allah ist gegen die Menschen nicht ungerecht.' Nun schwieg Châlid eine Weile und dachte über die Sache des Jünglings nach. Dann ließ er ihn näher an sich herankommen und sprach zu ihm: ‚Dein Geständnis vor den Zeugen macht mich verwirrt; denn ich kann es nicht glauben, daß du ein Dieb bist. Vielleicht hast du mir noch etwas anderes zu erzählen als von dem Diebstahl; so berichte mir davon!' ‚O Emir,' erwiderte der junge Mann, ‚laß dir nichts anderes in den Sinn kommen, als was ich soeben vor dir gestanden habe. Ich habe dir keine andere Geschichte zu erzählen, als daß ich in das Haus jener Leute eingebrochen bin und gestohlen habe, so viel mir möglich war; da kamen sie über mich, nahmen mir die Sachen wieder ab und führten mich vor dich.' Darauf gab Châlid den Befehl, ihn ins Gefängnis zu werfen, und er ließ einen Ausrufer in Basra verkünden: ‚Herbei! Wer sehen will, wie der Dieb Soundso bestraft und wie ihm die Hand abgeschlagen wird, der komme morgen früh zum Platze Soundso!' Als dann aber der Jüngling im Kerker saß, nachdem man ihm das Eisen an die Füße gelegt hatte, seufzte er bekümmert und begann in Tränen auszubrechen; dann hub er an diese Verse zu sprechen:

> *Es drohte Châlid mir mit dem Verlust der Hand,*
> *Mach ich mit dem Geheimnis von ihr ihn nicht bekannt.*
> *Doch ich sprach: Das sei ferne, daß ich die Lieb verrat,*
> *Die tief das Herze mein für sie verschlossen hat.*
> *Ja, der Verlust der Hand für das, was ich gestehe,*
> *Ist leichter mir, als daß ich sie in Schande sehe.*

Da hörten ihn seine Wächter, und sie gingen zu Châlid und berichteten ihm das Gehörte. Als es dann finstere Nacht war, ließ der Emir ihn zu sich kommen, und als der junge Mann bei ihm war, unterhielt er sich mit ihm. Und dabei erkannte er ihn als einen Mann von Klugheit und Wohlerzogenheit, von

Verstand, Feinheit und Trefflichkeit. Darauf befahl er, ihm Speise zu bringen, und er aß. Nachdem sie dann eine Weile geplaudert hatten, sagte Châlid zu ihm: ‚Ich weiß, daß du etwas anderes zu erzählen hast als von dem Diebstahl. Wenn es also Morgen wird, wenn die Leute kommen und der Kadi da ist und dich nach dem Diebstahl fragt, so leugne ihn ab und sage etwas, das dich vor dem Verluste der Hand schützt! Denn der Prophet Allahs – Er segne ihn und gebe ihm Heil! – hat gesagt: In zweifelhaften Fällen vermeidet die Strafen!' Darauf ließ er ihn in das Gefängnis zurückbringen. – –«

Da bemerkte Schehrezâd, daß der Morgen begann, und sie hielt in der verstatteten Rede an. Doch als die *Zweihundertundachtundneunzigste Nacht* anbrach, fuhr sie also fort: »Es ist mir berichtet worden, o glücklicher König, daß Châlid, nachdem er mit dem jungen Manne geplaudert hatte, ihn in das Gefängnis zurückbringen ließ; und der blieb die Nacht über dort. Als es aber Morgen ward, strömte das Volk herbei, um zuzuschauen, wie dem jungen Manne die Hand abgeschlagen würde; es gab niemanden in Basra, weder Mann noch Weib, der nicht gekommen wäre, um sich die Bestrafung jenes Jünglings anzusehen. Châlid ritt in Begleitung der vornehmen Leute von Basra und einiger anderer hinaus; dann berief er die Kadis und ließ den Jüngling herbeibringen. Der kam in seinen Fesseln herbeigehumpelt, und alle Leute, die ihn sahen, beweinten ihn; ja, die Frauen erhoben ihre Stimmen zu Klagerufen. Der Kadi gebot, die Frauen zum Schweigen zu bringen, und sprach dann zu dem Jüngling: ‚Diese Leute da behaupten, du seiest in ihr Haus eingebrochen und habest ihr Gut gestohlen. Vielleicht hast du weniger als das Mindestmaß[1] gestohlen?'

---

1. Das Mindestmaß eines Diebstahls, der durch Abschlagen der Hand bestraft werden soll, beträgt das Viertel eines Golddinars.

,Nein, ich habe so viel gestohlen, daß dies Maß voll erreicht ist', gab jener zur Antwort. Doch der Kadi fragte weiter: ,Vielleicht hattest du gemeinsam mit den Leuten Anrecht auf einen Teil jener Sachen?' ,Nein,' erwiderte der junge Mann, ,alles gehörte ihnen; ich hatte kein Recht darauf.' Da ergrimmte Châlid über ihn, ging selber auf ihn zu und schlug ihn mit der Peitsche ins Gesicht, indem er diesen Vers auf ihn anwandte:

> *Der Mensch will stets, daß ihm sein Wunsch erfüllet werde;*
> *Doch Gott verleihet nichts, als was Er selber will.*

Dann rief er den Schlächter, damit er ihm die Hand abschlage; der kam und zog das Messer heraus. Schon hatte er die Hand des jungen Mannes ergriffen und das Messer darauf gelegt, da drängte sich mitten durch die Frauen hindurch eine Mädchengestalt, in zerlumpte Gewänder gekleidet.[1] Die warf sich mit einem lauten Schrei auf ihn; dann enthüllte sie ein Antlitz, das schön war wie der Mond. Da erhob sich unter dem Volke ein großes Getöse, und es war, als solle daraus ein flammender Aufruhr entstehen. Jene Maid aber rief, so laut sie vermochte: ,Ich beschwöre dich bei Allah, o Emir, laß nicht vorschnell die Hand abschlagen, ehe du dies Blatt gelesen hast!' Dann reichte sie ihm ein Blatt hin; Châlid öffnete es, las es und fand darauf diese Verse geschrieben:

> *O Châlid, er da ist von Liebe ganz betöret;*
> *Vom Bogen meiner Lider traf ihn der Blicke Pfeil.*
> *Ja, meines Blicks Geschosse ereilten ihn, den Sklaven*
> *Der Liebe; keine Heilung des Leids wird ihm zuteil.*
> *Was niemals er getan, gestand er; denn er dachte,*
> *Daß solches besser sei als der Geliebten Schmach.*
> *Drum Gnade für den Armen, der liebt; er ist im Volke*
> *Ein Mann von edler Art, der keinen Raub verbrach!*

1. Zum Zeichen der Trauer.

Als Châlid diese Verse gelesen hatte, ging er zur Seite, zog sich von der Menge zurück und ließ die junge Frau zu sich kommen. Dann befragte er sie über den Sachverhalt, und sie tat ihm kund, daß der Jüngling ihr Geliebter sei und sie seine Geliebte. Er habe sie besuchen wollen und sei zum Hause der Ihren gegangen; dort habe er einen Stein niedergeworfen, um ihr sein Kommen zu melden. Ihr Vater und ihre Brüder hätten den Klang des Steines vernommen und seien zu ihm hingeeilt. ‚Doch als er sie kommen hörte,‘ so fuhr sie fort, ‚raffte er im Hause alles Zeug zusammen und gab sich als Dieb aus, um die Ehre seiner Geliebten zu retten. Als sie ihn bei diesem Tun erblickten, nahmen sie ihn fest und riefen: Ein Dieb! Dann brachten sie ihn vor dich; er gestand den Diebstahl ein und blieb bei seinem Geständnisse, um mich nicht bloßzustellen. Er hat all dies auf sich genommen und sich mit der Schuld des Diebstahls belastet, da er eine ungewöhnlich vornehme und edle Gesinnung hat.‘ Da rief Châlid: ‚Fürwahr, er verdient es, daß er seinen Wunsch erreiche!‘ Alsbald ließ er den Jüngling zu sich kommen und küßte ihn auf die Stirn; dann gebot er, auch den Vater des Mädchens herbeizuführen, und sprach zu ihm: ‚Alter, wir waren entschlossen, das Gesetz der Verstümmelung an diesem Jüngling zu vollziehen; aber Allah, der Allgewaltige und Glorreiche, hat mich davor bewahrt. Nun bestimme ich ihm zehntausend Dirhems dafür, daß er seine Hand hingeben wollte, um dir und deiner Tochter die Ehre zu retten und euch beiden die Schmach zu ersparen. Auch deiner Tochter bestimme ich zehntausend Dirhems, weil sie mir den wahren Sachverhalt kundgetan hat. Und nun bitte ich dich um Erlaubnis, sie ihm zur Gemahlin zu geben.‘ ‚O Emir,‘ erwiderte der Alte, ‚ich gebe dir diese Erlaubnis.‘ Châlid aber lobte und pries Gott und hielt eine schöne Predigt. – –«

Da bemerkte Schehrezâd, daß der Morgen begann, und sie hielt in der verstatteten Rede an. Doch als die *Zweihundertundneunundneunzigste Nacht* anbrach, fuhr sie also fort: »Es ist mir berichtet worden, o glücklicher König, daß Châlid Gott lobte und pries und eine schöne Predigt hielt. Dann sprach er zu dem Jüngling: ‚Ich vermähle dich mit dieser Maid, die Soundso heißt, die hier zugegen ist, mit ihrer Erlaubnis und ihrer Einwilligung und mit der Erlaubnis ihres Vaters; ihre Hochzeitsgabe soll in diesem Gelde bestehen, das sind zehntausend Dirhems.' Darauf erwiderte der Jüngling: ‚Ich nehme diese Ehe an.' Châlid aber gab Befehl, das Geld auf Messingplatten im Festzuge zum Hause des Jünglings zu tragen; und nun zog alles Volk vergnügt von dannen.

Ich habe, so sagte der Erzähler dieser Geschichte, nie einen merkwürdigeren Tag erlebt als jenen; er begann mit Tränen und Leid und endigte in Freude und Heiterkeit.

Ferner erzählt man

DIE GESCHICHTE VON DEM EDELMUT DES BARMEKIDEN DSCHA'FAR GEGEN DEN BOHNENVERKÄUFER

Als Harûn er-Raschîd den Barmekiden Dscha'far hatte ans Kreuz schlagen lassen[1], befahl er zugleich, daß jeder, der ihn beweine oder um ihn klage, gekreuzigt werden solle; deshalb ließ das Volk davon ab. Nun war da aber ein Beduine, der in einer fernen Steppe wohnte und der in jedem Jahre mit einem Lobgedichte zu dem besagten Barmekiden Dscha'far zu kommen pflegte; der pflegte ihm tausend Dinare als Belohnung für

1. In Wirklichkeit wurde Dscha'far im Jahre 803 auf Befehl des Kalifen enthauptet.

sein Gedicht zu geben, und jener kehrte mit dem Gelde heim und verwendete es für den Unterhalt der Seinen bis zum Ende des Jahres. So begab es sich, daß der Beduine wie gewöhnlich mit seinem Lobgedichte kam; aber als er eintraf, erfuhr er, daß Dscha'far gekreuzigt sei. Da zog er zu der Stätte, wo der Minister am Kreuze hing, und ließ sein Kamel niederknien; er weinte bitterlich und trug in tiefer Trauer das Lobgedicht vor. Dann legte er sich zum Schlafe nieder; und im Traume sah er den Barmekiden Dscha'far, der zu ihm sprach: ‚Fürwahr, du hast dich abgemüht, um zu uns zu kommen, und findest uns nun so, wie du es siehst. Doch begib dich nach Basra, frage dort nach einem Manne namens Soundso, einem der Kaufleute von Basra, und sprich zu ihm: ‚Dscha'far, der Barmekide, läßt dir den Gruß entbieten und läßt dir sagen, du möchtest mir tausend Dinare geben – beim Zeichen der Bohne!'' Nachdem der Araber aus seinem Schlafe erwacht war, begab er sich nach Basra und fragte nach jenem Kaufmann. Als er ihn gefunden und ihm berichtet hatte, was Dscha'far ihm im Traum gesagt hatte, da weinte der Kaufmann bitterlich, und es schien fast, als ob er aus dieser Welt scheiden wolle. Dann erwies er dem Beduinen große Ehre, ließ ihn neben sich sitzen und nahm ihn freundlich in sein Haus auf; so blieb der Mann drei Tage als geehrter Gast bei ihm. Als er dann aufbrechen wollte, gab der Kaufmann ihm tausend und fünfhundert Dinare, indem er sprach: ‚Die tausend Dinare sind es, die für dich befohlen sind; die fünfhundert aber sind ein Geschenk von mir für dich. Und in jedem Jahre sollst du tausend Dinare erhalten.' Wie der Beduine sich zum Gehen wandte, sprach er zu dem Kaufmann: ‚Um Allahs willen, erzähle mir die Geschichte mit der Bohne, auf daß ich weiß, was sie zu bedeuten hat!' Jener erzählte darauf: ‚Ich war zuerst ein armer Teufel und zog mit heißen Bohnen in den Straßen von Baghdad umher; die verkaufte ich, um mir so meinen Lebensunterhalt zu verdienen. So ging ich auch einmal an einem kalten Regentage aus, ohne genug auf dem Leibe zu haben, um mich vor der Kälte zu schützen; bald schüttelte ich mich, weil mich so heftig fror, bald fiel ich in eine Regenlache, und ich befand mich in einem erbärmlichen Zustande, der die Haut erschauern macht. An jenem Tage saß Dscha'far gerade in einem Söller, von dem aus man die Straße überblicken konnte, und seine Vertrauten und Odalisken waren bei ihm. Da fiel sein Blick auf mich; er hatte Mitleid mit meinem Zustande und schickte einen seiner Diener zu mir, der mich mitnahm und zu ihm hineinführte. Als er mich erblickte, sprach er zu mir: ‚Verkauf alles, was du an Bohnen bei dir hast, an meine Gesellschaft hier!' Ich begann also die Bohnen mit einem Maße, das ich bei mir hatte, auszumessen, und jeder, der ein Maß Bohnen erhielt, füllte es wieder mit Gold, so lange, bis mein Vorrat erschöpft und mein Korb ganz leer war. Dann sammelte ich das Gold, das mir beschert war; doch Dscha'far sprach zu mir: ‚Hast du noch Bohnen übrig behalten?' ‚Ich weiß es nicht', gab ich zur Antwort und suchte im Korbe nach; da fand ich in ihm nur noch eine einzige Bohne. Die nahm Dscha'far mir aus der Hand, spaltete sie in ihre beiden Hälften, behielt die eine Hälfte für sich und gab die andere einer seiner Odalisken mit den Worten: ‚Um wieviel willst du diese halbe Bohne kaufen?' Sie antwortete: ‚Um doppelt soviel wie all dies Gold zusammen.' Da wurde ich ganz irr an mir selber, und ich sagte mir: ‚Das ist ja unmöglich!' Während ich noch so erstaunt dastand, gab die Odaliske einer ihrer Sklavinnen Befehl, und die brachte das Doppelte von dem gesammelten Golde. Nun hub Dscha'far wieder an: ‚Und ich kaufe die halbe Bohne, die ich behalten habe, um den doppelten Betrag des gesamten Goldes!' Dann fuhr er zu mir fort: ‚Nimm den Preis für deine Bohnen hin!' indem er einem seiner Diener befahl, all das Gold zusammenzunehmen und in meinen Korb zu tun. Ich nahm es hin und ging fort. Dann begab ich mich nach Basra, trieb Handel mit dem Gelde, das ich nun besaß, und Allah gewährte mir reichen Verdienst – Ihm sei Lob und Dank! Wenn ich dir also von dem, was ich durch Dscha'fars Güte erhalten habe, in jedem Jahre tausend Dinare gebe, so habe ich dadurch nicht den geringsten Verlust. Du aber denke an den hohen Edelmut Dscha'fars und daran, daß ihm, wie im Leben, so auch im Tode Preis gebührt – Allah der Erhabene hab ihn selig!'

Und ferner erzählt man

DIE GESCHICHTE VON ABU MOHAMMED DEM FAULPELZ

Eines Tages saß Harûn er-Raschîd auf seinem Kalifenthrone, da trat einer seiner jungen Eunuchen zu ihm ein, der eine Krone aus rotem Golde in den Händen trug; die war mit Perlen und Edelsteinen besetzt, mit allen Arten von Rubinen und anderen Juwelen, wie man sie für Geld nie hätte kaufen können. Er küßte den Boden vor dem Kalifen und sprach: ‚O Beherrscher der Gläubigen, die Herrin Zubaida' – –«

Da bemerkte Schehrezâd, daß der Morgen begann, und sie hielt in der verstatteten Rede an. Ihre Schwester aber sprach zu ihr: »Wie schön ist deine Erzählung und wie entzückend, wie lieblich und wie berückend!« Doch Schehrezâd erwiderte: »Was ist all dies gegen das, was ich in der kommenden Nacht erzählen werde, wenn der König mich am Leben zu lassen geruht!« Nun sprach der König bei sich selber: »Bei Allah, ich will sie nicht eher töten lassen, als bis ich ihre Geschichte zu Ende gehört habe.«

Doch als die *Dreihundertste Nacht* anbrach, hub die Schwester an: »Liebe Schwester, erzähle uns doch deine Geschichte zu Ende!« »Herzlich gern,« erwiderte Schehrezâd, »wenn der König es mir erlaubt!« Da sagte der König: »Erzähle, Schehrezâd!« So fuhr sie denn fort: »Es ist mir berichtet worden, o glücklicher König, daß der junge Eunuch zum Kalifen sprach: ‚Die Herrin Zubaida küßt den Boden vor dir und läßt dir sagen: ‚Du weißt, daß sie diese Krone hat machen lassen und daß darin noch ein großer Edelstein fehlt, der die Spitze bilden soll. Sie hat in ihren Schätzen suchen lassen, aber sie hat keinen so großen Edelstein finden können, wie sie ihn wünscht.' Da sprach der Kalif zu den Kammerherren und Statthaltern: ‚Suchet nach einem großen Edelstein, wie Zubaida ihn wünscht!' Und sie suchten, aber sie fanden nichts, was ihrem Wunsche entsprach; als sie das dem Kalifen kundtaten, ward er zornig und rief: ‚Wie kann ich Kalif und König der Könige auf Erden sein, wenn ich nicht imstande bin, einen Edelstein zu beschaffen? Ihr da, fragt bei den Kaufleuten an!' Sie fragten also bei den Kaufleuten nach, und die sagten ihnen: ‚Unser Herr und Kalif wird einen solchen Edelstein nur bei einem Manne in Basra finden, dessen Name Mohammed der Faulpelz ist.' Das meldeten sie dem Kalifen, und der gab alsbald seinem Wesir Dscha'far den Befehl, an den Emir Mohammed ez-Zubaidi, den Statthalter von Basra, einen Brief zu senden mit dem Auftrage, er solle Mohammed den Faulpelz bereithalten und mit ihm vor dem Beherrscher der Gläubigen erscheinen. Der Wesir schrieb einen Brief dieses Inhalts und sandte ihn mit Masrûr ab. Der begab sich also mit dem Schreiben nach der Stadt Basra und trat zum Emir Mohammed ez-Zubaidi ein. Nachdem dieser ihn hocherfreut mit allen Ehren aufgenommen hatte, las Masrûr ihm das Schreiben des Beherrschers der Gläubigen Harûn er-Raschîd vor. ‚Ich höre und gehorche!' sprach der Statthalter und entsandte den Masrûr alsbald mit einer Schar seiner Diener zu Abu Mohammed dem Faulpelz. Die begaben sich zu seinem Hause und klopften dort an die Tür. Einer von den Dienern kam heraus, und Masrûr sprach zu ihm: ‚Sag deinem Herrn, daß der Beherrscher der Gläubigen nach ihm verlangt!' Nachdem der Diener hineingegangen war und die Botschaft ausgerichtet hatte, kam Abu Mohammed heraus und sah dort vor sich Masrûr, den Kammerherrn des Kalifen, inmitten der Diener des Emirs Mohammed ez-Zubaidi. Da küßte er die Erde vor dem Abgesandten und sprach: ‚Ich höre und gehorche dem Beherrscher der Gläubigen. Doch tretet zuvor bei mir ein!' Als sie antworteten: ‚Wir können das nur in aller Eile tun, wie es uns der Beherrscher der Gläubigen befohlen hat; denn er wartet auf dein Kommen', sagte er: ‚Wartet nur ein klein wenig auf mich, bis ich alles gerüstet habe!' Nach vielem Drängen und Zureden traten sie mit ihm in das Haus ein; und dort sahen sie zunächst eine Vorhalle, behangen mit Wanddecken aus blauem Brokat, die mit rotem Golde bestickt waren. Dann befahl Mohammed der Faulpelz einigen seiner Diener, Masrûr in das Bad zu geleiten, das sich im Hause befand. Nachdem sie den Befehl ausgeführt hatten, sah sich Masrûr in einem Raume, in dem die Wände und der Fußboden aus seltenen, mit Gold und Silber verzierten Marmorplatten bestanden, und in dem das Wasser mit Rosenöl gemischt war. Die Diener eilten geschäftig um Masrûr und sein Gefolge und warteten ihnen in vollendetster Weise auf; und ehe die Gäste das Bad verließen, legten sie ihnen Ehrengewänder aus golddurchwirktem Brokat an. Dann traten

Masrûr und seine Begleiter zu Abu Mohammed dem Faulpelz ein und fanden ihn in seinem Obergemach sitzen; ihm zu Häupten hingen Wandteppiche aus golddurchwirktem Brokat, mit Perlen und Edelsteinen besetzt, und das ganze Zimmer war mit Kissen ausgestattet, auf denen sich Stickereien aus rotem Golde befanden. Er saß auf einem Pfühl, das über ein edelsteinbesetztes Lager gebreitet war. Und sowie Masrûr eintrat, hieß er ihn willkommen, ging ihm entgegen und ließ ihn an seiner Seite sitzen. Dann befahl er, den Speisetisch zu bringen; doch als Masrûr den Tisch sah, rief er: ‚Bei Allah, sogar bei dem Beherrscher der Gläubigen habe ich einen solchen Tisch nie gesehen!' Und auf dem Tische lagen vielerlei Speisen, die alle in Schüsseln aus vergoldetem Porzellan angerichtet waren. ‚Dann aßen und tranken wir,' – so erzählte Masrûr – ‚und waren vergnügt, bis der Tag sich neigte; darauf gab er noch einem jeden von uns fünftausend Dinare, und am nächsten Morgen kleidete man uns in grüne, golddurchwirkte Ehrengewänder und erwies uns die höchsten Ehren.' Als dann aber Masrûr zu Abu Mohammed dem Faulpelz sagte: ‚Wir können nicht länger so verweilen, da wir den Kalifen fürchten müssen', erwiderte dieser ihm: ‚O Gebieter, gedulde dich nur noch bis morgen, damit wir uns reisefertig machen können und dann mit euch aufbrechen!' So blieben sie denn noch den Tag über und verbrachten dort auch die Nacht, bis es wieder Morgen ward. Nun sattelten die Diener für Abu Mohammed den Faulpelz ein Maultier mit einem Sattel aus Gold, in den mancherlei Perlen und Edelsteine eingelegt waren. Da sagte Masrûr sich: ‚Ob der Kalif wohl den Abu Mohammed, wenn er in solchem Aufzuge vor ihm erscheint, danach fragen wird, wie er zu diesen Reichtümern gekommen ist?' Darauf nahmen sie Abschied von Mohammed ez-Zubaidi, zogen aus

Basra hinaus und reisten ohne Unterbrechung weiter, bis sie zur Stadt Baghdad gelangten. Wie sie dann zum Kalifen eingetreten waren und vor ihm standen, befahl er dem Abu Mohammed, sich zu setzen. Der ließ sich nieder und hub an zu sprechen, wie es sich bei Hofe schickte, indem er sagte: ‚O Beherrscher der Gläubigen, ich habe ein Geschenk gebracht, um dir zu huldigen; darf ich es mit deiner gnädigen Erlaubnis herbeiholen lassen?‘ ‚Das mag geschehen!‘ antwortete er-Raschîd. Nun befahl Abu Mohammed eine Kiste zu holen, öffnete sie und nahm aus ihr kostbare Geschenke hervor, darunter goldene Bäume, mit Blättern aus weißem Smaragd und Früchten aus rotem und gelbem Hyazinth und aus schimmernden Perlen; darüber erstaunte der Kalif. Darauf ließ der Fremde eine zweite Kiste holen und nahm aus ihr ein brokatenes Prunkzelt hervor, das mit Perlen, Rubinen, Smaragden, Chrysolithen und noch anderen Edelsteinen verziert war; die Pfeiler des Zeltes waren aus frischem indischen Aloeholz; die Säume der Zeltdecke waren mit grünen Smaragden besetzt; und auf den Zeltwänden waren lauter Bilder von allerlei Getier angebracht, Vögel und Tiere der Steppe, und diese Bilder waren mit edlen Steinen verziert, Hyazinthen, Smaragden, Chrysolithen, Ballasrubinen und allerlei Edelmetallen. Als er-Raschîd das sah, war er hocherfreut; und darauf sprach Abu Mohammed der Faulpelz zu ihm: ‚O Beherrscher der Gläubigen, denke nicht, ich hätte dir dies gebracht, weil ich etwas befürchte oder etwas begehre! Ich weiß, daß ich nur ein Mann aus dem Volke bin, ich weiß aber auch, daß diese Dinge niemandem anders gebühren als dem Beherrscher der Gläubigen. Wenn du mir nun Erlaubnis gewährst, so will ich dir etwas von dem zeigen, was ich vermag.‘ ‚Tu, was du willst,‘ sagte er-Raschîd, ‚wir wollen es uns ansehen!‘ Abu Mohammed erwiderte: ‚Ich höre und gehorche!' bewegte seine Lippen und winkte den Zinnen des Palastes; da neigten sie sich ihm zu. Dann gab er ihnen einen zweiten Wink; da wurden sie wieder aufrecht, wie sie gewesen waren. Darauf machte er Zeichen mit den Augen; da erschienen vor ihm Käfige mit verschlossenen Türen, und nachdem er Worte über sie gesprochen hatte, gaben ihm Vogelstimmen Antwort. Über all das war er-Raschîd aufs höchste erstaunt, und er fragte: ‚Woher hast du alles dies, wo du doch nur als Abu Mohammed der Faulpelz bekannt bist? Ja, man hat mir sogar gesagt, dein Vater sei ein Schröpfer gewesen, der in einem Badehause die Kunden bediente und dir nichts hinterließ!' Abu Mohammed erwiderte: ‚O Beherrscher der Gläubigen, höre meine Geschichte.' – –«

Da bemerkte Schehrezâd, daß der Morgen begann, und sie hielt in der verstatteten Rede an. Doch als die *Dreihundertunderste Nacht* anbrach, fuhr sie also fort: »Es ist mir berichtet worden, o glücklicher König, daß Abu Mohammed der Faulpelz dem Kalifen erwiderte: ‚O Beherrscher der Gläubigen, höre meine Geschichte; denn sie ist gar wundersam, und seltsam ist's, wie das alles kam. Würde man sie mit Nadeln in die Augenwinkel schreiben, so würde sie allen, die sich lehren lassen, ein lehrreich Beispiel bleiben!' Darauf sagte er-Raschîd: ‚Erzähle, was du zu erzählen hast, und tu es mir kund, Abu Mohammed!' Da hub jener an:

‚Wisse, o Beherrscher der Gläubigen, – Allah gebe dir auf immer Ruhm und Macht! – wenn die Leute sagen, ich sei als der Faulpelz bekannt und mein Vater hätte mir kein Geld hinterlassen, so ist das wahr. Mein Vater war nichts anderes, als was du sagtest: er war ein Schröpfer in einem Badehause. Und ich war in meiner Jugend das faulste Wesen, das man auf dem Angesichte der Erde finden konnte. Ja, meine Faulheit ging so weit, daß ich, wenn ich an heißen Tagen schlief und die Sonne über mich kam, zu faul war, um aufzustehen und von der Sonne in den Schatten zu gehen. So trieb ich es fünfzehn Jahre lang; dann starb mein Vater – Allah der Erhabene hab ihn selig! – und hinterließ mir nichts. Meine Mutter aber diente bei Leuten, und so konnte sie mir zu essen und zu trinken geben, während ich auf der Seite lag. Eines Tages nun begab es sich, daß meine Mutter mit fünf Silberdirhems in der Hand zu mir hereinkam und sprach: ‚Lieber Sohn, es ist mir berichtet worden, daß der Scheich Abu el-Muzaffar beschlossen hat, eine Reise nach China zu machen – jener Scheich liebte die Armen und war ein wohltätiger Mann; – also, mein Sohn, nimm diese fünf Dirhems und laß uns zu ihm gehen und ihn bitten, daß er dir dafür im Lande China etwas kauft; vielleicht wird dir daraus durch die Güte Allahs des Erhabenen Gewinn erwachsen.' Ich war zu faul, um aufzustehen; aber da schwor sie bei Allah, wenn ich nicht aufstände und mit ihr ginge, so wolle sie mir nie mehr etwas zu essen oder zu trinken geben, und sie wolle nie mehr zu mir hereinkommen, sondern mich vor Hunger und Durst sterben lassen. Als ich ihre Worte vernahm, o Beherrscher der Gläubigen, wußte ich, daß sie das tun würde, da sie ja meine Faulheit kannte. Also sprach ich zu ihr: ‚Richte mich auf!' Da richtete sie mich auf, während ich Tränen im Auge hatte; dann sagte ich: ‚Bring mir meine Schuhe!' Und als sie mir die gebracht hatte, fuhr ich fort: ‚Zieh sie mir über die Füße!' Nachdem sie mir die Schuhe angezogen hatte, sagte ich zu ihr: ‚Heb mich vom Boden auf!' Sie tat es, und dann sagte ich: ‚Stütze mich, damit ich gehen kann!' Da stützte sie mich, und so ging ich denn mit ihr immer weiter dahin, während ich über meine Säume stolperte, bis wir zum Ufer des Stromes gelangten. Dort begrüßten wir den Scheich, und ich sprach zu ihm: ‚Oheim, bist du Abu el-Muzaffar?' ‚Zu Diensten!' erwiderte er, und ich fuhr fort: ‚Nimm diese Dirhems und kaufe mir dafür etwas im Lande China; vielleicht wird Allah mir daraus Gewinn erwachsen lassen.' Nun fragte der Scheich Abu el-Muzaffar seine Gefährten: ‚Kennt ihr diesen Jüngling?' ‚Jawohl,' gaben sie zur Antwort, ‚der da ist bekannt als Abu Mohammed der Faulpelz; aber jetzt haben wir zum ersten Male gesehen, daß er aus seinem Hause herausgekommen ist.' Dann fuhr der Scheich fort: ‚Mein Sohn, gib die Dirhems her – Allah der Erhabene segne sie!' Darauf nahm er das Geld von mir entgegen und sprach: ‚Im Namen Allahs!' Nun kehrte ich mit meiner Mutter nach Hause zurück, während der Scheich Abu el-Muzaffar sich auf die Reise begab, zusammen mit einer Schar von Kaufleuten; und sie reisten immer weiter, bis sie im Lande China ankamen. Dort machte der Scheich seine Verkäufe und Einkäufe; und danach traten sie die Rückreise an, er und seine Begleiter, sobald sie ihre Geschäfte erledigt hatten. Als sie aber drei Tage auf dem Meere dahingesegelt waren, sagte der Scheich plötzlich zu seinen Reisegenossen: ‚Haltet das Schiff an!' Wie die Kaufleute fragten: ‚Was willst du?' erwiderte er: ‚Wisset, ich habe den Auftrag vergessen, den ich für Abu Mohammed den Faulpelz übernommen hatte. Laßt uns also umkehren, damit wir etwas für ihn kaufen, durch das er etwas verdienen kann!' Da riefen sie: ‚Wir bitten dich um Allahs des Erhabenen willen, kehre nicht mit uns um! Wir haben doch schon eine so unendlich lange Strecke durchfahren, und wir haben auf ihr gewaltige Schrecken und reichliche Mühsale ausgeha'ten.' Aber er entgegnete: ‚Es ist nicht anders möglich, wir müssen umkehren.' Nun sagten sie: ‚Nimm von uns ein Vielfaches von dem Gewinne der fünf Dirhems; doch kehr nicht mit uns um!' Er hörte auf sie, und sie sammelten eine beträchtliche Summe für ihn. Dann fuhren sie weiter, bis sie zu einer Insel kamen, auf der sich viel Volks befand. Sie legten bei ihr an, und die Kaufleute gingen an Land, um dort Einkäufe an Edelmetallen, Juwelen, Perlen und anderen Dingen zu machen. Nun sah Abu el-Muzaffar da einen Mann sitzen, der eine große Zahl von Affen bei sich hatte; unter diesen war auch ein Affe, dem die Haare ausgerupft waren. Und jedesmal, wenn der Besitzer der Affen nicht achtgab, fielen die anderen über den gerupften Affen her, prügelten ihn und jagten ihn auf ihren Herrn zu; der aber erhob sich, schlug sie und band sie fest und bestrafte sie so dafür. Nun wurden die Affen alle zornig auf den einen und prügelten ihn wieder. Als der Scheich Abu el-Muzaffar jenen Affen sah, hatte er Mitleid und Erbarmen mit ihm, und er fragte seinen Besitzer: ‚Willst du mir diesen Affen verkaufen?' ‚Kaufe!' sagte der; und der Scheich fuhr fort: ‚Ich habe fünf Dirhems bei mir, die einem Waisenknaben gehören. Willst du ihn mir dafür verkaufen?' Jener darauf: ‚Der Verkauf ist abgeschlossen, und Allah segne ihn dir!' Nun erhielt der Scheich den Affen und händigte dem Verkäufer die Dirhems ein; die Diener des Scheichs aber nahmen den Affen mit und banden ihn auf dem Schiffe fest. Darauf spannten sie die Segel und fuhren zu einer anderen Insel, bei der sie wiederum anlegten; dort kamen die Taucher an Bord, die nach Edelmetallen, Perlen, Juwelen und ähnlichen Dingen tauchten. Die Kaufleute gaben ihnen Geld zum Lohne dafür, daß sie tauchen sollten; sie taten es, doch als der Affe sie bei diesem Tun sah, machte er sich von den Fesseln frei, sprang über Bord und tauchte unter. Da rief Abu el-Muzaffar: ‚Es gibt keine Macht und es gibt keine Majestät außer bei Allah dem Erhabenen und Allmächtigen! Der Affe ist für uns dahin, mitsamt dem Glücke jenes armen Burschen, für den wir ihn mitgenommen hatten!' Die Leute gaben den Affen verloren; aber da plötzlich, als die Schar der Taucher wieder hochkam, erschien auch der Affe mit ihnen auf der Oberfläche. Er hatte die Hände voll von den kostbarsten Juwelen, und die warf er vor Abu el-Muzaffar nieder. Der war darüber sehr erstaunt und rief: ,Fürwahr, in diesem Affen steckt ein großes Geheimnis!' Nachdem sie dann wieder die Segel gespannt hatten, fuhren sie weiter, bis sie zu einer Insel gelangten, deren Name die ,Insel der Neger'[1] ist; das sind schwarze Leute, die das Fleisch der Menschen fressen. Als die Schwarzen sie sahen, fuhren sie in Booten herbei, fielen über sie her und holten alle vom Schiffe herunter; dann fesselten sie ihnen die Hände auf dem Rücken und schleppten sie vor den König. Der befahl ihnen, eine Anzahl von den Kaufleuten zu schlachten, und nachdem sie das getan hatten, fraßen sie ihr Fleisch auf. Die übrigen Kaufleute verbrachten die Nacht gefesselt und in Todesangst. Als es dunkle Nacht geworden war, kam der Affe auf Abu el-Muzaffar zu und befreite ihn von seinen Fesseln. Wie die anderen Kaufleute ihn frei sahen, sprachen sie: ,Möge Allah geben, daß wir durch deine Hände befreit werden, Abu el-Muzaffar!' Darauf erwiderte er: ,Wisset, mich hat – nach dem Willen Allahs des Erhabenen – niemand anders als dieser Affe befreit.' – –«

Da bemerkte Schehrezâd, daß der Morgen begann, und sie hielt in der verstatteten Rede an. Doch als die *Dreihundertundzweite Nacht* anbrach, fuhr sie also fort: »Es ist mir berichtet worden, o glücklicher König, daß Abu Mohammed weiter erzählte: ,Abu el-Muzaffar erwiderte: ,Mich hat – nach dem Willen Allahs des Erhabenen – niemand anders als dieser Affe

1. Das ist Zanzibar.

befreit; und ich zahle ihm dafür tausend Dinare.' Und die Kaufleute sprachen: ‚Ebenso zahlt ein jeder von uns ihm tausend Dinare, wenn er uns befreit.' Da trat der Affe zu ihnen und löste einem nach dem andern die Fesseln, bis er sie alle davon befreit hatte. Die eilten darauf zu dem Schiffe, stiegen hinauf und fanden, daß es unversehrt war und nichts auf ihm fehlte. Dann setzten sie Segel und stachen in See; und nun sprach Abu el-Muzaffar zu ihnen: ‚Ihr Kaufleute, zahlt jetzt, was ihr dem Affen versprochen habt!' ‚Wir hören und gehorchen!' erwiderten sie, und ein jeder von ihnen händigte ihm tausend Dinare aus; auch Abu el-Muzaffar holte von seinem Gelde tausend Dinare. So kam für den Affen eine große Summe Geldes zusammen. Sie fuhren weiter dahin, bis sie die Stadt Basra erreichten; und dort warteten ihre Freunde auf sie, bis sie vom Schiffe ans Land stiegen. Dann fragte Abu el-Muzaffar sofort: ‚Wo ist Abu Mohammed der Faulpelz?' Meine Mutter hörte davon, und während ich schlafend dalag, kam sie und rief: ‚Mein Sohn, Scheich Abu el-Muzaffar ist heimgekehrt und ist wieder in der Stadt. Also steh auf, geh hin zu ihm, begrüße ihn und frage ihn, was er dir gebracht hat! Vielleicht hat Allah der Erhabene dir irgendein Tor des Glücks geöffnet.' Ich gab ihr zur Antwort: ‚Heb mich vom Boden auf und stütze mich, daß ich hingehen und mich zum Ufer des Stromes begeben kann!' Darauf ging ich fort, indem ich über die Säume meiner Kleider stolperte, bis ich zum Scheich Abu el-Muzaffar kam. Als er mich erblickte, rief er mir zu: ‚Willkommen dem, dessen Dirhems die Ursache meiner Rettung und der Rettung dieser Kaufleute gewesen sind nach dem Willen Allahs des Erhabenen!' Und weiter sprach er zu mir: ‚Nimm diesen Affen; denn ich habe ihn für dich gekauft. Geh mit ihm nach Hause und warte, bis ich zu dir komme!'

Ich nahm also den Affen bei der Hand und ging fort, indem ich mir sagte: ,Bei Allah, dies muß ja wirklich eine sehr wertvolle Ware sein!' Dann trat ich zu Hause ein und sprach zu meiner Mutter: ,Immer, wenn ich schlafen will, sagst du mir, ich solle aufstehen und Handel treiben; nun sieh dir mit deinen eigenen Augen diese Ware an!' Dann setzte ich mich nieder; und kaum saß ich, da kamen die Sklaven des Abu el-Muzaffar zu mir und fragten mich: ,Bist du Abu Mohammed der Faulpelz?' ,Jawohl', erwiderte ich. Nun kam auch schon Abu el-Muzaffar hinter ihnen her; sofort erhob ich mich vor ihm und küßte ihm die Hände. Er sprach zu mir: ,Komm mit mir in mein Haus!' ,Ich höre und gehorche!' antwortete ich und folgte ihm, bis ich in sein Haus eintrat. Dort befahl er seinen Sklaven, das Geld herbeizuschaffen; und als sie es gebracht hatten, sprach er: ,Mein Sohn, Allah hat dir diesen Reichtum beschert als Gewinn aus den fünf Dirhems.' Darauf luden sie das Geld in seinen Kisten auf ihre Köpfe, und er gab mir die Schlüssel zu jenen Kisten mit den Worten: ,Geh vor den Sklaven her zu deinem Hause; denn all dies Geld gehört dir!' So ging ich denn zu meiner Mutter; und sie sprach hocherfreut zu mir: ,Mein Sohn, Allah hat dich mit diesem großen Reichtum gesegnet; drum laß ab von deiner Faulheit, geh zum Basar und treibe Handel!' Und ich schüttelte wirklich die Trägheit ab und eröffnete einen Laden im Basar. Der Affe aber saß immer neben mir auf meinem Diwan; wenn ich aß, so aß er mit mir, und wenn ich trank, so trank er mit mir. Doch jeden Tag pflegte er vom Morgengrauen bis zur Mittagszeit zu verschwinden; dann kam er wieder und trug einen Beutel mit tausend Dinaren in der Hand, und wenn er den neben mich hingelegt hatte, setzte er sich. Das tat er eine ganze Zeit lang, bis sich schließlich sehr viel Geld bei mir angehäuft hatte. Darauf, o Beherrscher der Gläubigen, erwarb ich Grundstücke und Ländereien, pflanzte Gärten und kaufte Mamluken, Sklaven und Sklavinnen. Nun begab es sich eines Tages, als ich mit dem Affen neben mir auf dem Diwan saß, daß er sich plötzlich nach rechts und nach links wandte. Da sagte ich bei mir selber: ,Was mag es mit diesem Affen sein?' Aber auf einmal ließ Allah den Affen mit deutlicher Sprache reden, und das Tier rief: ,O Abu Mohammed!' Als ich ihn sprechen hörte, erschrak ich gewaltig; doch er fuhr fort: ,Erschrick nicht! Ich will dir von mir erzählen; ich bin ein Mârid vom Geschlechte der Geister, aber ich bin zu dir gekommen, weil du in solcher Not warst, du, der du heute nicht mehr die Fülle deines Reichtums ermessen kannst. Nun habe ich ein Anliegen an dich; und daraus soll dir Gutes erspießen.' ,Was ist das?' fragte ich; und er gab mir zur Antwort: ,Ich möchte dich mit einem Mädchen vermählen, das so schön wie der Vollmond ist.' Da fragte ich weiter: ,Wie ist denn das?' Er sagte darauf zu mir: ,Lege morgen früh prächtige Gewänder an, besteige dein Maultier mit dem goldenen Sattel und begib dich zum Basar der Futterhändler. Dort frage nach dem Laden des Scherifen[1], setze dich zu dem Kaufherrn hin und sprich zu ihm: ,Ich komme zu dir als Freier, der um die Hand deiner Tochter wirbt.' Wenn er dann zu dir sagt: ,Du hast weder Geld noch Abkunft und Adel', so gib ihm tausend Dinare. Wenn er dann mehr von dir verlangt, so biete ihm noch mehr und errege in ihm das Verlangen nach dem Gelde.' ,Ich höre und gehorche!' erwiderte ich, ,morgen früh, so Allah der Erhabene will, werde ich das tun.' Und als es Morgen ward – so erzählte Abu Mohammed weiter –, legte ich meine prächtigsten Gewänder an, bestieg mein Maultier mit dem goldenen Sattel und begab

1. Ein *scharîf* ist ein Nachkomme des Propheten Mohammed.

mich darauf zum Basar der Futterhändler. Dort fragte ich nach dem Laden des Scherifen; ich fand ihn in seinem Laden sitzen, und nachdem ich abgestiegen war, begrüßte ich ihn und setzte mich zu ihm.' – –«

Da bemerkte Schehrezâd, daß der Morgen begann, und sie hielt in der verstatteten Rede an. Doch als die *Dreihundertunddritte Nacht* anbrach, fuhr sie also fort: »Es ist mir berichtet worden, o glücklicher König, daß Abu Mohammed der Faulpelz weiter erzählte: ,Nachdem ich abgestiegen war, begrüßte ich ihn und setzte mich zu ihm; ich hatte aber zehn meiner schwarzen Sklaven und Mamluken bei mir. Da hub der Scherif an: ,Vielleicht hast du ein Anliegen an uns, das wir dir zu erfüllen vermögen?' ,Jawohl,' gab ich zur Antwort, ,ich habe ein Anliegen an dich.' Als er nun fragte: ,Was ist dein Wunsch?' erwiderte ich: ,Ich komme zu dir als Freier, der um deine Tochter wirbt.' Doch er entgegnete: ,Du hast weder Geld noch Abkunft und Adel.' Da zog ich vor seinen Augen einen Beutel mit tausend Dinaren von rotem Golde hervor und sprach zu ihm: ,Das ist meine Abkunft und mein Adel. Und er, dem Allah Segen und Heil spenden möge, hat selbst gesagt: Der beste Adel ist der Reichtum. Wie schön sagt doch auch der Dichter:

> *Kann jemand auch zwei Dirhems nur sein eigen nennen,*
> *So werden seine Lippen manche Rede kennen.*
> *Dann kommen die Genossen, lauschen seinen Worten;*
> *Du siehst ihn bei dem Volk sich blähen allerorten.*
> *Und hätte er das Geld, mit dem er großtut, nicht,*
> *Du fändest bei den Menschen ihn als ärmsten Wicht.*
> *Und wenn der Reiche auch in seinen Worten irrt,*
> *So heißt es: Du sprichst wahr, du redest nicht verwirrt.*
> *Doch spricht der Arme wahr, so ruft die Welt betört:*
> *Du lügst! Und was er sagt, verhallet ungehört.*
> *Ja, Dirhems geben hier auf Erden weit und breit*

Den Männern Würde und das Kleid der Lieblichkeit.
Sie sind die Zunge dem, der feine Rede liebt;
Sie sind die Waffe dem, der sich zum Kampf begibt.'

Als der Scherif diese Worte von mir vernahm und zum Verständnis der Verse des Liedes kam, senkte er sein Haupt eine Weile zu Boden; dann hob er es wieder und sprach: ‚Wenn es denn sein muß, so verlange ich von dir noch dreitausend Dinare.' ‚Ich höre und gehorche!' erwiderte ich und schickte einen meiner Mamluken nach Hause, der alsbald mit dem verlangten Gelde wiederkam. Als der Scherif das Geld kommen sah, verließ er den Laden und befahl seinen Dienern, ihn zu schließen. Dann lud er seine Freunde vom Basar in sein Haus; dort setzte er den Ehevertrag zwischen mir und seiner Tochter auf und sprach zu mir: ‚Nach zehn Tagen will ich dich zu ihr einführen.' Nun ging ich erfreut nach Hause, blieb mit dem Affen allein und erzählte ihm, was geschehen war. Der sprach: ‚Das hast du gut gemacht!' Und als die vom Scherifen bestimmte Zeit herangenaht war, sagte der Affe zu mir: ‚Ich habe ein Anliegen an dich. Wenn du mir das erfüllst, so wirst du alles, was du von mir wünschest, erhalten.' ‚Was hast du für ein Anliegen?' fragte ich; und er gab mir zur Antwort: ‚An der Rückwand der Halle, in der du zu der Tochter des Scherifen eingehen wirst, befindet sich eine Kammer; an deren Tür ist ein Ring aus Kupfer, und die Schlüssel hängen darunter. Nimm die Schlüssel und öffne die Tür; dann wirst du drinnen eine eherne Truhe finden mit vier Talismanen in Gestalt von Fähnlein an den Ecken. Mitten in der Truhe ist ein Becken voll von Gold, und auf ihrer einen Seite sind elf Schlangen, auf der anderen liegt ein Messer; in dem Becken aber ist ein weißer Hahn mit gespaltenem Kamm festgebunden. Nimm das Messer und schlachte damit den Hahn; schneide die Fähnlein ab und wirf die Truhe um. Darauf geh zu deiner jungen Gemahlin und nimm ihr das Mädchentum! Dies ist mein Anliegen an dich.' ‚Ich höre und gehorche!' erwiderte ich und ging zum Hause des Scherifen. Dort trat ich in die Halle ein und schaute nach der Kammer, die mir der Affe beschrieben hatte. Als ich dann mit meiner jungen Frau allein war, erstaunte ich ob ihrer Schönheit und Lieblichkeit und ihres Wuchses Ebenmäßigkeit; denn ihre wunderbare Anmut war so groß, daß keine menschliche Zunge sie zu schildern vermag. So hatte ich denn auch eine hohe Freude an ihr; um die Mitternacht aber, als meine junge Frau schlief, erhob ich mich, nahm die Schlüssel und öffnete die Kammer. Dann nahm ich das Messer, schlachtete den Hahn, warf die Fähnlein fort und stürzte die Truhe um. Da erwachte die Jungfrau, und als sie die Kammer geöffnet und den Hahn geschlachtet sah, rief sie: ‚Es gibt keine Majestät und es gibt keine Macht außer bei Allah dem Erhabenen und Allmächtigen! Jetzt holt mich der Mârid!' Und kaum hatte sie ihre Worte beendet, da stürzte schon der Mârid in das Haus und raubte die junge Frau. Nun entstand ein Lärm, und plötzlich kam der Scherif; und indem er sich das Gesicht zerschlug, rief er: ‚O Abu Mohammed, was hast du uns da angetan! Ist das unser Lohn von dir? Ich hatte doch den Talisman dort in der Kammer bereitet, weil ich um meine Tochter wegen dieses Verfluchten besorgt war; denn er hat dies Mädchen schon seit sechs Jahren holen wollen, aber er hat es nie tun können. Jetzt ist deines Bleibens bei uns nicht länger; darum geh deiner Wege!' Da verließ ich das Haus des Scherifen und begab mich in meine eigene Wohnung. Dort suchte ich nach dem Affen; aber ich konnte ihn nicht finden, ja, ich entdeckte keine Spur mehr von ihm. Daran erkannte ich, daß er der Mârid war, der meine Gattin geraubt und mich selbst überlistet hatte, so daß ich den Zauber der Talismane und des Hahnes brach, der Dinge, die ihn hinderten, sie wegzuholen. Ich bereute mein Tun, zerriß meine Kleider und zerschlug mir das Gesicht; und die Welt ward mir zu enge. So ging ich denn alsbald in die Ferne; ich begab mich in die Wüste und zog dahin, bis es Abend um mich ward, ohne daß ich wußte, wohin ich ging. Während ich noch meinen Gedanken nachhing, kamen plötzlich zwei Schlangen auf mich zu, eine schwarze und eine weiße, die miteinander kämpften. Da hob ich einen Stein vom Boden auf, warf ihn auf die schwarze Schlange und tötete sie damit; denn sie war es, die der weißen nachstellte. Nun glitt die weiße Schlange davon, blieb eine Weile verschwunden und kehrte dann mit zehn anderen weißen Schlangen zurück. Alle stürzten sich auf die tote Schlange und zerrissen sie in Stücke, bis von ihr nur noch der Kopf übrig blieb. Dann glitten sie wieder ihrer Wege dahin, während ich vor Müdigkeit an der Stätte, wo ich war, zu Boden sank; doch während ich so dalag und über mein Schicksal nachdachte, erschien plötzlich ein geheimnisvolles Wesen, dessen Stimme ich hörte, obgleich ich seine Gestalt nicht gewahrte, und sprach diese beiden Verse:

> *Laß nur das Schicksal mit verhängten Zügeln jagen,*
> *Und leichten Sinnes stets verbringe du die Nacht!*
> *Denn eh des Auges Blick, gesenkt, sich wieder hebet,*
> *Hat Allah schon ein Ding zum anderen gemacht.*

Als ich das hörte, o Beherrscher der Gläubigen, packte mich Angst gar sehr, und meine Sorge kannte keine Grenzen mehr. Doch plötzlich hörte ich eine Stimme hinter mir diese beiden Verse vortragen:

> *O Muslim du, den der Koran als Führer leitet,*
> *Erfreu dich seiner; denn das Heil ward dir bereitet!*

Und sei du ohne Furcht vor Satans Trug und List!
Wir sind ein Volk, bei dem der rechte Glaube ist.

Da rief ich: ,Bei Ihm, den du anbetest, tu mir kund, wer du bist!' Alsbald nahm jenes geheimnisvolle Wesen die Gestalt eines Menschen an und sprach zu mir: ,Fürchte dich nicht; deine gute Tat ist uns berichtet worden, und wir sind ein Volk der gläubigen Dämonen. Wenn du einen Wunsch hast, so tu ihn mir kund, auf daß wir dir seine Erfüllung gewähren!' Ich gab ihm zur Antwort: ,Ich hab einen sehr großen Wunsch zu offenbaren; denn ein gewaltiges Unglück ist mir widerfahren. Und wem wäre wohl hienieden je solche Not wie mir beschieden?' Da fragte er: ,Bist du vielleicht Abu Mohammed der Faulpelz?' ,Jawohl!' erwiderte ich; und er fuhr fort: ,Abu Mohammed, ich bin der Bruder der weißen Schlange, deren Feind du getötet hast. Wir sind vier Brüder von einem Vater und von einer Mutter, und wir alle sind dir für deine Güte dankbar. Wisse, jener, der in Gestalt eines Affen war und solche Tücke an dir verübte, ist einer von den Mârid geheißenen Dämonen; hätte er diese List nicht angewandt, so hätte er die Jungfrau nie und nimmer entführen können. Er liebte sie schon seit langer Zeit und wollte sie rauben; aber jener Talisman hinderte ihn daran. Und wäre jener Talisman geblieben, wie er war, so hätte der Mârid sich ihr nicht nahen können. Doch gräme dich nicht um das Geschehene; wir wollen dich wieder mit ihr vereinen und den Mârid zu Tode bringen; denn dein gutes Werk ist bei uns nicht verloren!' Darauf stieß er einen gewaltigen Schrei aus' – –«

Da bemerkte Schehrezâd, daß der Morgen begann, und sie hielt in der verstatteten Rede an. Doch als die *Dreihundertundvierte Nacht* anbrach, fuhr sie also fort: »Es ist mir berichtet worden, o glücklicher König, daß Abu Mohammed weiter erzählte: ‚Der Dämon sprach: ‚Dein gutes Werk ist bei uns nicht verloren.' Darauf stieß er einen gewaltigen Schrei aus mit furchtbarer Stimme, und plötzlich erschien eine Schar vor ihm; die fragte er nach dem Affen. Einer von den Dämonen erwiderte: ‚Ich kenne seine Stätte.' ‚Wo weilt er denn?' fragte der erste; und der andere fuhr fort: ‚Er ist in der Messingstadt, über der die Sonne nicht aufgeht.' Darauf sagte der erste: ‚Abu Mohammed, wähle dir einen von unseren Sklaven; der wird dich auf seinem Rücken tragen und dir zeigen, wie du das Mädchen wiedererlangen kannst! Wisse jedoch, daß jener Sklave einer von den Mârid-Dämonen ist; und wenn er dich trägt, so sprich den Namen Allahs nicht aus, solange du auf seinem Rücken bist; denn sonst wird er vor dir fliehen, und du wirst hinabfallen und umkommen.' ‚Ich höre und gehorche!' erwiderte ich und wählte mir einen von ihren Sklaven aus; der neigte sich nieder und sprach zu mir: ‚Steig auf!' Ich stieg also auf, und dann flog er mit mir so hoch in den Luftraum empor, bis ich die Sterne wie festgegründete Berge vor mir sah und die Engel im Himmel Gott lobpreisen hörte. In all der Zeit aber plauderte der Mârid mit mir und unterhielt mich und lenkte mich davon ab, den Namen Allahs des Erhabenen auszusprechen. Während ich nun so dahinflog, erschien plötzlich eine Gestalt; die trug ein grünes Gewand, hatte wehende Locken und ein strahlendes Antlitz und hielt einen Wurfspeer in der Hand, von dem die Funken sprühten. Die Gestalt kam auf mich zu und sprach zu mir: ‚Abu Mohammed, sprich: ‚Es gibt keinen Gott außer Allah, und Mohammed ist der Prophet Allahs!' sonst durchbohre ich dich mit diesem Wurfspeer.' Nun war mein Herz schon gebrochen, weil ich so lange es unterlassen hatte, den Namen Allahs des Erhabenen auszusprechen; und ich rief: ‚Es gibt keinen Gott außer Allah, und Mohammed ist der Prophet Allahs!' Darauf durchbohrte jene Gestalt den Mârid mit dem Wurfspeer; der Dämon schmolz und ward zu Asche, ich aber fiel von seinem Rücken und stürzte zur Erde hinab, und schließlich sank ich in ein tosendes Meer mit brandenden Wogen ringsumher. Doch da entdeckte ich ein Schiff, in dem sich fünf Seeleute befanden. Als die mich sahen, kamen sie zu mir, zogen mich in das Fahrzeug hinauf und begannen mit mir in einer Sprache zu reden, die ich nicht kannte. Darum machte ich ihnen ein Zeichen, daß ich ihre Worte nicht verstand. Sie fuhren aber weiter, bis der Tag sich neigte; dann warfen sie ein Netz aus und fingen einen großen Fisch, und nachdem sie ihn gebraten hatten, gaben sie mir zu essen. Und sie segelten immer weiter, bis sie zu ihrer Heimatstadt kamen; dort führten sie mich zu ihrem König und ließen mich vor ihm stehen. Nachdem ich den Boden geküßt hatte, verlieh jener König mir ein Ehrengewand, und da er die arabische Sprache verstand, so sagte er zu mir: ,Ich mache dich zu einem meiner Leibwächter.' Als ich nun fragte: ,Wie heißt diese Stadt?' antwortete er mir: ,Sie heißt Hanâd, und sie liegt im Lande China.' Dann übergab der König mich dem Wesir der Stadt und befahl ihm, mir alles dort zu zeigen; die Bewohner jener Stadt waren in alter Zeit Heiden gewesen, und Allah hatte sie zu Steinen verwandelt. Ich sah mich in ihr um, und ich fand dort so viel Bäume und Früchte, wie ich noch nie geschaut hatte. Einen Monat lang hatte ich schon in ihr verweilt, da kam ich einmal an einen Fluß und setzte mich an seinem Ufer nieder. Während ich so dasaß, kam plötzlich ein Reiter des Weges und fragte: ,Bist du Abu Mohammed der Faulpelz?' Als ich die Frage bejahte, sprach er zu mir: ,Fürchte dich nicht; deine gute Tat ist uns berichtet worden!' Nun fragte ich ihn: ,Wer bist du?' und er gab mir zur Antwort: ‚Ich bin ein Bruder der Schlange, und du bist ganz nahe bei dem Orte, wo sich das Mädchen befindet, mit dem du vereint zu werden wünschest.' Darauf legte er seine Gewänder ab und bekleidete mich mit ihnen, indem er sprach: ‚Fürchte dich nicht; der Sklave, der unter dir umkam, war einer von unseren Sklaven!' Dann nahm jener Reiter mich hinter sich aufs Roß und ritt mit mir in eine einsame Gegend; dort sagte er: ‚Steig ab und geh zwischen den beiden Bergen dort weiter, bis du die Messingstadt erblickst; dann mach vor ihr halt und geh nicht in sie hinein, bis ich wieder zu dir komme und dir sage, was du tun sollst.' ‚Ich höre und gehorche!' erwiderte ich, stieg von meinem Platze hinter ihm ab und ging weiter, bis ich in die Nähe der Stadt kam; da sah ich, daß ihre Mauern aus Messing waren. Dann begann ich, um sie herumzugehen, um zu sehen, ob ich in ihr ein Tor fände; aber ich fand keinen Eingang zu ihr; und während ich noch um sie herumging, trat plötzlich der Bruder der Schlange wieder auf mich zu, gab mir ein Zauberschwert, das mich vor allen Menschen unsichtbar machen sollte, und ging seiner Wege. Er war erst eine kurze Weile fort, als sich auf einmal ein lautes Geschrei erhob, und da erblickte ich eine große Menge von Menschen, die ihre Augen auf der Brust hatten. Wie sie mich sahen, fragten sie mich: ‚Wer bist du? Was hat dich an diesen Ort verschlagen?' Da erzählte ich ihnen, was geschehen war, und sie antworteten: ‚Das Mädchen, von dem du sprichst, ist mit dem Mârid in dieser Stadt; aber wir wissen nicht, was er mit ihr getan hat. Wir gehören auch zum Volke der weißen Schlange.' Und weiter sagten sie: ‚Geh zu jener Quelle und schau, wo das Wasser in die Stadt fließt, dann folge seinem Laufe, so wirst auch du in die Stadt gelangen!' Das tat ich, und so kam ich mit dem Wasser in einen unterirdischen Gang, und als ich wieder aus ihm hinausstieg, sah ich mich mitten in der Stadt. Und dort erblickte ich auch die Jungfrau, wie sie auf einem goldenen Lager ruhte, unter einem Baldachin von Brokat, der rings von einem Garten umgeben war; in diesem Garten standen goldene Bäume mit Früchten aus kostbaren Edelsteinen, Rubinen, Chrysolithen, Perlen und Korallen. Sowie sie mich sah, erkannte sie mich, und nachdem sie zuvor mir den Gruß entboten hatte, sprach sie zu mir: ‚Mein Gebieter, wer hat dich hierhergebracht?' Als ich ihr alles berichtet hatte, was geschehen war, fuhr sie fort: ‚Wisse, dieser Verruchte hat mir in seiner übergroßen Liebe zu mir verraten, was ihm Schaden bringt und was ihm von Nutzen ist; und so hat er mich wissen lassen, daß es hier an diesem Orte einen Talisman gibt, mit dem er, wenn er will, alle Einwohner der Stadt vernichten kann, und durch ihn müssen die Ifrite ihm in allem, was er ihnen befiehlt, gehorchen. Jener Talisman befindet sich auf einer Säule.' ‚Und wo ist die Säule?' fragte ich sogleich. Sie erwiderte: ‚An dem und dem Orte.' Weiter fragte ich: ‚Welcher Art ist jener Talisman?' Da berichtete sie: ‚Er besteht aus dem Bildnisse eines Adlers, und darauf ist eine Inschrift, die ich nicht verstehe. Nimm ihn und setz ihn vor dich hin; darauf nimm eine Räucherpfanne mit glühenden Kohlen und wirf etwas Moschus hinein! Wenn dann Rauch aufsteigt, so wird er die Ifrite heranziehen; ja, wenn du das tust, so werden sie sich alle vor dir einfinden, keiner von ihnen wird fortbleiben, sie werden deinem Gebote gehorchen, sie werden alles tun, was du ihnen befiehlst. Drum auf und mache dich an dein Werk mit dem Segen Allahs des Erhabenen!' ‚Ich höre und gehorche!' erwiderte ich, ging alsbald zu jener Säule und tat alles, was sie mich geheißen hatte. Die Ifrite kamen und traten vor mich hin und sprachen: ‚Zu Diensten, Gebieter! Alles, was du uns befiehlst, werden wir tun.' Da sprach ich: ‚Fesselt den Mârid, der diese Jungfrau aus ihrer Heimat entführt hat!' ‚Wir hören und gehorchen!' riefen sie, eilten hin zu jenem Mârid, fesselten ihn und legten ihm feste Bande an. Dann kehrten sie zu mir zurück und sprachen: ‚Wir haben dein Gebot ausgeführt.' Nun befahl ich ihnen heimzukehren; ich selber aber begab mich wieder zu der Jungfrau und berichtete ihr, was geschehen war. Und ich fuhr fort: ‚Meine liebe Gattin, willst du mit mir kommen?' ‚Jawohl!' gab sie zur Antwort. Darauf ging ich mit ihr durch den unterirdischen Gang hinaus, durch den ich hereingekommen war; und dann gingen wir weiter, bis wir zu den Leuten kamen, die mir den Weg zu ihr gewiesen hatten.' – –«

Da bemerkte Schehrezâd, daß der Morgen begann, und sie hielt in der verstatteten Rede an. Doch als die *Dreihundertundfünfte Nacht* anbrach, fuhr sie also fort: »Es ist mir berichtet worden, o glücklicher König, daß Abu Mohammed seine Erzählung mit folgenden Worten schloß: ‚Wir gingen weiter, bis wir zu den Leuten kamen, die mir den Weg zu ihr gewiesen hatten. Da sprach ich zu ihnen: ‚Nun zeigt mir auch die Straße, die mich in meine Heimat führt!' Sie taten es und begleiteten mich bis zur Meeresküste; dort brachten sie mich auf ein Schiff, und da der Wind günstig war, so eilte das Fahrzeug mit uns beiden dahin, bis wir die Stadt Basra erreichten. Als nun die Jungfrau in das Haus ihres Vaters kam und die Ihren sie wiedersahen, herrschte dort große Freude über sie. Darauf beräucherte ich den Adler mit Moschus, da kamen sofort die Ifrite von allen Seiten auf mich zu und riefen: ‚Zu Diensten! Was wünschest du, das wir tun sollen?' Ich befahl ihnen, sie sollten alles, was sich in der Messingstadt an Geld, edlen Metallen und Juwelen fände, nach meinem Hause in

Basra schaffen; das taten sie. Dann befahl ich ihnen, den Affen zu holen. Nachdem sie ihn gebracht hatten, in jämmerlichem und elendem Zustande, wie er war, fuhr ich ihn an: ‚Du Verruchter, warum hast du mich verraten?' Und alsbald befahl ich den Geistern, ihn in eine Messingflasche zu sperren. Da schlossen sie ihn in eine enge Messingflasche ein und versiegelten sie über ihm mit Blei.

Ich aber lebte hinfort mit meiner Gattin in Glück und Freuden; und jetzt, o Beherrscher der Gläubigen, besitze ich kostbare Schätze und seltene Edelsteine, mit so viel Geld im Vereine, daß keine Zahl ihre Menge nennt und ihre Fülle keine Grenzen kennt; und wenn du irgend etwas wünschest, sei es Geld oder etwas anderes, so gebiete ich den Dämonen, und sie werden es dir sofort bringen. All das ist die gütige Gabe Allahs des Erhabenen!'

Der Beherrscher der Gläubigen war über seine ganze Erzählung höchlichst erstaunt; und er verlieh ihm fürstliche Gaben für sein Geschenk und erwies ihm alle Huld, die ihm gebührte.

Ferner wird erzählt

DIE GESCHICHTE VON DER GROSSMUT DES BARMEKIDEN JAHJA IBN CHÂLID GEGEN MANSÛR

Eines Tages – es war noch vor der Zeit, in der er auf die Barmekiden eifersüchtig geworden war – berief Harûn er-Raschîd einen seiner Leibwächter namens Sâlih zu sich. Als der nun vor ihn trat, sprach er zu ihm: ‚Sâlih, geh zu Mansûr und sprich zu ihm: ‚Du bist uns eine Million Dirhems schuldig; und jetzt ist beschlossen worden, daß du uns diese Summe sofort zur Stelle schaffst.' Ferner befehle ich dir, Sâlih, daß du ihm, wenn er dir die genannte Summe nicht in der Zeit zwischen dem gegenwärtigen Augenblick und Sonnenuntergang herbeischafft, das Haupt vom Rumpfe trennst und es mir bringst!' ‚Ich höre und gehorche!' erwiderte Sâlih und begab sich alsbald zu Mansûr; dem berichtete er, was der Beherrscher der Gläubigen ihm gesagt hatte. Da rief Mansûr aus: ‚Ich bin verloren! Bei Allah, wenn ich all meine Siebensachen, ja alles, was in meinem Besitze ist, zum höchsten Preise verkaufe, so würde der Erlös dafür nicht mehr als hunderttausend betragen. Woher soll ich denn, Sâlih, die übrigen neunhunderttausend Dirhems beschaffen?' Sâlih gab ihm zur Antwort: ‚Suche dir einen Ausweg, durch den du sofort deine Verpflichtungen erfüllst; sonst bist du des Todes! Ich kann dir keinen Augenblick Verzug gewähren über die Zeit hinaus, die der Kalif mir bestimmt hat; und ich darf auch nichts von dem unterlassen, was mir der Beherrscher der Gläubigen befohlen hat. Also mach eiligst ein Mittel ausfindig, durch das du dich retten kannst, ehe die Frist abgelaufen ist!' ‚Ach, Sâlih,' sagte Mansûr darauf, ‚ich bitte dich, sei so gut und führe mich in mein Haus, auf daß ich von meinen Kindern und allen Meinen Abschied nehmen und meinen Verwandten die letzten Anweisungen geben kann!' Da ging ich – so berichtete Sâlih – mit ihm zu seinem Hause, und er begann von den Seinen Abschied zu nehmen; nun erhob sich ein Wehgeschrei in seiner Wohnung, alles weinte und klagte und flehte zu Allah dem Erhabenen. Sâlih aber sprach: ‚Mir ist in den Sinn gekommen, daß Allah dir vielleicht durch die Barmekiden Rettung zuteil werden lassen kann; laß uns drum zu dem Hause des Jahja ibn Châlid gehen!' Da gingen die beiden zu Jahja ibn Châlid, und Mansûr berichtete ihm von seiner Not. Jener war tief betrübt darüber, und er senkte sein Haupt eine Weile zu Boden; dann hob er es wieder, rief seinen Schatzmeister und sprach zu ihm: ‚Wieviel Geld ist in unserem Schatze vorhanden?' Der antwortete: ‚Etwa fünfhunderttausend Dirhems!' Da befahl Jahja sie zu bringen; dann schickte er einen Boten zu seinem Sohne el-Fadl mit einem Auftrage des Inhalts: ‚Mir sind herrliche Landgüter zum Kauf angeboten, die nie ihren Wert verlieren; sende uns daher etwas Geld!' Alsbald sandte el-Fadl ihm tausendmaltausend Dirhems. Darauf schickte Jahja einen anderen Mann zu seinem Sohne Dscha'far mit einer Botschaft des Inhalts: ‚Wir haben ein wichtiges Geschäft zu erledigen und brauchen dazu etwas Geld.' Sofort ließ Dscha'far ihm tausendmaltausend Dirhems überbringen. Ebenso sandte Jahja Leute zu allen anderen Barmekiden, bis er von ihnen für Mansûr eine ungeheure Geldsumme zusammengebracht hatte, ohne daß Sâlih und Mansûr etwas davon wußten. Als nun Mansûr wieder zu Jahja sprach: ‚Mein Gebieter, ich habe den Saum deines Gewandes ergriffen, und ich weiß niemanden, von dem ich dies Geld erhalten kann, außer dir, wie es ja die Gewohnheit deiner Großmut ist; so tilge denn für mich den Rest meiner Schuld und mache mich zu deinem Freigelassenen!' senkte der Barmekide sein Haupt und weinte; dann sagte er zu einem Diener: ‚Der Beherrscher der Gläubigen hat einst unserer Sklavin Danânîr einen Edelstein von hohem Werte geschenkt; geh zu ihr und sag ihr, sie möge ihn uns senden!' Der Diener ging fort und brachte ihm den Edelstein. Jahja aber fuhr fort: ‚Sâlih, ich habe diesen Edelstein für den Beherrscher der Gläubigen von einem Kaufmanne für zweihunderttausend Dinare gekauft; der Kalif aber schenkte ihn unserer Sklavin Danânîr, der Lautnerin. Wenn er ihn bei dir sieht, wird er ihn erkennen und wird um unsertwillen dein Blut nicht vergießen, um uns zu ehren. Und der Betrag deiner Schuld, o Mansûr, ist jetzt vollzählig vorhanden.' Da brachte ich das Geld und den Edelstein – so erzählte wiederum Sâlih – zu er-Raschîd, begleitet von Mansûr. Doch unterwegs hörte ich ihn plötzlich mit diesem Verse auf seine Lage anspielen:

> *Aus Liebe eilte nicht mein Fuß zu ihnen,*
> *Nein, nur aus Furcht, es träfen mich die Pfeile.*

Da staunte ich ob seiner gemeinen Natur, seiner Schlechtigkeit und Verworfenheit und über seiner Abstammung und Herkunft Niedrigkeit. So entgegnete ich ihm denn und sprach: ‚Es gibt niemanden auf dem Angesichte der Erde, der edler wäre als die Barmekiden, aber auch niemanden, der gemeiner und schlechter wäre als du! Sie haben dich vom Tode losgekauft und das Verderben von dir abgewandt, und sie haben dir das Lösegeld geschenkt mit gütiger Hand. Doch du hast ihnen nicht gedankt und sie nicht gepriesen; du hast nicht so gehandelt, wie edle Männer tun sollten, sondern du hast ihr Wohltun durch solche Worte vergolten!' Darauf ging ich zu er-Raschîd und erzählte ihm die Geschichte und berichtete ihm alles, was geschehen war. – –«

Da bemerkte Schehrezâd, daß der Morgen begann, und sie hielt in der verstatteten Rede an. Doch als die *Dreihundertundsechste Nacht* anbrach, fuhr sie also fort: »Es ist mir berichtet worden, o glücklicher König, daß Sâlih des weiteren sagte: ‚Ich erzählte dem Beherrscher der Gläubigen die Geschichte und berichtete ihm alles, was geschehen war. Da erstaunte er-Raschîd über Jahjas Edelmut, Freigebigkeit und Hochherzigkeit, doch auch über Mansûrs Gemeinheit und Schlechtigkeit. Er befahl den Edelstein an Jahja ibn Châlid zurückzugeben und fügte hinzu: ‚Alles, was wir einmal verschenkt haben, das dürfen wir nicht wieder zurücknehmen.' – Sâlih aber kehrte zu Jahja ibn Châlid zurück und erzählte ihm die Geschichte von Mansûr und seiner unedlen Art. Doch Jahja gab ihm zur Antwort: ‚Sâlih, wenn ein Mensch arm ist, wenn die Brust sich ihm engt und die Sorge ihn bedrängt, so soll man ihn nicht tadeln wegen dessen, was seinem Munde entfährt; denn es kommt ihm nicht aus dem Herzen.' Und so begann er nach Entschuldigungen für Mansûr zu suchen. Aber Sâlih weinte und rief: ‚Nie werden die kreisenden Sphären einen Mann gleich dir ins Dasein rufen. Weh, wie traurig, daß ein Mann von so edlem Wesen und solcher Hochherzigkeit wie du einst in den Staub gebettet werden soll!' Dann sprach er noch diese beiden Verse:

> *Tu eiligst jede gute Tat, die du beschlossen;*
> *Denn nicht zu jeder Zeit steht dir das Wohltun frei!*
> *Wie mancher hat gesäumt mit gutem Werk, solang er's*
> *Vermochte; da kam hemmend eigne Not herbei!*

Ferner wird erzählt

DIE GESCHICHTE VON DER GROSSMUT JAHJAS GEGEN DEN BRIEFFÄLSCHER

Zwischen Jahja ibn Châlid und 'Abdallâh ibn Mâlik el-Chuzâ'i herrschte geheime Feindschaft, die sie aber nicht zur Schau trugen. Und der Grund ihrer Feindschaft war der, daß der Beherrscher der Gläubigen Harûn er-Raschîd dem 'Abdallâh ibn Mâlik mit herzlicher Liebe zugetan war, während Jahja ibn Châlid und seine Söhne sagten, 'Abdallâh bezaubere den Beherrscher der Gläubigen. Schließlich, nachdem so eine lange Zeit verstrichen war, während der Groll in ihren Herzen nagte, begab es sich, daß er-Raschîd dem 'Abdallâh ibn Mâlik el-Chuzâ'i die Statthalterschaft von Armenien übertrug und ihn dorthin entsandte. Als jener nun dort seinen Herrschersitz eingenommen hatte, kam zu ihm ein Mann vom Volke des Irak; der besaß treffliche Bildung, Scharfsinn und Verstand, aber er lebte in dürftigen Verhältnissen, sein Besitz war von ihm gewichen, und sein Ansehen war verblichen. Und er hatte einen Brief gefälscht, der von Jahja ibn Châlid an 'Abdallâh ibn Mâlik geschrieben sein sollte, und war zu jenem nach Armenien gereist. Als er nun bei dem Tore des Statthalters ankam, übergab er das Schreiben einem von dessen Kammerherren; der nahm es entgegen und überbrachte es dem 'Abdallâh ibn Mâlik el-Chuzâ'i. Als dieser es geöffnet und gelesen und den Inhalt erwogen hatte, erkannte er, daß es gefälscht war; daher befahl er, den Mann kommen zu lassen. Wie der dann vor ihm stand, flehte er den Segen des Himmels auf ihn herab und pries ihn und die Männer an seinem Hofe. 'Abdallâh ibn Mâlik aber sprach zu ihm: ‚Was hat dich bewogen, eine so weite und mühevolle Reise zu machen und mir einen gefälschten Brief zu bringen? Doch sei guten Mutes, wir wollen deine Mühe nicht enttäuschen!' Da gab der Mann zur Antwort: ‚Allah schenke unserem Herrn Wesir ein langes Leben! Wenn dir meine Ankunft lästig ist, so suche doch nicht nach einem Vorwande, mich abzuweisen; denn Allahs Welt ist weit, und der Ernährer lebt! Der Brief, den ich dir von Jahja ibn Châlid gebracht habe, ist echt und nicht gefälscht.' Doch 'Abdallâh erwiderte: ‚Ich will einen Brief an meinen Verwalter in Baghdad schreiben und ihn anweisen, er solle darüber nachforschen, wie es mit diesem Schreiben steht, das du mir gebracht hast. Wenn es wirklich echt und keine Fälschung ist, so will ich dich zum Emir über einen Teil meines Landes einsetzen, oder wenn du ein Geschenk vorziehst, so will ich dir zweihunderttausend Dirhems geben und außerdem noch edle

Rosse und Kamele und ein Ehrengewand. Wenn das Schreiben aber gefälscht ist, so gebe ich Befehl, daß man dir zweihundert Stockschläge verabfolgt und dir den Bart schert.' Darauf befahl 'Abdallâh, ihn in ein Gemach zu bringen und ihn dort mit allem zu versehen, was er brauche, bis sich die Sache mit ihm aufgeklärt habe. Dann schrieb er einen Brief an seinen Verwalter in Baghdad des Inhalts: ‚Zu mir ist ein Mann gekommen mit einem Schreiben, von dem er behauptet, es sei von Jahja ibn Châlid. Ich habe meine Bedenken über dies Schreiben; es ist nun deine Pflicht, ohne Verzug sofort selbst hinzugehen und dich über die Sache mit diesem Schreiben zu vergewissern. Dann sende mir eilends Antwort, damit wir wissen, was an ihm wahr und was an ihm falsch ist!' Als dieser Brief in Baghdad angekommen war, saß der Verwalter auf – –«

Da bemerkte Schehrezâd, daß der Morgen begann, und sie hielt in der verstatteten Rede an. Doch als die *Dreihundertundsiebente Nacht* anbrach, fuhr sie also fort: »Es ist mir berichtet worden, o glücklicher König, daß der Verwalter des 'Abdallâh ibn Mâlik el-Chuzâ'i, als der Brief bei ihm in Baghdad angekommen war, sofort aufsaß und sich zum Hause des Jahja ibn Châlid begab. Er fand ihn im Kreise seiner Tischgenossen und Vertrauten sitzen, sprach den Gruß vor ihm und überreichte ihm den Brief. Jahja ibn Châlid las ihn und sprach dann zu dem Verwalter: ‚Kehre morgen zu mir zurück, auf daß ich dir eine schriftliche Antwort geben kann!' Nachdem der Verwalter weggegangen war, wandte Jahja sich zu seinen Tischgenossen und fragte sie: ‚Was verdient jemand, der einen Brief auf meinen Namen fälscht und ihn zu meinem Feinde bringt?' Da gab ein jeder von den Genossen eine eigene Antwort, jeder von ihnen nannte eine besondere Art von Strafe. Aber Jahja sprach zu ihnen: ‚Ihr irrt in dem, was ihr sagt. Das, was ihr mir ratet, stammt aus niedrigen und häßlichen Anschauungen. Ihr alle wißt doch, wie nahe 'Abdallâh dem Beherrscher der Gläubigen steht, und ihr wißt ferner um die grimme Feindschaft, die zwischen mir und ihm besteht. Nun hat Allah der Erhabene diesen Mann auserkoren und ihn zu einem Mittel der Versöhnung zwischen uns beiden bestimmt; er hat ihn dazu geeignet gemacht und ihn ausersehen, das Feuer des Grolles in unseren Herzen zu löschen, das seit zwanzig Jahren immer heftiger brennt; durch seine Vermittlung soll unser Streit geschlichtet werden. Darum geziemt es mir, zu bewirken, daß seine Pläne gelingen, und ihn in eine bessere Lage zu bringen. Ich will also für ihn einen Brief an 'Abdallâh ibn Mâlik el-Chuzâ'i schreiben, in dem ich ihn bitte, er möchte ihn aufs höchste ehren und ihm immerdar Gnade und Gunst gewähren.' Als die Genossen das hörten, wünschten sie ihm reichen Segen und staunten ob seiner Hochherzigkeit und seiner unendlichen Großmut. Dann ließ er Papier und Tintenkapsel bringen und schrieb an 'Abdallâh ibn Mâlik mit eigener Hand einen Brief des Inhalts: ‚Im Namen Allahs, des barmherzigen Erbarmers! Dein Brief ist eingetroffen – Allah schenke dir ein langes Leben! –, und ich habe ihn gelesen. Ich freue mich, daß es dir wohl ergeht, und bin froh, daß es gut um dich steht, und daß deiner Glückseligkeit Gedeihen beschieden ist. Du hast den Verdacht, daß jener ehrenwerte Mann in meinem Namen einen Brief gefälscht und kein Schreiben von mir erhalten habe; aber dem ist nicht so. Denn ich habe den Brief selbst geschrieben; er ist nicht gefälscht. Ich hoffe, du wirst in deinem Edelmut und deiner Güte und bei dem Adel deiner Natur jenem ehrenwerten und trefflichen Manne seine Hoffnung und seine Wünsche erfüllen, ihm die gebührende Ehre erweisen, ihm zu seinem Ziele verhelfen und ihn auszeichnen durch die reiche Güte deiner Hände und durch Gnaden ohne Ende. Was du nur an ihm tust, das erweisest du mir, und ich bin dir dankbar dafür.' Dann schrieb er die Aufschrift des Briefes, versiegelte ihn und übergab ihn dem Verwalter; und dieser stellte ihn dem 'Abdallâh zu. Als der ihn gelesen hatte, war er über seinen Inhalt erfreut; er ließ alsbald jenen Mann kommen und sprach zu ihm: ‚Welche von den beiden Gaben, die ich dir versprochen habe, dir lieber ist, die will ich dir zuteil werden lassen.' ‚Ein Geschenk', erwiderte der andere, ‚ist mir lieber als alles andere.' Da ließ er ihm zweihunderttausend Dirhems geben, ferner zehn arabische Rosse, fünf davon mit seidenen Decken und fünf mit reichverzierten Prunksätteln; dazu noch zwanzig Kisten mit Kleidern, zehn Mamluken, die auf Pferden beritten waren, und eine geziemende Anzahl von kostbaren Edelsteinen. Schließlich verlieh er ihm noch ein Ehrengewand, und indem er ihm seine Gunst bezeigte, entsandte er ihn nach Baghdad mit großer Pracht. Wie jener dort ankam, begab er sich zum Hause des Jahja ibn Châlid, ehe er noch die Seinen aufsuchte, und bat um Einlaß bei ihm. Da trat der Kammerherr zu Jahja ein und sprach: ‚Hoher Herr, an unserer Tür steht ein Mann von vornehmem Aussehen, von schöner Erscheinung und von sichtlichem Wohlstande, mit vielen Dienern; der begehrt Einlaß bei dir.' Jahja gab die Erlaubnis, ihn einzulassen; und als jener vor ihn trat, küßte er den Boden vor ihm. ‚Wer bist du?' fragte Jahja. Der Mann gab zur Antwort: ‚Mein Gebieter, ich bin's, der dem Schlage des Schicksals erlegen war; da hast du mich aus dem Grabe der Mißgeschicke wieder lebendig gemacht und mich in das Paradies meiner Wünsche gebracht. Ich bin's, der das Schreiben in deinem Namen gefälscht und es zu 'Abdallâh ibn Mâlik el-Chuzâ'i getragen hat.' Da fragte Jahja weiter:

,Wie hat er an dir gehandelt? Was hat er dir gegeben?' Und jener gab ihm zur Antwort: ,Dank deiner Hand und deiner edlen Gesinnung, dank deiner allüberragenden Gütigkeit und deiner allumfassenden Freigebigkeit, dank deiner erhabenen Hochherzigkeit und deiner unendlichen Vortrefflichkeit hat er mir so viel gegeben, daß er mich zum reichen Manne machte und mich zu Besitz und Wohlstand brachte. Ich habe alle seine Geschenke und Gaben herbeischaffen lassen; hier stehen sie an deiner Tür. Der Befehl ist dein, und die Entscheidung soll in deinen Händen sein!' Doch Jahja entgegnete ihm: ,Der Dienst, den du mir geleistet hast, ist mehr wert als das, was ich an dir getan habe. Ich stehe bei dir in großer Dankesschuld, und dir gebührt von mir der freigebigen Hand reichliche Huld; denn du hast die Feindschaft, die zwischen mir und jenem hochgeachteteten Manne bestand, in Freundschaft und Liebe verwandelt. Und so will ich dir denn das gleiche an Geschenken geben, was 'Abdallâh ibn Mâlik dir gewährt hat.' Darauf befahl er, ihm Geld und Rosse und Kisten mit Gewändern in gleicher Zahl zu bringen, wie sie 'Abdallâh ihm gegeben hatte. Und so ward jenem Manne sein früherer Wohlstand wieder zuteil durch die Großmut dieser beiden edlen Männer.

Ferner wird erzählt

DIE GESCHICHTE VON DEM KALIFEN EL-MAMÛN UND DEM FREMDEN GELEHRTEN

Unter den Kalifen aus dem Hause el-'Abbâs war keiner in allen Zweigen der Wissenschaft besser bewandert als el-Mamûn. Und er hatte in jeder Woche zwei Tage, an denen er einer Disputation der Gelehrten beiwohnte. Da saßen denn die disputierenden Rechtskundigen und Gottesgelehrten in seiner

Gegenwart nach Rang und Würden. Einmal nun, wie er in ihrer Gesellschaft war, trat plötzlich ein fremder Mann in ihren Kreis, der weiße[1], doch abgeschabte Kleider trug, und setzte sich ganz ans Ende der Anwesenden: hinter den Gelehrten an einem versteckten Platze ließ er sich nieder. Da begann man zu disputieren und schwierige Fragen zu behandeln. Es war aber Sitte bei ihnen, daß jede Frage bei den Versammelten der Reihe nach die Runde machte, und jeder, dem ein geistreicher Beitrag oder ein glücklicher Einfall in den Sinn kam, sprach ihn aus. Wie nun die Frage herumgegangen war und an jenen fremden Mann kam, sprach auch er, und zwar gab er eine treffendere Antwort als alle die Gelehrten; und der Kalif hatte Gefallen an seiner Rede. – –«

Da bemerkte Schehrezâd, daß der Morgen begann, und sie hielt in der verstatteten Rede an. Doch als die *Dreihundertundachte Nacht* anbrach, fuhr sie also fort: »Es ist mir berichtet worden, o glücklicher König, daß der Kalif el-Mamûn Gefallen an seiner Rede hatte und befahl, er solle an einen höheren Platz rücken. Als die zweite Frage an ihn kam, gab er eine Antwort, die noch treffender war als die erste; und wieder befahl der Kalif, er solle an eine höhere Rangstelle rücken. Als aber die dritte Frage an ihn kam, gab er eine Antwort, die noch besser und treffender war als die beiden ersten Antworten. Und da befahl el-Mamûn, er solle einen Platz in seiner Nähe einnehmen. Nach Beendigung der Disputation wurde Wasser gebracht, und man wusch sich die Hände; dann wurden Speisen aufgetragen, und man aß. Darauf erhoben die Gelehrten sich und gingen weg. Doch el-Mamûn hielt jenen

---

1. Die Farbe der Abbasiden war schwarz; weiß war die Farbe der Fatimiden. Aber zur Zeit von el-Mamûn gab es noch keine Fatimiden. Hier deutet die weiße Farbe der Kleider wohl nur den Fremdling an.

fremden Mann zurück, als er mit den anderen hinausgehen wollte, hieß ihn näher treten, sprach freundlich mit ihm und versprach ihm seine Huld und Gunst. Dann rüstete man zum Trinkgelage; die heiteren Tischgenossen kamen zuhauf, und der Wein begann den kreisenden Lauf. Als jedoch die Reihe an jenen Fremdling kam, sprang er auf seine Füße und sprach: ‚Wenn der Beherrscher der Gläubigen es mir erlaubt, so möchte ich ein Wort sprechen.' ‚Sag, was du willst', erwiderte der Kalif. Da fuhr jener fort: ‚Die Einsicht der erhabenen Majestät – Allah mehre ihre Hoheit! – weiß, daß ihr Knecht heute in dieser erlauchten Versammlung einer aus der Unbekannten Schar und einer der niedrigsten Teilnehmer war. Dennoch ließ der Beherrscher der Gläubigen ihn nahe zu sich kommen um des bißchen Verstandes willen, das er aus seinem Munde vernommen; und er gab ihm einen höheren Rang als den anderen, ja, er ließ ihn zu einer solchen Höhe gelangen, deren sein Geist sich nie unterfangen. Jetzt aber will er dies kleine Quentchen Verstand von ihm nehmen, das ihn in seiner Niedrigkeit ehrte und ihm sein geringes Ansehen mehrte. Das sei weit und fern, daß der Beherrscher der Gläubigen ihn beneide wegen dieses geringen Maßes von Verstand, Ruf und Vortrefflichkeit, das er besitzt! Denn wenn dein Knecht Wein tränke, so würde der Verstand von ihm weichen und die Torheit ihn erreichen; seine gute Sitte würde von ihm genommen, er würde zu jener früheren, verachteten Stufe zurücksinken und in den Augen der Menschen wieder mißachtet und unbekannt werden. Darum hoffe ich von der Einsicht der erhabenen Majestät, daß sie in ihrer Güte und Großmut, in ihrer Herrscherhoheit und edlen Gesinnung ihn dieses Kleinodes nicht beraubt!' Als der Kalif el-Mamûn diese Worte von ihm vernahm, lobte er ihn, dankte ihm und hieß ihn sich wieder auf seinen Platz niedersetzen; er erwies ihm hohe Ehren und befahl, ihm hunderttausend Dirhems zu geben. Ferner gab er ihm ein Roß zu reiten und schenkte ihm prächtige Gewänder. Und bei jeder Versammlung wies er ihm einen hohen Platz an und bewies ihm seine Gunst vor allen anderen Gelehrten, bis er unter ihnen zur höchsten Würde kam und den ersten Rang einnahm. Doch Allah weiß es am besten!

Und ferner wird erzählt

DIE GESCHICHTE VON 'ALÎ SCHÂR UND ZUMURRUD

In alten Zeiten und in längst entschwundenen Vergangenheiten lebte einmal ein Kaufmann im Lande Chorasân; der hieß Madschd ed-Dîn. Er besaß großen Reichtum, viele Sklaven und Mamluken und Diener; aber er hatte schon sein sechzigstes Lebensjahr erreicht, ohne daß ihm ein Sohn geboren wäre. Da endlich schenkte Allah der Erhabene ihm einen Sohn; den nannte er 'Alî. Und als dieser Knabe herangewachsen war, ward er an Schönheit reich, dem Monde in der Nacht seiner Fülle gleich. Doch kaum stand er in den Mannesjahren, er, in dem alle Vollkommenheiten vereinigt waren, da erkrankte sein Vater auf den Tod; so rief er denn seinen Sohn zu sich und sprach zu ihm: ‚Mein Sohn, die Schicksalsstunde naht sich nun; drum will ich dir ein Vermächtnis zu wissen tun.' ‚Was ist es, mein Vater?' fragte 'Alî. Der Kaufmann erwiderte: ‚Ich ermahne dich, werde mit keinem der Menschen vertrauter, als es sich gebührt, und meide alles, was Schaden und Unheil mit sich führt! Hüte dich, ein Freund des Bösen zu werden; denn er ist wie der Schmied: wenn dich sein Feuer nicht brennt, so beißt dich doch sein Rauch! Und wie schön ist das Dichterwort:

> *In deiner Zeit lebt keiner, des Freundschaft man erstrebet,*
> *Kein Freund, der Treue wahrt, wenn das Geschick betrügt.*
> *Drum leb für dich allein, verlasse dich auf niemand!*
> *Mein Wort ist guter Rat für dich, und das genügt.*

Und ebenso das Wort eines anderen:

> *Die Menschen sind verborgnes Leiden;*
> *Schenk ihnen niemals dein Vertrauen!*
> *Denn sie sind voller Trug und Arglist,*
> *Verstehst du nur in sie zu schauen.*

Desgleichen auch das Wort eines dritten:

> *Verkehr mit Menschen bringet keinen Nutzen,*
> *Nein, nur Geschwätz mit ew'gem Hin und Her.*
> *Drum such nur dann mit Menschen Umgang, willst du,*
> *Daß sich dein Wissen und dein Gut vermehr!*

Und so auch das Wort eines vierten:

> *Wenn ein Verständiger die Menschen prüfet,*
> *So wird ihm Speise, die ich aß, zuteil:*
> *Ich fand, daß ihre Liebe nichts als Trug ist,*
> *Und Heuchelei ihr Glaube an das Heil.*

Da sagte 'Alî: ,Lieber Vater, ich höre und gehorche! Was soll ich sonst noch tun?' Und sein Vater fuhr fort: ,Tu Gutes, wenn du es vermagst! Handle immer freundlich gegen die Menschen und ergreife jede Gelegenheit, um einen Gefallen zu tun; denn nicht zu jeder Zeit läßt eine Absicht sich ausführen! Wie schön ist doch das Dichterwort:

> *Es bietet nicht zu jeder Zeit und Stunde*
> *Sich uns Gelegenheit zu guter Tat.*
> *Wenn sie dir möglich ist, so tu sie eilends,*
> *Eh sich die Möglichkeit entzogen hat.*

,Ich höre und gehorche!' erwiderte 'Alî. – –«

Da bemerkte Schehrezâd, daß der Morgen begann, und sie hielt in der verstatteten Rede an. Doch als die *Dreihundertund-*

neunte Nacht anbrach, fuhr sie also fort: »Es ist mir berichtet worden, o glücklicher König, daß der Jüngling seinem Vater erwiderte: ‚Ich höre und gehorche! Was aber noch weiter?' Da hub der Kaufmann wieder an: ‚Mein Sohn, gedenke Allahs, so wird er deiner gedenken. Hüte dein Gut und verschwende es nicht; denn wenn du es verschwendest, so wirst du die niedrigsten Menschen nötig haben! Wisse, daß der Wert des Mannes auf dem beruht, was seine Rechte im Besitz hat. Und wie trefflich ist auch dies Dichterwort:

> *Hab ich kein Geld, so hab ich auch keinen Freund zum Gefährten;*
> *Doch habe ich viel Geld, so ist mir jedermann Freund.*
> *Wie mancher Feind ward mir um Geldes willen zum Freunde!*
> *Wie mancher Freund ward mir beim Mangel des Geldes zum Feind!*

Wieder fragte 'Alî: ‚Was noch weiter?' Da fuhr sein Vater fort: ‚Mein Sohn, berate dich mit denen, die älter an Jahren sind als du, und übereile dich nicht mit einer Sache, die du vorhast! Hab Mitleid mit dem, der unter dir steht; so wird sich der deiner erbarmen, der über dir steht! Bedrücke niemanden; sonst wird Allah einen über dich setzen, der dich bedrückt! Wie schön lautet das Wort des Dichters:

> *Tu eines andren Sinn zu deinem, laß dir raten;*
> *Denn zweien kann die Wahrheit nicht verborgen sein.*
> *Dem Manne zeiget ja ein Spiegel nur sein Antlitz;*
> *Den Rücken sieht er durch zwei Spiegel im Verein.*

Und ebenso das Wort eines anderen:

> *Besinn dich und haste nie mit irgendeinem Plane;*
> *Hab Mitleid mit den Menschen, so wirst du durch Mitleid beglückt!*
> *Es gibt keine Macht in der Welt, über die nicht Gottes Macht stände;*
> *Ein jeder Tyrann wird noch durch einen Tyrannen bedrückt.*

Desgleichen auch das Wort eines dritten:

> *Tu kein Unrecht, auch wenn die Macht dazu dir gegeben;*
> *Denn Rache lauert immer auf den, der solches verbricht!*

> *Dein Auge mag wohl schlafen; doch der Bedrückte wachet*
> *Und flucht dir, und das Auge Allahs schlummert nicht.*

Hüte dich, Wein zu trinken; denn der ist aller Übel Anfang! Weintrinken raubt den Verstand und macht den Trinker verächtlich. Und wie trefflich lautet das Wort des Dichters:

> *Bei Allah, nie soll Wein mich trunken machen, solange*
> *Der Geist im Leib mir weilt und meine Rede noch klar ist!*
> *Nie will ich, an keinem Tage, mich kühlem Weine ergeben;*
> *Nur den will zum Freunde ich wählen, der aller Trunkenheit bar ist.*

Dies ist also mein Vermächtnis an dich; halt es dir stets vor Augen, und Allah möge mein Stellvertreter bei dir sein!' Dann schwanden ihm die Sinne, und er schwieg eine Weile; als er wieder zu sich gekommen war, bat er Gott um Verzeihung für seine Sünden, sprach das Glaubensbekenntnis und ging ein zur Barmherzigkeit Allahs des Erhabenen. Nun weinte und klagte sein Sohn um ihn, und alsbald begann er das Begräbnis in geziemender Weise zu rüsten. Bei der Bestattung zog groß und klein mit hinaus, die Koranleser rezitierten an seiner Bahre, und 'Alî ließ nichts von dem ungetan, was dem Verstorbenen gebührte. Dann sprach man die Gebete über dem Grabe und übergab die Leiche der Erde. Über seine Gruft aber wurden diese Verse geschrieben:

> *Aus Staub geschaffen tratest du ins Leben*
> *Und hast der Sprache edle Kunst erlernt;*
> *Du kehrtest heim zum Staube jetzt als Toter,*
> *Als hättest du dich nie vom Staub entfernt.*

Sein Sohn 'Alî Schâr trauerte schmerzlich um ihn und veranstaltete eine Trauerfeier für ihn nach dem Brauche der vornehmen Leute. Ja, er betrauerte seinen Vater so lange, bis auch seine Mutter gestorben war, kurze Zeit nach dem Tode des Vaters. Da tat er auch für sie alles, was er für seinen Vater getan hatte. Darauf aber, nach diesen Geschehnissen, setzte er sich in seinen Laden und trieb Handel; doch er hatte keinen vertrauten Umgang mit irgendeinem der Geschöpfe Allahs des Erhabenen, getreu dem Vermächtnisse seines Vaters. In solcher Weise lebte er ein Jahr lang. Aber dann, als dies Jahr verstrichen war, schlichen sich die Bastarde mit List bei ihm ein und gesellten sich zu ihm, bis er mit ihnen schlechte Dinge trieb und abseits vom rechten Wege blieb; und er schlürfte den Wein aus Bechern ein, und zu den Mägdelein ging er früh und spät zum Stelldichein. Und nun sagte er sich: ‚Mein Vater hat doch all diesen Reichtum für mich angehäuft; und wenn ich nichts davon ausgebe, wem soll ich ihn dann hinterlassen? Bei Allah, ich will mich an das halten, was der Dichter gesagt hat:

> *Hast du dein ganzes Leben lang*
> *Für dich gesammelt und gerafft –*
> *Wie hast du dann Genuß an dem,*
> *Was du gesammelt und geschafft?'*

So verschwendete nun 'Alî Schâr sein Gut in einem fort zu allen Zeiten der Nacht und des Tages, bis er seine ganze Habe vertan hatte und ein armer Mann war. Da drückte die Not ihn sehr, und das Herz ward ihm schwer; er verkaufte den Laden, die Häuser und alles, was dazu gehörte, und dann verkaufte er sogar die Kleider von seinem Leibe, bis er nur noch ein einziges Gewand für sich übrig hatte. Nun war die Trunkenheit geschwunden, und es nahten die sorgenvollen Stunden; so kam das Elend über ihn. Eines Tages saß er von Tagesanbruch bis zum Nachmittag ohne Imbiß da, und da sprach er bei sich selber: ‚Ich will bei allen denen, für die ich mein Geld ausgegeben habe, die Runde machen; vielleicht wird einer von ihnen mir heute etwas zu essen geben.' Und er machte die

Runde bei ihnen allen; aber sooft er bei einem von ihnen an die Tür klopfte, ließ der sich verleugnen und versteckte sich vor ihm, bis der Hunger in ihm brannte. Dann ging er zum Basar der Kaufleute. – –«

Da bemerkte Schehrezâd, daß der Morgen begann, und sie hielt in der verstatteten Rede an. Doch als die *Dreihundertundzehnte Nacht* anbrach, fuhr sie also fort: »Es ist mir berichtet worden, o glücklicher König, daß 'Alî Schâr, als der Hunger in ihm brannte, zum Basar der Kaufleute ging. Dort fand er eine Volksmenge, die sich in einen Kreis zusammendrängte. Da sprach er bei sich selber: ‚Was mag wohl der Grund sein, daß die Menge sich dort zusammendrängt? Bei Allah, ich will nicht eher hier fortgehen, als bis ich mir diesen Kreis da näher angesehen habe.' Darauf drängte er sich in den Ring der Menge hinein, und er fand eine Sklavin; die war fünf Fuß hoch, ihr Wuchs von ebenmäßiger Art, ihre Wangen waren rosig zart und ihre Brüste rund gepaart. Sie übertraf alle Menschen ihrer Zeit an Schönheit und Lieblichkeit, Anmut und Vollkommenheit, wie einer, der ihresgleichen beschrieb, von ihr sang:

> *Sie ward nach ihrem Wunsch geschaffen; und vollendet,*
> *Schien sie der Schönheit Guß, nicht kurz und auch nicht lang.*
> *Die Schönheit selber ward von ihrem Bild bezaubert,*
> *In dem der Keuschheit Spröde mit Stolz zusammenklang.*
> *Ihr Wuchs ist wie ein Reis, ihr Antlitz wie der Vollmond,*
> *Und Moschus ist ihr Hauch; kein Wesen kommt ihr gleich.*
> *Es ist, als wäre sie aus Perlenglanz gegossen;*
> *Aus jedem Gliede strahlt ein Mond an Schönheit reich.*

Der Name jenes Mädchens aber war Zumurrud. Als nun 'Alî Schâr sie erblickte, war er ob ihrer Schönheit und Anmut erstaunt, und er sprach: ‚Bei Allah, ich will nicht eher weggehen, als bis ich sehe, wie hoch der Preis dieser Sklavin steigt, und auch erfahre, wer sie kauft!' Darauf trat er unter die Kaufleute;

und die glaubten, er wolle sie erwerben, da sie wußten, welch großen Reichtum er von seinem Vater geerbt hatte. Dann stellte der Makler sich neben der Sklavin auf und rief: ‚Ihr Kaufleute, ihr Männer des Geldes! Wer öffnet das Tor des Bietens auf diese Sklavin, die Herrin der Monde, die Perle von hohem Gewinn * Zumurrud, die Vorhangstrickerin * die Sehnsucht des Verlangenden * die Wonne des Liebesbangenden? * So öffnet denn die Türe nun, * und auf dem, der sie öffnet, soll kein Tadel noch Vorwurf ruhn!' Einer der Kaufleute rief: ‚Mein, für fünfhundert Dinare!' ‚Und zehn!' rief ein anderer. Ein alter Mann aber, des Namens Raschîd ed-Dîn, der blaue Augen[1] hatte und häßlich anzusehn war: ‚Und hundert!' ‚Und zehn', rief wieder ein anderer. Nun rief der Alte: ‚Für tausend Dinare!' Da hielten die anderen Kaufleute ihre Zungen im Zaum und schwiegen still; der Makler aber beriet sich mit ihrem Eigentümer. Dieser jedoch sprach: ‚Ich habe geschworen, sie nur einem Manne zu verkaufen, den sie selber auswählt. Frage sie also um ihre Meinung!' Der Makler ging zu ihr hin und sprach: ‚Herrin der Monde, dieser Kaufmann möchte dich kaufen.' Da blickte sie auf den Mann, und als sie sah, daß er so war, wie wir ihn geschildert haben, sprach sie zu dem Makler: ‚Ich will nicht an einen Greis verkauft werden, den die Altersschwäche zu einem traurigen Tropf gemacht hat. Wie vortrefflich sprach der Dichter:

> *Ich bat sie einst um einen Kuß; doch sie erblickte*
> *Mein Weißhaar, das mir Gut und Wohlstand nicht erspart.*
> *Da wandte sie sich eilends ab und sprach die Worte:*
> *Bei Ihm, durch den der Mensch aus nichts erschaffen ward,*
> *Mit grauem Barte schließe ich wahrlich keinen Bund!*
> *Stopft man mir denn im Leben schon Watte in den Mund?'*[2]

1. Blaue Augen gelten im Morgenlande als gefährlich; das ‚böse Auge' wird meist als blau gedacht. – 2. Das geschieht sonst nur bei Toten.

Als der Makler ihre Worte vernommen hatte, sprach er zu ihr: ‚Bei Allah, du bist entschuldigt; dein Kaufpreis sollte zehntausend Dinare betragen.' Darauf teilte er ihrem Eigentümer mit, daß sie jenen Greis nicht möge. Der erwiderte ihm: ‚Befrage sie über einen anderen!' Nun trat ein anderer Mann vor und rief: ‚Mein, für so viel, wie der Alte, den sie nicht mag, geboten hat!' Doch wie sie jenen Mann anschaute, entdeckte sie, daß er einen gefärbten Bart hatte. Da rief sie aus: ‚Was für Schand und Unverstand und weißen Bartes schwarzer Tand!' Darauf begann sie in immer größere Verwunderung auszubrechen, und sie hub an diese Verse zu sprechen:

> *Beim Herren Soundso ward mir ein schöner Anblick:*
> *Ein Hals, bei Gott, geschlagen von der Schuhe Paar;*
> *Ein Bart, in dem die kleinen Tiere froh sich tummeln;*
> *Die Locke schief, da sie vom Strick umwunden war.*
> *O du, betört durch meinen Wuchs und meine Wange,*
> *Du täuschest ohne Sorge Unmöglichkeiten vor;*
> *Du färbest voller Schande dir deine weißen Haare*
> *Und du verbirgst, was sich der list'ge Sinn erkor.*
> *Du gehst mit einem Bart und kommst mit einem andern,*
> *Als wärst du von den Bildern, die im Schattenspiele wandern.*

Und wie recht sagt ein anderer Dichter:

> *Sie sprach: Ich seh, du färbst dein weißes Haar. Da sprach ich:*
> *Ich will es nur verbergen vor dir, mein Aug und Ohr!*
> *Da lachte sie und sprach: Fürwahr, es nimmt doch wunder,*
> *So viel des Trugs, daß drin sich gar das Haar verlor!*

Als der Makler diese Verse von ihr vernahm, sagte er zu ihr: ‚Bei Allah, du hast die Wahrheit gesprochen!' Dem Kaufmanne aber, der fragte, was sie gesagt habe, wiederholte er ihre Verse; und der sah nun ein, daß er im Unrecht war, und stand von dem Kaufe ab. Da trat ein dritter Kaufmann vor und sprach: ‚Frage sie, ob sie um den genannten Preis die

Meine werden will!' Als der Makler sie danach fragte, blickte sie auf den Käufer; doch sie sah, daß er einäugig war, und so rief sie: ,Dieser da hat ja nur ein Auge! Von seinesgleichen sagt der Dichter:

> Hab keinen Tag den Einaug zum Gefährten;
> Vor seiner bösen List nimm dich in acht!
> Wenn in dem Einaug etwas Gutes wäre,
> So hätte Gott sein Aug nicht blind gemacht.'

Nun fragte der Makler sie: ,Willst du denn jenem anderen Kaufmanne da verkauft werden?' Sie schaute ihn an und entdeckte, daß er klein war und einen Bart hatte, der ihm bis zum Nabel hinabwallte. Da sprach sie: ,Das ist einer, von dem der Dichter sagt:

> Ich habe einen Freund, und der hat einen Bart;
> Den ließ ihm Allah wachsen, daß er nutzlos wallt.
> Es ist, als wenn er eine der Winternächte wär,
> So voller Finsternis, so lang und auch so kalt!'

Schließlich sagte der Makler zu ihr: ,Herrin, sieh dich um, wer dir von den Anwesenden gefällt, und nenn ihn mir, auf daß ich dich ihm verkaufe!' Sie blickte darauf im Kreise der Kaufleute umher und sah einen nach dem anderen genau an, bis ihr Blick auf 'Alî Schâr fiel. --«

Da bemerkte Schehrezâd, daß der Morgen begann, und sie hielt in der verstatteten Rede an. Doch als die *Dreihundertundelfte Nacht* anbrach, fuhr sie also fort: »Es ist mir berichtet worden, o glücklicher König, daß die Sklavin, als ihr Blick auf 'Alî Schâr fiel, ihn anschaute mit einem Blick, der ließ tausend Seufzer in ihr zurück. Ihr Herz ward von ihm gefangen genommen; denn er war wunderbar schön und lieblicher als des Nordwindes Wehn. Und so sprach sie zu dem Makler: ,Ich will keinem anderen verkauft werden als diesem, meinem

Herrn, dem Manne, dessen Antlitz so lieblich schaut und dessen Gestalt so ebenmäßig gebaut, den ein Dichter also geschildert hat:

> *Als sie dein liebliches Antlitz entblößten,*
> *Schalten sie ihn, den die Liebe erfüllt.*
> *Wünschten sie meine Ruhe, sie hätten*
> *Immer dein schönes Antlitz verhüllt.*

Keiner soll mich besitzen als er allein; denn seine Wange ist zart und fein, und der Tau seiner Lippen gleichet dem Wein. Sein Speichel heilt die Kranken, und seine Schönheit verwirrt Erzählern und Dichtern ihre Gedanken; wie der Dichter von ihm gesagt hat:

> *Sein Lippentau ist Wein, der Hauch aus seinem Munde*
> *Ist Moschus, seiner Zähne Geheg dem Kampfer gleich.*
> *Auf daß die Schar der Huris nicht in Versuchung käme,*
> *Wies ihn Ridwân, der Engel, hinaus aus seinem Reich.*
> *Um seines Stolzes willen tadelt ihn die Welt;*
> *Doch schuldlos steht der stolze Mond am Himmelszelt.*

Er ist ein Jüngling im lockigen Haar, mit dem rosigen Wangenpaar, mit dem Blick voll Zaubergewalt, von dem das Dichterwort widerhallt:

> *Und ach, das Reh versprach, ich dürfe mich ihm nahen;*
> *Das Auge spähte aus, das Herze schlug voll Bangen.*
> *Die Lider bürgten mir für des Versprechens Wahrheit;*
> *Doch können sie es halten, die gebrochen hangen?*

Und ein anderer sprach:

> *Sie sprachen: Zartes Flaumhaar wächst auf seiner Wange;*
> *Wie kannst du ihn noch lieben, wenn dort Gewächse stehn?*
> *Ich sagte: Haltet ein mit Tadel, kürzt die Rede!*
> *Gewächse sind es nicht, und doch – sie wachsen schön.*
> *Voll edler Frucht ein Eden, ein Wohnort voller Wonnen;*
> *Das zeigt auf seinen Lippen der Paradiesesbronnen.'*

Als der Makler die Verse von ihr vernahm, in denen 'Alî Schâr ob seiner Reize besungen war, da staunte er über ihre Beredsamkeit und ihrer Schönheit Strahlenkleid. Doch ihr Besitzer sagte zu ihm: ‚Staune nicht über den Glanz ihrer Schönheit, der heller als die Sonne am lichten Tage scheint, noch darüber, daß sie die erlesensten Verse in ihrem Gedächtnis vereint! Denn sie kann außerdem noch den erhabenen Koran nach sieben Weisen vortragen und die heiligen Überlieferungen nach den richtigen Texten hersagen; sie schreibt die sieben Schriftarten und hat an Wissen so viel erreicht, daß selbst der größte Gelehrte ihr nicht gleicht. Ferner sind ihre Hände besser als Gold und Silber; denn sie versteht seidene Vorhänge anzufertigen und verkauft sie. Für jeden einzelnen erhält sie fünfzig Dinare, und um einen Vorhang zu machen, braucht sie nur acht Tage.' Da rief der Makler: ‚O glücklich der Mann, in dessen Haus sie zieht, und der in ihr sein kostbarstes Kleinod sieht!' Darauf sagte ihr Besitzer zu ihm: ‚Verkaufe sie dem, den sie will!' Nun trat der Makler zu 'Alî Schâr, küßte ihm die Hände und sprach zu ihm: ‚Mein Gebieter, kaufe diese Sklavin; denn sie hat dich erwählt!' Und er nannte ihm alle ihre Eigenschaften und Kenntnisse und fügte noch hinzu: ‚Glück dir, wenn du sie kaufst! Dann hat Er, der mit seinen Gaben nicht geizt, dir ein Geschenk verliehen.' 'Alî Schâr aber senkte das Haupt zu Boden, indem er über sich selbst lachen mußte und sich im Innern sagte: ‚Bis zu dieser Stunde bin ich heute noch ohne Imbiß; doch ich scheue mich, vor den Kaufleuten zu sagen, daß ich kein Geld habe, um sie zu kaufen.' Als nun die Sklavin sah, daß er den Kopf senkte, sprach sie zu dem Makler: ‚Nimm mich bei der Hand und führe mich zu ihm, auf daß ich mich ihm zeige und in ihm den Wunsch erwecke, mich zu erwerben; denn ich will keinem anderen verkauft werden als ihm!'

Da nahm der Makler sie bei der Hand und stellte sie vor 'Alî Schâr, indem er fragte: ‚Wie denkst du, mein Gebieter?' Er gab ihm jedoch keine Antwort; und da hub die Sklavin an: ‚Mein Gebieter, du Liebling meines Herzens, was ist dir, daß du mich nicht kaufen willst? Kaufe mich doch für soviel du willst; ich werde die Ursache deines Glückes sein!' Indem er sein Haupt zu ihr emporhob, gab er ihr zur Antwort: ‚Muß denn auch wider Willen gekauft werden? Der Preis von tausend Dinaren für dich ist teuer!' Sie fuhr fort: ‚Mein Gebieter, so kaufe mich denn um neunhundert!' Doch er rief: ‚Nein!' Da hub sie wieder an: ‚Um achthundert!' Als er auch das ablehnte, fuhr sie fort mit dem Preise herabzugehen, bis sie schließlich zu ihm sagte: ‚Um hundert Dinare!' Nun gestand er: ‚Ich habe keine vollen hundert bei mir.' Lachend fragte sie ihn darauf: ‚Wieviel fehlt an deinen hundert?' Da sprach er: ‚Ich habe weder hundert noch sonstwas. Bei Allah, ich besitze weder weißes Silber noch rotes Gold, weder Dirhem noch Dinar. Sieh dich daher nach einem anderen Käufer um!' Als sie erfuhr, daß er nichts besaß, sagte sie zu ihm: ‚Nimm mich an der Hand in eine Seitengasse, als ob du mich untersuchen wolltest!' Das tat er, und da zog sie aus ihrem Busen einen Beutel mit tausend Dinaren hervor und sprach: ‚Wäge davon neunhundert als Kaufpreis für mich ab; die übrigen hundert behalt bei dir, damit sie uns von Nutzen sind.' Er tat, wie sie ihn geheißen hatte, kaufte sie für neunhundert Dinare, bezahlte ihren Preis aus jenem Beutel und ging mit ihr nach Hause. Doch als sie zu dem Hause kam, fand sie dort nur eine öde Halle, ohne Teppiche und ohne Hausgerät. Alsbald gab sie ihm wieder tausend Dinare und sprach zu ihm: ‚Geh zum Basar, kaufe uns für dreihundert Dinare Teppiche und Hausgerät.' Nachdem er das getan hatte, bat sie ihn: ‚Nun kaufe uns Speise und Trank' – –«

Da bemerkte Schehrezâd, daß der Morgen begann, und sie hielt in der verstatteten Rede an. Doch als die *Dreihundertundzwölfte Nacht* anbrach, fuhr sie also fort: »Es ist mir berichtet worden, o glücklicher König, daß die Sklavin ihn bat: ‚Nun kaufe uns Speise und Trank für drei Dinare!' Nachdem er auch dies getan hatte, hub sie wieder an: ‚Kaufe uns ein Stück Seide von der Größe eines Vorhanges; ferner kaufe auch Goldfäden und Silberfäden und Seidenfäden in sieben verschiedenen Farben.' Als er auch diesen Auftrag ausgeführt hatte, richtete sie das Haus ein und zündete die Wachskerzen an; alsdann setzten sich beide nieder, um zu essen und zu trinken. Darauf gingen sie zum Ruhelager und genossen einander; und sie verbrachten die Nacht eng umschlungen hinter dem Vorhange. So erging es ihnen, wie der Dichter sagt:

> *Geh hin zu deinem Lieb, und meide die Worte des Neiders;*
> *Der Neidhart kann doch nie der Liebe ein Helfer sein! –*
> *Fürwahr, ich sah dich im Schlafe an meiner Seite ruhen*
> *Und küßte von deinen Lippen den süßesten kühlen Wein.*
> *Ja, wirklich und wahrhaftig, ich werde all meine Pläne*
> *Erreichen und dem trotzen, was immer der Neider tut. –*
> *Die Augen sahen niemals einen schöneren Anblick*
> *Als solch ein liebend Paar, das auf einem Bette ruht.*
> *Sie liegen innig umschlungen, bedeckt vom Kleide der Freude;*
> *Als Kissen dienet einem des anderen Arm und Hand.*
> *Und sind die Herzen einander in treuer Liebe verbunden,*
> *So sind sie wie harter Stahl; kein Mensch zerschlägt das Band.*
> *O der du wegen der Liebe das Volk der Liebenden tadelst,*
> *Kannst du dem kranken Herzen ein heilender Retter sein?*
> *Ja, wenn dir in deinem Leben je ein Getreuer begegnet,*
> *So ist er, was du wünschest. Dann lebe für ihn allein!*

In enger Umarmung blieben sie bis zum Morgen zusammen, und die Liebe zueinander schlug in ihren Herzen feste Wurzeln. Dann nahm sie den Vorhang, bestickte ihn mit farbiger Seide und durchzog ihn mit goldenen und silbernen Fäden; auch fügte sie eine Borte hinzu, die sie ringsum mit Bildern von Vögeln und wilden Tieren schmückte, ja, es blieb kein einziges Tier der ganzen Welt übrig, das sie nicht darauf abgebildet hätte. Acht Tage lang war sie bei der Arbeit; und als der Vorhang fertig war, glättete sie ihn, faltete ihn zusammen und gab ihn ihrem Herrn mit den Worten: ‚Bring ihn auf den Basar und verkauf ihn für fünfzig Dinare an den Händler! Hüte dich, ihn an einen Vorübergehenden zu verkaufen; denn das würde zur Folge haben, daß wir voneinander getrennt werden, da Feinde uns auflauern, die uns nicht aus den Augen lassen!' ‚Ich höre und gehorche!' erwiderte er, begab sich alsbald mit dem Vorhange zum Basar und verkaufte ihn dort an einen Händler, wie sie ihn zu tun geheißen hatte. Danach kaufte er ein Stück Seidentuch, Seidenfäden und Gold- und Silberfäden, wie das erste Mal, ferner alles, was sie an Nahrung nötig hatten. Das brachte er ihr und gab ihr zugleich den Rest des Geldes. Hinfort nun gab sie ihm alle acht Tage einen Vorhang, und er verkaufte ihn für fünfzig Dinare. So taten sie ein ganzes Jahr hindurch.

Nach Ablauf des Jahres ging er wieder einmal wie gewöhnlich mit dem Vorhange zum Basar und gab ihn dem Makler; da trat ihm ein Christ entgegen und bot ihm sechzig Dinare. Als 'Alî Schâr sich weigerte, bot der Christ ihm immer mehr, bis er es auf hundert Dinare brachte. Dann bestach er den Makler mit zehn Dinaren, und der wandte sich an 'Alî Schâr, sprach zu ihm von dem hohen Preise und suchte ihn zu überreden, daß er den Vorhang an den Christen für diese Summe verkaufe, indem er hinzufügte: ‚Hoher Herr, fürchte dich nicht vor diesem Christen; von ihm geschieht dir kein Leid!' Auch die Kaufleute drängten ihn, und so verkaufte er den Vorhang schließlich an den Christen, obwohl sein Herz vor Angst zitterte. Dann nahm er das Geld und begab sich nach Hause; doch er bemerkte, daß der Christ hinter ihm herging. Er rief ihn an: ‚Du Nazarener, was ist's mit dir, daß du hinter mir hergehst?' ‚Hoher Herr,' erwiderte jener, ‚ich habe etwas am Ende der Straße zu besorgen – Allah bringe dich nie in Sorgen!' Aber kaum hatte 'Alî Schâr seine Wohnung erreicht, da stand der Christ schon wieder hinter ihm. Nun schrie er ihn an: ‚Du Verfluchter, warum läufst du mir überall nach, wohin ich gehe?' ‚Hoher Herr,' erwiderte jener, ‚gib mir einen Trunk Wassers zu trinken; denn ich bin durstig. Und dein Lohn stehe bei Allah dem Erhabenen!' Da sagte sich 'Alî Schâr: ‚Dieser Mann ist ein Schutzgenosse, und er bittet mich um einen Trunk Wassers. Bei Allah, ich will ihn nicht enttäuschen!' – –«

Da bemerkte Schehrezâd, daß der Morgen begann, und sie hielt in der verstatteten Rede an. Doch als die *Dreihundertunddreizehnte Nacht* anbrach, fuhr sie also fort: »Es ist mir berichtet worden, o glücklicher König, daß 'Alî Schâr sich sagte: ‚Dieser Mann ist ein Schutzgenosse, und er bittet mich um einen Trunk Wassers. Bei Allah, ich will ihn nicht enttäuschen!' Darauf trat er ins Haus ein und nahm einen Krug Wasser; doch die Sklavin Zumurrud sah ihn, und so fragte sie ihn: ‚Mein Lieb, hast du den Vorhang verkauft?' Als er das bejahte, fragte sie weiter: ‚An einen Kaufmann oder an einen, der des Weges vorüberging? Mein Herz ahnt Trennung!' Er antwortete: ‚Ich hab ihn keinem andern Menschen als dem Kaufmanne verkauft.' Aber sie fuhr fort: ‚Sag mir die volle Wahrheit, damit ich mich vorsehen kann! Warum hast du denn den Wasserkrug genommen?' ‚Ich will dem Makler zu trinken geben', erwiderte er. Da rief sie: ‚Es gibt keine Macht und es gibt keine Majestät außer bei Allah dem Erhabenen und Allmächtigen!' Und dann sprach sie diese beiden Verse:

221

> *Der du die Trennung suchst, gemach!*
> *Laß die Umarmung dich nicht trügen!*
> *Gemach! Des Schicksals Art ist Trug;*
> *Das Glück muß sich der Trennung fügen.*

Er aber ging mit dem Kruge hinaus, und als er den Christen innerhalb des Hauses in der Eingangshalle fand, fuhr er ihn an: ‚Wie kommst du hierher, du Hund? Wie kannst du ohne meine Erlaubnis mein Haus betreten?' ‚Hoher Herr,' entgegnete jener, ‚es ist doch kein Unterschied zwischen der Tür und dem Eingang, und ich werde mich hier auch nicht vom Flecke rühren, es sei denn, daß ich wieder hinausgehe. Dein aber ist Güte und Wohltätigkeit, Großmut und Freundlichkeit!' Darauf nahm er den Krug hin und trank, was darinnen war; dann reichte er ihn 'Alî Schâr zurück. Der nahm ihn und wartete nun, daß jener sich erheben würde. Als er sich aber nicht rührte, sprach 'Alî Schâr zu ihm: ‚Warum stehst du nicht auf und gehst deiner Wege?' ‚Mein Gebieter,' gab er zur Antwort, ‚sei nicht einer von denen, die erst eine Wohltat erweisen und sie dann widerrufen, noch auch von denen, über die der Dichter sagt:

> *Jetzt sind sie nicht mehr da, an deren Tür du standest,*
> *Die deinen Wunsch erfüllten mit frohem Angesicht.*
> *Trittst du nun an die Tür des Volks, das ihnen folgte,*
> *So gönnt man den Trunk Wasser, den man dir reichet, nicht.'*

Dann fuhr er fort: ‚Mein Gebieter, ich habe zwar getrunken, doch ich möchte gern, daß du mir auch etwas zu essen gibst, was du nur immer im Hause hast, ganz gleich, ob es ein Stück Brot oder ein Zwieback oder eine Zwiebel ist.' Doch 'Alî Schâr erwiderte ihm: ‚Fort, ohne viel Gerede! Es ist nichts im Hause.' Da hub der Christ wieder an: ‚Mein Gebieter, wenn nichts im Hause ist, so nimm diese hundert Dinare und bring uns etwas vom Basar, wenn auch nur einen Laib Brot, auf daß zwischen uns die Gemeinschaft von Brot und Salz sei!' Nun sagte sich 'Alî Schâr: ‚Dieser Christ ist von Sinnen! Ich will ihm die hundert Dinare abnehmen und ihm etwas bringen, das zwei Dirhems wert ist, und ihn so zum besten haben.' Der Christ aber fügte noch hinzu: ‚Hoher Herr, ich möchte nur ein wenig haben, das den Hunger vertreibt, sei es auch ein trockenes Brot oder eine Zwiebel. Die beste Nahrung ist doch immer nur das, was den Hunger stillt, nicht die üppigen Speisen; und wie schön ist das Dichterwort:

> *Der Hunger wird vertrieben durch ein trocknes Brot.*
> *Warum ist denn so groß mein Kummer, meine Not?*
> *Der beste Richter ist der Tod, der alle Menschen,*
> *Kalif und armen Schelm, in gleichem Maß bedroht.'*

'Alî Schâr sagte darauf: ‚Warte hier; ich will den Saal verschließen und dir etwas vom Basar holen!' ‚Ich höre und gehorche!' erwiderte der Christ. Dann ging 'Alî Schâr hinaus und verschloß den Saal, indem er ein Vorhängeschloß daran befestigte; den Schlüssel nahm er an sich, und dann ging er zum Basar. Dort kaufte er gerösteten Käse, weißen Honig, Bananen und Brot und brachte es dem Christen. Als der diese Dinge sah, rief er: ‚Mein Gebieter, das ist ja zu viel! Das ist genug für zehn Männer, und ich bin ganz allein. Willst du vielleicht mit mir essen?' ‚Iß nur allein; ich bin satt!', gab 'Alî zur Antwort; aber der Christ fuhr fort: ‚Mein Gebieter, die Weisen sagen: Wer nicht mit seinem Gaste ißt, der ist ein Bastard.' Als 'Alî Schâr diese Worte des Christen hörte, setzte er sich nieder und aß ein wenig mit ihm; dann wollte er innehalten. – –«

Da bemerkte Schehrezâd, daß der Morgen begann, und sie hielt in der verstatteten Rede an. Doch als die *Dreihundertundvierzehnte Nacht* anbrach, fuhr sie also fort: »Es ist mir berichtet worden, o glücklicher König, daß 'Alî Schâr sich niedersetzte und ein wenig mit ihm aß und dann innehalten wollte. Da nahm der Christ eine Banane, zog ihr die Schale ab und spaltete sie in zwei Hälften; in die eine tat er gesättigtes Bendsch, das mit Opium vermischt war und von dem ein Quentchen einen Elefanten hätte umwerfen können. Darauf tauchte er diese halbe Banane in den Honig und sprach: ‚Mein Gebieter, bei der Wahrheit deines Glaubens, nimm dies!‘ Nun scheute 'Alî Schâr sich davor, den Schwur des Christen unwahr werden zu lassen; deshalb nahm er das Stück hin und aß es. Aber kaum war es in seinem Magen, da fiel er Hals über Kopf nieder, und er ward wie einer, der schon ein ganzes Jahr lang schlief. Sobald der Nazarener das sah, sprang er auf seine Füße so schnell, wie ein grindiger Wolf aufspringt oder wie ein plötzlicher Spruch aus Richtersmund erklingt. Er nahm den Schlüssel zum Saale an sich, ließ 'Alî Schâr dort liegen, lief eilends zu seinem Bruder und berichtete ihm, was geschehen war. Dies hing nämlich so zusammen: der Bruder des Christen war jener gebrechliche Alte, der die Sklavin für tausend Dinare hatte kaufen wollen, den sie aber verschmäht und in Versen verspottet hatte. Der war in seinem Herzen ein Ungläubiger, aber nach außen hin ein Muslim; und darum hatte er sich Raschîd ed-Dîn[1] genannt. Als Zumurrud ihn verspottet und verschmäht hatte, beklagte er sich darüber bei seinem Bruder, dem Christen, der nun eine List ersann, um sie ihrem Herrn 'Alî Schâr zu rauben; sein Name aber war Barsûm. Und er sprach zu ihm: ‚Sei nicht traurig über diese Sache; ich will dir eine List ersinnen, um sie wiederzuholen, ohne daß es einen Dirhem oder einen Dinar kostet!‘ Er war nämlich ein gottloser Zauberer, voll Lug und Trug; und so begann er unauf-

1. Der Rechtgläubige.

hörlich auf Ränke zu sinnen, bis er jene List, von der wir erzählt haben, verübt hatte. Da hatte er also den Schlüssel an sich genommen, war zu seinem Bruder gegangen und hatte ihm erzählt, was geschehen war. Alsbald bestieg Raschîd ed-Dîn sein Maultier, nahm seine Diener mit und begab sich mit seinem Bruder zum Hause des 'Alî Schâr. Er nahm auch einen Beutel, in dem tausend Dinare waren, mit sich, um den Wachthauptmann zu bestechen, wenn der ihm begegnen sollte. Nachdem er dann die Tür des Saales geöffnet hatte, stürzten die Leute, die bei ihm waren, auf Zumurrud und ergriffen sie mit Gewalt, indem sie ihr mit dem Tode drohten, wenn sie einen Laut von sich gäbe. Die Wohnung ließen sie, wie sie war, ohne etwas mitzunehmen; auch den 'Alî Schâr ließen sie in der Eingangshalle liegen, nachdem sie den Schlüssel zum Saale an seine Seite gelegt und die Haustür geschlossen hatten. Dann schleppte der Christ sie in sein Haus, brachte sie zu seinen Sklavinnen und Nebenfrauen und schrie sie an: ‚Du Metze, ich bin der alte Mann, den du verschmäht und verspottet hast; jetzt habe ich dich ohne einen Dirhem, ohne einen Dinar in meine Gewalt bekommen!' Doch sie erwiderte, indem ihr die Tränen aus den Augen rannen: ‚Allah strafe dich, du alter Bösewicht, weil du mich von meinem Herrn getrennt hast!' Da fuhr er fort zu schreien: ‚Du Metze, du schamloses Geschöpf, du wirst schon sehen, wie ich dich strafen werde! Beim Messias, bei der Jungfrau, wenn du mir nicht gehorchst und meinen Glauben nicht annimmst, so werde ich dich wahrlich mit allen Folterqualen strafen!' Sie aber gab zur Antwort: ‚Bei Allah, wenn du mich auch in Stücke schneidest, ich werde vom islamischen Glauben nicht ablassen! Allah der Erhabene wird mir doch rasche Hilfe bringen; denn Er vermag, was Er will. Die Weisen sagen: Lieber einen Schaden am Leibe erlauben als einen Schaden am

Glauben!' Da rief er die Eunuchen und Sklavinnen herbei und befahl ihnen: ,Werft sie zu Boden!' Die führten den Befehl aus, und dann begann er sie unablässig grausam zu schlagen, während sie um Hilfe rief und doch keine Hilfe fand. Zuletzt hörte sie auf, nach Hilfe zu rufen, und sprach nur noch: ,Allah ist mein Genüge; Er ist der Allumfasser!' bis ihr der Atem versagte und ihre Seufzer verstummten. Als er nun seine Wut an ihr gekühlt hatte, sprach er zu den Dienern: ,Schleppt sie an den Füßen fort und werft sie in die Küche, aber gebt ihr nichts zu essen!' Darauf begab sich der Verfluchte die Nacht über zur Ruhe, und als es Morgen ward, ließ er sie wieder holen und fiel von neuem mit Schlägen über sie her. Dann befahl er den Eunuchen, sie wieder an dieselbe Stelle zu werfen; die taten also. Wie nun das Brennen der Schläge nachließ, rief sie: ,Es gibt keinen Gott außer Allah, Mohammed ist der Gesandte Allahs! Allah ist mein Genüge, Er ist der treffliche Hüter!' Und dann flehte sie um Hilfe zu unserem Herrn Mohammed – Allah segne ihn und gebe ihm Heil! – –«

Da bemerkte Schehrezâd, daß der Morgen begann, und sie hielt in der verstatteten Rede an. Doch als die *Dreihundertundfünfzehnte Nacht* anbrach, fuhr sie also fort: »Es ist mir berichtet worden, o glücklicher König, daß Zumurrud um Hilfe flehte zum Propheten – Allah segne ihn und gebe ihm Heil! –

Wenden wir uns nun von ihr wieder zu 'Alî Schâr! Der schlief fest bis zum nächsten Tage; dann aber verflog das Bendsch aus seinem Kopfe, er machte die Augen auf und rief laut: ,Zumurrud!' Aber niemand antwortete ihm. Da ging er in den Saal, und dort fand er die Luft leer und das Heiligtum fern.[1] Nun erkannte er, daß all dies nur durch den Nazarener über ihn ge-

---

1. Sprichwörtliche Redensart, die sich wohl ursprünglich auf einen Pilger bezieht, der sein Ziel nicht erreicht.

kommen war; er fing an zu seufzen und zu weinen und Jammer und Klagen zu vereinen. Und danach begann er in einen Tränenstrom auszubrechen, und er hub an diese Verse zu sprechen:

> *O Liebesschmerz, entweich von mir und quäl mich nicht;*
> *Sieh doch, wie jetzt mein Herz in Not und Tod zerbricht!*
> *Erbarmet euch, ihr Herrn, des Knechtes, den die Lieb*
> *Ins Elend, und des Reichen, den sie in Armut trieb!*
> *Was hilft die Kraft dem Schützen, wenn er mit dem Feind sich mißt*
> *Und beim Entsenden des Pfeiles die Sehne zerrissen ist?*
> *Und kommen der Sorgen viele und häufen sich auf ihn,*
> *Wohin kann dann der Held vor dem Geschick entfliehn?*
> *Wie oft war ich besorgt um unserer Liebe Glück;*
> *Doch seit das Schicksal nahte, schlug Blindheit meinen Blick.*

Nachdem er diese Verse beendet hatte, begann er wieder in Seufzer auszubrechen, und er hub an auch diese Verse zu sprechen:

> *Allein erschien ihr Bild im Sand des Lagerplatzes;*
> *Voll Schmerz begehrt' er innig, daß er sie wiederfind.*
> *Sie schaute nach den Zelten; da füllte sie mit Sehnsucht*
> *Ein Ort, auf dem die Trümmer verweht, zerrissen sind.*
> *Sie stand und fragte ihn; da gab er ihr zur Antwort,*
> *Dem Echo gleich: Nie wieder wirst du mit ihm vereint;*
> *Als wäre er ein Blitz, der auf der Stätte leuchtet*
> *Und geht, und dessen Glanz nie wieder dir erscheint*

Jetzt bereute er, als die Reue ihm nichts mehr nützte; und er weinte und zerriß seine Kleider. Dann nahm er zwei Steine in die Hand und zog rings in der Stadt umher, indem er mit ihnen auf die Brust schlug und immer rief: ‚O Zumurrud!' Da umringten ihn die Kinder und riefen: ‚Ein Verrückter! Ein Verrückter!' Doch alle, die ihn kannten, beklagten ihn und sagten: ‚Das ist ja der und der! Was mag es nur sein, das ihm widerfahren ist?' Er aber lief immerfort so umher, bis der Tag sich neigte; und als das Dunkel der Nacht über ihn hereinbrach, warf er sich in einer der Gassen nieder und schlief bis zum Morgen. Dann begann er von neuem mit den Steinen rings in der Stadt umherzulaufen, bis der Tag zur Rüste ging. Darauf kehrte er wieder zu seiner Wohnung zurück, um dort die Nacht zu verbringen. Und da erblickte ihn seine Nachbarin, eine alte, vortreffliche Frau; die sprach zu ihm: ‚Mein Sohn, Gott gebe dir Genesung! Seit wann bist du irre?' Er aber erwiderte ihr mit diesen beiden Versen:

>   *Sie sprachen: Du rasest in Liebe. Da gab ich ihnen zur Antwort:*
>   *Ja, nur die Rasenden kennen des Lebens Süßigkeit.*
>   *Laßt mich nur immer rasen! Bringt sie, die mich berückte;*
>   *Und tadelt mich nicht mehr, wenn sie mich vom Wahnsinn befreit!*

Da wußte die alte Nachbarsfrau, daß er ein Liebender war, der seine Geliebte verloren hatte, und sie rief: ‚Es gibt keine Macht und es gibt keine Majestät außer bei Allah dem Erhabenen und Allmächtigen! Mein Sohn, ich möchte, daß du mir die Geschichte deines Unglücks erzählest. Vielleicht verleiht Allah mir die Kraft, dir zu helfen, wenn es Sein Wille ist.' Nun erzählte er ihr alles, was er erlebt hatte mit dem Christen Barsûm und mit seinem Bruder, dem Zauberer, der sich Raschîd ed-Dîn genannt hatte. Als sie das alles vernommen hatte, sprach sie: ‚Mein Sohn, du bist zu entschuldigen.' Dann begannen ihre Augen in Tränen auszubrechen, und sie hub an diese beiden Verse zu sprechen:

>   *Die Liebenden haben genug der Qualen in dieser Welt;*
>   *Bei Gott, sie wird dereinst kein Höllenfeuer quälen.*
>   *Sie starben an ihrer Liebe, und sie verbargen sie keusch;*
>   *Und dafür bürgt uns, was uns die Alten erzählen.*

Nach diesen Versen fuhr sie fort: ‚Mein Sohn, mach dich jetzt auf und kauf einen Korb, wie ihn die Juweliere haben; ferner kaufe Armspangen, Siegelringe, Ohrgehänge und anderen Schmuck, an dem Frauen ihre Freude haben, und spare nicht mit dem Gelde! Tu alles in den Korb und bring ihn mir; ich will ihn auf den Kopf nehmen, wie eine Hökerin, und umherziehen, indem ich in den Häusern nach ihr suche, bis ich, so Gott der Erhabene will, Kunde von ihr erhalte!' 'Alî Schâr war über ihre Worte hocherfreut und küßte ihr die Hände. Dann ging er eilends davon und brachte ihr, was sie verlangte. Als nun alles bei ihr war, zog sie ein geflicktes Kleid an, warf sich einen honiggelben Schleier über den Kopf, nahm einen Stab in die Hand und lud den Korb auf. Dann zog sie in den Gassen und Häusern umher, unablässig von Ort zu Ort, von Stadtviertel zu Stadtviertel, von Straße zu Straße, bis Allah der Erhabene sie zu dem Hause des verfluchten Nazareners Raschîd ed-Dîn führte. Dort hörte sie ein Seufzen von innen herausdringen, und sie pochte an die Tür. – –«

Da bemerkte Schehrezâd, daß der Morgen begann, und sie hielt in der verstatteten Rede an. Doch als die *Dreihundertundsechzehnte Nacht* anbrach, fuhr sie also fort: »Es ist mir berichtet worden, o glücklicher König, daß die Alte, als sie aus dem Innern des Hauses ein Seufzen herausdringen hörte, an die Tür klopfte. Da kam eine Sklavin zu ihr herunter, machte ihr die Tür auf und begrüßte sie. Die Alte hub an: ‚Ich habe diese Sächelchen zum Verkauf. Ist jemand bei euch, der davon etwas kaufen möchte?' ‚Jawohl', erwiderte die Sklavin und führte sie ins Haus hinein. Dann wies sie ihr einen Platz zum Sitzen an, und die Sklavinnen setzten sich rings um sie herum. Eine jede kaufte ihr etwas ab; die Alte aber sprach den Mädchen freundlich zu und verlangte nur geringe Preise von ihnen. So hatten sie denn ihre Freude an ihr, weil sie ihnen gefällig war und so freundlich redete. Doch unterdessen blickte sie selber nach allen Seiten des Raumes hin, um zu sehen, wer da seufzte, und nachdem ihr Blick auf Zumurrud gefallen war, ward sie noch gefälliger und freundlicher zu den Sklavinnen. Dann schaute sie genauer hin und erkannte, daß Zumurrud es war, die dort auf der Erde lag. Da begann sie zu weinen und sprach zu den Mädchen: ‚Meine Töchter, was ist's mit dieser jungen Dame, daß es ihr so schlimm ergeht?' Die Sklavinnen erzählten ihr alles, was geschehen war, und fügten hinzu: ‚Das geschieht nicht mit unserem Willen; unser Herr hat uns befohlen, solches zu tun. Aber jetzt ist er verreist.' Darauf sagte die Alte: ‚Liebe Töchter, ich habe eine Bitte an euch, und die ist, daß ihr diese Arme von ihren Banden befreit, bis ihr von der Rückkehr eures Herrn erfahrt. Dann bindet sie wieder fest, wie sie vorher war, und ihr werdet euch den Lohn des Herrn der Welten verdienen.' ‚Wir hören und gehorchen!' erwiderten sie, und alsbald befreiten sie sie und gaben ihr zu essen und zu trinken. Die Alte aber rief: ‚Hätte ich mir doch den Fuß gebrochen und nie euer Haus betreten!' und dann trat sie an Zumurrud heran und sprach zu ihr: ‚Meine Tochter, mögest du genesen! Allah wird dir Trost bringen.' Und sie flüsterte ihr zu, daß sie von ihrem Herrn 'Alî Schâr komme, und verabredete mit ihr, daß sie in der nächsten Nacht sich bereit halten und auf das Zeichen achten solle. Sie schloß mit den Worten: ‚Dein Herr wird zu dir kommen und bei der Bank vor dem Hause dir pfeifen; und wenn du das hörst, so pfeif ihm wieder und laß dich aus dem Fenster an einem Seile zu ihm hernieder! Er wird dich nehmen und mit dir fortgehen.' Zumurrud dankte ihr, und alsbald ging die Alte fort und begab sich zu 'Alî Schâr. Dem berichtete sie alles und schärfte ihm ein: ‚Begib dich morgen abend um Mitternacht in das und das Stadtviertel, denn dort ist das Haus des Verruchten; es sieht so und so aus. Bleib unten beim Hause stehen und pfeif; dann wird sie sich zu dir herniederlassen. Nimm sie und geh mit ihr, wohin du willst!' Er dankte ihr für alles; aber dann begann er in Tränen auszubrechen und hub an diese Verse zu sprechen:

> *Der Tadler Volk hör auf mit Hinundhergerede!*
> *Mein Herze ist bedrängt, mein Leib verzehrt und schmal.*
> *Die Tränen, gleich der Kette von Überlieferungen,*
> *Sind wahre Zeugen meiner Verlassenheit und Qual.*
> *O du, des Herze frei ist von meinem Leid und Kummer,*
> *Kürz deine Müh und frage nicht stets nach meiner Pein!*
> *Die Süßigkeit der Lippen, das Ebenmaß des Wuchses*
> *Berückten meinen Sinn – die beiden, rein und fein.*
> *Mein Herz hat keine Ruh, seit du mir fern; mein Auge*
> *Ist wach, und meine Hoffnung ward in Geduld zuschand.*
> *Du ließest mich Betrübten zurück als Pfand der Sehnsucht,*
> *Als Spielball in der Neider und in der Tadler Hand.*
> *Entsagen ist ein Ding, von dem ich nie gewußt;*
> *Und außer dir wohnt niemand je in meiner Brust.*

Nach diesen Versen begann er wieder in Tränen auszubrechen, und dann hub er an diese beiden Verse zu sprechen:

> *Bei Allah, welch trefflicher Bote, der mir dein Kommen kündet,*
> *Und der mit der allerfrohesten Botschaft zu mir kam!*
> *Wär er mit einem getragnen Geschenke zufrieden, ich reichte*
> *Ein Herz ihm, das beim Abschied in Fetzen zerriß vor Gram.*

Dann wartete er, bis es dunkle Nacht geworden war und die verabredete Zeit herankam; da begab er sich in jenes Stadtviertel, das seine Nachbarin ihm beschrieben hatte, erblickte das Haus des Christen und erkannte es und setzte sich auf die Bank unten an der Wand. Doch da überfiel ihn die Schläfrigkeit, und er schlief ein – herrlich ist Er, der nimmer schläft! – Denn er hatte seit langer Zeit in seinem Liebesleid nicht mehr geschlafen, und er ward wie ein Trunkener. Während er so im tiefen Schlafe lag – –«

Da bemerkte Schehrezâd, daß der Morgen begann, und sie hielt in der verstatteten Rede an. Doch als die *Dreihundertundsiebenzehnte Nacht* anbrach, fuhr sie also fort: »Es ist mir berichtet worden, o glücklicher König, daß plötzlich, während er so in tiefem Schlafe lag, ein Räuber heranschlich, der in jener Nacht rings in der Stadt umhergezogen war, um etwas zu stehlen, und den das Geschick nun zum Hause jenes Nazareners verschlagen hatte. Der strich um das Haus herum, aber er fand keine Stelle, an der er hinaufklettern konnte. Allein beim Herumschleichen kam er auch zu der Bank und entdeckte den schlafenden 'Alî Schâr. Sofort stahl er ihm den Turban. Kaum hatte er den an sich genommen, da schaute Zumurrud heraus, im selben Augenblick. Sie sah ihn im Dunkel stehen, und weil sie ihn für ihren Herrn hielt, so pfiff sie ihm. Alsbald erwiderte der Räuber ihren Pfiff, und sie ließ sich an einem Strick herab mit einem Satteltaschenpaar voll Gold. Wie der Räuber das sah, sprach er bei sich: ,Mit diesem wunderbaren Geschehnis hat es sicher eine seltsame Bewandtnis!' Rasch warf er sich die Satteltaschen über und hob Zumurrud auf seine Schulter, und dann eilte er mit ihnen dahin wie der blendende Blitz. Da sprach sie: ,Die Alte sagte mir doch, du seiest schwach von Krankheit um meinetwillen; aber sieh da, du bist stärker als ein Roß.' Als er ihr keine Antwort gab, tastete sie nach seinem Gesicht und fühlte seinen Bart, dem Palmbesen gleich, den man im Badehause benutzt, als wäre er ein Schwein, das Federn verschluckt hat, deren Enden ihm wieder zum Halse herausgekommen sind. Erschrocken rief sie aus: ,Was bist du denn?' ,Du Metze,' erwiderte er, ,ich bin der Kurde Dschawân, der Schelm, von der Bande des Ahmed ed-Danaf! Wir sind vierzig Räuber, und alle werden heute nacht Freude an dir haben, vom Abend bis zum Morgen!' Als sie diese Worte von ihm vernahm, weinte sie und schlug sich ins Angesicht; denn sie erkannte, daß das Schicksal ihrer Herr geworden war und daß ihr kein Ausweg blieb, als ihre Sache Allah dem Erhabenen anheimzustellen. So faßte sie sich denn in Geduld, ergab sich in den Willen Allahs des Erhabenen und sprach: ‚Es gibt keinen Gott außer Allah! Sooft wir von einem Kummer befreit werden, verfallen wir einem noch schlimmeren.'

Dschawân aber war aus folgendem Grunde hierher gekommen. Er hatte zu Ahmed ed-Danaf gesagt: ‚Meister, ich bin schon früher einmal in dieser Stadt gewesen; und ich kenne dort vor den Toren eine Höhle, die groß genug ist für vierzig Mann. Ich will euch dorthin voraufgehen und meine Mutter in die Höhle bringen. Dann will ich einmal wieder in die Stadt gehen und dort zu eurem Glück etwas stehlen; das will ich für euch aufbewahren, bis ihr auch dort seid, und an dem Tage sollt ihr meine Gäste sein.' Ahmed ed-Danaf hatte ihm erwidert: ‚Tu, was du willst!' Dann war Dschawân ihnen voraufgegangen und vor ihnen her dorthin gezogen und hatte seine Mutter in jene Höhle gebracht. Als er dann wieder aus der Höhle herauskam, fand er einen schlafenden Krieger, neben dem ein Pferd angebunden war. Sofort schnitt er ihm den Hals durch, nahm sein Roß, seine Waffen und seine Kleider und versteckte alles in der Höhle bei seiner Mutter; auch das Pferd band er dort an. Dann begab er sich in die Stadt und zog umher, bis er zum Hause des Christen kam. Dort tat er, was wir bereits erzählt haben: er stahl den Turban des 'Alî Schâr und nahm die Sklavin Zumurrud auf die Schultern. Dann eilte er mit ihr ohne Unterlaß dahin, bis er sie seiner Mutter übergeben konnte; dabei sprach er: ‚Halt Wache über sie, bis ich morgen früh wieder zu dir komme!' Dann ging er fort. – –«

Da bemerkte Schehrezâd, daß der Morgen begann, und sie hielt in der verstatteten Rede an. Doch als die *Dreihundertundachtzehnte Nacht* anbrach, fuhr sie also fort: »Es ist mir berichtet worden, o glücklicher König, daß der Kurde Dschawân zu seiner Mutter sprach: ‚Halt Wache über sie, bis ich morgen früh wieder zu dir komme!' Dann ging er fort. Nun sprach Zumurrud bei sich: ‚Warum denke ich nicht daran, mich durch List zu befreien? Soll ich denn warten, bis jene vierzig Kerle kommen und mich abwechselnd schänden und mich einem Schiffe gleich machen, das im Meere untergeht?' Darauf wandte sie sich zu der Alten, der Mutter des Kurden Dschawân, und sprach zu ihr: ‚Liebe Muhme, willst du nicht mit mir aus der Höhle hinausgehen, damit ich dich in der Sonne lausen kann?' Da rief die Alte: ‚Ja, bei Allah, meine Tochter! Ich bin doch auch schon seit langer Zeit nicht mehr im Bade gewesen, weil diese Schweine da mich fortwährend von Ort zu Ort schleppen.' Also gingen die beiden Frauen hinaus, und Zumurrud begann die Alte zu lausen; sie tötete die Läuse auf ihrem Kopfe so lange, bis jene vor Wohlbehagen einschlief. Sofort sprang Zumurrud auf, zog die Kleider des Kriegers an, den der Kurde Dschawân ermordet hatte, gürtete sich sein Schwert um die Hüften und band sich seinen Turban ums Haupt, so daß sie wie ein Mann aussah. Dann bestieg sie das Roß, nachdem sie die Satteltaschen mit dem Golde aufgeladen hatte, und betete: ‚O gütiger Schützer, schütze mich, um des Ruhmes Mohammeds willen – Gott segne ihn und gebe ihm Heil!' Darauf sagte sie sich in Gedanken: ‚Wenn ich in die Stadt reite, so wird mich wohl einer von den Leuten des Kriegers sehen, und dann kann es mir übel ergehen.' Deshalb wandte sie der Stadt den Rücken und zog in die öde Steppe hinein. Unaufhörlich ritt sie weiter, auf ihrem Rosse mit den Satteltaschen, indem sie von den Kräutern der Erde aß und auch ihrem Rosse davon zu fressen gab, aus den Bächen trank und auch das Pferd an ihnen tränkte. So währte es zehn Tage lang. Am elften Tage jedoch erreichte sie eine Stadt, eine schöne und sicher begründete, die von dauerndem Wohlstande kündete; von ihr hatte gerade der Winter mit seiner Kälte Abschied genommen, und der Frühling mit seinen Blumen und Rosen war gekommen; die Knospen sprangen, die Bächlein erklangen, und die Vögel sangen. Als sie an die Stadt herankam und schon nahe beim Tore war, entdeckte sie plötzlich die Krieger, die Emire und die Vornehmen der Stadt. Erstaunt über einen solchen Anblick sprach sie bei sich selber: ,Daß hier das ganze Volk der Stadt beim Tore versammelt ist, muß doch einen Grund haben!' Dann ritt sie auf jene zu; doch als sie sich ihnen näherte, eilten die Krieger voraus, ihr entgegen, saßen ab und küßten den Boden vor ihr. Dann riefen sie: ,Allah gebe dir Heil und Sieg, o unser Herr und Sultan!' Und nun reihten sich die Würdenträger vor ihr auf, während die Krieger das Volk ordneten, und alle riefen: ,Allah gebe dir Heil und Sieg! Er lasse dein Kommen zu einem Segen für die Muslime werden, o Sultan aller Menschen auf Erden! Gott erhalte dich, du größter König unserer Zeit, dich, des Jahrhunderts und Zeitalters Herrlichkeit!' Da fragte Zumurrud: ,Was ist es mit euch, ihr Leute dieser Stadt?' Der Kammerherr gab ihr zur Antwort: ,Er, der mit seinen Gaben nicht geizt, hat dir gegeben! Er hat dich zum Sultan über diese Stadt gemacht und zum Herrscher über die Nacken aller, die in ihr wohnen! Wisse denn, es ist der Brauch des Volkes dieser Stadt, daß die Krieger, wenn ein König stirbt, ohne einen Sohn zu hinterlassen, vor die Stadt hinausziehen und dort drei Tage lagern. Und wer nur immer auf dem Wege naht, auf dem du gekommen bist, den machen sie zum Sultan über sich. Allah sei gepriesen, der uns von den Söhnen der Türken einen so schönen Mann gesandt hat! Denn hätte sich auch ein Geringerer als du bei uns eingefunden, so wäre er doch Sultan geworden.' Nun war Zumurrud in allem, was sie tat, von verständigem Sinne, und so sprach sie: ‚Glaubet nicht, ich sei vom gemeinen Volke der Türken! Nein, ich bin einer von den Söhnen der Vornehmen; doch ich geriet in Streit mit den Meinen, deshalb zog ich fort von ihnen und verließ sie. Sehet diese Satteltaschen voll Gold, die ich mitgebracht habe, um auf meiner ganzen Fahrt den Armen und Bedürftigen Almosen spenden zu können!' Da flehten sie Segen auf ihr Haupt herab und waren hocherfreut über sie. Und auch Zumurrud war erfreut über sie und sprach bei sich selber: ‚Nun, da ich zu dieser Stellung gekommen bin' – –«

Da bemerkte Schehrezâd, daß der Morgen begann, und sie hielt in der verstatteten Rede an. Doch als die *Dreihundertundneunzehnte Nacht* anbrach, fuhr sie also fort: »Es ist mir berichtet worden, o glücklicher König, daß Zumurrud bei sich selber sprach: ‚Nun, da ich zu dieser Stellung gekommen bin, wird Allah mich vielleicht an dieser Stätte wieder mit meinem Herrn vereinigen; denn Er vermag, was Er will!' Dann ritt sie weiter, während die Krieger an ihrer Seite dahinzogen, bis sie in die Stadt kamen. Dort saßen die Berittenen vor ihr ab und geleiteten sie zu Fuße in das Schloß. Da stieg auch sie vom Pferde, und die Emire und Vornehmen trugen sie, indem sie sie unter den Armen festhielten, und setzten sie auf den Thron; dann küßten sie alle den Boden vor ihr. Als sie nun auf dem Throne saß, befahl sie, die Schatzkammern zu öffnen; das geschah, und darauf machte sie allen Kriegern Geschenke. Die wünschten ihr eine lange Dauer ihrer Herrschaft, und die Einwohner der

Stadt und alles andere Volk im Land unterwarf sich der Herrschaft ihrer Hand. So lebte sie eine Weile dahin, indem sie gebot und verbot; und die Herzen des Volkes wurden mit großer Ehrfurcht vor ihr erfüllt um ihrer Großmut und Rechtlichkeit willen; denn sie hob die Steuern auf und ließ den Gefangenen freien Lauf, und sie schaffte die Bedrückungen ab, so daß alles Volk sie liebgewann. Doch sooft sie ihres Herrn gedachte, weinte sie und flehte zu Allah, Er möge sie mit ihm wieder vereinigen. So geschah es denn, daß sie eines Nachts seiner gedachte und sich der Tage erinnerte, die sie einst mit ihm verbrachte. Da begann ihr Auge in Tränen auszubrechen, und sie hub an diese beiden Verse zu sprechen:

> *Dir gilt, trotz all der Zeit, mein Sehnen stets aufs neue;*
> *Des wunden Auges Tränen werden immer mehr.*
> *Und weine ich, so wein ich um Liebesleides willen;*
> *Denn ach, die Trennung wird dem Liebenden so schwer.*

Als sie diese Verse gesprochen hatte, wischte sie die Tränen ab, stieg zum Söller des Palastes hinauf und trat in die Frauengemächer ein. Dort wies sie den Sklavinnen und Nebenfrauen getrennte Räume an und bestimmte für sie die Gehälter und Einkünfte, indem sie sagte, sie wolle für sich allein leben, ganz der Frömmigkeit ergeben. Und sie begann zu fasten und zu beten, so daß die Emire sagten: ‚Fürwahr, dieser Sultan ist sehr fromm!' Sie duldete auch keinen der Diener um sich außer zwei kleinen Eunuchen, die ihr aufwarteten. Ein Jahr lang saß sie so auf dem Throne der Herrschaft, ohne daß sie eine Nachricht von ihrem Herrn vernahm und ohne daß eine Kunde über ihn zu ihr kam; dadurch ward sie tief betrübt. Und als nun ihre Betrübnis immer größer wurde, berief sie die Wesire und Kammerherren und befahl ihnen, die Baumeister und Zimmerleute kommen zu lassen; die sollten vor dem Schlosse einen Festplatz herrichten von der Länge und Breite einer Parasange. In kürzester Zeit führten sie ihren Befehl aus, und der Platz ward so angelegt, wie sie es gewünscht hatte. Als er nun fertig war, ging sie selbst hinab, und man schlug dort für sie ein großes Rundzelt auf, in dem dann auch die Stühle der Emire aufgereiht wurden. Ferner befahl sie, man solle auf jenem Platze Tische mit allerlei köstlichen Speisen ausbreiten; und es geschah also nach ihrem Befehle. Dann gebot sie den Großen des Reiches, sie sollten essen. Nachdem sie es getan hatten, sprach sie zu ihnen: ‚Ich wünsche, daß ihr jedesmal, wenn der neue Mond aufgeht, also tuet; lasset dann auch in der Stadt ausrufen, niemand solle seinen Laden aufmachen, sondern alles Volk solle kommen und vom Tische des Königs essen, und wer nicht gehorche, der solle über der Tür seines Hauses aufgehängt werden!' Als der nächste Neumond aufging, taten sie nach ihrem Geheiß; und so fuhren sie fort zu tun, bis der erste Monat im nächsten Jahre begann. Da ging Zumurrud zu dem Platze hinab, und der Ausrufer verkündete laut: ‚Ihr Leute allzumal, ein jeder, der seinen Laden oder seinen Speicher oder sein Haus aufmacht, der wird sogleich über seiner eigenen Tür aufgehängt werden. Denn es ist eure Pflicht, alle zu kommen und vom Tische des Königs zu essen.' Als diese Botschaft verkündet war, wurden die Tische gebreitet, und das Volk strömte in Scharen herbei. Dann gab Zumurrud Befehl, die Leute sollten sich an die Tische setzen und essen, bis sie sich an allen Speisen gesättigt hätten. Das Volk setzte sich also, um zu essen, wie sie geboten hatte; sie selbst aber ließ sich auf dem Herrscherthrone nieder und schaute zu. Und jeder, der am Tische saß, sagte sich: ‚Der König sieht mich allein an.' Während das Volk aß, riefen die Emire: ‚Esset und seid nicht schüchtern! Denn das hat der König gern.' Und so aßen sie alle, bis sie satt waren;

danach gingen sie fort, indem sie den König segneten und untereinander sprachen: ‚Noch nie haben wir einen Herrscher gesehen, der so wie dieser Sultan die Armen liebt!' Und sie beteten für ihn um langes Leben; Zumurrud aber kehrte in ihr Schloß zurück. – –«

Da bemerkte Schehrezâd, daß der Morgen begann, und sie hielt in der verstatteten Rede an. Doch als die *Dreihundertundzwanzigste Nacht* anbrach, fuhr sie also fort: »Es ist mir berichtet worden, o glücklicher König, daß die Königin Zumurrud in ihr Schloß zurückkehrte, erfreut über die Einrichtung, die sie getroffen hatte, da sie sich sagte: ‚So Gott der Erhabene will, werde ich auf diese Weise Kunde von meinem Herrn 'Alî Schâr erhalten.' Als der nächste Neumond kam, tat sie ebenso wie zuvor. Die Tische wurden gebreitet, und Zumurrud kam herab und setzte sich auf ihren Thron. Dann gab sie Befehl, das Volk solle sich setzen und essen. Und während sie an der Spitze der Tafel saß, zu der das Volk sich drängte, Schar auf Schar und einer nach dem andern, da fiel ihr Auge plötzlich auf den Christen Barsûm, der einst den Vorhang von ihrem Herrn gekauft hatte; sofort erkannte sie ihn, und sie frohlockte: ‚Dies ist das erste Vorzeichen des Trostes und der Erfüllung meiner Wünsche!' Barsûm trat nun heran und setzte sich zum Volke, um zu essen. Da blickte er nach einer Schüssel mit süßem Reis, auf den Zucker gestreut war; aber sie stand etwas von ihm entfernt. Sogleich drängte er sich durch die Leute dorthin, streckte seine Hand nach ihr aus, langte sie sich her und setzte sie vor sich hin. Doch ein Mann neben ihm rief ihm zu: ‚Warum issest du nicht von dem, was vor dir steht? Ist das nicht eine Schmach für dich? Wie kannst du deine Hände nach etwas ausstrecken, das fern von dir steht? Schämst du dich denn gar nicht?' ‚Ich will nur hiervon essen', erwiderte Barsûm; der

Mann aber rief: ‚Iß nur; aber Allah gebe dir keine Freude daran!' Nun hub ein Haschîschkerl[1] an: ‚Laß ihn doch davon essen! Ich will mit ihm zusammen essen.' Der andere entgegnete: ‚Du elender Haschîschkerl, das ist kein Essen für euch; das ist eine Speise nur für die Emire! Laßt ab von ihr, damit sie zu denen kommt, für die sie bestimmt ist, und jene von ihr essen können!' Dennoch nahm Barsûm, ihm zum Trotze, einen Bissen von der Schüssel und steckte ihn in seinen Mund; doch als er den zweiten nehmen wollte, rief die Königin, die ihm zugesehen hatte, ihre Wachen und befahl ihnen: ‚Bringt mir den Mann da, vor dem die Schüssel mit süßem Reis steht, und lasset ihn nicht den Bissen essen, den er in der Hand hält, sondern schlagt ihm den aus der Hand.' Sofort eilten vier von den Kriegern auf ihn zu und schleppten ihn, nachdem sie ihm den Bissen aus der Hand geschlagen hatten, auf seinem Gesichte dahin; dann stellten sie ihn vor Zumurrud auf. Nun hielt alles Volk mit dem Essen inne, und einer sprach zum andern: ‚Bei Allah, wirklich, er tat nicht recht daran, daß er nicht von der Speise aß, die für seinesgleichen bestimmt ist!' Jemand sagte: ‚Ich begnüge mich mit diesem Milchbrei, der vor mir steht.' Und der Haschîschkerl hub wieder an: ‚Gott sei Dank, daß ich nichts von der Schüssel mit süßem Reis gegessen habe! Ich wartete bloß, bis die Schüssel vor ihm stände und er davon gegessen hätte, dann wollte ich mit ihm essen; aber jetzt ist es ihm ergangen, wie wir gesehen haben.' Und alle Leute sagten zueinander: ‚Wartet, wir wollen sehen, was ihm widerfahren wird!'

Als Barsûm nun vor der Königin Zumurrud stand, fuhr sie ihn an: ‚Du da, du Blauauge, wie heißt du? Und weshalb kommst du in unser Land?' Der Verruchte aber, der einen

1. Leute, die Haschîsch essen oder rauchen, stehen in schlechtem Rufe.

weißen Turban[1] angelegt hatte, verleugnete seinen Namen und sprach: ,O König, mein Name ist 'Alî; ich bin ein Weber von Beruf, und ich bin in diese Stadt gekommen, um Handel zu treiben.' Da befahl Zumurrud: ,Bringt mir eine geomantische Tafel und einen Stift aus Messing!' Sofort brachte man ihr das Verlangte; sie nahm die Tafel und den Stift, entwarf eine Sandfigur und zeichnete mit dem Stifte eine Gestalt, die einem Affen glich. Dann hob sie ihr Haupt wieder und schaute Barsûm eine geraume Weile an. Darauf sprach sie zu ihm: ,O du Hund, wie kannst du es wagen, Könige zu belügen? Bist du nicht ein Christ? Heißt du nicht Barsûm? Bist du nicht gekommen, um etwas zu suchen? Sag mir die Wahrheit, sonst lasse ich dir, bei der Macht der Gottheit, den Hals abschlagen!' Der Christ fing an zu stammeln, doch die Emire und die anderen, die zugegen waren, sagten: ,Dieser König versteht wahrlich die Geomantik; Preis sei Ihm, der ihm die Gabe verliehen hat!' Darauf rief sie dem Nazarener von neuem zu: ,Sag mir die Wahrheit; sonst bist du des Todes!' Barsûm gab darauf zur Antwort: ,Verzeih, o größter König unserer Zeit, der Sand hat dir die Wahrheit verkündet; denn ich Unwürdiger bin ein Christ.'--«

Da bemerkte Schehrezâd, daß der Morgen begann, und sie hielt in der verstatteten Rede an. Doch als die *Dreihundertundeinundzwanzigste Nacht* anbrach, fuhr sie also fort: »Es ist mir berichtet worden, o glücklicher König, daß Barsûm sprach: ,Verzeih, o größter König unserer Zeit, der Sand hat dir die Wahrheit verkündet; denn ich Unwürdiger bin ein Christ.' Nun erstaunten die Emire und anderen Leute, die anwesend waren, daß der König durch den Sandzauber die Wahrheit erkannt hatte, und sie sprachen: ,Dieser König ist ein Seher, der in der Welt nicht seinesgleichen hat.' Darauf gab die Königin

1. Das Zeichen der Muslime.

Befehl, der Nazarener solle geschunden werden, seine Haut solle mit Häcksel ausgestopft und über dem Tor zu dem Platze aufgehängt werden; ferner solle man eine Grube draußen vor der Stadt graben und darin sein Fleisch und seine Knochen verbrennen, und dann solle man Schmutz und Unrat auf ihn werfen. ,Wir hören und gehorchen!' sprachen ihre Mannen, und sie taten mit dem Christen alles, was sie ihnen befohlen hatte. Als das Volk sah, was mit dem Nazarener geschah, sprachen alle: ,Was mit ihm geschah, ist seine gerechte Strafe! Was für ein Unglücksbissen war das für ihn!' Und einer von ihnen rief: ,Möge ich – Gott behüte! – von meiner Frau geschieden sein, wenn ich jemals in meinem Leben süßen Reis esse!' Und der Haschîschkerl sprach: ,Gott sei Dank, daß mir das Schicksal dieses Burschen erspart geblieben ist, indem ich davor behütet wurde, von jenem Reis zu essen!' Dann gingen die Leute fort, nachdem sie sich alle vorgenommen hatten, nie vor der Schüssel mit süßem Reis zu sitzen, wo jener Christ gesessen hatte.

Als der dritte Monat kam, wurden wie gewöhnlich die Tische gebreitet und mit Schüsseln bedeckt. Königin Zumurrud setzte sich auf den Thron, und die Krieger stellten sich auf wie sonst, in Ehrfurcht vor ihrer Majestät. Das Volk aus der Stadt strömte herbei wie früher und ging um die Tische herum. Und wenn sie auf die Stelle blickten, wo jene Schüssel stand, sagte wohl einer zum andern: ,Haddsch Chalaf!' Der antwortete: ,Zu Diensten, Haddsch Châlid!' Der erste fuhr dann fort: ,Meide die Schüssel mit dem süßen Reis! Hüte dich, davon zu essen; denn wenn du das tust, hängst du morgen früh am Galgen!' Sie setzten sich also rings an die Tische, um zu essen; während sie aber beim Mahle waren und die Königin Zumurrud ihnen zuschaute, fiel ihr Blick plötzlich auf einen Mann, der zum Tore des Platzes hereingelaufen kam. Als sie ihn genauer betrachtete, erkannte sie in ihm den Kurden Dschawân, den Räuber, der den Krieger ermordet hatte. Er kam aus folgendem Grunde: Als er seine Mutter verlassen hatte, ging er zu seinen Kumpanen und sprach zu ihnen: ‚Hört, ich habe gestern gute Beute gemacht. Ich habe einen Krieger ermordet und sein Pferd geraubt; und in derselben Nacht fielen mir ein Satteltaschenpaar voll Gold und eine Maid in die Hände, die noch mehr wert ist als all das Gold in den Satteltaschen. All das habe ich bei meiner Mutter in der Höhle untergebracht.' Hocherfreut darüber, begaben sie sich gegen Abend zur Höhle; der Kurde Dschawân ging vor ihnen hinein, da er ihnen alles, wovon er ihnen erzählt hatte, herausbringen wollte. Aber er fand die Stätte leer; sofort fragte er seine Mutter, wie die Sache sich in Wahrheit verhalte, und sie berichtete ihm alles, was geschehen war. Da biß er sich vor Wut in die Hände und rief: ‚Bei Allah, wahrlich, ich will nach dieser Metze suchen und sie ergreifen, wo sie nur immer ist, wäre sie auch in der Schale einer Pistaziennuß, und dann will ich meinen Rachedurst an ihr kühlen!' Alsbald zog er aus, auf der Suche nach ihr, und er wanderte ohne Unterlaß in den Ländern umher, bis er zu der Stadt der Königin Zumurrud kam. Als er jene Stadt betreten hatte, fand er niemanden dort; und so fragte er einige Frauen, die aus den Fenstern schauten. Die erzählten ihm, der Sultan pflege am ersten Tage eines jeden Monats Tische ausbreiten zu lassen; dann gingen die Leute dorthin, um zu essen. Auch zeigten sie ihm den Weg zu dem Platze, auf dem die Tische hergerichtet waren. Eilends kam er nun gelaufen, und da er keinen Platz frei fand, auf den er sich hätte setzen können, außer bei der Schüssel, von der wir erzählt haben, so setzte er sich dort nieder. Die Schüssel stand vor ihm, und er streckte seine Hand nach ihr aus. Aber die Leute riefen ihm zu: ‚Bruder, was willst du da tun?' Er gab zur Antwort: ‚Ich will von dieser Schüssel essen, bis ich satt bin!' Da rief einer ihm zu: ‚Wenn du davon issest, so wirst du morgen am Galgen hängen!' Doch Dschawân erwiderte: ‚Sei ruhig; führe nicht solche Reden!' Darauf streckte er seine Hand von neuem aus nach der Schüssel und zog sie an sich heran. Der Haschîschkerl, von dem wir auch schon erzählt haben, saß neben ihm; und als er sah, daß der Kurde die Schüssel an sich heranzog, lief er von seinem Platze fort, der Haschîschrausch entwich aus seinem Kopfe, und er setzte sich weit weg, indem er rief: ‚Nach dieser Schüssel gelüstet es mich nicht mehr!' Doch der Kurde Dschawân streckte seine Hand nach der Schüssel aus in Gestalt einer Rabenklaue, schöpfte mit ihr und zog sie geballt zurück, so daß sie einem Kamelshufe glich. – –«

Da bemerkte Schehrezâd, daß der Morgen begann, und sie hielt in der verstatteten Rede an. Doch als die *Dreihundertundzweiundzwanzigste Nacht* anbrach, fuhr sie also fort: »Es ist mir berichtet worden, o glücklicher König, daß der Kurde Dschawân seine Hand geballt aus der Schüssel zurückzog, so daß sie einem Kamelshufe glich. Dann drehte er den Reisklumpen in seiner Hand zu einer Kugel, die einer großen Orange glich. Die warf er sich eilends in den Mund, und sie fuhr in seinen Schlund hinab mit einem donnergleichen Getöse; und dort, wo der Reisklumpen gewesen war, konnte man den Boden der Schüssel sehen. Einer, der neben ihm saß, rief: ‚Gott sei Dank, daß ich nicht als Speise vor dir liege; du hast ja die Schüssel mit einem einzigen Mundvoll geleert!' Doch der Haschîschkerl sprach: ‚Laßt ihn nur essen! Ich sehe ihn schon, wie er am Galgen baumelt.' Und indem er sich zu dem Kurden wandte, sprach er: ‚Iß; Allah lasse dich keine Freude daran haben!' Wiederum streckte Dschawân seine Hand aus, nahm einen zweiten Bissen und wollte ihn wie den ersten in seiner Hand zu einer Kugel drehen, da rief die Königin plötzlich die Wachen und sprach zu ihnen: ‚Bringt mir rasch den Kerl dort! Lasset ihn den Bissen, den er in der Hand hat, nicht aufessen!‘ Sofort eilten die Krieger zu ihm, während er sich gerade über die Schüssel beugte, und nahmen ihn fest; sie schleppten ihn fort und stellten ihn vor die Königin Zumurrud hin. Das Volk sah mit Schadenfreude auf ihn, und einer sprach zum andern: ‚Er verdient es! Wir haben ihn doch gewarnt; aber er wollte nicht hören. Dieser Platz ist dazu bestimmt, jedem, der auf ihm sitzt, den Tod zu bringen; und der Reis dort bringt jedem Unglück, der von ihm ißt.‘ Nun fragte Königin Zumurrud: ‚Wie heißt du? Was für ein Handwerk hast du? Und weshalb bist du in unsere Stadt gekommen?‘ ‚O unser Herr und Sultan,‘ erwiderte er, ‚ich heiße 'Othmân, ich bin ein Gärtner von Beruf, und ich bin in diese Stadt gekommen, weil ich auf der Suche nach etwas, das ich verloren habe, umherziehe.‘ Die Königin rief: ‚Bringt die geomantische Tafel her!‘ Nachdem man sie vor sie hingelegt hatte, nahm sie den Stift und entwarf eine Sandfigur. Auf die blickte sie eine Weile; dann hob sie ihr Haupt und rief: ‚Weh dir, du elender Kerl, wie kannst du es wagen, Könige zu belügen? Der Sand da sagt mir, daß du Dschawân der Kurde heißt, daß du das Räuberhandwerk betreibst, daß du das Gut der Menschen auf unrechtem Wege nimmst und Menschenleben tötest, die Allah nur durch gerechtes Gericht zu töten erlaubt hat.‘ Dann fuhr sie ihn hart an mit den Worten: ‚Du Schwein, sage mir die Wahrheit, sonst lasse ich dir den Kopf abschlagen!‘ Als er diese Worte aus ihrem Munde vernahm, wurde er bleich, seine Zähne klapperten, und da er meinte, er könne sich durch die Wahrheit retten, so gab er zur Antwort: ‚Du hast recht, o König. Doch ich bereue vor dir von jetzt ab mein Tun und kehre wieder zu Allah dem Erhabenen zurück.' Die Königin sagte darauf: ‚Es ist mir nicht erlaubt, eine Viper auf dem Wege der Muslime kriechen zu lassen.' Und dann befahl sie ihren Wachen: ‚Nehmt ihn und zieht ihm das Fell ab und tut mit ihm, wie ihr im vorigen Monate mit seinesgleichen getan habt!' Sie gehorchten ihrem Befehle; und als der Haschîschkerl sah, wie die Krieger jenen Mann abführten, wandte er der Schüssel mit Reis den Rücken zu, indem er sprach: ‚Ich mag dich nicht mehr mit meinem Gesichte ansehen!' Nachdem das Festmahl beendet war, zerstreuten sich die Leute und gingen in ihre Wohnungen. Die Königin aber begab sich in ihr Schloß und entließ ihre Diener.

Als nun wieder der neue Mond aufging, zogen alle wie gewöhnlich zu dem Platze hinab, die Speisen wurden aufgetragen, und das Volk setzte sich, gewärtig der Erlaubnis zu beginnen. Da kam auch schon die Königin, setzte sich auf den Thron und schaute den Leuten zu; dabei entdeckte sie, daß vor der Schüssel mit Reis ein Platz frei war, der vier Menschen fassen konnte, und das verwunderte sie. Während sie sich noch umsah, fiel ihr Blick plötzlich auf einen Mann, der durch das Tor des Platzes hereineilte und immer weiter lief, bis er vor der Tafel stand. Wie er aber keinen anderen Platz frei fand als den vor der Schüssel, setzte er sich dort nieder. Sie blickte ihn genau an und erkannte sofort, daß er der verfluchte Nazarener war, der sich Raschîd ed-Dîn genannt hatte; und sie sprach bei sich: ‚Wie gesegnet ist doch dies Festmahl, bei dem der Ungläubige da ins Netz geraten ist!' Mit seinem Kommen aber hatte es eine sonderbare Bewandtnis. Als er nämlich von seiner Reise zurückkehrte – –«

Da bemerkte Schehrezâd, daß der Morgen begann, und sie hielt in der verstatteten Rede an. Doch als die *Dreihundertund-*

dreiundzwanzigste Nacht anbrach, fuhr sie also fort: »Es ist mir berichtet worden, o glücklicher König, daß der Verruchte, der sich Raschîd ed-Dîn genannt hatte, als er von seiner Reise zurückkehrte, aus dem Munde der Seinen vernahm, Zumurrud sei verschwunden und mit ihr ein Satteltaschenpaar voll Gold. Wie er diese Kunde hörte, zerriß er seine Kleider, schlug sich ins Gesicht und raufte sich den Bart. Dann entsandte er seinen Bruder Barsûm, um nach ihr in allen Ländern zu suchen; doch da die Kunde von ihm zu lange ausblieb, machte er sich selbst auf den Weg, um nach seinem Bruder und nach Zumurrud in den Landen zu suchen. So führte ihn das Geschick zu der Stadt Zumurruds, und es war gerade am ersten Tage des Monats, als er dort eintraf. Als er auf den Straßen dahinging, fand er sie alle leer, und die Läden sah er geschlossen. Die Frauen aber schauten aus den Fenstern, und er fragte einige von ihnen, was dies bedeute. Sie antworteten ihm, der König lasse am ersten Tage eines jeden Monats für alles Volk ein Festmahl bereiten, auf daß jedermann daran teilnehme, und dann dürfe kein Mann in seinem Hause oder in seinem Laden bleiben; und sie wiesen ihm auch den Weg zu dem Platze. Nachdem er den Platz betreten hatte, traf er die Leute, wie sie sich um das Essen drängten, und er sah nur noch jene Stelle bei der bewußten Reisschüssel leer. Er setzte sich also dort nieder und streckte seine Hand aus, um davon zu essen. Da rief die Königin ihre Wachen und sprach: ,Bringt mir den Mann, der dort bei der Reisschüssel sitzt!' Sie wußten nun schon aus Erfahrung, wer gemeint war, und ergriffen jenen und führten ihn vor die Königin Zumurrud. Die aber fuhr ihn an: ,Du da, wie heißt du? Was für ein Handwerk hast du? Und weshalb bist du in unsere Stadt gekommen?' ,O größter König unserer Zeit,' erwiderte er, ,ich heiße Rustem; aber ich habe kein Handwerk, ich bin ein armer Derwisch.' Sie befahl ihren Dienern, die geomantische Tafel und den Messingstift zu bringen. Man brachte ihr das Verlangte, wie immer; sie nahm den Stift und zeichnete mit ihm eine Sandfigur. Dann hielt sie inne und betrachtete sie eine Weile; doch darauf hob sie ihr Haupt zu ihm empor und rief: ,Du Hund, wie kannst du es wagen, Könige zu belügen? Du heißt Raschîd ed-Dîn, der Nazarener; dein Handwerk ist es, den Sklavinnen der Muslime Fallen zu legen und sie zu rauben. Du bist nur äußerlich ein Muslim; innerlich bist du ein Nazarener. Sprich die Wahrheit! Wenn du nicht die Wahrheit sagst, so lasse ich dir den Kopf abschlagen!' Da begann er zu stammeln, und schließlich brachte er die Worte hervor: ,Du hast recht, o größter König unserer Zeit!' Nun befahl sie, ihn zu Boden zu werfen und ihm auf jede Fußsohle hundert Schläge und auf den Leib tausend Hiebe zu verabfolgen, ihn dann zu schinden und seine Haut mit Werg auszustopfen und darauf vor den Toren der Stadt eine Grube für ihn zu graben, seine Leiche darin zu verbrennen und zuletzt Schmutz und Unrat darauf zu werfen. Ihr Befehl ward ausgeführt; dann gab sie dem Volke Erlaubnis zu essen. Man begann zu speisen, und als das Mahl beendet war, gingen alle ihrer Wege. Die Königin Zumurrud aber ging zu ihrem Schlosse hinauf, indem sie sprach: ,Allah sei gepriesen, daß er meinem Herzen Ruhe geschaffen hat vor denen, die mir Übles taten!' Darauf sandte sie zu dem Schöpfer des Himmels und der Erden ein Dankgebet empor, und sie trug diese Verse vor:

> *Sie herrschten ungerecht; so herrschten sie lange Zeit.*
> *Doch bald danach geriet ihre Macht in Vergessenheit.*
> *Für Recht hätten sie auch Recht erfahren, doch es kam*
> *Auf sie, die Ungerechten, der Zeiten Leid und Gram.*
> *So fügte es sich, daß die Stimme des Schicksals zu ihnen spricht:*
> *Dies ist der Lohn für jenes! Man tadle das Schicksal nicht!*

Als sie ihre Verse beendet hatte, kam ihr Herr 'Alî Schâr ihr wieder in den Sinn, und strömende Tränen rannen über ihre Wangen hin. Aber sie faßte sich bald und sprach bei sich selber: ,Allah, der mir Gewalt gab über meinen Feind, wird mich auch gnädig wieder vereinen mit meinem Freund!' Und sie flehte zu Allah, dem Allmächtigen und Herrlichen, um Verzeihung. – –«

Da bemerkte Schehrezâd, daß der Morgen begann, und sie hielt in der verstatteten Rede an. Doch als die *Dreihundertundvierundzwanzigste Nacht* anbrach, fuhr sie also fort: »Es ist mir berichtet worden, o glücklicher König, daß die Königin zu Allah, dem Allmächtigen und Herrlichen, um Verzeihung flehte und sprach: ,Möge Allah mich bald wieder mit meinem geliebten 'Alî Schâr vereinen; denn Er vermag, was Er will, zu jeder Zeit, und Er gedenkt gütig seiner Diener in seiner Allwissenheit!' Dann pries sie Allah von neuem, indem sie noch einmal um Verzeihung bat, und sie fügte sich in des Schicksals Rat, in dem festen Glauben, daß jeder Anfang auch ein Ende hat. Und sie sprach die Dichterworte:

> *Sei ob der Dinge Lauf getrost:*
> *In Gottes Händen ruhen sie.*
> *Was Er nicht will, geschieht dir nicht;*
> *Doch was Er will, entgeht dir nie!*

Und ferner die Worte eines anderen:

> *Laß die Tage immer nur enteilen,*
> *In die Sorgenhäuser tritt nicht ein!*
> *Manches Ziel erscheint noch in der Ferne –*
> *Dennoch ist die nahe Freude dein.*

Dazu auch die Worte eines dritten:

> *Bezähme deinen Sinn, wenn dich der Zorn ergreifet;*
> *Und sei geduldig, wenn ein Unglück dich befällt.*

Denn siehe da, die Nächte sind vom Schicksal schwanger,
Sie lasten schwer und bringen manch Wunderding zur Welt.

Und die Worte eines vierten:

Harr aus, Geduld bringt Gutes! Und hast du sie gelernt,
Bist du ein froher Mensch, den keine Schmerzen plagen.
Bedenke, wenn du nicht Geduld freiwillig übst,
So mußt du wider Willen den Spruch des Schicksals tragen!

Nachdem sie all diese Verse gesprochen hatte, wartete sie wieder einen vollen Monat, indem sie bei Tage unter dem Volke Recht sprach, Gebote und Verbote erteilte, bei Nacht aber weinte und klagte ob der Trennung von ihrem Herren 'Alî Schâr. Als dann der neue Mond aufging, gab sie Befehl, die Tafel auf dem Platze wie gewöhnlich zu rüsten. Sie setzte sich an die Spitze der Gäste, während diese auf die Erlaubnis zum Essen warteten; der Platz vor der Reisschüssel aber blieb leer. So saß sie nun da, oberhalb der Tafel, und richtete ihre Augen auf das Tor des Platzes, um jeden, der dort eintrat, sehen zu können. Und sie sprach in ihrem Herzen: ‚O du, der du den Joseph zu Jakob zurückgebracht * und den Hiob von seinem Leid frei gemacht, * wollest du mir meinen Herren 'Alî Schâr wiederzugeben geruhn; * denn du vermagst alles, was du willst, zu tun, * der du die Welten regierst * und die Irrenden führst, * der du die Rufe erhörst * und die Gebete gewährst, * erhöre auch mein Gebet, o Herr der Welten!' Kaum hatte sie ihr Gebet beendet, da trat ein Jüngling durch das Tor auf den Platz; dessen Wuchs glich dem eines Weidenzweiges, doch sein Leib war abgezehrt, und Blässe lag auf seinem Antlitz; schöner als er konnte kein Jüngling sein, an Verstand so reich und an Sitten so fein. Als er nun eingetreten war, fand er keinen Platz leer außer dem bei der Reisschüssel; und so setzte er sich dort nieder. Sobald aber Zumurrud ihn erblickte, begann ihr Herz zu pochen, und sie schaute ihn genau an und erkannte, daß er ihr Herr 'Alî Schâr war. Fast hätte sie vor Freuden laut aufgeschrien; aber sie bezwang sich, da sie Scheu trug, sich vor dem Volke bloßzustellen. Und obgleich ihr Inneres erbebte und ihr Herz ungestüm schlug, so verbarg sie doch, was sie empfand. Der Grund, weshalb 'Alî Schâr sich eingefunden hatte, war aber dieser: Als er auf der Bank eingeschlafen war und Zumurrud sich herabgelassen und der Kurde Dschawân sie geraubt hatte, da erwachte er nach einiger Zeit. Und wie er entdeckte, daß sein Haupt entblößt war, erkannte er, daß jemand sich an ihm vergriffen und ihm im Schlafe den Turban geraubt hatte. Da sprach er die Worte, die keinen, der sie spricht, zuschanden werden lassen: ,Wahrlich, wir sind Allahs Geschöpfe, und zu Ihm kehren wir zurück!' Dann ging er wieder zu dem Hause der Alten, die ihm erzählt hatte, wo Zumurrud war, und klopfte an ihre Tür. Und als sie zu ihm heraustrat, weinte er vor ihrem Angesichte so lange, bis er ohnmächtig zu Boden sank. Nachdem er dann wieder zu sich gekommen war, berichtete er ihr alles, was sich mit ihm zugetragen hatte. Sie aber tadelte ihn und schalt ihn wegen seiner Nachlässigkeit, und sie sprach zu ihm: ,An deinem Mißgeschick und deinem Unglück bist du selber schuld!' Ja, sie schalt ihn so lange, bis ihm das Blut aus der Nase strömte und er von neuem ohnmächtig niedersank. Als er dann wieder zur Besinnung kam – –«

Da bemerkte Schehrezâd, daß der Morgen begann, und sie hielt in der verstatteten Rede an. Doch als die *Dreihundertundfünfundzwanzigste Nacht* anbrach, fuhr sie also fort: »Es ist mir berichtet worden, o glücklicher König, daß 'Alî Schâr, als er wieder zur Besinnung kam, nunmehr sah, wie die Alte um seinetwillen weinte und Tränen vergoß. Da begann er über sein Leid zu klagen und diese beiden Verse vorzutragen:

Wie bitter ist die Qual der Trennung für die Freunde,
Wie süß das Wiedersehen für ein liebend Paar!
Ach, alle, die da lieben, möge Gott vereinen!
Er schütze mich, der ich dem Tode nahe war!

Da die Alte über ihn betrübt war, so sprach sie zu ihm: ‚Bleib hier sitzen! Ich will Kunde für dich zu erfahren suchen und eilends zurückkommen.' ‚Ich höre und gehorche!' gab er zur Antwort. Dann verließ sie ihn und ging fort und blieb bis zum Mittag fern. Als sie zu ihm zurückgekehrt war, sprach sie: ‚'Alî, ich fürchte doch, du wirst in deinem Gram sterben; denn du wirst dein Lieb wohl erst am Jüngsten Tage[1] wiedersehen. Wisse, als die Leute des Christenhauses heute früh aufstanden, fanden sie das Fenster, das auf den Garten führt, ausgebrochen, und sie vermißten Zumurrud und ein Satteltaschenpaar voll Gold, das dem Christen gehörte. Und wie ich dort hinkam, traf ich den Wachthauptmann mit seiner Schar an der Türe. Es gibt keine Macht und es gibt keine Majestät außer bei Allah dem Erhabenen und Allmächtigen!' Wie 'Alî Schâr diese Worte von ihr vernahm, wurde das helle Tageslicht zur Finsternis vor seinem Angesicht; er verzweifelte am Leben und sah den sicheren Tod vor seinen Augen schweben, und er weinte ohne Unterlaß, bis er ohnmächtig zu Boden sank. Nachdem er dann wieder zu sich gekommen war, ward er von Liebessehnsucht und Trennungsschmerz so ergriffen, daß er in eine schwere Krankheit verfiel, und er ward an sein Haus gefesselt. Die Alte aber brachte immerfort die Ärzte zu ihm, gab ihm die Arzneien zu trinken und bereitete ihm die Brühen, ein ganzes Jahr lang, bis er wie-

---

[1]. Wörtlich: auf dem Sirât. So heißt die Höllenbrücke, über die beim Jüngsten Gerichte die Seelen der Menschen schreiten müssen; sie ist so scharf wie ein Schwert und so fein wie ein Haar.

der genas. Da gedachte er der Vergangenheit und klagte in diesen Versen sein Leid:

> *Der Kummer kehrte ein, Vereintsein ward zerrissen,*
> *Die Träne rinnt herab, das Feuer brennt im Herz.*
> *Die Sehnsucht wächst in ihm, der keine Ruhe findet;*
> *Verlangen zehrt an ihm und banger Liebesschmerz.*
> *O Herr, gibt es noch eines, das mein Leiden heilt,*
> *Gewähr es mir, solang noch Odem in mir weilt!*

Als nun das zweite Jahr begann, sprach die Alte zu ihm: ‚Mein Sohn, all der Schmerz und all die Trauer, die dich verzehren, werden dir dein Lieb nicht wiederbringen. Drum mach dich auf, nimm deine Kraft zusammen und suche nach ihr in allen Landen, auf daß dir Kunde von ihr werde!' Und sie fuhr fort ihn zu trösten und ihm Mut zuzusprechen, bis sie den Entschluß in ihm hatte reifen lassen. Dann führte sie ihn ins Bad, gab ihm Wein zu trinken und Küken zu essen und sorgte so für ihn jeden Tag, einen ganzen Monat lang, bis er sich stark genug fühlte und sich auf den Weg machte. Wie er nun immer weiter dahinzog, gelangte er auch zu der Stadt Zumurruds. Er betrat den Festplatz, setzte sich an der Tafel nieder und streckte seine Hand aus, um zu essen. Das Volk aber hatte Mitleid mit ihm, und so rief man ihm zu: ‚Jüngling, iß nicht von der Schüssel da! Wer davon ißt, dem ergeht es schlecht!' Doch er gab zur Antwort: ‚Laßt mich nur essen! Man mag mit mir tun, was man will; vielleicht werde ich dann von der Qual dieses Lebens erlöst!' Darauf aß er einen ersten Bissen; Zumurrud wollte ihn vor sich führen lassen, aber es kam ihr in den Sinn, er könne wohl hungrig sein, und so sprach sie bei sich selber: ‚Besser, ich lasse ihn erst essen, bis er sich gesättigt hat!' Er aß also weiter, während das Volk staunte und wartete, was mit ihm geschehen würde. Als er sich satt gegessen hatte, sprach Zumurrud zu einigen ihrer Eunuchen: ‚Geht zu jenem Jüngling, der von dem Reis dort ißt, und führt ihn in Güte her! Sagt zu ihm: ‚Folge dem Rufe des Königs, zu kurzer Frage und Antwort!' ‚Wir hören und gehorchen!' erwiderten sie und gingen dahin, bis sie neben ihm standen; dann sprachen sie zu ihm: ‚Gebieter, habe die Güte und folge dem Rufe des Königs mit frohem Herzen!' ‚Ich höre und gehorche!' gab er zur Antwort und ging mit den Eunuchen. – –«

Da bemerkte Schehrezâd, daß der Morgen begann, und sie hielt in der verstatteten Rede an. Doch als die *Dreihundertundsechsundzwanzigste Nacht* anbrach, fuhr sie also fort: »Es ist mir berichtet worden, o glücklicher König, daß 'Alî Schâr zur Antwort gab: ‚Ich höre und gehorche!' und mit den Eunuchen ging. Doch die Leute sagten einer zum andern: ‚Es gibt keine Macht und es gibt keine Majestät außer bei Allah dem Erhabenen und Allmächtigen! Was wird der König wohl mit ihm tun?' Einer von ihnen meinte: ‚Er wird ihm sicher nur Gutes tun; denn wenn er ihm übelwollte, so hätte er ihn sich nicht satt essen lassen!' Wie er dann vor Zumurrud stand, sprach er den Gruß und küßte den Boden vor ihr. Und sie erwiderte seinen Gruß, nahm ihn ehrenvoll auf und fragte ihn: ‚Wie heißt du? Was für ein Handwerk hast du? Und weshalb bist du in diese Stadt gekommen?' ‚O König,' antwortete er, ‚ich heiße 'Alî Schâr, ich bin ein Kaufmannssohn, und mein Heimatland ist Chorasân. Ich bin in diese Stadt gekommen, um nach einer Sklavin zu suchen, die ich verloren habe; die war mir teurer als mein Auge und mein Ohr, und meine Seele hängt immer noch an ihr, seit ich sie verloren habe. Das ist meine Geschichte.' Dann begann er zu weinen, bis er in Ohnmacht sank. Alsbald gab sie Befehl, ihm Rosenwasser ins Antlitz zu sprengen, und nachdem das geschehen war, kam er wieder zu sich. Wie er aus seiner Ohnmacht erwachte, rief sie: ‚Bringt mir die geomantische Tafel und den Messingstift!' Man brachte ihr beides, sie nahm den Stift in die Hand und entwarf eine Sandfigur; nachdem sie die eine Weile betrachtet hatte, sprach sie zu ihm: ‚Du sprichst die Wahrheit. Allah wird dich bald mit ihr vereinen; drum sei ohne Sorge!' Darauf befahl sie ihrem Kammerherrn, ihn in das Bad zu führen und ihn in ein schönes, fürstliches Gewand zu kleiden, ihn auf eines der edelsten Rosse des Königs steigen zu lassen und ihn dann gegen Abend in das Schloß zu führen. ‚Ich höre und gehorche!' sprach der Kammerherr, nahm ihn mit sich und führte ihn fort. Die Leute aber sprachen untereinander: ‚Was ist es mit dem Sultan, daß er diesen Burschen so freundlich behandelt hat?' Einer sagte wiederum: ‚Habe ich euch nicht gesagt, er würde ihm nichts antun? Er ist schön; von dem Augenblicke an, als der König wartete, bis er satt war, habe ich es gewußt!' Ein jeder sprach noch seine Meinung aus; dann ging das Volk seiner Wege.

Zumurrud aber konnte kaum warten, bis die Nacht kam, auf daß sie mit dem Geliebten ihres Herzens allein sein konnte. Als dann endlich die Nacht hereinbrach, trat sie in ihr Schlafgemach, indem sie sich stellte, als ob sie vom Schlafe überwältigt sei. Es war aber ihre Gewohnheit, daß sie niemanden bei sich schlafen ließ als zwei kleine Eunuchen, die ihr aufwarteten. Sobald sie sich in ihrem Gemach befand, sandte sie nach ihrem geliebten 'Alî Schâr und ließ sich auf das Ruhelager nieder, während Kerzen zu ihren Häupten und zu ihren Füßen brannten und goldene Kronleuchter den Raum erhellten. Wie die Leute hörten, daß sie nach ihm gesandt hatte, wunderten sie sich darüber, und ein jeder von ihnen machte sich seine Gedanken und äußerte seine Meinung; einige aber sagten: ‚Der König liebt diesen Jüngling ganz sicherlich, und er wird ihn morgen zum Heereshauptmann machen.' Als 'Alî Schâr nun zu ihr geführt war, küßte er den Boden vor ihr und flehte den Segen des Himmels auf sie herab, während sie bei sich dachte: ‚Ich muß doch noch eine Weile Scherz mit ihm treiben, ohne daß ich mich ihm zu erkennen gebe!' Sie fragte ihn also: ‚'Alî, bist du ins Bad gegangen?' ‚Ja, mein Gebieter', gab er zur Antwort. Dann fuhr sie fort: ‚Komm, iß von diesen Küken und dem Fleisch dort und trink von diesem Wein und Zuckerscherbett; denn du bist müde! Danach komme hierher!' ‚Ich höre und gehorche!' erwiderte er und tat, wie sie ihm befohlen hatte. Und als er mit dem Essen und Trinken fertig war, sagte sie: ‚Komm zu mir auf das Lager und knete mich!' Er begann ihre Füße und Schenkel zu kneten und fand, daß sie weicher als Seide waren. Nun befahl sie: ‚Geh höher hinauf mit dem Kneten!' Doch er entgegnete: ‚Verzeihung, mein Gebieter, bis zum Knie, doch nicht weiter!' Sie rief: ‚Wagst du mir zu widersprechen? Das würde eine Unglücksnacht für dich werden!' – –«

Da bemerkte Schehrezâd, daß der Morgen begann, und sie hielt in der verstatteten Rede an. Doch als die *Dreihundertundsiebenundzwanzigste Nacht* anbrach, fuhr sie also fort: »Es ist mir berichtet worden, o glücklicher König, daß Zumurrud ihrem Herrn 'Alî Schâr zurief: ‚Wagst du mir zu widersprechen? Das würde eine Unglücksnacht für dich werden! Nein, es liegt dir ob, mir zu gehorchen. Ich will dich zu meinem Liebling machen und dich zu einem meiner Emire ernennen.' ‚O größter König unserer Zeit,' fragte 'Alî Schâr, ‚worin soll ich dir gehorchen?' Und als sie antwortete: ‚Löse deine Hosen und leg dich auf dein Gesicht!' rief er: ‚Das ist etwas, das ich noch nie in meinem Leben getan habe! Wenn du mich dazu zwingst, so werde ich dich dessen vor Allah am Auferstehungstage anklagen. Nimm alles, was du mir gegeben hast, und laß mich aus deiner Stadt fortgehen!' Darauf begann er zu weinen und zu klagen. Doch sie gebot: ‚Löse deine Hosen und lege dich auf dein Gesicht; sonst lasse ich dir den Kopf abschlagen!' Da tat er es, und sie stieg ihm auf den Rücken; und er fühlte, was weicher war als Seide und zarter als Sahne. Da sagte er sich: ‚Dieser König ist mehr wert als alle Frauen.' Nachdem sie noch eine Weile auf seinem Rücken geblieben war, warf sie sich wieder auf das Lager. Nun rief 'Alî Schâr: ‚Gott sei Dank, es scheint, daß sein Glied sich nicht aufrichtet.' Sie aber sprach: ‚'Alî, mein Glied hat die Gewohnheit, daß es sich nur aufrichtet, wenn es mit der Hand gerieben wird. Nun komm, reib es mit deiner Hand, damit es sich aufrichtet; sonst lasse ich dich töten.' Dann legte sie sich auf den Rücken, nahm seine Hand und führte sie zu ihrem Schoß. Den fand er weicher als Seide, weiß, rund und ragend, heiß wie die Hitze eines Warmbades oder eines liebenden Herzens, das die Leidenschaft verzehrt. Da sagte sich 'Alî Schâr: ‚Dieser König hat eine Scheide; das ist doch eins der größten Wunder!' Die Lust kam über ihn, und sein Glied richtete sich hoch empor. Als aber Zumurrud das sah, lachte sie laut auf und rief: ‚Mein Gebieter, bei alle dem erkennst du mich noch nicht?' Er fragte: ‚Wer bist du denn, o König?' Und sie antwortete: ‚Ich bin ja deine Sklavin Zumurrud.' Sobald er das erfuhr, küßte er sie und umarmte sie, ja, er warf sich auf sie wie der Löwe auf das Lamm. Nun war er ganz sicher, daß sie wirklich seine Sklavin war; und er barg seinen Stab in ihrer Tasche und ward zum Pförtner ihrer Tür und zum Vorsteher für ihre Nische, während sie sich neigte und niederwarf, sich erhob und aufrecht setzte; und dabei begleitete sie die Freudenrufe mit einem Liebesgetändel voller Bewegungen, bis daß die kleinen Eunuchen es hörten. Die kamen herbei und guckten hinter dem Vorhang hervor; da sahen sie, daß der König auf dem Rücken lag, während 'Alî Schâr sich über ihn beugte; der bewegte sich heftig, doch der König stöhnte und wand sich. Nun sagten sich die Eunuchen: ‚So windet sich doch kein Mann! Ist dieser König etwa eine Frau?' Doch sie verschwiegen, was sie sahen, und erzählten niemandem davon.

Am nächsten Morgen berief Zumurrud das ganze Heer und die Großen des Reiches zu sich und sprach zu ihnen: ‚Ich wünsche in das Land dieses Mannes zu reisen. Wählt euch darum einen Stellvertreter, der über euch herrscht, bis ich wieder zu euch komme.' ‚Wir hören und gehorchen!' erwiderten sie ihr. Darauf begann sie alles zur Reise zu rüsten, Wegzehrung und Geld, Futter und Geschenke, Kamele und Maultiere. Als sie dann die Stadt verlassen hatten, zogen sie ohne Unterlaß dahin, bis sie in die Heimat des 'Alî Schâr kamen. Dort begab er sich in sein Haus und verteilte reiche Gaben und Almosen. Ihm wurden Kinder durch sie geschenkt, und beide lebten in schönster Zufriedenheit, bis Der zu ihnen kam, der die Freuden schweigen läßt und die Freundesbande zerreißt. Preis sei Ihm, der ewig währt und wacht, und Lob sei Allah in allen Dingen dargebracht!

Und ferner wird erzählt

DIE GESCHICHTE VON DSCHUBAIR IBN 'UMAIR UND DER HERRIN BUDÛR

Eines Nachts ward der Beherrscher der Gläubigen von Unruhe geplagt, und der Schlaf mied ihn; unablässig warf er sich von der einen Seite auf die andere in seiner großen Unruhe. Und als er das nicht mehr ertragen konnte, ließ er Masrûr kommen;

zu dem sprach er: ‚Masrûr, such mir jemanden, der mich von dieser Unruhe befreit!' ‚Mein Gebieter,' gab er zur Antwort, ‚willst du dich vielleicht in den Garten des Palastes begeben und dir all die schönen Blumen dort ansehen und auf den schönen Reigen der Sterne schauen und auf den Mond, der zwischen ihnen erstrahlt und sich im Wasser spiegelt?' Der Kalif erwiderte: ‚Masrûr, nach dergleichen sehnt meine Seele sich nicht!' ‚Mein Gebieter,' fuhr jener fort, ‚sieh, in deinem Schlosse sind dreihundert Odalisken, von denen jede ihr eigenes Gemach hat; befiehl, daß eine jede von ihnen sich in ihr Gemach zurückzieht, und dann mache bei ihnen die Runde und erfreue dich an ihrem Anblick, ohne daß sie darum wissen!' Doch der Kalif erwiderte: ‚Masrûr, das Schloß ist mein Schloß, und die Mädchen sind mein Eigentum; doch sehnt meine Seele sich nicht nach dergleichen.' ‚Mein Gebieter,' sagte Masrûr darauf, ‚befiehl, daß die Gelehrten und weisen Männer und Dichter vor dir erscheinen und miteinander disputieren und dich unterhalten mit Gedichten und dir Erzählungen von mancherlei Art berichten!' Der Kalif aber erwiderte: ‚Nach dergleichen sehnt sich meine Seele nicht.' ‚Mein Gebieter,' hub nun Masrûr wieder an, ‚befiehl, daß die jungen Leute, die Zechgenossen und die Männer von Geist zu dir kommen und dir lustige Einfälle darbieten!' Auch darauf erwiderte der Kalif: ‚Masrûr, nach dergleichen sehnt meine Seele sich nicht.' Nun rief Masrûr: ‚Mein Gebieter, dann laß mir den Kopf abschlagen!' – –«

Da bemerkte Schehrezâd, daß der Morgen begann, und sie hielt in der verstatteten Rede an. Doch als die *Dreihundertundachtundzwanzigste Nacht* anbrach, fuhr sie also fort: »Es ist mir berichtet worden, o glücklicher König, daß Masrûr dem Kalifen zurief: ‚Mein Gebieter, dann laß mir den Kopf abschlagen! Vielleicht kann das deine Unruhe bannen und treibt deine Schlaflosigkeit von dannen.' Da lachte er-Raschîd über seine Worte und sprach zu ihm: ,Masrûr, sieh nach, wer von den Zechgenossen an der Tür ist!' Masrûr ging hinaus, und als er zurückkehrte, sprach er: ,Mein Gebieter, wer an der Tür ist, das ist 'Alî ibn Mansûr, der Schalk aus Damaskus.' ,Bring ihn mir!' rief er-Raschîd; da ging Masrûr fort und brachte den Mann. Wie dieser nun eingetreten war, sprach er: ,Friede sei mit dir, o Beherrscher der Gläubigen!' Der Kalif erwiderte seinen Gruß und fuhr dann fort: ,Ibn Mansûr, erzähle uns eine von deinen Geschichten!' Jener fragte darauf: ,O Beherrscher der Gläubigen, soll ich dir etwas erzählen, das ich mit eigenen Augen gesehen habe, oder etwas, das ich nur gehört habe?' Der Beherrscher der Gläubigen antwortete ihm: ,Wenn du etwas Seltsames erlebt hast, so erzähle es uns; denn was nur berichtet wurde, ist nicht so viel wert wie ein eigenes Erlebnis.' ,O Beherrscher der Gläubigen,' hub 'Alî darauf an, ,leih mir dein Ohr und dein Herz!' Der Kalif sprach: ,Ibn Mansûr, ich höre auf dich mit dem Ohre mein, ich schaue auf dich mit dem Auge mein, und ich lausche dir mit dem Herzen mein.' Nun erzählte 'Alî:

,Wisse, o Beherrscher der Gläubigen, ich erhalte alljährlich einen Sold von Mohammed ibn Sulaimân el-Hâschimi, dem Sultan von Basra. Als ich nun einmal wie gewöhnlich zu ihm ging und bei ihm eintrat, fand ich ihn gerade bereit, zu Jagd und Hatz auszureiten. Ich sprach den Gruß, und er erwiderte ihn; dann fuhr er fort: ,Ibn Mansûr, reit mit uns auf die Jagd!' Doch ich gab ihm zur Antwort: ,Mein Gebieter, ich kann nicht reiten. Laß mich drum im Hause der Gäste wohnen und vertrau mich der Obhut der Kammerherren und Verwalter an!' Das tat er, und dann begab er sich auf die Jagd. Ich wurde mit allen Ehren behandelt und mit der schönsten Gastfreiheit bewirtet; und nun sprach ich in meinem Sinne: ‚Bei Allah, seltsam, daß ich nun schon seit langem immer von Baghdad nach Basra komme und doch von Basra nichts kenne als den Weg vom Schlosse zum Garten und vom Garten zum Schlosse! Wann böte sich mir je wieder eine solche Gelegenheit wie diesmal, um mir Basra nach allen Seiten hin anzusehen? Ich will mich sofort aufmachen und allein umherziehen zu meinem Vergnügen und zur Verdauung der Speise!' Ich legte also meine prächtigsten Gewänder an und ging in Basra umher. Nun weißt du, o Beherrscher der Gläubigen, daß dort siebenzig Straßen sind, von denen eine jede siebenzig irakische Parasangen lang ist. Ich verirrte mich bald in einer von ihren Gassen, und da überkam mich der Durst. Und während ich, o Beherrscher der Gläubigen, so umherwanderte, sah ich plötzlich eine große Tür vor mir, mit zwei Ringen aus Messing, vor der Vorhänge aus rotem Brokat herniederhingen. Neben der Tür stand auf jeder von beiden Seiten eine Bank, und über ihr befand sich ein Gitterwerk, bedeckt mit Weinreben, deren Schatten auf die Tür fielen.

Ich blieb stehen, um mir dies Haus zu betrachten; und während ich so dastand, geschah es, daß ich plötzlich eine klagende Stimme vernahm, die aus einem betrübten Herzen kam; und sie begann in süßen Weisen vorzutragen und mit diesen Versen ihr Leid zu klagen:

> *Jetzt ist mein Leib die Stätte der Leiden und der Sorgen*
> *Um eines Rehes willen, des Haus und Heimat fern.*
> *Ihr Winde von Zarûd¹, erregt ihn, der mich quälet,*
> *Und geht zu meinem Lieb, bei Allah, eurem Herrn,*
> *Und scheltet ihn; vielleicht rührt Schelten ihm das Herz!*

1. Die Winde sind der kühle Lufthauch am Morgen und am Abend; Zarûd lag am Wege von Kufa nach Mekka.

Und lauscht er eurer Rede, so gebet gute Worte;
Erzählt ihm, welche Not sie, die da lieben, plagt.
Seid mir durch euer Tun, ich bitte euch, gefällig,
Und weiset auf mich hin, und wenn ihr sprechet, sagt:
  ‚Wie quälst du deine Sklavin durch herben Trennungsschmerz!

Sie hat doch nicht gesündigt, noch auch je widersprochen;
Sie weihte keinem andren ihr Herz und tat kein Leid;
Sie brach die Treue nicht, noch tat sie je ein Unrecht.'–
Und lächelt er, so saget in aller Freundlichkeit:
  ‚Welch hohes Glück für sie – dein Kommen nur gewährt's!

Sie denket deiner stets so, wie es sich gebühret;
Ihr Aug ist immer wach, sie klaget und sie weint.'
Bezeigt er seine Gunst, so ist das Ziel gewonnen;
Doch wenn in seinem Antlitz ein Zornesblick erscheint –
  ‚Wir kennen sie ja nicht', so sprechet wie im Scherz!

Da sprach ich bei mir selber: ‚Wenn sie, die so singt, schön ist, dann sind Anmut und Feinheit der Rede und Wohllaut der Stimme in ihr vereint.' Darauf trat ich nahe an die Tür heran und begann den Vorhang ganz langsam zu heben, und nun erblickte ich eine Maid, die erstrahlte wie der volle Mond, wenn er in der vierzehnten Nacht am Himmel thront; sie hatte zusammengewachsene Brauen und Augen, die versonnen schauen; ihre Brüste waren wie zwei Granatäpfel gepaart, ihre Lippen wie zwei Chrysanthemen zart; ihr Mund schien Salomos Siegel zu sein, und ihrer Zähne Reihn raubten den Sängern und Erzählern den Verstand, so wie ein Dichter für sie die Worte fand:

Wer reihte der Geliebten euch auf, ihr Perlenzähne?
Und wer gab deinem Munde Kamillenglanz und Wein?
Und wer lieh deinem Lächeln des jungen Morgens Schimmer?
Und wer schloß deinen Mund mit Karneolen ein?
Wer dich nur sieht, der irret umher, erstaunt, berückt;
Wie mag es dem ergehen, den dein Kuß beglückt?

Und wie ein anderer sagt:

> *O du Perlenmund der Freundin,*
> *Sei dem Karneole mild!*
> *Streite nicht mit ihm um Vorrang;*
> *Du bist ihm der Schönheit Bild.*

Kurz, sie vereinte in sich alle Reize der Lieblichkeit, und sie war eine Versuchung für Frauen und Männer weit und breit; wer sie sah, dem ward das Anschauen ihrer Schönheit nie zu lang, so wie der Dichter von ihr sang:

> *Sie tötet, wenn sie kommt; und wendet sie den Rücken,*
> *So geben alle Menschen sich ihr in Liebe hin.*
> *Der Sonne gleichet sie, dem Vollmond auch; und dennoch*
> *Kommt Sprödigkeit und Härte ihr niemals in den Sinn.*
> *Die Gärten Edens tun sich auf in ihrem Kleide;*
> *Der helle Vollmond kreist auf ihrem Halsgeschmeide.*

Während ich nun durch eine Spalte des Vorhangs zu ihr hinschaute, wandte sie sich plötzlich um und sah mich an der Tür stehen; sogleich rief sie ihrer Sklavin zu: ‚Sieh nach, wer an der Tür ist!' Die Sklavin trat zu mir heran und sprach zu mir: ‚Alter, schämst du dich denn nicht? Paßt schamloses Gebaren zu grauen Haaren?' ‚Herrin,' erwiderte ich ihr, ‚die grauen Haare geb ich dir zu; doch wenn du von schamlosem Gebaren sprichst, so glaube ich doch nicht, daß ich mich bei meinem Kommen eines solchen schuldig gemacht habe.' Da rief ihre Herrin: ‚Gäbe es wohl ein schamloseres Gebaren, als wenn du in ein Haus eindringst, das dir nicht gehört, und in einen Harem schaust, der nicht der deine ist?' ‚Meine Gebieterin,' gab ich ihr zur Antwort: ‚ich habe dafür eine Entschuldigung.' Und als sie fragte: ‚Wie kannst du dich denn entschuldigen?' entgegnete ich ihr: ‚Ich bin ein Fremdling und so durstig, daß ich vor Durst umkomme!' Sie sprach: ‚Wir nehmen deine Entschuldigung an.' – –«

Da bemerkte Schehrezâd, daß der Morgen begann, und sie hielt in der verstatteten Rede an. Doch als die *Dreihundertundneunundzwanzigste Nacht* anbrach, fuhr sie also fort: »Es ist mir berichtet worden, o glücklicher König, daß die Dame sprach: ,Wir nehmen deine Entschuldigung an.' Dann rief sie eine ihrer Sklavinnen und sprach zu ihr: ,Lutf, gib ihm einen Trunk aus dem goldenen Krug!' Die brachte mir einen rotgoldenen Krug, der einen Schmuck von Perlen und Edelsteinen trug; der war mit einer Mischung von Wasser und feinstem Moschus angefüllt und in ein Tuch aus grüner Seide eingehüllt. Ich begann zu trinken, doch zog ich mein Schlürfen in die Länge, indem ich immer verstohlen zu ihr hinüberschaute, bis ich mich fast zu lange dabei aufgehalten hatte. Dann gab ich der Sklavin den Krug zurück, blieb aber noch stehen. Da sprach die Herrin: ,Alter, geh deiner Wege!' Doch ich erwiderte ihr: ,Meine Gebieterin, ich bin voll trüber Gedanken!' ,Worüber?' fragte sie. Ich antwortete: ,Über den Wechsel der Zeit und der Dinge Unbeständigkeit.' Da fuhr sie fort: ,Du tust recht daran; denn die Zeit ist voller Wunder. Doch was für Wunderdinge sind es, die du erlebt hast, daß du darüber nachsinnen mußt?' Ich erwiderte ihr: ,Über den Herrn dieses Hauses sinne ich nach; denn er war, als er noch lebte, mein Freund!' Auf ihre Frage: ,Wie hieß er denn?' gab ich zur Antwort: ,Mohammed ibn 'Alî, der Juwelier; er besaß großen Reichtum. Hat er etwa Kinder hinterlassen?' ,Jawohl,' sprach sie, ,er hinterließ eine Tochter des Namens Budûr; die hat all seinen Reichtum geerbt.' Nun rief ich: ,Es scheint, du bist seine Tochter!' Lächelnd sagte sie: ,Jawohl'; doch sie fügte hinzu: ,Alter, du hast schon zu lange geplaudert, jetzt geh deiner Wege!' ,Ich muß wohl fortgehen,' erwiderte ich, ,aber da ich sehe, daß deine Reize verbleichen, so erzähle mir, wie es um dich steht! Vielleicht wird Allah dir durch mich Trost gewähren.' Da sagte sie: ‚Alter, wenn du zu den verschwiegenen Leuten gehörst, so will ich dir mein Geheimnis offenbaren. Sage mir, wer du bist, damit ich weiß, ob du des Vertrauens würdig bist oder nicht; denn der Dichter sagt:

> *Nur der verläßliche Mann bewahret das Geheimnis;*
> *Und das Geheimnis ist bei den besten Menschen versiegelt.*
> *Ich hütete mein Geheimnis in einem verschlossenen Hause;*
> *Die Schlüssel dazu sind verloren, und das Tor ist verriegelt.'*

Darauf sprach ich zu ihr: ‚Meine Gebieterin, wenn du wissen willst, wer ich bin, so vernimm: ich bin 'Alî ibn Mansûr, der Schalk aus Damaskus, ein Tischgenosse des Kalifen Harûn er-Raschîd.' Als sie meinen Namen hörte, erhob sie sich von ihrem Sessel, sprach den Gruß zu mir und fuhr fort: ‚Sei willkommen, Sohn des Mansûr! Jetzt will ich dir erzählen, wie es um mich steht, und dir mein Geheimnis anvertrauen. Ich bin eine Liebende, die von ihrem Geliebten getrennt ist.' Da sagte ich zu ihr: ‚Meine Gebieterin, du bist schön; und du kannst sicher nur einen Schönen lieb haben. Wer ist es denn, den du liebst?' Sie antwortete: ‚Ich liebe Dschubair ibn 'Umair esch-Schaibâni, den Emir der Banu Schaibân.' Und dann schilderte sie mir einen Jüngling, wie es in Basra keinen schöneren gab. Nun fragte ich sie: ‚Meine Gebieterin, habt ihr euch schon beim Stelldichein erblickt oder sind Briefe zwischen euch hin und her geschickt?' Sie antwortete: ‚Jawohl; doch wir liebten nur mit den Zungen, Herz und Seele waren nicht von der Liebe durchdrungen. Denn er hat die Treue gebrochen und nicht gehalten, was er versprochen.' ‚Meine Gebieterin,' fragte ich weiter, ‚was war denn der Grund eurer Trennung?' Sie gab zur Antwort: ‚Der Grund war dieser: Eines Tages saß ich da, und diese meine Sklavin kämmte mir die Haare. Als sie mit dem Kämmen fertig war, flocht sie mir die Zöpfe; und da meine Schönheit und Anmut sie berückten, beugte sie sich über mich und küßte meine Wange. In dem Augenblick trat er unversehens zu mir ein, und als er sah, daß die Sklavin meine Wange küßte, wandte er mir von Stund an zornig den Rükken, entschlossen, mich ewig zu meiden, und sprach diese beiden Verse beim Scheiden:

> *Soll ich mich in die Liebe mit einem andern teilen,*
> *So lasse ich mein Lieb und leb für mich allein.*
> *In dem geliebten Wesen, das anders in der Liebe*
> *Als der Geliebte will, kann doch nichts Gutes sein.*

Und von der Zeit an, da er sich abwandte, bis auf den heutigen Tag, o Sohn des Mansûr, ist kein Brief von ihm zu mir gekommen, noch hab ich eine Antwort von ihm vernommen.' ‚Was willst du nun tun?' fragte ich; da antwortete sie: ‚Ich möchte ihm durch dich einen Brief senden. Wenn du mir eine Antwort von ihm bringst, so sollst du von mir fünfhundert Dinare erhalten. Und wenn du mir keine Antwort von ihm bringst, so gebe ich dir für deinen Weg hundert Dinare.' ‚Tu, was dir gut dünkt!' sagte ich, und sie erwiderte: ‚Ich höre und gehorche!' Dann rief sie eine ihrer Dienerinnen und sprach zu ihr:‚ Bring mir Tintenkapsel und Papier!'; und nachdem die ihr beides gebracht hatte, schrieb sie diese Verse:

> *Geliebter mein, wozu dies Meiden und dies Hassen?*
> *Wohin hat unsre Nachsicht und Güte sich gewandt?*
> *Warum bist du von mir geschieden und gewichen?*
> *Dein Antlitz ist nicht mehr, wie ich es einst gekannt!*
> *Ja, die Verleumder haben dir falsch von mir berichtet;*
> *Du glaubtest ihren Worten, da taten sie's noch mehr.*
> *Und hast du dem Geschwätz einst Glauben beigemessen,*
> *Nun du es besser weißt, leih ihnen kein Gehör!*
> *Sag mir, beim Leben dein, was hast du denn vernommen?*

> *Du weißt doch, was man schwätzt, und übst Gerechtigkeit.*
> *Und ist es wahr, daß ich so sprach, so hat die Rede*
> *Doch Deutung, ja, sie hat doch auch ein scheckig Kleid.*
> *Und wäre es ein Wort, das Allah offenbarte,*
> *So hat das Volk die Tora[1] fälschlich ausgelegt.*
> *Wie wurden doch vor uns die Menschen oft verleumdet!*
> *Sieh, gegen Joseph auch ward Jakob einst erregt.*
> *Wir alle, ich und du und der Verleumder, gehen*
> *Zum großen Tag, an dem wir vor dem Richter stehen.*

Danach versiegelte sie den Brief und reichte ihn mir; ich nahm ihn und begab mich zu dem Hause des Dschubair ibn 'Umair esch-Schaibâni. Dort erfuhr ich, daß er auf die Jagd geritten war; darum setzte ich mich nieder, um auf ihn zu warten. Und während ich so dasaß, kehrte er plötzlich von der Jagd heim. Doch als ich ihn auf seinem Rosse erblickte, o Beherrscher der Gläubigen, ward mir durch seine Schönheit und Anmut der Verstand geraubt. Er aber schaute um sich und sah mich an seiner Haustür sitzen. Kaum hatte er mich erblickt, da stieg er von seinem Renner ab, eilte auf mich zu, umarmte mich und begrüßte mich, und mir war es, als ob ich die ganze Welt mit allem, was in ihr ist, umarmte. Dann führte er mich in sein Haus, ließ mich auf seinem eigenen Pfühl ruhen und befahl, den Speisetisch zu bringen. Da brachte man einen Tisch aus chorasanischem Chalandsch-Holze mit goldenen Füßen, auf dem sich allerlei Speisen befanden, mancherlei Fleisch, gebraten und geröstet, und andere gute Dinge. Nachdem ich mich an den Tisch gesetzt hatte, sah ich ihn genauer an und fand, daß dies Gedicht auf ihm geschrieben stand:' – –«

Da bemerkte Schehrezâd, daß der Morgen begann, und sie hielt in der verstatteten Rede an. Doch als die *Dreihundertunddreißigste Nacht* anbrach, fuhr sie also fort: »Es ist mir berichtet

1. Das ist das Alte Testament; vgl. Band II, S. 653, Anmerkung 1 und 2.

worden, o glücklicher König, daß 'Alî ibn Mansûr des weiteren erzählte: ‚Als ich mich an den Tisch des Dschubair ibn 'Umair esch-Schaibânî gesetzt hatte, sah ich ihn genauer an und fand, daß dies Gedicht auf ihm geschrieben stand:

> *Kehr ein bei dem Geflügel an der Stätte der Pfannen*
> *Und zieh vom Platze des Bratens und Hackfleisches nicht von dannen!*
> *Beweine die Töchter des Flughuhns, wie ich sie immer beweine,*
> *Mit dem gerösteten Fleisch und den Küken im Vereine.*
> *Wie traurig ist mein Herz doch um zwei Arten von Fischen,*
> *Die man auf frischem Brote in Stufen pflegt aufzutischen!*
> *Ach, wie reichlich war einst das Mahl! O welches Vergnügen,*
> *Wenn das Gemüse einsank in den Essig aus den Krügen!*
> *Und ebenso auch der Reis mit Büffelmilch – da drangen*
> *Die Hände tief hinein in ihn bis über die Spangen! –*
> *O meine Seele, Geduld! Gott ist's, der Gnade leiht*
> *Und der, bist du im Elend, dich bald davon befreit.*

Nun hub Dschubair ibn 'Umair an: ‚Strecke deine Hand nach unserer Speise aus und tu unserem Herzen wohl, indem du von unserer Nahrung issest!' Ich erwiderte ihm jedoch: ‚Bei Allah, ich werde nicht einen einzigen Bissen von deiner Speise essen, bis du mir meinen Wunsch erfüllt hast!' Als er dann fragte: ‚Was ist dein Begehr?' zog ich den Brief hervor und gab ihn ihm. Aber nachdem er ihn gelesen und seinen Inhalt verstanden hatte, zerriß er ihn und warf ihn auf den Boden, indem er rief: ‚Ibn Mansûr, jeden Wunsch, den du hast, will ich dir gewähren, nur nicht den einen, den die Schreiberin dieses Briefes ausspricht; denn ihren Brief zu beantworten vermag ich nicht.' Da wollte ich ihn im Zorne verlassen, aber er ergriff meinen Saum und sprach zu mir: ‚Ibn Mansûr, ich will dir erzählen, was sie zu dir gesagt hat, obwohl ich damals nicht bei euch war.' ‚Was hat sie mir denn gesagt?' fragte ich; er antwortete darauf: ‚Hat dir die Schreiberin dieses Briefes nicht gesagt: ‚Wenn du mir eine Antwort von ihm bringst, so sollst du von mir fünfhundert Dinare erhalten; und wenn du mir keine Antwort von ihm bringst, so gebe ich dir für deinen Weg hundert Dinare.' Wie ich das bejahte, fuhr er fort: ‚Bleib heute bei mir, iß und trink, sei vergnügt und guter Dinge, und nimm dir dann fünfhundert Dinare mit!' Darauf blieb ich bei ihm, aß und trank, war vergnügt und guter Dinge und unterhielt mich mit ihm. Schließlich fragte ich ihn: ‚Hoher Herr, gibt es in deinem Hause keinen Saitenklang?' Er gab mir zur Antwort: ‚Das ist wahr, seit einiger Zeit trinken wir ohne Saitenklang.' Dann ließ er eine seiner Sklavinnen kommen, indem er rief: ‚Schadscharat ed-Durr!' Da antwortete ihm eine Sklavin aus ihrer Kammer und kam mit einer Laute von indischer Arbeit, die in einen Beutel aus Seide gehüllt war. Sie setzte sich, legte die Laute auf ihren Schoß und spielte auf ihr einundzwanzig Weisen. Dann kehrte sie zu der ersten Weise zurück, ließ ein Lied erklingen und begann diese Verse zu singen:

> *Wer nicht der Liebe Süße und Bitterkeit gekostet,*
> *Der weiß nicht, was es heißt, vereint und fern zu sein.*
> *So auch, wer von der Liebe rechtem Pfade abwich,*
> *Weiß nicht, ob glatt sein Weg ist oder rauher Stein.*
> *Das Volk der Liebe hab ich immerdar getadelt;*
> *Da mußte ihre Süße und Bitterkeit mir nahn.*
> *Ich trank in vollen Zügen ihren bittren Becher,*
> *Und ihrem Herrn und Diener ward ich untertan.*
> *Wie manche Nacht verweilte bei mir mein Trautgeselle!*
> *Ich sog von seinen Lippen den honigsüßen Tau.*
> *Wie rasch vergingen uns die Nächte beieinander!*
> *Kaum war die Nacht gekommen, da schien des Morgens Grau.*
> *Das Schicksal schwor, es wolle ob unsrer Trennung walten;*
> *Jetzt machte nun das Schicksal seinen Schwur zur Tat.*
> *Das Schicksal hat bestimmt; sein Spruch ist unerbittlich.*
> *Wer widerspricht dem Herrn, wenn er befohlen hat?*

Als die Sklavin ihre Verse beendet hatte, stieß ihr Herr einen lauten Schrei aus und sank ohnmächtig nieder. Und die Sklavin rief: ‚Möge Allah dich nicht strafen, Alter! Wir trinken schon seit geraumer Zeit ohne Gesang aus Furcht, unser Herr möchte von einem solchen Anfall ergriffen werden wie jetzt. Doch jetzt geh in jene Kammer und schlaf dort!' So ging ich denn in das Gemach, das sie mir zeigte, und schlief in ihm bis zum Morgen. Da sah ich plötzlich, wie ein Sklave zu mir kam, der einen Beutel mit fünfhundert Dinaren trug; und er sprach: ‚Hier ist, was mein Herr dir versprochen hat! Geh jedoch nicht wieder zu der Dame zurück, die dich gesandt hat; und es sei so, als ob du nie etwas von dieser Sache gehört hättest und auch wir nicht darum wüßten!' ‚Ich höre und gehorche!' erwiderte ich, nahm alsbald den Beutel und ging meiner Wege. Aber ich sprach bei mir selber: ‚Diese Dame erwartet mich seit gestern; bei Allah, es ist nicht anders möglich, ich muß zu ihr zurückkehren und ihr berichten, was zwischen mir und ihm vorgefallen ist. Denn wenn ich nicht zu ihr zurückkehre, so wird sie mir und allen denen fluchen, die aus meinem Lande kommen.' Ich ging also zu ihr und fand sie hinter der Tür stehen. Sobald sie mich erblickte, rief sie: ‚Sohn des Mansûr, du hast nichts für mich ausgerichtet!' Ich antwortete ihr: ‚Wer hat dir das kundgetan?' Da fuhr sie fort: ‚Sohn des Mansûr, mir ward noch eins offenbar, und das ist: als du ihm den Brief reichtest, da hat er den Brief zerrissen und weggeworfen und zu dir gesagt: ‚Ibn Mansûr, jeden Wunsch, den du hast, will ich dir erfüllen, nur nicht den Wunsch der Schreiberin dieses Briefes; denn ich vermag ihr keine Antwort zu geben.' Da wolltest du ihn im Zorne verlassen, er aber ergriff deinen Saum und sprach zu dir: ‚Ibn Mansûr, bleib heute bei mir, denn du bist mein Gast; iß und trink, sei vergnügt und guter

Dinge und nimm dir fünfhundert Dinare mit!' Da bist du bei ihm geblieben, hast gegessen und getrunken, bist vergnügt und guter Dinge gewesen und hast dich mit ihm unterhalten. Dann sang noch eine Sklavin die und die Weise und das und das Lied, und zuletzt sank er ohnmächtig nieder.' Da fragte ich sie, o Beherrscher der Gläubigen: ,Bist du denn bei uns gewesen?' Und sie gab mir zur Antwort: ,Sohn des Mansûr, hast du nicht das Dichterwort gehört:

> *Der Liebenden Herz hat Augen zu sehn,*
> *Was all die Schauenden nicht erspähn.*

Doch, o Sohn des Mansûr, Tage und Nächte gehen in ihrem Wechsel nicht über die Dinge dahin, ohne sie zu verändern.' – –«

Da bemerkte Schehrezâd, daß der Morgen begann, und sie hielt in der verstatteten Rede an. Doch als die *Dreihundertundeinunddreißigste Nacht* anbrach, fuhr sie also fort: »Es ist mir berichtet worden, o glücklicher König, daß die Dame sprach: ,O Sohn des Mansûr, Tage und Nächte gehen in ihrem Wechsel nicht über die Dinge dahin, ohne sie zu verändern.' Dann hob sie ihren Blick gen Himmel und betete: ,Mein Gott, mein Herr und Gebieter, wie du mich mit der Liebe zu Dschubair ibn 'Umair heimgesucht hast, so suche auch ihn heim mit der Liebe zu mir; mach, daß die Liebe aus meinem Herzen in sein Herz übergehe!' Darauf gab sie mir hundert Dinare für meinen Weg; ich nahm sie und begab mich zum Sultan von Basra. Den traf ich, wie er gerade von der Jagd zurückgekehrt war; ich erhielt mein Jahrgeld von ihm und zog wieder nach Baghdad. Als nun das nächste Jahr kam, begab ich mich wie gewöhnlich nach der Stadt Basra, um mein Jahrgeld zu holen, und der Sultan ließ es mir auszahlen. Doch als ich nach Baghdad zurückkehren wollte, kam mir das Erlebnis mit der Dame

Budûr in den Sinn, und ich sprach: ,Bei Allah, ich muß doch zu ihr gehen und nachschauen, was sich zwischen ihr und ihrem Geliebten zugetragen hat!' So ging ich denn zu ihrem Hause, und da ich den Platz vor ihrem Tore gekehrt und gesprengt fand und Eunuchen, Diener und Sklaven dort stehen sah, so sagte ich mir: ,Vielleicht hat der Gram ihr Herz überwältigt, und sie ist tot, und irgendein Emir ist in ihr Haus eingezogen.' Deshalb verließ ich die Stätte und ging wieder zum Hause des Dschubair ibn 'Umair. Doch dort fand ich die Bänke zerbrochen, und ich sah keine Diener mehr an seiner Tür wie sonst; da sagte ich mir: ,Vielleicht ist auch er gestorben.' Ich blieb an der Tür stehen, indem ein Tränenstrom über meine Wange rann, und ich über das Haus mit diesen Versen zu klagen begann:

> *Ihr Herren zogt von hinnen, indem mein Herz euch folgte:*
> *Kehrt heim, daß meine Freude mit euch mir wiederkehr!*
> *Ich stand an eurem Hause, beweinte eure Stätte;*
> *Die Träne rann herab, die Lider bebten schwer.*
> *Nun frage ich das Haus und frag die Trümmer weinend:*
> *Wo ist er, der mit Güte und Huld uns einst erfüllt?*
> *Es spricht: Zieh deines Wegs, die Freunde sind verschwunden*
> *Von ihren Lagerstätten, sie ruhn im Staub verhüllt! –*
> *Uns nehme Allah nie, in allem Lauf der Zeit,*
> *Den Anblick ihrer Schöne und ihrer Herrlichkeit!*

Während ich die Bewohner jenes Hauses mit diesen Versen beklagte, o Beherrscher der Gläubigen, da trat plötzlich ein schwarzer Sklave aus dem Hause zu mir heraus und rief: ,Alter, schweig! Deine Mutter soll dich verlieren! Warum beklagst du dies Haus mit solchen Versen?' Ich erwiderte ihm: ,Ich kannte es, als es noch einem meiner Freunde gehörte.' ,Wie hieß der?' fragte der Sklave; und ich antwortete: ,Dschubair ibn 'Umair esch-Schaibâni.' Da rief er: ,Was ist denn mit ihm geschehen? Da lebt er doch noch – Gott sei Dank! – in seinem alten Reichtum, Wohlstand und Besitz; nur hat Allah ihn mit der Liebe zu einer Dame heimgesucht, die da die Herrin Budûr heißt. Er ist von ihrer Liebe ganz hingerissen, und durch die große Sehnsucht und Pein ward er wie ein weggeworfener harter Stein; wenn ihn hungert, so sagt er nicht: speiset mich; wenn ihn dürstet, so sagt er nicht: tränket mich.' Da sagte ich: ‚Bitte um Erlaubnis, daß ich zu ihm eintreten darf!' Doch er sprach: ‚Mein Gebieter, willst du zu einem eintreten, der Verstand hat, oder zu einem, der keinen Verstand hat?' Ich erwiderte: ‚Ich muß auf jeden Fall zu ihm gehen.' So ging er denn hinein, um Erlaubnis zu erbitten; und alsbald kehrte er mit der Erlaubnis zurück. Nun trat ich zu Dschubair ein, und ich fand ihn wie einen Stein am Wegesrand, der kein Zeichen und keine Andeutung verstand. Ich redete ihn an; doch er gab mir keine Antwort. Da sprach einer seiner Diener zu mir: ‚Mein Gebieter, wenn du irgendwelche Verse auswendig weißt, so trag sie ihm vor mit lauter Stimme; dadurch wird er wach werden und dann mit dir reden.' Ich trug darauf diese beiden Verse vor:

> *Hast du Budûr vergessen? Hast du dich stark gemacht?*
> *Kommt deinem Aug der Schlaf? Durchwachst du jede Nacht?*
> *Wenn jetzt die Tränen dein in Strömen immer fließen,*
> *So wirst du ew'ge Freud im Paradies genießen!*

Als er diese Verse hörte, schlug er die Augen auf und sprach: ‚Willkommen, o Sohn des Mansûr, jetzt ist der Scherz zum Ernst geworden!' Ich erwiderte ihm: ‚Mein Gebieter, kann ich dir vielleicht einen Wunsch erfüllen?' ‚Jawohl,' antwortete er, ‚ich möchte ihr einen Brief schreiben und ihn durch dich an sie senden. Wenn du mir eine Antwort von ihr bringst, so sollst du von mir tausend Dinare erhalten; und wenn du mir keine Antwort von ihr bringst, so gebe ich dir hundert Dinare für deinen Weg.' ‚Tu, was dir gut dünkt!' sprach ich.' – –«

Da bemerkte Schehrezâd, daß der Morgen begann, und sie hielt in der verstatteten Rede an. Doch als die *Dreihundertundzweiunddreißigste Nacht* anbrach, fuhr sie also fort: »Es ist mir berichtet worden, o glücklicher König, daß Ibn Mansûr des weiteren erzählte: ‚Tu, was dir gut dünkt!' sprach ich. Da rief er eine seiner Sklavinnen und befahl: ‚Bring mir Tintenkapsel und Papier!' Nachdem sie ihm gebracht hatte, was er verlangte, schrieb er diese Verse:

> *Ich bitte dich bei Gott, o Herrin, sei mir gnädig;*
> *Denn sieh, die heiße Liebe nahm mir den Verstand.*
> *Die Liebesleidenschaft zu dir nahm mich gefangen,*
> *Bedeckte mich mit Schmach und mit des Leids Gewand.*
> *Einst dacht ich, meine Herrin, gering wohl von der Liebe*
> *Und glaubte, daß sie einfach und leicht zu tragen sei.*
> *Doch als sie mir die Brandung in ihrem Meere zeigte,*
> *Fügt ich mich Gottes Ratschluß, sprach die Gequälten frei.*
> *Willst du mir gnädig sein, zeig mir dein Angesicht;*
> *Wenn du mich töten willst, vergiß die Fürsprach*[1] *nicht!*

Darauf versiegelte er den Brief und reichte ihn mir; ich nahm ihn und brachte ihn zum Hause Budûrs. Nachdem ich wie früher den Vorhang ganz langsam gehoben hatte, erblickte ich plötzlich zehn hochbusige Jungfrauen, wie Monde anzuschauen, und in ihrer Mitte saß die Herrin Budûr, wie der Vollmond inmitten der Sternenschar, oder wie die Sonne am Himmel, wolkenlos klar; kein Schmerz und kein Kummer war an ihr zu sehen. Während ich mich noch darüber wunderte, fiel ihr Blick auf mich, und als sie mich an der Tür stehen sah, rief sie mir zu: ‚Sei mir gegrüßt, herzlich willkommen, o Sohn des Mansûr! Tritt ein!' Ich trat ein, und nach-

1. Das ist die Fürsprache bei Gott.

dem ich den Gruß gesprochen hatte, überreichte ich ihr den Brief. Doch wie sie ihn gelesen und seinen Inhalt verstanden hatte, lächelte sie und sprach zu mir: ‚Sohn des Mansûr, der Dichter hat nicht gelogen, wenn er sagt:

> *Ertragen will ich meine Lieb geduldig,*
> *Bis daß von dir zu mir ein Bote kommt.*

Sieh, Ibn Mansûr, ich will dir eine Antwort für ihn schreiben, damit er dir gibt, was er dir versprochen hat.' Ich erwiderte ihr: ‚Allah lohne es dir mit Gutem!' Dann rief sie eine Sklavin und befahl: ‚Bring mir Tintenkapsel und Papier!' Nachdem sie ihr gebracht hatte, was sie verlangte, schrieb sie ihm diese Verse:

> *Wie kommt's, daß ich die Treue hielt, die du gebrochen?*
> *Du sahest mich im Recht und übtest doch Verrat.*
> *Du warst es, der begann mit Trennung und mit Härte*
> *Und mich verriet; bei dir ward der Verrat zur Tat.*
> *Ich hielt den Bund mit dir inmitten aller Menschen;*
> *Ich wahrte deine Ehre, ja, ich schwor bei dir,*
> *Bis ich mit eignem Auge schaute, was mich quälte;*
> *Da hört ich die Berichte, die häßlichen, von dir.*
> *Soll meine Ehre schwinden, wenn ich die deine hebe?*
> *Bei Gott, hättst du geehrt, so ehrte ich dich nun.*
> *Doch jetzt will ich zum Trost das Herz von dir befreien,*
> *Ich will dich von mir schütteln, auf ewig von mir tun.*

Da rief ich: ‚Bei Allah, meine Gebieterin, zwischen ihm und dem Tode steht nur noch, daß er diesen Brief lese!' Dann zerriß ich das Schreiben und fuhr fort: ‚Schreib ihm andere Verse als diese!' ‚Ich höre und willfahre!' gab sie zur Antwort und schrieb nun die folgenden Verse an ihn:

> *Jetzt fand ich Trost; der Schlaf erquickte meine Augen;*
> *Denn aus der Tadler Mund vernahm ich, was geschah.*
> *Mein Herz gehorchte mir, ich konnte dein vergessen;*
> *Und meine Lider fühlten, daß die Ruhe nah.*

> *Wer sprach, die Trennung sei so bitter, hat gelogen;*
> *Ich merkte, daß das Fernsein wie Zucker schmecken kann.*
> *Ich hasse jeden, der mit Kunde von dir nahet,*
> *Und wende mich von ihm, seh ihn voll Ekel an.*
> *Mit allen meinen Gliedern hab ich das Band zerrissen;*
> *Das sehe der Verleumder! Wer's weiß, der mag es wissen!*

Doch wieder rief ich: ‚Bei Allah, meine Gebieterin, wenn er diese Verse liest, so wird die Seele seinen Leib verlassen!' Nun fragte sie mich: ‚Sohn des Mansûr, ist es mit seiner Leidenschaft wirklich so weit gekommen, daß du solches sagen kannst?' Ich erwiderte ihr: ‚Hätte ich noch mehr als das gesagt, so wäre auch das nur die Wahrheit. Doch Verzeihung ist eine Tugend der Edlen.' Als sie meine Worte vernommen hatte, rannen ihre Augen von Tränen über, und sie schrieb ihm einen Brief, wie ihn bei Allah, o Beherrscher der Gläubigen, niemand in deiner Kanzlei schreiben kann; darin schrieb sie diese Verse:

> *Wie lang noch diese Spröde und dieser böse Leumund?*
> *Du hast den Neidern wahrlich an mir genuggetan.*
> *Vielleicht beging ich Unrecht, ohne es zu wissen;*
> *Sag mir, was hat man dir denn von mir kundgetan?*
> *Ich möchte dich, mein Lieb, so warm willkommen heißen,*
> *Wie Lid und Auge mein zum Schlaf ‚Willkommen' spricht.*
> *Du trankest ja der Liebe ungemischten Becher;*
> *Wenn du mich trunken siehst, so tadle du mich nicht!*

Als sie den Brief zu Ende geschrieben hatte' – –«

Da bemerkte Schehrezâd, daß der Morgen begann, und sie hielt in der verstatteten Rede an. Doch als die *Dreihundertunddreiunddreißigste Nacht* anbrach, fuhr sie also fort: »Es ist mir berichtet worden, o glücklicher König, daß Ibn Mansûr des weiteren berichtete: ‚Als Budûr den Brief zu Ende geschrieben hatte, versiegelte sie ihn und reichte ihn mir; da sprach ich zu ihr: ‚Meine Gebieterin, dies Schreiben heilt des Kranken Pein und kann den Durstigen von seiner Qual befrein!' Darauf nahm ich den Brief und ging fort; aber sie rief mich noch einmal zurück, als ich sie schon verlassen hatte, und sprach zu mir: ‚Sohn des Mansûr, sage ihm: Sie wird heute nacht bei dir zu Gaste sein.' Darüber war ich hocherfreut, und ich trug den Brief alsbald zu Dschubair ibn' Umair. Als ich zu ihm eingetreten war, sah ich, daß er mit den Augen nach der Tür starrte und auf die Antwort harrte. Nachdem ich ihm den Brief übergeben hatte, öffnete er ihn und las ihn, und sobald er seinen Sinn verstanden hatte, stieß er einen lauten Schrei aus und sank ohnmächtig nieder. Doch bald kam er wieder zu sich und rief: ‚Sohn des Mansûr, hat sie diesen Brief mit eigener Hand geschrieben und mit ihren Fingern berührt?' Ich fragte: ‚Mein Gebieter, schreiben die Menschen vielleicht mit den Füßen?' Doch bei Allah, o Beherrscher der Gläubigen, ich hatte noch kaum meine Worte an ihn zu Ende gesprochen, da hörten wir schon das Klirren ihrer Fußspangen in der Vorhalle und sahen sie eintreten. Sobald er sie erblickte, sprang er auf, als ob er ganz gesund wäre, und umarmte sie, wie das Lâm sich um das Alif schlingt[1], und die Krankheit, die nicht weichen wollte, verließ ihn sogleich. Darauf setzte er sich nieder; aber sie setzte sich nicht. Als ich sie nun fragte: ‚Meine Gebieterin, warum setzest du dich nicht?' gab sie mir zur Antwort: ‚Sohn des Mansûr, ich will mich nur unter einer Bedingung, die zwischen uns beiden ausgemacht ist, niedersetzen.' Da fragte ich weiter: ‚Was ist das für eine Bedingung, die zwischen euch beiden besteht?' Doch sie erwiderte: ‚Niemand darf um die

1. Wenn der Buchstabe Alif auf den Buchstaben Lâm folgt, so werden sie in gewöhnlicher arabischer Schrift so verbunden, daß etwa die Figur eines Halbkreises mit einer geraden Linie darin entsteht.

Geheimnisse der Liebenden wissen.' Dann legte sie ihren Mund an Dschubairs Ohr und wisperte ihm leise Worte zu. ,Ich höre und gehorche!' rief Dschubair, erhob sich und flüsterte einem seiner Sklaven etwas zu. Der verschwand auf kurze Zeit und kehrte dann mit einem Kadi und zwei Zeugen zurück. Nun holte Dschubair einen Beutel mit hundert Dinaren und sprach: ,Kadi, vermähle mich mit dieser Dame auf Grund dieser Morgengabe!' Der Kadi sprach zu ihr: ,Sprich: ich willige darin ein!' Nachdem sie gesagt hatte: ,Ich willige darin ein', ward der Bund zwischen den beiden geschlossen. Darauf öffnete sie den Beutel und nahm eine Handvoll Gold aus ihm heraus; das gab sie dem Kadi und den Zeugen. Dann reichte sie den Beutel mit dem Rest des Geldes ihrem Gemahl zurück, und der Kadi und die Zeugen gingen fort. Ich blieb noch eine Weile bei ihnen in lauterer Fröhlichkeit, bis der größte Teil der Nacht verstrichen war. Da sagte ich bei mir selber: ,Siehe, sie sind ein liebend Paar, das lange Zeit einander entfremdet war. Ich will darum aufstehen und an einem anderen Orte fern von ihnen schlafen, um sie miteinander allein zu lassen.' Also erhob ich mich, aber sie ergriff den Saum meines Gewandes und rief: ,Was ist's, das deine Seele dir sagt?' Ich antwortete: ,Ist es nicht so und so?' Doch sie entgegnete: ,Bleib sitzen! Wenn wir von dir befreit sein wollen, werden wir dich schon fortschicken.' Nun blieb ich bei ihnen, bis es fast Morgen ward; da sagte sie zu mir: ,Sohn des Mansûr, geh in das Zimmer dort; wir haben es für dich zum Schlafgemach herrichten lassen.' Ich begab mich dorthin und schlief bis zum Morgen. Als es Tag war, kam ein Sklave zu mir mit einem Becken und einer Kanne; ich nahm die religiöse Waschung vor und sprach das Frühgebet. Dann setzte ich mich nieder; und wie ich so dasaß, kamen plötzlich Dschubair und seine

Geliebte aus dem Bade im Hause, und beide preßten ihre Lokken aus. Ich wünschte ihnen einen guten Morgen und beglückwünschte sie zu ihrem Wohlergehen und ihrer Vereinigung und fügte hinzu: ‚Was mit Wenn und Aber begann, das endete in Zufriedenheit.‘ Dschubair erwiderte: ‚Du hast recht, und dir gebührt eine Ehrengabe.‘ Dann rief er seinen Schatzmeister und sprach zu ihm: ‚Bring mir dreitausend Dinare!‘ Als der ihm einen Beutel mit dreitausend Goldstücken gebracht hatte, sprach er zu mir: ‚Nimm, bitte, dies von uns an!‘ Doch ich entgegnete: ‚Ich nehme es nur an, wenn du mir sagst, wie es kam, daß die Liebe von ihr zu dir überging, nachdem du ihr so sehr abgeneigt gewesen warst.‘ Er sprach: ‚Ich höre und gehorche! Wisse denn, wir haben ein Fest, das nennen wir das Neujahrsfest; an ihm ziehen alle Menschen in Booten aus und fahren auf dem Flusse spazieren. Auch ich fuhr mit meinen Freunden spazieren, und da erblickte ich ein Boot mit zehn Jungfrauen, wie Monde anzuschauen, und in ihrer Mitte diese Herrin Budûr mit ihrer Laute. Auf ihr spielte sie elf Weisen; dann kehrte sie zu der ersten Weise zurück und sang diese beiden Verse:

> *Kein Feuer brennt so heiß wie das in meinem Innern;*
> *Wie meines Herren Herz – kein Felsen ist so hart.*
> *Mich wundert's, wie sein Wesen sich nur zusammenfügte:*
> *Ein Herz von Stein in einem Leibe, weich und zart.*

Da rief ich ihr zu: ‚Sing die beiden Verse und die Weise noch einmal!‘ Aber sie wollte nicht.‘ – –«

Da bemerkte Schehrezâd, daß der Morgen begann, und sie hielt in der verstatteten Rede an. Doch als die *Dreihundertundvierunddreißigste Nacht* anbrach, fuhr sie also fort: »Es ist mir berichtet worden, o glücklicher König, daß Dschubair erzählte: ‚Da rief ich ihr zu: ‚Sing die beiden Verse und die Weise noch einmal!' Aber sie wollte nicht; nun befahl ich den Fährleuten, sie mit Orangen zu bewerfen, und sie taten das so lange, bis wir fürchteten, das Boot, in dem sie war, könnte sinken. Dann fuhr sie ihrer Wege. Aber so ist es gekommen, daß die Liebe aus ihrem Herzen in mein Herz überging.' Darauf wünschte ich den beiden Glück, daß sie nun miteinander vereint waren, nahm den Beutel mit seinem Inhalt und begab mich wieder nach Baghdad.'

Da weitete sich dem Kalifen die Brust, und die Unruhe und Beklemmung, die ihn gequält hatten, wichen von ihm.

Ferner erzählt man

DIE GESCHICHTE VON DEM MANNE AUS JEMEN UND SEINEN SECHS SKLAVINNEN

Eines Tages saß el-Mamûn, der Beherrscher der Gläubigen, in seinem Palaste; er hatte die Würdenträger seiner Herrschaft und die Großen seines Reiches alle vor sich versammelt, desgleichen auch die Dichter und die Tischgenossen. Unter diesen Genossen nun befand sich einer des Namens Mohammed el-Basri. An ihn wandte el-Mamûn sich mit den Worten: ‚Mohammed, ich wünsche von dir, daß du mir alsbald etwas erzählest, das ich noch nie gehört habe!' ‚O Beherrscher der Gläubigen,' gab jener zur Antwort, wünschest du, daß ich dir eine Geschichte erzähle, die mir nur zu Ohren gekommen, oder ein Erlebnis, das ich mit meinen Augen wahrgenommen?' Darauf sagte el-Mamûn: ‚Mohammed, erzähle mir das, was von beiden am seltsamsten ist!' Und nun begann Mohammed aus Basra:

‚Wisse, o Beherrscher der Gläubigen, in vergangenen Tagen lebte einmal ein Mann, der zu den reichen Leuten gehörte und dessen Heimat in Jemen war. Er war aber aus Jemen fortgegangen und nach unserer Stadt Baghdad gekommen; hier gefiel es ihm so gut, daß er Weib und Kind, Gut und Gesind hierher nachkommen ließ. Nun hatte er sechs Sklavinnen zu Nebenfrauen, die waren wie Monde anzuschauen; weiß war die erste, braun die zweite; dick war die dritte, schlank die vierte; gelb war die fünfte und schwarz die sechste. Alle aber waren schön von Angesicht und von vollendeter Bildung und verstanden die Kunst des Gesanges und des Saitenspiels. Eines Tages begab es sich, daß er diese Sklavinnen vor sich kommen ließ und Speisen und Wein bringen hieß; sie aßen und tranken, ergötzten sich am Mahle und waren voll froher Gedanken. Dann füllte er den Becher, nahm ihn in die Hand, winkte der weißen Sklavin und sprach zu ihr: ‚Du Neumondgesicht, sing uns ein liebliches Gedicht!' Da nahm sie die Laute, stimmte sie und entlockte ihr so holden Klang, daß der ganze Raum vor Freuden sprang. Dann begann sie zu singen und ließ dies Lied erklingen:

> *Ich habe einen Freund; des Bild steht mir vor Augen;*
> *Sein Name grub sich mir tief in mein Innres ein.*
> *Erblick ich ihn, so ist mein ganzes Wesen Auge;*
> *Mein ganzes Wesen ist nur Herz, gedenk ich sein.*
> *Der Tadler sprach zu mir: Vergiß doch deine Liebe!*
> *Ich sprach: Wie soll geschehn, was nicht geschehen kann?*
> *Du Tadler, geh von mir und laß mich doch in Frieden;*
> *Und sieh, was mir so schwer ist, nicht als Leichtes an!*

Davon war ihr Herr entzückt, und er trank seinen Becher und gab auch den Sklavinnen zu trinken. Dann füllte er den Becher von neuem, nahm ihn in die Hand, winkte der braunen Sklavin und sprach zu ihr: ‚Du Licht vom Feuerscheit, der Seelen Seligkeit, laß uns deiner schönen Stimme lauschen, an der sich alle Hörer berauschen!' Da nahm sie die Laute und entlockte ihr so holden Klang, daß der ganze Raum vor Freuden sprang. Sie begann mit ihren Blicken die Herzen zu bestricken, und sie sang diese Verse:

> *Bei deinem Angesicht, ich lieb nur dich allein!*
> *Ja, bis zum Tod will ich dir niemals untreu sein.*
> *Du voller Mond, dich ziert der Anmut Schleierkleid;*
> *Und deinem Banner sind die Schönen all geweiht.*
> *Du übertriffst an Lieblichkeit der Schönen Schar;*
> *Und Gott, der Weltenherr, beschütz dich immerdar!*

Auch davon war ihr Herr entzückt; er trank seinen Becher und gab den Sklavinnen zu trinken. Nachdem er ihn wieder gefüllt und in die Hand genommen hatte, winkte er der dicken Sklavin und gab ihr den Befehl zum Gesang einer Weise von anderem Klang. Da nahm sie die Laute zur Hand und spielte auf ihr so schön, daß aller Kummer schwand; und dazu sang sie diese Verse:

> *Wenn du zufrieden bist, du meiner Seel Begehr,*
> *Dann kümmert mich der Zorn der ganzen Welt nicht mehr.*
> *Und wenn dein schönes Antlitz leuchtet, grämt's mich nicht,*
> *Verhüllen alle Herrscher der Erde ihr Gesicht.*
> *Ich such nur deine Gunst in meinem ganzen Leben,*
> *Du, dem die Schönheit ganz zu eigen ward gegeben!*

Wiederum war ihr Herr entzückt, und er nahm den Becher und gab den Sklavinnen zu trinken. Darauf füllte er ihn von neuem, nahm den Becher in die Hand, winkte der schlanken Sklavin und sprach zu ihr: ‚Du Jungfrau aus dem Paradies, sing uns Lieder, lieblich und süß!' Da griff sie zur Laute, stimmte sie und entlockte ihr den Klang, indem sie diese beiden Verse sang:

> *Ist's nicht ein Märtyrertod, den ich durch dich erleide,*
> *Wenn du mich fliehst, da ich ohn dich nicht leben kann?*

> *Gibt's keinen Liebesrichter, um zwischen uns zu richten,*
> *Der wider dich mir helfen, mein Recht mir geben kann?*

Auch dadurch ward ihr Herr entzückt; er trank den Becher und gab den Sklavinnen zu trinken. Dann füllte er den Becher von neuem, nahm ihn in die Hand, winkte der gelben Sklavin und sprach zu ihr: ‚Du Tagessonnenlicht, sing uns ein zierliches Gedicht!' Da griff sie zur Laute und ließ auf ihr die schönsten Weisen erklingen und begann diese Verse zu singen:

> *Ich habe einen Freund; wenn ich vor ihm erscheine,*
> *So zückt er aus den Augen wider mich ein Schwert.*
> *Drum möge Allah ihn für seine Sünde strafen,*
> *Wenn er mein Herz besitzt und mich mit Gram beschwert!*
> *Ach, immer, wenn ich sage: O Herz, laß ihn doch fahren!*
> *So neigt das Herze wieder sich nur zu ihm allein.*
> *Von allen Menschen wünsche ich ihn nur. Aber dennoch –*
> *Die Hand des Schicksals wollte den Wunsch mir nicht verleihn.*

Von neuem war ihr Herr entzückt; und er trank und gab den Sklavinnen zu trinken. Dann füllte er den Becher wieder, nahm ihn in die Hand, winkte der schwarzen Sklavin und sprach zu ihr: ‚Du schwarzer Augenstern, auch von dir hörten wir gern, und wären es nur zwei Worte!' Da ergriff sie die Laute, stimmte sie, spannte die Saiten und spielte auf ihr mancherlei Weisen; dann kehrte sie wieder zu der ersten Weise zurück, begann zu singen und ließ dies Lied erklingen:

> *Du Auge mein, vergieß in Strömen deine Tränen;*
> *Ach, dies mein Weh hat mir mein Dasein ganz verweht.*
> *Ich dulde alles Weh vom Lieb, an dem ich hange,*
> *Indes mein Neider sich ob meinem Leid ergeht.*
> *Die Tadler wehren mir die Rose seiner Wange;*
> *Und ach, mein Herze sehnt nach Rosen sich so bang.*
> *Fürwahr, einst kreisten dort die Becher voll des Weines*
> *Bei freudigen Gelagen und bei der Laute Klang.*
> *Einst war der Freund mir treu; ich liebte ihn so glühend.*

> *Da strahlte durch die Treue des Glücksterns heller Schein.*
> *Er kehrte sich zur Umkehr, ohne mein Verschulden;*
> *Kann wohl ein bittrer Ding als solche Umkehr sein?*
> *Auf seinen Wangen blühen ihm noch die frischen Rosen;*
> *Bei Gott, wie schön sind Rosen, die auf den Wangen glühn!*
> *Und wär es nach der Satzung gestattet, einen andern*
> *Als Allah zu verehren – ich verehrte ihn.*

Darauf erhoben sich die Sklavinnen, küßten den Boden vor ihrem Herrn und sprachen zu ihm: ‚Entscheide über uns in Gerechtigkeit, o Herr!' Da blickte ihr Herr auf ihre Schönheit und Anmut und auf ihre verschiedenen Farben; und er pries und lobte Allah den Erhabenen. Dann sprach er zu ihnen: ‚Eine jede von euch hat den Koran studiert und ist in der Kunst der Töne versiert; eine jede kennt die Geschichten aus alter Zeit und ist vertraut mit den Berichten über die Völker der Vergangenheit. Nun wünsche ich, daß eine jede von euch mit ihrer Hand auf ihre Nebensklavin weise, und zwar die weiße auf die schwarze, die dicke auf die schlanke, die gelbe auf die braune, und daß dabei eine jede sich selber rühme und ihre Nebensklavin schmähe; dann soll ihre Gegnerin das gleiche mit ihr tun. Das soll geschehen durch Beweisgründe aus dem heiligen Koran und auf Grund von Geschichten und Gedichten, auf daß wir eure feine Bildung und eure schönen Reden erkennen.' ‚Wir hören und gehorchen!' erwiderten sie.' – –«

Da bemerkte Schehrezâd, daß der Morgen begann, und sie hielt in der verstatteten Rede an. Doch als die *Dreihundertundfünfunddreißigste Nacht* anbrach, fuhr sie also fort: »Es ist mir berichtet worden, o glücklicher König, daß die Sklavinnen dem Manne aus Jemen erwiderten: ‚Wir hören und gehorchen!' Darauf begann die erste von ihnen, die weiße, wies auf die schwarze und sprach zu ihr: ‚Weh dir, du Schwarze! Wie überliefert ward, spricht das Weiß: Ich bin das leuchtende Licht;

ich bin der volle Mond, der durch die Wolken bricht. Meine Farbe ist hell; meine Stirn ist des Glanzes Quell; und von meiner Schönheit gilt das Dichterwort:

> *Die weiße Maid mit glatten und ach, so zarten Wangen,*
> *Sie ist wie eine Perle, von Schönheit ganz umfangen.*
> *Ihr Wuchs ist wie ein Alif so schlank; und wie ein Mîm*
> *Ihr Lächeln, wie ein Nûn die Braue über ihm.*[1]
> *Ihr Blick ist wie ein Pfeil, die Brauen wie ein Bogen;*
> *Von dorten kommt dem Herzen der Todespfeil geflogen.*
> *Erscheinet sie, so siehst du im Wuchs und auf den Wangen*
> *Basilie, Rose, Myrte und Heckenröslein prangen.*
> *Das Reis wird wohl im Garten gepflanzt mit allem Fleiß –*
> *Wie viele Gärten sind in deines Wuchses Reis!*

Meine Farbe ist wie der Tag, der alle beglückt, und wie eine Blüte, die frisch gepflückt, und wie der Stern, dessen Glanz entzückt. Allah der Erhabene sagt in seinem herrlichen Buch zu seinem Propheten Moses – Heil sei über ihm! –: Tu deine Hand in deinen Busen; sie soll weiß, ohne ein Übel, wieder hervorkommen.[2] Und ferner sagt Allah der Erhabene: Jene aber, deren Gesichter weiß sind, werden in Gottes Huld stehen und ewig darinnen bleiben.[3] Meine Farbe ist ein Wunderzeichen, meine Anmut ohnegleichen und meine Schönheit kann niemand erreichen. Auf meinesgleichen steht Kleidung wohl an, und ihr sind aller Herzen zugetan. Ja, in der weißen Farbe sind viele trefflichen Eigenschaften; so kommt der Schnee weiß vom Himmel herab, und in der Überlieferung heißt es, daß Weiß die schönste der Farben ist, und die Muslime rühmen sich ihrer weißen Turbane. Aber wollte ich alles,

---

1. Das Alif ist eine senkrechte gerade Linie, das Mîm eine leicht geschweifte Linie mit einem kleinen runden Kopf, das Nûn ein Halbkreis mit einem Punkte in der Mitte. – 2. Koran, Sure 27, Vers 12. – 3. Koran, Sure 3, Vers 103.

was sich zum Preise sagen läßt, erzählen, so würde die Länge des Berichtes nur quälen; denn was kurz ist und genügt, ist besser als das Viele, das trügt. Drum will ich jetzt damit beginnen, dich zu schmähen, du Schwarze, du Tintenguß, du Schmiederuß, du Rabengesicht, das von Trennung der Liebenden spricht.[1] Einst sprach der Dichter, der das Weiße adelte und das Schwarze tadelte:

> *Sieh doch, die Perle wird geehrt ob ihrer Farbe;*
> *Doch eine Last von Kohlen bringt uns ein Dirhem ein.*
> *Die Weißgesichter kommen dereinst zum Paradiese;*
> *Die Schwarzgesichter werden der Hölle Futter sein.*

Und es wird überliefert in einigen Geschichten, die uns die frommen Leute berichten, daß Noah – Heil sei über ihm! – eines Tages schlief, während seine beiden Söhne Sem und Ham zu seinen Häupten saßen. Da kam ein Windstoß und hob seine Kleider, und seine Blöße ward aufgedeckt. Ham blickte auf ihn und lachte und deckte ihn nicht wieder zu; aber Sem erhob sich und deckte ihn zu. Als ihr Vater dann aus seinem Schlafe erwachte und erfuhr, was seine Söhne getan hatten, segnete er Sem und verfluchte Ham.[2] Da wurde das Gesicht Sems weiß, und von ihm entsprossen die Propheten und die rechtgläubigen Kalifen und die Könige. Aber das Antlitz Hams ward schwarz, und er zog als ein Flüchtling in das Land Habesch, und von ihm entstammen die Schwarzen. Alle Menschen sind sich darüber einig, daß die Schwarzen wenig Verstand haben; und im Sprichworte heißt es: Wie fände man einen Schwarzen, der Verstand hat?'

Darauf sprach ihr Herr zu ihr: ‚Setze dich, damit ist es genug; ja, du hast fast des Guten zu viel getan!' Dann winkte er der

---

1. Der Rabe krächzt, wenn die Liebenden sich trennen müssen.
2. 1. Buch Mose, 9, 20ff.

Schwarzen; die erhob sich, wies mit ihrer Hand auf die Weiße und sprach: ‚Weißt du nicht, daß im Koran, von Gottes Hand seinem Propheten und Apostel herabgesandt, das Wort Allahs des Erhabenen überliefert ist: Bei der alles verhüllenden Nacht und des Tages hell leuchtender Pracht?[1] Wäre die Nacht nicht die herrlichere, so hätte Allah nicht bei ihr geschworen, noch ihr vor dem Tage den Vorrang gegeben; und das nehmen auch alle an, in denen Verstandeskräfte leben. Weißt du nicht, daß Schwarz die Zierde der Jugend ist? Wenn sich das Weiß aufs Haupt senkt, so gehen die Freuden von hinnen, und die Zeiten des Todes beginnen. Wäre das Schwarz nicht das herrlichste der Dinge, so hätte Allah es nicht in des Herzens Kern und in des Auges Stern gelegt. Wie schön hat der Dichter gesagt:

> *Die Schwarzen liebe ich; denn sie vereinen in sich*
> *Der Jugend Farb, des Herzens Kern, des Auges Stern.*
> *Wenn ich das Weiß der Weißen vermeide, ist's kein Irrtum;*
> *Dem grauen Haar, dem Totenhemde bleib ich fern.*

Und ein andrer sagt:

> *Die Dunklen, doch die Weißen nicht,*
> *Sind meiner Liebe recht und wert.*
> *Die Dunklen ziert der Lippe Rot;*
> *Auf Weißen glänzt ein Aussatzherd.*

Und ein dritter:

> *Die Schwarze ist doch rein im Handeln, und es scheinet,*
> *Als wäre wie beim Auge das Leuchten ihre Art.*
> *Bin ich durch ihre Liebe betört, seid nicht verwundert;*
> *Denn mit der schwarzen Galle ist ja der Wahn gepaart.*
> *Und meine Farbe gleichet dem Dunkel finstrer Nacht;*
> *Wenn die nicht wäre, käme kein Mond in heller Pracht.*

Und ferner, ist die Nacht für das Beisammensein der Liebenden nicht die schönste Zeit? Drum genüge dir schon dieser

[1]. Koran, Sure 92, Vers 1 und 2.

Vorzug und diese Vortrefflichkeit! Und was schützt die Liebenden vor den Verleumdern und Tadlern so gut, wie es das nächtliche Dunkel tut? Und nichts schafft ihnen vor Entdeckung so viel Sorgen wie das helle Licht am Morgen. Wie ist doch die Nacht so vieler Vorzüge Hort, und wie schön lautet das Dichterwort:

> *Ich geh zu ihr, wenn mich die dunkle Nacht beschützet,*
> *Und kehre um, wenn mir das Licht des Morgens zürnt.*

Und das eines anderen:

> *Wie manche Nacht war ich vereint mit der Geliebten,*
> *Und ihres Dunkels Locken hüllten uns dann ein!*
> *Doch wenn des Morgens Licht erschien, ward ich erschrocken*
> *Und sprach: Die Feuerdiener müssen Lügner sein.*

Und das eines dritten:

> *Er kam, um mich zu sehn, vom Kleid der Nacht bedeckt,*
> *Und eilte seinen Schritt, von banger Furcht erschreckt.*
> *Ich bot ihm meine Wange mit demutsvollem Sinn*
> *Zum Weg und zog die Säume hinter mir dahin.*
> *Des Neumonds heller Schein verriet fast unser Spiel;*
> *Er glich dem schmalen Spane, der vom Nagel fiel.*
> *Doch was geschah, geschah; und das erzähl ich nicht.*
> *Drum denke Gutes nur; frag nicht nach dem Bericht!*

Und eines vierten:

> *Begib dich nur bei Nacht zum trauten Stelldichein!*
> *Die Sonne plaudert aus; die Nacht ist Kupplerin.*

Und eines fünften:

> *Ich liebe nicht die weißen, die von Fett gedunsen;*
> *Ich liebe nur die dunklen, die schlanken und gewandten.*
> *Ich bin ein Mann, der nur das straffe Füllen reitet,*
> *Am Renntag; doch ein andrer besteig den Elefanten!*

Und eines sechsten:

> *Mein Lieb kam eines Nachts zu mir,*
> *Und da umarmten wir uns schnell.*

> *Dann ruhten wir; doch ach, gar bald*
> *Stieg schon der Morgen auf, so hell.*
> *Ich bitte Allah, meinen Herrn,*
> *Daß Er uns wieder bald verein*
> *Und mir die Nacht bewahr, solang*
> *Wir ruhen im Beisammensein.*

Aber wollte ich alles, was sich zum Lobe der Schwarzen sagen läßt, erzählen, so würde die Länge des Berichtes nur quälen; denn was kurz ist und genügt, ist besser als das Viele, das trügt. Was nun dich angeht, du Weiße, so ist deine Farbe wie ein Aussatzherd, und Ersticken ist es, was deine Umarmung gewährt. Auch ist überliefert worden, daß Kälte und eisiges Frieren den Verworfenen in der Hölle als Strafe gebühren, während man der Schwärze den Vorzug zumißt, daß von ihrer Farbe die Tinte ist, mit der das Wort Allahs geschrieben wird. Und gäbe es keinen schwarzen Moschus und kein schwarzes Ambra auf Erden, so hätte man nicht die Spezerei, die man den Königen darbringt, und sie könnten nicht gepriesen werden. Wie ist doch das Schwarze so vieler Vorzüge Hort, und wie schön lautet das Dichterwort:

> *Siehst du nicht, wie der Wert des Moschus hoch bemessen,*
> *Ein Dirhem eine Last von weißem Kalke bringt?*
> *Und wie ein weißes Auge*[1] *den schönsten Mann entstellet,*
> *Vom schwarzen Auge aber ein Pfeil ins Herze dringt?'*

Darauf sprach ihr Herr zu ihr: ‚Setze dich; hiermit mag es sein Bewenden haben!' Nachdem sie sich gesetzt hatte, winkte er der Dicken, und die erhob sich.' – –«

Da bemerkte Schehrezâd, daß der Morgen begann, und sie hielt in der verstatteten Rede an. Doch als die *Dreihundertundsechsunddreißigste Nacht* anbrach, fuhr sie also fort: »Es ist mir

1. Das heißt: Blindheit.

berichtet worden, o glücklicher König, daß der Mann aus Jemen, der Herr der Sklavinnen, der Dicken winkte. Die erhob sich, wies mit ihrer Hand auf die Schlanke, entblößte ihre Waden und ihre Handgelenke und auch ihren Leib, da zeigten sich ihre Falten, und die Rundung ihres Nabels ward sichtbar. Dann legte sie ein Hemd aus feinem Stoffe an, das ihren ganzen Leib durchschimmern ließ, und sie hub an: ‚Preis sei Allah, der mich erschuf und mir eine schöne Gestalt verlieh, der mich fett machte und gab, daß mein Fett so schön gedieh! Er machte mich einem schweren Aste gleich und an Schönheit und Anmut überreich. Auch dafür sei Ihm Preis, daß Er mich durch hohen Vorrang ehrte, indem Er mich in seinem herrlichen Buche erwähnte; denn der Erhabene sprach: Und er brachte ein fettes Kalb.[1] Er hat mich einem Garten gleich gemacht, mit der Pfirsiche und Granatäpfel Pracht. Die Städter begehren das fette Geflügel und essen davon, aber magere Vögel lieben sie nicht; so begehren ja alle Menschenkinder das fette Fleisch und verzehren es. Wie ist doch das Fette so vieler Vorzüge Hort, und wie schön lautet das Dichterwort:

> *Sag deinem Lieb Lebwohl! Die Karawane wandert;*
> *Kannst du das Lebewohl ertragen, o du Mann?*
> *Es ist, als sei ihr Gang im Hause ihrer Nachbarn*
> *Der Fetten Gang; ihr haftet kein Fehl, kein Ekel an.*

Du hast doch nie jemanden vor dem Laden eines Fleischers stehen sehen, der nicht von ihm das fette Fleisch verlangt hätte. Und die Weisen sagen: Die Lust liegt in drei Dingen, Fleisch essen, auf Fleisch reiten und Fleisch in Fleisch stecken. Doch, was dich angeht, du Dünne, so können deine Beine den Spatzenbeinen und den Ofenstochern gleich erscheinen; du bist ein kreuzförmiges Brett, ein Stück schlechten Fleisches ohne

[1]. Koran, Sure 51, Vers 26.

Fett. An dir ist nichts, was dem Herzen behagt, wie denn von dir der Dichter sagt:

> Mög Allah mich behüten vor Dingen, die mich zwingen
> Zu ruhn, wie Strick und Raspel, auf der Lagerstatt! –
> Sie hat an jedem Glied ein Horn, das auf mich eindringt
> Im Schlafe; und mein Leib ist morgens müd und matt.'

Darauf sprach ihr Herr zu ihr: ,Setze dich; hiermit mag es sein Bewenden haben!' Nachdem sie sich gesetzt hatte, winkte er der Schlanken. Die trat hervor, als wäre sie ein zartes Rohr oder ein Weidenzweig oder einem Basilienreise gleich; und sie sprach: ,Preis sei Allah, der mir das Leben und eine schöne Gestalt gegeben! Er machte es zum höchsten Ziel aller Wünsche, sich mir zu nahn, und schuf mich gleich einem Reise, dem alle Herzen zugetan. Wenn ich mich erhebe, erheb ich mich zart; wenn ich mich setze, setz ich mich in zierlicher Art. Mein Geist ist behend zum Spiel bereit; meine Seele ist heiter in Fröhlichkeit. Ich habe noch nie gehört, daß jemand seine Geliebte beschrieben hätte, indem er sprach: Mein Lieb ist dick wie ein Elefant oder breit und lang wie eine Bergeswand; sondern vielmehr: Mein Lieb ist von Wuchse zart und hat einen Leib von schlanker Art. Ein wenig an Speise genügt für mich; und ein wenig an Wasser sättigt mich. Mein Spiel ist zierlich; mein Scherz ist lieblich. Ich bin behender als ein Spatz und beweglicher als ein Starenmatz. Durch meine Gunst wird der Liebende beglückt und der Verlangende entzückt. Ich habe eine schöne Gestalt und ein Lächeln von süßer Gewalt. Ich trete hervor, als wär ich ein zartes Rohr oder ein Weidenzweig oder einem Basilienreise gleich. Nichts gleicht mir an Lieblichkeit, so wie mir ein Dichter die Worte geweiht:

> Ich habe deinen Wuchs mit einem Rohr verglichen;
> Ich habe mir dein Bild zum Stern des Glücks gemacht.

In heißer Leidenschaft bin ich dir nachgegangen
Voll Furcht, daß über dir der böse Späher wacht.

Nach meinesgleichen sehnen sich die Liebenden mit heißer Kraft, und um meinetwillen wird der Begehrende verstört durch seine Leidenschaft. Wenn mein Geliebter mich an sich zieht, so lasse ich mich zu ihm ziehn; und wenn ich mich ihm zuneigen soll, so neige ich mich zu ihm, nicht wider ihn. Aber du da, du Fettwanst, wenn du issest, so frißt du nach Elefantenweise; dich sättigt nichts, weder viel noch wenig Speise. Ein Schlanker kann dich nicht mit Freuden umfangen, ja, er hat keine Möglichkeit zu dir zu gelangen! Denn dein fetter Bauch hindert ihn, dich zu umarmen, und deine dicken Lenden stoßen ihn von deinem Schoße zurück. Was wäre denn schön an deiner Fettheit? Was wäre etwa zierlich und angenehm an deiner Grobheit? Das fette Fleisch taugt nur allein zum Schlachten; und es hat keine Eigenschaften, die es des Lobes würdig machten. Wenn einer mit dir scherzet, so bist du zornig; wenn einer mit dir spielt, so bist du traurig; wenn du tändelst, so röchelst du; wenn du gehst, so hängt dir die Zunge heraus; wenn du issest, so wirst du nie satt. Du bist eine, die sich schwerer als Berge heben läßt; du bist ekler als Gebrest und Pest. Du kannst dich nicht bewegen; und auf dir ruht kein Segen; und du tust nichts als essen und schlafen. Lässest du Wasser, so spritzest du; lässest du Kot, so birst du, als wärest du ein Schlauch, aufgeblasen und gespannt, oder ein verzauberter Elefant. Wenn du zum stillen Orte gehst, so brauchst du jemanden, der dir den Leib wäscht und die Haare auszupft, die darauf wachsen. Das ist doch der Gipfel der Nachlässigkeit und das Aushängeschild der Schwerfälligkeit. Kurz, es ist nichts zu rühmen an dir, und so sagt denn der Dichter von dir:

*So schwer wie die geschwollne Blase ist sie gar;
Zwei aufgetürmten Bergen gleicht ihrer Lenden Paar.
Schleppt sie im Land des Westens sich hin mit ihrem Schritt,
So bebt durch ihre Schwere zugleich der Osten mit.'*

Darauf sprach ihr Herr: ‚Setze dich; hiermit mag es sein Bewenden haben!' Nachdem sie sich gesetzt hatte, winkte er der Gelben. Die sprang auf, lobte und pries Allah, der hocherhaben ist, und flehte Segen und Heil auf den herab, der vor Ihm von allen Seinen Geschöpfen das beste ist. Dann wies sie mit ihrer Hand auf die Braune und sprach' – –«

Da bemerkte Schehrezâd, daß der Morgen begann, und sie hielt in der verstatteten Rede an. Doch als die *Dreihundertundsiebenunddreißigste Nacht* anbrach, fuhr sie also fort: »Es ist mir berichtet worden, o glücklicher König, daß die gelbe Sklavin aufsprang und Allah den Erhabenen lobte und pries; dann wies sie mit ihrer Hand auf die Braune und sprach zu ihr: ‚Ich bin es, die im Koran genannt, und der Barmherzige hat meine Farbe beschrieben und ihr den Vorzug vor allen anderen Farben zuerkannt; denn der Erhabene spricht in seinem klaren Buche: Eine Gelbe, deren Farbe rein gelb ist, die den Beschauer erfreut.'[1] Meine Farbe ist ein Wunderzeichen, meine Anmut ist ohnegleichen, und meine Schönheit kann niemand erreichen. Von meiner Farbe sind der Dinar, die Monde und der Sterne Schar, auch die Äpfel obendrein; und meine Art pflegt die Art der Schönen zu sein. Auch die Farbe des Safrans zumal glänzt heller als die anderen Farben all. Meine Art ist seltsam, meine Farbe ist wundersam. Mein Leib ist weich, an Wert bin ich reich; ja, ich berge allen Sinn der Schönheit in mir. Meine Farbe ist ihrem Wesen nach kostbar und hold wie das lautere Gold. Für wie viele Vorzüge bin ich ein Hort! Und von meinesgleichen gilt das Dichterwort:

---

1. Koran, Sure 2, Vers 64.

Ihr leuchtend Gelb ist wie der Sonne Strahlenschein;
Und sie entzückt das Auge wie Golddinare fein.
Der gelbe Safran auch kann ihrem Glanz nicht gleichen;
Ja, selbst der Mond muß gar vor ihrer Schönheit weichen.

Doch jetzt will ich beginnen, dich zu tadeln, du Braungesicht. Deine Farbe sieht wie die des Büffels aus, und bei deinem Anblick packt alle Seelen ein Graus. Ist deine Farbe in einem Ding, so gilt es gering; und wird sie an einer Speise entdeckt, so ist Gift darin versteckt. Die Schmeißfliegen sind braun, und braune Hunde sind häßlich anzuschaun. Braun ist die Farbe der Verlegenheit, und sie gehört zu den Zeichen der Traurigkeit. Nie hörte ich von Gold mit braunem Schein noch von braunen Perlen oder braunem Edelgestein. Wenn du zum stillen Orte gehst, so wird deine Farbe verändert; und wenn du wieder herauskommst, so ist deine Häßlichkeit nur noch größer. Du bist weder schwarz, daß man dich erkennt, noch auch weiß, daß man dich nennt. Keine gute Eigenschaft ist in dir; so sagt denn auch der Dichter von dir:

> *Sie hat des Staubes Farbe, sein dunkles, fahles Braun,*
> *Wie Erde an den Füßen der Läufer anzuschaun.*
> *Und weilt mein Auge nur mit einem Blick auf ihr,*
> *Dann wachsen Gram und Elend alsobald in mir.'*

Darauf sprach ihr Herr zu ihr: ‚Setze dich; hiermit mag es sein Bewenden haben!' Nachdem sie sich gesetzt hatte, winkte er der Braunen. Die besaß Schönheit und Lieblichkeit und des Wuchses Ebenmäßigkeit und aller Anmut Vollkommenheit. Ihre Haut war weich, ihr Haar schwarz und der Kohle gleich; ihr Wuchs war ebenmäßig fein, ihre Wange von rosigem Schein; ihre Augen waren von Schwärze satt, die Wangen waren rund und glatt; ihr Antlitz war voll Lieblichkeit, ihre Zunge voll Beredsamkeit; ihr Leib war zart, schwer waren die

Hüften gepaart. Sie hub nun an: ‚Lob sei Allah, der mir eine Gestalt gab, die weder so fett ist, daß man schlecht von ihr spricht, noch auch so mager, daß sie zerbricht; weder wie Aussatz blank, noch gelb wie gallenkrank, noch auch schwarz wie die Erde, sondern von solcher Farbe, daß ich von allen Verständigen lieb gehalten werde. Alle Dichter preisen die braunen Mädchen in allen Zungen, und sie sind von dem Vorzug ihrer Farbe vor allen anderen Farben durchdrungen. Braune Farbe ist trefflicher Eigenschaften Hort; und wie schön lautet das Dichterwort:

> *Geheimnisvoll sind Braune; wenn ihren Sinn du kenntest,*
> *So fänden Weiß und Rot nicht deiner Augen Gunst.*
> *Sie haben feine Rede, verführerische Blicke,*
> *Und lehrten wohl Harût*[1] *noch neue Zauberkunst.*

Und ein andrer spricht:

> *Wer bringt mir eine Braune von vielbesungnem Wuchse,*
> *Der braunen, schlanken Speeren vom Samhar-Rohre*[2] *gleicht,*
> *Mit sehnsuchtsvollen Lidern und seidenweichem Flaume,*
> *Die aus dem wunden Herzen des Liebsten nie entweicht?*

Und wieder ein andrer:

> *Bei meiner Seel ein Pünktchen von der Farb der Braunen*
> *Besiegt das Weiß, das Monden die Krone streitig macht.*
> *Besäße sie vom Weißen nur etwas, das ihm gliche,*
> *So würde ihre Schönheit gar bald zu Fall gebracht.*
> *Von ihrem roten Weine bin ich nicht trunken worden;*
> *Nein, ihre Locken brachten den Menschen Rauschestraum.*
> *Die Reize stritten wider einander, bis ein jeder*
> *Von ihnen nur begehrte, er wär ihr Wangenflaum.*

1. Siehe Band II, Seite 363, Anmerkung 1. – 2. Das Samhar-Rohr war im alten Arabien sehr berühmt und wurde gern zu Lanzen gebraucht. Es kam aus dem Samhar, der abessinischen Küstenniederung.

Und noch ein andrer:

> *Wie sollt ich meine Neigung dem Wangenflaum nicht bringen*
> *An einer braunen Maid, die dunkler Lanze gleicht,*
> *Da doch der Dichter Schar die Palme aller Reize*
> *Dem feinen Blütenstaub der Wasserlilie reicht?*
> *Ich sah sie, die da lieben, von einem Schönheitsmale,*
> *Das unter schwarzem Auge die Wange ziert, berückt.*
> *Was schelten mich die Tadler und halten mich für töricht,*
> *Wenn sie, die lauter Mal ist, mir ganz das Herz beglückt?*

Meine Gestalt ist zart, mein Wuchs von ebenmäßiger Art; meine Farbe ist es, die Könige nach mir verlangen macht und in Reichen und Bettlern die Liebe entfacht. Ich bin zierlich und zart, lieblich und von schönster Art. Meine Haut ist weich, ich bin an Ehren reich. In mir ist die schönste Vollkommenheit, Bildung und Beredsamkeit. Mein Anblick entzückt, meine Zunge berückt. Heiter ist die Art in meiner Brust, und mein Spiel voller Lust. Doch was dich angeht, so bist du wie eine Judenmalve am Bâb el-Lûk[1], du gelber Bauch, du bist lauter Lauch. Unheil über dich, du Fleischertopf, du Rost am Messingknopf, du Eulengesicht, du giftiges Höllengericht! Dein Bettgenoß ruht vor Seelennot in der Grabesruhe tot. Keine gute Eigenschaft ist in dir; so sagt denn auch der Dichter von dir:

> *Sie wird noch immer gelber, ohne krank zu sein;*
> *Drum wird die Brust mir eng, mein Kopf ist voller Pein.*
> *Und ist mein Herz nicht reuig, so küsse ich – o Graus! –*
> *Ihr Antlitz, und dann schlägt sie mir meine Zähne aus.*

Als sie diese Verse gesprochen hatte, sagte ihr Herr zu ihr: ‚Setze dich; hiermit mag es sein Bewenden haben!' Und dann' – –«

Da bemerkte Schehrezâd, daß der Morgen begann, und sie hielt in der verstatteten Rede an. Doch als die *Dreihundertundachtunddreißigtse Nacht* anbrach, fuhr sie also fort: »Es ist mir

---

1. Ein Stadtteil in Kairo.

berichtet worden, o glücklicher König, daß, als die Sklavin diese Verse gesprochen hatte, ihr Herr zu ihr sagte: ‚Setze dich; hiermit mag es sein Bewenden haben!' Und dann versöhnte er sie alle miteinander, bekleidete sie mit prächtigen Gewändern und schenkte ihnen kostbare Juwelen aus allen Meeren und Ländern. Und nie habe ich, o Beherrscher der Gläubigen, zu irgendeiner Zeit oder in irgendeinem Land etwas Schöneres als diese schönen Sklavinnen gekannt.'

Als el-Mamûn diese Geschichte von Mohammed el-Basri vernommen hatte, wandte er sich an ihn mit den Worten: ‚Mohammed, weißt du, wo diese Sklavinnen und ihr Herr wohnen? Und ist es dir möglich, sie ihrem Herrn für mich abzukaufen?' ‚O Beherrscher der Gläubigen,' erwiderte jener, ‚es ist mir berichtet worden, daß er sie leidenschaftlich liebt und sich nicht von ihnen zu trennen vermag.' Doch el-Mamûn fuhr fort: ‚Bring ihrem Herrn für jede Sklavin zehntausend Dinare, so daß die ganze Summe sechzigtausend Dinare beträgt; nimm das Geld mit dir, begib dich zu seiner Wohnung und kauf sie ihm ab!' Da nahm Mohammed el-Basri jene Summe von ihm entgegen und ging mit ihr fort. Als er zu dem Herrn der Sklavinnen kam, tat er ihm kund, daß der Beherrscher der Gläubigen ihm die Mädchen für jenen Betrag abzukaufen wünsche. Der Mann willigte ein, sie zu verkaufen, weil er dem Kalifen einen Gefallen erweisen wollte, und sandte sie ihm zu. Als nun die Mädchen zu dem Beherrscher der Gläubigen kamen, ließ er ihnen ein schönes Gemach herrichten; und dort pflegte er mit ihnen zu sitzen, indem sie ihn durch ihre Gesellschaft erfreuten. Er war entzückt von ihrer Schönheit und Anmut, von der Mannigfaltigkeit ihrer Farben und von der Feinheit ihrer Reden. So blieb es eine ganze Weile lang; aber als dann ihr früherer Herr, der sie verkauft hatte, es nicht mehr ertragen konnte, von ihnen getrennt zu sein, da sandte er einen Brief an den Beherrscher der Gläubigen el-Mamûn, in dem er ihm klagte, welche Schmerzen der Sehnsucht nach den Mädchen er empfand, und in dem auch dies Lied geschrieben stand:

> *Das Herz ward mir geraubt durch sechs, so schön und lieblich:*
> *Drum sei den sechs, den schönen, mein Herzensgruß geweiht.*
> *Sie sind mein Ohr, mein Auge, sie sind mein ganzes Leben,*
> *Mein Trank und meine Speise und meine Seligkeit.*
> *Ich kann es nie vergessen, wie sie mich einst beglückten;*
> *Mir ist, seit sie gegangen, der süße Schlaf genommen.*
> *Und ach, wie lange währet mein Seufzen und mein Weinen –*
> *O wäre ich doch nie als Mensch zur Welt gekommen.*
> *Die Augen, bogengleich von Brauen überspannt,*
> *Sie haben Pfeile mir ins Herz hineingesandt.*

Als jener Brief dem Kalifen el-Mamûn zu Händen kam, kleidete er die Sklavinnen in die prächtigsten Gewänder, gab ihnen sechzigtausend Dinare und sandte sie ihrem Herrn zurück. Und als sie zu ihm kamen, hatte der Mann an ihnen die allergrößte Freude, noch mehr als daran, daß er so viel Geld erhalten hatte; so lebte er denn mit ihnen in schönstem Glück und Wohlsein, bis Der zu ihnen kam, der die Freuden schweigen heißt und der die Freundesbande zerreißt.

Ferner wird erzählt

DIE GESCHICHTE VON HARÛN ER-RASCHÎD, DER SKLAVIN UND ABU NUWÂS[1]

Der Kalif Harûn er-Raschîd, der Beherrscher der Gläubigen, war eines Nachts von quälender Unruhe geplagt und in trübe Gedanken versunken. Da stand er auf und wanderte in den Seitengängen seines Palastes umher, bis er zu einem Gemache

1. Vgl. Band II, Seite 603, Anmerkung.

kam, vor dessen Eingang ein Vorhang hing. Er hob jenen Vorhang empor und sah am oberen Ende des Raumes ein Lager und auf jenem Lager etwas Schwarzes, das einem schlafenden Menschen glich; rechts davon brannte eine Kerze und links davon eine zweite. Während der Kalif noch voll Staunen dies Schauspiel ansah, erblickte er plötzlich einen Krug voll alten Weines und darüber den Becher. Als der Beherrscher der Gläubigen das bemerkte, erstaunte er noch mehr in seiner Seele, und er sprach: ‚Gehört sich dergleichen für einen Schwarzen wie den da?' Darauf trat er näher an das Lager heran und sah, daß die Gestalt auf ihm eine schlafende Sklavin war, die ganz von der Fülle ihrer Haare bedeckt wurde. Nachdem er ihr Gesicht enthüllt hatte, erkannte er, daß sie dem Monde in der Nacht seiner Fülle glich. Dann goß er sich einen Becher von dem Weine voll und trank ihn aus auf die Rosen ihrer Wangen; und da sein Herz sich ihr zuneigte, so küßte er das Mal auf ihrem Antlitz. Sie erwachte und rief:

> *O Getreuer Gottes, was mag sein?*

Er antwortete:

> *Nächtlich kehrt ein Wandrer bei euch ein,*
> *Daß er Gast sei bis zum Morgenlicht!*

Da sprach sie:

> *Ohr und Auge tun dir Gastespflicht.*

Dann brachte sie den Wein, und sie tranken miteinander; und darauf griff sie zur Laute, stimmte ihre Saiten und spielte auf ihr einundzwanzig Weisen. Zuletzt kehrte sie zu der ersten Weise zurück, hub an zu singen und ließ dies Lied erklingen:

> *Der Liebe Zunge spricht zu dir in meinem Innern;*
> *Sie bringt von mir die Kunde, daß ich so lieb dich hab.*
> *Ein Zeuge kündet klar mein übergroßes Leiden,*
> *Mein wundes, banges Herz, das mir dein Abschied gab.*

Ich konnte nicht verbergen, wie Liebe mich verzehrt,
Wie meine Tränen rinnen, wie meine Qual sich mehrt.
Ich wußte nichts von Liebe, eh ich dich lieb gewann;
Doch Gottes Ratschluß tritt an alle Welt heran.

Als sie ihr Lied beendet hatte, sprach sie: ‚Mir ist Unrecht geschehen, o Beherrscher der Gläubigen!' – –«

Da bemerkte Schehrezâd, daß der Morgen begann, und sie hielt in der verstatteten Rede an. Doch als die *Dreihundertundneununddreißigste Nacht* anbrach, fuhr sie also fort: »Es ist mir berichtet worden, o glücklicher König, daß die Sklavin sprach: ‚Mir ist Unrecht geschehen, o Beherrscher der Gläubigen!' ‚Weshalb denn,' fragte er, ‚und wer hat dir Unrecht getan?' Darauf erwiderte sie: ‚Dein Sohn hat mich vor einer Weile um zehntausend Dirhems gekauft, und er wollte mich dir schenken. Aber da sandte ihm deine Gemahlin den genannten Preis und befahl ihm, mich in diesem Gemache von dir fernzuhalten.' Er sprach zu ihr: ‚Erbitte dir eine Gnade von mir!' Als sie antwortete: ‚Ich erbitte mir von dir die Gnade, daß du morgen nacht bei mir verweilest', sagte er: ‚So Gott will', verließ sie und ging davon.

Als es nun Morgen ward, begab er sich in seinen Staatssaal und sandte nach Abu Nuwâs. Da aber der Bote ihn nicht fand, sandte er den Kammerherrn aus, um sich nach ihm zu erkundigen. Der fand ihn in einer Schenke, wo man ihn wegen einer Summe von tausend Dirhems, die er auf einen bartlosen Knaben verschwendet hatte, als Schuldner zurückhielt. Da fragte der Kammerherr ihn, was mit ihm sei, und jener erzählte ihm sein Erlebnis, wie es ihm mit dem schönen Knaben ergangen war und wie er die tausend Dirhems für ihn ausgegeben hatte. ‚Zeig ihn mir,' hub nun der Kammerherr an, ‚und wenn er es wert ist, so bist du entschuldigt!' Abu Nuwâs erwiderte:

‚Warte, du wirst ihn alsbald sehen!' Während sie noch miteinander redeten, kam plötzlich der Jüngling und trat zu ihnen herein; er trug ein weißes Gewand, darunter ein rotes und unter dem ein schwarzes. Als Abu Nuwâs seiner gewahr wurde, stiegen die Seufzer in ihm empor, und er trug diese Verse vor:

> *Er zeigte sich in einem weißen Kleide*
> *Mit einem Auge, das versonnen blickt.*
> *Ich sprach: Du schrittest ohne Gruß vorüber,*
> *Wo doch ein Gruß von dir mich hoch beglückt!*
> *Preis Ihm, der deinen Wangen Rosen schenkte,*
> *Der ungehindert schafft, was Er nur will!*
> *Er sprach: Laß ab vom Reden! Mein Erschaffer*
> *Macht alles herrlich; jeder fügt sich still.*
> *Mein Kleid ist wie mein Antlitz, wie mein Glück –*
> *Ist weiß in weiß und strahlet weiß zurück.*

Als der Jüngling diese Worte vernommen hatte, legte er das weiße Gewand ab, so daß er in dem roten Kleide dastand. Und wie Abu Nuwâs ihn anblickte, begann er in noch größere Bewunderung auszubrechen und hub an diese Verse zu sprechen:

> *Er zeigte sich im Anemonenkleide*[1],
> *Gleichwie ein Feind, und doch ein Freund genannt.*
> *Verwundert sprach ich drauf: Du bist ein Vollmond,*
> *Du kommst, und wundersam ist dein Gewand.*
> *Hat deiner Wangen Rot dich so gekleidet?*
> *Hast du dein Kleid mit Herzensblut getränkt?*
> *Er sprach: Die Sonne hat vor ihrem Scheiden*
> *Mir ein Gewand aus Abendrot geschenkt.*
> *Mein Kleid, der Wein und meiner Wange Schein*
> *Sind rot in rot und nichts als rot allein.*

Nachdem Abu Nuwâs auch diese Verse gesprochen hatte, legte der Jüngling das rote Gewand ab und stand nun in dem schwar-

---

[1]. Rote Anemonen sind gemeint, und rot ist die Farbe des Zornes; vgl. Band II, Seite 627, Anmerkung.

zen Kleide da.¹ Und wie der Dichter ihn erblickte, schaute er noch verlangender zu ihm empor, und er trug diese Verse vor:

> *Er zeigte sich in einem schwarzen Kleide;*
> *Er nahte sich der Welt in dunkler Pracht.*
> *Ich sprach: Du schrittest ohne Gruß vorüber,*
> *Hast Feind und Neider schadenfroh gemacht.*
> *Dein Kleid ist wie dein Haar und wie mein Glück –*
> *Ist schwarz in schwarz und glänzet schwarz zurück.*

Als der Kammerherr dies sah, wußte er, wie es um Abu Nuwâs stand, und daß er von Leidenschaft ergriffen war. So kehrte er denn zum Kalifen zurück und berichtete ihm davon. Der ließ alsbald tausend Dirhems bringen und befahl dem Kammerherrn, mit dem Gelde zu Abu Nuwâs zurückzukehren und es für ihn zu bezahlen, um ihn aus der Schuldhaft zu befreien. Da eilte der Kammerherr zu dem Dichter zurück, befreite ihn und begab sich mit ihm zum Kalifen. Und wie sie dort ankamen, sprach Harûn: ‚Sing mir ein Lied, in dem die Worte vorkommen: O Getreuer Gottes, was mag sein?' ‚Ich höre und gehorche, o Beherrscher der Gläubigen!' gab der zur Antwort. – –«

Da bemerkte Schehrezâd, daß der Morgen begann, und sie hielt in der verstatteten Rede an. Doch als die *Dreihundertundvierzigste Nacht* anbrach, fuhr sie also fort: »Es ist mir berichtet worden, o glücklicher König, daß Abu Nuwâs sagte: ‚Ich höre und gehorche, o Beherrscher der Gläubigen!' Dann sprach er diese Verse:

> *Lange ward die Nacht in wacher Pein,*
> *Müd der Leib und schwer die Sorge mein.*
> *Ich stand auf und ging im Schloß umher*
> *Rings durch die Gemächer kreuz und quer.*

---

1. Diese ganze Szene ist der Entschleierung der Braut bei der Hochzeitsfeier nachgebildet; vgl. Band I, Seiten 249 bis 252.

> *Und ich schaute – schwarz war die Gestalt –*
> *Eine weiße Maid, vom Haar umwallt.*
> *Ach, sie war des hellen Vollmonds Bild.*
> *Wie ein Weidenzweig, von Scham verhüllt.*
> *Und ich trank den Becher vor ihr, nahte mich,*
> *Und das Mal auf ihrer Wange küßte ich.*
> *Sie fuhr auf, in Traumverlorenheit,*
> *Zitternd wie ein Zweig zur Regenzeit.*
> *Dann begann sie mir ein Wort zu leihn:*
> *O Getreuer Gottes, was mag sein?*
> *Ich darauf: Ein Gast klopft bei euch an,*
> *Daß er bis zum Morgen weilen kann.*
> *Und sie sprach: O Herr, ich zaudre nicht,*
> *Ohr und Auge tun die Gastespflicht.*

Da rief der Kalif: ‚Allah strafe dich! Es ist ja, als ob du bei uns gewesen wärest!' Dann nahm er ihn bei der Hand und begab sich mit ihm zu der Sklavin. Als Abu Nuwâs sie, die ein blaues Gewand und einen blauen Schleier trug, erblickte, begann er in höchste Verwunderung auszubrechen, und er hub an diese Verse zu sprechen:

> *Sprich zu der Schönen in dem blauen Schleier:*
> *Bei Allah, meine Seele du, erbarm dich mein!*
> *Wenn die Geliebte den Geliebten peinigt,*
> *So dringen aller Sehnsucht Seufzer auf ihn ein.*
> *Bei deiner Schönheit, die in weißem Lichte strahlet,*
> *Erbarm dich eines Herzens, das vor Liebe bricht.*
> *Hab Mitleid mit ihm, hilf ihm in dem Liebeskummer,*
> *Dem törichten Gerede der Menschen glaube nicht!*

Als Abu Nuwâs diese Verse gesprochen hatte, setzte die Sklavin dem Kalifen den Wein vor. Dann nahm sie die Laute in die Hand, begann zu singen und ließ dies Lied erklingen:

> *Willst andren du in Liebe gerecht sein, doch in Härte*
> *Mich bannen, daß der andre die Freud an dir genießt?*

> *Gäb's einen Liebesrichter, so wollt ich dich verklagen*
> *Bei ihm, auf daß in Recht er über mich beschließt.*
> *Wenn du mich hinderst, mich zu deiner Tür zu wenden,*
> *So will ich aus der Ferne dir meine Grüße senden.*

Darauf befahl der Beherrscher der Gläubigen, dem Abu Nuwâs so viel Wein zu geben, bis er seiner Sinne nicht mehr Herr war. Dann ließ er ihm noch einen Becher reichen; Abu Nuwâs trank einen Zug daraus und behielt ihn in der Hand. Nun befahl der Kalif der Sklavin, den Becher aus seiner Hand zu nehmen und zu verstecken; sie nahm ihm den Becher ab und verbarg ihn zwischen ihren Lenden. Darauf aber zückte der Kalif sein Schwert, stellte sich zu Häupten des Dichters auf und stach ihn mit der Schwertspitze. Jener erwachte alsbald, und wie er das gezückte Schwert in der Hand des Kalifen sah, da schwand der Rausch aus seinem Haupte. Dann sprach er-Raschîd zu ihm: ‚Trage mir ein Lied vor und sage mir darin, wo dein Becher ist; sonst lasse ich dir den Kopf abschlagen!' Und Abu Nuwâs trug diese Verse vor:

> *Was ich sage, das ist seltsam:*
> *Die Gazelle war der Dieb!*
> *Sie stahl meines Weines Becher,*
> *Als aus ihm ein Zug mir blieb.*
> *Sie verbarg ihn an dem Orte,*
> *Der das Herze mir betört.*
> *Ihn nenn ich aus Furcht nicht, weil er*
> *Dem Kalifen angehört.*

Da rief der Beherrscher der Gläubigen: ‚Allah strafe dich! Woher weißt du das? Aber wir wollen dein Wort gelten lassen.' Dann beschenkte er ihn mit einem Ehrengewande und tausend Dinaren; und Abu Nuwâs ging vergnügt von dannen.

Und ferner wird erzählt

DIE GESCHICHTE VON DEM MANNE, DER DIE GOLDENE SCHÜSSEL STAHL, AUS DER ER MIT DEM HUNDE GEGESSEN HATTE

Es war einmal ein Mann; der war tief in Schulden und in arge Not geraten. Da verließ er Weib und Kind und zog planlos in die weite Welt hinaus; und er wanderte immer weiter, bis er nach einer Weile zu einer Stadt mit hohen Mauern und mächtigen Bauten gelangte. Er ging hinein, elend und gebrochen, vom Hunger gequält und vom Wandern ermattet. Dann schlich er durch eine der Hauptstraßen, und dort sah er eine Schar vornehmer Leute dahingehen. Denen folgte er, bis sie in ein Haus eintraten, das einem Königspalaste glich. Er trat mit ihnen ein, und sie gingen weiter, bis sie vor einem Manne standen, der am oberen Ende eines Saales dasaß, in großer Pracht und majestätischer Macht; und rings um ihn standen die Diener und Eunuchen, als ob er einer von den Söhnen der Wesire wäre. Und als er die Leute kommen sah, erhob er sich vor ihnen und empfing sie ehrenvoll. Der Arme aber, von dem wir erzählen, erschrak über jene Pracht und staunte über das, was er sah. – –«

Da bemerkte Schehrezâd, daß der Morgen begann, und sie hielt in der verstatteten Rede an. Doch als die *Dreihundertundeinundvierzigste Nacht* anbrach, fuhr sie also fort: »Es ist mir berichtet worden, o glücklicher König, daß der Arme, von dem wir erzählen, über jene Pracht erschrak und staunte über das, was er sah, über das schöne Haus und all die Eunuchen und Diener. Deshalb wich er zurück, verwirrt und bestürzt und um sein Leben besorgt, bis er sich schließlich allein in einem

Winkel niedersetzte, fern von den Leuten, so daß niemand ihn sehen konnte. Und während er dort hockte, kam plötzlich ein Mann mit vier Jagdhunden; die waren mit mancherlei Seide und Brokat bedeckt, und um den Hals trugen sie goldene Halsbänder mit silbernen Ketten. Jener Mann band jeden einzelnen von ihnen an einer für ihn bestimmten Stelle fest; dann ging er fort, holte für jeden Hund eine goldene Schüssel, die voll köstlicher Speisen war, und stellte für jeden einzelnen seine besondere Schüssel hin. Darauf ging er wieder fort und ließ sie allein; der Arme aber begann die Speisen mit hungrigen Augen zu betrachten, und gern wäre er zu einem der Hunde vorgerückt, um mit ihm zu essen, aber die Furcht vor ihnen hielt ihn zurück. Doch plötzlich sah einer der Hunde ihn an, und da Allah der Erhabene dem Tiere Kenntnis von dem Zustande des Armen verliehen hatte, so trat es von der Schüssel zurück und gab ihm ein Zeichen; alsbald kam der Mann herzu und aß, bis er satt war. Wie er dann wieder gehen wollte, machte ihm der Hund ein Zeichen, er solle die Schüssel mit dem, was noch von der Speise darin war, für sich mitnehmen, und schob sie ihm mit der Pfote hin. Der Arme nahm die Schüssel, verließ das Haus und ging seiner Wege, ohne daß jemand ihm folgte. Dann wanderte er weiter, bis er zu einer anderen Stadt kam; dort verkaufte er die Schüssel, erwarb mit dem Erlös einen Warenvorrat und begab sich damit in seine Stadt zurück. Nun verkaufte er, was er mitgebracht hatte, und bezahlte die Schulden, die auf ihm lasteten; sein Besitz ward immer größer, und er lebte in wachsendem Wohlstande und in lauter Glück. Eine ganze Weile lang blieb er in seiner Stadt; aber dann sagte er sich doch: ‚Ich muß nun zu jener Stadt reisen, dorthin, wo der Besitzer der Schüssel wohnt; ich will ihm ein schönes und geziemendes Geschenk bringen und ihm den Preis der Schüssel bezahlen, die mir einer seiner Hunde geschenkt hat.' Er nahm also ein Geschenk, wie es ihm angemessen war, und auch den Preis für die Schüssel, brach auf und reiste immer weiter, Tag und Nacht, bis er zu jener Stadt kam. Als er darinnen war, wanderte er, auf der Suche nach dem Manne, durch die Straßen dahin; doch als er schließlich zu der Stätte kam, an der jener gewohnt hatte, fand er nichts als Trümmer, die verfallen waren, und krächzende Rabenscharen; Haus und Hof waren leer, alles war anders ringsumher, und ihre Stätte kannte man nicht mehr. Da erbebten ihm Herz und Sinn, und er sprach das Dichterwort vor sich hin:

> *Die Kammern stehn leer; geschwunden sind die Schätze,*
> *Wie aus den Herzen Wissen und Gottesfurcht entschwand.*
> *Das Tal ist anders worden; darinnen die Gazellen*
> *Sind nicht wie einst, der Hügel ist's nicht, der einst dort stand.*

Und ein anderes Dichterwort:

> *Bei Nacht erregte Su'das[1] Schatten mir die Seele*
> *Vor Tag; die Freundesschar schlief in der Wüste dort.*
> *Und als das Nachtgebild, das zu mir kam, mich weckte,*
> *Da fand ich leer die Luft und fern den Wallfahrtsort.*

Als nun jener Mann die Trümmer erblickte, die verfallen waren, und sah, wie die Hände des Schicksals offenbar mit ihnen verfahren, und wie er von der früheren Pracht nur noch die Spuren fand, da war ihm alles durch den Anblick bekannt. Wie er sich umwandte, sah er einen armen Mann in einem Zustande, der die Haut erschaudern machte und dem selbst der härteste Felsen Mitleid entgegenbrachte. Zu dem sprach er: ‚Du da, wie hat des Geschickes Hand sich gegen den Herrn dieses Hauses gewandt! Wo sind seine leuchtenden Vollmonde

1. Su'da ist ein altarabischer Mädchenname.

all und die glänzenden Sterne zumal? Was ist der Grund des Unheils, das mit dem Bau sein Spiel getrieben, so daß nur noch die Mauern davon übrig blieben?' Da antwortete jener ihm: ‚Er, der Arme, den hier dein Auge erblickt, er ist es, der über das, was ihn entblößt hat, seine Seufzer gen Himmel schickt. Weißt du nicht, daß in den Worten des Gottesgesandten eine Lehre liegt für den, der sich durch sie belehren läßt, und eine Mahnung für den, der sich die rechte Leitung gewähren läßt, jene Worte, die er, dem Allah Segen und Heil spende, gesagt hat: Siehe, es ist ein Recht Allahs des Erhabenen, daß er nichts in dieser Welt erhöht, es sei denn, daß er es wieder erniedrige? Wenn du fragst, was der Grund dieses Unglücks war, so ist doch der Wandel der Zeit nicht wunderbar. Ich war der Herr dieses Hauses, ich habe es aufgerichtet, gebaut und besessen. Mein waren die leuchtenden Vollmonde all und die stolze Pracht zumal, mein die schimmernden Kleinode darinnen und die strahlend schönen Dienerinnen. Doch nun ist der Wechsel der Zeit gekommen und hat die Diener und den Besitz von dannen genommen; er hat mich in meinen jetzigen Zustand gebracht und mich durch die Schicksalsschläge, die er verborgen hielt, elend gemacht. Doch diese deine Frage hat sicherlich einen Grund; drum laß das Staunen und tu ihn mir kund!' Und der Mann, von Schmerz fast wie gebannt, machte ihn mit der ganzen Geschichte bekannt. Dann fügte er hinzu: ‚Ich bin mit einem Geschenke, wie es das Herz begehrt, zu dir gekommen, und auch mit dem Preise deiner goldenen Schüssel, die ich von dir genommen. Durch sie ward ich reich, nachdem ich die Armut gekannt; durch sie baute ich mein Haus wieder auf, das vorher so öde stand; sie war es, durch die alle Sorge und Not von mir schwand.' Aber der Alte schüttelte den Kopf, weinte und klagte, seufzte und sagte: ‚Du da, ich glaube, du bist von Sinnen! So etwas tut ein verständiger Mann nicht. Wie wäre es möglich, daß ich eine goldene Schale, die einer von unseren Hunden dir geschenkt hätte, wieder an mich nähme! Es wäre seltsam, wenn das, was mein Hund gegeben hätte, wieder zu mir käme! Wäre ich auch von grimmigster Not und Sorge beschwert, bei Allah, ich nähme nichts an von dir, und hätte es auch nur eines Nagelspans Wert! Zieh dorthin von wannen du kamst, wohlbehalten und unversehrt!' Da küßte der Mann dem Alten die Füße und wandte sich zur Heimkehr, indem er ihn pries; und dann, als er sich von ihm trennte und Abschied nahm, sprach er diesen Vers:

Nun sind sie alle fort, die Menschen und die Hunde;
Drum ruhe auf den Menschen und den Hunden Friede!

Doch Allah weiß es am besten!

Ferner erzählt man

DIE GESCHICHTE VON DEM SCHELM IN ALEXANDRIEN UND DEM WACHTHAUPTMANN

Einst lebte in der Küstenfeste Alexandrien ein Wachthauptmann; der hieß Husâm ed-Dîn. Als der eines Nachts in seinem Amtszimmer saß, trat plötzlich ein Kriegersmann zu ihm und sprach: ‚Vernimm, Herr Wachthauptmann, ich bin heute abend in diese Stadt gekommen und im Chân Soundso abgestiegen. Dort schlief ich, bis ein Drittel der Nacht verstrichen war; und wie ich dann aufwachte, entdeckte ich, daß meine Satteltasche aufgeschnitten und aus ihr ein Beutel mit tausend Dinaren gestohlen war.' Kaum hatte er seine Worte beendet, da ließ der Hauptmann auch schon die Führer kommen und befahl ihnen, alle Leute, die in dem Chân waren, herbeizuholen und bis zum Morgen gefangen zu halten. Und als es Morgen ward, befahl er, die Folterwerkzeuge zu bringen; dann ließ er jene Leute vor den Krieger, dem das Geld gehörte, kommen und wollte sie züchtigen lassen. Aber plötzlich erschien ein Mann, der sich durch die Menge drängte, bis er vor dem Hauptmann stand. – –«

Da bemerkte Schehrezâd, daß der Morgen begann, und sie hielt in der verstatteten Rede an. Doch als die *Dreihundertundzweiundvierzigste Nacht* anbrach, fuhr sie also fort: »Es ist mir berichtet worden, o glücklicher König, daß der Wachthauptmann die Leute züchtigen lassen wollte. Aber plötzlich erschien ein Mann, der sich durch die Menge drängte, bis er vor dem Hauptmann und dem Krieger stand. Dann rief er: ‚O Emir, laß alle die Leute da los; sie sind unschuldig. Ich bin es, der das Geld dieses Kriegers weggenommen hat; hier ist auch der Beutel, den ich aus seiner Satteltasche herausgeholt habe.' Alsbald zog er den Beutel aus seinem Ärmel und legte ihn vor den Hauptmann und den Krieger hin. Da sagte der Hauptmann zum Krieger: ‚Nimm dein Geld wieder an dich; du hast jetzt nichts mehr mit diesen Leuten zu tun!' Nun begannen die Leute aus dem Chân und alle anderen, die zugegegen waren, jenen Mann zu preisen und zu segnen. Der Dieb aber sprach: ‚O Emir, das ist keine Kunst, daß ich selbst zu dir komme und dir diesen Beutel überbringe. Die Geschicklichkeit liegt darin, daß ich dem Krieger diesen Beutel zum zweiten Male stehlen werde.' Der Hauptmann fragte: ‚Wie hast du es denn angefangen, du Schelm, als du ihn zuerst stahlest?' ‚O Emir,' gab er zur Antwort, ‚ich stand gerade im Wechslerbasar zu Kairo, da sah ich diesen Krieger, wie er dies Gold wechselte und in den Beutel da tat. Ich folgte ihm von Gasse zu Gasse, aber ich fand keine Gelegenheit, ihm das Geld abzunehmen. Dann reiste er ab, ich ging hinter ihm her, von Ort zu Ort, und ich suchte ihn unterwegs zu überlisten; aber ich konnte ihn nicht berauben. Als er schließlich in diese Stadt kam, folgte ich ihm, bis er in dem Chân dort abstieg. Ich ließ mich in dem Raum neben ihm nieder und belauerte ihn, bis er einschlief und ich sein Schnarchen hörte. Alsbald schlich ich ganz leise zu ihm, schnitt die Satteltasche mit diesem Messer auf und nahm den Beutel da an mich.' Mit diesen Worten streckte er seine Hand aus und nahm den Beutel vor den Augen des Hauptmanns und des Kriegers. Da traten die beiden und all das andere Volk zurück, um ihm zuzuschauen; denn sie glaubten, er wolle ihnen zeigen, wie er den Beutel aus der Satteltasche genommen hätte. Er aber lief plötzlich auf und davon und warf sich in einen Teich. Da schrie der Hauptmann seine Mannschaft an: ‚Lauft hinter ihm her! Springt ihm nach!' Aber ehe sie ihre Kleider ausgezogen hatten und die Stufen[1] hinuntergesprungen waren, war der Schelm schon fort. Nun suchten sie ihn, fanden ihn aber nicht; denn die Gassen in Alexandrien gehen alle ineinander über. Als die Leute dann zurückkehrten, ohne daß sie den Dieb gefaßt hatten, sprach der Hauptmann zu dem Krieger: ‚Du hast keine Ansprüche mehr auf diese Leute; du kennst nun deinen Schuldner. Du hast sogar dein Geld empfangen; aber du hast es nicht festgehalten.' Darauf ging der Krieger ohne sein Geld fort; und die Leute waren nun aus den Händen des Kriegers und des Wachthauptmanns befreit. All das geschah mit Wissen Allahs des Erhabenen.

---

[1]. Die ‚Teiche' im Orient sind oft ausgemauerte große Bassins, zu denen Stufen hinabführen.

Und ferner wird erzählt

DIE GESCHICHTE VON EL-MALIK EN-NÂSIR UND DEN DREI WACHTHAUPTLEUTEN

Eines Tages ließ el-Malik en-Nâsir[1] die drei Wachthauptleute von Kairo, Bulak und Alt-Kairo[2] zu sich kommen und sprach: ‚Ich wünsche, daß ein jeder von euch mir das Merkwürdigste berichte, das er während der Zeit seiner Amtsführung erlebt hat!' – –«

Da bemerkte Schehrezâd, daß der Morgen begann, und sie hielt in der verstatteten Rede an. Doch als die *Dreihundertunddreiundvierzigste Nacht* anbrach, fuhr sie also fort: »Es ist mir berichtet worden, o glücklicher König, daß el-Malik en-Nâsir zu den drei Wachthauptleuten sprach: ‚Ich wünsche, daß ein jeder von euch mir das Merkwürdigste berichte, das er während der Zeit seiner Amtsführung erlebt hat!' ‚Wir hören und gehorchen!' gaben sie zur Antwort. Nun sprach der Wachthauptmann von Kairo: ‚Vernimm, o Herr und Sultan, das Merkwürdigste, das mir in meiner Amtszeit begegnet ist, war dies.' Und er begann

DIE GESCHICHTE DES WACHTHAUPTMANNES VON KAIRO

In dieser Stadt lebten zwei Männer, die in allen Fällen von Blutschuld und Leibesverletzungen als rechtsgültige Zeugen aufzutreten pflegten; aber beide waren der Liebe zu den Dirnen und dem Weingenusse und der Zuchtlosigkeit ergeben. Ich konnte kein Mittel ausfindig machen, um sie dafür zur

---

1. Mehrere Sultane von Ägypten trugen den Titel el-Malik en-Nâsir: ‚der siegreiche König'. – 2. Bulak ist die nordwestliche, Alt-Kairo die südliche Vorstadt von Kairo.

Rechenschaft zu ziehen, und ich gab die Hoffnung schon auf. Da beauftragte ich die Weinwirte und Krämer, die Fruchthändler und Kerzenverkäufer und die Besitzer von Häusern der Unzucht, mir diese beiden ehrenwerten Zeugen zu melden, wenn sie an irgendeinem Orte zechten oder ausschweiften, gleichviel ob sie zusammen wären oder getrennt; wenn der eine zusammen mit dem andern oder auch der eine allein etwas von den Dingen kaufte, die man beim Zechgelage braucht, so sollte man mich darüber nicht in Unkenntnis lassen. Jene Leute sagten: ‚Wir hören und gehorchen!' Dann begab es sich einmal, daß ein Mann zur Nachtzeit zu mir kam und sprach: ‚Herr, wisse, die beiden ehrenwerten Zeugen sind jetzt an dem und dem Orte in der und der Straße im Hause des Soundso, und sie treiben große Greuel.' Sofort machte ich mich auf; ich verkleidete mich, ebenso tat mein Diener, und dann gingen wir beide allein ohne jemand anders unverzüglich dorthin. Als ich vor der Tür stand, klopfte ich an; eine Sklavin kam her, öffnete mir die Tür und fragte: ‚Wer bist du?' Ohne ihr eine Antwort zu geben, trat ich ein, und da sah ich die beiden Ehrenmänner und den Hausherrn zusammen mit gemeinen Dirnen sitzen, bei einer Fülle von Wein. Sobald sie mich erblickten, sprangen sie auf vor mir, begrüßten mich mit großer Höflichkeit und wiesen mir den Ehrenplatz an, indem sie sprachen: ‚Willkommen, werter Gast und wackerer Zechgenosse!' So empfingen sie mich, ohne Furcht oder Scheu vor mir zu verraten. Dann erhob sich der Hausherr und blieb eine Weile fort; als er zurückkehrte, hatte er dreihundert Dinare bei sich, die er unbefangen zeigte. Darauf sagten sie zu mir: ‚Herr Wachthauptmann, du vermagst über uns mehr als Schande zu bringen, und es steht in deiner Hand, uns schwer zu strafen; aber daraus würden dir nur Unannehmlichkeiten erwachsen. Deshalb raten wir, du möchtest diese Summe annehmen und uns nicht verraten. Allah der Erhabene heißt doch der Schützer, und Er liebt die unter Seinen Dienern, die ihren Nächsten schützen; so erwartet dich auch Lohn und Vergeltung im Himmel.' Ich sagte mir nun: ‚Nimm dies Gold von ihnen und beschütze sie noch dies eine Mal; wenn du sie aber noch ein anderes Mal in die Gewalt bekommst, dann zieh sie zur Rechenschaft!' Das Geld hatte mich verführt, und so nahm ich es von ihnen an, verließ sie und ging davon, ohne daß jemand mich bemerkte. Doch am nächsten Tage kam, ohne daß ich es ahnte, plötzlich ein Bote des Kadis zu mir und sprach: ‚O Hauptmann, sei so gut und folge dem Rufe des Kadis; denn er verlangt nach dir!' Ich erhob mich und ging mit ihm zum Richter, ohne zu wissen, um was es sich handelte. Wie ich dann aber in den Gerichtssaal trat, sah ich die beiden Zeugen und den Hausherrn, der mir die dreihundert Dinare gegeben hatte, dort sitzen. Nun begann der Hausherr mich wegen dreihundert Dinare zu verklagen, und ich vermochte die Schuld nicht abzustreiten, da er einen Schuldschein vorzeigte und diese beiden ehrenwerten Zeugen auf Grund dessen bestätigten, daß ich dreihundert Dinare schuldig sei. Das Zeugnis der beiden wurde vom Kadi als gültig anerkannt, und er befahl mir, jene Summe zu zahlen; ich durfte auch nicht eher das Gericht verlassen, als bis sie die dreihundert Dinare von mir erhalten hatten. Ich war aber voll Zornes und gelobte ihnen alles Unheil und bereute, daß ich sie nicht schwer bestraft hatte; und ich ging tief beschämt von dannen. Das ist das Merkwürdigste, das ich in der Zeit meiner Amtsführung erlebt habe.'

Darauf hub der Wachthauptmann aus Bulak an und sprach: ‚Was mich betrifft, o Herr Sultan, so ist das wunderbarste Erlebnis meiner Amtszeit das folgende.'

Und er erzählte

DIE GESCHICHTE DES WACHTHAUPTMANNES VON BULAK

Ich hatte einmal eine Schuld von vollen dreihunderttausend Dinaren. Und da mich das bedrückte, so verkaufte ich alles, was hinter mir, vor mir und in meiner Hand war[1]; aber ich brachte nicht mehr als hunderttausend Dinare zusammen.' – –«

Da bemerkte Schehrezâd, daß der Morgen begann, und sie hielt in der verstatteten Rede an. Doch als die *Dreihundertundvierundvierzigste Nacht* anbrach, fuhr sie also fort: »Es ist mir berichtet worden, o glücklicher König, daß der Wachthauptmann von Bulak sprach: ‚Ich verkaufte alles, was hinter mir und vor mir war; aber ich brachte nicht mehr als hunderttausend Dinare zusammen, und so war ich denn ganz ratlos. Während ich nun eines Nachts in diesem Zustande in meinem Hause saß, klopfte plötzlich jemand an die Tür. Ich sprach zu einem der Diener: ‚Sieh nach, wer an der Tür steht!' Er ging hinaus und kam zurück; aber sein Gesicht war fahl, seine Farbe war bleich, und er zitterte am ganzen Leibe. Als ich fragte: ‚Was ficht dich an?' antwortete er: ‚An der Tür steht ein Mann, halbnackt, nur mit einem Fell bekleidet; er hat ein Schwert, und in seinem Gurte steckt ein Messer. Bei ihm ist eine ganze Schar von seinesgleichen, und er verlangt nach dir.' Da nahm ich mein Schwert in die Hand und ging hinaus, um nachzusehen, was für Leute das wären, und richtig, sie waren so, wie der Diener gesagt hatte. Ich fragte sie: ‚Was ist's mit euch?' Sie erwiderten: ‚Wir sind Diebe, und wir haben heute nacht große Beute gemacht. Die haben wir für dich bestimmt, auf daß du dich mit ihrer Hilfe aus dieser Not, um die du dich

1. Das heißt: all mein Hab und Gut.

so sehr grämst, befreien und die Schulden, die auf dir lasten, bezahlen kannst.' Wie ich dann weiter fragte: ‚Und wo ist die Beute?' brachten sie mir eine große Truhe voll von Geräten aus Gold und Silber. Über diesen Anblick freute ich mich, und ich sagte mir: ‚Damit kann ich die Schulden, die auf mir lasten, abtragen, und dann behalte ich noch ebensoviel übrig.' Ich nahm also das Geschenk an und ging in mein Haus zurück, indem ich mir sagte: ‚Es wäre doch unedel, wenn ich sie mit leeren Händen wieder abziehen ließe.' So holte ich denn die hunderttausend Dinare, die ich noch hatte, und gab sie ihnen, indem ich ihnen für ihr gutes Werk dankte. Sie nahmen die Goldstücke hin und gingen im Dunkel der Nacht ihrer Wege, ohne daß jemand sie bemerkt hätte. Als es aber Morgen ward, sah ich, daß der Inhalt der Truhe aus vergoldetem Kupfer und Zinn bestand und insgesamt nur fünfhundert Dirhems wert war. Und das war mir sehr schmerzlich; denn nun hatte ich auch die Dinare, die ich noch besaß, verloren, und Kummer häufte sich mir auf Kummer. Das ist das Seltsamste, was mir in meiner Amtszeit begegnet ist.'

Zuletzt hub der Wachthauptmann von Alt-Kairo an und sprach: ‚O Herr Sultan, was mich angeht, so ist das Merkwürdigste, das ich in meiner Amtszeit erlebt habe, das folgende.'

Und er erzählte

DIE GESCHICHTE DES WACHTHAUPTMANNES VON ALT-KAIRO

Einst ließ ich zehn Diebe hängen, jeden an einen besonderen Galgen, und ich schärfte den Wächtern ein, gut auf sie achtzugeben und dem Volke nicht zu gestatten, einen von ihnen herunterzunehmen. Als ich aber am nächsten Morgen hinkam, um nach ihnen zu schauen, erblickte ich zwei Gehängte an einem Galgen. Ich fragte die Wächter: ‚Wer hat das getan? Und wo ist der Galgen, an dem der andere gehangen hat?' Sie taten, als ob sie nichts davon wüßten; aber als ich sie peitschen lassen wollte, sagten sie: ‚Wisse, Emir, wir haben vorige Nacht geschlafen; und wie wir aufwachten, entdeckten wir, daß einer von den Gehängten mitsamt dem Galgen, an dem er gehangen hatte, gestohlen war; da hatten wir Angst vor dir. Nun kam gerade ein reisiger Bauersmann mit einem Esel des Weges, den ergriffen wir, töteten ihn und hängten ihn, anstatt des Gestohlenen, an diesen Galgen da.' Darüber war ich verwundert, und ich fragte sie: ‚Was hatte der Bauer denn bei sich?' Sie erwiderten: ‚Er hatte einen Reisesack auf dem Esel.' Weiter fragte ich: ‚Und was war darin?' Sie gaben zur Antwort: ‚Das wissen wir nicht.' Da rief ich: ‚Bringt ihn mir her!' Als sie ihn vor mich hingelegt hatten, befahl ich, ihn zu öffnen; und siehe da, in ihm befand sich die zerstückelte Leiche eines Mannes! Wie ich das nun sah, sprach ich verwundert zu mir selber: ‚Preis sei Allah! Dieser Bauer ist doch nur deshalb gehängt, weil er den Mord da begangen hat! Und dein Herr ist nicht ungerecht gegen Seine Diener.'[1]

Man erzählt auch

DIE GESCHICHTE VON DEM GELDWECHSLER UND DEM DIEB

Ein Geldwechsler, der einen Beutel voll Gold bei sich hatte, kam einst an einer Diebesbande vorüber; da sagte einer von den Schelmen: ‚Ich kann den Beutel da stehlen!' Die anderen fragten: ‚Wie willst du das machen?' Da erwiderte er: ‚Ihr sollt sehen!' Dann folgte er dem Manne bis zu seiner Wohnung. Als der Wechsler nun in sein Haus eingetreten war,

1. Koran, Sure 41, Vers 46; ähnlich 3, 178; 8, 53; 22, 10; 50, 28.

legte er den Beutel auf das Gesims und ging, um ein dringendes Bedürfnis zu verrichten, zum stillen Orte; dabei rief er der Sklavin zu: ‚Bring eine Kanne Wasser her!' Die Sklavin holte die Kanne und folgte ihm bis zu dem Orte; die Haustür aber hatte sie offen stehen lassen. Rasch drang der Dieb hinein, ergriff den Beutel, eilte zu seinen Kumpanen zurück und erzählte ihnen, was geschehen war. – –«

Da bemerkte Schehrezâd, daß der Morgen begann, und sie hielt in der verstatteten Rede an. Doch als die *Dreihundertundfünfundvierzigste Nacht* anbrach, fuhr sie also fort: »Es ist mir berichtet worden, o glücklicher König, daß der Dieb den Beutel ergriff, zu seinen Kumpanen zurückeilte und ihnen erzählte, wie er es bei dem Geldwechsler und bei der Sklavin gemacht hatte. Da riefen sie: ‚Bei Allah, was du da gemacht hast, das ist ein guter Streich; den kann nicht jeder Mensch fertigbringen. Aber jetzt kommt sicher der Wechsler aus dem stillen Orte heraus, und wenn er den Beutel nicht findet, so wird er die Sklavin schlagen und schwer bestrafen. Drum hat es doch noch den Anschein, als ob du nichts Rühmliches vollbracht hättest. Ja, wenn du ein echter Schelm bist, so mußt du die Sklavin vor Prügel und Strafe bewahren.' Er antwortete ihnen nur: ‚So Allah der Erhabene will, werde ich die Sklavin und den Beutel bewahren!' und kehrte sofort zum Hause des Geldwechslers zurück; dort hörte er, wie der Mann gerade die Sklavin wegen des Beutels bestrafte. Er klopfte bei ihm an, und jener rief: ‚Wer ist da?' Als der Dieb ihm antwortete: ‚Ich bin der Diener deines Nachbarn in der Basarhalle', ging der Wechsler zu ihm hinaus und fragte ihn: ‚Was willst du?' Der Dieb erwiderte: ‚Mein Herr läßt dich grüßen und dir sagen: Du bist ja wohl ganz von Sinnen; wie kannst du einen Beutel wie diesen vor die Ladentür werfen und dann fortgehen und ihn liegen lassen? Wenn ein Fremder ihn gefunden hätte, so hätte er ihn sicher weggenommen und sich aus dem Staube gemacht. Hätte mein Herr ihn nicht gesehen und aufbewahrt, so wäre er für dich verloren gewesen!' Mit diesen Worten zog er den Beutel heraus und hielt ihn dem Mann vor die Augen. Sowie der Geldwechsler den sah, rief er: ‚Das ist ja wirklich mein Beutel!' und er streckte die Hand aus, um ihn an sich zu nehmen. Doch der Schelm sprach: ‚Bei Allah, ich gebe ihn dir nicht eher, als bis du mir einen Schein für meinen Herrn geschrieben hast, der besagt, daß du den Beutel von mir erhalten hast. Ich fürchte, mein Herr wird mir nicht glauben, daß du den Beutel in Empfang genommen hast, wenn du mir nicht einen Schein für ihn ausstellst und dein Siegel darunter setzest!' Da ging der Wechsler ins Haus zurück, um den verlangten Schein über den Empfang des Beutels zu schreiben: der Dieb aber lief mit dem Beutel auf und davon, und die Sklavin war vor der Strafe bewahrt.

Ferner wird erzählt

DIE GESCHICHTE VON DEM WACHTHAUPTMANNE VON KÛS UND DEM GAUNER

Eines Nachts saß 'Alâ ed-Dîn, der Wachthauptmann von Kûs[1], in seinem Hause; da erschien plötzlich ein Mann von schönem Äußeren und von würdevollem Auftreten. Der kam zur Nachtzeit zu ihm mit einer Truhe, die von einem Sklaven auf dem Kopfe getragen wurde; er blieb an der Tür stehen und sagte zu einem der Diener des Emirs: ‚Geh hinein und sag dem Emir, daß ich wegen einer vertraulichen Sache mich mit ihm

1. Kûs liegt in Oberägypten, etwas nördlich von Luksor; im Mittelalter war es eine der größten Städte Ägyptens, heute ist es nur eine kleine Kreisstadt.

unterreden möchte.' Der Diener ging hinein und überbrachte die Meldung; darauf befahl der Hauptmann, den Fremden einzulassen. Wie dieser nun eintrat, sah der Emir, daß er ein Mann von hoher Würde und von schönem Äußeren war; darum ließ er ihn an seiner Seite sitzen und nahm ihn mit allen Ehren auf. Dann fragte er ihn: ‚Was führt dich zu mir?' Jener gab zur Antwort: ‚Ich bin ein Straßenräuber; aber ich will jetzt von meinem Tun ablassen und unter deiner Führung zu Allah dem Erhabenen zurückkehren. Ich möchte nun, daß du mir dazu verhilfst; denn ich lebe in deinem Bezirke und stehe unter deiner Aufsicht. Ich habe diese Truhe hier bei mir, in der sich Dinge im Werte von etwa vierzigtausend Dinaren befinden; diese kommen dir am ehesten zu. Gib mir von deinem ehrlich erworbenen Gelde tausend Dinare in rechtmäßiger Weise, damit ich durch sie ein Kapital gewinne, das mir dazu verhilft, mich zu bessern, und es mir möglich macht, von dem bösen Tun abzulassen! Dein Lohn steht bei Allah dem Erhabenen!' Darauf öffnete er die Truhe, um dem Hauptmanne zu zeigen, was darinnen war; und siehe da, es waren Geschmeide und Juwelen, Edelmetalle, Siegelsteine und Perlen. Darüber war der Hauptmann erstaunt und höchlichst erfreut; und sofort rief er seinen Schatzmeister und sprach zu ihm: ‚Bring den und den Beutel!' Das war einer, in dem sich tausend Dinare befanden. – –«

Da bemerkte Schehrezâd, daß der Morgen begann, und sie hielt in der verstatteten Rede an. Doch als die *Dreihundertundsechsundvierzigste Nacht* anbrach, fuhr sie also fort: »Es ist mir berichtet worden, o glücklicher König, daß der Wachthauptmann seinen Schatzmeister rief und zu ihm sprach: ‚Bring den und den Beutel!' Das war einer, in dem sich tausend Dinare befanden. Nachdem der Schatzmeister jenen Beutel gebracht hatte, gab der Emir ihn dem Manne; der nahm ihn hin, dankte dem Geber und ging seiner Wege, vom Dunkel der Nacht geschützt. Als es dann Morgen ward, sandte der Wachthauptmann nach dem Vorsteher der Goldschmiedezunft und zeigte ihm, sobald er eintraf, jene Truhe mit ihrem Inhalt. Aber der Goldschmied fand nur Zinn und Kupfer und entdeckte, daß die Juwelen und Siegelsteine und Perlen lauter Glas waren. Das war dem Hauptmann sehr schmerzlich; er ließ auch sofort nach dem Gauner suchen, aber niemand konnte seiner habhaft werden.

Und ferner erzählt man

DIE GESCHICHTE VON IBRAHÎM IBN EL-MAHDÎ UND DEM KAUFMANNE

Der Beherrscher der Gläubigen el-Mamûn sprach einst zu Ibrahîm ibn el-Mahdî[1]: ,Erzähle uns das Wunderbarste, das du je erlebt hast!' Jener erwiderte: ,Ich höre und gehorche, o Beherrscher der Gläubigen!

Vernimm, ich zog eines Tages zu meinem Vergnügen aus, und da führte mich mein Weg zu einem Orte, wo ich den Duft von Speisen roch. Mich verlangte danach, und ich blieb stehen, o Beherrscher der Gläubigen; aber ich war unentschlossen und wußte nicht, ob ich weitergehen oder in jenes Haus eintreten sollte. Wie ich nun zufällig meinen Blick hob, entdeckte ich ein Gitterfenster und hinter ihm eine Hand und ein Handgelenk, so schön, wie ich sie noch nie gesehen hatte. Bei diesem Anblicke war ich wie von Sinnen, ich vergaß den Duft der Speisen um jener Hand und des Handgelenkes willen, und ich sann auf ein Mittel, wie ich in das Haus dort hineinge-

---

1. Ibrahîm war der Bruder von Harûn er-Raschîd, dem Vater des Kalifen el-Mamûn; vgl. oben Seite 96.

langen könnte. Da sah ich plötzlich einen Schneider in der Nähe; zu dem ging ich heran und grüßte ihn. Nachdem er meinen Gruß erwidert hatte, fragte ich ihn: ‚Wem gehört dies Haus?' ‚Einem Kaufmanne', erwiderte er. Ich fragte ihn weiter: Wie heißt er denn?' der Schneider antwortete: ‚Er heißt Soundso, Sohn des Soundso, und er verkehrt nur mit Kaufherren.' Während wir so miteinander redeten, nahten sich auf einmal zwei vornehme Männer mit klugen Gesichtern, die beritten waren; und der Schneider erzählte mir, sie seien die vertrautesten Freunde des Kaufmannes, und er nannte mir auch ihre Namen. Da trieb ich mein Reittier auf die beiden zu, und als ich bei ihnen war, sprach ich: ‚Ich gebe mein Leben für euch! Abu Fulân[1] wartet schon lange auf euch!' Dann begleitete ich sie, bis wir zum Haustore kamen. Dort trat ich mit den beiden Männern ein, und wie mich der Hausherr bei ihnen sah, zweifelte er nicht daran, daß ich ihr Freund sei; somit hieß er mich willkommen und wies mir den ersten Platz an. Dann brachte man den Speisetisch, und nun sagte ich mir: ‚Allah hat mir meinen Wunsch nach diesen Speisen gnädiglich erfüllt; nun bleiben nur die Hand und das Handgelenk noch übrig.' Nachher begaben wir uns zum Trinkgelage in ein anderes Zimmer, und ich sah, daß es mit allerlei hübschen Dingen ausgestattet war. Der Hausherr erwies mir besondere Aufmerksamkeit und richtete immer das Wort an mich; denn er hielt mich ja für einen Gast seiner eigenen Gäste, während die beiden ebenfalls mir die größte Höflichkeit erwiesen, da sie meinten, ich sei ein Gast des Hausherrn. So wetteiferten denn alle in ihrer Freundlichkeit gegen mich, bis wir eine Anzahl von Bechern getrun-

---

1. Das heißt ‚Vater des N. N.' Die Erzählerin deutet an, daß Ibrahîm hier den Ehrennamen des Kaufmannes, nach seinem ältesten Sohne, gebraucht.

ken hatten. Dann trat eine Sklavin bei uns ein; die glich einem Weidenzweig in ihrer großen Schönheit und ihrer zierlichen Gestalt. Und sie griff zur Laute, begann zu singen und ließ dies Lied erklingen:

> *Ist's denn nicht wunderbar, daß e i n Haus uns umschließet,*
> *Und daß du mir nicht nahst, dein Mund kein Wörtlein sagt?*
> *Die Augen melden nur der Seelen heimlich Sehnen;*
> *Sie künden, wie die heiße Glut an Herzen nagt.*
> *Und Blicke geben Zeichen, Augenbrauen nicken,*
> *Und Lider brechen, während Hände Grüße schicken.*

Da war ich im Innersten erregt, o Beherrscher der Gläubigen, und mich faßte Entzücken ob des Übermaßes ihrer Schönheit und ob der Zartheit des Liedes, das sie sang. Doch weil ich sie um ihre herrliche Kunst beneidete, sprach ich zu ihr: ‚Dir fehlt noch etwas, Mädchen!' Da warf sie zornig die Laute aus der Hand und sprach: ‚Seit wann bringt ihr freche Menschen in eure Gesellschaften?' Nun bereute ich, was ich getan hatte, und als ich sah, daß auch die Leute es mir übelnahmen, sagte ich mir: ‚Jetzt ist mir alles, was ich hoffte, entgangen.' Und ich sah keinen anderen Ausweg, dem Tadel zu wehren, als daß ich um die Laute bat und sprach: ‚Ich will euch zeigen, was ihr in der Weise, die sie spielte, gefehlt hat.' ‚Wir hören und gehorchen!' erwiderten die Leute. Dann brachten sie mir eine Laute; ich ließ die Saiten zum Stimmen erklingen und begann dies Lied zu singen:

> *Hier ist dein Freund, gebeugt von seinem Liebeskummer,*
> *Der ihm auf seine Brust die Tränen rinnen läßt.*
> *Die Rechte hebt er flehend und bittet vom Erbarmer*
> *Erhörung, und die Linke hält er ans Herz gepreßt.*
> *Die du ihn sterben siehst in seinem Liebesleid,*
> *Durch deine Hand und Augen ist er dem Tod geweiht.*

Da sprang die Sklavin auf, warf sich vor meinen Füßen nieder, küßte sie und rief: ‚Es ist an dir, mich zu entschuldigen, mein Gebieter! Bei Allah, ich kannte deinen Rang nicht, und ich habe noch nie solcher Kunst gelauscht.' Darauf begannen die Leute mich zu ehren und zu feiern; denn sie waren über die Maßen entzückt. Und ein jeder von ihnen bat mich, noch einmal zu singen; so sang ich denn eine lustige Weise. Schließlich wurden die Gäste trunken, ihr Verstand entwich, und sie wurden nach Hause gebracht; nur der Hausherr und das Mädchen blieben. Nachdem er einige Becher mit mir getrunken hatte, sprach er: ‚Lieber Herr, mein Leben ist bisher vergeblich dahingeflossen, da ich bis zu dieser Stunde keinen, der dir gliche, kennen gelernt habe. Doch bei Allah, lieber Herr, sag mir, wer du bist, damit ich weiß, welchen Zechgenossen Allah mir heut nacht beschert hat.' Zuerst gab ich ausweichende Antworten und verriet ihm meinen wahren Namen nicht; aber als er mich beschwor, tat ich ihn ihm kund. Sowie er meinen Namen erfuhr, sprang er auf'– –«

Da bemerkte Schehrezâd, daß der Morgen begann, und sie hielt in der verstatteten Rede an. Doch als die *Dreihundertundsiebenundvierzigste Nacht* anbrach, fuhr sie also fort: »Es ist mir berichtet worden, o glücklicher König, daß Ibrahîm ibn el-Mahdî des weiteren erzählte: ‚Sowie der Hausherr meinen Namen erfuhr, sprang er auf die Füße und sprach: ‚Ich war schon darüber erstaunt, daß ein anderer als du solche Gaben besitzen sollte, und das Geschick hat mir heute eine Gunst erwiesen, für die ich ihm nicht genug danken kann. Aber vielleicht ist dies nur ein Traum; wie hätte ich denn sonst je mich des Wunsches vermessen können, daß die Kalifenwürde mein Haus besuchen und heute nacht mein Trinkgenosse sein möchte?' Als ich ihn dann beschwor, sich zu setzen, ließ er sich nieder, und darauf begann er mich in den höflichsten Worten nach dem Anlasse meines Besuches bei ihm zu fragen. Nun erzählte ich ihm die ganze Geschichte von Anfang bis zu Ende und verschwieg ihm nichts; und ich schloß mit den Worten: ‚Was die Speisen betrifft, so ist mir nunmehr mein Wunsch erfüllt; aber an Hand und Handgelenk habe ich noch nicht erreicht, was ich wünsche.' Da erwiderte er: ‚Auch an Hand und Handgelenk sollst du deinen Wunsch erfüllt sehen, so Allah der Erhabene will.' Dann rief er: ‚Du da, Mädchen, sag Der und der, sie möge herunterkommen!' Und er ließ seine Sklavinnen eine nach der anderen kommen und zeigte sie mir alle; aber ich fand sie nicht, die ich meinte. Schließlich sagte er: ‚Bei Allah, hoher Herr, jetzt ist niemand mehr übrig außer meiner Mutter und meiner Schwester. Aber bei Gott, ich muß auch sie beide herunterkommen lassen und sie dir zeigen, auf daß du sie siehest.' Erstaunt über seine Großmut und Weitherzigkeit sprach ich: ‚Ich will mein Leben für dich dahingeben! Beginne mit der Schwester!' ‚Herzlich gern!' erwiderte er. Als seine Schwester dann herunterkam und er mir ihre Hand zeigte, siehe, da hatte sie die Hand und das Handgelenk, die ich gesehen hatte. Ich aber rief: ‚Mein Leben will ich für dich dahingeben, sie ist die Maid, deren Hand und Handgelenk ich gesehen habe.' Sofort gab er seinen Dienern Befehl, sie sollten unverzüglich die Zeugen holen, und sie taten also. Dann ließ er zwei Beutel mit je zehntausend Goldstücken kommen und sprach zu den Zeugen: ‚Dieser unser Herr und Gebieter, Ibrahîm ibn el-Mahdî, der Oheim des Beherrschers der Gläubigen, bittet um die Hand meiner Schwester Soundso; und ich nehme euch zu Zeugen, daß ich sie ihm vermähle und daß er ihr zehntausend Goldstücke als Morgengabe gebracht hat.' Dann fuhr er fort: ‚Ich vermähle dir meine Schwester Soundso, gegen die genannte

Morgengabe.' Ich erwiderte: ‚Ich nehme es an und bin damit einverstanden.' Darauf gab er den einen der beiden Beutel seiner Schwester, den anderen aber den Zeugen. Und von neuem hub er an: ‚Gebieter, ich will dir ein Gemach herrichten lassen, darinnen du mit deiner Gattin ruhen kannst.' Da machte die Großmut, die er mir bezeugte, mich verlegen, und ich scheute mich, ihr im Hause ihres Bruders zu nahen. Deshalb sprach ich zu ihm: ‚Statte sie aus und sende sie in meine Wohnung!' Und bei deinem Leben, o Beherrscher der Gläubigen, er sandte sie mir mit einer so großen Ausstattung, daß unser Haus trotz seiner Größe sie kaum fassen konnte. Und später schenkte sie mir diesen Knaben, der vor dir steht.'

Da staunte el-Mamûn über die Großmut dieses Mannes, und er rief: ‚Welch ein vortrefflicher Mann! Von seinesgleichen habe ich noch nie gehört.' Und er befahl Ibrahîm ibn el-Mahdî, ihn zu holen, damit er ihn kennen lerne. Der holte ihn herbei, und der Kalif unterhielt sich mit ihm; und da fand er an seinem klugen und feinen Wesen solches Gefallen, daß er ihn zu einem seiner vertrauten Freunde machte: Allah aber ist der Geber und Spender!

Ferner wird erzählt

DIE GESCHICHTE VON DER FRAU,
DIE DEM ARMEN EIN ALMOSEN GAB

Einst ließ ein König dem Volke seines Reiches verkünden: ‚Wenn einer von euch irgendein Almosen gibt, so werde ich ihm die Hand abschlagen lassen!' Da enthielten sich alle Leute der Wohltätigkeit, und keiner konnte mehr seinem Nächsten ein Almosen spenden. Nun begab es sich eines Tages, daß ein Bettler, den der Hunger plagte, zu einer Frau kam und sie bat: ‚Gib mir doch ein Almosen!' – – «

Da bemerkte Schehrezâd, daß der Morgen begann, und sie hielt in der verstatteten Rede an. Doch als die *Dreihundertundachtundvierzigste Nacht* anbrach, fuhr sie also fort: »Es ist mir berichtet worden, o glücklicher König, daß der Bettelmann zu der Frau sprach: ,Gib mir doch ein Almosen!' Sie aber sagte: ,Wie kann ich dir ein Almosen geben, da doch der König einem jeden, der ein Almosen spendet, die Hand abschlagen läßt?' Dennoch fuhr er fort: ,Ich bitte dich um Allahs des Erhabenen willen, gib mir ein Almosen!' Wie er sie nun um Allahs willen bat, hatte sie Mitleid mit ihm und schenkte ihm zwei Brote. Doch die Kunde davon drang zum König, und er befahl, sie herbeizuholen. Als sie zu ihm kam, ließ er ihr die Hände abschlagen; und sie begab sich wieder in ihr Haus. Nach einer Weile begab es sich, daß der König zu seiner Mutter sprach: ,Ich will mich vermählen; drum gib mir eine schöne Frau zum Weibe!' Sie antwortete: ,Unter meinen Sklavinnen ist ein Weib, wie kein schöneres gefunden werden kann; doch sie hat einen großen Fehler.' Als er fragte: ,Was ist denn das?' erwiderte sie: ,Ihr sind die Hände abgeschlagen!' Aber der König fuhr fort: ,Ich will sie sehen!' Da brachte die Königin sie zu ihm; und als er sie erblickte, ward er von ihr hingerissen, er vermählte sich mit ihr und ging zu ihr ein. Jene Frau war es gewesen, die dem Bettler die beiden Brote gegeben hatte und der er deshalb die Hände hatte abschlagen lassen. Als er sich nun mit ihr vermählt hatte, wurden die anderen Frauen des Königs neidisch auf sie, und sie schrieben ihm, als sie einen Sohn geboren hatte, sie sei eine Ehebrecherin. Darauf sandte der König ein Schreiben an seine Mutter, in dem er ihr befahl, die Frau in die Wüste zu bringen und dort zu verlassen; dann solle sie selbst allein zurückkehren. Die Mutter führte diesen Befehl aus; sie brachte die Frau in die Wüste und kehrte dann allein zurück. Da begann die Frau über ihr Schicksal zu weinen, und sie klagte so bitterlich, daß ihrem Schmerz kein anderer glich. Und während sie mit dem Knäblein auf der Schulter dahinwanderte, kam sie an einem Bache vorbei; und sie kniete nieder, um zu trinken, denn heftiger Durst quälte sie, da sie so lange gewandert und so müde und traurig war. Doch während sie sich vornüber beugte, fiel das Kind ins Wasser. Nun saß sie da und weinte bittere Tränen um ihr Kind. Wie sie so weinte, kamen plötzlich zwei Männer an ihr vorbei und fragten sie: ‚Warum weinest du?' Sie antwortete ihnen: ‚Ich trug ein Knäblein auf der Schulter; das ist ins Wasser gefallen!' Und weiter fragten sie: ‚Willst du, daß wir es dir wieder herausholen?' ‚Ja', rief sie. Da beteten die beiden zu Allah dem Erhabenen, und das Kind kam wohlbehalten und unversehrt wieder heraus. Nun fragten sie: ‚Willst du, daß Allah dir deine Hände wiedergebe, so wie sie gewesen sind?' ‚Ja', erwiderte sie. Da beteten die beiden zu Allah, dem Hochgepriesenen und Erhabenen, und ihre Hände wurden ihr zurückgegeben, noch schöner, als sie gewesen waren. Von neuem fragten sie: ‚Weißt du auch, wer wir sind?' ‚Allah ist allwissend', gab sie zur Antwort. Die beiden aber sagten: ‚Wir sind deine beiden Brote, die du dem Bettler geschenkt hast. Das Almosen war ja der Grund, daß deine Hände abgeschlagen wurden. Doch nun lobe Allah den Erhabenen, der dir deine Hände und dein Kind zurückgegeben hat!' Da lobte und pries sie Allah den Erhabenen.

Und man erzählt ferner auch

DIE GESCHICHTE
VON DEM FROMMEN ISRAELITEN

Unter den Kindern Israels lebte einmal ein frommer Mann; der hatte eine Familie, die Baumwolle spann. Er pflegte jeden Tag das Garn zu verkaufen und für den Erlös neue Baumwolle zu kaufen; für den Gewinn, der ihm dann noch übrig blieb, kaufte er das tägliche Brot für die Seinen. Eines Tages aber, als er ausgegangen war und das Garn verkauft hatte, traf er einen seiner Brüder, und der klagte ihm seine Not; da gab er ihm den Erlös für das Garn und kehrte zu den Seinen ohne Baumwolle und ohne Brot zurück. Die riefen nun: ‚Wo ist die Baumwolle und das Essen?' Und er entgegnete ihnen: ‚Der-undder ist mir begegnet und hat mir seine Not geklagt; da habe ich ihm den Erlös für das Garn gegeben.' Doch sie fragten: ‚Was sollen wir jetzt tun, da wir nichts mehr zu verkaufen haben?' Nun besaßen sie noch einen geborstenen Holznapf und einen Krug; mit denen ging er zum Basar, aber niemand wollte sie ihm abkaufen. Während er so im Basar dastand, kam zufällig ein Mann an ihm vorbei, der einen Fisch trug. – –«

Da bemerkte Schehrezâd, daß der Morgen begann, und sie hielt in der verstatteten Rede an. Doch als die *Dreihundertundneunundvierzigste Nacht* anbrach, fuhr sie also fort: »Es ist mir berichtet worden, o glücklicher König, daß der jüdische Mann den Holznapf und den Krug nahm und mit ihnen zum Basar ging; aber niemand wollte sie ihm abkaufen. Während er so im Basar dastand, kam zufällig ein Mann an ihm vorbei, der einen stinkenden und aufgedunsenen Fisch trug; den hatte niemand ihm abkaufen wollen. Der Mann mit dem Fische fragte ihn: ‚Willst du mir deinen Trödel für meinen Trödel verkaufen?' ‚Ja', erwiderte der Jude, gab ihm den Napf und den Krug und nahm ihm den Fisch ab. Dann brachte er ihn den Seinen; aber die riefen: ‚Was sollen wir mit diesem Fisch anfangen?' Er antwortete: ‚Wir wollen ihn braten und essen, bis es Gott dem Erhabenen gefällt, uns unser Brot zu gewähren.' Da nahmen sie ihn und schnitten ihm den Leib auf; und darinnen fanden sie eine Perle. Das meldeten sie dem Ältesten, und der sprach: ‚Schaut nach! Wenn sie durchbohrt ist, so gehört sie einem anderen Menschen; ist sie aber noch undurchbohrt, so ist sie eine Gnadengabe, die Gott der Erhabene euch geschenkt hat.' Als sie nachschauten, war sie wirklich noch nicht durchbohrt. Am nächsten Morgen brachte der Israelit sie einem seiner Brüder, einem der Leute, die sich auf solche Sachen verstanden. Der fragte ihn: ‚Du da, woher hast du diese Perle?' Er gab zur Antwort: ‚Dies ist eine Gnadengabe, die Gott der Erhabene uns geschenkt hat.' Da fuhr der andere fort: ‚Sie ist tausend Dirhems wert; und die will ich dir wohl dafür geben. Doch bring sie lieber zu Demunddem, der hat mehr Geld und Verständnis als ich!' Also brachte der Israelit sie zu dem Genannten, und der sagte: ‚Sie ist siebenzigtausend Dirhems wert, mehr aber nicht.' Er zahlte ihm die siebenzigtausend Dirhems, und der Israelit rief Lastträger, die ihm das Geld bis zu seiner Haustür trugen. Dort kam ein Bettler auf ihn zu und bat: ‚Gib mir von dem, was Gott der Erhabene dir gegeben hat!' Da sagte er zu dem Bettler: ‚Gestern waren wir noch wie du; so nimm denn die Hälfte von diesem Gelde!' Nachdem er darauf das Geld in zwei Teile geteilt und ein jeder seinen Teil an sich genommen hatte, hub der Bettler an: ‚Behalte dein Geld, nimm es wieder, Gott gesegne es dir! Wisse, ich bin ein Bote Gottes, er hat mich zu dir gesandt, um dich zu prüfen!' Nun rief der Israelit: ‚Gott sei Lob und Preis!' Und er lebte immerdar mit den Seinen in aller Lebensfreude, bis er starb.

Und ferner wird erzählt

DIE GESCHICHTE VON ABU HASSÂN EZ-ZIJÂDI UND DEM MANNE AUS CHORASÂN

Abu Hassân ez-Zijâdi erzählte: ‚Einst lebte ich in sehr großer Not und Sorge; ja, Krämer und Bäcker und die anderen Geschäftsleute bedrängten mich, und ich geriet in ein solches Elend, daß ich keinen Ausweg mehr sah. Wie ich mich nun in dieser trüben Lage befand und nicht wußte, was ich tun sollte, da kam plötzlich einer meiner Diener zu mir herein und sagte: ,An der Tür steht ein Pilgersmann, der bei dir einzutreten wünscht.' Ich sagte: ,Laß ihn ein!' und als der Mann hereingekommen war, zeigte es sich, daß er ein Chorasânier war. Er begrüßte mich, ich erwiderte seinen Gruß, und dann fragte er mich: ‚Bist du nicht Abu Hassân ez-Zijâdi?', ,Jawohl,' erwiderte ich, ,was ist dein Begehr?' Er fuhr fort: ‚Ich bin ein Fremdling, und ich bin auf der Pilgerfahrt. Ich habe eine große Summe Geldes bei mir, und es ist mir nun zu lästig geworden, sie weiter mitzunehmen. Darum möchte ich diese zehntausend Dirhems da bei dir lassen, bis ich nach vollendeter Pilgerfahrt wieder heimkehre. Wenn die Karawane zurückkommt und du mich dann nicht siehst, so wisse, daß ich tot bin; dann soll das Geld dir als ein Geschenk von mir gehören. Kehre ich aber zurück, so bleibt es mein.' Ich erwiderte: ‚Es sei, wie du wünschest, so Gott der Erhabene will!' Dann holte er einen Sack hervor, und ich sprach zum Diener: ‚Bring mir eine Waage!' Nachdem der sie gebracht hatte, wog der Fremde das Geld und übergab es mir; dann zog er seiner Wege. Ich aber ließ die Geschäftsleute kommen und bezahlte meine Schulden.' – –«

Da bemerkte Schehrezâd, daß der Morgen begann, und sie hielt in der verstatteten Rede an. Doch als die *Dreihundertund-*

fünfzigste Nacht anbrach, fuhr sie also fort: »Es ist mir berichtet worden, o glücklicher König, daß Abu Hassân ez-Zijâdi erzählte: ,Ich aber ließ die Geschäftsleute kommen und bezahlte die Schulden, die auf mir lasteten. Mit vollen Händen gab ich aus; denn ich sagte mir: ,Bis er zurückkehrt, wird Allah uns schon etwas von Seinen Gnaden zuteil werden lassen!' Aber kaum war ein Tag verronnen, da kam der Diener wieder zu mir herein und meldete: ,Dein Freund aus Chorasân steht an der Tür!' ,Laß ihn ein!' sagte ich; und jener trat ein. Dann erzählte er: ,Ich war entschlossen, die Pilgerfahrt zu machen; aber jetzt habe ich die Kunde erhalten, daß mein Vater gestorben ist. Deshalb habe ich nun beschlossen, wieder heimzukehren; drum gib mir das Geld zurück, das ich dir gestern anvertraut habe!' Als ich diese Worte von ihm hören mußte, geriet ich in eine solche Verlegenheit, wie sie noch kein Mensch jemals gekannt hat, ich war gänzlich ratlos, und ich gab ihm zuerst keine Antwort; denn hätte ich es abgeleugnet, so hätte er mich schwören lassen, und mich würden im Jenseits Schimpf und Schande erwarten; hätte ich ihm aber gesagt, daß ich das Geld ausgegeben hatte, so hätte er geschrien und mich bloßgestellt. Also sprach ich zu ihm: ,Gott erhalte dich! Mein Haus hier ist keine Festung noch auch ein sicherer Hort für so viel Geld. Als ich deinen Sack erhalten hatte, habe ich ihn zu einem Manne gesandt, bei dem er jetzt ist. Komme morgen wieder zu uns, um ihn zu holen, so Gott der Erhabene will!' Da ging er fort; doch ich verbrachte die Nacht in Ratlosigkeit, weil der Chorasânier zu mir zurückgekommen war. In jener Nacht kam der Schlaf nicht zu mir, und ich vermochte kein Auge zu schließen. Da stand ich auf und befahl dem Diener: ,Sattle mir das Maultier!' Doch er sprach: ,Herr, es ist ja noch dunkel, die Nacht hat kaum erst begonnen!' Ich kehrte wieder zu meinem

Lager zurück, aber der Schlaf mied mich; und ich weckte den Diener immer wieder, ohne daß er dem Befehle Folge leistete, bis der Morgen dämmerte. Da endlich sattelte er mir das Maultier, und ich ritt davon, ohne zu wissen, wohin ich mich begeben sollte. Ich ließ dem Tiere die Zügel über die Schultern hängen und war in trübe Gedanken und Sorgen versunken, während es nach dem östlichen Teile von Baghdad dahinschritt. Unterwegs kam mir eine Schar von Menschen entgegen; sobald ich sie sah, wich ich ihnen aus und bog vor ihnen in eine andere Straße ein. Aber sie folgten mir, und da sie mich mit der Schärpe der höheren Beamten bekleidet sahen, so eilten sie auf mich zu und fragten mich: ‚Weißt du, wo Abu Hassân ez-Zijâdi wohnt?' ‚Der bin ich', antwortete ich ihnen; und da riefen sie: ‚Folge dem Rufe des Beherrschers der Gläubigen!' Ich zog also mit ihnen dahin, bis ich vor el-Mamûn kam. Der fragte mich: ‚Wer bist du?' Als ich ihm antwortete: Einer von den Genossen des Kadis Abu Jûsuf, einer von den Rechtsgelehrten und von den Kennern der Überlieferungen', fragte er weiter: ‚Unter welchem Beinamen bist du bekannt?' Ich erwiderte: ‚Als Abu Hassân ez-Zijâdi.' Da sagte er: ‚Berichte mir, was es mit dir auf sich hat!' Nun tat ich ihm kund, wie es um mich stand; er aber weinte bitterlich und sagte dann: ‚Unglücklicher, der Gesandte Allahs – Er segne ihn und gebe ihm Heil! – ließ mich heute nacht um deinetwillen nicht schlafen; denn als ich zu Beginn der Nacht kaum eingeschlafen war, erschien er mir und sprach zu mir: ‚Hilf Abu Hassân ez-Zijâdi!' Da wachte ich auf; doch da ich dich nicht kannte, legte ich mich wieder schlafen. Aber wiederum erschien er mir und sprach: ‚Wehe, hilf Abu Hassân ez-Zijâdi!' Ich wachte zum zweiten Male auf; und weil ich dich doch nicht kannte, schlief ich wieder ein. Allein er kam zum dritten Male zu mir und sprach: ‚Wehe, hilf Abu Hassân ez-Zijâdi!' Nun wagte ich es nicht, weiterzuschlafen, sondern ich wachte die ganze Nacht hindurch, und dann weckte ich die Leute und sandte sie nach allen Seiten hin aus, um dich zu suchen.' Darauf gab er mir zehntausend Dirhems mit den Worten: ,Diese sind für den Chorasânier', und weitere zehntausend mit den Worten: ,Dies gib unbedenklich aus und bessere damit deine Lage!' Ferner schenkte er mir dreißigtausend Dirhems, indem er sprach: ,Damit statte dich aus, und wenn der Tag der Zeremonien kommt, so finde dich bei mir ein, auf daß ich dich mit einem Amt bekleide!' Nun nahm ich das Geld mit mir, ging fort und begab mich zu meiner Wohnung; dort sprach ich das Morgengebet. Alsbald aber war auch der Chorasânier da; ich führte ihn ins Haus, holte einen Beutel mit zehntausend Dirhems für ihn und sprach zu ihm: ,Da ist dein Geld!' Doch er entgegnete: ,Das ist nicht dasselbe Geld wie das meine!' ,Du hast recht', erwiderte ich. Als er dann fragte: ,Wie kommt das?' erzählte ich ihm die ganze Geschichte. Da weinte er und sprach: ,Bei Allah, hättest du mir von Anfang an die Wahrheit gesagt, so hätte ich keine Zahlung von dir verlangt. Aber auch jetzt will ich, bei Allah, nichts annehmen.' – –«

Da bemerkte Schehrezâd, daß der Morgen begann, und sie hielt in der verstatteten Rede an. Doch als die *Dreihundertundeinundfünfzigste Nacht* anbrach, fuhr sie also fort: »Es ist mir berichtet worden, o glücklicher König, daß der Chorasânier zu ez-Zijâdi sprach: ,Bei Allah, hättest du mir von Anfang an die Wahrheit gesagt, so hätte ich keine Zahlung von dir verlangt. Aber auch jetzt will ich, bei Allah, nichts von diesem Gelde annehmen, und du bist nun rechtens nicht mehr dafür verantwortlich.' Dann verließ er mich, und ich brachte meine Sachen in Ordnung. Am Tage der Zeremonien aber begab ich mich zum

Tore von el-Mamûn und trat zu ihm ein, während er im Staate dasaß. Als ich vor ihm erschien, ließ er mich näher treten und nahm unter seinem Gebetsteppich eine Urkunde hervor, indem er sprach: ‚Dies ist die Urkunde der Bestallung als Kadi für den Westbezirk der heiligen Stadt Medina vom Tore des Friedens[1] bis zum äußersten Ende der Stadt; und ich verleihe dir soundsoviel als monatliche Einkünfte. So fürchte denn Allah, den Allmächtigen und Glorreichen, und gedenke daran, wie der Gesandte Gottes – Er segne ihn und gebe ihm Heil! – sich deiner angenommen hat!' Da staunten die Leute über seine Worte und fragten mich nach ihrer Bedeutung; ich aber erzählte ihnen die Geschichte von Anfang bis zu Ende, und die Kunde davon verbreitete sich unter den Menschen.'

Abu Hassân blieb darauf Kadi in der heiligen Stadt Medina, bis er starb, in den Tagen el-Mamûns – Allahs Barmherzigkeit über ihn!

Ferner wird erzählt

DIE GESCHICHTE VOM ARMEN UND SEINEN FREUNDEN IN DER NOT

Es war einmal ein Mann, der viel Geld gehabt, aber alles verloren hatte und der nun nichts mehr besaß. Dem riet seine Frau er solle sich an einen seiner Freunde um Hilfe in seiner Not wenden. Er ging also zu einem Freunde und erzählte ihm von seiner Bedrängnis; der lieh ihm fünfhundert Dinare, um Handel damit zu treiben. Nun war der Mann früher Juwelier gewesen; und darum nahm er das Gold, ging in den Basar der Juweliere und eröffnete einen Laden, um zu kaufen und zu ver-

---

1. Das ‚Tor des Friedens' ist der Haupteingang zum ‚heiligen Bezirk' innerhalb der Stadt Medina; dies Tor liegt in der Südwestecke des Bezirks.

kaufen. Wie er dort in dem Laden saß, kamen drei Männer zu ihm und fragten ihn nach seinem Vater; und als er ihnen sagte, daß er gestorben wäre, fragten sie weiter: ‚Hat er denn keine Nachkommen hinterlassen?' Da gab er ihnen zur Antwort: ‚Er hat euren Diener, der vor euch steht, hinterlassen.' Und wiederum fragten sie: ‚Wer kann bezeugen, daß du sein Sohn bist?' ‚Die Leute im Basar', erwiderte er. Da sagten sie: ‚Ruf sie uns zusammen, damit sie bezeugen, daß du sein Sohn bist!' Er rief sie, und sie bezeugten es. Nun holten die drei Männer eine Satteltasche hervor, in der sich dreißigtausend Dinare befanden und dazu noch Juwelen und edle Metalle; und sie sprachen zu ihm: ‚Dies hatte dein Vater uns zur Obhut anvertraut.' Darauf gingen sie wieder fort; alsbald aber kam eine Frau zu ihm und verlangte von ihm einige jener Juwelen, die einen Wert von fünfhundert Dinaren hatten, doch sie kaufte sie ihm für dreitausend Dinare ab. Da nahm er die fünfhundert Dinare, die er von seinem Freunde geliehen hatte, und brachte sie ihm wieder, indem er sprach: ‚Nimm die fünfhundert Dinare, die ich von dir geliehen habe; denn Allah hat mir zu neuem Wohlstande verholfen.' Aber sein Freund erwiderte ihm: ‚Ich habe sie dir geschenkt und dir um Allahs willen vermacht. Drum nimm sie; und nimm auch dies Blatt, doch lies es erst, wenn du in deinem Hause bist, und dann handle nach dem, was darinnen steht!' Darauf nahm der Mann das Geld und das Blatt und begab sich nach Hause; als er es entfaltet hatte, fand er auf ihm diese Verse geschrieben:

> *Die Männer, die dir nahten, die waren von den Meinen:*
> *Mein Vater, Vetter, Oheim, er, Sâlih 'Alîs Sohn.*
> *Und was du bar verkauftest, das kaufte meine Mutter;*
> *Das Geld und die Juwelen sandt ich dir all zum Lohn.*
> *Nicht um dich zu verletzen, bin ich so verfahren:*
> *Ich wollte die Gefahr der Schande dir ersparen.*

Ferner erzählt man

DIE GESCHICHTE VON DEM REICHEN MANNE, DER VERARMTE UND DANN WIEDER REICH WURDE

Einst lebte ein Mann in Baghdad, der großen Reichtum und viel Geld besessen hatte; doch er verlor sein Geld, und da war es anders um ihn bestellt. Nun besaß er nichts mehr, und er konnte sein Dasein nur durch schwere Arbeit fristen. Eines Nachts legte er sich von Sorgen gebückt und niedergedrückt schlafen, und da sah er im Traum eine Gestalt, die zu ihm sprach: ‚Wisse, dein Glück ist in Kairo; such es und geh ihm nach!‘ Alsbald zog er nach Kairo, und gerade als er dort ankam, überraschte ihn die Nacht; so legte er sich in einer Moschee zum Schlafe nieder. In der Nähe der Moschee aber war ein Haus, und der Ratschluß Allahs des Erhabenen hatte es so gefügt, daß eine Diebesbande in die Moschee kam und von dort in jenes Haus einbrach. Da erwachten die Hausbewohner durch das Geräusch, das die Diebe machten, und sie begannen laut zu schreien. Sofort kam der Wachthauptmann mit seinen Leuten ihnen zu Hilfe. Die Räuber machten sich auf und davon; aber der Wachthauptmann kam in die Moschee und fand den Mann aus Baghdad, der dort schlief. Er ließ ihn ergreifen und ihm so schmerzhafte Rutenhiebe verabfolgen, daß er beinahe starb; dann warf er ihn ins Gefängnis. Dort blieb der Mann drei Tage; dann ließ der Wachthauptmann ihn kommen und fragte ihn: ‚Aus welchem Lande bist du?‘ ‚Aus Baghdad‘, gab der Mann zur Antwort. Weiter fragte er: ‚Was für ein Grund hat dich bewogen, nach Kairo zu kommen?‘ Der Mann erwiderte: ‚Ich habe im Traume eine Gestalt gesehen, die sprach zu mir: ‚Wisse, dein Glück ist in Kairo; such es und geh ihm nach!' Als ich aber in Kairo ankam, da fand ich das Glück, das mir jene Rutenhiebe brachten, die ich von dir geschenkt erhielt.' Da lachte der Wachthauptmann aus vollem Halse, so daß man seine Backenzähne sehen konnte, und sprach zu ihm: ,Du Dummkopf, ich habe dreimal im Traume eine Gestalt gesehen, die zu mir sprach: ,In Baghdad, in dem und dem Stadtviertel steht ein Haus, das so und so aussieht; in dessen Hof ist ein Garten, und an dessen unterem Ende ist ein Springbrunnen, und in ihm ist ein gewaltig großer Schatz versteckt; geh dorthin und hole ihn!' Ich bin nicht dorthin gegangen; aber du bist in deiner Dummheit von Ort zu Ort gereist um eines Gesichtes willen, das nur aus Irrgängen von Träumen bestand!' Dann gab er ihm etwas Geld und fügte hinzu: ,Verhilf dir damit zu deiner Rückkehr in die Heimat!' – –«

Da bemerkte Schehrezâd, daß der Morgen begann, und sie hielt in der verstatteten Rede an. Doch als die *Dreihundertundzweiundfünfzigste Nacht* anbrach, fuhr sie also fort: »Es ist mir berichtet worden, o glücklicher König, daß der Wachthauptmann dem Manne aus Baghdad etwas Geld gab und hinzufügte: ,Verhilf dir damit zu deiner Rückkehr in die Heimat!' Jener nahm es und kehrte nach Baghdad zurück. Nun war aber das Haus in Baghdad, das der Hauptmann ihm geschildert hatte, das Haus eben jenes Mannes; und als er in seiner Wohnung ankam, grub er unter dem Springbrunnen nach und entdeckte einen großen Schatz. So gab ihm Allah reiches Gut, und das war ein wunderbarer Zufall.

Ferner wird erzählt

DIE GESCHICHTE
VON DEM KALIFEN EL-MUTAWAKKIL
UND DER SKLAVIN MAHBÛBA

Im Palaste des Beherrschers der Gläubigen el-Mutawakkil 'ala-llâh[1] waren vierhundert Nebenfrauen, darunter zweihundert Griechinnen und zweihundert Einheimische von unfreien Eltern und Abessinierinnen. Und dazu schenkte ihm 'Ubaid ibn Tâhir noch vierhundert andere Mädchen, zweihundert weiße und zweihundert Abessinierinnen und einheimische Mulattinnen. Unter diesen letzteren befand sich eine Sklavin aus Basra, des Namens Mahbûba; die übertraf alle anderen an Schönheit und Lieblichkeit, Anmut und Zierlichkeit; auch verstand sie die Laute zu spielen und lieblich zu singen, Verse zu dichten und schön zu schreiben, so daß el-Mutawakkil ganz von ihr bezaubert wurde und nicht eine Stunde lang die Trennung von ihr ertragen konnte. Als sie aber seine Neigung zu ihr sah, ward sie anmaßend gegen ihn und vergaß sich im Übermute des Glücks. Da ward er von heftigem Groll gegen sie erfüllt, verstieß sie und verbot allen Bewohnern des Palastes mit ihr zu reden. So blieb es einige Tage lang; aber der Kalif hing doch noch immer an ihr. Eines Morgens nun sprach er zu seinen Höflingen: ‚Ich habe heut nacht geträumt, daß ich mit Mahbûba versöhnt wäre.' Sie erwiderten darauf: ‚Wir flehen zu Allah dem Erhabenen, daß dies Wirklichkeit sein möchte!' Während sie noch miteinander redeten, trat plötzlich eine Dienerin herein und flüsterte dem Kalifen heimlich etwas ins Ohr. Da verließ er den Thronsaal und begab sich in den Harem; denn was sie ihm zugeflüstert hatte, war dies: ‚Wir haben aus Mahbûbas Gemach Gesang und Lautenspiel

[1]. Dieser Abbasidenkalif regierte von 847 bis 861.

gehört, und wir wissen nicht, was das bedeuten soll.' Als er nun zu ihrem Gemache kam, hörte er, wie sie zur Laute sang; liebliche Weisen ließ sie erklingen und hub an diese Verse zu singen:

> *Ich wandre rings umher im Schloß und finde keinen,*
> *Der mit mir spricht; ach, keinem klage ich mein Leid.*
> *Mir ist, als hätt ich eine Schuld auf mich geladen,*
> *Für die es keine Reue gibt, die mich befreit.*
> *Ach, finde ich denn noch beim König einen Fürsprech? –*
> *Er kam im Schlaf und sagte, daß er mir verzeiht!*
> *Doch als der Morgen dann sein helles Licht uns brachte,*
> *Da stieß er mich zurück in meine Einsamkeit.*

Als el-Mutawakkil ihre Worte vernahm, wunderte er sich über diese Verse und über das seltsame Zusammentreffen, da Mahbûba denselben Traum gehabt hatte wie er; und er trat in ihr Gemach ein. Sobald sie ihn bemerkte, sprang sie auf, warf sich vor seinen Füßen nieder und küßte sie. Dann sprach sie: ‚Bei Allah, mein Gebieter, dies habe ich in der letzten Nacht geträumt! Und als ich aus dem Schlafe aufwachte, dichtete ich diese Verse.' Der Kalif erwiderte ihr: ‚Bei Allah, ich habe das gleiche geträumt!' Darauf umarmten sie einander und versöhnten sich; und er blieb sieben Tage mitsamt den Nächten bei ihr. Mahbûba aber hatte den Vornamen[1] des Kalifen el-Mutawakkil mit Moschus auf ihre Wangen geschrieben; und der lautete Dscha'far. Als er nun seinen Vornamen auf ihrer Wange sah, da sprach er aus dem Stegreife:

> *Sie schrieb den Namen Dscha'far mit Moschus auf die Wange;*
> *Ich geb für sie mein Leben, die schrieb, was ich geschaut!*
> *Und schrieb auf ihre Wange ihr Finger eine Zeile,*
> *So hat sie meinem Herzen viel Zeilen anvertraut. –*

[1]. Das ist der eigentliche Name, der dem Kinde gegeben wurde, nicht der Herrscher- oder Thronname.

Von aller Welt besitzet dich Dscha'far nur allein;
Drum tränke Allah Dscha'far[1] *mit deiner Liebe Wein!*

Und als el-Mutawakkil starb, da vergaßen ihn alle Sklavinnen, die er besessen hatte, nur Mahbûba nicht. – –«

Da bemerkte Schehrezâd, daß der Morgen begann, und sie hielt in der verstatteten Rede an. Doch als die *Dreihundertunddreiundfünfzigste Nacht* anbrach, fuhr sie also fort: »Es ist mir berichtet worden, o glücklicher König, daß nach dem Tode el-Mutawakkils alle Sklavinnen, die er besessen hatte, ihn vergaßen, nur Mahbûba nicht; die betrauerte ihn bis zu ihrem Tode, und sie ward an seiner Seite begraben – Allahs Barmherzigkeit ruhe auf ihnen allen!

Ferner erzählt man

DIE GESCHICHTE VON WARDÂN DEM FLEISCHER MIT DER FRAU UND DEM BÄREN

Zur Zeit von el-Hâkim bi-amri-llâh[2] lebte in Kairo ein Mann des Namens Wardân; das war ein Fleischer, der Schafe schlachtete. Jeden Tag pflegte eine Frau zu ihm zu kommen mit einem Dinar, der fast soviel wie zweiundeinhalb ägyptische Dinare wog, und dann sagte sie zu ihm: ‚Gib mir ein Schaf!' Sie hatte aber einen Lastträger mit einem Korbe bei sich; und wenn der Fleischer den Dinar von ihr erhalten und ihr ein Schaf gegeben hatte, so gab sie es jenem zu tragen und ging mit ihm heim. Am nächsten Morgen früh kam sie dann wieder; und so nahm jener Fleischer von ihr jeden Tag einen Dinar ein. Dabei blieb es eine ganze Weile. Eines Tages aber begann Wardân der Fleischer darüber nachzudenken, was es mit ihr sei, und er

1. Hier wird auf die Bedeutung von *dscha'far*, das ist Strom, angespielt.
– 2. Abu 'Alî el-Mansûr el-Hâkim bi-amri-llâh (996 bis 1021) war der sechste fatimidische Kalif von Ägypten.

sprach bei sich selber: Diese Frau kauft jeden Tag von mir für einen Dinar und läßt nicht einen einzigen Tag aus; und immer kauft sie von mir für bares Geld. Das ist doch eine merkwürdige Sache!' Darauf fragte er den Lastträger, als die Frau nicht dabei war, mit den Worten: ‚Wohin gehst du jeden Tag mit dieser Frau?' Der gab ihm zur Antwort: ‚Ich wundere mich selbst gar sehr über sie; denn jeden Tag läßt sie mich erst das Schaf bei dir aufladen, dann kauft sie noch für einen Dinar die Zukost zum Fleisch, ferner Früchte und Kerzen, und holt bei einem Christenkerl zwei Flaschen Wein, für die sie ihm einen Dinar gibt. Das alles läßt sie mich tragen, und ich muß mit ihr zu den Gärten des Wesirs gehen. Dort verbindet sie mir die Augen, so daß ich nicht mehr sehe, wohin auf Erden ich meinen Fuß setze, und sie führt mich, ohne daß ich weiß, wohin sie mit mir geht. Schließlich sagt sie zu mir: ‚Setz hier ab!' gibt mir einen leeren Korb, den sie bereitgestellt hat, ergreift mich bei der Hand und führt mich zu der Stätte zurück, an der sie mir die Binde um die Augen gelegt hat; die löst sie dann und gibt mir zehn Dirhems.' ‚Gott steh ihr bei!' rief der Fleischer; aber er dachte nur noch mehr über sie nach, sein Staunen ward noch stärker, und er verbrachte die Nacht in großer Unruhe. ‚Am nächsten Morgen – so erzählte Wardân der Fleischer selbst – kam sie wie immer zu mir, gab mir den Dinar, nahm das Schaf in Empfang, ließ den Träger es aufladen und ging davon. Nun vertraute ich meinen Laden der Obhut eines jungen Burschen an und ging hinter ihr her, doch so, daß sie mich nicht sehen konnte.' – –«

Da bemerkte Schehrezâd, daß der Morgen begann, und sie hielt in der verstatteten Rede an. Doch als die *Dreihundertundvierundfünfzigste Nacht* anbrach, fuhr sie also fort: »Es ist mir berichtet worden, o glücklicher König, daß Wardân der Fleischer des weiteren erzählte: ‚Nun vertraute ich meinen Laden der Obhut eines jungen Burschen an und ging hinter ihr her, doch so, daß sie mich nicht sehen konnte. Und ich behielt sie immer im Auge, bis sie aus der Stadt Kairo hinausging; und unbemerkt folgte ich ihr, bis sie zu den Gärten des Wesirs kam. Dort versteckte ich mich, bis sie dem Lastträger die Augen verband, und dann ging ich hinter ihr her, von Ort zu Ort, bis daß sie in die Bergwüste kam. Als sie zu einer Stelle gelangte, an der sich ein großer Stein befand, nahm sie dem Träger den Korb ab. Darauf wartete ich, bis sie den Lastträger zurückgeführt hatte und wiederkam und alles, was in dem Korbe war, herausnahm und schließlich verschwand. Nun ging ich zu jenem Steine, schob ihn beiseite und ging hinein; hinter ihm entdeckte ich eine offene Falltür aus Messing und eine Treppe, die nach unten führte. Ganz langsam stieg ich auf dieser Treppe hinab, bis ich zu einem langen unterirdischen Gang kam, der ganz hell war; in ihm ging ich dann weiter, bis ich etwas erblickte, das wie die Tür zu einer Halle aussah. Nach beiden Seiten der Tür sah ich genauer hin, und da fand ich eine Nische mit Treppenstufen außerhalb der Saaltür; ich stieg auf ihnen hinauf und entdeckte oben eine kleine Nische mit einem Fenster, das auf den Saal führte. Nun schaute ich in die Halle hinab und sah, wie die Frau das Schaf genommen hatte und die besten Teile davon abschnitt und in einem Topf zubereitete. Das übrige warf sie einem großen Bären von mächtiger Gestalt zu, und der fraß alles bis zum Letzten auf, während sie kochte. Als sie fertig war, aß sie, bis sie satt war; dann trug sie die Früchte und das Naschwerk auf, setzte den Wein hin und begann aus einem Becher zu trinken und gab dem Bären aus einer goldenen Schale zu trinken, bis der Rausch der Trunkenheit über sie kam. Darauf entkleidete sie sich und legte sich nieder. Der Bär aber erhob sich und warf sich auf sie, und sie gewährte ihm das Beste, was den Menschenkindern gehört, bis er zu Ende war und sich niedersetzte.[1] Dann sprang er wieder auf sie zu und warf sich auf sie; und als er zu Ende war, setzte er sich nieder und ruhte aus. Und so fuhr er fort, bis er es zehnmal getan hatte. Schließlich sanken beide in Ohnmacht und blieben regungslos liegen. Da sagte ich mir: ‚Dies ist der Augenblick, die Gelegenheit zu ergreifen!' Ich eilte hinab, und da ich ein Messer bei mir hatte, das die Knochen vor dem Fleische zerschnitt, so nahm ich es, und als ich vor ihnen stand und keine Ader in ihnen sich rühren sah, weil sie übermüde waren, legte ich das Messer dem Bären an die Kehle und stemmte mich dagegen, bis ich ihm den Garaus gemacht hatte und der Kopf von seinem Rumpfe getrennt war. Dabei röchelte er so gewaltig, daß es wie Donnergeroll klang, und die Frau fuhr erschrocken auf. Als sie sah, wie der Bär getötet war und wie ich mit dem Messer in der Hand dastand, schrie sie so laut, daß ich glaubte, sie hätte den Geist aufgegeben. Doch sie sprach dann zu mir: ‚O Wardân, ist das der Lohn für meine Güte?' Darauf erwiderte ich: ‚O du Feindin deiner selbst, ist solche Not an Männern, daß du ein so schändliches Treiben üben mußt?' Da senkte sie ihr Haupt, ohne eine Antwort zu geben, und blickte auf den Bären, dem der Kopf vom Leibe getrennt war. Dann sprach sie: ‚Wardân, was ist dir lieber? Willst du auf das hören, was ich dir sage, und dadurch gerettet werden' – –«

[1]. Geschichten über Verkehr von Frauen mit Tieren werden auch in Europa bis in die neueste Zeit erzählt und geglaubt. Hier mag in der arabischen Erzählung noch eine verschwommene Erinnerung an altägyptische Dinge vorliegen; schon Herodot berichtet, wie Frauen im Dienste des heiligen Bockes in Mendes sich diesem preisgaben. Der Bär ist freilich in Ägypten nicht zu Hause, wurde aber schon früh aus Nordsyrien dort eingeführt.

Da bemerkte Schehrezâd, daß der Morgen begann, und sie hielt in der verstatteten Rede an. Doch als die *Dreihundertundfünfundfünfzigste Nacht* anbrach, fuhr sie also fort: »Es ist mir berichtet worden, o glücklicher König, daß die Frau sprach: ‚Wardân, was ist dir lieber? Willst du auf das hören, was ich dir sage, und dadurch gerettet werden und bis zum Ende deiner Tage in Reichtum leben? Oder willst du mir zuwiderhandeln und dadurch dich ins Verderben stürzen?' Ich antwortete: ‚Lieber will ich auf deine Worte hören. Sag, was willst du?' ‚Töte mich,' sprach sie, ‚wie du diesen Bären getötet hast; nimm aus diesem Schatze, was du wünschest, und geh deiner Wege!' Darauf erwiderte ich: ‚Ich bin besser als dieser Bär. Kehre zu Allah dem Erhabenen zurück und tue Buße! Dann will ich mich mit dir vermählen, und wir werden unser Leben lang von diesem Schatze leben können.' Doch sie rief: ‚O Wardân, das sei ferne! Wie sollte ich nach seinem Tode noch leben können? Bei Allah, wenn du mich nicht tötest, so werde ich gewißlich deinem Leben ein Ende machen. Gib mir keine Widerworte; sonst bist du des Todes! Das ist's, was ich dir zu sagen habe, und damit hat es sein Bewenden.' ‚Nun also,' gab ich zur Antwort, ‚ich will dich töten. Dann wirst du zum Fluche Allahs niederfahren!' Darauf ergriff ich sie an den Haaren und schnitt ihr die Kehle durch; und sie fuhr hinab zum Fluche Allahs und der Engel und aller Menschen! Dann schaute ich mich in dem Raume um, und ich fand in ihm so viel Gold, Siegelsteine und Perlen, wie sie kein König aufhäufen kann. Ich nahm den Korb des Lastträgers und füllte ihn so weit, wie es mir nur irgend möglich war; danach deckte ich ihn mit einem der Gewänder, die ich an mir hatte, zu und lud ihn mir auf. Zuletzt stieg ich aus der Schatzhöhle wieder hinauf und ging fort, immer weiter, bis ich zum Stadttore von

Kairo kam; dort kamen mir plötzlich zehn Leute von der Leibwache des Kalifen el-Hâkim bi-amri-llâh entgegen, und er selbst folgte ihnen. Er rief mich an: ‚He, Wardân!' ‚Zu deinen Diensten, o König!' erwiderte ich. Dann fragte er: ‚Hast du den Bären und die Frau getötet?' ‚Jawohl', gab ich zur Antwort. Er sagte darauf: ‚Setz den Korb von deinem Kopfe nieder und sei guten Mutes; alles Gut, das du bei dir hast, soll dir gehören, und niemand soll es dir streitig machen!' So setzte ich denn den Korb vor ihm nieder; und nachdem er ihn aufgedeckt und betrachtet hatte, fuhr er fort: ‚Erzähle mir, was mit den beiden geschehen ist, obgleich ich es weiß, als ob ich bei euch zugegen gewesen wäre!'[1] Da berichtete ich ihm alles, was geschehen war, und er sprach: ‚Du hast die Wahrheit gesagt.' Dann fügte er hinzu: ‚Wardân, laß uns zu der Schatzhöhle gehen.' Da begab ich mich also mit ihm wieder dorthin; und als er die Falltür geschlossen sah, befahl er: ‚Hebe sie, Wardân! Niemand kann diesen Schatz öffnen als du allein; er ist auf deinen Namen und dein Wesen verzaubert.' Doch ich entgegnete: ‚Bei Allah, ich kann ihn nicht öffnen.' Er aber sprach: ‚Tritt nur hinzu im Vertrauen auf den Segen Allahs!' Ich trat hinzu, rief den Namen Allahs des Erhabenen an, legte meine Hand auf die Falltür, und siehe da, sie hob sich, wie wenn sie das leichteste Ding der Welt wäre. Nun sagte el-Hâkim: ‚Geh hinab und hol heraus, was darinnen ist! Denn niemand als einer von deinem Namen, deiner Gestalt und deinem Wesen kann hinabsteigen, seit dieser Bär und diese Frau von deiner Hand umgebracht und getötet sind. Dies alles stand bei mir verzeichnet, und ich wartete nur, bis daß es Ereignis

1. Der Kalif el-Hâkim behauptete, göttliche Kräfte zu besitzen, und ließ sich in seinen letzten Regierungsjahren als Verkörperung der Gottheit verehren; als solche verehren ihn die Drusen noch heute.

werden sollte.' Ich stieg also hinab – so schloß **Wardân** seine Erzählung – und brachte ihm alles, was in der Schatzhöhle war. Darauf ließ er Lasttiere kommen, belud sie und beließ mir meinen Korb mit dem, was in ihm war; ich nahm ihn mit nach Hause und eröffnete einen neuen Laden im Basar.'

Dieser Basar aber ist noch bis auf diesen Tag vorhanden, und er **ist** bekannt als Wardâns Basar.

Ferner wird erzählt

DIE GESCHICHTE VON DER PRINZESSIN UND DEM AFFEN

Ein Sultan hatte eine Tochter; die hatte ihr Herz an einen schwarzen Sklaven gehängt. Und dieser Schwarze nahm ihr das Mädchentum, und sie entbrannte in solcher Lust, daß sie die Trennung von ihm nicht eine Stunde ertragen konnte. Sie klagte ihre Not einer ihrer Kammerfrauen, und die tat ihr kund, kein Wesen könne die Lust besser befriedigen als der Affe.[1] Nun begab es sich eines Tages, daß ein Affenführer unter ihrem Fenster mit einem großen Affen[2] vorbeikam. Da entschleierte sie ihr Antlitz, blickte den Affen an und winkte ihm mit den Augen zu; alsbald zerriß der Affe seine Fesseln und Ketten und kletterte zu ihr empor. Sie verbarg ihn bei sich, und er blieb Tag und Nacht bei ihr, indem er aß und trank und ihr beiwohnte. Als ihr Vater davon hörte, wollte er sie töten. – –«

1. Der Affe galt und gilt im Morgenlande als eine Erscheinungsform des Teufels. Der Gedanke an Buhlschaft mit dem Teufel, die im Mittelalter bei uns den Hexen oft vorgeworfen wurde, spielt vielleicht in diese Geschichte hinein, zumal auch heute noch im Orient geglaubt wird, daß Dämonen mit sterblichen Frauen eine Ehe eingehen können. – 2. In Kairo haben die umherziehenden Gaukler heute meist einen kleinen Affen und einen Ziegenbock.

Da bemerkte Schehrezâd, daß der Morgen begann, und sie hielt in der verstatteten Rede an. Doch als die *Dreihundertundsechsundfünfzigste Nacht* anbrach, fuhr sie also fort: »Es ist mir berichtet worden, o glücklicher König, daß der Sultan, als er von dem Treiben seiner Tochter hörte, sie töten wollte. Doch sie erfuhr davon und verkleidete sich als Mamluk, bestieg ein Roß und nahm ein Maultier mit sich, das sie mit unbeschreiblich viel Gold und anderen Edelmetallen und Stoffen hatte beladen lassen. Sie nahm aber auch den Affen mit sich und entfloh nach der Stadt Kairo; in einem der Häuser am Rande der Wüste ließ sie sich nieder. Nun kaufte sie jeden Tag Fleisch bei einem jungen Fleischer; aber sie kam stets erst nach Mittag zu ihm und war dabei von bleicher Farbe und verstörtem Aussehen. Der junge Mann sagte sich: ,Mit diesem Mamluken muß es eine sonderbare Bewandtnis haben.' Und als sie dann wieder wie gewöhnlich kam und das Fleisch holte, folgte er ihr, ohne daß sie ihn sehen konnte. ,Ich ging – so erzählte der Fleischer selbst – immer unbemerkt hinter ihr her, von Ort zu Ort, bis sie zu ihrer Wohnstatt am Rande der Wüste kam und dort eintrat. Ich blickte von einer Seite zu ihr hinein, und da sah ich, wie sie, als sie sich zu Hause befand, das Feuer anzündete und das Fleisch kochte; dann aß sie, bis sie satt war, und setzte das übrige dem Affen vor, den sie bei sich hatte. Da aß auch er, bis er satt war. Dann legte sie die Kleider, die sie trug, ab und legte die prächtigsten Frauengewänder an, die sie besaß; so erfuhr ich, daß sie eine Frau war. Zuletzt holte sie Wein, trank davon und gab auch dem Affen zu trinken; und dann wohnte er ihr bei, wohl zehnmal, bis sie in Ohnmacht sank. Danach breitete er eine seidene Decke über sie und begab sich an seinen Platz. Nun ging ich mitten in das Haus hinein; als der Affe mich bemerkte, wollte er mich zerreißen, aber ich kam ihm mit einem Messer, das ich bei mir hatte, zuvor und schlitzte ihm den Leib auf. Da wachte die Prinzessin auf mit Furcht und Zittern, und als sie den Affen in solchem Zustande sah, schrie sie so laut, daß sie beinahe den Geist aufgab. Wiederum sank sie in Ohnmacht, und als sie dann zur Besinnung kam, sprach sie zu mir: ‚Was hat dich zu solcher Tat getrieben? Um Allahs willen, laß mich ihm nachfolgen!' Ich aber sprach ihr lange gütig zu und verbürgte mich, ich wolle den Affen als Mann ersetzen, bis ihre Furcht sich schließlich legte; und dann nahm ich sie zum Weibe. Aber ich war zu schwach dazu, und ich konnte es nicht ertragen; so klagte ich meine Not einer Alten und erzählte ihr, wie es mit der Prinzessin stand. Die versprach mir sicher, sie wolle alles gutmachen, und sagte zu mir: ‚Du mußt mir einen Kessel bringen, und den mußt du mit scharfem Essig füllen; und ferner mußt du ein Pfund Speichelwurz bringen.' Ich brachte ihr, was sie verlangt hatte; sie tat alles in den Kessel, setzte ihn aufs Feuer und ließ es gründlich kochen. Dann gebot sie mir, der Prinzessin beizuwohnen; und ich tat es, bis sie in Ohnmacht sank. Nun hob die Alte sie auf, ohne daß jene es merkte, und hielt ihren Schoß über die Öffnung des Kessels. Der Dampf stieg auf, bis er in ihren Leib drang, und da fiel aus ihrem Schoße etwas heraus. Ich sah genauer hin, und siehe da, es waren zwei Würmer, ein schwarzer und ein gelber. Die Alte aber sprach: ‚Der eine ist durch die Lust mit dem Neger entstanden, der andere durch die Lust mit dem Affen.' Als die Prinzessin dann aus ihrer Ohnmacht wieder zu sich gekommen war, blieb sie eine lange Weile bei mir, ohne der Lust zu begehren; denn Allah hatte sie von jener Plage befreit. Darüber staunte ich.'––«

Da bemerkte Schehrezâd, daß der Morgen begann, und sie hielt in der verstatteten Rede an. Doch als die *Dreihundertund-*

siebenundfünfzigste Nacht anbrach, fuhr sie also fort: »Es ist mir berichtet worden, o glücklicher König, daß der junge Mann erzählte: ‚Allah hatte sie von jener Plage befreit. Darüber staunte ich, und ich tat ihr kund, was geschehen war.'

Danach blieb die Prinzessin bei dem jungen Manne im schönsten Leben und in reinster Wonne, nachdem sie die Alte an Mutters Statt zu sich genommen hatte. Und lange Zeit lebten die drei zusammen, sie, ihr Gemahl und die Alte, in Glück und Freude, bis Der zu ihnen kam, der die Freuden schweigen heißt und der die Freundesbande zerreißt. Preis sei Ihm, dem Lebendigen, der nimmer vergeht, und bei dem die Herrschaft auf Erden und im Himmel steht!

Und ferner erzählt man

DIE GESCHICHTE VOM EBENHOLZPFERD

In alten Zeiten lebte einst ein König, ein mächtiger Herr, ein Fürst von hoher Ehr[1]; der hatte drei Töchter, wie leuchtende Vollmonde anzuschauen und wie blühende Auen, und ein Sohn beglückte ihn, der dem Monde gleich erschien. Während dieser König eines Tages auf dem Throne seiner Herrschaft saß, traten drei weise Männer zu ihm ein, von denen der eine einen goldenen Pfau, der andere ein Horn aus Messing und der dritte ein Pferd aus Elfenbein und Ebenholz bei sich hatte. Da fragte der König sie: ‚Was bedeuten diese Dinge? Welchen Nutzen haben sie?' Zuerst hub der Mann mit dem Pfau an: ‚Wisse, der Nutzen dieses Pfaus besteht darin, daß er jedesmal, wenn eine Stunde der Nacht oder des Tages vergangen ist, mit seinen Flügeln schlägt und ruft.' Dann fuhr der Mann mit dem

1. In der Breslauer Ausgabe heißt dieser König ‚Sabûr', das ist der altpersische Name Schapûr (Schâhpuhr), und sein Sohn Kamar el-Akmâr, das ist ‚Mond der Monde'.

Horne fort: ‚Wisse, wenn dies Horn auf das Stadttor gelegt wird, so ist es wie ein Wächter. Sooft ein Feind in die Stadt eindringt, ertönt dies Horn wider ihn; dann wird er erkannt und ergriffen.' Und zuletzt sprach der Mann mit dem Pferde: ‚Mein Gebieter, wisse, der Nutzen dieses Pferdes besteht darin, daß es einen jeden Menschen, der auf ihm reitet, in jedes Land bringt, wohin er nur will.' Der König aber erwiderte: ‚Ich werde euch meine Gunst erst bezeigen, wenn ich die Kräfte dieser Gestalten erprobt habe.' Darauf erprobte er den Pfau und fand, daß es so war, wie sein Werkmeister gesagt hatte; zu zweit erprobte er das Horn und erkannte in ihm die Kraft, die sein Verfertiger beschrieben hatte. Nun sprach der König zu den beiden Weisen: ‚Erbittet euch eine Gnade von mir!' Sie gaben zur Antwort: ‚Wir erbitten von dir die Gnade, daß du einen jeden von uns beiden mit einer deiner Töchter vermählst.' Und der König geruhte, den beiden je eine seiner Töchter zu geben. Zuletzt trat der Mann mit dem Pferde vor, küßte den Boden vor seinen Füßen und sprach zu ihm: ‚O größter König unserer Zeit, gewähre auch mir die Gunst, die du meinen Gefährten erwiesen hast!' Doch der König erwiderte: ‚Zuerst muß ich das, was du mir gebracht hast, erproben.' In dem Augenblicke trat der Sohn des Königs vor und sprach: ‚Vater, ich möchte dies Pferd besteigen und erproben und seine Kraft prüfen.' ‚Mein lieber Sohn,' antwortete der König, ‚erprobe es, wie du willst!' Da bestieg der Prinz das Pferd und drückte ihm seine Fersen in die Flanken, aber das Tier rührte sich nicht vom Fleck. Drum rief er: ‚O du Weiser, wo ist denn die Schnelligkeit des Pferdes, die du von ihm behauptest?' Der Weise trat zu dem Prinzen heran, zeigte ihm die Schraube für den Aufstieg und sprach zu ihm: ‚Dreh diesen Wirbel!' Als der Prinz das getan hatte, siehe, da bewegte das Pferd sich und flog mit dem Prinzen zu den Wolken des Himmels empor, und es flog immer weiter, bis es den Augen entschwand. Nun ward der Prinz durch seine Fahrt beunruhigt, er bereute, daß er das Pferd bestiegen hatte, und rief: ‚Der Weise hat eine List ersonnen, um mich zu verderben. Doch es gibt keine Macht und es gibt keine Majestät außer bei Allah dem Erhabenen und Allmächtigen!' Darauf begann er alle Glieder des Pferdes genau zu betrachten, und während er so Umschau hielt, erblickte er etwas, das einem Hahnenkopfe gleichsah, auf dem rechten Bug des Pferdes, und ebenso auch auf dem linken Bug. Da sagte er: ‚Ich sehe kein besonderes Merkmal an ihm als diese beiden Knöpfe.' Und er drehte den Knopf, der auf dem rechten Bug war; aber nun stieg das Pferd nur noch schneller mit ihm in den Luftraum empor. Sofort wandte er sich von ihm ab und blickte nach dem linken Bug; er schaute jenen anderen Knopf an und drehte ihn, und alsbald wandelten sich die Bewegungen des Pferdes vom Aufstieg zum Abstieg. Ganz langsam ließ es sich mit ihm immer weiter zur Erde hinab, während der Prinz schon um sein Leben besorgt war. – –«

Da bemerkte Schehrezâd, daß der Morgen begann, und sie hielt in der verstatteten Rede an. Doch als die *Dreihundertundachtundfünfzigste Nacht* anbrach, fuhr sie also fort: »Es ist mir berichtet worden, o glücklicher König, daß die Bewegungen des Pferdes, als der Prinz den linken Knopf gedreht hatte, sich vom Aufstieg zum Abstieg wandelten, und daß es sich ganz langsam mit ihm immer weiter zur Erde hinabließ, während jener schon um sein Leben besorgt war. Sowie der Prinz dessen gewahr wurde und nun die richtigen Kräfte des Pferdes erkannte, ward sein Herz von hoher Freude erfüllt, und er dankte Allah dem Erhabenen für die Gnade, die Er ihm erwiesen hatte, als Er ihn vor dem Verderben behütete. Den ganzen Tag über stieg das Pferd hinab; denn als es aufgestiegen war, hatte es sich weit von der Erde entfernt. Dabei wandte der Prinz den Kopf des Pferdes beim Abstieg, wie es ihm beliebte; bald flog er abwärts, bald stieg er wieder auf, ganz wie er wollte. Und als er mit dem Pferde alles erreicht hatte, was er wünschte, da näherte er sich mit ihm der Oberfläche der Erde, und er schaute nach, was für Länder und Städte dort waren, die er nicht kannte, da er sie in seinem ganzen Leben noch nicht gesehen hatte. Und unter dem, was er sah, befand sich auch eine Stadt, die wunderschön gebaut war, inmitten saftig grüner Flächen, reich an Bäumen und Bächen. Er dachte nach und sprach: ,Wüßte ich doch, wie diese Stadt heißt und in welchem Lande sie liegt!' Dann begann er jene Stadt zu umkreisen, und er betrachtete sie von rechts und von links. Da aber der Tag bereits zur Rüste ging und die Sonne sich dem Untergange nahte, so sagte er sich: ,Ich finde doch keinen schöneren Ort zum Übernachten als diese Stadt. Drum will ich hier die Nacht zubringen; und morgen früh will ich zu den Meinen und in mein Königsschloß zurückkehren, und dann will ich den Meinen und meinem Vater berichten, was sich zugetragen hat, und ihnen alles kundtun, was meine Augen gesehen haben.' Alsbald suchte er nach einem Platze, an dem er für sich und sein Pferd eine sichere Unterkunft finden könnte, ohne daß ihn jemand sähe. Und wie er so umherschaute, erblickte er plötzlich mitten in der Stadt ein hochragendes Schloß; das war von einer großen Mauer mit hohen Zinnen umgeben. Da sagte sich der Prinz: ,Sieh da, das ist eine schöne Stätte', nun er begann den Abstiegswirbel des Pferdes zu drehen; nun ließ es sich mit ihm ganz hinab, bis es sanft auf der Dachterrasse des Schlosses landete. Sogleich stieg er vom Pferde, dankte Allah dem Erhabenen und begann rings um das Pferd zu gehen und es genau zu betrachten; dabei sprach er: ‚Bei Allah, wer dich in dieser Art erschuf, ist fürwahr ein weiser Meister! Wenn Allah der Erhabene meinem Leben noch eine Spanne Zeit gewährt und mich wohlbehalten in mein Land und zu den Meinen zurückkehren läßt und mich mit meinem Vater wieder vereint, so will ich diesem Weisen jede Wohltat gewähren und ihn durch die höchsten Gnaden ehren.' Dann blieb er auf der Dachterrasse des Schlosses sitzen, bis er sicher war, daß die Leute schliefen. Da aber Hunger und Durst ihn quälten, zumal er seit der Trennung von seinem Vater keine Speise gekostet hatte, so sagte er sich: ‚In einem Schlosse wie diesem kann es nicht an dem fehlen, was zum Leben nötig ist'; und er ließ das Pferd an seiner Stelle und schritt hinunter, um etwas zu suchen, das er essen könnte. Da fand er zuerst eine Treppe; die stieg er hinunter und gelangte dann in einen Hof, der ganz mit Marmor ausgelegt war. Er bewunderte diesen Raum und seine schöne Bauart; aber er hörte in jenem Schlosse keinen einzigen Laut, noch sah er ein Menschenwesen traut. Ratlos blieb er stehen und schaute nach rechts und nach links, ohne zu wissen, wohin er sich wenden sollte. Schließlich sagte er sich: ‚Ich kann nichts Besseres tun als zu der Stätte zurückkehren, an der mein Pferd steht, und bei ihm die Nacht zubringen. Morgen früh will ich wieder aufsitzen und davonreiten.'--«

Da bemerkte Schehrezâd, daß der Morgen begann, und sie hielt in der verstatteten Rede an. Doch als die *Dreihundertundneunundfünfzigste* Nacht anbrach, fuhr sie also fort: »Es ist mir berichtet worden, o glücklicher König, daß der Prinz sich sagte: ‚Ich kann nichts Besseres tun als die Nacht bei meinem Pferde zubringen. Morgen früh will ich wieder aufsitzen und davonreiten.' Während er nun so dastand und solche Worte zu seiner Seele sagte, sah er plötzlich, wie ein Licht auf die Stätte zukam, an der er stand; und als er genauer auf jenes Licht schaute, erblickte er bei ihm eine Mädchenschar, und unter ihnen eine Maid an Schönheit reich, mit einem Wuchse dem Alif[1] gleich; die war wie der volle Mond, wenn er strahlend am Himmel thront, wie der Dichter von ihr gesagt hat:

> *Sie nahte ungeahnt, als kaum die Nacht gesunken,*
> *Ein Vollmond, der am dunklen Himmelsrand erscheint,*
> *Die Schlanke, keine gleichet ihr von den Menschenkindern,*
> *In der sich hohe Schönheit mit reinem Wesen eint.*
> *Ich rief, als meine Augen auf ihre Schönheit blickten:*
> *Ihn, der den Menschen schuf aus Tropfen[2], preise ich.*
> *Vor aller Menschen Augen[3] schütz ich sie durch die Worte:*
> *Zum Herrn der Morgenröte und Menschen flücht ich mich.[4]*

Jene Maid aber war die Tochter des Königs dieser Stadt; und ihr Vater liebte sie zärtlich und hatte ihr in seiner Liebe zu ihr dies Schloß bauen lassen. Immer, wenn ihr die Brust beklommen war, ging sie dorthin mit ihren Sklavinnen und blieb dort ein oder zwei Tage oder noch länger; danach kehrte sie dann in ihr Serail zurück. Nun hatte es sich getroffen, daß sie an jenem Abend kam, um sich zu ergehen und aufzuheitern; und so schritt sie denn dahin, inmitten ihrer Sklavinnen und begleitet von einem Eunuchen, der mit einem Schwerte umgürtet war. Als sie in das Schloß eingetreten waren, breiteten sie die Teppiche aus und zündeten das Räucherwerk an; und dann spielten sie und waren guter Dinge. Während sie sich so dem Scherz und der Freude hingaben, stürzte plötzlich der Prinz auf den Eunuchen, schlug ihm ins Angesicht und warf

---

1. Der Buchstabe Alif besteht aus einer senkrechten Linie. – 2. Koran, Sure 32, Vers 7. – 3. Das heißt: den bösen Augen. – 4. Koran, Sure 113, Vers 1 und 114, Vers 1. Das sind die beiden ‚Schutzsuren'.

ihn zu Boden; dann riß er ihm das Schwert aus der Hand, eilte auf die Mädchen zu, die bei der Prinzessin waren, und trieb sie nach rechts und nach links auseinander. Als die Prinzessin ihn in seiner vollen Schönheit erblickte, rief sie: ‚Bist du es etwa, der gestern bei meinem Vater um mich warb und den mein Vater abwies, indem er vorschützte, du habest ein häßliches Aussehen? Bei Allah, dann hat mein Vater gelogen, als er solche Worte sprach! Du bist in Wahrheit schön.' Es hatte nämlich der Sohn des Königs von Indien um sie bei ihrem Vater geworben, und der hatte ihn abgewiesen, weil er häßlich anzusehen war. Und da die Prinzessin nun glaubte, der Prinz sei jener Brautwerber, so ging sie auf ihn zu, umarmte ihn und küßte ihn und setzte sich mit ihm nieder. Aber die Sklavinnen riefen: ‚Herrin, dies ist doch nicht jener, der bei deinem Vater um dich geworben hat! Jener ist häßlich, aber dieser ist lieblich; jener, der dich von deinem Vater zur Gemahlin erbat und von ihm abgewiesen wurde, ist nicht einmal wert, ein Diener dieses Jünglings zu sein. Ja, Herrin, dieser junge Mann ist von hohem Ansehen.' Dann gingen die Mädchen zu dem Eunuchen, der noch immer auf dem Boden dahingestreckt lag, und weckten ihn; erschrocken sprang er auf und suchte nach seinem Schwerte, fand es aber nicht. Da sagten die Sklavinnen zu ihm: ‚Der Mann, der dir das Schwert genommen und dich zu Boden geworfen hat, sitzt neben der Prinzessin.' Nun hatte der König jenen Eunuchen zum Hüter für seine Tochter eingesetzt, aus Furcht vor den Wechselfällen der Zeit und vor der Schicksale Unbeständigkeit. Darum eilte jener Eunuch sofort zu dem Vorhang und hob ihn empor; als er nun die Prinzessin mit dem Prinzen im Gespräche sitzen sah, sprach er zu dem Prinzen: ‚Mein Gebieter, bist du ein Mensch oder ein Geisterwesen?' Der aber rief: ‚Weh dir, du unseligster aller Sklaven, wie kannst du dich so weit vergehen, die Söhne der Perserkönige als ungläubige Teufel anzusehen?' Und mit dem Schwerte in der Hand, fuhr er fort: ,Ich bin der Eidam des Königs; er hat mich mit seiner Tochter vermählt, und er hat mir befohlen, zu ihr zu gehen!' Wie der Eunuch diese Worte aus seinem Munde vernahm, sagte er: ,Mein Gebieter, wenn du wirklich ein Mensch bist, wie du behauptest, so kommt sie nur dir allein zu, und du bist ihrer würdiger als irgendein anderer.' Dann lief er zum König, indem er laut schrie, sich die Kleider zerriß und Staub auf sein Haupt streute. Als der König ihn schreien hörte, rief er ihm zu: ,Was ist dir widerfahren? Du machst mir das Herz erbeben; drum antworte mir rasch und fasse dich kurz!' ,O König,' erwiderte der Eunuch, ,komm deiner Tochter zu Hilfe! Ein Teufel aus der Geisterwelt hat sich ihrer bemächtigt in Gestalt eines Menschen, der das Aussehen eines Prinzen hat. Halt ihn fest!' Wie der König solche Worte von ihm hörte, beschloß er ihn zu töten, und er fuhr ihn an: ,Wie konntest du meine Tochter so außer acht lassen, daß dieser Dämon zu ihr kam?' Darauf begab der König sich zu dem Schlosse, in dem seine Tochter war, und wie er dort ankam, sah er die Sklavinnen umherstehen und fragte sie: ,Was ist denn mit meiner Tochter geschehen?' ,O König,' antworteten sie, ,während wir bei ihr saßen und nichts ahnten, stürzte plötzlich der Jüngling da auf uns zu, der dem Vollmonde gleicht und dessen Antlitz so schön ist, wie wir noch keines je gesehen haben, und er hielt ein gezücktes Schwert in der Hand. Wir fragten ihn, wer er sei, und da behauptete er, du habest ihn mit deiner Tochter vermählt. Weiter wissen wir nichts; wir wissen auch nicht einmal, ob er ein Mensch oder ein Geisterwesen ist. Doch er ist keusch und von feiner Sitte, und er tut nichts Unziemliches.' Nachdem der König ihre Rede vernommen hatte, kühlte sich sein Zorn; ganz langsam hob er den Vorhang auf und schaute hin, und da sah er den Prinzen neben seiner Tochter sitzen im trauten Gespräch, den Jüngling von einer Gestalt an Schönheit reich und mit einem Antlitze dem leuchtenden Vollmonde gleich. Nun konnte der König sich nicht mehr halten, aus Eifersucht um die Ehre seiner Tochter; er hob den Vorhang hoch empor, trat mit dem gezückten Schwerte in der Hand ein und stürzte sich auf die beiden wie ein Wüstendämon. Als der Prinz ihn erblickte, fragte er die Prinzessin: ‚Ist dies dein Vater?' ‚Ja!' erwiderte sie. – –«

Da bemerkte Schehrezâd, daß der Morgen begann, und sie hielt in der verstatteten Rede an. Doch als die *Dreihundertundsechzigste Nacht* anbrach, fuhr sie also fort: »Es ist mir berichtet worden, o glücklicher König, daß der Prinz, als er den König mit dem gezückten Schwerte in der Hand einem Wüstendämon gleich hereinstürzen sah, die Prinzessin fragte: ‚Ist dies dein Vater?' und daß sie erwiderte ‚Ja!' Dann sprang er auf, nahm sein Schwert in die Hand und schrie den König mit einem so furchtbaren Schrei an, daß er ihn starr machte. Und er wollte schon mit dem Schwerte über ihn herfallen; aber der König erkannte, daß der Jüngling stärker war als er selbst, und so stieß er sein Schwert wieder in die Scheide und blieb ruhig stehen, bis der Prinz dicht vor ihm stand, und redete ihn höflich an mit den Worten: ‚Jüngling, sag, bist du ein Mensch oder ein Geisterwesen?' Doch der Prinz rief: ‚Achtete ich nicht das Gastrecht deines Hauses und die Ehre deiner Tochter, so vergösse ich dein Blut! Wie kannst du mich mit den Teufeln versippen, mich, einen Prinzen von den Söhnen der Perserkönige, die dich, wenn sie dir dein Reich nehmen wollten, herabstürzen könnten vom Throne deiner Macht und Herrlichkeit und dir alles rauben, was in deinen Landen ist weit und breit.' Als der König seine Worte vernahm, erschrak er vor ihm und war um sein Leben besorgt, und er sprach: ‚Wenn du einer von den Söhnen der Könige bist, wie du sagst, wie konntest du dann ohne meine Erlaubnis in mein Schloß eindringen und meine Ehre bloßstellen, indem du zu meiner Tochter gingst und vorgabst, du seiest ihr Gemahl, und auch behauptetest, ich hätte dich mit ihr vermählt, ich, der ich schon Könige und Prinzen erschlagen habe, als sie bei mir um sie freiten? Wer kann dich nun aus meiner Macht befreien, da meine Sklaven und Diener, wenn ich sie rufe und ihnen befehle, dich zu töten, auf der Stelle dich hinrichten würden? Wer soll dich aus meiner Hand erretten?' Doch als der Prinz solche Reden aus dem Munde des Königs hörte, rief er: ‚Wahrlich, ich wundere mich über dich und über die Kürze deines Verstandes! Sag, kannst du dir für deine Tochter einen besseren Gemahl wünschen als mich? Hast du je einen gesehen, der mich überträfe an Herzensfestigkeit, an Würde und Herrscherherrlichkeit, an Garden und Mannen im Kriegerkleid?' ‚Nein, bei Allah,' erwiderte der König, ‚doch ich wünsche, du junger Held, daß du sie vor Zeugen von mir zur Gemahlin erbittest, auf daß ich dich öffentlich mit ihr vermählen kann; denn wenn ich dich heimlich mit ihr vermähle, so würdest du mich durch sie entehren.' Da hub der Prinz wieder an: ‚Jetzt hast du trefflich gesprochen. Aber wenn nun, o König, deine Sklaven und Diener und Krieger wider mich zusammenkämen und mich töten würden, wie du sagst, so würdest du dich doch nur selbst um dein Ansehen bringen; denn unter dem Volke würden die einen dir glauben, die anderen aber dich Lügen strafen. Darum rate ich dir, o König, daß du dich an den Plan hältst, den ich dir vorschlage!' Darauf sagte der König: ‚Laß hören, was du zu sagen hast!' ‚Was ich dir zu sagen habe,' entgegnete der Prinz, ‚ist dies: entweder tritt mir im Einzelkampfe von Mann zu Mann entgegen, und dann soll, wer seinen Gegner erschlägt, mehr Recht und Anspruch auf die Herrschaft haben; oder aber laß heut nacht von mir ab und führe morgen früh dein Heer, deine Krieger und deine Diener wider mich heraus; doch nenne mir zuvor ihre Zahl!' Da antwortete ihm der König: ‚Es sind ihrer vierzigtausend Ritter, ohne die Diener, die ich habe, und deren Gefolge, die jenen an Zahl gleich sind.' Der Prinz aber fuhr fort: ‚Wenn der Tag anbricht, so führe sie wider mich heraus und sprich zu ihnen:' – –«

Da bemerkte Schehrezâd, daß der Morgen begann, und sie hielt in der verstatteten Rede an. Doch als die *Dreihundertundeinundsechzigste Nacht* anbrach, fuhr sie also fort: »Es ist mir berichtet worden, o glücklicher König, daß der Prinz fortfuhr: ‚Wenn der Tag anbricht, so führe sie wider mich heraus und sprich zu ihnen: ‚Dieser Mann bewirbt sich bei mir um meine Tochter unter der Bedingung, daß er allein wider euch alle auf den Plan tritt, und er behauptet, er könne euch alle besiegen und überwältigen, und ihr könntet ihn nicht überwinden.' Dann laß mich mit ihnen kämpfen! Erschlagen sie mich, so wird dadurch dein Geheimnis besser gehütet und deine Ehre besser gewahrt; doch wenn ich sie besiege und überwältige, so ist es ein Mann wie ich, den der König sich zum Eidam wünschen kann.' Als der König seine Worte vernommen hatte, hieß er seinen Plan gut und nahm seinen Vorschlag an, wiewohl er seine Worte für vermessen hielt und über ihn erschrocken war, da er gegen alle die Truppen, die er ihm beschrieben hatte, allein auf den Plan treten wollte. Alsdann setzten die beiden sich nieder und plauderten miteinander. Danach aber rief der König den Eunuchen und befahl ihm, sich auf der Stelle zum Wesir zu begeben und ihm den Befehl zu übermitteln, er solle alle Truppen versammeln und ihnen gebieten, daß sie ihre Waffen anlegten und ihre Rosse bestiegen. Der Eunuch eilte zum Wesir und meldete ihm den Befehl des Königs. Und alsbald ließ der Wesir die Heerführer und die Großen des Reiches kommen und gebot ihnen, ihre Rosse zu besteigen und in voller Kriegsrüstung auf den Plan zu ziehen.

Soviel von den Truppen! Was aber den König anlangt, so blieb er noch im Gespräche mit dem Prinzen, da dessen verständige Rede und feine Bildung ihm gefielen. Während sie sich so unterhielten, brach der Morgen an. Da erhob sich der König, ging fort und setzte sich auf seinen Thron; er befahl seinem Heere aufzusitzen und ließ dem Prinzen ein treffliches Roß bringen, eins der besten aus seinem Marstall, nachdem er Befehl gegeben hatte, es mit prächtigem Geschirr zu satteln. Doch der Prinz hub an: ‚O König, ich werde nicht eher aufsitzen, als bis ich das Heer vor mir habe und übersehen kann!‘ ‚Es sei, wie du wünschest!‘ erwiderte ihm der König. Darauf zogen beide aus, der König und der Jüngling vor ihm, bis sie zum Blachgefilde kamen; dort sah der Prinz das Heer und seine große Zahl. Nun rief der König: ‚Ihr Mannen allzumal, zu mir ist ein Jüngling gekommen, der um meine Tochter freit; nie habe ich einen schöneren, hochgemuteren und kühneren gesehen als ihn. Er behauptet, er könne als einzelner Mann euch besiegen und überwältigen; ja, er sagt, wenn ihr auch hunderttausend wäret, so wäret ihr für ihn doch nur ein Kleines. Wenn er jetzt gegen euch anstürmt, so empfanget ihn mit Lanzenspitzen und Schwerterblitzen; er hat sich eines gewaltigen Werkes erkühnt!‘ Und zum Prinzen sagte der König: ‚Mein Sohn, auf, tu mit ihnen, was du willst!‘ Doch der Prinz erwiderte ihm: ‚O König, du bist nicht gerecht gegen mich! Wie kann ich gegen sie auf den Plan treten, da ich doch zu Fuße bin, während deine Mannen beritten sind?' Der König sagte darauf: ‚Ich habe dir doch angeboten aufzusitzen, aber du wolltest es nicht tun. Da hast du die Rosse; wähle von ihnen, welches du willst!' Nun entgegnete der Prinz: ‚Von deinen Pferden gefällt mir keins; ich will nur das Roß besteigen, das ich ritt, als ich hierher kam.' ‚Wo ist denn dein Roß?' fragte der König; und der Prinz gab ihm zur Antwort: ‚Es steht oben auf deinem Schlosse.' Als der König weiter fragte: ‚An welcher Stelle in meinem Schlosse?' antwortete er: ‚Auf der Dachterrasse.' Wie der König diese Worte von ihm vernahm, rief er: ‚Dies ist das erste Zeichen von Wahnsinn an dir. Weh dir! Wie kann das Roß auf der Dachterrasse stehen? Doch es wird sich nun zeigen, ob du die Wahrheit sagst oder lügst!' Dann wandte er sich zu einem seiner Vertrauten und befahl ihm: ‚Geh zu meinem Schlosse und bring her, was du auf dem Dache findest!' Das Volk aber wunderte sich über die Worte des Jünglings, und einer sagte zum anderen: ‚Wie kann denn dies Pferd die Stufen vom Dache heruntersteigen? Wahrlich, so etwas haben wir noch nie gehört!' Inzwischen stieg der Mann, den der König ins Schloß gesandt hatte, zum Dache empor, und er sah dort das Pferd stehen, so schön, wie er noch nie eins geschaut hatte; als er dann näher trat und es genau betrachtete, entdeckt er, daß es aus Ebenholz und Elfenbein war. Es waren aber auch einige andere von den Vertrauten des Königs mit dem Boten hinaufgestiegen, und als die das Pferd erblickten, lachten sie einander an und sprachen: ‚Also von einem Pferde wie diesem redet wohl der Jüngling! Er muß wirklich von Sinnen sein; doch wir werden ja bald sehen, was es mit ihm auf sich hat.' – –«

Da bemerkte Schehrezâd, daß der Morgen begann, und sie hielt in der verstatteten Rede an. Doch als die *Dreihundertundzweiundsechzigste Nacht* anbrach, fuhr sie also fort: »Es ist mir berichtet worden, o glücklicher König, daß die Vertrauten des Königs, als sie das Pferd erblickten, einander anlachten und sprachen: ,Also von einem Pferde wie diesem redet wohl der Jüngling! Er muß wirklich von Sinnen sein; doch wir werden ja bald sehen, was es mit ihm auf sich hat. Vielleicht steckt doch etwas Großes dahinter.' Dann hoben sie das Pferd mit ihren Händen hoch und trugen es fort, bis sie zum König kamen und es dort vor ihn hinstellten. Da strömten die Leute herbei, um es zu betrachten, und sie verwunderten sich über seinen schönen Bau und über die Pracht seines Sattels und seiner Zügel. Auch der König hatte großes Gefallen an ihm und war aufs höchste erstaunt; und er fragte den Prinzen: ,Jüngling, ist dies dein Pferd?' Der gab ihm zur Antwort: ,Jawohl, o König, dies ist mein Pferd, und du wirst Wunderdinge an ihm erleben!' Darauf befahl der König: ,So nimm dein Pferd und sitz auf!' Doch der Prinz erwiderte: ,Ich will nicht eher aufsitzen, als bis die Krieger sich zurückgezogen haben!' Nun gebot der König den Kriegern, die um ihn herumstanden, sie sollten sich auf Bogenschußweite von dem Pferde zurückziehen. Dann hub der Prinz an: ,O König, sieh, jetzt will ich mein Roß besteigen und wider dein Heer anstürmen; ich will sie nach rechts und nach links auseinandertreiben und ihre Herzen spalten.' Der König sagte: ,Tu, was dir beliebt, und schone sie nicht; denn sie werden auch dich nicht schonen!' Darauf trat der Prinz an sein Pferd heran und bestieg es; das Heer aber stellte sich in Schlachtreihe auf, und einer sprach zum andern: ,Wenn der Bursche zwischen die Reihen kommt, dann wollen wir auf ihn eindringen mit den Spitzen und Lanzen und den Schneiden der Klingen.' Doch ein anderer sagte: ‚Bei Allah, dies ist ein Jammer! Wie können wir diesen Jüngling töten, der von Antlitz so lieblich und von Wuchs so zierlich?' Und ein dritter sagte: ‚Bei Allah, ihr werdet nur nach großer Mühe an ihn herankommen. Der junge Held hätte nicht so gehandelt, wenn er nicht seine eigene Tapferkeit und Überlegenheit kennte.' Als nun der Prinz auf seinem Pferde saß, drehte er den Aufstiegswirbel, während aller Augen nach ihm spähten, was er wohl tun würde. Da begann das Pferd hin und her zu schwanken und sich zu schütteln, und es machte die seltsamsten Bewegungen, die je ein Pferd gemacht hat; als sich aber sein Leib mit Luft gefüllt hatte, da erhob es sich und stieg in die Lüfte. Sowie der König bemerkte, daß es sich hob und aufstieg, rief er den Kriegern zu: ‚Heda, haltet ihn fest, ehe er euch entgeht!' Doch seine Wesire und Statthalter sagten: ‚O König, kann ein Mensch einen fliegenden Vogel einholen? Dieser da ist ein mächtiger Zauberer, von dem Gott dich befreit hat. Drum preise Allah den Erhabenen für deine Rettung aus seiner Gewalt!' Nachdem der König nun gesehen hatte, was der Prinz zu tun vermochte, kehrte er in sein Schloß zurück; und als er dort ankam, begab er sich zu seiner Tochter und tat ihr kund, was er mit dem Prinzen auf dem Blachgefilde erlebt hatte; doch er sah, daß sie sehr um den Jüngling und über die Trennung von ihm betrübt war, ja, eine schwere Krankheit kam über sie, und sie ward an ihr Lager gefesselt. Wie ihr Vater sie in diesem Elend sah, drückte er sie an seine Brust und küßte sie auf die Stirn und sprach zu ihr: ‚Liebe Tochter, preise Allah den Erhabenen und danke Ihm dafür, daß Er uns vor diesem listigen Zauberer bewahrt hat!' Und dann erzählte er ihr von neuem, was er mit dem Prinzen erlebt hatte, und schilderte ihr, wie jener gen Himmel aufgestiegen war; doch sie horchte nicht auf die Worte ihres Vaters, sondern begann nur noch heftiger zu weinen und zu klagen, und sie sprach bei sich selber: ‚Bei Allah, ich will keine Speise anrühren, keinen Trank trinken, bis Gott mich wieder mit ihm vereinigt hat!' Ihr Vater, der König, aber grämte sich sehr darüber, und der Zustand seiner Tochter machte ihm große Sorge, und sein Herz trauerte um sie; doch immer, wenn er sie zu trösten versuchte, wuchs ihre Liebessehnsucht nach dem Prinzen nur noch mehr. – –«

Da bemerkte Schehrezâd, daß der Morgen begann, und sie hielt in der verstatteten Rede an. Doch als die *Dreihundertunddreiundsechzigste Nacht* anbrach, fuhr sie also fort: »Es ist mir berichtet worden, o glücklicher König, daß des Königs Herz um seine Tochter trauerte, und daß immer, wenn er sie zu trösten versuchte, ihre Liebessehnsucht nach dem Prinzen nur noch wuchs.

Wenden wir uns nun von dem König und seiner Tochter wieder zu dem Prinzen! Als der in den Luftraum emporgeschwebt und mit sich allein war, gedachte er der schönen und lieblichen Prinzessin. Er hatte aber vorher die Leute des Königs nach dem Namen der Stadt, dem Namen des Königs und dem Namen seiner Tochter gefragt; und da hatte er gehört, daß jene Stadt die Stadt San'â war. Nun flog er mit aller Eile dahin, bis er die Stadt seines Vaters erblickte, und nachdem er um sie herumgeschwebt war, flog er auf das Schloß seines Vaters zu. Dort stieg er auf der Dachterrasse ab, ließ sein Pferd stehen und ging zu seinem Vater hinunter; den fand er trauernd und betrübt über die Trennung von ihm. Doch sobald der Vater den Sohn erblickte, eilte er auf ihn zu, umarmte ihn und preßte ihn an seine Brust, und er freute sich über ihn gar sehr. Und wie sie nun wieder beieinander waren, fragte der Prinz seinen Vater nach dem Weisen, der das Pferd gemacht hatte, indem er sprach: ‚Lieber Vater, was hat das Schicksal mit ihm getan?' Sein Vater erwiderte ihm: ‚Allah segne den Weisen nicht, noch die Stunde, in der ich ihn sah, da er ja die Ursache deiner Trennung von uns war! Jetzt ist er im Gefängnis, seit dem Tage, an dem du, mein Sohn, uns verließest.' Da bat der Prinz, ihn freizulassen und aus dem Kerker zu holen und herzuführen; und als der Mann vor dem König stand, gab dieser ihm ein Ehrengewand der Genugtuung und erwies ihm höchste Huld; doch er gab ihm seine Tochter nicht zur Gemahlin. Darüber ergrimmte der Weise gewaltig, und er bereute, was er getan hatte; denn nun wußte er, daß der Prinz das Geheimnis des Pferdes und die Art seines Fluges ergründet hatte. Der König aber sprach zu seinem Sohn: ‚Ich möchte dir raten, daß du nach diesem Erlebnis dich diesem Pferde nicht mehr nahst und es von heute ab nie wieder besteigest; denn du kennst seine Eigenschaften doch vielleicht nicht ganz und könntest dich über sie irren.' Der Prinz hatte seinem Vater auch erzählt, was er mit der Tochter des Königs, des Herrschers von San'â, und mit ihrem Vater erlebt hatte. Und darum sagte sein Vater zu ihm: ‚Hätte der König dich töten wollen, so hätte er es tun können; aber deine Stunde war noch nicht gekommen.' Doch bald darauf erwachte in des Prinzen Innerem wieder heftige Liebe zu der Jungfrau, der Tochter des Königs von San'â; und so begab er sich zu dem Pferde, bestieg es und drehte den Aufstiegswirbel, und da schwebte das Pferd mit ihm in die Lüfte empor, bis es sich hoch oben in den Wolken des Himmels verlor. Am Morgen vermißte sein Vater ihn, und da er ihn nicht fand, so stieg er auf das Dach des Schlosses, betrübten Herzens, und sah, wie sein Sohn gen Himmel aufstieg. Da trauerte er, weil der Prinz sich wieder von ihm getrennt hatte, und er bereute es bitterlich, daß er ihm das Pferd nicht weggenommen und vor ihm versteckt hatte, und er sprach bei sich selber: ,Bei Allah, wenn nur mein Sohn zu mir zurückkehrt, so will ich dies Pferd vernichten, auf daß sich mein Herz nicht mehr um ihn zu ängstigen braucht!' Und dann begann er wieder zu weinen und zu klagen. – –«

Da bemerkte Schehrezâd, daß der Morgen begann, und sie hielt in der verstatteten Rede an. Doch als die *Dreihundertundvierundsechzigste Nacht* anbrach, fuhr sie also fort: »Es ist mir berichtet worden, o glücklicher König, daß der König in seiner Trauer um seinen Sohn wieder zu weinen und zu klagen begann.

Sehen wir nun, wie es dem Prinzen erging! Der flog immer weiter in der Luft dahin, bis er die Stadt San'â erreichte, und dort ließ er sich an derselben Stätte nieder wie zuvor. Dann schlich er sich heimlich zu dem Gemach der Prinzessin, aber er fand sie nicht, auch nicht ihre Sklavinnen, noch den Eunuchen, der über sie wachte; und darüber ward er bekümmert. Doch dann ging er rings umher und suchte sie überall im Schlosse; schließlich fand er sie in einem anderen Gemach, das nicht das gleiche war wie das, in dem er mit ihr vereint gewesen war. Dort ruhte sie auf ihrem Lager, umgeben von ihren Sklavinnen und Wärterinnen. Er trat zu ihnen ein und begrüßte sie. Sobald die Prinzessin seine Stimme hörte, erhob sie sich und umarmte ihn; sie küßte seine Stirn und zog ihn an ihre Brust. Da sagte er zu ihr: ,Meine Herrin, dein Fernsein hat mich all diese Zeit hindurch betrübt!' Doch sie erwiderte: ,Du bist es, der mich durch sein Fernsein betrübt hat. Wärest du noch lange von mir fern geblieben, so wäre ich sicherlich gestorben.' Dann fuhr er fort: ,Meine Herrin, was denkst du davon, wie ich zu deinem Vater stehe und wie er gegen mich gehandelt hat? Liebte ich dich nicht so sehr, dich, die du alle Geschöpfe bezauberst, so hätte ich ihn zu Tode gebracht und zum warnenden Beispiel für alle Zuschauer gemacht. Aber wie ich dich liebe, so liebe ich ihn um deinetwillen.' Sie erwiderte darauf: ‚Wie konntest du mich verlassen? Kann mir das Leben fern von dir noch süß sein?' Da fragte er sie: ‚Willst du mir gehorchen und auf das hören, was ich dir sage?' Und sie gab ihm zur Antwort: ‚Sag, was du willst! Siehe, ich will dir in allem willfahren, was du von mir verlangst, und ich will dir in nichts widersprechen.' Und als er nun sagte: ‚Komm mit mir in mein Land und mein Reich', da rief sie: ‚Herzlich gern!' Wie der Prinz diese Worte aus ihrem Munde vernahm, war er aufs höchste erfreut, und er ergriff ihre Hand und ließ sie dies Versprechen vor Allah dem Erhabenen beschwören. Dann stieg er mit ihr oben auf das Dach des Schlosses hinauf, sprang auf sein Pferd und ließ sie hinter sich aufsitzen. Nachdem er sie fest an sich gezogen und mit starken Stricken an sich gebunden hatte, drehte er den Aufstiegswirbel, der sich am Bug des Pferdes befand, und da schwebte es mit ihnen beiden in den Luftraum empor. Doch als dies geschah, erhoben die Sklavinnen ein Geschrei und meldeten es ihrem Vater, dem König, und ihrer Mutter. Da eilten die beiden auf die Dachterrasse des Schlosses hinauf, der König blickte in den Luftraum und sah nun das Ebenholzpferd mit den beiden gen Himmel schweben. Bei diesem Anblick erschrak der König über alle Maßen, und er schrie und rief: ‚O Königssohn, ich bitte dich um Allahs willen, erbarme dich meiner und hab Mitleid mit meiner Gemahlin, trenne uns nicht von unserer Tochter!' Aber der Prinz gab ihm keine Antwort; da er jedoch in seinem Inneren vermeinte, die Jungfrau möchte die Trennung von ihrer Mutter und ihrem Vater bereuen, so fragte er sie: ‚O du

Wonne unseres Zeitalters, willst du, daß ich dich zu deiner Mutter und deinem Vater zurückbringe?' Sie erwiderte ihm: ‚Bei Allah, mein Gebieter, das ist mein Wunsch nicht; ich habe nur den einen Wunsch, bei dir zu sein, wo du nur immer bist. Denn die Liebe zu dir läßt mich alles andere vergessen, selbst Vater und Mutter.' Als er diese Worte aus ihrem Munde hörte, war er hocherfreut, und er ließ das Pferd sanft mit ihr dahingleiten, auf daß sie sich nicht ängstige. Und so schwebte er immer weiter mit ihr dahin, bis er eine grüne Wiese erblickte, auf der ein Wasserquell sprudelte; dort landeten sie und aßen und tranken. Darauf bestieg der Prinz wieder sein Roß, ließ die Prinzessin hinter sich aufsitzen und band sie mit Stricken fest, da er um ihr Leben besorgt war. Und von neuem flog er mit ihr in der Luft dahin, immer weiter, bis er zur Stadt seines Vaters gelangte. Hohe Freude erfüllte ihn, und da er der Prinzessin die Stätte seiner Herrschaft und seiner Macht zeigen und ihr beweisen wollte, daß die Macht seines Vaters größer war als die ihres Vaters, so ließ er sie in einem der Gärten absteigen, in denen sein Vater zu lustwandeln pflegte, und führte sie in einen Kiosk, der für seinen Vater hergerichtet war. Dort ließ er das Ebenholzpferd an der Tür stehen, empfahl es ihrer Obhut und sprach zu ihr: ‚Bleib hier, bis ich dir meinen Boten sende! Ich will jetzt zu meinem Vater gehen, um dir ein Schloß herrichten zu lassen und dir meine Königsmacht zu zeigen.' Wie die Prinzessin diese Worte hörte, sprach sie erfreut: ‚Tu, wie du willst!' – –«

Da bemerkte Schehrezâd, daß der Morgen begann, und sie hielt in der verstatteten Rede an. Doch als die *Dreihundertundfünfundsechzigste Nacht* anbrach, fuhr sie also fort: »Es ist mir berichtet worden, o glücklicher König, daß die Prinzessin, wie sie diese Worte aus dem Munde des Prinzen hörte, erfreut sprach: ‚Tu, wie du willst!' Denn sie glaubte nun, sie solle mit allen feierlichen Ehren einziehen, wie es ihrem Stande gebührte. Der Prinz aber verließ sie und ging weiter, bis er in die Stadt kam und zu seinem Vater eintrat. Sowie der ihn erblickte, freute er sich über seine Ankunft und ging ihm entgegen und hieß ihn willkommen. Dann sprach der Prinz zu seinem Vater: ‚Wisse, ich habe die Prinzessin gebracht, von der ich dir erzählt habe. Ich habe sie draußen vor der Stadt in einem der Gärten zurückgelassen, und ich bin allein gekommen, um es dir zu melden, damit du den Festzug rüsten und ihr entgegenziehen kannst, um ihr deine Herrschermacht, deine Krieger und deine Garden zu zeigen.' ‚Herzlich gern!' erwiderte der König. Dann gab er sogleich Befehl, das Volk der Stadt solle die Stadt aufs schönste schmücken, und er selbst ritt mit allem Prunk und im schönsten Staat hinaus mit all seinen Kriegern, den Großen seines Reiches und den andern Würdenträgern und seinen Dienern; der Prinz aber holte aus seinem Schlosse Schmucksachen, Prunkgewänder und andere königliche Schatzstücke, und er ließ ihr eine Sänfte herrichten aus grünem, rotem und gelbem Brokat und setzte indische, griechische und abessinische Sklavinnen hinein und entfaltete Wunderdinge von Schätzen. Dann verließ der Prinz die Sänfte und die Sklavinnen, die darinnen waren, und ritt nach dem Garten vorauf; dort trat er alsbald in den Kiosk, in dem er sie vorher zurückgelassen hatte. Er suchte nach ihr, aber er fand sie nicht; und auch das Pferd fand er nicht. Bei diesem Anblick schlug er sich ins Gesicht, zerriß seine Kleider und begann im Garten umherzuirren mit verstörtem Sinne. Als er sich dann aber gefaßt hatte, sagte er sich: ‚Wie hat sie das Geheimnis dieses Pferdes erfahren können, da ich ihr doch nichts davon verraten habe? Vielleicht hat der persische Weise, der das Pferd gemacht hat, sie entdeckt und geraubt aus Rache für das, was mein Vater ihm angetan hat.' Darauf suchte der Prinz die Gartenwächter und fragte sie, ob ihnen irgend jemand begegnet sei, indem er sprach: ,Habt ihr jemanden an euch vorbeikommen und in diesen Garten hineingehen sehen?' Sie antworteten: ,Wir haben niemanden diesen Garten betreten sehen außer dem persischen Weisen, der hineinging, um Heilkräuter zu sammeln.' Als er diese Worte von ihnen vernahm, wußte er sicher, daß jener Weise es war, der die Prinzessin geraubt hatte. – –«

Da bemerkte Schehrezâd, daß der Morgen begann, und sie hielt in der verstatteten Rede an. Doch als die *Dreihundertundsechsundsechzigste Nacht* anbrach, fuhr sie also fort: »Es ist mir berichtet worden, o glücklicher König, daß der Prinz, als er diese Worte von ihnen vernahm, sicher wußte, daß jener Weise es war, der die Prinzessin geraubt hatte. Das war nach dem Ratschlusse des Schicksals also geschehen: wie der Prinz die Jungfrau im Gartenhaus verlassen hatte und zum Schlosse seines Vaters gegangen war, um alles vorzubereiten, da war der persische Weise in den Garten gekommen, um einige Heilkräuter zu sammeln. Dort hatte er den Duft von Moschus und Wohlgerüchen gerochen, der den ganzen Garten erfüllte; dieser Duft kam nämlich von der Prinzessin. Und da war der Weise dem Wohlgeruche nachgegangen, bis er bei dem Kiosk ankam. Dort sah er auf einmal das Pferd, das er mit eigener Hand verfertigt hatte, an der Tür stehen; bei diesem Anblick ward sein Herz von seliger Freude erfüllt, zumal er ja so tief betrübt gewesen war, als das Pferd ihm verloren ging. Er trat nun an das Pferd heran, untersuchte alle seine Teile und erkannte, daß es unversehrt war. Schon wollte er aufsitzen und davonfliegen, aber da sagte er sich: ,Ich muß doch einmal nachsehen, ob der Prinz etwas mitgebracht und hier bei dem Pferde zurückgelassen hat.' Darauf trat er in den Kiosk ein und fand die Jungfrau dasitzen, gleich der Sonne, die am wolkenklaren Himmelszelt alles mit ihrem Glanze erhellt. Wie er sie erblickte, erkannte er sofort, daß sie eine Jungfrau von hohem Range war und daß der Prinz sie entführt und auf dem Pferd mitgebracht und dort gelassen hatte, und daß er dann in die Stadt gegangen war, um sie im festlichen Zuge mit feierlichen Ehren einzuholen. So trat er denn an sie heran und küßte den Boden vor ihr; da erhob sie ihren Blick zu ihm und schaute ihn an, aber sie sah, daß er häßlich anzusehen war und eine widerwärtige Gestalt hatte. Sie fragte ihn: ,Wer bist du?' Und er gab ihr zur Antwort: ,Hohe Herrin, ich bin ein Herold des Prinzen; er hat mich zu dir entsandt mit dem Befehl, dich in einen andern Garten nahe bei der Stadt zu bringen.' Nachdem sie diese Antwort vernommen hatte, fragte sie weiter: ,Wo ist denn der Prinz?' Der Weise erwiderte: ,Er ist jetzt in der Stadt bei seinem Vater; doch alsbald wird er im feierlichen Prunkzuge zu dir kommen.' Darauf sagte sie: ,Du da, konnte denn der Prinz keinen andern als dich finden, um ihn zu mir zu senden?' Über diese Worte lachte der Weise, und er sagte: ,Hohe Herrin, laß dich durch mein häßliches Gesicht und mein unschönes Äußeres nicht täuschen! Hättest du von mir erhalten, was der Prinz durch mich erlangt hat, so würdest du mich preisen. Gerade um meines häßlichen Aussehens und meiner abschreckenden Gestalt willen hat der Prinz mich für die Botschaft ausersehen, da ihn die Liebe zu dir mit Eifersucht erfüllt hat; sonst hat er ja Mamluken, Sklaven, Diener, Eunuchen und Gefolgsleute ohne Zahl!' Als die Prinzessin diese Worte hörte, leuchteten sie ihr ein, und sie schenkte ihm Glauben, dann erhob sie sich. – –«

Da bemerkte Schehrezâd, daß der Morgen begann, und sie hielt in der verstatteten Rede an. Doch als die *Dreihundertundsiebenundsechzigste Nacht* anbrach, fuhr sie also fort: »Es ist mir berichtet worden, o glücklicher König, daß die Prinzessin, als der persische Weise ihr berichtete, wie es um den Prinzen stand, ihm Glauben schenkte und daß seine Worte ihr einleuchteten; dann erhob sie sich, legte ihre Hand in die seine und fragte ihn: ‚Mein Vater, was hast du mir zum Reiten mitgebracht?‘ ‚Hohe Herrin,‘ antwortete er, ‚du sollst auf dem Rosse reiten, auf dem du gekommen bist.‘ Doch sie sprach: ‚Ich kann nicht allein auf ihm reiten.‘ Bei diesen Worten aus ihrem Munde lächelte der Weise; denn nun wußte er, daß er sie in seiner Gewalt hatte. Und er sagte zu ihr: ‚Ich werde selbst mit dir reiten.‘ Dann stieg er auf, ließ die Jungfrau hinter sich aufsitzen, zog sie an sich und band sie mit Stricken fest, ohne daß sie ahnte, was er mit ihr vorhatte. Darauf drehte er den Aufstiegswirbel, der Leib des Pferdes füllte sich mit Luft, es bewegte sich, schwankte hin und her und schwebte in den Luftraum empor. Und nun flog es immer weiter mit den beiden, bis die Stadt ihren Blicken entschwand. Da fuhr die Prinzessin ihn an: ‚Du da, wie steht es mit dem, was du mir vom Prinzen gesagt hast, als du behauptetest, er habe dich zu mir gesandt?‘ Der Weise rief: ‚Allah verfluche den Prinzen! Er ist ein gemeiner und elender Kerl!‘ ‚Wehe dir,‘ rief sie darauf, ‚wie kannst du dem Befehle deines Herrn, den er dir gegeben hat, zuwiderhandeln?‘ Doch er entgegnete: ‚Der ist nicht mein Herr. Weißt du aber, wer ich bin?‘ Darauf gab sie zur Antwort: ‚Ich weiß von dir nur, was du mir selbst über dich gesagt hast.‘ Nun fuhr er fort: ‚Daß ich dir diese Dinge von mir erzählte, war nur eine List wider dich und den Prinzen. Lange habe ich um dies Pferd, das unter dir ist, getrauert; es ist mein Werk, doch er hatte sich seiner bemächtigt. Jetzt aber habe ich es wieder in meiner Gewalt, und dich dazu; jetzt habe ich ihm das Herz gebrochen, wie er das meine gebrochen hatte; nun wird er das Pferd niemals wieder erhalten! Doch hab Zuversicht und quäl dich nicht! Ich kann dir mehr nützen als er.' Als die Jungfrau solche Rede aus seinem Munde vernommen hatte, schlug sie sich ins Angesicht und rief: ‚Weh mir, jetzt habe ich meinen Geliebten nicht gewonnen und habe Vater und Mutter verloren!' Und sie weinte bitterlich über ihr Unglück, während der Weise immer weiter mit ihr dahinflog, bis zum Lande der Griechen; dort ließ er sich auf eine grüne Wiese nieder, wo Bäche flossen und Bäume sprossen. Jene Wiese aber war in der Nähe einer Stadt, und in dieser Stadt herrschte ein mächtiger König. Nun traf es sich an jenem Tage, daß der König der Stadt zu Jagd und Vergnügen auszog und bei jener Wiese vorüberkam. Da sah er den Weisen dort stehen und neben ihm das Pferd und die Jungfrau. Ehe der Weise sich dessen versah, stürzten sich die Sklaven des Königs plötzlich auf ihn, ergriffen ihn und die Jungfrau und das Pferd und brachten alle drei vor den König. Wie der die häßliche und widerwärtige Gestalt des Alten und die Schönheit und Anmut der Jungfrau sah, fragte er sie: ‚Hohe Herrin, wie ist dieser Alte mit dir verwandt?' Eilends erwiderte der Weise: ‚Sie ist mein Weib, die Tochter meines Oheims.' Doch als die Jungfrau das hörte, strafte sie ihn Lügen, indem sie sprach: ‚O König, bei Allah, ich kenne ihn nicht; er ist auch nicht mein Gatte, nein, er hat mich mit Gewalt listig entführt!' Wie der König ihre Worte vernommen hatte, befahl er, den Alten zu geißeln; und die Sklaven schlugen ihn, bis er fast tot war. Dann gab der König Befehl, ihn in die Stadt zu schleppen und ins Gefängnis zu werfen Und es geschah also. Die Jungfrau aber und das Pferd nahm der König ihm fort, obwohl er nicht wußte, was es mit dem Pferde auf sich hatte und wie es sich bewegte.

Wenden wir uns nun von dem Weisen und der Jungfrau wieder zu dem Prinzen zurück! Der hatte alsbald Reisegewänder angelegt, so viel Geld, wie er brauchte, mitgenommen und sich auf den Weg gemacht, in größter Betrübnis. Er folgte eilends ihrer Spur und suchte nach ihr, von Land zu Land, von Stadt zu Stadt, indem er nach dem Ebenholzpferde fragte; doch jeder, der ihn von einem solchen Tiere reden hörte, wunderte sich über ihn und erstaunte über seine Worte. In dieser Weise zog er eine lange Weile dahin, aber trotz seinem vielen Fragen und Nachforschen fand er doch keine Spur von den beiden. Schließlich kam er auch in die Stadt des Vaters der Prinzessin und fragte dort nach ihr; allein er erhielt keine Kunde, sondern er sah nur, wie ihr Vater um ihren Verlust trauerte. Da kehrte er wieder um und zog ins Land der Griechen, und dort begann er nach ihrer Spur zu suchen und nach ihnen zu fragen. – –«

Da bemerkte Schehrezâd, daß der Morgen begann, und sie hielt in der verstatteten Rede an. Doch als die *Dreihundertundachtundsechzigste Nacht* anbrach, fuhr sie also fort: »Es ist mir berichtet worden, o glücklicher König, daß der Prinz ins Land der Griechen zog und dort nach ihrer Spur zu suchen und nach ihnen zu fragen begann. Nun traf es sich, daß er in einem Chân einkehrte und dort eine Schar von Kaufleuten sitzen sah, die sich miteinander unterhielten. Er setzte sich in ihre Nähe und hörte, wie einer von ihnen sagte: ,Meine Freunde, ich habe eins der größten Wunder erlebt!' Als sie ihn fragten, was das wäre, fuhr er fort: ,Ich befand mich in einem Teile von der und der Stadt – und dabei nannte er den Namen der Stadt, in der sich die Prinzessin befand –, und hörte, wie die Leute dort von einem sonderbaren Begebnis redeten. Der König der Stadt war nämlich eines Tages zu Jagd und Hatz ausgeritten mit einer Schar von seinen Freunden und den Großen seines Reiches. Wie sie ins offene Land hinausritten, kamen sie an einer grünen Wiese vorbei und sahen dort einen Mann stehen; der hatte ein Pferd aus Ebenholz bei sich, und neben ihm saß eine Frau. Der Mann war häßlich anzusehen und hatte eine gar abschreckende Gestalt; aber die Frau war eine junge Maid von Schönheit und Lieblichkeit, von strahlender Vollkommenheit und des Wuchses Ebenmäßigkeit; und das Ebenholzpferd war ein Kleinod, so schön und so herrlich gebaut, wie man noch nie eines gesehen hat.' Nun fragten die Anwesenden: ‚Was hat denn der König mit ihnen getan?' Der Erzähler hub wieder an: ‚Der König ließ den Mann ergreifen und fragte ihn nach der Jungfrau, und da behauptete der, sie sei sein Weib, die Tochter seines Oheims. Doch die Jungfrau erklärte seine Worte für Lügen; und da nahm der König sie ihm fort und gab Befehl, den Mann zu geißeln und ins Gefängnis zu werfen. Was aber das Ebenholzpferd angeht, so weiß ich nichts von ihm.' Als der Prinz diesen Bericht von dem Kaufmann hörte, trat er an ihn heran und bat ihn freundlich und höflich, er möchte ihm den Namen der Stadt und den Namen des Königs nennen; und nachdem er die beiden Namen erfahren hatte, verbrachte er die Nacht mit frohem Sinne. Als es Morgen ward, machte er sich wieder auf und zog immer weiter, bis er jene Stadt erreichte. Doch als er hineingehen wollte, ergriffen ihn die Torwächter und wollten ihn vor den König führen, damit er ihn befrage, was es mit ihm auf sich habe, warum er zu jener Stadt gekommen und in welcher Kunst er bewandert sei; denn es war der Brauch des Königs, alle Fremden nach ihrem Stand und ihrem Handwerk zu fragen. Nun kam aber der Prinz zur Abendzeit bei jener Stadt an, und das war die Zeit, in der es unmöglich war, zum König zu gehen und über den Fremden zu beraten. Deshalb nahmen die Torwächter ihn und führten ihn zum Gefängnis, um ihn dort unterzubringen. Aber wie die Kerkermeister seine Schönheit und Anmut sahen, fiel es ihnen schwer, ihn ins Gefängnis zu werfen; und so ließen sie ihn draußen vor dem Gefängnis bei sich sitzen. Als dann das Essen zu ihnen gebracht wurde, aß er mit ihnen, bis er gesättigt war; und nach dem Essen begannen sie zu plaudern. Dabei wandten sie sich dem Prinzen zu und fragten ihn: ‚Aus welchem Lande bist du?' Er antwortete: ‚Ich bin aus dem Lande Persien, dem Lande der Sasanidenkönige.' Als sie das hörten, lachten sie, und einer von ihnen sagte zu ihm: ‚Du Sasanier, ich habe viel Reden und Erzählungen der Menschen gehört und habe ihre Art kennen gelernt; aber ich habe nie einen größeren Lügner gesehen und gehört als diesen Sasanier, der bei uns im Gefängnis ist.' Und ein anderer sprach: ‚Ich habe auch nichts Häßlicheres als sein Gesicht und nichts Widerwärtigeres als seine Gestalt gesehen.' Da fragte der Prinz: ‚Was ist euch denn von seinen Lügen aufgefallen?' Sie erwiderten: ‚Er behauptet, er sei ein Weiser. Der König traf ihn unterwegs, als er auf die Jagd ritt; und bei ihm war eine junge Frau von hoher Schönheit und Lieblichkeit, von strahlender Vollkommenheit und des Wuchses Ebenmäßigkeit; und ferner war bei ihm ein Pferd aus schwarzem Ebenholz, das schönste Kleinod, das wir je gesehen haben. Die Jungfrau ist jetzt beim König, und er liebt sie; aber jene Frau ist von Sinnen. Wäre jener Mann ein Weiser[1], wie er vorgibt, so hätte er sie längst geheilt, zumal der König sich die größte Mühe gibt, um sie gesund zu machen, und den sehnlichen Wunsch hat, sie von

[1]. Das arabische Wort für ‚Weiser' bedeutet auch ‚Arzt'.

ihrer Krankheit genesen zu lassen. Das Ebenholzpferd ist in der Schatzkammer des Königs; und der häßliche Mann ist bei uns hier im Gefängnis. Wenn die Nacht anbricht, so weint und klagt er aus Trauer über seine Not, und dann läßt er uns nicht schlafen.' – –«

Da bemerkte Schehrezâd, daß der Morgen begann, und sie hielt in der verstatteten Rede an. Doch als die *Dreihundertundneunundsechzigste Nacht* anbrach, fuhr sie also fort: »Es ist mir berichtet worden, o glücklicher König, daß der Prinz, als die Gefängniswächter ihm von dem persischen Weisen, der bei ihnen im Gefängnis war, erzählten und auch hinzufügten, daß er weine und klage, daran dachte, eine List zu ersinnen, durch die er sein Ziel erreichen wollte. Als nun die Wächter zu schlafen wünschten, brachten sie ihn ins Gefängnis und schlossen das Tor hinter ihm; da hörte er, wie der Weise weinte und über sich jammerte und dabei auf persisch klagte: ‚Weh mir, daß ich mich wider mich selbst und wider den Prinzen versündigt und daß ich so an der Jungfrau gehandelt habe! Ich habe sie nicht in Ruhe gelassen, aber ich habe auch meinen Wunsch bei ihr nicht erreicht. All das kommt davon, daß ich so unüberlegt war; ich habe für mich erstrebt, was ich nicht verdiente und was sich für meinesgleichen nicht ziemte. Wer das erstrebt, was ihm nicht gebührt, der stürzt in ein solches Unglück wie ich!' Als der Prinz diese Worte aus dem Munde des Weisen vernahm, redete er ihn auf persisch an, indem er sprach: ‚Wie lange noch dies Weinen und Heulen? Meinst du denn, daß dir ein Unglück widerfahren ist wie noch nie einem andern?' Wie der Weise diese Worte hörte, faßte er Vertrauen zu dem Prinzen und klagte ihm sein Leid und all das Elend, das über ihn gekommen war. Am nächsten Morgen nahmen die Wächter den Prinzen und führten ihn vor ihren König, indem sie meldeten, der Fremdling sei bereits am Abend zuvor bei der Stadt angekommen, zu einer Zeit, als man nicht mehr vor dem König erscheinen durfte. Nun fragte der Herrscher den Prinzen mit den Worten: ‚Aus welchem Lande kommst du? Wie heißt du? Was für ein Gewerbe hast du? Und weshalb bist du in diese Stadt gekommen?‘ Darauf gab dieser zur Antwort: ‚Mein Name ist persisch und lautet Hardscha; mein Heimatsland ist Persien; ich gehöre zu den Leuten der Wissenschaft, im besonderen der Heilkunde, denn ich heile die Kranken und die Besessenen; und zu diesem Zwecke ziehe ich umher in den Ländern und Städten, um meine Kenntnis durch Erfahrung zu bereichern. Wenn ich einen Kranken sehe, so heile ich ihn; das ist mein Gewerbe.‘ Als der König das hörte, war er hocherfreut und sprach: ‚Du trefflicher weiser Arzt, du bist fürwahr in einer Zeit zu uns gekommen, da wir deiner bedürfen.‘ Und dann erzählte er ihm von der Prinzessin und fügte hinzu: ‚Wenn du sie heilst und von ihrem Wahne befreist, so sollst du alles von mir erhalten, was du begehrst.‘ Auf diese Worte des Königs antwortete der Prinz: ‚Allah stärke die Macht des Königs! Schildere mir alle Zeichen des Wahns, die du an ihr bemerkt hast, und sage mir an, seit wieviel Tagen diese Umnachtung über sie gekommen ist; ferner auch, wie du ihrer, des Pferdes und des Weisen habhaft geworden bist!‘ Darauf erzählte der König ihm alles von Anfang bis zu Ende und fügte dann noch hinzu: ‚Der Weise ist jetzt im Kerker.‘ Der Prinz aber fragte weiter: ‚O glücklicher König, was hast du mit dem Pferd getan, das bei ihr war?‘ ‚Mein junger Freund,‘ erwiderte der König, ‚es steht wohlverwahrt bis jetzt bei mir in einer meiner Schatzkammern.‘ Nun sagte sich der Prinz: ‚Ich meine, ich muß zuallererst das Pferd untersuchen und genau ansehen; ist es noch heil und unversehrt, so habe ich mein

Ziel erreicht; sehe ich aber, daß es sich nicht mehr bewegen kann, so muß ich eine andere List ersinnen, um mein Herzlieb zu befreien.' Darauf wandte er sich an den König und sprach zu ihm: ‚O König, ich muß das besagte Pferd anschauen, ob ich vielleicht an ihm etwas entdecke, das mir bei der Heilung der Jungfrau von Nutzen ist.' ‚Herzlich gern', sagte der König, erhob sich, nahm ihn bei der Hand und führte ihn zu dem Pferde. Der Prinz begann um das Pferd herumzugehen, untersuchte und prüfte seinen Zustand und fand, daß es noch heil und unversehrt war. Hocherfreut darüber sprach er: ‚Allah stärke die Macht des Königs! Jetzt will ich zu der Jungfrau gehen, um zu schauen, wie es mit ihr steht. Denn ich hoffe zu Allah, daß ihre Heilung durch meine Hand geschehen wird, vermittelst dieses Pferdes, so Gott der Erhabene will.' Der König befahl, auf das Pferd achtzugeben, und führte ihn zu dem Hause, in dem sich die Prinzessin befand. Als nun der Prinz zu ihr eintrat, sah er sie wie gewöhnlich um sich schlagen und sich am Boden wälzen; aber ihr Geist war nicht umnachtet, sondern sie tat dies nur, damit keiner ihr nahe kam. Als der Prinz sie in diesem Zustande sah, sprach er zu ihr: ‚Dir soll kein Leid geschehen, du Wonne der Menschenkinder!' Darauf begann er freundlich und gütig mit ihr zu sprechen, und zuletzt flüsterte er ihr zu, wer er war. Kaum erkannte sie ihn, so stieß sie einen lauten Schrei aus und sank dann im Übermaß der Freude, die sie erfüllte, in Ohnmacht. Der König aber glaubte, daß aus Furcht vor ihm dieser Anfall über sie gekommen sei. Nun legte der Prinz seinen Mund an ihr Ohr und sprach zu ihr leise: ‚O Wonne der Menschenkinder, verhüte, daß mein Blut und dein Blut vergossen wird! Fasse dich in Geduld und sei standhaft! Dies ist ein Ort, an dem Geduld vonnöten ist und feste Entschlossenheit in der Ausführung der

Pläne, damit wir uns von diesem tyrannischen König befreien. Mein Plan ist nun der, daß ich jetzt zu ihm hinausgehe und ihm sage, die Krankheit, die dich befallen habe, komme von der Geistesumnachtung, aber ich wolle mich ihm verbürgen, dich zu heilen; dabei werde ich die Bedingung stellen, dir diese Fesseln abzunehmen, dann werde dieser böse Geist dich verlassen. Wenn er darauf zu dir kommt, so sprich mit freundlichen Worten zu ihm, damit er sieht, daß du durch meine Hand geheilt bist; so werden wir alle unsere Wünsche erreichen.' ‚Ich höre und gehorche!' gab sie ihm zur Antwort. Darauf verließ er sie und ging zum König, von Freude beseligt. Zu dem sprach er: ‚O glücklicher König, durch dein Glück hab ich ihre Krankheit und ihr Heilmittel entdeckt, und ich habe sie dir schon gesund gemacht. Drum geh jetzt nur zu ihr hinein, sprich mild zu ihr, behandle sie sanft und versprich ihr, was sie erfreut; so wird dir alles, was du von ihr begehrst, zuteil werden!' – –«

Da bemerkte Schehrezâd, daß der Morgen begann, und sie hielt in der verstatteten Rede an. Doch als die *Dreihundertundsiebenzigste Nacht* anbrach, fuhr sie also fort: »Es ist mir berichtet worden, o glücklicher König, daß der Prinz sich als Arzt ausgab und zu der Prinzessin ging, sich ihr zu erkennen gab und ihr den Plan mitteilte, den er ausführen wollte; daß sie dann sagte: ‚Ich höre und gehorche!' und daß er darauf sie verließ und zum König ging und zu ihm sprach: ‚Geh jetzt nur zu ihr hinein, sprich mild zu ihr und versprich ihr, was sie erfreut; so wird dir alles, was du von ihr begehrst, zuteil werden!' Da trat der König zu ihr ein, und als sie ihn erblickte, erhob sie sich vor ihm, küßte den Boden vor ihm und hieß ihn willkommen. Darüber freute der König sich gar sehr; und sofort gab er den Sklavinnen und Eunuchen Befehl, ihr aufzuwarten, sie ins Bad zu führen und Schmuck und Gewänder für sie bereit zu halten. Die gingen darauf zu ihr hinein und sprachen den Gruß vor ihr; sie erwiderte den Gruß mit freundlicher Rede und gewählten Worten. Nun kleideten die Dienerinnen sie in königliche Gewänder und legten ihr eine Kette aus Juwelen um den Hals; darauf geleiteten sie sie ins Bad, warteten ihr auf und führten sie von dort wieder heraus, als wäre sie der volle Mond. Als sie dann zum König kam, sprach sie den Gruß und küßte den Boden vor ihm. Da ward der König von großer Freude erfüllt, und er sprach zu dem Prinzen: ‚All dies kommt von deinem Segen her; Allah schenke uns deiner Gaben noch mehr!' Doch der Prinz erwiderte: ‚O König, sie wird erst vollkommen genesen, und ganz geheilt wird ihr Wesen, wenn du mit all deinen Garden und Mannen an die Stätte ziehst, an der du sie gefunden hast, und das Ebenholzpferd, das bei ihr war, mit dorthin führst, damit ich aus ihm dort den Teufel austreibe und binde und vernichte, so daß er nie wieder in sie zurückkehrt.' ‚Herzlich gern!' erwiderte der König und ließ alsbald das Ebenholzpferd zu der Wiese führen, auf der er sie mit dem Pferde und dem persischen Weisen gefunden hatte. Dann ritt er mit seinem Heere und mit der Prinzessin dorthin; doch sie ahnten nicht, was der Prinz tun wollte. Als sie auf jener Wiese angekommen waren, gebot der Prinz, der noch immer als Arzt gekleidet war, man solle die Jungfrau und das Pferd auf Blickesweite von dem König und den Truppen entfernt aufstellen. Dann bat er den König: ‚Gib mir jetzt die Erlaubnis, daß ich den Weihrauch anzünde und die Beschwörungen spreche und den bösen Geist binde, damit er nie wieder in sie zurückkehrt. Danach werde ich das Ebenholzpferd besteigen und die Jungfrau hinter mir reiten lassen. Wenn ich das getan habe, so wird das Pferd um sich schlagen und ausschreiten, bis es zu dir kommt. In dem Augenblicke wird alles beendet sein, und dann kannst du mit ihr tun, was du willst.' Als der König seine Worte vernommen hatte, freute er sich gar sehr. Der Prinz aber bestieg nun das Pferd und setzte die Prinzessin hinter sich, während der König und all seine Krieger ihm zuschauten. Darauf zog er sie an sich und band sie mit Stricken fest. Dann drehte der Prinz plötzlich den Aufstiegswirbel; da schwebte das Pferd mit ihnen beiden in die Lüfte empor, und die Krieger starrten ihm nach, bis er ihren Blicken entschwand. Der König wartete einen halben Tag lang und harrte auf seine Rückkehr; aber er kam nicht zurück. Schließlich gab er die Hoffnung auf, und da kam bittere Reue über ihn, und er war tief betrübt über den Verlust der Jungfrau. So nahm er denn sein Heer und kehrte in seine Stadt zurück.

Wenden wir uns nun von ihm wieder zu dem Prinzen! Der flog, fröhlich und selig, der Stadt seines Vaters zu und machte nicht eher halt, als bis er auf seinem Schloß landete. Dann führte er die Prinzessin ins Schloß hinab und brachte sie in Sicherheit. Darauf begab er sich zu seinem Vater und seiner Mutter, begrüßte sie und tat ihnen kund, daß die Prinzessin angekommen sei, und beide wurden von hoher Freude erfüllt.

So stand es um den Prinzen, das Pferd und die Prinzessin. Sehen wir aber noch, was mit dem Könige im griechischen Lande geschah! Als der in seine Stadt zurückgekehrt war, schloß er sich betrübt und bekümmert in seinen Palast ein. Doch seine Wesire kamen zu ihm und begannen ihn zu trösten, indem sie sprachen: ‚Er, der die Jungfrau entführt hat, ist ein Zauberer. Preis sei Allah, der dich vor seiner Zauberei und List behütet hat!' In dieser Weise sprachen sie so lange zu ihm, bis er sich über ihren Verlust getröstet hatte.

Wenden wir uns jetzt wieder zu dem Prinzen zurück! Der bereitete große Festmahle für das Volk der Stadt. – –«

Da bemerkte Schehrezâd, daß der Morgen begann, und sie hielt in der verstatteten Rede an. Doch als die *Dreihundertundeinundsiebenzigste Nacht* anbrach, fuhr sie also fort: »Es ist mir berichtet worden, o glücklicher König, daß der Prinz große Festmahle für das Volk der Stadt bereitete. Einen ganzen Monat lang wurden die Freudenfeste gefeiert. Danach ging er zu der Prinzessin ein, und beide hatten die höchste Freude aneinander.

Solches Glück ward dem Prinzen beschieden. Sein Vater aber zerbrach das Ebenholzpferd und machte seinen Bewegungen ein Ende. Darauf schrieb der Prinz einen Brief an den Vater der Prinzessin und teilte ihm darin mit, wie es ihr ergangen war, ferner auch, daß er sich mit ihr vermählt habe und daß sie nun im schönsten Wohlergehen bei ihm weile. Den Brief schickte er durch einen Boten zugleich mit kostbaren Geschenken und Kleinodien. Als der Bote in der Stadt des Vaters der Prinzessin, in San'â im Lande Jemen, ankam, übergab er den Brief und die Geschenke jenem König. Und wie der den Brief gelesen hatte, war er hocherfreut, nahm die Geschenke an und erwies dem Boten hohe Ehren. Dann rüstete er wertvolle Geschenke für seinen Eidam, den Prinzen, und sandte sie ihm durch denselben Boten. Der kehrte mit ihnen zu dem Prinzen zurück und berichtete ihm, wie sehr der König, der Vater der Prinzessin, sich über die Nachricht von ihr gefreut hatte; darüber war auch der Prinz hocherfreut. Und nun sandte er immerfort in jedem Jahr einen Brief und Geschenke an seinen Schwiegervater. Schließlich aber segnete der König, des Prinzen Vater, das Zeitliche, und dieser folgte ihm auf dem Thron. Er herrschte über die Untertanen in Gerechtigkeit, und sein Wandel unter ihnen war dem Gefallen Gottes geweiht, so daß die Länder sich seinem Dienste neigten und die Menschen ihm Gehorsam bezeigten. Und so lebten sie in des Lebens schönster Herrlichkeit, in aller Freude und Zufriedenheit, bis Der zu ihnen kam, der die Freuden schweigen heißt, und der die Freundesbande zerreißt, der die Schlösser vernichtet und die Gräber errichtet. Preis sei Ihm, dem Lebendigen, der nimmer vergeht, und bei dem die Herrschaft auf Erden und im Himmel steht! Ferner wird erzählt

DIE GESCHICHTE VON UNS EL-WUDSCHÛD UND EL-WARD FIL-AKMÂM

Es lebte in alten Zeiten und längst entschwundenen Vergangenheiten ein König von großer Macht, voll Ruhm und Herrscherpracht. Der hatte einen Wesir, Ibrahîm geheißen; und dieser wiederum hatte eine Tochter von wundersamer Schönheit und Lieblichkeit und von herrlicher Anmut und Vollkommenheit, von überragendem Verstand, und in feiner Bildung gewandt. Doch sie liebte die Gelage und den Wein und die Antlitze in der Schönheit Strahlenschein, die erlesenen von den Gedichten und die seltsamen von den Geschichten; alle Herzen wurden ob der Feinheit ihres Wesens von Liebe durchdrungen, und so hat ein Dichter, der ihresgleichen schildert, von ihr gesungen:

Sie lieb ich; sie bezaubert die Türken und Araber all;
Sie mißt sich mit mir im Recht, in Grammatik und Bildung zumal.[1]

Ihr Name war el-Ward fil-Akmâm[2]; und sie war so benannt wegen ihrer unendlichen Feinheit und ihrer vollendeten Schön-

1. Hier folgen im Arabischen noch drei Verszeilen, die wegen der Wortspiele zwischen Ausdrücken der Grammatik und des Liebeslebens im Deutschen nicht wiedergegeben werden können. – 2. Das ist: die Rose in den Kelchen.

heit. Der König aber liebte es, sie bei seinen Festgelagen zu sehen, um ihrer vollkommenen Bildung willen.

Nun pflegte der König einmal in jedem Jahre die Vornehmen seines Reiches zu versammeln und mit ihnen Schlagball zu spielen. Und als wieder einmal jener Tag kam, an dem die Mannen zum Ballspiele zusammenströmten, setzte sich die Tochter des Wesirs an das Gitterfenster, um zuzuschauen. Während sie beim Spiele waren, fiel ihr Blick auf die Krieger, und sie erschaute unter ihnen einen Jüngling, so schön von Gestalt und so lieblich von Antlitz, wie es keinen anderen gab; mit strahlendem Blick, mit lachendem Munde, mächtig und breit, so stand er da. Immer wieder blickte sie nach ihm hin, ja, sie konnte sich nicht satt an ihm sehen. Und sie sprach zu ihrer Amme: ‚Wie heißt der wunderschöne Jüngling, der dort unter den Kriegern ist?' ‚Meine Tochter,' erwiderte die Amme, ‚alle sind schön. Wen unter ihnen meinst du?' Sie fuhr fort: ‚Warte, ich will ihn dir zeigen.' Dann nahm sie einen Apfel und warf ihn dem Jüngling zu. Der hob sein Haupt und erblickte die Tochter des Wesirs am Fenster, als wäre sie der volle Mond, der im Dunkel der Nacht am Himmel thront. Und wie er seinen Blick wieder abwandte, war sein Herz von Liebe zu ihr erfüllt, und er sprach das Dichterwort:

> *Traf mich ein Schütze oder haben deine Augen*
> *Ein liebend Herz verwundet, als es dich wahrgenommen?*
> *Ist der gekerbte Pfeil zu mir aus weiter Ferne*
> *Von einem Heere oder vom Fenster her gekommen?*

Als nun das Spiel beendet war, fragte sie ihre Amme wieder: ‚Wie heißt dieser Jüngling, den ich dir gezeigt habe?' Jene erwiderte: ‚Er heißt Uns el-Wudschûd[1].' Da schüttelte die Jungfrau versonnen ihr Haupt und legte sich auf ihr Lager nieder;

1. Das ist: die Wonne der Natur.

doch ihre Gedanken loderten, und sie begann in Seufzer auszubrechen und hub an diese Verse zu sprechen:

> *Der irrte nicht, der dich Uns el-Wudschûd benannte,*
> *O du, in dem die Wonne sich mit der Huld[1] vereint.*
> *Dein Antlitz gleicht dem vollen Monde, dessen Scheibe*
> *In Weltall und Natur mit hellem Glanze scheint.*
> *Ja, du bist einzigartig unter allen Menschen;*
> *‚Du bist der Schönheit Herr' ist aller Zeugen Ruf.*
> *Und deine Braue gleicht dem Nûn[2], dem schön geschriebnen;*
> *Dem Sâd[3] dein Augenstern, den der Allgüt'ge schuf.*
> *Und ach, dein schlanker Wuchs ist gleich dem frischen Reise,*
> *Das jeden Wunsch gewährt, der sich im Herzen regt.*
> *Du übertriffst die Ritter der Welt an Kraft; du bist es,*
> *Der aller Huld und Wonne und Schönheit Palme trägt.*

Nachdem sie diese Verse zu Ende gesprochen hatte, schrieb sie sie auf ein Blatt, hüllte es in ein Stück goldgestickter Seide und legte es unter ihr Kissen. Eine ihrer Kammerfrauen aber hatte das gesehen und ging zu ihr hin, plauderte mit ihr, bis sie einschlief, und zog das Blatt heimlich unter dem Kissen hervor; dann las sie es und erkannte, daß die Jungfrau von Liebe zu Uns el-Wudschûd erfüllt war. Nachdem sie nun das Blatt gelesen hatte, legte sie es wieder an seine Stelle. Und als ihre Herrin el-Ward fil-Akmâm aus dem Schlafe erwachte, sprach sie zu ihr: ‚Hohe Herrin, siehe ich bin dir eine treue Beraterin und eine zärtlich besorgte Helferin! Wisse, die Liebe ist ein gestrenger Tyrann, sie, die das Eisen schmelzen kann; ja, wenn sie verborgen wird, bringt sie Krankheiten und große Beschwerden; doch wer die Liebe offenbart, darf nicht getadelt

---

1. Arabisch *uns wa-dschûd* ‚Wonne und Huld'. – 2. Das Nûn ist ein Halbkreis mit einem Punkte; dieser Vergleich ist auch sonst beliebt. – 3. Das Sâd ist mandelförmig mit einem halbkreisförmigen Ansatz; nur der erstere Teil des Buchstabens ist hier gemeint.

werden.' Da erwiderte el-Ward fil-Akmâm ihr: ‚Liebe Amme, welche Arznei gibt es denn für die sehnende Liebe?' Jene gab darauf zur Antwort: ‚Ihre Arznei ist der Liebenden Vereinigung.' ‚Und wie kann die Vereinigung erreicht werden?' fragte die Jungfrau weiter. Die Kammerfrau antwortete: ‚Durch Botschaften und Worte zart und durch Grüße von vielerlei Art; dadurch werden die Liebenden zueinander gebracht, dadurch werden die schweren Dinge leicht gemacht. Wenn du nun etwas auf dem Herzen hast, hohe Herrin, so wisse, ich verstehe am besten dein Geheimnis zu bewahren, dir zum Ziel zu verhelfen und deine Botschaften auszurichten.' Als el-Ward fil-Akmâm diese Worte aus ihrem Munde vernahm, war sie vor Freuden fast wie von Sinnen; dennoch enthielt sie sich der Rede, um zu sehen, wie alles enden würde, und sie dachte bei sich: ‚Niemand hat bisher dies Geheimnis von mir erfahren, und ich will es auch dieser Frau nicht eher kundtun, als bis ich sie erprobt habe.' Aber die Kammerfrau fuhr fort: ‚Hohe Herrin, ich habe im Traume gesehen, wie ein Mann zu mir kam, der zu mir sprach: ‚Deine Herrin und Uns el-Wudschûd lieben einander; drum diene den beiden, richte ihre Botschaften aus, erfülle ihnen ihre Wünsche und bewahre alle ihre Geheimnisse, dann wird dir viel Gutes zuteil werden!' Was ich gesehen, erzählte ich dir; doch die Entscheidung steht bei dir.' Als el Ward fil-Akmâm diesen Traum von ihrer Kammerfrau gehört hatte, sprach sie zu ihr: – –«

Da bemerkte Schehrezâd, daß der Morgen begann, und sie hielt in der verstatteten Rede an. Doch als die *Dreihundertundzweiundsiebenzigste Nacht* anbrach, fuhr sie also fort: »Es ist mir berichtet worden, o glücklicher König, daß el-Ward fil-Akmâm, als die Kammerfrau ihr den Traum, den sie geschaut, berichtet hatte, zu ihr sprach: ‚Kannst du Geheimnisse behüten, meine Amme?' Die erwiderte: ‚Wie wäre es möglich, daß ich Geheimnisse nicht behüte? Ich bin doch aller Edelen Blüte!' Darauf nahm die Jungfrau das Blatt hervor, auf das sie die Verse geschrieben hatte, und sprach zur Kammerfrau: ‚Trag diese meine Botschaft zu Uns el-Wudschûd und bring mir die Antwort darauf!' Die Alte nahm das Blatt und begab sich mit ihm zu Uns el-Wudschûd. Nachdem sie bei ihm eingetreten war, küßte sie ihm die Hände und begrüßte ihn mit den höflichsten Worten; darauf gab sie ihm das Blatt. Als er es gelesen und seinen Sinn verstanden hatte, schrieb er auf die Rückseite diese Verse:

> *Ich stille und verberge die Sehnsucht meines Herzens;*
> *Und doch mein Aussehn ist's, das meine Lieb verrät.*
> *‚Mein Aug ist wund', sag ich, wenn meine Tränen rinnen,*
> *Daß Tadler nicht erkennen und sehn, wie's um mich steht.*
> *Einst war ich sorgenfrei und wußte nichts von Liebe;*
> *Da ward mein Herz gefesselt von heißer Liebe Band.*
> *Dir künd ich meine Not und klage meine Sehnsucht*
> *Und Schmerzen: hab Erbarmen, reich mir des Mitleids Hand!*
> *Mit meiner Augen Tränen hab ich es aufgeschrieben,*
> *Als Dolmetsch all der Not, die ich durch dich erfahr.*
> *Behüte Gott ein Antlitz, dem Lieblichkeit ein Schleier –*
> *Dem ist der Mond ein Knecht, ihm dient der Sterne Schar.*
> *Ja, in der Schönheit selbst sah ich nie ihresgleichen;*
> *Von ihrem Wuchse lernte der Zweig, wie er sich neigt.*
> *Ich bitte dich, doch ohne dir Ungemach zu bringen:*
> *Gewähr, daß durch dein Kommen des Nahseins Glück sich zeigt!*
> *Ich geb dir meine Seele – nimmst du sie von mir an?*
> *Die Nähe ist mir Himmel, die Trennung Höllenbann!*

Darauf faltete er den Brief, küßte ihn, gab ihn der Alten und sprach zu ihr: ‚Amme, mache mir das Herz deiner Herrin geneigt!' ‚Ich höre und gehorche!' erwiderte sie, nahm das Schreiben von ihm entgegen, kehrte zu ihrer Herrin zurück und gab es ihr. Die küßte das Blatt und legte es auf ihr Haupt. Dann öffnete sie es, und nachdem sie es gelesen und seinen Sinn verstanden hatte, schrieb sie darunter diese Verse:

> *O du, dem meine Schönheit sich tief ins Herz gesenkt,*
> *Geduld; dir wird von mir der Liebe Glück geschenkt!*
> *Da ich nun weiß, daß deine Lieb von lautrer Art,*
> *Und daß dein Herze gleichwie meins getroffen ward,*
> *Möcht ich wohl zu dir gehn, so oft und ach, so gern!*
> *Doch halten mich von dir die Kämmerlinge fern.*
> *Wenn dunkle Nacht uns deckt, wird durch der Liebe Macht*
> *In unsrem Busen tief ein Feuer heiß entfacht;*
> *Dann meidet unser Lager der Schlummer allzumal,*
> *Dann foltert unsren Leib gar oft die bittre Qual.*
> *‚Verbirg die Liebe' heißt der Liebe erste Pflicht;*
> *Die Schleier, die uns Schutz verleihn, die lüfte nicht!*
> *Von Liebe zu dem Reh ist jetzt mein Herz entbrannt –*
> *Ach, bliebe es doch nimmer fern von unsrem Land!*

Als sie diese Verse zu Ende geschrieben hatte, faltete sie das Blatt und gab es der Kammerfrau; die nahm es und verließ das Gemach der Wesirstochter el-Ward fil-Akmâm. Doch da begegnete ihr der Kammerherr und fragte sie: ‚Wohin willst du gehen?' ‚Ins Bad!' erwiderte sie; doch sie war so heftig vor ihm erschrocken, daß sie das Blatt fallen ließ, als sie in ihrer Verwirrung zur Tür hinausging.

Sehen wir nun, was mit dem Blatte geschah! Einer der Eunuchen fand es am Boden liegen und nahm es an sich; und als dann der Wesir aus dem Harem kam und sich auf sein Lager setzte, kam der Eunuch, der das Blatt aufgelesen hatte, herein. Wie also der Wesir auf seinem Lager saß, siehe, da trat jener Eunuch mit dem Blatte in der Hand an ihn heran und sprach: ‚Hoher Herr, ich habe dies Blatt im Hause liegen sehen und an mich genommen.' Der Wesir nahm es aus seiner Hand entgegen, gefaltet, wie es war, öffnete es und sah darin die Verse, die schon berichtet wurden. Nachdem er sie gelesen und ihren Sinn verstanden hatte, betrachtete er die Handschrift und entdeckte, daß es die Schrift seiner Tochter war. Alsbald begab er sich zu ihrer Mutter, indem er so bitterlich weinte, daß sein Bart von den Tränen benetzt ward. Seine Gemahlin fragte ihn: ‚Was ist dir, mein Gebieter, daß du weinst?' ‚Nimm dies Blatt,' erwiderte er ihr, ‚und sieh, was darauf steht!' Da nahm sie das Blatt und las es und entdeckte, daß es einen Liebesbrief ihrer Tochter el-Ward fil-Akmâm an Uns el-Wudschûd enthielt. Auch ihr wollten die Zähren in die Augen treten, aber sie bezwang sich und hielt ihre Tränen zurück, indem sie zum Wesir sprach: ‚Mein Gebieter, das Weinen fruchtet nichts; das Richtige ist allein, daß wir uns nach einem Wege umsehen, deine Ehre zu wahren und die Sache deiner Tochter zu verbergen!' Dann tröstete sie ihn und suchte seine Trauer zu lindern. Doch er sprach zu ihr: ‚Ich fürchte für meine Tochter um der Liebe willen. Weißt du nicht, daß der Sultan große Zuneigung zu Uns el-Wudschûd hat? Meine Furcht in dieser Sache hat zweierlei Gründe: der erste betrifft mich, weil das Mädchen meine Tochter ist; der zweite aber betrifft den Sultan, da Uns el-Wudschûd in hoher Gunst bei ihm steht. Vielleicht wird aus alledem großes Unheil kommen. Wie denkst du nun hierüber?' – –«

Da bemerkte Schehrezâd, daß der Morgen begann, und sie hielt in der verstatteten Rede an. Doch als die *Dreihundertunddreiundsiebenzigste Nacht* anbrach, fuhr sie also fort: »Es ist mir berichtet worden, o glücklicher König, daß die Gemahlin des Wesirs, als er ihr von der Sache mit seiner Tochter berichtet und sie gefragt hatte, wie sie darüber denke, ihm zur Antwort gab: ‚Warte, bis ich das Gebet um die rechte Leitung verrichtet habe!'

Darauf betete sie zwei Rak'as[1] gemäß der Vorschrift für die Bitte um die rechte Leitung; und als sie das Gebet beendet hatte, sprach sie zu ihrem Gatten: ‚Mitten im Meere von el-Kunûz[2] liegt ein Berg, der Dschebel eth-Thakla[3] genannt wird – warum er so heißt, wird später erzählt werden –, und zu jenem Berge kann niemand gelangen, es sei denn unter großer Mühsal; dort bereite ihr eine Stätte!' Nun kam der Wesir mit seiner Gemahlin überein, dort ein unzugängliches Schloß zu erbauen; in das wollte er seine Tochter bringen, und er wollte Jahr für Jahr Vorrat zum Lebensunterhalt zu ihr schaffen lassen; auch wollte er ihr Leute zur Gesellschaft und zur Bedienung mitgeben. Darauf ließ er die Zimmerleute, Maurer und Baumeister kommen und entsandte sie zu jenem Berge; und diese Männer erbauten für die Jungfrau eine unzugängliche Burg, derengleichen noch nie ein Auge gesehen hatte. Dann rüstete er die Wegzehrung und eine Karawane, begab sich bei Nacht zu seiner Tochter und befahl ihr, sich aufzumachen. Da ahnte ihr Herz die Trennung, und als sie hinaustrat und die Reise gerüstet sah, begann sie bitterlich zu weinen, und sie schrieb an die Tür, um Uns el-Wudschûd kundzutun, welch großes Leid ihr widerfahren war, ein Leid, das die Haut erschaudern machte und den härtesten Felsen zum Schmelzen brachte, und das die Tränen rinnen ließ; was sie aber schrieb, war dies:

Bei Gott, o Haus, wenn früh mein Lieb vorübergehet
Und grüßend Zeichen winkt in treuem Freundessinn,
So schenk von mir ihm Grüße von reinem, süßem Dufte;

1. Vgl. Band I, Seite 390, Anmerkung. – 2. Das Wort für ‚Meer' kann auch ‚Strom' bedeuten; und da *Kunûz* der Name der nördlichen Nubier ist, so kann ‚Strom der Kunûz' etwa den Nil in der Gegend südlich von Assuan (bis Korosko) bezeichnen. – 3. Zu deutsch ‚Berg der Mutter die ihre Kinder verloren hat'. ‚Mit diesem Berge' könnte die Nilinsel Philae, südlich von Assuan, gemeint sein, da die Geschichte von Uns el-Wudschûd dort überliefert wird.

Denn ach, er weiß ja nicht, an welchem Ort ich bin.
Auch ich weiß nichts davon, wohin der Weg mich führet;
Denn jetzt sind sie zu schnellem und flinkem Marsch bereit,
Zur Nachtzeit, wenn im Walde die Vöglein auf den Ästen
Sich kauern, leise klagend um unser bittres Leid.
Und eine hohle Stimme von Geistern klagte: Wehe
Dem treuen Liebespaare ob solcher Trennungsnot!
Als ich den Kelch des Scheidens gefüllt vor mir erblickte
Und das Geschick uns seinen Wein gewaltsam bot,
Da mischte ich ihn zagend mit treuen Harrens Pflicht –
Doch ach, das Harren tröstet mich über dich jetzt nicht.

Nachdem sie diese Verse zu Ende geschrieben hatte, saß sie auf, und ihre Begleiter ritten mit ihr davon; sie durchquerten Steppen und Wüsten ohne Ende, Ebenen und rauhes Berggelände, bis sie zum Meere von el-Kunûz kamen. Dort schlugen sie die Zelte am Ufer auf und bauten für die Jungfrau ein großes Schiff, in das sie mit ihr und ihrem Gefolge hineinstiegen. Der Wesir hatte ihnen aber befohlen, sie sollten, wenn sie bei dem Berge angekommen wären und seine Tochter mit ihren Leuten in die Burg gebracht hätten, mit dem Schiffe zurückkehren und es dann, wenn sie es wieder verlassen hätten, abbrechen. So zogen sie denn aus und taten alles, was er ihnen geboten hatte; dann kehrten sie heim, mit Tränen im Auge wegen dessen, was geschehen war.

Wenden wir uns nun von ihnen wieder zu Uns el-Wudschûd! Der erhob sich von seinem Schlummer und sprach das Frühgebet; dann bestieg er sein Roß und begab sich zu seinem Dienste beim Sultan. Als er aber wie gewöhnlich bei dem Hause des Wesirs vorbeiging, um etwa jemanden von den Leuten des Hausherrn zu sehen, die er sonst zu erblicken pflegte, und als er auf die Tür schaute, fand er die Verse dort angeschrieben, von denen soeben berichtet wurde. Kaum hatte er die gesehen, da ward er fast wie von Sinnen, ein Feuer loderte in seinem Busen auf, und er kehrte nach Hause zurück; aber er fand dort keine Ruh, und Geduld sagte ihm nicht zu. In quälender Unrast verbrachte er den Tag, bis die Nacht über ihn kam. Da verkleidete er sich und machte sich unkenntlich und wanderte im Dunkel der Nacht verstört dahin, aufs Geratewohl, ohne zu wissen, wohin er ging. Die ganze Nacht hindurch ging er weiter, ja, auch am nächsten Tage, bis daß die Glut der Sonne drückend ward und die Berge brannten und der Durst ihn peinigte. Nun erblickte er einen Baum, und neben ihm entdeckte er ein Rinnsal fließenden Wassers. Er ging auf jenen Baum zu, setzte sich in seinen Schatten am Ufer jenes Bächleins und wollte trinken; aber er fand, daß in seinem Munde das Wasser keinen Geschmack mehr hatte; seine Farbe war verwandelt, sein Antlitz war bleich geworden, und seine Füße waren von der mühseligen Wanderung geschwollen. Da weinte er bitterlich und begann in Tränen auszubrechen und hub an diese Verse zu sprechen:

> *Ach, er, der liebt, ward trunken durch Liebe zur Geliebten,*
> *Wenn stets die Leidenschaft so heiß sein Herz durchwühlt;*
> *Er ist verstört durch Liebe, er irrt umher voll Sehnsucht,*
> *Kein Obdach hat er mehr, kein Trank ist, der ihn kühlt.*
> *Wie kann dem Lieberfüllten das Leben Freude bringen*
> *Fern von dem trauten Lieb? Das wäre wunderbar!*
> *Ich schwinde, seit die Sehnsucht nach ihr so heiß erglühte,*
> *Und auf die Wangen fließen die Tränen immerdar.*
> *Seh ich sie jemals wieder, oder kommt ein Mann*
> *Der Ihren, der mein trauernd Herze heilen kann?*

Als er diese Verse zu Ende gesprochen hatte, weinte er, bis seine Tränen den Boden netzen. Dann erhob er sich rasch und verließ jene Stätte. Doch während er so durch die Wüsten und Steppen dahinwanderte, stürzte plötzlich ein Löwe auf ihn zu;

der hatte eine Mähne, daß sein Hals fast darin erstickte, sein Kopf war so groß wie eine Kuppel, sein Maul so weit wie ein Tor, und seine Zähne glichen den Zähnen eines Elefanten. Als Uns el-Wudschûd ihn erblickte, sah er den sicheren Tod vor Augen; er wandte sich in die Richtung der heiligen Stadt und bereitete sich auf den Tod vor. Nun hatte er aber in den Büchern gelesen, daß der Löwe sich durch den, der ihm schmeichelt, betrügen läßt, da er durch freundliche Worte getäuscht und durch Lobsprüche besänftigt werden kann. So hub er denn an zu sprechen: ‚O Löwe des Dickichts, du Leu der weiten Flur, du stolzer Held, du Meister der Ritter, du Sultan der Tiere des Feldes, siehe, ich bin ein Liebender, verzehrt von der Sehnsucht Macht, von Liebe und Trennungsleid dem Tode nahe gebracht! Mein Lieb ging von hinnen, und seitdem bin ich wie von Sinnen. Drum hör auf das, was ich sage, und hab Erbarmen mit den Leiden der Sehnsucht, die ich trage!' Als der Löwe seine Worte vernahm, wich er vor ihm zurück, setzte sich nieder auf seine Hinterbeine, hob seinen Kopf zu ihm empor und begann mit dem Schwanze zu wedeln und mit den Pfoten zu winken. Als Uns el-Wudschûd sah, daß er sich so zu bewegen begann, redete er ihn mit diesen Versen an:

> *Du Leu der Wüste, willst du mich jetzt zu Tode bringen,*
> *Eh ich noch die gefunden, die Lieb in mir entfacht?*
> *Ich bin doch nicht ein Wild, ich hab kein Fett am Leibe;*
> *Daß ich mein Lieb verlor, hat mich so krank gemacht.*
> *Die Ferne der Geliebten verzehrte meine Kräfte;*
> *Ich bin wie eine Leiche, bedeckt vom Totenkleid.*
> *O hoher König Nobel[1], du Leu des Kampfgetümmels,*
> *Laß doch den Tadler nicht sich freun ob meinem Leid!*
> *Ich liebe, und mich decken die Tränenströme zu;*

---

[1]. Im Arabischen steht *Abu el-Hârith*, der Beiname des Löwen; dieser Name wird erklärt als ‚Vater des Beutemachers'.

Die Ferne der Geliebten läßt mir keine Ruh.
Und wenn ich ihrer denke in finstrer Mitternacht,
So werd ich durch die Liebe um den Verstand gebracht.

Als er diese Verse zu Ende gesprochen hatte, erhob sich der Löwe und kam auf ihn zu. – –«

Da bemerkte Schehrezâd, daß der Morgen begann, und sie hielt in der verstatteten Rede an. Doch als die *Dreihundertundvierundsiebenzigste Nacht* anbrach, fuhr sie also fort: »Es ist mir berichtet worden, o glücklicher König, daß der Löwe, als Uns el-Wudschûd seine Verse zu Ende gesprochen hatte, sich erhob und langsam auf ihn zukam, während ihm die Augen von Tränen rannen. Wie er dann dicht vor ihm stand, leckte er ihn mit seiner Zunge und schritt vor ihm her, als wolle er ihm andeuten: ‚Folge mir!' Da folgte der Jüngling ihm und ging immer weiter hinter ihm her, eine ganze Weile lang, bis der Löwe ihn auf ein Gebirge führte; und als das Tier ihn auf der anderen Seite der Höhe wieder hinuntergeleitet hatte, sah er Fußspuren in der Steppe. Sofort erkannte er, daß dies die Spuren der Leute sein mußten, die el-Ward fil-Akmâm fortgeführt hatten; deshalb folgte er der Spur und ging ihr nach. Doch als der Löwe sah, wie er der Fährte nachging und erkannt hatte, daß die Leute mit seiner Geliebten auf ihr dahingezogen waren, kehrte er um und ging seiner Wege.

Uns el-Wudschûd aber wanderte immer weiter den Spuren nach, Tage und Nächte, und schließlich kam er zu einem brandenden Meer, das von Wogen gepeitscht war rings umher. Dort lief die Spur bis zur Küste des Meeres, aber dann verlor sie sich. Nun wußte er, daß die Leute in See gefahren und zu Wasser ihre Fahrt fortgesetzt hatten. An jener Stätte gab er alle Hoffnung auf; und er begann in Tränen auszubrechen und hub an diese Verse zu sprechen:

Das Heiligtum ist fern und die Geduld geschwunden.
Wie kann ich zu ihr kommen wohl übers tiefe Meer?
Wie kann ich harren, wenn die Lieb mein Herz gebrochen,
Und wenn ich ohne Schlummer in Unruh mich verzehr?
Seit jenem Tag, da sie das Heim verließ und fortzog,
Und als mein Herz entbrannte – o welche heiße Glut –,
Sind Oxus und Jaxartes die Tränen, wie der Euphrat;
Ja, Sintflut, Regenschauer sind nicht wie ihre Flut.
Die Lider sind entzündet vom ew'gen Strom der Tränen,
Von Feuern und von Funken ist mir das Herz verbrannt.
Jetzt stürmen auf mich Heere von heißen Leidenschaften;
Der Hoffnung Heer, besiegt, hat sich von mir gewandt.
Mein Leben setz ich ein um ihrer Liebe willen;
Das Leben einzusetzen wurde mir gar leicht.
Nie strafe Gott um Sünde ein Auge, das da schaute
Auf jene Schönheit, die dem hellen Monde gleicht!
Ich bin dahingestreckt durch Augen, weit und offen,
Von denen ohne Sehne ein Pfeil ins Herz mir flog.
Sie hat mich hingerafft durch zarten Wuchs des Leibes,
Der wie die weichen Zweige am Weidenbaum sich bog.
Ich wollte zu ihr eilen und so mir Hilfe suchen
In meinem Liebesschmerze, im Kummer und im Gram.
Da wurde ich durch sie, wie ich jetzt bin, gebrochen,
Seit alle meine Not vom Zauberblicke kam.

Nachdem er diese Verse geendet hatte, weinte er, bis er in Ohnmacht sank; und lange Zeit blieb er ohnmächtig liegen. Als er dann wieder zu sich kam, wandte er sich nach rechts und nach links; und da er in der Wüste keinen Menschen entdeckte, fürchtete er für sein Leben um der wilden Tiere willen und stieg auf einen hohen Berg. Während er nun oben auf jenem Berge stand, hörte er plötzlich die Stimme eines menschlichen Wesens, das in einer Höhle redete. Er horchte hin, und siehe, es war ein frommer Mann, der die Welt verlassen und sich der Anbetung Gottes geweiht hatte. Dreimal pochte er an die Tür der Höhle, aber der Einsiedler gab ihm keine Antwort und kam auch nicht zu ihm heraus. Da stiegen Seufzer in ihm empor, und er trug diese Verse vor:

> *Welchen Weg hab ich zu gehen, bis ich einst zum Ziel gelang*
> *Und mich von der Not befreie, all dem Gram und Kummer bang?*
> *Aller Schreck der Schrecken brachte jetzo mir das graue Haar*
> *Auf mein Haupt und in mein Herze, ob ich gleich ein Jüngling war.*
> *Ach, ich fand ja keinen Helfer in der Liebessehnsucht Qual,*
> *Keinen Freund, der mich befreite von der Pein und Mühe all.*
> *Und wieviel muß ich ertragen in des Sehnens heißer Pein!*
> *Ja, es ist, als stürmte immer alles Unglück auf mich ein.*
> *Habt Erbarmen mit dem Armen, der da liebt mit banger Brust,*
> *Der den bittren Kelch der Trennung und des Scheidens trinken mußt!*
> *Feuer glüht in meinem Herzen, und mein Innres ist verbrannt;*
> *Und der heiße Schmerz des Abschieds raubte gar mir den Verstand.*
> *Ach, wie trüb war jener Tag mir! Kaum war ich dem Hause nah,*
> *Als ich schon an seinem Tore jene Schrift geschrieben sah.*
> *Und ich weinte, bis die Erde sich mit meinem Gram erfüllt;*
> *Doch ich hab vor allen Leuten, nah und fern, mein Leid verhüllt.*
> *O der Fromme, der in seiner Höhle eingeschlossen wohnt,*
> *Hat vielleicht die Lieb gekostet und blieb nicht von ihr verschont.*
> *Und wenn jetzt nach alle diesem dies das letzte Ende ist,*
> *So bin ich am Ziel, auf daß mein Herz die Not und Müh vergißt.*

Kaum hatte er diese Verse zu Ende gesprochen, so öffnete sich plötzlich die Höhlentür, und er hörte eine Stimme rufen: ‚Weh! welch ein Jammer!' Da trat er durch die Tür ein und grüßte den Einsiedler. Der erwiderte seinen Gruß und fragte ihn dann: ‚Wie heißt du?' ‚Uns el-Wudschûd', antwortete der Jüngling. Weiter fragte der Alte: ‚Aus welchem Grunde bist du an diese Stätte gekommen?' Und nun erzählte Uns el-Wudschûd ihm seine ganze Geschichte von Anfang bis zu Ende und tat ihm alles kund, was ihm widerfahren war. Da weinte der Einsiedler und sprach: ‚Wisse, Uns el-Wudschûd, obgleich ich schon zwanzig Jahre lang an dieser Stätte wohne, so habe ich doch bis gestern noch nie einen Menschen hier gesehen; da aber hörte ich Weinen und Lärmen, und als ich nach der Richtung schaute, aus der die Laute kamen, sah ich viel Volks und Zelte, die an der Meeresküste aufgeschlagen waren; die Leute bauten ein Schiff, und einige von ihnen stiegen hinein und gingen in See. Darauf kehrte ein Teil von denen, die das Schiff bestiegen hatten, mit ihm wieder zurück und zerbrach es, und zuletzt zogen alle ihres Weges. Ich glaube, daß die Leute, die auf dem Rücken des Meeres dahingefahren und nicht wiedergekehrt sind, gerade die sind, nach denen du suchst, Uns el-Wudschûd. Dann ist wirklich dein Kummer groß, und man kann dich verstehen; doch einen Liebenden, der nicht alle Leiden zu kosten hätte, gibt es nicht.' Und dann sprach der Einsiedler dies Gedicht:

> *O du, Uns el-Wudschûd, du glaubst mich frei von Sorgen,*
> *Wo doch der Sehnsucht Leid mir Tod und Leben bringt!*
> *Ich hab die Macht der Liebe gekannt seit meiner Jugend,*
> *Seit ich ein Knäblein war, das von der Mutter trinkt.*
> *Ich hab sie lang erprobt, bis daß ich sie erkannte;*
> *Und wenn du nach mir fragst, dann weiß sie, wer ich bin.*
> *Ich trank den Liebeskelch, verzehrt von heißen Gluten,*
> *Und bin wie tot geworden; so schwand mein Leib dahin.*
> *Ich war ein starker Mann, doch meine Kraft versagte;*
> *Der Blicke Schwerter haben der Hoffnung Heer besiegt.*
> *Drum hoffe in der Liebe auf Glück nicht ohne Qualen,*
> *Da bei dem Glücke gleich das Unglück immer liegt.*
> *Die Liebe hat bestimmt für ihrer Jünger Scharen:*
> *Als Ketzerei verboten ist's, sie nicht zu wahren.*

Nachdem der Einsiedler seine Verse zu Ende gesprochen hatte, trat er an Uns el-Wudschûd heran und umarmte ihn. – –«

Da bemerkte Schehrezâd, daß der Morgen begann, und sie hielt in der verstatteten Rede an. Doch als die *Dreihundertundfünfundsiebenzigste Nacht* anbrach, fuhr sie also fort: »Es ist mir berichtet worden, o glücklicher König, daß der Einsiedler, nachdem er seine Verse zu Ende gesprochen hatte, an Uns el-Wudschûd herantrat und ihn umarmte; und dann weinten die beiden, daß die Berge von ihren Klagen widerhallten, und sie weinten so lange, bis sie beide in Ohnmacht sanken. Als sie aber wieder zu sich gekommen waren, schworen sie einander Brüderschaft vor Allah dem Erhabenen. Dann sprach der Einsiedler zu Uns el-Wudschûd: ,Heute nacht will ich beten und zu Allah flehen, daß er mich das Rechte erkennen lasse, das du zu tun hast.' ,Ich höre und füge mich!' antwortete der Jüngling.

Wenden wir uns nun von Uns el-Wudschûd wieder zu el-Ward fil-Akmâm! Als sie von ihrem Gefolge zu dem Berge gebracht und in das Schloß geführt war und sich nun darin umschaute und sah, wie schön es eingerichtet war, da sprach sie unter Tränen: ,Bei Allah, du bist eine schöne Stätte, nur daß dir die Gegenwart des Geliebten fehlt!' Und da sie Vögel auf jener Insel entdeckte, so gebot sie einem ihrer Leute, Schlingen für sie aufzustellen und sie zu fangen und alle gefangenen Vögel im Schlosse in Käfigen aufzuhängen; und der Mann führte ihren Befehl aus. Sie aber setzte sich an das Fenster des Schlosses und gedachte alles dessen, was ihr widerfahren war; da wuchsen in ihr die Leidenschaft und der sehnenden Liebe Kraft, sie begann in Tränen auszubrechen und hub an diese Verse zu sprechen:

Wem soll ich all mein Sehnen, das mich erfüllet, klagen
Und meinen Kummer, fern von dem Geliebten traut?
In meinem Busen glüht ein Feuer, aber dennoch
Zeig ich es nicht, auf daß der Späher es nicht schaut!
Ich bin so dürr geworden gleichwie der Zähne Stocher
Durch Fernsein und durch Klagen und Glut, die an mir frißt.
Wo ist das Aug des Liebsten, daß er auf mich schaue,
Wie ich jetzt einem gleiche, der von Sinnen ist?

> *Sie waren hart zu mir, als sie mich eingeschlossen*
> *An einem Ort, zu dem mein Liebster niemals dringt.*
> *Die Sonne bitte ich, ihm tausendfache Grüße*
> *Zu bringen, wenn sie aufgeht, und wenn sie wieder sinkt,*
> *Dem Liebsten, dessen Glanz den vollen Mond beschämet,*
> *Wenn er erscheint, und der das schlanke Reis besiegt.*
> *So seiner Wange sich die Rose gleichet, sag ich:*
> *Du gleichst ihm nicht, wenn nicht in dir mein Schicksal liegt.*
> *Und seiner Lippen Tau ist wie das klare Wasser,*
> *Das, wenn die Feuersglut mich quälet, Kühlung gibt.*
> *Wie könnt ich ihn vergessen? Er ist mein Herz, mein Leben;*
> *Er macht mich krank und siech, er, der mich heilt und liebt.*

Und als sie umgeben war von finstrer Nacht, da wuchs noch in ihr der Sehnsucht Macht; sie gedachte der Vergangenheit und klagte in diesen Versen ihr Leid:

> *Es sinkt die Nacht; die Liebe mit ihren Schmerzen regt sich,*
> *Und Sehnsucht rüttelt grausam an allem meinem Leid.*
> *Die bittre Qual der Trennung wohnt jetzt in meinem Busen,*
> *Und all die schwere Sorge macht mich zum Tod bereit.*
> *Die Liebe raubt den Schlaf, und mich verbrennt die Sehnsucht;*
> *Die Tränen künden an, was heimlich in mir weilt.*
> *Ick kenne keinen Weg in meinem Liebesleiden,*
> *Der mich von meiner Schwäche, von Krankheit, Siechtum heilt.*
> *In meinem Herzen glüht ein grimmig Höllenfeuer,*
> *Und seine heiße Glut bringt meiner Brust den Tod.*
> *Ich konnte mich nicht zwingen, ihm Lebewohl zu sagen*
> *Am Trennungstag. O Reue! O meine bittre Not!*
> *O du, der du ihm meldest, was mich genugsam quälet:*
> *Was mir vorherbestimmt, das trag ich in Geduld.*
> *Bei Gott, ich war ihm nie in meiner Liebe untreu;*
> *Und unverbrüchlich ist ein Schwur bei Liebeshuld!*
> *Nun grüß mein Lieb, o Nacht, künd ihm im fernen Land,*
> *Bezeug dein Wissen, daß ich in dir nie Schlummer fand.*

Sehen wir nun, wie es Uns el-Wudschûd inzwischen erging! Der Einsiedler sprach zu ihm: ‚Geh ins Tal hinab und bring mir Fasern von den Palmstämmen!' Da ging er hin und brachte die Fasern; der Einsiedler aber nahm sie und drehte sie zu Stricken und machte ein Tragnetz daraus, wie man es braucht, um Häcksel zu tragen. Dann sagte er: ‚Uns el-Wudschûd, mitten im Tale gibt es einen Kürbis, der aufschießt und über den Wurzeln austrocknet. Geh dorthin und fülle dies Netz mit seinen Früchten; dann binde es zu, wirf es ins Meer und setz dich darauf! Fahre auf ihm mitten ins Meer hinaus, vielleicht wirst du dein Ziel erreichen; denn wer nicht wagt, kommt nicht ans Ziel.' ‚Ich höre und gehorche!' sprach der Jüngling; dann nahm er Abschied von ihm und verließ ihn, um zu tun, wie der fromme Mann ihm befohlen, nachdem er den Segen des Himmels auf ihn herabgewünscht hatte. Uns el-Wudschûd ging also unverweilt zur Sohle des Tales hinab und tat nach dem Befehle des Einsiedlers. Nachdem er aber auf dem Netze mitten ins Meer gelangt war, erhob sich ein Wind über ihm und trieb ihn mit dem Netz dahin, bis er den Augen des Einsiedlers entschwand. Und dann schwamm er immer weiter über das tiefe Meer, getragen von den auf und nieder wogenden Wellen, und er lernte die Wunder und die Schrecken des Meeres kennen. Schließlich jedoch, nach drei Tagen, warf das Geschick ihn gegen den Dschebel eth-Thakla, und er taumelte an Land wie ein schwindeliges Huhn, erschöpft von Hunger und Durst. Dort fand er rieselnde Bäche und Vögel, die auf den Zweigen ihre Weisen schlugen, und Bäume, die Früchte trugen, bald allein und bald im Hain; und er aß von den Früchten und trank aus den Bächen. Wie er dann weiterging, sah er plötzlich in der Ferne einen weißen Schein; und er schritt in seiner Richtung dahin, bis er in die Nähe kam und entdeckte, daß es eine feste und unzugängliche Burg war. Alsbald ging er zum Tore hinauf; aber er fand, daß es geschlossen war, und so setzte er sich nieder und blieb drei Tage lang dort sitzen. Während er noch dasaß, wurde das Schloßtor plötzlich geöffnet, und einer von den Eunuchen kam heraus. Als der Uns el-Wudschûd dort sitzen sah, fragte er ihn: ‚Woher kommst du, und wer hat dich hierher gebracht?' Der Jüngling gab ihm zur Antwort: ‚Aus Ispahan; ich fuhr mit einer Warenladung über das Meer, aber das Fahrzeug, auf dem ich mich befand, erlitt Schiffbruch, und da warfen mich die Wellen an den Strand dieser Insel.' Da hub der Eunuch an zu weinen, umarmte ihn und sprach zu ihm: ‚Gott erhalte dich, du Freundesantlitz! Wisse, Ispahan ist meine Heimat, und ich habe dort eine Base, der ich seit meiner Kindheit in herzlicher Liebe zugetan bin; aber ein Volk, das stärker war als wir, machte einen Raubzug gegen uns, und mit anderer Beute schleppten sie auch mich fort, als ich noch ein kleiner Knabe war, und entmannten mich. Dann verkauften sie mich als Eunuchen, und nun bin ich als solcher hier.' – –«

Da bemerkte Schehrezâd, daß der Morgen begann, und sie hielt in der verstatteten Rede an. Doch als die *Dreihundertundsechsundsiebenzigste Nacht* anbrach, fuhr sie also fort: »Es ist mir berichtet worden, o glücklicher König, daß der Eunuch, der aus dem Schlosse der Jungfrau el-Ward fil-Akmâm herauskam, dem Jüngling Uns el-Wudschûd alles erzählte, was ihm begegnet war, und mit den Worten schloß: ‚Die Krieger, die mich wegschleppten, entmannten mich und verkauften mich als Eunuchen, und nun bin ich als solcher hier.' Und nachdem er ihn herzlich begrüßt und willkommen geheißen hatte, führte er ihn in den Schloßhof. Dort im Innern erblickte Uns el-Wudschûd einen großen Teich, rings umgeben von Bäumen und an deren Zweigen Vögel in silbernen Käfigen mit Türen aus Gold. Jene Käfige hingen an den Zweigen, und die Vögel darin sangen und priesen den Herrn, der über alle richtet. Wie er nun zu dem ersten Käfig herantrat, schaute er genauer hin und sah, daß dort eine Turteltaube war; doch als der Vogel ihn erblickte, erhob er seine Stimme und rief: ‚O Gütereicher!' Da sank Uns el-Wudschûd in Ohnmacht, und als er wieder zu sich kam, begann er in Seufzer auszubrechen und hub an diese Verse zu sprechen:

> *Bist du, o Turteltaube, wie ich von Lieb verstöret,*
> *So sing ‚o Gütereicher' und fleh den Herren an!*
> *Sag mir, ist dieses Gurren von dir ein Freudezeichen?*
> *Ist's Liebesschmerz, der sich vom Herz nicht trennen kann?*
> *Wenn du in Liebe seufzest nach entschwundnen Freuden,*
> *Von denen du jetzt fern in Not und Kummer bist,*
> *Wenn du wie ich des Freundes in Treuen denkst, so wisse,*
> *Daß Fernesein ein Künder von alter Liebe ist.*
> *Mög Gott dem treuen Freunde seinen Schutz verleihn,*
> *Den nimmer ich vergeß, zerfällt auch mein Gebein!*

Als er diese Verse gesprochen hatte, weinte er, bis er von neuem in Ohnmacht sank. Doch als er wieder zum Bewußtsein kam, ging er weiter zum zweiten Käfig. In ihm fand er eine Ringeltaube, und wie die ihn erblickte, sang sie die Worte: ‚O Ewiger, ich danke dir!' Da begann Uns el-Wudschûd in Seufzer auszubrechen und hub an diese Verse zu sprechen:

> *Die Ringeltaube hört ich, wie sie klagend sagte:*
> *Dir, Ewiger, sei Dank für diese meine Not!*
> *Nun möge Allah mich mit meinem Lieb vereinen*
> *Auf dieser meiner Fahrt, durch Seiner Huld Gebot!*
> *Oft kam zu mir ihr Bild mit roten Honiglippen*
> *Und häufte Liebe mir auf meine Liebesqual.*
> *Und wenn die Feuergluten in meinem Herzen brannten*
> *Und dann mein ganzes Wesen entflammte allzumal,*
> *Und wenn die Tränen flossen wie Tropfen roten Blutes*
> *Und sich auf meine Wange ergossen, sagte ich:*

> *Nie ist ein sterblich Wesen noch ohne Leid geblieben;*
> *So trage ich denn immer mein Leid geduldiglich.*
> *So wahr mir Allah helfe, wenn Er mit meiner Herrin*
> *Mich einst vereinen wird am Tag der Seligkeit,*
> *Dann schenke ich mein Gut dem Volke, das da liebet,*
> *Dem Volke, das wie ich dem gleichen Dienst sich weiht;*
> *Dann laß ich diese Vögel aus ihrer Haft von dannen,*
> *Dann will ich meine Trauer durch meine Freude bannen.*

Nachdem er diese Verse gesprochen hatte, schritt er zu dem dritten Käfig, und da fand er eine Spottdrossel; die begann bei seinem Anblick zu rufen; und als er das hörte, sprach er diese Verse:

> *Die Drossel lob ich mir, mit ihrer zarten Stimme;*
> *Sie gleicht dem Klagen eines, den Liebesglut durchloht.*
> *Der Liebe Volk – welch Jammer! Wie viele müssen wachen*
> *Bei Nacht in ihrer Sehnsucht und Leidenschaft und Not!*
> *Es ist, als wären sie in ihrem großen Sehnen*
> *Geschaffen ohne Morgen, zur Qual, und ohne Schlaf.*
> *Und als ich durch mein Lieb bezaubert ward, da band mich*
> *An ihn die Leidenschaft. Als mich die Fessel traf,*
> *Da standen meine Augen in Tränen, und ich sagte:*
> *Das Kettenband der Tränen ward lang und band mich fest.*
> *Das Sehnen wuchs, die Trennung ward lang, der Hoffnung Schätze*
> *Verschwanden, seit die Größe der Pein mich sterben läßt.*
> *Wenn das Geschick gerecht ist und mich mit dem Geliebten*
> *Vereint, und wenn der Himmel uns seinen Schutz gewährt,*
> *Leg ich die Kleider ab, auf daß mein Lieb erkenne,*
> *Wie Abschied, Fernsein, Trennung mir meinen Leib verzehrt.*

Als er auch diese Verse gesprochen hatte, schritt er weiter zu dem vierten Käfig. In ihm fand er eine Nachtigall, und die klagte und sang beim Anblicke des Jünglings Uns el-Wudschûd. Wie er ihren Gesang hörte, begann er in Tränen auszubrechen und hub an diese Verse zu sprechen:

> *Das Lied der Nachtigall ist, wenn der Morgen dämmert,*
> *Für ihn, der liebt, noch süßer als der Saiten Klang.*

> *Nun klagt Uns el-Wudschûd in seiner heißen Liebe*
> *Ob einer Leidenschaft, durch die sein Herz zersprang.*
> *Wie manchen Liederklang vernahm ich, der vor Freuden*
> *Das harte Eisen gar und Stein zergehen macht!*
> *Des jungen Morgens Zephir fächelt mir die Grüße*
> *Von blütenreichen Gärten mit ihrer Blumenpracht.*
> *Der Vöglein heller Schall, der süße Duft des Zephirs*
> *Erweckt in meinem Herzen am Morgen frohen Mut;*
> *Und als ich an mein fernes Lieb in Treuen dachte,*
> *Gleich Bächen, gleich dem Regen rann mir da die Tränenflut.*
> *Und eine Feuerflamme erglüht in meinem Busen*
> *Gleich einem Kohlenmeiler, aus dem die Funken sprühn.*
> *Nun mög der treuen Liebe im trautesten Vereine*
> *Durch frohes Wiedersehen Allahs Lohn erblühn!*
> *Das Volk der Liebe kann ein Mittel wohl verstehen;*
> *Dies eine Mittel ist, daß sie sich wiedersehen.*

Nach diesen Versen ging er ein wenig weiter und sah einen Käfig, der schöner war als alle anderen dort; und als er sich ihm näherte, sah er in ihm eine Waldtaube, jene wilde Taube, die in der Vögel Schar von jeher die berühmteste war, deren Klage die Liebessehnsucht offenbart, und die um ihren Hals ein Juwelenband trägt von herrlicher Art. Er blickte sie eine Weile an und bemerkte, daß sie tief in sich versunken in ihrem Käfig saß. Als er sie in diesem Zustande sah, begann er in Tränen auszubrechen und hub an diese Verse zu sprechen:

> *Ich grüße dich, du Taube, die du vom Walde kamest,*
> *Du Schwester von dem Volke der Sehnsucht, das da liebt!*
> *Ich lieb ein schlankes Reh, das mit dem Blick der Augen*
> *Mir einen Hieb noch schärfer als Schwertesschneide gibt.*
> *Von heißer Liebe brennen mein Herze und mein Busen,*
> *Und dürres Siechtum hat mir meinen Leib verzehrt.*
> *Der Speisen Wohlgeschmack hab ich nun abgeschworen;*
> *So hab ich auch dem Auge den süßen Schlaf verwehrt.*
> *Mein Hoffen und mein Trost sind von mir fortgezogen,*
> *Und herbe Liebespein hat sich mir eingestellt.*

Wie kann mir ohne sie das Leben Freude bringen?
Sie ist mein Ziel, mein Sehnen, mein Alles in der Welt!

Als Uns el-Wudschûd diese Verse zu Ende gesprochen hatte – –«
Da bemerkte Schehrezâd, daß der Morgen begann, und sie hielt in der verstatteten Rede an. Doch als die *Dreihundertundsiebenundsiebenzigste Nacht* anbrach, fuhr sie also fort: »Es ist mir berichtet worden, o glücklicher König, daß die Waldtaube, als Uns el-Wudschûd diese Verse zu Ende gesprochen hatte, längst aus ihrer Versunkenheit erwacht war und seinen Worten lauschte. Und nun rief sie und sang in klagenden Tönen und begann immer lauter zu schluchzen und zu stöhnen, bis schließlich ihr Gurren wie menschliche Rede klang, und da schien es, als ob eine Geisterstimme aus ihr sang:

> *O du, der Liebe Knecht, du hast mich jetzt erinnert*
> *An jene Zeit, da mir die Kraft der Jugend schwand,*
> *Und den geliebten Freund; von Wuchse war er herrlich,*
> *Und seine hohe Schönheit verwirrte den Verstand.*
> *Ach, wenn er in den Zweigen dort auf dem Hügel gurrte,*
> *Dann galt die traute Stimme mir mehr als die Schalmei.*
> *Allein der Vogler stellte ein Netz, und der Gefangne*
> *Hub an und klagte laut: O, ließ er mich doch frei!*
> *Ich hoffte wohl, er sei ein Mann, der milden Sinnes*
> *Beim Anblick meiner Liebe mit mir Erbarmen kennt.*
> *Doch möge Gott den Mann erschlagen, da er grausam*
> *Von dem geliebten Wesen auf ewig mich getrennt!*
> *Nun wird in mir die Sehnsucht nach ihm noch immer größer,*
> *Mich hat der Trennungsschmerz mit Feuersglut durchwühlt.*
> *O Gott, behüte jeden, der fest in seiner Treue*
> *Mit seiner Liebe ringt und meinen Kummer fühlt!*
> *Und sieht er mich gefangen hier in dem Käfig mein,*
> *So mög er für den Freund aus Mitleid mich befrein!*

Darauf wandte Uns el-Wudschûd sich zu seinem Gefährten, dem Manne aus Ispahan, und fragte ihn: ‚Was ist dies für ein

Schloß? Was gibt's in ihm? Und wer hat es bauen lassen?' Jener gab ihm zur Antwort: ‚Der Wesir des Königs Soundso hat es für seine Tochter erbauen lassen aus Furcht vor den Wechselfällen der Zeit und des Geschickes Veränderlichkeit; und er hat sie mit ihrem Gefolge hierher gebracht. Nur einmal im Jahre öffnen wir die Burg, wenn die Vorräte für uns kommen.' Da sprach Uns el-Wudschûd in seiner Seele: ‚Jetzt habe ich mein Ziel erreicht; doch ich muß noch lange warten.'

Sehen wir nun, wie es um el-Ward fil-Akmâm stand! Ihr war so zumute gewesen, daß sie weder an Trank noch an Speise, weder am Sitzen noch am Schlafen Freude hatte; denn in ihr wuchsen der Sehnsucht Kraft und die heftigste Leidenschaft. Und sie hatte sich erhoben und war in allen Winkeln des Schlosses umhergewandert. Da sie aber keinen Ausweg fand, so begann sie in Tränen auszubrechen und hub an diese Verse zu sprechen:

*Sie zerrten mich grausam hinweg vom Geliebten
Und reichten im Kerker mir hangende Pein.
Sie brannten das Herz mir mit Feuern der Liebe
Und raubten den Liebsten dem Anblicke mein.
Sie sperrten mich ein hier in ragende Schlösser,
Auf Bergen erbaut in dem wogenden Meer;
Doch wenn sie nun wollen, ich soll ihn vergessen,
So wächst meine Not nur in heißem Begehr.
Wie kann ich vergessen, da doch all mein Leiden
Allein durch den Blick auf sein Antlitz entfacht?
Der ganze Tag bringt mir nichts andres als Kummer;
Im Denken an ihn nur verbring ich die Nacht.
Mein Trost in der Einsamkeit ist, sein gedenken,
Wenn traurig mein Aug seines Anblicks entbehrt.
Ich möchte wohl wissen, ob nach alle diesem
Das Schicksal den Wunsch meines Herzens gewährt!*

Als sie diese Verse gesprochen hatte, stieg sie zur Dachterrasse des Schlosses hinauf, nahm einige Kleider aus Baalbeker Stoffen¹, band sich damit fest und ließ sich hinab, bis sie den Erdboden erreichte; sie trug aber die prächtigsten Gewänder, die sie besaß, und um ihren Hals lag eine Kette aus Edelsteinen. Dann wanderte sie in jenem wüsten und öden Gelände weiter, bis sie zur Küste des Meeres gelangte. Dort erblickte sie einen Fischer, der in einem Schifflein auf dem Meere hin und her fuhr, um Fische zu fangen, und den der Wind zu jener Insel verschlagen hatte. Der Mann schaute gerade auf und sah nun el-Ward fil-Akmâm auf der Insel. Als er ihrer gewahr wurde, erschrak er und lenkte sein Boot fort, um vor ihr zu fliehen. Doch sie rief ihn und machte ihm viele Zeichen und ließ diese Verse sein Ohr erreichen:

> *Du Fischer dort, du brauchst Gefahren nicht zu fürchten:*
> *Ich bin ein Menschenkind wie alles Fleisch und Blut.*
> *Ich bitte dich, erfüll mir meinen Wunsch und höre*
> *Auf das, was meine Rede dir nun zu wissen tut.*
> *Gott schütze dich! Hab Mitleid mit meiner heißen Liebe!*
> *Sag an, hat wohl dein Auge mein fernes Lieb erblickt?*
> *Ich liebe einen Jüngling von wunderschönem Antlitz,*
> *Das mehr als Mond und Sonne von hellem Glanz geschmückt.*
> *Und wenn das Reh auf seine Blicke sieht, so ruft es:*
> *‚Fürwahr, ich bin sein Knecht!‘ und gibt sich rasch besiegt.*
> *Die Schönheit selber schrieb auf seine Wange Zeichen,*
> *In denen aller Inbegriff der Schönheit liegt.*
> *Denn wer das Licht der Liebe erblickt, ist recht geleitet;*
> *Doch wer es nicht sieht, irrt und ist ein Ketzer gar.*
> *Und willst du mich erquicken durch ihn, o welche Freude!*
> *Ja, stets wenn ich ihn seh, bring ich dir Schätze dar,*
> *Rubinen und viel andre von schönen Edelsteinen,*
> *Auch silberweiße Perlen, Kleinode wundersam.*
> *Mein Freund, ich bitte dich, erfülle meine Wünsche;*
> *Denn sieh, mein Herz vergeht und schmilzt im Liebesgram.*

1. Das ist: aus weißer Leinwand.

Als der Fischer diese Worte aus ihrem Munde vernahm, begann er zu weinen und zu stöhnen und zu klagen, und er gedachte der Tage seiner Jugendzeit, als er sich noch dem Dienste der Liebe geweiht; und da ward mächtig in ihm der sehnenden Liebe Kraft, und es wuchs in ihm die heftige Leidenschaft, die Feuer der Empfindungen lohten in ihm empor, und er trug diese Verse vor:

Welch klare Zeichen deuten meine Sehnsucht,
Der Glieder Siechtum und der Tränen Flut,
Die wachen Augen in der Nächte Dunkel,
Ein Herze brennend wie von Feuers Glut!
Die Liebe spürt ich schon in meiner Jugend,
Da schied ich Echtes von dem falschen Schein,
Und in der Lieb verkauft ich meine Seele,
Um meiner fernen Liebsten nah zu sein.
Dann machte ich mein Leben wohl zum Einsatz
Und hoffte, daß ich bei dem Kauf gewinn.
Der Liebe Satzung kündet: Für den Käufer
Ist Liebesglück noch höher als Gewinn.

Nachdem er diese Verse gesprochen hatte, band er sein Fahrzeug an den Strand und sprach zu der Jungfrau: ,Steig ins Boot, auf daß ich dorthin fahre, wohin du nur willst!' Da stieg sie in das Schiff, und er fuhr mit ihr fort. Kaum hatten sie sich aber nur eine kurze Strecke vom Lande entfernt, da erhob sich ein Wind hinter dem Schiffe, und es trieb rasch dahin, bis das Land außer Sicht war. Nun wußte der Fischer nicht mehr, wohin er fuhr. Der starke Wind hielt drei Tage lang an; dann aber legte er sich nach dem Gebote Allahs des Erhabenen, und darauf fuhr das Schiff mit ihnen immer weiter, bis es zu einer Stadt am Meeresufer gelangte. – –«

Da bemerkte Schehrezâd, daß der Morgen begann, und sie hielt in der verstatteten Rede an. Doch als die *Dreihundertundachtundsiebenzigste Nacht* anbrach, fuhr sie also fort: »Es ist mir berichtet worden, o glücklicher König, daß der Fischer, als das Boot mit ihm und el-Ward fil-Akmâm die Stadt an der Meeresküste erreichte, sich entschloß, bei jener Stadt anzulegen. Dort herrschte ein König von großer Macht, Dirbâs[1] geheißen; der saß damals gerade mit seinem Sohne im Schlosse seiner Herrschaft, und beide blickten durchs Fenster nach dem Meere hin. Da sahen sie jenes Boot, und als sie genauer hinschauten, entdeckten sie in ihm eine Jungfrau, die so schön war wie der Vollmond am Himmelsrande; an ihren Ohren hingen Geschmeide aus kostbaren Ballasrubinen, während um ihren Hals Juwelenketten herrlich schienen. Der König erkannte alsbald, daß sie zu den Töchtern der Vornehmen oder gar der Könige gehören mußte; darum stieg er aus seinem Schlosse hinab, ging hinaus durch die Meerespforte und sah, wie das Boot bereits am Ufer angelegt hatte. Die Jungfrau schlief; doch der Fischer war bei der Arbeit, das Fahrzeug festzubinden. Nun weckte der König sie aus ihrem Schlafe; und als sie aufgewacht war und zu weinen begann, fragte er sie: ‚Woher kommst du? Wessen Tochter bist du? Und was führt dich hierher?' Da gab el-Ward fil-Akmâm ihm zur Antwort: ‚Ich bin die Tochter Ibrahîms, des Wesirs von König Schâmich. Was mich hierher führt, ist wunderbar und seltsam gar.' Darauf erzählte sie ihm ihre ganze Geschichte von Anfang bis zu Ende und verbarg ihm nichts. Dann begann sie in Seufzer auszubrechen und hub an diese Verse zu sprechen:

Mein Aug ist wund von Zähren, und die erregen Wunder
Ob Schmerzen, die ihm solche Tränenfluten leihn
Um eines Freundes willen, der stets im Herz mir wohnet;
Nie ward mein Wunsch erfüllt, in Lieb ihm nah zu sein.
Er hat ein Antlitz, lieblich, in reiner Schöne strahlend;

---

[1]. Zu deutsch: Löwe.

> *Kein Araber, kein Türke ist ihm an Anmut gleich.*
> *Die Sonne wie der Mond verneigt sich, wenn er nahet;*
> *Sie grüßen ihn in Liebe und an Verehrung reich.*
> *In seinem dunklen Blick ruht wundersamer Zauber;*
> *Er zeigt dir einen Bogen, zum Schuß des Pfeils bereit.*
> *O du, dem ich mein Leid geklaget, hab Erbarmen;*
> *Versteh ein liebend Herz, gequält von Sehnsuchtsleid!*
> *Die Liebe hat mich jetzt an euren Strand geworfen,*
> *Mich Arme; eurem Schutze vertraue ich mich an.*
> *Und wer dem Land der Edlen sich hilfesuchend nahet,*
> *Der weiß, daß er auf Schutz der Ehre hoffen kann.*
> *O meine Hoffnung du, beschütze sie, die lieben!*
> *Vereine sie, o Herr, die lang sich fern geblieben!*

Als sie diese Verse gesprochen hatte, erzählte sie dem König ihre Geschichte noch einmal von Anfang bis zu Ende. Dann begann sie wieder in Tränen auszubrechen und hub an diese Verse zu sprechen:

> *Wir lebten, und wir sahen ein Wunder in der Liebe;*
> *Dir sei ein jeder Monat gleichwie ein Festesmond!*
> *Ist's denn nicht wunderbar, daß seit dem Trennungsmorgen,*
> *Am Tränenstrom entzündet, mir Glut im Herzen wohnt?*
> *Daß meiner Augen Lider Tropfen Blutes regnen?*
> *Und daß auf meiner weißen Wange Gold ersproß,*
> *Als wäre, was auf ihr an Rot und Gelb sich einet,*
> *Wie Josephs Kleid, auf dem das Blut zum Scheine floß?*

Als der König diese Worte von ihr vernommen hatte, da ward er von ihrem Leid und ihrer Sehnsucht überzeugt, und Mitleid mit ihr ergriff ihn. Dann sprach er zu ihr: ‚Fürchte dich nicht! Verzage nicht! Du hast dein Ziel erreicht; denn ich werde dir sicher deinen Wunsch erfüllen und dein Verlangen danach stillen. Nun höre diese Worte von mir!' Da sprach er diese Verse vor ihr:

> *Du Tochter edler Eltern hast Ziel und Wunsch erreichet;*
> *Dein wartet frohe Botschaft; drum fürchte hier kein Leid.*

Noch heute bring ich Schätze und sende sie zu Schâmich
Mit edler Männer Schar und Rittern zum Geleit.
Brokat will ich ihm schicken und Säcke voll von Moschus,
Und weißes Silber auch und Gold send ich ihm hin.
Ja, und ein Brief von mir soll ihm die Meldung bringen:
Mich ihm als Schwäher zu verbinden ist mein Sinn.
Mit allem Eifer will ich dir heute Hilfe leihen,
Bis dir Erfüllung dessen, was du erstrebst, naht.
Auch ich hab einst die Liebe gekostet, und ich kenn sie;
Und ich versteh den, der den Trunk der Liebe tat.[1]

Und als er seine Verse beendet hatte, ging er zu seinen Kriegern und berief seinen Wesir; den ließ er zahllose Schätze aufladen und damit zu König Schâmich ziehen, indem er ihm sagte: ‚Du mußt mir einen Jüngling bringen, der bei ihm ist und der Uns el-Wudschûd heißt. Und sprich zum König: ‚Mein Herr will sich mit dir dadurch verbinden, daß er seine Tochter mit Uns el-Wudschûd, deinem Gefolgsmanne, vermählt. Darum mußt du ihn mit mir senden, auf daß wir seine Vermählung mit ihr im Reiche ihres Vaters vollziehen!' Dann schrieb König Dirbâs einen Brief dieses Inhaltes an König Schâmich und gab ihn seinem Wesir; und noch einmal machte er ihm zur Pflicht, Uns el-Wudschûd zu bringen, indem er zu ihm sprach: ‚Wenn du nicht mit ihm zu mir kommst, so bist du deines Amtes entsetzt.' ‚Ich höre und gehorche!' erwiderte der Wesir und begab sich darauf mit den Geschenken zu König Schâmich. Als er bei ihm eintraf, brachte er ihm den Gruß von König Dirbâs und überreichte ihm das Schreiben und die Geschenke, die er bei sich hatte. Doch wie der König sie erblickt und den Brief gelesen und darin den Namen Uns el-Wudschûd gesehen hatte, weinte er bitterlich und sprach zu dem Minister, der zu ihm gesandt war: ‚Wo ist denn Uns el-Wudschûd? Ach, er ist fort-

1. Die Verse des Königs sind zum Teil recht unbeholfen.

gezogen, und wir kennen seine Stätte nicht. Bring ihn zu uns, so will ich dir das Zwiefache geben von dem, was du an Geschenken gebracht hast!' Dann begann er zu weinen und zu seufzen und zu klagen und in Tränen auszubrechen, und er hub an diese Verse zu sprechen:

> *Gebet meinen Freund mir wieder!*
> *Ich verlange nicht nach Geld.*
> *Gaben, Perlen und Juwelen,*
> *Sind es nicht, was mir gefällt.*
> *Ach, er war für mich ein Mond am*
> *Schönheitshimmel hell und klar,*
> *Er, den Geist und Anmut zierten,*
> *Dem kein Reh vergleichbar war.*
> *Schlank gewachsen wie die Weide,*
> *Mit der Reize Frucht geschmückt;*
> *Doch die Weide hat die Art nicht,*
> *Die der Menschen Sinn berückt.*
> *Schon als Knaben in der Wiege*
> *Habe ich ihn treu gehegt.*
> *Jetzo muß ich um ihn trauern,*
> *Und mein Sinn ist schmerzbewegt.*

Darauf wandte er sich zu dem Wesir, der die Geschenke und die Botschaft gebracht hatte, und sprach zu ihm: ,Geh zu deinem Herrn und melde ihm, daß Uns el-Wudschûd seit einem Jahre verschwunden ist und daß sein Herr nicht weiß, wo er ist und keine Kunde von ihm hat!' ,Mein Gebieter,' antwortete der Wesir, ,wisse, mein Herr hat mir gesagt, wenn ich ihn nicht brächte, so sei ich meines Amtes entsetzt und dürfe seine Stadt nicht wieder betreten. Wie kann ich ohne ihn heimkehren?' Da sprach König Schâmich zu seinem Wesir Ibrahîm: ,Zieh mit ihm aus, begleitet von einer Kriegerschar! Suchet nach Uns el-Wudschûd an allen Orten!' ,Ich höre und gehorche!' erwiderte Ibrahîm, nahm eine Schar von seinen

Gefolgsleuten mit sich und zog gemeinsam mit dem Wesir des Königs Dirbâs fort. Und sie begannen nach Uns el-Wudschûd zu suchen. – –«

Da bemerkte Schehrezâd, daß der Morgen begann, und sie hielt in der verstatteten Rede an. Doch als die *Dreihundertundneunundsiebenzigste Nacht* anbrach, fuhr sie also fort: »Es ist mir berichtet worden, o glücklicher König, daß Ibrahîm, der Wesir des Königs Schâmich, eine Schar von seinen Gefolgsleuten mit sich nahm und gemeinsam mit dem Wesir des Königs Dirbâs fortzog, und daß sie nach Uns el-Wudschûd zu suchen begannen. Sooft sie an einem Araberstamme oder an anderem Volke vorbeizogen, fragten sie dort nach dem Jüngling, indem sie sprachen: ‚Ist euch ein Jüngling begegnet, der so heißt und der so und so aussieht?' Aber alle erwiderten: ‚Den kennen wir nicht.' Dennoch hörten sie nicht auf, nach ihm in den Städten und Dörfern zu fragen; sie forschten nach ihm in Ebenen und steinigem Bergesland, in Steppen und im Wüstensand, bis sie schließlich zur Meeresküste kamen. Dort suchten sie sich ein Boot, stiegen hinein und fuhren dahin, bis sie zum Dschebel eth-Thakla[1] kamen. Da sprach der Wesir des Königs Dirbâs zum Wesir des Königs Schâmich: ‚Warum hat dieser Berg einen solchen Namen?' Jener gab ihm zur Antwort: ‚In alter Zeit hat sich eine Dämonin auf ihm niedergelassen; jene Dämonin gehörte zur Geisterwelt von China, und sie liebte einen sterblichen Menschen. Heiße Sorge um ihn erfüllte ihr Herz, und sie fürchtete Gefahr für ihr Leben von ihrem eigenen Volke. Wie nun ihre Sorge immer größer ward, suchte sie auf Erden nach einer Stätte, an der sie ihn vor den Ihren verbergen könnte. Da fand sie diesen Berg, der den Menschen und den Dämonen unzugänglich war, da keiner von den Sterb-

1. Vgl. oben Seite 392, Anmerkung 3.

lichen und den Geistern den Weg zu ihm kannte. So entführte sie denn ihren Geliebten und brachte ihn dorthin. Dann aber flog sie heimlich hin und her zwischen den Ihren und dem Geliebten: das tat sie eine lange Weile, bis sie ihm auf dem Berge dort eine Anzahl von Kindern geboren hatte. Und wenn dann die Kaufleute auf ihren Fahrten über See an dem Berge vorbeikamen, so hörten sie das Weinen der Kinder, und das klang, wie wenn eine Frau weinte, die ihrer Kinder beraubt ist. Dabei sagten sie sich: ‚Hier ist wohl eine Mutter, die ihr Kind verloren hat?' Über diese Erzählung war der Wesir des Königs Dirbâs erstaunt. Darauf gingen die beiden weiter, bis sie zum Schlosse kamen, und klopften an das Tor. Es ward geöffnet, und ein Eunuch trat heraus zu ihnen. Der erkannte Ibrahîm, den Wesir des Königs Schâmich, und küßte ihm die Hände. Nun trat der Minister in das Schloß ein und fand dort auf dem Hof unter den Dienern einen Derwischmann; das war aber Uns el-Wudschûd. Da fragte der Wesir die Leute: ‚Woher kommt der da?' Sie antworteten: ‚Das ist ein Kaufmann, der seine Waren auf See verloren, aber sein Leben gerettet hat; jetzt ist sein Geist zu Gott entrückt.' So ließ er ihn denn stehen und begab sich in das Schloß hinein; als er jedoch von seiner Tochter keine Spur fand, fragte er die Dienerinnen, die dort waren, und die erwiderten ihm; ‚Wir wissen nicht, wie sie von dannen gegangen ist; sie ist nur kurze Zeit bei uns geblieben.' Da begann er in Tränen auszubrechen und hub an diese Verse zu sprechen:

> *O Haus, in dem die Vögel lustig sangen!*
> *Im Stolze konnten seine Schwellen prangen.*
> *Doch klagend kam der Mann in Liebesbanden*
> *Und sah die Tore, wie sie offen standen.*
> *O wüßt ich, wo mein Lieb verborgen weilt,*
> *Beim Haus hier, dessen Herrin fortgeeilt!*

> *Von schönen Dingen pflegt es voll zu sein;*
> *Und Pförtner standen hoch in langen Reihn.*
> *Es war mit Decken aus Brokat behängt.*
> *Ach, wohin hat mein Lieb den Schritt gelenkt?*

Als er diese Verse gesprochen hatte, begann er zu weinen und Seufzer mit Klagen zu vereinen, und er sprach: ‚Vor dem Ratschlusse Gottes kann keiner sich schützen, und niemand kann dem entrinnen, was Er beschlossen und bestimmt hat!' Dann stieg er zum Dache des Schlosses empor und fand die Kleider aus Baalbeker Stoffen, die in Streifen an die Zinnen des Schlosses gebunden waren und bis zur Erde niederhingen; daran erkannte er, daß sie dort hinabgestiegen war und fortgegangen, wie betört und verstört von Liebesverlangen. Wie er sich nun umwandte, sah er dort zwei Vögel, einen Raben und eine Eule; und da er in ihnen ein böses Vorzeichen erkannte[1], begann er in Seufzer auszubrechen und hub an diese Verse zu sprechen:

> *Ich kam zum Haus der Freunde, und ich hoffte dorten,*
> *Mein Leid und meine Schmerzen würden bald gestillt.*
> *Allein ich fand die Freunde nicht; was ich entdeckte,*
> *War nur des Raben und der Eule Unheilsbild.*
> *Da sprach die Geisterstimme: Weh, du hast gefrevelt!*
> *Du hast der treuen Freunde Vereinigung verwehrt.*
> *Drum koste jetzt den Liebesschmerz, den sie gekostet,*
> *Und leb in Gram, bald weinend und bald glutverzehrt!*

Darauf stieg er weinend von dem Dache der Burg hinunter und befahl den Dienern, hinauszuziehen und den ganzen Berg nach ihrer Herrin zu durchforschen; sie taten es, aber sie fanden sie nicht.

1. Der Rabe ist der Vogel der Trennung; die Eule pflegt auf Ruinen und verlassenen Häusern zu sitzen. Von Leuten, die traurig und griesgrämig aussehen, heißt es im Sprichworte: ‚Wie eine Eule auf der Ruine.'

Wenden wir uns nun wieder zu Uns el-Wudschûd! Als der sich überzeugt hatte, daß el-Ward fil-Akmâm fortgegangen war, da hatte er laut aufgeschrien und war in Ohnmacht gesunken. Lange war er besinnungslos liegen geblieben, und die Leute glaubten, sein Geist sei durch den Barmherzigen entrückt, und er sei durch die Betrachtung der ehrfurchtgebietenden Herrlichkeit des Allvergelters verzückt. Nun aber verzweifelte man schließlich daran, Uns el-Wudschûd zu finden; das Herz des Wesirs Ibrahîm war durch den Verlust seiner Tochter el-Ward fil-Akmâm tief betrübt, und der Wesir des Königs Dirbâs entschloß sich, in sein Land heimzukehren, obgleich er das Ziel seiner Fahrt nicht erreicht hatte. Dieser also nahm Abschied vom Wesir Ibrahîm, dem Vater von el-Ward fil-Akmâm, und sprach zu ihm: ,Ich möchte diesen Derwisch mit mir nehmen; vielleicht wird Allah der Erhabene mir durch seinen Segen das Herz des Königs geneigt machen; denn er ist ein Heiliger. Dann will ich ihn nach dem Lande von Ispahan zurücksenden; das liegt dicht bei unserem Lande.' ,Tu, wie du willst!' erwiderte Ibrahîm, und darauf kehrte ein jeder von ihnen um und zog seiner Heimat entgegen, indem der Wesir des Königs Dirbâs den Jüngling Uns el-Wudschûd mit sich nahm. – –«

Da bemerkte Schehrezâd, daß der Morgen begann, und sie hielt in der verstatteten Rede an. Doch als die *Dreihundertundachtzigste Nacht* anbrach, fuhr sie also fort: »Es ist mir berichtet worden, o glücklicher König, daß der Wesir des Königs Dirbâs den Jüngling Uns el-Wudschûd mit sich nahm, der geistesentrückt war. Drei Tage lang zog er mit ihm dahin, während der Jüngling regungslos auf dem Rücken eines Maultieres lag, ohne zu wissen, ob er getragen wurde oder nicht. Als dieser dann aber wieder zu sich kam, fragte er: ,Wo bin ich?' ,Du bist bei dem Wesir des Königs Dirbâs', wurde ihm geantwortet; dann gingen die Leute zu dem Minister und berichteten ihm, daß der Jüngling wieder zu sich gekommen war. Alsbald schickte der Wesir ihm Rosenwasser und Zuckerscherbett; man gab ihm zu trinken, und er kam wieder zu Kräften. Dann zogen sie immer weiter, bis sie in die Nähe der Hauptstadt des Königs Dirbâs kamen. Dort meldete ein Bote, vom König entsandt, dem Minister: ,Wenn Uns el-Wudschûd nicht bei dir ist, so sollst du nie wieder zu mir kommen!' Als jener die königliche Botschaft gelesen hatte, ward er sehr traurig darüber. Nun wußte er aber nicht, daß el-Ward fil-Akmâm beim König war, noch auch hatte er den Grund erfahren, weshalb der König ihn ausgesandt hatte, Uns el-Wudschûd zu bringen, und weshalb er die Verbindung wünschte. Und andererseits wußte Uns el-Wudschûd nicht, wohin er geführt wurde, noch auch, daß der Wesir ausgesandt war, um ihn zu holen. Und ferner ahnte der Wesir nicht, daß jener Jüngling Uns el-Wudschûd selber war. Als daher der Minister sah, daß Uns el-Wudschûd wieder zu sich gekommen war, sprach er zu ihm: ,Wisse, der König hatte mich mit einem Auftrage entsandt, der nicht erfüllt werden konnte. Und als er nun von meiner Rückkehr erfuhr, sandte er mir ein Schreiben des Inhaltes: ,Wenn der Auftrag nicht erfüllt ist, so sollst du meine Stadt nicht betreten!' ,Wie lautet denn der Auftrag des Königs?' fragte der Jüngling; und da erzählte der Wesir ihm die ganze Geschichte. Doch Uns el-Wudschûd sprach zu ihm: ,Fürchte dich nicht! Geh zum König und nimm mich mit dir; ich bürge dir dafür, daß Uns el-Wudschûd kommt!' Darüber war der Wesir erfreut, und er rief aus: ,Ist das wahr, was du sagst?' ,Jawohl', erwiderte der Jüngling. Da saß der Wesir auf, nahm ihn mit sich und führte ihn zum König Dirbâs. Als beide vor ihm standen, fragte der

König: ‚Wo ist Uns el-Wudschûd?' Der Jüngling hub an: ‚O König, ich weiß, wo er ist!' Nun rief der König ihn zu sich und fragte ihn: ‚An welcher Stätte weilt er?' Uns el-Wudschûd gab zur Antwort: ‚An einer Stätte, die sehr nah ist. Doch tu mir zuvor kund, was du von ihm willst; so werde ich ihn zu dir führen!' ‚Herzlich gern,' erwiderte der König, ‚doch diese Sache erfordert Heimlichkeit.' Darauf befahl er den Anwesenden fortzugehn und begab sich selbst mit dem Jüngling in ein Gemach. Dort erzählte der König ihm die ganze Geschichte von Anfang bis zu Ende, und nun bat Uns el-Wudschûd: ‚Laß mir prächtige Gewänder bringen und kleide mich darein; so will ich alsbald Uns el-Wudschûd zu dir führen!' Da ward ihm ein prächtiges Gewand gebracht, er legte es an und rief aus: ‚Uns el-Wudschûd bin ich genannt, dem Neider als Ärgernis bekannt!' Mit den Blicken zog er alle Herzen in seinen Bann, und er hub diese Verse zu sprechen an:

> *Mein Trost in Einsamkeit war, an mein Lieb zu denken;*
> *Dann war ich nicht verlassen, weilt ich auch fern von ihr.*
> *Mein Aug war allezeit voll Tränen; doch sie machten,*
> *Wenn sie vom Auge flossen, das Seufzen leicht in mir.*
> *Die Sehnsucht brannte heiß; ihr gleich ward nichts gefunden.*
> *Ein wundersames Ding war mir die Liebespein.*
> *Die Nacht verbracht ich wachen Lids, und nimmer schlief ich;*
> *Ach, zwischen Höll und Himmel ließ mich die Liebe sein.*
> *Schön war in mir Geduld; ich hatte sie verloren,*
> *Nur Qual des Leidens wuchs in mir mit Allgewalt.*
> *Die Trennungsschmerzen hatten mir meinen Leib verzehrt,*
> *Die Sehnsuchtsnöte raubten mir Ansehn und Gestalt.*
> *Des Auges Lider waren mir wund vom vielen Weinen;*
> *Den Tränenstrom zu dämmen vermochte ich nicht mehr.*
> *Dahin war meine Kraft; den Mut hatt ich verloren,*
> *Und Kummer über Kummer kam über mich daher.*
> *Mein Haupthaar wurde grau, grau auch mein Herz vor Trauer*
> *Um eine hohe Herrin, der Schönen schönste Maid.*

Ach, wider ihren Willen hat Trennung uns geschieden;
Mir nah zu sein war doch ihr Wunsch zu jeder Zeit.
Ob mich wohl nach der Trennung und nach dem langen Fernsein
Das Schicksal durch Verein mit meinem Lieb erfreut?
Ob sich das Buch der Trennung, das aufgeschlagne, schließet
Und durch das Glück der Nähe mich von der Qual befreit?
Wird wohl mein Lieb daheim mein Trautgeselle sein?
Und wird zur Herzensfreude dann alle meine Pein?

Als er diese Verse gesprochen hatte, rief der König: ‚Bei Allah, ihr seid wahrlich ein treues Liebespaar und am Himmel der Schönheit ein leuchtendes Sternenpaar; euer Erlebnis ist wunderbar und eure Geschichte seltsam gar!' Dann erzählte er dem Jüngling die Geschichte von el-Ward fil-Akmâm bis zu Ende. Der aber fragte ihn: ‚Wo ist sie denn, o größter König unserer Zeit?' Der König antwortete: ‚Sie ist jetzt bei mir', und er ließ den Kadi und die Zeugen kommen, ließ die Eheurkunde für ihn und die Jungfrau schreiben und erwies ihm hohe Gunst und Ehre. Danach sandte König Dirbâs zu König Schâmich und ließ ihm alles berichten, was er mit Uns el-Wudschûd und el-Ward fil-Akmâm erlebt hatte. König Schâmich war darüber hoch erfreut und sandte nun einen Brief zurück des Inhalts: ‚Dieweil die Eheurkunde bei dir vollzogen ist, geziemt es sich, daß die Hochzeit und die Brautnacht bei mir gefeiert werden.' Alsbald rüstete er Kamele, Rosse und Mannen und entsandte sie, um das Paar einzuholen. Und als die Gesandtschaft bei König Dirbâs eingetroffen war, schenkte er den beiden große Schätze und entsandte sie, begleitet von einer Schar seiner Krieger. Die zogen mit ihnen dahin, bis die beiden in ihre eigene Heimatstadt zurückkamen. Und das war ein denkwürdiger Tag; nie hat es einen herrlicheren gegeben als diesen. König Schâmich ließ alle Sängerinnen und Lautenspielerinnen zusammenkommen und veranstaltete Feste, die sieben Tage dauerten; an jedem Tage verlieh er den Leuten kostbare Ehrengewänder und teilte Gaben an sie aus. Dann ging Uns el-Wudschûd zu el-Ward fil-Akmâm ein und umarmte sie; nun saßen die beiden da, weinend vor übergroßer Freude und Seligkeit, und diese Verse sprach die Maid:

> *Die Freude kam und scheuchte Sorg und Not von dannen;*
> *Wir sind vereint und haben den Neid zuschand gemacht.*
> *Des Wiedersehens Lufthauch weht mit zartem Dufte,*
> *Hat Herz und Brust und Leib zum Leben neu entfacht.*
> *Des Glückes Schönheit ist erschienen, herrlich duftend,*
> *Und unsre Freudenbotschaft klang allüberall.*
> *Drum glaubet nicht, daß wir jetzt noch vor Trauer weinen!*
> *Nein, nur aus großer Freude kam unser Tränenschwall.*
> *Was haben wir an Schrecken erlebt, die nun geschwunden!*
> *Wie haben wir erduldet, was uns so bang erregt!*
> *In einer Glücksstunde hab ich die Not vergessen,*
> *Die uns auf unser Haupt einst graues Haar gelegt.*

Als sie diese Verse gesprochen hatte, umarmten sie sich von neuem, und so blieben sie eng umschlungen, bis sie ohnmächtig niedersanken. – –«

Da bemerkte Schehrezâd, daß der Morgen begann, und sie hielt in der verstatteten Rede an. Doch als die *Dreihundertundeinundachtzigste Nacht* anbrach, fuhr sie also fort: »Es ist mir berichtet worden, o glücklicher König, daß Uns el-Wudschûd und el-Ward fil-Akmâm sich umarmten, als sie einander wiedergefunden hatten, und daß sie eng umschlungen blieben, bis sie ohnmächtig niedersanken aus Freude über die Wiedervereinigung. Doch als sie wieder zu sich kamen, sprach Uns el-Wudschûd diese Verse:

> *Wie süß sind doch die lieben Nächte der Erfüllung,*
> *Da mir mein Lieb gehalten, was es versprochen hat,*
> *Und da die harte Trennung uns nun ganz verlassen,*
> *Doch die Vereinigung in allem uns genaht!*

> *Jetzt kommt uns das Geschick mit offnem Arm entgegen,*
> *Nachdem es einst gewichen und sich von uns gewandt.*
> *Jetzt hat das Glück für uns sein Banner aufgerichtet;*
> *Der Wonne Becher tranken wir nun aus seiner Hand.*
> *Wir klagten wohl vereint einander unsre Leiden,*
> *Die trüben Nächte auch, die uns so hart gequält.*
> *Jetzt haben wir, o Herrin, Vergangenes vergessen;*
> *Und der Erbarmer möge verzeihn, was einst gefehlt.*
> *Wie ist das Leben schön und aller Wonnen Zier!*
> *Doch das Vereintsein mehrt die Leidenschaft in mir.*

Nachdem er diese Verse gesprochen hatte, umarmten sie sich wieder; und dann ließen sie sich in ihrem Gemach auf ihr Lager nieder. Sie tranken und unterhielten sich mit Gedichten, heiteren Geschichten und Berichten, bis sie im Meere der Leidenschaft versanken. So vergingen sieben Tage, und sie unterschieden nicht die Nacht vom Tageslicht im Übermaße der Wonne und Fröhlichkeit, der lauteren Freude und Seligkeit. Und es war ihnen, als ob die sieben Tage nur ein einziger Tag wären, dem kein zweiter folgte. Und sie erkannten auch den siebenten Tag[1] nur daran, daß die Sängerinnen kamen. Da begann el-Ward fil-Akmâm in große Verwunderung auszubrechen, und sie hub an diese Verse zu sprechen:

> *Was wir vom Lieb uns wünschten, ward erfüllet*
> *Dem Späher und den Neidern all zum Leide.*
> *Wir krönten das Vereintsein durch Umarmung*
> *Auf Kissen von Brokat und feiner Seide*
> *Und einem Bett aus Leder, das gefüllt ist*
> *Mit Vogeldaunen wundersamer Art.*
> *Den Trunk des Weines ließ mich gern entbehren*
> *Der Liebeslippentau wie Honig zart.*
> *In Liebesfreuden haben wir vergessen,*
> *Ob fern die Zeiten waren oder nah.*

---

[1]. Am siebenten Tag nach der Hochzeit pflegt das junge Paar noch ein besonderes Fest zu geben.

> *Der Nächte sieben gingen uns vorüber,*
> *Wir ahnten's nicht – ein Wunder, wie's geschah!*
> *Wünscht Glück zum siebten Tag und sprecht zu mir:*
> *Gott geb in Lieb ein langes Leben dir!*

Nachdem sie ihre Verse geendet hatte, küßte Uns el-Wudschûd sie Hunderte von Malen auf den Mund, und dann tat er seine Freude in diesen Versen kund:

> *O Tag der Freude und der Glückeswünsche:*
> *Die Liebste kam und stillte meine Pein!*
> *Sie freute mich im trauen Beieinander*
> *Und sprach mit mir in Worten zart und fein.*
> *Sie gab den Wein der Liebe mir zu trinken,*
> *Bis daß mein Sinn von solchem Trank berauscht.*
> *Wir ruhten froh und selig, und wir haben*
> *Den Wein getrunken und dem Lied gelauscht.*
> *Im höchsten Glück vergaßen wir die Tage,*
> *Ob erster oder zweiter uns entschwand.*
> *Glück dem, der liebt, beim frohen Wiedersehen:*
> *Er finde Freude so, wie ich sie fand!*
> *Er koste nie der Trennung Bitterkeit,*
> *Und Gott erfreu ihn, wie Er mich erfreut!*

Nach diesen Versen erhoben sich die beiden und verließen ihr Gemach. Sie verteilten Gaben an das Volk, Geld und Kleider, und machten reiche Geschenke. Darauf gab el-Ward fil-Akmâm Befehl, ihr das Bad zu räumen, und sie sprach zu Uns el-Wudschûd: ‚Du mein Augentrost, es verlangt mich, dich im Bade zu sehen; und wir wollen dort ganz allein sein.' Übergroße Freude erfüllte ihren Sinn, und sie sprach diese Verse vor sich hin:

> *Du, der seit alter Zeit mein Herz gewann –*
> *Das Alte geht im Neuen nicht verloren.*
> *O du, der du mein Alles in der Welt,*
> *Ich habe keinen Freund als dich erkoren.*
> *Komm mit ins Bad, o du mein Augenlicht;*

Laß uns den Himmel in der Hölle[1] sehen!
Wir lassen Aloe und Nadd[2] erglühn,
Bis uns die Düfte überall umwehen.
Verziehen sei dem Schicksal alle Schuld,
Gepriesen des barmherz'gen Herren Huld!
Ich rufe dann, seh ich dich dort vor mir:
Glückauf, mein Lieb, und Segen sei mit dir![3]

Darauf erhoben sie sich, begaben sich ins Bad und hatten dort ihre Freude; dann kehrten sie in ihr Schloß zurück und lebten dort in aller Herrlichkeit, bis Der zu ihnen kam, der die Freuden schweigen heißt, und der die Freundesbande zerreißt. Preis sei Ihm, der unwandelbar besteht, der nie vergeht, zu dem alles heimkehrt, ein jeglich Ding, groß und gering!

Ferner wird erzählt

DIE GESCHICHTE VON ABU NUWÂS
MIT DEN DREI KNABEN UND DEM KALIFEN

Eines Tages war Abu Nuwâs[4] allein zu Hause, und da rüstete er ein prächtiges Gastmahl; er holte mancherlei Speisen von jeglicher Art heran, wie sie Lippe und Zunge sich nur wünschen kann. Dann ging er aus und schritt dahin, um einen lieben Knaben zu suchen, der eines solchen Mahles würdig wäre, indem er sprach: ,Mein Gott, mein Herr und Gebieter, ich flehe dich an, sende mir einen, der zu dieser Feier paßt und der es wert ist, heute mein Tischgenosse zu sein!' Kaum hatte er diese Worte beendet, da sah er drei Jünglinge, noch frei von Bärten, so schön, als wären sie Knaben aus den Paradieses-

---

1. Das Feuer im Warmbade wird mit dem Höllenfeuer verglichen. – 2. Nadd ist aus Ambra, Moschus und Aloe zusammengesetzt; vgl. Band II, S. 798, Anmerkung. – 3. Wenn jemand aus dem Bade kommt, so wird ihm Segen gewünscht. 4. Vgl. Band II, S. 603, Anmerkung.

gärten; ihre Farben waren von verschiedener Art, doch ihre Reize waren gleichmäßig zart. An ihren biegsamen Gestalten wurden die Hoffnungen entzündet, so wie ein Dichter von ihnen kündet:

> *Ich traf ein bartlos Paar und sagte ihm:*
> *‚Ich liebe euch!' Da sprach zu mir das Paar:*
> *‚Hast du denn Geld?' ich rief: ‚Mit offner Hand.'*
> *Da sprach das Paar: ‚Die paart sich uns, fürwahr!'*

Nun war Abu Nuwâs solchem Wandel ergeben, und er pflegte mit schönen Knaben in Lust und Freuden zu leben; er pflückte die Rose von jeder blühenden Wang, so wie ein Dichter davon sang:

> *Wie manch alter Graukopf ist voll von Begier*
> *Und liebt noch die Schönen, von Sehnsucht entfacht.*
> *Er war wohl in Mosul, dem Lande so rein,*
> *Und hat dabei nur an Aleppo gedacht.*[1]

Er ging also auf jene Jünglinge zu und begrüßte sie voll Freundlichkeit; und sie erwiderten seinen Gruß mit aller Ehrerbietung und Höflichkeit. Sie wandten sich zum Gehen sodann; doch Abu Nuwâs hielt sie zurück und redete sie mit diesen Versen an:

> *Kommt her zu mir, und geht zu keinem andern!*
> *Mein Haus ist voll von feinstem Proviant.*
> *Ich habe alten Wein von klarer Farbe,*
> *Gekeltert von des Klostermönches Hand.*
> *Auch hab ich feines Fleisch vom jungen Lamme*
> *Und vielerlei Geflügel, das da fleugt.*
> *So eßt davon und trinket von dem Weine,*
> *Dem alten, der die Sorgen uns verscheucht!*
> *Vergnüget euch dann einer an dem andern,*
> *Und laßt auch mich in eurem Kreise wandern!*[2]

1. Die aleppinische Jugend gilt als stutzerhaft. – 2. Der Sinn dieses letzten Verses kann im Deutschen nur angedeutet werden.

Weil nun die Jünglinge von seinen Versen bezaubert waren, so entschlossen sie sich, seinem Wunsch zu willfahren; und sie antworteten ihm: – –«

Da bemerkte Schehrezâd, daß der Morgen begann, und sie hielt in der verstatteten Rede an. Doch als die *Dreihundertundzweiundachtzigste Nacht* anbrach, fuhr sie also fort: »Es ist mir berichtet worden, o glücklicher König, daß die Jünglinge, weil sie von seinen Versen bezaubert waren, sich entschlossen, seinem Wunsche zu willfahren, und nun dem Abu Nuwâs antworteten: ‚Wir hören und gehorchen!‘ Dann gingen sie mit ihm zu seinem Hause und fanden alles, was er ihnen in seinen Versen beschrieben hatte, zum Mahle bereit. So setzten sie sich denn nieder, aßen und tranken, und waren vergnügt und voll froher Gedanken; dann wandten sie sich an Abu Nuwâs, er möge entscheiden, wer von ihnen der schönste sei an Anmut und Lieblichkeit und der schlankste von des Wuchses Ebenmäßigkeit. Da wies er auf den einen von ihnen, gab ihm zwei Küsse dann und redete ihn mit diesen beiden Versen an:

> *Mein Leben geb ich für das Mal auf seiner Wange;*
> *Wie könnt ich Geld hingeben für dies Schönheitsmal?*
> *Preis Ihm, der seine Wange ohne Flaum erschaffen,*
> *Der diesem Male gab die Schönheit allzumal.*

Dann wies er auf den zweiten, küßte ihm das Lippenpaar und sprach dies Versepaar:

> *Ein Lieb, auf dessen Wang ein Schönheitsmal sich beut*
> *Wie Moschus, der auf reinen Kampfer hingestreut!*
> *Mein Auge staunte, als es einen Blick erstahl.*
> *‚Auf, bete zum Propheten‘, sagte da das Mal.*

Zuletzt wies er auf den dritten, gab ihm zehn Küsse dann und redete ihn mit diesen Versen an:

> *Ein Jüngling schmolz das lautre Gold im Silberbecher,*
> *Als ob des Weines Farbe auf seinen Händen sei.*
> *Er reichte mit den Schenken mir einen Becher Weines;*
> *Doch seine Augen reichten mir der Becher zwei.*
> *Ein Schöner, von den Söhnen der Türken, gleich dem Rehe –*
> *Wie zwischen hohen Bergen zieht sein Leib sich hin.*[1]
> *Und wenn auch meine Seele bei der Krummen wohnet,*
> *So ist doch durch die Lockung zwiegeteilt mein Sinn.*
> *Zum Land von Dijâr-Bekr entführt mich ein Verlangen;*
> *Das andre will am Land der zwei Moscheen hangen.*[2]

Nun hatte jeder der Jünglinge zwei Becher getrunken, und als die Reihe an Abu Nuwâs kam, nahm er den Becher hin und sprach diese beiden Verse:

> *Trink immer nur den Wein aus Händen eines Schönen,*
> *Zu dem in feiner Rede du sprichst und der so spricht!*
> *Denn nimmer kann der Trinker sich an dem Wein erfreuen,*
> *Zeigt ihm der Schenke nicht ein strahlend Angesicht.*

Dann trank er den Becher aus, und der machte von neuem die Runde. Als die Reihe wieder an Abu Nuwâs kam, gewann die Heiterkeit Gewalt über seinen Sinn, und er sprach diese Verse vor sich hin:

> *Nimm dir zum Freund die Runde der Becher alten Weines,*
> *Und eine neue Runde sei nach ihr gereicht*

---

1. Im Arabischen: ‚sein Rumpf zieht die beiden Berge von Hunain zueinander'. Hunain ist ein Tal in der Nähe von Mekka; der Sinn ist: ‚sein Leib ist schmal zwischen der breiten Brust und den breiten Hüften wie das Tal zwischen den hohen Bergen'. 2. Die letzten Verse sind voller Anspielungen. Die ‚Krumme' ist der Tigris bei Baghdad und dann Baghdad selbst. Dijâr-Bekr, ursprünglich das ‚Gebiet des Stammes Bekr', liegt in Nordmesopotamien; hier mag es auch in dem Sinne ‚Land der Jungfrau' verstanden werden. Das ‚Land der zwei Moscheen' ist wohl das Gebiet von Mekka und Medina. Die möglichen Nebenbedeutungen brauchen hier nicht erörtert zu werden.

> *Aus eines Schönen Hand, den rote Lippen zieren,*
> *So zart, daß er dem Moschus und den Äpfeln gleicht!*
> *Ja, nur die Hand des Rehes schenk den Wein dir ein;*
> *Ein Kuß auf seine Wange ist süßer noch als Wein!*

Als aber die Trunkenheit den Abu Nuwâs übermannte, und er den Unterschied zwischen Hand und Haupt nicht mehr kannte, drang er mit Kuß und Umarmung auf die Jünglinge ein, legte Bein auf Bein, hatte für Sünde und Scham keinen Sinn und sprach diese Verse vor sich hin:

> *Vollkommne Freude bringet nur ein Jüngling,*
> *Der trinkt in schöner Zechgenossen Kreis.*
> *Der eine singt ein Lied, der andre grüßt ihn,*
> *Wenn er ihn mit dem Becher zu erquicken weiß.*
> *Und hat er dann nach einem Kuß Verlangen,*
> *So reicht ihm jener seine Lippe dar.*
> *Gott segne sie! Schön war mein Tag bei ihnen;*
> *Ein Wunder ist's, wie er so herrlich war!*
> *Nun laßt uns trinken, ob gemischt, ob rein;*
> *Und wer da schläft, soll unsre Beute sein.*

Während sie es so trieben, klopfte plötzlich jemand an die Tür; sie riefen ihm zu, er möge eintreten. Aber wer da eintrat, das war der Beherrscher der Gläubigen Harûn er-Raschîd. Alle sprangen vor ihm auf und küßten alsbald den Boden vor ihm; auch Abu Nuwâs erwachte aus seiner Trunkenheit, erschrocken durch den Anblick des Kalifen. Da rief der Beherrscher der Gläubigen: ‚Du da, Abu Nuwâs!' Der antwortete: ‚Zu Diensten, o Beherrscher der Gläubigen, Allah stärke deine Macht!' ‚Was ist das für ein Zustand?' fragte der Kalif. Und der Dichter erwiderte: ‚O Beherrscher der Gläubigen, der Zustand überhebt der Fragen, das ist zweifellos zu sagen!' Der Kalif aber fuhr fort: ‚Abu Nuwâs, ich habe Allah den Erhabenen um die rechte Leitung gebeten und dich daraufhin zum Kadi der

Kuppler ernannt.' Darauf antwortete der Dichter: ‚Wünschest du denn dies Amt für mich, o Beherrscher der Gläubigen?' ‚Jawohl', erwiderte jener. Nun fragte Abu Nuwâs: ‚O Beherrscher der Gläubigen, hast du mir vielleicht eine Sache vorzutragen?' Darüber ergrimmte der Kalif, und er wandte sich alsbald um und verließ die Leute, von Groll erfüllt. Als es Abend ward, legte er sich nieder und verbrachte die Nacht in heftigem Zorn wider Abu Nuwâs. Der aber verlebte eine der schönsten Nächte in Heiterkeit und Frohsinn. Als der Morgen sich einstellte und sein Gestirn die Welt mit seinem Licht erhellte, beschloß er das Gelage, entließ die Jünglinge, legte sein Staatsgewand an und ging aus seinem Hause hinaus auf dem Wege zum Beherrscher der Gläubigen. Nun war es die Gewohnheit des Kalifen, wenn die Staatsversammlung aufgelöst war, sich in den Saal, in dem er auszuruhen pflegte, zurückzuziehen und dort die Dichter, Tischgenossen und Lautenspieler zu versammeln; von diesen hatte ein jeder seinen Platz, den er nicht verlassen durfte. Es traf sich, daß er auch an jenem Tage aus der Regierungshalle in den Saal gegangen war und seine Tafelgenossen versammelt und ihnen ihre Plätze angewiesen hatte. Als aber Abu Nuwâs kam und sich auf seinen Platz setzen wollte, rief der Beherrscher der Gläubigen Masrûr, den Träger des Schwertes, und befahl ihm, er solle dem Abu Nuwâs die Kleider herunterreißen, ihm den Packsattel eines Esels auf den Rücken binden, eine Halfter um seinen Kopf und einen Schwanzriemen um sein Gesäß legen und ihn so umherführen in den Gemächern der Sklavinnen – –«

Da bemerkte Schehrezâd, daß der Morgen begann, und sie hielt in der verstatteten Rede an. Doch als die *Dreihundertunddreiundachtzigste Nacht* anbrach, fuhr sie also fort: »Es ist mir berichtet worden, o glücklicher König, daß der Beherrscher der Gläubigen Masrûr, dem Träger des Schwertes, befahl, er solle dem Abu Nuwâs seine Kleider herunterreißen, ihm den Packsattel eines Esels auf den Rücken binden, eine Halfter um seinen Kopf und einen Schwanzriemen um sein Gesäß legen, und ihn so umherführen in den Gemächern der Sklavinnen, den Zimmern der Frauen und den anderen Räumen, damit alle ihn verspotten könnten; danach solle er ihm das Haupt abschlagen und es ihm bringen. ‚Ich höre und gehorche!' erwiderte Masrûr und begann den Befehl des Kalifen auszuführen; und er führte den Dichter umher in allen Räumen, deren Zahl so groß war wie die Zahl der Tage des Jahres. Abu Nuwâs aber machte überall Scherze, und jeder, der ihn sah, gab ihm etwas Geld, so daß er mit vollen Taschen zurückkehrte. Als er nun so wieder ankam, trat plötzlich Dscha'far der Barmekide zum Kalifen ein, der in einer wichtigen Angelegenheit für den Beherrscher der Gläubigen fern gewesen war. Wie der den Abu Nuwâs in diesem Zustande sah und ihn erkannte, rief er: ‚Du da, Abu Nuwâs!' ‚Zu Diensten, mein Gebieter!' antwortete der. Jener fuhr fort: ‚Was hast du verbrochen, daß dir eine solche Strafe zuteil geworden ist?' Abu Nuwâs berichtete: ‚Ich habe nichts verbrochen; ich habe nur unserem Herrn und Kalifen meine schönsten Verse als Geschenk dargebracht, und da hat er mir sein schönstes Gewand geschenkt.' Wie der Beherrscher der Gläubigen das hörte, brach er in ein Gelächter aus, das aus zornerfülltem Herzen dennoch hervorkam; und er verzieh dem Dichter und verlieh ihm obendrein zehntausend Dirhems.

Und ferner erzählt man

DIE GESCHICHTE VON 'ABDALLÂH IBN MA'MAR UND DEM MANNE AUS BASRA MIT SEINER SKLAVIN

Einstmals kaufte ein Mann aus dem Volke von Basra eine Sklavin; die ließ er aufs beste erziehen und unterrichten. Er hing an ihr in leidenschaftlicher Liebe, und er gab all sein Geld für Vergnügungen und Feiern mir ihr aus, bis ihm nichts mehr übrig blieb und die härteste Armut ihn bedrängte. Da sprach die Sklavin zu ihm: ,Mein Gebieter, verkauf mich! Denn du hast den Preis nötig, und dein Zustand jammert mich, wenn ich dich so in Not sehe. Drum, wenn du mich verkaufst und meinen Kaufpreis für dich verwendest, so ist es besser für dich, als daß ich bei dir bleibe; vielleicht wird Allah der Erhabene dir wieder zu Geld und Gut verhelfen.' Er willigte in ihre Bitte ein, weil die Not ihn so sehr bedrängte, nahm sie und führte sie auf den Markt; dort bot der Makler sie dem Emir von Basra zum Kaufe an, der da 'Abdallâh ibn Ma'mar et-Taimi hieß. Dem gefiel sie, und er kaufte sie um fünfhundert Dinare; er ließ das Geld auch sofort ihrem Herren auszahlen. Doch als dieser es erhalten hatte und fortgehen wollte, begann die Sklavin zu weinen und sprach diese Verse:

> *Das Geld, das du empfängst, gereiche dir zum Segen!*
> *Jetzt bleibt mir nichts als Leid und sorgenvoller Sinn.*
> *Ich sprech zu meiner Seele in ihrer tiefen Trauer:*
> *Klag wenig oder viel – der Freund ist nun dahin!*

Wie ihr Herr das hörte, begann er in Seufzer auszubrechen und er hub an diese Verse zu sprechen:

> *Weißt du in deiner Not jetzt nicht mehr aus noch ein*
> *Und bleibt dir nur der Tod, vergib dem Herren dein!*
> *Nun will ich früh und spät in Treuen dein gedenken;*

Das mag dem schwerbetrübten Herzen Lindrung schenken.
Wir sehen uns nicht mehr; drum ziehe hin in Frieden!
Es steht bei Ma'mars Sohn; sonst sind wir stets geschieden.

Als 'Abdallâh ibn Ma'mar die Verse der beiden hörte und ihr Leid sah, rief er aus: ‚Bei Allah, ich will nicht zu eurer Trennung behilflich sein; denn ich weiß nun, daß ihr einander lieb habt. So nimm das Geld und die Sklavin, o Mann, und Allah gesegne dir beides! Wahrlich, die Trennung zweier Liebenden voneinander bringt beiden Gram.' Da küßten die beiden ihm die Hand und gingen davon; und sie sind immerdar beieinander geblieben, bis der Tod sie geschieden hat – Preis sei Ihm, dem der Tod nicht naht!

Ferner wird erzählt

DIE GESCHICHTE DER LIEBENDEN
AUS DEM STAMME DER 'UDHRA

Einst lebte unter den Banu 'Udhra[1] ein Mann von vornehmer Art, der keinen einzigen Tag ohne Liebe sein konnte. Es begab sich, daß er von Liebe zu einer schönen Frau seines Stammes ergriffen wurde, und er sandte ihr Botschaften Tag für Tag. Aber sie wies ihn spröde zurück, so daß er, überwältigt von Leidenschaft und von der sehnenden Liebe Kraft, schwer erkrankte, sich auf die Kissen legte und den Schlaf zu verscheuchen pflegte. Nun erfuhren die Leute, wie es um ihn stand, und um seiner Liebe willen wurde er überall genannt. – –«

Da bemerkte Schehrezâd, daß der Morgen begann, und sie hielt in der verstatteten Rede an. Doch als die *Dreihundertundvierundachtzigste Nacht* anbrach, fuhr sie also fort: »Es ist mir berichtet worden, o glücklicher König, daß der Mann sich auf

1. Über 'Udhra (bei Heine: Asra) vgl. Band II, Seite 33 und Seite 381, Anmerkung 1.

die Kissen legte und den Schlaf zu verscheuchen pflegte. Nun erfuhren die Leute, wie es um ihn stand, und um seiner Liebe willen wurde er überall genannt; doch sein Siechtum wuchs immer mehr, und sein Leiden ward so schwer, daß er dem Tode nahe war. Darauf baten die Seinen und die Ihren sie unaufhörlich, ihn zu besuchen; doch sie weigerte sich immer noch, bis er im Sterben lag. Als ihr das mitgeteilt wurde, hatte sie Mitleid mit ihm und schenkte ihm einen Besuch. Und wie er sie erblickte, begannen seine Augen in Tränen auszubrechen, und er hub mit gebrochenem Herzen an diese Verse zu sprechen:

> *Wenn meine Leiche nun an dir vorüberziehet*
> *Auf einer Bahre, von der Schultern vier getragen,*
> *Willst du – bei deinem Leben! – ihr folgen und dem Grabe*
> *Des Toten in der Erde deine Grüße sagen?*

Als sie diese Worte von ihm vernahm, weinte sie bitterlich, und sie sprach zu ihm: ‚Bei Allah, ich ahnte nicht, daß der Liebe Macht dich in die Arme des Todes gebracht! Hätte ich das gewußt, so hätte ich mich deiner Not angenommen und wäre nach deinem Wunsche zu dir gekommen.' Doch wie er sie dies sagen hörte, begannen seine Tränen wie ein Regenschauer aus der Wolke hervorzubrechen, und er hub an das Dichterwort zu sprechen:

> *Sie nahte sich, als schon der Tod uns beide trennte,*
> *Und sie versprach Erhörung, als es nutzlos war.*

Dann seufzte er noch einmal auf und verschied. Sie aber warf sich auf ihn und küßte ihn und weinte. So lange weinte sie, bis sie ohnmächtig neben ihm niedersank. Und als sie wieder zu sich kam, trug sie den Ihren auf, sie in seinem Grabe zu bestatten, wenn sie gestorben wäre. Darauf begannen ihre Augen in Tränen auszubrechen, und sie hub an diese beiden Verse zu sprechen:

Wir lebten auf der Erde ein Leben voller Wonne;
Stamm, Haus und Heimat waren im Stolze auf uns groß.
Da riß der Zeiten Flug uns grausam auseinander:
Das Leichentuch vereint uns nun im Erdenschoß.

Nachdem sie diese Verse gesprochen hatte, begann sie wiederum bitterlich zu weinen; und sie weinte und klagte unaufhörlich, bis sie ohnmächtig niedersank. Drei Tage lang blieb sie in ihrer Ohnmacht liegen; dann starb sie und wurde in seinem Grabe bestattet.

Dies ist eine der wunderbaren Begebenheiten in der Liebe. Ferner wird erzählt

DIE GESCHICHTE DES WESIRS VON JEMEN UND SEINES JUNGEN BRUDERS

Der Herr Badr ed-Dîn, der Wesir von Jemen, hatte einen Bruder von wunderbarer Schönheit, den er eifersüchtig hütete. Und als er nach einem Lehrer für ihn suchte, fand er einen Scheich, der ehrfurchtgebietend und würdig aussah und einen keuschen und frommen Lebenswandel führte; den ließ er in dem Hause neben dem seinen wohnen. Eine geraume Zeit lang pflegte so der Scheich täglich aus seinem Hause in das des Herrn Badr ed-Dîn zu kommen, um dessen Bruder zu unterrichten, und darauf in seine Wohnung zurückzukehren. Doch dann entbrannte sein Herz in Liebe zu jenem Jüngling, die Sehnsucht überwältigte ihn, und sein Sinn fand keine Ruhe mehr. Da klagte er eines Tages dem Jünglinge seine Not; der erwiderte ihm: ‚Was kann ich tun, da ich mich Tag und Nacht nicht von meinem Bruder trennen darf und er mich immer bewacht, wie du selber siehst?' Doch der Scheich sprach: ‚Mein Haus ist neben dem euren. Du kannst, wenn dein Bruder schläft, aufstehen und dich ins Kämmerlein begeben; dann wird es so aussehen, als ob du auch schliefest. Du aber komm zur Brustwehr der Dachterrasse, und ich werde dich auf der anderen Seite der Mauer empfangen. Nur einen Augenblick sollst du bei mir sitzen; dann magst du zurückkehren, ohne daß dein Bruder es merkt.' ‚Ich höre und gehorche!' antwortete der Jüngling; und der Scheich begann Geschenke zu rüsten, wie sie seinem Range entsprachen.

Sehen wir nun weiter, was der Jüngling tat! Er ging in das Kämmerlein und wartete, bis sein Bruder sich auf sein Lager niederlegte; nachdem aber eine Weile der Nacht vorübergegangen und sein Bruder in tiefen Schlaf versunken war, erhob er sich und begab sich zur Brustwehr der Dachterrasse. Dort fand er den Scheich stehen und auf ihn warten; rasch reichte jener ihm die Hand, zog ihn zu sich herüber und führte ihn in den Saal. Nun schien in jener Nacht der Vollmond; und wie die beiden dort beim Mahle saßen und die Becher bei ihnen kreisten und der Scheich zu singen begann, warf der Mond sein helles Licht auf sie. Während sie sich so vergnügten in Lust und Fröhlichkeit, in Wonne und Seligkeit, in einem Glück, das den Verstand und das Auge zu verwirren begann, so schön, daß keine Zunge es beschreiben kann, da erwachte plötzlich der Herr Badr ed-Dîn aus seinem Schlafe. Als er seinen Bruder nicht fand, sprang er erschrocken auf; die Tür sah er offen stehen, und so eilte er durch sie hinaus. Schon hörte er den Klang der Stimmen, und er sprang über die Brustwehr zur Dachterrasse des Nebenhauses. Als er dort aus dem Zimmer einen Lichtschein hervorleuchten sah, spähte er hinter der Mauer hinab und gewahrte die beiden, wie der Becher bei ihnen kreiste. Doch der Scheich bemerkte ihn, und nun begann er, den Becher in der Hand, zu singen und ließ dies Lied erklingen:

> *Er gab mir den Wein seiner Lippen zu trinken;*
> *Mit Zierde des Wangenflaums trank er mir zu.*
> *Und Wange an Wange, in meiner Umarmung,*
> *Ging heute der Schönste der Menschen zur Ruh.*
> *Der leuchtende Vollmond schien auf uns hernieder;*
> *Nun bittet ihn: Sag es dem Bruder nicht wieder!*

Die Güte des Herrn Badr ed-Dîn aber zeigte sich dadurch, daß er, als er diese Verse vernahm, ausrief: ‚Bei Allah, ich will euch nicht verraten!' und fortging, indem er die beiden ihren Freuden überließ.

Ferner wird erzählt

DIE GESCHICHTE VON DEM LIEBESPAAR IN DER SCHULE

Ein freier Jüngling und eine junge Sklavin besuchten einst die gleiche Schule; und der Jüngling wurde von der Liebe zu dem Mädchen ergriffen – –«

Da bemerkte Schehrezâd, daß der Morgen begann, und sie hielt in der verstatteten Rede an. Doch als die *Dreihundertundfünfundachtzigste Nacht* anbrach, fuhr sie also fort: »Es ist mir berichtet worden, o glücklicher König, daß der Jüngling von der Liebe zu dem Mädchen ergriffen wurde und ihr in leidenschaftlicher Neigung zugetan war. Und eines Tages, als die anderen Knaben nicht auf ihn achteten, nahm der Jüngling die Tafel der Sklavin und schrieb darauf diese beiden Verse:

> *Was sagst du nur von dem, den übergroße Liebe*
> *Zu dir so krank gemacht, daß er ganz ratlos ist?*
> *Er klagt das Leiden nun, in Sehnsucht und in Schmerzen;*
> *Er kann nicht mehr verbergen, was ihm das Herz zerfrißt.*

Als die Sklavin ihre Tafel nahm, sah sie diese Verse, die darauf geschrieben standen; und nachdem sie sie gelesen und ihren Sinn verstanden hatte, begann sie aus Mitleid mit ihm zu weinen, und sie schrieb unter die Zeilen des Jünglings diese beiden Verse:

> *Wenn wir den, der da liebt, in seinem schweren Leid*
> *Der Liebe schaun, so sei ihm unsre Huld geweiht.*
> *Er soll den Liebeswunsch bei uns erfüllet sehn;*
> *Und was geschehen soll, das möge dann geschehn!*

Nun aber traf es sich, daß der Lehrer zu ihnen trat und die Tafel fand, als sie es nicht sahen. Er nahm sie auf und las, was auf ihr geschrieben stand; und da er Mitleid mit ihrer Not empfand, schrieb er unter das, was sie geschrieben hatten, diese beiden Verse:

> *Geh hin zu deinem Lieb und fürchte nicht die Folgen!*
> *Denn wer da liebt, ist ganz verstört von Leidenschaft.*
> *Und sei auch ohne Sorgen vor des Lehrers Strenge!*
> *Er fühlte ja schon lang vor euch der Liebe Kraft.*

Und weiter traf es sich, daß der Herr der Sklavin damals in die Schule kam und die Tafel des Mädchens fand. Als er auf ihr die Worte des Jünglings und der Sklavin und auch die des Lehrers gelesen hatte, schrieb er noch unter das, was all die anderen geschrieben hatten, diese Verse:

> *Euch trenne Allah nie in eurem ganzen Leben;*
> *Und wer euch feind ist, soll im Elend untergehn!*
> *Jedoch der Lehrer ist, bei Gott, der größte Kuppler*
> *Den meine Augen je in dieser Welt gesehn.*

Darauf sandte der Herr der Sklavin nach dem Kadi und den Zeugen und ließ die Eheurkunde für die Sklavin und den Jüngling im Hause niederschreiben. Dann rüstete er für die beiden zum Hochzeitsfeste und beschenkte sie aufs reichste und beste; und sie lebten immerdar herrlich und in Freuden, bis Der zu ihnen kam, der die Freuden schweigen heißt, und der die Freundesbande zerreißt.

Ferner wird erzählt

DIE GESCHICHTE VON EL-MUTALAMMIS UND SEINEM WEIBE UMAIMA

Einst floh el-Mutalammis vor en-Nu'mân ibn el-Mundhir[1] und blieb so lange fort, daß man glaubte, er sei gestorben. Nun hatte er eine schöne Gattin, Umaima geheißen; und die Ihren rieten ihr, sich wieder zu vermählen; doch sie weigerte sich dessen. Da aber viele Freier um sie warben, so drangen die Ihren in sie und wollten sie wider ihren Willen zur Ehe zwingen; schließlich gab sie ihnen nach, obgleich sie es nicht wünschte. Und so ward sie mit einem Manne aus ihrem Stamme vermählt, sie, die an ihrem Gatten el-Mutalammis immer noch mit herzlicher Liebe hing. Aber in eben der Nacht, in der sie jenem Manne, dem sie wider ihren Willen vermählt war, zugeführt wurde, kam el-Mutalammis zurück; und als er im Lager den Klang der Pfeifen und Schellen vernahm und die Zeichen der Hochzeitsfeier erblickte, fragte er einige Knaben, was die Feier bedeute. Die gaben ihm zur Antwort: ‚Umaima, die Frau von el-Mutalammis, ist mit dem und dem vermählt, und er wird heute nacht zu ihr eingehen.' Nachdem er das gehört hatte, schlich er sich heimlich mit der Schar der Frauen ein, und da sah er das Paar unter ihrem Hochzeitsbaldachin sitzen. Der neue Gatte war schon zu ihr gekommen, und nun begann sie traurig zu seufzen und zu weinen, und sie sprach diesen Vers:

Das Schicksal birgt so mancherlei – o daß ich's wüßte!
In welchem Land magst du, o Mutalammis, sein?

[1]. Dieser Nu'mân war König von Hîra im unteren Babylonien etwa von 590 bis 600 n. Chr. Über seinen Verkehr mit den Dichtern, darunter auch el-Mutalammis, und mit Frauen wurden bei den Arabern manche Anekdoten und Legenden erzählt; er galt als launisch und tyrannisch.

Ihr Gatte el-Mutalammis war ein berühmter Dichter, und so antwortete er ihr alsbald:

> *Ganz nah bei dir im Hause, o Umaima, wisse:*
> *An jedem Halteplatz dacht ich in Treuen dein.*

Da nun erriet der neue Gatte, wie es um die beiden stand, und er stand eilends auf, indem er sprach:

> *Ich war im Glück; doch jetzo hat es sich gewendet;*
> *Ein gastlich Haus und Raum schließt nun euch beide ein.*

So verließ er die beiden und ging davon. Ihr Gatte el-Mutalammis aber blieb wieder bei ihr, und sie lebten immerdar in Freuden und in Fröhlichkeit, in Wonnen und Glückseligkeit, bis der Tod sie hieß auseinandergehn. Preis sei Ihm, auf dessen Geheiß einst Himmel und Erde auferstehn!

Ferner wird erzählt

DIE GESCHICHTE
VON DEM KALIFEN HARÛN ER-RASCHÎD UND DER HERRIN ZUBAIDA IM BADE

Der Kalif Harûn er-Raschîd war der Herrin Zubaida in herzlicher Liebe zugetan, und er ließ für sie einen Lustgarten anlegen mit einem Wasserteich darinnen, den er ringsum mit Bäumen umpflanzen und von allen Seiten mit Wasser speisen ließ. Und die Bäume wuchsen so eng über dem Teiche zusammen, daß man hineingehen und dort baden konnte, ohne von jemandem gesehen zu werden; so dicht war das Laub. Nun begab es sich eines Tages, daß die Herrin Zubaida in jenen Lustgarten trat und zu dem Teiche kam. – –«

Da bemerkte Schehrezâd, daß der Morgen begann, und sie hielt in der verstatteten Rede an. Doch als die *Dreihundertundsechsundachtzigste Nacht* anbrach, fuhr sie also fort: »Es ist mir berichtet worden, o glücklicher König, daß die Herrin Zubaida, als sie in jenen Lustgarten getreten und zu dem Teiche gekommen war, sich an seiner Schönheit weidete. Der schimmernde Wasserspiegel und das Dickicht des Laubes gefielen ihr, und da es ein sehr heißer Tag war, so legte sie ihre Gewänder ab und trat in den Teich. Sie blieb im Wasser, das nicht tief genug war, um den, der in ihm stand, ganz zu bedecken, aufrecht stehen, schöpfte Wasser mit einer Kanne aus reinem Silber und goß es über ihren Leib.

Der Kalif aber hörte davon und ging von seinem Schlosse hinab, um ihr, vom Laub der Bäume versteckt, zuzuschauen. Da sah er sie denn ganz entkleidet, und alles an ihr, was sonst verborgen ist, ward ihm sichtbar. Doch als sie den Beherrscher der Gläubigen hinter dem Laube bemerkte und wußte, daß er sie nackend sah, wandte sie sich um und blickte nach ihm hin. Aber aus Scham vor ihm legte sie ihre Hände auf ihren Schoß; freilich konnte sie ihn nicht ganz bedecken, da er so rund und groß war. Da wandte der Kalif sich alsbald um, und erstaunt sprach er diesen Vers:

Mein Aug erblickte, was mich traurig macht;
Und durch die Trennung ward mein Leid entfacht.

Aber er wußte nicht, wie er fortfahren sollte; deshalb ließ er Abu Nuwâs kommen, und als der Dichter vor ihm stand, sprach der Kalif zu ihm: ‚Vollende mir ein Gedicht, dessen erster Vers lautet: Mein Aug erblickte, was mich traurig macht; und durch die Trennung ward mein Leid entfacht!' ‚Ich höre und gehorche!' erwiderte Abu Nuwâs; und er begann in wenigen Augenblicken aus dem Stegreif zu dichten und diese Verse an ihn zu richten:

Mein Aug erblickte, was mich traurig macht;
Und durch die Trennung ward mein Leid entfacht

Von der Gazelle, die mich ganz bestrickt,
Als ich im Lotusschatten sie erblickt.
Und Wasser floß auf ihren Schoß, so klar,
Aus einer Kanne, die von Silber war.
Als sie mich sah, da hat sie ihn bedeckt;
Doch ihre Hand hat ihn nicht ganz versteckt.
O könnte ich doch glücklich bei ihr sein,
Ein Stündlein oder auch zwei Stündelein!

Da lächelte der Kalif über seine Worte und machte ihm ein Geschenk; der Dichter aber ging erfreut von dannen.

Ferner wird erzählt

DIE GESCHICHTE VON HARÛN ER-RASCHÎD UND DEN DREI DICHTERN

Eines Nachts ward der Beherrscher der Gläubigen Harûn er-Raschîd von großer Unruhe geplagt; da erhob er sich und wanderte überall in seinem Palaste umher. Nun begegnete ihm eine Sklavin, die vor Trunkenheit schwankte. Weil er gerade diese Sklavin leidenschaftlich liebte, so tändelte er mit ihr und zog sie an sich; doch dabei fiel ihr Mantel herab, und ihr Untergewand löste sich. Er bat sie um ihre Liebesgunst; aber sie erwiderte ihm: ‚Laß mir bis morgen abend Zeit, o Beherrscher der Gläubigen! Ich bin nicht auf dich vorbereitet; denn ich wußte nichts von deinem Kommen.' Da verließ er sie und ging fort. Als aber der Tag sich erhob und seine Sonne die Welt mit leuchtenden Strahlen durchwob, sandte er einen Diener zu ihr, um ihr kundzutun, daß der Beherrscher der Gläubigen ihr Gemach besuchen werde. Doch sie ließ ihm antworten: ‚Der helle Tag verwischt das Wort der Nacht.' Da sprach er-Raschîd zu seinen Tischgenossen: ‚Macht mir Verse, in denen die Worte vorkommen: Der helle Tag verwischt das Wort der Nacht!' ‚Wir hören und gehorchen!' erwiderten sie; und als erster trat er-Rakâschi[1] vor und sprach diese Verse:

> *Bei Allah, Mädchen, fühltest du mein Leiden,*
> *Du wärest bald um deine Ruh gebracht! –*
> *Dich, Herr, hat eine Jungfrau, die nicht nahet,*
> *Der nicht genaht wird, liebeskrank gemacht.*
> *Sie brach dir ihr Versprechen, und sie sagte:*
> *Der helle Tag verwischt das Wort der Nacht.*

Darauf trat Abu Mus'ab vor und sprach diese Verse:

> *Wann wirst du weise, wo dein Herz verzückt ist,*
> *Wo Ruh dich meidet und dein Auge wacht? –*
> *Genügt dir nicht das Auge voller Tränen,*
> *Die Glut im Herzen, die dein Nam entfacht? –*
> *Er lächelte und sagte selbstgefällig:*
> *Der helle Tag verwischt das Wort der Nacht.*[2]

Und als letzter trat Abu Nuwâs vor und sprach diese Verse:

> *Die Lieb war lang; wir waren fern einander.*
> *Wir stritten auch; nicht frommte uns der Streit.*
> *Da traf ich sie bei Nacht im Schlosse trunken;*
> *Doch war sie züchtig noch in Trunkenheit.*
> *Der Mantel sank herab von ihren Schultern*
> *Beim Tändeln; das Gewand fiel auch geschwind.*
> *Am Zweige, dran die zarten Äpfel hängen,*
> *An schweren Hüften rüttelte der Wind.*
> *Ich sprach: Gib deinem Lieb ein treu Versprechen!*
> *Sie sagte: Morgen wird es schön vollbracht.*
> *Ich kam am Morgen, sprach: Dein Wort? Sie sagte:*
> *Der helle Tag verwischt das Wort der Nacht.*

Da befahl der Kalif, einem jeden der beiden ersten Dichter zehntausend Dirhems zu geben, doch nicht dem Abu Nuwâs.

1. Ein Dichter und Zeitgenosse des Abu Nuwâs. – 2. Der erste Vers ist an den abgewiesenen Liebhaber, der zweite an den abweisenden Geliebten (oder die Geliebte) gerichtet. In dem dritten Verse ist von dem (oder der) Geliebten in der dritten Person die Rede.

Vielmehr gebot er, ihm den Kopf abzuschlagen, indem er sprach: ‚Du bist gestern abend bei uns im Palast gewesen!' Abu Nuwâs jedoch rief: ‚Bei Allah, ich habe nirgendwo anders geschlafen als in meinem Hause. Ich bin nur durch deine Worte auf den Inhalt meiner Verse hingewiesen worden. Allah der Erhabene, der von allen die lauterste Wahrheit spricht, hat gesagt: Und den Dichtern folgen die Irrenden nach. Siehst du nicht, wie sie in jedem Wadi verstört umherlaufen, und wie sie reden, was sie nicht tun?'[1] Da vergab der Kalif ihm und befahl, ihm zwanzigtausend Dirhems zu geben. Darauf gingen die drei Dichter fort.

Ferner erzählt man

DIE GESCHICHTE VON MUS'AB IBN EZ-ZUBAIR
UND 'ÂÏSCHA BINT TALHA

Mus'ab, der Sohn von ez-Zubair, traf einst in Medina die 'Azza, die eine der klügsten Frauen war, und er sprach zu ihr: ‚Ich denke daran, mich mit 'Âïscha, der Tochter des Talha, zu vermählen; und nun möchte ich, daß du zu ihr gehst, um zu sehen, wie sie gestaltet ist.' Jene ging darauf zu dem Mädchen, und als sie zu Mus'ab zurückkehrte, sprach sie zu ihm: ‚Ich habe sie gesehen; ihr Antlitz ist schöner als die Gesundheit; sie hat große Augen, und darunter eine Adlernase, glatte und runde Wangen und einen Mund gleich der Blüte des Granatapfels. Ihr Hals gleicht einer silbernen Kanne, und darunter ist der Busen mit zwei Brüstlein, die wie ein Paar von Granatäpfeln sind; und weiter darunter hat sie einen schlanken Leib mit einem Nabel, der einem Elfenbeinbüchslein gleicht; Hüften hat sie wie zwei Sandhügel, ihre Schenkel sind straff gerundet, und ihre Waden gleichen zwei Säulen aus Alabaster;

1. Koran, Sure 26, Vers 224 bis 226.

doch ich sah, daß ihre Füße groß sind. Du wirst bei ihr die Zeit der Not vergessen.' Nachdem 'Azza ihm 'Aïscha mit solchen Worten beschrieben hatte, nahm Mus'ab sie zur Frau und ging zu ihr ein. – –«

Da bemerkte Schehrezâd, daß der Morgen begann, und sie hielt in der verstatteten Rede an. Doch als die *Dreihundertundsiebenundachtzigste Nacht* anbrach, fuhr sie also fort: »Es ist mir berichtet worden, o glücklicher König, daß Mus'ab, nachdem 'Azza ihm 'Aïscha bint Talha mit solchen Worten beschrieben hatte, sie zur Frau nahm und zu ihr einging. Danach lud 'Azza die 'Aïscha und die Frauen vom Stamme Koraisch in ihr Haus ein, und dort sang 'Azza, während Mus'ab dabeistand, diese beiden Verse:

> *Der Mund der Mädchen wird von zartem Duft umfächelt;*
> *Er ist so süß zu küssen; süß ist er, wenn er lächelt.*
> *Und wenn ich von ihm nippte, mußt ich an ihn denken;*
> *Und die Gedanken sind's, mit denen Herrscher lenken.*

In der Nacht, als Mus'ab zu ihr einging, ließ er erst nach der siebenten Umarmung von ihr ab. Und am Morgen traf ihn eine seiner Freigelassenen, die sprach zu ihm: ‚Mein Leben für dich! Du bist in allem, auch hierin, vollkommen!' Ein anderes Weib aber erzählte: ‚Ich war einmal im Hause der 'Aïscha bint Talha. Da kam ihr Gatte zu ihr, und sie verlangte nach ihm. Stürmisch umarmte er sie; und sie stöhnte und seufzte und hatte wunderbare Bewegungen und seltsame Regungen, während ich doch zuhören konnte. Als er sie dann wieder verließ, sprach ich zu ihr: ‚Wie konntest du das tun, während ich in deinem Hause war, bei deinem Range, deinem Adel und deiner Abkunft?' Sie gab mir darauf zur Antwort: ‚Eine Frau soll ihrem Manne alles bringen, was sie vermag, an Erregungen und an wunderbaren Bewegungen. Was mißfällt dir denn daran?' Ich erwiderte: ‚Es wäre mir lieber, wenn das des Nachts geschieht.' Doch sie sagte: ‚Das ist so bei Tage; bei Nacht tue ich noch mehr. Denn wenn er mich sieht, so wird seine Begierde erregt, und er wird von Verlangen bewegt. Dann naht er mir, und ich gehorche ihm, und es geht, wie du weißt.'

Ferner sind mir berichtet worden

DIE VERSE DES ABU EL-ASWAD ÜBER SEINE SKLAVIN

Abu el-Aswad[1] kaufte sich eine schielende Sklavin, die ein unter den Arabern geborener Mischling war. Er hatte sein Gefallen an ihr, aber die Seinen wollten sie bei ihm schlecht machen. Da wunderte er sich über die Leute, hob seine Hände umgekehrt empor und trug diese Verse vor:

> *Man tadelt sie bei mir; doch ist an ihr kein Tadel,*
> *Nur daß in ihren Augen vielleicht ein Flecken liegt.*
> *Wenn auch in ihren Augen ein Tadel ist, so ziert sie*
> *Ein schlanker Leib, der sich auf schweren Hüften wiegt.*

Ferner wird erzählt

DIE GESCHICHTE VON HARÛN ER-RASCHÎD UND DEN BEIDEN SKLAVINNEN[2]

Eines Nachts ruhte der Beherrscher der Gläubigen, Harûn er-Raschîd, zwischen zwei Sklavinnen, einer aus Medina und einer aus Kufa. Die Kufierin rieb ihm die Hände, während die

---

1. Wahrscheinlich ist Abu el-Aswad ed-Du'ali gemeint, ein Dichter, der in der zweiten Hälfte des 7. Jahrhunderts n. Chr. in Basra lebte; er wurde als angeblicher Erfinder der arabischen Grammatik später viel genannt. – 2. Diese Anekdote ist eine recht rohe Verspottung der gelehrten ‚Traditionswissenschaft' des Islams, die freilich auch manche beschränkte und pedantische Vertreter gehabt hat. Die hier genannten Männer sind bekannte Traditionarier.

Medinerin ihm die Füße knetete, so daß seine Ware sich aufrichtete. Da sprach die Kufierin zu ihr: ‚Ich sehe, du willst mir das Kapital entziehen und es allein für dich haben; gib mir meinen Anteil daran!' Die Medinerin aber gab ihr zur Antwort: ‚Mir überlieferte Mâlik nach der Aussage von Hischâm ibn 'Urwa, der von seinem Vater über den Propheten wußte, daß er gesagt hat: Wenn jemand einen Sterbenden ins Leben zurückruft, so gehört der ihm und seinen Nachkommen.' Doch die Kufierin stieß ihre Mitsklavin unversehens zurück, ergriff die ganze Ware mit ihren Händen und sprach: ‚Uns überlieferte el-A'masch nach der Aussage von Chaithama, der von 'Abdallâh ibn Mas'ûd über den Propheten wußte, daß er gesagt hat: Das Wild gehört dem, der es fängt, nicht dem, der es aufstört.'

Und ebenso wird erzählt

DIE GESCHICHTE VON HARÛN ER-RASCHÎD UND DEN DREI SKLAVINNEN[1]

Einst ruhte der Kalif Harûn er-Raschîd mit drei Sklavinnen, einer aus Mekka, einer aus Medina und einer aus dem Irak. Da streckte die Medinerin ihre Hand nach seiner Rute aus und brachte sie dazu, daß sie sich erhob. Aber die Mekkanerin sprang auf und zog sie an sich. Nun rief die Medinerin: ‚Was für ein Eingriff in meine Rechte ist dies? Mir überlieferte Mâlik nach der Aussage von ez-Zuhri, der von 'Abdallâh ibn Sâlim gehört hatte, wie Sâlim nach Sa'îd ibn Zaid berichtete, daß der Gesandte Allahs – Er segne ihn und gebe ihm Heil – gesagt hat: Wer totes Land lebendig macht, dem gehört es.' Doch die Mekkanerin erwiderte: ‚Uns überlieferte Sufjân

[1] Diese Anekdote ist natürlich nur eine Nachahmung der vorigen oder eine Parallele zu ihr, durch die jene noch übertrumpft werden soll.

nach der Aussage von Abu ez-Zinâd¹, der von el-A'radsch gehört hatte, wie Abu Huraira berichtete, daß der Gesandte Allahs – Er segne ihn und gebe ihm Heil! – gesagt hat: Das Wild gehört dem, der es fängt, nicht dem, der es aufstört.' Da stieß die Irakerin beide weg und rief: ‚Dies gehört mir, bis euer Streit entschieden ist.'

Ferner wird erzählt

DIE GESCHICHTE VOM MÜLLER
UND SEINEM WEIBE

Es war einmal ein Mann, der eine Mühle besaß und einen Esel dazu, der ihm die Mühle drehte. Er hatte aber auch ein böses Weib; die liebte er, während sie ihn verabscheute. Sie liebte dagegen einen ihrer Nachbarn; doch der haßte sie und hielt sich fern von ihr. Nun sah ihr Gatte einst im Traume eine Gestalt, die zu ihm sprach: ‚Grab an der und der Stelle im Geleise des Esels bei der Mühle; so wirst du einen Schatz finden!' Als er aus dem Schlafe erwachte, erzählte er seiner Frau, was er geträumt hatte, und hieß sie das Geheimnis bewahren; sie aber verriet es ihrem Nachbarn – –«

Da bemerkte Schehrezâd, daß der Morgen begann, und sie hielt in der verstatteten Rede an. Doch als die *Dreihundertundachtundachtzigste Nacht* anbrach, fuhr sie also fort: »Es ist mir berichtet worden, o glücklicher König, daß die Frau des Müllers ihrem Nachbarn, den sie liebte, das Geheimnis verriet, um seine Gunst zu gewinnen. Er verabredete darauf mit ihr, daß er bei Nacht zu ihr kommen wolle. Als er nun im Dunkel zu ihr gekommen war, grub er in dem Geleise bei der Mühle

---

1. Dies ist der Beiname des Traditionariers 'Abdallâh ibn Zakwân, der im 8. Jahrhundert n. Chr. in Medina lebte; er soll diesen Namen nicht gern gehört haben.

nach, und sie fanden den Schatz wirklich und holten ihn heraus. Da fragte der Nachbar: ‚Was sollen wir damit anfangen?‘ Sie erwiderte: ‚Wir wollen ihn in zwei gleiche Hälften teilen; dann trenne du dich von deiner Frau, und ich werde ein Mittel finden, wie ich von meinem Manne befreit werde. Danach sollst du dich mit mir vermählen; und wenn wir verbunden sind, haben wir das ganze Geld beieinander, und alles ist in unserer Hand.‘ Doch er sprach zu ihr: ‚Ich fürchte, Satan wird dich verführen, daß du einen anderen Mann nimmst als mich; denn Gold im Hause ist wie die Sonne in der Welt. Ich halte es für das Richtige, daß alles Geld bei mir bleibt, auf daß du mit allem Eifer danach trachtest, von deinem Manne befreit zu werden und zu mir zu kommen.‘ Darauf gab sie ihm zur Antwort: ‚Ich fürchte eben dasselbe, das du befürchtest; darum will ich dir meinen Anteil an diesem Gelde nicht geben. Denn ich bin es doch, die dir dazu verholfen hat.‘ Als er diese Worte von ihr vernahm, reizte die Habgier ihn dazu, sie zu töten; da ermordete er sie und warf ihren Leichnam in die Schatzgrube. Aber das Tageslicht überraschte ihn und ließ ihm nicht mehr Zeit, sie ganz zu verbergen; so nahm er rasch das Geld fort und ging davon. Nun wachte der Müller aus seinem Schlafe auf; und als er seine Frau nicht fand, ging er in die Mühle, spannte den Esel an den Querbaum und trieb ihn mit lautem Rufen an. Der Esel tat einige Schritte und blieb dann stehen. Darauf schlug der Müller heftig auf ihn ein; aber so sehr er ihn auch peitschte, der Esel wich nur noch mehr zurück, da er vor dem Leichnam der Frau scheute und nicht vorwärts zu gehen vermochte. Bei alledem merkte der Müller nicht, aus welchem Grunde der Esel stehen blieb, und so nahm er denn ein Messer und versetzte ihm damit viele Stiche; dennoch rührte das Tier sich nicht vom Fleck. Da wurde der Müller so wütend, daß er ihm das Messer in die Weichen stieß. Nun fiel der Esel tot nieder. Als es aber heller Tag wurde, entdeckte der Müller, daß vor seinem toten Esel seine tote Frau lag, die er in der Grube des Schatzes fand. Da entbrannte er in heißem Zorne, weil der Schatz ihm entgangen war und weil er seine Frau und den Esel verloren hatte; und tiefe Trauer kam über ihn. All das geschah nur deshalb, weil er seinem Weibe sein Geheimnis verraten und es nicht für sich behalten hatte.

Ferner wird erzählt

DIE GESCHICHTE VON DEM DUMMKOPF UND DEM SCHELM

Ein Dummkopf ging einmal seines Weges dahin, in der Hand ein Seil, an dem er einen Esel hinter sich herzog. Da erblickten ihn zwei Leute aus der Zunft der Schelme, und einer sprach zum andern: ‚Ich will dem Kerl da den Esel abnehmen!' Jener fragte: ‚Wie willst du das machen?' Der antwortete ihm: ‚Folge mir nur; ich will es dir schon zeigen!' Der zweite Schelm folgte nun dem ersten, und der trat an den Esel heran, machte ihn von dem Seile los und gab das Tier seinem Genossen; dann legte er das Seil um seinen Hals und ging hinter dem Dummkopfe her, bis er wußte, daß sein Kumpan sich mit dem Esel aus dem Staube gemacht hatte. Da blieb er stehen. Der Dummkopf zog nun an dem Seil; aber weil der Schelm nicht vorwärts ging, wandte er sich nach ihm um und entdeckte nun das Seil am Kopfe eines Mannes. ‚Was bist du denn?' rief er aus; und der Schelm erwiderte: ‚Ich bin dein Esel; aber mit mir hat sich eine seltsame Geschichte zugetragen; und die ist so: Ich habe eine alte fromme Mutter, und ich bin eines Tages trunken zu ihr gekommen. Als sie damals zu mir sagte:

,Mein Sohn, kehre zu Allah dem Erhabenen zurück von diesem bösen Tun!' nahm ich meinen Stab und schlug sie damit. Sie aber fluchte mir, und Allah der Erhabene verwandelte mich in einen Esel und fügte es so, daß ich in deine Hände kam. So blieb ich denn bei dir diese lange Zeit hindurch. Heute jedoch hat meine Mutter sich meiner erinnert, und da ihr Herz von Sehnsucht nach mir erfüllt ist, so hat sie für mich gebetet, und Allah hat mich wieder zu einem menschlichen Wesen gemacht, so wie ich es früher war.' Da rief der Mann: ,Es gibt keine Macht und es gibt keine Majestät außer bei Allah dem Erhabenen und Allmächtigen! Um Gottes willen, mein Bruder, sprich mich von den Sünden frei, die ich an dir begangen habe durch das Reiten und alles andere!' Darauf ließ er den Schelm seiner Wege gehen, und er, der gewesene Besitzer des Esels, kehrte nach Hause zurück, wie trunken vor Traurigkeit und Herzeleid. Als seine Frau ihn fragte: ,Was hat dich betroffen, und wo ist der Esel?' gab er ihr zur Antwort: ,Du weißt nicht, was es mit diesem Esel war; ich will es dir aber sagen!' Und dann erzählte er ihr die Geschichte. Da rief sie: ,Wehe uns, um der Strafe willen von Allah dem Erhabenen! Wie konnten wir diese ganze Zeit hindurch einen Menschen uns als Tier dienen lassen!' Und sie gab Almosen und flehte zu Gott um Verzeihung. Ihr Mann aber blieb eine Weile im Hause sitzen, ohne zu arbeiten, bis die Frau zu ihm sprach: ,Wie lange willst du noch so untätig daheim bleiben? Geh doch zum Markte und kauf uns einen Esel; mit dem kannst du wieder arbeiten.' Nun ging er auf den Markt und blieb dort stehen, wo die Esel waren. Und siehe, auch sein Esel stand da zum Verkaufe. Nachdem er ihn erkannt hatte, trat er dicht an ihn heran, legte den Mund an sein Ohr und flüsterte ihm zu: ,Weh dir, Unseliger, du bist wohl wieder trunken nach Hause gekommen und hast deine Mutter geschlagen! Aber, bei Allah, ich kaufe dich nie wieder!' Dann verließ er ihn und ging davon.

Ferner wird erzählt

DIE GESCHICHTE VON DEM KADI ABU JÛSUF UND DER HERRIN ZUBAIDA

Eines Tages, um die Mittagszeit, begab der Beherrscher der Gläubigen, Harûn er-Raschîd, sich zu seinem Ruhelager. Doch als er die Stätte, auf der er zu schlummern pflegte, bestiegen hatte, fand er dort plötzlich frisches Gerinnsel. Darüber erschrak er, ein furchtbarer Verdacht erfüllte sein Herz, und gewaltige Sorge kam über ihn. Alsbald ließ er die Herrin Zubaida rufen, und als sie vor ihm stand, fragte er sie: ‚Was ist das, was dort auf dem Lager verschüttet ist?' Sie blickte hin und sprach: ‚Das ist Mannesgerinnsel, o Beherrscher der Gläubigen!' Da rief er: ‚Sage mir der Wahrheit gemäß, was das bedeutet; sonst lege ich sofort Hand an dich!' ‚O Beherrscher der Gläubigen,' erwiderte sie, ‚bei Allah, ich weiß nicht, was das auf sich hat. Wahrlich, der Verdacht, den du wider mich hegst, trifft mich nicht!' Nun ließ er den Kadi Abu Jûsuf kommen, erzählte ihm den Sachverhalt und zeigte ihm die Flüssigkeit. Da erhob der Kadi Abu Jûsuf seine Augen zur Decke, und als er dort eine Öffnung erblickte, sprach er: ‚O Beherrscher der Gläubigen, die Fledermaus hat die gleiche Flüssigkeit wie der Mensch; dies da ist die Flüssigkeit einer Fledermaus.' Darauf bat er um einen Speer, nahm ihn in die Hand und stieß damit in die Öffnung. Und wirklich, die Fledermaus fiel herunter, und Harûn er-Raschîd wurde von seinem Verdachte befreit – –«

Da bemerkte Schehrezâd, daß der Morgen begann, und sie hielt in der verstatteten Rede an. Doch als die *Dreihundertund-*

neunundachtzigste Nacht anbrach, fuhr sie also fort: »Es ist mir berichtet worden, o glücklicher König, daß der Kadi Abu Jûsuf den Speer in die Hand nahm und damit in die Öffnung stieß. Und wirklich, die Fledermaus fiel herunter, und Harûn er-Raschîd wurde von seinem Verdachte befreit, und Zubaidas Unschuld war erwiesen. Da frohlockte sie laut über ihre Rechtfertigung und versprach dem Abu Jûsuf reichen Lohn. Nun hatte sie köstliche Früchte bei sich, die vor der Zeit gereift waren, und sie wußte, daß noch andere solche im Garten waren. Sie fragte den Kadi: ,O Imam des Glaubens, welche von den beiden Früchten ist dir lieber, die anwesende oder die, so nicht hier ist?' Er gab ihr zur Antwort: ,Nach unserem Gesetze wird über den Abwesenden nicht gerichtet; wenn einer zugegen ist, so wird über ihn das Urteil gefällt.' Darauf ließ sie ihm beide Arten von Früchten bringen, und er aß von der einen wie von der anderen. Als die Herrin fragte: ,Wie unterscheiden sich die beiden?' erwiderte er: ,Jedesmal, wenn ich die eine von beiden preisen will, erhebt die andere begründeten Einspruch wider mich.' Als er-Raschîd diese Worte von ihm hörte, lächelte er und gab ihm ein Geschenk; und nun gab ihm auch Zubaida das Geschenk, das sie ihm versprochen hatte. Der Richter aber ging erfreut von dannen. –

Schau, o König, wie trefflich dieser Imam war und wie durch ihn die Unschuld der Herrin Zubaida erwiesen und der grundlose Verdacht aufgeklärt ward! –

Ferner wird erzählt

DIE GESCHICHTE VON ABU EL-HASAN ODER DEM ERWACHTEN SCHLÄFER[1]

Es war einmal ein Kaufmann zur Zeit, als Harûn er-Raschîd Kalif war; der hatte einen Sohn des Namens Abu el-Hasan der Schalk. Als der Vater starb, hinterließ er seinem Sohne großen Reichtum; der teilte sein Erbe in zwei Hälften, von denen er die eine beiseite legte, während er mit der anderen seine Ausgaben bestritt. Und er begann mit Persern und Kaufmannssöhnen zu verkehren, und er füllte sich mit gutem Trank und guter Speise, bis all das Geld, das er bei sich hatte, vertan und dahin war. Darauf begab er sich zu seinen Kumpanen, den Bekannten und den Zechgenossen, legte ihnen seine Not dar und teilte ihnen mit, daß sein Hab und Gut zur Neige gegangen sei. Aber keiner von ihnen richtete auch nur ein Wort an ihn. Da kehrte er gebrochenen Herzens heim zu seiner Mutter und erzählte ihr, was er erlebt hatte und was ihm von seinen Freunden widerfahren war, wie sie nicht mit ihm teilen wollten und ihm nicht einmal eine Antwort zollten. Seine Mutter sagte darauf zu ihm: ‚O Abu el-Hasan, so sind die Söhne dieser Zeit; wenn du etwas hast, so kommen sie zu dir; hast du aber nichts, so fliehen sie vor dir.' Sie war betrübt um ihn, während er seufzte und unter Tränen diese Verse sprach:

> *Wenn meines Gutes wenig ist, so hilft mir keiner;*
> *Doch wenn mein Gut sich mehrt, ist jedermann mein Freund.*
> *Wie mancher ward mein Freund nur um des Geldes willen*
> *Und ward zuletzt, als mich das Geld verließ, mein Feind!*

1. Diese Erzählung findet sich nicht in der Kalkuttaer Ausgabe; ich habe sie nach der Breslauer Ausgabe, Band 4, Seite 134 bis 189, übersetzt und hier an dieser Stelle, wo sie in der ersten Auflage der Insel-Ausgabe stand, belassen.

Darauf eilte er zu der Stätte, an der die andere Hälfte seines Reichtums verborgen war; von der konnte er nun gut leben, aber er schwor sich, er wolle hinfort mit keinem von denen, die er gekannt hatte, mehr verkehren; nur noch mit Fremden wolle er Umgang und auch mit solchen nur eine einzige Nacht zusammen sein; wenn es dann Morgen würde, wolle er den Gast nicht mehr kennen. Nun pflegte er jeden Abend an der Brücke[1] zu sitzen und alle, die an ihm vorübergingen, zu beobachten; wenn er dann einen Fremdling sah, so schloß er Freundschaft mit ihm und begab sich mit ihm in seine Wohnung. Dort aß und trank er mit ihm die Nacht hindurch bis zum Morgen; dann aber entließ er ihn und grüßte ihn nie wieder, nahte sich ihm nicht mehr und lud ihn nicht ein. So tat er ein ganzes Jahr hindurch; da, eines Tages, als er wie gewöhnlich an der Brücke saß und wartete, wer ihm begegnen würde, um ihn mitzunehmen und die Nacht mit ihm zu verbringen, kamen plötzlich der Kalif und Masrûr, der Träger des Racheschwertes, nach ihrer Gewohnheit verkleidet. Abu el-Hasan sah sie an, und da er sie nicht kannte, erhob er sich und sprach zu ihnen: ‚Wollt ihr beiden mit mir zu meiner Wohnstätte kommen und speisen, was bereit ist, und trinken, was zur Hand ist, Brot in Fladen aufgeschichtet, Fleisch durch Dämpfen zugerichtet und Wein geklärt und rein?' Der Kalif lehnte es ab; doch Abu el-Hasan beschwor ihn mit den Worten: ‚Um Allahs willen, mein Herr, geh mit mir! Du bist heut nacht mein Gast; mach meine Hoffnung auf dich nicht zuschanden!' So drang er unaufhörlich in ihn, bis der Kalif ihm zusagte. Nun ging Abu el-Hasan vergnügt voran und plauderte so lange mit ihm, bis er mit ihm zu dem Saale seines Hauses kam und eintrat, während er seinen Diener an der Tür

1. Das ist die Brücke, die bei Baghdad über den Tigris führt.

sitzen ließ. Als der Kalif sich nun gesetzt hatte, brachte Abu el-Hasan ihm zu essen; er aß also, und sein Wirt aß mit ihm, auf daß ihm die Speise mundete. Dann wurde der Tisch abgetragen, und man wusch sich die Hände; und als der Kalif sich wieder gesetzt hatte, trug Abu el-Hasan das Trinkgerät auf, setzte sich ihm zur Seite, schenkte ein und trank, schenkte wieder ein und reichte den Trunk und plauderte mit dem Gaste. Dem Kalifen gefiel seine Gastfreiheit und seine Freundlichkeit, und er sprach zu ihm: ‚Junger Herr, wer bist du? Mach mich mit dir bekannt, auf daß ich dir deine Güte vergelten kann!' Lächelnd erwiderte Abu el-Hasan: ‚Gebieter mein, fern soll es sein, daß wiederkehre, was vergangen ist, und daß ich noch einmal mit dir zusammen bin außer zu dieser Frist!' ‚Warum das?' fragte darauf der Kalif, ‚warum willst du mir nichts über dich kundtun?' Abu el-Hasan gab ihm zur Antwort: ‚Wisse, hoher Herr, meine Geschichte ist seltsam, und all dies hier hat einen Grund.' ‚Was ist das für ein Grund?' fragte der Kalif weiter. Da antwortete der Schalk: ‚Mit dem Grunde ist ein Schwanz im Bunde!' Als der Kalif darüber lächelte, fuhr Abu el-Hasan fort: ‚Ich will dir dies Wort erklären durch die Geschichte von dem Strolch und dem Koch. Vernimm denn, o Herr,

DIE GESCHICHTE VON DEM STROLCH UND DEM KOCH

Ein Strolch sah sich eines schönen Morgens mittellos; da ward die Welt ihm eng, und in seiner Verzweiflung legte er sich nieder zu schlafen und schlief so lange, bis die Sonne ihn stach und der Schaum ihm vor den Mund trat. Nun erhob er sich wieder, mittellos, wie er war, ohne auch nur einen einzigen Dirhem zu besitzen. Als er beim Laden eines Garkochs vorbeikam, der seine Töpfe zurechtgestellt hatte, war das Fett gerade ganz klar, und die Gewürze dufteten herrlich. Der Koch aber säuberte nun seine Waage, wusch seine Schüsseln, fegte und besprengte seinen Laden. Da trat der Strolch zu ihm heran, begrüßte ihn und ging in den Laden. Dann sprach er zu dem Koch: ‚Wäge mir für einen halben Dirhem Fleisch ab, für einen viertel Dirhem Hirsebrei und für ebensoviel Brot!' Der Koch wägte es ihm ab, und der Strolch ging weiter in den Laden hinein. Als der Koch ihm das Gericht vorgesetzt hatte, begann er zu essen, bis er alles verschlungen hatte; er leckte noch die Schüssel aus, aber dann blieb er ratlos stehen, da er nicht wußte, wie er es wegen der Bezahlung für sein Essen mit dem Koche machen sollte. Er ließ seine Augen überall umherschweifen, und wie er sich so hin und her wandte, sah er plötzlich eine Tonschüssel, die umgekehrt dalag. Er hob sie auf und entdeckte darunter einen frischen Pferdeschwanz, von dem noch das Blut träufelte. Daran erkannte er, daß der Garkoch das Fleisch mit Pferdefleisch fälschte. Als er diese Gemeinheit bemerkte, war er froh, wusch sich die Hände und ging gesenkten Kopfes wieder hinaus. Doch wie der Koch sah, daß er ging, ohne ihn zu bezahlen, rief er: ‚Halt, du Schächer, du Hauseinbrecher!' Der Strolch wandte sich nach ihm um und fragte ihn: ‚Schreist du mich an und rufst mir solche Worte zu, du Hahnrei du?' Nun sprang der Koch wütend aus seinem Laden hervor und schrie: ‚Was meinst du mit deinen Worten, du Fleisch- und Hirsefresser, du Brot- und Zukostesser? Willst du unbehelligt gehen, als wäre nichts geschehen, und läßt mich mein Geld nicht sehen?' Der Strolch rief: ‚Du lügst, du Bastard!' Aber der Koch schrie noch lauter, packte den Mann am Kragen und rief: ‚Ihr Muslime, dieser Kerl war heute mein erster Kunde; er hat von meiner Speise gegessen und mir nichts bezahlt!' Da umringten die Leute die Streitenden, machten dem Landstreicher Vorwürfe und sprachen zu ihm: ‚Bezahl ihm doch den Preis für das, was du gegessen hast!' Aber er sagte: ‚Ich habe ihm ja einen Dirhem gegeben, ehe ich den Laden betrat!' Der Koch rief dagegen: ‚Wenn er... ja, alles was ich heute verkaufe, will ich verlieren, wenn er mir etwas gegeben hat, bei dem auch nur die Rede von Geld sein kann! Bei Allah, er hat mir gar nichts gegeben, er hat von meiner Speise gegessen und ist so hinausgegangen, ohne weiteres; nichts hat er mir bezahlt!' Der Strolch wiederholte: ‚Ich habe dir doch einen Dirhem gegeben!' Und er beschimpfte den Koch; doch wie der ihm in gleicher Weise erwiderte, versetzte er ihm einen Schlag. Da packten die beiden einander, hielten sich fest und würgten sich. Als die Leute das sahen, traten sie herzu und riefen: ‚Was soll diese Prügelei zwischen euch, die hat doch keinen Grund!' Nun rief der Landstreicher: ‚Ja, bei Allah, sie hat einen Grund; und mit dem Grunde ist ein Schwanz im Bunde!' Jetzt sprach der Koch: ‚Wahrhaftig, bei Allah, du hast mich an dich selbst und an deinen Dirhem erinnert! Ja, ja, bei Gott, er hat mir einen Dirhem gegeben; und es kommt ihm noch ein viertel Dirhem weniger ein achtel zu. Kehr um und nimm das übrige Achtel deines Dirhems in Empfang!' Dem Koch ward nämlich der Grund durch die Nennung des Schwanzes kund.

*

Auch ich, o mein Bruder, habe einen Grund für meine Geschichte, den will ich dir erzählen.' Da lachte der Kalif und sagte: ‚Bei Allah, das ist ja eine lustige Geschichte! Nun erzähl du mir deine Geschichte und den Grund!' ‚Herzlich gern,' er-

widerte Abu el-Hasan; ‚wisse denn, o Beherrscher der Gläubigen[1], mein Name ist Abu el-Hasan der Schalk. Mein Vater ist gestorben und hat mir großen Reichtum hinterlassen. Den teilte ich in zwei gleiche Hälften: die eine legte ich beiseite, und die andere Hälfte gab ich für die Freunde aus, für die Gefährten und Genossen beim Schmaus und für die Söhne der Kaufleute; mit allen ohne Unterschied zechte ich, und sie zechten mit mir. So ward aber all das Geld auf die Freunde und auf den Verkehr verschwendet, und mir blieb von jenem Teile nichts mehr übrig. Da wandte ich mich an die Gefährten und Zechgenossen, für die ich doch mein Gut ausgegeben hatte, ob sie vielleicht nun für mich sorgen würden. Ich ging zu ihnen und machte bei allen die Runde, aber ich fand bei keinem einzigen von ihnen Hilfe, ja, nicht einer von ihnen wollte auch nur einen Laib Brotes mit mir brechen. Da weinte ich über meine Not und ging zu meiner Mutter und klagte ihr mein Leid. Die sprach zu mir: ‚So geht's mit den Freunden; wenn du etwas hast, so kommen sie zu dir und verzehren dein Geld; hast du aber nichts, so schütteln sie dich ab und jagen dich fort in die Welt!' Da holte ich mir die andere Hälfte meines Geldes und schwor mir einen Eid, ich wolle nie mehr länger als eine einzige Nacht mit einem zusammen sein; dann wollte ich seinen Gruß nicht mehr kennen und ihn nicht mehr bei Namen nennen. Das ist der Grund, weshalb ich zu dir sagte: Fern sei es, fürwahr, daß wiederkehre, was vergangen war! Nach dieser Nacht werde ich nie wieder mit dir zusammen sein.'
Als der Kalif das hörte, lachte er von neuem laut auf, und er rief: ‚Bei Allah, mein Bruder, du bist hierin und zu dieser Stunde entschuldigt, da ich den Grund erfahren habe und

---

[1]. Hier hat der Erzähler vergessen, daß Abu el-Hasan den Kalifen nicht kannte.

weiß, daß mit dem Grunde ein Schwanz im Bunde. Trotzdem aber möchte ich mich, so Gott will, nicht von dir trennen.' Doch Abu el-Hasan erwiderte: ‚Lieber Gefährte, habe ich dir nicht gesagt: Fern sei es, fürwahr, daß wiederkehre, was vergangen war? Ich bin nie mit jemandem zum zweiten Male zusammen!'

Darauf brachte Abu el-Hasan dem Kalifen eine Schüssel gebratener Gans und einen Laib Feinbrot, setzte sich nieder, zerlegte und reichte seinem Gaste die Bissen. Sie aßen so lange, bis sie gesättigt waren; dann brachte der Wirt Becken, Kanne und Pottasche, und sie wuschen sich die Hände. Schließlich aber entzündete er drei Kerzen und drei Leuchten, breitete den Tisch des Weines aus und holte reinen, klaren, alten Wein, der süß duftete wie starker Moschus. Nachdem er den ersten Becher gefüllt hatte, sprach er: ‚Lieber Genosse, nun seien mit deiner Erlaubnis die Förmlichkeiten zwischen uns abgetan! Dein Knecht ist bei dir; möge er nie den Schmerz erleben, dich zu verlieren!' Er trank den Becher, füllte einen zweiten und reichte ihn dem Kalifen voll Ehrfurcht. Da sein Tun und die Feinheit dessen, was er sagte, dem Beherrscher der Gläubigen behagte, so sprach er bei sich selber: ‚Bei Allah, ich will es ihm vergelten!' Abu el-Hasan füllte wieder den Becher und reichte ihn dem Kalifen; und nachdem jener ihn genommen hatte, sprach der Wirt diese Verse:

> *Hätten wir dein Kommen geahnt, wir hätten das Blut des Herzens*
> *Und das Schwarze der Augen freudig hingebreitet;*
> *Wir hätten auch unsere Wangen für deinen Empfang gerüstet,*
> *Damit dein Weg dich über die Augenlider geleitet!*[1]

Als der Kalif seine Verse hörte, küßte er den Becher, den er aus seiner Hand entgegengenommen hatte, und trank ihn aus.

---

[1]. Der Text dieser Verse ist in der Breslauer Ausgabe verderbt; ich habe ihn nach einer früheren Parallele (vgl. Band I, Seite 137) hergestellt.

Dann reichte er ihn dem Wirte zurück, der sich verbeugte, wieder füllte und trank. Darauf schenkte er von neuem ein, küßte den Becher dreimal, reichte ihn dem Kalifen hin und sprach die Verse:

> *Dein Kommen ist uns eine Ehre;*
> *Dazu bekennen wir uns frei.*
> *Gehst du, so gibt's an deiner Stelle*
> *Nicht einen, der Ersatz uns sei!*

Nachdem der Kalif den Becher genommen hatte, sprach Abu el-Hasan zu ihm: ‚Trink, zum Wohle und zur Gesundheit! Er heilt das Leiden, macht Krankheit scheiden und läßt die Bäche der Genesung strömen.' So tranken sie in frohem Zusammensein bis Mitternacht. Da sprach der Kalif zu ihm: ‚Lieber Bruder, hast du in deinem Herzen einen Wunsch, den du erfüllt sehen möchtest, oder einen Kummer, den du gestillt sehen möchtest?' ‚Bei Allah,' erwiderte er, ‚ich habe nur einen einzigen Kummer im Herzen, und der ist, daß mir nicht die Macht gegeben ist zu befehlen und zu verbieten, um auszuführen, was mir am Herzen liegt!' Da rief der Kalif: ‚Rasch, rasch, mein Bruder, sag mir, was dir am Herzen liegt!' Und Abu el-Hasan fuhr fort: ‚Ich wünsche zu Gott, daß ich mich an meinen Nachbarn rächen könnte. In unserer Nähe ist nämlich eine Moschee, und in dieser Moschee leben vier Scheiche, die sich belästigt fühlen, wenn ein Gast zu mir kommt; die reden schlecht von mir und kränken mich mit Worten und drohen mir, sie wollten mich bei dem Beherrscher der Gläubigen verklagen, ja, sie haben mich schon viel gequält. Nun wünsche ich mir von Allah dem Erhabenen, nur einen Tag Macht zu haben, auf daß ich einem jeden von ihnen vierhundert Peitschenhiebe verabfolgen könnte, und ebenso dem Imam der Moschee; dann würde ich sie in der Stadt Baghdad herumführen und vor ihnen ausrufen lassen: ,Dies ist die Strafe, und zwar die geringste Strafe, für den, der Übles redet und den Menschen feind ist und ihnen ihre Freuden verdirbt!' Dies ist der einzige Wunsch, den ich habe.' Darauf sagte der Kalif: ,Allah gewähre dir, was du wünschest! Nun laß uns noch einen letzten Becher leeren, und danach wollen wir uns erheben, ehe der Morgen anbricht. Am Abend will ich dann wieder bei dir speisen.' ,Das sei ferne!' rief Abu el-Hasan. Der Kalif aber füllte einen Becher, legte ein Stück von kretischem Bendsch hinein und reichte ihn dem Abu el-Hasan mit den Worten: ,Bei meiner Seele, mein Bruder, trink diesen Becher aus meiner Hand!' ,Ja, bei deiner Seele,' gab Abu el-Hasan zurück, ,ich will ihn aus deiner Hand trinken!' Und er nahm ihn hin und trank; kaum aber hatte er den Trank geschlürft, da fiel er kopfüber und sank zu Boden wie einer, der erschlagen ward. Nun ging der Kalif hinaus und sprach zu seinem Diener Masrûr: ,Geh hinein zu dem Jüngling dort, dem Herrn des Hauses, und heb ihn auf; schließ beim Hinausgehen die Tür und bring ihn in den Palast!' Masrûr ging hin und trat hinein, hob Abu el-Hasan auf, schloß die Tür und folgte seinem Herrn; und er trug ihn immer weiter dahin, bis er mit ihm beim Schlosse ankam, als schon die Nacht zu Ende ging und die Hähne zu krähen begannen. Dann trat er, mit Abu el-Hasan auf den Schultern, in den Palast ein und legte den Jüngling vor dem Beherrscher der Gläubigen nieder; der aber lachte seiner. Dann sandte der Kalif nach dem Barmekiden Dscha'far; und als dieser vor ihm stand, sprach der Herrscher zu ihm: ,Merke dir diesen Jüngling, und wenn du ihn morgen siehst, wie er an meiner Stelle, auf dem Throne meiner Herrschaft, sitzt, angetan mit meinem Gewande, so warte ihm auf und befiehl den Emiren, den Großen, den Mannen meiner Herrschaft und den

Würdenträgern meines Reiches, vor ihm zu dienen und seinen Befehlen zu gehorchen! Und auch du, wenn er dir irgend etwas sagt, tu es, gehorche ihm und widersprich ihm nicht während des kommenden Tages!' Dscha'far beteuerte seinen Gehorsam mit den Worten: ‚Ich höre und gehorche!' und zog sich zurück. Dann ging der Kalif zu den Dienerinnen des Palastes hinein, und als die vor ihn traten, sprach er zu ihnen: ‚Wenn dieser Schläfer am Morgen aus seinem Schlafe erwacht, so küsset den Boden vor ihm und bedient ihn; schart euch um ihn, kleidet ihn an, tut Dienste vor ihm wie vor dem Kalifen, verleugnet die Würde, die er dann hat, nicht im geringsten, sondern sprecht zu ihm: Du bist der Kalif!' Nachdem er ihnen nochmals eingeschärft hatte, was sie zu ihm sagen und wie sie mit ihm umgehen sollten, begab er sich in ein verstecktes Gemach, ließ einen Vorhang davor nieder und legte sich schlafen.

Sehen wir nun, was mit Abu el-Hasan geschah! Der schlief und schnarchte unentwegt, bis es hell ward und die Sonne dem Aufgang nahe war. Da trat eine Dienerin zu ihm und sprach: ‚O unser Herr, das Morgengebet!' Als er die Worte der Dienerin vernahm, begann er zu lachen, machte die Augen auf und ließ seinen Blick im Palast umherschweifen. Und nun sah er sich in einem Saale, dessen Wände mit Gold und Lazur bekleidet waren und dessen Decke mit Sternen aus rotem Gold verziert war. Ringsum waren Kammern, vor deren Türen Vorhänge aus goldgestickter Seide herabgelassen waren; und überall standen Geräte aus Gold, Porzellan und Kristall. Dekken und Teppiche waren ausgebreitet, die Lampen brannten, Kammerfrauen, Eunuchen, Mamluken, Diener, Pagen, Sklavinnen und Knaben standen umher. Da ward Abu el-Hasan wirr in seinem Sinn, und er rief aus: ‚Bei Allah, entweder ich träume, oder dies ist das Paradies und die Stätte des Friedens!' Und sogleich schloß er die Augen wieder und wollte weiterschlafen. Aber der Eunuch sprach zu ihm: ,Mein Gebieter, das ist nicht deine Gewohnheit, o Beherrscher der Gläubigen.' Darauf kamen all die Sklavinnen des Palastes insgesamt zu ihm und richteten ihn empor, so daß er aufrecht saß, und er entdeckte, daß er sich auf einem Ruhelager befand, das eine Elle über den Boden erhöht und ganz mit Flockseide gestopft war. Dann stützten sie ihn in seinem Sitze mit Kissen, und er blickte wieder in den Saal und sah, wie groß der war, und wie jene Eunuchen und Sklavinnen dienstbereit vor ihm und zu seinen Häupten standen. Da lachte er über sich selbst und rief: ,Bei Allah, mir ist nicht, als ob ich wache, und mir ist auch nicht, als ob ich träume!' Darauf erhob er sich und setzte sich wieder, während die Sklavinnen insgeheim über ihn lachten. Nun war er ganz ratlos und biß sich in den Finger[1]; aber da ihm das weh tat, so schrie er und wurde ärgerlich. Der Kalif, der ihm zusah, ohne daß jener ihn sehen konnte, fing an zu lachen. Da wandte Abu el-Hasan sich nach einer Sklavin um und rief sie; als sie kam, sprach er zu ihr: ,Beim Schutze Allahs, Mädchen, bin ich der Beherrscher der Gläubigen?' ,Ja, wahrlich,' erwiderte sie, ,beim Schutze Allahs, du bist jetzt der Beherrscher der Gläubigen!' Aber er fuhr sie an: ,Du lügst, bei Allah, du tausendfache Metze!' Dann sah er sich nach dem Obereunuchen um und rief ihn; der kam, küßte den Boden vor ihm und sprach: ,Zu Diensten, o Beherrscher der Gläubigen!' Abu el-Hasan fragte ihn: ,Wer ist denn hier der Beherrscher der Gläubigen?' Der Eunuch erwiderte: ,Du bist es!' Doch Abu el-Hasan fuhr auch ihn an: ,Du lügst, du tausend-

---

1. Das Beißen des Fingers ist ein Zeichen des Ärgers, der Trauer, der Reue oder der Verlegenheit.

facher Lump!' Danach wandte er sich an einen anderen Eunuchen und sprach zu ihm: ‚Meister, beim Schutze Allahs, bin ich der Beherrscher der Gläubigen?' ‚Ja, bei Allah,' gab der zur Antwort, ‚du bist jetzt der Beherrscher der Gläubigen und der Statthalter des Herrn der Welten!' Wiederum mußte Abu el-Hasan über sich lachen; er verzweifelte fast an seinem Verstande, und verwirrt über das, was er erlebte, rief er: ‚Kann ich in einer einzigen Nacht zum Beherrscher der Gläubigen werden? War ich nicht gestern noch Abu el-Hasan? Und heute bin ich der Beherrscher der Gläubigen!' Der Obereunuch trat von neuem auf ihn zu und sprach: ‚O Beherrscher der Gläubigen, Allahs Name umschirme dich, du bist wirklich der Fürst der Gläubigen und der Statthalter des Herrn der Welten!' Die Sklavinnen und Eunuchen standen um ihn, während er sich noch immer über sich selbst wunderte; und nun brachte ein Mamluk ihm Sandalen, die mit Rohseide und grüner Seide bedeckt und mit rotem Golde verziert waren. Abu el-Hasan nahm sie und steckte sie in seinen Ärmel; aber der Mamluk rief: ‚O Gott! O Gott! Herr, das sind ja Sandalen, in die du mit deinen Füßen treten sollst, damit du ins Kämmerlein gehen kannst!' Da schämte Abu el-Hasan sich, schüttelte die Sandalen aus seinem Ärmel heraus und zog sie über seine Füße, während der Kalif sich fast zu Tode lachte. Der Mamluk schritt nun voraus zum stillen Orte; Abu el-Hasan ging hinein, verrichtete sein Geschäft und kehrte in den Saal zurück. Dort brachten die Sklavinnen ihm ein goldenes Becken und eine silberne Kanne, und sie gossen ihm das Wasser über die Hände, so daß er die religiöse Waschung vollziehen konnte. Dann breiteten sie einen Gebetsteppich für ihn aus, und er begann, die Andacht zu verrichten. Aber er wußte gar nicht, wie er betete, und so fing er an, sich zu verbeugen und niederzuwerfen, bis er zwanzig Rak'as[1] gebetet hatte. Dabei sagte er sich immer in Gedanken: ‚Bei Allah, ich bin wahrhaftig der Beherrscher der Gläubigen; sonst – dies kann doch kein Traum sein, im Traume geschehen doch alle diese Dinge nicht!' So ward er denn im Innern fest überzeugt, daß er der Beherrscher der Gläubigen wäre, und beendete sein Gebet. Dann umringten ihn die Mamluken und Sklavinnen mit zusammengelegten Gewändern aus Seide und Linnen, legten ihm die Gewandung des Kalifen an und gaben ihm das Kurzschwert in die Hand. Darauf schritt der Obereunuch vor ihm her, die kleinen Mamluken folgten ihm, und der Zug bewegte sich vorwärts, bis der Vorhang gehoben wurde, und er sich dort im Palaste, in der Regierungshalle auf den Kalifenthron setzte. Da sah er die Vorhänge und die vierzig Türen, ferner die Hofmänner el-'Idschli, er-Rakâschi, 'Abdân[2], Dschadîm und Abu Ishâk den Tischgenossen. Und weiter erblickte er Schwerter gezückt, Helme auf die Häupter gedrückt[3], Degen mit Gold überzogen und prächtig verzierte Bogen, Perser und Araber, Türken und Dailamiten, Völker aus allen Gebieten, Emire und Wesire, Krieger und Offiziere, die Würdenträger der Reichesmacht, Männer in Herrscherpracht, ja, da zeigte sich ihm der Abbasiden gewaltige Herrlichkeit und des Prophetenhauses ehrfurchtgebietende Erhabenheit. Nun saß er also auf dem Kalifenthron und legte das Kurzschwert auf seinen Schoß; und alle nahten ihm, küßten den Boden vor ihm und flehten zum Himmel um ein langes Leben für ihn und um das Bestehen seiner Herrschaft. Da trat der Barmekide Dscha'far vor, küßte den Boden und sprach: ‚Allahs weite Welt sei der Grund für

---

1. Vgl. Band I, Seite 390, Anmerkung. – 2. Im Texte fälschlich 'Abbâdân; das ist der Name einer Stadt. – 3. Der Text ist hier sehr unsicher; das Wort für ‚Helme' ist von mir vermutet.

die Füße dein, das Paradies möge deine Wohnstatt sein, doch dein Feind kehre in die Hölle ein! Kein Nachbar möge sich wider dich erheben, mögest du immer im Feuerstrahlenscheine leben, o Kalif der Städte von Gottes Gnaden und Herrscher an allen Gestaden!' Abu el-Hasan aber schrie ihn an: ‚Du Barmekidenhund, geh sogleich mit dem Wachthauptmann der Stadt zu dem und dem Hause in der und der Straße und überreiche der Mutter Abu el-Hasans des Schalkes hundert Dinare und entbiete ihr meinen Gruß. Dann laß die vier Scheiche und den Imam ergreifen und einem jeden von ihnen vierhundert Peitschenhiebe geben, setze sie rücklings auf Esel und führe sie in der ganzen Stadt umher und entferne sie aus dieser Stadt; dabei sollst du durch einen Ausrufer verkünden lassen: ‚Dies ist die Strafe, und zwar die geringste Strafe, für den, der Übles redet und seine Nachbarn belästigt und ihnen ihre Freude, ihr Essen und Trinken verkürzen will!' Dscha'far nahm den Befehl entgegen und beteuerte seinen Gehorsam, dann verließ er Abu el-Hasan den Schalk, ging in die Stadt hinab und führte den Befehl aus. Derweilen saß Abu el-Hasan auf dem Kalifenthrone, nahm und gab, gebot und verbot und ließ seine Worte ausführen, bis der Tag zur Rüste ging. Dann gab er Urlaub und Erlaubnis, sich zurückzuziehen, und die Emire und Großen des Reiches gingen an ihre Geschäfte. Darauf traten die Diener zu ihm ein, flehten zum Himmel um Bestand und langes Leben für ihn und schritten in seinem Dienste vor ihm her; nachdem sie den Vorhang emporgehoben hatten, trat er in die Halle des Harems ein, und er fand dort angezündete Kerzen und brennende Leuchten und Sängerinnen, die ihre Lauten schlugen. Wiederum ward sein Verstand wie verwirrt; doch er sagte sich: ‚Ich bin, bei Allah, wahrhaftig der Beherrscher der Gläubigen!' Als er näher kam, erhoben sich die Mädchen vor ihm und führten ihn auf die Estrade hinauf; dort setzten sie ihm einen großen Tisch mit den prächtigsten Speisen vor, und er aß davon mit aller Macht und Gewalt, bis er gesättigt war. Nun rief er eine der Sklavinnen und fragte sie: ‚Wie heißest du?‘ ‚Mein Name ist Miska‘, erwiderte sie. Dann fragte er eine andere: ‚Wie heißest du?‘ und sie antwortete: ‚Ich heiße Tarka.‘ Und weiter fragte er eine dritte: ‚Wie heißest du?‘ Diese erwiderte: ‚Mein Name ist Tuhfa.‘[1] Und so fragte er alle Sklavinnen nach ihren Namen, eine nach der anderen. Danach ging er aus dieser Halle fort, begab sich ins Trinkgemach und entdeckte in ihm einen herrlichen Ort; er sah zehn große Tafeln mit allerlei Früchten und Köstlichkeiten und vielen Arten von Süßigkeiten. So setzte er sich denn dort nieder und aß davon, soviel er vermochte; und als er dann drei Scharen von Sängerinnen erblickte, erstaunte er und ließ auch sie essen. Danach setzte er sich abseits, und auch die Sängerinnen ließen sich nieder, während die Sklavinnen, Mamluken, Eunuchen, Diener, Pagen und Kammerfrauen teils auf dem Boden saßen und teils aufrecht vor ihm standen. Nun begannen die Sängerinnen zu singen und ließen vielerlei Weisen erklingen, so daß der Raum widerhallte von dem lieblichen Klang, der dort erschallte: die Flöten klagten und einten sich mit den Lauten dort, so daß Abu el-Hasan nun wähnte, er sei am Paradiesesort. Da ward sein Herz wohlgemut und voller Fröhlichkeit, er scherzte und schwamm in Seligkeit; und er verlieh den Mädchen Ehrengewänder, verteilte Gaben und Geschenke, rief der einen zu, küßte die andere, scherzte mit dieser, gab jener zu trinken, einer dritten zu essen, bis es tiefe Nacht war. All das geschah, während der Kalif ihm zuschaute und lachte.

1. Die Namen bedeuten: Moschuskorn; Netz (d. i. Verführung); kostbares Geschenk.

Doch als nun die finstere Nacht gekommen war, befahl der Kalif einer von jenen Sklavinnen, ein Stück Bendsch in den Becher zu tun und ihn Abu el-Hasan zu trinken zu geben. Die Sklavin führte den Befehl aus und reichte dem Schalke den Becher; kaum aber hatte er ihn getrunken, so stürzte er kopfüber zu Boden. Da trat der Kalif lachend hinter dem Vorhang hervor und rief dem Diener, der Abu el-Hasan gebracht hatte, zu: ‚Trag diesen Mann in sein Haus!' Der Diener trug ihn darauf in seine Wohnhalle und legte ihn dort nieder; dann verließ er ihn, schloß die Tür des Saales hinter ihm zu und kehrte zum Kalifen heim, der nunmehr bis zum Morgen schlief.

Abu el-Hasan aber blieb in tiefem Schlummer liegen, bis Allah der Erhabene den Morgen anbrechen ließ. Dann wachte er auf und begann zu rufen: ‚Tuffâha! Râhat el-Kulûb![1] Miska! Tuhfa!' So rief er in einem fort nach den Sklavinnen, bis seine Mutter hörte, daß er nach fremden Mädchen rief; und sie erhob sich, ging zu ihm hin und sprach zu ihm: ‚Der Name Allahs umschirme dich! Steh auf, mein Sohn, Abu el-Hasan, du träumst!' Da machte er die Augen auf, und als er eine alte Frau zu seinen Häupten erblickte, schaute er sie groß an und fragte sie: ‚Wer bist du?' ‚Ich bin deine Mutter', gab sie ihm zur Antwort. Doch er rief: ‚Du lügst! Ich bin der Beherrscher der Gläubigen, der Statthalter Allahs!' Da schrie seine Mutter auf und rief: ‚Gott schütze deinen Verstand, mein Sohn! Schweig, setze unser Leben nicht dem Tode, deine Habe nicht der Plünderung aus, wenn jemand diese Worte hört und sie dem Kalifen hinterbringt!' Nun erhob er sich aus seinem Schlafe, und als er seine Mutter und sich in seiner eigenen Halle sah, ward er an sich irre und rief: ‚Bei Allah, liebe Mutter, ich habe mich im Traume in einem Palast gesehen,

1. Namen von Sklavinnen; sie bedeuten: Apfel; Ruhe der Herzen.

und da standen die Sklavinnen und Mamluken um mich und warteten mir auf; und ich saß auf dem Kalifenthron und regierte. Bei Allah, Mutter, das habe ich erlebt, das kann doch wahrlich nicht im Traum geschehen sein!' Darauf sann er eine Weile über sich selbst nach und sprach: ‚Richtig, ich bin Abu el-Hasan der Schalk, und was ich erlebt habe, ist doch im Traum geschehen, wie ich zum Kalifen gemacht wurde und regierte und gebot und verbot.' Aber dann dachte er wieder nach und sprach: ‚Nein, es war sicher doch kein Traum; ich bin niemand anders als der Kalif; ich habe doch auch Geschenke ausgeteilt und Ehrenkleider verliehen.' Seine Mutter jedoch hub an: ‚Mein Sohn, du treibst ein Spiel mit deinem Verstande; du wirst noch ins Irrenhaus kommen und zum Gespötte werden! Was du erlebt hast, kommt nur vom Satan; das sind Irrgänge von Träumen. Der Satan spielt oft mit dem Verstande des Menschen auf mancherlei Arten.' Und dann fuhr sie fort: ‚Mein Sohn, war gestern nacht jemand bei dir?' Abu el-Hasan überlegte und sagte darauf: ‚Ja, einer verbrachte die Nacht bei mir, und ich erzählte ihm von mir und machte ihn mit meiner Geschichte bekannt. Das ist sicher der Satan gewesen. Ich aber, liebe Mutter, ich bin, wie du richtig gesagt hast, Abu el-Hasan der Schalk.' ‚Lieber Sohn,' rief nun die Mutter, ‚lauter frohe Botschaft für dich! Wisse, gestern kam der Wesir Dscha'far der Barmekide, und er ließ den Scheichen und dem Imam der Moschee je fünfhundert Peitschenhiebe geben und ließ sie herumführen und aus der Stadt fortjagen und vor ihnen ausrufen: ‚Dies ist die Strafe, und zwar die geringste Strafe, für den, der sich gegen seine Nachbarn schlecht aufführt und ihnen das Leben schwer macht.' Ferner sandte der Kalif mir hundert Dinare durch ihn und entbot mir seinen Gruß.' Da aber schrie Abu el-Hasan: ‚Ha, du Unglücksalte, du willst mir widersprechen und vor mir behaupten, ich sei nicht der Beherrscher der Gläubigen? Ich bin's doch, ich, der dem Barmekiden Dscha'far befohlen hat, die Scheiche peitschen und in der Stadt umherführen und den Ausruf vor ihnen verkünden zu lassen. Ich bin's, der dir die hundert Dinare geschickt hat und dir den Gruß hat entbieten lassen. Ich bin in Wirklichkeit der Beherrscher der Gläubigen, du Unglücksalte; du aber bist eine Lügnerin, und du hast mich zum Narren gehalten.' Mit diesen Worten erhob er sich wider seine Mutter und schlug sie mit einem Stabe aus Mandelholz, so daß sie rief: ,Zu Hilfe, ihr Muslime!' während er immer heftiger auf sie einhieb, bis die Leute ihr Schreien hörten; da kamen sie herbei und sahen, daß Abu el-Hasan seine Mutter schlug, indem er dabei rief: ,Du unselige Alte, bin ich nicht der Beherrscher der Gläubigen? Du hast mich verzaubert!' Als die Leute das hörten, sagten sie: ,Der Mann ist verrückt', und sie zweifelten nicht daran, daß er wahnsinnig sei. Deshalb fielen sie über ihn her, ergriffen ihn und fesselten ihm die Hände auf dem Rücken und brachten ihn ins Irrenhaus. Da fragte der Aufseher: ,Was ist's mit diesem Jüngling?' Die Leute erwiderten: ,Der ist verrückt!' Doch Abu el-Hasan rief: ,Bei Allah, sie lügen von mir; ich bin nicht verrückt, sondern ich bin der Beherrscher der Gläubigen!' Nun fuhr der Aufseher ihn an: ,Wer da lügt, das bist allein du, du unseligster der Narren!' Darauf zog er ihm seine Kleider aus, legte ihm eine schwere Kette um den Hals und band ihn an ein hohes Fenster, und von da an vollzog er an ihm zweimal am Tage und zweimal in der Nacht die Prügelstrafe. So blieb es zehn Tage lang. Da kam seine Mutter zu ihm und sprach zu ihm: ,Mein Sohn, mein Abu el-Hasan, nimm doch wieder Verstand an: dies ist ja ein Werk des Satans!' ,Du hast recht, liebe Mutter,' erwiderte Abu el-Hasan ihr, ‚sei du nun mein Zeuge, daß ich dies Geschwätz bereue und daß ich von meinem Wahnsinn geheilt bin! Befreie mich; denn ich bin dem Tode nahe!' Seine Mutter ging also zu dem Aufseher und erwirkte, daß er befreit wurde; und nun konnte er mit ihr nach Hause gehen.

Das war zu Anfang des Monats geschehen; doch als der Monat zu Ende ging, sehnte Abu el-Hasan sich danach, Wein zu trinken, und so kehrte er zu seiner alten Gewohnheit zurück, ließ seinen Saal herrichten, Speisen bereiten und Wein herbeischaffen und ging wieder zu der Brücke. Wie er dort saß und auf jemand wartete, mit dem er wie früher zechen konnte, kam plötzlich der Kalif an ihm vorbei. Allein Abu el-Hasan grüßte ihn nicht, sondern rief: ‚Kein Willkommen, kein Gruß den bösen Feinden! Ihr seid nichts anderes als Satane!' Da trat der Kalif auf ihn zu und sprach zu ihm: ‚Lieber Bruder, habe ich dir nicht gesagt, ich würde wieder zu dir kommen?' Doch Abu el-Hasan erwiderte: ‚Ich brauche dich nicht; denn das Sprichwort sagt:

> *Ein schöner Glück ist's mir, vom Freunde mich zu trennen;*
> *Dann wird das Aug nicht schaun, das Herz kein Trauern kennen.*

Wahrlich, mein Bruder, in der Nacht, als du zu mir gekommen warst und als wir beide, ich und du, mitsammen zechten, da war es, als sei der Teufel zu mir gekommen und flüstere mir Unheil ein!' ‚Wer war denn der Teufel?' fragte der Kalif, und als Abu el-Hasan rief: ‚Du!' begann er zu lächeln, setzte sich zu ihm und redete ihm freundlich zu, indem er sprach: ‚Lieber Bruder, als ich dich verließ, da vergaß ich, daß die Tür offen blieb; vielleicht ist Satan durch sie zu dir gekommen.' Darauf entgegnete ihm Abu el-Hasan: ‚Frage nicht nach dem, was mir widerfahren ist! Was fiel dir denn ein, die Tür offen zu lassen, so daß der Satan zu mir eindringen konnte und mir von ihm das und das geschehen mußte?' Und nun erzählte Abu el-Hasan der Schalk dem Kalifen alles, was ihm begegnet war, von Anfang bis zu Ende – doch hier noch einmal zu erzählen, würde die Hörer nur quälen. Der Kalif mußte lächeln; aber er verbarg sein Lächeln. Dann sprach er zu Abu el-Hasan: ‚Preis sei Allah, der das Widerwärtige von dir abgetan hat, so daß ich dich nun wieder wohlauf sehe!' Abu el-Hasan aber fuhr fort: ‚Ich will dich nicht wieder zu meinem Tischgenossen und trauten Gefährten machen; denn das Sprichwort sagt: Wer über einen Stein stolpert und doch wieder zurück zu ihm kehrt, dem werden Tadel und Vorwürfe beschert. Also, lieber Bruder, ich werde dich nicht wieder bewirten und werde keine Gemeinschaft mehr mit dir haben; denn ich habe gesehen, daß dein Besuch nichts Gutes im Gefolge hatte!' Da suchte der Kalif ihn zu besänftigen, beschwor ihn und wiederholte: ‚Ich bin doch dein Gast; weise den Gast nicht ab!' So nahm Abu el-Hasan ihn denn endlich mit, führte ihn in den Saal, setzte ihm Speisen vor und unterhielt ihn mit freundlichen Worten; dabei erzählte er ihm noch einmal alles, was er erlebt hatte, und der Kalif konnte sein Lachen kaum verbergen. Dann machte Abu el-Hasan den Speisetisch frei und holte den Tisch des Weines herbei, füllte einen Becher, küßte ihn dreimal und reichte ihn dem Kalifen mit den Worten: ‚Lieber Zechgenosse, ich, dein Knecht, stehe vor dir; nimm kein Ärgernis an dem, was ich dir sagen will; fühle dich nicht verletzt und verletze mich nicht!' Und er sprach diese Verse:

> *Hör guten Rates Wort: das Leben wird zur Last,*
> *Wenn du nicht trunken wirst und kein Vergnügen hast!*
> *Ich trinke immerdar, wenn dunkle Nacht sich regt,*
> *Bis Schlummer mir das Haupt auf meinen Becher legt.*

Im Wein ist meine Lust gleich heller Sonne Strahl,
Und er vertreibt durch Freuden die Sorgen allzumal.

Als der Kalif sein Gedicht mit den schönen Versen vernommen hatte, war er ganz entzückt davon, nahm den Becher und trank ihn; und dann tranken und plauderten die beiden so lange miteinander, bis ihnen der Wein zu Kopfe stieg. Da sprach Abu el-Hasan zum Kalifen: ‚Lieber Zechgenosse, ich bin wirklich irre an mir selber. Es ist mir doch so, als ob ich der Beherrscher der Gläubigen gewesen wäre und regiert und Gaben und Geschenke verteilt hätte. Wahrhaftig, mein Bruder, das kann doch kein Traum gewesen sein!' ‚Das waren Irrgänge von Träumen', erwiderte der Kalif, zerbröckelte ein Stück Bendsch in den Becher und rief: ‚Bei meinem Leben, trink diesen Becher!' Da sagte Abu el-Hasan: ‚Gern will ich ihn aus deiner Hand trinken!' nahm den Becher aus der Hand des Kalifen und trank ihn aus. Der Kalif hatte Gefallen an seinem Tun und Wesen, an seiner trefflichen Sinnesart und seiner Offenheit, und so sprach er bei sich: ‚Den will ich zu meinem Tischgenossen und meinem Trautgesell machen!' Abu el-Hasan aber hatte kaum den Becher getrunken und den Rauschtrank in seinen Magen aufgenommen, da sank er schon kopfüber zu Boden. Sofort erhob der Kalif sich und rief dem Diener zu: ‚Nimm ihn auf!' Der brachte ihn in den Kalifenpalast und legte ihn dort vor dem Herrscher nieder. Darauf gab der Kalif Befehl, die Sklavinnen und die Mamluken sollten den Schläfer umringen, während er sich selbst an einem Orte verbarg, an dem Abu el-Hasan ihn nicht sehen konnte. Ferner befahl er, eine der Sklavinnen sollte ihre Laute zur Hand nehmen und sie zu Häupten des Schalkes schlagen, und die übrigen Sklavinnen sollten ihre Instrumente spielen; und so spielten sie alle, bis Abu el-Hasan gegen Ende der Nacht erwachte.

Als er nun den Klang der Laute und der Schellen und den Schall der Flöten und den Gesang der Sklavinnen hörte, machte er die Augen weit auf und sah sich mit einem Male wieder in dem Palaste, wo die Dienerinnen und Eunuchen um ihn standen. Da rief er: ‚Es gibt keine Macht und es gibt keine Majestät außer bei Allah dem Erhabenen und Allmächtigen! Ich habe Angst vor dem Irrenhaus und vor dem, was ich dort das erste Mal ausgestanden habe; ich weiß jetzt nicht, ob nicht der Satan wieder wie damals zu mir gekommen ist. O Allah, lasse den Satan zuschanden werden!' Dann machte er die Augen wieder zu und legte seinen Kopf an die Brust; aber er mußte doch etwas lachen, und so hob er seinen Kopf wieder und sah den erleuchteten Saal und die singenden Sklavinnen. Einer von den Eunuchen setzte sich ihm zu Häupten und sprach zu ihm: ‚Richte dich auf, o Beherrscher der Gläubigen, und schau auf deinen Palast und deine Sklavinnen!' Abu el-Hasan erwiderte ihm: ‚Beim Schutze Allahs, bin ich in Wahrheit der Beherrscher der Gläubigen? Lügt ihr nicht? Gestern bin ich doch nicht hinausgegangen, um zu regieren, sondern ich habe getrunken und geschlafen; und nun kommt dieser Eunuch und heißt mich aufstehen!' Mit diesen Worten richtete Abu el-Hasan sich auf; dann begann er über alles, was er mit seiner Mutter erlebt hatte, nachzudenken, wie er sie geschlagen hatte und wie er ins Irrenhaus gekommen war; er sah auch noch die Spuren der Schläge, die der Aufseher des Irrenhauses ihm versetzt hatte. Er war ganz irre an sich selbst; und wie er von neuem bei sich nachsann, sagte er: ‚Bei Allah, ich weiß wirklich nicht, was es mit mir auf sich hat und was über mich gekommen ist!' Dann wandte er sich an eine der Sklavinnen und fragte sie: ‚Wer bin ich?' Sie gab zur Antwort: ‚Der Beherrscher der Gläubigen.' Doch er rief: ‚Du lügst, Unselige! Wenn ich der Beherrscher der Gläubigen bin, so beiß mich in den Finger!' Da trat das Mädchen heran und biß ihn heftig in den Finger. ,Das genügt', sprach er; dann fragte er den Obereunuchen: ,Wer bin ich?' ,Du bist der Beherrscher der Gläubigen', antwortete der. Abu el-Hasan aber ließ ihn stehen und versank wieder in Verwirrung und Ratlosigkeit. Darauf wandte er sich an einen kleinen Mamluken, befahl ihm: ,Beiß mich ins Ohr!' neigte den Kopf zu ihm herunter und legte ihm sein Ohr in den Mund. Der Mamluk war noch jung und unverständig, und er schlug seine Zähne mit aller Macht in Abu el-Hasans Ohr, so daß er es ihm beinahe abbiß. Auch verstand der Mamluk nicht richtig Arabisch, und sooft Abu el-Hasan sagte ,Genug!' glaubte er, das hieße: ,Beiß zu!' Darum biß er immer kräftiger und knirschte mit den Zähnen auf dem Ohre. Die Sklavinnen aber, die nur die Sängerinnen hörten, achteten seiner nicht, obgleich er rief, man solle ihn von dem Mamluken befreien. Da fiel der Kalif vor Lachen in Ohnmacht. Schließlich versetzte Abu el-Hasan dem Mamluken einen Schlag, so daß er das Ohr fahren ließ. Als nun der Mamluk endlich losgelassen hatte, zog Abu el-Hasan seine Kleider aus und stand nackten Leibes, vorn und hinten, zwischen den Sklavinnen, und begann zu tanzen; da banden sie ihm die Hände fest, er aber tollte zwischen ihnen umher, vorn und hinten unbedeckt, während die Mädchen sich fast zu Tode lachten; und der Kalif ward durch das viele Lachen wiederum ohnmächtig. Und als er wieder zu sich kam, trat er plötzlich hervor und rief: ,Weh dir, Abu el-Hasan, du bringst mich vor Lachen um!' Der aber blickte ihn an, und als er ihn erkannte, rief er: ,Bei Allah, du hast mich umgebracht, du hast meine Mutter umgebracht, du hast die Scheiche umgebracht, du hast den Imam der Moschee umgebracht!'

Doch nun erwies der Kalif ihm seine Gunst, beschenkte ihn, vermählte ihn und ließ ihn bei sich im Palaste wohnen, ja, er nahm ihn unter seine vertrautesten Gefährten auf und machte ihn zum Ersten unter ihnen. Es waren nämlich zehn Tischgenossen dort, und der Kalif setzte ihn über die zehn; das waren el-'Idschli, er-Rakâschi, 'Abdân, Hasan, el-Farazdak, el-Lauz, el-Askar, 'Omar et-Tartîs, Abu Nuwâs, Abu Ishâk der Zechgenosse. Zu ihnen kam nun Abu el-Hasan der Schalk. Und ein jeder von ihnen hat eine besondere Geschichte, die in einem anderen Buche erzählt ist.

Abu el-Hasan aber stand beim Kalifen hoch in Gunst und Vertrauen, höher als alle anderen, so daß er gar bei ihm und bei der Herrin Zubaida bint el-Kâsim sitzen durfte; deren Schatzmeisterin, Nuzhat el-Fuâd[1] geheißen, war seine Gemahlin geworden. Und Abu el-Hasan der Schalk lebte mit ihr zusammen, aß und trank und hatte ein herrliches Leben, bis alles, was sie besaßen, dahin war. Da rief er sie: ‚Du, Nuzhat el-Fuâd!' ‚Zu Diensten!' erwiderte sie; und er fuhr fort: ‚Ich will dem Kalifen einen Streich spielen, und du sollst der Herrin Zubaida auch einen Streich spielen, und dadurch wollen wir ihnen alsbald zweihundert Dinare und zwei Stücke Seide abnehmen.' ‚Tu, wie du willst,' gab sie ihm zur Antwort, ‚doch sag, was willst du tun?' Er berichtete nun: ‚Wir wollen uns zum Schein gegenseitig tot stellen. Ich will mich zuerst tot stellen und mich auf dem Boden ausstrecken; dann breite du ein seidenes Tuch über mich, löse meinen Turban auf, binde mir damit die Zehen zusammen und lege mir ein Messer und ein wenig Salz[2] aufs Herz. Dann löse dein Haar auf, geh zu

---

1. Dieser Name bedeutet ‚Wonne des Herzens'. – 2. Eisen und Salz dienen nach weitverbreitetem Aberglauben dazu, die bösen Geister zu vertreiben.

deiner Herrin Zubaida, mit zerrissenem Kleid und zerschlagenem Gesicht, und schrei laut! Wenn sie dich dann fragt: ‚Was ist dir?‘, so antworte ihr: ‚Möge dein Haupt Abu Hasan den Schalk überleben! Er ist tot.‘ Sie wird um mich trauern und weinen und ihrer Schatzmeisterin befehlen, dir hundert Dinare und ein Stück Seide zu geben, und zu dir sagen: ‚Geh hin, bahre ihn auf und laß ihn forttragen!‘ Du nimm die hundert Dinare und das Stück Seide und komm zurück! Wenn du dann bei mir bist, so leg du dich an meine Stelle, während ich zum Kalifen gehe und zu ihm sage: ‚Möge dein Haupt Nuzhat el-Fuâd überleben!‘ Dabei will ich mein Gewand zerreißen und den Bart raufen. Dann wird er um dich trauern und zu seinem Schatzmeister sagen: ‚Gib Abu el-Hasan hundert Dinare und ein Stück Seide!‘ Und zu mir wird er sprechen: ‚Geh hin, bahre sie auf und laß sie forttragen!‘ Danach komme ich wieder zu dir.‘ Erfreut rief Nuzhat el-Fuâd: ‚Richtig! Dieser Streich ist vortrefflich.‘ Darauf schloß sie ihm die Augen, band ihm die Zehen zusammen und bedeckte ihn mit dem Tuch und tat alles, was ihr Herr ihr gesagt hatte. Dann zerriß sie ihr Gewand, entblößte ihr Haupt, löste ihre Haare auf und trat zur Herrin Zubaida ein, schreiend und weinend. Als die Herrin sie in diesem Zustand sah, fragte sie: ‚Was bedeutet das? Was ist es mit dir? Warum weinest du?‘ Sie antwortete, indem sie weinte und klagte: ‚Meine Herrin, möge dein Haupt am Leben bleiben, mögest du Abu el-Hasan den Schalk überdauern! Er ist tot.‘ Da war die Herrin Zubaida traurig um ihn, und sie sprach: ‚Ach, der arme Schalk Abu el-Hasan!‘ Und nachdem sie eine Weile um ihn geweint hatte, befahl sie ihrer Schatzmeisterin, Nuzhat el-Fuâd hundert Dinare und ein Stück Seide zu geben, und sprach dann: ‚Nuzhat el-Fuâd, geh hin, bahre ihn auf und laß ihn forttragen!‘ Jene nahm die hundert Dinare und das Stück Seide, ging erfreut zu ihrer Wohnung zurück, trat zu Abu el-Hasan ein und erzählte ihm, wie es ihr ergangen war. Da sprang er voller Freuden auf, gürtete sich den Leib und begann zu tanzen; und er nahm das Geld und die Seide und legte sie beiseite. Danach bahrte er Nuzhat el-Fuâd auf und tat mit ihr, wie sie mit ihm getan hatte. Und er zerriß sein Gewand, raufte sich den Bart, löste seinen Turban auf und lief eilends zum Kalifen, der in der Regierungshalle saß; dort stand nun der Schalk elend zugerichtet, wie er war, und schlug sich auf die Brust. Da rief der Kalif: ‚Was ist dir, Abu el-Hasan?' Weinend erwiderte der Schalk: ‚O hätte dein Tischgenosse nie gelebt! O wäre diese Stunde nie gekommen!' ‚Erzähle mir!' befahl der Kalif; und Abu el-Hasan antwortete: ‚Möge dein Haupt, mein Gebieter, Nuzhat el-Fuâd überleben!' Da sprach der Kalif: ‚Es gibt keinen Gott außer Allah!' und schlug die Hände zusammen. Dann aber begann er Abu el-Hasan zu trösten und sprach zu ihm: ‚Sei nicht traurig! Ich will dir eine andere Gefährtin geben.' Und er befahl dem Schatzmeister, ihm hundert Dinare und ein Stück Seide zu geben. Nachdem der Schatzmeister den Befehl ausgeführt hatte, sagte Harûn er-Raschîd zu dem Schalk: ‚Geh hin, bahre sie auf, laß sie forttragen und richte ihr ein schönes Begräbnis!' Abu el-Hasan aber nahm die Gaben des Herrschers und ging erfreut zu seiner Wohnung, trat zu Nuzhat el-Fuâd ein und sprach zu ihr: ‚Steh auf, unser Ziel ist erreicht!' Da stand sie auf; und er legte die hundert Dinare und das Stück Seide vor sie hin, ihr zur Freude. Dann taten sie Gold zu Gold und Seide zu Seide, setzten sich und plauderten miteinander und lachten sich zu.

Sehen wir nun, was der Kalif tat! Als Abu el-Hasan ihn verlassen hatte und hingegangen war, gleichsam um Nuzhat el-

Fuâd aufzubahren, da ward der Herrscher traurig um sie, und er entließ die Staatsversammlung. Dann erhob er sich, gestützt auf Masrûr, den Träger des Racheschwertes, und begab sich zur Herrin Zubaida, um sie über den Verlust ihrer Sklavin zu trösten. Er fand sie weinend dasitzen und auf ihn warten, um ihn über den Verlust seines Tischgenossen Abu el-Hasan des Schalkes zu trösten. Der Kalif sprach zu ihr: ‚Möge dein Haupt deine Sklavin Nuzhat el-Fuâd überleben!' Doch sie erwiderte: ‚Mein Gebieter, Gott schütze meine Sklavin! Mögest du am Leben bleiben und deinen Tischgenossen Abu el-Hasan den Schalk überleben!' Da lächelte der Kalif und sprach zu seinem Eunuchen: ‚Masrûr, die Frauen sind wirklich kurz von Verstand. Sag mir, um Gottes willen, war nicht Abu el-Hasan soeben noch bei mir?' Aber die Herrin Zubaida sprach, indem sie zornigen Herzens auflachte: ‚Willst du nicht von deinem Scherzen lassen? Ist es nicht genug, daß Abu el-Hasan gestorben ist, daß du auch noch meine Sklavin sterben lassen willst, damit wir alle beide verlieren, und nennst mich obendrein kurz von Verstand?' Der Kalif sagte: ‚Nuzhat el-Fuâd ist gestorben.' Aber die Herrin Zubaida entgegnete: ‚In Wirklichkeit ist er gar nicht bei dir gewesen; du hast ihn auch nicht gesehen. Niemand anders als Nuzhat el-Fuâd ist gerade eben bei mir gewesen; sie trauerte und weinte und hatte zerrissene Kleider, ich habe sie ermahnt, sich zu fassen, und habe ihr hundert Dinare und ein Stück Seide gegeben. Ich wartete doch auf dich, um dich über den Tod deines Tischgenossen Abu el-Hasan des Schalkes zu trösten, ja, ich wollte gerade nach dir schicken.' Doch der Kalif lachte von neuem und sprach: ‚Niemand anders als Nuzhat el-Fuâd ist gestorben!' ‚Nein, nein, mein Gebieter,' rief die Herrin Zubaida, ‚niemand anders als Abu el-Hasan ist gestorben!' Nun ergrimmte der Kalif, und die Ader des Zornes, die den Haschimiten[1] eigen war, schwoll auf seiner Stirn, und er schrie Masrûr, den Schwertträger, an: ‚Geh hinaus, eile zum Hause Abu el-Hasans des Schalkes und sieh zu, wer von beiden tot ist!' Masrûr lief eilends dorthin. Der Kalif aber sprach zur Herrin Zubaida: ‚Willst du mit mir wetten?' ‚Jawohl, ich wette,' antwortete sie, ‚ich sage: Abu el-Hasan ist tot.' Der Kalif dagegen: ‚Und ich wette und sage: niemand anders als Nuzhat el-Fuâd ist tot. Und der Einsatz zwischen uns soll sein: der Lustgarten gegen dein Schloß und das Schloß der Bilder.'[2] Dann setzten sie sich und warteten, bis Masrûr mit der Nachricht zurückkehren würde. Der aber lief ohne Verzug dahin, bis er in die Gasse kam, in der Abu el-Hasan der Schalk wohnte. Der Schalk saß geruhsam da und lehnte sich aus dem Fenster; zufällig schaute er sich um und sah, wie Masrûr in die Gasse gelaufen kam. Und er sprach zu Nuzhat el-Fuâd: ‚Es ist mir, als ob der Kalif, als ich ihn verließ, die Staatsversammlung aufgelöst hat und zur Herrin Zubaida gegangen ist, um sie zu trösten. Dann hat sie ihn trösten wollen und gesagt: ‚Allah schenke dir reichen Lohn um Abu el-Hasans des Schalkes willen!' Der Kalif aber hat ihr entgegnet: ‚Nuzhat el-Fuâd ist doch gestorben; möge dein Haupt sie überleben!' Doch sie hat gesagt: ‚Niemand anders als dein Tischgenosse Abu el-Hasan der Schalk ist gestorben!' Er dagegen: ‚Nein, nur Nuzhat el-Fuâd ist tot!' Dann werden sie miteinander gestritten haben, bis der Kalif zornig ward; danach haben sie gewettet, und jetzt ist Masrûr, der Schwertträger, entsandt, um zu sehen, wer gestorben ist. Nun wäre es das beste, wenn du dich hinlegtest, damit er dich so sieht und zurückkehrt, um dem Kalifen zu berichten, daß mein Wort wahr ist.' Da

1. Die Abbasiden gehörten wie der Prophet Mohammed zur Familie Hâschim vom Stamme Koraisch. – 2. Vgl. Band 1, Seite 438.

streckte Nuzhat el-Fuâd sich aus, während Abu el-Hasan sie mit ihrem Mantel bedeckte und sich weinend zu ihren Häupten niedersetzte. Plötzlich trat Masrûr, der Eunuch, herein und grüßte Abu el-Hasan; und da er sah, wie Nuzhat el-Fuâd ausgestreckt dalag, deckte er ihr Gesicht auf und sprach: ‚Es gibt keinen Gott außer Allah! Unsere Schwester Nuzhat el-Fuâd ist tot! Wie schnell hat das Geschick sie ereilt! Allah erbarme sich deiner und spreche dich von aller Schuld frei!' Darauf kehrte er zurück und begann vor dem Kalifen und der Herrin Zubaida zu erzählen, was geschehen war; aber er lachte dabei. ‚Verfluchter,' unterbrach ihn der Kalif, ‚dies ist nicht die Zeit zum Lachen; sag uns gleich, wer von beiden ist tot?' Da erwiderte Masrûr dem Kalifen: ‚Bei Allah, mein Gebieter, Abu el-Hasan ist wohlauf; niemand anders als Nuzhat el-Fuâd ist tot.' Nun sprach der Kalif zur Herrin Zubaida: ‚Du hast dein Schloß durch deinen Scherz verloren', und lachte sie aus und fuhr fort: ‚Masrûr, erzähl ihr, was du gesehen hast!' Jener erzählte darauf: ‚Wahrhaftig, meine Herrin, ich lief ohne Aufenthalt, bis ich zu Abu el-Hasan ins Haus eintrat. Dort sah ich Nuzhat el-Fuâd tot dahingestreckt, während Abu el-Hasan weinend zu ihren Häupten saß. Ich grüßte ihn und tröstete ihn und setzte mich zu ihm; dann entblößte ich das Antlitz deiner Sklavin und fand, daß sie tot und ihr Gesicht schon angeschwollen war. Ich sagte daher zu ihm: ‚Laß sie hinaustragen, damit wir an ihrem Grabe beten können!' Wie er dann sagte: ‚Das will ich tun', verließ ich ihn, damit er sie aufbahren könne, und kam zu euch, um euch die Sache zu melden.' Lachend rief der Kalif: ‚Erzähl das deiner Herrin Kleinverstand immer wieder!' Doch als die Herrin Zubaida die Worte Masrûrs vernommen hatte, zürnte sie und sprach: ‚Niemand anders ist klein von Verstand als der, so einem schwarzen Sklaven

Glauben schenkt!' Und sie schalt über Masrûr, während der Kalif lachte. Aber der Eunuch fühlte sich verletzt und sagte zum Kalifen: ‚Der sprach die Wahrheit, der da sagte: Die Frauen haben wenig Verstand und wenig Glauben.'[1] Nun hub die Herrin wieder an: ‚O Beherrscher der Gläubigen, du spielest und scherzest mit mir, und dieser Sklave verdächtigt mich, um dir zu gefallen. Jetzt will ich aber selbst jemanden entsenden, um nachsehen zu lassen, wer von beiden gestorben ist.' Der Kalif erwiderte ihr: ‚Sende ruhig jemanden, der nachschaut, wer von beiden tot ist!' Da rief die Herrin Zubaida eine alte Wirtschafterin und sprach zu ihr: ‚Geh zum Hause der Nuzhat el-Fuâd und sieh nach, wer gestorben ist; rasch und säume nicht!' und sie gab ihr harte Worte. Da lief die Alte eiligst fort, während der Kalif und Masrûr lachten; und sie lief ohne Unterlaß, bis sie in jene Gasse kam. Allein Abu el-Hasan sah sie und erkannte sie und sprach zu seiner Frau: ‚Nuzhat el-Fuâd, es ist mir, als ob die Herrin Zubaida eine zu uns schickt, die nachsehen soll, wer gestorben ist. Sie wird dem Berichte Masrûrs, daß du tot seiest, nicht geglaubt haben und schickt nun die alte Wirtschafterin, um die Suche zu erforschen. Also kommt mir jetzt der Tod zu, damit du bei der Herrin Zubaida als glaubwürdig giltst.' Darauf streckte Abu el-Hasan sich auf den Boden hin, und Nuzhat el-Fuâd deckte ihn zu, legte ihm Binden um Augen und Füße und setzte sich ihm zu Häupten und weinte. Nun trat die Alte zu ihr ein und sah sie weinend und klagend zu Häupten Abu el-Hasans sitzen; die Trauernde aber schrie beim Anblick der Kommenden laut auf und sprach zu ihr: ‚Schau, was mir widerfahren ist! Abu el-Hasan ist gestorben und hat mich mutterseelenallein zu-

---

[1]. Diesen Ausspruch soll der Prophet Mohammed getan haben; er wird von muslimischen Männern gern gegen ihre Frauen angewandt.

rückgelassen!' Dann schrie sie von neuem auf, zerriß ihre Gewänder und sprach zu der Alten: ‚Mütterchen, ach wie gut war er doch!' Die Alte sagte darauf: ‚Wahrlich, dein Leid ist zu verstehen; denn du hingest an ihm, und er hing an dir.' Da die Alte wußte, was Masrûr dem Kalifen und der Herrin Zubaida berichtet hatte, so sprach sie zu Nuzhat el-Fuâd: ‚Masrûr will Zwietracht säen zwischen dem Kalifen und der Herrin Zubaida.' Nuzhat el-Fuâd aber fragte: ‚Was für Zwietracht, Mütterchen?' ‚Meine Tochter,' antwortete die Alte, ‚Masrûr ist zum Kalifen und zu der Herrin Zubaida gekommen und hat ihnen über dich berichtet, du seiest tot, Abu el-Hasan aber sei wohlauf.' Nuzhat el-Fuâd fuhr fort: ‚Liebe Muhme, ich war ja noch soeben bei meiner Herrin, und sie gab mir hundert Dinare und ein Stück Seide. Sieh doch mein Elend und was über mich gekommen ist! Ich weiß nicht, was ich tun soll; ich bin mutterseelenallein. Wäre ich doch nur gestorben und er noch am Leben!' Dann hub sie an zu weinen, und die Alte weinte mit ihr. Aber nun trat die Alte auf Abu el-Hasan zu, entblößte sein Gesicht und sah seine verbundenen Augen, die durch die Binden aufgeschwollen waren. Darauf deckte sie ihn wieder zu und sprach: ‚O Nuzhat el-Fuâd, du kannst wahrlich um Abu el-Hasan trauern.' Nachdem die Alte sie noch eine Weile getröstet hatte, ging sie von ihr und lief eilends zur Herrin Zubaida und erzählte ihr die Geschichte. Da rief die Herrin Zubaida lachend: ‚Erzähle sie auch dem Kalifen, der mich kurz von Verstand und arm an Glauben nannte, als dieser schmutzige, verlogene Sklave mir widersprach!' Doch Masrûr schrie: ‚Die Alte da lügt! Ich habe Abu el-Hasan wohlauf gesehen; Nuzhat el-Fuâd lag tot da!' Die Alte entgegnete ihm: ‚Wer da lügt, das bist du! Du willst Zwietracht säen zwischen dem Kalifen und der Herrin Zubaida.' Aber wieder rief Masrûr: ‚Niemand als du lügt hier, du unselige Alte! Und deine Herrin glaubt dir in ihrer Torheit.' Da aber schrie die Herrin Zubaida ihn an, ergrimmt über ihn und seine Worte, und sie begann zu weinen. Schließlich sagte der Kalif: ‚Ich lüge, und mein Eunuch lügt; du lügst, und deine Kammerfrau lügt. Also halte ich es für das beste, wenn wir alle vier hingehen, um festzustellen, wer von uns die Wahrheit sagt.' Da rief Masrûr: ‚Auf, laßt uns gehen! Dann werde ich über diese Unglücksalte Unheil bringen und ihr für ihre Lügen eine Tracht Prügel versetzen können.' ‚Du Narr,' erwiderte die Alte, ‚ist dein Verstand etwa gleich meinem Verstand? Du hast soviel Verstand wie ein Huhn!' Masrûr geriet über ihre Worte in Wut und wollte schon gewaltsam Hand an sie legen; aber die Herrin Zubaida zog ihn fort von der Alten und rief: ‚Sogleich wird es sich zeigen, ob sie oder du die Wahrheit gesprochen, ob sie oder du gelogen!' Nun machten sich die vier auf den Weg, nachdem sie noch vorher miteinander gewettet hatten; sie schritten durch das Tor des Palastes hinaus und gingen weiter, bis sie zum Eingang der Gasse kamen, in der Abu el-Hasan der Schalk wohnte. Als der sie erblickte, sprach er zu seinem Weibe Nuzhat el-Fuâd: ‚Wahrhaftig, nicht jeder Klebstoff ist ein Backwerk, und nicht alleweil bleibt der Krug heil! Jetzt ist wohl die Alte hingegangen und hat ihrer Herrin berichtet und ihr gemeldet, wie es um uns steht; dann wird sie mit dem Eunuchen Masrûr gestritten haben, und sie haben über unseren Tod gewettet. Nun kommen sie alle vier zu uns, der Kalif und der Eunuch, die Herrin Zubaida und die Alte.' Da fuhr Nuzhat el-Fuâd von ihrem Totenlager empor und rief: ‚Was sollen wir jetzt beginnen?' Er antwortete ihr: ‚Wir wollen uns beide zusammen tot stellen; wir wollen uns ausstrecken und den Atem anhalten.' Sie hörte auf sein Wort, und darauf streckten die beiden sich aus, banden sich die Zehen, schlossen ihre Augen, hielten den Atem an und deckten sich mit dem Mantel zu; so hielten sie ihr Mittagsschläfchen.[1] Nun traten der Kalif, Zubaida, Masrûr und die Alte herein; und als sie sich im Hause des Schalks Abu el-Hasan befanden, sahen sie ihn sowohl wie seine Frau tot dahingestreckt. Die Herrin Zubaida weinte bei ihrem Anblick und sprach: ‚Sie haben mir so lange Botschaften über meine Sklavin gebracht, bis sie wirklich gestorben ist; sie hat sich wohl so sehr um den Verlust Abu el-Hasans gegrämt, daß sie ihm im Tode gefolgt ist.' Doch der Kalif sprach: ‚Komm mir doch nicht mit deinem Geschwätz und Gerede zuvor! Sie ist ja vor Abu el-Hasan gestorben; denn er kam zu mir mit zerrissenen Gewändern, zerrauftem Barte und schlug sich die Brust mit zwei Lehmziegeln; da gab ich ihm hundert Dinare und ein Stück Seide, und ich sagte ihm: Geh hin und laß sie forttragen, ich will dir eine andere Gefährtin geben, die noch schöner ist als sie, und die sie dir ersetzen wird! Aber es zeigt sich, daß er sich den Verlust zu sehr zu Herzen genommen hat und ihr im Tode gefolgt ist. Also habe ich gewonnen, und ich bekomme deinen Einsatz.' Da entgegnete die Herrin Zubaida dem Kalifen mit mancherlei Worten, und des Geredes ward viel zwischen den beiden. Schließlich setzte der Kalif sich zu Häupten der beiden nieder und rief aus: ‚Beim Grabe des Propheten Allahs – Er segne ihn und gebe ihm Heil! – und bei den Gräbern meiner Väter und meiner Vorväter, jetzt ist mir ein Gedanke gekommen; wenn einer mir sagt, wer von den beiden vor dem andern gestorben ist, dem will ich tausend Dinare geben!' Sowie Abu el-Hasan die Worte des Kalifen hörte, sprang er in aller Eile auf und

[1]. Lane verbessert hier einen arabischen Buchstaben; dann wäre zu übersetzen: sie lagen in der Richtung nach Mekka.

rief: ‚Ich bin zuerst gestorben, o Beherrscher der Gläubigen, gib die tausend Dinare her! Erfülle den feierlichen Eid, den du geschworen hast!' Dann erhob sich auch Nuzhat el-Fuâd und trat vor den Kalifen und die Herrin Zubaida hin. Beide freuten sich über ihr Auferstehen und Wohlergehen; zwar schalt Zubaida ihre Sklavin, aber sie war doch erfreut, daß sie noch am Leben war. Und der Kalif sowohl wie die Herrin Zubaida wünschten den beiden Glück dazu, daß sie wieder auferstanden waren von den Toten; und sie erfuhren alsbald, daß dies Sterben nur eine List gewesen war, um das Gold zu erhalten. Doch die Herrin Zubaida sprach zu Nuzhat el-Fuâd: ‚Du hättest mich um das, was du wünschtest, bitten sollen; dann hättest du mir nicht in dieser Weise das Herz um deinetwillen betrübt!' Nuzhat el-Fuâd gab ihr zur Antwort: ‚Ach, ich schämte mich vor dir, meine Gebieterin!' Aber der Kalif sank vor Lachen beinahe in Ohnmacht und rief: ‚O Abu el-Hasan, du bleibst immer ein Schalk und tust Dinge wunderbar und seltsam gar.' ‚O Beherrscher der Gläubigen,' erwiderte Abu el-Hasan, ‚ich habe ja diese List nur deshalb angewandt, weil das Geld aus deiner Hand, das du mir gegeben hattest, zu Ende war, und weil ich mich schämte, dich noch einmal zu bitten. Als ich noch allein war, konnte ich das Geld nie festhalten; aber seit du mich mit dieser Sklavin, die jetzt bei mir ist, vermählt hast, würde ich selbst all dein Gut, wenn ich es besäße, verschwenden. Als alles, was ich besaß, dahingegangen war, ersann ich diese List, um von dir die hundert Dinare und das Stück Seide zu erhalten. All das ist ein Almosen von unserem Gebieter. Nun beeil dich auch mit den tausend Dinaren und erfüll deinen Schwur!' Lachend kehrten der Kalif und die Herrin Zubaida in den Palast zurück, und der Kalif gab Abu el-Hasan die tausend Dinare mit den Worten: ‚Nimm sie als

Freudengabe für deine Auferstehung vom Tode!' Ebenso gab auch die Herrin Zubaida ihrer Sklavin Nuzhat el-Fuâd tausend Dinare mit den Worten: ,Nimm sie als Freudengabe für deine Auferstehung vom Tode!' Ferner mehrte der Kalif dem Abu el-Hasan seine Einkünfte und seinen Sold; und nun lebte er herrlich und in Freuden, bis Der zu ihnen kam, der die Freuden schweigen heißt, und der die Freundesbande zerreißt, der die Schlösser und Häuser vernichtet und die Gräber errichtet.

Ferner wird erzählt

DIE GESCHICHTE VON DEM KALIFEN EL-HÂKIM UND DEM KAUFMANN

Der Kalif el-Hâkim bi-amri-llâh[1] ritt eines Tages im Prunkzuge aus, und da kam er an einem Garten vorbei. Dort erblickte er einen Mann, der von Sklaven und Eunuchen umgeben war. Er bat ihn um einen Trunk Wassers, und der Mann gab ihm zu trinken und sagte darauf: ,Vielleicht erweist der Beherrscher der Gläubigen mir die Ehre, daß er bei mir in diesem Garten absteigt.' Der Herrscher saß nun ab und trat mit seinem Gefolge in den Garten ein. Da brachte jener Mann hundert Teppiche, hundert Ledermatten und hundert Kissen, ferner hundert Schüsseln mit Früchten, hundert Kelche voll Süßigkeiten und hundert Schalen mit Zuckerscherbett. Darüber war el-Hâkim bi-amri-llâh sehr erstaunt, und er sprach zu seinem Wirte: ,Mann, das ist ein sonderbar Ding mit dir! Wußtest du denn, daß wir kamen, und hast du all dies für uns vorbereitet?' ,Nein, bei Allah, o Beherrscher der Gläubigen,' erwiderte der Mann, ,ich wußte nichts von eurem Kommen; ich bin nur ein Kaufmann aus der Zahl deiner Untertanen, aber ich habe hundert Nebenfrauen, und als der Beherrscher

1. Vgl. Seite 341. Anmerkung 2.

der Gläubigen mir die Ehre erwies, daß er bei mir einkehrte, da sandte ich zu einer jeden von ihnen, sie solle mir das Mittagsmahl in den Garten schicken. Darauf schickte mir eine jede etwas von ihrem Hausgerät und von dem, was sie an Speise und Trank übrig hatte; denn jeden Tag sendet mir eine jede von ihnen eine Schüssel voll Zukost, eine Schüssel mit Essiggemüsen, eine Schüssel mit Früchten, einen Kelch voll von Süßigkeiten und eine Schale mit Scherbett. Das ist mein Mittagsmahl jeden Tag: ich habe für dich nichts hinzugefügt.' Da fiel der Beherrscher der Gläubigen el-Hâkim bi-amri-llâh anbetend nieder, um Allah dem Erhabenen zu danken, und er rief: ‚Preis sei Allah, der mir einen Untertanen gab, den Er so reich begnadete, daß er den Kalifen und sein Gefolge speisen kann, ohne sich auf sie vorzubereiten; ja, mit dem, was ihm von seiner Mahlzeit übrig ist, bewirtet er sie!' Dann ließ er aus dem Schatzhause alle die Dirhems kommen, die in jenem Jahre geprägt waren; und das waren drei Millionen und siebenhunderttausend. Er saß nicht eher auf, als bis alles herbeigeschafft war; dann gab er es dem Manne mit den Worten: ‚Verwende dies, wie es deine Lage erfordert; deine Großmut verdiente noch mehr als dies!' Dann stieg der Herrscher zu Roß und ritt davon.

Ferner erzählt man

DIE GESCHICHTE VON KÖNIG KISRA ANUSCHARWÂN UND DER JUNGEN BÄUERIN

Eines Tages ritt der gerechte König Kisra Anuscharwân[1] auf die Jagd; und da ward er, als er eine Gazelle verfolgte, von seinem Gefolge getrennt. Während er so hinter dem Wilde

1. Der Sasanidenkönig Chosrau Anôscharwân (531–578 n. Chr.) war besonders als Schirmherr und Förderer der Wissenschaften berühmt.

her eilte, sah er plötzlich ein Dorf in der Nähe, und da er quälenden Durst empfand, so ritt er dorthin, auf die Tür eines Hauses zu, das am Wege lag, und bat um einen Trunk Wassers. Eine Maid trat heraus und schaute ihn an. Dann ging sie in das Haus zurück, preßte für ihn eine Staude Zuckerrohr aus und mischte deren Saft mit Wasser; dann füllte sie einen Becher damit, schüttete auf das Getränk eine Spezerei, die wie Staub aussah, und überreichte es darauf dem König. Der schaute in den Becher, und als er darinnen etwas erblickte, das wie Staub aussah, trank er ihn ganz langsam aus, bis er leer war; dann sprach er zu der Maid: ‚Jungfrau, der Trank war gut; doch wie schön wäre er gewesen, wenn der Staub da nicht darauf gewesen wäre; der hat ihn getrübt!' ‚O Gast,' erwiderte die Maid, ‚ich habe den Staub, der ihn getrübt hat, mit Absicht hineingetan.' Und als der König fragte, warum sie das getan habe, sagte sie: ‚Weil ich sah, daß du sehr durstig warst, und befürchtete, du könntest den Trunk auf einmal herunterstürzen und er würde dir dann schaden. Wäre kein Staub darauf gewesen, so hättest du den Becher hastig mit einem Zuge geleert, und auf solche Weise hätte er dir geschadet.' Da wunderte der gerechte König Anuscharwân sich über ihre Worte und ihre kluge Vorsicht; denn an dem, was sie gesagt hatte, erkannte er, daß ihr Tun in klarer Einsicht und trefflichem Verstande seinen Grund hatte. Weiter fragte er sie darauf: ‚Aus wieviel Stauden hast du den Trank gepreßt?' ‚Aus einer einzigen', erwiderte sie. Auch darüber war Anuscharwân verwundert; dann ließ er sich das Verzeichnis der Grundsteuern geben, die von jenem Dorfe erhoben wurden, und als er sah, daß die Steuer nur niedrig war, dachte er in seinem Herzen, er wolle, wenn er zu seinem Palast zurückkehre, die Steuern jenes Dorfes erhöhen; denn er sagte sich:

‚Wie kann ein Ort, in dem ein einziges Zuckerrohr so viel Saft ergibt, nur so geringe Steuern zahlen?' Dann verließ er das Dorf und ritt weiter auf die Jagd; am Abend jedoch kehrte er dorthin zurück und kam allein bei derselben Tür vorbei und bat um einen Trunk Wassers. Wieder trat dieselbe Maid heraus, und als sie ihn sah, erkannte sie ihn. Darauf ging sie in das Haus zurück, um ihm den Trunk zu holen. Aber da sie ihn länger warten ließ, trieb er sie zur Eile an, indem er sprach: ‚Warum bleibst du so lange aus?' – –«

Da bemerkte Schehrezâd, daß der Morgen begann, und sie hielt in der verstatteten Rede an. Doch als die *Dreihundertundneunzigste Nacht* anbrach, fuhr sie also fort: »Es ist mir berichtet worden, o glücklicher König, daß der König Anuscharwân die Maid zur Eile antrieb, indem er sprach: ‚Warum bleibst du so lange aus?' Da gab sie ihm zur Antwort: ‚Weil eine einzige Staude nicht soviel hergab, wie du brauchtest; deshalb habe ich drei Stauden gepreßt, aber sie haben nicht soviel ergeben wie zuvor eine einzige.' ‚Wie kommt denn das?' fragte der König Anuscharwân; und sie erwiderte: ‚Es kommt daher, daß die Gesinnung des Herrschers sich geändert hat!' Weiter fragte er: ‚Wie ist dir das kund geworden?' Da antwortete sie: ‚Wir haben von den Weisen gehört, daß, wenn die Gesinnung des Herrschers gegen seine Untertanen sich ändert, ihr Glück aufhört und ihr Gedeihen sich mindert.' König Anuscharwân lachte und gab in seinem Herzen den Plan auf, den er gegen das Dorf gefaßt hatte. Dann aber nahm er jene Jungfrau sogleich zum Weibe, da ihr scharfer Verstand, ihre Klugheit und ihre trefflichen Worte ihm gefallen hatten.

Ferner wird erzählt

DIE GESCHICHTE VOM WASSERTRÄGER
UND DER FRAU DES GOLDSCHMIEDES

Einst lebte in der Stadt Bochara ein Mann, ein Wasserträger, der Wasser zum Hause eines Goldschmiedes zu bringen pflegte; das hatte er schon dreißig Jahre lang getan. Nun hatte jener Goldschmied eine Frau von Schönheit und Lieblichkeit und von strahlender Vollkommenheit, und sie war im ganzen Land als fromm, sittsam und keusch bekannt. Eines Tages kam der Wasserträger nach seiner Gewohnheit und goß das Wasser in die Behälter, als die Frau gerade auf dem Hof inmitten des Hauses stand. Da trat er an sie heran, ergriff ihre Hand, streichelte sie und preßte sie an sich; darauf verließ er die Frau und ging fort. Als aber ihr Gatte vom Basar nach Hause kam, sprach sie zu ihm: ‚Ich wünsche, daß du mir berichtest, was für eine Tat, die den Zorn Allahs des Erhabenen erregt, du heute auf dem Basar getan hast!' Der Mann entgegnete: ‚Ich habe nichts getan, was den Zorn Allahs des Erhabenen erregen könnte!' Aber die Frau fuhr fort: ‚Doch, bei Allah, du hast etwas getan, was den Zorn des Höchsten erregt! Und wenn du mir nicht erzählst, was du getan hast, und mir dabei nicht die volle Wahrheit sagst, so bleibe ich nicht mehr in deinem Hause; dann wirst du mich nicht wiedersehen, und auch ich will dich nicht mehr sehen.' Nun gestand er: ‚Ich will dir berichten, was ich heute an diesem Tage getan habe, der Wahrheit gemäß. Es begab sich, während ich wie gewöhnlich in meinem Laden saß, daß plötzlich eine Frau zu mir trat und mir sagte, ich solle ihr ein Armband machen. Dann ging sie wieder fort; ich aber machte für sie ein goldenes Armband und legte es beiseite. Als sie zurückkam, holte ich es wieder hervor; sie streckte ihre Hand aus, und ich legte ihr das Armband um das Gelenk. Aber ich ward bezaubert durch die Weiße ihrer Hand und die Schönheit ihres Gelenkes, das jeden Beschauer in Verwirrung brachte, so daß ich des Dichterwortes gedachte:

> *Die Vorderarme strahlen von der Spangen Schönheit,*
> *Gleichwie ein Feuer flackernd auf der Wellen Flut;*
> *Es ist, als wären sie, umgeben von dem Golde,*
> *Wie Wasser wundersam umkreist von Flammenglut.*

Da nahm ich ihre Hand und drückte und preßte sie an mich. Die Frau aber rief: ‚Allah ist der Größte! Warum hast du diese Sünde begangen? Wisse, jener Mann, der Wasserträger, der schon seit dreißig Jahren in unser Haus kommt und an dem wir kein Falsch gesehen haben, hat heute meine Hand ergriffen und sie gedrückt und gepreßt!' ‚O Frau,' erwiderte der Mann, ‚laß uns Allah um Verzeihung bitten! Ich bereue, was ich getan habe; flehe du zu Allah um Vergebung für mich!' Doch die Frau sprach: ‚Allah verzeihe mir und dir und gewähre uns einen guten Ausgang!' – –«

Da bemerkte Schehrezâd, daß der Morgen begann, und sie hielt in der verstatteten Rede an. Doch als die *Dreihundertundeinundneunzigste Nacht* anbrach, fuhr sie also fort: »Es ist mir berichtet worden, o glücklicher König, daß die Frau des Goldschmiedes sprach: ‚Allah verzeihe mir und dir und gewähre uns einen guten Ausgang!' Und am nächsten Morgen kam der Wasserträger, warf sich vor der Frau nieder, wälzte sich im Staube und bat sie um Vergebung, indem er sprach: ‚Hohe Herrin, sprich mich frei von dem, was Satan mir eingab, als er mich verführte und irreleitete!' Da erwiderte ihm die Frau: ‚Geh deiner Wege! Jene Sünde ging nicht von dir aus, sondern sie ward durch meinen Gatten veranlaßt, als er seine Tat im Laden beging. Nun hat Allah sie ihm schon in dieser Welt vergolten.' –

Es wird auch erzählt, daß der Goldschmied, als seine Frau berichtete, was der Wasserträger ihr angetan hatte, gesagt habe: ‚Schlag um Schlag muß man empfahn; hätte ich mehr getan, hätte der Wasserträger auch mehr getan.' Und dies Wort ward dann zu einem Sprichworte unter den Menschen. Es geziemt sich also, daß eine Frau vor der Welt und in ihrem Herzen zu ihrem Gatten stehe und sich mit Wenigem von ihm begnüge, wenn er ihr nicht viel geben kann, und sich 'Âïscha die Getreue und Fâtima die Strahlende[1] – Allah der Erhabene habe sie beide selig! – zum Vorbilde nehme, damit sie zu denen gehöre, die durch die Vorfahren geschützt werden.

Ferner wird erzählt

DIE GESCHICHTE VON CHOSRAU UND SCHIRÎN UND DEM FISCHER

Chosrau[2], der einer von den früheren Königen war, liebte die Fische; und eines Tages, als er mit seiner Gemahlin in seinem Saale saß, kam ein Fischer zu ihm, der einen großen Fisch bei sich hatte. Der Mann schenkte ihn dem König, und dieser ließ ihm, da er an jenem Fische Gefallen hatte, viertausend Dirhems geben. Da sprach Schirîn zu Chosrau: ‚Was du getan hast, war nicht gut!' ‚Warum?' fragte er; und sie gab ihm zur Antwort: ‚Wenn du hinfort einem deiner Höflinge die gleiche Summe gibst, so wird er sie geringschätzen und sagen: Er hat

---

1. 'Âïscha war die Lieblingsfrau Mohammeds in seinem Alter, Fâtima eine seiner Töchter; sie gilt, namentlich bei den Schiïten, als der Inbegriff aller weiblichen Tugend und Schönheit, da sie die Gattin 'Alîs war; auf sie ist sogar auch der Ehrenname ‚die Jungfrau' – vielleicht nach dem Vorbilde Mariae – übertragen worden. –2. Hier ist Chosrau Parwêz gemeint, ein Enkel des Sasanidenkönigs Chosrau Anôscharwân; er regierte von 590 bis 628 n. Chr. Von ihm und seiner Geliebten Schirîn ist in der persischen Dichtung viel gesungen worden.

mir nur ebensoviel gegeben wie dem Fischer! Gibst du ihm aber weniger, so wird er sagen: Er schätzt mich gering und hat mir weniger gegeben als dem Fischer!' Darauf sagte Chosrau: ,Du hast recht; aber es steht den Königen übel an, ihr Geschenk zurückzunehmen; dies ist nun einmal geschehen.' Schirîn aber sprach: ,Ich will dir ein Mittel ersinnen, um das Geschenk von ihm zurückzuerhalten.' Als Chosrau nun fragte: ,Wie das?' erwiderte sie: ,So es dir gefällt, ruf den Fischer zurück und frag ihn, ob dieser Fisch männlich oder weiblich sei. Wenn er sagt, er sei männlich, so sprich: ,Wir wünschen nur ein Weibchen!' Sagt er aber, er sei weiblich, so sprich: ,Wir wünschen nur ein Männchen.' Da schickte der König nach dem Fischer, und dieser, der ein Mann von Einsicht und Verstand war, kehrte zurück. König Chosrau fragte ihn: ,Ist dieser Fisch männlich oder weiblich?' Der Fischer küßte den Boden und sprach: ,Dieser Fisch ist ein Zwitter; er ist weder männlich noch weiblich.' Da lachte Chosrau über seine Antwort und befahl, ihm noch einmal viertausend Dirhems zu geben. Der Fischer ging zum Schatzmeister, erhielt von ihm achttausend Dirhems und tat sie in einen Sack, den er bei sich hatte. Als er den auf die Schulter lud und fortgehen wollte, fiel ein Dirhem heraus; da nahm der Fischer den Sack von seiner Schulter, bückte sich nach dem Dirhem und hob ihn auf, während der König und Schirîn ihm zuschauten. Nun rief Schirîn: ,O König, siehst du, wie geizig und gemein dieser Mann ist? Als ihm ein Dirhem entfallen war, vermochte er es nicht übers Herz zu bringen, ihn liegen zu lassen, so daß ein Diener des Königs ihn hätte aufheben können!' Als der König ihre Worte gehört hatte, empfand er Abscheu wider den Fischer und sprach: ,Du hast recht, Schirîn!' Dann ließ er den Fischer zurückbringen und fuhr ihn an: ,Du niedriggesinnter Kerl, du bist kein Mensch! Wie konntest du all das Geld von deiner Schulter nehmen und dich um eines Dirhems willen bücken und so geizig sein, daß du ihn nicht liegen ließest, wo er lag?' Da küßte der Fischer wiederum den Boden und sprach: ‚Allah schenke dem König ein langes Leben! Ich habe den Dirhem da nicht deshalb vom Boden aufgehoben, weil er in meinen Augen so großen Wert hat; sondern ich habe es deshalb getan, weil er auf der einen Seite das Bild des Königs und auf der anderen Seite seinen Namen trägt. Denn ich befürchtete, es könne jemand seinen Fuß darauf setzen, ohne es zu wissen; und das wäre eine Entehrung des Namens und des Bildes des Königs gewesen, und ich wäre dann für solchen Frevel bestraft worden!' Der König war über seine Rede erstaunt, und da seine Worte ihm gefielen, so wies er ihm zum dritten Male viertausend Dirhems an. Aber dann ließ er durch einen Herold in seinem Reiche verkünden: Niemand soll sich vom Rate der Frauen leiten lassen; denn wer ihrem Rate folgt, verliert mit seinem einen Dirhem noch zwei andere dazu!

Und ferner wird erzählt

DIE GESCHICHTE VON DEM BARMEKIDEN JAHJA IBN CHÂLID UND DEM ARMEN MANNE

Jahja ibn Châlid der Barmekide verließ eines Tages das Schloß des Kalifen, um sich nach Hause zu begeben; da sah er an der Haustür einen Mann sitzen. Als er näher herantrat, stand der Mann auf, grüßte ihn und sprach: O, Jahja, ich bedarf dessen, was in deiner Hand ist, und ich mache Allah zu meinem Fürsprecher bei dir!' Da befahl Jahja, ihm einen Raum im Hause zu geben, und er hieß den Schatzmeister ihm jeden Tag tausend Dirhems bringen, und ferner ordnete er an, man solle ihm von seinen besten Gerichten auftragen. Auf diese Weise lebte der

Mann einen ganzen Monat; und als der Monat abgelaufen war, hatte er dreißigtausend Dirhems erhalten. Da der Mann nun befürchtete, Jahja könne wegen der Höhe der Summe ihm das Geld wieder abnehmen, so ging er heimlich davon. – –«

Da bemerkte Schehrezâd, daß der Morgen begann, und sie hielt in der verstatteten Rede an. Doch als die *Dreihundertundzweiundneunzigste Nacht* anbrach, fuhr sie also fort: »Es ist mir berichtet worden, o glücklicher König, daß der Mann das Geld nahm und heimlich davonging. Als Jahja davon Kunde erhielt, sprach er: ‚Bei Allah, hätte er auch sein ganzes Leben bei mir verweilt, bis ihn der Tod ereilt, ich hätte ihm nie meine Spende entzogen, noch ihn um die Wohltat meiner Gastfreundschaft betrogen!'

Keine Zahl kann die Vorzüge der Barmekiden umfassen, und ihre Eigenschaften waren so herrlich, daß sie sich nicht beschreiben lassen, vornehmlich aber die Jahjas ibn Châlid, denn er war aller Tugenden Hort, und so heißt es von ihm in des Dichters Wort:

> *Die Güte fragt ich: Bist du frei? Sie sagte: Nein,*
> *Ich muß dem Sohne Châlids, Jahja, Sklavin sein.*
> *Drauf ich: Bist du gekauft? Sie sagte: Das sei fern!*
> *Als seiner Väter Erbe diene ich ihm gern.*

Und ferner wird erzählt

DIE GESCHICHTE VON MOHAMMED EL-AMÎN UND DSCHA'FAR IBN MÛSA

Dscha'far ibn Mûsa el-Hâdi[1] hatte einst eine Sklavin, eine Lautenspielerin, die hieß el-Badr el-Kabîr[2], und es gab zu ihrer Zeit keine, die schöner war von Angesicht oder ebenmäßiger

1. Der Neffe von Harûn er-Raschîd; sein Vater Mûsa el-Hâdi regierte als Kalif 785 bis 786 n. Chr. – 2. Das ist ‚der große Vollmond'.

von Wuchs, keine anmutiger an Wesen oder erfahrener in der Kunst des Gesanges und im Spiele der Saiten; sie war von herrlichster Lieblichkeit und von unvergleichlicher Anmut und Vollkommenheit. Nun hörte Mohammed el-Amîn[1], der Sohn Zubaidas, von ihr, und er bat Dscha'far, sie ihm zu verkaufen; doch der entgegnete ihm: ,Du weißt, es geziemt sich nicht für Männer meines Ranges, Sklavinnen zu verkaufen und um Nebenfrauen zu feilschen. Wäre sie nicht in meinem Hause aufgewachsen, so würde ich sie dir als Geschenk übersenden und sie nicht etwa aus Geiz deinem Wunsche entwenden.' Darauf begab sich Mohammed el-Amîn ibn Zubaida eines Tages zum Hause Dscha'fars, um sich zu vergnügen; und der Wirt setzte ihm vor, was Freunden vorzusetzen schicklich ist, und befahl auch seiner Sklavin el-Badr el-Kabîr, vor ihm zu singen und ihn aufzuheitern. Da stimmte sie die Saiten und begann ihr Spiel mit den schönsten Weisen zu begleiten. Mohammed el-Amîn ibn Zubaida aber fing an zu trinken und ausgelassen zu werden, und er befahl den Schenken, sie sollten Dscha'far viel Wein zu trinken geben, bis er trunken ward. Dann nahm er die Sklavin mit sich und führte sie in sein Haus; aber er streckte seine Hand nicht nach ihr aus. Als es wieder Morgen ward, befahl er, Dscha'far zu rufen; und als der zu ihm gekommen war, setzte er ihm Wein vor und ließ die Sklavin hinter einem Vorhange singen. Als Dscha'far ihre Stimme hörte, erkannte er sie, und er ward zornig darüber; doch er verbarg seinen Groll in seinem Seelenadel und seiner vornehmen Gesinnung, und er zeigte keine Veränderung in seinem Wesen. Als das Zechgelage beendet war, gab Mohammed el-Amîn ibn Zubaida einem seiner Diener Befehl, das Boot, in dem Dscha'far zu ihm gekommen war, mit Silbergeld und

1. Der Nachfolger Harûns; er regierte von 809 bis 813.

Goldstücken, allerlei Juwelen und Rubinen zu füllen, auch Gewänder von prächtiger Art mit den herrlichsten Gütern gepaart. Der führte den Befehl aus, und schließlich hatte er tausend Beutel mit je tausend Dirhems, und tausend Perlen, von denen eine jede zwanzigtausend Dirhems wert war, in das Boot hineingelegt; aber er belud es noch immer mehr mit allen Arten von Kostbarkeiten, bis die Bootsleute um Hilfe schrien und riefen: ‚Das Boot kann nichts mehr tragen!' Dann befahl el-Amîn, all das nach dem Hause Dscha'fars zu fahren.

Solcherart sind die edlen Taten der Vornehmen – Allah habe sie selig!

Ferner wird erzählt

DIE GESCHICHTE VON DEN SÖHNEN JAHJAS IBN CHÂLID UND SA'ÎD IBN SÂLIM EL-BÂHILI

Sa'îd ibn Sâlim el-Bâhili berichtete: Als Harûn er-Raschîd herrschte, geriet ich einmal in große Not; so viele Schulden häuften sich auf mich, daß sie schwer auf mir lasteten und ich sie nicht mehr bezahlen konnte. Ich wußte mir nicht mehr zu helfen und war ratlos, was ich tun sollte, da ihre Bezahlung mir solche große Sorgen machte und die Gläubiger meine Tür umstanden; ja, die Forderer umdrängten mich, und die, denen ich schuldete, schlugen mich fast in Banden. Ich wußte keinen Ausweg mehr, und meine Sorgen wurden unerträglich schwer. Da ich nun um mein Leben bangte und sah, daß alles um mich wankte und schwankte, begab ich mich zu 'Abdallâh ibn Mâlik el-Chuzâ'i und bat ihn, mir durch seinen Rat zu helfen und mich durch seine kluge Leitung zum Tore der Rettung zu führen. Da sprach 'Abdallâh ibn Mâlik el-Chuzâ'i: ‚Niemand kann dich retten aus deiner Qual und Bedrängnis und aus deines Grames Gefängnis als nur die Barmekiden.' Doch ich rief:

‚Wer kann denn ihren Hochmut ertragen und sich gedulden, wenn sie anmaßend aufzutreten wagen?' Er antwortete: ‚Du wirst es ertragen, um deine Lage zu bessern.' – –«

Da bemerkte Schehrezâd, daß der Morgen begann, und sie hielt in der verstatteten Rede an. Doch als die *Dreihundertunddreiundneunzigste Nacht* anbrach, fuhr sie also fort: »Es ist mir berichtet worden, o glücklicher König, daß 'Abdallâh ibn Mâlik el-Chuzâ'i zu Sa'îd ibn Sâlim sprach: ‚Du wirst es ertragen, um deine Lage zu bessern.' Da verließ ich ihn – so erzählte Sa'îd weiter – und ging zu el-Fadl und Dscha'far, den Söhnen Jahjas ibn Châlid, legte ihnen meine Lage dar und machte ihnen mein Elend klar. Sie sprachen: ‚Allah möge dir hilfreichen Beistand gewähren, Er lasse dich durch Seine Gnade das Tun Seiner Geschöpfe entbehren! Er schenke dir reichliches Gut, und Er gebe dir zur Genüge, ohne daß ein anderer es tut! Denn alles, was Er will, steht Ihm zu Gebot; Er ist gegen Seine Diener gütig und kennt ihre Not!' Ich aber wandte mich von ihnen und kehrte zu 'Abdallâh ibn Mâlik zurück, mit beklommener Brust, sorgenvollen Gedanken und gebrochenem Herzen, und wiederholte ihm, was die beiden gesagt hatten. Darauf sprach er zu mir: ‚Heute mußt du bei uns bleiben, damit wir sehen, was Allah der Erhabene geschehen läßt.' Kaum hatte ich eine Weile bei ihm gesessen, da kam plötzlich mein Diener an und sprach: ‚Hoher Herr, an unserer Tür stehen viele beladene Maultiere, und bei ihnen ist ein Mann, der sagt, er sei der Verwalter von el-Fadl ibn Jahja und Dscha'far ibn Jahja!' Nun sagte 'Abdallâh ibn Mâlik: ‚Ich hoffe, die Rettung ist dir genaht; mache dich auf und schau, was das zu bedeuten hat!' Also verließ ich ihn wieder und lief eilends zu meinem Hause; dort fand ich an meiner Tür einen Mann mit einem Briefe, in dem folgendes geschrieben stand: ‚Wisse, nachdem du bei uns gewesen warst und wir deine Worte vernommen hatten, begaben wir uns alsbald nach deinem Fortgehen zum Kalifen und taten ihm kund, deine Not habe dich so weit getrieben, daß dir nur noch die Demütigung des Bettelns geblieben. Er befahl uns sofort, dir aus dem Schatzhause tausendmaltausend Dirhems zu bringen. Wir sprachen zu ihm: ,Er wird dies Geld seinen Gläubigern geben müssen, um damit seine Schulden zu bezahlen; wie kann er dann noch für seinen Unterhalt sorgen?' Da wies er dir nochmals dreihunderttausend Dirhems an; und ein jeder von uns läßt dir aus seinem eigenen Vermögen noch tausendmaltausend Dirhems bringen, so daß du jetzt im ganzen drei Millionen und dreimalhunderttausend Dirhems hast, durch die du deine Lage und deine Verhältnisse bessern kannst.'

Betrachte diese edle Art, die sich in den Edlen offenbart! Allah der Erhabene habe sie selig!

Ferner wird erzählt

DIE GESCHICHTE VON DER LIST EINER FRAU WIDER IHREN GATTEN

Eine Frau spielte einst ihrem Gatten einen listigen Streich, und das war dieser: Ihr Gatte brachte ihr am Freitag einen Fisch, und nachdem er ihr aufgetragen hatte, sie solle ihn kochen und nach dem Feiertagsgebete anrichten, ging er seinen Geschäften nach. Dann kam jedoch einer ihrer Freunde zu ihr und lud sie ein, eine Hochzeit in seinem Hause mitzufeiern. Sie sagte zu, tat den Fisch in einen Krug, der im Hause stand, und ging mit dem Freunde fort. Und sie blieb bis zum folgenden Freitag ihrem Hause fern, während ihr Gatte sie in allen Häusern suchte und nach ihr fragte, ohne daß jemand ihm Kunde von ihr hätte geben können. Am nächsten Freitag aber war sie wieder zu Hause und holte den Fisch, der noch lebte, aus dem Kruge hervor. Darauf rief sie die Leute zusammen. Der Mann erzählte ihnen, was geschehen war. – –«

Da bemerkte Schehrezâd, daß der Morgen begann, und sie hielt in der verstatteten Rede an. Doch als die *Dreihundertundvierundneunzigste Nacht* anbrach, fuhr sie also fort: »Es ist mir berichtet worden, o glücklicher König, daß die Frau, als sie am folgenden Freitag zu ihrem Gatten zurückgekehrt war, den Fisch, der noch lebte, aus dem Kruge hervorholte. Darauf rief sie die Leute zusammen. Der Mann erzählte ihnen, was geschehen war; aber sie straften ihn Lügen, indem sie sprachen: ‚Es ist nicht möglich, daß ein Fisch so lange am Leben bleibt!' Dann erklärten sie ihn für irrsinnig und sperrten ihn ein und lachten ihn noch obendrein aus. Er aber begann in Tränen auszubrechen und hub an diese beiden Verse zu sprechen:

> *Die Alte hat im Schlechten schon hohen Rang erklommen,*
> *Und Zeugen der Gemeinheit stehn ihr im Gesicht.*
> *Wenn unrein, kuppelt sie; wenn rein, bricht sie die Ehe;*
> *Sie lebt, indem sie kuppelt und auch die Ehe bricht.*

Ferner wird erzählt

DIE GESCHICHTE VON DER WEIBERLIST[1]

In der Stadt Baghdad lebte einst ein anmutiger Jüngling, von schönem Antlitz und schlankem Wuchse, der zu den vornehmen Leuten gehörte; der besaß einen Laden, in dem er Handel trieb. Als er eines Tages in seinem Laden saß, kam eine Tochter der Fröhlichkeit an ihm vorbei; die hob dort ihr Haupt empor und sah, daß über der Ladentür zwei Zeilen geschrieben stan-

---

1. Nach der ersten Kalkuttaer Ausgabe vom Jahre 1814, Band II, Seiten 367 bis 378; hier eingefügt wie in der ersten Auflage der Insel-Ausgabe.

den; das waren diese Worte: *Es gibt keine List als die List der Männer, denn sie übertrifft die List der Frauen.* Da ward sie zornig und sprach in ihrem Herzen: ‚Bei meinem Haupte, ich will ihn ein Wunder erleben lassen, das die Inschrift über seinem Laden zuschanden macht!' Darauf ging sie nach Hause. Am nächsten Tage aber kam sie zu dem Laden, mit prächtigen Gewändern angetan und mit kostbaren Schmucksachen geziert; auch hatte sie eine Sklavin bei sich, die ein Bündel in der Hand trug. Sie begrüßte den Kaufmann, setzte sich in seinen Laden und verlangte von ihm einige Stoffe. Da holte er ihr mancherlei hervor; sie nahm die Stoffe in die Hand und wandte sie hin und her, indem sie mit ihm plauderte. Schließlich sagte sie zu ihm: ‚Sieh doch mal, wie schön ich von Wuchs und Gestalt bin! Kannst du an mir einen Fehl entdecken?' Er gab ihr zur Antwort: ‚Nein, meine Herrin!' Dann enthüllte sie vor ihm einen Teil ihres Busens, und als er ihre Brüste sah, ward sein Herz durch sie erregt, und er rief: ‚Verhülle sie! Allah schütze dich!' Doch sie erwiderte: ‚Ist es recht, daß irgendeiner von meinen Reizen häßlich redet?' ‚Nein,' rief er wieder, ‚wie könnte jemand deine Reize schmähen, da du doch die Sonne der Schönheit bist?' Nun streifte sie auch die Ärmel von ihren Unterarmen auf und sprach zu dem Jüngling: ‚Schau her; kannst du hier einen Fehl entdecken?' Er entgegnete: ‚Nein; wie wäre das möglich? Sie sind ja Arme von Kristall!' Und er fuhr fort: ‚Was veranlaßt dich, meine Herrin, mir diese schönen Glieder und diese liebliche Gestalt zu zeigen? Tu mir die Wahrheit kund! Ich gebe mein Leben für dich hin!' Und er sprach diese Verse:

Die weiße Wange wird vom Haar umrahmt
Und ist verborgen in der schwarzen Pracht.
Die Wange gleicht dem hellen Tageslicht,
Das Haar ist gleichsam wie die finstre Nacht.

Nun sagte die Dame zu dem jungen Kaufmann: ‚Wisse, mein Gebieter, ich bin ein Mädchen, dem vom eigenen Vater unrecht geschieht; denn er verleumdet mich und sagt zu mir: Du bist häßlich von Ansehen und Gestalt, und es ist nicht nötig, daß du prächtige Kleider trägst; du und die Sklavinnen, ihr seid vom gleichen Range, zwischen euch ist kein Unterschied! Und dabei ist er reich und sehr wohlhabend.' Da fragte der Jüngling: ‚Wer ist dein Vater? Was für einen Beruf hat er?' Sie antwortete: ‚Mein Vater ist der Großkadi von dem bekannten obersten Gerichtshof.' Und der Mann glaubte es ihr. Darauf nahm sie Abschied von ihm und ging davon. Aber in seinem Herzen regte sich eine tausendfache Sehnsucht nach ihr, und die Liebe zu ihr erfüllte ihn ganz; doch er wußte nicht, wie er sie gewinnen sollte. Er verschloß die Tür seines Ladens und begab sich zum Gerichtshof; dort trat er zu dem Kadi ein und begrüßte ihn. Der gab ihm den Gruß zurück, erwies ihm hohe Ehre und ließ ihn an seiner Seite sitzen. Darauf hub der Kaufmann an: ‚Ich komme zu dir, da ich dein Eidam werden möchte.' ‚Herzlich willkommen,' erwiderte der Kadi, ‚aber meine Tochter taugt nicht für deinesgleichen, mein Freund!' Der Jüngling entgegnete jedoch: ‚Das ist gleich! Ich bin mit ihr zufrieden.' Da nahm der Kadi seine Werbung an und setzte die Eheurkunde für ihn an Ort und Stelle auf mit der Bestimmung, daß er als Brautgeld sogleich fünfundzwanzig Goldstücke und später als zweiten Teil der Brautgabe ebensoviel bezahlen solle. Darauf ging der Kaufmann nach Hause, und nun wurde von beiden Seiten zur Hochzeit gerüstet. Am Abend des dritten Tages ward die Braut im Hochzeitszuge dem Kaufmann zugeführt; er sprach das Abendgebet und trat zu ihr ins Gemach. Als er aber den Schleier von ihrem Antlitz hob und das Kopftuch zurückschlug, da entdeckte er eine ekelhafte, häßliche Gestalt und ein mit allen Fehlern behaftetes Wesen. Und nun bereute er, als ihm die Reue nichts mehr nutzte, und er sah ein, daß jene Frau ihn betrogen hatte. Der unglückliche Kaufmann blieb jene Nacht über bis zum Morgen dort, wach und voll trüber Gedanken, und er ruhte bei seiner Gattin wider Willen. Doch sobald der Morgen dämmerte, erhob er sich und ging zum Badehause. Nachdem er dort die Waschung für die Unreinheit vorgenommen hatte, zog er seine Werktagskleider wieder an, begab sich ins Kaffeehaus, trank eine Tasse Kaffee und kehrte dann zu seinem Laden zurück. Er schloß die Tür auf und setzte sich nieder; aber der Kummer verzerrte sein Antlitz. Nach einer Weile kamen seine Freunde und Gefährten zu ihm, um ihm Glück zu wünschen; und lachend sprachen sie zu ihm: ‚Zum Segen! Zum Segen! Wo sind die Süßigkeiten? Wo ist der Kaffee? Es scheint, du hast uns vergessen! Die Reize deiner jungen Frau haben dich wohl so vergeßlich gemacht. Nun ja, wohl bekomm's! Wohl bekomm's!' So verspotteten sie ihn, während er ihnen keine Antwort gab und vor Wut nahe daran war, sich die Kleider zu zerreißen und zu weinen. Dann gingen sie wieder fort; und als es Mittag ward, siehe, da kam seine trügerische Freundin einher mit rauschender Schleppe. Sie trat heran, setzte sich in dem Laden nieder und sprach: ‚Zum Segen, mein Gebieter! Allah gebe, daß es eine Hochzeit des Glücks und der Freude sei!' Er aber runzelte die Stirn und sprach zu ihr: ‚Was hab ich dir zuleide getan, daß du mir so vergelten mußtest?' Sie erwiderte: ‚Du hast mir nichts zuleide getan. Doch jene Inschrift dort über der Tür deines Ladens ist an allem schuld. Wenn es dir möglich ist, sie zu ändern, so will ich dich aus diesem Elend erretten.' Da sagte er: ‚Was du forderst, ist leicht; es soll herzlich gern geschehen.' Und alsbald erhob er sich, löschte die Inschrift über seiner Tür und schrieb an ihrer Statt mit goldenen Buchstaben: *Es gibt keine List als die List der Frauen; denn ihre List ist die größte.* Dann fragte er sie: ‚Ist dein Herz nun zufrieden?' ‚Jawohl,' erwiderte sie; ‚geh du sogleich zu den Tänzern und Trommlern und sprich zu ihnen: ‚Kommt morgen mit euren Trommeln und Pfeifen zum Gerichtshof des Kadis, während ich dort sitze: dann tretet zu mir heran und sagt zu mir: ‚Zum Segen, Vetter! Unsere Seele freut sich über das, was du getan hast.' Dann wirf du ihnen Dinare und Dirhems zu.' ‚Ja, der Rat ist gut', antwortete er, schloß den Laden und begab sich zu den Tänzern und Trommlern; er tat ihnen den Plan kund und versprach ihnen eine große Belohnung. Sie nahmen seine Worte entgegen, indem sie sprachen: ‚Wir hören und gehorchen!' Am folgenden Tage ging er nach dem Frühgebete zu Seiner Exzellenz dem Kadi. Der empfing ihn mit Hochachtung und ließ ihn an seiner Seite sitzen. Dann wandte er ihm sein Angesicht zu und begann mit ihm zu plaudern; er fragte ihn, wie es mit dem Handel stehe und wie hoch die Preise der Waren seien, die von überall her nach Baghdad eingeführt wurden; und der Kaufmann antwortete ihm auf alles, was er fragte. Während sie so miteinander sprachen, kamen plötzlich die Tänzer und Trommler mit ihren Trommeln und Pfeifen; einer von ihnen hielt eine lange Fahne in der Hand und schritt ihnen voran, unter allerlei seltsamen Rufen und Bewegungen. Als sie zu dem Gerichtsgebäude kamen, rief der Kadi: ‚Ich nehme meine Zuflucht zu Gott vor diesen Teufeln!' Der Kaufmann lachte und schwieg. Da traten die Leute ein, grüßten Seine Exzellenz den Kadi und küßten die Hand des Kaufmanns; dann sprachen sie: ‚Zum Segen, Vetter, unsere Herzen haben sich gefreut über das, was du getan hast, und wir flehen zu Allah, daß er unserem Herren Kadi dauerndes Ansehn verleihe, ihm, der uns durch Verwandtschaft geehrt hat und uns an seinem hohen Rang und Stand hat teilnehmen lassen!' Als der Kadi diese Worte hören mußte, da ward er verwirrt und sprachlos, und sein Gesicht ward rot vor Zorn. Dann aber fragte er seinen Eidam: ,Was sollen solche Worte bedeuten?' Der erwiderte ihm: ,Weißt du nicht, hoher Herr, daß ich auch zu dieser Zunft gehöre? Der da ist mein Vetter von Mutters Seite, und der andere mein Vetter von Vaters Seite; ich werde freilich zu den Kaufleuten gerechnet.' Der Kadi erblich, wie er solches vernahm; er ward von Schmerz und wildem Zorn erfüllt, und er war nahe daran, vor Wut zu bersten. Dann sprach er zu dem Kaufmann: ,Allah verhüte, daß dies Ding sich vollende! Wie sollte es erlaubt sein, daß die Tochter des Kadis der Gläubigen bei einem Manne verbleibe, der zu den Tänzern gehört und niedriger Herkunft ist? Bei Allah, wenn du dich nicht im Augenblicke von ihr scheidest, so lasse ich dich peitschen und auf immer bis zu deinem Tode ins Gefängnis werfen. Hätte ich eher gewußt, daß du zu den Leuten da gehörst, so hätte ich dich mir nicht nahekommen lassen, ja, ich hätte dir nicht einmal ins Gesicht gespuckt; du bist ja unreiner als ein Hund oder ein Schwein.' Darauf stieß er ihn mit dem Fuße von seinem Sitz herab und befahl ihm, die Scheidung auszusprechen. Aber der Kaufmann rief: ,Sei besonnen, o Gebieter! Denn Allah ist besonnen, und Er übereilt sich nicht; ich kann mich von meiner Frau nicht scheiden, wenn du mir auch das Königreich Irak schenktest!' Nun war der Kadi ratlos; denn er sah ein, daß der Zwang nicht erlaubt ist nach der heiligen Satzung. So sprach er ihm denn mit milderen Worten zu: ,Schütze meine Ehre, Allah soll dich schützen! Wenn du dich nicht von ihr scheidest, so wird diese Schmach für alle Zeiten an mir haften bleiben.' Doch dann übermannte ihn wieder die Wut, und er schrie ihn an: ,Wenn du dich nicht freiwillig von ihr scheidest, so lasse ich dir sofort den Kopf abschlagen, und dann nehme ich mir selbst das Leben – lieber im Höllenbrande als in Schande!' Der Kaufmann dachte eine Weile nach; dann sprach er öffentlich die Scheidung von seiner Frau aus, und so befreite er sich durch diesen Streich von dem Unheil. Darauf kehrte er in seinen Laden zurück. Nach einigen Tagen aber vermählte er sich mit jener Jungfrau, die ihm ihren Streich gespielt hatte; sie war die Tochter des Scheichs der Schmiede. Und er führte mit ihr ein Leben in Fröhlichkeit, in Herrlichkeit und Seligkeit. – Preis sei Allah, dem Herrn der Welten!

Ferner wird erzählt

DIE GESCHICHTE VON DER FROMMEN ISRAELITIN UND DEN BEIDEN BÖSEN ALTEN

In alten Zeiten und längst entschwundenen Vergangenheiten lebte unter den Kindern Israel eine tugendhafte Frau; die war fromm und gottesfürchtig und ging jeden Tag ins Bethaus. Jenes Bethaus aber befand sich neben einem Garten, und wenn sie zum Gottesdienste ging, so trat sie zuerst in jenen Garten und vollzog dort die religiöse Waschung. Nun waren in jenem Garten zwei alte Männer, die ihn bewachten; und die entbrannten in Liebe zu der frommen Frau und wollten sie verführen. Doch sie weigerte sich; und da sprachen die beiden zu ihr: ‚Wenn du uns nicht zu Willen bist, so werden wir wider dich Zeugnis ablegen, daß du Ehebruch getrieben habest.' Sie erwiderte ihnen: ‚Allah wird mich vor eurer Bosheit bewahren.' Da öffneten die beiden das Gartentor und schrien hinaus. Als nun die Leute von allen Seiten bei ihnen zusammenströmten und fragten, was es mit ihnen wäre, antworteten die Alten: ‚Wir haben diese Dirne bei einem Jüngling gefunden, der mit ihr Unzucht trieb; der junge Mann ist uns aber davongelaufen.' Zu jener Zeit pflegten die Menschen einen Ehebrecher drei Tage lang öffentlich an den Pranger zu stellen und ihn dann zu steinigen. So ward denn auch ihre Schande drei Tage lang öffentlich ausgerufen; und die beiden Alten kamen jeden Tag zu ihr, legten ihr die Hände aufs Haupt und sprachen: ‚Gott sei gepriesen, der seinen Zorn auf dich herabgesandt hat!' Als die Leute sie dann aber steinigen wollten, folgte ihnen Daniel, der damals zwölf Jahre alt war; und dies war das erste Wunder, das er – auf unserem Propheten und ihm ruhe Segen und Heil! – verrichtet hat. Er eilte ohn Unterlaß hinter ihnen her, bis er sie eingeholt hatte; und da rief er: ‚Eilet nicht damit, sie zu steinigen; lasset mich zuerst zwischen ihnen richten!' Nun ward ihm ein Stuhl hingestellt, und er setzte sich darauf. Dann trennte er die beiden Alten, und er war der erste, der die Zeugen trennte. Den einen von ihnen fragte er: ‚Was hast du gesehen?' Der erzählte ihm, was geschehen sein sollte. Daniel fragte weiter: ‚An welcher Stätte im Garten ist es geschehen?' Der Alte gab zur Antwort: ‚Auf der Ostseite unter einem Birnenbaum!' Darauf befragte Daniel den zweiten über das, was er gesehen habe. Auch der berichtete, was geschehen sein sollte. Doch als Daniel ihn fragte: ‚An welcher Stätte im Garten?' antwortete er: ‚Auf der Westseite unter einem Apfelbaum!' Dies alles geschah, während die Frau dastand und Haupt und Hände gen Himmel hob und zu Gott um Rettung flehte. Da sandte Allah der Erhabene plötzlich einen rächenden Blitz vom Himmel, und der verbrannte die beiden Alten. So erwies Allah der Erhabene die Unschuld der Frau.

Dies war das erste der Wunder des Propheten Daniel – auf ihm ruhe Heil!

Und ferner wird erzählt

DIE GESCHICHTE VON DSCHA'FAR DEM BARMEKIDEN UND DEM ALTEN BEDUINEN

Der Beherrscher der Gläubigen Harûn er-Raschîd ging eines Tages mit Abu Ja'kûb dem Tischgenossen, Dscha'far dem Barmekiden und Abu Nuwâs aus; und als sie in die Steppe kamen, erblickten sie einen alten Mann, der gebückt auf seinem Esel saß. Da sprach Harûn er-Raschîd zu Dscha'far: ‚Frag den Alten da, woher er kommt!' Dscha'far fragte ihn also: ‚Woher kommst du?' ‚Aus Basra!' erwiderte jener. – –«

Da bemerkte Schehrezâd, daß der Morgen begann, und sie hielt in der verstatteten Rede an. Doch als die *Dreihundertundfünfundneunzigste Nacht* anbrach, fuhr sie also fort: »Es ist mir berichtet worden, o glücklicher König, daß der Mann, als Dscha'far ihn fragte: ‚Woher kommst du?' erwiderte: ‚Aus Basra!' Weiter fragte Dscha'far: ‚Und wohin geht deine Reise?' ‚Nach Baghdad!' antwortete der Mann. ‚Was willst du dort tun?' fragte Dscha'far von neuem; und der Alte entgegnete: ‚Ich will ein Heilmittel für mein Auge suchen.' Nun flüsterte Harûn er-Raschîd: ‚Dscha'far, treib Scherz mit ihm!' Doch der erwiderte: ‚Wenn ich Scherz mit ihm treibe, so werde ich von ihm zu hören bekommen, was mir wenig behagt.' Doch Harûn er-Raschîd bestand darauf: ‚Bei meiner Macht, ich befehle dir, treib Scherz mit ihm!' Da sagte Dscha'far zu dem Alten: ‚Wenn ich dir ein Heilmittel verschreibe, das dir hilft, was gibst du mir dann dafür?' ‚Allah der Erhabene', versetzte der Alte, ‚möge dir statt meiner einen Lohn geben, der besser ist als das, womit ich dir vergelten könnte!' Darauf hub der Minister an: ‚Leih mir dein Ohr, auf daß ich dir dies Heilmittel beschreibe, das ich keinem anderen als dir verraten würde!'

‚Was ist denn das?' fragte der Alte; und Dscha'far fuhr fort: ‚Nimm drei Unzen Windhauch, drei Unzen Sonnenstrahlen, drei Unzen Mondschein und drei Unzen Lampenlicht; mische das alles und leg es drei Monate lang in den Wind. Dann tu es in einen Mörser ohne Boden und zerstoße es drei Monate lang. Wenn du es zu feinem Pulver zerstoßen hast, so tu es in eine zerbrochene Schüssel. Stelle die Schüssel wiederum drei Monate lang in den Wind. Darauf nimm von diesem Heilmittel dreimal am Tage im Schlafe drei Quentchen. Wenn du das drei Monate lang getan hast, wirst du wieder gesund werden, so Gott der Erhabene will.' Als der Alte die Worte Dscha'fars gehört hatte, streckte er sich der Länge nach auf seinem Esel aus, gab einen gewaltigen Wind von sich und sprach: ‚Nimm diesen Wind als Lohn dafür, daß du mir dies Heilmittel verschrieben hast! Wenn ich es gebraucht habe und Allah der Erhabene mir die Gesundheit wiedergeschenkt hat, so gebe ich dir noch eine Sklavin, die dir zu deinen Lebzeiten so dienen soll, daß Allah dadurch dein Ende rasch herbeiführt; und wenn du dann gestorben bist und Gott deine Seele schleunigst ins Höllenfeuer gejagt hat, so soll sie aus Trauer um dich dein Gesicht mit ihrem Dreck beschmieren, und sie soll jammern, ihr Gesicht zerschlagen und klagen; in ihrer Totenklage aber soll sie rufen: O Dummbart, wie dumm war dein Bart!'

Da lachte Harûn er-Raschîd, bis er auf den Rücken fiel, und befahl, jenem Manne dreitausend Dirhems zu geben.

Ferner wird erzählt

DIE GESCHICHTE VOM KALIFEN 'OMAR IBN EL-CHATTÂB UND DEM JUNGEN BEDUINEN

Der Scherif Husain ibn Raijân berichtete: Eines Tages saß der Beherrscher der Gläubigen 'Omar ibn el-Chattâb[1] auf dem Richterstuhl, um zwischen den Menschen zu entscheiden und über die Untertanen Recht zu sprechen, umgeben von den Vornehmsten seiner Genossen, Männern von trefflichem Urteil, als ein sehr schöner Jüngling in feinem Gewande plötzlich vor ihm stand; und an ihn klammerten sich zwei Jünglinge, gleichfalls von hoher Schönheit, die ihn am Kragen herbeigeschleppt und vor den Beherrscher der Gläubigen gebracht hatten. Als der Kalif die beiden mit dem anderen erblickte, befahl er ihnen, sie sollten ihn loslassen. Dann ließ er ihn näher treten und fragte die beiden Jünglinge: ,Was habt ihr mit ihm zu tun?' ,O Beherrscher der Gläubigen,' erwiderten sie, ,als zwei leibliche Brüder stehen wir hier, und echte Jünger der Wahrheit sind wir! Wir hatten einen hochbetagten Vater, einen trefflichen Berater, der unter den Stämmen hoch in Ehren stand, allem Gemeinen abgewandt, und durch seine Tugenden bekannt. Der zog uns auf, als wir noch Kinder waren; und als wir heranwuchsen, ließ er uns viel Güte erfahren.' – –«

Da bemerkte Schehrezâd, daß der Morgen begann, und sie hielt in der verstatteten Rede an. Doch als die *Dreihundertundsechsundneunzigste Nacht* anbrach, fuhr sie also fort: »Es ist mir berichtet worden, o glücklicher König, daß die beiden Jünglinge zu dem Beherrscher der Gläubigen sprachen: ,Wir hatten einen Vater, der unter den Stämmen in hohen Ehren stand, allem Gemeinen abgewandt, und durch seine Tugenden be-

1. Der zweite Kalif, 634 bis 644 n. Chr.

kannt. Der zog uns auf, als wir noch Kinder waren; und als wir heranwuchsen, ließ er uns viel Güte erfahren. Er war ein Füllhorn von Eigenschaften der edelsten Vortrefflichkeit, dem wahrlich der Dichter das Wort geweiht:

Sie fragten: Ist Abu Sakr vom Stamme Schaibân? Ich sagte:
Nein, wahrlich, bei meinem Leben, von ihm entstammt Schaibân!
Manch Vater stieg hoch in Ehren durch einen edlen Sprößling,
So stieg durch Allahs Propheten an Ehren der Stamm 'Adnân.[1]

Der ging eines Tages zu einem Garten hinaus, der ihm gehörte, um sich unter den Bäumen dort zu erquicken und die reifen Früchte zu pflücken; da erschlug ihn dieses Jünglings Hand, der sich vom rechten Wege abgewandt. Nun bitten wir dich, seine Untat zu rächen und nach Allahs Gebot über ihn das Urteil zu sprechen.' Da warf 'Omar einen furchterregenden Blick auf den Jüngling und sprach zu ihm: ‚Du hast gehört, wie diese beiden jungen Männer wider dich klagen. Was hast du nun als Antwort zu sagen?' Nun hatte aber jener Mann, der junge, ein festes Herz und eine kühne Zunge; abgelegt hatte er das Gewand der Zaghaftigkeit und abgetan den Mantel der Ängstlichkeit; und so lächelte er und begann eine Rede von gewählter Reinheit und begrüßte den Kalifen mit Worten von hoher Feinheit: ‚Bei Allah, o Beherrscher der Gläubigen, ich habe vernommen, was sie geklagt; sie haben recht mit dem was sie gesagt. Sie haben berichtet, was geschehen ist; und Gottes Befehl ist ein vorherbestimmter Beschluß.[2] Nun will ich dir meine Geschichte erzählen; und dir steht es zu, darüber zu befehlen. Wisse denn, o Beherrscher der Gläubigen, ich bin echter Vollblutaraber Kind, von denen, die unter dem Himmel die edelsten sind. Ich wuchs in den Zeltlagern der Wüste auf,

1. 'Adnân gilt als Nachkomme Ismaels und als Stammvater der Nordaraber. – 2. Koran, Sure 33, Vers 38.

bis mein Stamm heimgesucht ward durch böser Zeiten Lauf. Da zog ich mit dem Stamme, mit Habe und Kindern fort in die Umgebung von diesem Ort. Und ich ging dort umher auf den Wegen und wanderte zwischen den Gartengehegen, mit Kamelinnen, hochgeehrt, die mir lieb und wert; bei ihnen befand sich ein Hengst, dessen edle Art mit schöner Gestalt gepaart, dem ein zahlreich Geschlecht geboren ward; durch ihn wurden der Füllen immer mehr, und er schritt zwischen den Stuten daher, wie wenn er ein gekrönter König wär. Da lief eine der Kamelinnen zu dem Garten des Vaters dieser Jünglinge. Dort ragten die Bäume über die Mauer hervor, und sie langte mit ihrer Lippe danach empor. Ich jagte sie eilends von jenem Garten fort; aber da trat plötzlich ein Alter aus einem Spalt in der Mauer heraus, der von Zorn erglühte und Funken sprühte, und dessen rechte Hand einen Stein emporschwang; wie ein herannahender Löwe wiegte er sich im Gang. Dann warf er den Stein auf den Hengst und brachte ihm den Tod, da sich dem Wurf eine tödliche Stelle bot. Doch wie ich den Hengst neben mir tot niederstürzen sah, da fühlte ich, wie in meinem Herzen die Kohlen des Zornes erglühten, und ich ergriff den selbigen Stein und warf ihn auf den Alten mit Gewalt, und er ward ihm zum Grunde seines Todes alsbald. Das Unheil ward zu ihm zurückgetragen, und er ward mit der eigenen Waffe erschlagen. Aber wie er getroffen war, brach er in ein gewaltiges Schreien aus und jammerte in des Wehes Graus. Da lief ich eiligst von dem Platze fort, an dem ich stand; aber diese beiden Jünglinge stürzten mir nach und ergriffen mich bei der Hand. Zu dir schleppten sie mich, und vor dich stellten sie mich!'
'Omar – Allah der Erhabene hab ihn selig! – sprach darauf: ‚Du warst so ehrlich, dein Vergehen einzugestehen; es ist unmöglich, dich loszulassen; jetzt muß die Strafe dich erfassen,

und Zeit zu entrinnen läßt sich nicht mehr gewinnen.'[1] ‚Ich höre', erwiderte der Jüngling, ‚und gehorche dem Urteil des Imams und füge mich den Gesetzesforderungen des Islams. Doch ich habe einen Bruder, der ist noch klein, und er nannte einen alten Vater sein; und dieser vermachte ihm vor seinem Hinscheiden Geld in Hülle und Gold in Fülle. Aber der Vater vertraute mir seine Sache an und nahm Allah zum Zeugen wider mich dann, indem er sprach: ‚Dies ist für deinen Bruder in deiner Hut, bewahre du es ihm gut!' Ich nahm also jenes Geld von ihm entgegen und vergrub es; und niemand weiß etwas davon als ich allein. Wenn du mich nun zum raschen Tode verurteilst, so ist das Geld verloren; dann bist du die Ursache seines Verlustes, und du bist dem Knaben zur Rechenschaft verpflichtet, wenn dereinst Allah zwischen seinen Geschöpfen richtet. Gewährst du mir aber eine Frist von drei Tagen, so kann ich einem Vormund die Fürsorge für das Kind übertragen. Dann kehre ich zurück und löse meine Schuld hier sofort; und ich habe einen Bürgen für mein Wort!' Da neigte der Beherrscher der Gläubigen sein Haupt eine kurze Weile; darauf blickte er alle an, die zugegen waren, und sprach: ‚Durch wen wird mir Bürgschaft für ihn gewährt, daß er zu dieser Stätte wiederkehrt?' Der Jüngling schaute allen, die in der Versammlung waren, ins Gesicht, zeigte unter ihnen allen nur auf Abu Dharr[2] und sprach: ‚Dieser wird für mich einstehen und mein Bürge sein!' – –«

Da bemerkte Schehrezâd, daß der Morgen begann, und sie hielt in der verstatteten Rede an. Doch als die *Dreihundertundsiebenundneunzigste Nacht* anbrach, fuhr sie also fort: »Es ist mir

---

1. Koran, Sure 38, Vers 2. – 2. Abu Dharr war einer der ‚Prophetengenossen'; er nahm von Mohammed selbst den Islam an und starb im Jahre 652/653 n. Chr. Er gilt als einer der besten Überlieferer.

berichtet worden, o glücklicher König, daß der Jüngling auf Abu Dharr wies und sprach: ‚Dieser wird für mich einstehen und mein Bürge sein!' 'Omar – Allah der Erhabene hab ihn selig! – fragte: ‚Abu Dharr, hast du diese Worte vernommen und willst du mir Bürge sein für dieses Jünglings Wiederkommen?' Der antwortete: ‚Ja, o Beherrscher der Gläubigen, ich will drei Tage für ihn bürgen.' Der Kalif war damit einverstanden und erlaubte dem Jüngling fortzugehen. Als aber die Dauer des Aufschubs auf der Wende war und die Gnadenfrist beinahe oder schon ganz zu Ende war, und als in 'Omars Rat, der von den Gefährten umgeben war wie der Mond von den Sternen, der Jüngling immer noch nicht trat, während Abu Dharr dort war und die beiden Kläger warteten, da sprachen diese beiden: ‚O Abu Dharr, wo ist der Schuldige zu dieser Frist? Wie wird einer zurückkehren, wenn er entflohen ist? Wir werden uns nicht eher von der Stelle rühren, als bis wir ihn durch dich erhalten, um unsere Blutrache auszuführen.' Abu Dharr erwiderte: ‚So wahr der allwissende König besteht, wenn die Frist der drei Tage vergeht, und wenn der Jüngling dann noch nicht zu euch kam, so erfülle ich meine Bürgschaft und übergebe mich selbst dem Imam!' Da sprach 'Omar – Allah der Erhabene hab ihn selig! –: ‚Bei Allah, wenn der Jüngling noch länger ausbleibt, so vollstrecke ich an Abu Dharr, was das Gesetz des Islams vorschreibt.' Da brachen die Tränen aus den Augen der Anwesenden hervor, und aus dem Munde der Zuschauer stiegen Seufzer empor, und ein gewaltiger Lärm erhob sich. Und die Vornehmsten unter den Prophetengenossen baten die beiden Jünglinge, den Tod durch das Wergeld zu sühnen und sich den Dank des Volkes zu verdienen. Aber die beiden weigerten sich und wollten nichts annehmen als die Blutrache. Während nun das Volk hin und her wogte und laut um Abu Dharr klagte, geschah es plötzlich, daß der Jüngling kam, und er trat vor den Imam und begrüßte ihn durch den schönsten Salâm, mit einem Antlitz strahlend hell, überströmt von des Schweißes Perlenquell, und er sprach zu ihm: ‚Nun hab ich den Knaben zu den Brüdern seiner Mutter gebracht, und ich hab sie mit allem, was ihn angeht, bekannt gemacht, und in des Geldes Angelegenheit habe ich sie eingeweiht. Der Glut der Mittagssonne trotzte ich sodann, und ich hielt mein Wort als freier Mann!' Da staunte alles Volk ob seiner Treue und Wahrhaftigkeit, und wie er sich so festen Herzens dem Tode geweiht. Und einer aus der Menge sprach zu ihm: ‚Wahrlich, du bist ein Jüngling von edelster Art, der seinem Ehrenworte und seiner Pflicht die Treue wahrt!' Darauf erwiderte er: ‚Wisset ihr denn nicht, daß keiner dem Tode, wenn der sich einstellt, entrinnen kann? Ich hab mein Wort gehalten, auf daß es nicht heiße, die Treue sei unter den Menschen geschwunden!' Abu Dharr aber rief: ‚Bei Allah, o Beherrscher der Gläubigen, ich habe für diesen Jüngling gebürgt, ohne zu wissen, von welchem Stamme er ist; ich hatte ihn auch nie gesehen vor jener Frist. Doch als er sich von allen, die zugegen waren, abwandte und mich erwählte und sprach: ‚Dieser wird für mich einstehen und mein Bürge sein', da konnte ich ihn nicht abweisen – es deuchte mich nicht gut – und seine Hoffnung zu enttäuschen verbot mir edler Mannesmut. Mit der Gewährung seines Wunsches war auch kein Schaden verbunden; und so konnte es nicht heißen: Edler Sinn ist unter den Menschen geschwunden!' Und nun sagten die beiden Jünglinge: ‚O Beherrscher der Gläubigen, wir vergeben diesem Jünglinge das Blut unseres Vaters; durch die Freude des Wiedersehens heilte er der Verlassenheit Wunden, auf daß es nicht hieße: Die Güte ist unter den Menschen geschwunden!' Da freute sich der

Imam, daß die Vergebung zu dem Jüngling kam; und er freute sich auch über seine Wahrhaftigkeit, seine Treue und seine Rechtschaffenheit. Er pries den Mannesadel des Abu Dharr, den er über all seine Gefährten erhob; er billigte den Entschluß der beiden Jünglinge, daß sie Güte hatten walten lassen; und er pries sie, wie ein Dankender nur preisen kann, und wandte auf sie das Dichterwort an:

> *Wer den Geschöpfen Gutes tut, der wird belohnt;*
> *Denn zwischen Gott und Mensch ist Güte nie verloren.*

Darauf bot er den beiden an, das Wergeld für ihren Vater aus dem Schatzhause bezahlen zu lassen. Doch sie sprachen: ‚Wir haben ihm verziehen in der Hoffnung auf die Gnade Allahs, des Allgütigen und Hocherhabenen. Und wer eine solche Gesinnung hegt, der läßt seiner Güte nichts folgen, was Vorwurf oder Schaden erregt.'

Ferner wird erzählt

DIE GESCHICHTE VON DEM KALIFEN EL-MAMÛN UND DEN PYRAMIDEN

Als el-Mamûn, der Sohn des Kalifen Harûn er-Raschîd, in die Stadt Kairo, die in Gottes Hut steht, seinen Einzug hielt, da wollte er die Pyramiden niederreißen lassen, um die Schätze, die darin verborgen waren, an sich zu nehmen. Doch als er versuchte, die Zerstörung ausführen zu lassen, konnte er es nicht vollbringen, ob er sich gleich viel Mühe darum gab und viel Geld dafür aufwandte. – –«

Da bemerkte Schehrezâd, daß der Morgen begann, und sie hielt in der verstatteten Rede an. Doch als die *Dreihundertundachtundneunzigste Nacht* anbrach, fuhr sie also fort: »Es ist mir berichtet worden, o glücklicher König, daß el-Mamûn sich große Mühe gab, die Pyramiden niederzureißen, und viel Geld dafür aufwandte; aber er konnte es nicht vollbringen. Nur in eine einzige von ihnen vermochte er eine kleine Öffnung zu brechen, und es heißt, daß el-Mamûn in dieser Öffnung so viel Geld gefunden habe, wie er auf die Brechung des Loches verwandt hatte, nicht mehr und nicht weniger. Darüber verwunderte er sich; dann nahm er, was er dort fand, und ließ von seinem Vorhaben ab.

Der Pyramiden aber sind drei; und sie gehören zu den größten Wundern der Welt, und sie haben auf der ganzen Erde nicht ihresgleichen an Festigkeit, Beständigkeit und Höhe. Sie sind aus mächtigen Felsblöcken erbaut; und die Baumeister, die sie schufen, bohrten Löcher in jeden Stein von beiden Seiten her und steckten gerade Eisenstäbe hinein, dann bohrten sie Löcher in den zweiten Stein und legten ihn auf den andern, indem sie zugleich geschmolzenes Blei auf die Eisenstäbe taten, und das alles in geometrischer Ordnung, bis der ganze Bau vollendet war. Jede Pyramide hatte eine Höhe über der Erde von hundert Ellen des damals üblichen Maßes; sie hatte vier Seiten, die sich nach oben hin abschrägten und die am Fuße je dreihundert Ellen breit waren. Die Alten erzählen, daß sich im Innern der westlichen Pyramide dreißig Kammern aus farbigem Granit befinden, angefüllt mit kostbaren Edelsteinen, gewaltigen Schätzen, seltenen Bildwerken, prächtigen Werkzeugen und Waffen, die mit kunstvoll bereiteter Salbe bestrichen sind, so daß sie bis zum Tage der Auferstehung nicht rosten; ferner sollen Glasgefäße darin sein, die man biegen könne, ohne daß sie zerbrechen, dazu mancherlei Arten von Drogen und kunstvoll bereiteten Tränken. Und in der zweiten Pyramide sollen die Annalen der Priester sein, eingemeißelt auf Tafeln von Granit, für jeden Priester eine solche kunstvolle Platte, darauf die Wunder seiner Kunst und seine Taten verzeichnet stehen. An den Wänden aber seien menschliche Figuren, Götzenbildern gleich, die mit ihren Händen allerlei kunstvolle Arbeiten verrichten und auf erhöhten Stufen sitzen. Ferner soll eine jede Pyramide einen Schatzmeister haben, der sie behütet, und diese Wächter bewahren sie in alle Ewigkeit vor den Wechselfällen der Zeit. Die Wunder der Pyramiden haben von jeher alle, die da sehen und Einsicht haben, zum höchsten Erstaunen getrieben, und sie sind in vielen Liedern beschrieben; sie könnten dir zu nicht geringem Nutzen dienen, und so lautet denn eines von ihnen:

> *Wenn Herrscher ihren Ruhm der Nachwelt künden wollen,*
> *So mag es durch die Zunge der Bauten wohl geschehn.*
> *Siehst du die Pyramiden, wie sie unverändert*
> *Trotz aller Zeiten Wechsel immer noch bestehn?*

Und ein anderes:

> *Schau auf die Pyramiden, und höre, wie die beiden*
> *So vielerlei berichten aus Urvergangenheit!*
> *Ja, wenn sie reden könnten, sie würden uns erzählen,*
> *Was Menschen widerfuhr im Wechsel all der Zeit.*

Und ein drittes:

> *Mein Freund, gibt's unter diesem Himmel ein Gebäude,*
> *Das Kairos Pyramiden gleicht an Festigkeit?*
> *Sie sind ein Bau, vor dem die Zeit sich selber fürchtet;*
> *Und alles hier auf Erden fürchtet sonst die Zeit!*
> *Mein Blick erfreute sich ob ihrem stolzen Baue;*
> *Den Sinn erfreute nicht der Zweck, dem sie geweiht.*

Und ein viertes:

> *Wo ist der Mann, der einst die Pyramiden baute?*
> *Wie hieß sein Stamm? Wann war sein Tag? Wo ist sein Grab?*
> *Die Werke überdauern die Männer, die sie schufen,*
> *Nur kurz; dann kommt der Tod und stürzt auch sie **hinab**.*

Ferner erzählt man

DIE GESCHICHTE VON DEM DIEB
UND DEM KAUFMANN

Es war einmal ein Mann; der war ein Dieb gewesen, aber er hatte sich in aufrichtiger Reue wieder Allah dem Erhabenen zugewendet und einen Laden eröffnet, in dem er Stoffe verkaufte. So lebte er geraume Zeit dahin. Da begab es sich eines Tages, als er seinen Laden geschlossen hatte und nach Hause gegangen war, daß ein schlauer Dieb, der sich ganz wie jener Kaufmann angezogen hatte, in den Basar kam; er holte Schlüssel aus seinem Ärmel, und da es schon dunkel war, so sprach er zu dem Wächter des Basars: ‚Zünde mir diese Kerze an!' Der Wächter nahm die Kerze von ihm entgegen und ging fort, um sie anzuzünden. – –«

Da bemerkte Schehrezâd, daß der Morgen begann, und sie hielt in der verstatteten Rede an. Doch als die *Dreihundertundneunundneunzigste Nacht* anbrach, fuhr sie also fort: »Es ist mir berichtet worden, o glücklicher König, daß der Wächter die Kerze von ihm entgegennahm und fortging, um sie anzuzünden. Derweilen öffnete der Dieb den Laden und zündete eine andere Kerze an, die er noch bei sich hatte. Und als der Wächter zurückkehrte, sah er, wie jener im Laden saß, das Rechnungsbuch in der Hand hielt und anschaute und mit den Fingern rechnete; so tat er bis zum Morgengrauen. Dann sprach er zu dem Wächter: ‚Hol mir einen Treiber mit seinem Kamele, auf daß er für mich einige Waren fortschaffe!' Da holte der Wächter einen Treiber mit seinem Kamele. Der Dieb nahm vier Ballen Stoffe und reichte sie dem Treiber, und der lud sie auf das Kamel. Dann schloß der Mann den Laden, gab dem Wächter zwei Dirhems und ging hinter dem Kameltreiber her; bei dem allen glaubte der Wächter, daß jener der Besitzer des Ladens wäre. Als es aber Morgen ward und das helle Tageslicht schien, kam der wirkliche Besitzer des Ladens, und der Wächter dankte ihm noch einmal für die zwei Dirhems. Der Kaufmann wußte gar nicht, was die Worte bedeuten sollten, und wunderte sich darüber. Doch als er den Laden geöffnet hatte, fand er die Wachstropfen und sah das Rechnungsbuch am Boden liegen; und wie er sich weiter im Laden umschaute, entdeckte er auch noch, daß vier Ballen Stoffe fehlten. Da fragte er den Wächter, was denn geschehen sei; der erzählte ihm, was der andere bei Nacht getan und wie er den Kameltreiber für die Ballen gemietet hatte. ‚Bring mir den Treiber, der die Stoffe mit dir in der Dämmerung aufgeladen hat!‘ befahl der Kaufmann. ‚Ich höre und gehorche!‘ erwiderte der Wächter und brachte ihn. Da fragte der Kaufmann den Treiber: ‚Wohin hast du in der Frühe die Stoffe gebracht?‘ Der Treiber antwortete: ‚An den und den Landeplatz; und ich habe sie auf das und das Schiff geschafft.‘ ‚Führ mich dorthin!‘ befahl der Kaufmann; und der Treiber ging mit ihm dorthin und sprach zu ihm: ‚Dies ist das Schiff, und das ist der Fährmann.‘ Darauf wandte der Kaufmann sich an den Schiffer mit den Worten: ‚Wohin hast du den Kaufmann und die Stoffe gefahren?‘ Jener erwiderte: ‚An den und den Ort; und dort holte er sich einen Kameltreiber, ließ die Stoffe auf das Kamel laden und zog davon; ich weiß nicht, wohin er gegangen ist.‘ ‚Bring du mir den Treiber, der von dir aus die Stoffe fortgeschafft hat!‘ sagte nun der Kaufmann; und als der Schiffer ihn gebracht hatte, forschte der Kaufmann weiter: ‚Wohin hast du mit dem Händler die Stoffe aus dem Schiffe geführt?‘ ‚Zu der und der Stätte‘, gab der Mann zur Antwort. Da hub der Kaufmann wieder an: ‚Geh mit mir dorthin und zeige sie mir!‘ Darauf begab sich der Treiber mit ihm an eine Stelle, die abseits vom Ufer lag, zeigte ihm den Chân, in dem er die Stoffe abgeladen hatte, und wies ihm auch das Magazin des falschen Kaufmanns. Er trat näher, öffnete es und fand darin die vier Ballen von Stoffen noch verschnürt, wie sie gewesen waren; die übergab er sofort dem Kameltreiber. Nun hatte aber der Dieb seinen Mantel über die Stoffe gelegt; auch den übergab der Kaufmann dem Kameltreiber, der nun alles aufs Kamel lud. Dann verschloß er das Magazin und ging mit dem Treiber davon. Doch siehe, da begegnete ihm der Dieb, und der folgte ihm nach, bis die Stoffe im Schiffe verladen waren. Da sprach der Dieb zum Kaufmann: ‚Bruder, du stehst in Gottes Hut; du hast deine Stoffe wiedererhalten und hast nichts davon verloren; nun gib mir auch den Mantel zurück!' Der Kaufmann mußte über ihn lachen, gab ihm den Mantel zurück und belästigte ihn nicht weiter. Darauf zog ein jeder von beiden seines Wegs.

Ferner wird erzählt

DIE GESCHICHTE VON MASRÛR UND IBN EL-KÂRIBI

Eines Nachts ward der Kalif Harûn er-Raschîd von arger Unruhe geplagt; da sprach er zu seinem Wesir Dscha'far ibn Jahja, dem Barmekiden: ‚Hör, ich kann heute nacht keinen Schlaf finden; die Brust ist mir eng, und ich weiß nicht, was ich beginnen soll.' Nun stand sein Eunuch Masrûr vor ihm, und der mußte gerade lachen. Der Kalif rief ihm zu: ‚Worüber lachst du? Lachst du etwa, um mich zu verspotten, oder weil du irr geworden bist?' Masrûr antwortete ihm: ‚Nein, bei Allah, o Beherrscher der Gläubigen' — —«

Da bemerkte Schehrezâd, daß der Morgen begann, und sie hielt in der verstatteten Rede an. Doch als die *Vierhundertste*

Nacht anbrach, fuhr sie also fort: »Es ist mir berichtet worden, o glücklicher König, daß Harûn er-Raschîd Masrûr, dem Schwertträger, zurief: ‚Lachst du etwa, um mich zu verspotten, oder weil du irr geworden bist?' Masrûr antwortete: ‚Nein, bei Allah, o Beherrscher der Gläubigen, bei deiner Verwandtschaft mit dem Fürsten der Apostel, ich habe das nicht aus freiem Willen getan; sondern ich bin gestern abend draußen vor dem Palast spazieren gegangen, und als ich dann zum Ufer des Tigris kam, sah ich dort viel Volks versammelt. Ich blieb stehen und gewahrte dort einen Mann, der das Volk zum Lachen brachte; der hieß Ibn el-Kâribi. Gerade eben mußte ich wieder an das denken, was er sagte, und da kam das Lachen mit Gewalt über mich. Ich bitte dich um Verzeihung, o Beherrscher der Gläubigen!' Der Kalif befahl darauf: ‚Bring mir den Mann sofort hierher!' Da eilte Masrûr fort, bis er Ibn el-Kâribi fand, und sprach zu ihm: ‚Folge dem Rufe des Beherrschers der Gläubigen!' ‚Ich höre und gehorche!' erwiderte der. Doch Masrûr fügte noch hinzu: ‚Nur unter der Bedingung, daß du, wenn du zu ihm kommst und er dir ein Geschenk macht, davon ein Viertel erhältst, während der Rest mir gehört.' Da sagte Ibn el-Kâribi: ‚Nein, dir die Hälfte und mir die Hälfte!' Masrûr aber entgegnete: ‚Nein!' Nun sagte Ibn el-Kâribi: ‚Dann also mir ein Drittel und dir zwei Drittel!' Nach langem Widerstreben willigte Masrûr endlich darin ein und machte sich mit ihm auf den Weg. Als nun Ibn el-Kâribi zum Herrscher eintrat, begrüßte er ihn mit dem Gruße, der dem Kalifen gebührt, und blieb dann vor ihm stehen. Darauf hub der Beherrscher der Gläubigen an: ‚Wenn du mich nicht zum Lachen bringst, so gebe ich dir drei Schläge mit diesem Sacke!' Ibn el-Kâribi sagte sich: ‚Was sind denn etwa drei Schläge mit diesem Sack, da mir sogar Peitschenhiebe nichts schaden?' Denn er glaubte, der Sack sei leer. Nun erzählte er so lustige Dinge, daß selbst ein Zorniger hätte lachen müssen, und er trug allerlei Arten von Scherzen vor. Doch der Kalif lachte nicht und verzog keine Miene zum Lächeln. Darüber war Ibn el-Kâribi verwundert und bestürzt, und er geriet in Furcht. Und der Beherrscher der Gläubigen sprach: ‚Jetzt hast du die Schläge verdient', nahm den Sack und gab ihm einen Schlag; in dem Sack aber waren vier Kieselsteine, von denen ein jeder zwei Pfund wog. Wie nun der Schlag seinen Nacken traf, schrie er laut auf; aber er dachte sofort an das, was er mit Masrûr abgemacht hatte, und so rief er: ‚Vergebung, o Beherrscher der Gläubigen! Höre zwei Worte von mir an!' Als der Kalif antwortete: ‚Sprich, was du zu sagen hast!' fuhr er fort: ‚Masrûr hat mir eine Bedingung gestellt, und ich habe mich mit ihm darüber geeinigt; die ist, daß von allen Gnadengaben, die mir der Beherrscher der Gläubigen verleiht, nur ein Drittel mir zukommen soll, während ihm die beiden anderen Drittel gehören. Und darin hat er erst nach starkem Widerstreben eingewilligt. Nun hast du mir kein anderes Gnadengeschenk verliehen als die Schläge; dieser Schlag ist mein Anteil, die beiden übrigen Schläge gehören ihm. Ich habe meinen Anteil erhalten; da steht er, o Beherrscher der Gläubigen, zahle ihm, was ihm gebührt!' Als der Herrscher diese Worte von ihm vernahm, lachte er, bis er auf den Rücken fiel; danach rief er den Masrûr herbei und gab ihm einen Schlag. Der aber schrie auch und rief: ‚O Beherrscher der Gläubigen, ein Drittel ist genug für mich, gib ihm zwei Drittel!' – –«

Da bemerkte Schehrezâd, daß der Morgen begann, und sie hielt in der verstatteten Rede an. Doch als die *Vierhundertunderste Nacht* anbrach, fuhr sie also fort: »Es ist mir berichtet worden, o glücklicher König, daß Masrûr ausrief: ‚O Beherrscher der Gläubigen, ein Drittel ist genug für mich, gib ihm zwei Drittel!' Da lachte der Kalif über die beiden und wies einem jeden tausend Dinare an. Und nun gingen beide, erfreut über das Geschenk des Kalifen, ihrer Wege.

Ferner wird erzählt

DIE GESCHICHTE
VON DEM FROMMEN PRINZEN

Der Beherrscher der Gläubigen Harûn er-Raschîd hatte einen Sohn, der schon im Alter von sechzehn Jahren der Welt entsagte und sich dem Pfade der Asketen und Heiligen zuwandte. Er pflegte auf die Friedhöfe zu gehen und dort zu sprechen: ‚Ihr habt einst die Welt beherrscht, aber das hat euch nicht vor dem Tode gerettet, und nun seid ihr in die Grube gefahren. O wüßte ich doch, was ihr gesagt habt und was zu euch gesagt wurde!'[1] Und dann weinte er in Zittern und Zagen und pflegte das Dichterwort zu sagen:

> *Die Leichenzüge schrecken mich zu jeder Zeit;*
> *Der Klagefrauen Weinen stimmt mich immer traurig.*

Nun geschah es eines Tages, daß sein Vater an ihm vorbeizog, inmitten seines Hofstaates, umgeben von seinen Wesiren, den Großen seines Reiches und den Würdenträgern seiner Herrschaft. Und als sie den Sohn des Beherrschers der Gläubigen erblickten, mit einem härenen Gewand auf dem Leib und einem wollenen Tuch auf dem Kopf, sprachen sie zueinander: ‚Dieser Jüngling da macht den Beherrscher der Gläubigen zum Gespött unter den Königen. Wenn sein Vater ihn schelten möchte, so würde er wohl von seinem Treiben ablassen.' Der Herrscher vernahm ihre Worte, und so redete er mit dem

---

[1]. Dies bezieht sich auf die Glaubensprüfung der Gestorbenen durch die Engel Munkar und Nakîr.

Jüngling darüber, indem er sprach: ‚Mein lieber Sohn, fürwahr, du machst mir Schande durch das, was du treibst.' Doch sein Sohn sah ihn nur an, ohne zu antworten; dann blickte er nach einem Vogel, der auf einer der Zinnen des Palastes saß, und rief ihm zu: ‚Du Vogel, bei Dem, der dich erschaffen hat, laß dich auf meine Hand nieder!' Da flog der Vogel auf die Hand des Jünglings hinab. Dann fuhr der Prinz fort: ‚Kehre an deine Stätte zurück!' und der Vogel flog an seine Stätte zurück. Weiter sprach der Prinz: ‚Laß dich auf die Hand des Beherrschers der Gläubigen nieder!' Aber der Vogel weigerte sich, dorthin zu fliegen. Da sagte der Jüngling zu seinem Vater: ‚Du bist es, der mich durch seine Liebe zur Welt unter den Heiligen entehrt; und jetzt bin ich entschlossen, mich von dir auf immer zu trennen, so daß ich erst in der künftigen Welt wieder zu dir zurückkehre.' Darauf zog er nach Basra hinunter und arbeitete dort mit den Erdarbeitern; dabei verdiente er jeden Tag nur einen Dirhem und einen Dânik[1], und mit dem Dânik bestritt er seinen Unterhalt, von dem Dirhem aber gab er Almosen.

Abu 'Âmir von Basra erzählte: In meinem Hause fiel eine Mauer ein: da ging ich zum Standort der Arbeiter, um mir einen Mann zu holen, der sie mir ausbessern könnte. Mein Blick fiel auf einen Jüngling, der Schönheit Bild, mit einem Antlitze, strahlend mild; zu dem trat ich heran, grüßte ihn und sprach zu ihm: ‚Mein Freund, suchst du Arbeit?' ‚Jawohl', erwiderte er; dann fuhr ich fort: ‚Komm mit mir, um eine Mauer wieder aufzubauen!' Darauf sprach er: ‚Unter gewissen Bedingungen, die ich dir stellen muß!' ‚Mein Freund,' fragte ich, ‚wie sind die?' Er antwortete: ‚Der Lohn soll einen Dirhem und einen Dânik betragen; und wenn der Muezzin

[1]. Ein Dânik = $1/6$ Dirhem; vgl. Band I, Seite 662, Anmerkung.

zum Gebete ruft, so laß mich hingehen, auf daß ich in Gemeinschaft beten kann.'¹ Nachdem ich ihm das zugesagt hatte, nahm ich ihn mit mir und führte ihn in mein Haus; dort arbeitete er so vortrefflich, wie ich es noch nie zuvor gesehen hatte. Als ich ihn dann aber an das Mittagsmahl erinnerte, sagte er: ‚Nein!' und so wußte ich, daß er fastete. Doch sobald er den Gebetsruf hörte, sprach er: ‚Du kennst die Bedingung.' Ich sagte: ‚Jawohl', und er löste sich den Gürtel und vollzog die religiöse Waschung so schön, wie ich es noch nie gesehen hatte. Dann ging er zum Gebet fort, und nachdem er mit der Gemeinde gebetet hatte, kehrte er zu seiner Arbeit zurück. Auch als zum Nachmittagsgebet gerufen wurde, nahm er die Waschung vor, ging zum Gebete fort und kehrte dann zu seiner Arbeit zurück. Doch nun sprach ich zu ihm: ‚Lieber Freund, die Arbeitszeit ist vorüber; das Werk der Arbeiter dauert nur bis zum Nachmittagsgebet.' Er entgegnete mir jedoch: ‚Preis sei Allah, mein Dienst dauert bis zum Abend', und arbeitete weiter, bis es dunkel ward. Da gab ich ihm zwei Dirhems. Wie er die beiden Geldstücke sah, fragte er: ‚Was bedeutet das?' Ich antwortete: ‚Bei Allah, das ist nur ein Teil deines Lohnes, da du so eifrig für mich gearbeitet hast.' Aber er warf mir die beiden Stücke wieder zu mit den Worten: ‚Ich will nicht mehr haben, als zwischen uns beiden vereinbart ist.' Ich drängte ihn noch, aber ich konnte ihn nicht bewegen, sie anzunehmen. Also gab ich ihm einen Dirhem und einen Dânik, und dann ging er fort. Als es Morgen ward, ging ich früh zu dem Standort, aber ich konnte ihn nicht finden; und als ich nach ihm fragte, wurde mir gesagt: ‚Er kommt nur am Samstag hierher.' Am folgenden Samstag begab ich mich wiederum

---

1. Das gemeinschaftliche Gebet in der Moschee gilt als verdienstlicher denn das Gebet des einzelnen an der Stelle, an der er sich gerade befindet.

zu jenem Ort, und da ich den Jüngling traf, so sprach ich zu ihm: ‚Im Namen Allahs, habe die Güte, für mich zu arbeiten!' Er antwortete: ‚Unter den Bedingungen, die du kennst.' ‚Gut', erwiderte ich und führte ihn wieder in mein Haus. Dort stellte ich mich auf, um ihm zuzuschauen, doch so, daß er mich nicht sehen konnte. Er nahm eine Handvoll Mörtel und legte sie auf die Mauer; und siehe da, die Steine reihten sich von selbst übereinander. Ich sagte mir: ‚So sind die Heiligen Allahs!' Er aber arbeitete wiederum den ganzen Tag und vollendete noch mehr als zuvor. Als es dunkel ward, gab ich ihm seinen Lohn; er nahm ihn und ging davon. Wie dann der dritte Samstag kam, ging ich wiederum zu dem Standort; aber ich fand den Jüngling nicht; ich fragte wieder nach ihm, und da hieß es: ‚Er ist krank und liegt in der Hütte von der und der Frau.' Jene Frau war eine Greisin, die ob ihrer Frömmigkeit berühmt war, und sie hatte eine Rohrhütte auf dem Gottesacker. Ich begab mich also zu der Hütte und trat in sie ein; da lag der Jüngling auf dem Boden ausgestreckt, und er hatte nichts unter sich als einen Lehmziegel, auf den er sein Haupt gelegt hatte, doch sein Antlitz erglänzte von hellem Licht. Ich begrüßte ihn, und er gab mir den Gruß zurück. Dann setzte ich mich ihm zu Häupten und weinte darum, daß er schon so jung in die Fremde gezogen war, um sich dem Gehorsam gegen seinen Herren zu weihen. Und ich fragte ihn: ‚Hast du irgendein Anliegen?' ‚Jawohl', erwiderte er; und ich fragte weiter: ‚Was ist das?' Er fuhr fort: ‚Wenn es wieder Morgen wird, komm zu mir am Vormittage; dann wirst du mich tot finden. Wasche mich und grabe mir ein Grab; doch tu es niemandem kund! Lege mir dies Gewand, das ich trage, als Totenkleid an, nachdem du es aufgetrennt und die Tasche daran durchsucht hast; was du in ihr findest, das nimm heraus und bewahre es auf bei dir! Wenn du dann über mir gebetet und mich in die Erde versenkt hast, so geh nach Baghdad und warte dort, bis der Kalif Harûn er-Raschîd herauskommt; dem übergib, was du in meiner Tasche gefunden hast, und entbiete ihm meinen Gruß!' Dann sprach er das Glaubensbekenntnis, sandte in beredtesten Worten Dank zu seinem Herrn empor und trug diese Verse vor:

> *Bring du das Pfand des Mannes, dessen Stündlein naht,*
> *Zu er-Raschîd; der Lohn liegt in der guten Tat!*
> *Und sprich: Ein Wandersmann, der lange inniglich,*
> *So fern, sich sehnte dich zu sehn, begrüßet dich.*
> *Kein Haß und kein Verdruß, fürwahr, hielt ihn dir fern:*
> *Der Kuß auf deine Rechte nahre ihn dem Herrn.*
> *Doch trennte ihn von dir die Seele voll Verlangen,*
> *An Freuden deiner Welt, o Vater, nicht zu hangen.*

Darauf begann der Jüngling Allah um Verzeihung anzuflehen – –«

Da bemerkte Schehrezâd, daß der Morgen begann, und sie hielt in der verstatteten Rede an. Doch als die *Vierhundertundzweite Nacht* anbrach, fuhr sie also fort: »Es ist mir berichtet worden, o glücklicher König, daß der Jüngling darauf begann, Allah um Vergebung anzuflehen und dies mit dem Gebet zu vereinen: Allah gebe Segen und Heil dem Herrn der Reinen!¹ Dann rezitierte er einige Verse aus dem Koran, und daran schloß er diese Dichterverse an:

> *O Vater, laß dich nicht durch Lust der Welt betören;*
> *Das Leben hat ein Ende, die Freude muß vergehn.*
> *Wenn du von arger Not bei einem Volke hörest,*
> *Bedenk, du mußt einst Rechenschaft für alle stehn.*
> *Und hast du eine Leiche zur letzten Ruh geleitet,*
> *Bedenk, daß man nach ihr mit dir zum Grabe schreitet!*

1. Das ist: der Prophet Mohammed.

Weiter erzählte Abu 'Âmir aus Basra: Als der Jüngling mir seinen Auftrag gegeben und seine Verse beendet hatte, verließ ich ihn und begab mich nach Hause. Und am nächsten Tage ging ich frühmorgens wieder zu ihm; da fand ich ihn wirklich tot – Allah erbarme sich seiner! Ich wusch ihn, trennte sein Gewand auf und fand in seiner Tasche einen Rubin, der Tausende von Dinaren wert war. Ich sagte mir: ‚Bei Allah, dieser Jüngling übte die Weltentsagung in vollkommenster Weise!‘ Nachdem ich ihn dann begraben hatte, begab ich mich nach Baghdad, gelangte zum Kalifenschlosse und wartete dort, bis Harûn er-Raschîd herauskam. In einer der Straßen trat ich an ihn heran und überreichte ihm den Rubin. Sobald er ihn erblickte, erkannte er ihn und sank ohnmächtig nieder. Seine Diener legten Hand an mich; doch als er wieder zu sich kam, sprach er zu den Dienern: ‚Lasset ihn los und geleitet ihn freundlich in den Palast!‘ Sie taten, wie er ihnen befohlen hatte. Und als er dann selbst in sein Schloß zurückkam, sandte er nach mir und führte mich in sein Gemach. Dort fragte er mich: ‚Was hat der Besitzer dieses Rubins getan?‘ Ich antwortete: ‚Er ist tot‘, und erzählte ihm, wie es um ihn gestanden hatte. Da begann er zu weinen und sprach: ‚Der Sohn hat gewonnen, aber der Vater hat verloren!‘ Dann rief er: ‚Du, Soundso!‘ Und eine Frau trat hervor; doch als sie mich sah, wollte sie zurückweichen. Aber er sprach zu ihr: ‚Komm nur heran; es ist nicht wider deine Ehre, daß er hier ist!‘ Da trat sie näher und grüßte, und er warf ihr den Rubin zu. Sowie sie den erblickte, schrie sie laut auf und sank ohnmächtig nieder. Nachdem sie aber wieder zu sich gekommen war, rief sie: ‚O Beherrscher der Gläubigen, was hat Allah mit meinem Sohn getan?‘ Der Kalif befahl mir: ‚Berichte du ihr von ihm!‘ da er selber vor Tränen nicht reden konnte. Ich erzählte ihr nun von ihm; und sie begann zu weinen und mit schwacher Stimme zu klagen: ‚Wie habe ich mich nach deinem Anblick gesehnt, o du mein Augentrost! Hätte ich dir doch zu trinken geben können, als du niemanden fandest, der dir einen Trunk reichte! Hätte ich doch bei dir sein können, als du niemanden fandest, der dich tröstete!' Darauf begann sie wieder in Tränen auszubrechen und hub an diese Verse zu sprechen:

> *Ich weine um den Pilger, der einsam sterben mußte,*
> *Der keinen Freund mehr fand, um ihm sein Leid zu klagen.*
> *Nach all der Herrlichkeit, dem Leben bei den Seinen*
> *Mußt er so ganz allein die Einsamkeit ertragen.*
> *Ja, was die Zeiten bergen, wird doch der Welt verkündet;*
> *Noch keinen unter uns hat je der Tod verschont.*
> *O der du ferne weilst, der Herr beschloß die Trennung;*
> *Du warest weit von mir, nachdem du nah gewohnt.*
> *Der Tod nahm mir die Hoffnung, mein Sohn, dich jetzt zu sehen;*
> *Doch werden wir uns finden, wenn alle auferstehen.*

Da fragte ich: ‚O Beherrscher der Gläubigen, war er wirklich dein Sohn?' Er antwortete mir: ‚Ja; er pflegte, ehe ich dies Amt antrat, die Gelehrten zu besuchen und bei den Frommen zu sitzen; doch als ich dies Amt übernahm, begann er mich zu meiden und sich von mir zurückzuhalten. So sprach ich denn zu seiner Mutter: ‚Dieser Knabe hat sich ganz dem Dienste Allahs des Erhabenen geweiht; vielleicht stehen ihm Zeiten von Not und schwerer Prüfung bevor. Darum gib du ihm diesen Rubin, auf daß er, wenn er ihn braucht, verwenden kann.' Da gab sie ihm den Edelstein; doch sie mußte ihn beschwören, das Juwel anzunehmen. Er gehorchte schließlich ihrem Geheiß, nahm den Stein, überließ uns unserer Welt und ging von uns. Und er blieb uns immer fern, bis er zu Allah, dem Allmächtigen und Glorreichen, einging, fromm und rein.' Dann fuhr der Herrscher fort: ‚Komm, zeig mir sein Grab!' Da machte ich mich mit ihm auf und zog mit ihm dahin, bis ich es ihm zeigen konnte. Dort begann er zu weinen und zu klagen, bis er ohnmächtig niedersank. Als er wieder zu sich kam, bat er Allah um Verzeihung und sprach: ‚Wir sind Allahs Geschöpfe, und zu Ihm kehren wir zurück!' Nachdem er dann den Segen des Himmels auf den Toten herabgefleht hatte, bat er mich, sein Freund zu werden. Doch ich erwiderte ihm: ‚O Beherrscher der Gläubigen, in deinem Sohne ist für mich eine Mahnung, wie sie nicht ergreifender sein kann!' Und ich schloß daran diese Verse an:

> *Ich bin der Fremdling, der bei keinem einkehrt;*
> *Ich bin der Fremdling in der eignen Stadt;*
> *Ich bin der Fremdling ohne Sohn und Sippe,*
> *Der keinen Freund zu seiner Zuflucht hat.*
> *In den Moscheen kehr ich ein und wohn ich;*
> *Für sie schlägt stets mein Herze ungeteilt.*
> *Preist Gott für seine Huld, den Herrn der Welten,*
> *Solange noch der Geist im Leibe weilt!*

Ferner wird erzählt

DIE GESCHICHTE VON DEM SCHULMEISTER, DER SICH AUF HÖRENSAGEN VERLIEBTE

Ein trefflicher Mann berichtete einst: Ich ging einmal an einer Schule vorbei, in der ein Schulmeister die Kinder unterrichtete. Da ich sah, daß er ein schönes Äußeres hatte und gut gekleidet war, so trat ich an ihn heran; er erhob sich vor mir und ließ mich an seiner Seite sitzen. Ich erprobte seine Kenntnisse in den Lesarten des Korans, in der Grammatik, in der Dichtkunst und in der Sprachkunde, und siehe da, er war in allem, was von ihm verlangt wurde, vollkommen bewandert. Da sprach ich zu ihm: ‚Allah stärke deinen Eifer! Du bist in allem, was von dir gefordert werden kann, wohlerfahren.' Danach suchte ich eine Weile lang seine Gesellschaft auf, und an jedem Tage entdeckte ich an ihm einen neuen Vorzug. So mußte ich mir sagen: ‚Dies ist wirklich wunderbar bei einem Schulmeister, der die Kinder unterrichtet! Die verständigen Leute sind sich doch einig darüber, daß ein Kinderlehrer nur geringen Verstand hat.' Dann aber suchte ich ihn nicht mehr regelmäßig auf, sondern nur noch alle paar Tage, wenn ich seine Gesellschaft entbehrte; und als ich wieder einmal eines Tages wie gewöhnlich zu ihm kam, um ihn zu besuchen, fand ich die Schule geschlossen. Da fragte ich die Nachbarn, und sie sagten mir: ‚Bei ihm ist jemand gestorben!' Nun sprach ich bei mir: ‚Es ist meine Pflicht, ihm einen Beileidsbesuch zu machen.' Ich ging also zu seiner Haustür und klopfte an. Eine Sklavin kam zu mir heraus und fragte: ‚Was willst du?' Ich antwortete: ‚Ich wünsche deinen Herrn zu sprechen.' Sie aber entgegnete: ‚Mein Herr sitzt einsam und trauert.' Da sagte ich zu ihr: ‚Sag ihm, sein Freund Soundso wolle ihn trösten!' Nun ging die Sklavin wieder fort und brachte ihm die Meldung. Als er ihr sagte: ‚Laß ihn ein!' erlaubte sie mir einzutreten; und wie ich zu ihm kam, fand ich ihn allein dasitzen, mit der Trauerbinde ums Haupt. Ich hub an: ‚Allah gebe dir reichen Lohn im Himmel! Dies ist ein Pfad, den jeder gehen muß; es geziemt sich dir, dich in Geduld zu fassen.' Dann fragte ich ihn: ‚Wer ist denn bei dir gestorben?' Er antwortete: ‚Ein Mensch, der mir von allen der teuerste und liebste war.' ‚Vielleicht war es dein Vater?' ‚Nein!' ‚Deine Mutter?' ‚Nein.' ‚Dein Bruder?' ‚Nein.' ‚Einer von deinen Verwandten?' ‚Nein.' Da fragte ich: ‚In welchem Verhältnisse stand er denn zu dir?' Er antwortete: ‚Es war meine Geliebte.' Nun sprach ich in meinem Innern: ‚Dies ist der erste Beweis von seiner Beschränktheit!' Aber laut fügte ich hinzu: ‚Es gibt sicher noch andere, die schöner sind als sie.' Er entgegnete: ‚Ich habe sie nie gesehen, daß ich wissen könnte, ob es eine schönere als sie gibt oder nicht.' Wiederum sprach ich in meinem Innern: ‚Dies ist der zweite Beweis', und fügte laut hinzu: ‚Wie konntest du ein Mädchen lieben, das du nie gesehen hast?' Darauf erzählte er: ‚Höre! Ich saß eines Tages am Fenster; da ging ein Mann des Weges vorüber und sang diesen Vers:

> *Gott lohne dir's, Umm'Amr, mit reicher Gnade:*
> *Gib mir zurück mein Herz, wo es auch sei!'* – –«

Da bemerkte Schehrezâd, daß der Morgen begann, und sie hielt in der verstatteten Rede an. Doch als die *Vierhundertunddritte Nacht* anbrach, fuhr sie also fort: »Es ist mir berichtet worden, o glücklicher König, daß der Mann des weiteren erzählte: Der Schulmeister fuhr fort: ‚Als der Mann, der des Weges vorüberging, das Lied sang, das ich von ihm hörte, sagte ich mir: Wenn diese Umm'Amr nicht ohnegleichen in der Welt wäre, so hätten die Dichter sie nicht besungen. Und ich war von Liebe zu ihr ergriffen. Zwei Tage später aber kam derselbe Mann wieder vorbei und sang diesen Vers:

> *Der Esel zog von dannen mit Umm'Amr;*
> *Sie kam nie wieder, auch der Esel nicht.*[1]

Da wußte ich, daß sie gestorben war; und ich begann sie zu betrauern. Und nun bin ich schon seit drei Tagen in Trauer um sie.' So überzeugte ich mich, daß er wirklich doch ein dummer Kerl war, verließ ihn und ging davon.

Und ebenso wird erzählt

---

1. Dieser und der vorhergehende Vers sind sogenannte Gassenhauer. Umm'Amr ist ein beliebiger Frauenname.

DIE GESCHICHTE
VON DEM TÖRICHTEN SCHULMEISTER

Es war einmal ein Lehrer in einer Schule; zu dem trat ein vornehmer Mann ein, setzte sich zu ihm und erprobte seine Kenntnisse. Da fand er, daß jener ein Schulmeister war, der Grammatik, Sprachkunde und Dichtkunst beherrschte und der gebildet, verständig und feingesittet war. Darüber erstaunte er, und er sagte sich: ,Leute, die Kinder in den Schulen unterrichten, können doch keine vollkommene Verstandeskraft haben!' Als er sich dann zum Gehen wandte, sprach der Schulmeister zu ihm: ,Du bist heute abend mein Gast!' Er nahm die Einladung an und ging mit ihm zu seiner Wohnung. Dort erwies der Lehrer ihm hohe Ehren und setzte ihm zu essen vor. Die beiden aßen und tranken und ließen sich dann nieder, um zu plaudern, bis ein Drittel der Nacht verstrichen war. Darauf bereitete der Wirt seinem Gaste ein Lager und ging in seinen Harem. Als der Gast sich aber niedergelegt hatte und gerade einschlafen wollte, hörte er plötzlich, wie sich im Harem ein großes Geschrei erhob. Er rief: ,Was gibt es?' Da ward ihm erwidert: ,Dem Scheich ist etwas Furchtbares widerfahren; er liegt in den letzten Atemzügen.' Der Gast sprach rasch: ,Führt mich zu ihm!' Da führte man ihn zu dem Schulmeister, und als er in dessen Zimmer eintrat, sah er, wie jener ohnmächtig dalag und das Blut von ihm herabtroff. Er sprengte ihm alsbald Wasser ins Gesicht, und als der Mann wieder zu sich kam, fragte er ihn: ,Was gibt's? Als du von mir fortgingst, warst du noch völlig heiter und gesund. Was ist dir?' Jener berichtete nun: ,Als ich dich verlassen hatte, mein Bruder, setzte ich mich nieder, um über die Werke Allahs des Erhabenen nachzusinnen. Und ich sagte mir: In allem, was Allah für den Menschen erschaffen hat, liegt ein Nutzen verborgen; denn Er, dem Preis gebührt, hat die Hände zum Greifen geschaffen, die Füße zum Gehen, die Augen zum Sehen, die Ohren zum Hören, die Rute zum Zeugen, und so weiter, nur diese beiden Hoden da haben gar keinen Nutzen. Da nahm ich ein Rasiermesser, das ich bei mir hatte, und schnitt sie ab. Und nun erging es mir so, wie du siehst.' Der Gast wandte sich von ihm und sagte sich: ,Der Mann hat recht, der da sagte, kein Schulmeister, der Kinder unterrichte, könne vollkommene Verstandeskraft haben, möge er auch alle Wissenschaften beherrschen.'

Ferner wird erzählt

DIE GESCHICHTE VON DEM SCHULMEISTER, DER WEDER LESEN NOCH SCHREIBEN KONNTE

Unter den Leuten, die sich in der hohen Schule aufzuhalten pflegten, war einmal einer, der weder lesen noch schreiben konnte, und der nur dadurch, daß er die Menschen listig betrog, sein Brot von ihnen verdiente. Eines Tages nun kam es ihm in den Sinn, eine Schule zu eröffnen und darin die Kinder zu unterrichten; er holte sich daher Schreibtafeln und beschriebene Blätter und hängte sie an einer sichtbaren Stelle auf. Dann vergrößerte er seinen Turban[1] und setzte sich vor die Tür seiner Schule; und als die Leute, die dort vorüberkamen, seinen weiten Turban und die Tafeln und die Blätter sahen, da vermeinten sie, er wäre ein sehr gelehrter Meister, und sie brachten ihm ihre Kinder. Er aber sagte zu dem einen Kind ,Schreib!' und zu dem anderen ,Lies!' und so unterrichteten die Kleinen sich gegenseitig.

Eines Tages jedoch, als er wie gewöhnlich an der Tür seiner Schule saß, sah er plötzlich von fern eine Frau daherkommen,

[1]. Ein großer, weiter Turban gilt als Zeichen von Gelehrsamkeit.

die einen Brief in der Hand hielt. Da sagte er sich in seinem Sinne: ‚Die Frau da kommt sicherlich zu mir, damit ich ihr den Brief, den sie bei sich hat, vorlese! Was soll ich nun mit ihr anfangen, da ich Geschriebenes nicht lesen kann?' Gern wäre er hinuntergesprungen und vor ihr davongelaufen; aber ehe er noch hinabsteigen konnte, war sie schon bei ihm und fragte ihn: ‚Wohin?' Er antwortete ihr: ‚Ich will das Mittagsgebet sprechen; dann komme ich wieder.' Doch sie wandte ein: ‚Bis Mittag ist es noch lange Zeit! Lies mir jetzt diesen Brief vor!' Er nahm also das Schreiben von ihr in Empfang, hielt es umgekehrt in der Hand und schaute hinein; dabei schüttelte er bald den Turban, bald zuckte er mit den Augenbrauen und zeigte große Erregung. Nun war dieser Brief von dem Manne der Frau, der in der Ferne weilte, an sie gesandt; und als sie den Schulmeister so erregt sah, sagte sie sich: ‚Mein Mann ist sicherlich gestorben; und dieser Schulmeister scheut sich, mir zu sagen, daß er tot ist.' Und so rief sie: ‚Lieber Herr, wenn er tot ist, so sag es mir!' Er aber schüttelte den Kopf und schwieg. Da fragte die Frau: ‚Soll ich mein Gewand zerreißen?' ‚Zerreiß es!' erwiderte er. Weiter fragte sie: ‚Soll ich mir das Gesicht zerschlagen?' ‚Zerschlag es!' gab er zur Antwort. Darauf nahm sie ihm den Brief wieder aus der Hand und eilte nach Hause zurück; dort begann sie mit ihren Kindern zu wehklagen. Als aber einige ihrer Nachbarn das Klagen hörten, fragten sie, was es mit ihr sei. Man sagte ihnen: ‚Sie hat einen Brief erhalten, daß ihr Mann gestorben ist.' Einer von den Leuten rief: ‚Das ist gelogen! Ihr Mann hat mir gestern einen Brief geschickt, in dem er mir kundtut, daß er wohlauf und bei bester Gesundheit ist und daß er nach zehn Tagen wieder bei ihr sein wird!' Und er ging sofort zu der Frau und sprach zu ihr: ‚Wo ist der Brief, den du erhalten hast?' Sie brachte ihn zu ihm, er nahm ihn in die Hand und las ihn; und siehe da, er lautete: ‚Gruß zuvor! Des ferneren: Ich bin wohlauf und bei bester Gesundheit, und nach zehn Tagen bin ich wieder bei euch. Inzwischen schicke ich euch eine Decke und einen Kohlendämpfer.' Sofort nahm sie den Brief, kehrte mit ihm zu dem Schulmeister zurück und fragte ihn: ‚Was hat dich bewogen, mir dies anzutun?' Dann erzählte sie ihm, was ihr Nachbar ihr gesagt hatte, nämlich, daß es ihrem Manne gut gehe und daß er ihr eine Decke und einen Kohlendämpfer geschickt habe. Darauf erwiderte er: ‚Du hast recht; doch, gute Frau, verzeih mir! ich war nämlich in jenem Augenblick erregt' – –«

Da bemerkte Schehrezâd, daß der Morgen begann, und sie hielt in der verstatteten Rede an. Doch als die *Vierhundertundvierte Nacht* anbrach, fuhr sie also fort: »Es ist mir berichtet worden, o glücklicher König, daß der Lehrer, als die Frau ihn fragte: ‚Was hat dich bewogen, mir dies anzutun?' ihr erwiderte: ‚Ich war in jenem Augenblick erregt, und meine Gedanken waren beschäftigt, und als ich las, der Kohlendämpfer sei in eine Decke eingewickelt, da meinte ich, er sei tot und man hätte ihn ins Leichentuch gehüllt.' Die Frau, die den Betrug nicht durchschaute, sprach zu ihm: ‚Du bist entschuldigt', nahm den Brief und ging ihrer Wege.

Ferner wird erzählt

DIE GESCHICHTE VON DEM KÖNIG UND DER TUGENDHAFTEN FRAU

Ein König zog einmal verkleidet aus, um zu sehen, wie es seinen Untertanen erging. Da kam er auch zu einem großen Dorfe und ging ohne Begleitung hinein; und weil ihn dürstete, so blieb er bei der Tür eines der Häuser des Dorfes stehen und bat um Wasser. Eine schöne Frau trat mit einem Krug Wasser heraus, reichte ihm den, und er trank. Doch als er sie anschaute, ward er von ihr so bezaubert, daß er sie verführen wollte. Die Frau aber kannte ihn; und sie führte ihn in ihr Haus bat ihn, sich zu setzen, holte ihm ein Buch und sprach zu ihm: ‚Schau da hinein, bis ich meine Arbeit verrichtet habe und wieder zu dir zurückkehre!' Nun saß er dort und las in dem Buche; und siehe, es handelte von dem Verbote der Unzucht und von den Strafen, die Allah für solche Sünder bereit hält. Da erschauderte er und bereute seine Absicht vor Allah dem Erhabenen; er rief die Frau, gab ihr das Buch zurück und ging davon. Der Mann jener Frau aber war nicht zugegen; und als er heimkehrte, erzählte sie ihm, was geschehen war. Da ward er bestürzt, und er sprach bei sich: ‚Ich fürchte, daß des Königs Begehren auf sie gefallen ist!' Und er wagte es nicht mehr, ihr zu nahen. So blieb es eine ganze Weile; dann tat die Frau den Ihren kund, was ihr von ihrem Manne widerfuhr. Sie führten ihn zum König, und als sie alle vor dem Herrscher standen, sprachen die Verwandten der Frau: ‚Allah stärke die Macht des Königs! Dieser Mann hat von uns ein Stück Land gemietet, um es zu besäen; er hat es auch eine Weile bestellt, aber dann hat er es brach liegen lassen. Und jetzt gestattet er uns nicht, es jemandem zu verpachten, der es bestellt; aber er besät es selbst auch nicht. Nun ist das Feld zu Schaden gekommen, und wir fürchten, daß es ganz verdirbt, weil es brachliegt. Denn wenn das Land nicht bebaut wird, so verdirbt es.' Der König fragte den Mann: ‚Was hindert dich daran, dein Land zu besäen?' ‚Allah stärke die Macht des Königs!' erwiderte er, ‚es ward mir berichtet, daß der Löwe das Feld betreten hat; da fürchtete ich mich vor ihm, und ich wagte mich dem Felde nicht mehr zu nahen. Denn ich weiß, daß ich nichts wider den Löwen vermag, und ich habe Furcht vor ihm.' Der

König aber, der das Gleichnis verstand, sprach zu ihm: ‚Du da, der Löwe hat ja dein Land nicht betreten; es ist noch gut zur Saat; drum säe darauf. Gott gesegne es dir! Der Löwe tut ihm nichts zuleide.' Darauf befahl er, dem Mann und seiner Frau ein schönes Geschenk zu geben, und er entließ die Leute.[1]

Ferner wird erzählt

DER BERICHT VON 'ABD ER-RAHMÂN EL-MAGHRIBI ÜBER DEN VOGEL RUCH

Einst ward ein Mann aus dem Volke des Maghrib[2] von seiner Reiselust in ferne Länder, durch Wüsten und über die Meere getragen; und da hatte ihn das Geschick zu einer Insel verschlagen. Auf ihr blieb er eine lange Weile; dann aber kehrte er in seine Heimat zurück mit einem Federkiele aus dem Flügel des Vogels Ruch, und zwar eines jungen Tieres, das noch im Ei gesessen und noch nicht aus der Schale herausgekrochen war. Jener Kiel vermochte so viel Wasser zu fassen wie ein Schlauch aus einem Ziegenfell; denn man sagt, daß die Länge des Flügels beim Vogel Ruch, wenn er aus dem Ei auskriecht, hundert Klafter beträgt. Das Volk pflegte sich über jenen Kiel zu verwundern, wenn es ihn sah. Jener Mann aber hieß 'Abd er-Rahmân el-Maghribi, und er war auch bekannt unter dem Namen des Chinesen, da er sich lange in China aufgehalten hatte. Und er pflegte Wunderdinge zu erzählen; dazu gehörte, was er über seine Reise im chinesischen Meere berichtete. – –«

Da bemerkte Schehrezâd, daß der Morgen begann, und sie hielt in der verstatteten Rede an. Doch als die *Vierhundertundfünfte Nacht* anbrach, fuhr sie also fort: »Es ist mir berichtet worden, o glücklicher König, daß 'Abd er-Rahmân el-Magh-

---

1. Hierzu vergleiche man die Geschichte von dem König und der Frau seines Wesirs in der 578. bis 579. Nacht. – 2. Das ist Nordwestafrika.

ribi, der Chinese, Wunderdinge zu erzählen pflegte. Dazu gehörte, was er über seine Reise im chinesischen Meere berichtete. Dort war er mit einer Gesellschaft gereist, und sie hatten in der Ferne eine Insel gesichtet. Das Schiff ging mit ihnen bei jener Insel vor Anker, und sie sahen, daß sie groß und ausgedehnt war. Dann ging die Schiffsmannschaft an Land, um Wasser und Holz einzunehmen, und sie hatten Beile, Stricke und Schläuche bei sich; auch jener Mann war bei ihnen. Da sahen sie mitten auf der Insel eine große weiße Kuppel, die hell schimmerte und die hundert Ellen hoch war. Nachdem sie die erblickt hatten, gingen sie auf sie zu, und als sie nahe bei ihr waren, erkannten sie, daß es ein Ei des Vogels Ruch war. Und nun begannen sie mit Äxten und Steinen und Knitteln darauf loszuschlagen, bis sie den jungen Vogel bloßgelegt hatten; der war vor ihren Blicken wie ein festgegründeter Berg. Dann rissen sie eine Feder aus seinem Flügel; aber das konnten sie nur tun, indem sie alle einander halfen, obgleich die Federn des Tieres noch nicht voll ausgewachsen waren. Ferner nahmen sie von dem Fleische des Vogels so viel, wie sie tragen konnten, und trugen es mit sich fort; auch schnitten sie die Wurzel der Feder am Kiele ab. Dann spannten sie die Segel des Schiffes und fuhren die ganze Nacht hindurch mit günstigem Winde dahin, bis die Sonne aufging. Während sie so dahinsegelten, kam plötzlich der alte Vogel Ruch über sie wie eine gewaltige Wolke; der hielt in seinen Klauen einen Stein, der so mächtig war wie ein Felsen und noch größer als das Schiff selbst. Und wie der Vogel gerade über dem Schiff in der Luft schwebte, ließ er den Stein auf das Fahrzeug und die Reisenden, die darin waren, niederfallen. Das Schiff aber, das schnell dahinfuhr, kam ihm zuvor, und so fiel der Stein mit einem gewaltigen Tosen ins Meer. Denn Allah hatte ihre Rettung beschlossen, und er bewahrte sie vor dem Untergange. Die Leute kochten jenes Fleisch und aßen es. Nun waren unter ihnen alte Männer mit weißen Bärten; als die am nächsten Morgen aufwachten, sahen sie, daß ihre Bärte schwarz geworden waren; und keiner von all den Leuten, die von dem Fleisch des jungen Vogels Ruch gegessen hatten, wurde jemals grau. Einige von ihnen sagten zwar, der Grund, weshalb sie wieder jung geworden wären und nun keine grauen Haare mehr bekämen, liege darin, daß sie den Kessel mit Pfeilholz geheizt hätten; doch die anderen behaupteten, das Fleisch des jungen Vogels Ruch sei die Ursache davon gewesen. Und dies ist eins der größten Wunder.[1]

Ferner wird erzählt

DIE GESCHICHTE VON 'ADÎ IBN ZAID UND DER PRINZESSIN HIND

En-Nu'mân ibn el-Mundhir[2], der König der Araber, hatte eine Tochter, Hind geheißen; die ging einmal am Passahtage, das ist ein Fest der Christen, zum Abendmahle in die Weiße Kirche. Sie war damals erst elf Jahre alt; doch sie war schon die schönste Maid ihres ganzen Zeitalters. Am selben Tage aber war 'Adî ibn Zaid mit Geschenken des Perserkönigs an en-Nu'mân nach Hira gekommen, und auch er begab sich in die Weiße Kirche zum Abendmahl. Er war von hohem Wuchs und von anmutigem Wesen, und er hatte schöne Augen und weiße Wangen. Bei ihm war eine Schar aus seinem Volke; doch bei Hind bint en-Nu'mân war eine Sklavin, namens Mârija, und die liebte den 'Adî, aber sie hatte noch nicht mit ihm zusammenkommen können. Als sie ihn nun in der Kirche

1. Man vergleiche auch die Geschichte vom Vogel Ruch in den Reisen Sindbads, in der 556. Nacht. – 2. Vgl. Seite 439, Anmerkung.

erblickte, sprach sie zu Hind: ‚Schau auf den Jüngling dort; er ist, bei Allah, schöner als alle, die du siehst!' ‚Wer ist er denn?' fragte Hind; und Mârija gab ihr zur Antwort: ‚'Adî ibn Zaid.' Dann fuhr Hind bint en-Nu'mân fort: ‚Ich fürchte, er wird mich erkennen, wenn ich zu ihm herangehe, um ihn aus der Nähe zu sehen.' Doch Mârija erwiderte: ‚Wie sollte er dich erkennen, da er dich noch nie gesehen hat?' Nun trat Hind näher an ihn heran, während er mit den Jünglingen, die bei ihm waren, scherzte; und wirklich, er übertraf sie alle an Schönheit, an der Rede Feinheit und an der Sprache Reinheit und auch an der Pracht seiner Gewänder. Als sie ihn erblickte, ward sie ganz von ihm hingerissen, ihr Sinn ward betört, und ihre Farbe erblich. Als aber Mârija bemerkte, wie Hind ihm zugetan war, sagte sie zu ihr: ‚Sprich mit ihm!' Da redete sie ihn an und ging wieder fort. Und als er sie erblickte und ihre Worte vernahm, ward auch er von ihr hingerissen, sein Sinn ward betört, sein Herz erbebte, und seine Farbe erblich, so daß die anderen Jünglinge Verdacht gegen ihn schöpften. Er aber flüsterte einem von ihnen zu, ihr zu folgen und zu erkunden, wer sie sei. Der ging ihr also nach; und als er zurückkehrte, berichtete er ihm, sie sei Hind, die Tochter von en-Nu'mân. Da ging 'Adî aus der Kirche fort, ohne zu wissen, wohin des Wegs; so sehr hatte seine Liebe ihn verwirrt. Und er sprach diese beiden Verse:

> *Ihr, meine beiden Freunde, erweist mir große Güte*
> *Und lenket eure Schritte zum Land der Täler hin;*
> *Geleitet mich zu Landen, in denen Hind verweilet;*
> *Dann geht und bringt die Kunde von meinem treuen Sinn!*

Als er diese Verse gesprochen hatte, ging er zu seiner Wohnstatt und verblieb dort die Nacht über, rastlos und ohne die Süße des Schlafes zu kosten. – –«

Da bemerkte Schehrezâd, daß der Morgen begann, und sie hielt in der verstatteten Rede an. Doch als die *Vierhundertundsechste Nacht* anbrach, fuhr sie also fort: »Es ist mir berichtet worden, o glücklicher König, daß 'Adî, als er seine Verse gesprochen hatte, zu seinem Hause ging und dort die Nacht über verblieb, rastlos und ohne die Süße des Schlafes zu kosten. Am nächsten Morgen trat Mârija ihm entgegen, und als er sie erblickte, war er freundlich zu ihr, obwohl er früher nie auf sie geachtet hatte, und er fragte sie: ,Was ist dein Begehr?' Sie erwiderte: ,Ich habe eine Bitte an dich.' Da sagte er: ,Nenne sie; bei Allah, du wirst mich um nichts bitten, was ich dir nicht gewähre!' Nun tat sie ihm kund, daß sie ihn liebe, und ihre Bitte an ihn sei, er möge mit ihr zusammenkommen. Er gewährte ihr die Bitte, doch unter der Bedingung, daß sie auf Hind wirke und ihn mit ihr vereine. Darauf führte er sie in eine Weinschenke in einer der Straßen von Hira, und dort ruhte er mit ihr. Dann ging sie fort und begab sich zu Hind und sprach zu ihr: ,Trägst du kein Verlangen danach, 'Adî zu sehen?' Hind erwiderte: ,Wie wäre mir das möglich? Ach, die Sehnsucht nach ihm hat mir die Ruhe geraubt, und seit gestern finde ich keinen Frieden mehr!' Die Sklavin fuhr fort: ,Ich will ihn an den und den Ort bestellen; dort kannst du vom Palaste auf ihn schauen.' ,Tu, was du willst!', sagte Hind und vereinbarte mit ihr jene Stätte. 'Adî kam, und sie schaute auf ihn hinab. Doch als sie ihn erblickte, war sie nahe daran, von der Höhe herunterzustürzen; und sie sprach: ,Mârija, wenn du ihn nicht heute nacht zu mir bringst, so muß ich sterben.' Dann sank sie ohnmächtig zu Boden; und ihre Kammerfrauen hoben sie auf und brachten sie in den Söller. Mârija aber eilte zu en-Nu'mân und berichtete ihm, wie es um die Prinzessin stand, indem sie ihm die volle Wahrheit sagte. Sie erzählte ihm, daß Hind von leidenschaftlicher Liebe zu 'Adî ergriffen sei, und sie tat ihm kund, daß die Prinzessin, wenn er sie nicht mit ihm vermähle, ins Elend geraten und aus Liebe zu ihm sterben werde, und daß dies für den Vater eine Schmach sein werde unter den Arabern. Sie schloß mit den Worten, es gebe für all dies keine Heilung, als daß er sie mit 'Adî vermähle. Da senkte en-Nu'mân eine Weile sein Haupt und dachte über sie nach, und immer wieder rief er: ‚Wir sind Allahs Geschöpfe, und zu Ihm kehren wir zurück.' Dann aber sprach er: ‚Du da, wie ist es denn möglich, daß ich sie mit ihm vermähle, da ich nicht gesonnen bin, das erste Wort darüber an ihn zu richten?' Sie gab zur Antwort: ‚Er liebt sie noch heißer und begehrt sie noch mehr als sie ihn. Ich will alles zuwege bringen, ohne daß er ahnt, wie du über ihn unterrichtet bist, doch verrate dich nicht selbst, o König!' Darauf ging sie zu 'Adî, tat ihm kund, wie die Sache stand, und fügte hinzu: ‚Rüste ein Mahl und lade dann den König dazu! Wenn der Wein seiner mächtig geworden ist, so bitte ihn um seine Tochter, und er wird dich nicht abweisen.' Doch 'Adî entgegnete: ‚Ich fürchte, das wird ihn erzürnen und zur Ursache von Feindseligkeiten zwischen uns werden.' Sie erwiderte: ‚Ich bin doch erst zu dir gekommen, nachdem ich alles mit ihm besprochen habe.' Danach kehrte sie zu en-Nu'mân zurück und sprach zu ihm: ‚Bitte 'Adî, daß er dich in seinem Hause zu Gaste lade!' Der König antwortete: ‚Darin liegt nichts Arges.' Drei Tage später sandte en-Nu'mân zu 'Adî, er wolle mit seinem Gefolge bei ihm das Mittagsmahl einnehmen. Der Jüngling willigte ein, und en-Nu'mân begab sich zu ihm. Und als der Wein seiner mächtig geworden war, hub 'Adî an und bat ihn um seine Tochter. Der König willigte ein und vermählte ihn mit ihr und führte sie ihm nach drei Tagen zu. Drei Jahre lang blieb sie bei ihm, und die beiden lebten herrlich und in Freuden. – –"

Da bemerkte Schehrezâd daß der Morgen begann, und sie hielt in der verstatteten Rede an. Doch als die *Vierhundertundsiebente Nacht* anbrach, fuhr sie also fort: »Es ist mir berichtet worden, o glücklicher König, daß 'Adî bei Hind, der Tochter von en-Nu'mân ibn el-Mundhir, drei Jahre lang blieb und daß sie herrlich und in Freuden lebten. Nach dieser Zeit aber ergrimmte der König wider 'Adî und ließ ihn töten. Hind trauerte schmerzlich um ihn und erbaute sich dann ein Kloster außerhalb der Mauern von Hira; dort lebte sie in Weltentsagung, und immerdar beklagte und beweinte sie ihren Gatten, bis sie starb. Ihr Kloster aber ist bis auf den heutigen Tag berühmt und vor der Stadt Hira zu sehen.

Ferner wird erzählt

DIE GESCHICHTE VON DI'BIL EL-CHUZÂ'I UND DER DAME UND MUSLIM IBN EL-WALÎD

Di'bil el-Chuzâ'i[1] erzählte: Ich saß einmal am Tore von el-Karch[2]; da kam eine Dame an mir vorbei, die war so schön und so ebenmäßig von Wuchs, wie ich noch keine je gesehen hatte. In wiegendem Schritte kam sie einhergegangen, und sie nahm alle, die sie sahen, durch ihre Schönheit gefangen. Als mein Blick auf sie fiel, ward ich ganz von ihr hingerissen, mein Inneres erbebte, und es war mir, als ob mir das Herz aus der Brust davonflöge. Und indem ich vor sie hintrat, sprach ich diesen Vers: *Aus meinem Auge fließt ein Strom von Zähren;*
Und Schlaf will meinem Lid sich nicht gewähren.

1. Er war ein Dichter aus Kufa, der zu Anfang des 9. Jahrhunderts n. Chr. in Baghdad am Hofe der Abbasiden lebte. – 2. Ein Stadtteil von Baghdad.

Da schaute sie mich an, indem sie ihr Antlitz wandte, und antwortete mir rasch mit diesem Verse:

> *Das ist dem Mann ein leichtes, wenn die Glut*
> *Aus wunden Augen ihn zur Liebe lud.*

Ich staunte ob der Raschheit ihrer Antwort und der Schönheit ihrer Rede; und ich sprach von neuem zu ihr diesen Vers:

> *Ist meiner Herrin Herz dem wohlgesinnt,*
> *Aus dessen Augen stets die Träne rinnt?*

Ohne zu zögern, antwortete sie mir sofort mit diesem Vers:

> *Wenn du auf meine Lieb begierig bist,*
> *So wisse, daß die Lieb ein Darlehn ist!*

Niemals klang lieblichere Rede in mein Ohr als die ihre; niemals hatte ich etwas so Schönes wie ihr Antlitz gesehen. Und nun wechselte ich das Versmaß, um sie auf die Probe zu stellen und mich an ihren Worten zu erfreuen. Ich sprach also diesen Vers zu ihr:

> *Läßt wohl das Geschick uns die Glückssonne scheinen*
> *Und Liebenden und Geliebte sich einen?*

Da lächelte sie; ach, nie habe ich etwas Schöneres als ihren Mund, noch etwas Süßeres als ihre Lippen gesehen! Und sie antwortete mir sofort, ohne zu zögern, mit diesem Verse:

> *Was sollen Geschick und Bestimmung uns scheren?*
> *Du bist das Geschick, unser Glück zu gewähren!*

Da eilte ich auf sie zu und begann ihr die Hände zu küssen, und ich rief: ‚Ich hätte nicht gedacht, daß mir das Geschick eine solche Gelegenheit gewähren würde! Folge mir, nicht auf mein Geheiß hin oder widerwillig, sondern in deiner freiwilligen Güte und aus Neigung zu mir!' Dann ging ich weiter, und sie kam mir nach. Nun hatte ich aber zu jener Zeit kein Haus, das ich als ihrer würdig ansah. Aber Muslim ibn el-

Walîd war mein Freund, und er hatte ein schönes Haus. Ich ging also dorthin und klopfte an die Tür; da kam er zu mir heraus, und ich begrüßte ihn und sprach: ‚Für eine Zeit wie diese sind die Genossen aufgespart.' Er antwortete: ‚Herzlich gern! Tretet beide ein!' Wir traten ein, aber wir erfuhren, daß er kein Geld besaß; er gab mir deshalb ein Tuch und sagte: ‚Geh zum Markte und verkauf es, und dann hole Speisen und was du sonst noch brauchst!' Ich ging eilends zum Markte, verkaufte das Tuch und holte Speisen und was wir sonst noch brauchten; als ich aber zurückkehrte, erfuhr ich, daß Muslim sich mit ihr in ein kühles Erdgemach zurückgezogen hatte. Sobald er mich bemerkte, eilte er mir entgegen und sprach zu mir: ‚Allah vergelte dir das Gute, das du an mir getan hast, o Abu 'Alî! Er lasse dir seinen Lohn zuteil werden und rechne es dir unter deine guten Werke am Tage der Auferstehung!' Dann nahm er mir die Speisen und den Wein aus der Hand und schloß die Tür vor meinem Angesicht. Seine Worte machten mich wütend, und ich wußte nicht, was ich beginnen sollte, während er hinter der Tür stand und sich vor Freuden schüttelte. Und als er bemerkte, in welchem Zustande ich mich befand, rief er: ‚Bei meinem Leben, Abu 'Alî, wer ist es, der diesen Vers gedichtet hat:

> *Ich schlief in ihrem Arm; indes mein Freund*
> *War trüb im Herzen und an Gliedern rein – ?'*

Da ward ich noch wütender über ihn, und ich rief: ‚Er, der diesen Vers verfaßte:

> *Er, der am Gürtel tausend Hörner hat,*
> *Die höher ragen als ein Götzenschrein.'*[1]

1. Wörtlich ‚die emporragen (*anâfat*) über die Höhe von Manâf'. Manâf war ein Götze der Mekkaner zur Zeit des Propheten; das Wort ist wegen des Wortspieles mit *anâfat* gewählt. Der ‚Gehörnte' ist auch im Arabischen der betrogene Ehemann.

Dann beschimpfte und verwünschte ich ihn wegen seines gemeinen Tuns und seines Mangels an Mannesadel, während er schwieg und kein Wort sagte. Doch als ich mit meinem Schelten zu Ende war, rief er lächelnd: ‚Weh dir, du Narr! Du bist doch in mein Haus gekommen, hast mein Tuch verkauft und mein Geld ausgegeben. Gegen wen bist du denn so ergrimmt, du Kuppler?' Dann ließ er mich stehen und kehrte zu ihr zurück. Ich aber rief: ‚Bei Allah, du hast recht, wenn du mich einen Narren und Kuppler heißest!' Und ich verließ seine Tür, voll heftigen Ärgers, dessen Spuren ich noch bis auf den heutigen Tag in meinem Herzen fühle. Denn ich hatte sie nicht gewonnen und habe auch nie wieder etwas von ihr gehört.

Und ferner erzählt man

DIE GESCHICHTE VON ISHÂK AUS MOSUL UND DEM KAUFMANN

Ishâk ibn Ibrahîm aus Mosul erzählte: Es begab sich einst, daß ich dessen müde ward, mich immer im Kalifenpalaste aufzuhalten und dort Dienst zu tun. Drum stieg ich zu Pferde und zog am frühen Morgen hinaus; denn ich hatte beschlossen, mich in der freien Steppe zu tummeln und zu vergnügen. Und zu meinen Dienern sagte ich: ‚Wenn ein Bote vom Kalifen oder sonst jemand kommt, so tut ihm kund, ich sei früh in wichtigen Angelegenheiten fortgeritten und ihr wüßtet nicht, wohin ich mich begeben hätte.' Dann machte ich mich allein auf und ritt in der Stadt umher; als es aber heiß wurde, machte ich in einer großen Straße halt, die unter dem Namen el-Haram bekannt ist. – –«

Da bemerkte Schehrezâd, daß der Morgen begann, und sie hielt in der verstatteten Rede an. Doch als die *Vierhundertundachte Nacht* anbrach, fuhr sie also fort: »Es ist mir berichtet worden, o glücklicher König, daß Ishâk ibn Ibrahîm aus Mosul des weiteren erzählte: Als es heiß wurde, machte ich in einer großen Straße halt, die unter dem Namen el-Haram bekannt ist, um vor der Sonnenglut Schutz im Schatten zu suchen; den fand ich bei dem geräumigen Flügel eines Hauses, der auf die Straße vorsprang. Kaum hatte ich dort eine kurze Weile angehalten, als ein schwarzer Eunuch daherkam, der einen Esel führte. Auf dem Esel sah ich eine Sklavin sitzen; unter ihr lag eine Decke, die mit Juwelen besetzt war, und sie trug die allerprächtigsten Gewänder, die es nur geben konnte; auch sah ich, daß sie einen schönen Wuchs und versonnene Augen und ein zierliches Wesen hatte. Ich fragte einen der Vorübergehenden nach ihr, und der sagte mir, sie sei eine Sängerin. Aber schon auf den ersten Blick ward mein Herz von der Liebe zu ihr ergriffen, und kaum vermochte ich mich auf dem Rücken meines Reittieres zu halten. Sie trat in das Haus ein, an dessen Tor ich mich befand; und ich begann über ein Mittel nachzusinnen, wie ich wohl zu ihr gelangen könnte. Unterdessen kamen plötzlich zwei schöne junge Männer herbei und baten um Einlaß. Nachdem der Hausherr ihnen die Erlaubnis gegeben hatte, saßen sie ab; und auch ich saß ab, zugleich mit ihnen, und trat mit ihnen ein, und die beiden glaubten, der Hausherr habe mich eingeladen. Nachdem wir eine Weile beisammen gesessen hatten, wurden die Speisen aufgetragen, und wir aßen. Darauf ward uns der Wein vorgesetzt, und eine Sklavin trat hervor, eine Laute in der Hand. Sie sang, und wir tranken, bis ich mich erhob, um einem Rufe der Natur zu folgen. Da fragte der Hausherr die beiden Männer nach mir; und als sie ihm sagten, sie kennten mich nicht, fuhr er fort: ‚Er ist wohl ein Schmarotzer; dennoch ist er von feinem Wesen, also behandelt ihn höflich.' Als ich zurückgekommen war, setzte ich mich wieder an meinen Platz; und nun stimmte die Sklavin eine heitere Weise an und sang diese beiden Verse:

> *Sprich zur Gazelle dort, die nicht Gazelle ist,*
> *Zum Reh, das doch kein Reh, mit schwarzen Äugelein:*
> *Mit seinen Männchenhörnern ist es doch kein Weibchen;*
> *Und was so weiblich schreitet, kann kein Männchen sein.*

Das trug sie wunderschön vor, und die Gäste, die da tranken, hatten großes Gefallen daran. Darauf sang sie allerlei Lieder zu seltenen Weisen; unter anderem sang sie eine Weise, die von mir war, und sie trug dazu diese beiden Verse vor:

> *Die Stätte ist verlassen;*
> *Die Freunde zogen fort.*
> *Die einst so traute trauert*
> *Als wüster, öder Ort.*

Und diesmal sang sie noch besser als das erste Mal. Darauf sang sie wiederum mancherlei Lieder zu seltenen Weisen, alte und neue; und darunter sang sie auch wieder eine von mir zu diesen beiden Versen:

> *Sprich du zum Lieb, das zornig dich verließ,*
> *Das in die Ferne ging und dich verstieß:*
> *Was du erreichen wolltest, wurde dein,*
> *Und mag's auch nur im Scherz gewesen sein.*

Ich bat sie, die Weise zu wiederholen, damit ich sie ihr verbessere; aber da wandte sich einer der beiden Männer zu mir und sprach: ‚Wir haben doch nie einen Schmarotzer mit frecherer Stirn gesehen als dich! Bist du mit dem Schmarotzen noch nicht zufrieden, daß du dich auch noch in fremde Sachen einmischen mußt? An dir wird das Sprichwort zur Wahrheit: Ein Parasit – ein Störenfried!' Ich senkte nun beschämt mein Haupt und gab ihm keine Antwort. Sein Freund hatte versucht, ihn von mir zurückzuhalten; aber er hatte sich nicht zurückhalten lassen. Bald darauf erhoben sie sich, um zu beten; ich blieb ein wenig zurück, nahm die Laute, straffte die Saiten und stimmte sie rein. Dann ging ich wieder an meinen Platz und betete mit den anderen. Doch als wir mit dem Gebete fertig waren, begann jener Mann wieder, mich zu tadeln und zu schelten, und er zankte beständig, während ich schwieg. Nun nahm die Sklavin die Laute, griff in die Saiten und bemerkte, daß sie anders klang. Da fragte sie: ,Wer hat meine Laute berührt?' Die Leute antworteten: ,Niemand von uns hat sie berührt.' Aber sie beharrte darauf: ,Doch, bei Allah, jemand hat sie berührt, ein Meister, der die Kunst beherrscht! Denn er hat die Saiten gespannt und gestimmt wie ein vollendeter Künstler.' Da sprach ich: ,Ich habe sie gestimmt!' ,Um Allahs willen,' rief sie, ,nimm sie und spiele auf ihr!' Ich nahm die Laute und spielte auf ihr eine seltene und schwere Weise, die fast die Lebenden hätte sterben lassen und die Toten hätte lebendig machen können. Dazu sang ich diese Verse:

> *Ich hatte ein Herz, und ich lebte mit ihm;*
> *Da ward es vom Feuer versengt und verbrannt.*
> *Nie ward mir das Glück ihrer Liebe beschert;*
> *Dem Menschen hat Gott es nicht zuerkannt.*
> *Wenn Liebe die Speise, die ich schmecke, gibt,*
> *So kostet sie sicher ein jeder, der liebt! – –*«

Da bemerkte Schehrezâd, daß der Morgen begann, und sie hielt in der verstatteten Rede an. Doch als die *Vierhundertundneunte Nacht* anbrach, fuhr sie also fort: ,Es ist mir berichtet worden, o glücklicher König, daß Ishâk ibn Ibrahîm aus Mosul des weiteren erzählte: Als ich mein Lied beendet hatte, blieb in der Gesellschaft kein einziger sitzen, sondern alle sprangen auf, setzten sich vor mir nieder und riefen: ,Um Allahs willen, unser Gebieter, sing uns noch eine Weise vor!' Ich antwortete ihnen: ‚Herzlich gern!' griff mit geübter Hand in die Saiten, um mit dem Spiele diese Verse zu begleiten:

> *Wer hilft denn wohl dem Herzen, das vor Not vergehet,*
> *In das der Sorgen Schar von allen Seiten floß?*
> *Es sündigt, wer mein Herz mit seinem Pfeil durchbohrte,*
> *Wenn er mein Blut in meinem Innersten vergoß.*
> *Am Trennungstag war's klar, daß er die Trennung wollte,*
> *Bestürmt von des Verdachtes lügnerischer Flut.*
> *Und wär die Liebe nicht, hätt er kein Blut vergossen;*
> *Ersteht denn wohl ein Rächer und Sühner meinem Blut?*

Als ich auch dies Lied beendet hatte, blieb wiederum nicht einer von ihnen sitzen, sondern alle sprangen auf und warfen sich dann im Übermaße des Entzückens, das sie durchbebte, auf den Boden. Da warf ich die Laute aus der Hand; aber sie riefen: ‚Um Allahs willen, tu uns nur das nicht an! Laß uns noch mehr Lieder hören; Allah lasse dir noch reichere Huld zuteil werden!' Ich erwiderte: ‚Ihr Leute, ich würde euch gern noch ein Lied hören lassen und dann noch eins und wieder noch eins. Aber erst will ich euch kundtun, wer ich bin. Ich bin Ishâk ibn Ibrahîm aus Mosul! Bei Allah, ich trete dem Kalifen stolz entgegen, wenn er mich rufen läßt; ihr aber habt mich heute grobe Worte hören lassen, die mich kränken. Bei Gott, ich werde kein Wort mehr sprechen und auch nicht mehr bei euch sitzen bleiben, bis ihr diesen Zänker aus eurer Mitte verjagt habt!' Da sprach der Gefährte jenes Mannes: ‚Davor habe ich dich ja gewarnt, weil ich um dich besorgt war!' Sie nahmen ihn nun bei der Hand und führten ihn hinaus. Ich aber griff zur Laute und sang die Lieder meiner Kunst, die jene Sklavin gesungen hatte, noch einmal. Und dann flüsterte ich dem Hausherrn zu, daß die Sklavin mein Herz gefangen genommen habe und daß ich das Leben ohne sie nicht mehr ertragen könne. Der Hausherr antwortete mir darauf: ‚Sie ist die Deine, aber nur unter einer Bedingung!' ‚Wie lautet die?' fragte ich; und er fuhr fort: ‚Du mußt einen Monat lang bei mir bleiben; dann soll die Sklavin mit allem, was ihr an Schmuck und Gewändern gehört, dein Eigentum sein.' Ich erwiderte: ‚Gut; das will ich tun.' So blieb ich denn einen Monat lang bei ihm, ohne daß jemand wußte, wo ich war; und der Kalif ließ überall nach mir suchen, aber er konnte keine Kunde von mir erhalten. Als nun der Monat verstrichen war, übergab mein Freund mir die Sklavin mit allem, was ihr an kostbaren Dingen gehörte, und er schenkte mir auch noch einen Eunuchen. Ich zog mit alledem in meine Wohnung, und mir war, als hätte ich die ganze Welt gewonnen; so sehr freute ich mich über die Sklavin. Dann aber ritt ich sogleich zu el-Mamûn; und als ich vor ihm stand, rief er mich an: ‚Du da, Ishâk, wo bist du gewesen?' Ich erzählte ihm mein Erlebnis; da fuhr er fort: ‚Bringt mir sofort jenen Hausherrn!' Nachdem ich den Leuten seine Wohnung beschrieben hatte, ließ der Kalif ihn holen. Und als er gekommen war, fragte der Kalif ihn nach dem Abenteuer. Jener berichtete es ihm; da sprach der Herrscher: ‚Du bist ein Mann von edler Gesinnung; darum geziemt es sich, daß du in deinem Mannesadel gefördert wirst.' Nachdem er ihm darauf hunderttausend Dirhems angewiesen hatte, sprach er zu mir: ‚Ishâk, führe mir das Mädchen vor!' Ich brachte sie ihm, und sie entzückte ihn durch ihren Gesang. Ja, er hatte so große Freude an ihr, daß er sagte: ‚Ich setze ihren Dienst auf jeden Donnerstag fest; dann soll sie kommen und hinter dem Vorhang für mich singen.' Zugleich wies er ihr fünfzigtausend Dirhems an. So habe ich, bei Allah, nicht nur mir, sondern auch anderen durch jenen Ritt Gewinn verschafft.

Ferner wird erzählt

DIE GESCHICHTE
VON DEN DREI UNGLÜCKLICHEN LIEBENDEN

El-'Utbi erzählte: Ich saß eines Tages mit einer Gesellschaft zusammen, die aus Männern von vornehmer Bildung bestand, und wir erzählten uns Geschichten aus dem Leben der Menschen. Da führte uns das Gespräch auf Geschichten von Liebenden, und ein jeder von uns erzählte etwas darüber. Nun war unter uns auch ein alter Mann; der schwieg, bis keiner von den andern mehr etwas zu sagen wußte; dann hub er an: ‚Soll ich euch eine Geschichte erzählen, wie ihr sie noch niemals vernommen habt?' ‚Jawohl!' erwiderten wir; und er erzählte: ‚So wisset denn, ich hatte eine Tochter, die einen Jüngling liebte, ohne daß wir es wußten. Jener Jüngling aber liebte eine Sängerin; und diese Sängerin liebte meine Tochter. Eines Tages nun war ich in einer Gesellschaft zugegen, in der sich auch jener Jüngling befand.'‚ – –«

Da bemerkte Schehrezâd, daß der Morgen begann, und sie hielt in der verstatteten Rede an. Doch als die *Vierhundertundzehnte Nacht* anbrach, fuhr sie also fort: »Es ist mir berichtet worden, o glücklicher König, daß der alte Mann des weiteren erzählte: ‚Eines Tages nun war ich in einer Gesellschaft zugegen, in der sich auch jener Jüngling befand; auch die Sängerin war dort, und sie sang diese beiden Verse:

> *Wie die Liebe die Menschen erniedrigen kann,*
> *Das zeigen die Tränen der Liebenden an.*
> *Doch wird von bitterster Qualen geplagt,*
> *Wer niemanden findet, dem er sie klagt.*

Da rief der Jüngling ihr zu: ‚Du hast schön gesprochen, meine Gebieterin! Willst du mir gewähren, daß ich sterbe?' Die Sängerin antwortete hinter dem Vorhang: ‚Ja, wenn du ein echter Liebender bist!' Und alsbald legte der Jüngling sein Haupt auf ein Kissen und schloß die Augen. Als darauf der Becher zu ihm kam, schüttelten wir ihn; aber er war tot. Wir drängten uns um ihn, unsere Freude war getrübt, und mit traurigem Herzen gingen wir alsbald fort. Wie ich dann nach Hause kam, sahen die Meinen es als ein schlimmes Vorzeichen an, daß ich zu ungewohnter Zeit zu ihnen heimkehrte. Da erzählte ich ihnen, was mit dem Jüngling geschehen war, in dem Glauben, ich würde sie damit überraschen. Meine Tochter aber, die meine Worte hörte, verließ das Zimmer, in dem ich war, und begab sich in ein anderes Gemach. Darauf erhob ich mich und folgte ihr; und wie ich in jenes Gemach trat, fand ich sie auf einem Kissen ruhen, gerade so wie ich es von dem Jüngling berichtet hatte. Ich schüttelte sie; doch sie war tot. Dann bahrten wir sie auf und führten ihre Leiche zum Friedhof, gerade als auch die Leiche des Jünglings zu Grabe getragen wurde. Und als wir auf dem Wege zum Friedhof dahingingen, begegnete uns plötzlich ein dritter Leichenzug. Wir fragten, wer das sei; und siehe, es war die Leiche der Sängerin; denn als ihr der Tod meiner Tochter berichtet war, da hatte sie das gleiche getan wie sie und war gestorben. So begruben wir die drei am gleichen Tage. Und dies ist die seltsamste Geschichte von Liebenden, die man je vernommen hat.'[1]

[1]. Hier ist von Burton eine zwar orientalische, aber sonst unbekannte Geschichte eingeschoben unter dem Titel ‚How Abu Hasan brake wind'. Aus dem Englischen wurde sie dann auch in der ersten Insel-Ausgabe übersetzt. Sie ist aber in keiner der mir bekannten arabischen Texte von 1001 Nacht enthalten; auch gibt Burton seine Quelle nicht näher an. Da sie außerdem hier den Zusammenhang der Geschichten von unglücklich Liebenden in recht häßlicher Weise stört, habe ich sie wieder ausgelassen.

Und ferner wird erzählt

DIE GESCHICHTE DER LIEBENDEN VOM STAMME TAIJI

El-Kâsim, der Sohn des 'Adî, erzählte von einem Manne aus dem Stamme der Tamîm, daß der ihm berichtet habe: Ich zog eines Tages aus auf die Suche nach einem verlaufenen Tiere und kam dabei zu den Wassern der Banu Taiji. Dort sah ich zwei Gruppen von Menschen stehen, eine nahe der anderen; und die Leute der einen Gruppe stritten mit Worten wider die andere, gerade so wie diese wider sie. Ich schaute genauer hin und entdeckte auf der einen Seite einen Jüngling, der von Krankheit verzehrt war, so daß er aussah wie ein abgenutzter, ausgetrockneter Wasserschlauch. Und während ich ihn ansah, sprach er diese Verse:

> *Was ist der Schönen denn, daß sie nicht zu mir kommt?*
> *Ist's Geiz der Schönen oder ist es Sprödigkeit?*
> *Ich wurde krank; da kamen die Freunde all zu mir.*
> *Warum erscheinst du nicht, da jeder sich mir weiht?*
> *Ja, wärest du erkrankt, ich eilte zu dir hin,*
> *Und alles Drohn und Schelten schreckte mich nicht mehr.*
> *Nun miß ich dich bei ihnen; nun bin ich ganz allein.*
> *Das traute Lieb zu missen, mein Augentrost, ist schwer.*

Da hörte eine Maid von der anderen Seite seine Worte, und sie eilte zu ihm. Die Ihren liefen ihr nach; aber sie wehrte sie mit Schlägen ab. Doch sowie der Jüngling sie bemerkte, sprang er auf, ihr entgegen; aber auch die Seinen eilten ihm nach und hängten sich an ihn. Dennoch machte er sich von ihnen los, wie es auch der Maid gelang, sich von den Ihren zu befreien. Und so eilten sie unbehindert aufeinander zu, bis sie sich zwischen den beiden Gruppen trafen und einander in die Arme sanken. Dann stürzten sie tot zu Boden. – –«

Da bemerkte Schehrezâd, daß der Morgen begann, und sie hielt in der verstatteten Rede an. Doch als die *Vierhundertundelfte Nacht* anbrach, fuhr sie also fort: »Es ist mir berichtet worden, o glücklicher König, daß der Jüngling und die Jungfrau, als sie sich zwischen den beiden Gruppen trafen und einander in die Arme gesunken waren, tot zu Boden stürzten. Da kam ein alter Mann aus jenen Zelten hervor, trat zu den beiden und rief: ,Wir sind Allahs Geschöpfe, und zu Ihm kehren wir zurück!' und weinte bitterlich. Dann rief er: ,Allah der Erhabene erbarme sich eurer! Bei Gott, wart ihr auch nicht zu euren Lebzeiten vereint, so will ich euch doch im Tode vereinen!' Dann befahl er, die beiden aufzubahren; da wurden sie gewaschen und in ein einziges Leichentuch gehüllt. Dann grub man ein Grab für sie, das Volk sprach das Gebet für sie, und sie wurden beide in jenes Grab gebettet. Bei beiden Gruppen aber gab es keinen Mann und keine Frau, die nicht um sie geweint und sich nicht das Gesicht geschlagen hätten. Ich fragte den alten Mann nach ihnen, und er gab mir zur Antwort: ,Diese Jungfrau war meine Tochter, und dieser Jüngling war meines Bruders Sohn. Die Liebe hat sie zu dem Ende gebracht, das du hier siehst.' Da rief ich: ,Allah ersetze dir den Verlust! Doch warum hast du sie nicht miteinander vermählt?' Er antwortete: ,Ich fürchtete mich vor Schimpf und Schande; und jetzt bin ich beiden verfallen.' – Dies ist eine der wunderbaren Geschichten von den Liebenden.

Ferner wird erzählt

DIE GESCHICHTE
VON DEM IRRSINNIGEN LIEBHABER

Abu el-'Abbâs el-Mubarrad[1] erzählte: Ich zog einst mit einer Gesellschaft nach el-Barîd[2] um einer geschäftlichen Angelegenheit willen, und da kamen wir bei dem Kloster des Hesekiel[3] vorbei. Und als wir dort im Schatten halt machten, kam ein Mann zu uns heraus und sprach zu uns: ‚Im Kloster sind Irre; unter ihnen ist ein Mann, der des Verstandes beraubt ist, aber Weisheit redet. Wenn ihr den sähet, würdet ihr über seine Worte staunen.' Da machten wir uns alle auf und gingen in das Kloster hinein, und wir sahen in einer Zelle einen Mann auf einer Ledermatte sitzen, der sein Haupt entblößt hatte und seinen Blick fest auf die Mauer heftete. Wir grüßten ihn, und er erwiderte unseren Gruß, ohne uns anzusehen. Nun sagte einer: ‚Sprich ihm Verse vor; wenn er Verse hört, so redet er!' Da sprach ich diese beiden Verse:

> O bester aller Menschen[4], die von Eva stammen,
> Die Welt wär ohne dich nicht gut noch schön, fürwahr!
> Wen Gott dein Bild erblicken läßt, lebt ewig,
> Verschont von Altersschwäche und von greisem Haar.

Als er diese Worte von mir vernommen hatte, wandte er sich uns zu und sprach die Verse:

> Gott kennt die Trübsal, die mir widerfahren;
> Doch kann ich meine Not nicht offenbaren.
> Zwei Seelen hab ich: eine liegt in Banden
> Allhier, die andre weilt in fernen Landen.

1. Ein arabischer Sprachgelehrter des 9. Jahrhunderts n. Chr., der in Basra lebte. – 2. Zwischen Baghdad und Ahwâz, einer Stadt in Südwestpersien. – 3. Im Texte: Heraklius. Aber nur das berühmte Kloster des Hesekiel in Südbabylonien kann gemeint sein. – 4. Das ist: Mohammed.

Ich glaub, die ferne wie die nahe, beide
Sind gleich; die ferne leidet, was ich leide.

Dann fragte er: ,Hab ich's gut oder schlecht gemacht?' Wir antworteten ihm: ,Du hast es nicht schlecht gemacht, nein, im Gegenteil, ganz vortrefflich.' Darauf streckte er die Hand nach einem Steine aus, der bei ihm lag, und hob ihn auf; da wir glaubten, er wolle ihn nach uns werfen, liefen wir von dannen. Er aber schlug sich mit ihm heftig auf die Brust und rief uns nach: ,Fürchtet euch nicht, sondern kommet wieder zu mir und höret von mir etwas an, das ihr euch mitnehmen könnt!' Wir nahten uns ihm wieder, und er sprach diese Verse:

Früh am Morgen ließen sie die grauen Tiere niederknien,
Saßen auf; ich sah Kamele mit dem Lieb von dannen ziehn.
Denn mein Auge hat sie spähend durch des Kerkers Spalt erblickt,
Und ich rief in meinem Schmerze, von den Tränen fast erstickt:
Treiber, halte an, auf daß ich von ihr Abschied nehmen kann;
Ach, durch Abschied und durch Trennung tritt der Tod an mich heran.
Sieh, ich blieb getreu dem Schwure, und ich brach die Liebe nicht.
Wüßt ich nur, wie die Geliebte denkt von ihres Schwures Pflicht!

Darauf blickte er mich an und fragte mich: ,Weißt du, was sie getan hat?' ,Ja,' erwiderte ich, ,sie ist gestorben – Allah der Erhabene erbarme sich ihrer!' Da verfärbte sich sein Antlitz, er sprang auf und rief: ,Woher weißt du, daß sie tot ist?' Ich antwortete: ,Wenn sie noch lebte, so hätte sie dich nicht so allein gelassen.' Er sagte darauf: ,Du hast recht, bei Allah! Nun liegt auch mir nichts mehr am Leben, seit sie tot ist.' Plötzlich erbebte er am ganzen Leibe und fiel auf sein Angesicht; wir eilten zu ihm und rüttelten ihn, aber wir sahen, daß er tot war – die Gnade Allahs des Erhabenen sei mit ihm! Wir waren über das alles bestürzt und trauerten tief um ihn; und wir bahrten ihn auf und bestatteten ihn.' – –«

Da bemerkte Schehrezâd, daß der Morgen begann, und sie hielt in der verstatteten Rede an. Doch als die *Vierhundertundzwölfte Nacht* anbrach, fuhr sie also fort: »Es ist mir berichtet worden, o glücklicher König, daß el-Mubarrad des weiteren erzählte: Als der Mann tot niederfiel, trauerten wir um ihn; und wir bahrten ihn auf und begruben ihn. Wie ich dann später nach Baghdad zurückgekehrt war, trat ich zu el-Mutawakkil[1] ein, und da sah er noch die Spuren der Tränen auf meinem Gesicht; darum fragte er mich: ,Was bedeutet das?' Ich erzählte ihm die Geschichte; da ward er betrübt, und er sprach zu mir: ,Was hat dich denn dazu bewogen? Bei Allah, wenn ich nicht wüßte, daß du um ihn trauerst, so würde ich dich um seinetwillen strafen!' Und er trauerte um ihn den ganzen Tag über.

Ferner erzählt man

DIE GESCHICHTE VON DEM PRIOR, DER MUSLIM WURDE

Abu Bakr Mohammed ibn el-Anbâri[2] erzählte: Ich zog einst auf einer meiner Reisen von el-Anbâr[3] nach 'Ammûrija[4] im Lande der Griechen. Und unterwegs machte ich bei dem Lichterkloster halt, in einem Dorfe nahe bei 'Ammûrija. Da kam der Vorsteher des Klosters, der Prior über die Mönche, der den Namen 'Abd el-Masîh[5] trug, zu mir heraus und führte mich in das Kloster hinein. Dort fand ich vierzig Mönche, und die nahmen mich in jener Nacht mit herzlicher Gastfreundschaft auf. Am nächsten Tage verließ ich sie, nachdem ich bei

---

1. Abbasidischer Kalif von 847 bis 861 n. Chr. – 2. Ein arabischer Gelehrter, der um 900 n. Chr. lebte. – 3. Eine früher bedeutende Stadt am linken Ufer des Euphrats, westlich von Baghdad. – 4. Das alte Amorium in Phrygien. – 5. Das ist: Knecht des Messias.

ihnen solchen Eifer in der Andacht und solche Frömmigkeit gesehen hatte wie sonst noch nie. Als ich dann in 'Ammûrija meine Geschäfte erledigt hatte, kehrte ich nach el-Anbâr zurück. Im Jahre darauf aber machte ich die Pilgerfahrt nach Mekka. Und während ich den Umzug um das heilige Haus mitmachte, sah ich plötzlich, wie auch 'Abd el-Masîh, der Mönch, an dem Zuge teilnahm, begleitet von fünf seiner Klostergenossen. Nachdem ich mich überzeugt hatte, daß er es wirklich war, trat ich auf ihn zu und fragte ihn: ‚Bist du nicht als 'Abd el-Masîh der Mönch bekannt?' Er antwortete: ‚Nein, ich bin 'Abdallâh, der Barmherzigkeit Allahs zugewandt.' Da begann ich ihm das graue Haar zu küssen und zu weinen; und ich nahm ihn bei der Hand und zog mich mit ihm in einen Winkel des Heiligtums zurück; dort sprach ich zu ihm: ‚Erzähle mir, weshalb du Muslim geworden bist!' Er antwortete: ‚Es war ein großes Wunder, und es trug sich also zu. Eine Schar von muslimischen Asketen kam einst bei dem Dorfe vorbei, in dem unser Kloster steht, und sie schickten einen Jüngling aus, der Speise für sie kaufen sollte. Der sah auf dem Markte eine christliche Jungfrau, die Brot verkaufte, und die war so schön anzusehen wie wenige unter den Frauen. Kaum hatte der Jüngling sie erblickt, so ward er ganz von ihr bezaubert und sank ohnmächtig zu Boden. Als er aber wieder zu sich gekommen war, kehrte er zu seinen Gefährten zurück und tat ihnen kund, was ihm widerfahren war; dann sprach er zu ihnen: ‚Zieht eures Wegs; ich gehe nicht mehr mit euch!' Sie schalten ihn und ermahnten ihn; doch er achtete ihrer nicht. Da verließen sie ihn, während er in das Dorf zurückging und sich an die Tür des Ladens jener Jungfrau setzte. Sie fragte ihn, was er begehre, und er antwortete ihr, daß er sie liebe; darauf wandte sie sich von ihm ab, er aber blieb drei Tage lang an derselben Stätte sitzen, ohne Nahrung zu sich zu nehmen, und richtete den Blick nur nach ihrem Antlitz hin. Als sie nun sah, daß er nicht von ihr fortging, begab sie sich zu den Ihren und teilte ihnen mit, was er tat. Jene hetzten die Dorfbuben wider ihn, und die warfen so lange mit Steinen auf ihn, bis sie ihm die Rippen zerbrochen und den Kopf eingeschlagen hatten; aber trotz allem rührte er sich nicht von der Stelle. Da beschlossen die Bewohner des Dorfes, ihn zu töten; doch einer aus ihrer Zahl kam zu mir und berichtete mir von dem Zustande des Jünglings. Ich ging zu ihm hin und sah ihn am Boden liegen; und ich wischte ihm das Blut aus dem Gesicht, trug ihn ins Kloster und heilte seine Wunden. Vierzehn Tage lang blieb er bei mir; als er dann aber wieder zu gehen vermochte, verließ er das Kloster.'– –«

Da bemerkte Schehrezâd, daß der Morgen begann, und sie hielt in der verstatteten Rede an. Doch als die *Vierhundertunddreizehnte Nacht* anbrach, fuhr sie also fort: »Es ist mir berichtet worden, o glücklicher König, daß 'Abdallâh der Mönch des weiteren erzählte: ‚Ich trug ihn ins Kloster und heilte seine Wunden. Vierzehn Tage lang blieb er bei mir; als er dann aber wieder zu gehen vermochte, verließ er das Kloster und ging zur Tür des Ladens der Jungfrau zurück, setzte sich nieder und schaute sie an. Wie sie ihn erblickte, kam sie zu ihm heraus und sprach zu ihm: ‚Bei Allah, ich habe Mitleid mit dir. Willst du nicht meinen Glauben annehmen, auf daß ich mich dir vermähle?' Doch er rief: ‚Allah verhüte, daß ich den Glauben an die Einheit ablege und mich der Vielgötterei ergebe!' Da sprach sie: ‚So komm zu mir herein, tu mit mir, was du willst, und geh dann in Frieden deiner Wege!' ‚Nein,' erwiderte er, ‚ich will nicht zwölf Jahre der Anbetung zunichte machen durch die Lust eines einzigen Augenblicks.'

Darauf sagte sie: ‚So geh alsbald von mir fort!' Doch er entgegnete: ‚Das erlaubt mir mein Herz nicht.' Nun wandte sie ihr Angesicht wieder von ihm. Bald jedoch sahen die Buben ihn von neuem, liefen auf ihn zu und bewarfen ihn mit Steinen. Er aber warf sich auf sein Antlitz nieder, indem er sprach: ‚Fürwahr, mein Beschützer ist Allah, der das Heilige Buch herabsandte; und er schützt die Frommen.'[1] Da kam ich aus dem Kloster heraus, vertrieb die Buben von ihm, hob sein Haupt vom Boden auf und hörte ihn sagen: ‚O Allah, vereinige mich mit ihr im Paradiese!' Dann wollte ich ihn ins Kloster tragen; doch er starb, ehe ich mit ihm dort hinkam. So trug ich ihn denn aus dem Dorf hinaus, grub ihm ein Grab und bestattete ihn darin. Als es aber dunkel geworden und die Hälfte der Nacht verstrichen war, stieß jene Jungfrau, die auf ihrem Bette lag, einen lauten Schrei aus; die Dorfleute strömten zu ihr herbei und fragten sie, was ihr widerfahren sei. Sie antwortete: ‚Während ich schlief, trat plötzlich jener muslimische Mann zu mir herein, nahm mich bei der Hand und führte mich zum Paradiese. Doch als wir am Tor standen, wehrte mir der hütende Engel den Zutritt, indem er sprach: ‚Das Paradies ist den Ungläubigen versagt!' Da nahm ich durch den Jüngling den Islam an und trat mit ihm ein; dort erblickte ich Schlösser und Bäume, die ich euch nicht zu beschreiben vermag. Und er führte mich zu einem Schlosse aus Edelstein und sprach zu mir: ‚Siehe, dies Schloß ist für mich und für dich; ich will nur mit dir eintreten, und nach fünf Tagen wirst du mit mir in ihm sein, so Gott der Erhabene will.' Dann streckte er seine Hand nach einem Baume aus, der vor dem Tore jenes Schlosses wuchs, pflückte zwei Äpfel von ihm und gab sie mir, indem er sprach: ‚Iß den einen und verwahre

1. Koran, Sure 7, Vers 195.

den anderen, damit die Mönche ihn sehen.' Und ich aß den einen; nie habe ich etwas Süßeres als ihn gekostet.' – –«

Da bemerkte Schehrezâd, daß der Morgen begann, und sie hielt in der verstatteten Rede an. Doch als die *Vierhundertundvierzehnte Nacht* anbrach, fuhr sie also fort: »Es ist mir berichtet worden, o glücklicher König, daß die Jungfrau des weiteren erzählte: ‚Als er die beiden Äpfel gepflückt hatte, gab er sie mir, indem er sprach: ‚Iß den einen und verwahre den anderen, damit die Mönche ihn sehen.' Und ich aß den einen; nie habe ich etwas Süßeres als ihn gekostet. Dann nahm er mich bei der Hand und führte mich wieder hinaus, bis er mich zu meinem Hause geleitet hatte. Als ich aus meinem Schlafe erwachte, spürte ich noch den Apfelgeschmack in meinem Munde und hielt den anderen Apfel in der Hand.' Mit diesen Worten holte sie den Apfel heraus, und der leuchtete im Dunkel der Nacht wie ein schimmernder Stern. Dann trug man die Jungfrau, die den Apfel in der Hand behielt, in das Kloster; dort erzählte sie den Traum auch uns und zeigte uns den Apfel; und wirklich, wir hatten unter allen Früchten der Welt noch nie seinesgleichen gesehen. Darauf nahm ich ein Messer und zerlegte ihn in so viele Teile, daß ich und jeder meiner Gefährten ein Stück erhielt; nie haben wir etwas gesehen, das süßer geschmeckt oder köstlicher geduftet hätte; doch wir sprachen: ‚Vielleicht war das ein Teufel, der ihr so erschien, um sie ihrem Glauben abtrünnig zu machen.' Die Ihren nahmen sie darauf wieder mit sich und gingen fort. Von nun ab enthielt sie sich des Essens und des Trinkens, und als die fünfte Nacht kam, erhob sie sich von ihrem Lager, verließ ihr Haus und wanderte zu dem Grabe jenes Muslims. Dort warf sie sich nieder und starb, ohne daß die Ihren um sie wußten. Als es Morgen ward, kamen zum Dorfe zwei muslimische Scheiche in härenen Gewändern, begleitet von zwei Frauen, die ebenso gekleidet waren, und sie sprachen: ‚Ihr Leute vom Dorf, Allah der Erhabene hat bei euch eine Heilige, die als gläubige Muslimin gestorben ist. Wir wollen an eurer Statt für sie sorgen.' Da suchten die Dorfbewohner nach jener Jungfrau und fanden sie tot auf dem Grabe liegen. Sie sprachen: ‚Die da ist eine der Unsrigen; sie ist in unserem Glauben gestorben, und darum wollen wir für sie sorgen.' Doch die beiden Alten entgegneten: ‚Nein, sie ist als Muslimin gestorben; darum wollen wir sie bestatten!' Als nun heftiger Streit und Zank zwischen ihnen sich erhob, sprach der eine von den beiden Scheichen: ‚Dies sei das Kennzeichen ihres Glaubens: die vierzig Mönche des Klosters sollen zusammen versuchen, sie von dem Grabe hinwegzuziehen; wenn die sie vom Boden aufheben können, so ist sie als Christin gestorben. Gelingt es ihnen aber nicht, so soll einer von uns vortreten, um sie hinwegzunehmen; und wenn ihr Leib sich in seinen Händen erhebt, so ist sie als Muslimin gestorben.' Die Dorfbewohner willigten darin ein, und alsbald kamen die vierzig Mönche. Sie feuerten einer den andern an und traten zu ihr, um sie aufzuheben; aber sie vermochten es nicht. Darauf banden wir einen festen Strick um ihren Leib und zogen alle daran; aber der Strick zerriß, und sie rührte sich nicht. Auch die Dorfbewohner traten heran und taten desgleichen; dennoch rührte sie sich nicht von ihrer Stätte. Schließlich, als wir sie trotz aller Mühe doch nicht heben konnten, sprachen wir zu einem der beiden Scheiche: ‚Tritt du hin und heb sie auf!' Da trat der eine von ihnen heran, hüllte sie in seinen Mantel und rief: ‚Im Namen Allahs, des barmherzigen Erbarmers, und durch den Glauben des Gesandten Allahs – Er segne ihn und gebe ihm Heil!' Dann hob er sie in seine Arme, und die Muslime gingen mit ihr zu einer Höhle, die sich dort befand. In ihr legten sie die Leiche nieder; und nun kamen die beiden Frauen, wuschen sie und hüllten sie ins Leichentuch. Danach trugen die beiden Alten sie wieder zum Grabe, beteten dort über ihr, bestatteten sie neben dem muslimischen Jüngling und gingen fort. Wir hatten dem allem zugesehen; und als wir wieder allein unter uns waren, sprachen wir: ‚Fürwahr, die Wahrheit verdient es, daß man ihr folge!'[1] Uns aber ist die Wahrheit sichtbar vor unseren Augen offenbart worden, und es gibt für uns keinen klareren Beweis mehr für die Wahrheit des Islams als das, was wir mit eigenen Augen gesehen haben. Darauf nahm ich den Islam an, und alle Mönche des Klosters wurden Muslime mit mir, desselbengleichen auch die Bewohner des Dorfes. Dann sandten wir zum Volk von Mesopotamien und baten um einen Gottesgelehrten, der uns die Gebote des Islams und die Vorschriften des Glaubens lehren sollte. Da kam ein frommer und gelehrter Mann zu uns und unterwies uns im Gottesdienst und in den Vorschriften des Islams; und wir leben jetzt in großem Wohlergehen. Allah sei Lob und Dank!'

Ferner wird erzählt

DIE GESCHICHTE DER LIEBE VON ABU 'ÎSA ZU KURRAT EL-'AIN

'Amr ibn Mas'ada berichtete: Abu 'Îsa, der Sohn von er-Raschîd und der Bruder von el-Mamûn, liebte Kurrat el-'Ain, die Sklavin von 'Alî ibn Hischâm; und auch sie liebte ihn. Doch Abu 'Îsa verbarg seine Leidenschaft und tat sie niemandem kund; auch klagte er keinem Menschen sein Leid, noch enthüllte er jemandem sein Geheimnis. Das tat er, weil er stolz und von hohem Ehrgefühl beseelt war; denn er hatte sich die größte Mühe gegeben, sie von ihrem Herrn zu erwerben, aber

1. Vgl. Koran, Sure 10, Vers 36.

es war ihm nicht gelungen. Doch schließlich, als seine Geduld zu Ende war und seine Leidenschaft immer stärker ward und er keinen Rat mehr für sich wußte, ging er zu el-Mamûn an einem Tage der Staatsversammlung, als das Volk sich bereits entfernt hatte, und er sprach: ‚O Beherrscher der Gläubigen, wenn du heute einmal unvermutet deine Befehlshaber auf die Probe stellen wolltest, so würdest du erkennen, wer von ihnen eine edle Gesinnung hat und wer nicht, und welchen Rang ein jeder nach dem Werte seiner Gesinnung einnimmt.' Durch diesen Rat gedachte Abu 'Isa zu erreichen, daß er bei Kurrat el-'Ain in ihres Herrn Hause sitzen könnte. El-Mamûn sprach: ‚Du hast recht!', und befahl, ihm die Barke zu rüsten, die den Namen ‚der Flieger' trug; man führte sie ihm zu, und er stieg ein, begleitet von einer Schar seiner Hofleute. Das erste Haus, das er besuchte, war das des Hamîd et-Tawîl et-Tûsi, und den traf er, wie er dort saß – –«

Da bemerkte Schehrezâd, daß der Morgen begann, und sie hielt in der verstatteten Rede an. Doch als die *Vierhundertundfünfzehnte Nacht* anbrach, fuhr sie also fort: »Es ist mir berichtet worden, o glücklicher König, daß el-Mamûn die Barke bestieg, begleitet von seinen Hofleuten, und daß sie dahinfuhren, bis sie zum Hause des Hamîd et-Tawîl et-Tûsi kamen. Sie traten unvermutet in sein Haus und trafen ihn dort auf einer Rohrmatte sitzend, und vor ihm befanden sich Sänger mit Lauten, Flöten und anderen Musikinstrumenten. Da setzte el-Mamûn sich eine Weile nieder; dann wurden ihm Speisen vorgesetzt, aber die bestanden nur aus Fleisch von Vierfüßlern, kein Fleisch von Geflügel war darunter. Von diesen Speisen rührte el-Mamûn nichts an; und so sprach Abu 'Isa: ‚O Beherrscher der Gläubigen, wir sind unvermutet hierher gekommen, und der Hausherr wußte nichts von deinem Besuche. Laß uns jetzt in ein Haus gehen, das für dich gerüstet ist, so wie es dir gebührt!' Da erhob der Kalif sich und begab sich mit seinen Hofleuten und mit seinem Bruder Abu 'Isa zum Hause des 'Alî ibn Hischâm. Als der von ihrem Kommen hörte, empfing er sie feierlich und küßte den Boden vor dem Kalifen. Dann führte er sie auf den Söller und öffnete ihnen einen Saal, der so schön war, wie ihn noch niemand je gesehen hatte. Dort waren der Boden, die Pfeiler und die Wände mit vielfarbigem Marmor bekleidet; die Wände waren mit griechischen Malereien verziert, und der Boden war mit indischen Matten bedeckt; darauf lagen Basrateppiche, die genau der Länge und der Breite des Saales angepaßt waren. El-Mamûn setzte sich eine Weile nieder und betrachtete den Saal mit seinen Decken und Wänden; dann sprach er: ‚Gib uns etwas zu essen!' Und im selben Augenblick brachte man ihm wohl an die hundert Gerichte, Hühnerfleisch, und dazu noch anderes Geflügel, Brühen, Braten und Essiggemüse. Als er gegessen hatte, sprach er: ‚Gib uns zu trinken, 'Alî!' Da brachte man ihm gemischten Dattelmost, der mit Früchten und Spezereien bereitet war, in Gefäßen aus Gold und Silber und Kristall. Die Schenken aber, die jenen Most in den Saal trugen, waren mondengleiche Jünglinge, bekleidet mit alexandrinischen Gewändern, die mit Gold durchwirkt waren; und auf der Brust trugen sie kristallene Flaschen voll Rosenwasser, das mit Moschus gemischt war. El-Mamûn wunderte sich sehr über das, was er sah; und er rief: ‚Du, Abu el-Hasan!' Der eilte zum Teppich des Kalifen und küßte den Boden; dann stellte er sich vor den Herrscher hin und sprach: ‚Zu deinen Diensten, o Beherrscher der Gläubigen!' El-Mamûn aber fuhr fort: ‚Laß uns heiteren Gesang hören!' ‚Ich höre und gehorche, o Beherrscher der Gläubigen!' sprach 'Alî und rief einem seiner Diener zu: ‚Hole die Sängerinnen!' Der Eunuch sprach: ,Ich höre und gehorche!' ging eine Weile fort und kam mit zehn Eunuchen zurück, die zehn goldene Schemel trugen. Nachdem sie die aufgestellt hatten, erschienen zehn Sklavinnen; die waren so schön wie der strahlende Mond in der vierzehnten Nacht und wie Gärten in schimmernder Blüten Pracht; sie waren in schwarzen Brokat gekleidet und trugen goldene Kronen auf ihren Häuptern. Und sie schritten dahin, bis sie sich auf die Schemel niederließen, und dann begannen sie mancherlei Weisen zu singen. Da blickte el-Mamûn auf eine von den Sklavinnen, deren Zierlichkeit und schöne Gestalt ihn entzückte, und er fragte sie: ,Wie heißest du, Mädchen?' Sie antwortete: ,Ich heiße Sadschâhi, o Beherrscher der Gläubigen.' Er fuhr fort: ,Sing uns ein Lied, Sadschâhi!' Da hub sie an zu singen und ließ dies Lied erklingen:

> *Gleichwie ein Feigling, der zwei Welfen nahen sieht,*
> *So komm ich voller Furcht zum Stelldichein gegangen.*
> *Die Demut ist mein Schwert, mein Herze pocht und bebt;*
> *Denn vor dem Aug der Feinde und Späher muß es bangen.*
> *Zu einer zarten Maid tret ich dann rasch hervor:*
> *Die gleicht dem Reh der Steppe, das sein Kind verlor.*

El-Mamûn sprach zu ihr: ,Das hast du gut gemacht, Mädchen! Von wem ist das Lied?' Sie antwortete: ,Das Lied ist von 'Amr ibn Ma'dîkarib ez-Zabîdi, und die Weise von Ma'bad.' Nun tranken der Kalif und Abu 'Îsa und 'Alî ibn Hischâm; und die Mädchen gingen davon. Darauf kamen zehn andere Sklavinnen, deren jede in geblümte, golddurchwirkte Seide aus Jemen gekleidet war; sie setzten sich auf die Schemel und sangen mancherlei Weisen. Und el-Mamûn blickte auf eine Sklavin, die einer Antilope der Steppe glich, und fragte sie: ,Wie heißest du, Mädchen?' Sie antwortete: ,Ich heiße Zabja, o Beherrscher der Gläubigen.' Er fuhr fort: ,Sing uns ein Lied, Zabja!' Da hub sie an wie ein Vogel zu singen, und sie ließ diese beiden Verse erklingen:

> *Die Huris und edelen Frauen fürchten kein übel Gerede,*
> *Gleichwie die Gazellen von Mekka, das unverletzliche Wild.*
> *Nach ihren schmeichelnden Worten hielte man sie für Dirnen;*
> *Doch schützet sie der Islam, daß ihnen kein häßlich Wort gilt.*

Als sie ihr Lied beendet hatte, rief el-Mamûn ihr zu: ,Vortrefflich!' – –«

Da bemerkte Schehrezâd, daß der Morgen begann, und sie hielt in der verstatteten Rede an. Doch als die *Vierhundertundsechzehnte Nacht* anbrach, fuhr sie also fort: »Es ist mir berichtet worden, o glücklicher König, daß el-Mamûn, als die Sklavin ihr Lied beendet hatte, ihr zurief: ,Vortrefflich! Von wem ist dies Lied?' Sie antwortete: ,Von Dscharîr, und die Weise ist von Ibn Suraidsch.' Und wiederum trank el-Mamûn mit seinen Gefährten, während die Mädchen davongingen. Da kamen nach ihnen zehn andere Sklavinnen, die erstrahlten wie Rubinen und trugen Gewänder von rotem Brokat, der mit Gold durchwirkt und mit Perlen und Edelsteinen besetzt war; und ihre Häupter waren unbedeckt. Sie setzten sich auf die Schemel und sangen mancherlei Weisen. Der Kalif blickte auf eine von ihnen, die der Sonne des lichten Tages glich, und fragte sie: ,Wie heißest du, Mädchen?' Sie antwortete: ,Ich heiße Fâtin, o Beherrscher der Gläubigen.' Und er fuhr fort: ,Sing uns ein Lied, Fâtin!' Da hub sie an zu singen und ließ dies Lied erklingen:

> *Gewähr mir deine Gunst; jetzt ist's die rechte Zeit.*
> *Genug hab ich gekostet an bitterer Trennung Leid.*
> *In deinem Antlitz einet sich aller Reize Huld;*
> *Und ach, um seinetwillen entsag ich der Geduld.*

> *Um deiner Liebe willen opfert ich mein Leben:*
> *Sei deine Gunst mein Lohn für das, was ich gegeben!*

‚Vortrefflich, Fâtin!' rief der Herrscher; ‚von wem ist dies Lied?' Sie antwortete: ‚Von 'Adî ibn Zaid, und die Weise ist alt.' Darauf tranken el-Mamûn und Abu 'Isa und 'Alî ibn Hischâm, und die Mädchen entfernten sich. Und wiederum kamen nach ihnen zehn andere Sklavinnen, die sahen aus wie hell schimmernde Sterne; sie trugen Gewänder aus geblümter Seide, die mit rotem Golde durchwirkt war, und um ihren Leib Gürtel, die mit Juwelen besetzt waren. Und sie ließen sich auf die Schemel nieder und sangen mancherlei Weisen. Nun fragte el-Mamûn eine von den Sklavinnen, die einem Weidenzweig glich: ‚Wie heißest du, Mädchen?' Sie antwortete: ‚Ich heiße Rascha, o Beherrscher der Gläubigen.' Er fuhr fort: ‚Sing uns ein Lied, Rascha!' Da hub sie an zu singen und ließ dies Lied erklingen:

> *Das Schwarzaug gleicht dem Reis: es heilt die heiße Liebe.*
> *Es gleicht dem scheuen Reh, das groß und fragend blickt.*
> *Ich trank auf ihrer Wange den Wein und ließ den Becher*
> *Wohl mit der Wange streiten, bis sie sich drein geschickt.*
> *Wir ruhten eng vereint; sie lag an meiner Brust.*
> *Ich sprach zu meiner Seele: Dies ist die höchste Lust!*

‚Das hast du gut gemacht, Mädchen,' rief der Kalif; ‚singe uns noch etwas!' Da erhob sie sich, küßte den Boden vor ihm und sang dann noch diesen Vers:

> *Sie trat gemach heraus und schaute auf den Brautzug*
> *In einem Hemd, aus dem der Duft von Safran kam.*

Von diesem Verse war el-Mamûn aufs höchste entzückt; und als die Sklavin sah, wie sehr er ihm gefiel, wiederholte sie ihn mehrere Male. Dann aber sprach der Kalif: ‚Bringt mir den Flieger!' denn er wollte einsteigen und wieder fortfahren. 'Alî ibn Hischâm jedoch sprach: ‚O Beherrscher der Gläubigen, ich habe eine Sklavin, die ich um zehntausend Dinare gekauft habe; die hat mein Herz ganz und gar gefangen genommen, und ich möchte sie dem Beherrscher der Gläubigen zeigen. Wenn sie ihm gefällt und er sie annehmen will, so ist sie die Seine; er geruhe aber doch auf jeden Fall etwas von ihr anzuhören!' ‚Bring sie her!' erwiderte der Kalif. Und nun trat eine Maid heraus, die gleich einem Weidenzweige war; sie hatte ein verführerisches Augenpaar, und ihre Brauen waren wie zwei Bogen anzuschauen; auf ihrem Haupte trug sie eine Krone aus Gold von rötlichem Schein, besetzt mit Perlen und Edelgestein. Und darunter war eine Binde, auf der in Lettern aus Chrysolith dieser Vers geschrieben war:

> *Eine Fee, von den Dämonen unterwiesen,*
> *Herzen mit dem Bogen ohne Sehn' zu treffen.*

Jene Sklavin schritt daher wie ein scheues Reh, selbst die Frommen hätten sie angeschaut mit heißem Liebesweh. Und sie ging weiter, bis sie sich auf den Schemel niedersetzte. – –«

Da bemerkte Schehrezâd, daß der Morgen begann, und sie hielt in der verstatteten Rede an. Doch als die *Vierhundertundsiebenzehnte Nacht* anbrach, fuhr sie also fort: »Es ist mir berichtet worden, o glücklicher König, daß die Sklavin daherschritt wie ein scheues Reh, das selbst die Frommen angeschaut hätten mit heißem Liebesweh, und daß sie dann weiterging, bis sie sich auf den Schemel niedersetzte. Als el-Mamûn sie erblickte, staunte er ob ihrer Schönheit und Lieblichkeit; doch Abu 'Îsas Herz pochte vor Schmerzen, seine Farbe erblich, und sein ganzes Wesen ward verändert. Da rief el-Mamûn: ‚Abu 'Îsa, du bist ja ganz verändert!' Der antwortete: ‚O Beherrscher der Gläubigen, dies rührt von einer Krankheit her, die mich von Zeit zu Zeit befällt.' Nun fragte der Kalif ihn: ‚Hast du diese Sklavin schon vor dem heutigen Tage kennen gelernt?‘ ‚Ja, o Beherrscher der Gläubigen,‘ erwiderte er; ‚kann denn der Mond verborgen bleiben?‘ Dann fragte el-Mamûn die Sklavin: ‚Wie heißest du, Mädchen?‘ Sie antwortete: ‚Ich heiße Kurrat el-'Ain, o Beherrscher der Gläubigen.‘ Und er fuhr fort: ‚Sing uns ein Lied, Kurrat el-'Ain!‘ Da sang sie diese beiden Verse:

> *Die Freunde trennten sich von dir im tiefen Dunkel*
> *Und zogen mit den Pilgern fort am frühen Morgen.*
> *Sie schlugen stolze Zelte auf um jene Kuppeln*[1]
> *Und waren hinter Decken von Brokat geborgen.*

Der Kalif sprach zu ihr: ‚Vortrefflich! Von wem ist dies Lied?‘ Sie erwiderte: ‚Von Di'bil el-Chuzâ'i, und die Weise ist von Zurzûr es-Saghîr.‘ Doch Abu 'Isa blickte sie an, von Tränen erstickt, so daß alle, die zugegen waren, sich über ihn wunderten. Da redete die Sklavin den Kalifen an, indem sie sprach: ‚O Beherrscher der Gläubigen, willst du mir verstatten, daß ich die Worte ändere?‘ Er antwortete ihr: ‚Sing, was du willst!‘ Da hub sie an zu singen und ließ dies Lied erklingen:

> *Gefällst du einem Freund, der offen dir gefällt,*
> *So hüte emsiglich der Liebe Heimlichkeit!*
> *Und höre der Verleumder Rede nicht; denn selten*
> *Will der Verleumder andres als der Trennung Leid!*
> *Man sagt, die Nähe mache der Liebe überdrüssig,*
> *Die Ferne aber heile von bittrem Liebesweh.*
> *Ach, ich versuchte beides; mir nahte keine Heilung,*
> *Doch lieber als die Ferne ist's mir, wenn ich dich seh.*
> *Allein auch in der Nähe ist dir kein Gewinn,*
> *Vergilt dein Lieb dir nicht mit liebevollem Sinn.*

Als sie das Lied gesungen hatte, sprach Abu 'Isa: ‚O Beherrscher der Gläubigen‘ – –«

[1]. Die runden Zelte der Pilger.

Da bemerkte Schehrezâd, daß der Morgen begann, und sie hielt in der verstatteten Rede an. Doch als die *Vierhundertundachtzehnte Nacht* anbrach, fuhr sie also fort: »Es ist mir berichtet worden, o glücklicher König, daß Abu 'Isa, als Kurrat el-'Ain ihr Lied gesungen hatte, sprach: ‚O Beherrscher der Gläubigen, wenn ich auch der Schmach verfalle, so will ich's tragen. Gestattest du mir, ihr zu erwidern?‘ Der Kalif antwortete: ‚Ja; sag ihr, was du willst!‘ Da unterdrückte er die Träne, die aus seinem Auge rann, und sprach diese beiden Verse sodann:

> *Ich schwieg und sprach zu keinem von meinen Liebesschmerzen*
> *Und barg die Liebe selbst vor meinem eignen Herzen.*
> *Wenn jetzt in meinem Auge die Liebe sich kundgetan,*
> *So wißt: mein Auge sah den hellen Vollmond nahn.*

Darauf griff Kurrat el-'Ain zur Laute, hub an zu singen und ließ dies Lied erklingen:

> *Wenn deine Worte volle Wahrheit wären,*
> *So hätten dir die Wünsche nicht genügt.*
> *Du könntest ohne jene Maid nicht leben,*
> *Die Schönheit zu dem innren Werte fügt.*
> *Doch alles, was du sagst, ist leerer Schall,*
> *Ist nichts als deiner Zunge Wörterschwall.*

Als Kurrat el'-Ain dies Lied gesungen hatte, begann Abu 'Isa zu weinen und zu klagen, heftiger Schmerz bewegte ihn, und die Leidenschaft erregte ihn. Er hob die Augen zu ihr empor, begann in Seufzer auszubrechen und hub an diese Verse zu sprechen:

> *Ein dürrer Leib ist unter meinen Kleidern,*
> *Dieweil im Herzen sich ein Kampf entspinnt.*
> *Ich hab ein Herz, des Leiden ewig dauern,*
> *Ein Auge, dessen Träne ewig rinnt.*
> *Sooft ein Weiser mich zu trösten wünschet,*
> *Macht mir ein Liebestadler bittre Not.*
> *O Herr, ich kann dies alles nicht ertragen:*
> *So kommet rasch – Erfüllung oder Tod!*

Als Abu 'Îsa diese Verse gesprochen hatte, sprang 'Alî ibn Hischâm auf, küßte ihm die Füße und sprach: ‚Mein Gebieter, Allah läßt die Erfüllung deiner Bitte kommen; denn Er hat dein Geheimnis vernommen. Er willigt ein, daß du sie mit all ihrem Besitze an Seltenheiten und Kostbarkeiten erhältst, wenn der Beherrscher der Gläubigen kein Verlangen nach ihr trägt.' Doch el-Mamûn sagte: ‚Wenn wir auch Verlangen nach ihr hätten, so würden wir doch Abu 'Îsa den Vorrang vor uns lassen und ihm zu seinem Ziele verhelfen.' Danach machte er sich auf und fuhr in dem Flieger davon, während Abu 'Îsa zurückblieb, um Kurrat el-'Ain in Empfang zu nehmen. Als er sie dann erhalten hatte, führte er sie freudigen Herzens in sein Haus. Schau, wie großmütig 'Alî ibn Hischâm war!

Ferner wird erzählt

DIE GESCHICHTE VON EL-AMÎN UND SEINEM OHEIM IBRAHÎM IBN EL-MAHDÎ

El-Amîn, der Bruder von el-Mamûn, trat einst in das Haus seines Oheims Ibrahîm ibn el-Mahdî und erblickte dort eine Sklavin, wie sie die Laute schlug. Und da sie eine der schönsten Frauen war, so neigte sein Herz sich ihr zu. Doch als sein Oheim Ibrahîm erkannte, wie es um ihn stand, schickte er ihm die Sklavin zu, angetan mit prächtigen Gewändern und kostbarem Juwelenschmuck. Als el-Amîn sie sah, glaubte er, sein Oheim Ibrahîm habe sie bereits erkannt, und darum mochte er ihr nicht mehr beiwohnen. So nahm er denn hin, was sie an Geschenken mitgebracht hatte; sie selbst aber sandte er zurück. Ibrahîm ward jedoch über das Geschehnis von einem der Eunuchen unterrichtet; da nahm er ein Hemd aus geblümter Seide und schrieb auf den Saum in goldenen Lettern diese beiden Verse:

> *Fürwahr, bei Ihm, vor dem sich alle Stirnen neigen,*
> *Was unter diesem Saume ist, das kenn ich nicht.*
> *Auch ihren Mund berühr ich nie; mein einzig Trachten*
> *War, was das Auge sieht und was die Zunge spricht.*

Darauf hieß er sie das Hemd anlegen, reichte ihr eine Laute und sandte sie abermals zu el-Amîn. Als sie zu ihm eingetreten war, küßte sie den Boden vor ihm, stimmte die Laute und sang dazu diese beiden Verse:

> *Du nahmst die Gabe nicht und zeigtest, was du denkest;*
> *Daß du dich von mir trennest, ward mir kund und klar.*
> *Doch wenn du Anstoß nimmst an etwas, das vergangen,*
> *Verzeih du als Kalif, was längst schon nicht mehr war!*

Als sie das Lied beendet hatte, schaute el-Amîn sie an und sah, was auf dem Saume des Hemdes geschrieben stand. Nun hielt er nicht länger an sich – –«

Da bemerkte Schehrezâd, daß der Morgen begann, und sie hielt in der verstatteten Rede an. Doch als die *Vierhundertundneunzehnte Nacht* anbrach, fuhr sie also fort: »Es ist mir berichtet worden, o glücklicher König, daß el-Amîn, als er die Sklavin anschaute und sah, was auf dem Saume des Hemdes geschrieben stand, nicht mehr länger an sich hielt, sondern ihr nahte und sie küßte. Und er wies ihr ein eigenes Gemach in seinem Palaste an; ferner dankte er seinem Oheim für die Gabe und verlieh ihm die Statthalterschaft von Rai.[1]

Ferner wird erzählt

DIE GESCHICHTE VON DEM KALIFEN EL-MUTAWAKKIL UND EL-FATH IBN CHAKÂN

El-Mutawakkil mußte einst Arznei nehmen; und da sandten ihm die Leute allerlei seltene Kostbarkeiten und mancherlei Geschenke. Und unter anderem sandte ihm el-Fath ibn Cha-

1. Hauptstadt einer Provinz in Nordpersien.

kân eine jungfräuliche Sklavin mit schwellendem Busen, die zu den schönsten Mädchen ihrer Zeit gehörte, dazu ein Kristallgefäß mit rotem Weine und einen Becher von rotem Golde, auf dem in schwarzen Lettern diese Verse standen:

> *Wenn der Imam der Krankheit nun entrann*
> *Und Heilung und Gesundheit sich gewann,*
> *So kann für ihn kein besser Heiltrank sein*
> *Als hier in diesem Becher dieser Wein.*
> *Wenn er das Siegel löst von meiner Gabe,*
> *So ist das nach der Krankheit schönste Labe!*

Wie die Sklavin mit dem, was sie trug, zum Kalifen eintrat, war gerade der Arzt Juhanna[1] dort. Als der die Verse las, lächelte er und sprach: ,Bei Gott, o Beherrscher der Gläubigen, el-Fath versteht sich auf die Heilkunst besser als ich; also möge der Beherrscher der Gläubigen dem, was jener verordnet hat, nicht zuwiderhandeln!' Der Kalif nahm den Rat des Arztes an und gebrauchte jene Arznei, ganz wie sie ihm in den Versen vorgeschrieben war; Allah machte ihn gesund und heil, und die Erfüllung seiner Wünsche ward ihm zuteil.

Ferner wird erzählt

DIE GESCHICHTE VON DEM STREIT ÜBER DIE VORZÜGE DER GESCHLECHTER

Einer von den vornehm gebildeten Leuten berichtete: Ich habe nie eine Frau gesehen, die schärferen Verstand, schönere Einsicht, reicheres Wissen, vortrefflichere Sinnesart und feineres Wesen besessen hätte als eine Predigerin aus dem Volke von Baghdad, die Saijidat el-Maschâjich[2] geheißen war. Es traf sich, daß sie im Jahre fünfhundertundeinundsechzig[3] nach der

1. Ein christlicher Arzt am Hofe der Abbasiden-Kalifen. – 2. Herrin der Scheiche. – 3. Nach der Hedschra, das ist: 1165/1166 n. Chr.

Stadt Hama¹ kam und dort den Leuten von einem Stuhle herunter heilsame Ermahnungen predigte. Nun pflegten manche Leute ihr Haus zu besuchen, die sich der Gottesgelehrtheit beflissen, ferner Jünger der Wissenschaften und der schönen Künste; und die unterhielten sich mit ihr über Fragen des geistlichen Rechtes und disputierten mit ihr über strittige Punkte. Eines Tages ging auch ich zu ihr, begleitet von einem Freunde, der feine Bildung besaß; und als wir uns gesetzt hatten, ließ sie eine Schale mit Früchten vor uns bringen, während sie sich selbst hinter einem Vorhange niederließ. Sie hatte einen Bruder, der von schöner Gestalt war; und der stand zu unseren Häupten, um uns zu bedienen. Als wir gegessen hatten, begannen wir uns über Fragen des geistlichen Rechtes zu unterhalten. Ich legte ihr eine Frage von solcher Art vor, die sich auf den Unterschied zwischen den Rechtsschulen bezog. Da begann sie ihre Antworten zu geben, und ich hörte ihr zu. Mein Freund aber schaute derweilen ihrem Bruder ins Gesicht und betrachtete seine Schönheit und hörte ihr nicht zu. Da sie ihn jedoch hinter dem Vorhange beobachten konnte, so wandte sie sich, als sie zu Ende gesprochen hatte, zu ihm und sprach: ‚Mir scheint, du bist einer von denen, die den Männern den Vorzug vor den Frauen geben.' ‚Freilich', antwortete er; und als sie ihn fragte: ‚Weshalb?' fuhr er fort: ‚Weil Allah das Männliche höher gestellt hat als das Weibliche.' – –«

Da bemerkte Schehrezâd, daß der Morgen begann, und sie hielt in der verstatteten Rede an. Doch als die *Vierhundertundzwanzigste Nacht* anbrach, fuhr sie also fort: »Es ist mir berichtet worden, o glücklicher König, daß der Scheich erwiderte: ‚Weil Allah das Männliche höher gestellt hat als das Weib-

1. In Nordsyrien.

liche; ich aber liebe das, was übertrifft, nicht das, was übertroffen wird.' Da lachte sie und fragte alsbald: ‚Willst du in der Disputation ehrlich mit mir verfahren, wenn ich mit dir über diese Frage einen Wortstreit ausfechte?' ‚Jawohl', antwortete er; und sie fuhr fort: ‚Welchen Beweis hast du für die Überlegenheit des Männlichen über das Weibliche?' Er entgegnete: ‚Den Beweis der Überlieferung und den Beweis des Verstandes. Der Beweis der Überlieferung gründet sich auf die Heilige Schrift und auf die Tradition über den Propheten. In der Heiligen Schrift stehen die Worte des Hocherhabenen: ‚Die Männer stehen über den Frauen wegen dessen, was Allah den einen vor den anderen vorausgegeben hat'[1], und ferner Seine Worte: ‚Wenn nicht zwei Männer vorhanden sind, so sollen es ein Mann und zwei Frauen sein'[2], und ferner Seine Worte über die Erbfolge: ‚Und wenn die Geschwister Männer und Frauen sind, so soll ein Mann so viel erhalten wie zwei Frauen.'[3] So hat Allah, der Hochgepriesene und Erhabene, an diesen Stellen dem Männlichen den Vorzug gegeben über das Weibliche, und Er hat kundgetan, daß eine Frau halb soviel ist wie ein Mann, weil er würdiger ist als sie. Was nun die Tradition über den Propheten betrifft, wird nicht von ihm – Allah segne ihn und gebe ihm Heil! – berichtet, daß er das Blutgeld für eine Frau halb so hoch ansetzte wie das für einen Mann? Und schließlich besteht der Verstandesbeweis darin, daß der Mann das Aktive, die Frau das Passive ist.' Darauf erwiderte sie: ‚Du hast gut gesprochen, werter Herr; doch, bei Allah, du hast meinen Beweis wider dich mit deiner eigenen Zunge kundgetan, und du hast einen Grund angeführt, der wider dich, nicht für dich spricht. Es steht doch so, daß Allah, der

1. Sure 4, Vers 38. – 2. Damit ihr Zeugnis gültig sei; Sure 2, Vers 282. – 3. Sure 4, Vers 175.

Hochgepriesene und Erhabene, einzig und allein in der Beschreibung allgemeiner männlicher Eigenschaften den Männern den Vorzug vor den Frauen gegeben hat; und über die herrscht kein Streit zwischen uns. Aber an dieser männlichen Eigenart nehmen das Kind, der Knabe, der Jüngling, der Mann und der Greis in gleicher Weise teil; darin unterscheiden sie sich nicht. Wenn also der Vorzug nur in dieser männlichen Eigenart besteht, so müßte dein Herz sich ebenso sehr dem Greise zuneigen, wie es sich dem Knaben zuneigt, und deine Seele an dem einen das gleiche Gefallen haben wie an dem andern, da ja, soweit es sich um die Männlichkeit handelt, kein Unterschied zwischen beiden besteht. Aber der Streit zwischen uns bezieht sich doch auf die besonderen Eigenschaften, die man erstrebt, das heißt die Annehmlichkeit und die Freude, die der Verkehr bietet; und in dieser Frage hast du keinen Beweis für die Überlegenheit des Jünglings über das Mädchen beigebracht.' Nun entgegnete er ihr: ‚Werte Herrin, weißt du nichts von dem, was den Jüngling in besonderem Maße auszeichnet: des Wuchses Ebenmäßigkeit, die Wange im Rosenkleid, des Lächelns Feinheit und der Rede Reinheit? Die Jünglinge sind in dieser Beziehung den Mädchen überlegen; ja, dafür liegt sogar ein Beweis in dem, was über den Propheten – Allah segne ihn und gebe ihm Heil! – überliefert wird; denn er hat gesagt: ‚Lasset eure Augen nicht auf den bartlosen Jünglingen verweilen; denn dadurch gewinnet ihr einen kurzen Blick auf die schwarzäugigen Paradiesesjungfrauen!' Die Überlegenheit des Jünglings über das Mädchen ist doch keinem Menschen unbekannt, und wie trefflich sind die Worte, die Abu Nuwâs dafür fand:

> *Die kleinste seiner guten Eigenschaften ist,*
> *Daß du vor Unreinheit und Kindbett sicher bist.*

Desgleichen die Worte eines anderen Dichters:

> *Es sagte der Imam Abu Nuwâs, der allen*
> *Den Rang ablief als Lüstling und als Lebemann:*
> *Die ihr den Wangenflaum der Knaben liebt, ihr kostet*
> *An Freuden, was das Paradies nicht bieten kann!*

Auch wenn ein Dichter sich im Lob einer Jungfrau ergeht und ihren Wert durch die Aufzählung ihrer schönen Eigenschaften erhöhen will, so vergleicht er sie einem Jüngling.' – –«

Da bemerkte Schehrezâd, daß der Morgen begann, und sie hielt in der verstatteten Rede an. Doch als die *Vierhundertundeinundzwanzigste Nacht* anbrach, fuhr sie also fort: »Es ist mir berichtet worden, o glücklicher König, daß der Scheich weiter sprach: ‚Auch wenn ein Dichter sich im Lobe einer Jungfrau ergeht und ihren Wert durch die Aufzählung ihrer schönen Eigenschaften erhöhen will, so vergleicht er sie einem Jüngling; denn der ist aller trefflichen Eigenschaften Hort, und von ihm gilt das Dichterwort:

> *Sie ist dem Knaben gleich und wiegt sich in den Hüften,*
> *Wie sich das schwanke Reis im Zephirwinde wiegt.*

Wenn der Jüngling nicht trefflicher und schöner wäre, so wäre doch die Jungfrau nicht mit ihm verglichen worden. Wisse auch – Allah der Erhabene beschütze dich! –, daß der Jüngling leicht gelenkt werden kann; denn er paßt sich den Wünschen an; er hat schöne Eigenschaften, und mit ihm läßt sich trefflich leben; denn er ist eher geneigt, zu willfahren als zu widerstreben, zumal wenn der zarte Flaum auf seiner Wange sprießt, wenn seine Oberlippe sich dunkel färbt und wenn der rote Jugendglanz in seinem Antlitz leuchtet, so daß er dem Monde gleicht, der zur Fülle kam.

Und wie schön sind die Worte von Abu Tammâm:

> *Verleumder sprachen: Haar wächst ihm auf seiner Wange!*
> *Ich sagte: Redet nicht; das kann kein Fehler sein!*
> *Als er in Hüften dastand, die ihn niederzogen,*
> *Mit dunkler Lippe über der Zähne Perlenreihn,*
> *Und als die Rose schwor mit feierlichem Eide,*
> *Ihr Wunder solle nie von seinen Wangen fliehn,*
> *Da sprach ich ohne Worte zu ihm mit meinen Lidern,*
> *Und Antwort war das Wort, das seine Brauen liehn.*
> *Ach, seine Schönheit ist das Schönste, was du sahest;*
> *Sein Wangenflaum beschützt ihn gegen jeden Feind,*
> *Und seine Reize strahlen im schönsten, reinsten Lichte,*
> *Wenn sich der zarte Flaum mit dunkler Lippe eint.*
> *Und wenn mich einer schmäht, der meine Liebe kennt,*
> *So sagt er doch: ‚Sein Freund‘, wenn er uns beide nennt.*

Und wie trefflich sprach el-Harîri:

> *Die Tadler sagten wohl: Wie kannst du ihn nur lieben?*
> *Sieh doch auf seinen Wangen den Haarwuchs ringsumher!*
> *Ich sagte drauf: Bei Gott, erblickte nur mein Spötter*
> *Die Treu in seinen Augen, er spräche so nicht mehr.*
> *Und wer im Lande wohnt, das kein Gewächs mehr hat,*
> *Wie zöge der von dannen, wenn der Frühling naht?*

Und ein anderer sprach:

> *Die Tadler sprachen von mir: Er hat sich getröstet! Sie lügen.*
> *Wer heiße Sehnsucht empfindet, kann keinem Troste sich fügen.*
> *Die einsame Rose der Wange ließ mich keinen Trost mehr finden;*
> *Wie sollte ich mich trösten, da Myrten die Rose umwinden?*

Und wieder ein anderer:

> *Der Schlanke, dessen Blick und Wangenflaum*
> *Wetteifern, um den Menschen Tod zu bringen,*
> *Vergoß das Blut mit dem Narzissenschwert,*
> *Um dessen Scheide Myrtenzweige hingen.*

Und noch ein anderer:

> *Von seinem roten Wein bin ich nicht trunken worden;*
> *Nein, seine Locken brachten den Menschen Rauschestraum.*

Die Reize stritten miteinander, bis ein jeder
Von ihnen nur begehrte, er wär sein Wangenflaum.

Solches sind die Vorzüge des Jünglings, die den Frauen nicht gegeben sind, und sie genügen, um ihm vor jenen Vorzug und höheren Ruhm zu gewähren.' Darauf erwiderte sie: ‚Allah der Erhabene verleihe dir Gesundheit! Du hast dir selbst diesen Wortstreit auferlegt; du hast gesprochen und hast die Sache nicht kurz gemacht, und du hast diese Beweise für das, was du sagtest, beigebracht. Jetzt ist die Wahrheit offenbar geworden, drum schweife du nicht von ihrem Pfade zur Seite; und wenn du mit einem Überblick über die Beweise nicht zufrieden bist, so wisse, daß ich sie dir gern einzeln unterbreite. Ich bitte dich, wie kann ein Jüngling je den Rang der Jungfrau erreichen? Wer will das Böcklein mit der Kitze vergleichen? Die Jungfrau hat sanfter Rede Gewalt und eine wunderschöne Gestalt; sie gleichet einem Basilikumreis, und ihre Zähne sind wie die Kamille so weiß; sie hat Zöpfe, die wie Halftern hangen, wie Anemonen sind ihre Wangen; ihr Antlitz ist wie ein Äpfelein, und ihre Lippe ist süß wie Wein; ihre Brust ist dem Granatapfel gleich, und ihre Gestalt ist wie ein Zweig so weich. Sie hat einen Wuchs, in dem das Ebenmaß waltet, und ihr Leib ist wohlgestaltet; sie ist wie die Schneide des glitzernden Schwertes so schmal und fein, ihre Stirn ist blütenrein; sie hat zusammengewachsene Brauen, unter denen tiefschwarze Augen schauen. Wenn sie spricht, so fallen aus ihrem Munde Perlen von junger Pracht, und durch die Zierlichkeit ihres Geistes werden die Herzen zur Liebe entfacht. Wenn sie lächelt, so scheint es, als sende der Vollmond Strahlen von ihren Lippen empor; und wenn sie blickt, so blitzen Schwerter aus ihren Augen hervor. In ihr sind alle Reize vollendet; sie ist es, zu der sich jeder Forteilende und Verweilende wendet. Sie hat zwei rahmweiche rote Lippen, die geben dir süßesten Honig zu nippen.' – –«

Da bemerkte Schehrezâd, daß der Morgen begann, und sie hielt in der verstatteten Rede an. Doch als die *Vierhundertundzweiundzwanzigste Nacht* anbrach, fuhr sie also fort: »Es ist mir berichtet worden, o glücklicher König, daß die Predigerin, als sie die schöne Maid beschrieb, sagte: ‚Sie hat zwei rahmweiche rote Lippen, die geben dir süßesten Honig zu nippen.' Dann fügte sie noch hinzu: ‚Ihr Busen ist gleichwie zwischen Bergen ein Pfad, der zwei Brüste wie Elfenbeinkästchen hat; ihr Leib ist zart und weich, einer frischen Blume gleich, auf dem sich die Fältchen biegen und aneinander schmiegen; sie hat zwei runde Lenden, als wären sie Säulen, die aus Perlen beständen; ihre wogenden Hüften gleichen einem kristallenen Meer oder Lichtgebirgen hehr; sie hat zwei Füße und zwei Hände so hold, als wären sie Barren aus reinem Gold. Du armer Tropf, fürwahr, was sind die sterblichen Männer im Vergleich zu der Feenschar? Weißt du nicht, daß die Könige, die Leiter im Heer, und die Fürsten von hoher Ehr, sich immerdar neigen vor den Frauen und auf die Freude ihrer Gunst vertrauen? Drum dürfen sie sagen: ‚Wir beherrschen die Nacken vollkommen, und wir haben die Herzen gefangen genommen!' Wie manchen Reichen haben die Frauen arm gemacht, wie manchen Mächtigen ins Elend gebracht, wie manchen vornehmen Herrn zwängten sie in Dienertracht! Die Frauen haben schon oft die Weisen bestrickt und die Frommen in Schande geschickt, die reichen Leute der Not preisgegeben und die elend gemacht, die sonst im Wohlstand leben. Und trotzdem pflegen die Weisen ihnen immer noch mehr Liebe und Verehrung zu zollen, ohne daß sie solches als Schmach und Schande rechnen wollen. Wie mancher Mensch hat um ihretwillen sich seinem Schöpfer widersetzt und seinen Vater und seine Mutter aufs tiefste verletzt! Und das alles, weil die Liebe zu ihnen die Herzen erobert. Weißt du nicht, du armer Tropf, daß man Schlösser für sie erbaut und sie der Geborgenheit hinter den Vorhängen anvertraut, daß man Sklavinnen für sie gewinnt und daß die Träne um sie rinnt? Für sie pflegt man duftenden Moschus zu bereiten, dazu Ambra und Kostbarkeiten. Man sammelt die Heere um ihretwegen und pflegt Landschlösser für sie anzulegen, Reichtümer zusammenzutragen und Häupter abzuschlagen. Wer da sagte: ‚Die Frau bedeutet die Welt‘, der hat wahrlich recht. – Was du aber aus der heiligen Überlieferung angeführt hast, das ist ein Beweis gegen dich, nicht für dich. Der Prophet – Allah segne ihn und gebe ihm Heil! – hat zwar gesagt: ‚Lasset eure Augen nicht auf den bartlosen Jünglingen verweilen; denn dadurch gewinnet ihr einen kurzen Blick auf die schwarzäugigen Paradiesesjungfrauen.‘ Da hat er die Jünglinge mit den Huris verglichen. Nun ist aber ohne Zweifel das, mit dem verglichen wird, von höherem Werte als das, was verglichen wird. Wenn also die Frauen nicht von höherem Werte und schöner wären, so hätte er nicht die anderen Wesen mit ihnen verglichen. Wenn du weiter sagst, das Mädchen würde mit dem Jüngling verglichen, so ist das nicht richtig; nein, im Gegenteil, der Jüngling wird mit dem Mädchen verglichen, und man sagt: der Knabe dort ist wie ein Mädchen. Die Zeugnisse aus den Dichtern jedoch, denen du Beweiskraft beimißt, entspringen einer Wesensart, die in dieser Hinsicht unnatürlich ist. Denn von den sündigen Wüstlingen und lasterhaften Lüstlingen, die Allah der Erhabene in Seinem hehren Buche verdammt und denen Er ihr liederliches Tun zum Vorwurf macht, heißt es: ‚Gehet ihr zu den Männern unter der Menschheit und verlasset eure Frauen, die euer Herr für euch geschaffen hat? Wahrlich, ihr seid ein sündig Volk!'[1] Solche Leute sind es, die das Mädchen mit dem Knaben vergleichen, im Übermaße ihrer Verworfenheit und Gottlosigkeit, immer der eigenen Lust und dem Teufel zu folgen bereit, so daß sie gar gesagt haben: Sie taugt für beides zusammen. Aber sie schweifen vom Wege des Rechtes unter den Menschen ab, wie denn ihr Oberster, Abu Nuwâs, dem Ausdruck gab:

> *Die schlanke Maid, die einem Knaben gleicht,*
> *Taugt für den Wüstling und den Ehebrecher.*

Und wenn du ferner sagst, es sei schön, wenn der Wangenflaum sprößt und die Oberlippe sich dunkel färbt, und dadurch werde die Schönheit und Lieblichkeit des Knaben noch erhöht, so tust du wiederum den rechten Weg in den Bann, und du behauptest, was nicht bewiesen werden kann; denn der Wangenflaum verwandelt die Reize der Schönheit in Häßlichkeit.' Und dafür hatte sie diese Verse bereit:

> *Auf seinem Antlitz wuchs das Haar und nahm die Rache*
> *Des Liebenden an ihm, als er ihm unrecht tat.*
> *Ich hab auf seinem Antlitz keinen Rauch gesehen,*
> *Obwohl er Lockenhaare gleichwie Kohlen hat.*
> *Und ist sein ganzes Blatt[2] nun auch noch schwarz bekritzelt,*
> *An welche Stätte, meint ihr, schreibt das Rohr noch hin?*
> *Doch wenn sie einen solchen über andre stellen,*
> *So ist das weiter nichts als urteilsloser Sinn.*

Als sie diese Verse beendet hatte, sprach sie zu dem Manne: ,Preis sei Allah dem Allmächtigen!' – –«

Da bemerkte Schehrezâd, daß der Morgen begann, und sie hielt in der verstatteten Rede an. Doch als die *Vierhundertunddreiundzwanzigste Nacht* anbrach, fuhr sie also fort: »Es ist mir

---

1. Sure 26, Vers 165, 166. – 2. Das ist: seine Haut im Gesicht.

berichtet worden, o glücklicher König, daß die Predigerin, als sie diese Verse beendet hatte, zu dem Manne sprach: ‚Preis sei Allah dem Allmächtigen! Wie kann es dir verborgen sein, daß die Vollkommenheit der Lust nur bei den Frauen zu finden ist und daß die dauernde Freude nur durch sie gewährt wird? Hat doch Allah, der Hochgepriesene und Erhabene, den Propheten und Heiligen schwarzäugige Jungfrauen im Paradiese versprochen und sie ihnen zum Lohn für ihre frommen Werke bestimmt. Hätte Allah der Erhabene gewußt, daß die wahre Lust bei anderen Wesen als den Frauen zu finden wäre, so hätte Er sie damit belohnt und ihnen solche versprochen. Und auch der Prophet – Allah segne ihn und gebe ihm Heil! – hat gesagt: ‚Der Dinge, die ich in eurer Welt am liebsten habe, sind drei: die Frauen, die Wohlgerüche und mein Augentrost im Gebet.' Allah hat für seine Propheten und Heiligen im Paradiese die Knaben nur zu Dienern gemacht; denn das Paradies ist die Stätte der Freude und der Lust, und die wären nicht vollkommen ohne den Dienst der Jünglinge. Doch sie zu anderem als zum Dienste zu gebrauchen, ist Verworfenheit und Schlechtigkeit, und diesem Gedanken hat der Dichter treffliche Verse geweiht:

> ‚*Des Mannes Sehnsucht nach dem Rücken ist ein Rückgang;*
> *Doch wer die freie Frau liebt, ist ein freier Mann.*
> *Wie schön ergeht es dem, der bei dem Schwarzaug nächtigt,*
> *Der Gattin, deren Blick ihm Seligkeit gewann.*'[1]

Dann schloß sie mit den Worten: ‚Ihr Leute, ihr habt mich herausgetrieben aus den Regeln der Sittsamkeit und aus den Grenzen edler Weiblichkeit, so daß ich häßliche Worte in den

---

[1]. In fünf weiteren ‚trefflichen Versen' werden diese Dinge noch näher ausgeführt; doch diese Verse sind so abstoßend, daß sie sich etwa nur mit Juvenals lateinischen Versen wiedergeben ließen.

Mund genommen, die den Weisen nicht frommen. Doch in den Herzen derer, die edelgeboren, sind die Geheimnisse wie in Gräbern verloren; solche Gespräche müssen vertraulich sein, und für die Beurteilung der Taten treten die Absichten ein. Ich flehe um Vergebung zu Allah dem Allmächtigen für mich und für euch und für alle Muslime desgleichen, zu Ihm, dem Vergebenden und Erbarmungsreichen.' Darauf schwieg sie und gab uns keinerlei Antwort mehr. Nun machten wir uns auf und verließen sie, erfreut über den Nutzen, den wir durch den Wortstreit mit ihr empfingen, aber traurig, daß wir nun von ihr gingen.

Ferner erzählt man

DIE GESCHICHTE VON ABU SUWAID UND DER SCHÖNEN GREISIN

Abu Suwaid berichtete: Es traf sich eines Tages, daß ich mit einer Freundesschar in einen Garten ging, um einige Früchte zu kaufen. Da sahen wir in einer Ecke jenes Gartens eine alte Frau, die ein schönes Antlitz hatte; doch ihr Haar war schon weiß geworden, und sie kämmte es mit einem Kamme aus Elfenbein. Wir blieben bei ihr stehen; aber sie kümmerte sich nicht um uns und verschleierte auch nicht ihr Gesicht. Ich sprach zu ihr: ‚Du Greisin, wenn du dir dein Haar schwarz färben würdest, so wärest du noch schöner als ein junges Mädchen; was hindert dich denn daran?' Nun hob sie den Kopf zu mir empor – –«

Da bemerkte Schehrezâd, daß der Morgen begann, und sie hielt in der verstatteten Rede an. Doch als die *Vierhundertundvierundzwanzigste Nacht* anbrach, fuhr sie also fort: »Es ist mir berichtet worden, o glücklicher König, daß Abu Suwaid des weiteren erzählte: Als ich diese Worte an die Alte gerichtet hatte, hob sie den Kopf zu mir empor, öffnete die Augen weit und trug diese beiden Verse vor:

> *Ich färbte, was die Zeiten färbten. Was ich färbte,*
> *War nicht von Dauer; doch es blieb der Jahre Färben.*
> *Als ich noch einst im Kleid der Jugend stolz einherschritt,*
> *Da konnt ich vorn wie hinten Freude mir erwerben.*

Ich erwiderte ihr: ‚Vortrefflich, du edle Greisin! Wie aufrichtig warst du in deiner Sehnsucht nach verbotenem Gut, und wie verlogen wärest du, wenn du behauptetest, dich reue der Übermut!'

Und ferner wird auch erzählt

DIE GESCHICHTE VON DEM EMIR 'ALÎ IBN MOHAMMED UND DER SKLAVIN MUNIS

Einst wurde dem 'Alî ibn Mohammed ibn 'Abdallâh ibn Tâhir eine Sklavin zum Kauf angeboten, die den Namen Munis trug; und die war eine treffliche, feingebildete Jungfrau, die auch zu dichten verstand. Er fragte sie: ‚Wie heißest du, Mädchen?' Sie antwortete: ‚Allah stärke die Macht des Emirs! Ich heiße Munis.' Freilich hatte er ihren Namen schon früher erfahren; nun senkte er sein Haupt eine Weile, dann hob er es wieder zu ihr empor und sprach diesen Vers:

> *Was sagst du nur von dem, an dem die Krankheit frißt*
> *Um deiner Liebe willen, so daß er ratlos ist?*

Und sie erwiderte: ‚Allah stärke die Macht des Emirs!' und sprach diesen Vers:

> *Wenn wir den, der liebt, in seinem schweren Leid*
> *Der Liebe schaun, so sei ihm unsre Huld geweiht!*

Da sie ihm gefiel, kaufte er sie um siebenzigtausend Dirhems, und er zeugte mit ihr den 'Obaidallâh ibn Mohammed, einen Mann, der viele treffliche Eigenschaften besaß.

Von Abu el-'Ainâ ward erzählt

DIE GESCHICHTE VON DEN BEIDEN FRAUEN UND IHREN GELIEBTEN

Er berichtete: Nahe bei uns in der Straße wohnten zwei Frauen, von denen die eine einen Mann, die andere aber einen bartlosen Jüngling zum Geliebten hatte. Eines Nachts kamen die beiden auf dem Dache der einen von ihnen, das sich neben meinem Hause befand, zusammen, ohne zu ahnen, daß ich dort war. Da sprach die Geliebte des Jünglings zu der anderen Frau: ‚Schwester, wie kannst du seinen stacheligen Bart ertragen, wenn er dich küßt und wenn dann sein Kinnbart dir auf die Brust fällt, sein Schnauzbart aber dir in Lippen und Wangen dringt?' ,O du Törin,' erwiderte die andere, ‚ist nicht der Baum nur dann schön, wenn er Laub trägt, und die Gurke nur dann, wenn sie Stachelflaum hat? Hast du je etwas Häßlicheres in der Welt gesehen als einen Kahlkopf, dem der Bart ausfällt? Weißt du nicht, daß der Bart für den Mann das gleiche ist, was die Schläfenlocken für die Frau sind? Was für ein Unterschied besteht denn zwischen Schläfe und Kinn? Weißt du nicht, daß Allah, der Hochgepriesene und Erhabene, im Himmel einen Engel erschaffen hat, der da spricht: Preis sei Ihm, der die Männer mit Bärten geschmückt hat und die Frauen mit Schläfenlocken? Wären die Bärte den Locken an Schönheit nicht gleich, so hätte er sie nicht zusammen genannt! Du Törin, wie könnte ich daran denken, mich unter einen Knaben zu betten, der eilig sein Werk tut und schnell erschlafft? Und von einem Manne zu lassen, der, wenn er Atem holt, mich umfaßt; wenn er eindringt, gemach handelt; wenn er fertig ist, wiederkehrt; wenn er sich bewegt, vortrefflich ist; und sooft er sein Werk beendet hat, wieder von neuem beginnt?' Ihre Worte waren eine Mahnung für die Geliebte des Knaben, und so sprach sie: ‚Ich schwöre meinem Geliebten ab, beim Herrn der Kaaba!'

Ferner wird erzählt

DIE GESCHICHTE VON DEM KAUFMANNE 'ALÎ AUS KAIRO

Einst lebte in der Stadt Kairo ein Kaufherr, der viel Geld und Gut, Edelsteine, Goldbarren und unzählbare Ländereien besaß; der hieß Hasan, der Juwelier aus Baghdad. Ferner hatte Allah ihm einen Sohn geschenkt, der von schönem Antlitz und ebenmäßigem Wuchse war; rosig leuchtete seiner Wangen Paar; ja, er war von wunderbarer Vollkommenheit und von strahlender Lieblichkeit. Dem hatte er den Namen 'Alî aus Kairo gegeben; und er hatte ihn im Koran, in den Wissenschaften, in der Beredsamkeit und aller feinen Bildung unterrichten lassen. So war er zu einem Jüngling herangewachsen, der sich in allen Wissenschaften auszeichnete; im Kaufmannsberufe aber stand er unter seines Vaters Hand. Nun begab es sich, daß sein Vater von einer Krankheit befallen ward, die ihn immer schwerer bedrängte; wie er aber des Todes gewiß war, rief er seinen Sohn zu sich. – –«

Da bemerkte Schehrezâd, daß der Morgen begann, und sie hielt in der verstatteten Rede an. Doch als die *Vierhundertundfünfundzwanzigste Nacht* anbrach, fuhr sie also fort: »Es ist mir berichtet worden, o glücklicher König, daß der Kaufherr, der Juwelier aus Baghdad, als er in seiner Krankheit des Todes gewiß war, seinen Sohn 'Alî aus Kairo zu sich rief und zu ihm sprach: ‚Mein Sohn, diese Welt vergeht, und nur das Jenseits besteht, und jede Seele muß den Tod kosten. Nunmehr, mein Sohn, ist die Zeit meines Scheidens nahe gekommen; darum will ich dir eine Ermahnung ans Herz legen. Wenn du nach ihr handelt, so wirst du immerdar in Glück und Frieden leben, bis du vor Allah den Erhabenen trittst; befolgst du sie aber nicht, so wirst du viel Mühsal erdulden müssen, und dann wirst du es bereuen, meine Mahnung mißachtet zu haben.' Sein Sohn erwiderte ihm: ,Väterchen, wie könnte ich auf deine Ermahnung nicht hören und nicht nach ihr handeln? Es ist doch meine Pflicht, dir zu gehorchen, und es liegt mir ob, auf deine Worte zu hören!' Dann fuhr der Vater fort: ,Mein Sohn, ich hinterlasse dir Ländereien, Häuser und Waren und so unermeßlich großen Reichtum, daß all dies, wenn du auch jeden Tag fünfhundert Dinare davon ausgeben würdest, sich dir doch in keiner Weise vermindern würde. Doch, mein Sohn, achte darauf, daß du Allah fürchtest und daß du dem auserwählten Propheten – Gott segne ihn und gebe ihm Heil! – in allem, was von ihm überliefert ist und was er in seiner Satzung geboten und verboten hat, nachfolgest! Sei beständig im Wohltun und im Almosengeben und pflege stets den Umgang mit den guten, rechtschaffenen und weisen Männern! Sorge für die Armen und Bedürftigen, meide den Geiz und die Habgier und den Umgang mit schlechten und verdächtigten Menschen! Schau mit Güte auf deine Diener und die Deinen, und auch auf deine Frau; denn sie gehört zu den Töchtern der Vornehmen, und sie trägt ein Kind von dir unter dem Herzen; möge Allah dir durch sie rechtschaffene Nachkommen gewähren!' So gab er ihm unablässig viele Ermahnungen; und dabei weinte er und sagte: ,Mein Sohn, ich flehe zu Allah, dem allgütig Waltenden, dem Herrn des Thrones, dem allmächtig Schaltenden, daß er dich aus allen Nöten, die dich betreffen könnten, befreie und dir seine rasche Hilfe gewähre.' Da weinte der Sohn bitterlich und sprach: ,Lieber Vater, bei Allah, diese Worte zerreißen meine Seele; denn du sprichst, als nähmest du Abschied.' ,Ja, mein Sohn,' erwiderte der Vater, ,ich weiß, wie es um mich steht. Vergiß du meine Mahnung nicht!' Darauf begann der Kaufmann das Glaubensbekenntnis zu sprechen und Koranverse zu sagen, bis die bestimmte Stunde da war; dann sprach er zu seinem Sohne: ,Tritt nahe zu mir, mein Sohn!' Nun trat 'Alî nahe zu ihm: der Vater küßte den Sohn und tat den letzten Seufzer. Seine Seele entfloh seinem Körper, und er ging ein zur Barmherzigkeit Allahs des Erhabenen. Da ward der Sohn von tiefer Trauer ergriffen, und in seinem Hause erschollen die Klagerufe. Alsbald kamen auch die Freunde seines Vaters zu ihm, und er begann alles zur Bestattung herzurichten; dann führte er die Leiche in stattlichem Zuge hinaus. Sie ward zum Gebetsplatze getragen, und nachdem das Gebet über ihr gesprochen war, ward sie zum Friedhof geleitet. Dort ward sie zur Erde bestattet, und über dem Grabe wurden die geziemenden Sprüche des hochherrlichen Korans gesprochen. Darauf kehrten alle zum Sterbehause zurück; die Freunde sprachen dem Sohn ihre Teilnahme aus, und ein jeder ging seiner Wege. 'Alî aber ließ die Freitagsgebete und die Koranlesungen für den Verstorbenen abhalten, vierzig Tage lang, während er im Hause blieb und es nur verließ, wenn er zum Betplatze ging; und jeden Freitag besuchte er das Grab seines Vaters. Lange Zeit hindurch ließ er nicht ab, zu beten und Koranverse zu sprechen und sich der Andacht hinzugeben, bis schließlich seine Freunde von den Söhnen der Kaufleute zu ihm kamen, ihn grüßten und sprachen: ,Wie lange soll diese Trauer, die du hältst, noch dauern? Wie lange willst du deinen Geschäften, deinem Kaufmannsberuf und dem Verkehr mit deinen Freunden entsagen? Fürwahr, dies ist ein Tun, das dich ermüden und aus dem deinem Leibe großer Schaden erwachsen wird.' Doch wie sie so bei ihm waren, war auch der verfluchte Teufel unter ihnen, der ihnen einflüsterte; und währenddem sie ihn zu überreden suchten, mit ihnen zum Basar zu gehen, versuchte der Teufel ihn so lange, ihnen nachzugeben, bis er einwilligte, mit ihnen das Haus zu verlassen. – –«

Da bemerkte Schehrezâd, daß der Morgen begann, und sie hielt in der verstatteten Rede an. Doch als die *Vierhundertundsechsundzwanzigste Nacht* anbrach, fuhr sie also fort: »Es ist mir berichtet worden, o glücklicher König, daß die Söhne der Kaufleute, als sie zu dem Kaufmann 'Alî aus Kairo, dem Sohn des Kaufmannes Hasan, des Juweliers, eingetreten waren, ihn zu überreden suchten, mit ihnen zum Basar zu gehen, bis er ihnen nachgab, wie es nach dem Willen Allahs, des Hochgepriesenen und Erhabenen, geschah, und mit ihnen das Haus verließ. Da sprachen sie zu ihm: ,Besteig dein Maultier und begib dich mit uns in den Garten dort, auf daß wir uns in ihm ergehen und dein Kummer und Gram von dir weiche!' So bestieg er denn sein Maultier, nahm seinen Sklaven mit sich und begab sich mit ihnen zu dem Garten, den sie im Sinne hatten. Als sie dort ankamen, ging einer von ihnen hin, bereitete ihnen das Mahl und brachte es ihnen in den Garten. Sie aßen und waren guter Dinge und saßen plaudernd zusammen, bis der Tag zu Ende war; darauf bestiegen sie ihre Reittiere und kehrten heim. Ein jeder von ihnen begab sich in sein Haus und blieb dort über Nacht. Doch als es Morgen ward, kamen sie wieder zu 'Alî und sprachen: ,Komm mit uns!' ,Wohin denn?' fragte er. Sie erwiderten: ,In den und den Garten; der ist noch schöner und lieblicher als der erste.' Da saß er auf und begab sich mit ihnen zu dem Garten, den sie im Sinne hatten; und als sie dort waren, ging einer von ihnen hin, bereitete ihnen das Mahl und brachte es ihnen in den Garten; zugleich aber brachte er auch berauschenden Wein. Als sie dann gegessen hatten, holten sie den

Wein herbei und sprachen zu 'Alî: ‚Dies ist das, was die Trauer verscheucht und die Freude bringt.' Und sie redeten ihm so lange zu, bis sie ihn in ihre Gewalt gebracht hatten; da trank er mit ihnen, und sie blieben plaudernd und zechend zusammen, bis der Tag zu Ende war. Dann begaben sich alle nach Hause. Doch 'Alî aus Kairo war vom Weine berauscht, und als er in diesem Zustand zu seiner Frau eintrat, sprach sie zu ihm: ‚Was ist es mit dir, daß du so anders aussiehst?' Er gab ihr zur Antwort: ‚Wir waren heute fröhlich und guter Dinge; und da brachte uns einer von unseren Freunden ein Wasser. Meine Freunde tranken davon, und ich trank mit ihnen, und nun bin ich so berauscht geworden.' Sein Weib aber sprach zu ihm: ‚Mein Gebieter, hast du schon deines Vaters Ermahnung vergessen und das getan, was er dir verboten hat, indem du dich zu verdächtigen Menschen gesellest?' Er entgegnete ihr: ‚Die sind doch Söhne der Kaufleute, keine verdächtigen Menschen; sie sind nur Freunde der Heiterkeit und des Frohsinns!' So führte er denn dies Leben mit seinen Kumpanen weiter, Tag für Tag, indem sie von Stätte zu Stätte zogen, schmausend und zechend, bis sie zu ihm sprachen: ‚Jetzt sind wir alle an der Reihe gewesen, und nun kommst du an die Reihe.' Er antwortete ihnen: ‚Willkommen, herzlich willkommen!' Und am nächsten Morgen rüstete er alles, was an Speise und Trank für das Gelage nötig war, doppelt soviel, als sie hergerichtet hatten; er nahm Köche und Hausdiener und Kaffeebereiter mit sich, und sie begaben sich zur Nilinsel er-Rôda und zum Nilmesser.[1] Dort blieben sie einen ganzen Monat bei Speise und Trank und Saitenklang und Fröhlichkeit. Als aber der Monat verflossen war, bemerkte 'Alî, daß er eine beträchtliche Summe Geldes ausgegeben hatte; doch der verfluchte Teufel verblen-

1. Ein beliebter Ausflugsort bei Kairo.

dete ihn, indem er ihm einflüsterte: ‚Wenn du auch jeden Tag ebensoviel ausgäbest, wie du ausgegeben hast, dann würde deines Besitzes doch nicht weniger werden.' So achtete er denn nicht auf die Ausgaben und führte das gleiche Leben drei Jahre lang, obwohl seine Frau ihm guten Rat gab und ihn an das Vermächtnis seines Vaters erinnerte; doch er hörte nicht auf ihre Worte, bis schließlich alles bare Geld, das ihm gehörte, aufgebraucht war. Da nahm er von den Juwelen, verkaufte sie und gab den Erlös aus, bis er alles verschwendet hatte; darauf begann er die Häuser und die Grundstücke zu verkaufen, bis ihm keins mehr verblieb. Und als die zu Ende waren, fing er an, die Landhöfe und die Gärten zu verkaufen, einen nach dem anderen, bis auch sie alle dahingeschwunden waren und ihm nichts mehr übrig geblieben war als das Haus, in dem er wohnte. Da riß er die Marmorplatten und das Holzwerk aus dem Hause heraus und verschwendete den Erlös dafür, bis er alles dahingegeben hatte. Als er nun über sich nachdachte und fand, daß er nichts mehr besaß, das er ausgeben konnte, verkaufte er das Haus und verschwendete den Erlös dafür. Da aber kam zu ihm der Mann, der das Haus von ihm gekauft hatte, und sprach zu ihm: ‚Suche dir eine andere Stätte; denn ich habe mein Haus nötig!' Wiederum dachte 'Alî über sich nach und fand, daß er nichts besaß, was ein Haus erforderte, sondern nur seine Frau und seinen Sohn und seine Tochter, die sie ihm geboren hatte; denn Diener hatte er nicht mehr, er war mit den Seinen allein. So nahm er sich denn einen Raum an einem der Höfe und wohnte dort, er, dem einst große Dienerscharen, Ehre, Wohlleben und Reichtum zu eigen gewesen waren; und bald hatte er nicht einmal mehr Brot für einen Tag. Da sprach sein Weib zu ihm: ‚Ich habe dich hiervor gewarnt, ich habe dir immer gesagt, du sollest deines Vaters Ermahnung beachten; aber du wolltest nicht auf meine Worte hören. Es gibt keine Macht und es gibt keine Majestät außer bei Allah dem Erhabenen und Allmächtigen! Wovon sollen nun die Kindlein essen? Mache dich auf und gehe umher bei deinen Freunden, den Söhnen der Kaufleute; vielleicht werden sie dir etwas geben, von dem wir uns heute ernähren können!' Er machte sich auf und besuchte seine Freunde, einen nach dem andern. Aber ein jeder von ihnen, zu dem er kam, verbarg sein Angesicht vor ihm und ließ ihn kränkende und schmerzliche Worte hören; kein einziger von ihnen gab ihm etwas. Da kehrte er zu seiner Frau zurück und sprach zu ihr: ‚Sie haben mir nichts gegeben.' Nun begab sie sich zu ihren Nachbarn, um von ihnen etwas zu erbitten. – –«

Da bemerkte Schehrezâd, daß der Morgen begann, und sie hielt in der verstatteten Rede an. Doch als die *Vierhundertundsiebenundzwanzigste Nacht* anbrach, fuhr sie also fort: »Es ist mir berichtet worden, o glücklicher König, daß die Frau 'Alîs aus Kairo, des Sohnes des Kaufherrn Hasan, des Juweliers, als ihr Mann mit leeren Händen zu ihr heimkam, sich zu ihren Nachbarn begab, um von ihnen etwas zu erbitten, mit dem sie an jenem Tage ihr Leben fristen könnten. Sie ging zu einer Frau, die sie in früheren Tagen gekannt hatte; und als sie zu ihr eintrat und jene sah, wie es um sie stand, erhob sie sich, empfing sie freundlich und fragte sie unter Tränen: ‚Was ist euch widerfahren?' Nun erzählte die Arme ihr alles, was ihr Mann getan hatte; da sprach die Nachbarin zu ihr: ‚Willkommen, herzlich willkommen! Alles, was du brauchst, das verlange von mir unentgeltlich!' ‚Allah lohne es dir mit Gutem!' erwiderte die Frau 'Alîs. Und die Nachbarin gab ihr so viel Vorrat, daß sie mit den Ihren einen ganzen Monat davon leben konnte; sie nahm es hin und begab sich zu ihrer Wohnstätte. Als ihr Gatte sie sah, weinte er und fragte sie: ‚Woher hast du das?' Sie antwortete ihm: ‚Von der und der Frau; als ich ihr erzählte, was über uns gekommen ist, hielt sie mit nichts zurück, sondern sie sprach zu mir: ‚Verlange von mir alles, was du brauchst!' Da sagte ihr Gatte zu ihr: ‚Weil du nun dies hast, so will ich mich fortbegeben und mir eine Stätte suchen; vielleicht wird Allah der Erhabene dann die Not von uns nehmen.' Dann nahm er Abschied von ihr, küßte seine Kinder und ging fort, ohne zu wissen, wohin er sich wenden sollte. Er schritt immer weiter dahin, bis er nach Bulak kam; und dort sah er ein Schiff, das nach Damiette fahren wollte. Dort traf ihn ein Mann, der mit seinem Vater befreundet gewesen war; der grüßte ihn und sprach zu ihm: ‚Wohin des Wegs?' 'Alî erwiderte: ‚Nach Damiette; dort habe ich Freunde, die ich besuchen will, um mich nach ihrem Wohlsein zu erkundigen. Dann will ich wieder heimkehren.' Jener Mann nahm ihn mit nach Hause und bewirtete ihn gastlich; auch versah er ihn mit Wegzehrung, gab ihm ein paar Goldstücke und brachte ihn auf das Schiff, das nach Damiette fuhr. Als sie dort ankamen, ging 'Alî an Land; doch er wußte nicht, wohin er sich wenden sollte. Während er so dahinschritt, erblickte ihn ein Kaufmann, und der hatte Mitleid mit ihm und nahm ihn mit nach Hause. Bei ihm blieb 'Alî eine Weile; aber schließlich sagte er sich: ‚Wie lange soll ich in fremder Leute Häusern wohnen?' Darum verließ er das Haus jenes Kaufmanns und suchte sich ein Schiff, das nach Syrien fuhr. Der Mann, bei dem er zu Gaste war, versah ihn mit Wegzehrung und brachte ihn auf jenes Schiff. So reiste er denn weiter, bis er nach Damaskus kam. Als er dort in den Straßen umherging, erblickte ihn ein gütiger Mann, und der nahm ihn mit in sein Haus. Nachdem er bei ihm eine Weile verblieben war, ging er eines Tages aus und sah zufällig eine Karawane, die nach Baghdad zog. Da kam ihm der Gedanke, sich jener Karawane anzuschließen; er kehrte also zu dem Kaufmanne zurück, in dessen Hause er zu Gaste war, nahm Abschied von ihm und zog mit der Karawane fort. Nun machte Allah, der Hochgepriesene und Erhabene, ihm das Herz eines der Kaufleute geneigt, und der nahm ihn zu sich; so konnte 'Alî mit ihm essen und trinken, bis sie nur noch eine Tagereise von Baghdad entfernt waren. Da plötzlich fiel eine Bande von Wegelagerern über die Karawane her, und die nahmen den Kaufleuten all ihre Habe ab. Nur wenige von ihnen konnten entrinnen, und von denen flüchtete ein jeder an eine andere Stätte. 'Alî aus Kairo aber begab sich nach Baghdad, und dort kam er bei Sonnenuntergang an. Kaum hatte er das Stadttor erreicht, da sah er, wie die Torwächter gerade das Tor schließen wollten; darum rief er ihnen zu: ‚Laßt mich zu euch hinein!' Nachdem die ihn zu sich eingelassen hatten, fragten sie ihn: ‚Woher kommst du, und wohin gehst du?' Er gab ihnen zur Antwort: ‚Ich bin ein Mann aus der Stadt Kairo; ich habe bei mir Waren, Maultiere mit Lasten, Sklaven und Diener. Ich bin ihnen vorausgeeilt, um mir eine Stätte zu suchen, an der ich meine Waren lagern könnte; aber wie ich so auf meinem Maultiere vorauftritt, begegnete mir eine Schar von Wegelagerern; die nahmen mir mein Maultier und alle meine Sachen, und ich bin ihnen nur mit genauer Not entkommen.' Die Torwächter nahmen ihn gastlich auf, indem sie sprachen: ‚Sei uns willkommen; übernachte bei uns bis zum Morgen! Dann wollen wir uns nach einer geziemenden Stätte für dich umsehen.' Da suchte er in seiner Tasche nach und entdeckte einen Dinar, der ihm noch übrig geblieben war von jenen, die ihm der Kaufmann in Bulak gegeben hatte; diesen Dinar gab er einem von den Torwächtern mit den Worten: ‚Nimm den, laß ihn wechseln und bring uns etwas zu essen!' Der Mann nahm ihn, ging zum Basar, ließ ihn wechseln und brachte Brot und gekochtes Fleisch; dann aß 'Alî mit den Wächtern und schlief bei ihnen bis zum Morgen. Darauf nahm einer von den Torwächtern ihn mit sich und ging mit ihm zu einem der Kaufherren von Baghdad; dem erzählte 'Alî die gleiche Geschichte, und jener Mann glaubte ihm und war der Meinung, er sei ein Kaufmann und habe Lasten von Waren. So führte er ihn denn in seinen Laden, nahm ihn gastlich auf, sandte nach seinem Hause und ließ ihm ein prächtiges Gewand von seinen eigenen Kleidern bringen; dann führte er ihn ins Badehaus. ‚Ich ging nun', so erzählte 'Alî aus Kairo, der Sohn des Kaufmannes Hasan, des Juweliers, ‚mit ihm ins Badehaus; und als wir wieder herauskamen, nahm er mich mit sich und ging mit mir zu seinem Wohnhause. Dort ließ er uns das Morgenmahl bringen, und wir aßen und waren guter Dinge. Dann rief er einen seiner Sklaven: ‚Mas'ûd, führe diesen deinen Herrn und zeig ihm die beiden Häuser, die da und da stehen; gib ihm die Schlüssel desjenigen der beiden Häuser, das ihm gefällt, und dann komm zurück!' Ich ging also mit dem Sklaven, bis wir zu einer Straße kamen, in der drei Häuser nebeneinander standen, die neuerbaut und noch geschlossen waren. Er öffnete das erste Haus, und ich sah es mir an. Dann gingen wir wieder hinaus und begaben uns zum zweiten Hause; nachdem er auch das aufgemacht hatte, schaute ich mich in ihm um. Als er mich nun fragte: ‚Zu welchem von den beiden soll ich dir die Schlüssel geben?' sagte ich jedoch: ‚Wem gehört das große Haus dort?' Er antwortete: ‚Uns.' Ich fuhr fort: ‚Öffne es, damit wir es uns ansehen können!' Er entgegnete: ‚Das kannst du nicht brauchen.'. Warum denn nicht?' fragte ich weiter, und da erzählte er: ‚Weil es dort spukt. Jeder, der dort nächtigt, ist am andern Morgen tot. Wir öffnen auch nicht einmal die Tür, um den Toten hinauszuschaffen, sondern wir steigen auf das Dach eines der beiden anderen Häuser und holen ihn von dort aus herauf. Darum hat mein Herr es verlassen und gesagt, er wolle es keinem mehr geben.' ,Öffne es doch,' erwiderte ich ihm, ,damit ich es mir ansehen kann!' Denn ich sagte mir in meinem Herzen: ,Das ist es, was ich suche! Ich will dort nächtigen, und dann bin ich morgen früh tot und kann von all dieser Not, die ich leide, ausruhen.' Der Sklave öffnete das Haus, ich trat hinein und sah, daß es ein prächtiges Haus war, das nicht seinesgleichen hatte. Darauf sprach ich zu dem Sklaven: ,Ich wähle nur dies Haus; gib mir die Schlüssel dazu!' Aber er entgegnete mir: ,Ich kann dir die Schlüssel nicht eher geben, als bis ich meinen Herrn um Rat gefragt habe.' – –«

Da bemerkte Schehrezâd, daß der Morgen begann, und sie hielt in der verstatteten Rede an. Doch als die *Vierhundertundachtundzwanzigste Nacht* anbrach, fuhr sie also fort: »Es ist mir berichtet worden, o glücklicher König, daß der Sklave entgegnete: ,Ich kann dir die Schlüssel nicht eher geben, als bis ich meinen Herrn um Rat gefragt habe.' Dann ging er zu seinem Herrn und sprach zu ihm: ,Der ägyptische Kaufmann sagt, er wolle nur in dem großen Hause wohnen.' Da machte der Kaufherr sich auf, ging zu 'Alî aus Kairo und hub an: ,Lieber Herr, du kannst dies Haus nicht brauchen.' Doch 'Alî aus Kairo beharrte darauf: ,Ich will nur darin wohnen; aus diesem Gerede mache ich mir nichts.' Nun sprach der Kaufmann: ,Stelle mir eine Urkunde aus, daß ich nicht für dich verantwortlich bin, wenn dir etwas zustößt!' ,So sei es!' erwiderte 'Alî. Darauf ward ein Zeuge vom Gericht geholt, und 'Alî stellte dem Kaufmann die Urkunde aus; der nahm sie in Empfang und gab dem Ägypter die Schlüssel. Als dieser sie erhalten hatte, ging er in das Haus hinein. Der Kaufmann schickte ihm Bettzeug durch einen Sklaven, und der breitete ein Bett auf der Bank hinter der Tür aus[1] und kehrte heim. Nun ging 'Alî aus Kairo alsbald hinein und fand zuerst im Hofe des Hauses einen Brunnen, an dem ein Eimer aus Binsen hing; den ließ er in den Brunnen hinab, und nachdem er ihn gefüllt wieder heraufgezogen hatte, vollzog er die religiöse Waschung und sprach die ihm obliegenden Gebete. Dann setzte er sich eine Weile nieder; da kam auch schon der Sklave mit der Abendmahlzeit aus dem Hause seines Herrn und brachte auch eine Lampe, eine Kerze, einen Leuchter, ein Becken, eine Kanne und einen irdenen Krug; danach ging er fort und begab sich zum Hause seines Herrn. 'Alî aber zündete die Kerze an, speiste, war guter Dinge und sprach das Abendgebet. Dann sagte er sich: ‚Komm, geh doch nach oben, nimm das Bettzeug mit und schlaf dort; da ist es besser als hier.' Also machte er sich auf, nahm das Bett und brachte es nach oben; dort entdeckte er eine prächtige Halle, deren Decke vergoldet und deren Boden und Wände mit buntem Marmor bedeckt waren. Er breitete sein Lager aus und setzte sich nieder, indem er Sprüche aus dem hochherrlichen Koran sprach. Doch ehe er sich dessen versah, rief plötzlich ein Wesen die Worte: ‚O 'Alî, o Sohn des Hasan, soll ich dir das Gold hinabsenden?' Da rief er: ‚Wo ist denn das Gold, das du herabsenden willst?' Kaum hatte er diese Worte gesprochen, da fiel auch schon ein Goldregen auf ihn herab gleich Steinen aus einer Wurfmaschine, und das Gold strömte unablässig, bis die Halle voll war. Als der Goldstrom aufhörte, rief das Wesen wieder: ‚Laß mich frei, auf daß ich meiner Wege gehen kann! Ich habe meinen Auftrag erfüllt, ich habe dir überliefert, was mir für dich anvertraut war.' Doch 'Alî aus Kairo erwiderte:

1. Dort pflegen die Türhüter zu schlafen.

,Ich beschwöre dich bei Allah dem Allmächtigen, tu mir kund, was dieser Goldregen bedeutet!' Da rief die Stimme: ,Wisse, dies Gold ist ein Schatz, der von alters her auf deinen Namen verzaubert war. Zu jedem, der in dies Haus eintrat, pflegten wir zu kommen und zu sagen: ,O 'Alî, o Sohn des Hasan, sollen wir das Gold hinabsenden?' Dann waren die Menschen über unsere Worte erschrocken und schrien, wir aber stürzten auf sie, brachen ihnen das Genick und gingen wieder fort. Doch als du kamst und wir dich bei deinem und deines Vaters Namen riefen und dich fragten: ,Sollen wir das Gold hinabsenden?' da riefst du uns zu: ,Wo ist denn das Gold?' Nun wußten wir, daß es dir gehört, und wir sandten es hinab. Für dich liegt aber auch noch ein Schatz im Lande Jemen, und wenn du dorthin reisest, ihn hebst und hierher bringst, so tätest du gut daran. Jetzt wünsche ich von dir, daß du mich freilässest, auf daß ich meiner Wege gehen kann.' 'Alî jedoch entgegnete: ,Bei Allah, ich lasse dich nicht eher frei, als bis du mir den Schatz aus dem Lande Jemen hierher gebracht hast!' Da fragte die Stimme: ,Wenn ich ihn dir bringe, willst du dann mich und den Diener jenes Schatzes freilassen?' ,Ja', erwiderte 'Alî. ,Schwöre es mir!' rief der Geist. Kaum hatte 'Alî es ihm geschworen, da wollte der Geist forteilen; aber 'Alî aus Kairo sprach zu ihm: ,Ich habe noch ein Anliegen an dich.' ,Was ist das?' fragte der Geist, und 'Alî fuhr fort: ,Ich habe ein Weib und Kinder in Kairo an dem und dem Orte; die mußt du mir bringen, in Ruhe und Sicherheit.' Der Geist antwortete: ,Ich will sie dir in einem Prunkzuge bringen, in einer Sänfte, mit Dienerschaft und Gefolge, zugleich mit dem Schatze, den ich dir aus dem Lande Jemen hole, so Gott der Erhabene will.' Dann nahm er Urlaub von ihm auf drei Tage, innerhalb deren all dies bei ihm sein sollte, und eilte fort.

Am nächsten Morgen begann 'Alî in der Halle nach einer Stätte zu suchen, an der er das Gold bergen konnte; und er fand am Rande der Estrade eine Marmorplatte mit einem Wirbel. Den drehte er; da wich die Platte, und eine Tür kam zum Vorschein. Nachdem er die geöffnet hatte und hineingegangen war, erblickte er eine große Kammer, in der sich Säcke aus genähter Leinwand befanden. Er nahm die Säcke, füllte sie mit dem Golde und brachte sie in die Kammer, bis er alles Gold dorthin geschafft hatte; dann schloß er die Tür und drehte den Wirbel, und die Marmorplatte kehrte an ihre Stelle zurück. Nun ging er wieder nach unten und setzte sich auf die Bank hinter der Tür. Während er dort saß, pochte plötzlich jemand an die Tür; er ging hin und machte auf, und da erblickte er den Sklaven des Hausherrn. Allein wie der ihn dort ruhig sitzen sah, lief er eilends zu seinem Herrn zurück. – –«

Da bemerkte Schehrezâd, daß der Morgen begann, und sie hielt in der verstatteten Rede an. Doch als die *Vierhundertundneunundzwanzigste Nacht* anbrach, fuhr sie also fort: »Es ist mir berichtet worden, o glücklicher König, daß der Sklave des Hausherrn, als er gekommen war und an die Tür geklopft hatte und als ihm dann von 'Alî aus Kairo, dem Sohne des Kaufmannes Hasan, geöffnet war, und wie er jenen dort ruhig sitzen sah, eilends zu seinem Herrn zurücklief. Als er bei seinem Herrn war, sprach er zu ihm: ‚Mein Gebieter, der Kaufmann, der in dem Hause wohnt, wo die Geister spuken, ist wohl und munter und sitzt ruhig auf der Bank hinter der Tür!' Da erhob sich der Kaufmann voll Freude und begab sich zu jenem Hause, indem er das Frühmahl mitnahm. Und als er 'Alî erblickte, küßte er ihn auf die Stirn und fragte ihn: ‚Was hat Allah mit dir getan?' ‚Gutes,' antwortete er, ‚ich habe oben im Marmorsaale geschlafen.' Der Kaufmann fragte weiter: ‚Ist etwas zu dir gekommen? Hast du irgend etwas gesehen?' ‚Nein,' erwiderte 'Alî, ‚ich habe nur einige geziemende Sprüche aus dem hochherrlichen Koran gesprochen; dann habe ich bis zum Morgen geschlafen. Nachdem ich mich dann erhoben, die religiöse Waschung vollzogen und gebetet hatte, ging ich wieder nach unten und setzte mich auf diese Bank.' Mit den Worten: ‚Preis sei Allah für deine Rettung!' ging der Kaufmann von ihm fort und sandte ihm alsbald Sklaven, Mamluken und Dienerinnen mit allem Hausgerät. Die fegten das Haus von oben bis unten und richteten es für ihn prächtig her. Drei Mamluken, drei schwarze Sklaven und vier Sklavinnen blieben bei ihm, um ihm aufzuwarten, während die übrigen zum Hause ihres Herrn zurückkehrten. Als nun die Kaufleute von ihm hörten, schickten sie ihm Geschenke, allerlei köstliche Dinge, auch Speise und Trank und Gewänder. Dann nahmen sie ihn mit in den Basar; und als er gefragt ward: ‚Wann kommen deine Waren?' erwiderte er: ‚Nach drei Tagen werden sie eintreffen.' Und richtig, als die drei Tage verstrichen waren, kam der Diener des ersten Schatzes, der das Gold auf ihn in dem Hause herabgesandt hatte, wieder zu ihm und sprach: ‚Auf, geh dem Schatz entgegen, den ich dir aus Jemen gebracht habe, zugleich mit den Deinen; bei ihnen ist ein Teil des Schatzes in Gestalt von kostbaren Waren, aber alle Maultiere, Pferde, Kamele, Eunuchen und Mamluken, die bei ihnen sind, gehören zur Geisterwelt.' Als nämlich jener Geist nach Kairo gekommen war, hatte er die Gattin und die Kinder 'Alîs in großer Not, nackt und hungernd, angetroffen; darum hatte er sie von ihrer Stätte in einer Sänfte fortgetragen, aus Kairo hinaus, und sie mit kostbaren Prachtgewändern bekleidet, die sich in dem Schatz aus Jemen befanden. Wie er nun zu 'Alî kam und ihm jene Kunde brachte, begab dieser sich alsbald zu den Kaufleuten und sprach zu ihnen: ‚Auf, laßt uns vor die Stadt hinausziehen, der Karawane entgegen, mit der meine Waren kommen! Beehrt uns auch durch die Anwesenheit der Euren, damit sie die Meinen empfangen!' ‚Wir hören und gehorchen!' sprachen die Kaufleute; dann schickten sie fort und ließen die Ihren holen, und nun zogen alle zusammen hinaus und lagerten sich in einem der Gärten der Stadt, setzten sich und plauderten. Doch während sie so miteinander redeten, da stieg plötzlich eine Staubwolke empor, die kam aus dem Herzen der Wüste hervor. Alle standen auf, um zu schauen, was für eine Bewandtnis es mit jener Staubwolke habe; die aber tat sich auf, und es erschienen unter ihr Maultiere, Männer, Packleute, Zeltaufschläger und Fackelträger, die singend und tanzend daherkamen.[1] Nun hielten sie, und der Obmann der Packleute trat an 'Alî aus Kairo, den Sohn des Kaufmannes Hasan, des Juweliers, heran, küßte ihm die Hand und sprach zu ihm: ‚Mein Gebieter, wir haben uns auf dem Marsch verspätet. Schon früher wollten wir hier ankommen; aber wir waren in Gefahr durch die Wegelagerer. Darum blieben wir vier Tage lang an unserer Haltestelle, bis Allah der Erhabene uns von ihnen befreite.' Darauf bestiegen die Kaufleute ihre Maultiere und ritten mit der Karawane dahin; die Frauen und Kinder aber blieben bei den Angehörigen des Kaufmannes 'Alî aus Kairo zurück, saßen mit ihnen auf und zogen in prächtigem Zuge in die Stadt ein. Die Kaufleute staunten über all die Maultiere, die mit den Kisten beladen waren; die Frauen der Kaufleute aber wunderten sich über die Gewänder der Gattin des Kaufmannes 'Alî und über die ihrer Kinder, und sie riefen aus: ‚Wahrlich, der König von Baghdad

[1]. Bei der Ankunft einer Karawane am Bestimmungsort pflegen die Maultiertreiber und Diener ihrer Freude über das Ende der Reise lauten Ausdruck zu geben.

besitzt nicht solche Gewänder, noch auch irgendeiner von den anderen Königen oder von den Vornehmen oder den Kaufleuten!' So zogen sie immer weiter in ihrem Zuge dahin, die Männer mit dem Kaufmanne 'Alî aus Kairo, die Frauen und Kinder mit den Seinen, bis sie zu dem Hause kamen. ‒ ‒«

Da bemerkte Schehrezâd, daß der Morgen begann, und sie hielt in der verstatteten Rede an. Doch als die *Vierhundertunddreißigste Nacht* anbrach, fuhr sie also fort: »Es ist mir berichtet worden, o glücklicher König, daß die Leute in ihrem Zuge immer weiter dahinzogen, die Männer mit dem Kaufmann, die Frauen mit den Seinen, bis sie zu dem Hause kamen; dort saßen sie ab und führten die Maultiere mit ihren Lasten in den Hof. Darauf luden sie die Lasten ab und stapelten sie in den Magazinen auf, während die Frauen mit den Angehörigen 'Alîs in die Halle hinaufstiegen; die kam ihnen vor wie ein üppiger Garten, der mit herrlichem Gerät ausgestattet war. Nun setzten sich alle nieder, fröhlich und erfreut, und blieben bis zur Mittagszeit sitzen. Dann ward ihnen das Mittagsmahl gebracht, die schönsten Arten von Gerichten und Süßigkeiten; so aßen sie denn und tranken köstliche Scherbette. Darauf besprengten sie sich mit Rosenwasser und beräucherten sich mit Weihrauch; und schließlich nahmen sie Abschied von 'Alî und begaben sich in ihre Wohnungen, Männer und Frauen. Als die Kaufleute dann wieder zu Hause waren, sandten sie ihm Geschenke, je nach ihrem Vermögen, und auch die Frauen schickten Gaben an die Angehörigen, so daß eine große Anzahl von Sklavinnen, Sklaven und Mamluken zu ihnen kam, ferner auch Fruchtgebäck, Zucker und andere gute Dinge in zahllosen Mengen. Der Kaufmann aus Baghdad aber, der Herr des Hauses, in dem 'Alî wohnte, blieb bei ihm und verließ ihn nicht, sondern er sprach zu ihm: ‚Laß die Sklaven und Eunuchen mit den Mauleseln und den anderen Tieren in eins der anderen Häuser gehen, damit sie sich dort ausruhen.' Doch 'Alî erwiderte ihm: ,Sie müssen noch heute abend nach dem und dem Orte aufbrechen', und er gab ihnen Erlaubnis, aus der Stadt hinauszuziehen, damit sie bei Anbruch der Nacht aufbrechen könnten. Sie konnten kaum warten, bis er ihnen die Erlaubnis dazu gab, und so nahmen sie alsbald Abschied von ihm, zogen zur Stadt hinaus und flogen durch die Luft zu ihren Stätten davon. Nun saßen der Kaufmann 'Alî und der Herr des Hauses, in dem er wohnte, zusammen, bis ein Drittel der Nacht verstrichen war; dann brachen sie ihr Zusammensein ab, der Hausherr ging zu seiner Wohnung, und der Kaufmann 'Alî stieg zu den Seinen hinauf. Er begrüßte sie und fragte sie: ,Wie ist es euch während all dieser Zeit ergangen, seit ich euch fern war?' Da erzählte seine Gattin ihm alles, was sie erduldet hatten, wie sie hungrig, nackt und in Bedrängnis gewesen waren. Und er rief: ,Preis sei Allah für eure Errettung! Wie seid ihr denn gekommen?' Sie gab ihm zur Antwort: ,Mein Gebieter, als ich gestern nacht mit meinen Kindern im Schlafe lag, wurde ich plötzlich, ehe ich mich dessen versah, von der Erde emporgehoben, ich und meine Kinder mit mir, und dann flogen wir durch die Luft, ohne daß uns irgendein Schaden geschah, und wir schwebten immer weiter dahin, bis wir zur Erde hinabsanken an einer Stelle, die einer Lagerstätte der Araber glich. Dort sahen wir beladene Maultiere und eine Sänfte auf zwei großen Mauleselinnen und ringsumher Eunuchen, Burschen und erwachsene Männer. Da fragte ich sie: ,Wer seid ihr? Was bedeuten diese Lasten? Wo sind wir?' Sie antworteten: ,Wir sind die Diener des Kaufmannes 'Alî aus Kairo, des Sohnes des Kaufmannes Hasan, des Juweliers. Er hat uns gesandt, auf daß wir euch holen und euch zu ihm in die Stadt Baghdad bringen.'

Dann fragte ich sie von neuem: ‚Ist es von hier nach Baghdad weit oder nahe?' ‚Es ist nahe,' erwiderten sie, ‚zwischen uns und der Stadt liegt nur das Dunkel der Nacht.' Dann ließen sie uns in die Sänfte steigen, und als es kaum Morgen geworden war, waren wir schon bei euch, ohne daß uns irgendein Leid widerfahren wäre.' Und weiter fragte er sie: ‚Wer hat euch denn diese Kleider gegeben?' Sie antwortete: ‚Der Führer der Karawane öffnete eine von den Kisten, die auf den Maultieren waren, und holte aus ihr diese Prachtgewänder heraus; er legte mir ein Gewand an und gab auch jedem deiner Kinder ein Kleid. Dann verschloß er die Truhe, aus der er die Kleider genommen hatte, und gab mir den Schlüssel dazu mit den Worten: ‚Bewahre ihn gut, bis du ihn deinem Herrn übergeben kannst!' Und hier habe ich ihn wohlverwahrt bei mir.' Als sie dann den Schlüssel hervorzog, fragte er sie: ‚Kennst du die Truhe auch noch?' ‚Jawohl, ich kenne sie noch', erwiderte sie; und dann ging er mit ihr zu den Lagerräumen und zeigte ihr die Kisten. Da sprach sie zu ihm: ‚Das dort ist die Truhe, aus der er die Kleider genommen hat!' Alsbald nahm er den Schlüssel, steckte ihn in das Schloß, öffnete die Kiste und fand in ihr viele Prachtgewänder, dazu auch die Schlüssel zu all den anderen Kisten. Die nahm er heraus, und nun begann er alle Kisten, eine nach der andern, zu öffnen; dabei erblickte er die Schätze, die in ihnen waren, kostbare Steine und edle Metalle, wie sie kein König sein eigen nannte. Dann verschloß er sie wieder, nahm die Schlüssel mit sich und ging mit seiner Gattin zu der Halle zurück. Dort sprach er zu ihr: ‚Dies alles ward uns durch die Güte Allahs des Erhabenen zuteil!' Darauf führte er sie zu der Marmorplatte, an der sich der Wirbel befand; nachdem er den gedreht und die Tür zu der Kammer geöffnet hatte, ging er mit ihr hinein und zeigte ihr das Gold, das er dort verborgen hatte. Und als sie ihn fragte: ‚Woher hast du all dies erhalten?' antwortete er ihr: ‚Es ist mir durch die Güte des Herrn zuteil geworden. Denn als ich dich in Kairo verlassen hatte' – –«

Da bemerkte Schehrezâd, daß der Morgen begann, und sie hielt in der verstatteten Rede an. Doch als die *Vierhundertundeinunddreißigste Nacht* anbrach, fuhr sie also fort: »Es ist mir berichtet worden, o glücklicher König, daß die Gattin des Kaufmannes 'Alî aus Kairo, als er ihr das Gold zeigte, ihn fragte: ‚Woher hast du all dies erhalten?' und daß er ihr antwortete: ‚Es ist mir durch die Güte des Herrn zuteil geworden. Denn als ich dich in Kairo verlassen hatte und hinausgewandert war, ohne zu wissen, wohin ich mich wenden sollte, schritt ich dahin, bis ich nach Bulak kam; dort fand ich ein Schiff, das nach Damiette fahren sollte. Ich bestieg es, und als ich in Damiette ankam, begegnete mir ein Kaufmann, der meinen Vater gekannt hatte. Der nahm mich mit sich und bewirtete mich gastlich. Als er mich fragte, wohin ich reisen wolle, antwortete ich ihm: ‚Ich will nach Damaskus in Syrien reisen; denn dort habe ich Freunde.' Und so erzählte er ihr alles, was er inzwischen erlebt hatte, von Anfang bis zu Ende. Da hub sie an: ‚Mein Gebieter, dies alles kommt durch den Segen des Gebets, das dein Vater vor seinem Tode über dich sprach, als er sagte: ‚Ich flehe zu Allah, daß Er dich in keine Not geraten lasse, es sei denn, daß Er dir rasche Hilfe gewähre.' Preis sei Allah dem Erhabenen, daß Er dir hilfreich genaht ist und dir mehr wiedergegeben hat, als du verloren hast! Doch nun bitte ich dich um Allahs willen, mein Gebieter, kehre nicht zu deinem früheren Verkehr mit verdächtigen Gesellen zurück! Achte darauf, daß du Allah den Erhabenen fürchtest, im geheimen und vor den Menschen!' So ermahnte sie ihn; er aber sprach zu ihr: ‚Ich nehme deine Ermahnung an, und ich flehe zu Allah dem Erhabenen, daß Er die schlechten Gesellen von uns fernhalte und uns stärke im Gehorsam gegen Ihn und im Befolgen der Gebote Seines Propheten – Er segne ihn und gebe ihm Heil!'

Hinfort nun lebte er mit seiner Gattin und seinen Kindern herrlich und in Freuden; er nahm sich einen Laden im Basar der Kaufleute, stattete ihn mit allerlei Juwelen und kostbaren Edelmetallen aus und ließ sich in ihm nieder, umgeben von seinen Kindern und seinen Mamluken. So wurde er bald der berühmteste Kaufmann in der Stadt Baghdad, und auch der König von Baghdad hörte von ihm. Der schickte einen Boten zu ihm, der ihn holen sollte. Und als der Bote zu ihm kam, sprach er: ,Folge dem Rufe des Königs; denn er verlangt nach dir!' ,Ich höre und gehorche!' erwiderte 'Alî und rüstete alsbald ein Geschenk für den König. Er nahm vier Platten von rotem Golde und füllte sie mit Juwelen und edlen Metallen, dergleichen kein König sein eigen nannte. Mit diesen Platten ging er zum König, und als er zu ihm eintrat, küßte er den Boden vor ihm und wünschte ihm, im schönsten Redegewand, Macht und Glück von langem Bestand. Da sagte der König: ,Kaufmann, du hast unser Land beglückt!' Darauf erwiderte 'Alî: ,O größter König unserer Zeit, dein Knecht hat dir ein Geschenk zu bringen gewagt und bittet, du mögest es huldreich annehmen.' Alsdann stellte er die vier Platten vor den König hin; und als dieser sie aufdeckte und hinschaute und auf ihr solche Edelsteine sah, wie er sie selbst nicht einmal besaß und die viele Schätze Goldes wert waren, sprach er: ,Dein Geschenk ist angenommen, Kaufmann, und so Gott der Erhabene will, werden wir es dir mit Gleichem vergelten.' Da küßte 'Alî ihm die Hände und ging davon. Der König aber berief die Großen seines Reiches und sprach zu ihnen: ,Wie viele der Könige haben um meine Tochter geworben?' ,Viele!' erwiderten sie. Dann fuhr er fort: ‚Hat einer von ihnen mir ein solches Geschenk gebracht wie dies?' Und alle antworteten einstimmig: ‚Nein! Denn kein einziger von ihnen besitzt dergleichen.' Wieder hub der König an: ‚Ich habe Allah den Erhabenen um Rat gefragt, ob ich meine Tochter diesem Kaufmann vermählen soll. Was sagt ihr?' ‚Es sei, wie du denkst!', erwiderten sie. Darauf befahl er den Eunuchen, die vier Platten mit dem, was darauf war, in seinen Serail zu tragen, und er selbst begab sich zu seiner Gemahlin und ließ die Platten vor ihr niederlegen. Sie deckte sie auf, und als sie auf ihnen Dinge erblickte, dergleichen sie auch nicht ein einziges Stück besaß, rief sie: ‚Von welchem der Könige ist dies? Vielleicht von einem der Herrscher, die um deine Tochter geworben haben?' ‚Nein,' gab er zur Antwort, ‚dies ist von einem ägyptischen Kaufmann, der zu uns in diese Stadt gekommen ist. Als ich von seiner Ankunft hörte, sandte ich einen Boten zu ihm, der ihn zu uns bringen sollte; denn ich dachte seine Bekanntschaft zu machen und etwa bei ihm einige Juwelen zu finden, die ich für den Brautschatz unserer Tochter von ihm kaufen könnte. Er gehorchte unserem Befehle und brachte uns diese vier Platten als Geschenk dar; ich aber sah, daß er ein schöner Jüngling ist, von würdevollem Aussehen, begabt mit reichem Verstande und von feiner Art, so daß er fast für einen Prinzen gelten könnte. Sobald ich ihn erblickte, neigte mein Herz sich ihm zu, ja, mein ganzes Innere freute sich seiner, und nun möchte ich ihn mit meiner Tochter vermählen. Ich habe auch bereits das Geschenk den Großen meines Reiches gezeigt und sie gefragt, wie viele der Könige um meine Tochter geworben hätten. Als sie antworteten: ‚Viele!' fragte ich sie weiter, ob je einer von ihnen mir etwas Ähnliches gebracht habe. Da erwiderten sie alle: ‚Nein, bei Allah, o größter König unserer Zeit, keiner von ihnen besitzt dergleichen.' Dann sagte ich zu ihnen: ‚Ich habe Allah den Erhabenen um Rat gefragt, ob ich ihn meiner Tochter vermählen solle. Was sagt ihr?' Jene antworteten: ‚Es sei, wie du meinst'; aber was sagst du nun dazu?' ––«

Da bemerkte Schehrezâd, daß der Morgen begann, und sie hielt in der verstatteten Rede an. Doch als die *Vierhundertundzweiunddreißigste Nacht* anbrach, fuhr sie also fort: »Es ist mir berichtet worden, o glücklicher König, daß der König der Stadt Baghdad, als er das Geschenk seiner Gemahlin zeigte, ihr von den Eigenschaften des Kaufmannes 'Alî, des Juweliers, erzählte und ihr sagte, er wolle ihn seiner Tochter vermählen, mit den Worten schloß: ‚Was sagst du nun dazu?' Sie gab ihm zur Antwort: ‚Allah und dir, o größter König unserer Zeit, liegt es ob, zu entscheiden. Und was Allah will, das wird geschehen.' ‚So Allah der Erhabene will,' entgegnete der König, ‚werde ich sie nur mit diesem Jüngling vermählen.' Dann ruhte er die Nacht über; und als es Morgen ward, begab er sich zur Regierungshalle und gab Befehl, der Kaufmann 'Alî aus Kairo und alle Kaufleute Baghdads sollten vor ihm erscheinen. Da kamen sie alle und traten vor ihn. Dann gebot er, sie sollten sich setzen, und als sie das getan hatten, sprach er: ‚Bringt mir den Kadi des Diwans!' Nachdem auch der gekommen war, sprach der König zu ihm: ‚Kadi, schreib die Urkunde der Ehe meiner Tochter mit dem Kaufmanne 'Alî aus Kairo!' Doch 'Alî aus Kairo wandte ein: ‚Vergib, o Herr und Sultan; es geziemt sich nicht, daß ein Kaufmann wie ich der Eidam eines Königs werde.' Da sprach der König: ‚Ich gewähre dir nicht nur diese Gunst, sondern ich mache dich auch zum Wesir.' Mit diesen Worten ließ er ihn sogleich mit dem Amtskleid des Wesirs bekleiden. Nund setzte 'Alî sich auf den Stuhl des Ministeramtes und hub von neuem an: ‚O größter König unserer

Zeit, du hast mir diese Gunst bezeigt und mich durch deine Huld hoch geehrt; doch höre auf ein Wort, das ich dir sagen möchte!' ‚Sprich und sei ohne Furcht!', erwiderte der König; und 'Alî fuhr fort: ‚Da es dein erhabener Befehl ist, deine Tochter zu vermählen, so gebührt es sich eher, daß sie meinem Sohne vermählt werde.' Der König fragte: ‚Hast du denn einen Sohn?' Als 'Alî die Frage bejahte, befahl der König: ‚Schicke sogleich nach ihm!' ‚Ich höre und gehorche!' erwiderte 'Alî und sandte einen seiner Mamluken zu seinem Sohn, und der brachte ihn. Wie der Sohn vor dem König erschien, küßte er den Boden vor ihm und blieb ehrfurchtsvoll vor ihm stehen. Der König blickte ihn an und sah, daß er noch schöner und anmutiger war als seine Tochter in seines Wuchses Ebenmäßigkeit und allen Glanzes Vollkommenheit; dann fragte er ihn: ‚Wie heißest du, mein Sohn?' ‚O Herr und Sultan,' antwortete er, ‚mein Name ist Hasan.' Da er zu jener Zeit vierzehn Jahre alt war, so sprach der König zum Kadi: ‚Schreib die Urkunde der Ehe meiner Tochter Husn el-Wudschûd mit Hasan, dem Sohne des Kaufmannes 'Alî aus Kairo!' Der also schrieb den Ehevertrag für die beiden, und alles endete im schönsten Einklang. Alle, die in der Regierungshalle waren, gingen nun ihrer Wege; die Kaufleute aber folgtem dem Wesir 'Alî aus Kairo, bis er zu seinem Hause kam, er, der jetzt Wesir geworden war; dazu wünschten sie ihm Glück, und dann gingen auch sie ihrer Wege. Der Minister 'Alî aus Kairo aber ging zu seiner Gattin, und als sie ihn im Gewande des Wesirs erblickte, rief sie aus: ‚Was bedeutet dies?' Da erzählte er ihr alles, von Anfang bis zu Ende, und schloß mit den Worten: ‚Der König hat seine Tochter mit meinem Sohne Hasan vermählt.' Darüber war sie hoch erfreut. 'Alî aus Kairo ruhte die Nacht über; und als es Morgen ward, begab er sich zur Regierungshalle. Der König empfing ihn mit großer Huld und wies ihm einen Platz dicht an seiner Seite an; dann sprach er zu ihm: ‚Wesir, es ist unser Wunsch, die Hochzeitsfeier zu beginnen und deinen Sohn zu meiner Tochter eingehen zu lassen.' ‚O Herr und Sultan,' gab 'Alî zur Antwort, ‚was du für gut befindest, das ist gut.' Da gab der König Befehl, die Hochzeit zu feiern; die Stadt ward geschmückt, und dreißig Tage lang ward das Hochzeitsfest gefeiert, in Freude und Fröhlichkeit. Am Ende der dreißig Tage ging Hasan, der Sohn des Wesirs, zur Tochter des Königs ein und freute sich ihrer Schönheit und Lieblichkeit. Die Königin aber hatte, sobald sie den Gemahl ihrer Tochter erblickte, ihn sehr lieb gewonnen, und sie freute sich auch herzlich über seine Mutter. Dann befahl der König, für Hasan, den Sohn des Wesirs, in aller Eile einen prächtigen Palast zu erbauen, und dieser nahm darin seine Wohnung. Seine Mutter pflegte immer einige Tage bei ihm zu bleiben und dann wieder in ihr Haus zu gehen; da sagte die Königin zu ihrem Gemahl: ‚O größter König unserer Zeit, die Mutter Hasans kann nicht immer bei ihrem Sohne weilen und dann den Wesir verlassen, noch auch kann sie stets bei dem Wesir bleiben und ihrem Sohne fern sein.' ‚Du hast recht', erwiderte der König, und er gab sofort Befehl einen dritten Palast neben dem Hasans, des Sohnes des Wesirs, zu erbauen. Nun wurde in wenigen Tagen ein drittes Schloß erbaut, und der König gab Befehl, daß die Habe des Wesirs dorthin geschafft werden solle. Nachdem dies geschehen war, nahm der Wesir darin seinen Wohnsitz. Die drei Schlösser aber waren miteinander verbunden; und wenn der König mit dem Wesir sich unterhalten wollte, so konnte er auch bei Nacht zu ihm gehen oder ihn kommen lassen; und ebenso war es mit Hasan und seiner Mutter und seinem Vater. So blieben sie beieinander in voller Zufriedenheit und in einem Leben der Glückseligkeit. ––«

Da bemerkte Schehrezâd, daß der Morgen begann, und sie hielt in der verstatteten Rede an. Doch als die *Vierhundertunddreiunddreißigste Nacht* anbrach, fuhr sie also fort: »Es ist mir berichtet worden, o glücklicher König, daß der König und der Wesir und sein Sohn beinander blieben in voller Zufriedenheit und in einem Leben der Glückseligkeit, eine lange Zeit hindurch, bis der König von einem Siechtum befallen wurde und immer schwerer erkrankte. Da berief er die Großen seines Reiches und sprach zu ihnen: ,Sehet, ich bin schwer erkrankt, und vielleicht ist dies ein tödliches Siechtum! Darum habe ich euch zu mir entboten, um mit euch über eine Angelegenheit Rats zu pflegen. Gebt mir den Rat, den ihr für den besten haltet!' Da sprachen sie: ,Was ist das für ein Rat, um den du uns fragst, o König?' Nun fuhr er fort: ,Ich bin alt, und jetzt bin ich krank, und so fürchte ich denn nach meinem Tode Unheil für das Reich von seiten der Feinde. Mein Wunsch ist der, daß ihr alle euch auf einen Mann einigt, dem ich schon bei meinen Lebzeiten die Herrschaft über das Reich übertragen kann, damit ihr ruhig sein möget.' Da sprachen sie einstimmig: ,Wir alle erwählen den Gemahl deiner Tochter, Hasan, den Sohn des Wesirs 'Alî! Denn wir wissen, daß er verständig und einsichtig und in allem vollkommen ist, und er kennt den Rang von hoch und gering.' Der König fragte noch einmal: ,Seid ihr euch alle darüber einig?' ,Jawohl!' erwiderten sie. Doch er hub wieder an: ,Vielleicht sagt ihr nur so in meiner Gegenwart aus Ehrfurcht vor mir, doch hinter meinem Rücken könntet ihr anders reden.' Allein sie antworteten einmütig: ,Bei Allah, unsere Rede ist offen und insgeheim immer gleich und unverändert. Wir haben ihn erwählt mit frohem Herzen und offenem Sinne.' Nun fuhr der König fort: ,Wenn es sich also verhält, dann bringt den Kadi des hochheiligen Gesetzes und alle Kammerherren und Statthalter und Großen des Reiches insgesamt morgen vor mich; so werden wir alles in bester Weise ordnen.' ‚Wir hören und gehorchen!' antworteten sie; dann gingen sie davon und ließen den Ruf an alle Rechtsgelehrte und die Vornehmsten unter den Emiren gelangen. Als es wieder Morgen ward, zogen sie zur Regierungshalle und ließen den König um Einlaß bitten. Nachdem er die Erlaubnis gewährt hatte, traten sie ein und sprachen den Gruß vor ihm; dann huben sie an: ‚Hier stehen wir alle vor dir.' Der König fragte sie: ‚Ihr Emire von Baghdad, wen wollt ihr zum König über euch nach mir erwählen, damit ich ihm noch zu meinen Lebzeiten vor meinem Tode in eurer aller Gegenwart die Herrschaft übertrage?' Da riefen sie einstimmig: ‚Wir haben uns auf Hasan, den Sohn des Wesirs 'Alî, den Gemahl deiner Tochter, geeinigt.' ‚Wenn es sich also verhält,' erwiderte der König, ‚so gehet alle hin und führet ihn vor mich!' Nun machten sie sich alle auf, begaben sich in den Palast Hasans und sprachen zu ihm: ‚Komm mit uns zum König!' ‚Weshalb?' fragte er sie, und sie gaben ihm zur Antwort: ‚Wegen einer Sache, die uns und dir zum Heile gereichen möge!' Darauf ging er mit ihnen zum König und küßte den Boden vor ihm; der aber sprach zu ihm: ‚Setze dich, mein Sohn!' Als er sich gesetzt hatte, fuhr der König fort: ‚Hasan, die Emire haben dich einstimmig erwählt, und sie sind übereingekommen, dich nach mir zum König über sich zu machen. Nun ist es mein Wunsch, dir zu meinen Lebzeiten die Herrschaft zu übertragen, um so alles zuvor zu bestimmen.' Da erhob sich Hasan, fiel vor dem König nieder und küßte den Boden und sprach: ‚O Herr und König, unter den Emiren ist manch einer, der älter an Jahren und höher an Wert ist als ich; darum erlaßt mir dies!' Doch alle Emire riefen: ‚Wir erwählen nur dich zum König über uns!' Da hub er von neuem an: ‚Mein

Vater ist älter als ich, und ich und er sind eins; es geziemt sich nicht, daß ich vor ihm den Vorrang habe.' Nun begann sein Vater: ,Ich heiße nur das gut, was meine Brüder gutgeheißen haben; sie haben dich erwählt und sich auf dich geeinigt. Drum widersprich dem Befehle des Königs und deiner Brüder nicht!' Da senkte Hasan sein Haupt aus Ehrfurcht vor dem König und vor seinem Vater. Und noch einmal fragte der König: ,Nehmt ihr ihn an?' ,Wir nehmen ihn an!' riefen sie, und alle sprachen, um ihr Gelöbnis zu bekräftigen, siebenmal die erste Sure. Darauf sagte der König: ,Kadi, schreib eine gesetzliche Urkunde nieder des Inhaltes, daß diese Emire sich einig sind, Hasan, dem Gemahl meiner Tochter, die Herrschaft zu übertragen und ihn über sich zum König zu machen.' Der Kadi nun schrieb die Urkunde des Inhalts und machte sie rechtskräftig, nachdem sie ihm alle als dem Herrscher gehuldigt hatten und nachdem auch der König ihn anerkannt und ihm befohlen hatte, sich auf den Thron der Herrschaft zu setzen. Dann küßten alle dem König Hasan, dem Sohne des Wesirs, die Hände und gelobten ihm Gehorsam. Er aber sprach an jenem Tage Recht in majestätischer Weise und verlieh den Großen des Reiches prächtige Ehrengewänder. Als die Staatsversammlung beendet war, begab Hasan sich zu dem Vater seiner Gemahlin und küßte ihm die Hände. Der sprach zu ihm: ,Hasan, gib acht, daß du über die Untertanen in der Furcht Allahs herrschest!' – –«

Da bemerkte Schehrezâd, daß der Morgen begann, und sie hielt in der verstatteten Rede an. Doch als die *Vierhundertundvierunddreißigste Nacht* anbrach, fuhr sie also fort: »Es ist mir berichtet worden, o glücklicher König, daß König Hasan, als er die Staatsversammlung beendigt hatte, zum Vater seiner Gemahlin ging und ihm die Hände küßte. Der sprach zu ihm: ,Mein Sohn, gib acht, daß du über die Untertanen in der Furcht

Allahs herrschest'! Hasan gab ihm zur Antwort: ,Durch dein Gebet für mich, mein Vater, wird die göttliche Hilfe mir zuteil werden.' Dann ging er in seinen Palast; und seine Gemahlin, ihre Mutter und all ihr Gefolge kamen ihm entgegen, küßten ihm die Hände, riefen: ,Gesegnet sei der Tag!' und wünschten ihm Glück zu seiner Thronbesteigung. Darauf begab er sich von seinem Palast in den seines Vaters; und seine Eltern waren hoch erfreut darüber, daß Allah in Seiner Huld ihn mit der Herrscherwürde bekleidet hatte. Sein Vater aber ermahnte ihn, Allah zu fürchten und gegen die Untertanen Milde zu üben. Fröhlich und in Freuden verbrachte Hasan die Nacht bis zum Morgen. Als er dann die ihm obliegenden Gebete gesprochen und mit den üblichen Koransprüchen beschlossen hatte, begab er sich in die Regierungshalle. Nun kamen auch alle Truppen und Würdenträger zu ihm, und er sprach Recht unter dem Volke; er befahl das Gute, verbot das Schlechte, setzte ein und ab, und erfüllte seine Herrscherpflicht, bis der Tag sich neigte und die Staatsversammlung in schönster Weise beschlossen ward. Die Truppen brachen auf, und ein jeder ging seiner Wege. Hasan aber erhob sich und begab sich in den Palast; dort sah er, daß der Vater seiner Gemahlin noch schwerer erkrankt war, und er sprach zu ihm: ,Möge es dir wohl ergehen!' Da öffnete der alte König die Augen und rief: ,Hasan!' Der erwiderte: ,Zu deinen Diensten, mein Gebieter!' Jener fuhr fort: ,Jetzt ist mein letztes Stündlein genaht. Nimm du dich deiner Gattin und ihrer Mutter an; gib acht, daß du Allah fürchtest, deine Eltern ehrest, lebe in Scheu vor dem allvergeltenden König und denke daran, daß Allah befiehlt, gerecht und gütig zu sein!' ,Ich höre und gehorche!' erwiderte König Hasan. Darauf lebte der alte König noch drei Tage; dann ging er zur Barmherzigkeit Allahs des Erhabenen ein. Nun ward er in das Leichentuch gehüllt und bestattet, und bis zum Ablauf der vierzig Tage wurden die Sterbegebete und Koransprüche an seinem Grabe gesprochen. Und König Hasan, der Sohn des Wesirs, führte die Herrschaft; die Untertanen freuten sich seiner, und alle seine Tage waren eitel Glück. Sein Vater 'Alī blieb stets als Großwesir zu seiner Rechten, und er wählte sich einen zweiten Wesir zu seiner Linken. Das Land gedieh, und er blieb lange Zeit hindurch König von Baghdad; und durch die Tochter des alten Königs wurden ihm drei Söhne geschenkt, die nach ihm das Reich erbten und herrlich und in Freuden lebten, bis Der zu ihnen kam, der die Freuden schweigen heißt, und der die Freundesbande zerreißt. Preis sei Ihm, der da bleibet in Ewigkeit, und der durch seine Macht Trennung und Einigung verleiht!

Ferner wird auch erzählt

DIE GESCHICHTE VON DEM PILGERSMANN UND DER ALTEN FRAU

Einst tat ein Mann aus dem Pilgerzuge einen langen Schlaf; und als er dann aufwachte, entdeckte er keine Spur mehr von der Wallfahrtskarawane. Da stand er auf und zog weiter; doch er irrte vom Wege ab, und nach einer Weile erblickte er ein Zelt. An dessen Eingang sah er eine alte Frau und neben ihr einen Hund, der schlafend dalag. Er trat an das Zelt heran, begrüßte die Alte und bat sie um Zehrung. Da erwiderte sie: ‚Geh zu jenem Tale dort und fange dir einige Schlangen, so viele wie du zu einer Mahlzeit brauchst; dann will ich sie dir braten und zu essen geben!' Doch der Mann sprach: ‚Ich getraue mich nicht, die Schlangen zu fangen; ich habe sie auch noch nie gegessen.' Doch die Alte fuhr fort: ‚Ich will mit dir gehen und einige fangen; sei ohne Furcht!' Dann ging sie mit ihm, begleitet von dem Hunde; und als sie genug Schlangen gefangen hatte, schickte sie sich an, die Tiere zu braten. Der Pilgersmann aber – so berichtet der Erzähler – sah keine andere Möglichkeit, als von den Schlangen zu essen, da er Hunger und Erschöpfung fürchtete; also aß er von jenem Schlangengericht. Dann dürstete ihn, und er bat die Alte um Wasser zum Trinken. Sie sprach zu ihm: ‚Dort ist die Quelle vor dir; trink!' Da ging er zur Quelle, aber er fand nur bitteres Wasser darin; dennoch mußte er es, trotz seiner beißenden Bitterkeit, trinken, da er von so heftigem Durste gequält ward. Nachdem er getrunken hatte, kehrte er zu der Alten zurück und hub an: ‚Ich wundere mich über dich, o Greisin, und darüber, daß du an diesem Orte wohnst und an solcher Stätte verweilst.' – –«

Da bemerkte Schehrezâd, daß der Morgen begann, und sie hielt in der verstatteten Rede an. Doch als die *Vierhundertundfünfunddreißigste Nacht* anbrach, fuhr sie also fort: »Es ist mir berichtet worden, o glücklicher König, daß der Pilgersmann, nachdem er von dem Wasser der bitteren Quelle getrunken hatte, weil er von so heftigem Durste gequält ward, zu der Alten zurückkehrte und anhub: ‚Ich wundere mich über dich, o Greisin, und darüber, daß du an diesem Orte wohnst und daß du dich von solcher Speise nährst und von solchem Wasser trinkst.' Da fragte die Alte ihn: ‚Wie ist denn euer Land?' Er gab ihr zur Antwort: ‚In unserem Land gibt es weite und geräumige Häuser, reife und köstliche Früchte, zahlreiche süße Gewässer, wohlschmeckende Speisen, fettes Fleisch, viele Herden von Kleinvieh; dort gibt es alle guten Dinge und die schönsten Sachen, dergleichen sich sonst nur im Paradiese finden, das Allah der Erhabene Seinen frommen Dienern verheißen hat.' ‚All das habe ich gehört,' erwiderte die Alte, ‚doch sage mir, habt ihr nicht einen Sultan, der über euch herrscht

und der euch Unrecht antut, während ihr unter seiner Gewalt steht; der einem jeden von euch, wenn der sich vergeht, seine Habe nimmt und ihn vernichtet; der euch, wenn er will, aus euren Häusern vertreibt und euch mit der Wurzel ausrottet?'
Der Pilger antwortete: ‚So mag es wohl sein.' Da fuhr die Alte fort: ‚Wenn dem so ist, so sind, bei Allah, jene Speisen der Köstlichkeit und das Leben in Herrlichkeit, ja, all die Freuden und Wonnen bei Tyrannei und Bedrückung nur ein Gift von durchdringender Kraft, während unsere Speisen, die wir in Sicherheit genießen, ein Heilkraut sind, das Genesung schafft. Hast du nicht vernommen, daß nächst dem Islam Gesundheit und Sicherheit das höchste Gut sind?'

Solches[1] kommt nur zuwege durch die Gerechtigkeit des Sultans, des Statthalters Gottes auf Erden, und durch seine treffliche Verwaltung. Der Sultan früherer Zeiten bedurfte nur geringer Majestät, da die Untertanen ihn fürchteten, sobald sie ihn nur sahen; aber der Sultan unserer Zeit bedarf der höchsten Herrscherkunst und der vollendetsten Würde, da die Menschen jetzt nicht mehr so sind wie früher. Unsere Zeit jetzt ist die Zeit von Leuten, die auf Gemeinheit sinnen und großes Unheil beginnen; ja, sie sind ob ihrer Narrheit und Herzenshärte bekannt, sie sind immer dem Haß und der Feindschaft zugewandt. Ist also der Sultan – was Allah der Erhabene verhüten möge! – schwach gegen sie oder unerfahren in der Staatskunst und ohne Ansehen, so ist es kein Zweifel, daß dadurch das Land zugrunde geht. Heißt es doch im Sprichworte: Lieber hundert Jahre der Tyrannei des Sultans als ein einziges Jahr der Tyrannei des Volks untereinander! Wenn die Untertanen einander bedrücken, so setzt Allah über sie einen Sultan der Grau-

1. Von hier ab wendet der Erzähler selbst sich an seine Zeitgenossen und an die Herrscher seiner Zeit.

samkeit und einen König der Gewalttätigkeit. Es wird auch in der Geschichte überliefert, daß an el-Haddschâdsch ibn Jûsuf[1] eines Tages eine Eingabe überreicht wurde, in der geschrieben stand: ‚Fürchte Allah und übe keinerlei Bedrückung gegen die Diener Allahs!' Als er die Eingabe gelesen hatte, bestieg er die Kanzel, er, der ein beredter Mann war, und sprach: ‚O ihr Leute, Allah der Erhabene hat mich um eurer Taten willen zum Herrscher über euch eingesetzt!' – –«

Da bemerkte Schehrezâd, daß der Morgen begann, und sie hielt in der verstatteten Rede an. Doch als die *Vierhundertundsechsunddreißigste Nacht* anbrach, fuhr sie also fort: »Es ist mir berichtet worden, o glücklicher König, daß el-Haddschâdsch ibn Jûsuf, als er die Eingabe gelesen hatte, auf die Kanzel stieg, er, der ein beredter Mann war, und sprach: ‚O ihr Leute, Allah der Erhabene hat mich um eurer Taten willen zum Herrscher über euch eingesetzt. Wenn ich sterbe, so werdet ihr doch nicht von der Bedrückung befreit werden, solange ihr solch böses Treiben übt. Denn Allah der Erhabene hat viele Männer gleich mir erschaffen. Wenn ich es nicht bin, so ist es einer, der noch schlimmer ist als ich, der noch härter bedrückt und noch grausamer herrscht; wie ein Dichter darüber sagt:

Es gibt keine Macht in der Welt, über der nicht Gottes Macht stände;
Und jeder Tyrann wird noch durch einen Tyrannen bedrückt.'

Die Grausamkeit wird gefürchtet; Gerechtigkeit aber ist aller Dinge bestes. Wir flehen zu Allah, daß er uns alles zum besten wenden möge!

Und ferner wird erzählt

---

1. Statthalter im Irak um 700 n. Chr. Er war ein hervorragender Staatsmann, bekannt durch seine rücksichtslose Tatkraft und seine Beredsamkeit.

DIE GESCHICHTE
VON DER SKLAVIN TAWADDUD

Einst lebte zu Baghdad ein angesehener Mann; der hatte viel Geld und Gut und gehörte dem Stande der Großkaufleute an. Allah hatte ihm weltliche Habe in Fülle beschert; aber er hatte ihm nicht die ersehnte Nachkommenschaft gewährt. So hatte er schon eine lange Spanne Zeit geharrt, ohne daß ihm ein Mädchen oder ein Knabe geboren ward. Seiner Jahre wurden viel, und gebrechlich ward sein Gebein; sein Rücken ward gebeugt, und große Schwäche und Sorge stellten sich bei ihm ein. So fürchtete er denn, all sein Gut und Wohlstand würde zerstieben, wenn er keinen Sohn hätte, der ihn beerbte und durch den sein Name und Andenken erhalten blieben. Darum nahte er sich flehend Allah dem Erhabenen, fastete bei Tage und betete bei Nacht; er gelobte Allah dem Erhabenen, dem Lebendigen und ewig Beständigen, viele Gelübde, besuchte die Heiligen und flehte immer inniger zum Höchsten. Schließlich erhörte Allah ihn und gewährte ihm, was er zu erbitten wagte; denn Er erbarmte sich seiner, wie er so flehte und klagte. Und nachdem nur wenige Tage verstrichen waren, geschah es, daß eine seiner Frauen, als er sie heimsuchte, in derselben Nacht, zur selben Zeit und Stunde, von ihm empfing. Als ihre Monate erfüllet waren, ward ihre Last von ihr genommen, und sie brachte ein Knäblein zur Welt, das einem Stück vom Monde glich. Da erfüllte der Kaufmann sein Gelübde in Dankbarkeit gegen Allah, den Allgewaltigen und Glorreichen; er spendete Almosen und kleidete die Witwen und die Waisen. Und in der Nacht zum siebenten Tage nach der Geburt des Knaben gab er ihm den Namen Abu el-Husn[1]; die Ammen nährten

1. Vater der Schönheit.

ihn, die Pflegerinnen hegten ihn, und die Mamluken und Eunuchen trugen ihn, so daß er wuchs und sproß und gedieh und in die Höhe schoß; und er lernte den heiligen Koran, die Lehrsätze des Islams und den Weg auf des wahren Glaubens Bahn, auch lernte er schreiben und dichten, rechnen und den Bogen richten. So ward er zur Perle seiner Zeit und zum schönsten Jüngling weit und breit, mit einem Antlitz der Lieblichkeit, einer Zunge der Beredsamkeit, der sich wiegte und neigte im Ebenmaß seiner Gestalt und selbstgefällig dahinschritt in seines Stolzes Gewalt, die rote Wange mit blütenweißer Stirn gepaart und bedeckt mit einem Flaume, dunkel und zart; wie denn ein Dichter sagte, der seinesgleichen besang:

> *Der Lenz des dunklen Wangenflaums erschien dem Blick.*
> *Wie kann die Rose dauern, wenn der Lenz verflossen?*
> *Siehst du denn nicht, wie das, was auf der Wang ihm wächst,*
> *Den Veilchen gleicht, die zwischen grünen Blättern sprossen?*

Lange Zeit lebte er daheim im schönsten Glück, während sein Vater seine Lust und Freude an ihm hatte, bis er zum Manne herangewachsen war. Eines Tages aber gebot sein Vater ihm, er solle sich vor ihm niedersetzen, und er sprach zu ihm: ‚Mein Sohn, jetzt ist die Stunde genaht; die Zeit meines Hinscheidens ist gekommen, und mir steht es nunmehr bevor, daß ich vor Allah, den Allgewaltigen und Glorreichen, treten muß. Ich hinterlasse dir so großen Reichtum, der sich aus Geld, Landgütern, Grundbesitz und Gärten zusammenfügt, daß er dir und deinen Kindeskindern genügt. Darum fürchte Allah den Erhabenen, mein Sohn, in der Verwaltung dessen, was ich dir hinterlasse, und folge nur denen, die dir treue Helfer sind!' Bald darauf erkrankte der Kaufmann und starb; da rüstete sein Sohn ihm ein schönes Leichenbegängnis, ließ ihn bestatten und kehrte nach Hause zurück. Während er nun Tage und Nächte trauernd dasaß, kamen einmal seine Freunde zu ihm und sprachen: ‚Wer einen Sohn wie dich hinterließ, ist nicht des Todes Gewinn; doch was dahin ist, ist dahin. Trauer kann nur Mädchen und Frauen gebühren, die im Harem ein abgeschlossenes Leben führen.' In dieser Weise redeten sie immer weiter zu ihm, bis er ins Badehaus ging; und auch sie gingen dorthin und machten seiner Trauer ein Ende. – –«

Da bemerkte Schehrezâd, daß der Morgen begann, und sie hielt in der verstatteten Rede an. Doch als die *Vierhundertundsiebenunddreißigste Nacht* anbrach, fuhr sie also fort: »Es ist mir berichtet worden, o glücklicher König, daß Abu el-Husn, der Sohn des Kaufmanns, als seine Freunde zu ihm ins Badehaus gekommen waren und seiner Trauer ein Ende gemacht hatten, die Mahnung seines Vaters vergaß; da raubte ihm der große Reichtum den Verstand, er glaubte, das Glück habe bei ihm Bestand, und das Geld müsse ihm immerdar bleiben unverwandt. Er aß, und er trank den Wein, und er wollte immer lustig und fröhlich sein; er teilte Kleider und Geldgeschenke aus und gab das Gold mit vollen Händen hinaus; er pflegte stets nur von Hühnerfleisch zu naschen, und er brach die Siegel der Flaschen; er hörte den Traubensaft gurgelnd aus den Flaschen rinnen und lauschte den Liedern der Sängerinnen. So trieb er es lange Zeit, bis die Waren alle waren und der Stand schwand. Alles ging dahin ganz und gar, was sein Erbe und Eigentum gewesen war; und nachdem er so alles durchgebracht hatte, verblieb ihm nur noch eine Sklavin, die ihm sein Vater mit seiner anderen Habe vermacht hatte. Diese Sklavin aber hatte nicht ihresgleichen an Schönheit und Lieblichkeit, an strahlender Vollkommenheit und an des Wuchses Ebenmäßigkeit. Sie war Meisterin in den Künsten und der feinen Bildung zumal und besaß treffliche Eigenschaften ohne Zahl; sie war herrlicher als alle Menschen ihrer Zeit, und ihre Schönheit ragte stolzer empor als ein Banner, sichtbar weit und breit. Sie übertraf die Schönen im Wissen und Handeln und ihres Ganges sich wiegendem Wandeln. Ihr Wuchs betrug fünf Spannen der Hand, und sie war des Glückes Unterpfand. Ihre Stirn war wie der Neumond im verehrten Monate Scha'bân anzuschauen; sie hatte Gazellenaugen und schön gewölbte Brauen. Ihre Nase war wie des Schwertes Schneide; und ihre Wangen prangten im Anemonenkleide. Ihr Mund schien das Siegel Salomos zu sein; ihre Zähne waren wie Perlenreihn. Ihr Nabel konnte eine Unze Behennußöl fassen; ihr Rumpf war schlanker als der Leib dessen, den die Liebe verzehrt und heimliche Sehnsucht hatte dahinsiechen lassen; und ihre Hüften waren wie der Sandhügel Massen. Kurz, sie war durch ihre Schönheit und Lieblichkeit würdig der Worte, die ihr ein Dichter geweiht:

> *Erscheint sie, so entzückt die Schönheit ihres Wuchses;*
> *Doch tödlich ist der Trennungsschmerz, geht sie dahin.*
> *Der Sonne gleichet sie, dem Monde und dem Zweige,*
> *Doch Sprödigkeit und Härte ist nie in ihrem Sinn.*
> *Die Gärten Eden tun sich auf in ihrem Kleide;*
> *Der helle Vollmond kreist auf ihrem Halsgeschmeide.*

Sie war wie der Vollmond, der am Himmel steht, und wie die Gazelle, die auf der Weide geht; sie, ein Mägdlein, neun und fünf Jahre alt, beschämte Mond und Sonne bald, wie ein Dichter, beredt und gewandt, für sie die Worte fand:

> *Dem Vollmond ist sie gleich, da sich*
> *Zu Fünf und Fünf die Vier gesellt.*
> *Ich bin nicht schuld, bin ich durch dich*
> *Ihm gleich, wenn er die Nacht erhellt.*[1]

[1]. Das Mädchen ist vierzehn Jahre, der Vollmond ist vierzehn Tage alt. Der Dichter wird um der Liebe zu dem Mädchen willen blaß wie der Mond.

Ihre Haut war rein, ihr Duft wie Zephir fein; es war, als sei sie dem Feuer entsprossen oder aus Kristall gegossen; ihre Wange war rosenrot, während sich in ihrer Gestalt und ihrem Wuchse ein Bild des Ebenmaßes bot, wie ein Dichter, der ihresgleichen beschrieb, von ihr sang:

> *In buntem Brokat, mit Saflor gefärbt, erscheint sie stolz,*
> *Mit Silber geschmückt und duftend nach Rosen und Sandelholz.*
> *Sie ist eine Blume im Garten, ein kostbarer Edelstein*
> *In Gold gefaßt, oder ein Bild im christlichen Altarschrein.*
> *Die Schlanke – wenn auch die Gestalt ihr zurät: Schreite einher!*
> *So sprechen doch ihre Hüften: Bleib stehn und gehe nicht mehr!*
> *Und bitte ich um ihre Gunst, hör ich, wie die Schönheit spricht:*
> *Gewähre! Doch ihre Scheu rät zierend: Tue es nicht!*
> *Gepriesen sei Er, der die Schönheit zu ihrem Erbteil gemacht*
> *Und der über ihren Geliebten die Reden der Tadler gebracht!*

Sie nahm jeden, der sie sah, durch ihre herrliche Schönheit und ihr liebliches Lächeln gefangen; und sie entsandte auf ihn das Geschoß der Pfeile, die aus ihren Augen drangen. Zudem war sie redegewandt und durch ihre schönen Verse bekannt.

Als nun all das Gut, das Abu el-Husn besaß, sich erschöpft hatte, ganz und gar, und als seine arge Not offenkundig geworden war und er nun nichts mehr sein eigen nannte außer dieser Sklavin, da lebte er drei Tage hin, ohne sich am Geschmack von Speisen wohlzutun oder sich im Schlafe auszuruhn. Doch nun sprach die Sklavin zu ihm: ‚Mein Gebieter, führe mich zum Beherrscher der Gläubigen Harûn er-Raschîd.' – –«

Da bemerkte Schehrezâd, daß der Morgen begann, und sie hielt in der verstatteten Rede an. Doch als die *Vierhundertundachtunddreißigste Nacht* anbrach, fuhr sie also fort: »Es ist mir berichtet worden, o glücklicher König, daß die Sklavin sprach: ‚Mein Gebieter, führe mich zum Beherrscher der Gläubigen

Harûn er-Raschîd, dem fünften Kalifen aus dem Geschlechte der Abbasiden, und verlange von ihm als Preis für mich zehntausend Dinare! Wenn er mich zu teuer findet, so sprich zu ihm: O Beherrscher der Gläubigen, meine Sklavin ist noch mehr wert; prüfe sie, so wird ihr Wert in deinen Augen noch höher steigen; diese Sklavin hat nicht ihresgleichen, und sie gebührt nur einem Herrn wie dir!' Und sie fügte noch hinzu: ‚Hüte dich, mein Gebieter, mich für einen geringeren Preis zu verkaufen, als ich dir gesagt habe; denn der ist noch niedrig für meinesgleichen.' Zwar kannte ihr Herr die Höhe ihres Wertes nicht, noch auch wußte er, daß sie in ihrer Zeit ohnegleichen war; dennoch führte er sie zum Beherrscher der Gläubigen Harûn er-Raschîd, ließ sie vor ihn treten und sprach, wie sie ihm gesagt hatte. Da fragte der Kalif: ‚Wie heißest du?' ‚Ich heiße Tawaddud', gab sie zur Antwort; und er fragte weiter: ‚Tawaddud, in welchen Wissenschaften bis du bewandert?' Sie erwiderte: ‚Mein Gebieter, ich kenne die Grammatik, die Dichtkunst, die Rechtswissenschaft, die Auslegung der Heiligen Schrift und die Sprachkunde; ferner bin ich bewandert in der Tonkunst, der Pflichtenlehre, der Rechenkunst in allen ihren Zweigen, der Erdmessung und den Geschichten der Alten. Ich kenne auch den erhabenen Koran, und ich habe ihn nach den sieben, den zehn und den vierzehn Lesarten gelesen. Ich weiß die Zahl der Suren und der Verse und der Abschnitte, auch die seiner Halbteile, Viertel, Achtel und Zehntel; und ebenso weiß ich, wie viele Niederwerfungen zum Gebet und wie viele Buchstaben in ihm vorkommen, welche Stellen aufgehoben werden und wodurch das geschieht, welche Suren in Mekka, welche in Medina offenbart wurden und welches die Anlässe der Offenbarungen waren. Ferner kenne ich die heilige Tradition nach ihrem Inhalte und auch ihre Überlieferung durch die

Gewährsmänner; ich weiß, was von ihr auf den Propheten zurückgeht und was nicht so sicher beglaubigt ist. Ich habe mich umgesehen in den exakten Wissenschaften, in der Geometrie, in der Philosophie, der Heilkunde, der Logik, der Synonymik und der Metonymik. Ja, ich habe viel Wissen in mir aufgespeichert, und ich liebe die Dichtkunst leidenschaftlich. Ich schlage die Laute und weiß genau, wann zum Spiel gesungen wird, und wann die Saiten erklingen und ruhen müssen. Wenn ich singe und tanze, verführe ich die Herzen; doch bin ich geschmückt und mit Spezereien gesalbt, so bringe ich tödliche Liebesschmerzen. Kurz, ich habe einen solchen Gipfel der Vollkommenheit erreicht, daß nur die Meister der Wissenschaften ihn würdigen können.' Als nun der Kalif Harûn er-Raschîd sie trotz ihren jungen Jahren so sprechen hörte, war er über die Beredsamkeit ihrer Zunge erstaunt, und er wandte sich an ihren Herrn mit den Worten: ‚Ich will Männer berufen, die mit ihr über alles, was sie zu wissen behauptet, disputieren sollen. Wenn sie dann richtig antwortet, so will ich dir ihren Preis zahlen, ja, noch mehr. Vermag sie das aber nicht zu tun, so kommt sie eher dir zu als mir.' ‚Herzlich gern, o Beherrscher der Gläubigen!' erwiderte Abu el-Husn. Darauf schrieb der Kalif an den Statthalter von Basra, er solle ihm Ibrahîm ibn Saijâr en-Nazzâm senden, der unter allen seinen Zeitgenossen die Argumentation, die Beredsamkeit, die Dichtkunst und die Logik am vollkommensten beherrsche; und der solle Koranleser, Rechtsgelehrte, Ärzte, Astronomen, Mathematiker, Philosophen, Gelehrte von allen Wissenszweigen mit sich führen; Ibrahîm aber war gelehrter als alle anderen. Nach kurzer Zeit kamen sie im Palaste des Kalifen an; doch sie wußten nicht, welche Aufgabe sie hatten. Der Beherrscher der Gläubigen ließ sie in seinen Staatssaal rufen und hieß sie sich setzen. Als sie sich niedergelassen hatten, befahl er, die Sklavin Tawaddud solle kommen. Wie die nun eintrat und sich entschleierte, glich sie einem funkelnden Stern. Ein goldener Schemel ward für sie hingesetzt, und sie sagte den Gruß und begann mit beredter Zunge zu reden, indem sie anhub: ,O Beherrscher der Gläubigen, befiehl den Rechtsgelehrten, den Koranlesern, den Ärzten, den Astronomen, den Mathematikern, den Philosophen, allen Gelehrten, die hier zugegen sind, daß sie mit mir disputieren!' Da sprach er zu ihnen: ,Ich wünsche von euch, daß ihr mit dieser Sklavin über alles, was ihren Glauben betrifft, disputiert und daß ihr alle Beweise, die sie für ihre Behauptungen anführt, entkräftet!' Sie antworteten: ,Wir hören und gehorchen Allah und dir, o Beherrscher der Gläubigen!' Da senkte Tawaddud ihr Haupt und sprach: ,Wer von euch ist der Rechtskundige, der Schriftgelehrte, der den Koran und die Tradition kennt?' Einer von ihnen hub an: ,Ich bin der Mann, den du suchest.' Darauf sagte sie zu ihm: ,Frage, wonach du willst!' Jener fuhr fort: ,Hast du das hochgeehrte Buch Allahs gelesen, kennst du die Stellen, die andere aufheben, und die, so durch sie aufgehoben werden, und hast du die Verse und die Buchstaben genau erwogen?' ,Jawohl', erwiderte sie. Da sprach er zu ihr: ,So will ich dich denn zuerst nach den unerläßlichen Pflichten und nach den ewig bestehenden Normen fragen. Gib mir darüber Auskunft, Mädchen, und sage mir, wer ist dein Herr, wer ist dein Prophet, welches ist deine Richtschnur, wie ist deine Gebetsrichtung, wer sind deine Brüder, welches ist dein geistlicher Weg und Pfad?' Sie gab zur Antwort: ,Allah ist mein Herr; Mohammed – Gott segne ihn und gebe ihm Heil! – ist mein Prophet; der Koran ist meine Richtschnur; die Kaaba ist meine Gebetsrichtung; die Gläubigen sind meine Brüder; das Gute ist mein geistlicher Weg; und die Sunna ist mein Pfad.' Der Kalif wunderte sich über ihre Worte und über ihre beredte Zunge, da sie ja noch so jung an Jahren war.

Der Gelehrte aber fuhr fort: ,Nun sage mir, Mädchen, wodurch erkennst du Allah den Erhabenen?' ,Durch den Verstand', antwortete sie. Weiter fragte er: ,Und was ist der Verstand?' Sie erwiderte: ,Der Verstand ist von zwiefacher Art: der natürliche und der erworbene.' – –«

Da bemerkte Schehrezâd, daß der Morgen begann, und sie hielt in der verstatteten Rede an. Doch als die *Vierhundertundneununddreißigste Nacht* anbrach, fuhr sie also fort: »Es ist mir berichtet worden, o glücklicher König, daß die Sklavin sprach: ,Der Verstand ist von zwiefacher Art: der natürliche und der erworbene. Der natürliche Verstand ist der, den Allah, der Allgewaltige und Glorreiche, erschaffen hat, um die von seinen Dienern, die Er auserwählt, durch ihn zu leiten; der erworbene Verstand aber ist der, den sich der Mensch durch Bildung und treffliche Kenntnisse erwirbt.' Der Gelehrte sagte darauf: ,Du hast gut geantwortet', und fragte weiter: ,Wo ist der Sitz des Verstandes?' Sie erwiderte: ,Allah legt ihn ins Herz; und von dort steigen seine Strahlen ins Gehirn, wo sie dann bleiben.' ,Trefflich geantwortet! Nun sage mir, wodurch erkennst du den Propheten – Allah segne ihn und gebe ihm Heil – ?' ,Durch das Lesen des Buches Allahs des Erhabenen, durch die Zeichen und Hinweise, die Beweise und Wunder.' ,Gut geantwortet! Jetzt gib mir Auskunft über die unerläßlichen Pflichten und die ewig bestehenden Normen.' ,Unerläßlicher Pflichten gibt es fünf: das Bekenntnis, daß es keinen Gott gibt außer Allah allein, der keinen Genossen hat, und daß Mohammed sein Diener und sein Gesandter ist; die Verrichtung des Gebets; die Almosenspende; das Fasten im Monate Ramadân; die Pilgerfahrt zum heiligen Hause Allahs für alle, denen die Reise dahin möglich ist. Der ewig bestehenden Normen aber sind vier: Nacht und Tag, Sonne und Mond; sie errichten den Bau des Lebens und der Hoffnung auf Erden, und der Mensch weiß nicht, ob sie am Ende der Zeiten vernichtet werden.‘ ‚Gut geantwortet! Sage mir ferner, welches die Erfordernisse des Glaubens sind!‘ ‚Des Glaubens Erfordernisse sind das Gebet, das Almosengeben, das Fasten, die Pilgerfahrt, der Glaubenskampf und das Meiden der Sünde.‘ ‚Gut! Sage mir, wie erhebst du dich zum Gebet?‘ ‚Mit der Gesinnung der Dienstbarkeit als Bekenntnis zur Göttlichkeit.‘ ‚Sage mir, wieviel Pflichten hat Allah dir auferlegt, ehe du dich zum Gebete erhebst?‘ ‚Die Reinigung, das Bedecken der Scham, das Meiden unreiner Kleider, das Weilen an einer reinen Stätte, die Richtung nach der Kaaba, die aufrechte Haltung, die Absicht und das Allâhu Akbar der Weihe.‘[1] ‚Gut! Mit welcher Absicht sollst du aus deinem Hause zum Gebete gehen?‘ ‚Mit der Absicht, Gott zu verehren.‘ ‚Und mit welcher Absicht sollst du die Moschee betreten?‘ ‚Mit der Absicht, Gott zu dienen.‘ ‚Weshalb betest du in der Richtung nach der Kaaba?‘ ‚Auf Grund von drei göttlichen Verordnungen und einer Tradition.‘ ‚Gut! Sage mir auch, welches ist der Anfang des Gebetes, worin besteht seine Heiligung und wodurch wird es beendet?‘ ‚Der Anfang des Gebetes besteht in der Reinigung, durch das Allâhu Akbar wird es geheiligt, durch den Gruß an die Engel wird sein Weihezustand aufgehoben.‘ ‚Was gebührt dem, der das Gebet unterläßt?‘ ‚In der Sammlung verbürgter Traditionen wird überliefert, daß der

---

[1]. Die ‚Absicht‘ bedeutet, daß der Betende zunächst stehend die Absicht formuliert, das und das Gebet zu verrichten. Nachdem er dann Allâhu Akbar, ‚Gott ist der Größte‘, gesagt hat, ist er in dem für das Gebet notwendigen Zustand der Weihe, in dem er nicht mehr absichtlich mit anderen sprechen, lachen, essen, trinken, sich umwenden darf.

Prophet gesagt hat: Wer das Gebet absichtlich und vorsätzlich ohne Entschuldigung versäumt, hat keinen Anteil am Islam.' – – «

Da bemerkte Schehrezâd, daß der Morgen begann, und sie hielt in der verstatteten Rede an. Doch als die *Vierhundertundvierzigste Nacht* anbrach, fuhr sie also fort: »Es ist mir berichtet worden, o glücklicher König, daß der Gelehrte, als die Sklavin die Worte der heiligen Überlieferung genannt hatte, zu ihr sprach: ,Gut geantwortet! Nun sag mir, was ist das Gebet?' ,Das Gebet ist die Vereinigung des Knechtes mit seinem Herrn, und in ihm sind zehn Vorzüge enthalten: es erleuchtet das Herz und verklärt das Antlitz; es erregt des Barmherzigen Wohlgefallen und läßt den Satan die Fäuste ballen; es treibt das Unheil von dannen und vermag die Tücke der Feinde zu bannen; es mehrt die göttliche Barmherzigkeit und schützt vor der Strafen Herzeleid; es bringt den Knecht seinem Herren nah und bewahrt ihn vor bösem und verworfenem Tun. Daher ist es eine der unerläßlichen religiösen Pflichten und die Säule des Glaubens.' ,Gut! Welches ist der Schlüssel zum Gebet?' ,Die religiöse Waschung.' ,Und welches ist der Schlüssel zur Waschung?' ,Der Ausspruch: Im Namen Gottes.' ,Und welches ist der Schlüssel zum Ausspruche: Im Namen Gottes?' ,Der sichere Glaube.' ,Welches ist der Schlüssel zum sicheren Glauben?' ,Das Vertrauen.' ,Welches ist der Schlüssel zum Vertrauen?' ,Die Hoffnung.' ,Welches ist der Schlüssel zur Hoffnung?' ,Der Gehorsam.' ,Welches ist der Schlüssel zum Gehorsam?' ,Das Bekenntnis zur Einheit Allahs des Erhabenen und die Anerkennung seiner Göttlichkeit.' ,Gut! Nun nenne mir die Pflichten für die kleinere Waschung!' ,Es sind ihrer sechs nach der Lehre des Imam esch-Schâfi'i Mohammed ibn Idrîs – Allah habe ihn selig! –: die Absicht, wenn man das Gesicht zu waschen beginnt; die Waschung des Gesichtes; die Waschung der Hände und der Unterarme; das Abwischen eines Teiles des Kopfes; die Waschung der Füße und der Knöchel; die Beobachtung der rechten Reihenfolge. Verdienstlich sind jedoch zehn Handlungen bei ihr: der Ausspruch ‚Im Namen Gottes'; die Waschung der Hände, ehe man sie in das Becken taucht; das Spülen des Mundes; das Spülen der Nase durch Einziehen von Wasser; das Abwischen des ganzen Kopfes; das Reinigen der Ohren drinnen und draußen mit frischem Wasser; das Kämmen des dichten Bartes mit den Fingern; das Spreizen der Finger und Zehen beim Waschen; das Waschen der Rechten vor der Linken; und die dreifache Reinigung in ununterbrochener Folge. Wenn der Gläubige die Waschung beendet hat, so soll er sprechen: Ich bezeuge, daß es keinen Gott gibt außer Allah allein, der keinen Genossen hat, und daß Mohammed Sein Diener und Sein Gesandter ist. O Allah, gib, daß ich zu denen gehöre, die da bereuen, und mache, daß ich zu den Reinen gehöre! Preis sei dir, o Allah, und zu deinem Ruhme bezeuge ich, daß es keinen Gott gibt außer dir. Ich bitte dich um Verzeihung, und ich bereue vor dir. Denn in der heiligen Überlieferung vom Propheten – Allah segne ihn und gebe ihm Heil! – heißt es, daß er gesagt hat: Wer diese Worte nach jeder Waschung spricht, dem stehen die acht Tore des Paradieses offen; er darf eintreten, durch welches er will.' ‚Gut! Wenn nun aber ein Mensch sich zur Waschung anschickt, was widerfährt ihm dann von den Engeln und von den Teufeln?' ‚So sich ein Mensch zur Waschung rüstet, kommen die Engel zu seiner Rechten und die Teufel zu seiner Linken. Wenn er dann beim Beginne der Waschung den Namen Allahs des Erhabenen nennt, so fliehen die Teufel vor ihm, und die Engel schirmen ihn mit einem Zelte aus Licht, das vier Stricke hat; und an jedem Stricke steht ein Engel, der Allah den Erhabenen lobpreist und für den Gläubigen um Vergebung fleht, solange er schweigt oder Gottes Namen nennt. Wenn er aber Allah, den Allgewaltigen und Glorreichen, beim Beginne der Waschung nicht anruft und nicht schweigt, so gewinnen die Teufel Gewalt über ihn, und die Engel wenden sich von ihm; dann flüstern die Teufel ihm arge Gedanken ein, so daß er dem Zweifel verfällt und den Wert seiner Waschung zunichte macht. Denn der Prophet – Allah segne ihn und gebe ihm Heil! – hat gesagt: Eine fehlerlose Waschung treibt den Teufel von dannen und vermag die Grausamkeit des Sultans zu bannen. Und ferner hat er gesagt: Wenn jemanden, der die Waschung nicht vollzogen hat, ein Unheil trifft, so schelte er niemanden als sich selber.' ,Gut! Sage mir, was soll der Mensch tun, wenn er vom Schlafe erwacht.' ,Wenn der Mensch vom Schlafe erwacht, so soll er seine Hände dreimal waschen, ehe er sie ins Wasserbecken taucht.' ,Gut! Sage mir weiter, welches sind die Pflichten und die verdienstlichen Handlungen bei der Ganzwaschung?' ,Die Pflichten bei der Ganzwaschung bestehen darin, daß man die Absicht ausspricht und den ganzen Leib mit Wasser wäscht, das heißt, man soll das Wasser an jede Stelle der Haut und der Haare gelangen lassen. Die verdienstlichen Handlungen aber sind diese: zuerst wird die kleinere Waschung vorgenommen, dann wird der Leib gerieben, die Haare werden geschlichtet, und die Waschung der Füße wird mit ausdrücklichen Worten bis an das Ende der Ganzwaschung verschoben.' – –«

Da bemerkte Schehrezâd, daß der Morgen begann, und sie hielt in der verstatteten Rede an. Doch als die *Vierhundertundeinundvierzigste Nacht* anbrach, fuhr sie also fort: »Es ist mir berichtet worden, o glücklicher König, daß der Gelehrte, als die Sklavin ihm über die Pflichten und die verdienstlichen Handlungen bei der Ganzwaschung Auskunft gegeben hatte, sprach: ‚Gut! Jetzt nenne mir die Gründe, aus denen die Waschung mit Sand erlaubt ist, ferner die Pflichten und die verdienstlichen Handlungen bei dieser Reinigung!' ‚Der Gründe sind sieben: Wassermangel; Furcht vor Wassermangel; Bedürfnis nach Wasser; Verirrung auf der Reise; Siechtum; Knochenbrüche in Schienen; und offene Wunden. Die Pflichten dabei sind vier an der Zahl: die Absicht, das Aufheben des Sandes, das Bewerfen des Gesichts und das Bewerfen der Unterarme und Hände. Die verdienstlichen Handlungen sind zwei: der Ausspruch ‚Im Namen Gottes' und das Vorangehen der Rechten vor der Linken.' ‚Gut! Nenne mir ferner die Bedingungen, die wesentlichen und die verdienstlichen Handlungen des Gebetes!' ‚Der Bedingungen sind fünf: die Reinigung der Glieder; die Bedeckung der Scham; die Beobachtung der Zeit nach Gewißheit oder nach bestem Glauben; das Einhalten der Gebetsrichtung; und das Weilen an einem reinen Orte. Die wesentlichen Handlungen sind diese: die Absicht; das Allâhu Akbar der Weihe; das Stehen, soweit es möglich ist; das Rezitieren der ersten Sure und von Koranversen samt dem Ausspruche ‚Im Namen Allahs, des barmherzigen Erbarmers' nach der Lehre des Imam esch-Schâfi'i; die Verbeugung und das Verharren darin; die aufrechte Haltung und das Verharren darin; die Niederwerfung und das Verharren darin; das Sitzen zwischen den beiden Niederwerfungen und das Verharren darin; das letzte Aussprechen der Formel mit dem Glaubensbekenntnisse und das Sitzen dabei; der Segenswunsch für den Propheten – Allah segne ihn und gebe ihm Heil! –; der erste Gruß, und die in Worten ausgedrückte Absicht, das Gebet zu beschließen. Die verdienstlichen Handlungen aber sind diese: das Aussprechen des Gebetsrufes, wenn er nicht von der Moschee her gehört wird; der Ruf, zum Gebete aufzustehen; das Erheben der Hände beim Beginn der Weihe; der Eröffnungsvers vor dem Rezitieren der ersten Sure und der Zufluchtsruf zu Allah sowie das Amen; das Rezitieren einer Sure nach der ersten Sure; das Sprechen der Worte ‚Allâhu Akbar' beim Wechsel der Stellungen; das Sprechen der Worte: ‚Möge Allah den erhören, der ihn preist!' und: ‚O unser Herr, dir gebührt der Preis!'; das laute Beten und das leise Beten an den vorgeschriebenen Stellen; die erste Formel mit dem Glaubensbekenntnis, und das Sitzen dabei, verbunden mit dem Segenswunsch für den Propheten – Allah segne ihn und gebe ihm Heil! –; der Segenswunsch für das Haus des Propheten beim letzten Aussprechen der Formel mit dem Glaubensbekenntnis; und der zweite Gruß.' ‚Gut! Nun sage mir, wovon muß die Armenspende entrichtet werden?' ‚Sie muß entrichtet werden von Gold, Silber, Kamelen, Rindern, Schafen, Weizen, Gerste, Hirse, Durra, Bohnen, Kichererbsen, Reis, Rosinen und Datteln.' ‚Gut! Sage mir auch, wieviel beträgt die Armensteuer auf Gold?' ‚Von weniger als zwanzig Dinaren wird keine Armensteuer erhoben; wenn aber zwanzig erreicht sind, so beträgt sie einen halben Dinar, und was darüber ist, wird im gleichen Verhältnisse berechnet.' ‚Sage mir ferner, wie hoch ist die Armensteuer auf Silber?' ‚Von weniger als zweihundert Dirhems wird keine Armensteuer erhoben; wenn aber zweihundert erreicht sind, so beträgt sie fünf Dirhems, und was darüber ist, wird im gleichen Verhältnisse berechnet.' ‚Gut! Sage mir weiter, wie hoch die Steuer auf Kamele ist!' ‚Auf je fünf ein Schaf, bis zu fünfundzwanzig; dann beträgt sie eine Kamelin, die ein Jahr alt ist.' ‚Gut! Sage mir, wieviel beträgt sie bei Schafen?' ‚Wenn vierzig erreicht sind, so beträgt sie ein Schaf.' ‚Gut! Nun gib mir Auskunft über das Fasten und die

Pflichten, die damit verbunden sind.' ,Die Pflichten des Fastens sind diese: die Absicht, die Enthaltsamkeit von Essen, Trinken, fleischlicher Gemeinschaft und absichtlichem Erbrechen. Es ist eine bindende Pflicht für alle, mit Ausnahme der Frauen während ihrer Reinigung und der Wöchnerinnen; und es ist geboten beim Anblick des Neumondes des Fastenmonats oder sobald ein einwandfreier Zeuge, dessen Worte sich dem Herzen des Hörers als Wahrheit kundgeben, davon Nachricht bringt. Ferner gehört zu den Pflichten, daß man in der Nacht vor jedem Fasttage die Absicht formuliert. Die verdienstlichen Handlungen beim Fasten sind diese: schnelles Brechen des Fastens, sofort nach Sonnenuntergang; spätes Genießen des Frühmahles, kurz vor Anbruch der Morgenröte; das Unterlassen der Rede, es sei denn zum Zwecke guter Werke oder um den Namen Allahs anzurufen oder um den Koran zu rezitieren.' ,Gut! Sage mir aber auch, welche Dinge das Fasten nicht ungültig machen!' ,Der Gebrauch von Salben und Augenschminke, der Staub der Straße, das Verschlucken des Speichels, der Erguß im Traume oder beim Anblick einer fremden Frau, der Aderlaß und das Schröpfen; all das macht das Fasten nicht ungültig.' ,Gut! Sprich mir nun vom Gebet der beiden Feste!'[1] ,Es besteht aus zwei Rak'as[2], und die gelten als verdienstliche Handlung, ohne den Gebetsruf und den Ruf, zum Gebete aufzustehen. Doch soll der Gläubige bei der ersten Rak'a sagen: Das Gebet versammelt alle! und siebenmal ,Allâhu Akbar', abgesehen von diesem Ausspruch beim Eintritt der Weihe; und bei der zweiten Rak'a soll er es fünfmal sagen, abgesehen von diesem Ausspruch beim Aufstehen, nach der Lehre des Imam

---

1. Das ,kleine Fest' ist am ersten Tage nach dem Fastenmonat, das ,große Fest' am zehnten Tage des Wallfahrtsmonats. – 2. Vgl. Band I, Seite 390, Anmerkung.

esch-Schâfi'i – Allah habe ihn selig! –, und dann soll er das Glaubensbekenntnis sprechen.' – –«

Da bemerkte Schehrezâd, daß der Morgen begann, und sie hielt in der verstatteten Rede an. Doch als die *Vierhundertundzweiundvierzigste Nacht* anbrach, fuhr sie also fort: »Es ist mir berichtet worden, o glücklicher König, daß der Gelehrte, als die Sklavin vom Gebete der beiden Feste gesprochen hatte, zu ihr sagte: ,Gut! Doch nun tu mir kund, welches Gebet bei der Verfinsterung der Sonne und des Mondes stattfindet!' ,Zwei Rak'as, doch ohne den Gebetsruf und ohne den Ruf, zum Gebete aufzustehen. Der Gläubige soll bei jeder Rak'a zweimal aufstehen, zweimal sich verbeugen, zweimal sich niederwerfen, und dann soll er sich aufrecht setzen, das Bekenntnis und den Gruß sprechen.' ,Gut! Weiter berichte mir vom Gebete um Regen!' ,Zwei Rak'as, ohne den Gebetsruf und ohne den Ruf, zum Gebete aufzustehen, aber mit Glaubensbekenntnis und Gruß. Dann soll der Vorbeter die Predigt halten und Allah den Erhabenen um Verzeihung bitten an der Stelle, an der bei der Predigt an den beiden Festen ,Allâhu Akbar' gesagt wird; darauf soll er seinen Mantel umwenden, so daß die Außenseite nach innen kommt[1], und um Gnade und Erbarmen flehen.' ,Gut! Was kannst du mir vom freiwilligen Gebete in der Nacht sagen?' ,Das freiwillige Gebet in der Nacht soll zum mindesten aus einer Rak'a, höchstens aber aus elf Rak'as bestehen.' ,Gut! Wie steht es mit dem freiwilligen Vormittagsgebet?' ,Zum mindesten zwei und höchstens zwölf Rak'as.' ,Gut! Nun sage mir, was die Zurückgezogenheit ist!' ,Sie ist eine verdienstliche Handlung.' ,Welches sind die Bedingungen dafür?' ,Die Absicht; das Verweilen in der Moschee, außer wenn ein drin-

[1]. Das gleiche sollen alle männlichen Anwesenden tun; dies ist wohl der Überrest eines altarabischen Zauberbrauches.

gendes Bedürfnis vorliegt, sie zu verlassen; das Meiden des Verkehrs mit Frauen; das Fasten und das Schweigen.' ‚Gut! Unter welchen Voraussetzungen muß die Pilgerfahrt stattfinden?' ‚Wer mannbar ist, seine Verstandeskräfte hat, sich zum Islam bekennt und die Reise ausführen kann, ist verpflichtet, einmal in seinem Leben vor seinem Tode die Wallfahrt zu machen.' ‚Welches sind die Pflichten bei der Pilgerfahrt?' ‚Der Weihezustand; das Verweilen in 'Arafa[1]; der Lauf[2]; das Rasieren oder das Kürzen der Haare.' ‚Welches sind die Pflichten bei der kleineren Wallfahrt?' ‚Der Weihezustand; der Umzug um die Kaaba; der Lauf.' ‚Welches sind die Pflichten des Weihezustandes?' ‚Ablegung genähter Kleider, Meiden der Wohlgerüche, Unterlassen des Kopfrasierens, des Nägelschneidens, des Tötens von Wild und des Beischlafs.' ‚Welches sind nun die verdienstlichen Handlungen bei der Wallfahrt?' ‚Der Ruf: ‚Hier bin ich!'; die Prozession um die Kaaba bei Ankunft und Abschied, das Übernachten in al-Muzdalifa und Mina und das Steinwerfen.'[3] ‚Gut! Was ist der Glaubenskrieg und welches sind seine wesentlichen Bestandteile?' ‚Seine wesentlichen Bestandteile sind: der Angriff der Ungläubigen auf uns; die Gegenwart des Imams; die Bereitschaft und die Festigkeit beim Zusammenstoß mit dem Feinde. Die verdienstliche Handlung bei ihm ist das Anfeuern zum Kampfe; denn Allah der Erhabene hat gesagt: O Prophet, feure die Gläubigen zum Kampfe

---

1. Eine Ebene und ein Berg östlich von Mekka. – 2. Zwischen den beiden erhöhten Punkten as-Safâ und al-Marwa, die ursprünglich Heiligtümer waren, innerhalb Mekkas, auf der Straße an der Nordostseite der Moschee. – 3. Al-Muzdalifa und Mina sind zwei heilige Stätten zwischen 'Arafa und Mekka; in Mina wirft jeder Pilger sieben kleine Steinchen nacheinander auf einen Steinhaufen. Diese Zeremonie hängt, wie so vieles andere, mit heidnischen Gebräuchen zusammen; sie bedeutet die Vertreibung der Dämonen.

an!'[1] ‚Gut! Nun sage mir, welches sind die Pflichten und die verdienstlichen Handlungen beim Verkauf?' ‚Die Pflichten sind Angebot und Annahme und die Voraussetzung, daß, wer einen weißen Sklaven, durch den man Nutzen hat, verkaufen will, berechtigt ist, ihn wegzugeben; ferner soll man sich des Wuchers enthalten. Die verdienstlichen Handlungen sind: das Recht der Aufhebung und des Vorbehalts vor der Trennung, gemäß den Worten dessen, den Allah segnen und dem Er Heil geben möge: Käufer und Verkäufer sollen das Recht der freien Bestimmung haben, solange sie noch nicht auseinander gegangen sind.' ‚Gut! Nun gib mir Auskunft über Dinge, die man nicht füreinander verkaufen soll!' ‚Darüber kenne ich eine verbürgte Tradition, die Nâfi' vom Gesandten Allahs – Er segne ihn und gebe ihm Heil! – überliefert hat und die besagt, daß er verboten hat, trockne Datteln gegen frische, oder frische Feigen für getrocknete zu verkaufen, ebenso auch Dörrfleisch gegen frisches Fleisch oder frische Butter gegen zerlassene, kurz alles Eßbare, das von derselben Art ist, darf nicht eins für das andere verkauft werden.'

Als der Gelehrte ihre Worte vernommen und dadurch erkannt hatte, daß sie scharfsinnig, einsichtig und von durchdringendem Verstande war und wohlbewandert in der Rechtskunde, der Tradition, der Koran-Auslegung und vielen anderen Dingen, da sprach er bei sich selber: ‚Ich muß sie überlisten, auf daß ich sie in der Versammlung vor dem Beherrscher der Gläubigen besiege.' Und so fragte er sie: ‚Mädchen, welches ist die Wortbedeutung von *wudû*?'[2] ‚Die Wortbedeutung von *wudû* ist Reinlichkeit und Freisein von unreinen Dingen.' ‚Und was ist die Wortbedeutung von *salât*?'[3] ‚Das

1. Koran, Sure 8, Vers 66. – 2. Die kleinere religiöse Waschung. – 3. Gebet.

Flehen um Gutes.' ‚Was ist die Wortbedeutung von *ghusl*?'[1] ‚Die Reinigung.' ‚Und was ist die Wortbedeutung von *saum*?'[2] ‚Die Enthaltung.' ‚Und was ist die Wortbedeutung von *zakât*?'[3] ‚Die Mehrung.' ‚Und was ist die Wortbedeutung von *haddsch*?'[4] ‚Das Streben nach dem Ziele.' ‚Und was ist die Wortbedeutung von *dschihâd*?'[5] ‚Die Abwehr.' Hiermit waren die Überführungsversuche des Gelehrten zu Ende. – –«

Da bemerkte Schehrezâd, daß der Morgen begann, und sie hielt in der verstatteten Rede an. Doch als die *Vierhundertunddreiundvierzigste Nacht* anbrach, fuhr sie also fort: »Es ist mir berichtet worden, o glücklicher König, daß der Gelehrte, als er mit seinen Überführungsversuchen zu Ende war, sich auf seine Füße erhob und sprach: ‚Sei Zeuge wider mich, o Beherrscher der Gläubigen, daß die Sklavin besser in der Gesetzeskunde bewandert ist als ich!' Darauf sprach die Sklavin zu ihm: ‚Nunmehr will ich Fragen an dich richten, und wenn du wirklich ein Gelehrter bist, so gib mir rasche Antwort!' ‚Stell deine Fragen!' erwiderte er. Sie fuhr fort: ‚Welches sind die Angelpunkte der Religion?' Da antwortete er: ‚Es sind zehn: erstens das Bekenntnis, das ist der Glaube; zweitens das Gebet, das ist die religiöse Natur; drittens die Almosenspende, das ist die Reinigung; viertens das Fasten, das ist die Schutzwaffe; fünftens die Wallfahrt, das ist das Gesetz; sechstens der Glaubenskampf, das ist die allgemeine Pflicht: siebentens und achtens: Gebot guter und Verbot schlechter Werke, und in beiden besteht der heilige Eifer; neuntens die Gebetsgemeinschaft, das ist der Ausdruck des Gemeinsamkeitsgefühls; und zehntens das Streben nach Wissenschaft, und das ist der preiswerte Weg.' ‚Gut geantwortet!' versetzte sie; ‚nun hast du noch eine

1. Ganzwaschung. – 2. Fasten. – 3. Almosenspende. – 4. Pilgerfahrt. – 5. Der Glaubenskrieg.

Frage zu beantworten: Welches sind die Wurzeln oder Grundlagen des Islams?' Er erwiderte: ‚Es sind ihrer vier: Lauterkeit des Glaubens, Aufrichtigkeit der Absicht, Beobachtung des Gesetzes und Erfüllung des Gelöbnisses.' Da sagte sie: ‚Jetzt habe ich noch eine andre Frage für dich. Beantwortest du sie, so ist es gut; wo nicht, so nehme ich dir dein Gewand!' Er sprach: ‚Rede, Mädchen!' Und nun fragte sie: ‚Welches sind die Äste der Pflichtenlehre im Islam?' Er schwieg eine Weile, ohne eine Antwort zu geben. Da rief sie: ‚Leg dein Gewand ab; ich will sie dir erklären!' Doch der Beherrscher der Gläubigen rief: ‚Erkläre sie ihm; dann will ich an deiner Statt es ihm abnehmen!' Und sie fuhr fort: ‚Es sind zweiundzwanzig Äste: Festhalten am Buche Allahs des Erhabenen; Nacheiferung seines Gesandten – Er segne ihn und gebe ihm Heil! –; Enthaltung von Unrecht; Genießen dessen, was gesetzlich erlaubt ist; Vermeiden des Unerlaubten; Rückgabe dessen, was zu Unrecht genommen ist, an seine rechtmäßigen Besitzer; Reue; Kenntnis des göttlichen Rechtes; Liebe zu Abraham dem Gottesfreunde; und zu den Trägern der Offenbarung; Glaube an die Gottesgesandten; Furcht vor der Abtrünnigkeit; Bereitschaft zum Heimgang; Glaubensstärke; Vergebung, wo immer es möglich ist; Kraft zu Zeiten der Schwäche; Geduld im Unglück; Erkenntnis Allahs des Erhabenen; und dessen, was uns sein Prophet – Er segne ihn und gebe ihm Heil! – gebracht hat; Widerstand gegen den verfluchten Teufel; Kampf und Streit gegen das eigene Gelüst; und endlich aufrichtige Hingabe an Allah.' Wie der Beherrscher der Gläubigen diese Worte aus ihrem Munde vernommen hatte, befahl er dem Gelehrten, sein Gewand und seinen Turban abzulegen; der gehorchte dem Befehle und verließ die Versammlung des Kalifen, beschämt vor der Sklavin und geschlagen.

Da erhob sich ein anderer Mann vor ihr und sprach: ‚Mädchen, vernimm einige Fragen von mir!' ‚Sprich!' erwiderte sie ihm. So fragte er denn: ‚Worin besteht die Gültigkeit einer Lieferung?' ‚Darin, daß der Wert festgesetzt ist, daß die Art der Ware festgesetzt ist und daß der Termin festgesetzt ist.' ‚Gut! Welches sind die Pflichten und die verdienstlichen Handlungen beim Essen?' ‚Die Pflichten sind: das Bekenntnis, daß Allah der Erhabene dem Essenden das tägliche Brot gibt, ihm Speise und Trank gewährt; und der Dank an Allah den Erhabenen dafür.' ‚Und worin besteht der Dank?' ‚Darin, daß Allahs Knecht alles verwendet, was Er ihm gnädig gewährt hat, dieweil Er es um seinetwillen geschaffen hat.' ‚Und welches sind die verdienstlichen Handlungen beim Essen?' ‚Der Ausspruch ‚Im Namen Allahs'; das Waschen der beiden Hände; das Sitzen auf der linken Hinterbacke; das Essen mit drei Fingern; und daß man von dem ißt, was vor einem steht.' ‚Gut! Doch nun sage mir, welches sind die Regeln der guten Sitte beim Essen!' ‚Daß man kleine Bissen nimmt und wenig auf den Nachbar bei Tische schaut.' ‚Gut!' – –«

Da bemerkte Schehrezâd, daß der Morgen begann, und sie hielt in der verstatteten Rede an. Doch als die *Vierhundertundvierundvierzigste Nacht* anbrach, fuhr sie also fort: »Es ist mir berichtet worden, o glücklicher König, daß der Gelehrte, der die Fragen stellte, zu der Sklavin sagte, als sie über die Regeln der guten Sitte beim Essen gefragt war und ihre Antwort gegeben hatte: ‚Gut! Gib mir weiter Auskunft über die Grundsätze des Herzens und ihre Bezeichnungen durch die Gegensätze!' ‚Deren sind drei, und auch ihrer Bezeichnungen durch die Gegensätze sind drei: erstens der feste Glaube, und durch Gegensatz ausgedrückt, das Meiden des Unglaubens; zweitens das Festhalten an der Überlieferung, und durch Gegensatz ausgedrückt, das Meiden der Neuerung; drittens das Festhalten am Gehorsam, und durch Gegensatz ausgedrückt, das Meiden des Ungehorsams.' ,Gut! Sag mir ferner, welches sind die Bedingungen für die kleinere Waschung?' ,Das Bekenntnis zum Islam; das Unterscheidungsvermögen; die Reinheit des Wassers; das Nichtvorhandensein einer physischen Behinderung; und das Nichtvorhandensein einer rituellen Verhinderung.' ,Gut! Jetzt erkläre mir den Glauben!' ,Der Glaube zerfällt in neun Teile; die sind: der Glaube an den, der angebetet wird; der Glaube an das Knechtschaftsverhältnis des Anbeters; der Glaube an die Eigenpersönlichkeit Gottes; der Glaube an die beiden Handvoll[1]; der Glaube an die Vorsehung; der Glaube an das, was anderes im Koran aufhebt; der Glaube an das, was aufgehoben wird; der Glaube an Allah, seine Engel und seine Gesandten; und der Glaube an das Schicksal und das Verhängnis und an das, was es bringt, Gutes und Böses, Süßes und Bitteres.' ,Gut! Tu mir drei Dinge kund, die drei andere aufheben!' ,Jawohl! Es wird von Sufjân ath-Thaurî berichtet, daß er gesagt hat: Drei Dinge lassen drei andere verloren gehen: die Geringschätzung der Frommen bringt den Verlust des jenseitigen Lebens, Geringschätzung der Könige den Verlust des irdischen Lebens und Geringschätzung der Ausgaben den Verlust des Vermögens.' ,Gut! Nun sage mir, welches sind die Schlüssel der Himmel und wie viele Tore haben sie?' ,Allah der Erhabene spricht: Und der Himmel öffnet sich und wird zu Toren.[2] Und er, über dem Segen und Heil sei, hat gesagt: Niemand kennt die Zahl der Himmelstore außer Ihm, der den Himmel erschaffen hat. Und es gibt niemanden unter den

1. Im Koran, Sure 39, Vers 67, heißt es, daß am Auferstehungstage die ganze Erde nur eine Handvoll ist und daß Allah die Himmel in seiner Rechten zusammenrollt. – 2. Sure 78, Vers 19.

Menschenkindern, dem nicht zwei Tore im Himmel bestimmt sind, eines, durch das sein täglich Brot herabsteigt, und ein anderes, durch das seine guten Werke hinaufsteigen; das Tor seines täglichen Brotes wird erst geschlossen, wenn sein letztes Stündlein schlägt; und ebenso auch das Tor seiner guten Werke erst verriegelt, wenn seine Seele gen Himmel fährt.' ,Gut! Nenne mir ein Ding, ein Halbding und ein Unding!' ,Das Ding ist der Gläubige, das Halbding der Scheingläubige und das Unding der Ungläubige.' ,Gut! Jetzt nenne mir die verschiedenen Arten des Herzens!' ,Das gesunde Herz, das kranke Herz, das reuige Herz, das gottgeweihte Herz und das leuchtende Herz. Das gesunde Herz ist das des Gottesfreundes Abraham; das kranke Herz ist das des Ungläubigen; das reuige Herz ist das der Frommen, die Gott fürchten; das gottgeweihte Herz ist das unseres Herrn Mohammed – Allah segne ihn und gebe ihm Heil! –; und das leuchtende Herz ist das Herz derer, die ihm nachfolgen. Und von den Herzen der Schriftgelehrten gibt es drei Arten: das Herz, das an dieser Welt hängt; das Herz, das am Jenseits hängt; und das Herz, das an seinem Herrn hängt. Weiter heißt es, daß es noch drei Arten von Herzen gibt: das unfreie Herz, und das ist das Herz des Ungläubigen; das nicht vorhandene Herz, und das ist das Herz der Scheingläubigen; das feststehende Herz, und das ist das Herz der Gläubigen. Und es heißt, daß es wiederum drei Arten des feststehenden Herzens gibt: das Herz, das von Licht und Glauben erfüllt ist; das Herz, das von der Furcht vor der Trennung verwundet ist; das Herz, das fürchtet, von Gott verlassen zu werden.' Gut!' – – «

Da bemerkte Schehrezâd, daß der Morgen begann, und sie hielt in der verstatteten Rede an. Doch als die *Vierhundertundfünfundvierzigste Nacht* anbrach, fuhr sie also fort: »Es ist mir berichtet worden, o glücklicher König, daß der zweite Gelehrte, als er die Sklavin befragt und sie ihre Antwort gegeben hatte, zu ihr sprach: ‚Gut!' Doch da sagte sie: ‚O Beherrscher der Gläubigen, er hat mich gefragt, bis er sich erschöpft hat. Nun will ich zwei Fragen an ihn richten; wenn er die beantwortet, so ist es gut; wo nicht, so will ich ihm sein Gewand abnehmen, und er mag in Frieden von dannen gehen!' Der Gelehrte erwiderte ihr: ‚Frage mich, was du willst!' Nun fragte sie: ‚Was kannst du mir über den Glauben sagen?' Er antwortete: ‚Der Glaube ist das Bekenntnis mit der Zunge, die Überzeugung des Herzens und die Handlungsweise der Glieder. Er, über dem Segen und Heil sei, hat gesagt: Der Gläubige ist erst dann im Glauben vollkommen, wenn er in ihm fünf Eigenschaften vollkommen erreicht hat: das Vertrauen auf Allah; die Hingabe an Allah; die Ergebung in Allahs Gebot; die Zufriedenheit mit dem Ratschlusse Allahs; und das Tun aller Dinge um Allahs willen. Dann gehört er zu denen, die Allah am liebsten haben, die um Allahs willen geben und um Seinetwillen verwehren; und er ist vollkommen im Glauben.' Dann fuhr sie fort: ‚Nenne mir die höchste Pflicht, die am Anfang aller Pflichten steht; die Pflicht, deren jede andere Pflicht bedarf; die Pflicht, die alle anderen Pflichten umschließt; die verdienstliche Handlung, die in die Pflicht eindringt; und die verdienstliche Handlung, auf der die Vollendung der Pflicht beruht!' Da schwieg er und gab keine Antwort. Der Beherrscher der Gläubigen aber befahl ihr, die Fragen zu erklären, und dem Gelehrten, danach sein Gewand abzulegen und es ihr zu geben. Sie hub also an: ‚O du Mann der Wissenschaft, die höchste Pflicht ist die Erkenntnis Allahs des Erhabenen; die Pflicht, die am Anfang aller Pflichten steht, ist das Bekenntnis, daß es keinen Gott gibt außer Allah und daß Mohammed der

Gesandte Allahs ist; die Pflicht, deren jede andere Pflicht bedarf, ist die kleinere Waschung; die Pflicht, die alle anderen Pflichten umschließt, ist die Ganzwaschung nach der Befleckung; die verdienstliche Handlung, die in die Pflicht eindringt, ist das Spreizen der Finger beim Waschen und das Kämmen des dichten Bartes; und die verdienstliche Handlung, auf der die Vollendung der Pflicht beruht, ist die Beschneidung.' So war das Unvermögen des Gelehrten offenkundig geworden; und er sprang auf und sprach: ‚Ich rufe Allah zum Zeugen an, o Beherrscher der Gläubigen, daß diese Sklavin gelehrter ist in der Rechtskunde und den anderen Wissenschaften als ich.' Darauf legte er sein Gewand ab und ging besiegt von dannen.

Sehen wir nun, wie es ihr mit dem Korangelehrten erging! Sie wandte sich zunächst an die übrigen Gelehrten, die noch zugegen waren, und sprach: ‚Wer von euch ist der Meister in der Korankunde, der die sieben Lesarten kennt, dazu noch die Grammatik und die Lehre von der Wortbedeutung?' Da trat der Korangelehrte zu ihr hin, setzte sich vor ihr nieder und fragte sie: ‚Hast du das Buch Allahs des Erhabenen gelesen und bist du sicher in deiner Kenntnis seiner Verse, seiner Stellen, die andere aufheben, und solcher, die aufgehoben werden, seinen klaren und seinen zweifelhaften Versen, seinen mekkanischen und medinensischen Suren? Verstehst du auch seine Auslegung, und kennst du es nach den Überlieferungen und dem Ursprunge seiner Lesarten?' ‚Jawohl', erwiderte sie; und er fuhr fort: ‚So sage mir denn, wie groß ist die Zahl der Suren des Korans, wie viele Zehnteile sind darin, wie viele Verse, wie viele Buchstaben, wie viele Niederwerfungen und wie viele Propheten werden in ihm erwähnt, wie viele medinensische Suren und wie viele mekkanische sind in ihm enthalten, und wie viele Vögel werden in ihm genannt?' Sie antwortete: ‚Meister, die Zahl der Suren beträgt einhundertundvierzehn, davon sind siebenzig Suren in Mekka und vierundvierzig in Medina offenbart. Die Zahl der Zehnteile beträgt sechshundertundeinundzwanzig; die Zahl der Verse beläuft sich auf sechstausendzweihundertundsechsunddreißig, die Zahl seiner Worte auf neunundsiebenzigtausendvierhundertundneununddreißig, die Zahl seiner Buchstaben auf dreihundertunddreiundzwanzigtausendsechshundertundsiebenzig; dem Leser aber werden für jeden Buchstaben zehn Segnungen zuteil. Was die Niederwerfungen betrifft, so sind es ihrer vierzehn.' – –«

Da bemerkte Schehrezâd, daß der Morgen begann, und sie hielt in der verstatteten Rede an. Doch als die *Vierhundertundsechsundvierzigste Nacht* anbrach, fuhr sie also fort: »Es ist mir berichtet worden, o glücklicher König, daß die Sklavin, als der Korangelehrte sie nach dem heiligen Buche befragte, des weiteren antwortete: ‚Was die Propheten anlangt, deren Namen im Koran erwähnt werden, so sind es fünfundzwanzig: Adam, Noah, Abraham, Ismael, Isaak, Jakob, Joseph, Elisa, Jonas, Lot, Sâlih[1], Hûd[2], Schu'aib[3], David, Salomo, Dhû el-Kifl[4], Idrîs[5], Elias, Johannes, Zacharias, Hiob, Moses, Aaron, Jesus und Mohammed – Gottes Segen und Heil sei über ihnen allen! – Von geflügelten Wesen werden neun genannt.', ‚Wie heißen sie?' ‚Die Mücke, die Biene, die Fliege, die Ameise, der

---

1. Sâlih soll der Prophet der Thamudener in Nordwestarabien gewesen sein. – 2. Hûd gilt als Prophet des Stammes 'Âd, der im südlichen Arabien gewohnt haben soll. Was die Muslime über ihn erzählen, ist Legende; sichere Kunde haben sie nicht. – 3. Der biblische Jethro. – 4. Dhû el-Kifl ist wie Sâlih und Hûd eine mythische Persönlichkeit; er wird mit Josua, Elias, Zacharias, Ezechiel und noch anderen identifiziert. – 5. Der biblische Henoch.

Wiedehopf, der Rabe, die Heuschrecke, die Ababîl[1] und der Vogel Jesu – über ihm sei Heil! –, das ist die Fledermaus.'[2] ,Gut! Nun sage mir, welches ist die vorzüglichste Sure im Koran?' ,Die Sure von der Kuh.'[3] ,Und welches ist der herrlichste Vers?' ,Der Thronvers'[4]; er besteht aus fünfzig Worten, und jedes dieser Worte birgt fünfzig Segnungen.' ,In welchem Verse sind neun Wunder enthalten?' ,Der, in dem der Erhabene spricht: ,Siehe, in der Erschaffung der Himmel und der Erde und dem Wechsel von Nacht und Tag und dem Schiffe, das durch das Meer hinfährt, beladen mit Dingen, so der Menschheit nützen', und so weiter bis zum Ende des Verses.'[5] ,Gut! Sage mir ferner, welcher Vers ist der gerechteste?' ,Der, in dem der Erhabene spricht: ,Siehe, Allah gebietet Gerechtigkeit und Güte und Gaben an die Anverwandten, und er verbietet Schlechtigkeit, Verworfenheit und Unbill.'[6] ,Welches ist der begehrlichste?' ,Der, in dem der Erhabene sagt: ,Begehrt jedermann von ihnen, in einen Garten der Wonne einzugehen?'[7] ,Welches ist der hoffnungsreichste?' ,Der, in dem der Erhabene spricht: ,Sprich: O meine Diener, die ihr euch gegen euch selbst versündigt habt, verzweifelt nicht an der Barmherzigkeit Allahs; denn Er verzeiht die Sünden allzumal; Er ist der

---

1. Ein seltenes Wort, das in der 105. Sure vorkommt; es bedeutet wahrscheinlich ,Vogelscharen', man hat aber auch einen Namen darin gesucht und es durch ,Schwalben', ,Wiedehopfe' und ,Grillen' erklärt. – 2. In den ,Kindheitsevangelien', besonders in der ,Erzählung des Thomas', wird berichtet, der Jesusknabe habe ,Sperlinge' aus Ton gebildet und ihnen Leben eingehaucht, so daß sie wegflogen. Dasselbe wird im Koran, Sure 3, Vers 43, berichtet; dort ist nur von einem ,Vogel' die Rede; die Koranausleger sehen in diesem Vogel die Fledermaus. – 3. Sure 2. – 4. Sure 2, Vers 256. – 5. Sure 2, Vers 159; die neun Wunder sind: Himmel, Erde, Nacht, Tag, das Schiff, der Regen, die Tiere, Winde und Wolken. – 6. Sure 16, Vers 92. – 7. Sure 70, Vers 38.

Verzeihende, der Barmherzige.'[1] ‚Gut! Nun sage mir, nach welcher Lesart liesest du?' ‚Nach der Lesart der Leute des Paradieses, das ist die Lesart des Nâfi'.' ‚In welchem Verse lügen die Propheten?' ‚In dem Verse, in dem der Erhabene spricht: ‚Und sie taten an sein Hemd erlogenes Blut'[2], sie, nämlich Josephs Brüder.' ‚Nun sage mir, in welchem Verse sprechen die Ungläubigen die Wahrheit?' ‚In dem, darin der Erhabene sagt: ‚Die Juden sagen: Die Christen haben keinen Glaubensgrund. Und die Christen sagen: Die Juden haben keinen Glaubensgrund. Und doch lesen beide die Schrift.'[3] Und beide sprechen die Wahrheit.' ‚Und in welchem Verse spricht Allah von sich selber?' ‚In dem, darin der Erhabene sagt: ‚Ich habe die Geister und die Menschen nur dazu geschaffen, daß sie mir dienen.'[4] ‚Und in welchem Verse sprechen die Engel?' ‚In dem, darin der Erhabene sagt: ‚Wir preisen dich, indem wir dein Lob verkünden, und wir heiligen dich.'[5] ‚Nun gib mir Auskunft über die Worte: ‚Ich nehme meine Zuflucht zu Allah vor dem gesteinigten[6] Satan', und über das, was mit ihnen zusammenhängt!' ‚Das Aussprechen der Zufluchtsformel ist nach Allahs Gebot eine unerläßliche Pflicht, wenn der Koran vorgetragen wird; und der Beweis dafür liegt in den Worten des Erhabenen: ‚So du den Koran hersagst, nimm deine Zuflucht zu Allah vor dem gesteinigten Satan.'[7] ‚Sage mir, welches ist der Wortlaut der Zufluchtsformel, und welche Abweichun-

1. Sure 39, Vers 54. – 2. Sure 12, Vers 18. – 3. Sure 2, Vers 107. – 4. Sure 51, Vers 56. – 5. Sure 2, Vers 28. – 6. Das Wort ist ein Lehnwort aus dem Äthiopischen und bedeutet eigentlich ‚verflucht'; aber Mohammed hat es in der arabischen Bedeutung ‚gesteinigt' verstanden; spätere Ausleger haben den ursprünglichen Sinn wieder erkannt. 7. Sure 16, Vers 100. Das Aussprechen dieser Formel ist nach anderen jedoch nicht eine ‚Pflicht', sondern nur eine ‚verdienstliche Handlung'.

gen gibt es für sie?' ,Einige sagen: Ich nehme meine Zuflucht zu Allah, dem Allhörenden und Allwissenden, vor dem gesteinigten Satan; andere: Ich nehme meine Zuflucht zu Allah dem Allmächtigen. Doch das Beste ist, was im herrlichen Koran steht und durch die Sunna überliefert ist. Denn er, dem Allah Segen und Heil spenden möge, pflegte, ehe er aus dem Koran rezitierte, zu sagen: Ich nehme meine Zuflucht zu Allah vor dem gesteinigten Satan. Und von Nâfi', der es von seinem Vater gehört hatte, wird überliefert, daß er berichtete: Wenn der Gesandte Allahs – Er segne ihn und gebe ihm Heil! – bei Nacht sich zu beten anschickte, so pflegte er zu sagen: ,Allah ist der Größte in Seiner Macht! Und Allah sei Lob im Übermaß dargebracht! Und gepriesen sei Allah in der Frühe und bei Anbruch der Nacht!' Dann fuhr er fort: ,Ich nehme meine Zuflucht zu Allah vor dem gesteinigten Satan und vor den Einflüsterungen und den Versuchungen der Teufel.' Ferner wird von Ibn 'Abbâs – Allah habe ihn und seinen Vater selig! – überliefert, daß er berichtete: ,Das erste Mal, als Gabriel zum Propheten – Allah segne ihn und gebe ihm Heil! – mit einer Offenbarung herabkam, lehrte er ihn die Zufluchtsformel, indem er sagte: ,Sprich, o Mohammed: Ich nehme meine Zuflucht zu Allah, dem Allhörenden und Allwissenden; dann sprich: Im Namen Allahs, des barmherzigen Erbarmers! Dann rezitiere im Namen deines Herrn, der erschaffen hat, den Menschen aus geronnenem Blute erschaffen hat.'[1] Als der Korangelehrte ihre Worte vernahm, verwunderte er sich über ihre Aussprache, ihre Beredsamkeit, ihr Wissen und ihren edlen Sinn; und weiter fragte er sie: ,Mädchen, was weißt du über die Worte des Erhabenen ,Im Namen Allahs, des barmherzigen Erbarmers'? Sind sie einer der Verse des Korans?' ,Jawohl,' er-

1. Sure 96, Vers 1 f.

widerte sie, ‚sie sind ein Vers aus dem Koran, und zwar aus der Ameisensure.'[1] Ferner sind sie ein Vers zwischen je zwei Suren; doch darüber herrschen viele Meinungsverschiedenheiten zwichen den Gelehrten.' ‚Gut!' – –«

Da bemerkte Schehrezâd, daß der Morgen begann, und sie hielt in der verstatteten Rede an. Doch als die *Vierhundertundsiebenundvierzigste Nacht* anbrach, fuhr sie also fort: »Es ist mir berichtet worden, o glücklicher König, daß der Korangelehrte, als die Sklavin ihm antwortete, über die Worte ‚Im Namen Allahs, des barmherzigen Erbarmers' herrschten viele Meinungsverschiedenheiten zwischen den Gelehrten, erwiderte: ‚Gut! Nun sage mir, weshalb stehen die Worte ‚Im Namen Allahs, des barmherzigen Erbarmers' nicht am Anfang der Sure von der Schuldlosigkeit?'[2] ‚Als die Sure von der Schuldlosigkeit zur Auflösung des Bundes, der zwischen dem Gottgesandten und den Göttergläubigen bestand, offenbart war, schickte der Prophet – Allah segne ihn und gebe ihm Heil! – den 'Alî ibn Abî Tâlib – Allah erhalte ihm seine hohe Ehrenstellung! – mit dieser Sure zu jenen Leuten hin, und der trug sie ihnen vor, ohne zu sprechen ‚Im Namen Allahs, des barmherzigen Erbarmers.' ‚Nun sage mir, welcher Vorzug und welcher Segen ruht in den Worten ‚Im Namen Allahs, des barmherzigen Erbarmers'?' ‚Es wird überliefert, daß der Prophet – Allah segne ihn und gebe ihm Heil! – gesagt hat: In allem, über dem die Worte ‚Im Namen Allahs, des barmherzigen Erbarmers' gesprochen werden, ruht Segen. Und ferner hat der Gottgesandte gesagt: Der Herr der Herrlichkeit hat bei seiner Herrlichkeit geschworen, daß jeder Kranke, über dem diese Formel gesprochen werde, von seiner Krankheit genesen solle. Auch heißt es: Als Allah den Himmelsthron erschaffen hatte,

1. Sure 27, Vers 30. – 2. Sure 9; sonst auch ‚Sure der Reue' genannt.

begann er gewaltig zu schwanken; da schrieb Er die Worte ‚Im Namen Allahs, des barmherzigen Erbarmers' auf ihn, und er hörte auf zu schwanken. Als die Formel der Basmala[1] dem Gesandten Allahs – Er segne ihn und gebe ihm Heil! – offenbart war, sprach er: Jetzt bin ich sicher vor drei Dingen, vor dem Versinken in die Erde, der Verzauberung in Tiergestalt und vor dem Ertrinken. Der Vorzug dieser Formel ist so groß und ihrer Segnungen sind so viele, daß ihre Aufzählung zu lange währen würde. Vom Gesandten Allahs – Er segne ihn und gebe ihm Heil! – wird auch überliefert, daß er gesagt hat: So am Tage der Auferstehung ein Mann vor Ihn gebracht wird und Er mit ihm abrechnet, und wenn dann an ihm kein gutes Werk gefunden wird und der Befehl lautet, daß er ins Höllenfeuer geworfen werden solle, – wenn dann der Mann sagt: ‚O mein Gott, du handelst nicht gerecht an mir', so wird Allah, der Allgewaltige und Glorreiche, sagen: ‚Weshalb nicht?' Und wenn der Mann antwortet: ‚O Herr, weil du dich selbst den barmherzigen Erbarmer genannt hast und mich dennoch mit dem Höllenfeuer bestrafen willst', so wird Allah der Hochherrliche sagen: ‚Ich habe mich wirklich den barmherzigen Erbarmer genannt; führet meinen Knecht ins Paradies durch meine Barmherzigkeit, denn ich bin der Barmherzigste von allen, so Erbarmen üben!' ‚Gut! Nun gib mir Auskunft über den Ursprung der Basmala!' ‚Als Allah der Erhabene den Koran herabsandte, da schrieben sie: In deinem Namen, o Allah. Als aber Allah der Erhabene die Worte offenbarte: Sprich: ‚Rufet Allah an, oder rufet den Erbarmer an, – wie ihr Ihn auch anrufet, Er hat die schönsten Namen'[2], – da schrieben

---

1. Die arabische Abkürzung für die Worte ‚Im Namen Gottes, des barmherzigen Erbarmers', die ich hier zur Vermeidung der stetigen Wiederholungen gebrauche. – 2. Sure 17, Vers 110.

sie: Im Namen Allahs des Erbarmers. Doch als er die Worte offenbarte: Euer Gott ist ein einiger Gott; es gibt keinen Gott außer Ihm; Er ist der barmherzige Erbarmer[1], – da schrieben sie: Im Namen Allahs, des barmherzigen Erbarmers.' Als nun der Korangelehrte ihre Worte vernommen hatte, senkte er das Haupt und sprach bei sich selber: ,Dies ist wahrlich ein Wunder der Wunder! Wie dies Mädchen über den Ursprung der Basmala gesprochen hat! Aber, bei Allah, ich muß ihr eine Falle stellen; vielleicht kann ich sie doch noch überwinden!' Dann fragte er sie: ,Mädchen, hat Allah den Koran ganz auf einmal offenbart, oder hat er ihn in einzelnen Abschnitten herabgesandt?' Sie antwortete: ,Gabriel der Getreue – Friede sei über ihm! – brachte ihn von dem Herrn der Welten herab zu seinem Propheten Mohammed, dem Fürsten der Apostel und dem Siegel der Propheten, mit Gebot und Verbot, mit Verheißung und Drohung, mit Geschichten und Gleichnissen, im Laufe von zwanzig Jahren, wie es die Umstände erforderten.' ,Gut! Sage mir ferner, welches ist die erste Sure, die dem Gesandten Allahs – Er segne ihn und gebe ihm Heil! – offenbart wurde?' ,Nach Ibn 'Abbâs die Sure ,Das geronnene Blut'[2], nach Dschâbir ibn 'Abdallâh die Sure ,Der Eingehüllte'[3]; danach sind dann die anderen Suren und Verse offenbart worden.' ,Sage mir, welcher Vers wurde zuletzt herabgesandt?' ,Als letzter Vers wurde offenbart der Vers, der vom Wucher handelt[4]; nach anderen auch der Vers: Wenn da kommt die Hilfe Allahs und der Sieg.'[5] – –«

Da bemerkte Schehrezâd, daß der Morgen begann, und sie hielt in der verstatteten Rede an. Doch als die *Vierhundertund-*

1. Sure 2, Vers 158. – 2. Sure 96. – 3. Sure 74. – 4. Wahrscheinlich Sure 2, Vers 276 bis 279; doch ist an verschiedenen Koranstellen der Wucher verboten. – 5. Sure 110, Vers 1.

achtundvierzigste Nacht anbrach, fuhr sie also fort: »Es ist mir berichtet worden, o glücklicher König, daß der Korangelehrte, als die Sklavin ihm den zuletzt offenbarten Vers des Korans genannt hatte, zu ihr sprach: ,Gut! Nun nenne mir die Zahl der Gefährten, die den Koran zu Lebzeiten des Gesandten Allahs – Er segne ihn und gebe ihm Heil! – gesammelt haben!' ,Es waren ihrer vier: Ubaij ibn Ka'b, Zaid ibn Thâbit, Abu 'Obaida 'Âmir ibn al-Dscharrâh und 'Othmân ibn 'Affân – Allah habe sie alle selig! –' ,Gut! Nenne mir weiter die Leser, von denen die Lesarten angenommen werden!' ,Es sind ihrer vier: 'Abdallâh ibn Mas'ûd, Ubaij ibn Ka'b, Mu'âdh ibn Dschabal und Sâlim ibn 'Abdallâh.' ,Was kannst du mir über die Worte des Erhabenen sagen: Und was auf den Steinmalen geopfert wird?'[1] ,Die Steinmale sind Götzen, die aufgestellt und anstatt Allahs des Erhabenen verehrt wurden; davor bewahre uns Allah der Erhabene!' ,Was kannst du mir über die Worte des Erhabenen sagen: Du weißt, was in meiner Seele ist; doch ich weiß nicht, was in deiner Seele ist?'[2] ,Sie bedeuten: Du kennst mein innerstes Wesen und weißt, wie ich beschaffen bin; aber ich weiß nicht, wie du beschaffen bist. Der Beweis dafür liegt in den Worten des Erhabenen: Fürwahr, du bist es, der alle verborgenen Dinge kennt.[3] Nach anderen bedeuten sie: Du kennst mein Wesen; aber ich kenne dein Wesen nicht.' ,Wie erklärst du die Worte des Erhabenen: O ihr Gläubigen, verwehrt euch nicht selber die guten Dinge, die Allah euch erlaubt hat?'[4] ,Der Meister – Allah der Erhabene habe ihn selig! – berichtete mir nach einer Überlieferung, die auf ed-Dahhâk[5] zurückgeht: Es waren einmal Leute unter den Muslimen, die da sprachen: Wir wollen uns verstümmeln und

---

1. Sure 5, Vers 4. – 2. Sure 5, Vers 116. – 3. Sure 5, Vers 108. – 4. Sure 5, Vers 89. – 5. Ein Zeitgenosse Mohammeds.

uns in Sacktuch kleiden; darauf wurde dieser Vers verkündet. Doch Katâda[1] sagt, der Vers sei offenbart worden wegen einer Anzahl von Gefährten des Gesandten Allahs – Er segne ihn und gebe ihm Heil! –, das waren 'Alî ibn Abî Tâlib, 'Othmân ibn Mus'ab und noch andere; die sagten: Wir wollen uns verstümmeln und uns in härene Gewänder kleiden und Mönche werden; damals sei dieser Vers offenbart worden.' ,Wie erklärst du die Worte des Erhabenen: Und Allah nahm sich Abraham zum Freunde?'[2] ,Der Freund bedeutet hier: der Bedürftige, dem der Beschützer not tut. Nach anderen bedeutet das Wort: der Liebende, der sich von der Welt zu Allah dem Erhabenen zurückgezogen hat und dessen Zurückgezogenheit von jeder Störung frei ist.' Als der Korangelehrte sah, daß ihre Rede dahinzog, wie die Wolken dahineilen, ohne daß sie in ihren Antworten zögerte, da sprang er auf und sprach: ,Ich rufe Allah zum Zeugen an, o Beherrscher der Gläubigen, daß dies Mädchen in der Kenntnis der Lesarten und der übrigen Koranwissenschaften gelehrter ist als ich.' Da sagte die Sklavin: ,Ich will eine Frage an dich richten. Wenn du sie beantwortest, so ist es gut; wo nicht, so will ich dir dein Gewand abnehmen.' Der Beherrscher der Gläubigen gebot: ,Frage ihn!' Und so fragte sie denn: ,Was weißt du von einem Koranverse, in dem dreiundzwanzigmal der Buchstabe Kâf vorkommt, und von einem anderen, in dem sechzehnmal Mîm vorkommt, und von einem dritten, der einhundertundvierzehn 'Ain enthält, und von einem Abschnitte, in dem die Herrlichkeitsformel fehlt?' Als der Korangelehrte ihr keine Antwort geben konnte, sprach sie zu ihm: ,Leg dein Gewand ab!' Er zog sein Gewand aus, und sie fuhr fort: ,O Beherr-

1. Ein muslimischer Gelehrter, der um 700 n. Chr. in Basra lebte. –
2. Sure 4, Vers 124.

scher der Gläubigen, der Vers, in dem sechzehnmal Mîm vorkommt, steht in der Sure von Hûd, und zwar beginnt er mit den Worten des Erhabenen: O Noah, ziehe in Frieden hinab von uns, und Segen ruhe auf dir![1] Und der Vers, in dem dreiundzwanzigmal Kâf vorkommt, steht in der Sure von der Kuh, und das ist der Vers von der Schuld.[2] Der Vers aber, der einhundertundvierzig 'Ain enthält, steht in der Sure von den ‚Höhen'[3], und das ist der Vers des Erhabenen: Und Moses wählte aus seinem Volke siebenzig Mann für die von uns bestimmte Zeit.[4] Jeder Mann aber hat zwei Augen. Und der Abschnitt, in dem die Herrlichkeitsformel fehlt, umfaßt die Suren ‚Genaht ist die Stunde und gespalten der Mond', ‚Der Erbarmer' und ‚Die Eintreffende'.[5] – Alsbald legte der Korangelehrte sein Gewand ab und zog beschämt von dannen. – –«

Da bemerkte Schehrezâd, daß der Morgen begann, und sie hielt in der verstatteten Rede an. Doch als die *Vierhundertundneunundvierzigste Nacht* anbrach, fuhr sie also fort: »Es ist mir berichtet worden, o glücklicher König, daß der Rechtsgelehrte, als die Sklavin ihn besiegt hatte, sein Gewand ablegte und beschämt von dannen zog, und daß dann ein kundiger Arzt auf sie zutrat und sprach: ‚Wir sind fertig mit der Theologie; nun schicke dich an zur Physiologie! Sage mir also, wie der menschliche Leib beschaffen ist: wieviel Adern hat er, wieviel Knochen, wieviel Rückenwirbel? Wo ist die Hauptader, und weshalb erhielt Adam den Namen Adam?' ‚Adam erhielt seinen

---

1. Sure 11, Vers 50. – 2. Sure 2, Vers 282. – 3. Die ‚Höhen' sind in dem Zwischengebiet zwischen Himmel und Hölle. – 4. Sure 7, Vers 154. Hier liegt ein Wortspiel vor. 'Ain ist ein Buchstabe des arabischen Alphabets und bedeutet zugleich ‚Auge'; der Buchstabe hatte auch in altsemitischer Zeit die Gestalt eines Auges. – 5. Sure 54, 55 und 56. Sure 54 heißt sonst meist kürzer ‚die Sure vom Monde'; oben ist sie nach ihrem ersten Verse benannt.

Namen wegen seiner *udma*, das ist seiner rötlichen Farbe; nach anderen auch, weil er aus dem *adîm* der Erde geschaffen wurde, das ist aus ihrer obersten Bodenschicht. Seine Brust wurde aus der Erde der Kaaba gebildet, sein Haupt aus der Erde des Ostens, seine Beine aus der Erde des Westens. Sieben Türen wurden für sein Haupt geschaffen: die beiden Augen, die beiden Ohren, die beiden Nasenlöcher und der Mund. Ferner erhielt er zwei Auswege des Leibes, einen vorn und einen hinten. Die Augen wurden für den Gesichtssinn bestimmt, die Ohren für den Gehörssinn, die Nasenlöcher für den Geruchssinn, der Mund für den Geschmackssinn und die Zunge dazu, daß sie ausspreche, was im Herzen des Menschen verborgen ist. Die Natur Adams ward aus einer Mischung von vier Elementen geschaffen, und die sind: das Wasser, die Erde, das Feuer, die Luft. Die gelbe Galle ist das Temperament des Feuers, denn sie ist heiß und trocken; die schwarze Galle ist das Temperament der Erde, denn sie ist kalt und trocken; der Schleim ist das Temperament des Wassers, denn er ist kalt und feucht; das Blut ist das Temperament der Luft, denn es ist heiß und feucht. Im Menschen sind dreihundertundsechzig Adern erschaffen, zweihundertundvierzig Knochen und drei Seelen, die animalische, die geistige und die natürliche; und einer jeden von ihnen wies Allah eine bestimmte Funktion zu. Ferner erschuf Er ihm ein Herz, eine Milz, eine Lunge, sechs Eingeweide, eine Leber, zwei Nieren, zwei Hinterbacken, Gehirn, Knochen, Haut und fünf Sinne: Gehör, Gesicht, Geruch, Geschmack und Gefühl. Das Herz legte Er auf die linke Seite der Brust, den Magen vor das Herz und machte die Lunge zu einem Fächer für das Herz; die Leber legte Er auf die rechte Seite, gegenüber dem Herzen. Ferner schuf Er ihm das Zwerchfell und die Eingeweide, setzte die Brustknochen zusammen und vergitterte sie mit den Rippen.' ,Gut! Nun sage mir, wieviel innere Kammern sind im Kopfe des Menschen?' ,Drei; und sie enthalten die fünf Kräfte, die man die inneren Sinne heißt, das sind: der gesunde Menschenverstand, die Einbildungskraft, das Denkvermögen, die Vorstellungskraft und das Gedächtnis.' ,Gut! Gib mir nun Auskunft über das Knochengerüst!' - -«

Da bemerkte Schehrezâd, daß der Morgen begann, und sie hielt in der verstatteten Rede an. Doch als die *Vierhundertundfünfzigste Nacht* anbrach, fuhr sie also fort: »Es ist mir berichtet worden, o glücklicher König, daß der Arzt zu der Sklavin sprach: ,Gib mir nun Auskunft über das Knochengerüst!' ,Es ist aus zweihundertundvierzig Knochen zusammengesetzt und zerfällt in drei Teile: Kopf, Rumpf und Glieder. Der Kopf besteht aus Schädel und Gesicht; der Schädel ist aus acht Knochen zusammengesetzt, zu denen noch die vier Gehörknöchelchen kommen. Das Gesicht besteht aus Oberkiefer und Unterkiefer; der Oberkiefer hat elf Knochen, der Unterkiefer nur einen, und dazu kommen noch die Zähne, zweiunddreißig an der Zahl, sowie das Zungenbein. Der Rumpf sodann zerfällt in Wirbelsäule, Brust und Becken. Die Wirbelsäule besteht aus vierundzwanzig Knochen, die man Wirbel nennt; die Brust aus dem Brustbein und den Rippen, vierundzwanzig an der Zahl, auf jeder Seite zwölf; das Becken aus den beiden Hüftknochen, dem Kreuzbein und dem Steißbein. Was die Glieder betrifft, so zerfallen sie in die beiden oberen und die beiden unteren Gliedmaßen. Jedes der beiden oberen Glieder besteht erstens aus der Schulter, die aus Schulterblatt und Schlüsselbein zusammengesetzt ist; zweitens aus dem Oberarm, der nur einen Knochen enthält; drittens aus dem Unterarm, der aus zwei Knochen, der Speiche und dem Ellenbein, zusammengesetzt ist; und viertens aus der Hand, die in Handwurzel, Mittelhand und Finger zerfällt. Die Handwurzel ist aus acht Knöcheln zusammengesetzt, die in zwei Reihen, zu je vier Knöcheln, stehen; die Mittelhand enthält fünf Knochen; und von den Fingern, fünf an der Zahl, ist jeder aus drei Knochen, die man Fingerglieder nennt, zusammengesetzt, mit Ausnahme des Daumens, der nur aus zweien besteht. Von den unteren beiden Gliedern besteht ein jedes erstens aus dem Oberschenkel, der nur einen Knochen hat; zweitens aus dem Unterschenkel, der aus drei Knochen zusammengesetzt ist, dem Wadenbein, Schienbein und der Kniescheibe; und drittens aus dem Fuße, der wie die Hand eingeteilt ist, und zwar in Fußwurzel, Mittelfuß und Zehen. Die Fußwurzel ist aus sieben Knöcheln zusammengesetzt, die in zwei Reihen stehen, in der ersten stehen zwei, in der zweiten fünf; der Mittelfuß enthält fünf Knochen; und von den Zehen, fünf an der Zahl, ist jede aus drei Zehengliedern zusammengesetzt, mit Ausnahme der großen Zehe, die nur zwei Glieder hat.' ,Gut! Was weißt du von der Wurzel der Adern?' ,Die Wurzel der Adern ist die Herzader, von der sich die anderen Adern abzweigen; und ihrer sind viele, keiner kennt ihre Zahl außer Ihm, der sie erschaffen hat; es heißt jedoch, daß es ihrer dreihundertundsechzig gebe, wie ich bereits gesagt habe. Ferner hat Allah die Zunge zum Dolmetsch gemacht, die Augen zu zwei Leuchten, die Nasenlöcher zu zwei Riechwerkzeugen und die Hände zu zwei Greifern. Die Leber ist der Sitz des Mitleids, die Milz der des Lachens, die Nieren sind der Sitz der List. Die Lunge dient als Fächer, der Magen als Vorratskammer, und das Herz ist der Stützpfeiler des Leibes: wenn das Herz gesund ist, so ist der ganze Leib gesund; aber wenn es verdorben ist, so ist auch der ganze Leib verdorben.' ,Sage mir ferner, welches sind die äußeren Merkmale und Symptome, durch die man die Krankheit erkennen kann, sei es daß sie in den äußeren oder inneren Körperteilen ihren Sitz hat?' ,Nun wohl, wenn der Arzt ein Mann von Verstand ist, so untersucht er den Zustand des Leibes und gewinnt seine Merkmale dadurch, daß er die Hände betastet, je nachdem sie straff, heiß, trocken, kalt oder feucht sind. Durch sinnliche Wahrnehmung kann man auch Merkmale innerer Krankheiten gewinnen: so deutet zum Beispiel die gelbe Farbe des Weißen in den Augen auf Gelbsucht, und ein gekrümmter Rücken weist auf Lungenkrankheit hin.' ,Gut!' – –«

Da bemerkte Schehrezâd, daß der Morgen begann, und sie hielt in der verstatteten Rede an. Doch als die *Vierhundertundeinundfünfzigste Nacht* anbrach, fuhr sie also fort: »Es ist mir berichtet worden, o glücklicher König, daß der Arzt, als die Sklavin ihm die äußeren Symptome beschrieben hatte, zu ihr sprach: ,Gut! Welches sind aber die inneren Symptome?' ,Die Erkenntnis der Krankheiten durch innere Symptome wird durch sechs Grundregeln gewonnen: erstens durch Beobachten der Handlungen; zweitens der Leibesentleerung; drittens der Art des Schmerzes; viertens des Sitzes der Schmerzen; fünftens der Geschwulste; und sechstens der Ausdünstungen.' ,Tu mir kund, wodurch Kopfschmerzen entstehen!' ,Dadurch, daß man Speise auf Speise zu sich nimmt, ehe die erste verdaut ist, und durch Sättigung auf Sättigung; das ist es, was Völker ins Verderben gestürzt hat. Wer also lange leben möchte, der nehme sein Frühmahl frühe und sein Nachtmahl nicht spät; er sei sparsam im Verkehr mit Frauen und gebrauche wenig, was schädlich wirken kann, das heißt, er lasse sich nicht zu oft Blut abzapfen oder schröpfen; ferner teile er seinen Bauch in drei Teile, ein Drittel für die Speise, ein Drittel für das Wasser und ein Drittel für die Luft; denn die Därme der Menschenkinder messen achtzehn Spannen, und es geziemt sich, daß der Mensch ihrer sechs für das Essen, sechs für das Trinken und sechs für das Atmen bestimme. Wenn er geht, so schreite er gemessen; das ist besser für ihn und zuträglicher für seinen Leib und mehr im Einklange mit dem Worte des Erhabenen: Schreite nicht stolz einher auf Erden!'[1] ‚Gut! Sage mir nun, welches sind die Symptome der gelben Galle, und was ist von ihr zu befürchten?' ‚Ihre Symptome sind: blasse Farbe, bitterer Geschmack im Munde, trockene Zunge, Mangel an Appetit und schneller Pulsschlag. Und der Kranke hat folgendes zu befürchten: hitziges Fieber, Delirium, Karbunkel, Gelbsucht, Geschwulste, Eiterungen in den Eingeweiden und übermäßigen Durst. Dies sind also die Kennzeichen der gelben Galle.' ‚Gut! Sage mir nun auch, welches die Symptome der schwarzen Galle sind, und was der Kranke von ihr zu befürchten hat, wenn sie in seinem Leibe überhand nimmt!' ‚Die von ihr ausgehenden Symptome sind: falscher Appetit, große Unruhe, Sorge und Kummer; sie muß alsbald ausgeschieden werden, sonst erzeugt sie Melancholie, Aussatz, Krebs, Schmerzen in der Milz und Eiterungen in den Eingeweiden.' ‚Gut! Sage mir, in wie viele Teile wird die Heilkunst eingeteilt?' ‚Sie wird in zwei Teile eingeteilt: erstens die Wissenschaft, kranke Körper zu erkennen; und zweitens die Kunst, sie wieder gesund zu machen.' ‚Nun gib mir Auskunft über die Zeit, wann das Einnehmen der Arzneien am nützlichsten ist!' ‚Wenn der Saft im Holze rinnt, wenn die Beere in der Traube Gestalt gewinnt, wenn die beiden Glückssterne[2] aufgegangen sind, dann ist die günstigste Zeit genaht, um Arzneien zu trinken und die

1. Koran, Sure 17, Vers 39 und Sure 31, Vers 17. – 2. Zwei Sterne im Steinbock und im Wassermann, die als besonders glückbringend gelten.

Krankheit von sich zu winken.' ,Sag an, zu welcher Zeit ist der Trank, den man aus einem neuen Gefäße trinkt, gesünder und besser bekömmlich als zu anderer Zeit, indem ihm zugleich ein süßer und lieblicher Duft entsteigt?' ,Wenn man eine Weile nach dem Essen wartet, wie auch der Dichter sagt:

> *Beeil dich nicht, sogleich nach deinem Mahl zu trinken;*
> *Sonst führst du deinen Leib zum Leid am Halfterseil.*
> *Nein, warte in Geduld ein Weilchen nach dem Mahle:*
> *So wird dir bald, mein Freund, was du begehrst, zuteil!*'

,Nun laß uns zu der Nahrung übergehen, durch die keine Krankheiten entstehen!' ,Das ist die, so man nicht eher ißt, als bis man Hunger verspürt, und die, wenn sie genossen ist, die Rippen nicht füllt, wie denn Galen, der Arzt, gesagt hat: Wer da Speise zu sich nehmen will, der gehe langsam zu Werke; so wird er nicht fehlgehen. Und nun laß uns hier mit dem Ausspruche dessen schließen, auf dem Segen und Heil ruhe: Der Magen ist das Haus der Krankheit, und Diät ist der Heilung Anfang; denn der Ursprung aller Krankheit ist Indigestion, das ist Unverdaulichkeit.' – –«

Da bemerkte Schehrezâd, daß der Morgen begann, und sie hielt in der verstatteten Rede an. Doch als die *Vierhundertundzweiundfünfzigste Nacht* anbrach, fuhr sie also fort: »Es ist mir berichtet worden, o glücklicher König, daß die Sklavin zu dem Arzte sprach: ,Der Magen ist das Haus der Krankheit, und Diät ist der Heilung Anfang; denn der Ursprung aller Krankheit ist Indigestion, das ist Unverdaulichkeit.' Dann fragte er weiter: ,Was sagst du über das Warmbad?' ,Kein Satter betrete es! Der Prophet – Allah segne ihn und gebe ihm Heil! – hat gesagt: Der Segen des Hauses ist das Bad; es säubert den Leib und erinnert an das Höllenfeuer.' ,Welche Bäder sind die besten?' ,Wo gutes Wasser gleitet und wo der Raum sich weitet und reine Luft sich breitet; denn dann vereinen sich in seiner Atmosphäre die vier Jahreszeiten: Sommer und Herbst, Winter und Frühling.' ‚Nun sage mir, welche Nahrung am besten ist!' ‚Bereitet von Frauen, mühlos zu brauen, und leicht zu verdauen. Die vortrefflichste Speise ist Brot in Brühe, wie er, über dem Segen und Heil sei, gesagt hat: Brot in Brühe übertrifft alle anderen Speisen, wie 'Āïscha alle anderen Frauen übertrifft.' ‚Welche Zukost ist die beste?' ‚Das Fleisch, nach dem Ausspruche dessen, über dem Segen und Heil sei: Die beste Zukost ist das Fleisch; denn es ist die Wonne dieser und jener Welt.' ‚Und welches Fleisch ist das beste?' ‚Hammelfleisch; doch Dörrfleisch in Streifen ist zu vermeiden, da es von keinem Nutzen ist.' ‚Was kannst du mir von den Früchten sagen?' ‚Iß sie, wenn ihre Zeit gekommen ist; doch laß von ihnen ab, wenn ihre Zeit vorüber ist!' ‚Wie steht es mit dem Wassertrinken?' ‚Trink es nicht mit Gewalt, noch auf einen Zug ohne Halt; sonst wird dich der Kopfschmerz peinigen, und mit ihm werden sich dir noch mancherlei Leiden vereinigen. Trink es auch nicht sogleich, wenn du das Bad verlassen hast, noch nach der Beiwohnung oder dem Essen; vielmehr soll ein junger Mann fünfzehn, ein alter Mann aber vierzig Minuten warten; und ebenso trink es nicht gleich nach dem Erwachen aus dem Schlafe!' ‚Gut! Nun sprich mir vom Weintrinken!' ‚Genügt dir zum Verbote nicht das, was im Buche Allahs des Erhabenen steht, wo er sagt: Wein, Glücksspiel, Götzenmale und Wahrsagepfeile sind ein Greuel von Satans Werk; meidet sie, auf daß es euch wohl ergehe![1] Ferner sprach der Erhabene: Sie werden dich nach dem Weine und dem Glücksspiele fragen; dann sprich: In beiden liegt eine große Sünde und zugleich ein Nutzen für die Men-

1. Sure 5, Vers 92.

schen; doch die Sünde in ihnen ist größer als ihr Nutzen.[1] Darum sagt der Dichter:

> *Du Trinker des Weines, ach, schämst du dich nicht?*
> *Du trinkst eine Sache, die Gott dir verbot!*
> *Drum tue ihn von dir und komm ihm nicht nah;*
> *Denn Gott hat sein Trinken mit Strafe bedroht.*

Und ein anderer sagt in demselben Sinne:

> *Ich trank die Sünde, bis mir der Verstand entschwand;*
> *Welch arger Trank, da der Verstand sein Ende fand!*

Seine nützlichen Eigenschaften aber sind diese: er zerbröckelt die Nierensteine, stärkt die Eingeweide, verscheucht die Sorgen und treibt zur Großmut an; er bewahrt die Gesundheit und fördert die Verdauung, er hält den Leib gesund, vertreibt die Krankheiten aus den Gelenken, reinigt den Körper von schlechten Säften und erzeugt Heiterkeit und Freude; er stärkt die Natur, zieht die Blase zusammen, kräftigt die Leber, öffnet die Verstopfung, rötet die Wangen, säubert den Kopf und das Hirn von Grillen und verzögert das Ergrauen der Haare. Und hätte Allah, der Allgewaltige und Glorreiche, ihn nicht verboten, so gäbe es auf dem Angesichte der Erde nichts, was ihm gliche. Das Glücksspiel aber ist eine Sache des Zufalls.' ,Welcher Wein ist der beste?' ,Wein, der achtzig Tage alt oder noch älter ist und der aus weißen Trauben gekeltert wird; der ist nicht gleich Wasser, und ihm gleich gibt es nichts auf dem Angesichte der Erde.' ,Was weißt du über das Schröpfen zu sagen?' ,Das ist für den, der des Blutes übervoll ist und der keinen Fehler in seinem Blute hat; und wer sich schröpfen lassen will, der tue es bei abnehmendem Monde an einem Tag ohne Wolken, ohne Wind und ohne Regen, am besten am siebzehnten Tag

1. Sure 2, Vers 216.

im Monat; und wenn der auf einen Dienstag fällt, wird der Nutzen um so eher wirksam sein. Nichts ist heilsamer als das Schröpfen für das Gehirn und die Augen und zur Klärung des Geistes.' – –«

Da bemerkte Schehrezâd, daß der Morgen begann, und sie hielt in der verstatteten Rede an. Doch als die *Vierhundertunddreiundfünfzigste Nacht* anbrach, fuhr sie also fort: »Es ist mir berichtet worden, o glücklicher König, daß der Arzt, als die Sklavin die nützlichen Wirkungen des Schröpfens beschrieben hatte, sie weiter fragte: ,Gib mir über die beste Zeit zum Schröpfen Auskunft!' ,Am besten ist es bei nüchternem Magen; dann stärkt es den Verstand und das Gedächtnis. So wird auch von ihm, über dem Segen und Heil sei, berichtet, daß er jedesmal, wenn jemand ihm über Schmerzen im Kopfe oder in den Füßen klagte, ihm riet, er solle sich schröpfen lassen, und nach dem Schröpfen solle er bei nüchternem Magen nichts Salziges essen, da das Krätze erzeugt; ebenso solle er gleich nach dem Schröpfen nichts Saures essen.' ,Und zu welcher Zeit soll man das Schröpfen meiden?' ,Am Samstag und am Mittwoch; wer sich an einem dieser beiden Tage schröpfen läßt, der tadle niemanden als sich selbst. Ferner soll man sich nicht schröpfen lassen, wenn es sehr heiß oder sehr kalt ist; und die beste Jahreszeit zum Schröpfen ist der Frühling.' Darauf sagte der Arzt: ,Nun gib mir Auskunft über die Gemeinschaft von Mann und Weib!' Als sie das hörte, senkte sie ihr Haupt aus Scheu vor der Majestät des Beherrschers der Gläubigen; dann sprach sie: ,Bei Allah, o Beherrscher der Gläubigen, ich bin nicht außerstande, zu antworten, doch ich scheue mich, es zu tun, obgleich die Worte mir auf der Zungenspitze schweben.' Da sagte der Kalif: ,Rede, Mädchen!' So fuhr sie denn fort: ,Die eheliche Gemeinschaft hat viele Vorzüge und preiswerte Eigenschaften; darunter sind diese: sie erleichtert den Körper, der voll schwarzer Galle ist, sie beruhigt die Liebesglut, führt zu herzlicher Neigung, weitet das Herz und verscheucht die Trauer der Einsamkeit. Ausschweifung im Liebesgenusse ist in den Tagen des Sommers und des Herbstes schädlicher als zur Zeit des Winters und des Frühjahrs.' ,Welch nützliche Eigenschaften hat sie sonst noch?' ,Sie verbannt Sorgen und Unruhe, beruhigt das heiße Verlangen und den Zorn und ist gut gegen Geschwüre, und zwar besonders, wenn Kälte und Trockenheit im Körper überhand nehmen. Ausschweifung dagegen schwächt die Sehkraft, erzeugt Schmerzen in den Beinen und im Kopfe und im Rücken. Doch man hüte sich, und noch einmal, man hüte sich vor der Gemeinschaft mit einem alten Weibe; denn die führt zum Tode. Der Imam 'Alî – Allah erhalte ihm seine hohe Ehrenstellung! – hat gesagt: Vier Dinge schwächen den Leib und führen zum Tode: Baden bei vollem Magen; Essen von salziger Speise; eheliche Gemeinschaft bei zu starkem Blute; und solche mit einer Kranken. Denn die Kranke schwächt deine Kraft und macht deinen Leib krank; ein altes Weib aber ist tödliches Gift. Und einer von den Weisen hat gesagt: Hüte dich, ein altes Weib zur Frau zu nehmen, wäre sie auch reicher an Schätzen als Karûn!'[1] ,Und welches ist die beste Liebesgemeinschaft?' ,Wenn die Frau noch jung an Jahren ist, von Wuchse zierlich, von Antlitz lieblich, mit schwellender Brust und sich einer edlen Abkunft bewußt; sie wird dir die Kraft der Gesundheit in deinem Leibe mehren, und sie wird sein, wie einer von denen, die über ihresgleichen gedichtet, von ihr berichtet:

1. Karûn ist der biblische Korah; der arabische Name ist als Reimwort auf Harûn, das ist ,Aaron', gebildet. Korah-Karûn gilt im Talmud und im Koran (Sure 28, Vers 76) als außerordentlich reicher Mann.

Wann du nur immer schaust, so weiß sie, was du wünschest;
Sie rät es, eh ein Wink, ein Zeichen ihr gemacht.
Und wenn du dann auf ihre hohe Anmut blickest,
Sind ihre Reize schöner als des Gartens Pracht.'

‚Sage mir, zu welcher Zeit die eheliche Gemeinschaft am besten ist!' ‚Wenn bei Nacht, nachdem die Speise verdaut ist; wenn bei Tage, nach dem Morgenmahl.' ‚Sage mir, welches sind die trefflichsten Früchte?' ‚Granatäpfel und Limonen.' ‚Und welches ist das trefflichste Gemüse?' ‚Endivien.' ‚Welche Blumen duften am lieblichsten?' ‚Rosen und Veilchen.' ‚Wie entsteht der Same des Mannes?' ‚Es gibt im Manne eine Ader, die alle anderen Adern speist. Nun wird der Saft aus den dreihundertundsechzig Adern gesammelt, dann tritt er als rotes Blut in den linken Hoden ein; dort wird er durch die Hitze des angeborenen menschlichen Temperamentes zu einer dikken, weißen Flüssigkeit abgekocht, deren Geruch gleich dem der Palmenblüte ist.' ‚Gut! Nenne mir einen Vogel, der Samen absondert und der die monatliche Reinigung hat!' ‚Der Tagblinde, das ist die Fledermaus.' ‚Nenne mir etwas, das lebt, wenn es gefangen ist, aber stirbt, wenn es an die Luft kommt!' ‚Der Fisch.' ‚Nun nenne mir noch eine Schlange, die Eier legt!' ‚Der Drache.' Da wurde der Arzt des vielen Fragens müde, und er schwieg. Die Sklavin aber sprach: ‚O Beherrscher der Gläubigen, er hat mich so lange gefragt, bis er sich erschöpft hat. Jetzt will ich eine einzige Frage an ihn richten; wenn er die nicht beantwortet, so will ich ihm sein Gewand abnehmen als das, was mir rechtmäßig zukommt.' – –«

Da bemerkte Schehrezâd, daß der Morgen begann, und sie hielt in der verstatteten Rede an. Doch als die *Vierhundertundvierundfünfzigste Nacht* anbrach, fuhr sie also fort: »Es ist mir berichtet worden, o glücklicher König, daß der Beherrscher der Gläubigen, als die Sklavin zu ihm sprach: ‚Er hat mich so lange gefragt, bis er sich erschöpft hat. Jetzt will ich eine einzige Frage an ihn richten; wenn er die nicht beantwortet, so will ich ihm sein Gewand abnehmen als das, was mir rechtmäßig zukommt', ihr darauf zurief: ‚Frage ihn!' Sie hub also an: ‚Was ist das für ein Ding, das an Rundung der Erde gleicht, und dessen Rückgrat und Ruhestätte kein Blick der Augen erreicht? Es ist gering an Wert, engbrüstig und wenig geehrt; es trägt eine Fessel um den Hals und ist doch kein entlaufener Sklav, es ist gebunden und doch keiner, den man beim Diebstahl traf; es ist durchbohrt, aber nicht im Kampf mit der Lanze, verwundet, aber nicht im Waffentanze; es frißt der Zeiten Länge und trinkt des Wassers Menge; bald wird es ohne Schuld geschlagen, bald muß es endlose Knechtschaft ertragen; nach der Trennung ist es wieder im trauten Verein, es ist gefügig, aber nicht durch Schmeichelein; es ist schwanger, ohne daß es ein Kind in sich trägt, es neigt sich, ohne daß es sich auf die Seite legt; es wird schmutzig und macht sich selbst wieder rein, es hält aus und kann auch wieder anders sein; ohne Rute paart es sich, es ringt, doch niemals wahrt es sich; es ruht sich aus und läßt andere ruhn, es wird gebissen, ohne einen Schrei zu tun; ihm werden mehr Ehren als einem Gaste geweiht, und doch ist es unwillkommener als die Hitze zur Sommerszeit; es verläßt seine Gattin bei Nacht und umarmt sie bei Tage, und in den Ecken der Wohnungen vornehmer Leute pflegt es sich zu verstecken.' Da schwieg der Arzt und konnte keine Antwort geben; er war verwirrt, seine Farbe erblich; er senkte sein Haupt eine Weile und sagte kein Wort. Sie aber rief: ‚O du Arzt, rede; sonst ziehe ich dir dein Gewand aus!' Darauf hub er an: ‚O Beherrscher der Gläubigen, sei Zeuge wider mich, daß diese Sklavin gelehrter ist als ich in der Heilkunde und in anderen Wissenschaften, und daß ich mich nicht mit ihr messen kann!' Und alsbald legte er sein Gewand, das er trug, ab und lief davon. Nun sprach der Kalif zu ihr: ‚Deute uns dein Rätsel!' Sie erwiderte: ‚O Beherrscher der Gläubigen, es ist der Knopf und das Knopfloch.'

Hören wir weiter, wie es ihr mit dem Astronomen erging! Als sie rief: ‚Wer von euch ein Astronom ist, der trete vor!' erhob sich ein Sternkundiger und setzte sich dann vor ihr nieder. Und wie sie ihn erblickte, fragte sie lächelnd: ‚Bist du der sternkundige Mann, der da rechnen und schreiben kann?' ‚Jawohl', erwiderte er; und sie fuhr fort: ‚So frage denn nach allem, was du willst; doch die Hilfe kommt von Allah!' Nun begann er: ‚Gib mir Auskunft über die Sonne, über ihren Aufgang und Untergang!' Sie antwortete: ‚Die Sonne geht auf und unter in bestimmten Himmelsrichtungen; die Richtung des Aufganges liegt in der östlichen Hemisphäre und die Richtung des Unterganges in der westlichen Hemisphäre, und jede von beiden wird in hundertundachtzig Grade geteilt. Allah der Erhabene sagt: ‚Ich schwöre bei dem Herrn des Ostens und des Westens!'[1] Und ferner sagt der Erhabene: ‚Er ist es, der die Sonne zu einer Leuchte und den Mond zu einem Licht gemacht und der ihm Stationen bestimmt hat, auf daß ihr die Zahl der Jahre und die Zeitrechnung erkennt.'[2] Der Mond ist der Herrscher der Nacht, und die Sonne ist die Herrscherin des Tages, und beide kreisen miteinander um die Wette. Allah der Erhabene sagt: ‚Es ist nicht gut, daß die Sonne den Mond einhole, noch auch überholt die Nacht den Tag, sondern beide schweben je in ihrer eigenen Sphäre.'[3] Sage mir, wenn die Nacht kommt, was wird da aus dem Tage? Und was wird aus der Nacht, wenn der Tag kommt?' ‚Er läßt die Nacht in den Tag

1. Sure 70, Vers 40. – 2. Sure 10, Vers 5. – 3. Sure 36, Vers 40.

eindringen und läßt den Tag eindringen in die Nacht.'[1] ‚Nenne mir die Stationen des Mondes!' ‚Der Stationen sind achtundzwanzig: esch-Scharatân[2], el-Butain[3], eth-Thuraija[3], ed-Dabarân[4], el-Hak'a[5], el-Han'a[6], edh-Dhirâ'[7], en-Nathra[8], et-Tarf[8], el-Dschabha[9], ez-Zubra[9], es-Sarfa[9], el-'Auwâ[10], es-Simâk[10], el-Ghafr[10], ez-Zubanajân[11], el-Iklîl[11], el-Kalb[12], esch-Schaula[13], en-Na'âïm[14], el-Balda[14], Sa'd edh-Dhâbih[15], Sa'd Bula'[16], Sa'd es-Su'ûd[17], Sa'd el-Achbija[18], el-Fargh el-Mukaddam[19], el-Fargh el-Muachchar[20], er-Rischâ[21]. Sie sind nach den Buchstaben des Abgad-Hawaz[22] angeordnet, und in ihnen liegt ein tiefes Geheimnis, das nur Allah, der Gepriesene und Erhabene, und die, so ganz in die Wissenschaft eingedrungen sind, kennen. Was ihre Verteilung auf die zwölf Sternbilder des Tierkreises angeht, so kommen je zweiundeindrittel Stationen auf ein Sternbild: esch-Scharatân und el-Butain und ein Drittel von eth-Thuraija gehören zum Widder; zwei Drittel von Thuraija, ed-Dabarân und zwei Drittel von el-Hak'a zum Stiere; ein Drittel von el-Hak'a, dazu el-Han'a und edh-Dhirâ' zu den Zwillingen; en-Nathra, et-Tarf und ein Drittel von el-Dschab-

---

1. Sure 22, Vers 60; 31, 28; 35, 14; 57, 6. – 2. Die arabischen Sternbilder werden zum Teil etwas anders gerechnet als unsere. Ich gebe hier die Mondstationen nach ihrer Lage in unseren Sternbildern an; die genaue astronomische Bezeichnung bleibt dem arabischen Wörterbuch vorbehalten. Die ersten beiden Stationen liegen im Widder. – 3. Die Plejaden. – 4. Unser Aldebaran. – 5. Im Orion. – 6. In den Zwillingen. – 7. Im kleinen Hunde. – 8. Im Krebs und Löwen. – 9. Im Löwen. – 10. In der Jungfrau. – 11. In der Waage. – 12. Antares im Skorpion. – 13. Im Skorpion. – 14. Im Schützen. – 15. Im Steinbock. – 16. Im Wassermann. – 17. Im Wassermann und Steinbock. – 18. Im Wassermann. – 19. Im Pegasus. – 20. Im Pegasus und in der Andromeda. – 21. In den Fischen. – 22. Das ist die Reihenfolge der Buchstaben nach dem hebräischen Alphabet.

ha zum Krebs; zwei Drittel von el- Dschabha, dazu ez-Zubra und zwei Drittel von es- Sarfa zum Löwen; ein Drittel von es-Sarfa, dazu el-'Auwâ und es-Simâk zu der Jungfrau; el-Ghafr, ez-Zubanajân und ein Drittel von el-Iklîl zu der Waage; zwei Drittel von el-Iklîl, dazu el-Kalb und zwei Drittel von esch-Schaula zum Skorpion; ein Drittel von esch-Schaula, dazu en-Na'âïm und el-Balda zum Schützen; Sa'd edh-Dhâbih, Sa'd Bula' und ein Drittel von Sa'd es-Su'ûd zum Steinbock; zwei Drittel von Sa'd es-Su'ûd, dazu Sa'd el-Achbija und zwei Drittel von el-Fargh el-Mukaddam zum Wassermann; ein Drittel von el-Fargh el-Mukaddam, dazu el-Fargh el-Muachchar und er-Rischâ zu den Fischen.' – –«

Da bemerkte Schehrezâd, daß der Morgen begann, und sie hielt in der verstatteten Rede an. Doch als die *Vierhundertundfünfundfünfzigste Nacht* anbrach, fuhr sie also fort: »Es ist mir berichtet worden, o glücklicher König, daß der Astronom, als die Sklavin die Mondstationen aufgezählt und sie auf die Sternbilder verteilt hatte, zu ihr sprach: ‚Gut! Nun gib mir Auskunft über die Planeten, ihre Natur, ihr Verweilen in den Sternbildern des Tierkreises, über ihren glückbringenden und unheilbringenden Aspekt, über ihre Häuser, ihre Aszendenz und Deszendenz.' Da erwiderte sie: ‚Die Sitzung ist zwar kurz bemessen; doch ich will dir Auskunft geben. Der Planeten sind sieben: Sonne, Mond, Merkur, Venus, Mars, Jupiter und Saturn. Die Sonne ist heiß, trocken, unheilbringend in der Konjunktur, glückbringend im Aspekt; sie verweilt in jedem Tierkreisbild dreißig Tage. Der Mond ist kalt, feucht und glückbringend; er verweilt in jedem Tierkreisbild zweiundeindrittel Tag. Merkur ist von gemischter Natur, glückbringend in Konjunktur mit Glücksgestirnen, unheilbringend in Konjunktur mit Unglücksgestirnen; er verweilt in jedem Tierkreisbild siebenzehn Tage und einen halben Tag. Venus ist gleichmäßig glückbringend; sie verweilt in jedem Tierkreisbild fünfundzwanzig Tage. Mars ist unheilbringend; er verweilt in jedem Tierkreisbild zehn Monate. Jupiter ist glückbringend; er verweilt in jedem Tierkreisbild ein Jahr. Saturn ist kalt, trocken, unheilbringend, er verweilt in jedem Tierkreisbild dreißig Monate. Das Haus der Sonne ist der Löwe; ihre Aszendenz ist im Widder und ihre Deszendenz im Wassermann. Das Haus des Mondes ist der Krebs; seine Aszendenz ist im Stier und seine Deszendenz im Skorpion, und sein Unheilsgestirn ist der Steinbock. Das Haus des Saturn sind Steinbock und Wassermann; seine Aszendenz ist in der Waage und seine Deszendenz im Widder, und seine Unheilsgestirne sind der Krebs und der Löwe. Das Haus des Jupiter sind die Fische und der Schütze; seine Aszendenz ist im Krebs und seine Deszendenz im Steinbock, und seine Unheilsgestirne sind die Zwillinge und der Löwe. Das Haus der Venus ist der Stier; ihre Aszendenz ist in den Fischen und ihre Deszendenz in der Waage, und ihre Unheilsgestirne sind der Widder und der Skorpion. Das Haus des Merkur sind die Zwillinge und die Jungfrau; seine Aszendenz ist in der Jungfrau und seine Deszendenz in den Fischen, und sein Unheilsgestirn ist der Stier. Das Haus des Mars sind der Widder und der Skorpion; seine Aszendenz ist im Steinbock und seine Deszendenz im Krebs, und sein Unheilsgestirn ist die Waage.' Als der Astronom ihren Scharfsinn und ihre Gelehrsamkeit, ihren Verstand und ihre Beredsamkeit erkannt hatte, da suchte er nach einer List, durch die er sie vor dem Beherrscher der Gläubigen zuschanden machen könnte. Und so fragte er sie: ‚O Mädchen, wird in diesem Monat Regen fallen?' Sie senkte darauf ihr Haupt und blieb eine lange Weile in Gedanken, so daß der Kalif glaubte, sie vermöge keine Antwort zu geben. Schließlich fragte der Astronom sie wiederum: ‚Warum redest du nicht?' Sie erwiderte: ‚Ich werde nur reden, wenn der Beherrscher der Gläubigen es mir erlaubt!' Lachend rief der Kalif ihr zu: ‚Wieso?' Da sprach sie: ‚Ich wünsche, daß du mir ein Schwert gibst, mit dem ich ihm den Kopf abschlage; denn er ist ein Ketzer!' Da lachte der Kalif von neuem, und alle, die um ihn waren, lachten mit ihm: Sie aber sprach: ‚O du Sterndeuter, es gibt fünf Dinge, die nur Allah der Erhabene kennt', und rezitierte den Vers: ‚Siehe, bei Allah steht das Wissen von der Stunde des Gerichts, und er sendet den Regen herab, und er weiß, was in den Mutterschößen ist, aber keine Seele weiß, was sie am nächsten Tage gewinnen wird, und keine Seele weiß, in welchem Lande sie sterben wird; fürwahr, Allah ist allwissend und allweise!'[1] ‚Gut!' antwortete der Astronom, ‚ich habe, bei Allah, dich nur auf die Probe stellen wollen.' Darauf hub sie wieder an: ‚Wisse, die Kalendermacher haben gewisse Zeichen und Merkmale für die Konstellationen der Planeten beim Beginn des neuen Jahres; auch haben die Menschen ihre Erfahrungen dabei gewonnen.' Als er sie dann fragte: ‚Welches sind die?' fuhr sie fort: ‚Jeder einzelne Tag hat einen Planeten, der ihn beherrscht. Wenn der erste Tag des Jahres ein Sonntag ist, so gehört er der Sonne, und dies deutet auf folgende Dinge – Allah aber weiß es am besten –: Bedrückung durch Könige, Sultane und Statthalter, viel Krankheitsstoff und wenig Regen; das Volk wird in gewaltigen Aufruhr geraten, die Kornfrüchte werden gut sein, doch die Linsen werden zugrunde gehen und die Trauben werden verderben; der Flachs wird teuer sein und der Weizen billig von Beginn des Monats Tûba bis zum Ende des Barmahât.[2] In jenem Jahre wird es viel Kampf zwischen

1. Sure 31, Vers 34. – 2. Das ist: vom fünften bis zum siebenten Monat des koptischen Jahres: Januar bis März.

den Königen geben, doch es wird auch ein Jahr der Fülle sein – doch Allah weiß es am besten!' ‚Nun sage mir, was geschieht, wenn es ein Montag ist!' ‚Der Tag gehört dem Monde; und das deutet auf Rechtschaffenheit der Verwalter und Statthalter; das Jahr wird reich an Regen sein, die Kornfrüchte werden gut geraten, doch der Leinsamen wird verderben, und der Weizen wird billig sein im Monate Kijâk.[1] Aber auch viel Pestilenz wird es geben, über die Hälfte des Viehes, Schafe und Ziegen, wird der Tod kommen; viel Trauben und wenig Honig wird es geben, und die Baumwolle wird billig sein – doch Allah weiß es am besten!' – –«

Da bemerkte Schehrezâd, daß der Morgen begann, und sie hielt in der verstatteten Rede an. Doch als die *Vierhundertundsechsundfünfzigste Nacht* anbrach, fuhr sie also fort: »Es ist mir berichtet worden, o glücklicher König, daß der Astronom, als die Sklavin über die Bedeutung des Montags zu Ende geredet hatte, zu ihr sprach: ‚Nun sage mir, was geschieht, wenn der erste Tag des Jahres auf einen Dienstag fällt!' Da antwortete sie: ‚Der Tag gehört dem Mars; und das deutet auf den Tod der Großen unter den Menschen, viel Zerstörung, Blutvergießen, Teuerung des Korns und wenig Regen. Mangel an Fischen wird herrschen; denn bald werden ihrer viel und bald ihrer wenig sein. Linsen und Honig werden in jenem Jahr billig sein, Leinsaat aber teuer, und von allen Kornfrüchten wird nur die Gerste gedeihen. Es wird viel Kampf unter den Königen geben, blutiger Tod wird sein, und viel Esel werden sterben – doch Allah weiß es am besten!' ‚Berichte mir weiter über den Mittwoch!' ‚Der Tag gehört dem Merkur; und das deutet auf großen Aufruhr unter dem Volke und auf viel Feindschaft; die Regenzeiten werden gleichmäßig verteilt sein, aber den-

1. Der vierte Monat: Dezember.

noch werden einige Saaten verderben; und es wird ein großes Sterben sein unter dem Vieh und den kleinen Kindern, und auf dem Meere wird viel gekämpft werden. Weizen wird teuer sein vom Barmûda[1] bis zum Misra[2]; aber die anderen Kornfrüchte werden billig sein. Es wird viel donnern und blitzen; der Honig wird teuer werden, die Dattelpalmen werden reichliche Frucht tragen, auch wird es viel Flachs und Baumwolle geben, aber Rettiche und Zwiebeln werden teuer sein – doch Allah weiß es am besten!' ,Und was wird geschehen, wenn Neujahr auf einen Donnerstag fällt?' ,Der Tag gehört dem Jupiter; und das deutet auf Gerechtigkeit bei den Ministern und Rechtschaffenheit bei den Kadis und Fakiren und allen Dienern des Glaubens. Es wird ein Jahr reichen Segens sein; viel Regen und Früchte wird es geben, Bäume und Getreide werden gut gedeihen; Flachs und Baumwolle, Honig und Trauben werden billig sein, und eine Fülle von Fischen wird kommen – doch Allah weiß es am besten!' ,Weiter sage mir, worauf Neujahr am Freitag deutet!' ,Der Tag gehört der Venus; und das deutet auf Tyrannei bei den Großen unter den Dämonen und auf viel Gerede voll Falschheit und bösen Leumunds. Tau wird reichlich fallen, die Herbsternte wird gut sein im Lande, und in dem einen Landstrich wird alles billig, im andern aber teuer sein. Viel Zwietracht wird herrschen zu Lande und zu Wasser. Die Leinsaat wird teuer sein und ebenso auch der Weizen im Hatûr[3], doch billig im Amschîr.[4] Honig wird teuer sein, Trauben und Wassermelonen werden verderben – doch Allah weiß es am besten!' ,Nun sage mir noch, was geschieht, wenn Neujahr am Sonnabend beginnt!' ,Der Tag gehört dem Saturn; und das deutet auf Bevorzugung der Sklaven und Griechen

1. Achter Monat: April. – 2. Zwölfter Monat: August. – 3. Dritter Monat: November. – 4. Sechster Monat: Februar.

und aller derer, in denen und bei denen nichts Gutes ist. Große Teuerung und Dürre wird herrschen, viel Nebel wird es geben, ein großes Sterben wird über die Menschen kommen, und des Wehklagens wird viel sein beim Volke von Ägypten und Syrien ob der Tyrannei des Sultans; auf der Saat wird kein Segen ruhen, und das Getreide wird verderben – doch Allah weiß es am besten!' Da neigte der Astronom sein Haupt und senkte es tief; doch sie sprach zu ihm: ‚O du Sterndeuter, jetzt will ich eine Frage an dich richten. Wenn du die nicht beantwortest, so werde ich dir dein Gewand abnehmen.' ‚Sprich!' erwiderte er. Da hub sie an: ‚Wo ist die Wohnung des Saturn?' ‚Im siebenten Himmel.' ‚Und die des Jupiters?' ‚Im sechsten Himmel.' ‚Und die des Mars?' ‚Im fünften Himmel.' ‚Und die der Sonne?' ‚Im vierten Himmel.' ‚Und die der Venus?' ‚Im dritten Himmel.' ‚Und die des Merkur?' ‚Im zweiten Himmel.' ‚Und die des Mondes?' ‚Im ersten Himmel.' ‚Gut! Nun bleibt nur noch eine andere Frage für dich übrig.' ‚Frage nur!' ‚Sage mir, in wie viele Abteilungen zerfallen die Sterne?' Da schwieg er und konnte keine Antwort geben. Sie aber rief: ‚Leg dein Gewand ab!' Er legte es ab, und nachdem sie es hingenommen hatte, sprach der Kalif zu ihr: ‚Nun beantworte du uns diese Frage!' Darauf erwiderte sie: ‚O Beherrscher der Gläubigen, die Sterne zerfallen in drei Abteilungen. Ein Teil von ihnen hängt am Erdenhimmel wie Lampen, und der spendet der Erde Licht. Der zweite Teil dient dazu, daß mit ihnen die Satane geworfen werden, wenn sie die Gespräche im Himmel heimlich belauschen wollen; Allah der Erhabene sagt: ‚Fürwahr, wir haben den untersten Himmel mit Leuchten geschmückt, und die haben wir zu Geschossen für die Satane bestimmt.'[1] Der dritte Teil aber hängt in der Luft, und der erleuchtet die Meere und was dar-

1. Sure 67, Vers 5.

innen ist.' Nun sagte jedoch der Astronom: ,Ich habe noch eine Frage zu stellen; und wenn sie die beantwortet, will ich mich für überwunden erklären.' ,Sprich!' antwortete sie. --«

Da bemerkte Schehrezâd, daß der Morgen begann, und sie hielt in der verstatteten Rede an. Doch als die *Vierhundertundsiebenundfünfzigste Nacht* anbrach, fuhr sie also fort: »Es ist mir berichtet worden, o glücklicher König, daß der Astronom sprach: ,Nenne mir vier gegensätzliche Dinge, die auf vier andere gegensätzliche Dinge gegründet sind!' Sie erwiderte: ,Das sind Hitze, Kälte, Feuchtigkeit und Trockenheit. Allah erschuf aus der Hitze das Feuer, dessen Natur heiß und trocken ist; aus der Trockenheit schuf er die Erde, deren Wesen kalt und trocken ist; aus der Kälte machte er das Wasser, das eine kalte und feuchte Natur hat; und aus der Feuchtigkeit ließ er die Luft entstehen, deren Wesen heiß und feucht ist. Dann erschuf Allah die zwölf Zeichen des Tierkreises: Widder, Stier, Zwillinge, Krebs, Löwe, Jungfrau, Waage, Skorpion, Schütze, Steinbock, Wassermann und Fische. Und zwar machte er sie von vierfacher Natur: drei feurig, drei irdisch, drei luftig und drei wässerig; Widder und Löwe und Schütze sind feurig, Stier und Jungfrau und Steinbock sind irdisch, Zwillinge und Waage und Wassermann sind luftig, Krebs und Skorpion und Fische sind wässerig.' Da hub der Astronom an und sprach: ,Leg Zeugnis ab wider mich, o Kalif, daß sie gelehrter ist als ich!' und ging geschlagen von dannen.

Der Beherrscher der Gläubigen aber rief: ,Wo ist der Philosoph?' Alsbald erhob sich ein Mann und trat vor die Sklavin hin und sprach: ,Sage mir, was ist die Zeit, welches sind ihre Grenzen und ihre Tage, und was bringt sie?' Sie gab zur Antwort: ,Die Zeit ist ein Name, der angewandt wird für die Stunden der Nacht und des Tages, und die sind nur die Maße für den Umlauf der Sonne und des Mondes in ihren Sphären, wie Allah der Erhabene verkündet hat, als er sprach: ‚Ein Zeichen für sie ist auch die Nacht; wir nehmen den Tag von ihr fort, und siehe da, Finsternis umgibt die Menschen. Und die Sonne eilt zu ihrem Ruheplatze; jenes ist die Ordnung des Allmächtigen und Allwissenden.'[1] ‚Sage mir, wie der Unglaube zum Menschen kommt!' ‚Von dem Gesandten Allahs – Er segne ihn und gebe ihm Heil! – wird überliefert, daß er gesagt hat: ‚Der Unglaube rinnt im Menschen, wie das Blut in seinen Adern rinnt, wenn er die Welt, die Zeit[2], die Nacht und die Stunde verflucht.' Und ferner hat er, auf dem Allahs Segen und Heil ruhe, gesagt: Keiner von euch fluche der Zeit; denn die Zeit ist Gott. Und keiner von euch fluche der Welt; denn sie spricht: Möge Allah dem nicht helfen, der mir flucht! Und keiner von euch fluche der Stunde; denn: Die Stunde naht, daran ist kein Zweifel.[3] Auch fluche keiner von euch der Erde; denn sie ist ein Wunderzeichen nach dem Worte des Erhabenen: Aus ihr haben wir euch erschaffen, und in sie lassen wir euch zurückkehren, und aus ihr werden wir euch dereinst auferwecken.'[4] ‚Nenne mir die fünf, die da aßen und tranken und doch nicht aus Lenden und Mutterleib hervorgegangen waren.' ‚Adam, Simeon[5], die Kamelin des Sâlih[6], der

1. Sure 36, Vers 37 und 38. – 2. ‚Zeit' bedeutet im Arabischen auch ‚Schicksal'. – 3. Sure 22, Vers 7; es ist die ‚Stunde des Gerichts' gemeint. – 4. Sure 20, Vers 57. – 5. Das ist eine Verwechslung mit Melchisedek, von dem es im Hebräerbrief Kap. 7 heißt, daß er weder Vater noch Mutter hatte. Diese Verwechslung mag dadurch entstanden sein, daß Melchisedek den Abraham segnete (1. Mosis, Kap. 14), wie Simeon den Jesusknaben segnete (Lukas 2, 25 ff.), sie muß auf christliche Quellen zurückgehen. – 6. Sâlih war der Prophet der Thamudener in Nordwestarabien; er soll zum Beweise seiner göttlichen Sendung eine Kamelin aus einem Felsen haben hervortreten lassen.

Widder Ismaels[1] und der Vogel, den Abu Bakr der Wahrhaftige in der Höhle sah.'[2], Nenne mir die fünf, die im Paradiese leben und doch weder Menschen noch Geister noch Engel sind!' ,Der Wolf Jakobs, der Hund der Siebenschläfer, der Esel Esras, die Kamelin des Sâlih und Duldul, das Maultier des Propheten[3] – Allah segne ihn und gebe ihm Heil! –' ,Nenne mir einen Mann, der ein Gebet sprach, während er weder auf der Erde noch im Himmel war!' ,Das ist Salomo, als er auf seinem Teppich betete, der vom Winde getragen wurde.' ,Nun gib mir hierüber Auskunft: Ein Mann sprach das Frühgebet; da blickte er auf eine Sklavin, doch sie war ihm verwehrt. Als es Mittag ward, war sie ihm erlaubt; am Nachmittag war sie ihm wieder verwehrt; als die Sonne unterging, war sie ihm wieder erlaubt; doch zur Zeit des Abendgebetes war sie ihm zum dritten Male verwehrt. Und schließlich, als die Zeit des Frühgebetes kam, war sie ihm von neuem erlaubt.' ,Das war ein Mann, der zur Zeit des Frühgebetes die Sklavin eines anderen erblickte; die war ihm verwehrt. Um die Mittagszeit kaufte er sie; da war sie ihm erlaubt; am Nachmittage aber ließ er sie frei; und so war sie ihm wieder verwehrt. Als die Sonne unterging, nahm er sie zur Frau, und da war sie ihm erlaubt; doch zur Zeit des Abendgebetes verstieß er sie; da war sie ihm zum dritten Male verwehrt. Und schließlich, als die Zeit des Frühgebetes kam, nahm er sie zurück; so ward sie ihm von neuem erlaubt.' ,Nun nenne mir ein Grab, das mit seinem Bewohner umherzog!'

---

1. Nach muslimischer Auffassung soll Abraham den Ismael, nicht den Isaak haben opfern wollen. – 2. Abu Bakr begleitete den Propheten Mohammed auf der Auswanderung von Mekka nach Medina. Als die beiden sich in einer Höhle verbargen, soll ein Vogel sein Nest davor gebaut und so die Verfolger getäuscht haben. – 3. Vgl. ,Begünstigte Tiere' in Goethes West-östlichem Divan.

‚Der Walfisch des Jûnus ibn Mattai¹, als er ihn verschlungen hatte.' ‚Nenne mir eine Senke, auf die nur ein einziges Mal die Sonne geschienen hat und auf die sie nie wieder scheinen wird bis zum Jüngsten Tage!' ‚Das ist das Rote Meer, als Mose es mit seinem Stabe schlug und als es sich in zwölf Teile zerteilte nach der Zahl der Stämme; da schien die Sonne auf seinen Grund, aber sie wird es bis zum Tage der Auferstehung nie wieder tun.' – –«

Da bemerkte Schehrezâd, daß der Morgen begann, und sie hielt in der verstatteten Rede an. Doch als die *Vierhundertundachtundfünfzigste Nacht* anbrach, fuhr sie also fort: »Es ist mir berichtet worden, o glücklicher König, daß der Philosoph dann zu der Sklavin sprach: ‚Nenne mir den ersten Saum, der über das Angesicht der Erde schleifte!' ‚Das war der Saum Hagars, als sie Scheu vor Sarah hatte; und dies ward eine Sitte unter den Arabern.' ‚Was ist das, was da atmet ohne Lebensgeist?' ‚Allah der Erhabene hat gesagt: ‚Bei dem Morgen, wenn er aufatmet.'² ‚Löse mir dies Rätsel: Eine fliegende Taubenschar kam zu einem hohen Baume, und ein Teil von ihnen setzte sich auf den Baum, ein anderer darunter. Da sprachen die auf dem Baume zu denen, die unten waren: ‚Wenn eine von euch herauffliegt, so seid ihr ein Drittel von uns allen; und wenn eine von uns hinabfliegt, so werden wir euch an Zahl gleich sein.' ‚Es waren im ganzen zwölf Tauben; sieben von ihnen setzten sich auf den Baum, fünf darunter: Wenn nun eine hinaufflog, so waren die droben doppelt soviel wie die drunten; wäre aber eine hinabgeflogen, so wären die droben und die drunten von gleicher Zahl gewesen – doch Allah weiß es am besten.' Da legte der Philosoph sein Gewand ab und lief eilends davon.

1. Jona ben Amittai. – 2. Sure 81, Vers 18.

Sehen wir nun, wie es ihr mit en-Nazzâm selbst erging! Als nämlich die Sklavin sich nunmehr an all die noch anwesenden Gelehrten wandte und zu ihnen sprach: ‚Wer von euch ist es, der über alle Künste und Wissenschaften reden kann?' hub en-Nazzâm[1] an und sprach zu ihr: ‚Glaube nicht, daß ich wie die anderen bin!' Doch sie erwiderte ihm: ‚Ich bin um so sicherer, daß du überwunden wirst, da du anmaßend bist. Allah wird mir zum Siege über dich verhelfen, so daß ich auch dir dein Gewand abnehmen kann. Es wäre also besser für dich, wenn du schon jetzt jemand fortschickst, der dir etwas bringt, das du anziehen kannst!' ‚Bei Allah,' rief er, ‚wahrlich, ich werde dich sicher besiegen und dich zum Gerede der Leute machen, auf daß man von Geschlecht zu Geschlecht über dich spricht!' Die Sklavin antwortete ihm: ‚Tu Buße im voraus für deinen Meineid!' Dann begann er zu fragen: ‚Tu mir kund, welche fünf Dinge erschuf Allah der Erhabene, bevor er die Kreatur ins Leben rief?' Sie erwiderte: ‚Das Wasser, die Erde, das Licht, die Finsternis und die Früchte der Erde.' ‚Weiter sage mir, was schuf Allah mit der Hand der Allmacht?' ‚Den Himmelsthron, den Paradiesesbaum Tûba, Adam und den Garten Eden – alle diese erschuf Allah mit der Hand seiner Allmacht; doch zu allem anderen, was er erschaffen hat, sprach er: ‚Werdet!' und da wurden sie.' ‚Nenne mir deinen Vater im Islam!' ‚Mohammed – Allah segne ihn und gebe ihm Heil! –' ‚Wer ist Mohammeds Vater im Islam?' ‚Abraham, der Freund Gottes.' ‚Worin besteht der Glaube des Islams?' ‚In dem Bekenntnis, daß es keinen Gott gibt außer Allah und daß Mohammed der Gesandte Allahs ist.' ‚Jetzt tu mir kund, welches dein Anfang und dein Ende ist!' ‚Mein Anfang ist ein Tropfen schmutziger Flüssigkeit, mein Ende ist ein Leichnam, der Verwesung ge-

1. Das ist Ibrahîm ibn Saijâr en-Nazzâm; vgl. Seite 632.

weiht. Mein Anfang ist Staub, und mein Ende ist Staub, wie der Dichter gesagt hat:

> *Aus Staub geschaffen wurde ich zum Menschen*
> *Und ward in Frag und Antwort sprachgewandt;*
> *Ich kehre heim und bleibe in dem Staube,*
> *Dieweil ich früher aus dem Staub entstand.'*

Weiter fragte er: ,Was ist das, was zuerst Holz war und später Leben bekam?' ,Das ist der Stab Mosis; als er ihn in den Talgrund warf, da ward er zu einer ringelnden Schlange, mit Erlaubnis Allahs des Erhabenen.' ,Erkläre mir das Wort des Erhabenen: ,Und er diente mir noch zu anderen Zwecken!'[1] ,Moses pflegte seinen Stab in die Erde zu stecken; dann blühte er und trug Frucht, spendete ihm Schatten vor der Hitze und schützte ihn vor der Kälte; er stützte ihn, wenn er müde war, und behütete ihm seine Schafe vor den wilden Tieren, wenn er schlief.' ,Sage mir, welches Weib wurde allein vom Manne und welcher Mann allein vom Weibe geboren?' ,Eva von Adam und Jesus von Maria.' ,Nenne mir vier Feuer: ein Feuer, das frißt und trinkt; ein Feuer, das frißt, aber nicht trinkt; ein Feuer, das trinkt, aber nicht frißt; und ein Feuer, das weder frißt noch trinkt!' ,Das Feuer, das frißt, aber nicht trinkt, ist das Feuer dieser Welt; das Feuer, das frißt und trinkt, ist das Höllenfeuer; das Feuer, das trinkt, aber nicht frißt, ist die Sonnenglut; das Feuer, das weder frißt noch trinkt, das ist das Feuer des Mondes.' ,Sage mir, was ist das Freistehende und was das Gebundene?' ,O Nazzâm, das Freistehende sind die verdienstlichen Handlungen, das Gebundene sind die Pflichten.' ,Deute mir die Dichterworte:

> *Es haust im Grabe; seine Kost steht ihm zu Häupten;*
> *Es redet Worte, wenn es seine Nahrung schmeckt.*

[1]. Sure 20, Vers 19.

> Bald steht es auf und schreitet schweigend, aber redend
> Und kehret heim zur Gruft, aus der es auferweckt.
> Lebendig ist es nicht und wird doch hochgeehrt;
> Es ist nicht tot und doch der Gnade Gottes wert.'

‚Das ist das Schreibrohr.'[1] ‚Nun deute mir die Worte des Dichters, der da spricht:

> Es hat zwei feste Taschen, und sein Blut fließt leicht;
> Die Ohren sind verhüllt, doch offen steht der Mund.
> Es sieht dem Hahne gleich, der auf den Bauch sich pickt[2];
> Und als ein halber Dirhem tut sein Wert sich kund.'

‚Das Schreibgerät.' ‚Sage mir auch, was der Dichter mit diesen Worten meint:

> Wohlan, sprich zu den Leuten von Wissen, Witz und Bildung
> Und jedem Meister, reich an Ehren und Verstand:
> Wohlan, verkündet mir, welch Ding saht ihr vom Vogel
> Dort auf Arabiens Flur und in der Perser Land.
> Es hat kein Fleisch an sich, hat auch kein Blut im Leibe;
> Es hat auch kein Gefieder noch ein Flaumgewand.
> Es wird gekocht gegessen, wird auch kalt genossen;
> Man speist es auch gebraten, wenn's am Feuer stand.
> Es hat der Farben zwei: die eine ist wie Silber,
> Die andre, zart und fein, wird kaum vom Gold erreicht.
> Es ward noch nie lebendig, noch auch tot gesehen.
> Sagt mir, was ist dies Ding, das einem Wunder gleicht?'

Da rief sie: ‚Du brauchst viel Worte, um nach einem Ei zu fragen, das nur einen Pfennig wert ist!' ‚Nun sage mir denn, wieviel Worte sprach Gott zu Mose?' ‚Es wird vom Gesandten Allahs – Er segne ihn und gebe ihm Heil! – überliefert, daß er gesagt hat: ‚Gott sprach zu Mose eintausendfünfhundertund-

---

1. Das Schreibrohr wird in einer Metallhülse getragen, an deren oberem Ende sich die Tintenkapsel befindet; in der Kapsel ist ein Schwämmchen mit Tinte. – 2. Öffnung der Kapsel und der Hülse treffen beim Schließen aufeinander.

fünfzehn Worte.' ‚Nenne mir vierzehn Dinge, die zum Herrn der Welten gesprochen haben!' ‚Die sieben Himmel und die sieben Erden, als sie sprachen: ‚Wir nahen gehorsam.'¹ – –«

Da bemerkte Schehrezâd, daß der Morgen begann, und sie hielt in der verstatteten Rede an. Doch als die *Vierhundertundneunundfünfzigste Nacht* anbrach, fuhr sie also fort: »Es ist mir berichtet worden, o glücklicher König, daß en-Nazzâm, nachdem die Sklavin ihm ihre Antwort gegeben hatte, sie weiter fragte: ‚Tu mir kund, in welcher Weise Adam erschaffen wurde!' ‚Allah erschuf Adam aus Lehm, den Lehm aus Schaum, den Schaum aus dem Meere, das Meer aus der Finsternis, die Finsternis aus dem Lichte, das Licht aus einem Fische, den Fisch aus einem Felsen, den Felsen aus einem Rubin, den Rubin aus Wasser und das Wasser aus seiner Allmacht heraus, wie der Erhabene gesagt hat: Wenn Er ein Ding will, So ist Sein Befehl nur, daß Er sagt: ‚Werde!' und es wird.'² ‚Sage mir, was der Dichter meint, wenn er sagt:

> *Ein Fresser ist's, und hat doch weder Mund noch Leib;*
> *Als Speise dienen ihm die Tiere und der Wald.*
> *Gibst du ihm seine Nahrung, steht es auf und lebt;*
> *Doch wenn du es mit Wasser tränktest, stürb es bald.'*

‚Das ist das Feuer!' ‚Sage mir, was der Dichter mit diesen Worten meint:

> *Ein Liebespaar, von jeder Lust gemieden,*
> *Ruht Arm in Arm die liebe lange Nacht.*
> *Vor Schaden hütet es getreu die Menschen;*
> *Es wird getrennt, sobald die Sonne wacht.'*

‚Das sind die beiden Türflügel!' ‚Nenne mir die Abteilungen der Hölle!' ‚Es sind ihrer sieben; und ihre Namen sind in diesen beiden Versen enthalten:

1. Sure 41, Vers 10. – 2. Sure 36, Vers 82; ähnlich an mehreren anderen Stellen des Korans.

Dschahannam ist's und Laza, dann el-Hatîm desgleichen,
Drauf zähle es-Sa'îr und Sakar auch zumal;
Und danach kommt Dschahîm, dann Hâwija als letzte:
Das ist im kurzen Spruche ihre ganze Zahl.'

‚Sage mir weiter, was der Dichter mit diesen Worten meint:

Sie hat ein Lockenpaar, das von den Schläfen weht
Weit hinter ihrem Rücken, wenn sie kommt und geht.
Ein Auge auch, das nie des Schlummers Süße kostet,
In dem von Tränen nie auch nur ein Tropfen steht.
Sie hat ihr Lebelang noch nie ein Kleid getragen,
Doch sie ist's, die den Menschen viele Kleider näht.'

‚Das ist die Nadel.' ‚Sage mir, wie lang und wie breit ist die Höllenbrücke?' ‚Ihre Länge ist gleich einer Reise von dreitausend Jahren, tausend im Abstieg, tausend im Anstieg und tausend eben; sie ist schärfer als ein Schwert und dünner als ein Haar.' – –«

Da bemerkte Schehrezâd, daß der Morgen begann, und sie hielt in der verstatteten Rede an. Doch als die *Vierhundertundsechzigste Nacht* anbrach, fuhr sie also fort: »Es ist mir berichtet worden, o glücklicher König, daß en-Nazzâm, nachdem die Sklavin ihm die Höllenbrücke beschrieben hatte, fortfuhr: ‚Sage mir, wie viele Fürbitten leistet unser Prophet Mohammed – Allah segne ihn und gebe ihm Heil! – für die Gläubigen?' ‚Drei Fürbitten.' ‚War Abu Bakr der erste, der den Islam annahm?' ‚Jawohl.' ‚'Alî nahm doch vor Abu Bakr den Islam an?' ‚'Alî kam zum Propheten – Allah segne ihn und gebe ihm Heil! – als ein Knabe von sieben Jahren, und Allah verlieh ihm die rechte Leitung, obgleich er noch so jung war, so daß er nie einen Götzen anbetete.' ‚Sage mir, wer ist vortrefflicher, 'Alî oder el-'Abbâs?' Da erkannte sie – so erzählte en-Nazzâm selbst –, daß dies eine Falle für sie war; denn wenn sie sagte,

'Alî sei vortrefflicher als el-'Abbâs, so würde der Beherrscher der Gläubigen[1] ihr das nie verzeihen. Sie senkte daher eine Weile ihr Haupt und ward bald rot und bald blaß; dann aber hub sie an: ‚Du fragst nach zwei vortrefflichen Männern, deren jeder seinen eigenen Vorzug hat. Laß uns jetzt zu dem zurückkehren, worüber wir sprachen!' Als der Kalif Harûn er-Raschîd ihre Antwort hörte, erhob er sich und blieb aufrecht stehen und rief ihr zu: ‚Du hast gut gesprochen, beim Herrn der Kaaba, o Tawaddud!' Nun fragte Ibrahîm en-Nazzâm weiter: ‚Sage mir, was meint der Dichter mit diesen Worten:

> *Es ist von schlankem Leib, und süß ist sein Geschmack;*
> *Es gleicht dem Speer, doch hat es keine Spitze dran.*
> *Und alle Menschen schätzen seinen Nutzen hoch;*
> *Man ißt es nach der Vesperzeit im Ramadân.'*

‚Das Zuckerrohr', erwiderte sie; und en-Nazzâm fuhr fort: ‚Nun gib mir über viele Fragen Auskunft!' ‚Welche sind das?' ‚Was ist süßer als Honig, was ist schärfer als das Schwert, was ist schneller als das Gift? Was ist die Wonne eines Augenblicks, was die Freude dreier Tage, welches ist der schönste Tag, und was ist das Glück einer Woche? Welches ist die Schuld, die selbst der lügnerische Schuldner nicht abstreitet, was ist das Gefängnis des Grabes, was die Freude des Herzens, und was die Falle der Seele? Was ist der Tod im Leben, welches ist die Krankheit, die nicht geheilt werden kann, welches die Schmach, die sich nicht tilgen läßt, und welches ist das Tier, das nicht auf der Ackerflur wohnt, sondern in der Wüste haust, das die Menschen haßt und das von Natur die Eigenschaften sieben gewaltiger Wesen besitzt?' Da erwiderte sie ihm: ‚Höre die Antwort, die ich dir gebe, und lege dein Gewand ab, auf daß ich sie dir deute!' Doch der Kalif rief ihr zu: ‚Deute zuerst, da-

---

[1]. Denn el-'Abbâs war ja der Stammvater der abbasidischen Kalifen.

nach soll er sein Gewand ablegen!' So sprach sie denn: ‚Süßer als Honig ist die Liebe frommer Kinder zu ihren Eltern; schärfer als das Schwert ist die Zunge; schneller als das Gift ist das böse Auge. Die Wonne eines Augenblicks ist die Sinnenlust; die Freude dreier Tage ist das Enthaarungsmittel für die Frauen; der schönste Tag ist der Tag des Gewinnes im Handel; und das Glück einer Woche ist die junge Frau. Die Schuld, die der lügnerische Schuldner nicht abstreitet, ist der Tod; das Gefängnis des Grabes ist ein ungeratener Sohn; die Freude des Herzens ist eine Frau, die ihrem Gatten gehorsam ist, doch es heißt auch, daß sich das Herz am Fleische erfreut, wenn das zu ihm sich neigt; die Falle der Seele ist ein ungehorsamer Sklave. Der Tod im Leben ist die Armut; die Krankheit, die nicht geheilt werden kann, ist ein schlechter Charakter; die Schande, die sich nicht tilgen läßt, ist eine mißratene Tochter. Und schließlich das Tier, das nicht auf der Ackerflur wohnt, sondern in der Wüste haust, das die Menschen haßt und die Eigenschaften sieben gewaltiger Wesen besitzt, das ist die Heuschrecke, ihr Kopf gleicht dem Kopfe des Pferdes, ihr Nacken dem des Stieres, ihre Flügel sind wie die Flügel des Geiers; ihr Fuß gleicht dem des Kameles, ihr Schwanz dem der Schlange, ihr Bauch dem des Skorpions, und ihre Hörner sind wie die der Gazelle.'
Da wunderte der Kalif Harûn er-Raschîd sich über ihren Scharfsinn und ihren Verstand, und er sprach alsbald zu en-Nazzâm: ‚Leg dein Gewand ab!' Der hub an und sprach: ‚Ich rufe alle, die in dieser Versammlung zugegen sind, wider mich zu Zeugen auf, daß diese Sklavin gelehrter ist als ich und alle anderen Gelehrten!' Und er legte sein Gewand ab und sprach zu der Sklavin: ‚Da, nimm es hin; Allah möge es dir nicht gesegnen!' Aber der Kalif ließ ihm ein anderes Gewand bringen, das er anlegen konnte.

Darauf hub der Beherrscher der Gläubigen wieder an und sprach: ‚O Tawaddud, nun bleibt noch eins übrig von dem, dessen du dich gerühmt hast, das ist das Schachspiel.' Und er ließ Meister des Schachspiels, des Kartenspiels und des Tricktrackspieles kommen. Der Schachspieler setzte sich vor ihr nieder, und nachdem sie die Figuren zwischen ihnen beiden aufgestellt hatte, tat er einen Zug, und sie tat einen Gegenzug. Jeden Zug aber, den er tat, vereitelte sie sofort durch einen Gegenzug. – –«

Da bemerkte Schehrezâd, daß der Morgen begann, und sie hielt in der verstatteten Rede an. Doch als die *Vierhundertundeinundsechzigste Nacht* anbrach, fuhr sie also fort: »Es ist mir berichtet worden, o glücklicher König, daß die Sklavin, als sie vor dem Beherrscher der Gläubigen Harûn er-Raschîd mit dem Meister Schach spielte, jedesmal, wenn jener einen Zug tat, ihn durch einen Gegenzug vereitelte, bis sie ihn geschlagen hatte und er sich schachmatt sah. Da sprach er: ‚Ich wollte dich nur aufmuntern, damit du dich für eine geschickte Spielerin hältst. Nun stelle noch einmal auf, dann wirst du sehen!' Aber wie sie zum zweiten Male aufgestellt hatte, sprach er bei sich: ‚Mache dein Auge auf; sonst schlägt sie dich wieder!' Dann ging er mit jedem Zuge erst nach langer Berechnung vor, und er spielte so lange, bis sie ihm zurief: ‚Schachmatt, der König ist tot!' Als er solches von ihr erfuhr, wunderte er sich über ihren Scharfsinn und ihre Klugheit. Sie aber lächelte und sprach zu ihm: ‚Meister, bei unserem dritten Spiele will ich mit dir eine Wette eingehen. Ich gebe dir die Königin und den rechten Turm und den linken Springer. Wenn du mich schlägst, dann nimm meine Kleider! Aber wenn ich dich schlage, so will ich dir deine Kleider abnehmen.' ‚Ich bin damit einverstanden', erwiderte er. Dann stellten sie beide die Figuren auf; Tawaddud gab die Königin, den Turm und den Springer ab und sprach: ‚Zieh, Meister!' Da tat er einen Zug, indem er sich sagte: ‚Nach einer solchen Vorgabe werde ich sie sicher schlagen.' Und er machte sich einen festen Plan; derweilen aber tat sie langsam Zug um Zug, bis sie ihm eine Königin in den Weg gestellt hatte, und dann rückte sie gegen ihn vor, brachte die Bauern und anderen Figuren auch heran, und um seine Aufmerksamkeit abzulenken, opferte sie ihm eine Figur. Er nahm sie; doch da rief Tawaddud: ‚Das Maß ist vollgestrichen, und die Lasten sind ausgeglichen! Friß nur, bis du übersatt bist! Nur deine Gier, du Menschenkind, bringt dich zu Falle. Merkst du denn nicht, daß ich deine Gier erweckte, um dich zu betören? Siehe da, du bist schachmatt!' Und sie fügte hinzu: ‚Leg deine Kleider ab!' Er bat sie: ‚Laß mir die Hosen, Allah wird es dir vergelten!' Und er schwor bei Allah, nie wieder mit jemandem einen Wettkampf einzugehen, solange Tawaddud im Reiche von Baghdad weilte. Darauf legte er sein Gewand ab, überreichte es ihr und ging davon.

Nun holte man den Tricktrackspieler herbei; zu dem sprach sie: ‚Was wirst du mir geben, wenn ich dich heute schlage?' Er antwortete: ‚Ich will dir zehn Gewänder geben aus Brokat, der von Konstantinopel gekommen ist und der mit Gold bestickt ist, ferner zehn Gewänder aus Samt und tausend Dinare. Aber wenn ich dich schlage, so verlange ich von dir nichts, als daß du mir eine Urkunde mit der Bestätigung meines Sieges ausstellst.' ‚Wohlan denn an dein Werk!' sprach sie; und er spielte, aber er verlor. Da stand er auf, indem er unverständliche Worte in fränkischer Sprache murmelte, und sagte dann: ‚Bei der Gnade des Beherrschers der Gläubigen: ihresgleichen gibt es in der ganzen Welt nicht wieder!'

Zuletzt berief der Beherrscher der Gläubigen die Künstler der Musik; und als die gekommen waren, fragte er die Sklavin:

‚Verstehst du etwas von Musik?', ‚Jawohl', erwiderte sie. Da ließ er eine Laute bringen, abgegriffen und abgeschliffen und aller Schönheit bar, deren Besitzer durch die Trennung von seiner Geliebten ins Elend geraten war, wie ein Dichter sie beschreibt:

> *Ein Land, von Gott getränkt, ließ frisches Holz[1] erspießen,*
> *Bald wuchsen Zweige dran, und Wurzeln wurden hart.*
> *Die Vögel sangen drauf, solang das Holz noch grün war;*
> *Jetzt singt zu ihm die Zarte, seit es trocken ward.*

Man brachte nun eine Laute in einem Beutel aus rotem Satin mit Quasten aus safranfarbener Seide; sie öffnete den Beutel, nahm die Laute heraus, und siehe da, auf ihr standen diese Worte eingegraben:

> *Ein frischer Ast ward hier zur Laute für die Maid,*
> *Die ihre Lieder klagt in trauten Freundeskreisen;*
> *Sie singt; und ihrer Stimme süßer Schall erklingt,*
> *Als lernte sie der Nachtigallen zarte Weisen.*

Sie legte die Laute auf ihren Schoß und neigte sich mit ihrer Brust darüber; sie beugte sich, wie sich eine Mutter über ihr Kind beugt, wenn sie es säugt, und dann spielte sie auf ihr zwölf Weisen, bis die ganze Versammlung im Meere des Entzückens auf und nieder wogte. Darauf sang sie:

> *Hör auf, mich zu meiden! Laß ab von der Härte!*
> *Denn, bei deinem Leben, mein Herz läßt dich nicht.*
> *Erbarm dich der Tränen des armen Betrübten,*
> *Dem glühende Liebe das Herze zerbricht!*

Der Beherrscher der Gläubigen war entzückt und rief: ‚Allah segne dich und erbarme sich dessen, der dich gelehrt hat!' Sie aber erhob sich und küßte dann vor ihm den Boden. Darauf befahl er, Geld zu bringen, und er ließ ihrem Herrn hundert-

---

1. Das Wort für ‚Holz' ('*ûd*) bedeutet auch ‚Laute'. Aus *el-'ûd* ist das deutsche Wort ‚Laute' entstanden.

tausend Dinare zahlen; und schließlich sprach er zu ihr: ‚Tawaddud, erbitte dir eine Gnade von mir!' Da erwiderte sie: ‚Ich erbitte von dir die Gnade, daß du mich meinem Herrn, der mich verkauft hat, zurückgibst.' ‚Ich will es tun', sprach er und gab sie ihm zurück, indem er ihr zugleich fünftausend Dinare schenkte. Ihren Herrn aber ernannte er zu seinem Tischgenossen auf Lebenszeit. – –«

Da bemerkte Schehrezâd, daß der Morgen begann, und sie hielt in der verstatteten Rede an. Doch als die *Vierhundertundzweiundsechzigste Nacht* anbrach, fuhr sie also fort: »Es ist mir berichtet worden, o glücklicher König, daß der Beherrscher der Gläubigen der Sklavin fünftausend Dinare schenkte und sie ihrem Herrn zurückgab, daß er ihn zu seinem Tischgenossen auf Lebenszeit ernannte und ihm zugleich allmonatlich einen Sold von tausend Dinaren bestimmte. So lebte denn Abu el-Husn mit der Sklavin Tawaddud herrlich und in Freuden. –

Nun staune, o König, über die Beredsamkeit dieser Sklavin, über ihr reiches Wissen, ihren Verstand und ihre vollendete Bildung in allen Wissenschaften und Künsten! Und bedenke auch die Großmut des Beherrschers der Gläubigen Harûn er-Raschîd, der ihrem Herrn all dies Geld gab und dann zu ihr sprach: ‚Erbitte dir eine Gnade von mir!' und darauf, als sie die Gnade von ihm erbat, er möchte sie ihrem Herrn zurückgeben, sie ihm alsbald wiedergab, ihr selbst fünftausend Dinare schenkte und ihren Gebieter zu seinem Tischgenossen ernannte! Wo fände man wohl nach den Abbasidenkalifen noch solche Freigebigkeit? Die Barmherzigkeit Allahs walte über sie alle jederzeit!

Ferner wird erzählt

DIE GESCHICHTE VON DEM ENGEL DES TODES VOR DEM REICHEN KÖNIG UND VOR DEM FROMMEN MANNE

Einst wollte, o glücklicher König, einer von den Herrschern der Vorzeit im Prunkzuge ausreiten inmitten einer Schar von seinen Hofleuten und den Großen seines Reiches, um seinen Untertanen die Wunder seiner Herrlichkeit zu zeigen. So befahl er denn seinen Mannen und Emiren und den Vornehmen seines Reiches, sich zum Auszug mit ihm zu rüsten; und er gebot seinem Kleidermeister, ihm die prächtigsten Gewänder zu bringen, wie sie einem König bei seinem Staatszug geziemen; und ferner gab er Befehl, seine Rosse herbeizuführen, eine herrliche Schar, die von edelster Abstammung war. Als man all das getan hatte, wählte er von den Gewändern aus, was ihm gefiel, und von den Rossen das, an dem sein Herz Freude hatte. Darauf legte er die Gewänder an, bestieg das edle Tier und ritt nun dahin im Prunkzuge und trug eine Halskette, die mit Edelsteinen und mancherlei Perlen und Rubinen besetzt war; dabei ließ er den Renner inmitten seines Gefolges tänzeln, selbstgefällig in seinem Stolze und seinem Kraftgefühl. Aber da kam der Böse zu ihm, legte ihm die Hand auf die Nase und blies ihm den Odem des Übermuts und der Hoffart in die Nasenlöcher, so daß er in seiner Verblendung bei sich selber sprach: ‚Wer in aller Welt ist mir gleich?' Und er begann von Stolz und Übermut zu schwellen, er ließ der Hoffart freien Lauf und ging ganz in den Gedanken an seine eigene Herrlichkeit auf, so daß er in seinem verblendeten Dünkel und in seiner selbstgefälligen Anmaßung keinen Menschen mehr anblickte. Plötzlich stand ein Mann vor ihm, der zerrissene Kleider trug; der Mann grüßte ihn, doch er gab ihm den Gruß nicht zurück. Da ergriff der Fremde die Zügel seines Rosses. ‚Hebe deine Hand hinweg,‘ schrie der König ihn an, ‚du weißt nicht, wessen Zügel du festhältst!‘ Ruhig sprach der Mann: ‚Ich habe ein Anliegen an dich.‘ Der König erwiderte: ‚Warte, bis ich absteige; dann nenne mir dein Anliegen!‘ Aber der Fremde sagte darauf: ‚Es ist ein Geheimnis; ich kann es dir nur ins Ohr flüstern.‘ Darauf neigte der König sein Ohr zu ihm herab, und der Mann sprach: ‚Ich bin der Engel des Todes; ich will deine Seele holen!‘ Nun bat der König: ‚Laß mir nur so viel Zeit, daß ich nach Hause zurückkehren und von den Meinen, meinen Kindern, meiner Gattin und meinen Nachbarn Abschied nehmen kann!‘ ‚Nein, wahrlich,‘ entgegnete der Engel, ‚du wirst nicht mehr zurückkehren, und du wirst sie niemals wiedersehen! Denn deines Lebens Frist ist abgelaufen.‘ Dann nahm er die Seele des Königs, während er noch auf dem Rosse saß. Tot sank der Leib zu Boden; und der Engel des Todes flog davon. Danach aber kam der Engel zu einem frommen Manne, dem Allah der Erhabene Sein Wohlgefallen zugewandt hatte, und grüßte ihn. Als der Fromme seinen Gruß erwidert hatte, fuhr der Todesengel fort: ‚O du frommer Mann, ich habe ein Anliegen an dich; doch es ist ein Geheimnis.‘ Der Mann antwortete: ‚Flüstre mir dein Anliegen ins Ohr!‘ Da flüsterte der Engel: ‚Ich bin der Engel des Todes!‘ ‚Willkommen!‘ rief der Fromme; ‚Allah sei Dank, daß du genaht bist! Denn ich habe schon oft nach deiner Ankunft gespäht; lange bist du dem ferngeblieben, der sich nach deinem Erscheinen sehnt.‘ Der Engel sagte darauf: ‚Wenn du noch irgendein Geschäft hast, so erledige es!‘ Aber der Fromme entgegnete: ‚Ich habe kein wichtigeres Geschäft, als vor das Antlitz meines Herrn, des Allgewaltigen und Glorreichen, zu treten.‘ Weiter sagte der Engel: ‚Wie wünschest du, daß ich deine Seele nehme? Denn mir ist befohlen worden, sie nur so zu holen, wie du es willst und wünschest.' ,Nun, so warte, bis ich die religiöse Waschung vollzogen und gebetet habe,' erwiderte der Fromme; ,wenn ich mich dann im Gebet niedergeworfen habe, so nimm meine Seele, während ich anbetend am Boden liege!' Der Engel sprach: ,Mein Herr, der Allgewaltige und Glorreiche, hat mir befohlen, deine Seele nur mit deiner Einwilligung so zu holen, wie du wünschest; drum will ich tun, was du gesagt hast.' Darauf vollzog der Mann die religiöse Waschung und betete; und der Engel des Todes nahm seine Seele, während er anbetend am Boden lag, und trug sie zu Allah dem Erhabenen an den Ort des Erbarmens und des Wohlgefallens und der Vergebung.

Man erzählt aber auch

DIE GESCHICHTE VOM ENGEL DES TODES VOR DEM REICHEN KÖNIG

Ein König hatte einst unendlich und unermeßlich großes Gut aufgehäuft und von allen Dingen, die Allah der Erhabene in dieser Welt geschaffen hat, eine große Menge gesammelt, auf daß er seine Seele dadurch erquickte. Und schließlich hatte er, um sich ganz dem hinzugeben, was er an reichen Gütern des Glückes besaß, sich ein hohes, gen Himmel ragendes Schloß gebaut, wie es Königen geziemt und für sie angemessen ist. Das hatte er mit zwei festen Toren versehen; auch hatte er Diener und Krieger und Türhüter für sich ausgewählt, soviel wie er wollte. Eines Tages nun befahl er dem Koche, ihm ein Mahl von den feinsten Speisen zu bereiten; und er versammelte die Seinen, sein Gefolge, seine Diener und seine Freunde, auf daß sie mit ihm äßen und sich seiner Huld erfreuten. Da saß er nun auf dem Throne seiner Herrscherherrlichkeit, lehnte sich in die

Kissen zurück und redete zu seiner Seele, indem er sprach: ‚O Seele, du hast dir jetzt alle Güter dieser Welt aufgehäuft; nun gib dich ihnen hin und iß von diesen guten Dingen, dir zur Gesundheit; denn dir ist ein langes Leben voll reichen Glücks gegeben!' – –«

Da bemerkte Schehrezâd, daß der Morgen begann, und sie hielt in der verstatteten Rede an. Doch als die *Vierhundertunddreiundsechzigste Nacht* anbrach, fuhr sie also fort: »Es ist mir berichtet worden, o glücklicher König, daß jener König die Worte an seine Seele: ‚Iß von diesen guten Dingen, dir zur Gesundheit; denn dir ist ein langes Leben voll reichen Glücks gegeben!' kaum beendet hatte, als draußen vor dem Schlosse ein Mann erschien, der zerrissene Kleider trug und über der Schulter einen Sack hatte wie ein Bettler, der Essen erbittet. Der kam heran und tat mit dem Türring einen gewaltigen und furchtbaren Schlag auf das Schloßtor, der den Palast erbeben und den Thron wanken machte. Erschrocken eilten die Diener zum Tore und schrien den Pocher mit den Worten an: ‚Weh dir, was tust du da? Was soll diese Frechheit? Warte, bis der König gegessen hat; dann werden wir dir von dem geben, was übrig bleibt!' Aber er herrschte die Diener an: ‚Sagt eurem Herrn, er solle zu mir herauskommen, um mit mir zu reden; ich habe ein Anliegen an ihn, ein Geschäft, das wichtig ist, eine Sache, die dringlich ist!' Doch sie erwiderten: ‚Hinweg, du Tropf! Wer bist du, daß du unserem Herrn zu befehlen wagst, er solle zu dir herauskommen?' ‚Tut es ihm kund!' sprach er. Sie gingen hinein und taten es dem König kund; der aber fragte sie: ‚Habt ihr ihn nicht zurückgetrieben, das Schwert wider ihn gezückt und ihn fortgejagt?' Da klopfte er wieder an die Tür, noch lauter als das erste Mal; die Diener stürmten auf ihn los mit Stäben und Waffen und wollten über ihn herfallen, um ihn zu schlagen. Doch er erhob seine Stimme wider sie: ‚Stehet still, wo ihr seid! Ich bin der Engel des Todes!' Da erbebten ihre Herzen, und sie waren wie von Sinnen; ihr Geist geriet in Verwirrung, ihr Leib erzitterte, und ihre Glieder konnten sich nicht mehr rühren. Der König rief ihnen zu: ‚Sagt ihm, er solle jemand anders als Ersatz für mich holen!' Aber der Todesengel sprach: ‚Ich nehme keinen Ersatz, ich bin nur deinetwegen gekommen, um dich zu trennen von den Gütern, die du aufgehäuft hast, und von den Schätzen, die du gesammelt und aufgespeichert hast!' Nun begann der König zu seufzen und zu weinen, und er rief: ‚Allah verfluche den Reichtum, der mir nur Täuschung gebracht und mich elend gemacht und von dem Dienste meines Herrn ferngehalten hat! Ich glaubte, er würde mir nützen, aber jetzt ist er mir nur eine Qual und ein Unglück zumal; siehe da, ich muß ihn mit leeren Händen verlassen, und er verbleibt meinen Feinden!' Darauf ließ Allah den Reichtum reden, und der sprach: ‚Warum verfluchest du mich? Verfluche dich selber! Allah der Erhabene hat mich und dich aus dem Staube geschaffen, und er gab mich in deine Hand, auf daß du dir durch mich eine Wegzehrung schüfest für dein Leben im Jenseits und von mir den Armen und Bedürftigen und Elenden Almosen gäbest; auf daß du von mir Herbergen und Moscheen, Brücken und Wasserleitungen bautest und ich dir so ein Helfer wäre in der künftigen Welt. Du aber hast mich aufgehäuft und aufgespeichert und mich für dein eigenes Gelüst verwandt, du hast mir nicht einmal den schuldigen Dank gesagt, sondern mir mit Undank gelohnt. Darum mußt du mich jetzt deinen Feinden lassen, in deinem Leid und deiner Reue. Was für eine Schuld trifft mich denn, daß du mich verwünschest?' Dann nahm der Engel des Todes die Seele des Königs, während er auf seinem Throne saß, ehe er noch von den Speisen gekostet hatte, so daß er tot hinsank und von seinem Herrschersitze herunterfiel. Allah der Erhabene sagt: Während sie sich dessen freuten, was ihnen zuteil geworden war, nahmen wir sie plötzlich fort, und siehe, da waren sie voller Verzweiflung.[1]

Ferner wird erzählt

DIE GESCHICHTE VOM ENGEL DES TODES UND DEM KÖNIG DER KINDER ISRAEL

Eines Tages saß ein König der Kinder Israel, ein gewaltiger Tyrann, auf seinem Herrscherthrone: da sah er durch das Tor des Palastes einen Mann hereintreten, der eine widerwärtige Gestalt und ein furchterregendes Aussehen hatte. Der König erschrak ob seines plötzlichen Erscheinens, ihn grauste vor seinem Anblick, er sprang vor ihm auf und rief: ‚Wer bist du, Mann? Wer hat dir erlaubt, zu mir einzutreten? Wer hat dir befohlen, zu meinem Hause zu kommen?' Der Fremde gab zur Antwort: ‚Er, der des Hauses Herr ist, hat es mir befohlen! Mich hält kein Türhüter zurück, und wenn ich zu den Königen eintrete, bedarf ich keiner Erlaubnis. Eines Sultans Macht und eine Menge von Wachen können mir keine Sorge machen. Ich bin der Mann, vor dem kein Tyrann sicher sein kann; und keiner kann fliehn, ergreife ich ihn. Ich bin es, der die Freuden schweigen heißt, und der die Freundesbande zerreißt!' Wie der König diese Worte vernahm, stürzte er auf sein Angesicht, ein Grausen durchschauerte seinen Leib, und er blieb ohnmächtig liegen. Als er wieder zu sich kam, fragte er: ‚Bist du der Engel des Todes?' ‚Ich bin es', erwiderte jener. Da flehte der König: ‚Ich beschwöre dich bei Gott, gewähre mir eines einzigen Tages Frist, damit ich um Vergebung für meine Sünden beten und meinen Herrn um Verzeihung bitten kann, und

1. Koran, Sure 6, Vers 44.

damit ich das Geld, das in meinen Schatzkammern ist, seinen rechtmäßigen Besitzern zurückgeben kann! Dann wird die Qual der Abrechnung von mir genommen, und das Weh der Strafe wird nicht über mich kommen.' Doch der Engel entgegnete: ‚Weit gefehlt! Weit gefehlt! Das ist dir nicht mehr möglich!' – –«

Da bemerkte Schehrezâd, daß der Morgen begann, und sie hielt in der verstatteten Rede an. Doch als die *Vierhundertundvierundsechzigste Nacht* anbrach, fuhr sie also fort: »Es ist mir berichtet worden, o glücklicher König, daß der Todesengel zu dem König sprach: ‚Weit gefehlt! Weit gefehlt! Das ist dir nicht mehr möglich! Wie kann ich dir eine Frist gewähren, da doch die Tage deines Lebens gezählt und deine Atemzüge berechnet und deine Stunden festgesetzt und aufgeschrieben sind?' ‚Gib mir eine Stunde Frist!' bat der König; doch der Engel entgegnete: ‚Die Stunde ist eingerechnet, und sie ist bereits verstrichen, doch du hast nicht daran gedacht; sie verging, doch du gabst nicht darauf acht. Jetzt sind deine Atemzüge vollendet, und dir bleibt nur noch ein einziger Hauch.' Nun fragte der König: ‚Wer ist denn bei mir, wenn ich zu meinem Grabe getragen werde?' Der Engel erwiderte: ‚Nur allein deine Werke!' Und als der König darauf sagte: ‚Ich habe keine Werke', fuhr der Engel fort: ‚So ist es denn sicher: deine Stätte wird im höllischen Feuer sein, und du gehst zum Zorne des Allgewaltigen ein!' Alsbald ergriff er seine Seele, und der König stürzte von seinem Throne und sank tot auf den Boden. Da erhob sich ein Getöse unter dem Volk seines Reiches, die Stimmen erklangen, und Weinen und Schreien erschollen. Hätten sie aber gewußt, was ihm durch den Zorn seines Herrn bevorstand, so hätten sie noch bitterlicher um ihn geweint und sich zu noch lauterem und heftigerem Klagen vereint.

Ferner erzählt man

DIE GESCHICHTE VON ISKANDAR DHÛ EL-KARNAIN UND DEM GENÜGSAMEN KÖNIG

Iskandar Dhû el-Karnain[1] kam auf seinen Reisen einmal bei einem armseligen Volke vorbei, das nichts von den Dingen dieser Welt sein eigen nannte. Jene Leute gruben die Gräber für ihre Toten vor den Toren ihrer Häuser, und jederzeit besuchten sie diese Gräber, fegten den Staub von ihnen ab und hielten sie sauber, und bei solchen Besuchen beteten sie Gott den Erhabenen dort an. Ihre einzige Speise aber waren das Gras und die Kräuter der Erde. Da schickte Iskandar Dhû el-Karnain einen Mann zu ihnen, der ihren König zu ihm berufen sollte; der aber weigerte sich und sprach: ‚Ich bedarf seiner nicht.' Und nun begab Dhû el-Karnain sich zu ihm und fragte: ‚Wie steht es mit euch? Was treibt ihr? Ich sehe bei euch weder Gold noch Silber, noch auch finde ich bei euch irgend etwas von den Gütern dieser Welt.' Der König antwortete ihm: ‚Von den Gütern dieser Welt wird niemand satt.' Weiter fragte Iskandar: ‚Warum grabt ihr die Gräber vor euren Toren?' Der König erwiderte: ‚Damit wir sie immer vor Augen haben! So schauen wir auf sie und denken immer aufs neue an den Tod und vergessen nie die künftige Welt; dann schwindet auch die Liebe zur irdischen Welt aus unseren Herzen, und wir werden nicht durch sie von dem Dienste unseres Herrn, des Erhabenen, abgelenkt.' Und wiederum fragte Iskandar: ‚Wie kommt es, daß ihr Gras esset?' Jener König gab ihm zur Antwort: ‚Weil wir es verabscheuen, unsere Leiber zu Gräbern von Tieren zu

[1]. Das ist Alexander der Große; er hat bei den Arabern den Beinamen ‚der Zweigehörnte', weil er als Jupiter Ammon mit den beiden Widderhörnern dargestellt wurde.

machen und weil die Lust am Essen nicht über die Kehle hinausreicht.' Darauf reckte er seine Hand aus, holte den Schädel eines Menschen hervor, legte ihn vor Iskandar nieder und sprach zu ihm: ‚O Dhû el-Karnain, weißt du, wem dieser Schädel gehört hat?' ‚Nein', erwiderte er; und jener fuhr fort: ‚Der, dem dieser Schädel gehört hat, war einer von den Königen dieser Welt; der pflegte seine Untertanen grausam zu behandeln und ihnen unrecht zu tun, zumal den Schwachen, und er vergeudete seine Zeit damit, den Tand dieser Welt aufzuhäufen. Da nahm Allah seine Seele fort und machte das Höllenfeuer zu seinem Aufenthaltsort. Und dies ist nun sein Schädel.' Dann reckte er seine Hand von neuem aus, legte einen zweiten Schädel vor Iskandar nieder und sprach zu ihm: ‚Kennst du diesen?' ‚Nein', erwiderte er; und dann fuhr jener fort: ‚Dieser gehörte einem anderen von den Königen der Erde; der war gerecht gegen seine Untertanen und hatte ein Herz für das Volk seines Reiches und seiner Herrschaft. Da nahm Allah seine Seele von ihm fort, ließ ihn im Paradiese wohnen und dort in hohen Ehren thronen.' Darauf legte er seine Hand auf das Haupt des Königs Dhû el-Karnain und sprach: ‚Welcher von diesen beiden magst du wohl sein?' Da weinte Dhû el-Karnain bitterlich, drückte den fremden König an seine Brust und sprach zu ihm: ‚Wenn du Lust hast, dich mir zu gesellen, so will ich dich zu meinem Wesir machen und mit dir mein Reich teilen.' Aber jener Mann rief: ‚Das sei ferne! Das sei ferne! Danach trage ich kein Verlangen.' Als Iskandar ihn fragte: ‚Weshalb denn nicht?' antwortete er: ‚Weil alle Menschen deine Feinde sind um des Reichtumes und des Besitzes willen, der dir verliehen ward; alle aber sind in Wahrheit meine Freunde wegen meiner Genügsamkeit und meiner Armut, dieweil ich keinen Besitz habe und auch nichts Irdisches begehre; danach trage ich kein Verlangen, und darum brauche ich nicht zu bangen. Die Genügsamkeit allein ist mir Genüge!' Da drückte Iskandar ihn noch einmal an seine Brust und küßte ihn auf die Stirn; dann zog er weiter.

Ferner wird berichtet

DIE GESCHICHTE VON DEM GERECHTEN KÖNIG ANUSCHARWÂN

Eines Tages gab Anuscharwân, der gerechte König[1], sich den Anschein, daß er krank sei; da sandte er seine Vertrauensmänner und seine Verwalter aus mit dem Befehle, sie sollten in allen Gegenden seiner Herrschaft und allen Ländern seines Reiches umherziehen, um einen alten Lehmziegel aus einem verfallenen Dorfe für ihn zu suchen, damit er durch ihn Heilung fände; denn er sagte seinen Freunden, die Ärzte hätten ihm solches verordnet. Darauf zogen sie in allen Gegenden seiner Herrschaft und seines ganzen Reiches umher; doch dann kehrten sie zu ihm zurück und sprachen zu ihm: ‚Wir haben in deinem ganzen Reiche keinen verlassenen Ort und keinen alten Lehmziegel gefunden.' Des freute sich Anuscharwân, und er dankte Gott und sprach: ‚Ich wollte nur mein Reich auf die Probe stellen und das Land meiner Herrschaft prüfen, um zu erfahren, ob es in ihm eine verlassene Stätte gebe, damit ich sie wieder aufbauen könnte. Da aber jetzt ein jeder Ort bewohnt ist, so steht es gut um das Reich, die beste Ordnung herrscht in allen Dingen, und so konnte die Kultur es zur höchsten Vollkommenheit bringen.' – –«

Da bemerkte Schehrezâd, daß der Morgen begann, und sie hielt in der verstatteten Rede an. Doch als die *Vierhundertundfünfundsechzigste Nacht* anbrach, fuhr sie also fort: »Es ist mir

1. Vgl. Seite 489, Anmerkung.

berichtet worden, o glücklicher König, daß der König, als die Großen seines Reiches zu ihm zurückkehrten und zu ihm sprachen: ‚Wir haben im ganzen Reiche keinen verlassenen Ort gefunden', Gott dankte und sprach: ‚Jetzt steht es gut um das Reich, die beste Ordnung herrscht in allen Dingen, und so konnte die Kultur es zur höchsten Vollkommenheit bringen.'

Wisse drum, o König – so fuhr Schehrezâd fort –, daß jene alten Könige nur deshalb sich so eifrig um die Wohlfahrt ihres Landes mühten, weil sie wußten, daß, je volkreicher ein Land ist, in desto reichlicherem Maße auch das vorhanden ist, was von den Menschen begehrt wird; und sie wußten auch, daß es unzweifelhaft wahr ist, was die Gelehrten verkünden und was wir in den Aussprüchen der Weisen finden, nämlich: die Religion hängt vom König ab, der König von den Truppen, die Truppen von dem Staatsschatze, der Staatsschatz von der Wohlfahrt des Landes, und die Wohlfahrt des Landes von der gerechten Behandlung des Untertanenstandes. Deshalb unterstützten sie niemanden in der Härte und Unterdrückung und duldeten nicht, daß ihre Diener ungerecht handelten, in der Erkenntnis, daß die Untertanen bei Tyrannei nicht gedeihen können, daß Land und Städte in Trümmer fallen, wenn Tyrannen über sie herrschen, und daß die Bewohner sich dann zerstreuen und in anderer Herren Länder sich flüchten. Dadurch aber kommt Elend über das Reich, die Einnahmen werden geringer, die Schatzkammern werden leer, und das heitere Leben der Untertanen wird getrübt; denn sie lieben einen tyrannischen Herrscher nicht, vielmehr senden sie unablässig ihre Gebete wider ihn empor, so daß dem König seine Herrschaft nicht frommt und das unheilvolle Verhängnis bald über ihn kommt.

Ferner erzählt man

DIE GESCHICHTE VON DEM JÜDISCHEN RICHTER UND SEINEM FROMMEN WEIBE

Unter den Kindern Israel lebte einst einer ihrer Richter; der hatte eine Frau von wundersamer Lieblichkeit, reich an Keuschheit, Geduld und Bescheidenheit. Einmal wollte jener Richter sich aufmachen zur Pilgerfahrt nach Jerusalem, und da übertrug er seinem Bruder das Richteramt und vertraute ihm auch seine Frau an. Nun hatte sein Bruder schon von ihrer Schönheit und Anmut gehört und Neigung zu ihr gefaßt. Als aber der Richter fortgezogen war, begab der Bruder sich zu ihr und wollte sie verführen; doch sie weigerte sich dessen und beharrte in ihrer Tugend. Da drang er noch heftiger in sie, während sie sich standhaft wehrte. Wie er dann schließlich sein Vorhaben aufgab, geriet er in Furcht, sie möchte seinem Bruder von diesem bösen Tun berichten, wenn er zurückkehre; und deshalb dang er sich falsche Zeugen, die von ihr aussagen sollten, sie habe Ehebruch getrieben. Darauf brachte er ihre Sache vor den König jener Zeit, und der entschied, sie solle gesteinigt werden. Nun grub man eine Grube für sie, warf sie hinein und steinigte sie, bis die Steine sie ganz bedeckten; und der böse Bruder sprach: ‚Diese Grube ist ihr Grab.' Als es aber dunkle Nacht geworden war, begann sie vor argen Schmerzen zu stöhnen. Da kam ein Wandersmann vorbei, der sich zu einem Nachbardorfe begab; als der ihr Wimmern hörte, ging er hinzu und holte sie aus der Grube heraus. Dann trug er sie zu seiner Frau und gebot ihr, die Kranke zu pflegen. Jene Frau pflegte sie, bis sie genesen war; und da sie ein Kind hatte, übergab sie es der Fremden, damit diese sich seiner annehme und mit ihm in einem anderen Hause schlafe. Dort sah sie einer der

Schelme, und weil ihn nach ihr gelüstete, schickte er zu ihr, um sie zu verführen; aber sie weigerte sich dessen. Nun beschloß er, sie zu töten; und er kam bei Nacht und drang in ihr Haus ein, während sie schlief. Dann fiel er mit dem Messer über sie her; doch er traf das Kind und tötete es. Als er aber merkte, daß er das Kind getötet hatte, kam Furcht über ihn, und er eilte aus dem Hause hinaus; so schützte Allah die Frau vor ihm. Wie sie am Morgen erwachte, fand sie den Knaben tot an ihrer Seite; da kam auch schon seine Mutter und schrie: ‚Du bist es, die ihn getötet hat!' Dann versetzte sie ihr schmerzhafte Schläge und wollte sie umbringen. Aber der Mann jener Frau kam und befreite die Frau des Richters aus ihren Händen und sprach: ‚Bei Allah, das sollst du nicht tun!' Darauf eilte die Richtersfrau flüchtig von dannen, ohne zu wissen, wohin sie sich wenden sollte; sie hatte jedoch einige Dirhems bei sich. Und sie kam in ein Dorf, wo die Menschen um einen Mann herumstanden, der an einem Baumstamm gekreuzigt war, aber noch Leben in sich hatte. Als sie fragte: ‚Ihr Leute, was ist es mit ihm?' antwortete man ihr: ‚Er hat ein Verbrechen begangen, das nur durch seinen Tod oder durch ein Almosen der Sühne in der und der Höhe gebüßt werden kann!' Da sprach sie: ‚Nehmt dies Geld und laßt ihn frei!' Als sie das taten, bereute der Mann vor ihr und gelobte, ihr zu dienen, um Allahs des Erhabenen willen, bis der Tod ihn abberufen würde. Dann baute er ihr eine Zelle, die er ihr zur Wohnung gab, und begann Holz zu fällen und ihr täglich ihr Brot zu bringen. Die Frau aber gab sich nun ganz dem Gottesdienste hin, und sie ward so heilig, daß sie jeden Kranken und Besessenen, der zu ihr kam, alsbald durch ihr Gebet heilte. – –«

Da bemerkte Schehrezâd, daß der Morgen begann, und sie hielt in der verstatteten Rede an. Doch als die *Vierhundertund-*

sechsundsechzigste Nacht anbrach, fuhr sie also fort: »Es ist mir berichtet worden, o glücklicher König, daß sich, als die Frau von den Menschen aufgesucht wurde, während sie in der Zelle sich ihrer Andacht widmete, nach dem Ratschlusse Allahs des Erhabenen das Folgende begab: Der Bruder ihres Gatten, er, der sie hatte steinigen lassen, wurde von einem Krebsschaden in seinem Gesicht befallen; die Frau, die sie geschlagen hatte, erkrankte am Aussatz, und der Schelm ward von einem Siechtum heimgesucht, das ihn zum Krüppel machte. Als nun der Richter von seiner Pilgerfahrt heimgekehrt war, fragte er seinen Bruder alsbald nach seiner Gattin. Der sagte ihm, sie sei gestorben; da trauerte er um sie und glaubte, sie wäre bei Gott. Nun hörten die Menschen überall von der frommen Frau, und sie begannen ihre Zelle aufzusuchen, von allen Ländern her, weit und breit. Da sprach der Richter zu seinem Bruder: ‚Lieber Bruder, willst du nicht auch zu jener frommen Frau gehen? Vielleicht wird Gott dir durch ihre Hand Heilung gewähren.' ‚Lieber Bruder,' erwiderte er, ‚führe mich zu ihr!' Aber auch der Gatte der Frau, die am Aussatz erkrankt war, hörte von ihr, und er begab sich mit seiner Gattin zu ihr. Und ebenso vernahmen die Leute des verkrüppelten Schelmes die Kunde von ihr, und sie begaben sich desgleichen mit ihm zu ihr. So trafen alle die Leute bei der Tür ihrer Zelle zusammen. Sie aber konnte alle, die zu ihrer Zelle kamen, von einer Stelle aus sehen, wo niemand anders sie erblicken konnte. Die Leute warteten nun, bis der Diener kam; dann baten sie ihn, er möchte ihnen die Erlaubnis erwirken, bei ihr einzutreten. Als er das getan hatte, verschleierte und verhüllte sie sich und trat an die Tür; da erblickte sie ihren Gatten und seinen Bruder, den Dieb und die Frau. Sie erkannte sie alsbald; aber jene erkannten sie nicht. Und sie sprach zu ihnen: ‚Ihr Leute da, ihr werdet nicht eher von euren Leiden erlöst werden, als bis ihr eure Sünden bekennt. Denn so der Mensch seine Sünden bekennt, nimmt Gott ihn wieder zu Gnaden an und gewährt ihm das, weswegen er sich an ihn wendet.' Nun sagte der Richter zu seinem Bruder: ‚Lieber Bruder, bereue vor Gott und sei nicht verstockt; so wird es dir eher zur Genesung verhelfen.' Und es war, als ob eine Stimme von geheimnisvollem Klang leise diese Verse sang:

> *Hier stehet der Bedrücker heut vor dem Bedrückten;*
> *Was er geheim verbarg, macht Gott nun offenbar.*
> *Dies ist der Ort, vor dem die Sünder kleinlaut werden;*
> *Und Gott erhöht hier den, der ihm gehorsam war.*
> *Ja, unser Herr und Meister kündet hier die Wahrheit,*
> *Ob auch der Sünder grollt mit trotzerfüllter Brust.*
> *Drum wehe dem, der offen Gott zum Zorne reizte,*
> *Als hätt er von des Herren Strafe nichts gewußt!*
> *O der du Ehre suchst, die Ehre – weh dir, Mann! –*
> *Liegt in der Gottesfurcht: vertrau dem Herrn dich an!*

Da sprach der Bruder des Richters: ‚Jetzt will ich die Wahrheit sagen, ich habe deiner Frau das und das – was wir schon erzählt haben – angetan; und das ist meine Sünde.' Und die Aussätzige sagte: ‚Bei mir war eine Frau, die ich ohne sicheres Wissen beschuldigt und vorsätzlich geschlagen habe; das ist meine Sünde.' Zuletzt bekannte der Krüppel: ‚Ich drang bei einer Frau ein, um sie zu töten, nachdem ich sie hatte verführen wollen, sie aber sich des Ehebruchs geweigert hatte; doch ich tötete ein Kind, das bei ihr lag; das ist meine Sünde.' Die Frau sprach: ‚O Gott, wie du ihnen die Schmach der Sünde gezeigt hast, so laß sie jetzt die Ehre des Gehorsams schauen; denn du bist mächtig über alle Dinge.' Und alsbald ließ Gott, der Allgewaltige und Glorreiche, sie genesen. Nun aber begann der Richter sie anzublicken und genauer anzuschauen;

und sie fragte ihn, warum er sie so betrachte. Als er antwortete: ‚Ich hatte eine Frau, und wenn sie nicht gestorben wäre, so möchte ich sagen, du wärest es', gab sie sich ihm zu erkennen, und beide begannen Gott, den Allgewaltigen und Glorreichen, zu preisen, daß Er sie in Seiner Huld wieder miteinander vereinigt hatte. Der Bruder des Richters aber und der Schelm und die Frau baten sie um Vergebung; und nachdem sie ihnen verziehen hatte, widmeten sich alle an jener Stätte dort der Anbetung Gottes und dem Dienst der frommen Frau, bis der Tod sie schied.

Ferner wird berichtet

DIE GESCHICHTE
VON DEM SCHIFFBRÜCHIGEN WEIBE

Einer von den Nachkommen des Propheten erzählte: Als ich einst in finsterer Nacht um die Kaaba ging, hörte ich eine Stimme klagen und aus bekümmertem Herzen diese Worte sagen: ‚O du Allgütiger, deine alte Huld sei wieder neu! Siehe, mein Herz ist dem Bunde getreu.' Wie ich jene Stimme vernahm, begann mein Herz so gewaltig zu schlagen, daß ich fast zu sterben vermeinte. Doch ich ging in der Richtung der Stimme, und ich entdeckte, daß sie von einer Frau kam. Da sprach ich: ‚Friede sei mit dir, du Magd Allahs!' Sie gab zur Antwort: ‚Auch mit dir seien Friede und die Barmherzigkeit Allahs und Seine Segnungen!' Dann fuhr ich fort: ‚Ich bitte dich um des allmächtigen Allah willen, sag mir, was ist das für ein Bund, dem dein Herz treu ist?' Darauf erwiderte sie: ‚Hättest du mich nicht beschworen bei dem Herrn der gewaltigen Taten, so würde ich dir die Geheimnisse nicht verraten. Schau, was hier vor mir liegt!' Ich schaute hin und erblickte vor ihr einen schlafenden Knaben, der in seinem Schlummer schwer atmete. Und nun erzählte sie: ‚Ich machte mich auf, als ich diesen Knaben unter dem Herzen trug, um zu diesem Heiligtum zu wallfahrten. Da mußte ich mit einem Schiffe fahren; aber die Wogen erhoben sich über uns, die Winde bliesen widrig gegen uns, und das Schiff ging mit uns unter. Ich konnte mich noch auf eine Schiffsplanke retten, und dort kam ich mit diesem Knäblein nieder, während ich mich auf jenem Brette befand. Als es nun auf meinem Schoße lag und die Wellen mich peitschten' – –«

Da bemerkte Schehrezâd, daß der Morgen begann, und sie hielt in der verstatteten Rede an. Doch als die *Vierhundertundsiebenundsechzigste Nacht* anbrach, fuhr sie also fort: »Es ist mir berichtet worden, o glücklicher König, daß die Frau des weiteren erzählte: ‚Nachdem das Schiff untergegangen war, konnte ich mich auf eine Schiffsplanke retten, und dort kam ich mit diesem Knäblein nieder, während ich mich auf jenem Brette befand. Als es nun auf meinem Schoße lag und die Wogen mich peitschten, kam plötzlich einer von den Seeleuten des Schiffes zu mir herangeschwommen, kletterte auf meine Planke und sprach zu mir: ‚Bei Allah, schon als du noch auf dem Schiffe warst, gelüstete es mich nach dir; jetzt aber, wo ich bei dir bin, laß mich meinen Willen an dir tun, sonst werfe ich dich allhier ins Meer!‘ Da rief ich: ‚Wehe dir! Hast du das, was du soeben erlebt hast, schon vergessen? Ist es dir keine Warnung?‘ Doch er sagte gelassen: ‚Dergleichen habe ich schon viele Male erlebt; ich bin immer gut davongekommen, und so mache ich mir nichts daraus!‘ Ich erwiderte: ‚Mann, wir sind von einem Unheil betroffen, aus dem wir nur durch Gehorsam, nicht durch Sünde uns zu retten hoffen.‘ Dennoch drang er weiter in mich, und weil ich Angst vor ihm hatte, suchte ich ihn zu hintergehen, indem ich zu ihm sprach: ‚Warte nur noch, bis dies Kind schläft!‘ Da riß er es von meinem

Schoße und warf es ins Meer. Wie ich sah, was er in seiner tollen Wut mit dem Knaben tat, sank mir das Herz, und mich zerriß der Schmerz, und ich hob mein Haupt gen Himmel und rief: ‚O du, der du zwischen den Menschen und sein Herze trittst, tritt zwischen mich und dies wilde Tier! Du hast Macht über alle Dinge.' Und, bei Allah, kaum hatte ich mein Gebet beendet, da erhob sich ein Ungetüm aus dem Meere und riß ihn von der Planke herunter. So blieb ich nun ganz allein, und in mir wogten Kummer und Pein der Sorge um mein Kindelein. Und da sprach ich:

> *Mein Augentrost, mein Liebling, ach, mein Kind verschwand,*
> *Als ich in meinem Elend keine Kraft mehr fand.*
> *Ich sehe, wie mein Leib ertrinkt, und wie die Not*
> *Im grausen Spiel der Wellen mir das Herz durchloht.*
> *Ich hab in meinen Qualen keine Rettung mehr*
> *Als deine Huld, du meine Zuflucht hoch und hehr.*
> *Du siehst, o Herr, das Leid, das über mich gekommen,*
> *Da jetzt mein einzig Kind, mein Sohn, von mir genommen.*
> *Verein uns, ende gnädig, was mich jetzt betroffen!*
> *Ja, meine stärkste Waffe ist's, auf dich zu hoffen.*

Einen Tag und eine Nacht lang blieb ich in diesem Zustande; als es dann aber wieder Morgen ward, erblickte ich die Segel eines Schiffes, die weit in der Ferne leuchteten, und nun trugen mich die Wellen und trieben mich die Winde unablässig dahin, bis ich jenes Schiff, dessen Segel ich vor mir sah, erreichte. Die Schiffsleute nahmen mich auf und holten mich an Bord; und siehe da, mein Sohn war bei ihnen. Ich warf mich auf ihn und rief: ‚Ach, ihr Leute, das ist ja mein Sohn! Woher habt ihr ihn?' Sie antworteten: ‚Während wir auf dem Meere dahinfuhren, stand unser Schiff plötzlich still; und wir erblickten ein Ungetüm, gewaltig wie eine große Stadt, und auf seinem Rücken saß dies Knäblein, das am Daumen sog. Da nahmen wir es zu uns.' Wie ich das von ihnen vernahm, erzählte ich ihnen meine Geschichte und alles, was mir widerfahren war, und ich dankte meinem Herrn für das, was Er an mir getan hatte, und ich gelobte Ihm, ich wollte fürderhin stets bei Seinem Hause bleiben und mich ganz allein Seinem Dienste weihen. Seither hat Er mir jede Bitte gewährt, die ich an Ihn gerichtet habe.'

Darauf tat ich meine Hand in den Geldbeutel und wollte ihr etwas geben. Aber sie rief: ‚Weg damit, du Tor! Sagte ich dir nicht, wie Er gnädig spendet und in Seiner Huld alles zum Guten wendet? Soll ich Wohltaten von jemand anders annehmen als von Ihm?' Und ich vermochte sie nicht zu bewegen, daß sie etwas von mir annahm. Dann verließ ich sie und ging davon, indem ich diese Verse sprach:

> *Wie manche Gnade Allahs ist so tief versteckt,*
> *Daß der Verstand der Weisen selbst sie nicht entdeckt!*
> *Wie manches Glück erscheint doch erst nach langem Schmerz,*
> *Befreit dann von Kummer das bedrängte Herz!*
> *Wie mancher Morgen hebt für dich mit Sorge an;*
> *Und doch – am Abend kommt zu dir die Freude dann!*
> *Will dir an einem Tag die Not zu arg erscheinen,*
> *Vertrau auf den Erhabnen, Ihn, den ewig Einen!*
> *Und flehe zum Propheten: jedes Menschenkind,*
> *Das zum Propheten fleht, erreicht sein Ziel geschwind.*

Und sie blieb immerdar im Dienste ihres Herrn und bei Seinem Hause, bis der Tod sie heimsuchte.

Ferner wird erzählt

DIE GESCHICHTE VON DEM FROMMEN NEGERSKLAVEN

Mâlik ibn Dinâr – Allah habe ihn selig! – berichtete: Einst blieb uns in Basra der Regen aus, und viele Male zogen wir auf den Bittgang um Regen; aber wir sahen kein Zeichen, daß unser Gebet erhört werden sollte. Da gingen ich und 'Atâ es-Sulami und Thâbit el-Banâni, ferner Nudschaij el-Bakkâ, Mohammed ibn Wâsi', Aijûb es-Sachtijâni, Habîb el-Fârisi, Hassân ibn Abî Sinân, 'Utba el-Ghulâm und Sâlih el-Muzani[1] dahin, bis wir zur Gebetskapelle gelangten, als gerade die Kinder aus den Schulen kamen; und wir beteten um Regen, aber wir entdeckten kein Zeichen der Erhörung. Um Mittag gingen die Menschen fort; doch ich blieb mit Thâbit el-Banâni in dem Bethause. Und als der Abend dunkelte, sahen wir einen Schwarzen auf uns zukommen; der hatte ein schönes Gesicht, dürre Beine und einen dicken Bauch, und er trug einen wollenen Mantel. Wenn man alles, was er auf dem Leibe trug, abgeschätzt hätte, so wäre es nicht zwei Dirhems wert gewesen. Er trug auch Wasser mit sich und nahm die religiöse Waschung vor. Dann trat er zur Gebetsnische und betete rasch zwei Rak'as, und beide Male war seine Haltung beim Stehen, beim Verneigen und beim Niederwerfen genau die gleiche. Darauf hob er seinen Blick zum Himmel auf und sprach: ‚Mein Gott, mein Herr und Meister, wie lange noch willst du deinen Knechten das versagen, was deiner Herrlichkeit keinen Abbruch tut? Ist das, was bei dir ist, erschöpft, oder sind die Schätze deiner Herrlichkeit geschwunden? Ich beschwöre dich bei deiner Liebe zu mir, gieß deinen Regen zur Stunde auf uns hernieder!' Kaum hatte er noch sein Gebet beendet, da überzog sich schon der Himmel mit Wolken, und ein Regen strömte herab wie aus offenen Wasserschläuchen. Wir beide konnten das Bethaus nur so verlassen, daß wir bis zu den Knien im Wasser wateten. – –«

Da bemerkte Schehrezâd, daß der Morgen begann, und sie hielt in der verstatteten Rede an. Doch als die *Vierhundertund-*

[1]. Islamische Gelehrte, die im 8. Jahrhundert n. Chr. in Basra lebten.

achtundsechzigste Nacht anbrach, fuhr sie also fort: »Es ist mir berichtet worden, o glücklicher König, daß Mâlik ibn Dinâr des weiteren erzählte: Kaum hatte der Sklave sein Gebet beendet, da überzog sich schon der Himmel mit Wolken, und ein Regen strömte herab wie aus offenen Wasserschläuchen. Wir beide konnten das Bethaus nur so verlassen, daß wir bis zu den Knien im Wasser wateten, und wir konnten uns über den Mohr nicht genug wundern. Da trat ich – so sagte Mâlik – auf ihn zu und rief: ,Weh dir, du Schwarzer, schämst du dich nicht dessen, was du gesagt hast?' Er wandte sich nach mir um und fragte: ,Was habe ich denn gesagt?' Ich antwortete: ,Du sagst: Bei deiner Liebe zu mir! Woher weißt du denn, daß Allah dich liebt?' Doch er entgegnete mir: ,Wende dich hinweg von mir, o du, dem sein Seelenheil nichts gilt! Wo war ich etwa, als Er mir die Kraft gab, Seine Einheit zu bekennen, und mich mit der Kenntnis Seines Wesens begnadete? Meinst du vielleicht, Er hätte mir die Kraft dazu verliehen, wenn Er mich nicht liebte?' Und er fügte noch hinzu: ,Seine Liebe zu mir richtet sich nach dem Maße meiner Liebe zu Ihm.' Da sagte ich zu ihm: ,Bleib ein wenig bei mir – Allah soll sich deiner erbarmen!' Er aber gab zur Antwort: ,Ich bin ein Sklave, und so habe ich die Pflicht, meinem geringeren Herrn zu gehorchen.' Nun folgten wir ihm aus der Ferne, bis er in das Haus eines Sklavenhändlers eintrat. Damals war die Hälfte der Nacht bereits verstrichen, und weil uns die zweite Hälfte zu lang war, so gingen wir davon. Wie es jedoch Morgen ward, gingen wir zu dem Sklavenhändler und sprachen zu ihm: ,Hast du einen Sklaven, den du uns verkaufen kannst, auf daß er uns diene?' ,Jawohl,' erwiderte er, ,ich habe gegen hundert Sklaven, die alle verkäuflich sind.' Und er begann uns die Sklaven vorzuführen, einen nach dem anderen, bis er bereits siebenzig von ihnen gezeigt hatte, ohne daß ich meinen Freund unter ihnen entdeckt hätte; dann sagte er: ‚Außer diesen habe ich jetzt keine mehr.' Als wir uns darauf zum Gehen anschickten, traten wir noch in eine verfallene Hütte hinter dem Hause ein, und siehe, dort stand der Schwarze. Ich rief: ‚Er ist es, beim Herrn der Kaaba!' und wandte mich alsbald an den Sklavenhändler mit den Worten: ‚Verkauf mir den Sklaven dort.' Er antwortete: ‚Abu Jahja, der da ist ein unseliger, unbrauchbarer Bursche, der die ganze Nacht hindurch nichts anderes tut als weinen und bei Tage nichts als bereuen.' Doch ich fuhr fort: ‚Eben deswegen will ich ihn haben.' Da rief der Mann ihn, und der Mohr kam schläfrig heraus. Der Händler sprach zu mir: ‚Nimm ihn um den Preis, den du selber bestimmst; aber sprich mich zuvor von der Verantwortung für alle seine Fehler frei!' Ich kaufte ihn also – so sagte Mâlik – für zwanzig Dinare und fragte dann: ‚Wie heißt er?' Der Händler erwiderte: ‚Maimûn.'[1] Darauf nahm ich ihn bei der Hand, und wir machten uns auf, um mit ihm nach Hause zu gehen; er aber wandte sich zu mir mit den Worten: ‚O du mein geringerer Herr, warum hast du mich gekauft? Ich bin, bei Allah, für den Dienst bei den Menschen nicht tauglich.' Ich erwiderte ihm: ‚Nur deshalb habe ich dich gekauft, damit ich selber dir diene; und das will ich gern tun.' Als er dann fragte: ‚Wie kann das sein?' fuhr ich fort: ‚Warst du nicht gestern bei uns im Bethause?' Und wiederum fragte er: ‚Hast du mich denn beobachtet?' Da sagte ich: ‚Ich bin es, der dich gestern angeredet hat.' Nun ging er schweigend weiter, trat in eine Moschee ein und betete zwei Rak'as. Darauf sprach er: ‚O mein Gott, mein Herr und

1. Eigentlich ‚der Glückliche, Glückbringer', wie man ja gern den Sklaven schöne Namen gibt. Aber dies Wort ist auch ein Euphemismus für Affen, Dämonen und Teufel.

Meister, ein Geheimnis, das nur dir und mir kund war, hast du deinen Geschöpfen offenbart, und vor den Menschen dieser Welt hast du mich dadurch bloßgestellt. Wie kann mir jetzt das Leben noch lieb sein, seit ein anderer als du erfahren hat, was zwischen mir und dir besteht? Ich beschwöre dich, nimm zur Stunde meine Seele zu dir!' Dann warf er sich anbetend nieder; und ich beobachtete ihn eine Weile, aber er hob sein Haupt nicht wieder empor. Ich rüttelte ihn; doch siehe, er war tot – die Barmherzigkeit Allahs des Erhabenen sei mit ihm! So legte ich ihm denn Arme und Beine gerade, und als ich ihm ins Antlitz schaute, lächelte er. Da war auch die schwarze Farbe der weißen gewichen, und sein Antlitz erstrahlte und leuchtete hell. Während wir voll Staunen über dies Geschehnis dastanden, trat plötzlich ein Jüngling durch die Tür ein und sprach: ‚Friede sei mit euch! Möge Allah uns und euch reichen Lohn verleihen um unseres Bruders Maimûn willen! Hier ist das Totenlaken; hüllt ihn darin ein!' Mit diesen Worten reichte er mir zwei Tücher, derengleichen ich noch nie gesehen hatte, und wir hüllten ihn darin ein.

Mâlik schloß seine Erzählung mit den Worten: Jetzt ist sein Grab ein Wallfahrtsort, bei dem man um Regen betet und wo man Allah, dem Allgewaltigen und Glorreichen, alle Bitten vorträgt. Und wie schön lauten die Dichterworte darüber:

> *Das Herz des, der erkennt, verweilt im Himmelsgarten,*
> *An dessen Tor die Wächter des Herren hütend warten.*
> *Und wenn es dort den Wein, den edlen, reinen, trinkt,*
> *Vermischt mit Himmelstrank, den Gottes Näh ihm bringt,*
> *Dann ist der Myste einig mit dem Freunde sein,*
> *Und keines andren Herz dringt ins Geheimnis ein.*

Ferner wird erzählt

DIE GESCHICHTE VON DEM FROMMEN MANNE
UNTER DEN KINDERN ISRAEL

Einst lebte unter den Kindern Israel ein Mann, einer der Besten unter ihnen; der war eifrig im Dienste seines Herrn, er entsagte den Dingen dieser Welt und hielt sie von seinem Herzen fern. Und er hatte eine Frau, die war ihm in allen Dingen hilfbereit und gehorsam zu jeder Zeit. Die beiden verdienten ihres Lebens Notdurft, indem sie Tablette und Fächer flochten; sie arbeiteten den ganzen Tag, und wenn der Tag zur Rüste ging, so trug der Mann das, was sie geflochten hatten, in den Händen fort und zog damit in den Gassen und Straßen umher und suchte einen Käufer, dem er es verkaufen konnte. Auch pflegten die beiden oft und lange zu fasten. Eines Tages verrichteten sie fastend ihre tägliche Arbeit, und als der Abend nahte, trug der Mann wie gewöhnlich das, was sie geflochten hatten, fort und suchte jemanden, der es ihm abkaufte. Da kam er bei der Tür eines der Kinder dieser Welt, eines wohlhabenden und angesehenen Mannes, vorbei, und weil er ein schönes Antlitz und eine anmutige Gestalt hatte, so gewann die Frau des Hausherrn, als sie ihn erblickte, ihn lieb, und ihr Herz ward von heftiger Neigung zu ihm ergriffen. Ihr Gatte aber war abwesend, und so rief sie ihre Dienerin und sprach zu ihr: ‚Sieh zu, ob du den Mann dort durch eine List zu uns hereinbringen kannst!' Da ging die Sklavin zu ihm hinaus, rief ihm nach, als wolle sie das von ihm kaufen, was er in seinen Händen trug, und hielt ihn so auf seinem Wege an. – –«

Da bemerkte Schehrezâd, daß der Morgen begann, und sie hielt in der verstatteten Rede an. Doch als die *Vierhundertundneunundsechzigste Nacht* anbrach, fuhr sie also fort: »Es ist mir berichtet worden, o glücklicher König, daß die Sklavin zu dem Manne hinausging, ihn anrief und zu ihm sprach: ‚Komm herein! Meine Herrin will etwas von dem, was du in der Hand trägst, kaufen; aber sie möchte es zuvor ansehen und prüfen.' Der Mann glaubte, sie spräche die Wahrheit, und weil er nichts Arges darin sah, so ging er hinein und setzte sich nieder, wie sie ihm befahl; sie aber schloß die Tür hinter ihm. Alsbald trat auch ihre Herrin aus ihrem Gemache hervor, ergriff ihn bei seinem Kittel, zog ihn hinein und sprach zu ihm: ‚Wie lange soll ich dich bitten, mit mir allein zu sein? Ich kann die Sehnsucht nach dir nicht mehr ertragen! Siehe da, das Zimmer duftet, die Speisen sind bereit gemacht; und der Hausherr ist fern in dieser Nacht. Ich will mich dir hingeben, ich, um deren Gunst die Könige und die Fürsten und die Reichen seit langem werben, ohne daß ich auch nur einen von ihnen anblickte!' In dieser Weise redete sie lange auf ihn ein, während der Mann seine Augen nicht vom Boden zu erheben wagte, aus Scheu vor Allah dem Erhabenen und aus Furcht vor den Schmerzen Seiner Strafe, wie der Dichter gesagt hat:

> *Bei mancher edlen Dame war's die Scham,*
> *Die mich ihr fernhielt und dazwischenkam.*
> *Sie ward ein Schutz für sie; und wahrlich, schwände*
> *Die Scham, so wäre auch ihr Schutz zu Ende.*

Nun wollte der Mann sich von ihr befreien; aber er vermochte es nicht. Darum sprach er zu ihr: ‚Ich bitte dich um etwas.' ‚Was ist das?' fragte sie; und er antwortete: ‚Ich wünsche etwas reines Wasser, um es auf den höchsten Ort in deinem Hause hinaufzutragen; dort will ich etwas mit ihm vornehmen und mich von einer Unreinheit säubern, über die ich nicht mit dir zu sprechen vermag.' Doch sie entgegnete: ‚Das Haus ist weit ausgedehnt, und es hat mancherlei Verstecke und Winkel, und der Ort der Reinigung ist bereit.' ‚Ich muß aber ganz oben sein', erwiderte er; und so gebot sie ihrer Dienerin: ‚Führe ihn zur obersten Aussichtsterrasse des Hauses!' Da führte das Mädchen ihn zur höchsten Stelle im Hause, gab ihm das Gefäß mit Wasser und stieg wieder hinunter. Der Mann aber nahm die religiöse Waschung vor, betete zwei Rak'as und schaute dann auf den Erdboden hinab, in dem Gedanken, sich hinunterzuwerfen. Als er jedoch sah, daß der Boden tief unten lag, fürchtete er, daß er dort ganz zerschlagen ankommen würde. Dann dachte er nach über die Sünde wider Gott und über Seine Strafe, und es ward ihm leicht, sein Leben zu opfern und sein eigen Blut zu vergießen; und er betete: ‚Mein Gott und mein Herr, du siehst, was über mich gekommen ist, und meine Not ist dir nicht verborgen; denn du bist mächtig über alle Dinge. Und darüber spricht die Stimme des Herzens diese Verse:

> *An dich allein verweist des Herzens innre Stimme;*
> *Du kennst geheimer Dinge tief verborgnen Sinn.*
> *Und wenn ich zu dir spreche, ist's ein lautes Rufen;*
> *Doch in der Zeit des Schweigens weis ich auf dich hin.*
> *O du, dem sich kein andrer an die Seite stellet,*
> *Der Arme, der dich liebt, naht dir in seiner Not.*
> *Ich habe eine Hoffnung, die mein Glaube stärket;*
> *Ich hab ein Herz, das, wie du weißt, zu bersten droht.*
> *Des Lebens Opfer ist das Schwerste hier auf Erden;*
> *Und wenn du es bestimmst, so wird es dennoch leicht.*
> *Willst du in deiner Huld die Rettung mir gewähren, –*
> *Durch dich, o meine Hoffnung, ist sie bald erreicht.'*

Darauf warf der Mann sich hoch von der Terrasse hinunter; doch Allah sandte ihm einen Engel, der ihn auf seinen Flügeln trug und ihn sicher bis zur Erde hernieder brachte, ohne daß ihm ein Leid geschah. Als er nun unten stand, pries er Allah, den Allgewaltigen und Glorreichen, für den Schutz, den Er ihm bescherte, und die Gnade, die Er ihm gewährte. Dann begab er sich geradeswegs zu seiner Frau, die schon lange auf ihn gewartet hatte. Wie er nun mit leeren Händen eintrat, fragte sie ihn, warum er so lange ausgeblieben sei, was er mit dem getan habe, was er in seinen Händen fortgetragen hatte, und weshalb er mit leeren Händen zurückkomme. Da erzählte er ihr, in welche Versuchung er geraten sei, wie er sich von jener Stätte hinuntergeworfen und wie Allah ihn gerettet habe. Seine Frau aber rief: ‚Preis sei Allah, der die Versuchung von dir wandte und dir Seinen Schutz gegen das Unheil sandte!' Und sie fügte hinzu: ‚Lieber Mann, die Nachbarn sind es von uns gewohnt, daß wir an jedem Abend in unserem Ofen Feuer machen; wenn sie uns nun heute abend ohne Feuer sehen, so werden sie wissen, daß wir nichts haben. Es geziemt sich aber, daß wir aus Dankbarkeit gegen Allah die Not, in der wir uns befinden, verbergen und daß wir das Fasten des vergangenen Tages durch Fasten in dieser Nacht fortsetzen; und Allah dem Erhabenen sei alles anheimgestellt!' Darauf ging sie zum Ofen, füllte ihn mit Brennholz und zündete es an, um dadurch die Nachbarinnen irrezuleiten; und sie hub an ihr Werk mit diesen Versen zu begleiten:

> *Verbergen will ich Not und Kummer, die ich leide;*
> *Ich zünd mein Feuer an und täusch die Nachbarin.*
> *Ich nehme hin, was mir des Herren Rat beschieden;*
> *Er nehme meine Demut vor Ihm in Gnaden hin! – –«*

Da bemerkte Schehrezâd, daß der Morgen begann, und sie hielt in der verstatteten Rede an. Doch als die *Vierhundertundsiebenzigste Nacht* anbrach, fuhr sie also fort: »Es ist mir berichtet worden, o glücklicher König, daß die Frau, nachdem sie das Feuer angezündet hatte, um die Nachbarn zu täuschen, sich mit ihrem Gatten erhob und daß dann beide die religiöse Waschung verrichteten und aufstanden, um zu beten. Plötzlich kam eine von ihren Nachbarinnen herein und bat um Erlaubnis, etwas Feuer aus ihrem Ofen zu holen. Die beiden sprachen zu ihr: ‚Der Ofen steht zu deiner Verfügung.' Doch als die Nachbarsfrau an den Ofen herantrat, um das Feuer zu nehmen, rief sie: ‚He, du Frau da, hol dein Brot heraus, ehe es verbrennt!' Da sprach die Frau des Mannes zu ihrem Gatten: ‚Hörst du, was die Frau dort sagt?' ‚Geh hin und sieh nach!' erwiderte er; und sofort ging sie zum Ofen, und siehe da, er war voll von feinem weißem Brot. Sie nahm die Laibe heraus und trug sie zu ihrem Gatten, indem sie Allah, dem Allgewaltigen und Glorreichen, dankte für Seine überreichliche Spende und die große Güte Seiner Hände. Nun aßen die beiden von dem Brote und tranken Wasser dazu und priesen Allah den Erhabenen. Darauf sagte die Frau zu ihrem Manne: ‚Komm, laß uns zu Allah dem Erhabenen beten, Er möge uns etwas schenken, das uns der Sorge um das tägliche Brot und der mühseligen Arbeit überhebt, und wodurch Er uns dazu verhilft, uns ganz Seinem Dienste und dem Gehorsam gegen Ihn zu weihen!' ‚Gern', erwiderte er, und er betete zu seinem Herrn, und seine Frau sprach das Amen zu seinem Gebete. Plötzlich aber tat sich das Dach auf, und ein Rubin fiel herab, der das Haus mit seinem Glanze erleuchtete. Da lobten und priesen sie Gott noch inbrünstiger und freuten sich gewaltig über jenen Rubin, und sie beteten nach Herzenslust. Als die Nacht sich dann ihrem Ende näherte, legten sie sich zum Schlafe nieder, und die Frau träumte, sie trete in das Paradies ein und sehe dort viele Throne und Sessel in Reihen aufgestellt. Sie fragte: ‚Was sind das für Throne? Und was sind das für Sessel?' Man gab ihr zur Antwort: ‚Das sind die Throne der Propheten, und das sind die Sessel der Gerechten und der Frommen!' Weiter fragte sie: ‚Wo ist wohl der Sessel meines Gatten?' und nannte dabei seinen

Namen. Da ward ihr gesagt: ,Der dort!' Und als sie auf ihn hinblickte, entdeckte sie plötzlich ein Loch an einer Seite; sie fragte: ,Was bedeutet denn dies Loch?' und man erwiderte ihr: ,Das ist die Stelle des Rubins, der durch das Dach eures Hauses auf euch herabgefallen ist.' Da erwachte sie aus ihrem Schlafe, weinend und betrübt darüber, daß der Sessel ihres Gatten unter den Sitzen der Frommen ein Fehl hatte. Und sie sprach: ,Lieber Mann, bete zu deinem Herrn, er möge diesen Rubin an seinen Ort zurückkehren lassen; es ist leichter, in den wenigen Tagen auf Erden Hunger und Armut ertragen zu müssen, als ein Loch in deinem Sessel unter den Gerechten zu wissen.' Der Mann betete zu seinem Herrn; und alsbald stieg der Rubin zum Dach empor und flog davon, während sie ihm nachschauten. Die beiden aber lebten weiter in ihrer Armut und ihrem Gottesdienste, bis sie vor Allah, den Allgewaltigen und Glorreichen, traten.

Ferner erzählt man

DIE GESCHICHTE VON EL-HADDSCHÂDSCH UND DEM FROMMEN MANNE

El-Haddschâdsch ibn Jûsuf eth-Thakafi[1] war lange auf der Suche nach einem von den Vornehmen, und als der schließlich vor ihn geführt ward, fuhr er ihn an: ,O du Feind Allahs, jetzt hat Er mir Gewalt über dich gegeben!' Dann rief er: ,Schleppt ihn in den Kerker, legt ihn in enge und schwere Fesseln und baut eine Zelle über ihm, so daß er nicht aus ihr entkommen und auch keiner zu ihm hereinkommen kann!' So ließ er den Mann ins Gefängnis werfen; und er entsandte auch den Schmied und die Fesseln dorthin. Doch jedesmal, wenn der Schmied mit seinem Hammer schlug, hob der Gefangene sein Haupt empor und blickte gen Himmel und sprach: ,Gehört

1. Vgl. Seite 625.

Ihm nicht die Schöpfung und die Herrschaft über sie?'[1] Und als der Schmied sein Werk getan hatte, baute der Kerkermeister die Zelle über ihm und ließ ihn mutterseelenallein dort. Nun überkamen ihn Schrecken und Graus, und die Zunge sprach seine Not in diesen Versen aus:

> *O Wunsch des, der da wünscht, du bist mein Wunsch allein;*
> *Auf deine reiche Huld soll mein Vertrauen sein.*
> *Vor dir ist nicht verborgen, was mich jetzt befiel;*
> *Ein Blick von deinem Auge ist mein Wunsch und Ziel.*
> *Sie sperrten mich hier ein und quälten mich mit List;*
> *Weh meiner Seele, die allein und einsam ist!*
> *Bin ich allein, so ist dein Name Trostes Quell;*
> *Er ist, wenn mich der Schlummer flieht, mein Trautgesell.*
> *Wenn du zufrieden bist, ist alles für mich gut;*
> *Du weißt ja alles, was in meinem Herzen ruht!*

Und als die Nacht dunkelte, ließ der Kerkermeister seine Wächter bei ihm zurück und ging selbst nach Hause. Wie es dann Morgen ward, ging er wieder dorthin, um nach dem Manne zu schauen; aber siehe da, die Fesseln lagen am Boden, und der Gefangene war verschwunden. Darüber erschrak er, und er sah schon den sicheren Tod vor Augen. Deshalb ging er zu seiner Wohnung und nahm von den Seinen Abschied; darauf holte er sein Leichentuch, tat Spezereien in seinen Ärmel und trat zu el-Haddschâdsch ein. Und wie er vor dem Statthalter stand, roch dieser den Duft der Spezereien und fragte: ‚Was ist das?' Der Kerkermeister erwiderte: ‚Mein Gebieter, ich habe es mitgebracht!' Als der Statthalter weiter fragte: ‚Was hat dich dazu bewogen?' erzählte er ihm die Geschichte des Gefangenen. – –«

Da bemerkte Schehrezâd, daß der Morgen begann, und sie hielt in der verstatteten Rede an. Doch als die *Vierhundertund-*

---

1. Koran, Sure 7, Vers 52.

einundsiebenzigste Nacht anbrach, fuhr sie also fort: »Es ist mir berichtet worden, o glücklicher König, daß el-Haddschâdsch, als der Kerkermeister ihm die Geschichte des Gefangenen erzählte, ihn anfuhr: ‚Weh dir! Hast du ihn nichts sprechen hören?‘ ‚Jawohl,‘ erwiderte der Kerkermeister, ‚jedesmal, wenn der Schmied mit dem Hammer schlug, blickte er gen Himmel und sprach: ‚Gehört Ihm nicht die Schöpfung und die Herrschaft über sie?‘ Da sagte el-Haddschâdsch: ‚Weißt du denn nicht, daß Der, den er nannte, als du anwesend warst, ihn befreite, während du abwesend warst?‘ Diesem Gedanken hat die Zunge der Zeit einst diese Verse geweiht:

> *O Herr, wie manche Not hast du von mir gewandt!*
> *Und ohne dich hab ich nicht Halt noch auch Bestand.*
> *Wie oft, wie oft, wie oft hast du mich schon befreit*
> *Aus mancher, mancher Not, die keine Zahl umspannt!*

Und ferner wird erzählt

DIE GESCHICHTE VON DEM SCHMIED, DER DAS FEUER ANFASSEN KONNTE

Einem frommen Manne ward berichtet, daß in der und der Stadt ein Schmied lebe, der seine Hand in das Feuer stecken und mit ihr das glühende Eisen daraus hervorholen könne, ohne daß ihn das Feuer verletze. Da begab der Mann sich nach jener Stadt, um den Schmied zu suchen und er ward zu ihm geführt. Wie er ihn erblickte und ihm zuschaute, sah er, daß er in Wirklichkeit das tun konnte, was man ihm erzählt hatte. Er wartete nun, bis der Schmied seine Arbeit getan hatte; dann trat er auf ihn zu, begrüßte ihn und sprach zu ihm: ‚Ich möchte heut abend dein Gast sein.‘ ‚Herzlich gern!‘ erwiderte der Schmied und führte ihn zu seiner Wohnung; dort aß er mit ihm zu Abend, und dann legten die beiden sich zum Schlafe nieder. Da aber der Gast den Wirt nicht zum Gebete aufstehen sah, noch irgendein Zeichen besonderer Frömmigkeit an ihm bemerkte, so sagte er sich: ‚Vielleicht verbirgt er sich vor mir.' Dann blieb er noch eine zweite und dritte Nacht bei ihm; doch er bemerkte, daß der Schmied über die Pflichten hinaus nur die verdienstlichen Handlungen verrichtete und nur kurze Zeit in der Nacht zum Gebete aufstand. Schließlich sprach er zu ihm: ‚Lieber Bruder, ich habe gehört, welche Gnade Allah dir verliehen hat, und ich habe sie auch mit eigenen Augen an dir gesehen. Dann habe ich auch auf deinen Eifer im Gottesdienst geachtet; doch ich habe bei dir nichts von dem Tun derer bemerkt, die durch Wunderkräfte ausgezeichnet sind. Woher hast du diese Gabe?' Jener gab ihm zur Antwort: ‚Ich will dir erzählen, wie es gekommen ist. Es geschah also: Ich war einst von leidenschaftlicher Liebe zu einer Frau ergriffen, und ich suchte sie oftmals zu verführen; aber ich vermochte nichts über sie, da sie an ihrer Keuschheit festhielt. Nun kam ein Jahr der Dürre und des Hungers und der Not; es fehlte an Nahrung, und der Hunger drückte schwer. Während ich damals zu Hause saß, klopfte es einmal an meiner Tür. Ich ging hinaus und sah jene Frau dort stehen, und sie sprach: ‚Bruder, mich hungert sehr, und ich hebe meine Augen zu dir empor, auf daß du mir zu essen gebest, um Allahs willen.' Ich sagte zu ihr: ‚Weißt du nicht, wie sehr ich dich liebe und was ich um deinetwillen erduldet habe? Ich werde dir nicht eher etwas zu essen reichen, als bis du dich mir hingibst.' Doch sie antwortete: ‚Lieber tot als ungehorsam gegen Allah!' und kehrte heim. Nach zwei Tagen kam sie wieder zu mir und sprach zu mir wie das erste Mal. Ich gab ihr dieselbe Antwort wie zuvor; sie trat ein und setzte sich nieder, dem Tode nahe. Als ich das Essen vor sie hinsetzte, rannen ihr die Tränen aus den Augen, und sie sprach: ‚Gib mir zu essen um Allahs willen, des Allgewaltigen und Glorreichen!' Aber ich sagte: ‚Nein, bei Allah, nur wenn du dich mir hingibst.' Sie erwiderte: ‚Der Tod ist besser für mich als die Strafe Allahs des Erhabenen.' Dann erhob sie sich und ließ die Speisen unberührt. – –«

Da bemerkte Schehrezâd, daß der Morgen begann, und sie hielt in der verstatteten Rede an. Doch als die *Vierhundertundzweiundsiebenzigste Nacht* anbrach, fuhr sie also fort: »Es ist mir berichtet worden, o glücklicher König, daß die Frau zu dem Manne sprach, als er ihr das Essen brachte: ‚Gib mir zu essen um Allahs willen, des Allgewaltigen und Glorreichen!' Doch ich – so erzählte der Schmied – sagte: ‚Nein, nur wenn du dich mir hingibst.' Sie erwiderte: ‚Lieber den Tod als die Strafe Allahs!' Dann erhob sie sich und ließ die Speisen unberührt. Sie ging fort, ohne etwas gegessen zu haben, indem sie diese Verse sprach:

> *O der du einzig bist, des Huld die Welt umfasset,*
> *Du hörest, was ich klage, du schauest mein Leid zumal.*
> *Jetzt haben bittre Not und Elend mich betroffen,*
> *Kein Wort genügt für einen Teil von meiner Qual.*
> *Ich bin wie der, den dürstet, des Aug das Wasser schauet;*
> *Kein Trank wird ihm gereicht, der seinen Durst vertreibt.*
> *Mich reizet mein Begehr, die Speise zu genießen:*
> *Die Lust daran vergeht; die Sünde aber bleibt.*

Wiederum blieb sie zwei Tage fern; dann kam sie und klopfte von neuem an die Tür. Als ich hinausging, erkannte ich, daß ihr vor Hunger die Stimme versagte. Dann aber sprach sie zu mir: ‚Meine Kraft ist dahin; ich kann mein Antlitz keinem Menschen mehr zeigen als dir allein. Willst du mir nicht zu essen geben um Allahs des Erhabenen willen?' ‚Nein,' erwiderte ich, ‚nur wenn du dich mir hingibst.' Und sie trat ein und setzte sich in meinem Hause nieder; aber ich hatte keine Speisen bereit. Doch als das Essen gerichtet war und ich es in die Schüssel tat, ließ Allah der Erhabene Seine Güte in mich eindringen, und ich sprach zu mir selber: ‚Wehe dir! Diese Frau da, schwach an Verstand und an Glauben, enthält sich der Nahrung, obgleich sie kaum noch die Kraft hat, ohne sie zu leben, da der Hunger sie überwältigt. Dennoch weist sie dich ein Mal über das andere ab, du aber lässest nicht ab vom Ungehorsam gegen Allah den Erhabenen!' Dann betete ich: ‚O mein Gott, ich bereue vor dir das Gelüst meiner Seele.' Und alsbald nahm ich die Speise, brachte sie der Frau und sprach zu ihr: ‚Iß! Dir soll kein Leid widerfahren. Es ist um Allahs willen, des Allgewaltigen und Glorreichen.' Da hob sie ihre Augen gen Himmel und sprach: ‚O mein Gott, wenn dieser die Wahrheit spricht, so lasse das Feuer in dieser Welt und im Jenseits ihm nichts anhaben. Denn du hast über alle Dinge Macht; und wenn du erhören willst, so ist es vollbracht!' Da verließ ich sie – so erzählte der Schmied weiter – und ging hin, um das Feuer von dem Kohlenbecken zu nehmen; denn es war Winterszeit und kalt. Nun fiel eine Kohle auf meinen Leib; aber durch die Allmacht Allahs, des Allgewaltigen und Glorreichen, fühlte ich keinen Schmerz, und so kam es mir zum Bewußtsein, daß ihr Gebet erhört war. Darauf nahm ich die Kohle in die Hand, doch sie verbrannte mich nicht; und ich ging zu der Frau zurück und sprach: ‚Freue dich! Allah hat dein Gebet erhört.' – –«

Da bemerkte Schehrezâd, daß der Morgen begann, und sie hielt in der verstatteten Rede an. Doch als die *Vierhundertunddreiundsiebzigste Nacht* anbrach, fuhr sie also fort: »Es ist mir berichtet worden, o glücklicher König, daß der Schmied seine Erzählung mit diesen Worten schloß: ‚Ich ging zu der Frau zurück und sprach zu ihr: ‚Freue dich! Allah hat dein Gebet erhört.' Da legte sie den Bissen aus der Hand und sprach: ‚O mein Gott, wie du jetzt meinen Wunsch an ihm erfüllt und mein Gebet für ihn erhört hast, so bitte ich dich, nimm meine Seele zu dir, denn du bist mächtig über alle Dinge.' Da nahm Allah zur Stunde ihre Seele zu sich – Seine Barmherzigkeit sei mit ihr!' Und diesem Gedanken hat die Zunge der Zeit einst diese Verse geweiht:

>   *Sie bat; ihr Herr erhörte ihr Gebet,*
>   *Verzieh dem Sünder, der ihr so gedroht;*
>   *Voll Huld erfüllt' Er ihren Wunsch an ihm*
>   *Und brachte ihr, wie sie's gewollt, den Tod.*
>   *Sie nahte, Brot erbittend, seiner Tür;*
>   *Sie kam zu ihm in Qual, die sie befiel.*
>   *Allein er folgte seiner Lust und gab*
>   *Der Gier sich hin und hoffte auf sein Ziel.*
>   *Er wußte nicht, was Gott für ihn bestimmt;*
>   *Und über ihn kam Reue mit Gewalt.*
>   *Doch Gottes Ratschluß steht in Seiner Hand;*
>   *Wer dem Geschick entflieht, erliegt ihm bald.*

Ferner erzählt man

DIE GESCHICHTE VON DEM FROMMEN ISRAELITEN UND DER WOLKE

Einst lebte unter den Kindern Israel ein frommer Mann, ob seines Gottesdienstes bekannt, makellos und ob seiner Weltentsagung vielgenannt. Wenn der zu seinem Herrn betete, so erhörte Er ihn; und wenn er Ihn um etwas bat, so gewährte Er es ihm und erfüllte seinen Wunsch. Und er pflegte in den Bergen umherzuziehen und die Nächte im Gebet zu verbringen. Nun hatte Allah, der Gepriesene und Erhabene, ihm eine Wolke untertan gemacht, die mit ihm reiste, wohin er nur ging, und die ihm reichlich Wasser spendete, so daß er seine Waschungen verrichten und trinken konnte. Lange Zeit lebte er in dieser Weise; da war er einmal in seinem Eifer nachlässig, und Allah ließ die Wolke von ihm enteilen und ließ ab, ihm Gehör zu erteilen. Darüber war er tief betrübt und lange Zeit bekümmert, und immer wieder sehnte er sich nach der Zeit der Gnade, die ihn einst beglückt hatte; und er seufzte und klagte und trauerte um den Verlust. Eines Nachts aber hörte er im Schlafe eine Stimme, die zu ihm sprach: ‚Wenn du willst, daß Allah dir deine Wolke wiedergibt, so begib dich zu dem und dem König in der Stadt Soundso und bitte ihn, daß er für dich bete. Dann wird Allah, der Gepriesene und Erhabene, dir deine Wolke wiedergeben; Er wird sie durch den Segen seiner frommen Gebete wieder über dich breiten.' Und nun begann jene Stimme ihre Worte mit diesen Versen zu begleiten:

> *Begib dich zu dem frommen Fürsten hin*
> *In deiner schweren Not, die dich betroffen;*
> *Und betet er zu Gott, so kannst du bald*
> *Auf die ersehnte Regenwolke hoffen.*
> *Ob allen Herrschern steht er hoch an Macht;*
> *Er hat an Majestät nicht seinesgleichen.*
> *Was du begehrst, das findest du bei ihm;*
> *Er lässet Glück und Freude bald erreichen.*
> *Drum eil zu ihm durch öde Wüstenein*
> *Und laß die Fahrt ununterbrochen sein!*

Alsbald machte der Mann sich auf den Weg und wanderte über die Erde dahin, bis er zu der Stadt kam, die ihm im Traume genannt war. Dort erkundigte er sich nach dem König; und als man ihm den Weg zu ihm gewiesen hatte, begab er sich zu seinem Schlosse. An dessen Tor aber saß ein Sklave auf einem großen Sessel, und der trug ein ehrfurchtgebietendes Kleid. Der Fromme blieb stehen und sprach den Gruß. Nachdem der Wächter den Gruß erwidert hatte, fragte er: ‚Was ist dein Begehr?' ‚Ich bin ein Mann, dem Unrecht geschehen ist,' antwortete der Israelit, ,und ich komme zum König, um ihm meine Sache vorzutragen.' Doch der Sklave sprach: ,Heute hast du keinen Zutritt zu ihm. Denn er hat für die Bittsteller nur einen Tag in der Woche bestimmt, an dem sie zu ihm kommen dürfen, und das ist der und der Tag. Also zieh in Frieden deiner Wege, bis der Tag kommt!' Den Mann verdroß es, daß der König sich so von den Menschen fernhielt, und er sagte sich: ,Wie kann dieser einer von den Heiligen Allahs, des Allgewaltigen und Glorreichen, sein, wenn er in solcher Weise handelt?' Und er ging davon, des Tages harrend, der ihm genannt worden war. Als nun – so erzählte er selber – der Tag, den der Türhüter genannt hatte, gekommen war, ging ich hin, und ich fand am Tore eine große Volksmenge, die auf Erlaubnis zum Eintritt wartete; ich blieb bei den Leuten stehen, bis ein Wesir heraustrat, der ehrfurchtgebietende Kleider trug und von Dienern und Sklaven begleitet war; und der rief: ,Die Bittsteller sollen eintreten!' Nun traten die Leute ein, und auch ich ging mit der Menge hinein; da sah ich den König sitzen, umgeben von den Großen seines Reiches, die nach Rang und Würden ihre Plätze hatten. Auch der Wesir trat an seine Stelle und ließ einen nach dem andern vortreten, bis die Reihe an mich kam. Wie der Wesir mich herankommen hieß, blickte der König mich an und sprach: ,Willkommen, Wolkenmann! Setze dich, bis ich Zeit für dich habe!' Da ward ich durch seine Worte verwirrt, und ich erkannte seine Würde und Überlegenheit an. Als er aber allen Bittstellern Bescheid gegeben hatte und mit ihnen fertig geworden war, erhob er sich, und der Wesir und die Großen des Reiches gingen fort; darauf nahm der König mich bei der Hand und führte mich ins Innere des Palastes. Am inneren Tore erblickte ich wieder einen schwarzen Sklaven mit ehrfurchtgebietender Kleidung; über seinem Haupte hingen Waffen, und rechts und links von ihm befanden sich Panzer und Bögen. Der erhob sich vor dem König, eiligst bereit, dessen Befehle auszuführen und seine Wünsche zu erfüllen. Dann öffnete er die Tür; und nachdem der König mich an der Hand hineingeführt hatte, standen wir plötzlich vor einem kleinen Tore. Der König öffnete die Tür selbst, und dann ging er zu einem verfallenen, öden Gebäude und trat in einen Raum ein, in dem sich weiter nichts befand als ein Gebetsteppich, eine Kanne für die Waschung und einige Matten aus Palmblättern. Darauf legte er die Gewänder, die er trug, ab und kleidete sich in einen groben Rock aus weißer Wolle und setzte auf sein Haupt eine Spitzmütze aus Filz. Dann setzte er sich nieder, hieß auch mich sitzen und rief seine Gemahlin bei Namen. Sie antwortete: ,Zu deinen Diensten!' Als er sie nun fragte: ,Weißt du, wer heute unser Gast ist?' erwiderte sie: ,Ja; es ist der Wolkenmann.' Und er fuhr fort: ,Komm herbei; du brauchst vor ihm keine Scheu zu haben!' Und siehe – so berichtete der Erzähler – da kam sie, eine Frau schön wie ein Traumbild, und ihr Antlitz leuchtete wie der junge Mond; und sie trug ein Gewand aus Wolle und einen Schleier. – –«

Da bemerkte Schehrezâd, daß der Morgen begann, und sie hielt in der verstatteten Rede an. Doch als die *Vierhundertundvierundsiebenzigste Nacht* anbrach, fuhr sie also fort: »Es ist mir berichtet worden, o glücklicher König, daß die Gemahlin des Königs, als er sie gerufen hatte, herbeikam, mit einem Antlitze, das wie der junge Mond leuchtete, und bekleidet mit einem groben Gewand aus Wolle und einem Schleier. Darauf sagte der König: ,Mein Bruder, willst du unsere Geschichte erfahren, oder sollen wir sogleich für dich beten, auf daß du von dannen gehen kannst?' Ich antwortete: ,Nein, ich möchte zuvor eure Geschichte hören, das ist mir lieber.' Da hub der König an zu erzählen: ‚Wisse, meine Väter und Großväter übernahmen einer nach dem anderen die Herrschaft und vererbten sie von Vater auf Sohn, bis alle dahingeschieden waren und der Thron an mich kam. Zwar hatte mir die Liebe zu Allah das Herrschen verhaßt gemacht, und ich wäre lieber ein Pilger auf Erden geworden und hätte dem Volke selber seine Geschäfte überlassen. Aber ich befürchtete, es könnten Aufruhr und Gesetzlosigkeit unter ihnen ausbrechen und die Einheit des Glaubens könnte gefährdet werden. So ließ ich denn die Dinge, wie sie waren, und setzte jedem Oberhaupte unter ihnen ein angemessenes Gehalt fest. Und ich legte die königlichen Gewänder an und ließ die Sklaven an den Türen sitzen, um die Bösen zu schrecken, die Guten zu schützen und die Gesetze aufrechtzuerhalten. Nachdem ich all das getan hatte, begab ich mich in meine Wohnung hier, legte jene Gewänder ab und kleidete mich so, wie du mich jetzt siehst. Diese meine Base aber hat wie ich der Welt entsagt, und sie steht mir in der Andacht treu zur Seite. Wir flechten tagsüber diese Palmblätter zu Matten und brechen unser Fasten, wenn es Abend wird, mit dem, was wir uns dadurch verdienen; in dieser Weise leben wir nun schon gegen vierzig Jahre. Bleibe bei uns – so wahr sich Allah deiner erbarme! –, bis wir unser Werk aus Palmblättern verkauft haben; dann speise mit uns und verbringe die Nacht bei uns! Morgen, wenn dein Wunsch erfüllt ist, so Gott will, magst du deiner Wege ziehen.' Als der Tag zur Rüste ging, kam ein Bursche, der nur fünf Spannen hoch war, trat in den Raum und nahm die Matten, die jene beiden geflochten hatten; die trug er auf den Markt, verkaufte sie um einen Karat[1], kaufte dafür Brot und Bohnen und brachte sie zu uns. Ich aß

1. Eine kleine Münze, deren Wert verschieden angegeben wird und die auch je nach den Ländern verschiedenen Wert hatte.

mit ihnen und schlief bei ihnen; um Mitternacht aber erhoben sich die beiden und beteten und weinten. Und als der Morgen dämmerte, betete der König: ‚O mein Gott, dieser dein Knecht erbittet von dir, daß du ihm seine Wolke zurückgebest; und du hast die Macht, es zu tun. O mein Gott, laß ihn die Erhörung erleben; geruhe, ihm seine Wolke wiederzugeben!' Die Königin – so schloß der fromme Mann seine Erzählung – sprach das Amen dazu, und siehe da, die Wolke zog am Himmel herauf. Da wünschte der König mir Glück, und ich nahm Abschied von den beiden. Als ich nun von dannen ging, begleitete die Wolke mich wie zuvor. Und alles, was ich seitdem im Namen der beiden von Allah dem Erhabenen erbitte, gewährt Er mir. Und damals sprach ich diese Verse:

Der Herr hat Auserwählte unter Seinen Knechten,
Und deren Herzen weilen in des Wissens Garten.
Doch ihre Leiber sind nun regungslos geworden,
Da in des Volkes Brust geheime Dinge warten.
Dort sind sie still vor Gott und schweigend immerdar
Und schaun Geheimes im Geheimen hell und klar.

Ferner erzählt man

DIE GESCHICHTE VON DEM MUSLIMISCHEN HELDEN UND DER CHRISTIN

Der Beherrscher der Gläubigen 'Omar ibn el-Chattâb – Allah habe ihn selig! – rüstete einst ein muslimisches Heer aus zum Kampfe wider den Feind vor Damaskus; und auf diesem Zuge belagerten sie eine der christlichen Festungen und bedrängten sie schwer. Unter den Muslimen aber befanden sich zwei Brüder, Männer, denen Allah Ungestüm und Kühnheit vor dem Feinde verliehen hatte. Nun sprach der Befehlshaber jener Festung zu seinen Fürsten und zu der Heldenschar, die bei ihm war: ,Würden diese beiden Muslime nur gefangen genommen oder zu Tode kommen, so wollte ich euch schon für alle übrigen Muslime einstehen!' Darum legten sie ihnen Fallen zu jeder Zeit, hielten immer Listen für sie bereit, lauerten auf sie überall und sandten viel Leute zum Überfall, bis endlich den einen von ihnen die Gefangenschaft band und der andere den Tod als Märtyrer fand. Der gefangene Muslim ward vor den Befehlshaber jener Festung geschleppt, und als der ihn erblickte, rief er: ,Den zu töten wäre ein Jammer; aber seine Rückkehr zu den Muslimen wäre ein Unheil!' – –«

Da bemerkte Schehrezâd, daß der Morgen begann, und sie hielt in der verstatteten Rede an. Doch als die *Vierhundertundfünfundsiebenzigste Nacht* anbrach, fuhr sie also fort: »Es ist mir berichtet worden, o glücklicher König, daß der feindliche Befehlshaber jener Festung, als man den muslimischen Gefangenen vor ihn geschleppt hatte, ihn anblickte und sprach: ,Den zu töten wäre ein Jammer; aber seine Rückkehr zu den Muslimen wäre ein Unheil! Ach, wie gern sähe ich, daß er zum christlichen Glauben überträte, uns zur Hilfe und Stütze!' Darauf hub einer von seinen Rittern an: ,O Fürst, ich will ihn dazu verleiten, daß er seinem Glauben abtrünnig wird, und zwar in dieser Weise: Die Araber haben heftige Leidenschaft für die Frauen, und da ich eine Tochter, eine Maid von vollkommener Lieblichkeit, besitze, so wird er, wenn er sie sieht, durch sie verführt werden.' Da sprach der Burghauptmann: ,Er sei dir anvertraut; nimm ihn mit!' Jener nahm ihn also mit nach Hause. Dann kleidete er die Jungfrau in solche Gewänder, durch die ihre Schönheit und Anmut noch heller erstrahlten, brachte den Gefangenen herbei, führte ihn in das Zimmer und ließ die Speisen auftragen; die christliche Jungfrau aber stand vor ihm wie eine Dienerin, ihrem Herrn gehorsam, die darauf wartete, daß er ihr einen Befehl gäbe, um ihn auszuführen. Als aber der Muslim sah, was ihm drohte, nahm er seine Zuflucht zu Allah dem Erhabenen, wandte seinen Blick ab, widmete sich der Andacht zu seinem Herrn und begann den Koran herzusagen. Nun hatte er eine schöne Stimme und ein Wesen, das einen tiefen Eindruck auf die Seelen der Menschen machte; daher ward die christliche Jungfrau von inniger Liebe und heftiger Leidenschaft zu ihm ergriffen. Das dauerte sieben Tage hindurch, und schließlich sprach sie bei sich selber: ‚Ach, wenn er mich doch in den Glauben des Islams aufnehmen wollte!' Über sie heißt es im Liede:

> *Versagest du dich mir, du, den mein Herz erkoren?*
> *Du bist in mir, mein Leben sei dir dargebracht!*
> *Ich bin ja gern bereit, die Meinen zu verlassen,*
> *Den Glauben auch, vor dem des Schwertes Schärfe wacht.*
> *Ich zeuge: neben Allah gibt es keinen Herrn;*
> *Das steht als Wahrheit fest; dem Zweifel ist gewehrt.*
> *Vielleicht vereint er mich mit dem, der sich versaget,*
> *Und kühlt mein Herze, das die Liebesglut verzehrt!*
> *Oft wird ein Tor geöffnet, das verschlossen stand,*
> *Und dem sein Wunsch gewährt, der sich in Not befand.*

Doch schließlich war sie ans Ende ihrer Geduld gekommen, und die Brust ward ihr beklommen; da warf sie sich vor ihm nieder und rief: ‚Ich beschwöre dich bei deinem Glauben, leih meinen Worten Gehör!' ‚Was sind deine Worte?' fragte er; und sie fuhr fort: ‚Erkläre mir den Islam!' Nun erklärte er ihr den Glauben, und sie nahm den Islam an. Dann nahm sie die Reinigung vor, und er lehrte sie das islamische Gebet. Nachdem sie all das getan hatte, sprach sie: ‚Mein Bruder, ich habe nur um deinetwillen und um dir nahe zu sein, den Islam angenommen.' Er erwiderte ihr: ‚Der Islam gestattet die Ehe nur, wenn zwei gültige Zeugen, die Morgengabe und der Vormund da sind. Bei dir aber sehe ich weder die beiden Zeugen noch den Vormund noch die Morgengabe. Wenn du jedoch Mittel und Wege fändest, daß wir diesen Ort verlassen könnten, so hoffe ich das Land des Islams zu erreichen, und dann will ich dir geloben, daß ich im Islam keine andere Frau haben werde als dich allein.' ,Ich werde einen Weg dazu finden', antwortete sie, rief alsbald ihren Vater und ihre Mutter und sprach zu ihnen: ,Dieses Muslims Herz ist weich geworden, und es verlangt ihn danach, unseren Glauben anzunehmen, und seinen Wunsch, mich zu gewinnen, will ich ihm erfüllen. Aber er sagt: ,Dies geziemt sich nicht in einer Stadt, in der mein Bruder den Tod gefunden hat. Könnte ich sie verlassen, auf daß mein Herz sich tröste, so würde ich tun, was man von mir verlangt.' Es liegt nichts Arges darin, daß ihr mich mit ihm an einen anderen Ort ziehen lasset; ich will euch beiden und dem König für alles bürgen, was ihr verlangt.' Da ging ihr Vater zum Burghauptmann und tat es ihm kund. Der war darüber hoch erfreut und gab Befehl, sie mit ihm zu dem Dorfe zu führen, das sie nannte. So zogen sie denn hinaus; doch als sie zu dem Dorfe gekommen und den Tag über dort geblieben waren und als dann die Nacht über sie hereinbrach, machten sie sich wieder auf und begannen ihren Lauf, wie einer der Dichter gesagt hat:

> *Jetzt ist die Trennung, sagten sie, der Zeit Gebot.*
> *Ich sprach: Wie oft ward ich durch Trennung schon bedroht!*
> *Ich wünsche nichts, als daß ich durch die Wüsten eile*
> *Und durch die Länder ziehe immer Meil auf Meile.*
> *Und reist der Freunde Schar zu einem andren Ort,*
> *So zieh auch ich, ein fahrend Weggenosse, fort.*
> *Ich lasse meine Sehnsucht mir als Führer dienen,*
> *Dann leitet mich der Weg auch führerlos zu ihnen.* – –«

Da bemerkte Schehrezâd, daß der Morgen begann, und sie hielt in der verstatteten Rede an. Doch als die *Vierhundertund-*

sechsundsiebenzigste Nacht anbrach, fuhr sie also fort: »Es ist mir berichtet worden, o glücklicher König, daß der gefangene Muslim und die Jungfrau in jenem Dorfe, in das sie gekommen waren, den Tag über blieben; doch als die Nacht über sie hereinbrach, da machten sie sich wieder auf und begannen ihren Lauf, und sie zogen die Nacht hindurch weiter. Der junge Held ritt einen edlen Renner, die Maid saß hinter ihm auf dem Rosse, und sie eilten durch das Land dahin, bis es Morgen ward. Da bog er mit ihr vom Wege ab, ließ sie vom Rosse steigen, und beide verrichteten die religiöse Waschung und sprachen das Frühgebet. Doch während sie damit beschäftigt waren, vernahmen sie plötzlich Waffengerassel, Zügelklirren, Männerstimmen und Pferdestampfen. Da rief er: ‚O Maid, das sind die Nazarener, die uns verfolgen! Was sollen wir tun? Das Pferd ist müde und matt und kann keinen Schritt mehr vorwärts gehn!' Sie sagte: ‚Weh dir, bist du verzagt und ängstlich?' ‚Ja', erwiderte er. Da fragte sie: ‚Wo ist nun die Macht deines Herrn, von der du mir erzähltest? Wo ist Seine Hilfe für die, so um Hilfe flehen? Komm, wir wollen uns vor Ihm demütigen und zu Ihm beten, auf daß Er uns Seine Hilfe leihe und uns Seine Gnade angedeihen lasse, Er, der Gepriesene und Erhabene!' Er sprach: ‚Das ist recht, bei Allah, was du sagst.' So begannen denn die beiden, sich vor Allah dem Erhabenen zu demütigen, und er hub an diese Verse zu sprechen:

> *Fürwahr, in aller Stunden Lauf bedarf ich deiner,*
> *Wenn mir auch Kron und Diadem den Scheitel schmückt!*
> *Du bist mein höchstes Ziel; wenn meine Hand gewönne,*
> *Was ich begehr, so wär mir jeder Wunsch geglückt.*
> *Du hast kein einzig Ding bei dir, das du versagest;*
> *Nein, deine Huld ergießt sich wie ein voller Quell.*
> *Zwar bin ich durch die Sünde wohl noch ausgeschlossen,*
> *Doch deiner Gnade Licht, du Milder, strahlet hell.*

Du Tröster in der Not, ach, tilg die Sorge mein!
Wer kann denn außer dir aus solcher Not befrein?

Während er so betete und die Jungfrau das Amen zu seinem Gebete sprach und das Pferdestampfen immer näher an sie herankam, vernahm der junge Held plötzlich die Stimme seines Bruders, der als Märtyrer gefallen war, und die rief: ‚Bruder, fürchte dich nicht und gräme dich nicht! Diese Heerschar ist die Heerschar Allahs und Seiner Engel; Er hat sie zu euch gesandt, auf daß sie Zeugen eurer Vermählung seien. Die Engel Allahs des Erhabenen rühmen sich eurer, und Er hat euch beiden den himmlischen Lohn der Seligen und der Märtyrer verliehen und hat die Erde vor euch aufgerollt. Siehe da, morgen früh wirst du bei den Bergen von Medina sein; und wenn du dann zu 'Omar ibn el-Chattâb – Allah habe ihn selig! – kommst, so bringe ihm meinen Gruß und sprich zu ihm: Allah lohne dir reichlich für den Islam, denn du bist aufrichtig gewesen und hast dich eifrig gemüht!‘ Darauf erhoben die Engel ihre Stimmen zum Gruße für ihn und seine junge Frau, und sie sprachen: ‚Allah der Erhabene hat sie dir zweitausend Jahre vor der Erschaffung eures Vaters Adam – Friede sei über ihm! – zur Gattin bestimmt.‘ Da kam über die beiden Freude und Fröhlichkeit, Friede und Seligkeit; die Zuversicht ward befestigt, und die rechte Leitung der Frommen ward bekräftigt. Und als die Morgenröte aufstieg, sprachen die beiden das Frühgebet.

Nun pflegte 'Omar ibn el-Chattâb – Allah habe ihn selig! – das Frühgebet vor Tagesanbruch zu verrichten, und manchmal trat er in die Gebetsnische, begleitet von zwei Männern, die hinter ihm her gingen, und rezitierte zuerst die Sure ‚Das Vieh‘[1] und dann die Sure ‚Die Frauen‘.[1] Inzwischen erwach-

1. Die sechste und die vierte Sure, die beide ziemlich lang sind.

ten die Schläfer; wer mit der religiösen Waschung beschäftigt war, beendete sie; und wer noch fern war, kam zum Gebet, so daß die Moschee voll Volkes war, noch ehe er die erste Rak'a vollendet hatte. Dann betete er die zweite Rak'a mit einer kurzen Sure, die er rasch sprach. An jenem Tage aber rezitierte er schon bei der ersten Rak'a eine kurze Sure, die er rasch sprach, und ebenso tat er bei der zweiten Rak'a. Und nachdem er den Gruß zum Schlusse gesprochen hatte, blickte er auf seine Gefährten und sprach zu ihnen: ‚Laßt uns hinausgehen, dem jungen Ehepaare entgegen!' Da verwunderten die Gefährten sich und konnten seine Worte nicht verstehen. Doch er schritt hinaus, und sie folgten ihm, bis er das Tor von Medina erreichte. Der junge Held aber zog, als das Tageslicht ihm leuchtete und er die Hügel von Medina erkannte, mit seiner Gattin, die hinter ihm ritt, dem Tore entgegen. Da traten 'Omar und die Gläubigen auf ihn zu und begrüßten ihn. Nachdem sie dann in Medina eingezogen waren, befahl 'Omar – Allah habe ihn selig! – das Hochzeitsmahl zu rüsten. Und die Muslime waren dabei zugegen und schmausten. Dann ging der junge Held zu seiner Gemahlin ein, und Allah der Erhabene schenkte ihm Kinder von ihr. – –«

Da bemerkte Schehrezâd, daß der Morgen begann, und sie hielt in der verstatteten Rede an. Doch als die *Vierhundertundsiebenundsiebenzigste Nacht* anbrach, fuhr sie also fort: »Es ist mir berichtet worden, o glücklicher König, daß 'Omar ibn el-Chattâb – Allah habe ihn selig! – befahl, das Hochzeitsmahl zu rüsten. Und die Muslime waren dabei zugegen und schmausten. Dann ging der junge Held zu seiner Gemahlin ein, und Allah der Erhabene schenkte ihm Kinder von ihr, die im heiligen Kriege stritten und zu ihrem Ruhme ihren Stammbaum bewahrten. Und wie schön ist das, was hierüber gesungen worden ist:

> *Ich sah dich, wie du weintest vor dem Tor und klagtest,*
> *Und wie dein Mund den Fragern keine Antwort gab.*
> *Traf dich das böse Auge, oder schlug dich Unheil?*
> *Hielt dich die Schranke von dem Tor des Freundes ab?*
> *Erwache heut, du Armer, preise Gottes Namen,*
> *Tritt reuig hin vor Ihn, wie es die Menschheit tat,*
> *Auf daß der Gnade Regen das Vergangne tilge*
> *Und daß der Sünder Schar am Lohne Anteil hat!*
> *Oft kann sich der Gefangne die Freiheit so gewinnen,*
> *Der Sklave kann dem Kerker der Strafe dann entrinnen.*

Und nun lebten sie immerdar herrlich und in Freuden, bis Der zu ihnen kam, der die Freuden schweigen heißt, und der die Freundesbande zerreißt.

Ferner wird erzählt

DIE GESCHICHTE VON DER CHRISTLICHEN PRINZESSIN UND DEM MUSLIM

Sîdi Ibrahîm ibn el-Chauwâs – Allahs Barmherzigkeit sei über ihm! – berichtete: Einstmals trieb mich mein Geist, in das Land der Ungläubigen zu ziehen; ich bekämpfte diesen Wunsch, aber er ließ sich nicht besiegen noch unterdrücken, ja, ich mühte mich sehr, einen solchen Gedanken zu vertreiben, dennoch ließ er sich nicht austreiben. So machte ich mich denn auf, durchquerte ihre Auen und zog umher in ihren Gauen, indem Gottes Gnade mich mit Mut erfüllte und Seine Güte mich in ihren Schutz einhüllte; jedesmal, wenn ich einen Christen traf, wandte er seinen Blick von mir ab und ging mir aus dem Wege, bis ich schließlich zu einer ihrer Hauptstädte kam. Dort fand ich am Tor eine Menge von schwarzen Sklaven; die waren mit Rüstungen angetan und trugen eherne Keulen in den Händen. Als sie mich erblickten, standen sie auf und fragten mich: ‚Bist du ein Arzt?' ‚Jawohl!' erwiderte ich; und sie fuhren fort: ‚So folge dem Rufe des Königs!' und führten mich zu ihm. Und siehe da, er war ein Herrscher, aus dem die Würde spricht, und ein Mann von schönem Angesicht. Wie ich zu ihm eingetreten war, blickte er mich an und fragte: ‚Bist du ein Arzt?' ‚Jawohl!' gab ich zur Antwort. Darauf sagte er: ‚Führt ihn zu ihr und macht ihn mit der Bedingung bekannt, ehe er zu ihr eintritt!' Nun führten sie mich hinaus und sprachen zu mir: ‚Wisse, der König hat eine Tochter, die von einer schweren Krankheit befallen ist, und die Ärzte vermögen sie nicht zu heilen. Wenn aber ein Arzt zu ihr geht, um sie zu heilen, und wenn dann seine Heilkunst nichts nützt, so läßt der König ihn töten. Nun sieh zu, was du tun willst!' Ich erwiderte ihnen: ‚Der König hat mich zu ihr geschickt; also führt mich zu ihr hinein!' Dann brachten sie mich vor ihre Tür; und wie ich dort stand, klopften sie an. Da rief sie von drinnen: ‚Führt ihn zu mir herein, den heilkundigen Mann, der das wunderbare Geheimnis verstehen kann!' Und sie sprach die Verse:

> *Öffnet die Tür; denn der Arzt ist gekommen!*
> *Schaut auf das seltne Geheimnis in mir!*
> *Oft ist der Nahe doch weit in der Ferne;*
> *Oft ist der Ferne doch nahe bei dir.*
> *Wahrlich, ich lebte bei euch nur als Fremdling;*
> *Jetzo will Gott seinen Trost mir verleihn.*
> *Uns hat die Glaubensgemeinschaft verbunden;*
> *Freund mit dem Freunde, sind wir im Verein.*
> *Als er mich in seine Nähe gerufen,*
> *Hielten der Tadler und Späher uns fern.*
> *Laßt euer Schelten, hört auf, mich zu tadeln!*
> *Weh euch, ich antworte doch nicht, ihr Herrn.*
> *Mich kümmert nicht das Flüchtige, das Unzulängliche;*
> *Mein Ziel ist nur das Bleibende, das Unvergängliche.*

Da machte – so berichtete der Erzähler – ein hochbetagter Greis eiligst die Tür auf und rief: ‚Tritt ein!' Als ich eingetreten war, sah ich mich in einem Raum, der mit allerlei duftenden Kräutern bestreut war und wo in der einen Ecke ein Vorhang niederhing. Hinter ihm erklang eine schwache Stimme, stöhnend vor Gram, die aus einem abgezehrten Leibe kam. Ich setzte mich gegenüber dem Vorhange nieder und wollte gerade den Friedensgruß aussprechen, da dachte ich an das Wort dessen, dem Allah Segen und Heil spenden möge: ‚Saget den Juden und Christen nicht zuerst den Friedensgruß! Und wenn ihr ihnen auf der Straße begegnet, so drängt sie auf die schmalste Stelle!' Ich hielt also an mich, doch da rief sie hinter dem Vorhang: ‚Wo bleibt, o Chauwâs, der Gruß der Einheit und Reinheit?' Darüber war ich erstaunt, und so fragte ich sie: ‚Woher kennst du mich?' Sie antwortete: ‚Sind Herz und Gedanken gesund, so sprechen die geheimen Winkel der Seelen mit beredtem Mund. Gestern habe ich Ihn gebeten, mir einen Seiner Heiligen zu senden, durch dessen Hand mir Befreiung zuteil würde; und da rief es mir aus den Winkeln meines Gemaches entgegen: ‚Sei unbesorgt! Wir wollen Ibrahîm el-Chauwâs zu dir senden!' Nun fragte ich sie: ‚Was ist es mit dir?' Und sie erzählte mir: ‚Schon seit vier Jahren ist mir die klare Wahrheit[1] offenbar geworden, Er, der Verkünder und traute Gefährte, der Nahebringer und als Freund Bewährte. Da hielten die Meinen mit den Augen über mich Wacht und hegten wider mich mancherlei Verdacht, ja, sie glaubten, ich sei in des Teufels Macht. Es gab keinen Arzt, der in mir, wenn er zu mir kam, nicht Kummer erweckte, und keinen Besucher, der mich nicht erschreckte.' Ich fragte sie: ‚Wer hat dich zu der Kenntnis geleitet, die du besitzest?' Sie erwiderte: ‚Seine

1. Das ist: Allah.

Beweise, die wahren, und Seine Zeichen, die klaren. Und hast du den Weg erst deutlich gesehn, so kannst du den Beweis und den Beweiser bald selbst verstehn.' Während wir so miteinander sprachen, kam plötzlich der Alte, dessen Obhut sie anvertraut war, und fragte: ,Was hat dein Arzt ausgerichtet?' Sie antwortete: ,Er hat die Krankheit erkannt und das Heilmittel gefunden.' – –«

Da bemerkte Schehrezâd, daß der Morgen begann, und sie hielt in der verstatteten Rede an. Doch als die *Vierhundertundachtundsiebenzigste Nacht* anbrach, fuhr sie also fort: »Es ist mir berichtet worden, o glücklicher König, daß der Alte, dessen Obhut sie anvertraut war, sie fragte, als er zu ihr eintrat: ,Was hat dein Arzt ausgerichtet?' Sie antwortete: ,Er hat die Krankheit erkannt und das Heilmittel gefunden.' Da ward mir von ihm hohe Freude bezeigt, und er sprach zu mir liebevoll und wohlgeneigt. Dann begab er sich zum König, um ihm Bericht zu erstatten, und er schärfte ihm ein, mich mit aller Ehre zu behandeln. Sieben Tage lang besuchte ich sie in ihrem Gemache; und schließlich sprach sie zu mir: ,O Abu Ishâk, wann sollen wir nach dem Lande des Islams auswandern?' Da fragte ich: ,Wie kannst du hinausgelangen? Wer kann dergleichen wagen?' ,Er, der dich zu mir hereingeführt und zu mir getrieben hat', antwortete sie; und ich sagte: ,Du hast trefflich geredet.' Als es wieder Morgen ward, zogen wir beide zum Tore der Burg hinaus, und aller Augen verhüllte vor uns Er, ,dessen Befehl ist, so er ein Ding will, daß er zu ihm spricht: Werde! und es wird.'[1] Und der Erzähler schloß mit den Worten: Nie hab ich einen Menschen gekannt, der fester als sie im Fasten und im Gebete stand; sie harrte bei Allahs heiligem Haus sie-

---

1. Koran, Sure 36, Vers 82. Ähnliche Wendungen kommen öfters im Koran vor.

ben lange Jahre aus. Und nachdem sie aus diesem Leben geschieden, fand sie in mekkanischer Erde den Grabesfrieden – möge Allah Seine Gnaden auf sie herniedersenden und dem, der diese Verse gesprochen, Sein Erbarmen zuwenden:

> *Als sie den Arzt mir brachten, mir, an der die Zeichen*
> *Sich kundgetan, ein Tränenstrom und Siechtum auch,*
> *Hob er den Schleier mir vom Antlitz und entdeckte*
> *Darunter weder Leib noch Geist, nur einen Hauch.*
> *Er sprach zu ihnen: Das zu heilen ist unmöglich;*
> *Und was die Liebe birgt, ist höher denn Verstand.*
> *Sie sagten: Wenn der Mensch das Leiden nicht erkannte*
> *Und wenn es nicht in klaren Worten Ausdruck fand,*
> *Wie kann die Heilkunst dann dem Kranken Hilfe bringen? –*
> *Laßt mich, sprach ich, durch Denken kann ich's nicht erzwingen!*

Ferner wird erzählt

DIE GESCHICHTE VON DEM PROPHETEN UND DER GÖTTLICHEN GERECHTIGKEIT

Einer der Propheten pflegte Gott zu dienen auf einem hohen Berge, an dessen Fuß ein Wasserquell rieselte; und der Fromme pflegte bei Tage ganz oben auf dem Berge zu sitzen, an einer Stätte, an der ihn kein Mensch sehen konnte, während er den Namen Allahs des Erhabenen anrief und auf die Menschen hinabschaute, die zu der Quelle kamen. Als er nun eines Tages wieder dort saß und auf die Quelle hinunterblickte, da sah er plötzlich, wie ein Reitersmann herbeiritt und abstieg; der legte einen Beutel, den er um den Hals trug, dort nieder, ruhte sich aus und trank von dem Wasser; dann ritt er wieder davon doch ließ er den Beutel liegen. In ihm aber befanden sich Goldstücke; und als darauf ein anderer Mann kam, um von dem Quell zu trinken, nahm er den Beutel mit dem Gelde zu sich, und nachdem er von dem Wasser getrunken hatte, eilte er davon und brachte den Raub in Sicherheit. Nach ihm erschien ein Holzhauer, der ein schweres Bündel Holz auf seinem Rücken trug, und setzte sich bei der Quelle nieder, um seinen Durst zu löschen. Mit einem Male aber kam der Reiter, der zuerst dort gewesen war, erregt zurück und rief den Holzhauer an: ‚Wo ist der Beutel, der hier war?' Und als jener antwortete: ‚Ich weiß nichts von ihm!' zückte er sein Schwert, hieb auf den Holzhauer ein und schlug ihn tot. Dann suchte er in dessen Kleidern, fand aber nichts darin; so ließ er ihn denn liegen und zog seiner Wege.

Da sprach jener Prophet: ‚O Herr, der eine hat tausend Goldstücke gestohlen, und der andere ist zu Unrecht deswegen getötet!' Doch Allah tat ihm durch eine Offenbarung kund: ‚Kümmere du dich um deine Andacht; denn die Regierung der Welt ist nicht deine Sache! Wisse, der Vater dieses Reiters hatte tausend Dinare dem Vater des zweiten Mannes geraubt; deshalb habe ich dem Sohne über das Geld seines Vaters Macht gegeben. Der Holzhauer aber hatte den Vater dieses Reiters erschlagen; deshalb habe ich dem Sohne Gewalt gegeben, die Strafe zu vollziehen.' Nun rief jener Prophet: ‚Es gibt keinen Gott außer dir! Dir sei Preis, du kennst die verborgenen Dinge.' – –«

Da bemerkte Schehrezâd, daß der Morgen begann, und sie hielt in der verstatteten Rede an. Doch als die *Vierhundertundneunundsiebenzigste Nacht* anbrach, fuhr sie also fort: »Es ist mir berichtet worden, o glücklicher König, daß der Prophet, als Allah ihm durch eine Offenbarung kundgetan hatte, er solle sich um seine Andacht kümmern, und ihn die Wahrheit hatte wissen lassen, ausrief: ‚Es gibt keinen Gott außer dir! Dir sei Preis, du kennst die verborgenen Dinge.' Und hierüber hat einer von den Dichtern die Verse gesungen:

Der Prophete hat gesehen, was das Auge schauen kann;
Doch was solch Geschehn bedeuten könne, fragte er sodann.
Als sein Auge Zeuge ward und sich ihm kein Verständnis bot,
Rief er: ‚Herr, was ist das, dieser Mann fand ohne Schuld den Tod.
Jener eine fand den Reichtum, ohne sich darum zu mühn;
Und er war doch nur im armen Kleide, als er hier erschien.
Doch der andre wurde mitten in der Lebenslust gefällt,
Ohne Sünde zu begehen, o Erschaffer aller Welt!'
‚Wisse, jenes Gold gehörte einst dem Vater jenes an,
Den du sahst, wie er sein Erbe mühelos zurückgewann.
Und der Holzmann hat den Vater jenes Ersten umgebracht,
Jetzo nahm sein Sohn die Rache, dazu gab ihm Gott die Macht.
O mein Knecht, von solchem Grübeln mußt du deinen Sinn befrein;
Manch Geheimnis, das dem Blick entzogen, birgt die Schöpfung mein.
Drum ergib dich meinem Willen, unterwirf dich meiner Kraft;
Denn mein Wille ist es, der das Gute und das Böse schafft.

Und ferner erzählt man

DIE GESCHICHTE VON DEM NILFERGEN UND DEM HEILIGEN

Ein frommer Mann berichtete: Ich war einst Fährmann auf dem Nile und pflegte zwischen dem Ostufer und dem Westufer hin und her zu fahren. Während ich damals eines Tages in meinem Boote saß, blieb plötzlich ein alter Mann mit leuchtendem Antlitze bei mir stehen und begrüßte mich. Nachdem ich seinen Gruß erwidert hatte, bat er mich: ‚Willst du mich um Allahs des Erhabenen willen übersetzen?' ‚Gern!' erwiderte ich. ‚Willst du mir auch um Allahs willen zu essen geben?' fragte er darauf; und wiederum antwortete ich: ‚Gern!' Dann trat er in das Boot, und ich ruderte ihn nach dem Ostufer hinüber. Er trug aber ein geflicktes Gewand und hielt eine Lederflasche und einen Stab in der Hand. Als er dann aussteigen wollte, sprach er zu mir: ‚Ich möchte dir etwas anvertrauen.' ‚Was ist es?' fragte ich; und er fuhr fort: ‚Morgen sollst du, wie mir offenbart worden ist, um die Mittagszeit zu mir kommen; und wenn du dann kommst und mich unter jenem Baume tot liegen siehst, so wasche mich, hülle mich in das Leichentuch, das du unter meinem Haupte finden wirst, und begrabe mich, nachdem du über mir gebetet hast, in dem Sande dort. Darauf nimm mein Gewand, meine Lederflasche und meinen Stab mit dir, und wenn jemand zu dir kommt, um sie von dir zu verlangen, so übergib sie ihm!' Ich war ob seiner Worte erstaunt und legte mich die Nacht über schlafen. Am nächsten Morgen wollte ich bis zu der Zeit warten, die er mir genannt hatte; aber als es Mittag ward, hatte ich seine Worte vergessen. Erst kurz vor der Zeit des Nachmittagsgebetes fielen sie mir wieder ein, und da ging ich eilends hin. Ich sah den Alten tot unter dem Baume liegen und fand auch zu seinen Häupten ein neues Leichentuch, aus dem der Duft von Moschus hervorströmte. So wusch ich ihn denn, hüllte ihn ein, betete über ihm, grub ihm ein Grab und bestattete ihn. Dann fuhr ich über den Nil zurück und kam zur Nachtzeit auf dem Westufer an; das zerfetzte Gewand, die Lederflasche und den Stab hatte ich bei mir. Als dann das Frühlicht leuchtete und das Stadttor geöffnet ward, erblickte ich einen jungen Mann, der mir als ein Schelm bekannt war, mit feinen Gewändern angetan und mit Hennafarbe an den Händen. Der kam auf mich zu und fragte mich: ‚Bist du nicht der und der?' ‚Jawohl', erwiderte ich; und er fuhr fort: ‚So gib mir das anvertraute Gut!' Als ich fragte: ‚Was ist denn das?' antwortete er: ‚Das Gewand, die Flasche und der Stab.' Dann fragte ich ihn wieder: ‚Wer hat dir davon gesagt?' Darauf erzählte er mir: ‚Ich weiß nur das eine, daß ich gestern abend auf der Hochzeit eines Freundes war – und er nannte den Namen –

und die Nacht über mit Gesang verbrachte, bis die Morgenzeit nahte. Dann legte ich mich schlafen, um auszuruhen; da trat plötzlich einer an mich heran und sprach zu mir: ‚Wisse, Allah der Erhabene hat die Seele des Heiligen Soundso zu sich genommen und dich ausersehen, an seine Stelle zu treten. Nun geh zu dem Fährmann – und er nannte meinen Namen – und nimm von ihm des Toten Gewand, Lederflasche und Stab entgegen; denn die hat er für dich bei ihm hinterlegt.' Ich holte sie hervor und gab sie ihm; darauf legte er seine Kleider ab, zog jenes Gewand an, ging fort und ließ mich allein. Ich aber weinte, weil ich eines solchen Mannes beraubt war. Und als es dunkle Nacht um mich ward, legte ich mich schlafen, und da sah ich im Traume den Herrn der Herrlichkeit, den Gesegneten und Erhabenen, und er sprach zu mir: ‚Mein Knecht, ist es dir schwer, daß ich einem meiner Knechte die Rückkehr zu mir gewährt habe? Solches tu ich in meiner Güte, die ich schenke, wem ich will; denn ich bin über alle Dinge mächtig.'
Zuletzt sprach ich diese Verse[1]:

> *Wer liebt, darf beim Geliebten keine Wünsche haben.*
> *Die Wahl ist dir versagt – o, dächtest du nur dran!*
> *Will er dir gütig nahn, dir seine Neigung zeigen,*
> *Will er je von dir gehn, kein Tadel trifft ihn dann.*
> *Wenn du an seiner Abkehr keine Freude findest,*
> *So geh; dann ist dir dort nicht Ehre zuerteilt!*
> *Und kannst du nah und fern bei ihm nicht unterscheiden,*
> *So bist du weit zurück, indes die Lieb enteilt.*
> *Wenn Sehnsucht dir die Herrschaft meines Herzens schenkte,*
> *Und hat mich deine Liebe in den Tod gebracht,*
> *So geh und meide mich; das ist doch all das gleiche!*
> *Getadelt wird nicht, wer das Glück zum Führer macht.*
> *Kein Ziel hat meine Liebe, als was dir gefällt,*
> *Und willst du fern sein, ist`s auch damit recht bestellt.*

[1]. Dies Gedicht bezieht sich auf die mystische Liebe zu Gott.

Und ferner wird erzählt

DIE GESCHICHTE
VON DEM FROMMEN ISRAELITEN, DER WEIB
UND KINDER WIEDERFAND

Einst lebte unter den Kindern Israel ein trefflicher Mann, der großen Reichtum besaß; der hatte einen frommen und gesegneten Sohn. Als ihm das Ende nahte, setzte sein Sohn sich zu seinen Häupten und sprach: ‚O mein Gebieter, gib mir ein Vermächtnis!' Da sagte der Vater: ‚Mein lieber Sohn, schwöre nie bei Gott, es sei wahr oder falsch!' Darauf starb der Mann, und der Sohn blieb nun allein. Einige verworfene Gesellen unter den Kindern Israel aber hörten von dem Vermächtnis, und so kam denn einer nach dem andern von ihnen zu ihm und sagte: ‚Dein Vater schuldet mir soundso viel, und du weißt darum. Gib mir nun zurück, was ihm anvertraut war, oder schwöre!' Der Sohn wollte das Vermächtnis seines Vaters hüten, und so gab er denn einem jeden alles, was er verlangte. Und die Gesellen trieben ihr Spiel so lange mit ihm, bis sein Vermögen ein Ende nahm und er in die größte Armut kam. Nun hatte jener Sohn auch eine fromme und gesegnete Frau, die ihm zwei kleine Söhne geschenkt hatte; zu ihr sprach er damals: ‚Die Leute haben mich immer mehr mit Forderungen bedrängt; und solange ich noch Geld hatte, um mich durch Bezahlung vor ihnen zu retten, habe ich es ausgegeben. Jetzt aber haben wir nichts mehr; und wenn noch mehr Forderungen an mich gestellt werden, so geraten wir beide, du und ich, in große Not. Darum ist es das beste, wenn wir uns durch die Flucht an einen Ort retten, an dem uns niemand kennt und wo wir unter dem Volk unser Brot verdienen können.' Er bestieg also mit ihr und mit seinen beiden Knaben ein Schiff, ohne zu wissen, wohin er sich begeben sollte; aber: Allah richtet, und niemand kann Sein Urteil umstoßen.[1] Und darüber heißt es im Liede:

> O der du aus der Heimat fliehst aus Furcht vor Feindschaft:
> Wer flüchtet, dem wird oft ein rasches Glück zuteil.
> Sei nicht betrübt ob der Verbannung; oftmals findet
> Der Fremdling, weit entfernt von seinem Heim, das Heil.
> Denn müßten alle Perlen in den Muscheln wohnen,
> So wäre ihre Stätte nicht in Königskronen.

Das Fahrzeug aber erlitt Schiffbruch; da rettete sich der Mann auf einer Planke, auch seine Frau konnte auf einer Planke fortschwimmen, und ebenso wurden die beiden Söhne, jeder auf einer andern Planke, dahingetragen. Die Wogen trennten sie; die Frau trieb an Land, einer der Knaben ward an ein anderes Land geworfen, und den zweiten Knaben nahmen Schiffsleute mitten im Meere auf. Den Mann aber verschlugen die Wellen zu einer verlassenen Insel; dort ging er an Land, vollzog die religiöse Waschung, ließ den Gebetsruf erschallen und verrichtete das Gebet. – –«

Da bemerkte Schehrezâd, daß der Morgen begann, und sie hielt in der verstatteten Rede an. Doch als die *Vierhundertundachtzigste Nacht* anbrach, fuhr sie also fort: »Es ist mir berichtet worden, o glücklicher König, daß der Mann, als er auf der Insel an Land gegangen war, die religiöse Waschung vollzog, den Gebetsruf erschallen ließ und das Gebet verrichtete. Da kamen plötzlich vielerlei und mannigfache Geschöpfe aus dem Meere und beteten mit ihm. Und als er mit dem Gebet fertig war, ging er zu einem Baume der Insel und aß von seinen Früchten, um seinen Hunger zu stillen; dann fand er auch einen Wasserquell, trank daraus und pries Allah, den Allgewaltigen und Glorreichen. So lebte er drei Tage lang, und so-

1. Koran, Sure 13 Vers 41.

oft er betete, kamen die Völker des Meeres heraus und beteten wie er. Nach dieser Zeit aber hörte er, wie eine Stimme rief: ‚O du frommer Mann, der du deinen Vater ehrst und den Willen deines Herrn achtest, sei nicht traurig! Siehe, Allah, der Allgewaltige und Glorreiche, wird dir alles wiedergeben, was du verloren hast. Denn auf dieser Insel sind Schätze und Reichtümer und Kleinodien, die Allah dir zum Erbteil geben will; die befinden sich an dem und dem Orte. Hebe sie, wir werden Schiffe zu dir senden! Dann sei gütig gegen die Menschen und laß sie zu dir kommen; Allah, der Allgewaltige und Glorreiche, wird ihre Herzen dir geneigt machen!' Da ging er zu jenem Ort auf der Insel, und Allah ließ ihn die Schätze dort heben. Alsbald begannen auch schon die Schiffsleute zu ihm zu kommen, und er schenkte ihnen reichliche Gaben, indem er zu ihnen sprach: ‚Möchtet ihr doch die Menschen zu mir herführen; so will ich ihnen das und das geben und das und das für sie tun.' Darauf kamen die Menschen aus aller Herren Ländern zu ihm, und es gingen kaum zehn Jahre darüber hin, so war die Insel bevölkert, und jener Mann ward ihr König. Einem jeden, der zu ihm kam, gab er Geschenke, und sein Name ward auf der Erde bekannt und weit und breit genannt.

Nun war sein älterer Sohn zu einem Manne gekommen, der ihn unterrrichtete und erzog. Und auch sein jüngerer Sohn war in die Hand eines Mannes geraten, der ihm die beste Erziehung angedeihen ließ und ihn das Kaufmannsgewerbe lehrte. Und die Frau war zu einem Kaufmann gekommen, der ihr sein Hab und Gut anvertraute und feierlich gelobte, daß er nicht schlecht an ihr handeln, sondern ihr helfen wollte, Allah, dem Allgewaltigen und Glorreichen, zu gehorchen. Er pflegte auch mit ihr zu Schiffe Reisen zu machen, und er nahm sie überallhin als Reisegefährtin mit.

Da begab es sich, daß der ältere Sohn von dem Ruf jenes Königs hörte, und er machte sich auf den Weg zu ihm, ohne zu wissen, wer er war. Und als er zu ihm kam, nahm der König ihn auf, machte ihn bald zu seinem Vertrauten und ernannte ihn zu seinem Schreiber. Aber auch der jüngere Sohn hörte von dem Ruf jenes gerechten und frommen Königs, und er machte sich gleichfalls auf den Weg zu ihm, ohne zu wissen, wer er war. Und als er zu ihm kam, machte der König ihn zum Verwalter seiner Geschäfte. So lebten die beiden eine ganze Weile im Dienste des Königs, ohne daß der eine den anderen erkannte. Schließlich drang auch zu dem Kaufmann, bei dem die Frau war, die Kunde von jenem König und von seiner Gerechtigkeit und Wohltätigkeit gegen die Menschen. So nahm er denn eine große Menge von prächtigen Gewändern und auserwählten Kostbarkeiten des Landes mit sich und fuhr auf einem Schiff zusammen mit der Frau zum Ufer jener Insel. Dort ging er an Land, begab sich zum König und brachte ihm ein Geschenk dar. Als der es anschaute, war er hoch erfreut und befahl, dem Mann eine schöne Gegengabe zu überreichen. Und da sich nun unter den Geschenken einige Spezereien befanden, deren Namen und Nutzen der König von dem Kaufmann erfahren wollte, so sprach er zu ihm: ‚Bleib heut nacht bei uns!' – –«

Da bemerkte Schehrezâd, daß der Morgen begann, und sie hielt in der verstatteten Rede an. Doch als die *Vierhundertundeinundachtzigste Nacht* anbrach, fuhr sie also fort: »Es ist mir berichtet worden, o glücklicher König, daß der Kaufmann, als der König zu ihm sprach: ‚Bleib heut nacht bei uns!' zur Antwort gab: ‚Ich habe auf dem Schiff ein anvertrautes Pfand, und ich habe gelobt, niemand anders als mich selbst mit seiner Obhut zu betrauen; das ist eine fromme Frau, ihre Gebete haben mich reich gemacht, und ihre Ratschläge haben mir Segen gebracht.' Da sagte der König: ‚Ich will zuverlässige Männer zu ihr schicken; die sollen die Nacht über bei ihr verweilen und sich in die Wache über all ihre Habe teilen.' Der Kaufmann willigte darin ein und blieb beim König; der aber entsandte seinen Schreiber und seinen Verwalter zu ihr mit dem Auftrage: ‚Gehet hin und bewachet das Schiff dieses Mannes in der Nacht, so Gott der Erhabene will!' Die beiden gingen also hin, stiegen auf das Schiff und setzten sich nieder, der eine im Bug, der andere im Heck, und sie verbrachten einen Teil der Nacht damit, daß sie den Namen Allahs, des Allgewaltigen und Glorreichen, anriefen. Dann aber rief der eine dem anderen zu: ‚Du, Mann, der König hat uns befohlen zu wachen, und wir müssen uns vor dem Schlafe in acht nehmen. Komm, wir wollen uns unterhalten mit Geschichten der Zeit und mit dem, was wir selber erlebt haben an Freud und Leid!' Der andere erzählte darauf: ‚Bruder, was mich angeht, so widerfuhr mir das Leid, daß mich das Schicksal von meinem Vater und meiner Mutter und meinem Bruder, der so wie du hieß, getrennt hat. Und das kam so: Unser Vater fuhr mit uns von dem und dem Lande ab, und dann erhoben sich widrige Winde gegen uns; da ging unser Schiff unter, und Allah trennte uns voneinander.' Wie der erste das hörte, sprach er: ‚Bruder, wie hieß denn deine Mutter?' ‚Soundso', erwiderte der andere. Weiter fragte der erste: ‚Und wie hieß dein Vater?' ‚Soundso', gab der andere zur Antwort. Da warf sich ein Bruder dem andern in die Arme und rief: ‚Bei Allah, du bist wirklich mein Bruder!' Und nun begann einer dem anderen zu erzählen, was er in seiner Jugend erlebt hatte, während die Mutter hörte, was sie sagten; doch sie verbarg ihr Geheimnis und faßte ihre Seele in Geduld. Als aber die Morgenröte aufstieg, sprach der eine von den beiden zum andern: ‚Komm, Bruder, wir wollen in meiner Wohnung weiter plaudern!' ‚Gern', erwiderte jener, und so gingen beide von dannen. Bald darauf kehrte der Kaufmann zurück; jedoch fand er die Frau in großer Kümmernis. Da fragte er sie: ‚Was ist dir zugestoßen? Was ist dir widerfahren?' Sie gab zur Antwort: ‚Du hast mir gestern abend zwei Männer geschickt, die mir in Bösem genaht sind; und ich bin um ihretwillen in großer Not gewesen.' Da ergrimmte der Kaufmann und begab sich alsbald zum König und berichtete ihm, was die beiden Getreuen getan hätten. Der König ließ die beiden eilends kommen; denn er liebte sie wegen der Ergebenheit und Frömmigkeit, die er an ihnen erprobt hatte. Darauf ließ er auch die Frau kommen, auf daß sie ihm mit eigenen Worten berichte, was von jenen beiden verübt sei. Als sie nun vor ihm stand, fragte er sie: ‚Frau, was hast du von diesen beiden Getreuen erlebt?' Sie erwiderte: ‚O König, ich beschwöre dich bei Allah dem Allmächtigen, dem Herrn des Thrones, des prächtigen, befiehl den beiden, die Worte, die sie gestern nacht gesprochen haben, zu wiederholen!' Der König gebot nun den beiden: ‚Sagt, was ihr gesprochen habt, und verschweigt nichts davon!' Als die beiden ihre Worte wiederholten, sprang der König plötzlich von seinem Thron auf, stieß einen lauten Schrei aus, warf sich ihnen entgegen, umarmte sie und rief: ‚Bei Allah, ihr seid wirklich meine Söhne!' Und nun entschleierte die Frau ihr Antlitz und rief: ‚Und ich bin, bei Allah, ihre Mutter!' So waren sie nun alle wieder vereint, und sie lebten herrlich und in Freuden, bis der Tod sie abberief. Preis aber sei Ihm, der Seinen Knecht rettet, wenn er Ihm naht, und keinen enttäuscht, der auf Ihn Hoffnung und Zuversicht gegründet hat. Und wie trefflich lautet das Dichterwort darüber:

Ein jeglich Ding hat seine Zeit allhier auf Erden;
Bald wird's getilgt, o Bruder mein, bald bleibt's bestehn.
Drum soll ein Kummer, der dich traf, dich nicht betrüben;
Im Leide können wir der Freude Zeichen sehn.
Manch einer ist betrübt und trägt des Kummers Zeichen,
Indes sich seinem Innren Freude offenbart!
Wie mancher ist verschmäht, verhaßt dem Menschenauge
Und doch durch Gottes Gnade vor der Schmach bewahrt! –
Der ist es hier, den Leid geprüft, den Not gequält hat,
Und manches Unheil stellte einst bei ihm sich ein.
Ihn trennte das Geschick von den geliebten Seinen;
Sie wurden weit zerstreut nach dem Zusammensein.
Dann tat sein Herr ihm wohl und brachte sie ihm wieder;
In allen Dingen steht bei unserm Herrn der Rat.
Drum preiset Ihn, der mächtig alle Wesen leitet
Und der sein Nahn durch Zeichen offenbaret hat!
Er ist der Nahe, den Verstand nicht fassen kann;
Und keine Erdenreise bringt Ihn uns nah heran.

Ferner wird erzählt

DIE GESCHICHTE
VON ABU EL-HASAN ED-DARRÂDSCH
UND ABU DSCHA'FAR DEM AUSSÄTZIGEN

Abu el-Hasan ed-Darrâdsch berichtete: Ich pflegte oftmals nach Mekka zu kommen – Allah mehre seinen Ruhm! –, und dann pflegten die Leute mir zu folgen, weil ich den Weg kannte und mich der Wasserplätze entsann. Nun begab es sich in einem der Jahre, daß ich wiederum zum heiligen Hause Allahs pilgern und das Grab Seines Propheten – über ihm sei Segen und Heil! – besuchen wollte, und da sagte ich mir: ‚Ich kenne ja den Weg, und so will ich einmal allein hinziehen!' Ich wanderte also fort, bis ich nach el-Kadisîja[1] kam; und als ich dort eingezogen und in die Moschee gekommen war, sah ich einen

1. Ein Ort westlich vom Unterlauf des Euphrat.

Mann, der am Aussatz litt, in der Gebetsnische sitzen. Wie er mich erblickte, sprach er zu mir: ‚Abu el-Hasan, ich bitte dich um deine Begleitung nach Mekka.' Ich aber sagte mir: ‚Ich bin den Gefährten entronnen; warum soll ich nun mit Aussätzigen zusammen sein?' Deshalb erwiderte ich ihm: ‚Ich will mit niemand zusammen reisen.' Da ließ er von mir ab, und ich zog am nächsten Morgen allein meines Weges; und ich wanderte einsam immer weiter, bis ich nach el-'Akaba[1] kam; dort ging ich wieder in die Moschee, und in ihr fand ich wiederum den aussätzigen Mann in der Gebetsnische. Da sagte ich mir: ‚Allah sei gepriesen! Wie hat der Kerl vor mir hierher kommen können?' Doch er hob den Kopf zu mir empor und sprach lächelnd: ‚Abu el-Hasan, Er tut an dem Schwachen, was den Starken verwundert.' Erstaunt über das, was ich erlebt hatte, brachte ich die Nacht dort zu; und als es Morgen ward, machte ich mich von neuem allein auf den Weg. Als ich dann nach 'Arafât[2] kam und die Moschee betrat, da saß wirklich der Mann wieder in der Gebetsnische. Nun warf ich mich vor ihm hin und sprach zu ihm: ‚Mein Gebieter, ich bitte um deine Begleitung', und begann seine Füße zu küssen. Und wie er antwortete: ‚Das ist mir nicht möglich', hub ich an zu weinen und zu klagen, daß seine Begleitung mir verwehrt sein sollte. Aber er sprach zu mir: ‚Nimm es leicht; denn es nützt dir nicht, zu weinen!' – –«

Da bemerkte Schehrezâd, daß der Morgen begann, und sie hielt in der verstatteten Rede an. Doch als die *Vierhundertundzweiundachtzigste Nacht* anbrach, fuhr sie also fort: »Es ist mir berichtet worden, o glücklicher König, daß Abu el-Hasan erzählte: Als ich den aussätzigen Mann in der Gebetsnische sitzen sah, warf ich mich vor ihm hin und sprach zu ihm: ‚Mein

1. An der Pilgerstraße zwischen Babylonien und Mekka. – 2. Bei Mekka.

Gebieter, ich bitte um deine Begleitung', und begann seine Füße zu küssen. Und wie er antwortete: ,Das ist mir nicht möglich', hub ich an zu weinen und zu klagen, daß seine Begleitung mir verwehrt sein sollte. Aber er sprach zu mir: Nimm es leicht; denn es nützt dir nicht, zu weinen und in Tränen auszubrechen!' Und er hub an diese Verse zu sprechen:

> *Du weinest, daß ich geh, und wolltest selber gehn!*
> *Du willst zurückgewinnen – das kann nicht geschehn.*
> *Du sahst die Schwäche mein, des Leibes Krankheit, an*
> *Und sprachst: Ein Siecher, der nicht gehn noch kommen kann!*
> *Siehst du denn nicht, daß Gott in Seiner Herrlichkeit*
> *Dem Knechte voller Huld, was er sich wünscht, verleiht?*
> *Wenn ich dem Augenschein auch bin, wie du mich schaust,*
> *Und wenn in meinem Leib auch schweres Siechtum haust,*
> *Und hab ich Zehrung nicht, die mich zur Stätte bringt,*
> *An der die Pilgerschar zu meinem Herren dringt,*
> *So hab ich einen Herrn, des Huld ich in mir trag,*
> *Der ohnegleichen ist, dem ich mich nie versag.*
> *Drum geh in Frieden, laß mich meiner Pilgerschaft;*
> *Der Eine gibt dem einen auf seiner Wallfahrt Kraft.*

Da verließ ich ihn; doch nach jener Zeit sah ich bei jeder Haltestätte, zu der ich kam, daß er schon vor mir eingetroffen war. Nur als ich Medina erreichte, war seine Spur meinen Augen verschwunden, und ich konnte nichts mehr von ihm erkunden. Dort traf ich aber Abu Jazîd el-Bistâmi und Abu Bakr esch-Schibli und eine Anzahl anderer Scheiche, und ich erzählte ihnen, was ich gesehen, und klagte ihnen, was mir geschehen. Da sagten sie: ,Nimmermehr wirst du hinfort seine Begleitung gewinnen. Das war Abu Dscha'far, der Aussätzige; in seinem Namen flehen die Menschen um Regen, und das Gebet wird erhört durch seinen Segen!' Als ich diese Worte von ihnen vernommen hatte, wuchs meine Sehnsucht, ihn wiederzutreffen, und ich flehte zu Allah, Er möchte mich mit ihm vereinen. Und während ich in 'Arafât stand, zupfte mich plötzlich jemand hinter mir, und als ich mich umwandte, da war es jener Mann. Sowie ich ihn erkannte, stieß ich einen lauten Schrei aus und sank ohnmächtig zu Boden; doch als ich wieder zu mir kam, fand ich ihn nicht mehr. Da ward ich von noch stärkerem Verlangen bedrängt, und die ganze Welt ward mir beengt, und ich flehte zu Allah dem Erhabenen, mir seinen Anblick zu gewähren. Und es dauerte nur wenige Tage, da zupfte er mich wieder von hinten, und als ich mich nach ihm umwandte, sprach er zu mir: ‚Ich beschwöre dich, komm und bitte mich, um was du willst!' Da bat ich ihn, um drei Dinge für mich zu beten; erstlich, Allah möge mir die Liebe zur Armut verleihen; zum zweiten, ich möchte mich nie mehr schlafen legen mit dem Bewußtsein, daß für mich gesorgt sei; und zum dritten, Er möge mir den Anblick Seines allgütigen Antlitzes gewähren. Darauf betete er für mich um diese Dinge und entschwand meinem Blicke; Allah aber hat sein Gebet für mich erhört. Was die erste Bitte betrifft, so hat Allah mir die Liebe zur Armut gegeben, und, bei Allah, in der ganzen Welt ist mir nichts lieber als sie. Und zum zweiten, seit jenem Jahre habe ich mich nie mehr schlafen gelegt mit dem Bewußtsein, daß ich mein täglich Brot hätte, und trotzdem läßt Allah es mir nie an etwas fehlen. Und so hoffe ich denn, daß Allah mir auch die dritte Bitte gewähren wird, wie Er mir die ersten beiden gewährt hat. Denn Er ist allgütig und groß im Spenden, und Er möge dem, der diese Verse dichtete, Sein Erbarmen zuwenden

Demut übt der Derwisch und Enthaltsamkeit;
Abgetragne Fetzen sind sein einzig Kleid.
Und die Blässe ist es, die ihn würdig macht,
Wie die Monde schön sind in der letzten Nacht.
Nächtlich Beten schuf in ihm der Krankheit Bild

Und der Strom der Tränen, der dem Aug' entquillt.
Sein Genoß im Hause ist sein eigner Sinn;
Gott ist sein Gefährte durch die Nächte hin.
Wer dem Derwisch nahet, findet Schutz fürwahr;
Ja, sogar die Tiere und der Vögel Schar.
Und um seinetwillen strafet Gott die Welt,
Und durch ihn geschieht es, daß der Regen fällt.
Ruft er einmal Gottes Strafgericht heran,
Stirbt der Sünder, wird vernichtet der Tyrann.
Alle Welt ist immer krank, dem Tode nah;
Aber er, der Arzt, ist voll Erbarmen da.
Hell erstrahlt sein Glanz; und siehst du sein Gesicht,
Sind die Herzen heiter durch das klare Licht. –
Der du jene fliehst und ihren Wert nicht weißt,
Weh dir, Sünde ist's, die dich sie meiden heißt.
Willst du sie erreichen, bleibst du doch zurück;
Denn die Sünde hält dich fern von deinem Glück.
Sähst du ihren Wert, du trätest für sie ein,
Und es flössen Tränen von den Augen dein.
Was sagt Blumenduft dem, der nicht riechen kann?
Kleiderpreise kennet nur der Handelsmann.
Eil zu deinem Herrn und flehe, ihn zu sehn!
Möge denn die Allmacht dir zur Seite stehn,
Daß du von Entfremdung und von Haß dich kehrst
Und erreichest, was du wünschest und begehrst.
Jedem, der da hofft, steht offen Seine Pracht:
Denn Er ist der eine Gott in Seiner Macht!

Und ferner erzählt man

DIE GESCHICHTE
VON DER SCHLANGENKÖNIGIN

In alten Zeiten und in längst entschwundenen Vergangenheiten lebte einmal ein weiser Mann unter den Griechen. Jener Weise hieß Daniel; er hatte Schüler und Jünger, und die Weisen Griechenlands unterwarfen sich seinem Geheiß und vertrauten auf sein Wissen. Doch bei alledem war ihm kein Sohn geschenkt. Während er nun eines Nachts über sich nachsann und weinte, weil er keinen Sohn hatte, der nach seinem Tode sein Wissen erben würde, da kam es ihm plötzlich in den Sinn, daß Allah, der Gepriesene und Erhabene, jeden erhört, der sich an Ihn wendet, daß kein Pförtner den Weg zum Tor Seiner Gnade endet, und daß Er, ohne zu rechnen, wem Er will, Seine Gaben spendet; daß Er keinen der Ihm bittend naht, von sich weist, sondern ihn mit reichlicher Huld und Güte speist. So flehte er denn zu Allah, dem Erhabenen und Allgütigen, Er möchte ihm einen Sohn schenken, der sein Nachfolger würde, wenn er stürbe, und der von Gott reichliche Gnadengaben erwürbe. Dann begab er sich in sein Haus und wohnte seiner Frau bei; und sie empfing von ihm in selbiger Nacht. – –«

Da bemerkte Schehrezâd, daß der Morgen begann, und sie hielt in der verstatteten Rede an. Doch als die *Vierhundertunddreiundachtzigste Nacht* anbrach, fuhr sie also fort: »Es ist mir berichtet worden, o glücklicher König, daß der griechische Weise sich in sein Haus begab und seiner Frau beiwohnte, und daß sie in selbiger Nacht von ihm empfing. Darauf aber, nach einigen Tagen, trat er eine Seefahrt an nach einer fremden Stadt; doch das Schiff, auf dem er war, ging unter, und alle seine Bücher versanken im Meere. Er selbst kletterte auf eine Planke von jenem Schiffe, und er hatte noch fünf Blätter bei sich, die ihm von all den im Meere verlorenen Büchern übrig geblieben waren. Als er dann wieder heimkam, legte er jene Blätter in eine Truhe, und die schloß er ab. Zu seiner Frau aber, deren Schwangerschaft bereits sichtbar war, sprach er: ,Wisse, die Zeit meines Hinscheidens ist nahe, und bald wandre ich aus dem Hause der Vergänglichkeit in das Haus der Ewigkeit. Nun bist du schwanger, und vielleicht wirst du nach meinem Tode einen Sohn gebären. Wenn du dem das Leben gibst, so nenne ihn Hâsib Karîm ed-Dîn und lasse ihm die beste Erziehung angedeihen. Und wenn er dann herangewachsen ist und dich fragt: ,Welche Erbschaft hat mir mein Vater hinterlassen?' so gib ihm diese fünf Blätter. Wenn er die gelesen und verstanden hat, so wird er der gelehrteste Mann seiner Zeit werden.' Dann nahm er Abschied von ihr, seufzte auf und verließ die Welt samt allem, was in ihr ist – die Barmherzigkeit Allahs des Erhabenen ruhe auf ihm! Die Seinen und seine Freunde beweinten ihn; dann wuschen sie ihn, führten ihn in einem prächtigen Zuge hinaus, bestatteten ihn und kehrten wieder heim. Schon nach wenigen Tagen gebar seine Frau einen schönen Knaben, und sie nannte ihn Hâsib Karîm ed-Dîn, wie ihr Gatte es ihr ans Herz gelegt hatte. Und bald, nachdem sie ihm das Leben geschenkt hatte, ließ sie die Sterndeuter für ihn kommen; die berechneten sein Horoskop und seine Aspekten am Sternenhimmel, und dann sprachen sie zu ihr: ,Wisse, o Frau, dieser Knabe wird viele Jahre leben, doch erst nach einer großen Gefahr, die er in der ersten Zeit seines Lebens zu bestehen hat; wenn er ihr entgeht, so wird ihm die Kenntnis aller Wissenschaft verliehen werden.' Darauf gingen die Astrologen ihrer Wege. Zwei Jahre lang säugte sie ihn, dann entwöhnte sie ihn. Und als er fünf Jahre alt war, tat sie ihn in eine Schule, auf daß er Wissen erwerbe; aber er lernte nicht. Dann nahm sie ihn aus der Schule fort und gab ihn zu einem Handwerker in die Lehre; doch er lernte auch nichts von dem Handwerk, und keine Arbeit seiner Hände gelang. Darüber weinte seine Mutter, und die Leute sprachen zu ihr: ,Vermähle ihn; vielleicht wird die Sorge für seine Frau ihn dazu bringen, daß er ein Handwerk ergreift!' So machte sie sich denn auf, freite für ihn um eine Jungfrau und verheiratete ihn mit ihr. Dabei blieb es nun eine ganze Weile; und er ergriff gar kein Handwerk. Nun hatten sie Nachbarn, die Holzhauer waren; und die kamen zu seiner Mutter und sprachen zu ihr: ‚Kauf deinem Sohn einen Esel, einen Strick und eine Axt; dann soll er mit uns ins Gebirge gehen, und wir wollen zusammen Holz schlagen. Der Erlös für das Brennholz soll uns gemeinsam gehören, und er kann mit seinem Anteil für euren Unterhalt sorgen.‘ Als die Mutter diese Worte von den Holzhauern vernahm, war sie hoch erfreut; und sie kaufte ihrem Sohn einen Esel, einen Strick und eine Axt, nahm ihn bei der Hand, begab sich mit ihm zu den Holzhauern, übergab ihn den Leuten und empfahl ihn ihrer Obhut. Sie sprachen zu ihr: ‚Mach dir keine Sorge um diesen Knaben; Gott wird für ihn sorgen; er ist für uns der Sohn unseres Scheichs!‘ Darauf nahmen sie ihn mit sich und begaben sich ins Gebirge, schlugen das Brennholz, luden es auf ihre Esel und zogen in die Stadt zurück; dort verkauften sie das Holz und verwendeten den Erlös für die Ihren. Am nächsten Tage legten sie wiederum die Packsättel auf ihre Esel und zogen zum Holzfällen hinaus; ebenso taten sie am dritten Tage und an allen folgenden Tagen, eine geraume Zeit hindurch. Da begab es sich eines Tages, als sie zum Holzhauen gegangen waren, daß ein heftiger Regenschauer über sie hereinbrach; und alle flüchteten in eine große Höhle, um sich dort vor dem Unwetter zu schützen. Hâsib Karîm ed-Dîn aber verließ die anderen, setzte sich allein in einem Winkel jener Höhle nieder und begann mit der Axt auf den Boden zu schlagen. Da hörte er einen hohlen Klang in der Erde unter der Axt. Als er sich des Klanges vergewissert hatte, grub er eine Weile nach und entdeckte eine runde Platte, an der sich ein Ring befand. Der Anblick erfreute ihn, und so rief er seine Gefährten, die Holzhauer, herbei. – –«

Da bemerkte Schehrezâd, daß der Morgen begann, und sie hielt in der verstatteten Rede an. Doch als die *Vierhundertundvierundachtzigste Nacht* anbrach, fuhr sie also fort: »Es ist mir berichtet worden, o glücklicher König, daß Hâsib Karîm ed-Dîn, als er die Platte mit dem Ring entdeckte, sich freute und seine Gefährten, die Holzhauer, herbeirief. Die kamen heran, und als auch sie jene Platte sahen, stürzten sie sich auf sie und hoben sie auf. Unter ihr entdeckten sie eine Tür; die öffneten sie, und siehe, da fanden sie eine Zisterne, die ganz voll von Bienenhonig war. Da sprachen die Holzhauer einer zum andern: ‚Das ist eine Zisterne, ganz voll von Honig; jetzt müssen wir in die Stadt gehen und Gefäße bringen, die wir damit anfüllen; dann wollen wir ihn verkaufen und den Erlös dafür unter uns verteilen. Nur muß einer von uns hier bleiben, um den Honig vor Fremden zu schützen.' Hâsib Karîm ed-Dîn sprach: ‚Ich will wohl hier bleiben und ihn bewachen, bis mit den Gefäßen zurückkehrt.' Da ließen sie den Jüngling als Wachtposten bei der Zisterne und gingen zur Stadt. Als sie die Gefäße gebracht hatten, füllten sie den Honig darein, luden alles auf ihre Esel und kehrten zur Stadt zurück, wo sie den Honig verkauften; alsdann gingen sie wieder zu der Zisterne. Und dasselbe taten sie noch viele Male: sie verkauften immer in der Stadt und kehrten zu der Zisterne zurück, um wieder von jenem Honig einzufüllen, während Hâsib Karîm ed-Dîn als ihr Wächter bei der Zisterne blieb. Schließlich sprachen sie zueinander: ‚Hâsib Karîm ed-Dîn ist es, der die Honigzisterne gefunden hat. Morgen wird er in die Stadt hinuntergehen und Klage wider uns führen und den Erlös für den Honig verlangen, indem er spricht: Ich bin es, der ihn gefunden hat! Wir können dem nur entgehen, wenn wir ihn in die Zisterne hinabschicken, um den Honig, der noch darin ist, auszuschöpfen, und ihn dann dort lassen; so wird er vor Angst umkommen, ohne daß jemand etwas von ihm erfährt.' Alle stimmten diesem Plane zu; dann gingen sie rasch zu der Zisterne und sprachen zu dem Jüngling: ‚Hâsib, steig hinab in die Grube und schöpfe uns den Honig aus, der noch darin ist!' Da stieg Hâsib hinunter und füllte ihnen den letzten Honig ein; dann rief er ihnen zu: ‚Zieht mich hinauf; es ist nichts mehr da!' Doch keiner von ihnen gab ihm eine Antwort, sondern sie beluden ihre Esel, zogen in die Stadt und ließen ihn allein in der Zisterne. Nun begann er um Hilfe zu rufen und zu weinen, und er sprach: ‚Es gibt keine Majestät und es gibt keine Macht außer bei Allah dem Erhabenen und Allmächtigen!'

So stand es um Hâsib Karîm ed-Dîn. Sehen wir jetzt zunächst, was die Holzhauer taten! Als die wieder in die Stadt kamen, verkauften sie den Honig und gingen darauf weinend zur Mutter des Hâsib und sprachen zu ihr: ‚Möge dein Haupt deinen Sohn Hâsib überleben!' Als sie fragte: ‚Wie ist er denn zu Tode gekommen?' erwiderten sie: ‚Wir befanden uns oben im Gebirge, als plötzlich der Himmel einen heftigen Regenschauer auf uns herabsendete; da flüchteten wir uns in eine Höhle, um uns dort vor jenem Unwetter zu schützen. Doch ehe wir uns dessen versahen, lief der Esel deines Sohnes plötzlich ins Tal hinab; der Jüngling eilte hinter ihm her, um ihn von dort zurückzuholen. Aber da kam ein großer Wolf, der zerriß deinen Sohn und fraß den Esel auf.' Als seine Mutter die Worte der Holzhauer vernommen hatte, zerschlug sie ihr Angesicht, streute Staub auf ihr Haupt und begann um ihren Sohn zu trauern. Die Holzhauer aber kamen täglich zu ihr und brachten ihr Speise und Trank. So stand es nun um die Mutter, während die Holzfäller Läden auftaten und Kaufleute wurden; und sie verbrachten ihre Tage mit Essen und Trinken, Lachen und Scherzen.

Sehen wir aber weiter, wie es Hâsib Karîm ed-Dîn erging! Der begann zu weinen und zu klagen; und während er, von solcher Not bedrängt, in der Zisterne saß, fiel plötzlich ein großer Skorpion auf ihn herunter. Rasch sprang er auf und tötete ihn. Dann sann er nach und sprach bei sich selber: ‚Diese Zisterne war voller Honig; woher mag wohl dieser Skorpion gekommen sein?' Und er schaute nach der Stelle, von der das Tier heruntergefallen war, wandte sich nach rechts und nach links und entdeckte, daß von der Stelle, durch die der Skorpion gekommen war, ein Lichtschimmer ausging. Da nahm er ein Messer heraus, das er bei sich trug, erweiterte den Spalt, bis er so groß war wie ein Fenster, und schlüpfte hindurch. Nachdem er dann eine Weile weitergegangen war, erblickte er eine große Vorhalle, und in ihr schritt er dahin, bis er ein gewaltiges Tor aus schwarzem Eisen sah; daran befand sich ein silbernes Schloß, und in dem Schlosse war ein goldener Schlüssel. Er schlich sich bis an jenes Tor heran und spähte durch einen Spalt hindurch. Nun gewahrte er einen hellen Lichtschein, der von drinnen leuchtete. Da nahm er den Schlüssel in die Hand, öffnete das Tor, ging hinein und schritt eine Weile vorwärts, bis er in die Nähe eines großen Sees kam, in dem er etwas sah, das von hellem Glanz leuchtete. Er ging ganz dicht an es heran und erblickte dort einen hohen Hügel aus grünem Chrysolith; auf dem stand ein goldener Thron, der mit Edelsteinen aller Art besetzt war. – –«

Da bemerkte Schehrezâd, daß der Morgen begann, und sie hielt in der verstatteten Rede an. Doch als die *Vierhundertundfünfundachtzigste Nacht* anbrach, fuhr sie also fort: »Es ist mir berichtet worden, o glücklicher König, daß Hâsib Karîm ed-Dîn, als er zu jenem Hügel kam, entdeckte, daß der von grünem Chrysolith war und daß auf ihm ein goldener Thron stand, der mit Edelsteinen aller Art besetzt war; und rings um den Thron waren Stühle aufgestellt, manche aus Gold, andere aus Silber und noch andere aus grünem Smaragd. Als er dann vor jenen Stühlen stand, tat er einen Seufzer der Bewunderung; darauf zählte er sie und fand ihrer zwölftausend. Und nun stieg er zu dem Throne hinan, der inmitten jener Stühle stand, setzte sich auf ihn und betrachtete voller Staunen jenen See und jene Stühle, die dort aufgestellt waren. Er saß so lange in Bewunderung da, bis der Schlaf ihn überwältigte. Nachdem er eine Weile geschlafen hatte, hörte er plötzlich ein Fauchen und Zischen und lautes Rascheln; und als er die Augen öffnete und sich aufrichtete, sah er auf jedem Stuhle eine riesenhafte Schlange, die wohl hundert Ellen lang war. Bei diesem Anblick kam ein gewaltiger Schrecken über ihn, und im Übermaß seiner Furcht ward ihm der Speichel im Munde trocken. Er verzweifelte an seinem Leben; denn ein Todesgrausen erfüllte ihn. Er mußte auch sehen, daß aller Schlangen Augen wie glühende Kohlen leuchteten. Und wie er dann seinen Blick dem See zuwandte, entdeckte er in ihm lauter kleine Schlangen, deren Zahl nur Allah der Erhabene kannte. Nach einer Weile aber kam eine Schlange auf ihn zu, die so groß war wie ein Maultier, mit einer goldenen Platte auf dem Rücken, auf der wiederum eine Schlange lag, leuchtend wie Kristall und von Antlitz den Menschen gleich; und die redete mit menschlicher Zunge. Als sie nahe bei Hâsib Karîm ed-Dîn war, grüßte sie ihn, und er gab ihr den Gruß zurück. Darauf kroch eine von jenen Schlangen, die auf den Stühlen saßen, herbei, hob die Schlange von der Platte herunter und setzte sie auf einen der Stühle. Die aber schrie die anderen Schlangen in ihrer Sprache an, und sofort glitten alle Schlangen von ihren Stühlen herab und huldigten ihr. Darauf gab sie ihnen ein Zeichen, daß sie sich wieder setzen sollten, und sie taten es. Nun sprach die Schlange zu Hâsib Karîm ed-Dîn: ‚Fürchte dich nicht vor uns, Jüngling! Ich bin die Königin und Sultanin der Schlangen.' Als er diese Worte von ihr vernahm, beruhigte sich sein Herz. Dann gab die Königin den anderen Schlangen ein Zeichen, sie sollten Speisen bringen; und sie brachten Äpfel, Weintrauben, Granatäpfel, Pistazien, Haselnüsse, Walnüsse, Mandeln und Bananen und setzten alles vor Hâsib Karîm ed-Dîn nieder. Darauf sprach die Schlangenkönigin zu ihm: ‚Sei willkommen, Jüngling! Wie heißest du?' ‚Ich heiße Hâsib Karîm ed-Dîn', gab er zur Antwort; und sie fuhr fort: ‚Hâsib, iß von diesen Früchten; wir haben keine andere Nahrung als diese. Und sei ganz ohne Furcht vor uns!' Wie Hâsib diese Worte aus dem Munde der Schlange vernommen hatte, aß er, bis er gesättigt war, und dankte Allah dem Erhabenen; und als er mit dem Essen fertig war, nahmen sie den Tisch von ihm fort. Danach hub die Schlangenkönigin wieder an: ‚Berichte mir, Hâsib, von wannen du kommst, wie du an diese Stätte gelangt bist und was dir widerfahren ist!' Da erzählte er ihr seine ganze Geschichte: wie es seinem Vater ergangen war, wie seine Mutter ihn zur Welt gebracht, wie sie ihn in die Schule geschickt hatte, als er fünf Jahre alt war, und wie er dort kein Wissen erlernt hatte; wie sie ihn dann zu einem Handwerker in die Lehre gegeben und ihm schließlich einen Esel gekauft hatte und er ein Holzhauer geworden war; wie er darauf die Zisterne mit dem Honig gefunden und seine Gefährten, die Holzhauer, ihn dort im Stiche gelassen hatten; wie der Skorpion auf ihn herabgekommen war und er ihn getötet hatte; wie er den Spalt, durch den der Skorpion gekommen war, erweitert hatte, in der Zisterne weitergegangen und zu dem eisernen Tor gelangt war; und wie er das geöffnet hatte und schließlich zu der Schlangenkönigin, mit der er nun redete, gekommen war. Und er schloß mit den Worten: ‚Dies ist meine Geschichte von Anfang bis zu Ende, und Allah weiß am besten, was mir nach alle diesem noch widerfahren wird.' Nachdem die Schlangenkönigin die ganze Erzählung des Jünglings Hâsib Karîm ed-Dîn angehört hatte, sprach sie zu ihm: ‚Dir soll nur lauter Gutes widerfahren!' – –«

Da bemerkte Schehrezâd, daß der Morgen begann, und sie hielt in der verstatteten Rede an. Doch als die *Vierhundertundsechsundachtzigste Nacht* anbrach, fuhr sie also fort: »Es ist mir berichtet worden, o glücklicher König, daß die Schlangenkönigin, nachdem sie die ganze Erzählung des Jünglings Hâsib angehört hatte, zu ihm sprach: ‚Dir soll nur lauter Gutes widerfahren! Doch ich wünsche von dir, Hâsib, daß du eine Weile bei mir bleibst, damit ich dir meine Geschichte erzählen und dir berichten kann, welch wundersame Dinge ich erlebt habe.' ‚Ich höre und gehorche deinem Geheiß!' erwiderte er; und nun erzählte sie ihm

DIE ABENTEUER BULÛKIJAS

Wisse, o Hâsib, einst lebte in der Stadt Kairo ein König der Kinder Israel; und der hatte einen Sohn des Namens Bulûkija. Dieser König war ein weiser und frommer Mann, der immer über die Bücher der Wissenschaft gebeugt dasaß. Als er nun von Alter schwach geworden und dem Tode nahe war, traten die Großen seines Reiches zu ihm, um ihm ihre Ehrfurcht zu bezeigen. Und nachdem sie sich vor ihm niedergesetzt und ihn begrüßt hatten, sprach er zu ihnen: ‚Ihr Leute, wisset, die Stunde ist nahe, daß ich aus dieser Welt in das Jenseits wandere. Ich habe euch kein Vermächtnis zu hinterlassen als meinen Sohn Bulûkija.' Nachdem sie dies Vermächtnis entgegengenommen hatten, fuhr er fort: ‚Ich bezeuge, daß es keinen Gott gibt außer Allah!' Dann seufzte er auf und schied aus dieser Welt – die Gnade Allahs sei mit ihm! Da ward er aufgebahrt, gewaschen und in einem großen Prunkzuge zur Bestattung hinausgetragen. Sein Sohn Bulûkija aber ward zum Sultan über das Volk gewählt; und der war ein gerechter Herrscher über die Untertanen, und die Menschen hatten Frieden zu seiner Zeit. Nun begab es sich eines Tages, daß er die Schatzkammern seines Vaters öffnete, um sich darin umzusehen. Und in einer der Kammern, die er öffnete, fand er etwas, das wie eine Tür aussah; er machte auf, trat ein, und siehe, da war es ein kleines Gemach, in dem eine Säule aus weißem Marmor stand; und auf ihr lag ein Kästchen aus Ebenholz. Bulûkija nahm das Kästchen, schloß es auf und fand in ihm ein anderes Kästchen; das war aus Gold. Auch dies öffnete er, und da fand er in ihm ein Buch. Er schlug das Buch auf und las es, und er fand darin einen Bericht über Mohammed – Allah segne ihn und gebe ihm Heil! Da stand geschrieben, daß er am Ende der Zeiten gesandt werden würde und daß er der Herr der Ersten und der Letzten sei. Wie Bulûkija dies Buch gelesen und in ihm die Schilderung unseres Herrn Mohammed – Allah segne ihn und gebe ihm Heil! – kennen gelernt hatte, ward sein Herz von Liebe zu ihm ergriffen. Und alsbald versammelte er die Vornehmen unter den Kindern Israel, die Priester und die Schriftgelehrten und die Eremiten, machte sie mit jenem Buch bekannt und las es ihnen vor. Dann sprach er: ‚Ihr Leute, ich muß meinen Vater aus seinem Grabe hervorholen und ihn verbrennen.' Das Volk fragte: ‚Weshalb willst du ihn verbrennen?' Da antwortete Bulûkija ihnen: ‚Weil er dies Buch vor mir verborgen und es mir nicht gezeigt hat.' Der alte König hatte es nämlich aus den Büchern Mosis und den Schriften Abrahams zusammengestellt und dies Werk in einer seiner Schatzkammern verborgen und es keinem einzigen Menschen gezeigt. Das Volk aber sprach: ‚O König, dein Vater ist tot; jetzt ruht er in der Erde, und seine Sache ist seinem Herrn anheimgestellt. Hole ihn nicht aus seinem Grabe hervor!' Als Bulûkija diese Worte von den Vornehmen der Kinder Israel vernahm, wußte er, daß sie ihm nicht gestatten würden, also an seinem Vater zu tun. So verließ er sie denn und begab sich zu seiner Mutter; zu der sprach er: ‚Liebe Mutter, wisse, ich habe in den Schatzkammern meines Vaters ein Buch entdeckt, in dem Mohammed – Allah segne ihn und gebe ihm Heil! – beschrieben ist; dort steht, daß er ein Prophet ist, der am Ende der Zeiten gesandt werden soll. Schon ist mein Herz von Liebe zu ihm ergriffen, und ich will ins Land hinausziehen, bis ich mit ihm vereint werde; wenn ich ihn nicht finde, so muß ich durch die Sehnsucht der Liebe zu ihm sterben.' Darauf zog er seine Gewänder aus, legte einen härenen Mantel und Knechtesschuhe an und sprach: ‚Vergiß mich nicht im Gebet, liebe Mutter!' Seine Mutter aber weinte um ihn und sprach zu ihm: ‚Was soll aus uns werden, wenn du fort bist?' Dennoch erwiderte Bulûkija: ‚Ich kann es schier nicht mehr ertragen; darum stelle ich meine und deine Sache Allah dem Erhabenen anheim.' Dann brach er auf und pilgerte gen Syrien, ohne daß irgendeiner aus seinem Volk darum wußte. Er zog dahin, bis er zum Meeresufer kam, und dort traf er ein Schiff. In das stieg er hinein mit den Reisenden, und das Schiff fuhr mit ihnen dahin, bis sie zu einer Insel gelangten. Die Seefahrer gingen an Land, und er mit ihnen; doch auf der Insel trennte er sich von den anderen und setzte sich unter einen Baum. Die Müdigkeit übermannte ihn, und er schlief ein; als er aber wieder aufwachte und sich zum Schiff hin begab, um an Bord zu gehen, sah er, daß es bereits abgesegelt war. Und nun erblickte er auf jener Insel Schlangen, die so groß waren wie Kamele und wie Palmen, die den Namen Allahs, des Allgewaltigen und Glorreichen, anriefen und über Mohammed – Allah segne ihn und gebe ihm Heil! – den Segenswunsch sprachen und laut Gottes Einheit und Lobpreis verkündeten. Als Bulûkija das sah, erstaunte er über die Maßen.‘ – –«

Da bemerkte Schehrezâd, daß der Morgen begann, und sie hielt in der verstatteten Rede an. Doch als die *Vierhundertundsiebenundachtzigste Nacht* anbrach, fuhr sie also fort: »Es ist mir berichtet worden, o glücklicher König, daß Bulûkija, als er die Schlangen Gott lobpreisen und seine Einheit verkünden hörte, über die Maßen darob erstaunte. Wie aber die Schlangen seiner gewahr wurden, versammelten sie sich um ihn, und eine von ihnen fragte ihn: ‚Wer bist du? Woher kommst du? Wie heißt du? Und wohin gehst du?‘ Er antwortete: ‚Ich heiße Bulûkija, und ich bin von den Kindern Israel. Ich bin ausgezogen, erfüllt von der Liebe zu Mohammed – Allah segne ihn und gebe ihm Heil! –, und ich suche ihn. Was aber seid ihr, edle Geschöpfe?‘ Die Schlangen erwiderten ihm: ‚Wir gehören zu den Bewohnern der Hölle; uns hat Allah der Erhabene zur Strafe für die Ungläubigen erschaffen.‘ ‚Und was hat euch an diese Stätte gebracht?‘ fragte Bulûkija weiter; die Schlangen antworteten: ‚Wisse, Bulûkija, die Hölle atmet in ihrer heißen Siedeglut zweimal im Jahre, einmal im Winter und einmal im Sommer. Und wenn sie in ihrer gewaltigen Siedehitze ausatmet, so speit sie uns aus ihrem Bauch aus; wenn sie aber ihren Atem einzieht, so holt sie uns wieder zu sich zurück.‘ Wiederum fragte Bulûkija: ‚Sind in der Hölle noch größere Schlangen als ihr?‘ Da erwiderten die Schlangen: ‚Wir können nur deshalb bei ihrem Atmen herauskommen, weil wir so klein sind; in der Hölle ist jede andere Schlange so groß, daß sie es nicht spüren würde, wenn eine von uns ihr über die Nase kröche.' Darauf sagte Bulûkija: ,Ihr rufet den Namen Allahs an, und ihr sprechet den Segenswunsch über Mohammed. Woher kennt ihr Mohammed – Allah segne ihn und gebe ihm Heil! –?' Sie erwiderten: ,O Bulûkija, der Name Mohammeds steht am Tore des Paradieses geschrieben; und wäre er nicht, so hätte Allah weder die Geschöpfe noch das Paradies noch die Hölle, weder Himmel noch Erde geschaffen. Allah hat alle Dinge, die da sind, nur um seinetwillen geschaffen, und Er hat seinen Namen mit Seinem Namen allerorten verbunden; und darum lieben wir Mohammed – Allah segne ihn und gebe ihm Heil!' Als Bulûkija diese Worte von den Schlangen hörte, wuchs seine Sehnsucht in der Liebe zu Mohammed – Allah segne ihn und gebe ihm Heil! –, und heißes Verlangen nach ihm erfüllte ihn. So nahm er denn Abschied von ihnen und ging wieder zum Ufer des Meeres. Wie er dort am Strande der Insel ein Schiff vor Anker liegen sah, ging er mit den Seefahrern an Bord; und dann fuhr das Schiff mit ihnen dahin, immer weiter, bis sie zu einer anderen Insel kamen. Dort ging er wieder an Land und schritt eine Weile dahin; und wiederum fand er Schlangen, große und kleine, so viele, daß nur Allah der Erhabene ihre Zahl kannte. Unter ihnen aber war eine weiße Schlange, heller als Kristall, die lag auf einer goldenen Platte, und jene Platte lag auf einer Schlange, die so groß war wie ein Elefant. Das war die Königin der Schlangen, und keine andere als ich, o Hâsib!' Da unterbrach Hâsib sie mit den Worten: ,Was hast du mit Bulûkija gesprochen?' ,O Hâsib,' erwiderte sie, ,wisse, als ich Bulûkija erblickte, grüßte ich ihn, und er gab mir den Gruß zurück, und dann fragte ich ihn: ,Wer bist du? Was treibst du? Woher kommst du, und wohin gehst du?' Und wie heißest du?' Er antwortete: ‚Ich bin von den Kindern Israel; ich heiße Bulûkija, und ich ziehe umher, von Liebe ergriffen zu Mohammed – Allah segne ihn und gebe ihm Heil! –, und ich suche ihn; denn ich habe seine Schilderung in den offenbarten Schriften gesehen.' Dann aber fragte er mich, indem er sprach: ‚Was für ein Wesen bist du? Was ist es mit dir und diesen Schlangen, die dich umgeben?' Ich erwiderte ihm: ‚O Bulûkija, ich bin die Königin der Schlangen; und wenn du mit Mohammed – Allah segne ihn und gebe ihm Heil! – zusammentriffst, so sage ihm meinen Gruß!' Darauf nahm Bulûkija Abschied von mir und ging wieder an Bord und reiste weiter, bis er zur heiligen Stadt Jerusalem kam. Nun lebte in Jerusalem ein Mann, der war mit allen Wissenschaften vertraut; er war bewandert in der Geometrie, der Astronomie und der Mathematik, in der natürlichen Magie und in der Geisterkunde. Und er hatte das Alte und das Neue Testament gelesen, die Psalmen und die Schriften Abrahams. Er war 'Affân geheißen, und er hatte in einem seiner Bücher gefunden, daß dem, der den Siegelring unseres Herrn Salomo trüge, alle Menschen und Geister, Vögel und wilden Tiere, ja alle erschaffenen Wesen untertan würden. Ferner hatte er in einem seiner Bücher gelesen, daß unser Herr Salomo, als er gestorben war, in einen Sarg gelegt und über sieben Meere dahingetragen wurde, mit dem Siegelring an seinem Finger, und daß kein Mensch und kein Geist den Ring von ihm fortnehmen könne, und daß auch kein Seefahrer imstande sei, mit seinem Schiffe an jene Stätte zu gelangen.' – –«

Da bemerkte Schehrezâd, daß der Morgen begann, und sie hielt in der verstatteten Rede an. Doch als die *Vierhundertundachtundachtzigste Nacht* anbrach, fuhr sie also fort: »Es ist mir berichtet worden, o glücklicher König, daß 'Affân in einem seiner Bücher gefunden hatte, kein Mensch und kein Geist könne den Siegelring von dem Finger unseres Herrn Salomo nehmen, und kein Seefahrer sei imstande, mit seinem Schiffe die sieben Meere zu durchqueren, über die der Sarg getragen worden war. Ferner hatte er in noch einem anderen Buche gelesen, daß es unter den Kräutern ein besonderes gebe; wenn man etwas davon nehme und auspresse und mit dem Safte die Füße salbe, so könne man über alle Meere in der Welt Allahs des Erhabenen schreiten, ohne die Füße zu netzen; doch könne man dies Kraut nur gewinnen, wenn man die Schlangenkönigin bei sich habe.

Als Bulûkija nun in Jerusalem ankam, setzte er sich sofort an einer Stätte nieder, um seine Andacht vor Allah dem Erhabenen zu verrichten. Und während er so, in die Anbetung Gottes versunken dasaß, kam plötzlich 'Affân auf ihn zu und bot ihm den Friedensgruß; und der Jüngling erwiderte seinen Gruß. Danach blickte 'Affân auf Bulûkija und sah, daß er in den Büchern Mosis las und dort saß, um Allah den Erhabenen zu verehren; deshalb trat er nahe an ihn heran und fragte ihn: ‚Sag, Mann, wie heißest du? Woher kommst du, und wohin gehst du?' ‚Ich heiße Bulûkija,' erwiderte jener, ‚und ich bin von der Stadt Kairo; ich bin auf die Wanderschaft gegangen, um Mohammed zu suchen – Allah segne ihn und gebe ihm Heil!' Da sprach 'Affân zu ihm: ‚Komm mit mir in mein Haus, auf daß ich dich bewirte!' ‚Ich höre und gehorche!' antwortete Bulûkija. Und nun nahm 'Affân ihn bei der Hand und führte ihn in sein Haus; dort bewirtete er ihn aufs ehrenvollste. Danach hub er an: ‚Erzähle mir, Bruder, deine Geschichte, und laß mich wissen, wie du von Mohammed – Allah segne ihn und gebe ihm Heil! – Kenntnis erhalten hast, so daß dein Herz von Liebe zu ihm erfüllt wurde und du auszogst, um ihn zu suchen! Und wer hat dich diesen Weg geführt?' Da erzählte Bulûkija ihm seine Geschichte von Anfang bis zu Ende, und als 'Affân seine Worte vernahm, erstaunte er darüber so gewaltig, daß er fast den Verstand verlor. Dann aber sprach er zu ihm: ‚Führe du mich zu der Schlangenkönigin, so will ich dich mit Mohammed – Allah segne ihn und gebe ihm Heil! – zusammenbringen, obgleich die Zeit seiner Sendung noch fern ist. Wenn wir uns dann der Schlangenkönigin bemächtigt haben, so wollen wir sie in einen Käfig tun und mit ihr zu den Kräutern im Gebirge gehen; dann wird, solange sie bei uns ist, jedes Kraut, an dem wir vorbeigehen, reden und seine Kräfte kundtun, durch die Macht Allahs des Erhabenen. Denn ich habe in den Büchern, die ich besitze, gefunden, daß es unter den Kräutern ein besonderes gibt; wenn man das nimmt und auspreßt und mit seinem Safte die Füße salbt, so kann man über alle Meere in der Welt Allahs des Erhabenen schreiten, ohne den Fuß zu netzen. Wenn wir also die Schlangenkönigin fangen, so wird sie uns zu jenem Kraute führen; und wenn wir es finden, so wollen wir es nehmen und auspressen und den Saft sammeln. Dann wollen wir die Schlange ihrer Wege ziehen lassen; wir selbst aber wollen mit dem Safte unsere Füße salben und über die sieben Meere schreiten, bis wir zum Grabe unseres Herrn Salomo kommen. Dort wollen wir den Ring von seinem Finger ziehen und dann herrschen, wie unser Herr Salomo geherrscht hat, und zum Ziel unserer Wünsche gelangen. Danach wollen wir aber auch noch in das Meer der Finsternisse eindringen und von dem Wasser des Lebens trinken; so wird Allah uns bis zum Ende der Zeiten leben lassen, und wir werden mit Mohammed zusammentreffen – Allah segne ihn und gebe ihm Heil!' Als Bulûkija diese Worte von 'Affân vernommen hatte, sprach er zu ihm: ‚Affân, ich werde dich

zu der Schlangenkönigin führen und dir ihre Stätte zeigen.'
Darauf bereitete 'Affân einen eisernen Käfig und nahm zwei
Schalen mit sich, eine voll Wein und die andere voll Milch.
Dann fuhr er mit Bulûkija übers Meer dahin, Tag und Nacht,
bis sie zu der Insel kamen, auf der die Schlangenkönigin[1] wohnte.
Dort gingen die beiden an Land, und nachdem sie auf der
Insel eine Strecke weitergeschritten waren, stellte 'Affân den
Käfig auf, tat eine Schlinge hinein und setzte in ihn auch die
beiden Schalen, von denen die eine mit Wein, die andere mit
Milch gefüllt war. Darauf entfernten sich die beiden von dem
Käfig und verbargen sich. Nach einer Weile kam auch schon
die Schlangenkönigin auf den Käfig zu und näherte sich den
beiden Schalen. Eine Weile sah sie sich die an; dann aber, als
sie den Duft der Milch roch, glitt sie von dem Rücken der
Schlange, die sie trug, herunter, indem sie die Platte verließ,
und sie drang in den Käfig ein. Sie kam jedoch zu der Schale,
die mit Wein gefüllt war, und trank davon; als sie das getan
hatte, ward sie trunken und schlief ein. Sobald 'Affân dessen
gewahr geworden war, eilte er zu dem Käfig und schloß die
Schlangenkönigin in ihm ein; dann nahm er sie und ging mit
Bulûkija fort. Als sie aus ihrem Schlaf erwachte, sah sie sich
in einem eisernen Käfig auf dem Kopf des Mannes, neben dem
Bulûkija einherschritt. Bei seinem Anblick rief sie aus: ‚Ist das
der Lohn derer, die den Menschenkindern kein Leid antun?'
Bulûkija antwortete ihr, indem er sprach: ‚Fürchte dich nicht
vor uns, o Königin der Schlangen! Wir tun dir gewiß nichts
zuleide. Wir wünschen von dir nur, daß du uns den Weg weisest zu einem Kraute, dessen Saft, wenn man es nimmt und
preßt, dem, der seine Füße mit ihm salbt, die Kraft verleiht,

[1]. Hier und weiterhin erzählt die Schlangenkönigin von sich in der dritten Person.

über alle Meere in der Welt Allahs des Erhabenen dahinzuschreiten, ohne die Füße zu netzen. Wenn wir das Kraut gefunden und an uns genommen haben, so wollen wir dich an deine Stätte zurückbringen und dich deiner Wege gehen lassen.' Darauf zogen 'Affân und Bulûkija mit der Schlangenkönigin weiter bis zu den Bergen, auf denen die Zauberkräuter wuchsen. Dort gingen sie mit ihr bei allen Kräutern umher, und ein jedes Kraut begann zu reden und seine Kraft kundzutun, mit Erlaubnis Allahs des Erhabenen. Während sie so dahinwanderten und die Kräuter rechts und links von ihnen ihre Kräfte kundtaten, hub auf einmal ein Kraut an und sprach: ‚Ich bin das Kraut, das einem jeden, der mich nimmt und preßt und mit meinem Safte seine Füße salbt, die Kraft verleiht, über alle Meere in der Welt Allahs des Erhabenen dahinzuschreiten, ohne die Füße zu netzen.' Als 'Affân das Kraut so reden hörte, setzte er den Käfig von seinem Kopf herunter, und beide pflückten von jenem Kraut so viel, wie sie nötig hatten; dann zerdrückten und preßten sie es und füllten den Saft in zwei Flaschen, die sie aufbewahrten. Mit dem, was noch übrig war, salbten sie ihre Füße. Darauf nahmen Bulûkija und 'Affân die Schlangenkönigin und zogen mit ihr Tag und Nacht weiter, bis sie wieder zu der Insel kamen, auf der sie wohnte; dort öffnete 'Affân den Käfig, und die Schlangenkönigin schlüpfte hinaus. Als sie nun in Freiheit war, sprach sie zu den beiden: ‚Was wollt ihr mit diesem Safte tun?' Sie antworteten ihr: ‚Wir wollen damit unsere Füße salben, auf daß wir die sieben Meere durchqueren können und zum Grabe unseres Herrn Salomo gelangen und den Siegelring von seinem Finger ziehen.' Doch die Schlangenkönigin rief: ‚Ihr seid weit davon entfernt, daß ihr den Siegelring gewinnen könntet!' ‚Weshalb?' fragten die beiden; und sie antwortete ihnen: ‚Weil Allah der

Erhabene jenen Ring dem König Salomo als Geschenk verliehen und ihn allein dadurch ausgezeichnet hat, da er zu Ihm sprach: ‚O Herr, gib mir ein Königreich, wie es keiner nach mir besitzen soll; denn du bist der Allspender!'[1] Wie sollte jener Ring an euch kommen?' Dann fuhr sie jedoch fort: ‚Wenn ihr das Kraut genommen hättet, das jeden, der von ihm ißt, leben läßt bis zum ersten Posaunenstoße, und das unter jenen Kräutern steht, so wäre es besser für euch gewesen als das, was ihr erhalten habt; denn dadurch werdet ihr euer Ziel nicht erreichen.' Als sie diese Worte von ihr vernommen hatten, kam bittere Reue über sie, und sie gingen ihrer Wege.--«

Da bemerkte Schehrezâd, daß der Morgen begann, und sie hielt in der verstatteten Rede an. Doch als die *Vierhundertundneunundachtzigste Nacht* anbrach, fuhr sie also fort: »Es ist mir berichtet worden, o glücklicher König, daß über Bulûkija und 'Affân, als sie die Worte der Schlangenkönigin vernommen hatten, bittere Reue kam und daß sie dann ihrer Wege gingen. So stand es damals um die beiden. Die Schlangenkönigin aber kam wieder zu ihren Scharen und sah, daß es sehr schlecht um sie stand; denn die Starken unter ihnen waren schwach geworden, und die Schwachen waren gestorben. Doch als die Schlangen ihre Königin wieder bei sich sahen, waren sie erfreut und drängten sich um sie und fragten sie: ‚Was ist dir geschehen? Wo bist du gewesen?' Da erzählte sie ihnen alles, was sie mit Bulûkija und 'Affân erlebt hatte; und darauf sammelte sie ihre Heere und begab sich mit ihnen zum Berge Kâf, wo sie zu überwintern pflegte, während sie den Sommer an der Stätte verbrachte, an der Hâsib Karîm ed-Dîn sie getroffen hatte. Darauf schloß die Schlange ihre Erzählung mit den Worten: ‚Dies o Hâsib, ist meine Geschichte; dies ist es, was mir widerfahren ist.'

1. Koran, Sure 38, Vers 34.

Hâsib Karîm ed-Dîn war über die Worte der Schlange sehr erstaunt. Und dann sprach er zu ihr: ‚Ich wünschte, du möchtest in deiner Güte einem deiner Trabanten befehlen, mich wieder an die Oberfläche der Erde zu bringen, auf daß ich zu den Meinen gehen kann!' Doch die Schlangenkönigin erwiderte ihm: ‚O Hâsib, du sollst uns nicht eher verlassen, als bis es Winter wird; denn du sollst noch mit uns zum Berge Kâf gehen und dort alles sehen, Hügel und Dünen, die Bäume, die grünen, und die Vögel all, die den Einen, Allmächtigen, lobpreisen mit lautem Schall; dort sollst du auch all die Dämonen, Teufel und Geister schauen, deren Zahl nur Allah der Erhabene kennt.' Als Hâsib Karîm ed-Dîn die Worte der Schlangenkönigin vernommen hatte, erfüllten Schmerz und Kummer sein Herz; und er sprach zu ihr: ‚Erzähle mir weiter von 'Affân und Bulûkija! Als sie dich verlassen hatten und ihrer Wege gezogen waren, haben sie dann die sieben Meere durchquert und das Grab unseres Herrn Salomo erreicht oder nicht? Und wenn sie zu dem Grabe gekommen sind, haben sie den Siegelring zu gewinnen vermocht oder nicht?'

Da erzählte sie weiter: ‚Wisse, als 'Affân und Bulûkija mich verlassen hatten und von dannen gingen, salbten sie ihre Füße mit jenem Saft und schritten auf der Oberfläche des Wassers dahin, und auf ihrer Wanderung schauten sie die Wunder der Meerestiefe. Sie zogen von Meer zu Meer unaufhörlich weiter, bis sie die sieben Meere durchquert hatten; und als sie am Ende waren, erblickten sie einen hohen Berg, der gen Himmel emporragte. Der war von grünem Smaragd, sein Erdreich bestand aus lauter Moschus, und ein Quell sprudelte auf ihm. Als sie zu jener Stätte gekommen waren, freuten sie sich und sprachen: ‚Jetzt haben wir unser Ziel erreicht!' Darauf zogen sie weiter, bis sie zu einem anderen hohen Berge kamen, und auf dem kletterten sie empor; da erblickten sie in der Ferne eine Höhle, über der sich eine große Kuppel wölbte, strahlend von Licht. Wie sie diese Höhle erblickten, gingen sie auf sie zu, und als sie dort ankamen, traten sie ein. Da sahen sie in ihr ein goldenes Thronlager stehen, das mit Edelsteinen aller Art besetzt war, und rings darum standen Stühle, deren Zahl nur Allah der Erhabene allein berechnen kann. Auf jenem Thronlager sahen sie unseren Herrn Salomo liegen, angetan mit einem Prachtgewande aus grüner Seide, das mit Gold durchwirkt und mit den kostbarsten Edelsteinen besetzt war; seine rechte Hand lag auf seiner Brust, und der Siegelring war an seinem Finger, und der Stein des Ringes hatte einen so strahlenden Glanz, daß er das Licht aller Juwelen verdunkelte, die in jenem Raume waren. Nun lehrte 'Affân den Jüngling Bulûkija Beschwörungsformeln und Zaubersprüche und sprach zu ihm: ‚Sprich diese Formeln und hör nicht eher auf zu beschwören, als bis ich den Ring genommen habe.' Dann trat 'Affân nahe an das Thronlager heran; aber da, plötzlich, schoß eine riesenhafte Schlange unter dem Lager hervor und stieß einen so gewaltigen Schrei aus, daß jener ganze Raum davon erbebte, und Funken sprühten aus ihrem Rachen. Darauf sprach die Schlange zu 'Affân: ‚Hinweg, oder du bist des Todes!' 'Affân aber beharrte dabei, Beschwörungsformeln zu murmeln, und ließ sich nicht durch jene Schlange abschrecken. Da blies sie ihn mit einem so furchtbaren Hauche an, daß es war, als müsse die ganze Stätte in Flammen aufgehen, und sie rief: ‚Weh dir, zurück, oder ich verbrenne dich!' Als Bulûkija diese Worte von der Schlange hörte, lief er aus der Höhle hinaus; doch 'Affân ließ sich auch dadurch nicht abschrecken, sondern er wagte es, an unseren Herrn Salomo heranzutreten und seine Hand auszustrecken und den Ring zu berühren. Allein wie er ihn von dem Finger des Königs herunterziehen wollte, blies die Schlange ihren Odem wider ihn und verbrannte ihn, und er ward zu einem Häuflein Asche.

So erging es 'Affân. Sehen wir nun, was mit Bulûkija geschah! Der fiel ohnmächtig nieder, als er so Furchtbares erleben mußte.' – –«

Da bemerkte Schehrezâd, daß der Morgen begann, und sie hielt in der verstatteten Rede an. Doch als die *Vierhundertundneunzigste Nacht* anbrach, fuhr sie also fort: »Es ist mir berichtet worden, o glücklicher König, daß Bulûkija, als er sah, daß 'Affân verbrannt und zu einem Häuflein Asche geworden war, ohnmächtig niederfiel. Des Herrn glorreiche Majestät aber befahl dem Engel Gabriel, zur Erde hinabzusteigen, ehe die Schlange ihren Odem wider Bulûkija blasen konnte. Und eilends schwebte der Engel zur Erde hinab; dort sah er, wie Bulûkija ohnmächtig am Boden lag und 'Affân durch den Odem der Schlange verbrannt war. Er trat an Bulûkija heran und erweckte ihn aus seiner Ohnmacht; und als der Jüngling wieder zu sich gekommen war, grüßte Gabriel ihn und fragte ihn: ,Wie seid ihr zu dieser Stätte gekommen?' Bulûkija erzählte ihm seine ganze Geschichte von Anfang bis zu Ende und schloß mit den Worten: ,So wisse denn, ich bin nur um Mohammeds willen – Allah segne ihn und gebe ihm Heil! – zu diesem Orte gekommen. Denn 'Affân tat mir kund, der Prophet werde am Ende der Zeiten gesandt werden, und nur wer bis zu jener Zeit lebe, würde mit ihm zusammen sein; aber keiner werde bis zu jener Zeit leben, es sei denn, er habe von dem Wasser des Lebens getrunken; und das könne nur durch den Siegelring Salomos – Friede sei mit ihm! – gewonnen werden. Darum geleitete ich ihn an diese Stätte, und hier widerfuhr ihm, was geschehen ist; da liegt er nun verbrannt, ich aber entging dem Feuer, und jetzt ist es mein höchster Wunsch, daß du mir kundtuest, wo Mohammed ist.' ‚O Bulûkija,' erwiderte Gabriel ihm, ‚geh deiner Wege, denn die Zeit Mohammeds liegt noch in weiter Ferne!' Und zur selbigen Stunde schwebte Gabriel gen Himmel empor. Bulûkija aber begann bitterlich zu weinen und bereute, was er getan hatte, indem er der Worte der Schlangenkönigin gedachte, die ihm gesagt hatte: ‚Es liegt in keines Menschen Hand, daß er den Siegelring gewinnen könnte!' So stand Bulûkija da in ratloser Verwirrung und weinte. Danach stieg er von dem Berge hinab und ging immer weiter, bis er zum Ufer des Meeres kam. Dort setzte er sich eine Weile nieder und betrachtete voll Verwunderung die Berge und Meere und Inseln ringsum. Die Nacht über blieb er an jener Stätte. Doch als es Morgen ward, salbte er seine Füße mit dem Safte, den sie von jenem Kraute gewonnen hatten, stieg auf das Wasser hinab und wanderte dahin, Tag und Nacht, staunend ob der Schrecken und der seltsamen Wunder der Tiefe. Immer weiter schritt er auf der Oberfläche des Meeres dahin, bis er zu einer Insel gelangte, die dem Paradiese glich. Auf jener Insel ging Bulûkija an Land, verwundert über ihre Schönheit. Dann schritt er landeinwärts und sah, daß es ein großes Eiland war: die Erde dort war Safran, die Kiesel waren Rubine und kostbare Edelsteine, die Hecken waren Jasminsträucher, und was dort wuchs, waren die schönsten Bäume und die lieblichsten und duftigsten Pflanzen. Dort rieselten Quellen, das Brennholz war Aloe aus Komorin und Sumatra, und das Schilf war Zuckerrohr. Ringsum blühten Rosen, Narzissen, Amaranten, Nelken, Kamillen, Lilien und Veilchen von allen Arten und Farben; und die Vögelein sangen auf den Bäumen. Ja, die Insel war ein herrliches Land, ihre Grenzen waren weit gespannt, und viel war des Schönen, das auf ihr sich befand. Es war, als ob der Inbegriff aller Schönheit sie umschlang; und das Singen ihrer Vögel war lieblicher als der Laute zarter Klang. Die Bäume ragten empor, die Vögelein zwitscherten im Chor, die Bäche sprudelten hervor; und es rannen aus jedem Quell die Wasser, süß und silberhell. Die Gazellen sprangen auf den Auen, und zierliche Wildkälber waren dort zu schauen. Der Schall der Vogelstimmen auf den Zweigen war so süß, daß er den Liebeskranken all sein Leid vergessen ließ. Bulûkija wunderte sich über dies Eiland und erkannte, daß er von dem Wege abgewichen war, den er zuvor, als 'Affân ihn begleitete, durchmessen hatte. Er schritt nun auf jener Insel umher und schaute sie sich an, bis es Abend ward. Doch als die Nacht über ihn hereinbrach, stieg er auf einen hohen Baum, um dort oben zu schlafen. Während er so auf dem Baume saß und über die Schönheit der Insel nachdachte, geriet die See plötzlich in Aufruhr, und ein Ungeheuer stieg aus ihr empor. Das stieß einen so furchtbaren Schrei aus, daß alle Tiere auf jenem Eiland erschraken. Bulûkija schaute von seinem Baum hinab und erkannte, daß es ein gewaltiges Untier war; darüber war er sehr erstaunt. Aber ehe er sich dessen versah, stiegen plötzlich hinter jenem vielerlei andere Ungeheuer aus dem Meere auf, und ein jedes von ihnen hielt in der Vorderpfote einen Edelstein, der hell wie eine Leuchte glänzte, so daß die Insel von dem Glanze all der Juwelen wie vom Tageslicht übergossen ward. Nach einer kurzen Weile kamen auch von der Insel her viele wilde Tiere, deren Zahl nur Allah der Erhabene kannte. Bulûkija schaute auf sie hinab und sah, daß es Tiere der Wildnis waren, Löwen, Panther, Geparden und anderes Getier des Feldes. Diese Tiere des Landes nun zogen immer weiter dahin, bis sie mit den Tieren des Meeres am Ufer der Insel zusammentrafen, und alle unterhielten sich miteinander bis zum Morgen. Als aber der nächste Tag anbrach, trennten sie sich, und ein jedes von ihnen ging seiner Wege. Voll Furcht vor alledem, was er gesehen hatte, stieg Bulûkija von dem Baume und begab sich zum Strande. Dort salbte er wiederum seine Füße mit dem Safte, den er bei sich trug, und ging zum zweiten Meere hinab. Tag und Nacht wanderte er über die Oberfläche des Wassers dahin, bis er zu einem großen Gebirge gelangte, an dessen Fuß sich ein endloser Wadi hinzog; in jenem Wadi waren die Steine aus Magneteisen, und es war bewohnt von Löwen, Hasen und Panthern. Bulûkija ging bei dem Gebirge an Land und wanderte an ihm entlang von Ort zu Ort, bis es Nacht um ihn ward. Da setzte er sich am Fuße eines der Bergesgipfel nieder, in der Nähe der See, und begann von den getrockneten Fischen zu essen, die das Meer an den Strand geworfen hatte. Während er nun dort saß und sich von den Fischen nährte, schlich plötzlich ein großer Panther auf ihn zu und wollte ihn zerreißen. Bulûkija aber gewahrte ihn, wie er auf ihn zukam, um ihn zu fressen; darum salbte er rasch seine Füße mit dem Saft, den er bei sich hatte, und eilte zum dritten Meere hinunter, um sich vor jenem Raubtier zu retten. Und dann wanderte er auf der Oberfläche des Wassers durch das Dunkel dahin; schwarz war die Nacht, und es tobte der Sturm. Immer weiter zog er dahin, bis er wieder zu einer Insel kam; dort ging er an Land, und er fand auf ihr allerlei Bäume, grüne und trockene. Von ihren Früchten pflückte Bulûkija, und er aß und dankte Allah dem Erhabenen. Und dann ging er auf der Insel bis zum Abend umher und schaute sie sich an. – –«

Da bemerkte Schehrezâd, daß der Morgen begann, und sie hielt in der verstatteten Rede an. Doch als die *Vierhundertundeinundneunzigste Nacht* anbrach, fuhr sie also fort: »Es ist mir berichtet worden, o glücklicher König, daß Bulûkija auf jener Insel umherging und sie sich anschaute. Bis zur Abendzeit wanderte er schauend umher, dann legte er sich dort schlafen. Als es wieder Morgen ward, forschte er weiter nach allen Seiten; und er war zehn Tage damit beschäftigt, sie zu erkunden. Danach aber kam er wieder zum Meeresufer, salbte seine Füße, stieg zum vierten Meere hinab und wanderte Tag und Nacht auf der Oberfläche des Wassers weiter, bis er von neuem zu einer Insel gelangte. Er sah, daß ihr Boden aus feinem, weißem Sande bestand und daß es auf ihr weder Bäume noch irgendwelche Pflanzen gab; eine Weile schritt er auf ihr umher, und da entdeckte er, daß sie keine anderen Bewohner hatte als Sakerfalken, die im Sande nisteten. So salbte er denn wiederum seine Füße und stieg zum fünften Meere hinab und wanderte auf dem Wasser dahin und zog immer weiter, Tag und Nacht, bis er zu einer kleinen Insel kam, deren Boden und Berge wie Kristall leuchteten. Dort waren auch die Adern, aus denen das Gold gewonnen wird, und seltsame Bäume, wie er sie auf seiner Reise noch nie gesehen hatte, und Blumen, deren Farben wie Gold waren. Nachdem Bulûkija auf jener Insel an Land gegangen war, schaute er sich auf ihr um bis zur Abendzeit. Als aber das Dunkel ihn umgab, leuchteten die Blumen auf der Insel plötzlich wie Sterne. Er staunte über den Anblick, und er sprach: ‚Die Blumen dieser Insel sind sicherlich solche, die trocken von der Sonne auf die Erde fallen, wo der Wind sie dahintreibt, so daß sie sich unter den Felsen sammeln und zum Stein der Weisen werden, aus dem die Menschen, wenn sie ihn finden, Gold machen.' Nun schlief Bulûkija auf der Insel bis zum Morgen. Doch als die Sonne aufging, salbte er seine Füße mit dem Saft, den er bei sich trug, stieg zum sechsten Meere hinab und wanderte Tag und Nacht dahin, bis er wieder zu einer Insel kam. Dort ging er an Land und schritt eine Weile landeinwärts. Da entdeckte er auf ihr zwei Berge, die mit vielen Bäumen bewachsen waren; und die Früchte jener Bäume sahen aus wie Menschenköpfe, die an den Haaren aufgehängt waren. Weiter sah er dort andere Bäume, deren Früchte wie grüne Vögel, an den Füßen aufgehängt, aussahen. Eine dritte Art von Bäumen aber schien wie Feuer zu glühen; die hatten Früchte wie die Aloe, und wenn ein Tropfen von ihnen auf einen Menschen fiel, so wurde er von ihm verbrannt. Ja, Bulûkija entdeckte auch Früchte, die lachten, und andere, die weinten. Und so sah er der Wunder viele auf jener Insel. Dann aber begab er sich zum Ufer des Meeres und setzte sich unter einen großen Baum, den er dort fand, bis zur Abendzeit. Und als das Dunkel hereinbrach, stieg er auf jenen Baum hinauf und begann über die wunderbaren Werke Allahs nachzusinnen. Während er nun dort saß, geriet plötzlich das Meer in Wallung, und es stiegen die Seejungfrauen aus ihm empor; eine jede von ihnen trug ein Juwel in der Hand, das da leuchtete wie der junge Morgen. Sie kamen an Land und gerade auf jenen Baum zu, setzten sich, spielten und tanzten in lauter Fröhlichkeit, während Bulûkija ihnen zuschaute; und das taten sie bis zum Morgen. Als es aber Tag ward, verschwanden sie wieder im Meere. Staunend über das, was er gesehen, kletterte Bulûkija von dem Baume herunter, salbte seine Füße mit seinem Zaubersaft und stieg in das siebente Meer hinab. Zwei volle Monate wanderte er ohne Aufenthalt dahin, ohne einen Berg oder eine Insel, ein Land oder eine Flußmündung oder einen Strand zu erblicken, bis er jenes ganze Meer durchquert hatte. Er litt aber dort unter nagendem Hunger, so daß er gar die Fische aus dem Meere aufgriff und roh verschlang, weil ihn der Hunger so sehr quälte. In dieser Weise war er dahingezogen, bis seine Fahrt bei einer Insel ihr Ende fand, wo viele Bäume sprossen und zahlreiche Bäche flossen. Dort ging er an Land und schritt weiter, indem er nach rechts und links Ausschau hielt. Das war an einem frühen Vormittage. Auf seinem Wege kam er auch zu einem Apfelbaum; da streckte er seine Hand aus, um von der Frucht des Baumes zu essen. Doch plötzlich schrie eine Gestalt aus dem Baum ihn an mit den Worten: ‚Wenn du dich diesem Baum nahst und etwas von seiner Frucht issest, so spalte ich dich in zwei Stücke!' Und als Bulûkija jene Gestalt anblickte, erkannte er, daß es ein Riese war, der vierzig Ellen maß, nach der Elle der Menschen jener Zeit. Bei seinem Anblicke geriet der Jüngling in große Furcht, und er wich von dem Baum zurück. Dann aber fragte er den Riesen: ‚Weshalb verbietest du mir, von diesem Baum zu essen?' Jener erwiderte: ‚Weil du ein Sohn Adams bist, und weil dein Vater Adam den Bund Allahs vergessen und sich wider Gott empört hat, als er von dem Baum aß.' Weiter fragte Bulûkija: ‚Was für ein Wesen bist du denn? Wem gehören diese Insel und diese Bäume? Und wie heißest du?' Der Riese antwortete ihm: ‚Ich heiße Scharâhija[1], und diese Bäume und die Insel gehören dem König Sachr[2]; ich bin einer von seinen Wächtern, und er hat mich mit der Obhut dieser Insel betraut.' Dann aber fragte Scharâhija den Jüngling: ‚Wer bist du? Und wie bist du in dies Land gekommen?' Da erzählte Bulûkija ihm seine ganze Geschichte von Anfang bis zu Ende, und der Riese sprach zu

1. Scharâhija ist abgekürzt aus *ahja scharâhija*, und dies ist eine arabische Umschreibung des hebräischen *ehje ascher ehje* (ich bin, der ich bin), der Worte Gottes an Moses; vgl. 2. Mose, Kap. 3, Vers 14. Diese Formel wird im Zauber oft verwendet.

2. Das ist der Dämon, der sich gegen Salomo empörte und der zur Strafe auf dem Meeresgrund gefangen gehalten wurde; vgl. Band I, Seite 53.

ihm: ‚Fürchte dich nicht!' und brachte ihm zu essen. Bulûkija aß, bis er gesättigt war, nahm Abschied von Scharâhija und ging von dannen. Zehn Tage lang wanderte er nun wieder weiter. Und während er so über Berg und Tal dahinzog, erblickte er plötzlich eine Staubwolke, die sich in der Luft zusammenballte. Als er auf jene Wolke zuschritt, hörte er ein Schreien und Schlagen und gewaltiges Tosen. Und weiter ging er der Wolke nach, und da kam er in ein großes Wadi, das wohl eine Reise von zwei Monaten lang war. Nun schaute er dorthin, von wo jener Lärm kam, und er erblickte viel Volks, das auf Pferden beritten war und miteinander kämpfte; und das Blut floß um sie, bis es einem Strome gleich ward. Ihre Stimmen waren wie Donner, und sie waren bewaffnet mit Lanzen und Schwertern, eisernen Keulen, Bogen und Pfeilen, und waren in wildem Kampfe begriffen. Bulûkija aber ward von großer Furcht gepackt. – –«

Da bemerkte Schehrezâd, daß der Morgen begann, und sie hielt in der verstatteten Rede an. Doch als die *Vierhundertundzweiundneunzigste Nacht* anbrach, fuhr sie also fort: »Es ist mir berichtet worden, o glücklicher König, daß Bulûkija, als er jenes Volk mit Waffen in den Händen in wildem Kampfe begriffen sah, von großer Furcht gepackt ward und in ratloser Verwirrung stehen blieb. Doch wie er so dastand, wurden sie seiner gewahr. Und bei seinem Anblick ließen sie voneinander ab und hörten auf zu kämpfen. Dann ritt eine Schar von ihnen auf ihn zu, und als die Reiter ihn aus der Nähe sahen, wunderten sie sich über seine Gestalt. Einer von ihnen aber ritt an ihn heran und fragte ihn: ‚Was für ein Wesen bist du? Woher kommst du, und wohin gehst du? Und wer hat dich diesen Weg geführt, so daß du in unser Land gelangt bist?' Bulûkija gab ihm zur Antwort: ‚Ich bin ein Menschenkind, und ich bin ausgezogen, von Liebe ergriffen zu Mohammed – Allah segne ihn und gebe ihm Heil! Doch ich bin vom Wege abgeirrt.' Da sprach der Reiter zu ihm: ,Wir haben noch nie ein Menschenkind gesehen; keines ist je in dies Land gekommen.' Und alle wunderten sich über seine Gestalt und seine Worte. Nun fragte Bulûkija sie, indem er sprach: ,Was für Geschöpfe seid denn ihr?' ,Wir gehören zu den Geistern', erwiderte der Reiter; und Bulûkija fragte wiederum: ,O Reitersmann, was war die Ursache des Kampfes, der zwischen euch tobte? Wo ist eure Wohnstätte? Und wie heißt dies Wadi und diese Gegend?' Da antwortete der Reiter: ,Unsere Wohnstätte ist das Weiße Land; und in jedem Jahre befiehlt uns Allah der Erhabene, in dies Land zu ziehen und gegen die ungläubigen Geister Krieg zu führen.' ,Wo ist denn das Weiße Land?' fragte Bulûkija, und der Reiter antwortete: ,Einen Weg von fünfundsiebenzig Jahren hinter dem Berge Kâf; und dies Land hier heißt das Land des Schaddâd ibn 'Âd.[1] Wir sind jetzt hierher gekommen, um Krieg zu führen; sonst haben wir nichts anderes zu tun, als Gott zu preisen und zu heiligen. Wir haben auch einen König, der heißt König Sachr; und du mußt mit uns zu ihm gehen, auf daß er dich sieht und sich an deinem Anblick erfreut.' Darauf zogen sie mit Bulûkija fort, bis sie zu ihrer Wohnstätte kamen. Dort erblickte er große Prunkzelte aus grüner Seide, so viele, daß nur Allah der Erhabene ihre Zahl kannte; und in ihrer Mitte sah er ein Zelt aus roter Seide stehen, das wohl tausend Ellen lang war; es hatte Stricke aus blauer Seide und Pflöcke aus Gold und Silber. Verwundert betrachtete Bulûkija jenes Zelt. Die Leute aber führten ihn gerade zu dem Zelte; und siehe, es war das Zelt des Königs Sachr. Sie traten mit ihm dort ein und brachten ihn vor ihren

1. Vgl. Seite 110 ff.

Herrscher. Da schaute Bulûkija auf den König und sah, daß er auf einem großen Thron aus rotem Golde saß, der mit Perlen und Edelsteinen besetzt war; zu seiner Rechten standen die Geisterkönige, und zu seiner Linken waren die Weisen und die Emire und die Großen des Reiches und andere Vornehme aufgereiht. Als nun König Sachr den Jüngling sah, gebot er, ihn herbeizuführen; als das geschehen war, trat Bulûkija vor, sprach den Gruß und küßte den Boden vor ihm. König Sachr erwiderte seinen Gruß und sprach dann zu ihm: ‚Tritt näher zu mir, o Mann!‘ Darauf trat Bulûkija heran, bis er nahe vor dem König stand; der befahl nunmehr, man solle für ihn einen Stuhl zu seiner Seite aufstellen. Und als die Diener für ihn einen Stuhl neben dem König hingesetzt hatten, befahl dieser, Bulûkija solle sich auf ihn niederlassen. Der Jüngling tat es, und dann fragte König Sachr ihn, indem er sprach: ‚Was für ein Wesen bist du?‘ Jener gab zur Antwort: ‚Ich bin ein Menschenkind von den Kindern Israel.‘ ‚Erzähle mir deine Geschichte,‘ befahl der König, ‚und tu mir alles kund, was du erlebt hast, und wie du in dies Land gekommen bist!‘ So erzählte Bulûkija ihm denn alles, was ihm auf seiner Reise widerfahren war, von Anfang bis zu Ende. Über seine Rede war König Sachr höchlichst verwundert. – –«

Da bemerkte Schehrezâd, daß der Morgen begann, und sie hielt in der verstatteten Rede an. Doch als die *Vierhundertunddreiundneunzigste Nacht* anbrach, fuhr sie also fort: »Es ist mir berichtet worden, o glücklicher König, daß der König Sachr, als Bulûkija ihm alles, was ihm auf seiner Reise widerfahren war, von Anfang bis zu Ende erzählt hatte, darüber höchlichst verwundert war. Darauf befahl er den Dienern, den Speisetisch zu bringen, und sie brachten den Tisch und breiteten ihn aus. Dann brachten sie Schüsseln aus rotem Golde, andere aus

Silber und noch andere aus Kupfer; einige von ihnen enthielten fünfzig gesottene Kamele, andere zwanzig Kamele, und wieder andere fünfzig Schafe; die Zahl der Schüsseln aber betrug eintausendundfünfhundert. Über diesen Anblick erstaunte Bulûkija gewaltig. Dann aßen sie, und er aß mit ihnen, bis er gesättigt war und Allah dem Erhabenen dankte. Darauf räumte man die Tische ab und brachte Früchte. Nachdem sie auch davon gegessen hatten, priesen sie Allah den Erhabenen und seinen Propheten Mohammed – Er segne ihn und gebe ihm Heil! Wie aber Bulûkija hörte, daß sie Mohammed nannten, sprach er verwundert zum König Sachr: ‚Ich möchte eine Frage an dich richten.' ‚Frage, was du willst!' erwiderte der König; und Bulûkija fuhr fort: ‚O König, was für Wesen seid ihr? Woher stammt ihr? Und woher kennt ihr Mohammed – Allah segne ihn und gebe ihm Heil! –, so daß ihr ihn segnet und liebt?' Darauf sagte der König: ‚O Bulûkija, Allah der Erhabene hat die Hölle in sieben Schichten geschaffen, eine über der anderen, und zwischen je zwei Schichten liegt ein Weg von tausend Jahren. Die erste Schicht hat er Dschahannam genannt, und die hat er für die Sünder unter den Gläubigen bestimmt, die ohne Reue sterben. Die zweite Schicht heißt Laza, und die hat er für die Ungläubigen bestimmt. Die dritte Schicht heißt al-Dschahîm, und die hat er Gog und Magog[1] zugewiesen. Die vierte heißt es-Sa'îr, und die ist für das Volk des Teufels. Die fünfte heißt Sakar, und die ist für die, so das Gebet versäumten. Die sechste heißt el-Hatama, und die ist für die Juden und Nazarener bestimmt. Die siebente aber heißt el-Hâwija, und die hat er für die Heuchler bestimmt. Dies sind

1. Gog und Magog sind aus Ezechiel, Kap. 38 und 39, bekannt; Gog gilt als Fürst des Volkes Magog, unter dem man die Skythen versteht. Sie sind die Feinde der Gläubigen.

die sieben Höllenschichten.[1]' Nun fragte Bulûkija: ‚Hat vielleicht Dschahannam die geringsten Qualen, da sie ja die oberste ist?' ‚Ja,' sprach König Sachr, ‚sie birgt weniger Qualen als alle anderen; dennoch sind in ihr tausend Feuerberge, und bei jedem Berge sind siebenzigtausend Feuerströme, und an jedem Strome sind siebenzigtausend Feuerstädte, und in jeder Stadt siebenzigtausend Feuerburgen und siebenzigtausend Feuerhäuser, und in jedem Hause sind siebenzigtausend Feuerlager, und auf jedem Lager gibt es siebenzigtausend Arten von Qualen. Nun gibt es also in all den Feuerschichten, o Bulûkija, keine leichteren Qualen als die in Dschahannam, da sie die erste Schicht ist. Aber wie viele Arten von Qualen es in den anderen gibt, das weiß nur Allah der Erhabene.' Als Bulûkija diese Worte aus dem Munde des Königs Sachr vernommen hatte, sank er ohnmächtig zu Boden. Doch wie er aus seiner Ohnmacht erwachte, hub er an zu weinen, und er sprach: ‚O König, wie wird es mir ergehen?' König Sachr gab ihm zur Antwort: ‚Fürchte dich nicht, Bulûkija! Wisse, wer Mohammed liebt, den verbrennt das Feuer nicht; denn er ist um seinetwillen davon befreit, und wer seinem Glauben angehört, den rührt das Feuer nicht an. Uns aber erschuf Allah der Erhabene aus dem Feuer; und die ersten Wesen, die Er in Dschahannam erschuf, waren zwei Geschöpfe aus seinen Heerscharen, eins namens Chalît und ein anderes namens Malît. Den Chalît erschuf er nach dem Bilde eines Löwen, den Malît aber nach der Gestalt eines Wolfes. Der Schweif des Malît war von scheckiger Farbe und hatte das Aussehen einer weiblichen Schildkröte, während Chalîts Schweif einer männlichen Schlange glich, die eine Reise von zwanzig Jahren lang war. Dann befahl Allah der Erhabene den beiden Schweifen, sich zu paaren;

1. Vgl. Seite 689 f.

und da entstanden aus ihnen Schlangen und Skorpione, deren Wohnstätte im Höllenfeuer ist, auf daß Allah durch sie alle foltert, die dorthin kommen. Jene Schlangen und Skorpione waren fruchtbar und mehrten sich. Darauf befahl Allah der Erhabene den Schweifen von Chalît und Malît, sich zum zweiten Male zu paaren, und sie taten es. Da empfing Malîts Schweif von dem Schweife Chalîts, und als er Wesen zur Welt brachte, waren es sieben männliche und sieben weibliche. Die wuchsen heran, und als sie groß geworden waren, vermählten sich die weiblichen Wesen mit den männlichen. Und alle waren ihrem Schöpfer gehorsam, nur einer von ihnen nicht; der empörte sich wider seinen Erzeuger und ward zu einem Wurme. Und jener Wurm, das ist Iblîs, der Teufel, den Allah der Erhabene verfluchen möge. Nun war freilich Iblîs einer der Erzengel gewesen; denn er hatte Gott dem Erhabenen gedient, bis er in den Himmel erhoben und zu einem Vertrauten des Erbarmers geworden war, und er war sogar zum Oberhaupte der Erzengel geworden.' – –«

Da bemerkte Schehrezâd, daß der Morgen begann, und sie hielt in der verstatteten Rede an. Doch als die *Vierhundertundvierundneunzigste Nacht* anbrach, fuhr sie also fort: »Es ist mir berichtet worden, o glücklicher König, daß Iblîs früher Gott dem Erhabenen gedient hatte und zum Oberhaupte der Erzengel geworden war. Als nun Gott der Erhabene den Adam – Friede sei mit ihm! – erschaffen hatte, befahl er dem Iblîs, er solle sich vor ihm niederwerfen. Aber er weigerte sich dessen; und Gott der Erhabene vertrieb ihn und verfluchte ihn. Die Nachkommen des Iblîs aber sind die Satane. Die sechs anderen männlichen Kinder, die älter waren als er, sind die Vorfahren der gläubigen Geister, und wir sind von ihrem Stamme. Das ist unser Ursprung, o Bulûkija.' Der Jüngling erstaunte ob der

Worte des Königs Sachr und bat dann: ‚O König, ich habe den Wunsch, du möchtest einem deiner Leibwächter befehlen, daß er mich in mein Heimatland zurückbringt.' ‚Dergleichen können wir nicht tun,' erwiderte König Sachr, ‚es sei denn, daß Allah der Erhabene es uns befiehlt. Wenn du aber von uns gehen willst, o Bulûkija, so will ich dir von meinen Rossen eine Stute bringen und dich auf ihrem Rücken reiten lassen und ihr befehlen, daß sie dich bis an die äußerste Grenze meines Reiches bringt. Wenn du dort angekommen bist, so wirst du das Heer eines anderen Königs treffen, der Barâchija heißt; und wenn die Leute die Stute sehen und sie erkennen, so werden sie dich von ihr absteigen lassen und sie zu uns zurücksenden; das ist alles, was wir tun können, mehr vermögen wir nicht.' Als Bulûkija diese Worte hörte, weinte er und sprach zum König: ‚Tu, was du willst!' Darauf befahl der König, die Stute zu bringen; die Diener führten den Befehl aus und hoben den Jüngling auf ihren Rücken, indem sie sprachen: ‚Hüte dich, von ihr abzusteigen, oder sie zu schlagen, oder ihr ins Ohr zu schreien; denn wenn du das tust, so wird sie dir den Tod bringen! Bleib vielmehr immer ruhig auf ihr sitzen, bis sie mit dir halt macht; dann steig ab und geh deiner Wege!' ‚Ich höre und gehorche!' antwortete Bulûkija; dann saß er auf und ritt zwischen den Zelten eine lange Strecke dahin, immer weiter, bis er bei der Küche des Königs Sachr vorbeikam; dort sah er Kessel, von denen ein jeder fünfzig Kamele enthielt, über dem lodernden Feuer hängen. Als Bulûkija jene gewaltigen Kessel erblickte, betrachtete er sie mit großer Verwunderung, und er schaute mit immer wachsendem Erstaunen dorthin. Der König aber, der ihm nachblickte und sah, wie er die Küche bewunderte, tat so, als glaube er, Bulûkija sei hungrig, und befahl, ihm zwei geröstete Kamele zu bringen. Da brachte man ihm die beiden Tiere und band sie hinter ihm auf dem Rücken der Stute fest. Nun verabschiedete der Jüngling sich von ihnen und ritt weiter, bis er an die äußerste Grenze des Reiches von König Sachr gelangte. Die Stute blieb stehen; Bulûkija saß ab von ihr und schüttelte den Staub der Reise aus seinen Kleidern. Plötzlich kamen Leute zu ihm, erblickten die Stute und erkannten sie, nahmen sie und führten sie dahin, während Bulûkija sie begleitete, bis sie zum König Barâchija kamen. Nachdem der Jüngling bei diesem König eingetreten war, sprach er den Gruß, und jener erwiderte ihn. Dann blickte Bulûkija den König an und sah, daß er in einem großen Prunkzelt saß, rechts und links von seinen Kriegern und Helden und Geisterkönigen umgeben. Nun hieß der König den Jüngling näher treten; da trat er herzu, und der König wies ihm einen Sitz zu seiner Seite an; und alsbald befahl er, den Speisetisch zu bringen. Derweilen betrachtete Bulûkija den König Barâchija und fand, daß er dem König Sachr glich. Nachdem die Speisen aufgetragen waren, aßen alle, auch Bulûkija, bis er gesättigt war und Allah dem Erhabenen dankte. Dann trug man die Speisen ab und brachte die Früchte; und als sie davon gegessen hatten, fragte König Barâchija den Jüngling Bulûkija und sprach: ‚Wann hast du König Sachr verlassen?' ‚Vor zwei Tagen', antwortete jener; und der König fuhr fort: ‚Weißt du, wieviel Tagereisen du in diesen beiden Tagen zurückgelegt hast?' ‚Nein', erwiderte der Jüngling. Der König sagte darauf: ‚Eine Reise von siebenzig Monaten.' – –«

Da bemerkte Schehrezâd, daß der Morgen begann, und sie hielt in der verstatteten Rede an. Doch als die *Vierhundertundfünfundneunzigste Nacht* anbrach, fuhr sie also fort: »Es ist mir berichtet worden, o glücklicher König, daß König Barâchija zu Bulûkija sprach: ‚Du hast in diesen beiden Tagen eine Reise von siebenzig Monaten zurückgelegt. Wisse aber, als du die Stute bestiegen hattest, erschrak sie vor dir, da sie merkte, daß du ein Menschenkind bist, und sie wollte dich abwerfen; darum wurde sie mit diesen beiden Kamelen beschwert.' Als Bulûkija diese Worte von König Barâchija vernahm, war er überrascht und dankte Allah dem Erhabenen für seine Rettung. Dann sprach der König zu dem Jüngling: ‚Erzähle mir, was du erlebt hast und wie du in dies Land gekommen bist!' Da erzählte Bulûkija ihm alles, was er erlebt hatte und wie er umhergezogen und in jenes Land gekommen war. Der König sprach seine Verwunderung über diese Geschichte aus; und der Jüngling blieb zwei Monate bei ihm. –

Wie nun Hâsib Karîm ed-Dîn diese Erzählung der Schlangenkönigin gehört hatte, war er höchlichst erstaunt. Doch dann bat er sie von neuem: ‚Ich möchte, du wollest in deiner Huld und Güte einem deiner Wächter den Befehl geben, mich an die Oberfläche der Erde zu bringen, auf daß ich zu den Meinen heimkehren kann.' Die Schlangenkönigin aber sprach zu ihm: ‚O Hâsib Karîm ed-Dîn, ich weiß, daß du, wenn du an die Oberfläche der Erde kommst, zu den Deinen heimkehren und dich alsbald in das Badehaus begeben und dich dort waschen wirst; doch in demselben Augenblicke, in dem du deine Waschung beendest, werde ich sterben; denn dies wird die Ursache meines Todes sein.' Hâsib wendete ihr ein: ‚Ich schwöre dir, daß ich in meinem ganzen Leben nie wieder ein Badehaus betreten werde; wenn ich mich waschen muß, so will ich es stets in meinem Hause tun.' Da sprach die Schlangenkönigin: ‚Wenn du mir auch hundert Eide schwörst, so glaube ich dir doch nicht; dergleichen geschieht in Wirklichkeit nie. Ich weiß, daß du ein Sohn Adams bist, und kein Versprechen gilt bei dir. Dein Vater Adam hatte einen Bund mit

Allah geschlossen, aber er brach den Bund. Gott der Erhabene hatte vierzig Morgen lang den Lehm geknetet, aus dem Er ihn erschuf, und ließ Seine Engel vor ihm sich niederwerfen; dennoch, nach alledem, vergaß und brach Adam seinen Schwur und handelte dem Gebote seines Herrn zuwider.' Als Hâsib diese Worte vernahm, schwieg er und brach in Tränen aus; und zehn Tage lang weinte er immerfort. Doch dann sprach er zu der Schlangenkönigin: ‚Erzähle mir, wie es Bulûkija erging, nachdem er die beiden Monate hindurch bei dem König Barâchija geblieben war!' Da hub sie an:

‚Wisse, o Hâsib, nachdem Bulûkija so lange bei dem König Barâchija geblieben war, nahm er von ihm Abschied und wanderte weiter, Tag und Nacht, durch die Wüsten, bis er zu einem hohen Berge kam. Auf jenen Berg stieg er hinauf, und da sah er auf seinem Gipfel einen großen Engel sitzen, der den Namen Allahs des Erhabenen ausrief und auf Mohammed Segen herabflehte. Vor jenem Engel lag eine Tafel, die beschrieben war, teils in weißer und teils in schwarzer Schrift, und er schaute auf diese Tafel; und er hatte zwei Flügel, von denen der eine nach Osten und der andere nach Westen weit ausgebreitet war. Bulûkija ging auf ihn zu und grüßte ihn; nachdem der Engel den Gruß erwidert hatte, fragte er ihn, indem er sprach: ‚Wer bist du? Woher kommst du, und wohin gehst du? Und wie heißest du?' Bulûkija gab ihm zur Antwort: ‚Ich bin ein Menschenkind von den Kindern Israel, und ich wandere umher, erfüllt von Liebe zu Mohammed – Allah segne ihn und gebe ihm Heil! Und ich heiße Bulûkija.' Und weiter fragte der Engel: ‚Was hast du auf deinem Wege in dies Land erlebt?' Da erzählte Bulûkija ihm alles, was ihm auf seiner Wanderung widerfahren war und was er auf ihr gesehen hatte. Der Engel hörte seine Worte mit Verwunderung an. Doch dann bat Bulûkija den Engel, indem er sprach: ‚Tu nun auch du mir kund, was auf dieser Tafel geschrieben steht! Sag mir, was ist es, das du hier treibst? Und wie heißest du?' Der Engel antwortete: ‚Ich heiße Michael, und in meiner Obhut steht der Wechsel von Tag und Nacht. Das ist meine Aufgabe bis zum Tage der Auferstehung.' Bulûkija war über die Worte, die er hörte, erstaunt, und er wunderte sich über das Aussehen des Engels, über seine Hoheit und seine riesenhafte Gestalt. Dann nahm er von ihm Abschied und wanderte weiter, Tag und Nacht, bis er zu einer großen Wiese kam. Als er über sie dahinschritt, entdeckte er auf ihr sieben Flüsse und viele Bäume. Der Anblick dieser weiten Flur erfreute Bulûkijas Herz, und als er auf einer ihrer Seiten entlang ging, sah er dort einen großen Baum und unter ihm vier Engel. Er trat auf sie zu und blickte auf ihre Gestalten; da erkannte er, daß der eine von ihnen die Gestalt eines Menschen, der zweite die Gestalt eines Raubtieres, der dritte die Gestalt eines Vogels und der vierte die Gestalt eines Stieres hatte.[1] Die vier riefen den Namen Allahs des Erhabenen an, und jeder von ihnen sprach: ‚Mein Gott, mein Herr und Gebieter, bei deiner Wahrheit und bei dem Ruhme deines Propheten Mohammed – Allah segne ihn und gebe ihm Heil! –, schenke deine Vergebung und Verzeihung einem jeden Wesen, das nach meinem Bilde geschaffen ist; denn du bist über alle Dinge mächtig!' Wundersam klangen diese Worte in Bulûkijas Ohren. Und er wanderte weiter von dort, Tag und Nacht, bis er zum Berge Kâf kam. Als er dessen Gipfel erklommen hatte, erblickte er auf ihm einen großen Engel; der saß dort und pries und heiligte Gott den Erhabenen und flehte Segen herab auf Mohammed – Allah segne ihn und

1. Das sind die Symbole der vier Evangelisten Matthäus, Markus, Lukas und Johannes.

gebe ihm Heil! Er sah aber auch, wie jener Engel beständig die Hände öffnete und schloß und seine Finger bog und streckte. Mitten in seiner Andacht und Arbeit kam Bulûkija auf ihn zu und grüßte ihn; nachdem der Engel seinen Gruß erwidert hatte, fuhr er fort: ‚Was für ein Wesen bist du? Woher kommst du, und wohin gehst du? Und wie heißest du?' Der Jüngling erwiderte: ‚Ich bin von den Kindern Israel, ein Menschenkind, und ich heiße Bulûkija. Ich wandere umher, erfüllt von Liebe zu Mohammed – Allah segne ihn und gebe ihm Heil! Doch ich habe mich auf meinem Wege verirrt.' Dann erzählte er ihm alles, was ihm widerfahren war. Und nachdem er seine Erzählung beendet hatte, fragte er den Engel: ‚Wer bist du? Und was für ein Berg ist dies? Und was für eine Arbeit betreibst du da?' Der Engel antwortete: ‚Wisse, Bulûkija, dies ist der Berg Kâf, der die Welt umgibt; und alle Länder, die Gott in der Welt erschaffen hat, halte ich in meiner Hand. Wenn der Hocherhabene will, daß in irgendeinem Lande Erdbeben, Dürre oder Überfluß, Krieg oder Frieden sei, so befiehlt er mir, dies zu schaffen; und ich schaffe es, während ich hier auf dieser Stätte sitze. Denn wisse, meine Hände halten die Wurzeln der Erde.' – –«

Da bemerkte Schehrezâd, daß der Morgen begann, und sie hielt in der verstatteten Rede an. Doch als die *Vierhundertundsechsundneunzigste Nacht* anbrach, fuhr sie also fort: »Es ist mir berichtet worden, o glücklicher König, daß der Engel zu Bulûkija sprach: ‚Denn wisse, meine Hände halten die Wurzeln der Erde.' Darauf sagte der Jüngling zu dem Engel: ‚Hat Allah innerhalb des Berges Kâf noch ein anderes Land geschaffen als dies, in dem du weilst?' ‚Ja,' erwiderte der Engel, ‚er hat noch ein Land geschaffen, das ist weiß wie Silber, und nur der Hocherhabene allein weiß, wie groß es ist; Er hat es mit Engeln bevölkert, deren Speise und Trank darin besteht, daß sie lobsingen und heiligen und reichen Segen herabflehen auf Mohammed – Allah segne ihn und gebe ihm Heil! An jedem Donnerstagabend kommen sie zu diesem Berge und rufen in gemeinsamem Gebet die ganze Nacht hindurch bis zum Morgen Allah den Erhabenen an. Doch den Lohn für ihr Lobpreisen und Heiligen und ihre Andachten schenken sie den Sündern aus der Gemeinde Mohammeds – Allah segne ihn und gebe ihm Heil! – und allen denen, die am Freitag die religiöse Waschung verrichten. Dies ist ihr Tun bis zum Tage der Auferstehung.' Und weiter fragte Bulûkija den Engel, indem er sprach: ‚Hat Allah noch andere Berge hinter dem Berge Kâf erschaffen?' ‚Ja,' gab der Engel zur Antwort, ‚hinter dem Berge Kâf liegt noch ein Gebirge, das einen Weg von fünfhundert Jahren lang ist, und es besteht ganz aus Schnee und Eis. Dies Gebirge ist es, das die Hitze des Höllenfeuers von der Welt abwehrt; denn wenn es nicht wäre, so würde die Welt von der höllischen Glut verbrannt werden. Und ferner liegen hinter dem Berge Kâf noch vierzig Welten, deren jede noch vierzigmal so groß ist wie diese Welt; einige sind aus Gold, andere aus Silber, wieder andere aus Rubin. Jede einzelne von jenen Welten hat ihre besondere Art, und Gott hat sie alle mit Engeln bevölkert, die nichts anderes tun als lobsingen, heiligen, die Einheit Gottes bekennen und seine Größe verkünden, und die zum Hocherhabenen beten für die Gemeinde Mohammeds – Allah segne ihn und gebe ihm Heil! Sie wissen nichts von Adam und Eva, noch auch von Tag und Nacht. Vernimm weiter, o Bulûkija, die Welten wurden in sieben Schichten geschaffen, eine über der anderen; und Allah schuf einen seiner Engel, dessen Gestalt und Größe nur der Allgewaltige und Glorreiche kennt. Der trägt die sieben Welten auf seinem Nacken. Und unter jenem

Engel erschuf der Hocherhabene einen Felsen, und unter jenem Felsen einen Stier, und unter jenem Stier einen Fisch, und unter jenem Fisch ein gewaltiges Meer. Einstmals machte der Hocherhabene Jesum – Friede sei mit ihm! – mit jenem Fische bekannt, und der sprach: ‚O Herr, zeige mir den Fisch, auf daß ich ihn sehe!' Da befahl der Hocherhabene einem seiner Engel, Jesum zu dem Fische zu führen, auf daß er ihn sehe. Der Engel kam zu Jesus – Friede sei mit ihm! – und führte ihn zu dem Meere, in dem der Fisch war, und sprach zu ihm: ‚Schau den Fisch dort, o Jesus!' Jesus schaute nach dem Fisch, aber er sah ihn nicht, bis plötzlich das Tier wie ein Blitz an ihm vorüberschoß. Bei diesem Anblick stürzte Jesus ohnmächtig zu Boden. Und als er wieder zu sich kam, sprach Gott zu ihm durch eine Offenbarung: ‚O Jesus, hast du den Fisch gesehen, und hast du erkannt, wie lang und wie breit er ist?' Jesus antwortete: ‚Bei deiner Allmacht und bei deiner Majestät, o Herr, ich habe ihn nicht gesehen. Ein gewaltiger Stier schoß an mir vorüber, der wohl einen Weg von drei Tagereisen lang war, und ich weiß nicht, was es mit dem Stiere auf sich hat.' ‚O Jesus,' erwiderte Gott, ‚das, was an dir vorüberschoß und einen Weg von drei Tagereisen lang ist, war nur der Kopf des Stieres. Wisse aber, Jesus, ich erschaffe jeden Tag vierzig Fische, die so groß sind wie der Fisch unter dem Stiere.' Als Jesus jene Worte vernahm, erfüllte ihn staunende Ehrfurcht vor der Allmacht des Hocherhabenen.' Danach fragte Bulûkija den Engel, indem er sprach: ‚Was hat Allah unter dem Meere erschaffen, in dem der Fisch haust?' Der Engel antwortete ihm: ‚Allah hat unter dem Meere einen gewaltigen Luftraum geschaffen, und unter dem Luftraum Feuer, und unter dem Feuer eine gewaltige Schlange, Falak geheißen. Wenn jene Schlange sich nicht vor Allah dem Erhabenen fürchtete, so würde sie alles verschlingen, was über ihr ist, Luftraum und Feuer, und auch den Engel mit seiner Last, ohne daß sie etwas von dem Engel verspüren würde.' – –«

Da bemerkte Schehrezâd, daß der Morgen begann, und sie hielt in der verstatteten Rede an. Doch als die *Vierhundertundsiebenundneunzigste Nacht* anbrach, fuhr sie also fort: »Es ist mir berichtet worden, o glücklicher König, daß der Engel, als er die Schlange beschrieb, zu Bulûkija sprach: ‚Wenn sie sich nicht vor Allah dem Erhabenen fürchtete, so würde sie alles verschlingen, was über ihr ist, Luftraum und Feuer, und auch den Engel mit seiner Last, ohne daß sie etwas davon verspüren würde. Nachdem der Hocherhabene jene Schlange erschaffen hatte, sprach er zu ihr durch eine Offenbarung: ‚Ich will dir ein Pfand anvertrauen; bewahre es gut!' ‚Tu, was du willst!' erwiderte die Schlange; und Gott sprach zu ihr: ‚Öffne deinen Rachen!' Und als das Ungeheuer seinen Schlund aufgetan hatte, senkte Allah die Hölle in seinen Bauch und sprach: ‚Bewahre die Hölle bis zum Tage der Auferstehung!' Wenn aber der Jüngste Tag naht, so wird Allah seinen Engeln befehlen, mit Ketten auszuziehen und die Hölle damit festzubinden, bis zu der Zeit, da alles Fleisch versammelt wird; und dann wird der Hocherhabene der Hölle befehlen, ihre Pforten aufzutun, und daraus werden Funken sprühen, die größer als Berge sind.' Als Bulûkija diese Worte von dem Engel vernommen hatte, weinte er bitterlich; darauf nahm er von ihm Abschied und wanderte weiter gen Westen, bis er zu zwei Geschöpfen kam, die er vor einem großen geschlossenen Tore sitzen sah. Und als er nahe bei ihnen war, bemerkte er, wie das eine einem Löwen glich, während das andere die Gestalt eines Stieres hatte. Bulûkija grüßte die beiden; und nachdem sie seinen Gruß erwidert hatten, fragten sie ihn und sprachen: ‚Was für ein Wesen bist du? Woher kommst du, und wohin gehst du?' Der

Jüngling antwortete ihnen: ‚Ich bin ein Menschenkind, und ich ziehe umher, erfüllt von der Liebe zu Mohammed – Allah segne ihn und gebe ihm Heil! Aber ich bin von meinem Wege abgeirrt.' Dann fragte er die beiden und sprach zu ihnen: ‚Was für Wesen seid ihr? Und was für ein Tor ist dies, an dem ihr sitzet?' Sie antworteten ihm: ‚Wir sind die Wächter dieses Tores, das du hier siehst, und wir haben kein anderes Amt, als zu lobpreisen und zu heiligen und Segen herabzuflehen auf Mohammed – Allah segne ihn und gebe ihm Heil!' Mit Staunen vernahm Bulûkija diese Worte; dann fragte er weiter: ‚Was ist hinter diesem Tore?' ‚Wir wissen es nicht', erwiderten sie; und da bat er sie: ‚Bei eurem Herrn, dem Glorreichen, öffnet mir dies Tor, auf daß ich sehe, was hinter ihm ist!' Doch sie sprachen: ‚Wir können das Tor nicht öffnen, und keines von allen Geschöpfen vermag es aufzutun, sondern nur Gabriel, der Getreue – Friede sei mit ihm!' Wie Bulûkija das hörte, flehte er demütig zu Allah dem Erhabenen: ‚O Herr, sende mir Gabriel, den Getreuen, daß er mir dies Tor öffne, damit ich schauen kann, was hinter ihm ist!' Und Allah erhörte sein Gebet und befahl Gabriel, dem Getreuen, hinabzusteigen und das Tor des Zusammenflusses der beiden Meere zu öffnen, auf daß Bulûkija es sehe. Da stieg Gabriel zu Bulûkija hinab, grüßte ihn, trat an jenes Tor und öffnete es, indem er zu dem Jüngling sprach: ‚Tritt ein in dies Tor! Allah hat mir befohlen, es dir zu öffnen.' Bulûkija ging hindurch und schritt weiter; Gabriel aber schloß das Tor und fuhr wieder gen Himmel auf. Nun erblickte Bulûkija hinter dem Tore ein gewaltiges Meer; das war zur Hälfte salzig und zur Hälfte süß und war von zwei Bergketten aus rotem Rubin umgeben. Bulûkija schritt dahin, bis er nahe an diese Bergketten herankam, und da sah er auf ihnen Engel sitzen, deren Amt es war, zu lobpreisen und zu heiligen.

Als er die erblickt hatte, grüßte er sie, und sie erwiderten seinen Gruß. Dann fragte er sie nach dem Meere und jenen beiden Bergen. Die Engel gaben zur Antwort: ‚Die Stätte liegt unter dem Himmelsthrone, und dies Meer speist alle Meere der Welt; wir verteilen die Gewässer, die hier sind, und entsenden sie in die Lande, das salzige Wasser zum salzigen Lande und das süße zum süßen Lande. Diese beiden Bergketten aber hat Allah geschaffen, auf daß sie dies Wasser hüten. Solches tun wir bis zum Tage der Auferstehung.' Und dann fragten sie den Jüngling und sprachen zu ihm: ‚Woher kommst du, und wohin gehst du?' Da erzählte Bulûkija ihnen seine ganze Geschichte von Anfang bis zu Ende und fragte sie nach dem Wege. Sie antworteten ihm: ‚Wandere von hier über die Oberfläche dieses Meeres!' Bulûkija nahm darauf von dem Safte, den er bei sich trug, salbte seine Füße und nahm Abschied von ihnen. Tag und Nacht wanderte er auf dem Rücken des Meeres dahin; und während er so seines Weges zog, sah er plötzlich einen schönen Jüngling, der auch über das Meer pilgerte. Auf den ging er zu und grüßte ihn; und jener erwiderte seinen Gruß. Doch als Bulûkija an dem Jüngling vorübergegangen war, erblickte er vier Engel, die auf der Oberfläche des Wassers dahinschritten; und ihr Schreiten war gleich dem blendenden Blitze. Bulûkija eilte vor und trat ihnen in den Weg; und als sie ihn erreichten, grüßte er sie und sprach zu ihnen: ‚Ich bitte euch bei dem Allgewaltigen und Glorreichen, sagt mir, wie ihr heißet, von wo ihr kommt, und wohin ihr geht!' Da sprach einer von ihnen: ‚Ich heiße Gabriel, der zweite von uns heißt Seraphel, der dritte Michael, und der vierte Asrael. Im Osten ist ein gewaltiger Drache erschienen; der hat tausend Städte verwüstet und ihre Bewohner verschlungen. Deshalb hat Allah der Erhabene uns befohlen, zu ihm zu eilen, ihn zu ergreifen und in die Hölle zu werfen.' Verwundert über sie und über ihre große Gestalt, wanderte Bulûkija wie zuvor Tag und Nacht dahin, bis er zu einer Insel gelangte. Dort stieg er ans Land und ging am Ufer eine Weile weiter. – –«

Da bemerkte Schehrezâd, daß der Morgen begann, und sie hielt in der verstatteten Rede an. Doch als die *Vierhundertundachtundneunzigste Nacht* anbrach, fuhr sie also fort: »Es ist mir berichtet worden, o glücklicher König, daß Bulûkija ans Land jener Insel stieg und eine Weile am Ufer weiterging. Dort erblickte er einen schönen Jüngling, dessen Antlitz von hellem Lichte erstrahlte; und als er nahe an ihn herangekommen war, sah er, daß jener zwischen zwei Grabgebäuden saß und klagte und weinte. Bulûkija trat zu ihm und begrüßte ihn; und nachdem der andere den Gruß erwidert hatte, fragte Bulûkija ihn und sprach: ,Was ist es mit dir? Wie heißest du? Was bedeuten diese beiden Grabgebäude, zwischen denen du sitzest? Und weshalb weinst du so?' Da wandte der Jüngling sich nach dem Frager um und weinte bitterlich, bis seine Kleider von Tränen durchnäßt waren. Dann sprach er zu Bulûkija: ,Wisse, mein Bruder, wunderbar ist meine Geschichte, und seltsam ist, was ich berichte! Doch ich möchte, daß du dich zu mir setzest, auf daß du mir zuvor erzählest, was du in deinem Leben erfahren hast und weshalb du hierher gekommen bist, mir auch deinen Namen nennst und sagest, wohin du gehst. Danach will ich dir meine Geschichte erzählen.' Da setzte Bulûkija sich zu dem Jüngling und tat ihm alles kund, was ihm auf seiner Wanderung begegnet war, von Anfang bis zu Ende: er berichtete ihm, wie sein Vater gestorben war und ihn hinterlassen hatte; wie er selbst dann die Kammer geöffnet und in ihr das Kästchen entdeckt hatte; wie er das Buch gesehen, in dem Mohammed – Allah segne ihn und gebe ihm Heil! – beschrieben war; wie sein Herz sich ihm zugeneigt, und wie er, von der Liebe zu ihm erfüllt, auf die Wanderschaft gezogen sei. Und danach erzählte er ihm alles, was ihm zugestoßen war, bis er ihn getroffen hatte, und schloß mit den Worten: ‚Dies ist die ganze Geschichte meines bisherigen Lebens; und Allah weiß am besten, wie es mir in Zukunft noch ergehen mag.' Als der Jüngling seine Worte vernommen hatte, seufzte er auf und rief: ‚Du Armer, was hast du denn in deinem Leben erfahren! Wisse, Bulûkija, ich habe unseren Herrn Salomo zu seinen Lebzeiten gesehen, und ich habe unendlich und unzählbar viele Dinge erlebt. Wunderbar ist meine Geschichte, und seltsam ist, was ich berichte. Darum möchte ich, daß du bei mir bleibest, damit ich dir meine Erlebnisse erzählen kann und dir kundtun, warum ich hier sitze.'

Als Hâsib bis hierher der Erzählung zugehört hatte, sprach er seine Verwunderung aus und unterbrach die Rede der Schlange mit den Worten: ‚O Königin der Schlangen, um Allahs willen, entlasse mich und befiehl einem deiner Diener, daß er mich an die Oberfläche der Erde geleite. Ich will dir einen Eid schwören, daß ich in meinem ganzen Leben nie wieder in ein Badehaus gehen werde.' Sie erwiderte ihm jedoch: ‚Das ist ein Ding der Unmöglichkeit; und ich glaube deinem Eide nicht.' Wie er diese Worte vernahm, weinte er, und alle Schlangen weinten um seinetwillen und begannen für ihn bei der Königin zu bitten, indem sie sprachen: ‚Wir erbitten von dir die Gnade, daß du einer von uns befiehlst, ihn an die Oberfläche der Erde zu geleiten; er will dir ja einen Eid schwören, daß er nie wieder in seinem Leben ein Badehaus betreten wird.' Als nun Jamlîcha[1] – denn also war die Schlangenkönigin ge-

1. Jamlîcha ist sonst der Name eines der Siebenschläfer; diese Namen werden oft im Zauber gebraucht. Jamlîcha gehört zu der semitischen Wurzel für ‚herrschen, König sein'; aber daran ist hier kaum gedacht.

809

heißen - diese Bitte von ihnen hörte, wandte sie sich zu Hâsib und ließ ihn schwören. Nachdem er den Eid geschworen hatte, befahl sie einer Schlange, ihn an die Oberfläche der Erde zu bringen. Die kam herbei und wollte ihn geleiten. Aber als sie schon bei ihm war, um ihn hinauszuführen, sprach er doch noch zu der Schlangenkönigin: ‚Ich möchte, daß du mir die Geschichte des Jünglings erzählst, bei dem Bulûkija sich niedersetzte, als er ihn zwischen den beiden Gräbern sitzen sah.' Da sprach sie: ‚Erinnere dich daran, o Hâsib, daß Bulûkija sich zu dem Jüngling setzte und ihm seine Geschichte von Anfang bis zu Ende erzählte, damit auch jener ihm berichte, was er erlebt hatte, und ihm kundtue, was ihm in seinem Leben begegnet war und weshalb er dort zwischen den Gräbern saß!'--«

Da bemerkte Schehrezâd, daß der Morgen begann, und sie hielt in der verstatteten Rede an. Doch als die *Vierhundertundneunundneunzigste Nacht* anbrach, fuhr sie also fort: »Es ist mir berichtet worden, o glücklicher König, daß der Jüngling, als Bulûkija ihm seine Geschichte erzählt hatte, ausrief: ‚Was hast du denn von wunderbaren Dingen erfahren, du Armer? Ich habe unseren Herrn Salomo zu seinen Lebzeiten gesehen, und ich habe unendlich und unzählbar viele Dinge erlebt.'

Und nun erzählte er

DIE GESCHICHTE VON DSCHANSCHÂH

Wisse, mein Bruder, mein Vater war ein König, und er hieß König Tighmûs. Er herrschte über das Land Kabul und über den Stamm der Schahlân, zehntausend Helden, von denen ein jeder über hundert feste Städte und Burgen gebot. Auch herrschte er über sieben Sultane, und ihm ward vom Osten bis zum Westen Tribut gebracht. Er war gerecht in seinem Walten; darum hatte Allah der Erhabene ihm all das gegeben und ihm ein so großes Reich geschenkt. Aber er besaß keinen Sohn, obgleich es der Wunsch seines Lebens war, daß Allah ihm einen Sohn gewähren möchte, der ihm nach seinem Tode in der Herrschaft nachfolgen könnte. Da begab es sich eines Tages, daß er die Gottesgelehrten, die Sterndeuter, die Männer der Wissenschaft und die Kalenderberechner zu sich berief und zu ihnen sprach: ‚Berechnet mein Horoskop und schaut nach, ob Allah mir in meinem Leben einen Sohn gewähren wird, der mir in der Herrschaft folge!' Da schlugen die Sternkundigen die Bücher auf, berechneten sein Horoskop und die Aspekte seines Gestirnes und sprachen zu ihm: ‚Wisse, o König, dir wird ein Sohn beschert werden, doch nur von der Tochter des Königs von Chorasân.' Als Tighmûs das von ihnen hörte, war er hoch erfreut, und er gab den Sternkundigen und Weisen unermeßlich und unberechenbar große Schätze; darauf gingen sie ihrer Wege. Nun hatte König Tighmûs einen Großwesir, das war ein gewaltiger Held, der für tausend Ritter einstand; der hieß 'Ain Zâr. Zu dem sprach er: ‚O Wesir, ich wünsche, daß du dich zur Reise nach dem Lande Chorasân rüstest und für mich um die Tochter des Königs Bahrawân, des Herrschers von Chorasân, werbest.' Und König Tighmûs erzählte seinem Wesir 'Ain Zâr, was die Sterndeuter ihm prophezeit hatten. Als der Wesir die Worte seines Königs vernommen hatte, ging er zur selbigen Stunde hin und rüstete sich zur Reise. Dann zog er mit seinen Mannen, seinen Helden und seinen Heerscharen, vor die Stadt hinaus.

Solches tat der Wesir. König Tighmûs aber rüstete derweilen eintausendundfünfhundert Lasten von Seide, Edelsteinen, Perlen und Rubinen, Gold und Silber und anderen kostbaren Metallen; und ferner ließ er eine große Menge von Dingen, die zur Hochzeit gehören, herbeischaffen. Das alles ließ er auf

Kamele und Maultiere laden und übergab es dem Wesir 'Ain Zâr. Auch schrieb er einen Brief, der nach der Überschrift also lautete: ‚Friede sei mit dem König Bahrawân! Wisse, wir haben die Sterndeuter und die Weisen und die Kalenderberechner versammelt, und sie haben uns kundgetan, daß uns ein Sohn beschert werden soll, doch nur von Deiner Tochter. Siehe, nun habe ich den Wesir 'Ain Zâr zu Dir entsandt mit vielen Dingen, die zur Hochzeit gehören, und ich habe ihn beauftragt, mich in dieser Angelegenheit zu vertreten und in meinem Namen den Ehevertrag zu schließen. Und ich bitte Dich, daß Du in Deiner Güte dem Wesir sein Anliegen, das ja mein Anliegen ist, alsbald und ohne Aufenthalt gewährest. Was Du mir an Freundlichkeit erweisest, ist mir willkommen; doch hüte Dich, mir hierin zuwider zu handeln. Denn wisse, o König Bahrawân, Allah hat mir das Land Kabul verliehen und mich zum Herrscher über den Stamm Schahlân gemacht; ja, er hat mir ein großes Reich gegeben. Wenn ich mich also mit Deiner Tochter vermähle, so werden wir beide, ich und Du, eins sein in der Herrschaft, und ich werde Dir alljährlich so viel Schätze senden, daß Du Dein Genüge daran hast. Dies ist mein Begehr.' Nachdem König Tighmûs diesen Brief versiegelt hatte, übergab er ihn seinem Wesir 'Ain Zâr und befahl ihm, nach dem Lande Chorasân aufzubrechen. Jener zog nun dahin, bis er in die Nähe der Stadt des Königs Bahrawân kam. Dem ward die Ankunft des Wesirs des Königs Tighmûs gemeldet; und als er diese Botschaft hörte, hieß er die Emire seines Reiches sich für seinen Empfang rüsten; auch ließ er Speisen und Getränke und andere Gastgeschenke samt dem Futter für die Tiere herbeischaffen, um alles seinen Boten mitzugeben. Dann befahl er ihnen, dem Wesir 'Ain Zâr entgegenzuziehen; sie luden also die Lasten auf und zogen dahin, bis sie mit dem

Wesir zusammentrafen. Da luden sie die Lasten ab, die Krieger und Mannen stiegen von ihren Tieren, und alle begrüßten einander. Dort, vor der Stadt, blieben sie zehn Tage lang und aßen und tranken. Danach saßen sie wieder auf und ritten nach der Stadt; König Bahrawân zog ihnen entgegen, um den Wesir des Königs Tighmûs zu empfangen, und er umarmte ihn, begrüßte ihn und führte ihn in seine Burg. Dann ließ der Wesir die Lasten herbeibringen, all die reichen Geschenke für den König Bahrawân, und übergab ihm den Brief. Jener nahm ihn entgegen und las ihn; nachdem er seinen Inhalt begriffen hatte, ward er hoch erfreut, hieß den Wesir noch einmal willkommen und sprach zu ihm: ‚Freue dich, dein Wunsch ist erfüllt! Wenn König Tighmûs auch mein Leben verlangt hätte, so würde ich es ihm geben.' Sogleich begab König Bahrawân sich zu seiner Tochter und ihrer Mutter und den Seinen, tat ihnen die Botschaft kund und beriet sich darüber mit ihnen. ‚Tu, was du willst!', sprachen sie zu ihm. – –«

Da bemerkte Schehrezâd, daß der Morgen begann, und sie hielt in der verstatteten Rede an. Doch als die *Fünfhundertste Nacht* anbrach, fuhr sie also fort: »Es ist mir berichtet worden, o glücklicher König, daß König Bahrawân sich mit seiner Tochter und ihrer Mutter und den Seinen beriet und daß sie zu ihm sprachen: ‚Tu, was du willst.' Da kehrte er zu dem Wesir 'Ain Zâr zurück und ließ ihn wissen, daß sein Wunsch erfüllt sei. Der Wesir blieb noch zwei Monate lang bei König Bahrawân; dann aber sprach er zu ihm: ‚Wir bitten dich, daß du uns das gewährest, um dessentwillen wir zu dir gekommen sind, auf daß wir in unsere Heimat zurückkehren können.' ‚Ich höre und willfahre!' erwiderte der König. Und nun befahl er, die Hochzeit zu rüsten und alle Vorkehrungen zu treffen. Als sein Befehl ausgeführt war, gebot er, alle Wesire und

Emire, die Großen seines Reiches, sollten sich bei ihm versammeln. Und nachdem sie alle gekommen waren, befahl er, die Mönche und Priester[1] sollten erscheinen. Als auch die sich versammelt hatten, ward der Bund zwischen der Prinzessin und dem König Tighmûs geschlossen. Nun traf König Bahrawân die Vorkehrungen für die Reise, und er gab seiner Tochter so viel Geschenke, Kostbarkeiten und Edelmetalle, wie niemand sie schildern kann. Auch ließ er die Straßen der Stadt mit Teppichen auslegen und schmückte sie aufs schönste. Darauf zog der Wesir 'Ain Zâr mit der Tochter des Königs Bahrawân in seine Heimat. Und als die Kunde von ihrem Nahen dem König Tighmûs überbracht wurde, gab er Befehl, das Hochzeitsfest zu rüsten und die Stadt zu schmücken. Dann ging er zu der Prinzessin ein und nahm ihr das Mädchentum. Und nach wenigen Tagen zeigte es sich, daß sie von ihm empfangen hatte. Nachdem aber ihre Monate vollendet waren, genas sie eines Knäbleins, dem Monde gleich in der Nacht seiner Fülle. Wie König Tighmûs erfuhr, daß seine Gemahlin einen schönen Knaben geboren hatte, freute er sich sehr, und er berief die Weisen, die Sternkundigen und die Kalenderberechner und sprach zu ihnen: ‚Ich wünsche, daß ihr diesem Neugeborenen das Horoskop stellet und die Aspekte seines Gestirnes berechnet und mir kündet, was ihm in seinem Leben widerfahren wird.' Da berechneten die Gelehrten und die Sterndeuter sein Horoskop und seine Aspekte und sahen, daß der Knabe Glück haben werde; doch drohte ihm zu Anfang seines Lebens eine Gefahr, und zwar wenn er fünfzehn Jahre alt sein werde; überstehe er die, so werde er viel Gutes erleben und ein großer Kö-

1. Die Könige von Chorosân und von Kabul werden hier als Christen gedacht; das ist eine Erinnerung daran, daß in Zentralasien das Christentum während des Mittelalters mehrfach großen Einfluß hatte.

nig sein, noch größer als sein Vater, ja, er werde Glück in Hülle und Fülle sehen, seine Feinde würden zugrunde gehen, ein herrliches Leben stehe ihm bevor, und wenn er sterbe, nun, so könne eben kein Mensch zurückgewinnen, was er verlor – doch Gott wisse es am besten. Als der König diese Weissagung hörte, war er hoch erfreut; er nannte den Knaben Dschanschâh, übergab ihn den Ammen und Pflegerinnen und ließ ihm die schönste Erziehung angedeihen. Wie der Knabe das Alter von fünf Jahren erreicht hatte, ließ sein Vater ihn im Lesen unterrichten, und er begann das Evangelium zu lesen. Dann ließ er ihn in weniger als sieben Jahren das Kriegshandwerk lernen, das Lanzenschwingen und den Hieb der Klingen. Und nun begann der Knabe zu Jagd und Hatz auszureiten, und er ward ein großer Held, vollendet in allen ritterlichen Künsten. Sooft aber der Vater von seiner Tapferkeit im Ritterhandwerk hörte, freute er sich sehr. Nun begab es sich eines Tages, daß König Tighmûs seinen Mannen befahl, zu Jagd und Hatz auszureiten; da zogen die Krieger aus, und der König Tighmûs und sein Sohn Dschanschâh waren bei ihnen. Sie ritten durch Wüsten und Steppen dahin und jagten Großwild und Kleinwild bis zum Nachmittag des dritten Tages. Da erspähte Dschanschâh eine Gazelle von wunderschöner Farbe, die vor ihm flüchtete. Er folgte ihr und setzte ihr eilig nach, während sie von dannen floh. Sieben Mamluken des Königs Tighmûs trennten sich von den anderen und folgten der Spur des Prinzen. Als sie sahen, daß ihr Herr hinter der Gazelle herjagte, eilten sie ihm auf schnellen Rennern nach. Und dann stürmten sie alle dahin, bis sie ans Meeresufer kamen. Dort stürzten sie sich auf die Gazelle, um sie einzufangen; aber sie entschlüpfte ihnen und warf sich ins Meer. – –«

Da bemerkte Schehrezâd, daß der Morgen begann, und sie hielt in der verstatteten Rede an. Doch als die *Fünfhundertunderste Nacht* anbrach, fuhr sie also fort: »Es ist mir berichtet worden, o glücklicher König, daß die Gazelle, als Dschanschâh und seine Mamluken sich auf sie stürzten, um sie einzufangen, ihnen entschlüpfte und sich ins Meer warf. Nun befand sich auf dem Wasser dort ein Fischerboot; in das sprang die Gazelle. Da saßen Dschanschâh und seine Begleiter ab, sprangen ihr nach in das Boot und fingen sie. Doch als sie an Land zurückkehren wollten, entdeckte Dschanschâh plötzlich eine große Insel, und er sprach zu den Mamluken, die bei ihm waren: ‚Ich möchte, daß wir zu jener Insel fahren.' ‚Wir hören und gehorchen!' erwiderten sie und fuhren mit dem Boot auf die Insel zu, bis sie ihren Strand erreichten. Dann gingen sie an Land und sahen sich dort um; schließlich kehrten sie zu dem Boot zurück, gingen wieder an Bord und fuhren mit der Gazelle in der Richtung des Festlandes, von dem sie gekommen waren. Aber die Dunkelheit überraschte sie, und sie verloren den Kurs auf dem Meere. Zugleich erhob sich der Wind wider sie und trieb das Boot mitten ins Meer hinaus. Als sie dann am anderen Morgen aus dem Schlafe erwachten, kannten sie den Weg nicht mehr und trieben immer weiter ins Meer hinaus.

So stand es um sie. Inzwischen hatte König Tighmûs, der Vater des Prinzen Dschanschâh, als er seinen Sohn vermißte und ihn nirgends sah, seinen Truppen befohlen, in getrennten Abteilungen nach allen Richtungen hin seinen Sohn zu suchen. Nachdem sie ausgeritten waren, kam eine Schar von ihnen zum Meere und fand dort einen Mamluken, der bei den Pferden zurückgeblieben war. Den fragten sie nach seinem Herrn und nach den sechs anderen Mamluken; und er berichtete ihnen, was mit jenen geschehen war. Da nahmen sie den Mamluken und die Pferde mit und kehrten zum König zurück und meldeten ihm, was sie erfahren hatten. Als er diese Botschaft vernahm, weinte er bitterlich; er warf die Krone von seinem Haupte und biß sich in die Hände vor Gram. Und sofort schrieb er Briefe und sandte sie zu allen Inseln des Meeres; auch ließ er hundert Schiffe zusammenbringen, bemannte sie mit Truppen und befahl ihnen, auf dem Meer umherzufahren und nach seinem Sohne Dschanschâh zu suchen. Dann kehrte der König mit den übrigen Mannen und Kriegern nach der Hauptstadt zurück und versank in tiefen Kummer. Als aber die Mutter des Prinzen die Kunde vernahm, zerschlug sie sich das Antlitz und hub die Totenklage um ihn an.

Überlassen wir die Eltern ihrem Kummer und sehen wir nun, wie es Dschanschâh und seinen Mamluken erging! Die irrten immer weiter auf dem Meere umher, während die Leute, die nach ihnen ausgesandt waren, sie zehn Tage lang auf dem Meere suchten, ohne sie zu finden, und dann zum König heimkehrten und ihm die Nachricht brachten. Wider den Prinzen und seine Begleiter aber erhob sich ein heftiger Sturm, und der trieb ihr Fahrzeug dahin, bis er sie an eine Insel warf. Dort verließen sie das Boot und schritten auf jener Insel dahin, bis sie mitten im Lande einen Quell fließenden Wassers entdeckten. Neben ihm aber hatten sie schon von weitem einen Mann sitzen sehen. An den traten sie heran und grüßten ihn; er erwiderte ihren Gruß und begann mit ihnen in einer Sprache zu reden, die dem Zwitschern der Vögel[1] glich. Verwundert hörte Dschanschâh dieser Sprache zu; doch da blickte jener Mann nach rechts und nach links, und während die anderen noch alle

---

1. Fremde Sprachen, die man nicht versteht, werden gelegentlich als ‚Vogelgezwitscher' bezeichnet; so geben die Araber manchmal der Zigeunersprache den Namen ‚Sperlingssprache'.

staunend dastanden, teilte er sich plötzlich in zwei Hälften, und jede Hälfte ging nach einer anderen Richtung davon. Unterdessen kamen auf einmal Männer aller Art, unendlich und unzählbar viele, von dem Berge herab auf die Fremdlinge zu und eilten heran, bis sie bei der Quelle waren; dort spalteten sie sich alle in zwei Hälften. Dann stürzten sie sich auf Dschanschâh und die Mamluken, um sie aufzufressen. Als Dschanschâh erkannte, daß jene Männer sie fressen wollten, eilte er mit den Seinen davon; doch jene folgten ihnen und aßen drei von den Mamluken auf, während Dschanschâh mit den drei anderen sich rettete und mit ihnen das Boot erreichte. Sofort stießen sie ab in der Richtung auf die hohe See und fuhren Tag und Nacht dahin, ohne zu wissen, wohin das Schiff sie führte. Sie schlachteten nun die Gazelle und nährten sich von ihrem Fleische. Und die Winde trieben sie weiter und warfen sie an eine andere Insel. Sie schauten sie an und sahen auf ihr Bächlein fließen und Bäume sprießen, die ihre Frucht herabhängen ließen; sie entdeckten auch Gärten, die mit eßbaren Früchten aller Art angefüllt waren, und die Bäche murmelten im Schatten der Bäume, ja, es war dort wie im Paradiese. Als Dschanschâh die Insel betrachtete, gefiel sie ihm, und er sprach zu den Mamluken: ‚Wer von euch will auf dieser Insel landen und sie für uns auskundschaften?' Da sprach einer von ihnen: ‚Ich will landen und sie für euch erforschen und dann zu euch zurückkehren.' Aber Dschanschâh erwiderte: ‚Das ist ein Ding der Unmöglichkeit; ihr müßt alle drei an Land gehen und die Insel erforschen. Ich will hier im Boot auf euch warten, bis ihr zurückkehrt.' Darauf ließ er die Mamluken aussteigen, um die Insel zu erforschen. Die Mamluken gingen also an Land. --«

Da bemerkte Schehrezâd, daß der Morgen begann, und sie hielt in der verstatteten Rede an. Doch als die *Fünfhundertund-*

zweite Nacht anbrach, fuhr sie also fort: »Es ist mir berichtet worden, o glücklicher König, daß die Mamluken, nachdem sie an Land gegangen waren, überall auf der Insel umherstreiften, gen Osten und Westen, aber niemanden auf ihr fanden. Darauf drangen sie landeinwärts bis zur Mitte vor, und dort sahen sie schon von ferne eine Burg aus weißem Marmor. Auf ihr standen Häuser aus klarem Kristall, und mitten darin lag ein Garten, der alle Arten von Früchten, trockene und saftige, die niemand beschreiben kann, und vielerlei duftige Blumen enthielt. Auch sahen sie auf jener Burg Bäume mit Früchten sprießen und hörten die Vögel, die auf den Zweigen ihre Lieder erschallen ließen. Und in der Mitte befand sich ein großer Teich neben einer geräumigen offenen Halle; in dieser Halle waren Stühle aufgereiht, zu beiden Seiten eines Thrones aus rotem Golde, der mit vielerlei Edelsteinen und Rubinen besetzt war. Als die Mamluken sahen, wie schön jene Burg mit ihrem Garten war, gingen sie dort umher, nach rechts und nach links, aber sie fanden niemanden; darauf verließen sie die Burg, kehrten zu Dschanschâh zurück und berichteten ihm, was sie gesehen hatten. Nachdem er diese Kunde von ihnen vernommen hatte, rief er: ‚Ich muß mir diese Burg ansehen!' Alsbald stieg er aus dem Boote, und nun ging er mit den Mamluken zur Burg hinauf. Als sie eingetreten waren, war Dschanschâh von der Schönheit der Stätte bezaubert. Dann wandelten sie in dem Garten umher, erfreuten sich seines Anblicks und aßen von seinen Früchten; das taten sie bis zur Abendzeit. Doch als das nächtliche Dunkel sie umfing, gingen sie zu den Stühlen, die dort aufgestellt waren; Dschanschâh setzte sich auf den Thron, der in der Mitte stand, mit Stühlen zur Rechten und zur Linken. Und nachdem er sich auf ihm niedergelassen hatte, begann er nachzudenken und zu weinen, weil er nun dem

Throne seines Vaters und seiner Heimat so fern und von den Seinen und allen, die ihm nahestanden, getrennt war; auch die drei Mamluken weinten mit ihm. Während sie so trauerten, erhob sich plötzlich ein gewaltiges Geschrei vom Meere her; sie blickten nach der Richtung, aus der jener Lärm kam, und sahen nun, daß dort Affen waren, die wimmelnden Heuschrecken glichen. Jene Burg und die ganze Insel gehörten nämlich den Affen. Als jene Affen das Boot, in dem Dschanschâh gekommen war, entdeckt hatten, da hatten sie es am Ufer versenkt und jetzt eilten sie auf Dschanschâh zu, wie er dort in der Burg saß.

Da hielt die Schlangenkönigin inne, und dann sprach sie: ‚All dies, o Hâsib, erzählte der Jüngling, der zwischen den Gräbern saß, dem Bulûkija.' Und als Hâsib sie fragte: ‚Was tat aber Dschanschâh mit den Affen?' fuhr sie also fort:

Als Dschanschâh sich auf den Thron gesetzt hatte und die Mamluken rechts und links neben ihm saßen, eilten die Affen auf sie zu und flößten ihnen Schrecken und große Furcht ein. Aber dann kamen einige von ihnen herein, traten heran, bis sie vor dem Thron standen, auf dem Dschanschâh saß, und küßten den Boden vor ihm; und danach kreuzten sie ihre Arme auf der Brust und blieben eine Weile vor ihm stehen. Nun brachten andere von ihnen Gazellen herbei, schlachteten sie in der Burg und häuteten sie ab; darauf schnitten sie das Fleisch in Stücke, brieten die, bis sie gar waren, und legten sie auf Schüsseln aus Gold und aus Silber. Zuletzt breiteten sie den Tisch aus und gaben Dschanschâh und seinen Begleitern durch Zeichen zu verstehen, sie möchten essen. Da kam Dschanschâh von dem Thron herunter und aß, zusammen mit den Affen und den Mamluken, bis sie alle gesättigt waren; darauf trugen die Affen den Tisch ab und brachten Früchte, und alle aßen davon und dankten Allah dem Erhabenen. Dschanschâh aber fragte die Großen der Affen durch Zeichen: ,Was ist es mit euch, und wem gehört diese Stätte?' Jene antworteten ihm, gleichfalls durch Zeichen: ,Wisse, diese Stätte gehörte unserem Herrn Salomo, dem Sohne Davids – Friede sei mit ihnen beiden! –, und er pflegte alljährlich einmal hierher zu kommen, um sich zu ergötzen; darauf pflegte er wieder von uns zu gehen.' – –«

Da bemerkte Schehrezâd, daß der Morgen begann, und sie hielt in der verstatteten Rede an. Doch als die *Fünfhundertunddritte Nacht* anbrach, fuhr sie also fort: »Es ist mir berichtet worden, o glücklicher König, daß die Affen dem Prinzen Dschanschâh über die Burg Auskunft gaben, indem sie ihm vermeldeten: ,Diese Stätte gehörte unserem Herrn Salomo, dem Sohne Davids, und er pflegte alljährlich einmal hierher zu kommen, um sich zu ergötzen; darauf pflegte er wieder von uns zu gehen.' Dann aber fuhren die Affen fort: ,Wisse, o König, du bist jetzt Sultan über uns geworden, und wir sind deine Diener. Iß und trink, und wir werden alles tun, was du uns befiehlst!' Und sie küßten den Boden vor ihm und gingen fort, ein jeder seines Weges. Der Prinz schlief in jener Nacht auf dem Thron, während die Mamluken zu seinen Seiten auf den Stühlen schliefen. Am nächsten Morgen jedoch kamen vier Wesire, die Hauptleute der Affen, mit ihren Truppen zu ihm herein und erfüllten den ganzen Raum, indem sie sich Reihe auf Reihe ringsum aufstellten. Nun traten die Wesire heran und gaben ihm durch Zeichen zu verstehen, er sollte über sie in Gerechtigkeit richten. Plötzlich aber schrien die Affen einander zu und liefen fort; nur ein Teil von ihnen blieb vor dem König Dschanschâh, um ihn zu bedienen. Nach einer Weile kamen einige Affen zurück mit Hunden, die groß waren wie Pferde und die um den Hals Ketten trugen. Über diese Hunde und ihre große Gestalt war er sehr erstaunt. Nun gaben die

Wesire der Affen dem Prinzen durch Zeichen zu verstehen, er solle aufsitzen und mit ihnen kommen. Da ritten Dschanschâh und die drei Mamluken mit dem Heere der Affen, das einem wimmelnden Heuschreckenschwarme glich, und von denen ein Teil beritten war, während die anderen zu Fuß liefen. Und es wuchs seine Verwunderung über all das, was er sah. Sie zogen dahin bis zur Meeresküste, und als er dort entdeckte, daß das Boot, das ihn gebracht hatte, verschwunden war, wandte er sich an seine Affenwesire und fragte sie: ‚Wo ist das Boot, das hier war?' Jene erwiderten ihm: ‚Vernimm, o König, als ihr zu unserer Insel kamt, da wußten wir, daß du über uns Sultan werden solltest, und wir befürchteten, ihr könntet uns verlassen, wenn wir nicht bei euch wären, und wieder in das Boot gehen. Deshalb haben wir es versenkt.' Als Dschanschâh diese Kunde vernahm, wandte er sich zu den Mamluken und sprach zu ihnen: ‚Wir haben nun kein Mittel mehr, diesen Affen zu entrinnen, sondern wir müssen uns geduldig in das fügen, was Allah der Erhabene uns bestimmt hat.' Darauf zogen sie alle landeinwärts, bis sie zum Ufer eines Flusses gelangten, auf dessen anderer Seite sich ein hoher Berg erhob. Als Dschanschâh zu dem hinblickte, sah er auf ihm eine Menge dämonischer Wesen von der Art der Ghûle.[1] Zu den Affen sich wendend, fragte er: ‚Was ist es mit jenen Ghûlen?' ‚Wisse, o König,' erwiderten die Affen, ‚jene Ghûle sind unsere Feinde, und wir sind ausgezogen, um wider sie zu streiten.' Voll Staunen schaute Dschanschâh auf jene Ghûle, die von so gewaltiger Größe waren und auf Pferden ritten und von denen die einen Köpfe hatten wie Stiere, während die Köpfe der anderen denen von Kamelen glichen. Doch kaum hatten die Ghûle das Heer der Affen erblickt, so stürzten sie sich ihnen entgegen,

1. Vgl. Band II, Seite 179, Anmerkung.

stellten sich am Ufer des Flusses auf und begannen sie mit Steinen zu bewerfen, die so groß wie Keulen waren; und es entbrannte ein wilder Kampf zwischen ihnen. Als aber Dschanschâh erkannte, daß die Ghûle über die Affen die Oberhand gewannen, rief er den Mamluken zu: ‚Bogen und Pfeile heraus! Schießt sie mit Pfeilen tot, auf daß ihr sie von uns abwehret!' Die Mamluken taten, wie ihr Herr ihnen befohlen hatte, bis daß ein großer Schrecken über die Ghûle kam; viele von ihnen wurden getötet, und die anderen wurden geschlagen und wandten sich zur Flucht. Wie die Affen nun sahen, was durch Dschanschâh geschehen war, eilten sie zum Flusse hinab und überschritten ihn, begleitet von ihrem Sultan; dann jagten sie hinter ihnen her, bis sie ihren Augen entschwunden waren, doch wurden noch viele von den Feinden auf der Flucht getötet. Dschanschâh und die Affen waren auf der Verfolgung bis zu dem hohen Berge gekommen, und als der Prinz jene Bergwand anschaute, erblickte er an ihr eine Marmortafel, auf der geschrieben stand: ‚O du, der du in dies Land gekommen bist, wisse, du wirst zum Sultan über diese Affen werden, und es wird dir nicht möglich sein, ihnen zu entrinnen, es sei denn über die Pässe des Gebirges. Wenn du über den östlichen Paß gehst, der drei Monate lang ist, so wirst du zwischen wilden Tieren, Ghûlen, Marids und Ifriten wandern müssen und wirst dann den Ozean erreichen, der die Erde umgibt. Doch wenn du über den westlichen Paß gehest, der vier Monate lang ist, so findest du an seinem Ende das Ameisental. Und bist du dann bis zu jenem Tale gelangt und ziehst in ihm weiter, so nimm dich vor den Ameisen in acht. Schließlich wirst du einen hohen Berg erreichen, der wie Feuer brennt und der eine Reise von zehn Tagen lang ist.' – –«

Da bemerkte Schehrezâd, daß der Morgen begann, und sie hielt in der verstatteten Rede an.

INHALT DES DRITTEN BANDES

ENTHALTEND DIE ÜBERSETZUNG
VON BAND II SEITE 126 BIS 629 DER CALCUTTAER
AUSGABE VOM JAHRE 1839

DIE GESCHICHTE VON DEM PRINZEN
AHMED UND DER FEE PERÎ BANÛ *Zweihundertundeinundsiebenzigste Nacht* .... 7 – 85

DIE GESCHICHTE VON HÂTIM ET-TÂI .... 85 – 86

DIE GESCHICHTE VON MA'N IBN ZÂIDA
Zweihundertundeinundsiebenzigste bis zweihundertundzweiundsiebenzigste Nacht 87

DIE GESCHICHTE VON MA'N IBN ZÂIDA
UND DEM BEDUINEN .... 88 – 90

DIE GESCHICHTE VON DER STADT LEBTA
Zweihundertundzweiundsiebenzigste bis zweihundertunddreiundsiebenzigste Nacht .... 90 – 92

DIE GESCHICHTE VON HISCHÂM IBN 'ABD
EL-MALIK UND DEM JUNGEN BEDUINEN 93 – 95

DIE GESCHICHTE VON IBRAHÎM IBN EL-
MAHDÎ *Zweihundertunddreiundsiebenzigste bis zweihundertundsechsundsiebenzigste Nacht* .... 96 – 107

DIE GESCHICHTE VON 'ABDALLÂH IBN
ABI KILÂBA UND DER SÄULENSTADT
IRAM *Zweihundertundsechsundsiebenzigste bis zweihundertundneunundsiebenzigste Nacht* .... 108 – 115

DIE GESCHICHTE VON ISHÂK EL-MAUSILI
Zweihundertundneunundsiebenzigste bis zweihundertundzweiundachtzigste Nacht .... 115 – 123

DIE GESCHICHTE VON DEM SCHLACHT-
HAUSREINIGER UND DER VORNEHMEN
DAME *Zweihundertundzweiundachtzigste bis zweihundert-
undfünfundachtzigste Nacht* . . . . 124 – 130

DIE GESCHICHTE VON HARÛN ER-
RASCHÎD UND DEM FALSCHEN KALIFEN
*Zweihundertundfünfundachtzigste bis zweihundertundvierund-
neunzigste Nacht* . . . . 130 – 155

DIE GESCHICHTE VON 'ALÎ DEM PERSER
*Zweihundertundvierundneunzigste bis zweihundertundsechs-
undneunzigste Nacht* . . . . 155 – 160

DIE GESCHICHTE VON HARÛN ER-
RASCHÎD, DER SKLAVIN UND DEM KADI
ABU JÛSUF *Zweihundertundsechsundneunzigste bis zwei-
hundertundsiebenundneunzigste Nacht* . . . . 160 – 163

DIE GESCHICHTE VON CHÂLID IBN
'ABDALLÂH UND DEM LIEBHABER, DER
SICH ALS DIEB AUSGAB *Zweihundertundsiebenund-
neunzigste bis zweihundertundneunundneunzigste Nacht* . . . . 164 – 169

DIE GESCHICHTE VON DEM EDELMUT
DES BARMEKIDEN DSCHA'FAR GEGEN
DEN BOHNENVERKÄUFER . . . . 169 – 172

DIE GESCHICHTE VON ABU MOHAMMED
DEM FAULPELZ *Zweihundertundneunundneunzigste bis
dreihundertundfünfte Nacht* . . . . 172 – 195

DIE GESCHICHTE VON DER GROSSMUT
DES BARMEKIDEN JAHJA IBN CHÂLID
GEGEN MANSÛR *Dreihundertundfünfte bis dreihundert-
undsechste Nacht* . . . . 195 – 199

DIE GESCHICHTE VON DER GROSSMUT
JAHJAS GEGEN DEN BRIEFFÄLSCHER *Drei-
hundertundsechste bis dreihundertundsiebente Nacht* . . . .   199 – 204

DIE GESCHICHTE VON DEM KALIFEN EL-
MAMÛN UND DEM FREMDEN GELEHR-
TEN *Dreihundertundsiebente bis dreihundertundachte Nacht*   204 – 207

DIE GESCHICHTE VON 'ALÎ SCHÂR UND
ZUMURRUD *Dreihundertundachte bis dreihundertund-
siebenundzwanzigste Nacht* . . . .   207 – 258

DIE GESCHICHTE VON DSCHUBAIR IBN
'UMAIR UND DER HERRIN BUDÛR *Dreihundertundsiebenundzwanzigste bis dreihundertundvierunddreißig-
ste Nacht* . . . .   258 – 280

DIE GESCHICHTE VON DEM MANNE AUS
JEMEN UND SEINEN SECHS SKLAVINNEN
*Dreihundertundvierunddreißigste bis dreihundertundachtund-
dreißigste Nacht* . . . .   280 – 298

DIE GESCHICHTE VON HARÛN ER-
RASCHÎD, DER SKLAVIN UND ABU
NUWÂS *Dreihundertundachtunddreißigste bis dreihundert-
undvierzigste Nacht* . . . .   298 – 304

DIE GESCHICHTE VON DEM MANNE, DER
DIE GOLDENE SCHÜSSEL STAHL, AUS
DER ER MIT DEM HUNDE GEGESSEN
HATTE *Dreihundertundvierzigste bis dreihundertundeinund-
vierzigste Nacht* . . . .   305 – 309

DIE GESCHICHTE VON DEM SCHELM IN
ALEXANDRIEN UND DEM WACHTHAUPT-
MANN *Dreihundertundeinundvierzigste bis dreihundertund-
zweiundvierzigste Nacht* . . . .   309 – 311

DIE GESCHICHTE VON EL-MALIK
EN-NÂSIR UND DEN DREI WACHTHAUPT-
LEUTEN *Dreihundertundzweiundvierzigste bis dreihundert-
undvierundvierzigste Nacht*..................... 312 – 317

Die Geschichte des Wachthauptmannes von Kairo 312 – 314

Die Geschichte des Wachthauptmannes von Bulak 315 – 316

Die Geschichte des Wachthauptmannes von Alt-
Kairo .... 316 – 317

DIE GESCHICHTE VON DEM GELDWECHS-
LER UND DEM DIEB *Dreihundertundvierundvierzigste
bis dreihundertundfünfundvierzigste Nacht* .... 317 – 319

DIE GESCHICHTE VON DEM WACHT-
HAUPTMANNE VON KÛS UND DEM
GAUNER *Dreihundertundfünfundvierzigste bis dreihundert-
undsechsundvierzigste Nacht* .... 319 – 321

DIE GESCHICHTE VON IBRAHÎM IBN EL-
MAHDÎ UND DEM KAUFMANNE *Dreihundert-
undsechsundvierzigste bis dreihundertundsiebenundvierzigste
Nacht* .... 321 – 326

DIE GESCHICHTE VON DER FRAU, DIE DEM
ARMEN EIN ALMOSEN GAB *Dreihundertund-
siebenundvierzigste bis dreihundertundachtundvierzigste Nacht* 326 – 328

DIE GESCHICHTE VON DEM FROMMEN
ISRAELITEN *Dreihundertundachtundvierzigste bis dreihundertundneunundvierzigste Nacht* .... 329 – 330

DIE GESCHICHTE VON ABU HASSÂN EZ-
ZIJÂDI UND DEM MANNE AUS CHORASÂN
*Dreihundertundneunundvierzigste bis dreihundertundeinund-
fünfzigste Nacht* .... 331 – 335

DIE GESCHICHTE VOM ARMEN
UND SEINEM FREUNDE IN DER NOT..... 335 – 336

DIE GESCHICHTE VON DEM REICHEN
MANNE, DER VERARMTE UND DANN
WIEDER REICH WURDE *Dreihundertundeinund-
fünfzigste bis dreihundertundzweiundfünfzigste Nacht*...... 337 – 338

DIE GESCHICHTE VON DEM KALIFEN
EL-MUTAWAKKIL UND DER SKLAVIN
MAHBÛBA *Dreihundertundzweiundfünfzigste bis dreihun-
dertunddreiundfünfzigste Nacht* .... 339 – 341

DIE GESCHICHTE VON WARDÂN DEM
FLEISCHER MIT DER FRAU UND DEM
BÄREN *Dreihundertunddreiundfünfzigste bis dreihundert-
undfünfundfünfzigste Nacht* .... 341 – 347

DIE GESCHICHTE VON DER PRINZESSIN
UND DEM AFFEN *Dreihundertundfünfundfünfzigste
bis dreihundertundsiebenundfünfzigste Nacht* .... 347 – 350

DIE GESCHICHTE VOM EBENHOLZPFERD
*Dreihundertundsiebenundfünfzigste bis dreihundertundeinund-
siebenzigste Nacht* .... 350 – 385

DIE GESCHICHTE VON UNS EL-WU-
DSCHÛD UND EL-WARD FIL-AKMÂM
*Dreihundertundeinundsiebenzigste bis dreihundertundeinund-
achtzigste Nacht* .... 385 – 425

DIE GESCHICHTE VON ABU NUWÂS MIT
DEN DREI KNABEN UND DEM KALIFEN
*Dreihundertundeinundachtzigste bis dreihundertunddreiundacht-
zigste Nacht*.................................. 425 – 431

DIE GESCHICHTE VON 'ABDALLÂH IBN
MA'MAR UND DEM MANNE AUS BASRA
MIT SEINER SKLAVIN.................... 432 – 433

DIE GESCHICHTE DER LIEBENDEN AUS
DEM STAMME DER 'UDHRA *Dreihundertunddreiundachtzigste bis dreihundertundvierundachtzigste Nacht* .... 433 – 435

DIE GESCHICHTE DES WESIRS VON
JEMEN UND SEINES JUNGEN BRUDERS 435 – 437

DIE GESCHICHTE VON DEM LIEBESPAAR
IN DER SCHULE *Dreihundertundvierundachtzigste bis
dreihundertundfünfundachtzigste Nacht* .... 437 – 438

DIE GESCHICHTE VON EL-MUTALAMMIS
UND SEINEM WEIBE UMAIMA .... 439 - 440

DIE GESCHICHTE VON DEM KALIFEN
HARÛN ER-RASCHÎD UND DER HERRIN
ZUBAIDA IM BADE *Dreihundertundfünfundachtzigste
bis dreihundertundsechsundachtzigste Nacht* .... 440 – 442

DIE GESCHICHTE VON HARÛN
ER-RASCHÎD UND DEN DREI DICHTERN 442 - 444

DIE GESCHICHTE VON MUS'AB IBN
EZ-ZUBAIR UND 'ÂÏSCHA BINT TALHA
Dreihundertundsechsundachtzigste bis dreihundertundsiebenundachtzigste Nacht .... 444 – 446

DIE VERSE DES ABU EL-ASWAD ÜBER
SEINE SKLAVIN 446

DIE GESCHICHTE VON HARÛN ER-
RASCHÎD UND DEN BEIDEN SKLAVINNEN 446 – 447

DIE GESCHICHTE VON HARÛN ER-
RASCHÎD UND DEN DREI SKLAVINNEN .. 447 – 448

DIE GESCHICHTE VOM MÜLLER UND
SEINEM WEIBE *Dreihundertundsiebenundachtzigste bis
dreihundertundachtundachtzigste Nacht* . . . . 448 – 450

DIE GESCHICHTE VON DEM DUMMKOPF
UND DEM SCHELM . . . . 450 – 452

DIE GESCHICHTE VON DEM KADI ABU
JÛSUF UND DER HERRIN ZUBAIDA
*Dreihundertundachtundachtzigste bis dreihundertundneunund-
achtzigste Nacht* . . . . 452 – 453

DIE GESCHICHTE VON ABU EL-HASAN
ODER DEM ERWACHTEN SCHLÄFER . . . . . . 454 – 488

Die Geschichte von dem Strolch und dem Koch 456 - 458

DIE GESCHICHTE VON DEM KALIFEN
EL-HÂKIM UND DEM KAUFMANN . . . . 488 – 489

DIE GESCHICHTE VON KÖNIG KISRA
ANUSCHARWÂN UND DER JUNGEN
BÄUERIN *Dreihundertundneunundachtzigste bis
dreihundertundneunzigste Nacht* . . . . 489 – 491

DIE GESCHICHTE VOM WASSERTRÄGER
UND DER FRAU DES GOLDSCHMIEDES
*Dreihundertundneunzigste bis dreihundertundeinundneunzigste
Nacht* . . . . 492 – 494

DIE GESCHICHTE VON CHOSRAU UND
SCHIRÎN UND DEM FISCHER . . . . 494 - 496

DIE GESCHICHTE VON DEM BARMEKIDEN
JAHJA IBN CHÂLID UND DEM ARMEN
MANNE *Dreihundertundeinundneunzigste bis dreihundert-
undzweiundneunzigste Nacht* . . . . 496 – 497

DIE GESCHICHTE VON MOHAMMED
EL-AMÎN UND DSCHA'FAR IBN MÛSA ... 497 – 499

DIE GESCHICHTE VON DEN SÖHNEN
JAHJAS IBN CHÂLID UND SA'ÎD IBN
SÂLIM EL-BÂHILI *Dreihundertundzweiundneunzigste
bis dreihundertunddreiundneunzigste Nacht* .... 499 – 501

DIE GESCHICHTE VON DER LIST EINER
FRAU WIDER IHREN GATTEN *Dreihundertunddreiundneunzigste bis dreihundertundvierundneunzigste Nacht* 501 – 502

DIE GESCHICHTE VON DER WEIBERLIST 502 – 508

DIE GESCHICHTE VON DER FROMMEN
ISRAELITIN UND DEN BEIDEN BÖSEN
ALTEN .... 508 – 509

DIE GESCHICHTE VON DSCHA'FAR DEM
BARMEKIDEN UND DEM ALTEN
BEDUINEN *Dreihundertundvierundneunzigste bis drei-
hundertundfünfundneunzigste Nacht* .... 510 – 511

DIE GESCHICHTE VOM KALIFEN 'OMAR
IBN EL-CHATTÂB UND DEM JUNGEN
BEDUINEN *Dreihundertundfünfundneunzigste bis drei-
hundertundsiebenundneunzigste Nacht* .... 512 – 518

DIE GESCHICHTE VON DEM KALIFEN
EL-MAMÛN UND DEN PYRAMIDEN
*Dreihundertundsiebenundneunzigste bis dreihundertundachtund-
neunzigste Nacht* .... 518 – 520

DIE GESCHICHTE VON DEM DIEB UND
DEM KAUFMANN *Dreihundertundachtundneunzigste
bis dreihundertundneunundneunzigste Nacht* .... 521 – 523

DIE GESCHICHTE VON MASRÛR UND IBN
EL-KÂRIBI *Dreihundertundneunundneunzigste bis vierhundertunderste Nacht* .... 523 – 526

DIE GESCHICHTE VON DEM FROMMEN
PRINZEN *Vierhundertunderste bis vierhundertundzweite Nacht* .... 526 – 533

DIE GESCHICHTE VON DEM SCHUL-
MEISTER, DER SICH AUF HÖRENSAGEN
VERLIEBTE *Vierhundertundzweite bis vierhundertunddritte Nacht* .... 533 – 535

DIE GESCHICHTE VON DEM TÖRICHTEN
SCHULMEISTER.......................... 536 – 537

DIE GESCHICHTE VON DEM SCHUL-
MEISTER, DER WEDER LESEN NOCH
SCHREIBEN KONNTE *Vierhundertunddritte bis vierhundertundvierte Nacht* .... 537 – 539

DIE GESCHICHTE VON DEM KÖNIG UND
DER TUGENDHAFTEN FRAU .... 539 – 541

DER BERICHT VON 'ABD ER-RAHMÂN
EL-MAGHRIBI ÜBER DEN VOGEL RUCH
Vierhundertundvierte bis vierhundertundfünfte Nacht .... 541 – 543

DIE GESCHICHTE VON 'ADÎ IBN ZAID
UND DER PRINZESSIN HIND *Vierhundertundfünfte bis vierhundertundsiebente Nacht* .... 543 – 547

DIE GESCHICHTE VON DI'BIL EL-CHUZÂ'I
UND DER DAME UND MUSLIM IBN
EL-WALÎD .... 547 – 550

DIE GESCHICHTE VON ISHÂK AUS MOSUL
UND DEM KAUFMANN *Vierhundertundsiebente bis vierhundertundneunte Nacht*....................... 550 – 555

DIE GESCHICHTE VON DEN DREI
UNGLÜCKLICHEN LIEBENDEN *Vierhundert-
undneunte bis vierhundertundzehnte Nacht* . . . . 556 – 557

DIE GESCHICHTE DER LIEBENDEN VOM
STAMME TAIJI *Vierhundertundzehnte bis vierhundert-
undelfte Nacht* . . . . 558 – 559

DIE GESCHICHTE VON DEM IRRSINNIGEN
LIEBHABER *Vierhundertundelfte bis vierhundertund-
zwölfte Nacht* . . . . 560 – 562

DIE GESCHICHTE VON DEM PRIOR, DER
MOSLIM WURDE *Vierhundertundzwölfte bis vierhun-
dertundvierzehnte Nacht* . . . . 562 – 568

DIE GESCHICHTE DER LIEBE VON ABU
'ÎSA ZU KURRAT EL-'AIN *Vierhundertundvier-
zehnte bis vierhundertundachtzehnte Nacht* . . . . 568 – 577

DIE GESCHICHTE VON EL-AMÎN UND
SEINEM OHEIM IBRAHÎM IBN EL-MAHDÎ
Vierhundertundachtzehnte bis vierhundertundneunzehnte Nacht 577 – 578

DIE GESCHICHTE VON DEM KALIFEN EL-
MUTAWAKKIL UND EL-FATH IBN
CHAKÂN . . . . 578 – 579

DIE GESCHICHTE VON DEM STREIT ÜBER
DIE VORZÜGE DER GESCHLECHTER *Vierhun-
dertundneunzehnte bis vierhundertunddreiundzwanzigste Nacht* 579 – 590

DIE GESCHICHTE VON ABU SUWAID UND
DER SCHÖNEN GREISIN *Vierhundertunddreiund-
zwanzigste bis vierhundertundvierundzwanzigste Nacht* . . . . . 590 – 591

DIE GESCHICHTE VON DEM EMIR 'ALÎ
IBN MOHAMMED UND DER SKLAVIN
MUNIS 591

DIE GESCHICHTE VON DEN BEIDEN
FRAUEN UND IHREN GELIEBTEN .... 592 – 593

DIE GESCHICHTE VON DEM KAUFMANNE
'ALÎ AUS KAIRO *Vierhundertundvierundzwanzigste bis
vierhundertundvierunddreißigste Nacht* .... 593 – 622

DIE GESCHICHTE VON DEM PILGERS-
MANN UND DER ALTEN FRAU *Vierhundert-
undvierunddreißigste bis vierhundertundsechsunddreißigste Nacht* 622 – 625

DIE GESCHICHTE VON DER SKLAVIN
TAWADDUD *Vierhundertundsechsunddreißigste bis vierhundertundzweiundsechzigste Nacht* .... 626 – 696

DIE GESCHICHTE VON DEM ENGEL DES
TODES VOR DEM REICHEN KÖNIG UND
VOR DEM FROMMEN MANNE .... 697 – 699

DIE GESCHICHTE VOM ENGEL DES TODES
VOR DEM REICHEN KÖNIG *Vierhundertundzwei-
undsechzigste bis vierhundertunddreiundsechzigste Nacht* .... 699 – 702

DIE GESCHICHTE VOM ENGEL DES
TODES UND DEM KÖNIG DER KINDER
ISRAEL *Vierhundertunddreiundsechzigste bis vierhundert-
undvierundsechzigste Nacht* .... 702 – 703

DIE GESCHICHTE VON ISKANDAR DHÛ
EL-KARNAIN UND DEM GENÜGSAMEN
KÖNIG .... 704 – 706

DIE GESCHICHTE VON DEM GERECHTEN
KÖNIG ANUSCHARWÂN *Vierhundertundvierund-
sechzigste bis vierhundertundfünfundsechzigste Nacht*....... 706 – 707

DIE GESCHICHTE VON DEM JÜDISCHEN
RICHTER UND SEINEM FROMMEN WEIBE
*Vierhundertundfünfundsechzigste bis vierhundertundsechsund-
sechzigste Nacht* .... 708 – 712

DIE GESCHICHTE VON DEM SCHIFF-
BRÜCHIGEN WEIBE *Vierhundertundsechsundsechzigste bis vierhundertundsiebenundsechzigste Nacht* .... 712 – 715

DIE GESCHICHTE VON DEM FROMMEN
NEGERSKLAVEN *Vierhundertundsiebenundsechzigste bis vierhundertundachtundsechzigste Nacht* .... 715 – 719

DIE GESCHICHTE VON DEM FROMMEN
MANNE UNTER DEN KINDERN ISRAEL
Vierhundertundachtundsechzigste bis vierhundertundsiebenzigste Nacht .... 720 – 725

DIE GESCHICHTE VON EL-
HADDSCHÂDSCH UND DEM FROMMEN
MANNE *Vierhundertundsiebenzigste bis vierhundertundeinundsiebenzigste Nacht* .... 725 – 727

DIE GESCHICHTE VON DEM SCHMIED,
DER DAS FEUER ANFASSEN KONNTE
Vierhundertundeinundsiebenzigste bis vierhundertunddreiundsiebenzigste Nacht .... 727 – 731

DIE GESCHICHTE VON DEM FROMMEN
ISRAELITEN UND DER WOLKE *Vierhundertunddreiundsiebenzigste bis vierhundertundvierundsiebenzigste Nacht* 731 – 736

DIE GESCHICHTE VON DEM
MUSLIMISCHEN HELDEN UND DER
CHRISTIN *Vierhundertundvierundsiebenzigste bis vierhundertundsiebenundsiebenzigste Nacht* .... 736 – 743

DIE GESCHICHTE VON DER
CHRISTLICHEN PRINZESSIN UND DEM
MUSLIM *Vierhundertundsiebenundsiebenzigste bis vierhundertundachtundsiebenzigste Nacht* .... 743 – 747

DIE GESCHICHTE VON DEM PROPHETEN
UND DER GÖTTLICHEN GERECHTIGKEIT

*Vierhundertundachtundsiebenzigste bis vierhundertundneunund-
siebenzigste Nacht* .... 747 – 749

DIE GESCHICHTE VON DEM NILFERGEN
UND DEM HEILIGEN .... 749 – 751

DIE GESCHICHTE VON DEM FROMMEN
ISRAELITEN, DER WEIB UND KINDER
WIEDERFAND *Vierhundertundneunundsiebenzigste bis
vierhundertundeinundachtzigste Nacht* .... 752 – 758

DIE GESCHICHTE VON ABU EL-HASAN
ED-DARRÂDSCH UND ABU DSCHA'FAR
DEM AUSSÄTZIGEN *Vierhundertundeinundachtzigste
bis vierhundertundzweiundachtzigste Nacht* .... 758 – 762

DIE GESCHICHTE VON DER SCHLANGEN-
KÖNIGIN *Vierhundertundzweiundachtzigste bis
fünfhundertunddritte Nacht* .... 762 – Bd. IV

Die Abenteuer Bulûkijas...................... 771 – Bd. IV

Die Geschichte von Dschanschâh............... 810 – Bd. IV